W0303155

Henrik Ibsen
Die Dramen

HENRIK IBSEN

DIE DRAMEN

ALBATROS

In den von Ibsen autorisierten Übersetzungen von Christian Morgenstern, Emma Klingenfeld, Marie von Borch u. a. Nach der Ausgabe der „Sämtlichen Werke in deutscher Sprache", herausgegeben von Georg Brandes, Julius Elias und Paul Schlenther.

© 1991 Winkler Verlag
© 1995, ³2001 Patmos Verlag GmbH & Co. KG
Artemis & Winkler Verlag, Düsseldorf

Bibliographische Information der Deutschen Nationalbibliothek

Die Deutsche Nationalbibliothek verzeichnet diese Publikation
in der Deutschen Nationalbibliographie;
detaillierte bibliographische Daten sind im Internet
über http://dnb.d-nb.de abrufbar.

© 2007 Patmos Verlag GmbH & Co. KG
Albatros Verlag, Düsseldorf
Umschlaggestaltung: butenschoendesign.de
Umschlagmotiv: Edvard Munch, Mutter und Tochter, 1897,
Oslo Nationalgalerie, Fotograf: Jacques Lathion
© VG Bild Kunst, Bonn 2007
Printed in Czech Republic
ISBN 978-3-491-96211-8
www.patmos.de

PEER GYNT

Ein dramatisches Gedicht

Personen

Aase, *eine Bauerswitwe*
Peer Gynt, *ihr Sohn*
Zwei alte Weiber *mit Kornsäcken*
Aslak, *ein Schmied*
Hochzeitsgäste, Küchenmeister, Spielleute usw.
Ein zugewandertes Bauernpaar
Solveig *und* Klein Helga, *dessen Töchter*
Der Haegstad-Bauer
Ingrid, *seine Tochter*
Der Bräutigam *und* seine Eltern
Drei Säterdirnen
Ein grüngekleidetes Weib
Der Dovre-Alte
Ein Hoftroll
Mehrere andere Trolle
Trolljugend, *beiderlei Geschlechts*
Ein paar Hexen, Erdgeister, Zwerge, Kobolde usw.
Ein häßlicher Junge
Eine Stimme im Dunkel, Vogelschreie
Kari, *eine Häuslersfrau*

Master Cotton Monsieur Ballon von Eberkopf Trumpeterstråle	*Reisende*

Ein Dieb und ein Hehler
Anitra, *eines Beduinenhäuptlings Tochter*
Araber, Sklavinnen, tanzende Mädchen usw.
Die Memnons-Säule *(singend), die* Sphinx von Gizeh *(stumme Person)*
Begriffenfeldt, *Professor, Dr. phil., Vorsteher des Tollhauses zu Kairo*
Huhu, *ein Sprachreformer von der malebarischen Küste*
Hussein, *ein morgenländischer Minister*
Ein Fellache *mit einer Königsmumie*
Mehrere Tollhäusler *nebst ihren* Wärtern

Ein norwegischer Schiffskapitän *und* seine Mannschaft
Ein fremder Passagier
Ein Geistlicher
Ein Leichengefolge
Ein Amtmann
Ein Knopfgießer
Eine magere Person

Das Stück, dessen Handlung im Anfang des 19. Jahrhunderts beginnt und gegen die sechziger Jahre hin endet, spielt teils im Gudbrandstal und seinen Bergen, teils an der Küste von Marokko, in der Wüste Sahara, im Tollhaus zu Kairo, auf der See usw.

[Sprich: Ohse, Pehr Günt, Dowre, Trumpeterstrohle. – Säter heißt die Sennhütte der norwegischen Gebirge.]

ERSTER AKT

Abhang mit Laubholz bei Aases Hof. Ein Bach schäumt hernieder. Auf der andern Seite eine alte Mühle. Heißer Sommertag.

PEER GYNT, *ein kräftig gebauter Mensch von zwanzig Jahren, kommt den Steig herab.* AASE, *seine Mutter, klein und fein, folgt ihm zornig scheltend auf dem Fuße.*

AASE: Peer, du lügst!
PEER GYNT *steht still*: Doch, 's ist wahr, – ich schwör es dir.
AASE: Na, so schwör drauf: Ist es wahr?
PEER GYNT: Warum schwören?
AASE: Pfui! Der frūg nicht,
Dessen Schuld nicht klipp und klar!
PEER GYNT *steht still*: Doch, 's ist wahr, – ich schwör es dir
AASE *vor ihm*: Und du schämst dich nicht vor mir?
Bleibt man ganze Wochen aus,
Läuft man, just wann Gras zu schlagen,
Auf den Ferner, Renwild jagen,
Kommt zerrissen dann nach Haus,
Ohne Stutzen, ohne Bock, –
Um zum Schluß am hellerlichten
Mittag Mutter flugs ein Schock
Jägerlügen vorzudichten?
Also, wo hast du 'n getroffen?
PEER GYNT: Links vom Gendin.
AASE *lacht spöttisch*: Hm! Aha!
PEER GYNT: Kräftig blies der Wind von da;
Und so stand der Weg mir offen,
Mich durchs Holz hindurchzupirschen,
Hinter dem er grub –
AASE *wie vorher*: Ja, ja!
PEER GYNT: Lautlos horchend, hör ich seinen
Huf im harten Firnschnee knirschen,
Seh vom einen Horn die Zacken,
Wind mich durch Geröll und Wacken
Vorwärts, und, verdeckt von Steinen,

Seh ich einen Prachtbock, – einen,
Wie man ihn seit Jahrer zehn,
Sag ich dir, hier nicht gesehn!

AASE: Gott bewahre, nein!

PEER GYNT: Ein Knall!
Und den Bock zusammenbrennen!
Aber knapp, daß er zu Fall,
Sitz ich auch schon rittlings droben,
Greif ihm in sein linkes Ohr,
Reiß mein Messer schon hervor,
Ihm's gerecht ins Blatt zu rennen; –
Hui! da hebt er an zu toben,
Springt, pardauz, auf alle viere,
Wirft zurück sein Horngeäst,
Daß ich Dolch und Scheid verliere,
Schraubt mich um die Lenden fest,
Stemmt 's Gestäng mir an die Waden,
Klemmt mich ein wie mit 'ner Zang, –
Und so stürmt er, wutgeladen,
Just den Gendingrat entlang!

AASE *unwillkürlich*: Jesus –!

PEER GYNT: Mutter, hast du den
Gendingrat einmal gesehn?
Wohl 'ne Meile läuft er dran
Hin, in Sensenrückenbreite.
Unter Firneis, Schuttmoränen,
Schnee, Geröll, Sand, kunterbunter,
Sieht dein Aug auf jeder Seite
Stumme, schwarze Wasser gähnen,
An die fünf-, die siebzehn-
Hundert Ellen rank hinunter.
Dort lang stoben pfeilgeschwind
Er und ich durch Wetter und Wind!
Nie ritt ich solch Rößlein, traun!
Unsrer wilden Fahrt entgegen
Schnob's wie Sonnenfunkenregen.
Adlerrücken schwammen braun
In dem schwindeltiefen Graun
Zwischen Grat und Wasserrande, –
Trieben dann davon wie Daun.
Treibeis brach und barst am Strande;

Doch sein Lärm ging ganz verloren;
Nur der Brandung Geister sprangen
Wie im Tanze, – sangen, schwangen
Sich im Reihn vor Aug und Ohren!

AASE *schwindlig*: O, Gott steh mir bei!

PEER GYNT: Da stößt
Plötzlich, wie ein Stein sich löst,
Dicht vor uns ein Schneehuhn auf,
Flattert gackernd, aufgeschreckt,
Aus dem Spalt, der es versteckt,
Meinem Bock, bums! vor die Lichter.
Der verändert jäh den Lauf –
Und mit einem Riesensatze
Nieder in den Höllentrichter!

Aase wankt und greift nach einem Baumstamm. Peer Gynt fährt fort:

Oben schwarzer Bergwand Fratze,
Unten bodenloser Dust! –
Durch zersplißne Nebelschichten
Erst, sodann durch einen dichten
Schwarm von Möwen, die, durchschnitten,
Kreischend auseinanderstritten, –
Nieder, nieder, nieder saust' es.
Aber aus der Tiefe graust' es
Weiß wie eine Rentierbrust. –
Mutter, das war unser eigen
Bild, das aus des Bergsees Schweigen
Tief vom Grund zum Spiegel eilte,
Umgekehrt, wie unser Sturz
Lotrecht auf ihn niederpfeilte.

AASE *schnappt nach Luft*:
Peer! Gott helf mir –! Mach es kurz –!

PEER GYNT: Bock vom Berge, Bock vom Grunde –
Stieß zur selbigen Sekunde!
Das Gespritz und das Geklatsche!
Na, da lag man in der Patsche. –
Nicht gar lang dann, und wir fanden
Irgendwo 'nen Fleck, zu landen;
Er, er schwamm, und ich umschlang ihn, –
Und hier bin ich nun –

AASE: Und er?

PEER GYNT: Hm, der springt wohl noch umher; –
Schnalzt mit den Fingern, wippt sich auf den Hacken und fügt hinzu:
Wenn du 'n laufen siehst, so fang ihn!
AASE: Daß du nicht den Hals geknickt hast!
Und die Beine gleich dazu!
Ist dein Rückgrat denn noch ganz?
Herrgott, – Lob und Dank, daß du
Mir ihn wieder heimgeschickt hast! –
Zwar die Hose hat ein Loch;
Doch davon ist nicht zu reden,
Denkt man, was weit Schlimmres noch
Sich bei so 'nem tollen Tanz –
Besinnt sich plötzlich, sieht ihn mit offenem Mund und großen Augen an und kann lange keine Worte finden. Endlich stößt sie hervor:
O, du Teufelslügenschmied!
Kreuz noch 'n Mal! Solch ein Geflunker!
Was du mir da singst – das Lied –
Als das aufkam – zu der Frist
Lief dein Vater noch als Junker!
Gudbrand Glesne – dem – dem ist
Das geschehn, nicht dir –!
PEER GYNT: Mir auch.
Solcherlei kann oft geschehen.
AASE *giftig*: Ja, und Lügen kann man drehen,
Wenden und mit Putz benähen,
Bis von ihrem magren Bauch
Nichts vor Flicken mehr zu sehen.
Das hast du zuweg gebracht,
Alles wild und groß gemacht,
Ausstaffiert mit Adlerrücken
Und mit all den andern Nücken,
Abgestutzt und zugesetzt
Und mir so den Sinn verstört,
Daß man nicht mehr kennt zuletzt,
Was man hundertmal gehört.
PEER GYNT: Spräch ein andrer solchen Quark,
Wollt ich heillos grob ihm kommen!
AASE *weinend*: Läg ich doch im schwarzen Sarg!
Wär ich, Gott, doch nie geboren!

Bitten, Tränen, nichts will frommen, –
Peer, du bist und bleibst verloren!
PEER GYNT: Liebes, süßes Muttchen mein,
Hast ja recht mit jedem Wort;
Sei nur wieder –
AASE: Scher dich fort!
Ist mir's möglich, froh zu sein,
Hab ich solch ein Schwein zum Sohn?
Muß es mich nicht bitter schmerzen,
Wird mir armem Witwenherzen
Ewig Schande nur zum Lohn?
Fängt wieder an zu weinen.
Was verblieb uns, muß ich fragen,
Seit Großvaters Wohlstandstagen?
Wie hat sich der Wein verdünnt
Seit dem alten Rasmus Gynt!
Vater bracht das Gold ins Rutschen,
Warf's hinaus wie Scheffel Sand,
Kaufte Grund im ganzen Land,
Karrte mit vergüldten Kutschen –.
Alles weg. Wo sind die Reste
Von dem großen Winterfeste,
Da sein Trinkglas männiglich
An die Wand warf hinter sich!
PEER GYNT: Hm, wo blieb der letzte Schnee?
AASE: Willst du jetzt wohl schweigen, he!
Sieh den Hof an! Jedes zweite
Fenster ist verstopft mit Flicken,
Heck und Zaun liegt auf der Seite,
Keiner will das Feld beschicken,
's Vieh steht da in Mansch und Matsch,
Jeden Monat wird gepfändet –
PEER GYNT: Schweig doch, Alte, mit dem Quatsch!
Weil mal 's Glück den Rücken wendet,
Heißt's drum gleich: Und niemand sah's mehr?
AASE: Nein; auf dem Fleck wächst kein Gras mehr.
Und du bist doch was, du Strick, –
Immer noch so keck und quick,
Schmuck und klug, wie, da der Pfaff, –
Der aus Kopenhagen, weißt du, –
Dazumal dich frug: Wie heißt du?

Und, ob deiner Antwort baff,
Sich verschwor, die schiene wert ihm
Eines Prinzen, – daß zum Dank
Vater Schlitten gleich samt Pferd ihm
Übern Tisch zu eigen trank.
Hei, da ging es lustig her!
Propst, Kap'tän, was drum und dran war,
Hing hier taglang, soff und fraß,
Bis kein Knopf am Wams mehr saß.
Aber als dann Not am Mann war,
Ward's hier öde, still und leer.
„Scheffel-Jon", anjetzt Hausierer,
War nicht mehr ihr Pokulierer.

Trocknet die Augen mit der Schürze.

Ach, du bist doch stark und groß, –
Solltest bessern deiner alten
Armen Mutter elend Los,
Solltest Haus und Hof verwalten,
Daß dein Erb nicht ganz zerfällt – *Weint von neuem.*
Statt daß ich mich an dir halten
Könnt, verlumpst du Zeit und Geld!
Hier verträumst du und verdreckst du
Dich mit In-der-Herdglut-Wühlen;
Trittst du in die Tanzsäl, schreckst du
Alle Mädel von den Stühlen, –
Machst mir üb'rall Schand und Tränen,
Raufst dich mit den ärgsten Hähnen –

PEER GYNT *geht von ihr*: Laß mich sein.

AASE *folgt ihm*: Du bist am Ende
Nicht gewesen bei der letzten
Großen Schlägerei zu Lunde,
Wo sie sich wie tolle Hunde
Überfielen und zerfetzten?
Hast du nicht Aslak, dem Schmied,
Der dir damals in die Hände
Fiel, verrenkt die halbe Lende, –
Oder war's ein Fingerglied?

PEER GYNT: Dämliches Gefabulier!

AASE *hitzig*: Häuslers Kari hörte 's Heulen!

PEER GYNT *reibt sich den Ellenbogen*:
Ja, doch das, das kam von mir.

AASE: – Dir?
PEER GYNT: Denn i c h – bekam die Beulen.
AASE: Was –?
PEER GYNT: Der haut dir, sag ich dir!
AASE: Wer –?
PEER GYNT: Na, wer! Den Aslak mein ich.
AASE: Pfui, o pfui! daß ich nicht spucke!
So 'ne alte Wirtshaushucke,
So ein Tagdieb, so ein dreister
Lügenschmied wird deiner Meister?
Weint wieder.
Auch noch so was! Längst schon wein ich
Mir die Augen aus; doch das,
Das geht wahrlich übern Spaß.
Haut er dich, so frag ich: haust
Du nicht auch 'ne gute Faust?
PEER GYNT: Ob ich Amboß oder Hammer,
's bleibt dasselbichte Gejammer.
Lacht.
Tröst dich, Mutter –
AASE: Hättst du wieder-
Mal gelogen?
PEER GYNT: Diesmal, ja.
Schluck die Tränen fröhlich nieder; –
Ballt die linke Hand.
Schau, – mit dieser Kneifzang da
Hielt ich ihn, den ganzen Schmied, –
Ballt die Rechte.
Während die mein Hammer war –
AASE: Raufbold, du! Du gibst nicht Fried,
Bis ich nicht zur Grube fahr!
PEER GYNT: Nein doch, du bist Beßres wert,
Tausend Male Beßres, du,
Kleine, böse, süße Mu,
Trau mir nur und wart nur zu,
Bis dich 's ganze Dorf noch ehrt,
Wart nur, bis ich was gemacht, –
Recht was Großes, gib nur acht!
AASE *spöttisch*: Du!
PEER GYNT: Was kommen kann, weiß keiner!
AASE: Würd dir doch nur eins bewußt:

Daß du mal den Riß in deiner
Eignen Hose stopfen mußt.
PEER GYNT *hitzig*: König, Kaiser will ich werden!
AASE: Jetzt kutschiert ihm mit vier Pferden
Noch sein letzter Witzrest fort!
PEER GYNT: Laß mir Zeit nur, – und ich bin's!
AASE: Laß mir Zeit, so werd ich Prinz,
Geht im Volk ein altes Wort!
PEER GYNT: Wirst schon sehen!
AASE: Halt den Rand!
Bist ja völlig von Verstand. –
Übrigens, es hätt wohl schon
Etwas aus uns werden mögen,
Wenn wir nur nicht, mein Herr Sohn,
Allzeit Schnacks und Schnurren pflögen!
Die von Haegstad war dir gut.
Hättest leicht die Dirn gewonnen,
Hättst du's recht nur angesponnen –
PEER GYNT: So?
AASE: Der Alte, schwachgemut,
Ist der Tochter wohlgesonnen.
Zwar er ist ein arger Bocker,
Doch die Ingrid läßt nicht locker,
Und, wo sie geht, Schritt für Schritt,
Stapft er endlich knurrend mit.
Fängt wieder an zu weinen.
Ach, mein Peer, ein steinreich Mädel, –
Eingeseßner Bauernstamm!
Hättest du mehr Witz im Schädel,
Gingst du jetzt als Bräutigam –
Statt auf abgetretnen Sohlen!
PEER GYNT *rasch*: Komm, ich will mir 's Jawort holen!
AASE: Wo?
PEER GYNT: Zu Haegstad!
AASE: Armer Peer,
Deine Freite hilft nichts mehr.
PEER GYNT: Und warum?
AASE: Verdienst den Stock,
Wie du dir dein Glück verdorben!
PEER GYNT: Na?
AASE *schluchzend*: Derweil du dort vom Himmel

Niederkamst auf deinem Bock,
Hat Matz Moen um sie geworben!
PEER GYNT: Was? Die Weiberscheuch! Wie kann –!
AASE: Ja, die nimmt sie nun zum Mann.
PEER GYNT: Wart so lang, bis ich den Schimmel
Angespannt – *Wendet sich zum Gehen.*
AASE: Spar solch Gered.
Wenn sie morgen Hochzeit feiern –
PEER GYNT: Ist's heut nacht noch nicht zu spät!
AASE: Schäm dich! Willst du, daß sie dir
Auch noch ihren Spott nachleiern?
PEER GYNT: Pah! Man wird mir 's Feld schon räumen.
Juchzt und lacht.
Heißa, du! Der Gaul bleibt hier;
's nimmt nur Zeit, ihn aufzuzäumen –
Schwingt sie hoch empor.
AASE: Laß mich!
PEER GYNT: Nein, auf diesen Armen
Trag ich dich zum Hochzeitshaus!
Watet in den Bach.
AASE: Hilfe! Lieber Gott, Erbarmen!
Wir ertrinken –
PEER GYNT: Nein, der Schmaus
Lockt den Teufel noch nicht –
AASE: Stimmt!
Weil er dich gehängt erst nimmt.
Rauft ihn an den Haaren.
Untier, du!
PEER GYNT: Na, gib jetzt Ruh;
Hier der Grund ist glitschig.
AASE: Junge!
Esel!
PEER GYNT: Brauch du nur die Zunge;
Wer ein Mann ist, lacht dazu.
So, das war die ärgste Müh –
AASE: Halt mich feste!
PEER GYNT: Hottehü!
Peer kommt auf dem Bock geritten; –
Galoppierend.
Ich bin Bock, und du bist Peer!
AASE: Ach, ich kenne mich nicht mehr!

PEER GYNT: So, da wär der Bach durchschritten; –
Watet ans Land.
Gib dem Bock jetzt einen Schmatz
Für den trocknen Fährenplatz –
AASE *gibt ihm eine Ohrfeige*: Da! Da hast du 's Fährgeld!
PEER GYNT: Au!
Das war lumpig, schöne Frau!
AASE: Laß mich –
PEER GYNT: Erst vorm Hochzeitshause.
Stell den alten Wiedehopf,
Gib dem Kerl 'ne kalte Brause,
Sag, Matz Moen ist ein Tropf –
AASE: Laß mich los!
PEER GYNT: Und hinterher
Sag, was für ein Kerl dein Peer!
AASE: Ja, des kannst du sicher sein!
Dir brock ich 'ne Suppe ein;
Male dich von vorn und hinten;
Alle deine Schlich und Finten
Sein den Leuten vorgesetzt –
PEER GYNT: So?
AASE *strampelt wütend mit den Beinen*:
So lang sperr ich den Mund auf,
Bis der Baur zuletzt den Hund auf
Dich wie auf 'nen Stromer hetzt!
PEER GYNT: Hm; so geh ich halt alleine.
AASE: Ja, doch ich hab auch zwei Beine!
PEER GYNT: Aber nicht die Kraft dazu!
AASE: Nicht? Ich bin so wilde, du, –
Steine könnt ich knacken, Steine!
Kiesel könnt ich fressen, hu!
Laß mich los!
PEER GYNT: Du mußt geloben –
AASE: Nichts! Du wirst schon sehen droben;
Wissen solln sie, wer du bist!
PEER GYNT: Nimm dir Überlegungsfrist!
AASE: Seine Hunde soll er hetzen –
PEER GYNT: Darfst nicht mit.
AASE: Was willst du tun?
PEER GYNT: Dich aufs Mühlendach hier setzen.
Setzt sie hinauf. Aase schreit.

AASE: Heb mich runter!
PEER GYNT: Willst du ruhn –?
AASE: Schnickschnack!
PEER GYNT: Muttchen, wüt nicht mehr –!
AASE *wirft ein Rasenstück nach ihm*:
Heb mich stracks hinunter, Peer!
PEER GYNT: 's war ja so dein eigner Wille.
Näher.
Sei nun klug und sitz fein stille!
Stoß und stampf nicht mit den Beinen,
Rück und reiß nicht an den Steinen,
Sonst, das singt dir jede Grille,
Stürzt du ab.
AASE: Du Gernegroß!
PEER GYNT: Nicht so zappeln!
AASE: Daß du bloß
Wärst als Wechselbalg verschollen!
PEER GYNT: Schäm dich!
AASE: Pfui!
PEER GYNT: Du hättst mir lieber
Deinen Segen geben sollen.
Willst du nicht?
AASE: Ich werd dich walken;
Du machst mir noch lang nicht bang!
PEER GYNT: Leb denn wohl! Ich bleib nicht lang.
Halt dich brav auf deinem Balken!
Geht, wendet sich jedoch noch einmal um, hebt mahnend den Finger und sagt:
Also, bloß kein Zappelfieber!
Ab.
AASE: Peer! – Gott steh mir bei, da rennt er!
Böckereiter! Lügenprinz!
Willst du hören! – Nein, da brennt er
Durch –! *Schreiend*:
Zu Hilf! Ich krieg das Drehn!
ZWEI ALTE WEIBER *mit Säcken auf dem Rücken kommen den Weg herab nach der Mühle.*
ERSTES ALTES WEIB: Kreuz; wer schreit da?
AASE: Ich, ich bin's!
ZWEITES ALTES WEIB: Aase! Schau, – so hoch gestiegen?
AASE: Pah; hier ist nicht viel zu sehn; –

Bald werd ich gen Himmel fliegen!
ERSTES ALTES WEIB: Glück zur Reise!
AASE: Holt 'ne Leiter;
Ich will runter! Dieser Peer –!
ZWEITES ALTES WEIB: Euer Sohn?
AASE: Jetzt mögt Ihr weiter-
Sagen, was der anstellt, der – –
ERSTES ALTES WEIB: Gerne.
AASE: Helft mir bloß hinunter;
Denn ich muß nach Haegstad machen.
ZWEITES ALTES WEIB: Ist er dort?
ERSTES ALTES WEIB: So könnt Ihr lachen;
Denn da duckt der Schmied ihn unter.
AASE *ringt die Hände*: Gott, o Gott, was soll geschehn,
Wenn sie ihm ans Leben gehn!
ERSTES ALTES WEIB: Ja, der Tod hat lange Beine.
Will er wen, dem hilft kein Flitzen!
ZWEITES ALTES WEIB: Je, sie fährt schier aus der Haut!
Ruft nach oben:
Ejvind, Anders! Kommt und schaut!
EINE MÄNNERSTIMME: Was ist los?
ZWEITES ALTES WEIB: Peer Gynt hat seine
Mutter auf dem Mühldach sitzen!

Eine kleine Anhöhe mit Büschen und Heidekraut. Hinten, durch einen Zaun getrennt, führt die Straße vorüber.

PEER GYNT *kommt einen Fußsteig herauf, geht rasch auf den Zaun zu, bleibt stehen und blickt hinaus, wo die Aussicht sich öffnet.*

PEER GYNT: Dort liegt Haegstad. Bald werd ich's haben.
Steigt halb über den Zaun; dann bedenkt er sich.
Ob wohl die Ingrid allein ist, wer weiß?
Beschattet sich die Augen und lugt in die Weite.
Nein. Dort wimmelt's von Leuten mit Gaben. –
Hm. Am schlausten, ich tät mich drücken!
Zieht das Bein wieder an sich.
Allweil da grienen sie dir hinterm Rücken
Und zischeln, – es wird einem kalt und heiß.
Macht einige Schritte vom Zaun hinweg und reißt gedankenlos Laub ab.

Wer jetzt was Starkes zum Heizen hätt!
Oder wer da hingehn könnt unbemerkt –
Oder unbekannt wär. – Irgendwas, das recht stärkt,
Wär am besten, – daß der Spott nicht so beizen tät!

Sieht sich mit einem Mal wie erschrocken nach allen Seiten um und versteckt sich darauf im Gebüsch. EINIGE LEUTE *mit Kostgaben gehen vorbei nach dem Hochzeitshof hinunter.*

EIN MANN *im Gespräch*:
Sein Vater war ein Saufbold, seine Mutter hat's im Kopf.

EIN WEIB:
Dann wundert man sich, daß der Bursch solch ein Tropf!

Die Leute gehen weiter. Bald darauf kommt Peer Gynt hervor und guckt ihnen mit schamrotem Gesicht nach.

PEER GYNT *leise*:
Was, hat das von mir geschnackt?
Mit einer gezwungenen Gebärde:
Ach, laß sie schnacken!
Sie könn'n mir ja doch wohl den Kopf nicht abhacken.

Wirft sich nieder ins Heidekraut, liegt lange auf dem Rücken, die Hände unterm Kopf und starrt ins Blaue.

So 'ne schnurrige Wolke! Genau wie ein Pferd!
Und ein Mann ist auch drauf – und Sattel – und Zügel. –
Dahinter reitet 'ne Hex auf 'nem Prügel.
Lacht leise in sich hinein.
Das ist Mutter, die jammert und aufbegehrt:
Peer! Biest! – –
Schließt nach und nach die Augen.
Nun bangt ihr! – Voran seinem Trosse
Reitet Peer Gynt auf goldhufigem Rosse.
Die Mähr hat 'nen Federbusch zwischen den Ohren.
Selbst hat er Handschuh und Säbel und Sporen.
Der Mantel ist lang und mit Taft ausgeschlagen.
Wacker sind die, die hinter ihm jagen.
Er aber sitzt doch am stracksten zu Pferde,
Er aber strahlt doch am hellsten zur Erde.
Drunten die Leut stehn, ein schwarzes Gewimmel,
Ziehen die Hüt ab und gaffen gen Himmel.
Die Weiber verneigen sich. Alle gewahren
Kaiser Peer Gynt und seine Heerscharen.
Nickel und Silber, ein blankes Geriesel,
Streut er hinunter wie Hände voll Kiesel.

Allen im Dorf geht's von nun an zum Besten.
Peer Gynt sprengt quer übers Meer gen Westen.
Engellands Prinz steht und wartet am Strande;
Mit ihm alle Schönen von Engellande.
Engellands Kaiser und Engellands Barone
Steigen die Stufen herab vom Throne.
Der Kaiser nimmt seine Kron ab und sagt –

DER SCHMIED *zu einigen anderen Leuten, mit denen er jenseits des Zaunes vorüberkommt*:
Sieh da; Peer Gynt, das betrunkene Schwein –!

PEER GYNT *fährt halb in die Höhe*:
Wie, Kaiser –!

DER SCHMIED *lehnt sich an den Zaun und grient*:
Willst du nicht aufstehn? Nein?

PEER GYNT: Was, Teufel! Der Schmied! Was willst du hier, he?

DER SCHMIED *zu den anderen*:
Von Lunde der Tanz sitzt ihm noch in den Knochen.

PEER GYNT *springt auf*:
Schmied, geh im guten!

DER SCHMIED: Geh schon, geh.
Doch, Kerl, wo warst du die letzten sechs Wochen?
Warst bergverhext? Oder was hast du gemacht?

PEER GYNT:
Ich hab, Schmied, dir gar seltsame Taten vollbracht!

DER SCHMIED *zwinkert den anderen zu*:
Laß uns hören, Peer!

PEER GYNT: Dahin ist's noch weit.

DER SCHMIED *nach einer kleinen Weile*:
Du willst wohl nach Haegstad?

PEER GYNT: Nein.

DER SCHMIED: Eine Zeit,
Da hieß es, die Dirn dort, die wär dir nicht leid.

PEER GYNT: Du Kolkrabe –!

DER SCHMIED *weicht etwas zurück*: Immer härm dich nicht, Peer;
Hat dich Ingrid verschmäht, – es gibt ja noch mehr.
Der Sohn von Jon Gynt; pah! Der treibt sie zu Paaren!
Du findest dort Lämmlein wie Witwen von Jahren –

PEER GYNT: Zur Hölle –!

DER SCHMIED: Da wird dich schon eine wählen. –
Guten Abend! Ich werd dich der Braut empfehlen. –

Sie gehen unter Lachen und Geflüster ab.

PEER GYNT *sieht ihnen eine Weile nach, macht eine wegwerfende Bewegung und wendet sich halb um:*
Meinthalben teilt die Haegstad ihr Bette,
Mit wem sie Lust hat. Was mich das schiert!
Sieht an sich hinunter.
Die Hosen zerrissen. Zerlumpt, beschmiert. –
Wer bloß was Neues zum Wechseln hätte!
Stampft auf den Boden.
Könnt ich mit einem Schlächtergriff
Ihnen die Mißachtung aus der Brust reißen!
Sieht sich plötzlich um.
Was war das? War das nicht eben ein Pfiff?
Als möcht sich ein Mensch da sein Lachen verbeißen?
Ich will heim zu Muttern.
Geht, bleibt aber wieder stehen und horcht nach dem Hochzeitshof hinunter.
Da fängt der Tanz an!
Starrt und horcht; geht Schritt um Schritt wieder zurück; seine Augen leuchten; er reibt sich die Beine.
Dies Gewimmel von Mädeln! Sieben, acht auf den Mann!
Ah, Tod und Teufel auch, – wen das nicht lockte! –
Wenn Mutter nur nicht auf dem Mühldach hockte –!
Seine Blicke werden wieder hinabgezogen; er hüpft und lacht.
Heißa, der Hallingtanz tollt über die Wiese!
Ja, ja, der Guttorm geigt die Waden in Gang!
Das stampft und das braust wie ein Sturzbach am Hang.
Und dann all diese schimmernden Mädel! Diese
Mädel! Zum Henker! Wer da nun noch stockte!
Setzt mit einem Sprung über den Zaun und den Weg hinunter.

Der Hofplatz auf Haegstad. Im Hintergrund das Wohnhaus. Viele GÄSTE. *Auf dem Grasplan wird lebhaft weitergetanzt. Der* SPIELMANN *sitzt auf einem Tisch. Der* KÜCHENMEISTER *steht in der Tür.* KÖCHINNEN *eilen zwischen den Gebäuden hin und her,* ÄLTERE LEUTE *sitzen hier und dort im Gespräch zusammen.*

EINE FRAU *nimmt Platz in einer Gruppe, die auf einigen Balken sitzt:*
Die Braut? Ach Gott, das bißchen Gewein,
Das macht nichts; so tun alle Bräute.
DER KÜCHENMEISTER *in einem andern Haufen:*
Da habt ihr zu trinken, gute Leute!

EIN MANN: Du meinst es zu gut; du schenkst zu oft ein.

EIN BURSCHE *zum Spielmann, während er, ein Mädel an der Hand, vorbeifliegt*: Heißa, Guttorm, in die Fiedel gewettert!

DAS MÄDEL: Streich, daß es über die Wiesen hinschmettert!

MÄDELS *im Kreis um einen Burschen, der tanzt*:
Fein war der Sprung!

EIN MÄDEL: Seine Knie haben's weg!

DER BURSCHE *tanzend*:
Hier ist's weit bis zur Wand und noch weiter bis zur Deck!

DER BRÄUTIGAM *nähert sich greinend dem Vater, der im Gespräch mit ein paar anderen steht, und zieht ihn an der Jacke*:
Sie will nicht, Vater; sie ist so voll Trotz.

DER VATER: Sie will nicht?

DER BRÄUTIGAM: Sie hat sich eingeschlossen.

DER VATER: So find den Schlüssel, und werd nicht zum Possen!

DER BRÄUTIGAM: Wo soll ich ihn finden?

DER VATER: Du bist ein Klotz!

Wendet sich wieder zu den anderen. Der Bräutigam trollt über den Hof ab.

EIN BURSCHE *hinter dem Haus hervor*:
Mädel! Juchheißa! 's wird immer feiner!
Peer Gynt kommt!

DER SCHMIED *der eben dazugetreten ist*:
Wer hat ihn gebeten?

DER KÜCHENMEISTER: Keiner.

Aufs Haus zu ab.

DER SCHMIED *zu den Mädeln*:
Spricht er euch an, so laßt mir ihn stehn!

EIN MÄDEL *zu den anderen*: Wir tun, als hätten wir 'n nie gesehn.

PEER GYNT *kommt erhitzt und voller Leben daher, bleibt mitten vor dem Schwarme stehen und klatscht in die Hände*:
Wer ist die flinkste von euch zum Drehn?

EINE EINZELNE *der er sich nähert*:
Ich nicht.

EINE ANDERE *ebenso*: Ich auch nicht.

EINE DRITTE: Ich? Nicht um die Welt!

PEER GYNT *zu einer vierten*:
So komm denn du, bis 'ne Beßre sich stellt.

DAS MÄDEL *kehrt sich ab*: Hab keine Zeit.

PEER GYNT *zu einer fünften*: Na, denn du!

DAS MÄDEL *sich zum Gehen anschickend*: Muß nach Haus.

PEER GYNT: Heut abend? Du bist wohl ganz von Verstand.

DER SCHMIED *gleich darauf, halblaut, zu Peer*:
Da reicht sie 'nem alten Trottel die Hand.

PEER GYNT *wendet sich rasch an einen älteren Mann*:
Wo ist eine frei hier?

DER MANN: Find sie heraus.

Geht von ihm fort.

Peer Gynt ist mit einem Mal still geworden. Er blickt verstohlen und scheu auf die Gruppe. Alle sehen auf ihn, aber niemand spricht. Er nähert sich anderen Gruppen. Wohin er kommt, wird es stumm; sobald er sich wieder entfernt, lächelt man und blickt ihm nach.

PEER GYNT *leise*: Höhnische Blicke; Gedanken wie Pfeile.
Das zischelt, wie Sägblätter unter der Feile!

Er drückt sich den Zaun entlang, SOLVEIG, *mit der kleinen* HELGA *an der Hand, betritt den Hof, begleitet von ihren* ELTERN.

EIN MANN *zu einem andern in der Nähe von Peer Gynt*:
Die sind zugewandert.

DER ANDERE: Die Leute da?

DER ERSTE: Jawohl, vom Westen her.

DER ANDERE: Richtig! ja.

PEER GYNT *vertritt den Kommenden den Weg, zeigt auf Solveig und fragt den Mann*:
Darf ich einen Tanz tun mit der Tochter von dir?

DER MANN *mit sanfter Stimme*:
Gern; aber erst will der Wirt drin begrüßt sein!

Sie gehen ins Haus.

DER KÜCHENMEISTER *zu Peer Gynt, indem er ihm den Krug anbietet*:
Bist du schon hier, soll dir 's Leben auch versüßt sein!

PEER GYNT *unverwandt den Gehenden nachblickend*:
Nein; ich will tanzen. Schönen Dank für dein Bier.

Der Küchenmeister geht weiter. Peer Gynt blickt aufs Haus und lacht.

So 'ne saubere Dirn! So schmuck, – nicht zu sagen!
Und wie sie hinab auf ihr Brusttuch geschielt –!
Und wie sie an Mutters Schürze sich hielt,
Und 's Gesangbuch trug, in ein Tüchel geschlagen –!
Ich muß sehn nach dem Mädel.

Will ins Haus.

EIN BURSCHE *kommt mit mehreren anderen aus dem Hause heraus*:
Peer, gehst du schon
Vom Tanz weg?

PEER GYNT: Nein.

DER BURSCHE: Also lauf nicht davon!

Faßt ihn an der Schulter, um ihn umzudrehen.

PEER GYNT: Laß mich vorbei!

DER BURSCHE: Bist du bang vor dem Schmied?

PEER GYNT: Ich bang?

DER BURSCHE: Daß dir wieder wie auf Lunde geschieht?

Die Burschen lachen und gehen nach dem Tanzplatz.

SOLVEIG *in der Tür*: Wolltest nicht du mit mir tanzen vorhin?

PEER GYNT: Jawohl wollt ich das; komm mit, jetzt gleich beginn!

Faßt sie bei der Hand.

Komm!

SOLVEIG: Doch, sagt Mutter, nicht lang! Nicht wahr?

PEER GYNT: Sagt Mutter? Bist du vom vorigen Jahr?

SOLVEIG: Du machst dich lustig –!

PEER GYNT: Du bist doch aufs Haar
Schon erwachsen?

SOLVEIG: Im Mai war ich am Altar.

PEER GYNT: Wie heißt du denn, – daß wir bekannter werden?

SOLVEIG: Ich heiße Solveig. – Und wie heißt du?

PEER GYNT: Peer Gynt.

SOLVEIG *entzieht ihm die Hand*: O, Heiland!

PEER GYNT: Was ist denn nu –?

SOLVEIG: Mein Strumpfband macht mir solche Beschwerden.

Geht von ihm.

DER BRÄUTIGAM *zieht seine Mutter am Kleid*:
Mutter, sie will nicht –!

DIE MUTTER: Will nicht? Was?

DER BRÄUTIGAM: Sie will nicht!

DIE MUTTER: Was denn?

DER BRÄUTIGAM: Den Schlüssel umdrehn.

DER VATER *leis und gereizt*: Du solltest im Stall an der Krippe stehn.

DIE MUTTER: Er wird sich schon machen, – laß nur, laß!

Sie gehen nach hinten.

EIN BURSCHE *der mit einem ganzen Schwarm vom Tanzplatz herkommt*:
Ein Schluck Branntwein gefällig, Peer?

PEER GYNT: Nein.

DER BURSCHE: Bloß ein Schluck!

PEER GYNT *sieht ihn finster an*:
Hast du welchen?

DER BURSCHE: 'nen ziemlichen Posten.

Zieht eine Flasche hervor und trinkt.

Ah! wie das durchputzt! – Na?

PEER GYNT: Laß mich kosten.

Trinkt.

EIN ANDERER: Nu machst du auch noch bei mir einen Gluck.

PEER GYNT: Nein!

DERSELBE: Ah! Wirst dich nicht gleich bezopfen.
Immer trink, Peer!

PEER GYNT: So gib mir 'nen Tropfen.

Trinkt wiederum.

EIN MÄDEL *halblaut*:
Kommt, laßt uns gehn!

PEER GYNT: Bist du bang vor mir?

EIN DRITTER BURSCHE: Wer
Wär es vor dir nicht?

EIN VIERTER BURSCHE: Auf Lunde drüben
Sahn wir ja jüngst deine Künste dich üben.

PEER GYNT:
Wenn ich erst einmal losleg, dann kann ich noch mehr.

ERSTER BURSCHE *flüsternd*: Jetzt kommt er in Zug.

MEHRERE *einen Kreis um ihn bildend*: Zähl her; zähl her!
Was kannst du?

PEER GYNT: Morgen –!

ANDERE: Nein, heut schon, Peer!

EIN MÄDEL:
Kannst du hexen?

PEER GYNT: Ich kann den Teufel beschwören.

EIN MANN: Dazu kannt Großmutter schon den Text.

PEER GYNT: Lügner! Woher, das möcht ich bloß hören!
Ich hab ihn einmal in 'ne Walnuß gehext, –
Die war wurmstichig, seht ihr!

MEHRERE *lachend*: Das läßt sich denken!

PEER GYNT:
Er flucht' euch und flennt' euch und wollte mir schenken,
Was immer ich mocht –

EINER: Aber hinein mußt er doch?

PEER GYNT: Das mußt er. Und dann verstopft ich das Loch.
Hei! Wie er da drinnen nun surrte und summte!

EIN MÄDEL: Nein, so was!

PEER GYNT: Als ob eine Hummel drin brummte!

EIN MÄDEL: Hast du ihn noch in der Nuß?
PEER GYNT: Nein, nein.
Jetzt ist er längst über Stock und Stein.
Der Kerl ist dran schuld, daß der Schmied mich nicht mag.
EIN BURSCHE: Wie das?
PEER GYNT: Ich geh nach der Schmied hin und sag,
Er soll mir doch mal die Nußschal aufknacken.
Soll geschehn! sagt Aslak und kriegt sie zu packen, –
Doch er faßt auch gleich alles so harthändig an –
Und kommt euch nicht aus ohne Hammerschlag –
EINE STIMME AUS DEM HAUFEN:
Erschlug er den Teufel?
PEER GYNT: Er schlug wie ein Mann.
Der Teufel aber fuhr wie ein Brand
Quer durchs Dach und zerspliß die Wand.
MEHRERE: Und der Schmied –?
PEER GYNT: Stand da mit versengten Händen.
Seit damals hat's zwischen uns sein Bewenden.

Allgemeines Gelächter.

EINIGE: Nicht schlecht!
ANDERE: Bald die beste von seinen Geschichten!
PEER GYNT:
Glaubt ihr, ich dicht was zusammen?
EIN MANN: Du dichten?
Ach nein; wir kennen seit uralten Zeiten
Das meiste –
PEER GYNT: Ihr lügt! Das ist mir passiert.
DER MANN: Wie alles.
PEER GYNT: Wer kann durch die Luft hin reiten,
Ohne daß er die Steigbügel verliert?
Ich kann's und kann mehr! Ihr wagt's zu bestreiten?

Gelächtersalve.

EINER IN DER MENGE:
Peer, reit durch die Luft!
VIELE: Ach, Peer, tu's doch bloß!
PEER GYNT: Ja, spielt nur mit dem Feuer und bettelt noch groß!
Und ich reit wie ein Wetter hin über euch allen!
Der ganze Kreis soll zu Füßen mir fallen!
EIN ÄLTERER MANN: Jetzt ist er übergeschnappt!
EIN ANDERER MANN: Das Schaf!
EIN DRITTER MANN: Der Prahlhans!

EIN VIERTER MANN: Der Lügner!

PEER GYNT *droht ihnen*: Ja, wartet nur brav!

EIN MANN *halbbetrunken*:

Ja, wart nur, wir kriegen dich schon noch am Kragen!

MEHRERE:

Und werden dir's Fell gerben und ein Auge blau schlagen!

Der Schwarm zerstreut sich, die Älteren in zorniger Erregung, die Jüngeren unter Spott und Gelächter.

DER BRÄUTIGAM *dicht an ihn herantretend*:

Du kannst durch die Luft reiten, Peer, ist das wahr?

PEER GYNT *kurz*:

Ja, Matz. Wie du willst, galoppier oder trab ich.

DER BRÄUTIGAM:

Und hast auch den Rock, der da macht unsichtbar?

PEER GYNT:

Den Hut willst du sagen, – jawohl, den hab ich.

Wendet sich von ihm ab. SOLVEIG *geht über den Hofplatz,* HELGA *an der Hand.*

PEER GYNT *ihnen entgegen, leuchtenden Auges*:

Solveig! Ach, das ist schön, daß sie da ist!

Faßt sie ums Handgelenk.

Jetzt will ich drehn dich, was Mutter auch schilt.

SOLVEIG: Laß mich!

PEER GYNT: Warum denn?

SOLVEIG: Du bist so wild.

PEER GYNT:

Auch der Renbock ist wild, wenn der Sommer nah ist.
Komm, und sei nicht so halsstarrig, Kind!

SOLVEIG *zieht den Arm an sich*:

Darf nicht.

PEER GYNT: Warum nicht?

SOLVEIG: Du hast getrunken.

Geht mit Helga weiter.

PEER GYNT: 's Messer müßt man diesen Halunken
Durch den Leib rennen, – wie sie da sind!

DER BRÄUTIGAM *pufft ihn mit dem Ellenbogen*:

Kannst du mich nicht zur Braut hineinbringen?

PEER GYNT *zerstreut*: Zur Braut? Wo ist die?

DER BRÄUTIGAM: Im Blockhaus.

PEER GYNT: So, so.

DER BRÄUTIGAM: Könntst du's, ich wär ja so seelenfroh.

PEER GYNT: Nein, mir träumt jetzt von anderen Dingen.
Ein Gedanke blitzt in ihm auf; er sagt leise und heftig:
Ingrid im Blockhaus! *Nähert sich Solveig.*
Je, das Gesicht!
Solveig will gehen; er vertritt ihr den Weg.
Du schämst dich, weil ich wie 'n Lump angezogen.
SOLVEIG *hastig*: Das ist nicht wahr, nein, das bist du nicht!
PEER GYNT: Ich bin auch nicht ganz mehr im Gleichgewicht.
Aber das war aus Trotz; denn du hattst mich betrogen.
Na, komm jetzt!
SOLVEIG: Ich darf nicht, und wenn ich schon mag.
PEER GYNT: Vor wem bist du bang?
SOLVEIG: Meist vor Vater.
PEER GYNT: Puh!
Der ist wohl von diesen stillen Christen,
Läßt die Ohren hängen? Was? Hab ich recht? Sag!
SOLVEIG: Was soll ich sagen?
PEER GYNT: Ihr seid Pietisten?
Der Vater, nicht? – und auch Mutter und du?
Na, kannst du nicht reden?
SOLVEIG: Laß mich in Ruh.
PEER GYNT: Nein!
Gedämpft, aber heftig und schreckend:
Du, ich verwandel mich in einen Troll!
Ich komm an dein Bett heut, wenn Mitternacht voll.
Hörst du dann ein Geschab und Gekratze,
So denk nur nicht etwa, das wär bloß die Katze.
Da komm ich und trink ich dein Blut wie ein Mahr;
Und dein Schwesterlein freß ich mit Haut und mit Haar;
Ja, denn du mußt wissen, ich bin Werwolf bei Nacht; –
Ich beiß dich in Lenden und Rücken und Mark – –
Schlägt mit einem Mal um und bittet wie in Angst:
Tanz mit mir, Solveig!
SOLVEIG *sieht ihn finster an*: Jetzt warst du arg. *Ab ins Haus.*
DER BRÄUTIGAM *kommt wieder des Wegs*:
Ich schenk dir ein Rind, wenn du kommst!
PEER GYNT: Abgemacht!

Sie verschwinden hinter dem Hause. Im selben Augenblick kommt ein großer Haufe Volks vom Tanzplatz her; die meisten sind betrunken. Lärm und Aufregung. Solveig, Helga und ihre Eltern zeigen sich mit einer Anzahl älterer Leute in der Tür.

DER KÜCHENMEISTER *zum Schmied, der der vorderste im Haufen ist*:
Halt Frieden!
DER SCHMIED *zieht die Jacke aus*:
Nein, jetzt wird's zum Austrag gebracht.
Peer Gynt oder ich soll am Platz hier bleiben!
EINIGE: Ja, laßt sie sich raufen!
ANDERE: Nein, bloß sich reiben!
DER SCHMIED: Die Faust muß hier reden; Worte sind Quark.
SOLVEIGS VATER: Beherrsch dich, Mann!
HELGA *zur Mutter*: Sag, wolln sie ihn schlagen?
EIN BURSCHE: Wir wolln lieber unser Spiel mit ihm treiben!
EIN ANDERER BURSCHE: Ins Gesicht ihm spucken!
EIN DRITTER BURSCHE: Vom Hof ihn jagen!
EIN VIERTER BURSCHE *zum Schmied*: Steckst du's auf, Schmied?
DER SCHMIED *wirft die Jacke ab*: Die Schindmähre wird geschlachtet!
SOLVEIGS MUTTER *zu Solveig*:
Da siehst du's, so wird der Fant hier geachtet.
AASE *kommt mit einem Stecken in der Hand*:
Wo ist mein Sohn? Jetzt krieg er's, der Schuft!
Ha, wie inbrünstiglich will ich ihn prügeln!
DER SCHMIED *krempelt die Hemdsärmel auf*:
Für so ein Fell ist ein Stecken Luft.
EINIGE: Der Schmied will ihn prügeln!
ANDERE: Bügeln!
DER SCHMIED *spuckt in die Hände und nickt Aase zu*:
Beflügeln!
AASE: Was! Den Peer? Versuch's nur, so sollst du sehn –!
Der Peer und ich haben Krallen und Zähn!
Wo ist er?
Ruft über den Platz hin:
Peer!
DER BRÄUTIGAM *kommt gelaufen*: 's ist um umzukommen!
He, Vater, Mutter –!
DER VATER: Was ist im Werk?
DER BRÄUTIGAM: Peer Gynt, denkt –!
AASE *schreit*: Habt Ihr ihm 's Leben genommen?
DER BRÄUTIGAM: Nein, Peer Gynt –! Seht dorthin, auf den Berg –!
DIE MENGE: Mit der Braut!
AASE *läßt den Stock sinken*: Das Luder!
DER SCHMIED *wie aus den Wolken gefallen*: Im schroffsten Gestein
Klettert der Kerl wie ein Geißbock hinauf.

DER BRÄUTIGAM *weinend*:
Er trägt sie, Mutter, wie ein Bär ein Schwein!
AASE *droht hinauf zu ihm*:
O, daß du herabfielst –!
Schreit in Angst auf:
Tritt vorsichtig auf!
DER HAEGSTADBAUER *kommt barhäuptig und weiß vor Zorn*:
Ich dreh ihm den Hals um für diesen Raub!
AASE: Gott straf mich, wenn ich Euch das erlaub!

ZWEITER AKT

Ein schmaler Steig hoch oben im Gebirge. Es ist früher Morgen.

PEER GYNT *geht eilig und unwillig den Steig entlang.* INGRID, *halb in Brautputz, sucht ihn zurückzuhalten.*

PEER GYNT: Geh!
INGRID *weinend*: Nach all dem, was geschehen!
Und wohin?
PEER GYNT: Was kümmert's mich!
INGRID *ringt die Hände*: Welch ein Treubruch!
PEER GYNT: Statt zu schmähen,
Wandre deines Wegs wie ich!
INGRID: Unsre Schuld muß uns vereinen!
PEER GYNT: Daß die Pest auf all das falle!
Hol die Pest euch Weiber alle – –
Außer einer –!
INGRID: Welcher einen?
PEER GYNT: Du bist's schwerlich.
INGRID: Also wer?
PEER GYNT: Geh! Geh wieder heim, woher
Du gekommen bist!
INGRID: Ach Peer –!
PEER GYNT: Schweig!
INGRID: Du kannst unmöglich meinen,
Was du redest.
PEER GYNT: Kann ich doch!
INGRID: Erst verführen, – dann erkalten!
PEER GYNT: Und was hast du, mich zu halten?
INGRID: Haegstad und manch andres noch.

PEER GYNT: Hast du ein Gesangbuch? Trägst du
Goldhaar über Hals und Mieder?
Hältst du Mutters Schürze? Schlägst du
Fromm den Blick zur Erde nieder?
INGRID: Ich –?
PEER GYNT: Bist du vor hundert Tagen
Am Altar gewesen?
INGRID: Nein –
PEER GYNT: Kann dein Auge züchtig sein?
Kannst du mir 'ne Bitt abschlagen?
INGRID: Peer, bist du von Sinnen, he?
PEER GYNT: Wird der, der dich ansieht, rein?
Sag!
INGRID: Nein, aber –
PEER GYNT: Also geh! *Will gehen.*
INGRID *vertritt ihm den Weg*: Weißt du, daß dir das den Kopf
Kosten kann?
PEER GYNT: Und wenn's auch wäre!
INGRID: Geld und Gut wird dein und Ehre,
Bleibst du treu!
PEER GYNT: Ich wär ein Tropf!
INGRID *bricht in Tränen aus*: Du betrogst mich –!
PEER GYNT: Du warst willig.
INGRID: Trostlos war ich!
PEER GYNT: Ich war toll.
INGRID *drohend*: Doch du zahlst den Preis noch voll!
PEER GYNT: Hier ist jeder Preis noch billig.
INGRID: Also nicht?
PEER GYNT: Komm mir nicht nah!
INGRID: Gut; du spürst noch meine Kralle!
Steigt hinab.
PEER GYNT *schweigt eine Weile; auf einmal schreit er*:
Daß die Pest auf all das falle!
Hol die Pest euch Weiber alle!
INGRID *wendet den Kopf und ruft höhnisch hinauf*:
Außer einer!
PEER GYNT: Einer; ja.
Ab, ein jedes seines Wegs.

Bei einem Gebirgssee; der Boden ringsum ist weich und sumpfig. Ein Unwetter zieht auf. AASE, *verzweifelt, ruft und sieht sich um nach allen Seiten.* SOLVEIG *hat Mühe, mit ihr Schritt zu halten. Ihre* ELTERN *und* HELGA *ein Stück dahinter.*

AASE *fuchtelt mit den Armen und rauft sich das Haar*:
Alles ist wider mich eifernd im Werk –
Himmel und Wasser und Wald und Berg!
Der Nebel möcht am liebsten ein Brett werden,
Der tückische Bergsee sein Totenbett werden,
Die Felswand ihn mit Steinschlag begraben!
Und gar die Menschen! Wenn die ihn erst haben!
Sie solln ihm nur an! Ich kann ihn nicht entbehren!
Mußt ihn der Teufel auch das just lehren!
Wendet sich zu Solveig:
Ist es denn möglich! Das ist mein Sohn? –
Er, der nichts konnt als lügen und drohn,
Er, dessen Maul seine einzige Kraft, –
Er, der noch nie was Rechtes geschafft, –
Er –! Was soll man da? Weinen oder lachen?
O, wir zwei hatten was durchzumachen!
Denn wie du wissen mußt, trank mein Mann,
Fuhr rings umher und gab Torheiten an;
's Geld flog hinaus; mehr und mehr ging's uns schlecht.
Derweil sind wir zwei denn daheim gesessen
Und haben gesucht, den Jammer zu vergessen;
Denn Widerstand leisten, das konnt ich nie recht.
Dem Schicksal ins Aug schaun, das ist kein Vergnügen;
Und man will doch auch mal seiner Sorgen bloß werden
Und die bösen Gedanken von Zeit zu Zeit loswerden.
Der eine braucht Branntwein, der andre braucht Lügen;
Na ja! Und so verfielen denn wir
Auf Prinzen und Trollspuk und allerhand Getier.
Auch Brautraub kam vor. Doch, frag ich, wer denkt,
Daß so was in solch einem Burschen festhängt.
Wieder voll Furcht:
Hu, was schrie dort! Ein Draug oder Zwerg!
Peer! – – Peer! – – Dort oben auf dem Berg –!

Sie läuft eine kleine Anhöhe hinauf und sieht über den See hin. Solveigs Eltern mit Helga kommen dazu.

AASE: Nichts zu sehn auf dem ganzen Kamm!
DER MANN *nachdenklich*: Schlimm für ihn.
AASE *weinend*: Mein verloren Lamm!

DER MANN *nickt mild*: Jawohl. Verloren.

AASE: Nein, red nicht so!
Er ist ein Kerl! Da wär mancher froh –!

DER MANN: Du Törin!

AASE: Mag ich dir eine gelten!
Doch meinen Jungen, den laß ich nicht schelten.

DER MANN *immer gedämpften Tones und mit milden Augen*:
Er ist verloren; sein Herz ward zu Stein.

AASE *angstvoll*: Nein doch! So hart wird der Herrgott nicht sein!

DER MANN: Kann er vielleicht seine Sünden bestreiten?

AASE *eifrig*: Nein, aber durch die Luft kann er reiten!

DIE FRAU: Seid Ihr verrückt?

DER MANN: Was schwatzt Ihr daher?

AASE: Nichts auf der Welt ist dem Jungen zu schwer.
Laßt ihn nur erst seine Schalen ganz sprengen –

DER MANN: Säht Ihr ihn nur erst am Galgen hängen!

AASE *schreit*: Jesus, nein!

DER MANN: Wird ihn der Henker packen,
Krümmt ihm vielleicht doch noch Reue den Nacken.

AASE *betäubt*: O, Ihr verwirrt noch mich armes Weib!
Kommt doch! Es gilt –

DER MANN: Seine Seel.

AASE: Und seinen Leib!
Steckt er im Sumpf, wir betten ihn trocken, –
Ist er verhext, muß der Küster an die Glocken, –

DER MANN: Hm! – Hier ist Viehweg –

AASE: Vergeß Gott Euch nicht,
Daß Ihr mir helft!

DER MANN: Das ist Christenpflicht.

AASE: So? Na, dann sind das Heiden, die andern!
Auch nicht einer wollt mit uns wandern –

DER MANN: Man kennt ihn zu gut.

AASE: Er konnt ihnen zuviel!

Ringt die Hände.

Und denkt Euch! Sein Leben steht auf dem Spiel!

DER MANN: Hier scheint 'ne Fährte –.

AASE: So laßt uns eilen!

DER MANN: Bei unserm Säter dann wolln wir uns teilen.

Er und seine Frau gehen voraus.

SOLVEIG *zu Aase*:
Erzähl mir noch etwas!

AASE *trocknet die Augen*: Von meinem Sohn?
SOLVEIG: Ja; –
Alles!
AASE *lächelt und trägt den Kopf mit einem Mal wieder hoch*:
Alles? – Müd würdst du da!
SOLVEIG: Eher wohl würdet Ihr müd, zu plauschen,
Als ich, zu lauschen.

Niedrige baumlose Höhen unterm Hochgebirge; Berggipfel weiter hinten. Die Schatten fallen lang; es ist spät am Tage.

PEER GYNT *kommt in großen Sätzen gesprungen und macht vor dem Abhang halt*: Die ganze Gemeind ist aus, mich zu fangen.
Sie haben sich bewaffnet mit Flinten und Stangen.
Allen voran hört den Haegstad man brüllen. –
Überall heißt's jetzt: Peer Gynt, das wilde Füllen!
Das ist doch was mehr als Gebalg mit 'nem Schmied;
Das ist Leben. Man fühlt sich wie ein Bär in jedem Glied.
Schlägt um sich und macht einen Luftsprung.
Brechen! Wälzen! Den Wasserfall stauen!
Tannen auswurzeln! Stoßen! Hauen!
Das ist Leben! Das kräftigt! Das schafft Genügen!
Zum Teufel mit all den wäßrigen Lügen!
DREI SAETERINNEN *laufen über die Berghänge schreiend und singend*:
Trond im Walgebirg! Kåre und Bår!
Wir schieben heut nacht die Riegel nicht vor!
PEER GYNT: Was schreit ihr da?
DREI SAETERINNEN: Jede nach ihrem Troll!
ERSTE SAETERIN: Trond! Komm mir schmachtend!
ZWEITE SAETERIN: Bår, komm mir toll!
DRITTE SAETERIN: Im Säter stehn alle Kammern leer.
ERSTE SAETERIN: Toll ist schmachtend!
ZWEITE SAETERIN: Und schmachtend ist toll!
DRITTE SAETERIN:
Fehlt es an Burschen, so liebt man 'nen Troll.
PEER GYNT: Wo sind denn die Burschen?
ALLE DREI SAETERINNEN *sich vor Lachen schüttelnd*:
Die kommen nicht mehr.
ERSTE SAETERIN:
Der meine, der nannt mich Verlobt' und Verwandte, –
Da wurd er der Mann von 'ner alten Tante.

ZWEITE SAETERIN:
Der meine, der traf 'ne Zigeunrin im Norden, –
Da sind sie beide Landstreicher worden.
DRITTE SAETERIN: Der meine vergab's unserm kleinen Dinge, –
Jetzt grient sein Schädel wo aus 'ner Schlinge.
ALLE DREI SAETERINNEN: Trond im Walgebirg! Kåre und Bår!
Wir schieben heut abend die Riegel nicht vor!
PEER GYNT *steht mit einem Sprung unter ihnen*:
Ich bin ein Troll und ein Bursch für euch drei!
DIE DREI SAETERINNEN: Bist du so 'n Kerl?
PEER GYNT: Steh der Himmel euch bei!
ERSTE SAETERIN: Zum Säter!
ZWEITE SAETERIN: Wir haben Met!
PEER GYNT: Laßt's ein Meer sein!
DRITTE SAETERIN:
Die Samstagsnacht soll keine Kammer heut leer sein!
ZWEITE SAETERIN *küßt ihn*:
Er glühet und sprühet wie glühheißes Erz.
DRITTE SAETERIN *ebenso*:
Wie 's Aug einer Kindsleich im schwärzesten See.
PEER GYNT: Trübe der Sinn und frech das Herz.
Im Auge Lachen, im Halse Weh!
DIE DREI SAETERINNEN *machen den Bergspitzen lange Nasen, schreien und singen*: Trond im Walgebirg! Kåre und Bår!
Wir schieben heut nacht die Riegel doch vor!

Im Rondegebirge. Sonnenuntergang. Schimmernde Schneegipfel rundum.

PEER GYNT *kommt wirr und verwildert*:
Luftschloß auf Luftschloß brückt es
Über die Tiefen hin!
Steh! Willst du stehn! Da rückt es
Wieder aus Augen und Sinn!
Auf dem Turme der Hahn winkt
Mit seinen Flügeln zur Flucht; –
Und, ein entflatternder Wahn, sinkt
Alles ins Grauen der Schlucht. –
Was für Wurzeln und Stämme sprießen
Dort aus zerklüftetem Grund?
Das sind Riesen mit Reiherfüßen!

Da schluckt sie schon wieder ein Schrund. –
 Wie Regenbogengeflimmer
Frißt sich mir's ins Gehirn.
 Was ist das für Glockengewimmer!
Was werkt da in meiner Stirn!
Der Schädel nimmt keinen Rat an.
 Wie sollt er's auch mit dem Band,
Dem brennheißen, um sich! Zum Satan!
Wer hat mir nur das umgebrannt!

Sinkt nieder.

 Bocksritt über den Genden.
Wer dir das glauben mag?
Hoch an den schroffesten Wänden
Mit der Braut, – und im Rausch einen Tag;
Stoßende Falken und Weihen,
Trollspuk und ähnlicher Prast,
Liebschaften gleich mit dreien; –
O, du verruchter Phantast!

Starrt lange aufwärts.

 Da segeln zwei braune Aare.
Gen Süden die Wildgäns ziehn,
Und hier soll ich armer Narre
Im Kot waten bis zu den Knien!

Springt in die Höhe.

 Ich will mit! Will baden mich rein in
Des Winds allerwildester Wut!
Will hoch! Will tauchen hinein in
Der Sonne Taufstrahlenflut!
Ich will fort! Ich schwing mich zu Pferde;
Ich reit mich von Sinn und Verstand;
Ich stürm übers Meer und werde
Kaiser von Engelland;
Ja, glotzt nur, ihr Mädel da drunten!
Ich tu, was ich mag, dennoch.
Was wartet ihr, dumme Tunten –!
Das heißt, – am End komm ich doch?!
 Hallo! Die Adler da droben, –
Die hat wohl der Schwarze verhext!
 Da hat sich ein Giebel erhoben!
Schau, schau, wie das wird und wächst!
Ein Bauwerk aus Berg und Wolke!

Haha, jetzt kenn ich mich aus!
Breit winkt die Tür allem Volke, –
Das ist Großvaters neugebaut Haus.
Dem alten Gebälk ging's zuleibe,
Der Hecke gab man den Rest.
Das glitzert von jeder Scheibe,
Im großen Saal, da ist Fest!
  Da messert die Plappertasche,
Der Propst, an sein Glas und girrt;
Da schmeißt der Kap'tän seine Flasche,
Daß der Spiegel in Scherben zerklirrt. –
Laß fahren dahin! Laß fahren!
Schweig, Mutter; wir machen's nicht gut!
Der reiche Jon Gynt mag nicht sparen, –
Ein Hoch auf das Gyntische Blut!
Was ist das für ein Gezeter!
Was für ein Gelärm und Gejohl!
Der Kapitän ruft nach Peter, –
Der Propst will ausbringen mein Wohl.
Hinein denn, entgegengenommen
Dein Urteil von jedem im Saal:
Von Großem, Peer, bist du kommen,
Und Großes noch wirst du einmal!

Springt vorwärts, rennt jedoch mit der Nase gegen einen Felsblock, fällt hin und bleibt liegen.

Eine Berglehne mit großen sausenden Laubbäumen. Sterne blinken durchs Laub; Vögel singen in den Baumkronen.

Ein GRÜNGEKLEIDETES WEIB *geht auf der Lehne.* PEER GYNT *folgt ihm unter allerhand verliebten Gebärden.*

DIE GRÜNGEKLEIDETE *bleibt stehen und kehrt sich um:*
Ist's wahr?

PEER GYNT *schneidet sich mit dem Finger über die Gurgel:*
Ich heiße nicht wahrer Peer, –
Und du bist nicht wahrer eine bildsaubre Dirn!
Willst du mich haben? Du bekommst es nicht schwer,
Sollst nichts zu tun haben mit Nadel und Zwirn,
Magst dich mit Speisen nach Herzenslust stopfen,
Will dich auch niemals beuteln oder schopfen –

DIE GRÜNGEKLEIDETE:
Nie auch mich schlagen?
PEER GYNT: Nein; so zu fragen!
Ein Königssohn wird doch nicht Weibsleute schlagen.
DIE GRÜNGEKLEIDETE: Ein Königssohn?
PEER GYNT: Ja!
DIE GRÜNGEKLEIDETE: Ich bin Dovrekönigs Kind.
PEER GYNT: Bist du? Schau, schau, was für Leute wir sind!
DIE GRÜNGEKLEIDETE: Drinnen in Ronde hat Vater sein Schloß.
PEER GYNT: Mutters Palast ist ein wahrer Koloß.
DIE GRÜNGEKLEIDETE: Kennst du meinen Vater? Den König Brose?
PEER GYNT: Kennst du meine Mutter? Die Königin Aase?
DIE GRÜNGEKLEIDETE: Brüllt Vater, bersten die größten Blöcke.
PEER GYNT: Schilt Mutter, schießen sie Purzelböcke.
DIE GRÜNGEKLEIDETE: Vater, der springt dir im Tanz bis ans Dach.
PEER GYNT: Die Mutter, die reitet durch den reißendsten Bach.
DIE GRÜNGEKLEIDETE: Hast du keinen besseren Anzug als den?
PEER GYNT: Du solltest mal meinen Sonntagsstaat sehn!
DIE GRÜNGEKLEIDETE: Ich geh auch werktags in seidnem Kleide.
PEER GYNT:
Es sieht zwar wie Werg aus und Gras, nicht wie Seide –
DIE GRÜNGEKLEIDETE: Ja, du, auf eines, da hab du mir acht;
So ist's nun einmal bei uns hergebracht:
Alles beim Rondevolk hat zwei Seiten.
Wenn du auf Vaters Schloß mit mir gehst,
Dürft dich der Schein leicht zum Glauben verleiten,
Daß du mitten in einer Geröllwüste stehst.
PEER GYNT: Just wie bei uns! Daß man's glauben sollt!
Für Ruß und Rost möchtst du alles das Gold –
Und jede glitzernde Scheib für aus alten
Fetzen und Flicken zurechtgemacht halten.
DIE GRÜNGEKLEIDETE:
Schwarz, das scheint weiß, und grob, das scheint fein.
PEER GYNT:
Groß, das scheint klein, und schmutzig, das scheint rein!
DIE GRÜNGEKLEIDETE *fällt ihm um den Hals*:
Ja, Peer, so seh ich, wir geben ein Paar!
PEER GYNT: Wie Bein und Hose, wie Kamm und Haar.
DIE GRÜNGEKLEIDETE *ruft nach hinten in die Berglehne*:
Brautrößlein! Brautrößlein mein! Komm hervor!
Eine riesengroße Sau kommt gelaufen mit einem Tauende als Zaum

und einem alten Sack als Sattel. Peer Gynt schwingt sich darauf und nimmt die Grüngekleidete vor sich.

PEER GYNT: Heißa! Jetzt geht es durchs Ronde-Tor,
Sput dich, sput dich, mein Zelter brav!

DIE GRÜNGEKLEIDETE *zärtlich*:
Ach, gestern noch ging ich fast wie im Schlaf; –
Und heute – wer das mir gesagt hätt! – und heute –!

PEER GYNT *prügelt die Sau und trabt von dannen*:
Am Reitzeug erkennt man die fürnehmen Leute!

Des Dovre-Alten Königshalle. Große Versammlung von HOFTROLLEN, ERDGEISTERN *und* KOBOLDEN. *Der* DOVRE-ALTE *auf dem Hochsitz mit Krone und Zepter. Seine* KINDER *und nächsten* VERWANDTEN *zu beiden Seiten.* PEER GYNT *steht vor ihm. Große Bewegung im Saal.*

DIE HOFTROLLE: Schlachtet ihn ab! Betört hat der Christ
Des Dovre-Alten wonnigste Maid!

EIN JUNGER TROLL: Ob ich ihn in den Finger schneid?

EIN ANDERER: Darf ich ihn an den Haaren reißen?

EINE TROLLJUNGFER: Laßt mich ihn in den Schenkel beißen!

TROLLHEXE *mit einem Kochlöffel*:
Sofern er in Salzlaug zu pökeln ist –?

EINE ANDERE *mit einem Schlächtermesser*:
Soll ich ihn am Spieß braten oder im Hafen schmoren?

DER DOVRE-ALTE: Eis euch ins Blut!
Winkt seine Vertrauten näher zu sich heran:
Hört, sein wir keine Toren!
Mit uns geht's die letzten Jahre zurück,
Wir haben den Halt, sozusagen, verloren,
Und Volkshilfe macht uns am End wieder flügg.
Zudem scheint der Bursche gesund geboren,
Und stark gebaut ist er auch, wie ich seh.
Wohl wahr, Kopf hat er nicht mehr als einen,
Doch hat meine Tochter ja auch nicht meh.
Dreiköpfige Trolle gibt's schier mehr keinen,
Zweiköpfige kaum noch mal hier und da,
Und die sind denn dann auch soso lala. *Zu Peer Gynt*:
Du willst, daß ich dir die Tochter gebe?

PEER GYNT: Die Tochter und 's Reich als Mitgift dazu.

DER DOVRE-ALTE: Das halbe mag dein sein, solang ich noch lebe,

Das übrige, leg ich dereinst mich zur Ruh.

PEER GYNT: Ich bin's zufrieden.

DER DOVRE-ALTE: Ja, stopp, mein Sohn!
Du mußt dich auch durch Zusagen binden.
Und brichst du nur eine, so kostet's den Thron,
Und du wirst nie mehr lebend von hier hinweg finden.
Zunächst hast du nirgends herumzuscharwenzen,
Auch nicht in Gedanken, außer Rondanes Grenzen.
Tag sollst du scheun und Tat und jeden Fleck Lichts.

PEER GYNT:
Wenn ich König genannt werd, verschlägt mir das nichts.

DER DOVRE-ALTE:
Dann wolln wir dich mal bei den Hörnern packen –
Erhebt sich auf seinem Sitz.

DER ÄLTESTE HOFTROLL *zu Peer Gynt*:
Wobei deine Kunst sich erweisen soll,
Des Alten Rätselnüsse zu knacken!

DER DOVRE-ALTE: Wodurch unterscheiden sich Mensch und Troll?

PEER GYNT: Die unterscheiden sich wohl nicht sehr.
Großtroll will zwicken und Kleintroll will zwacken; –
Ganz wie bei uns, wenn's erlaubt nur wär.

DER DOVRE-ALTE: Wohl wahr, wir sind einig in dem und in mehr.
Doch gleicht sich auch Tag um Tag um ein Haar, –
Ein Unterschied bleibt denn doch immerdar. –
Hör zu denn, so wird er dir offenbar.
Draußen im Sonnenstrahl ruft man sich zu
Als heimlichste Weisheit: „Mensch, sei du!"
Hier aber unter uns Trollen heißt klug
Geredet: „Troll, sei du – dir genug!" –

DER HOFTROLL *zu Peer Gynt*:
Ist das nicht tief?

PEER GYNT: Mir ist's noch nicht klar.

DER DOVRE-ALTE:
„Genug", mein Sohn, dies mächtige Scheidwort,
Werde fortan dein Leib- und Leitwort!

PEER GYNT *kraut sich hinter dem Ohr*:
Ja, doch –

DER DOVRE-ALTE: Du mußt, willst du Herr hier werden!

PEER GYNT: Meinthalben; 's gibt schlimmere Dinge auf Erden –

DER DOVRE-ALTE: Sodann mußt du Ehre zu lernen einlegen,
Wie wir daheim hier zu leben pflegen.

Er winkt: Zwei Trolle mit Schweinsköpfen, weißen Nachthauben usw. bringen Speise und Trank.

Die Kuh gibt Fladen, der Ochs gibt Met;
Frag nicht, ob's sauer oder süß eingeht;
Die Hauptsach ist, daß man nie vergißt,
Daß es hausgemacht ist.

PEER GYNT *stößt die Sachen von sich*:
Zum Teufel mit euerer Hauskost auch!
Ich find mich wohl nie in den Landesbrauch.

DER DOVRE-ALTE: Der Napf geht mit, und der Napf ist von Gold.
Wer den Goldnapf hat, dem ist mein Töchterlein hold.

PEER GYNT *überlegend*:
Es steht freilich geschrieben: Du sollst dich zwingen; –
Und man lernt's mit der Zeit ja wohl leichter schlingen.
Meinthalben! *Fügt sich.*

DER DOVRE-ALTE: Sieh, Freund, das zeugt von Vernunft. –
Du spuckst?

PEER GYNT: Man gewöhnt sich wohl noch in die Zunft.

DER DOVRE-ALTE: Sodann mußt du deine Christentracht abwerfen;
Denn dies laß zu Dovres Ehren dir einschärfen:
Hier ist nichts von jenseits der Felsenscheide,
Außer hinten am Wedel die Schleife von Seide.

PEER GYNT *zornig*: Ich hab keinen Wedel!

DER DOVRE-ALTE: Geduld dich, Mann!
Hoftroll, bind ihm meinen Sonntagsschwanz an!

PEER GYNT: Wenn du's versuchst –! Das geht über den Scherz!

DER DOVRE-ALTE: Du freist um meine Tochter mit nackichtem Sterz?

PEER GYNT: Einen Menschen zum Tier machen!

DER DOVRE-ALTE: Freund, du irrst;
Ich mach dich nur zu einem höfischen Freier.
Die brandgelbe Schleif, die du kriegen wirst,
Die trägt man hier sonst nur zur höchsten Feier.

PEER GYNT *nachdenklich*:
Wie heißt's doch! Ein Mensch ist nicht mehr als ein Hauch.
Und man muß sich wohl finden in Schick und in Brauch.
Bind an denn!

DER DOVRE-ALTE: Du bist ein umgänglicher Gesell.

DER HOFTROLL: Und nun versuch mal recht fein zu wedeln!

PEER GYNT *gereizt*: He, wollt Ihr mich nun noch weiter veredeln?
Heischt Ihr auch noch meinen Christenglauben?

DER DOVRE-ALTE: Nein, nein, den wollen wir dir nicht rauben.

Der Glauben ist frei; darauf liegt hier kein Zoll.
Am Schnitt und am Schritt erkennt man den Troll.
Wenn uns nur Tracht und Gehaben nicht trennen,
Nenn immer Glauben, was Furcht wir nennen.

PEER GYNT: Du bist doch, trotz all der schlimmen Gebräuch,
Ein netterer Kerl, als man sollte meinen.

DER DOVRE-ALTE:
Mein Sohn, wir Trolle sind besser, als wir scheinen,
Das ist auch ein Unterschied zwischen uns und euch. –
Doch, laßt uns dem Ernst ein Ende nun setzen.
Auf, auf, zur Freude für Aug und für Ohr,
Laß, Spielmaid, nun deine Harf uns ergetzen!
Spring, Tanzmaid, uns den Dovretanz vor!

Spiel und Tanz.

DER HOFTROLL:
Was gedünkt dich davon?

PEER GYNT: Was? Hm!

DER DOVRE-ALTE: Fürcht dich nicht.
Was siehst du?

PEER GYNT: Ein urgreulich Gesicht:
Eine Darmsaiten hufende Schellenkuh.
In Kniehosen trippelt ein Ferkel dazu.

DER HOFTROLL: Verschlingt ihn!

DER DOVRE-ALTE: Bedenkt, er hat Menschensinnen!

DIE TROLLJUNGFERN: Aug aus und Ohr ab dem frechen Fanz!

DIE GRÜNGEKLEIDETE *weinend*:
Huhu! Solch Lob ist's, was wir gewinnen,
Wenn ich und mein Schwesterlein spiel und tanz!

PEER GYNT: Ach, du! Du warst's? Na, so 'n bißchen Gehöhn,
Das weißt du ja doch, das bedeutet nicht viel.

DIE GRÜNGEKLEIDETE:
Gewiß und wahrhaftig nicht?

PEER GYNT: Tanz so wie Spiel
War, laus mich der Affe, beides sehr schön.

DER DOVRE-ALTE:
Mit der Menschenart ist das ein wunderlich Ding;
Die klebt und klettet so merkwürdig fest.
Und ob sie auch noch so viel Schrammen empfing,
Die Narben heilen, das ist der Rest.
Mein Schwiegersohn hat doch nun, ungelogen,
Fügsam sein Christenzeug ausgezogen,

Fügsam getrunken vom Metpokal,
Fügsam den Wedel sich umgebunden, –
So fügsam zu allem, kurz, was ich befahl,
Daß ich dachte, für ein und für allemal
Sei nun sein alter Adam verschwunden;
Doch einszweidrei steht der hier wieder im Saal.
Ja, ja, mein Sohn, so bedarf's einer Kur
Wider diese dickschädlige Menschennatur.

PEER GYNT: Einer Kur?

DER DOVRE-ALTE: In den linken Augapfel hier
Ritz ich dich leicht: so wird scheel dein Geäug;
Doch was du siehst, siehst du fortan wie wir.
Sodann schneid ich aus dir das rechte Visier.

PEER GYNT: Du bist wohl –?

DER DOVRE-ALTE *legt einige scharfe Werkzeuge auf den Tisch*:
Hier hab ich mein Glaserzeug.
Und kriegst du dann Scheuklappen noch, wie ein Gaul,
Dann siehst du die Braut mit einem Mal blühn
Und fabelst nie fürder mit bösem Maul
Von trippelnden Ferkeln und Schellenkühn –

PEER GYNT: Töricht!

DER ÄLTESTE HOFTROLL: So kommt dir des Alten Red vor?
Merk's! er ist der Weise und du bist der Tor!

DER DOVRE-ALTE: Bedenk, von wieviel Verdrießlichkeiten
Du dich befrein kannst auf alle Zeiten.
Frag selbst dich, was hast du von dieser Quelle
Quälender Zährenbeiz und -laug!

PEER GYNT:
Ganz recht; und ich kenn auch die Bibelstelle:
Ärgert dein Aug dich, reiß aus dein Aug!
Aber – wann stellt es sich dann wieder her,
Wird Menschenaug wieder?

DER DOVRE-ALTE: Das wird's nimmermehr.

PEER GYNT: So? Ja, dann sind wir zu Ende gediehn.

DER DOVRE-ALTE:
Was willst du tun?

PEER GYNT: Meines Wegs mich verziehn.

DER DOVRE-ALTE: Nein, halt! Herein schlüpft hier leicht ein Wicht!
Aber hinaus läßt der Dovrehag nicht.

PEER GYNT:
Du willst mit Gewalt, daß ich hierbleiben soll?

DER DOVRE-ALTE:
Hör nun, und nimm Vernunft an, Prinz Peer!
Du hast Begabung zum Troll. Nicht wahr, er
Trägt sich nun schon so ziemlich wie ein Troll?
Und willst doch auch Troll sein?

PEER GYNT: Weiß Gott, will ich's sein.
Für 'ne Braut und ein wohlbestallt Reich obendrein
Gibt man ja wohl auch einmal etwas viel.
Aber alles in der Welt hat sein Maß und sein Ziel.
Den Wedel nahm ich an, weil ich's also verstand:
Man kann wieder lösen, was der Hoftroll band.
Die Hos warf ich ab, weil sie alt war und fetzig;
Doch die kann man ja wohl wieder anknöpfen, schätz ich.
Und schließlich drück ich mich wohl auch noch leis
Von dieser Dovreschen Lebensweis.
Ich will ja gern schwören, eine Kuh wär eine Maid;
Einen Eid kann ja einer mal in sich fressen; –
Aber so seine Menschheit auf immer vergessen,
Nicht einmal als ehrlicher Mensch sterben sollen,
Als Bergtroll so umgehn auf Lebenszeit, –
Niemalen mehr von Euch zurücktreten können, –
So Troll sein mit all seinem Fühlen und Wollen; –
Nein, nein; da tu ich mir Besseres gönnen.

DER DOVRE-ALTE: Jetzt werd ich aber bald wild, du Duns;
Und dann ist nicht mehr zu spaßen mit Uns.
Du tagfalber Knirps! Weißt du, wer Wir sind?
Zuerst vergreifst du dich an Unserm Kind –

PEER GYNT:
Das lügst du in deinen Hals!

DER DOVRE-ALTE: Du mußt sie jetzt frein.

PEER GYNT:
Du wagst mir zu sagen –?

DER DOVRE-ALTE: Was ist da zu schrein?
Du hast sie begehrt! Du wünschtest mein Reich!

PEER GYNT *pustet*: Sonst nichts? An so was sich festzuzwacken!

DER DOVRE-ALTE: Ihr Menschen bleibt euch doch alleweil gleich.
Den Geist bekennt ihr mit vollen Backen;
Doch geachtet wird nur, was mit Fäusten zu packen.
Du meinst, daß Wunsch und Begehren nicht bindet?
Wart nur, dir soll bald ein Licht aufgehn!

PEER GYNT: Du sollst mich dir nicht ins Netz schwimmen sehn!

DIE GRÜNGEKLEIDETE:
Mein Peer, du bist Vater, eh's Jahr entschwindet.
PEER GYNT: Laßt mich hinaus.
DER DOVRE-ALTE: Wir schicken dir 's Kleine
Nach in 'nem Bocksfell.
PEER GYNT *trocknet sich den Schweiß ab*:
Erwacht ich doch nur!
DER DOVRE-ALTE:
Soll's an den Königshof?
PEER GYNT: Schickt's der Gemeine!
DER DOVRE-ALTE:
Mach, was du willst, mit der Kreatur.
Getan ist getan; davon geht kein Quent;
Item, Prinz Peer, daß dein Sprößling wird wachsen;
Solch ein Mischlingsbalg wächst unheimlich behend –
PEER GYNT: Alter, nun lassen wir endlich die Faxen;
Kommen wir, Jungfer, zu Frieden und Vergleich!
Du sollst wissen, ich bin weder Prinz weder reich; –
Und ob du mich wögest nun oder mich mäßest,
's wär für dich kein Gewinn, wenn du mich besäßest.
Der Grüngekleideten wird übel; Trollmädchen tragen sie hinaus.
DER DOVRE-ALTE *blickt eine Weile mit tiefer Verachtung auf ihn; darauf sagt er*: Schmeißt ihn wider die Bergwand zu Brei!
DIE JUNGEN TROLLE *bittend*: Spielen wir nicht erst Kauz und Weih?
Isegrim? Funkelkatz und Graumaus?
DER DOVRE-ALTE:
Aber schnell! – Ich schnarch mein Gift derweil aus.
Ab.
PEER GYNT *von den jungen Trollen gejagt*:
Laßt mich, Teufelspack!
Will durch den Schornstein hinauf.
DIE JUNGEN TROLLE: Kobolde! Wichte!
Beißt ihn von hinten!
PEER GYNT: Au!
Will hinab durch die Kellerluke.
DIE JUNGEN TROLLE: Macht alles dichte!
DER HOFTROLL: Wie die Kleinen sich freun!
PEER GYNT *mit einem kleinen Trolljungen kämpfend, der sich in sein Ohr festgebissen hat*: Laß los, Höllenbrut!
DER HOFTROLL *schlägt ihn auf die Finger*:
Willst du wohl, Schlingel! Das ist königlich Blut!

PEER GYNT: Ein Rattenloch –! *Läuft hin.*

DIE JUNGEN TROLLE: Wichtelvolk! Werg in die Kerbe!

PEER GYNT: Die Rangen verstehn ihr verruchtes Gewerbe!

DIE JUNGEN TROLLE: Zerfetzt ihn!

PEER GYNT: Ach, wär man klein wie 'ne Maus!

Läuft umher.

DIE JUNGEN TROLLE *umwimmeln ihn*:
Schließt den Ring! Schließt den Ring!

PEER GYNT *jammernd*: Ach, wär ich eine Laus!

Fällt um.

DIE JUNGEN TROLLE: Auf die Augen ihm jetzt!

PEER GYNT *im Trollhaufen begraben*: Hilf, Mutter, ich sterbe!

Kirchenglocken läuten in der Ferne.

DIE JUNGEN TROLLE:
Schellen im Gebirg! Der Schwarzrock fährt aus!

Die Trolle flüchten unter Geheul und Getöse. Die Halle stürzt zusammen; alles verschwindet.

Stockfinsternis.

Man hört PEER GYNT *mit einem großen Ast um sich hauen und schlagen.*

PEER GYNT: Gib Antwort! Wer bist du?

EINE STIMME IN DER FINSTERNIS: Ich selbst.

PEER GYNT: Freie Bahn!

DIE STIMME: Einen Umweg gemacht! Groß genug ist der Plan.

PEER GYNT *will an einer andern Stelle hindurch, stößt aber auf Widerstand*: Wer bist du?

DIE STIMME: Ich selbst. Kannst du eben das sagen?

PEER GYNT:
Ich kann sagen, was ich will, und mein Schwert dich erschlagen!
Sieh dich vor! Hui, hei, da fällt's auch schon sausend!
König Saul erschlug hundert; Peer Gynt erschlug tausend!

Schlägt und haut.

Wer bist du?

DIE STIMME: Ich selbst.

PEER GYNT: Das dumme Gered
Kannst du dir sparen, das keiner versteht.
Was bist du?

DIE STIMME: Der große Krumme.

PEER GYNT: Schau, schau!
Erst war das Rätsel schwarz, jetzt scheint es grau.
Bahn frei, Krummer!
DIE STIMME: Herum um mich, Peer!
PEER GYNT: Durch! *Schlägt und haut.*
Da fiel er!
Will vorwärts, stößt aber auf Widerstand.
Hoho! Sind hier mehr?
DIE STIMME: Nur einer, Peer Gynt, der sich immer wieder erhebt!
Der Krumme, der tot ist und niedergebrochen.
Der Krumme, der tot ist, und der Krumme, der lebt.
PEER GYNT *wirft den Ast weg*:
Die Wehr ist verhext; muß die Faust denn ans Werk!
Schlägt sich durch.
DIE STIMME: Ja, trau du nur auf deine Faust, deine Knochen!
Hihi, Peer Gynt, so gewinnst du den Berg.
PEER GYNT *kommt zurück*:
Hin und zurück, 's ist der gleiche Weg; –
Hinaus und hinein, 's ist der gleiche Steg!
Da ist er! Dort! Rings, wo ich mich weise!
Wähn ich mich draußen, steh ich mitten im Kreise.
Nenn dich! Laß sehn dich! Was bist du, Verkapptes?
DIE STIMME: Der Krumme.
PEER GYNT *tastet umher*: Nicht tot. Nicht lebendig. Ein Gären.
Ein Brodeln. Gestaltlos. Und brummend tappt es
Um einen her wie halbwache Bären!
Schreit:
Schlag um dich!
DIE STIMME: Der Krumme ist nicht so toll.
PEER GYNT: Schlag zu!
DIE STIMME: Der Krumme schlägt nicht.
PEER GYNT: Er soll!
DIE STIMME: Der große Krumme gewinnt ohne Streit.
PEER GYNT:
Wär hier bloß ein Zwerg, der mich zwicken möchte!
Wär hier bloß ein Troll, nur zehn Monate alt!
Bloß daß man nicht so in der Luft herum föchte.
Jetzt schnarcht er gar! Krummer!
DIE STIMME: Was gibt's?
PEER GYNT: Brauch Gewalt!
DIE STIMME: Der große Krumme gewinnt alles mit der Zeit.

PEER GYNT *beißt sich in Arme und Hände*:
Krallen ins Fleisch und ritzende Zähn!
Ich muß mein eigen Blut rinnen sehn.
Man hört etwas wie den Flügelschlag großer Vögel.
VOGELSCHREI: Kommt er, Krummer?
DIE STIMME IN DER FINSTERNIS: Ja! Schuh um Schuh.
VOGELSCHREI:
All ihr Schwestern von nah und fern! Stellt euch ein!
PEER GYNT: Willst du mich retten, Dirn, vor dem Draug,
Schau nicht so bitter und kummervoll drein!
Dein Gesangbuch! Wirbel's ihm mitten ins Aug!
VOGELSCHREI: Er taumelt.
DIE STIMME: Wir haben ihn.
VOGELSCHREI: Schwestern! Herzu!
PEER GYNT: Zu teuer erkauft sich ein Menschensein
Mit solch einer Stunde voll zehrender Pein.
Sinkt zusammen.
DIE VÖGEL: Da stürzt er! Nun, Krummer, an Leib und Leben ihm!
Von ferne hört man Glockenläuten und frommen Gesang.
DER KRUMME *schwindet zu nichts zusammen und ruft mit erlöschender Stimme*: Er war zu stark. Weiber standen neben ihm.

Sonnenaufgang. Im Gebirge vor Aases Säter. Die Tür ist verriegelt; alles öde und still.

PEER GYNT *erwacht, sieht mit stumpfem und trägem Augenaufschlag um sich. Spuckt aus*:
Wie gut ein gesalzener Hering jetzt wär!
Spuckt wieder aus; zugleich erblickt er HELGA, *die mit einem Korb voll Lebensmitteln kommt.*
He, Kleine, bist du hier? Wo kommst du denn her?
HELGA: Solveig –
PEER GYNT *springt auf*: Wo ist sie?
HELGA: Hier, hinterm Haus.
SOLVEIG *unsichtbar*: Kommst du mir nah, so nehm ich Reißaus!
PEER GYNT *bleibt stehen*:
Meinst wohl, du liefst hier bei mir Gefahr –
SOLVEIG: Schäm dich!
PEER GYNT: Und weißt du, wo ich des Nachts war? –
Die Dovremaid hängt wie 'ne Roßbrems mir an.
SOLVEIG: Wie gut es da war, daß im Dorf wurd geläutet!

PEER GYNT: Was auch Peer Gynt das Gebimmel bedeutet! –
Was sagst du?
HELGA *weinend*: Da rennt sie schon, was sie kann.
Läuft nach.
Wart doch!
PEER GYNT *packt sie am Arm*:
Schau her, du! Was hab ich hier?
Einen silbernen Knopf, Kleine! Möchtest du den?
So leg ein gut Wort für mich ein!
HELGA: Laß mich gehn!
PEER GYNT: Hier hast du ihn.
HELGA: Da steht der Korb mit dem Essen!
PEER GYNT:
Gnad dir Gott, wenn du nicht –!
HELGA: Ich fürcht mich vor dir!
PEER GYNT *sanft; läßt sie los*:
Ich meint ja nur: Bitt sie, sie soll mich nicht vergessen!
Helga laufend ab.

DRITTER AKT

Tief im Innern des Nadelwaldes. Graues Herbstwetter. Schneefall.

PEER GYNT, *in Hemdsärmeln, fällt Holz.*

PEER GYNT *haut los auf eine große Kiefer mit gekrümmten Ästen*:
Ei ja, du bist zäh, du alter Gesell;
Doch frommt dir das wenig; du fällst nur zu schnell.
Haut wieder.
Ich seh zwar, du hast ein Panzerhemd an;
Doch wär's noch so stark auch, ich steh meinen Mann.
Ja, ja; du schüttelst deinen knorrigen Arm;
Glaub's wohl, du zitterst vor Zorn und Harm;
Doch trotz alledem sollst du nieder vor Peer –!
Bricht mit einem Mal schroff ab.
Hirngespinst! Das ist ein Baum und nichts mehr;
Keine in Stahl gehüllte Gestalt;
Bloß eine Bergkiefer, rissig und alt. –
Ein hart Stück Arbeit, dies Umhaun von Bäumen;
Doch Wahnwitz, zu haun und dazu noch zu träumen. –

Dies hat jetzt ein End; – dies ins Blaue Stieren
Und offenen Augs sich im Nebel verlieren. –
Ein Friedloser bist du! Ein Tier unter Tieren.

Haut eine Weile hastig.

Friedlos, jawohl. Kein haushälterisch
Mütterlein deckt und bestellt dir den Tisch.
Willst du was essen, Bursch, hilf dir allein,
Fang dir im Bach oder Wald was ein,
Schnitzel dir Brennholz und setz es in Brand,
Brat und trag auf dir mit eigener Hand.
Willst du dich warm kleiden, pirsch dich an Böcke;
Willst du dir 'n Haus grundmauern, brich Blöcke;
Willst du dir's aufzimmern, hack und hau,
Und schlepp dir die Balken selbst bücklings zum Bau!

Die Axt sinkt; er sieht vor sich hin.

Fein soll der Bau werden. Turm und Hahn
Soll weithin sichtbar den First überblitzen,
Und an den Giebel, aus Kiefernspan,
Will ich ein fischgeschwänzt Meerweib schnitzen.
Messing soll der Hahn sein und Messing die Klinken;
Glas will ich auch wohl zu kriegen sehn;
Hei, soll fremdes Volk mauloffen stehn,
Sieht's vom Gebirg her das Funkeln und Blinken!

Lacht ingrimmig.

Höllisches Gaukelspiel! Da war's wieder.
Du bist friedlos, Bursch.

Haut heftig drauf los.

Ein Rindendach
Tut's auch wider Wetter und Ungemach.

Sieht an dem Baum hinauf.

Da wankt er und schwankt er. Jetzt nur noch ein Tritt!
Da stürzt er in all seiner Länge darnieder; – –
Und reißt das aufkreischende Niederholz mit!

Macht sich daran, den Stamm seiner Zweige zu entkleiden; auf einmal horcht er und steht mit erhobener Axt still.

Da liegt jemand hinter mir auf der Lauer! . . .
Du kommst mir mit Hinterlist, Haegstadbauer?

Duckt sich hinter den Baum und spitzt hervor.

Ein einzelner Bursch bloß! Er scheint erschreckt.
Er sieht sich scheu um. Er verdeckt und versteckt
Was unter dem Kittel. Eine Sichel! Er ballt

Die Faust um den Skistab. Und jetzt? Umkrallt
Seine Rechte den Sichelgriff; – holt aus –! Schwapp!
Hieb er sich da nicht den Finger ab!
Den ganzen Finger! Er blutet wie ein Schwein.
Da setzt er, die Faust in 'nem Tuch, querwaldein.
Erhebt sich.
Der war wohl besessen! Ohne Not einen Finger!
Blank weg! Und sind dir so kostbare Dinger!
Hallo, jetzt schwant mir's –! Ein Finger auf dem Block,
Heißt es, macht frei von des Königs Rock.
So war's. Er sollt in den Krieg, nach der Pflicht,
Und wollt lieber hier bleiben auf seiner Schollen –.
Aber deshalb für immer ihn abtrennen sollen?
Es denken, es wünschen; ja; selber es w o l l e n; – –
Aber es t u n! Nein, das faß ich nicht!
Schüttelt den Kopf und geht dann wieder an seine Arbeit.

Eine Stube drunten bei Aase. Alles ist in Unordnung; Kisten und Kasten stehen offen; Alltagszeug liegt verstreut herum; im Bett eine Katze.

AASE *und die* HÄUSLERSFRAU *sind eifrig dabei, zusammenzupacken und Ordnung zu schaffen.*

AASE *rennt nach der einen Seite*: Kari, hör zu?
DIE FRAU: Was gibt's?
AASE *auf der andern Seite*: Hör zu –!
Wo liegt denn –? Wo find ich –? Vielleicht weißt du –?
Ich bin ganz verdattert! Was wollt ich denn doch? –
Den Schlüssel zum Kasten!
DIE FRAU: Der steckt doch im Loch.
AASE: Was rumpelt da draußen?
DIE FRAU: Die letzte Fuhr
Wird nach Haegstad gekarrt.
AASE *weinend*: Ach, würd ich doch nur
Mit hinausgekarrt in der schwarzen Kiste!
Ach, das ist ein Leben! Du lieber Christe!
Das heiß ich mir einen Zusammenbruch!
Was der Haegstad verschont, hat der Schuldvogt bekommen.
Nicht die Kleider am Leib habt ihr ausgenommen!
Pfui, pfui über euch und den eiskalten Spruch!

Setzt sich auf die Bettkante.

Jetzt sind wir also verarmtes Gelichter.
Ruppig war der Bauer, noch ruppiger der Richter; –
Da gab's keine Hilfe, da gab's kein Erbarmen;
Peer war nicht da; kein Mensch half mir Armen.

DIE FRAU: Hier könnt Ihr doch hausen bis an Euern Tod.

AASE: Ja; die Katz und ich kriegen 's Gnadenbrot.

DIE FRAU: Mutter, der Peer kam Euch teuer zu stehn!

AASE: Peer? Da hast du's bei mir versehn!
Kam nicht die Ingrid heil heim zuletzt?
An den Teufel hätt man sich halten müssen, –
Der hat's, und kein andrer, auf dem Gewissen,
Der hat meinen Jungen auf all das gehetzt!

DIE FRAU: Sollt's nicht am End wer dem Pfarrer sagen?
Es geht ihm schlechter, als Ihr vielleicht wißt.

AASE: Glaub's auch schier, daß es so besser ist.

Fährt auf:

Aber nein! Ich will nicht noch fremde Leut plagen!
Ich helf ihm, das ist meine heilige Pflicht;
Wenn's die Mutter nicht tut, wer anderer tut's nicht.
Die Joppe hier wurd ihm geschenkt. Werd ich flicken.
Möcht ihnen jetzt bloß noch das Bettfell abzwicken!
Wo sind denn die Strümpf?

DIE FRAU: Dort, beim andern Wuste.

AASE *wühlt herum*: Herrje, was ist das? Eine alte, berußte
Kelle! Mit der tat er allerwegen
Knopfgießer spielen, schmelzen und prägen.
War einmal Fest hier; – kommt der Junge herein,
Will ein Stück Zinn. Sagt mein Jon: Zinn? Nein!
Aber eine König-Christians-Kron;
Silber; so ziemt sich's Jon Gyntens Sohn.
Gott verzeih's ihm; doch, hitzt' ihm der Wein nun den Sinn,
So kam's ihm auf Gold nicht mehr an denn auf Zinn.
Hier sind ja die Strümpf. Na, die Löcherkett!
Da heißt's stopfen, Kari!

DIE FRAU: Glaub's auch, Bäuerin.

AASE: Wenn dies dann gemacht ist, so tracht ich ins Bett;
Ich fühl so ein Ziehen und Zucken und Pressen –

Erfreut:

Zwei Wollhemden, Kari, – die habn sie noch vergessen!

DIE FRAU: Ja, richtig, dies habn sie.

AASE: Gefundenes Fressen!
Das eine kannst du zur Seite legen. –
Oder wart, wir verwahrn gleich den ganzen Segen; –
Das Hemd, das er anhat, das ist schon so schlecht.
DIE FRAU: Je, je, Mutter Aase; das ist aber nicht recht.
AASE: Ja, ja; doch du weißt ja, der Pfarrer verkündigt
Gnade für dies und für mehr, was eins sündigt.

Vor einer neugebauten Hütte im Wald. Ein Rentiergeweih über der Türe. Der Schnee liegt hoch. Es dämmert.

PEER GYNT *steht vor der Tür und schlägt ein großes hölzernes Schloß fest.*

PEER GYNT *lacht dann und wann auf*:
Ein Schloß muß sein; daß die Hütte rein bleibe
Vor allerlei Trollpack, so Manne wie Weibe.
Ein Schloß muß sein; die Hütte zu bergen
Vor allen den tückischen Wichten und Zwergen. –
Das kommt mit dem Dunkel; das pocht an die Planken;
Mach auf, wir sind ohne Rast wie Gedanken!
Wir kramen im Bettsack, die Herdglut wir fachen,
Wir fahrn durch die Esse wie feurige Drachen.
Hihi, Peer Gynt, meinst du, Nägel und Planken
Feiten vor tückischen Koboldgedanken?
SOLVEIG *kommt auf Schneeschuhen über die Heide; sie hat ein Umschlagtuch um den Kopf und ein Bündel in der Hand.*
SOLVEIG: Gott segne dein Tun! Mußt dich meiner nicht schämen!
Du riefst mich; ich kam; – und so mußt mich denn nehmen.
PEER GYNT: Solveig. Das ist nicht –! Du bist es? Ja! Ja!
Und du fürchtest dich nicht, – und du kommst mir so nah!
SOLVEIG: Botschaft hast du gesandt mit dem Kinde;
Botschaft brachten mir heimlich die Winde.
Botschaft barg, was dein Mütterlein sagte,
Botschaft der Traum, der vom Lager mich jagte.
Freudleere Tag und kummerschwere Nächte
Brachten mir Botschaft, daß dein ich dächte.
Das Leben daheim ward ein trübes Verrinnen;
Und lacht ich und weint ich, es kam nicht von innen.
Und ob ich schon deinen Sinn nicht ganz wußte,
So wußt ich doch ganz, was ich sollt, was ich mußte.

PEER GYNT: Und dein Vater?
SOLVEIG: Auf weitweiter Gotteswelt
Weiß ich kein Menschenherz mehr, das mich hält.
Keines mehr.
PEER GYNT: Solveig, du Holde, du Reine, –
Um die meine zu werden?
SOLVEIG: Alleinzig die Deine.
Jetzt mußt du mir alles sein, Heimat und Frieden.
Unter Tränen:
Am schwersten war's von klein Helga geschieden; –
Noch schwerer vom Vater, so still und klug;
Am allerschwersten von der, die mich trug; –
Nein, nein – am schwersten ist mir's gefallen,
Zu scheiden von ihnen allen – allen!
PEER GYNT: Und kennst du mein Urteil vom Frühling her?
Ich hab keinen Hof und kein Erbgut mehr.
SOLVEIG: Meinst du, von Erbgutgelüsten getrieben,
Wär ich gegangen von allen den Lieben?
PEER GYNT: Und kennst du den Bann? Werd ich draußen getroffen,
Vorm Wald, so habe ich nichts mehr zu hoffen.
SOLVEIG: Auf Schneeschuhen lief ich; ich fragte jeden aus;
Man forschte, wohin ich wollte; ich sagte: ich will nach Haus.
PEER GYNT: Hinweg denn mit allen den Pflöcken und Planken,
Was braucht's jetzt noch Riegel gegen Koboldgedanken!
Willst du des Schützen in Lust und Leid sein,
So weiß ich, so wird meine Hütte geweiht sein.
Solveig! Dich ansehn! Von fern nur gegrüßt!
Ansehen bloß! Wie du leuchtest und glühst!
Laß mich dich heben! Wie leicht sich das faßt!
Wann würd ich müd je so lieblicher Last!
Rein, vor mir her, mit gestreckten Armen,
Will ich dich tragen, du Herz voll Erbarmen.
Daß du zu mir kämst, wer hätt das gedacht –;
O, aber gesehnt hab ich Tag mich und Nacht.
Hier, siehst du, hab ich gezimmert und gebaut –;
Aber jetzt will ich neu baun; denn jetzt kam die Braut –
SOLVEIG:
So oder so, – hier ist's gut, wo wir sind.
Wie atmet sich's leicht wider 'n wehenden Wind!
Dort drunten war's dumpfig; du fühltest dich beengt;
Das hat mich auch mit aus dem Ort fortgedrängt.

Aber hier, wo du hörest der Föhren Gesause, –
Welche Stille! welche Töne! – hier bin ich zu Hause.

PEER GYNT: Und weißt du's gewiß? Und zerbrichst jede Brücke?

SOLVEIG: Der Weg, der mein Weg ist, führt nimmer zurücke.

PEER GYNT:
So hab ich dich! Komm! Laß mich drinnen dich schauen!
Tritt ein! Ich lauf nur noch, Herdholz zu hauen;
Traut soll es wärmen, und hell will ich's schüren,
Weich sollst du sitzen und von Kälte nichts spüren.

Er öffnet die Tür; Solveig tritt ein. Er steht eine Weile still, dann lacht er laut auf vor Freude und macht einen Luftsprung.

PEER GYNT: Mein Königskind –! Jetzt ist's gefunden und gewonnen!
Hei! Jetzt wird der Schloßbau von Grund auf neu begonnen!

Er ergreift die Axt und geht; im selben Augenblick tritt ein ältliches WEIB *in zerlumptem grünem Unterrock aus dem Gehölz hervor; ein* HÄSSLICHER JUNGE, *mit einer Bierflasche in der Hand, hinkt nach und hält sich an ihrer Schürze.*

DAS WEIB: Guten Abend, Peer Leichtfuß!

PEER GYNT: Was gibt's? Wer da?

DAS WEIB: Alte Freunde, Peer Gynt! Meine Hütte liegt nah.
Wir sind Nachbarn.

PEER GYNT: So, so? Das wußt ich noch nit.

DAS WEIB: Als dein Haus gebaut ward, baute meines sich mit.

PEER GYNT *will weiter*: Ich hab Eil –

DAS WEIB: Die hast du wohl immer, Mann;
Doch ich trott hinterdrein, und du sollst mir noch dran.

PEER GYNT: Ihr irrt Euch –!

DAS WEIB: Ich hab mich nur einmal geirrt:
Den Tag, da du mich mit Versprechen gekirrt.

PEER GYNT: Versprechen –? Der Teufel versteh, was das heißt!

DAS WEIB: Vergißt du den Abend in Vaters Saal?
Vergißt du –?

PEER GYNT: Vergiß, was du gar nicht weißt!
Wann trafen wir uns zum letzten Mal?

DAS WEIB: Da wir zum ersten Mal uns getroffen.
Zu dem Jungen:
Gib Vater zu trinken; sein Mund steht offen.

PEER GYNT: Vater? Du bist wohl betrunken –? Du nennst –?

DAS WEIB: Daß du das Schwein nicht am Fell schon erkennst!
Hast du keine Augen? So sieh doch nur hin:
Sein Fuß ist so lahm wie dein ganzer Sinn.

PEER GYNT: Du willst mir einreden –?
DAS WEIB: Mach keine Faxen –!
PEER GYNT: Dieser langbeinige Bursch –!
DAS WEIB: Er ist flink gewachsen.
PEER GYNT: Du Trollfratze, legst es mir aus, als ob –?
DAS WEIB: Hör mir, Peer Gynt; du bist klotzig grob!
Weinend:
Was kann ich dafür, daß ich nicht mehr so schön,
Wie, da du mich locktest auf Halden und Höhn?
Der Teufel, der zog meinen Rücken so krumm,
Als im Herbst ich gebar; und das wirft einen um.
Aber willst du mich wieder so schmuck sehn wie früher,
So weis nur der Dirne dort drinnen die Tür,
So schaff sie dir nur aus dem Sinn und den Augen; –
Und mein Frätzel soll, Freund, dir bald besser taugen!
PEER GYNT: Fort, Hexe!
DAS WEIB: Eitel, daß du mich bannst!
PEER GYNT:
Ich schlag dir den Schädel ein –!
DAS WEIB: Tu's, wenn du's kannst!
Hoho, Peer Gynt, ich steh jedem Schlag!
Ich komme zurück jeden einzelnen Tag;
Ich lug durch die Tür und beobacht euch beiden.
Und sitzt du mit ihr dann zu dämmriger Weil
Auf der Bank und wirst zärtlich und magst sie gern leiden,
So setz ich dazu mich und fordre mein Teil.
Dann schnäbelst du balde mit ihr, bald mit mir dich.
Leb wohl, lieber Junge, und morgen kopulier dich!
PEER GYNT: Du höllischer Mahr!
DAS WEIB: Doch das geht in den Kauf!
Den Jungen, den Hinkefuß, fütterst du auf!
Teufelsbub, willst du zum Vater?
DER JUNGE *speit nach ihm*: Da!
Ich hack mit der Axt nach dir; wart nur; ja, ja!
DAS WEIB *küßt den Jungen*:
Was das für ein Kopf ist auf dieser Krott!
Du machst noch einmal deinen Vater zu Spott!
PEER GYNT *stampft auf*:
Ach, wärt ihr so weit –!
DAS WEIB: Wie wir nahe jetzt stehn?
PEER GYNT *ringt die Hände*: Und all das –!

DAS WEIB: Bloß für Gedankenvergehn!
'sist schad um dich, Peer!
PEER GYNT: Um 'ne andre noch mehr! –
Solveig, du Goldseele, lauter und rein!
DAS WEIB: Ja, ja; sagt der Teufel, die Unschuld hat's schwer,
Als die Mutter ihn haut, weil der Vater ein Schwein.

Sie trottet ins Gehölz mit dem Jungen, der den Bierkrug nach Peer schleudert.

PEER GYNT *nach einem langen Schweigen*:
Gib's auf, bieg ab! sprach der Krumme. Ja, ja! –
Da ging mein Königspalast in Scherben!
Das schloß Mauern um sie, – und ich war so nah;
Jetzt liegt alles öd hier, und mir ist zum Sterben. –
Gib's auf, bieg ab, Bursch! Quer durch dies hier
Findest du keinen Weg mehr zu ihr.
Keinen quer durch? Hm, sollt nicht doch einer –?
Ich habe doch einmal von Reue gelesen.
Aber was? Was stand dort? Kein Buch ist da,
Vergessen das meiste; und hier sagt mir keiner
Im wilden Wald, wie der Spruch wohl gewesen. –
Reue? Das könnt am End Jahre anstehn,
Bis daß ich hindurch wär. Das Leben würd schmächtig.
Entzweischlagen alles, was glänzend und prächtig,
Und dann mit den Stücken von vorn ans Werk gehn?
Das geht mit 'ner Fiedel, aber nicht mit 'ner Glocke.
Wenn ihn einer zertritt, grünt kein Reis mehr am Stocke. –
Doch die war ja gelogen, die Hexengeschichte!
Jetzt ist mir der Greuel ja aus dem Gesichte.
Ja; wohl aus den Augen, doch nicht aus dem Sinn.
Nachschleichen wird er mir überallhin.
Ingrid! Und die drei, die ich droben beglückt!
Wolln die auch mittun? Mit frechen Gebärden
Fordern, gleich ihr an die Brust gedrückt,
Bieg ab, gib's auf, Bursch! Und wär dein Arm lang
Wie die rankeste Hochtann am Bergeshang, –
Du hieltest sie doch noch zu dicht an dir,
Als daß sie danach wär noch schadlos und schier. –
Ich muß drumherumkommen in meinem Sinn,
So daß es wird weder Verlust noch Gewinn.
Man muß so was abschütteln, bis man's vergißt –

Macht einige Schritte auf die Hütte zu, bleibt aber wieder stehen.

Hineingehn nach all dem? Entehrt, wie man ist?
Hineingehn mit all diesen Trollen als Schergen?
Reden und doch schweigen; beichten, doch verbergen –?

Schleudert die Axt von sich.

'S ist der Abend vorm Fest heut. Sie jetzt mit den Händen
Anrühren, hieß' alles Heilige schänden.

SOLVEIG *in der Türe*: Kommst du?
PEER GYNT *halblaut*: Auf Umwegen.
SOLVEIG: Wie?
PEER GYNT: Kind, warte!
Ich hab erst noch eine Arbeit, eine harte.
SOLVEIG:
Ich komm und helf dir; wir wolln sie zu zweit tun.
PEER GYNT:
Nein, bleib, wo du bist! Ich muß sie allein tun.
SOLVEIG: Aber bleib nicht zu lang, du!
PEER GYNT: Ob der Erharrte
Lang oder kurz bleibt, – nur warte!
SOLVEIG *nickt ihm zu*: Ich warte!

Peer Gynt waldeinwärts ab. Solveig bleibt in der halbgeöffneten Türe stehen.

Aases Stube. Abend. Ein Reisigfeuer brennt und leuchtet auf dem Herd. Die Katze auf einem Stuhl am Fuß des Bettes.

AASE *liegt im Bett und tastet unruhig auf der Bettdecke umher.*

AASE: Mein Gott, läßt er nimmer sich blicken?
Wie schleichend die Stunden vergehn!
Ich hab keinen Boten zu schicken,
Und hätt ihn so gern noch gesehn.
Jetzt geht's ohne Gnade zur Rüste.
So jäh! Wer hätt das gedacht!
Aase, wenn ich nur wüßte,
Ob du's nicht zu schwer ihm gemacht!
PEER GYNT *tritt ein*: Guten Abend!
AASE: Gott soll dich segnen!
Wer jetzt meinen Jungen noch schilt!
Doch wirst du auch keinem begegnen?
Du weißt, was dein Leben hier gilt.
PEER GYNT: Pah, Leben oder nicht Leben!

Ich mußte mal nach dir sehn.
AASE: Ja, jetzt muß die Kari sich geben;
Und ich kann in Frieden gehn!
PEER GYNT: Du – gehn? Was soll das bedeuten?
Was meinst du denn für 'nen Gang?
AASE: Ach, Peer, ich hör sie schon läuten.
Ich weiß, ich mach's nicht mehr lang.
PEER GYNT *ringt die Hände und geht auf und ab*:
Da wollt ich nicht leiden und büßen –
Und meinte, hier wär ich frei –!
Ist dir kalt an Händen und Füßen?
AASE: Ja, Peer; es ist bald vorbei. –
Wenn dann meine Augen brechen,
So drück sie mir sorgsam zu.
Und eins noch mußt mir versprechen:
Den Sarg, den laß schmuck sein, du!
Ach nein, 's ist ja wahr –
PEER GYNT: Still, Beste!
Das hat seine Zeit. Heut ist heut.
AASE: Ja, ja. *Sieht sich unruhig um in der Stube.*
Hier siehst du die Reste
Vom Unsrigen. Das sind dir Leut!
PEER GYNT *ringt die Hände*:
Schon wieder! *Hart*:
Bin schuld; ja, zur Hölle
Was hilft's, mich zu mahnen daran.
AASE: Du? Nein, die verdammte Völle,
Mit der fing das Unglück an!
Du warst ja betrunken, mein Junge;
Da weiß einer nicht, was er tut;
Und dann nach dem Gendingrat-Sprunge, –
Kein Wunder, da kochte dir 's Blut!
PEER GYNT: Ja, ja; laß den Unsinn nur fahren,
Laß fahren die ganze Geschicht.
Was schwer ist, das wolln wir uns sparen
Auf später, – das eilet ja nicht.
Setzt sich auf die Bettkante.
So, Mutter, und jetzt laß uns plaudern,
Doch alleine von Mein und Dein,
Und nicht mehr von alledem kaudern,
Was querging und quält obendrein.

Die Katz ist auch noch lebendig, –
Guck einer, – das alte Vieh?
AASE: Die tut immer nachts so elendig
Du weißt, solch ein Tier irrt sich nie.
PEER GYNT *ablenkend*: Was ist hier Neues geschehen?
AASE *lächelnd*: Man sagt, hier irgendwo wär
Ein Mädel, das möcht nach den Höhen –
PEER GYNT *schnell*: Matz Moen, was macht denn jetzt der?
AASE: Man sagt, sie ließ sich nichts lehren,
Was Vater und Mutter auch bat.
Du solltest doch mal vorkehren; –
Du wüßtest am Ende Rat –
PEER GYNT: Und wie hat's der Aslak getragen?
AASE: Ach, schweig von dem unsaubern Geist.
Will lieber den Namen dir sagen
Von ihr, von dem Mädel, du weißt –
PEER GYNT: Nein, nein, jetzt wollen wir plaudern, –
Doch alleine von Mein und Dein,
Und nicht mehr von alledem kaudern,
Was querging und quält obendrein.
Bist du durstig? Soll ich was holen?
Ist 's Bett zu kurz? Drückt es dich? Sag?
Herrje; – sind das nicht die Bohlen,
Dadrin ich als Junge lag?
Besinnst dich noch, wie du oft hocktest
Des Abends am Bettende dort
Und mich, wer weiß wohin, locktest
Mit Märchen und Zauberwort?
AASE: Jawohl! Und dann spielten wir Schlitten,
Wann Vater herumfuhr im Rund.
Die Deck ward als Kutschpelz gelitten,
Und die Diel war ein spiegelnder Sund.
PEER GYNT: Ja; aber der Knopf auf der Kappen, –
Besinnst dich auch dessen noch, du? –
Das warn doch die tollen Rappen!
AASE: Du traust mir wohl gar nichts mehr zu!
Der Kari Katz tat uns Fronde;
Wir setzten sie auf 'ne Tonn.
PEER GYNT: Nach dem Schloß im Westen vom Monde
Und dem Schloß im Osten der Sonn,
Nach dem Soria-Moria-Schlosse

Ging's hurre-hopp über die Diel,
Und 'ne alte Hühnerstallsprosse
Brauchtst du als Peitschenstiel.
AASE: Dort vorn auf dem Kutschbock saß ich –
PEER GYNT: Und wer dann die Zügel verlor,
Wer war das? Mein Alterchen, das sich
Umwandt und mich fragt', ob ich fror.
Gott segne dich; warst mir von Herzen
Stets gut, alter Widerwart –!
Was stöhnst du denn so?
AASE: Mich schmerzen
Die Knochen; das Brett ist so hart.
PEER GYNT: Komm, leg dich bequemer; so stillst du
Den Schmerz. Na, gibt er jetzt Ruh?
AASE *unruhig*: Nein, Peer, ich will fort!
PEER GYNT: Fort willst du?
AASE: Ja, fort möcht ich, fort immerzu.
PEER GYNT: Schnack! Unter der Decke hübsch bleiben!
Ich setz mich aufs Bettende dort.
Jetzt wolln wir die Zeit uns vertreiben
Und uns träumen, Gott weiß wohin, fort!
AASE: Ob die Bibel nicht besser paßte?
Ich bin so unruhigen Sinns.
PEER GYNT: Im Soria-Moria-Palaste
Geht es hoch her bei König und Prinz.
Ruh aus dich im warmen Schlitten;
Ich fahr dich dorthin über Feld –
AASE: Aber, Peer, kam denn einer mich bitten –?
PEER GYNT: Wir sind alle beide bestellt.
Wirft eine Schnur um den Stuhl, auf dem die Katze liegt, nimmt einen Stecken in die Hand und setzt sich auf das Fußende des Bettes.
Hü, Rappe! Spute dich, Mähre!
Sag, Mutter, frierst du auch nicht?
Ja, ja; das schneidt wie 'ne Schere,
Wenn Grane der Haber sticht!
AASE: Was läutet da, Peer, und tönet –?
PEER GYNT: Die Schellen von blankem Zinn!
AASE: Hu, Lieber, wie hohl das dröhnet!
PEER GYNT: Jetzt geht's über Fjordeis hin.
AASE: Ich fürcht mich! Was für ein Brausen
Und Seufzen, so klagend und schrill?

PEER GYNT: Das sind die Tannen, die sausen,
Im Bergwald. Sitz mir nur still.
AASE: Was glitzert und flimmert dorten?
Wo kommt all der Lichterglanz her?
PEER GYNT: Aus des Schlosses Fenstern und Pforten.
Hörst du, wie sie tanzen?
AASE: Ja, Peer.
PEER GYNT: Vorm Tore da steht Sankt Peter
Und lädt dich zum Eintritt ein.
AASE: Grüßt er uns?
PEER GYNT: Tiefgebückt steht er
Und schenkt vom süßesten Wein.
AASE: Wein! Sag, hat er auch Kuchen?
PEER GYNT: Und ob! Einen ganzen Berg!
Und die Propstin kommt dich besuchen
Mit Kaffee und Zuckerwerk.
AASE: Wir treffen uns dort wie vor Zeiten?
PEER GYNT: So oft du's willst und begehrst.
AASE: Nein; alle die Herrlichkeiten,
Dazu du mich Arme fährst!
PEER GYNT *schnalzt mit der Peitsche*:
Hü, Rappe, spute dich, springe!
AASE: Lieber Peer, du fährst doch auch recht?
PEER GYNT *schnalzt wieder*:
Hier ist breiter Weg.
AASE: Das Geschwinge
Vom Schlitten, das macht mir ganz schlecht.
PEER GYNT: Das Ziel dann wird dir schon taugen;
Nicht lang – und der Fahrt ist genung.
AASE: Ich will liegen und schließen die Augen
Und vertrauen auf dich, mein Jung!
PEER GYNT: Da kann ich's ganz nah schon gewahren.
Hü, Grane! Den Torweg empor!
Das ist ein Gewimmel! Jetzt fahren
Peer Gynt und Alt Aase vor.
Was sagst du da, Herr Sankt Peter?
Der Mutter würd nicht getraut?
Und ging einer suchen, erspäht er
Nicht bald solch 'ne ehrliche Haut!
Um mich mag nicht weiter gebangt sein;
Ich kann umdrehn, wenn es sein soll.

Wollt Ihr laden mich, sollt Ihr bedankt sein;
Wenn nicht, scheid ich auch ohne Groll.
Ich hab viel geflaust und gefackelt,
Der Teufel konnt's besser kaum tun,
Und Mutter dann, weil sie gegackelt
Und gekräht, geschimpft für ein Huhn.
Doch sie sollt Ihr achten und ehren,
Wie's billig für Leut ihres Schlags;
Hier wird keine beßre vorkehren
Von irgendwo heutigen Tags. –
Da gebeut Gottvater selbst Ruhe!
Jetzt, Petruschen, blüht dir was!

Mit tiefer Stimme:

„Hör auf mit dem Pförtnergetue;
Alt Aase hat freien Paß!"

Lacht laut und wendet sich um zur Mutter.

Als hätt ich das nicht gerochen!
Jetzt weht's aus 'nem andern Strich!

Angstvoll:

Was schaust du denn so gebrochen?
Du! Mutter! Was ist dir denn –? Sprich –!

Tritt ans Kopfende des Bettes.

Du sollst nicht so stieren und glasen –!
Red, Mutter! Ich bin's doch, dein Jung!

Befühlt vorsichtig ihre Stirn und ihre Hände; darauf wirft er die Schnur auf den Stuhl und sagt mit gedämpfter Stimme:

Ach so! – Jetzt, Grane, geh grasen.
Jetzt sind wir gefahren genung.

Schließt ihre Augen und beugt sich über sie.

Hab Dank für dein ganzes Leben,
Für all deine sorgende Art! –
Doch nun laß auch mich Dank erheben –

Drückt seine Wange an ihren Mund.

So; das war der Dank für die Fahrt.

DIE HÄUSLERSFRAU *kommt*: Je? Peer? – Na, nu geht zu Reste
Die bitterste Sorg und Not!
Herrgott, wie schläft sie so feste – –
Oder ist sie –?

PEER GYNT: Still; sie ist tot.

Kari weint an der Leiche. Peer Gynt geht lange umher in der Stube; endlich bleibt er am Bett stehen.

PEER GYNT: Gib Mutter die letzte Ehre!
Ich find hier heraus wohl ein Loch.
DIE FRAU: Soll's weit fort gehen?
PEER GYNT: Zum Meere.
DIE FRAU: So weit fort!
PEER GYNT: Und weiter noch.
Ab.

VIERTER AKT

An der Südwestküste von Marokko. Palmenwald. Gedeckter Mittagstisch, Sonnensegel, Teppichläufer aus Binsen. Weiter drinnen im Hain Hängematten. Draußen auf dem Meer liegt eine Dampfjacht mit norwegischer und amerikanischer Flagge. Am Strand eine Jolle. Es ist gegen Sonnenuntergang.

PEER GYNT, *ein hübscher Herr von mittlerem Alter, in elegantem Reiseanzug, eine goldene Lorgnette auf der Brust, führt den Vorsitz als Wirt am Ende des Tisches. Master* COTTON, *Monsieur* BALLON *nebst den Herren* VON EBERKOPF *und* TRUMPETERSTRÅLE *sind im Begriff, die Mahlzeit zu beenden.*

PEER GYNT: Getrunken, meine Herrn! Geboren
Zu leben, wolln wir denn auch leben!
Es heißt: Verloren ist verloren,
Hin hin. Was darf ich Ihnen geben?
TRUMPETERSTRÅLE:
Du bist ein Prachtwirt, Bruder Peer!
PEER GYNT: Es teiln sich mit mir in die Ehr
Mein Geld, Koch, Stewart –
MASTER COTTON: Very nice!
Ein Glas zu dieser viere Preis!
MONSIEUR BALLON: Monsieur, Sie ziert ein goût, ein ton,
Der nicht beim zehnten heut zu finden,
Der so wie Sie lebt als garçon, –
Ein – ein – ich weiß nicht was –
V. EBERKOPF: Ein Hauch,
Ein Schimmer geistiger Entnachtetheit
Und Weltenbürgertumgepachtetheit,
Ein scharfer Blick durch Dunst und Rauch,

Den keine Vorurteile binden,
Ein Abglanz höherer Verklärtheit,
Urstoffnatur samt Weltbelehrtheit,
Im Brennpunkt eins der Trilogie.
Nicht wahr, Monsieur; dies meinten Sie?
MONSIEUR BALLON: Sehr möglich; klingen die Gedanken
Auch nicht so artig bei uns Franken.
V. EBERKOPF: Ei was! Die Sprach ist auch zu steif. –
Doch wolln wir zu dem Phänomen
Den Grund ersehn –
PEER GYNT: Ersehn wir den:
Ich trage nicht der Ehe Reif.
Ja, meine Herrn; ganz klipp und klar,
Das ist's. Was sei des Mannes Streben?
Er selbst zu sein, er selbst – nicht wahr?
Sich und dem Seinen soll er leben.
Doch kann er dies als Trampeltier
Für andrer Glück? Bezweifl ich schier!
V. EBERKOPF: Doch dieses An-und-für-sich-Dasein
Blieb, wett ich, kaum unangefochten –
PEER GYNT: Wohl wahr; zu seiner Zeit; doch mochten
Mir immer gute Geister nah sein.
Zwar kam es doch ein böses Mal,
Daß ich mich unverhofft verbrühte.
Ich war ein rascher, schmucker Schelm;
Und sie, die Dame meiner Wahl,
Sie war von fürstlichem Geblüte.
MONSIEUR BALLON: Von fürstlichem?
PEER GYNT *wegwerfend*: Nun ja, Sie wissen,
Von diesen –
TRUMPETERSTRÅLE *schlägt auf den Tisch*:
– adeligen Trollen!
PEER GYNT *zuckt die Achseln*: Verstaubte Hoheiten, beflissen,
Plebejerflecken fernzuhalten
Von ihres Stammes Wappenhelm.
MASTER COTTON: Worauf Sie denn zusammenprallten?
MONSIEUR BALLON: Die Eltern wollten die Partie nicht?
PEER GYNT: Im Gegenteil!
MONSIEUR BALLON: Ah!
PEER GYNT *schonend*: Sie verstehn!
Es lagen Dinge vor, – nun, – die nicht

Erlaubten mehr zurückzugehn.
Doch all dies ging – warum's verschweigen! –
Von A bis Z mir widern Strich.
Ich bin in manchen Dingen eigen
Und laß mich selbst nicht gern im Stich.
Und als der Schwiegervater nun
Gar mit der Fordrung kam geschwommen,
Namen und Stellung abzutun
Und um den Adel einzukommen,
Samt anderm, was schier unannehmbar –
Nicht peinlich bloß und unbequem war, –
So wehrt ich sanft mich meiner Haut,
Empfahl mich auf sein Ultimatum –
Und Gotte meine junge Braut.

Trommelt auf dem Tisch mit scheinbarer Andächtigkeit.

Ja, ja; es herrscht denn doch ein Fatum,
Darauf wir Menschen bauen können; –
Ein Trost, der uns fürwahr zu gönnen!

MONSIEUR BALLON: So war die Luft denn wieder rein?

PEER GYNT: Bis auf ein Nachspiel, unergötzlich; –
Denn Unbefugte mischten plötzlich
Mit lautem Zeter sich hinein.
Zumeist des Hauses jüngre Glieder,
Mit deren sieben ich mich schoß.
Die Zeit vergeß ich wohl nie wieder,
Wiewohl ich sie mit Glück beschloß.
Da ließ ich Blut; doch dieses Blut
Hat meiner Seele Preis verteuert
Und zeigt erbaulich, kurz und gut,
Wie weis ein Fatum alles steuert.

V. EBERKOPF: Ihr Weltblick auf der Dinge Gang
Erhebt Sie zu der Denker Rang.
Indes wir immer neuer Szenen
Planlose Flucht zu schauen wähnen
Und nie zum Schluß zu kommen meinen,
Verstehn Sie alles zu vereinen.
Sie messen stets mit gleichem Stabe.
Sie spitzen zu, was Sie auch sprechen,
So daß die Wort wie Speichen brechen
Aus einer Weltanschauungsnabe. –
Und Sie, Sie hätten nie studiert?

PEER GYNT: Ich bin, das ist die Wahrheit, nackt,
Ein einfacher Autodidakt.
Methodisch hab ich nichts gelernt;
Doch viel gedacht und spekuliert
Und mich von manchem Wahn entfernt.
Ich fing als ältrer Mann erst an;
Da heißt es, sich besonders rackern,
Um Seit auf Seite durchzuackern
Und mitzunehmen, was man kann.
Die Weltgeschichte nahm ich schluckweis;
Mehr wollt die Zeit mir nicht erlauben.
Und da man doch in schweren Putschen
An etwas Festes möchte glauben,
Anschloß die Religion ich ruckweis.
So kam das Ganze mehr ins Rutschen.
Man schlinge Wissen nicht wie Grütze,
Man nehme nur, was einem nütze –
MASTER COTTON: Sieh, das ist praktisch!
PEER GYNT *zündet sich eine Zigarre an*: Meine Besten;
Bedenkt doch nur, wie mir's gegangen.
Wie kam ich damals nach dem Westen!
Mit leerer Hand und roten Wangen.
Ich mußte kämpfen hart ums Brot;
Traun, Freunde, manchmal fiel mir's schwer.
Allein das Leben lockt doch sehr,
Und bitter, sagt man, ist der Tod.
Nun gut! Das Glück, seht, ward nicht flüchtig
Noch Muhme Fatum gallensüchtig.
Es ging. Und da ich selber tüchtig,
Lief bald die Sache wie auf Federn.
Zehn Jahre drauf ward ich genannt
Ein Krösus unter Charlestowns Reedern.
Mein Name flog von Strand zu Strand;
Das Glück fuhr mit ihm ohne Wandel –
MASTER COTTON: Was trieben Sie?
PEER GYNT: Meist Negerhandel
Nach unserm Staate Karolina –
Und Götterbilderfracht nach China.
MONSIEUR BALLON: Fi donc!
TRUMPETERSTRÅLE: Der Tausend, Onkel Gynt!
PEER GYNT: Sie finden das Geschäft wohl an

Der Grenze zwischen Gut und Bös?
Mir schien es selbst zuweilen Sünd,
Ja, dann und wann, sogar odiös.
Der Fehler war, daß ich's begann;
Denn später weiß man nicht mehr, wie
Es ändern. Es bedankt sich nie,
Bricht man in solch 'nem Unterfangen,
Drin Tausender Intressen hangen,
Die Dinge rundweg übers Knie.
Dies „übers Knie" mißfiel mir immer;
Zudem entbrach ich nie und nimmer
Der Achtung mich vor –, meine Herrn,
Was man so nennet Konsequenzen;
Und alles Setzen über Grenzen
Lag immerdar mir ziemlich fern.
Zum andern naht ich nun dem Alter,
Wo man des Lebens Gleicher schneidet
Und fast schon graue Haare trägt;
Und ging's auch gut mir, augenscheinlich,
So fiel mir's doch zu denken peinlich:
Wer weiß, wie bald das Stündlein schlägt,
Da des Gerichts gestrenger Walter
Die Schafe von den Böcken scheidet.
Was tun? Den ganzen Handel scheitern
Zu lassen, wies ich von der Hand.
Und so erfand ich einen weitern
Geschäftsbetrieb ins gleiche Land.
Sooft ich Götter exportierte,
Zugleich ich Priester exklarierte,
Und zwar mit allem ausgestattet,
Als Strümpfen, Bibeln, Rum und Reis –

MASTER COTTON: Und mit Profit?

PEER GYNT: Natürlicherweis.
So ging's. Sie schafften unermattet.
Für jeden Gott, dahin verkauft,
Ein Kuli gründlich ward getauft,
So daß das Gift neutralisiert war.
Der Kirche Feld lag niemals brach;
Denn jeden Gott, der kolportiert war,
Ihn hielt ein Missionar in Schach.

MASTER COTTON: Nun, und die afrikan'schen Waren?

PEER GYNT: Auch dort schloß alles in Moral.
Ich sahe, das Geschäft empfahl
Sich nicht für Leut in höhern Jahren.
Man konnt ja bald zur Grube fahren.
Wozu noch kam das Wehgeschrei
Von unsern Philanthropenbänken,
Um nicht der Kaper zu gedenken
Samt Wettersnot und Havarei.
Dies alles wußt sich durchzusetzen.
Ich dachte: Peter, drehe bei!
Sieh zu, die Scharten auszuwetzen!
So kauft ich mir denn Land im Süden,
Behielt den letzten Negerimport,
Der auch von prima Sorte just war,
Und macht sie fett, daß es, mein Wort!,
Für mich wie für die Kerls 'ne Lust war.
Ja, traun, ich pflegt sie ohn Ermüden,
Mit wahrhaft väterlichem Zug, –
Was seine guten Zinsen trug.
Ich baute Schulen für die Leutchen,
Damit die Tugend bliebe munter
Und auf 'ner Höh, geheischt mit Fug,
Und hielt darauf, daß um kein Deutchen
Ihr Thermometer sank darunter.
Zum Schluß hab ich von dem verdammten
Geschäft mich gründlich dann verschnauft –
Und die Plantage nebst dem gesamten
Inhalt mit Haut und Haar verkauft.
Zum Abschied für das ganze Schock,
So Groß wie Klein, gab's gratis Grog;
So Mann wie Frau bekam zu viel –
Und jede Witwe Schnupfbrasil.
Und darum hoffe ich, sofern
Das Wort nicht bloß Geklapper hohl:
Der, der nicht übel tut, tut wohl, –
So ist mein Fehl getilgt beim Herrn,
Und meiner Tugend sorglich Walten
Kann meiner Schuld die Stange halten.
V. EBERKOPF: Wie hocherbaulich, hier zu sehen
Ein Theorem zur Tat gemacht,
Erlöst aus seiner grauen Nacht

Trotz allem widrigen Geschehen!
PEER GYNT *der während des Vorhergehenden den Flaschen fleißig zugesprochen hat*:
Wir Volk vom Norden, wir verstehen
Uns durchzuschlagen! In den Wirren
Des Lebens kommt's auf dies nur an:
Halt dir die Ohren zu! So kann
Kein Schlänglein arg dein Wandeln irren.
MASTER COTTON: Kein Schlänglein arg, verehrter Mann?
PEER GYNT: Ja, keins, das dich verführt zum Leiden:
Dich ganz zu etwas zu entscheiden.
Trinkt wiederum.
Die ganze Kunst, das Glück zu zwingen,
Die Kunst, den Mut der Tat zu haben,
Ist die: wahlfreien Laufs zu traben
Durch dieses Lebens tausend Schlingen, –
Zu wissen, daß zu keinen Tagen
Des Streites letzten Tag man schreibt,
Zu wissen, daß stets offen bleibt
Ein Brücklein, dich zurückzutragen.
Die Theorie war mir gerecht;
Sie war's, die meinen Wandel färbte,
Und diese Theorie vererbte
Mir meines Heimatgaus Geschlecht.
MONSIEUR BALLON: Sie sind Norweger?
PEER GYNT: Von Geblüt!
Jedoch Weltbürger von Gemüt.
Was Gutes mir bislang geschah,
Verdank ich meist Amerika.
Von wohlbestallten Bücherbrettern
Erbaun mich meine deutschen Vettern.
Von Frankreich kam mir meine Weste,
Mein Scherflein Geist sowie mein Schliff, –
Von England mein Geschäftsbegriff
Samt schärferm Sinn fürs eigne Beste,
Vom Juden mein festina lente.
Den Hang zum dolce far niente
Gab mir Italien auf den Weg; –
Und einstmals, auf verlornem Steg,
Vermehrt ich meiner Tage Zahl
Mit Hilf von gutem schwed'schem Stahl.

TRUMPETERSTRÅLE *erhebt sein Glas*:
Ja, unser Stahl –!
V. EBERKOPF: Der ihn geschwungen,
Sei vörderst huldigend umklungen!

Sie stoßen an und trinken mit ihm. Das Blut beginnt Peer zu Kopf zu steigen.

MASTER COTTON: Dies alles ist vortrefflich baß, –
Doch, Sir, – die Frage will nicht ruhn, –
Was wolln Sie mit dem Gold nun tun?
PEER GYNT: Hm; was?
ALLE VIER *näher rückend*: Ja, sagen Sie uns das!
PEER GYNT: Nun, erstlich werden Weltbereiser.
Seht, deshalb nahm ich euch an Bord
Als Schiffsgesellschaft in Gibraltar.
Ich brauchte Tänzer, auf mein Wort,
Um meines goldnen Kalbes Altar –
V. EBERKOPF: Höchst witzig!
MASTER COTTON: Doch verreist ein Weiser
Wie Sie nicht nutzlos seine Tage.
Man hat ein Ziel, ganz ohne Frage.
Und dies ist –?
PEER GYNT: Kaiser werden.
ALLE VIER: Kaiser?
PEER GYNT *nickt*: Jawohl!
DIE HERREN: Und wo?
PEER GYNT: In aller Welt.
MONSIEUR BALLON:
Ja, wie denn, Freund –?
PEER GYNT: Nun, durch mein Geld!
Ein Plan, nicht erst von gestern her,
Und dem ich treu blieb sonder Wanken.
Als Knab schon ritt ich in Gedanken
Auf Wolkenrossen übers Meer;
Stieg auf in güldner Waffenziere, –
Und purzelt ab auf alle viere.
Doch trotzdem blieb ich unverzagt.
Es gibt da einen Spruch, der sagt,
Ich weiß nicht wo, daß, wenn ein Mann
Die ganze weite Welt gewann,
Doch sich verlor, so blüht' als Lohn
Ihm höchstens eine Dornenkron.

So steht dort – oder ähnlich; und
Dies Wort hat seinen guten Grund.
V. EBERKOPF: Und dieses Gyntsche Ich nun ist –?
PEER GYNT: Die Welt hier hinterm Schädelgitter,
Durch die ich ich bin und kein Dritter,
Wie Gott Gott und nicht Antichrist.
TRUMPETERSTRÅLE: Das wirft auf alles neue Lichter.
MONSIEUR BALLON: Sie sind ein Denker!
V. EBERKOPF: Und ein Dichter!
PEER GYNT *immer mehr in Stimmung geratend*:
Das Gyntsche Ich, – das ist das Heer
Von Wünschen, Lüsten und Begehr, –
Das Gyntsche Ich, das ist der Reihn
Von Forderungen, Phantasein, –
Kurz alles, was just meine Brust hebt
Und macht, daß Gynt als solcher just lebt.
Doch wie der Herrgott braucht der Erden,
Soll er bestehn als Gott der Welt,
So hab auch ich Bedarf an Geld,
Soll ich ein rechter Kaiser werden.
MONSIEUR BALLON: Sie haben's doch!
PEER GYNT: Das würd gelogen sein.
Ja, ja, vielleicht auf zwei, drei Jausen
Als Kaiserlein von Sondershausen.
Doch ich will ich in Bausch und Bogen sein,
Will Gynt sein, wo ich geh und stehe,
Sir Gynt vom Scheitel bis zur Zehe!
MONSIEUR BALLON *hingerissen*: Beschwörn die Helena der Sage!
V. EBERKOPF: Am ältsten Rheingewächs sich laben!
TRUMPETERSTRÅLE: Die Degen Karls des Zwölften haben!
MASTER COTTON: Doch erst 'ne Kapitalsanlage,
Die sich rentiert –
PEER GYNT: Die eben fand ich;
Vergebens nicht ging hier an Land ich.
Heut abend dampfen wir gen Nord;
Denn Blätter melden mir an Bord
Ein Märlein, das so ernst wie neu ist –!
Steht auf mit erhobenem Glase.
Als ob dem alles allzusammen
Zum Glück hülf, der sich selber treu ist –
DIE HERREN: Und dies ist?

PEER GYNT: Hellas steht in Flammen.
ALLE VIER: Die Griechen –?
PEER GYNT: Brachen ihre Dämme.
DIE VIER: Hurra!
PEER GYNT: Und Mahmud ist in Klemme!
Leert sein Glas.
MONSIEUR BALLON: Nach Hellas! Auf! Uns ruft die Ehre!
Ich helf mit meiner fränk'schen Wehre!
V. EBERKOPF: Ich mit Aufrufen, aus der Ferne!
MASTER COTTON: Ich will mit Lieferungen gerne –!
TRUMPETERSTRÅLE: Ich hol – die König Karl verloren
Zu Bender – die berühmten Sporen!
MONSIEUR BALLON *fällt Peer Gynt um den Hals*:
Verzeihn Sie, Freund, ich hab von Grund
Aus Sie verkannt!
V. EBERKOPF *drückt ihm die Hand*: Ich dummer Hund,
Ich hielt Sie für 'nen Schelmen fast!
MASTER COTTON: Das ist zu stark; nur für 'nen Narren –
TRUMPETERSTRÅLE *will ihn küssen*:
Ich, Vaterbruder, für 'nen Farren
Von allergröbster Yankeemast!
Vergib mir!
V. EBERKOPF: Wir sind fehlgegangen –
PEER GYNT: Was heißt das?
V. EBERKOPF: Jetzo sehn wir prangen
Vereint das ganze Gyntsche Heer
Von Wünschen, Lüsten und Begehr –!
MONSIEUR BALLON *bewundernd*:
So mußt sich Monsieur Gynt bewähren!
V. EBERKOPF *ebenso*:
Das heiß ich Gynt sein – und mit Ehren!
PEER GYNT: Ich bitte Sie –
MONSIEUR BALLON: Verstehn Sie nicht?
PEER GYNT: Ich laß mich hängen, wenn ich's tue!
MONSIEUR BALLON: Je nun, mein Bester, gehn Sie nicht
Nach Griechenland mit Schiff und Truhe?
PEER GYNT *prustet spöttisch*:
Ach, nein! Ich stütze den, der stärker,
Und leih dem Türken meine Märker.
MONSIEUR BALLON: Unmöglich!
V. EBERKOPF: Witzig, – doch gescherzt!

PEER GYNT *schweigt ein Weilchen, stützt sich auf einen Stuhl und nimmt eine vornehme Miene an:*
Ich glaub, ihr Herrn, wir stehn vom Fest
Nun auf, eh daß der letzte Rest
Von Freundschaft sich verhimmelwärtst.
Wer arm ist, dem ist viel verstattet.
Wenn man vom weiten Rund knapp hat
Das Streiflein Staub, das man beschattet,
Ist man Kanonenfutter, glatt.
Doch hat sein Schäflein man geschoren,
Wie ich, so wäre mehr verloren.
Gehn Sie nach Griechenland. Ich sende
Sie gratis und bewaffnet hin.
Gut! Schüren Sie den Aufruhrsinn –
Und wirken so mir in die Hände!
Drauflos, für Freiheit und für Recht!
Gestürmt! In Türkenblut gezecht!
Und dann zuletzt ein Tod in Ehren
Auf schlanken Janitscharenspeeren. –
Doch ohne mich. *Schlägt sich auf die Tasche.*
Ich bin nicht frei –
Und bin ich selbst, Sir Gynt. – Good bye!

Er spannt seinen Sonnenschirm auf und geht in den Palmenhain, den Hängematten zu.

TRUMPETERSTRÅLE: Der Schweinekerl!
MONSIEUR BALLON: Kein Sinn für Ehre!
MASTER COTTON: Ach, Ehre! Wenn es das nur wäre!
Doch denkt euch: Unser Riesenschnitt,
Wenn nun der Grieche frei sich stritt –!
MONSIEUR BALLON: Ich sah mich schon auf Türkenleibern
Bekränzt von Hellas' schönsten Weibern!
TRUMPETERSTRÅLE: Ich sah in meiner Hand schon prangen
Die heldengroßen Sporenspangen!
V. EBERKOPF: Ich meines großen Vaterlands
Kultur ausbreiten ihren Glanz –!
MASTER COTTON: Das Schlimmst ist doch der bare Schade.
Goddamn! Welch Pech im höchsten Grade!
Schon sah ich den Olymp mir dienen.
Wenn seinem Ruf man darf vertraun,
Enthält der Berg noch Kupferminen,
Die man von neuem könnte baun.

Und dazu dieser Fluß Kastale,
Davon die Red an dutzend Male,
Mit Fälln, berechnet ungefähr
Auf tausend Pferdekraft und mehr –!

TRUMPETERSTRÅLE:
Ich gehe doch. Mein schwedisch Schwert
Ist mehr als Yankeedollars wert!

MASTER COTTON: Mag sein; nur daß wir, erst im Haufen,
In ihm elendiglich ersaufen
Und der Profit in Rauch verpufft!

MONSIEUR BALLON:
Verdammt! So nah dem Glück zu gasten!
Um so zu stehn an seiner Gruft!

MASTER COTTON *mit geballter Faust nach der Jacht hin*:
Dort liegt, in diesem schwarzen Kasten,
Des Nabobs güldner Niggerschweiß –!

V. EBERKOPF: Ein königlicher Einfall! Sei's
Gewagt! Das wird sein Todespfeil sein!
Kommt! Kommt!

MONSIEUR BALLON: Sie wolln –?

V. EBERKOPF: Ich will die Macht!
Die Mannschaft wird um wenig feil sein.
An Bord! Ich annektier die Jacht!

MASTER COTTON: Sie – was –?

V. EBERKOPF: Ich mause, was ich find.
Ab nach der Jolle hinunter.

MASTER COTTON: Da heißt mein Vorteil mich geschwind
Mitmausen. *Folgt ihm.*

TRUMPETERSTRÅLE: Eines Schurken Schluß!

MONSIEUR BALLON:
Ein Diebsstück –! Mais – enfin! Man muß –!
Folgt den andern.

TRUMPETERSTRÅLE:
Dann muß auch ich – der Eintracht wegen –,
Doch protestier ich laut dagegen.
Ihm nach und ab.

Eine andere Stelle der Küste. Mondschein und treibende Wolken. Die Jacht sticht unter vollem Dampf in See.

PEER GYNT *läuft den Strand entlang. Bald zwickt er sich in den Arm, bald starrt er hinaus übers Meer.*

PEER GYNT: Alpdruck! – Hirnspuk! – Wach ich bald auf?
Sie sticht in See! Und in rasendem Lauf!
Bloßer Hirnspuk! Ich schlaf! Ich bin trunken und toll!
Ringt die Hände.
Das geht doch nicht an, daß ich sterben soll!
Rauft sich das Haar.
Ein Traum! Ich will, daß ich träum und schlaf!
Entsetzlich! Zwecklos, daß ich mich jetzt sperr!
Diese Hunde von Freunden –! O, erhöre mich, Herr!
Du bist ja so weis und gerecht –! O, straf –!
Mit emporgestreckten Armen:
Ich bin's, Peter Gynt! Laß ein Wunder geschehn!
Nimm dich meiner an, Vater; sonst muß ich vergehn!
Laß sie stoppen! Laß sie die Gig niederlassen!
Halt die Dieb auf! Laß sie die Segel falsch brassen!
Hör mich! Laß warten Kunz Tausendhändig!
Die Welt wird nicht schief gehn ob solcher Verwegenheit! –
Ob er wohl hört! Er ist taub, wie beständig.
Das ist eine Wirtschaft! Ein Gott in Verlegenheit!
Winkt aufwärts.
Pst! Ich treib längst nicht mehr Niggerhandel!
Ich hab China bekehrt zu christlichem Wandel!
Eine Handreichung ist doch der andern wert!
O, hilf mir –!

Ein Feuerstrahl schießt aus der Jacht empor, von einer dicken Rauchwolke begleitet; man hört einen hohlen Knall; Peer Gynt stößt einen Schrei aus und sinkt nieder auf den Sand; nach und nach verzieht sich der Rauch; das Schiff ist verschwunden.

PEER GYNT *bleich und leise:*
Das war der Strafe Schwert!
Versunken mit Mann und Maus, wie ein Stein!
O, ewiglich will ich mein Glück benedein – –
Gerührt:
Ein Glücksfall? Nein, hier ist mehr geschehn.
Ich sollte siegen und die vergehn.

O, Preis dir, daß du der Not mich entrissen,
Im Aug mich behalten trotz meinem Gebrest – –
Atmet tief auf.
Wie macht es doch wundersam fröhlich und fest,
Sich so separat behütet zu wissen.
Doch werden auch Hunger und Durst mich in Ruh lassen?
Ach, ich finde wohl was. Das ist sein Gewerb.
Das ist nicht gefährlich; –
Laut und einschmeichelnd:
Er wird doch nicht zulassen,
Daß ich armer, kleinwinziger Sperling verderb!
Nur hübsch demütig sein! Und vergönnen ihm Frist.
Den Herren laß walten; Verzagen wär töricht –
Fährt erschrocken zusammen.
Knurrte dort nicht ein Löwe im Röhricht –?
Zähneklappernd:
Nein, 's war wohl kein Löwe.
Sich ermannend:
Und wenn's einer ist!
Die Biester, die halten sich doch wohl beiseite.
Mit dem, der sein Herr, da liegt keins gern im Streite.
Sie haben ja Instinkt; – da fühlen sie gewißlich:
Mit Elefanten zu spielen ist mißlich. – –
Doch trotz alledem, – ich such mir 'nen Baum.
Dort wiegen im Wind sich Akazien und Palmen;
Erst droben, halt ich den Kerl wohl im Zaum, –
Insonderheit, könnt ich dazu ein paar Psalmen – –
Klettert hinauf.
Man soll nicht den Tag vor dem Abend loben;
Das Schriftwort hat mancher wohl schon bedacht.
Setzt sich zurecht.
Wie herrlich, so sitzen, den Geist erhoben!
Edel denken ist mehr als Reichtum und Macht.
Bloß vertrauen auf Gott! Er kennt die Portion
Vom Kelch des Leidens, die wir vertragen.
Er ist väterlich gegen unsre Person; –
Wirft einen Blick aufs Meer und flüstert mit einem Seufzer:
Aber Ökonom, – nein; das kann man nicht sagen.

Nacht. Marokkanisches Lager am Rand der Wüste. Wachtfeuer und rastende KRIEGER.

EIN SKLAVE *kommt und rauft sich das Haar*:
Des Kaisers weißes Roß ist verschwunden!
EIN ANDERER SKLAVE *kommt und zerreißt sich die Kleider*:
Des Kaisers heilige Tracht ward gestohlen!
AUFSEHER *kommt*: Hundert jedem auf die Sohlen,
Der bis morgen nichts gefunden! –
Die Krieger steigen zu Pferde und galoppieren nach allen Richtungen fort.

Tagesgrauen. Die Baumgruppe von vorhin.

PEER GYNT *auf dem Baume, einen abgebrochenen Zweig in Händen, hält sich einen schwarzen Affen vom Leibe.*

PEER GYNT: Vertrackt! So unbequem schlief ich noch nie.
Haut um sich.
Bist du wieder da? Mein Maß vollzumachen!
Jetzt werfen sie Früchte. Nein, andere Sachen.
Ein ekliges Tier, solch ein Affenvieh.
Es steht zwar geschrieben: Du sollst wachen und fechten!
Doch ich kann nicht, weiß Gott, ich bin lahm und matt.
Wird wieder gestört; ungeduldig:
Was tun? Ich hab das Unwesen satt.
Ich fang mir einen von diesen Hechten,
Häng ihn und schind ihn und kriech in sein Fell,
Sein zottiges, und der vermummte Gesell,
Was gilt's, fährt balde für einen echten. –
Was sind wir Menschen? Nicht mehr als ein Hauch.
Und man muß sich wohl finden in Schick und in Brauch.
Wieder ein Schwarm! Die Schufte sind zäh!
Packt euch! Psch! Die tun wie Verrückte!
Wer mir nur jetzt einen Schwanz anstückte, –
Daß man mehr wie ein Tier aussäh –!
Was nun! Da sind sie mir gar überm Kopfe –!
Blickt aufwärts.
Der Alte, – mit Fäusten voll von Schmutz –!
Kriecht ängstlich in sich zusammen und hält sich ein Weilchen still. Der Affe macht eine Bewegung; Peer Gynt beginnt ihm zu schmeicheln und schönzutun wie einem Hunde.

Je, je, – bist du da, du alter Butz!
Er ist anständig, gelt, zu mir armem Tropfe!
Er will gar nicht werfen; – das wär nicht charmant; –
Ich bin's doch! Piep, piep! Wir stellen uns nicht nach, – nicht?
Eia, Eia! Da sag noch, ich kennte deine Sprach nicht!
Butzchen und ich, wir sind lange bekannt;
Butz bekommt morgen Zucker –! Du Vieh!
Die ganze Ladung! Mich so vollzudrecken!
Oder war's Futter? Man konnt's nicht recht schmecken;
Doch da bestimmt meist Gewohnheit das Wie.
Sprach doch einmal welches Denkers Vernunft:
Man spuckt – und gewöhnt sich zuletzt in die Zunft? –
Da kommt auch der Nachwuchs noch!

Ficht und haut.

Närrisch bestallt,
Daß der Mensch, Herr der Erden und Himmelserbe,
Sich genötigt soll sehn zu –! Gewalt! Gewalt!
Die Rangen verstehn ihr verruchtes Gewerbe!

Früher Morgen. Steinige Gegend mit Aussicht auf die Wüste. Auf der einen Seite eine Felsenschlucht und eine Höhle.

Ein Dieb *und ein* Hehler *in der Felsenschlucht mit dem Pferd und den Kleidern des Kaisers. Das Pferd, reich aufgezäumt, steht an einen Stein gebunden. Reiter in der Ferne.*

DER DIEB: Wie sie schillern und schlecken,
Die Zungen der Lanzen, –
Schau, Schau!
DER HEHLER: Ich fühl meinen Kopf schon
Im Sande tanzen;
Au, au!
DER DIEB *kreuzt die Arme über der Brust*:
Mein Vater war Dieb;
Sein Sohn muß stehlen.
DER HEHLER: Mein Vater war Hehler;
Sein Sohn muß hehlen.
DER DIEB: Dein Los trag ergeben;
Dich selbst sollst du leben.
DER HEHLER *horcht*: Schritte im Gebüsch!
Wenn uns einer erspäht!

DER DIEB: Tief ist die Höhle
Und groß der Prophet!

Sie flüchten und lassen die Kostbarkeiten im Stich. Die Reiter verlieren sich in der Ferne.

PEER GYNT *kommt, eine Rohrflöte schneidend*:
Wie holdselig ist diese Morgenstund! –
Der Mistkäfer rollt seine Kugel im Dreck;
Aus seinem Schneckenhaus kriecht der Schneck.
Ja, ja, – der Morgen hat Gold im Mund!
Es ist doch im Grund eine seltsame Macht,
Womit so Natur das Frühlicht bedacht.
Man fühlt sich so sicher, fühlt alle Furcht schwinden,
Man würde, tät's not, mit 'nem Ochsen anbinden. –
Wie still 's hier rings ist! Ja, die ländlichen Freuden, –
Unbegreiflich genug, daß ich einst sie verwarf;
Daß man einkerkert sich in finstern Gebäuden,
Bloß daß jeder Lump dir ins Haus rennen darf. –
Nein, sieh, wie die Eidechs sich Schnaken fängt,
Schnappt, huscht, schnappt und an nichts dabei denkt.
Welch eine Unschuld solch Tier offenbart!
Jedwedes folgt seinem Schöpfer fein züchtiglich,
Bewahrt sich sein Sondergepräg unverflüchtiglich,
Ist es selbst in jeglicher Lebensart,
Es selbst, es selbst, wie es ward, da es ward.

Setzt die Lorgnette auf die Nase.

Ein Krötlein. In einem Sandstein. Guck!
Versteinerung rings. Nur der Kopf ist heraus.
Da sitzt es und sieht, wie aus einem Haus,
Auf die Welt und ist sich selber – genug. –

Denkt nach.

Genug? Sich selber –? In welcher Küchen
Ward das Wort gekocht? Wo las ich das schon?
In der Hauspostille? Oder Salomons Sprüchen?
Vertrackt! Gestehe dir, alter Sohn,
Dein Gedächtnis spricht allem Anstand Hohn.

Setzt sich in den Schatten.

Hier ist ein Fleckchen für Bärenhäuter.
Ah, da gibt's Farren! Eßbare Kräuter!

Schmeckt ein wenig davon.

Das ist eher Brot für die Kreatur; –
Doch freilich, es heißt: Zwing deine Natur!

Des weiteren steht da: Hochmut vergehet.
Und wer sich erniedrigt, der wird erhöhet.

Unruhig:

Erhöhet? Gewiß, so wird mir geschehn; –
Es ist ganz unmöglich, sich's anders zu denken.
Das Schicksal wird meine Schritte lenken.
Dies ist eine Prüfung; ich werd sie bestehn, –
Und für eine Zukunft, da Freude sein wird, –
Sofern der Herr mir Gesundheit verleihn wird.

Schüttelt die Gedanken ab, zündet sich eine Zigarre an, streckt sich aus und starrt in die Wüste hinaus.

Welch unermeßliche, endlose Leere! –
Dort in der Ferne schreitet ein Strauß. –
Was im Gefüge des Weltenbaus
Gott wohl plante mit diesem Meere
Sandes, mit diesem alles versagenden,
Diesem verbrannten, für niemand tragenden;
Diesem Bruch der Erde, der brach liegt!
Diesem Leichnam, der tempelschänderisch
In der Schöpfung reichem Gemach liegt!
Wozu ward er? Die Natur ist verschwenderisch.
Ist dies die See, dort im Osten, der Flor
Von Silber? Unmöglich! Nur Sinnenbetrug!
Die See liegt im Westen; zurück- und empor-
Gedämmt durch ragender Dünen Zug –

Ein Gedanke durchblitzt ihn.

Gedämmt? So könnt ich –! Die Höhen sind schmal.
Gedämmt! Ein Durchbruch nur, ein Kanal, –
Und, ein Lebensstrom, würden die Wasser brüllen
Herein durch den Schlund und die Wüste füllen!
Bald würd der ganze glühende Plan
Blaun, ein gekräuselter Ozean.
Die Oasen würden als Inseln ihn kleiden,
Bergküste würde des Atlas Grat;
Die Segler würden wie Sturmvögel schneiden
Der Karawanen ertrunkenen Pfad.
Lebenshauch würde zerstreuen das Qualmen
Der Dünste, und Tau würde triefen die Wolk;
Stadt um Stadt würde bauen das Volk,
Und Gras würde grünen um schwankende Palmen.
Südwärts der Sahara würd alle Flur

Küstengebiet mit verjüngter Kultur.
Dampf würde treiben Timbuktus Fabriken;
Bornu bekäm europäischen Stil;
Nach Habes hinauf würd den Forscher man schicken
Im sichern Waggon bis zum oberen Nil.
Mitten im Meer, auf 'nem fetten Eiland,
Geb ich der Norwegerrasse dann Freiland;
Das Gudbrandstal hat ja schier königlich Blut;
Kreuzung mit Arabern 's übrige tut.
Auf einer Bucht ansteigendem Strand
Geb dann Peeropolis allem die Weihe! –
Die Welt ist abgelebt. Jetzt kommt die Reihe
An Gyntiana, mein junges Land.

Springt auf.

Nur Kapitalien, so sprießt es empor. –
Einen Schlüssel von Gold zu des Meeres Tor!
Kreuzzug dem Tod! Heraus aus der Katzen,
Geizhals, die zwecklos gehüteten Batzen!
Für Freiheit pocht es in allen Brüsten; –
Gleich dem Esel der Arche will rufen ich laut
Übern Erdball und bringen die Meerwasserbraut
Meinen harrenden, schmachtenden Zukunftsküsten.
Fort, fort! Kapital zusammengekehrt!
Mein Reich, – mein halbes Reich für ein Pferd!

Das Pferd wiehert in der Felsenschlucht.

Ein Pferd! Und Kleider! – Und Waffen – und Schätze!

Tritt näher.

Unmöglich! Nein, wirklich –! Mich ward wohl gelehrt
Irgendwo, daß der Wille Berge versetze; –
Doch daß er sogar versetzt ein Pferd –!
Gewäsch! Genug: Dort Roß, hie Reiter; –
Ab esse ad posse und so weiter und so weiter –.

Zieht die Kleider über die seinigen an und blickt an sich herab.

Sir Peter, – und Türke vom Scheitel bis zur Sohl!
Wer prophezeite wohl gestern solch Heute!
Spute dich, Grane mein, preisliche Beute!

Steigt in den Sattel.

Güldne Pantoffel als Bügel! Ei wohl!
Am Reitzeug erkennt man die fürnehmen Leute!

Er galoppiert in die Wüste hinein.

Zelt eines Araberhäuptlings, einsam in einer Oase.

PEER GYNT *in seiner orientalischen Tracht, auf Polstern ruhend. Er trinkt Kaffee und raucht aus einer langen Pfeife.* ANITRA *und eine Schar* MÄDCHEN *tanzen und singen ihm vor.*

CHOR DER MÄDCHEN: Der Prophet ist erschienen!
Der Prophet, mit Allweisheit begabet,
Der Herr, der Prophet ist erschienen,
Zu uns übers Sandmeer getrabet!
Der Prophet, der das Rechte stets triffet,
Uns ist er, uns ist er erschienen,
Zu uns durchs Sandmeer geschiffet!
Jauchzt zu Flöten und Tamburinen:
Der Prophet, der Prophet ist erschienen!
ANITRA: Sein Zelter der Milch gleicht, der weißen,
Die fließt in des Paradieses Bronnen.
Beugt euch! Kniet! Er ist gnädig gesonnen!
Seine Augen sind Sterne voll mildem Gleißen.
Doch welch Erdenkind trägt
Den Glanz des Glanzes, der ihnen entschlägt?
Durch die Wüste kam er.
Gold und Perlen entsprangen auf seiner Brust.
Wo er hinkam, ward Glanz und Lust.
Wo er schied, hat der Samum gewütet,
Wo er schied, Nacht und Dürre gebrütet,
Durch die Wüste kam er,
Kam geschmückt er einher,
Wie ein irdisch Geborener!
Die Kaaba, die Kaaba steht leer; –
Selbst hat's beschworen er!
CHOR DER MÄDCHEN: Jauchzt zu Flöten und Tamburinen:
Der Prophet, der Prophet ist erschienen!
Die Mädchen tanzen zu gedämpfter Musik.
PEER GYNT: Ich las mal gedruckt, – und darin liegt Verstand, –
Es gilt kein Prophet im eigenen Land.
Dies Leben hier will mir weit besser behagen
Als das eines Reeders in Charlestowns Tagen.
Es war etwas Hohles in all dem Betrieb,
Etwas Unklares, Fremdes, das blieb und blieb.
Ich fühlte mich nie recht daheim unter Dach,

So niemals ganz richtig als Mann von Fach.
Was wollt ich auch dort nur, so frag ich mich?
Ein Geschäftsgaul, ewig im Kreis herum traben?
Denk ich dran, wird mir ganz wunderlich.
Es traf sich so: da liegt der Hund begraben! –
Du selbst sein wollen von Goldes Gnaden,
Das ist, wie sein Haus auf Sandgrund errichten.
Vor Uhr und vor Ring und den andern Geschichten
Wälzt sich im Kot dir der ganze Schwaden.
Sie ziehen den Hut vor 'ner Brustnadel-Kron;
Aber Ring oder Nadel, ist das die Person?
Prophet; – die Stellung ist sonder Tadel.
Da weiß man doch gleich, was man gilt in der Welt.
Da ist man doch selber der Huldigung Held,
Besieht man's, und nicht seine Börs oder Nadel.
Man ist, was man ist, und das glatt und blank,
Man schuldet nicht Zufall noch Ungefähr Dank,
Man braucht kein Patent und kein Privileg.
Prophet; ja, das ist für mich ein Gepräg.
Und wie unerwartet mir diese Gift kam!
Bloß sintemal ich durch die Wüste geschifft kam
Und diese Naturkinder traf auf dem Weg.
Der Prophet war erschienen; die Sache war klar.
Es war also nicht mein Plan, zu betrügen –;
Zudem ist prophetisch antworten nicht lügen;
Und zurücktreten kann ich ja immerdar.
Ich bin nicht gebunden; das steht außer Frage –;
Das Ganze ist, sozusagen, privat;
Ich kann gehn, wie ich kam; mein Roß steht parat;
Mit einem Wort, ich bin Herr der Lage.

ANITRA *nähert sich vom Eingang her*:
Prophet und Herr!

PEER GYNT: Meiner Sklavin Begehr?

ANITRA: Harrend vorm Zelt stehn die Wüstensöhne.
Sie bitten, dein Angesicht schauen zu –

PEER GYNT: Stopp!
Sag ihnen, daß mir zunächst ihr Galopp
Statt ihres Gebets in die Ohren dröhne!
Ich will keine Mannsleute hier um mich her!
Die Männer, mein Kind, sind voll Falschheit, – so recht,
Was man sagt, ein unbeständig Geschlecht!

Anitra, du kannst dir nicht denken, mein Kind,
Wie hündisch – ich meine: wie sündig sie sind! –
Na, lassen wir das. Getanzt und gesungen!
Der Prophet will vergessen Erinnerungen.

DIE MÄDCHEN *tanzend*:
Der Prophet ist gut; der Prophet ist betrübt;
Denn die Söhne des Staubs haben Böses verübt.
Der Prophet ist mild; seiner Mildheit sei Preis!
Er führet die Sünder zum Paradeis.

PEER GYNT *während er mit seinen Augen Anitra beim Tanze folgt*:
Wie Trommelschlegel fliegen die Beine.
Ei! Sie ist wahrhaft lecker, die Kleine.
Sie hat etwas extravagante Formen, –
Nicht stimmend ganz mit der Schönheit Normen;
Doch was ist Schönheit? Ein Herkommen nur, –
Eine Münze, gangbar nach Ort und Uhr.
Und just das Extravagante schmeckt süppig,
Auslöffeltest du die normale Welt.
Wo die Regel herrscht, wirst um den Rausch du geprellt.
Entweder höchst mager oder höchst üppig;
Entweder blutjung oder schreckhaft alt; –
Was dazwischen, läßt kalt.
Ihre Füße – sind zwar nicht blendend an Reine;
Auch die Arme sind's nicht, zumal nicht der eine.
Doch ist dies schließlich kein arges Laster.
Ich nennt es eher ein Schönheitspflaster – –
Anitra, hör zu!

ANITRA *nähert sich*: Deine Sklavin lauscht!

PEER GYNT:
Du bist reizend, Kind! Der Prophet ist berauscht!
Und willst du nicht glauben, vernimm als Beweis:
Er macht dich zur Huri im Paradeis.

ANITRA: Unmöglich, Herr!

PEER GYNT: Du glaubst, es sei Scherz?
Ich schwör dir's, so wahr ich hier sitze, mein Herz!

ANITRA: Doch ich hab keine Seele.

PEER GYNT: Die kannst du erhalten.

ANITRA: Doch wie, o Herr?

PEER GYNT: Des laß mich nur walten.
Ich werd dein Erzieher und geb dir Stunden.
Keine Seele! Ja, dumm bist du freilich, Schatz,

Wie man sagt. Das hab ich mit Schmerz empfunden.
Doch für eine Seel, da ist immer noch Platz.
Komm her; laß mich deinen Hirnkasten messen. –
Ich hab's doch gewußt: Hier ist Raum: hier ist Raum.
Zwar wirst du nicht Weisheit mit Löffeln essen;
Denn 'ne sonderlich große Seele wird's kaum – –
Ach, was! Ich will dir wohl, wie du sehn kannst; –
Du sollst so viel kriegen, daß du bestehn kannst – –

ANITRA: Der Prophet ist gut, doch – –

PEER GYNT: Du willst nicht einmal?

ANITRA: Ich wünschte lieber –

PEER GYNT: Sprich ohne Hehl!

ANITRA: Ich mache mir nicht soviel aus 'ner Seel; –
Gib mir lieber –

PEER GYNT: Was?

ANITRA *zeigt auf seinen Turban*: Diesen schönen Opal!

PEER GYNT *hingerissen, indem er ihr das Schmuckstück reicht*:
Anitra! Evaskind, unverzagtes!
Magnetisch lockst du; denn ich bin Mann,
Und – ein geachteter Schriftsteller sagt es; –
„Das ewig Weibliche zieht uns an!"

Mondscheinnacht. Palmenhain vor Anitras Zelt.

PEER GYNT, *mit einer arabischen Laute in der Hand, sitzt unter einem Baume. Sein Haar und Bart sind gestutzt; er sieht bedeutend jünger aus.*

PEER GYNT *spricht und singt*: Ich sperrte zu mein Paradies
Und nahm den Schlüssel mit.
Der Nord mein Schiff vom Strande blies,
Indes die Schönen, die ich ließ,
Nachweinten meinem Schritt.
Gen Süden schnitt des Kieles Pflug
Der Salzflut schwankend Land.
Wo schlanker Palmen stolzer Zug
Geleitet blauer Buchten Bug,
Da steckt ich es in Brand.
Ein Wüstenschiff erklettert ich,
Ein Schiff auf Beinen vier.
Aufschäumt' es unterm Sporenstich; –

Ich bin ein Vogel; fange mich, –
Vom Zweig ich tirilier!
Anitra, Palmenmost! Wer mäß
Von dir genug sich zu!
Selbst der Angoraziege Käs
Ist kaum ein halb so süß Geäs,
Anitra, ach, wie du!

Hängt die Laute über die Schulter und kommt näher.

Lauscht sie mit gespannter Miene?
Hat mein Liedchen sie gehört?
Späht sie, hinter der Gardine,
Undrapiert und hold betört?
Horch! Das klang, als ob gewaltsam
Von 'ner Flasch der Stöpsel sprang.
Da! Da wieder! Welch ein Klang!
Liebesseufzer? – Nein, Gesang: – –
Nein, – ein Schnarchen, unaufhaltsam. –
Süßer Laut! Anitra, schlummere!
Nachtigall, hör auf zu flehn!
Jedes Leid soll dir geschehn,
Störst du frech ihr sanft Geschummere!
Zwar es heißt: wie's geht, mag's gehn!
Bülbül ist wie ich ein Sänger;
Ach, ich will es nur gestehn.
Beide sind wir Rattenfänger
Kleiner, liebeskranker Feen.
Laue Nacht und Liederschall
Sind uns gleiche Herzensweide;
Wenn wir singen, sind wir beide
Wir, Peer Gynt und Nachtigall.
Und just, daß sie schläft, die Kleine,
Krönt mein Glück; just dies, daß meine
Lippen schier den Becher kippen,
Ohne dran auch nur zu nippen – –;
Doch da ist sie ja, – hallo!
Nun, 's ist gleich, so oder so.

ANITRA *vom Zelt her*:
Riefst du, Herr, nach deiner Magd?

PEER GYNT: Der Prophet, ja, hat gerufen.
Tollgewordne Katzen schufen
Störung ihm mit ihrer Jagd.

ANITRA: Ach, kein Jagdgelärm war, Herr, es;
Etwas weit Verfänglicheres.
PEER GYNT: Was denn?
ANITRA: Laß mich schweigen!
PEER GYNT: Sprich!
ANITRA: Ich erröte –
PEER GYNT *nähert sich ihr*: War's am Ende,
Was so ganz erfüllte mich
Bei des Steins verliebter Spende?
ANITRA *erschrocken*: Dich vergleichen, Erdenzier,
Einem eklen Katzentier!
PEER GYNT: Kind, im Punkt der Liebe steht
Oft ein Kater und Prophet
Auf dem nämlichen Tapet.
ANITRA: Herr, des Scherzes Rede geht wie
Honig dir vom Mund.
PEER GYNT: Mein Kind;
Du, wie dein Geschlecht, ihr seht nie
Große Männer, wie sie sind!
Ich bin scherzhaft, laß dir sagen,
Und zu zweien umsomehr.
Meine Stellung läßt mich tragen
Einer Maske ernste Wehr.
Pflichten machen ungemächlich;
All dies Sorgen und Gescher
Mit den Leuten hin und her
Macht mir oft den Kopf recht schwer;
Doch dies ist nur oberflächlich. –
Dummes Zeug! Im Tête-à-tête
Bin ich Peer, – ja der, nur der.
Hui, da läuft er, der Prophet;
Und hier hast du deinen Peer!
Setzt sich unter einen Baum und zieht sie an sich.
Komm, Anitra, komm und träume
Mit mir in der Palme Fächeln!
Ich will flüstern, du sollst lächeln;
Wollen dann die Rollen wechseln;
Und, indes ich lächelnd säume,
Sollst du Liebesworte drechseln!
ANITRA *legt sich ihm zu Füßen*:
Süß sind deine Worte, mag mir

Auch ihr Sinn nur selten nahen.
Herr, kann deine Tochter, sag mir,
Also lauschend Seele fahen?

PEER GYNT: Seele, Geistes Licht und Wissen
Sollst du seiner Zeit nicht missen.
Wenn im Ost auf Rosenstreifen
Golddruck meldet: Nacht verschwunden!
Geb ich dir, mein Püppchen, Stunden;
Und du sollst mir köstlich reifen.
Aber in der Mondnacht Stille
Wär es eines Toren Grille,
Mit verstaubter Weisheit Beten
Als Magister aufzutreten. –
Ist doch auch der Seele Lehen
Nicht als Hauptsach zu begreifen.
Wird doch meist aufs Herz gesehen.

ANITRA: Herr! In deiner Rede Strahlen
Schillert Glanz, wie von Opalen.

PEER GYNT: Geist, zu scharf, ist Geistlosigkeit;
Feigheit, aufgeknospet, Bosheit;
Wahrheit in der Übergift,
Rückgewandte Weisheitsschrift.
Ja, mein Kind, Gott soll mich strafen,
Lebt nicht manch ein Feuergeist,
Dem sich der Erkenntnis Hafen
Erst nach schweren Stürmen weist.
Kannte einen dieser Kerle, –
In dem ganzen Brack die Perle; –
Und selbst dieser Mann ging irre,
Ward verführt vom Weltgewirre; – –
Siehst du rings die Wüste gähnen?
Wenn ich bloß den Turban schwenke,
Strömt das Meer aus hundert Hähnen
Seine Flut in ihr Gesenke.
Doch ich hätte Gimpelgrütze,
Schüf ich diese Wüstenpfütze.
Weißt du, was bedeutet: leben?

ANITRA: Lehr mich's!

PEER GYNT: Dies: Den Zeitstrom schweben
Unbenetzten Schuhs zu Tal
Als sein eigenst Ideal.

Nur in Vollkraft kann ich der sein,
Der ich bin, kann Peer als Peer sein!
Alter Weih verliert die Federn,
Alter Bock wird welk und ledern,
Alte Trulle keift aus Lücken,
Alter Trottel hinkt an Krücken, –
Jedem wird die Seele greis.
Jugend! Jugend! Herrschen, thronend
Wie ein Sultan, heil und heiß, –
Nicht durch Gyntianas Banken,
Unter Palmenlaub und Ranken, –
Sondern weil in den Gedanken
Einer reinen Jungfrau wohnend! –
Wirst du nun noch zweifelnd fragen,
Kind, warum ich dich erküret,
Gnädiglichst dein Herz gerühret,
Dort gegründet, sozusagen,
Meines Wesens Kalifat?
Deine Sehnsucht will ich haben.
Allgewalt in meinem Staat!
Du sollst sein allein die Meine.
Peer mit seinem Geist und Gaben
Sei dir mehr denn Gold und Steine.
Scheiden wir, so ist das Leben
Ausgelebt, – das heißt, das deine!
All dein Du, inbrünstiglich,
Willenlos mir hingegeben,
Sei erfüllt von meinem Ich.
Deiner Locken nächtlich Blinken,
Was dir Grazien nur gewährten,
Soll, wie babylonsche Gärten,
Mir zu Sultansfesten winken.
Darum ist auch die Entnachtung
Deiner Stirn so nötig nicht.
Hat man Seele, ist Betrachtung
Seiner selbst die erste Pflicht.
Höre, da ich just dran denke:
Du sollst haben, macht's dich froh,
Einen Ring ums Fußgelenke; –
Jeder fährt am besten so;
Ich mich dir als Seele schenke,

Und sonst alles: status quo.
Anitra schnarcht.
Wie? Sie schläft! Peer Gynt, versenke
Deine Hoffnung –! Dies beweist –
Halt! – just deinen mächt'gen Geist:
Deiner Liebesrede Schäumen
Trägt sie fort zu süßen Träumen. –
Erhebt sich und legt ihr Schmuckgegenstände in den Schoß.
Hier sind Spangen! Hier noch mehr!
Schlaf, Anitra! Träum von Peer – –!
Schlaf! Im Schlaf hast du die Krone
Deinem Kaiser dargebracht!
Durch Persönlichkeit zum Throne
Kam Peer Gynt in dieser Nacht.

Karawanenweg. Die Oase in weiter Ferne.

PEER GYNT, *auf seinem weißen Pferd, jagt durch die Wüste. Er hat* ANITRA *vor sich auf dem Sattelknopf.*

ANITRA: Laß sein; ich beiße!
PEER GYNT: Du kleiner Schalk!
ANITRA: Was willst du?
PEER GYNT: Was? Spielen Täubchen und Falk!
Dich entführen! Tolle Geschichten machen!
ANITRA: Schäm dich! Ein alter Prophet –!
PEER GYNT: Firlefanz!
Der Prophet ist nicht alt, du kleine Gans!
Macht man im Alter noch solche Sachen?
ANITRA: Laß los! Ich will heim!
PEER GYNT: Jetzt bist du kokett.
Also heim! Zum Schwiegervater! Wie nett!
Wir tollen Vögel, die Reißaus genommen,
Wir dürfen ihm nie mehr vor Augen kommen.
Zum andern bleibe man nicht, mein Schatz,
Für längere Zeit an demselben Platz;
Man verliert in der Achtung, je mehr man bekannt wird; –
Zumal, wenn man kommt als Prophet oder so.
Man gehe vorüber, rasch wie ein Bonmot.
Es war schon so weit, wo die Sache gespannt wird.
Deine Wüstensöhne wurden verdrießlich; –

So Gebete wie Weihrauch versagten schließlich.
ANITRA: Doch du bist doch Prophet?
PEER GYNT: Ich bin dein Kaiser!
Will sie küssen.
Guck, was für ein kleiner Bärenbeißer!
ANITRA: Gib mir den Ring da von deinem Finger!
PEER GYNT: Nimm, süße Anitra, die ganzen Dinger.
ANITRA: Wie klingt deine Rede so wonniglich.
PEER GYNT: O selig, wer so hoch geliebt wird wie ich!
Hinab! Und das Pferd geführt, als dein Sklav!
Reicht ihr die Reitpeitsche und steigt ab.
So, meine Rose, meine liebliche Blume,
Hier will ich Sand treten zu deinem Ruhme,
Bis mich ein Sonnenstich gnädiglich traf.
Ich bin jung, Anitra; das hab vorm Auge,
Du mußt's nicht so streng nehmen, wenn ich nichts tauge.
Sieh, neigt nicht just Jugend zu allerlei Tänzchen?
Hätt also dein Geist mehr Schliff und mehr Schwung,
So würdest du schließen, mein reizendes Pflänzchen, –
Dein Liebster macht Unsinn, – ergo ist er jung!
ANITRA: Ja, du bist jung. Hast du nicht noch mehr Ringe?
PEER GYNT: Da, nimm! Ich bin ein Bock, und ich springe!
Wär hier wo Weinlaub, ich setzte mir 'nen Kranz auf!
Ja, weiß Gott, bin ich jung! Und jetzt sing ich mir zum Tanz auf!
Tanzt und singt:

Ich bin ein Hahn, ein glückseliger!
Pick mich, du kleine Henne!
Ei! Hop! Da schau, wie ich renne; –
Ich bin ein Hahn, ein glückseliger!

ANITRA: Du schwitzest, Prophet; du zergehst mir ja fast!
Reich mir vom Gurt dort die baumelnde Last!
PEER GYNT: Zärtliche Sorg! Nimm den Beutel für immer!
Liebenden Herzen ist Gold nur ein Schimmer.
Tanzt und singt wieder:

Jung Peer Gynt ist ein Tollhans!
Er weiß nicht, auf welchem Fuß er stehn soll.
Pah, sagt Peer, – geh's, wie's gehn soll!
Jung Peer Gynt ist ein Tollhans!

ANITRA: Wunderfein tanzt der Prophete gestreng!

PEER GYNT: Prophet? Dummes Zeug! – Komm, tauschen wir Kleider!
Zieh aus!
ANITRA: Dein Gurt und dein Kaftan ist leider
Zu weit und zu lang und dein Strumpfwerk zu eng –
PEER GYNT: Eh bien! *Kniet nieder.*
Doch schaff mir ein heftiges Leid;
Liebenden Herzen ist Leiden köstlich!
Kommen wir dann in mein Schloß, seiner Zeit, –
ANITRA: In dein Paradies; – liegt's noch sehr weit östlich?
PEER GYNT: O, wohl tausend Meilen –
ANITRA: Zu weit!
PEER GYNT: Gemach!
Du bekommst auch die Seele, von der ich dir sprach –
ANITRA: Ich danke; das kommt nicht so sehr in Frage.
Doch du batst um ein Leid –
PEER GYNT *steht auf*: Ja, zum Teufel! Ein Weh,
Gewaltsam, doch kurz, – so auf zwei, drei Tage!
ANITRA: Anitra gehorcht dem Propheten! – Ade!
Sie zieht ihm einen tüchtigen Hieb über die Finger und jagt in fliegendem Galopp zurück durch die Wüste.
PEER GYNT *steht eine lange Weile wie vom Blitz gerührt*:
Na, da soll aber doch – – –!

Dieselbe Stelle. Eine Stunde später.

PEER GYNT *zieht, bedächtig und nachdenklich, die Türkenkleider aus, Stück für Stück. Zuletzt nimmt er seine kleine Reisemütze aus der Rocktasche, setzt sie auf und steht wieder in seiner europäischen Kleidung da.*

PEER GYNT *indem er den Turban weit von sich fortschleudert*:
Dort liegt der Türke, und hier steh ich.
Dieses heidnische Wesen hat einen Stich.
Ein Glück, daß ich's nur in den Kleidern getragen,
Daß sich's nicht, wie man sagt, aufs Herz mir geschlagen.
Was wollt ich nur eigentlich, frag ich mich?
Man tut doch am besten, als Christ zu wandeln,
Zu verschmähn des Pfauenhabits Geprahl,
Zu stützen sein Tun auf Gesetz und Moral,
Man selber zu sein und dafür sich einmal
Einen Nachruf und einen Kranz einzuhandeln.
Macht einige Schritte.

Das Dirnchen! – Es hing nur an einem Haar,
Daß ich nicht mehr zur Vernunft erwachte.
Ich will ein Troll sein, sofern mir klar,
Was es war, das mich also von Sinnen brachte.
Na, gut, daß es aus ist! Ein Schritt noch vom Pfade, –
Und ich war lächerlich ohne Gnade.
Ich hab mich versehn, – doch, ich darf mir's gestehn,
Nur infolge der Schiefe der Stellung versehn,
Nicht selbst als Persönlichkeit jedenfalls.
Ja, mußte nicht just dies prophetische Wallen,
So ganz ungewürzt von der Wirksamkeit Salz,
Zuletzt in Geschmacklosigkeit verfallen?
Eine böse Bestallung, Prophet zu sein!
In seinem Beruf soll man gehn wie in Wolken; –
Prophetisch betrachtet, büßt man flugs ein,
Sobald man aufhört, Unsinn zu kolken.
Insofern bin ich mehr als entschuldigt,
Daß ich der dummen Gans da gehuldigt.
Doch, nichtsdestominder –

Bricht in Lachen aus.

Man stelle sich vor!
Die Zeit will er stoppen durch Trippeln und Tänzeln!
Schwimmen wider 'n Strom mit Schweifeln und Schwänzeln!
Lustgirrend hupft er, die Laute zupft er,
Und endet zuletzt als Hahn, – als gerupfter.
Fürwahr, ein Prophet, der die Zügel verlor! –
Gerupft, ja! – Brr! Bin ich abgebrannt!
Na; etwas ist noch in der Hinterhand,
In der Charlestowner Bank und in meinen Taschen;
Es ging also doch nicht alles durch die Maschen. –
Überlegt man's, ist solch ein Zustand viel wert.
Man ist nicht gebunden an Kutscher noch Pferd,
Hat nicht mit Koffer und Karren Plage,
Kurz, wie man sagt, man ist Herr der Lage. –
Wohin nun des Wegs? Was sei nun erkoren?
Am Wählen kennt man den Weisen vom Toren.
Mein Geschäftsleben ist ein beschlossen Kapitel;
Mein Liebesspiel ist ein beseitigter Kittel.
Zu Krebsgang hab ich nicht Lust noch Grund.
Hin und zurück, 's ist der gleiche Weg,
Hinaus und hinein, 's ist der gleiche Steg, –

Sagt ja wohl irgendein geistreicher Mund. –
Wenn mir nur jetzt etwas Neues durch den Sinn führe,
Etwas Großes, bei dem man zugleich mit Gewinn führe!
Ob ich mein Leben schreib, ungeschminkt, wahrhaft, –
Ein Vademecum, so schmackhaft wie nahrhaft? –
Oder –! Wer gleich beim Gelehrten endete – –
Und, ein reisender Forscher, mit seinem Span
Dem Einst in den dunklen Rachen blendete?
Bei Gott, ein höchst erwägbarer Plan!
Vor Chroniken bin ich nie abgebogen,
Und war auch der Wissenschaft immer gewogen. –
Wohlan denn, durchmessen der Menschheit Bahn!
Ich schwimm auf dem Strom der Geschichte wie ein Flaum,
Ich durchlebe sie nochmals so wie in einem Traum, –
Seh der Helden Kämpfe für Gut und Groß,
Doch aus sicherm Versteck, als Zuschauer bloß; –
Seh der Denker Fall, der Märtyrer Glorie,
Seh Reiche sich bilden und Reiche vergehn, –
Seh Weltepochen aus Kleinem entstehn;
Kurzum, schöpf ab den Rahm der Historie. –
Ich muß mir einen Band Becker erhandeln,
Und dann chronologisch die Welt durchwandeln.
Wohl wahr, – Geschichte ist nicht meine Stärke –
Und sinnverwirrend ihr innres Gewerke! –
Doch, pah! Je toller der Ausgangssatz ist,
Um so seltener oft der gefundene Schatz ist. – –
Erhabner Gedanke, solch Ziel sich zu stecken,
Und vor nichts, was es fordert, zurückzuschrecken!

Still bewegt:

Aus allen Banden fahren und schlüpfen,
Die dich mit Heimat und Freunden verknüpfen, –
In die Luft sprengen all deines Reichtums Pracht, –
Sagen dem Glück deiner Liebe gut Nacht, –
Nur, um zu finden der Wahrheit Mysterium, –

Zerdrückt eine Träne im Auge.

Das ist des echten Forschers Kriterium.
O Unglück, du hast deinen Stachel verloren!
Ging mir doch auf nun, wozu ich geboren!
Und nun bloß aushalten, kommt's noch so schwül!
Hoch nun darf ich mein Haupt wieder tragen, –
In meines Manneswerts Wohlgefühl;

Ein Kaiser des Lebens, sozusagen! –
Der Vergangenheit Summe will ich besitzen;
Nie mehr die Wege der Heutigen schwitzen; –
Die Gegenwart ist keine Schuhsohle wert;
Die Männer sind nur dem Gewinn zugekehrt,
Ihre Geister sind lahm, ihre Taten unecht; – –
Zuckt die Achseln.
Und die Weiber, – ein unbeständig Geschlecht! –
Ab.

Sommertag. Hoch im Norden. Eine Hütte im Hochwald. Offene Tür mit einem großen hölzernen Schloß. Rentiergeweih über der Tür. Eine Schar Ziegen an der Hauswand.

Ein WEIB *mittleren Alters, licht und schön, sitzt und spinnt draußen im Sonnenschein.*

DAS WEIB *wirft einen Blick den Weg hinab und singt*:
Vielleicht geht der Winter, und der Frühling folgt nach,
Und der Sommer dazu und das ganze Jahr; –
Aber einst wirst du kommen, das, weiß ich, ist wahr;
Und ich werde warten, wie ich dir's versprach.
Lockt die Ziegen, spinnt und singt wieder:
Gott stärke dich, wo in der Welt du auch gehst!
Gott segne dich, wenn du vor seinem Fußschemel stehst!
Hier wart ich, mein Freund, bis du kommst, nach deinem Wort;
Und wartest du dort oben, so treffen wir uns dort!

Ägypten. Morgendämmerung. Die Memnonssäule im Sande.

PEER GYNT *kommt gegangen und sieht sich eine Weile um.*

PEER GYNT: Hier könnten wir füglich beginnen zu wandern; –
Jetzt also Ägypter, nach all dem andern;
Doch Ägypter auf Basis des Gyntischen Ichs.
Dann geht's nach Assyrien graden Strichs.
Bis an die Erschaffung der Welt zu rühren,
Das würde nur zum Verderben führen; –
Ich will ganz herum um die Bibelgedichte;
Man spürt sie ja überall in der Geschichte;
Und ihnen nachsehn, sozusagen, die Nähte, –

Dazu fehlt mir Neigung wie Handwerksgeräte.
Setzt sich auf einen Stein.
Nun will ich hier rasten und warten geduldig.
Zunächst ist mir Memnon sein Morgenlied schuldig.
Dann werde die Pyramide bestiegen.
Auch ihr Innres erforscht, wo die Könige liegen.
Darauf auf dem Landweg ums Rote Meer;
Vielleicht grab ich Potiphar aus und sein Heer.
Dann bin ich Asiat. In Babylon werden
Besucht die berüchtigten hängenden Gärten,
Will heißen, die Hauptstätten seiner Kultur.
Ein Sprung – und ich bin auf trojanischer Flur.
Von Troja hab ich ja dann direkte
Verbindung hinüber zum alten Athen: –
Dort will ich an Ort und Stelle besehn
Und befahren den Paß, den Leonidas deckte; –
Dann etwas Philosophie betreiben
Und das Haus, worin Sokrates starb, beschreiben – –;
Weiß Gott, da vergaß ich ja, daß sie just kriegen –!
So bleibe der Hellenismus denn liegen.
Sieht auf die Uhr.
Teufel auch, macht diese Sonne Flausen,
Bis sie heraufkommt. Meine Zeit ist knapp.
Also, von Troja, – da kam ich ab – – *Steht auf und lauscht.*
Horch! Was für ein verwunderlich Sausen?
Sonnenaufgang.

DIE MEMNONSSÄULE *singt*:
Himmelan steigen aus göttlicher Asche
Vögel voll Singen.
Zeus, der geistweite,
Schuf sie zum Streite.
Weisheitseule,
Wo schlafen ihre Schwingen?
Stirb – oder hasche
Den Sinn der Säule!

PEER GYNT: Wahrhaftig, – hab ich nicht einen Tick,
So klang just die Säule! Vergangenheitsmusik!
Ganz hörbar der Steinstimme Fallen und Steigen.
Ad notam. Einst den Gelehrten zu zeigen.
Notiert ins Taschenbuch:
„Die Säule sang. Deutlich den Klang vernommen;

Doch nicht zum Verständnis des Textes gekommen.
Das Ganze natürlich Betrug der Sinne. –
Sonst nichts observiert von höherm Gewinne."
Setzt seinen Weg fort.

In der Nähe des Dorfes Gizeh. Die große aus dem Felsen gehauene Sphinx. In der Ferne Kairos Kirchtürme und Minaretts.

PEER GYNT *kommt des Weges; er betrachtet die Sphinx aufmerksam, bald durch die Lorgnette, bald durch die hohle Hand.*

PEER GYNT: Wo hab ich in aller Welt nur schon
Ein diesem ähnlich Geschöpf gesehn?
Im Norden? Im Süden? War's eine Person?
Und wenn! An wen gemahnt's mich, an wen?
Held Memnon glich, wie mich's später durchfuhr,
Dem sogenannten – Dovre-Alten,
So, wie er dasaß, stotzig und stur,
Den Sitz von Säulenstümpfen gehalten. –
Doch dieser seltsame Kreuzungsversuch,
Dieser Wechselbalg, beides, so Löwe wie Weib, –
Hab ich den auch aus 'nem Märchenbuch?
Oder sah ich schon einmal solch einen Leib?
Ein Märchenspuk? Ha, jetzt beginnt mir's zu tagen!
Das ist ja der Krumme, den ich einstens erschlagen, –
Das heißt, ich träumte, – ich lag im Fieber. –
Tritt näher.
Die Augen, die Lippen, dasselbe Kaliber; –
Nicht ganz so flau; mehr Falsch im Gesichte;
Doch sonst im ganzen dieselbe Geschichte.
So, so, du gleichst einem Löwen, Krummer,
Wenn man von hinten dich sieht und bei Lichte!
Macht dir wohl Rätselraten noch Kummer?
Gibst wieder Antwort wie letzter Frist du?
Ruft der Sphinx zu:
He, Krummer, wer bist du?
EINE STIMME *hinter der Sphinx:*
Ach, Sphinx, wer bist du?
PEER GYNT: Das Echo antwortet deutsch! Untrüglich!
DIE STIMME: Wer bist du?
PEER GYNT: Es spricht die Sprache vorzüglich?

Da hab ich etwas ganz Neues entdeckt.
Notiert in sein Buch:
„Echo spricht deutsch. Berliner Dialekt."
BEGRIFFENFELDT *kommt hinter der Sphinx hervor.*
BEGRIFFENFELDT: Ein Mensch!
PEER GYNT: Ach so! Also falsch geraten.
Notiert wieder:
„Kam später zu anderen Resultaten."
BEGRIFFENFELDT *unter allerhand unruhigen Gebärden*:
Eine Lebensfrage –! Verzeihen Sie –!
Was führt Sie just heute durch diese Landschaft?
PEER GYNT: Ein Besuch. Bei einem Jugendfreund.
BEGRIFFENFELDT: Wie?
Die Sphinx hier ist –?
PEER GYNT *nickt*: Eine alte Bekanntschaft.
BEGRIFFENFELDT: Famos! Und das just nach dieser Nacht!
Mein armer Kopf ist nah dran zu zerbrechen!
Wohlan! So tun Sie den Mund auf und sprechen!
Was ist sie?
PEER GYNT: Wenn Sie das glücklich macht, –
Sie ist sie selbst.
BEGRIFFENFELDT *mit einem Sprung*.
Ha: der Welt Lösung tagt! Sie
Sind dessen gewiß? Sie wär in der Tat
Sie selbst?
PEER GYNT: Jawohl; so wenigstens sagt sie.
BEGRIFFENFELDT:
Sie selbst! Die Stunde der Umwälzung naht!
Nimmt den Hut ab.
Ihr Name, mein Herr?
PEER GYNT: Peer Gynt, mit Vergunst.
BEGRIFFENFELDT:
Peer Gynt! Allegorisch! Das stand zu erwarten. –
Peer Gynt? Das bedeutet: Den längst erharrten,
Den kommenden Meister der Auslegekunst –
PEER GYNT: Sie warteten meiner –? Zu viel der Ehre!
BEGRIFFENFELDT: Peer Gynt! Tiefsinnig! Rätselvoll! Graß!
Jedes Wort ist gleichsam ein Faß an Lehre!
Was sind Sie?
PEER GYNT *bescheiden*: Ich trachtete stets, daß ich wäre
Ich selbst. Im übrigen – hier mein Paß.

BEGRIFFENFELDT: Ich selbst! Es wird immer mysteriöser!
Faßt ihn ums Handgelenk.
Nach Kairo! Kaiser der Rätsellöser!
PEER GYNT: Kaiser?
BEGRIFFENFELDT: Kaiser –
PEER GYNT: Wie er mich erkennt –!
BEGRIFFENFELDT *indem er ihn mit sich zieht*:
– der Interpreten – auf des Selbst Fundament!

Kairo. Ein großer Hofraum mit hohen Mauern und von Gebäuden umgeben. Gitterfenster; eiserne Käfige.

Drei WÄCHTER *im Hofe. Ein vierter kommt.*

DER KOMMENDE: Schafmann, wo ist der Direktor, sag?
EIN WÄCHTER: Ausgefahren lange vor Tag.
ERSTER: Ich glaub, es ist ihm ein Unglück geschehn;
Heut nacht nämlich –
EIN ANDERER: Pst: die Torflügel gehn.
BEGRIFFENFELDT *führt* PEER GYNT *herein; schließt das Tor und steckt den Schlüssel in die Tasche.*
PEER GYNT *für sich*:
Ein Mann, imstand, mir den Kopf zu verwirrn;
Fast alles, was er sagt, will nicht in mein Hirn.
Sieht sich um.
Dies also hier ist der Gelehrtenklub?
BEGRIFFENFELDT: Hier finden Sie alle, den ganzen Trupp; –
An siebenzig und tagtäglich vermehrte,
Der Weltauslegung beflißne Gelehrte – –
Ruft den Wächtern zu:
Michel, Schlingelberg, Schafmann, Fuchs, –
In die Käfige mit euch flugs!
DIE WÄCHTER: Wir?
BEGRIFFENFELDT: Wer anders? Wir sind jetzt quitt!
Dreht sich die Erde, so drehn wir uns mit.
Zwingt sie in einen Käfig hinein.
Er ist heut gekommen, der große Peer; –
Den Rest folgert selber, – ich sage nichts mehr.
Sperrt den Käfig zu und wirft den Schlüssel in einen Brunnen.
PEER GYNT: Aber – Herr Doktor – Herr Präsident –
BEGRIFFENFELDT: Beides gewesen. Das hat nun ein End – –.

Herr Peer, – Sie gehören zur schweigsamen Zunft?
PEER GYNT *in steigender Unruhe*:
Weshalb?
BEGRIFFENFELDT: Sie werden mir nicht marode?
PEER GYNT: Ich hoffe –
BEGRIFFENFELDT *zieht ihn in eine Ecke und flüstert*:
Die absolute Vernunft
Ging ab gestern abend Schlag elf mit Tode.
PEER GYNT: Gott helfe mir –!
BEGRIFFENFELDT: Ja, das ist äußerst verdrießlich –
Und für mich in meiner Stellung doppelt unersprießlich.
Denn dies Haus hier galt, bis die Elf schlug aus,
Für ein Irrenhaus.
PEER GYNT: Für ein Irrenhaus!
BEGRIFFENFELDT:
Nicht fürder, verstehn Sie!
PEER GYNT *bleich und leise*: O Gott, mir schwant es!
Und der Mann ist verrückt; – und niemand ahnt es!
Sucht davonzukommen.
BEGRIFFENFELDT *folgt ihm*:
Sie verstehen doch auch den Sinn meines Spruchs?
Ich nenne sie tot; doch so spricht nur ein Schalk.
Sie ging von sich selbst. Sie ging aus ihrem Balg, –
Wie weiland Landsmann Münchhausens Fuchs.
PEER GYNT: Einen Augenblick nur –
BEGRIFFENFELDT *hält ihn fest*: Nein, es war wie ein Aal; –
Nicht wie ein Fuchs. Durchs Aug ein Pfahl; –
Sie zappelte, zuckte – –
PEER GYNT: Daß Gott erbarm!
BEGRIFFENFELDT:
Um den Hals rund ein Schnitt und dann, wupps, aus dem Darm!
PEER GYNT: Verrückt! Vollständig von Sinn und Verstand!
BEGRIFFENFELDT: So viel ist nun klar und nicht zu bestreiten;
Es wird dieses Von-sich-Gehen begleiten
Ein wahrer Umsturz zu Wasser und Land.
Die früher „verrückten" Persönlichkeiten
Sind nämlich seit gestern abend schlechthin
Normal geworden, vernünftig, im Sinn
Der neuen Vernunft; – was zugleich den Beginn
Des Rasens der frühern „Gesunden" bedeutet,
Mit dem daß die Glocke elf Uhr geläutet.

PEER GYNT: Sie erwähnten die Uhr; meine Zeit ist zu End –
BEGRIFFENFELDT: Ihre Zeit? Sie mahnen im rechten Moment!
Öffnet die Tür und ruft:
Hervor denn aus eurem Labyrinth!
Die Vernunft ist tot. Es lebe Peer Gynt!
PEER GYNT: Nein, liebster –!
Die Irren kommen nach und nach heraus in den Hofraum.
BEGRIFFENFELDT: Zu Ende sind eure Nöte!
Es tagt der Befreiung Morgenröte!
Euer Kaiser steht vor euch!
PEER GYNT: Kaiser?
BEGRIFFENFELDT: Gewiß!
PEER GYNT: Nein, nein! Diese Ehrungen übersteigen –
BEGRIFFENFELDT: Nur jetzt keine falsche Bescheidenheit zeigen –
In solch einer Stunde!
PEER GYNT: Bedenkzeit nur bis – –
Nein, ich taug nicht dazu; ich hab nicht die Gaben!
BEGRIFFENFELDT: Ein Mann, zu dem Sphinxe geredet haben?
Der er selbst ist?
PEER GYNT: Das ist ja eben die Nuß!
Ich bin wohl ich selber, in allen Lagen;
Aber hier, soweit ich verstehe, muß
Man außer sich selbst sein, sozusagen.
BEGRIFFENFELDT: Wie? Außer sich? Nein, das sieht jedes Kind:
Hier ist man man selbst, ohne Gnade zu geben;
Man selbst und nicht das geringste daneben; –
Man geht, als man selbst, hier vor vollem Wind.
Im Faß seines Ich birgt ein jeder hier sich,
Taucht in seines Ich Gärung bis auf den Grund,
Schließt zu sich hermetisch mit seines Ich Spund
Und dichtet das Holz im Brunnen seines Ich.
Keiner hat Tränen für der andern Wehen;
Keiner hat Sinn für der andern Ideen.
Wir selbst, das sind wir in Geist und Gebärden,
Bis zur Spitze des Sprungbretts wir und nur wir, –
Und folglich, soll einer Kaiser hier werden,
Sind Sie unsres Throns erlesenste Zier.
PEER GYNT: Der Teufel soll mich –!
BEGRIFFENFELDT: Nur mutigen Sinn!
Fast alles auf Erden ist neu zu Beginn.
„Du selbst“; – ich will Ihre Zweifel ersticken;

Der erste beste genügt hier schon –
Zu einer finstern Gestalt:
Guten Tag, Huhu! Na, hörst du, mein Sohn,
Noch immer nicht auf, bekümmert zu blicken?
HUHU: Kann ich's, bleibt mein Volk noch länger
Ohne Deuter, ohne Sänger?
Zu Peer Gynt:
Du bist fremd; so hör mich an denn!
PEER GYNT: Gott erbarme sich –!
HUHU: Wohlan denn!
Fern im Ost, ein Kranz von Sande,
Ruhn die malebarschen Strande.
Portugiesen und Holländer
Sind des Lands Kulturzuwender.
Außerdem sind dort noch Scharen
Von den echten Malebaren.
Die, mit ihrem Sprachgemische,
Sind die Herren jetzt am Tische.
Doch vor grauen Zeiten wohnte
Dort der Orang-Utan, thronte
Tief im Wald als Herrscher, tollte,
Raufte, grölte, wie er wollte.
Wie Natur ihn schuf, so grunzt' er,
Noch ein göttlich Unverhunzter.
Niemand wehrt' ihm sein Geplärre,
War er doch des Reiches Herre.
Doch da kamen fremde Horden
Unsre Urwaldsprache morden.
Viermalhundert Jahre Nachten
Von der Kraft den Affen brachten;
Ach, man weiß, so lange Nächte
Hemmen der Entwicklung Mächte.
Waldes Urlaut ist verstummt nun,
Nicht mehr länger wird gebrummt nun; –
Wollen wir Gedanken geben,
Müssen wir zu reden streben.
Welch ein Zwang der Zungenbänder!
Portugiesen, Niederländer,
Mischlingsrasse, Malebaren,
Alle sind gleich schlecht gefahren. –
Ich nun trachte, unsern echten

Urwald-Urlaut zu verfechten, –
Möcht den Leichnam neu beseelen, –
Unser Recht auf Grölen stählen, –
Grölen selber, zu ertrutzen
Seinen volksliedhaften Nutzen. –
Doch man hat mich schnöd verlassen. –
Wirst wohl jetzt mein Trauern fassen.
Dank, daß du gehört mich Armen; –
Weißt du Rat, so hab Erbarmen!

PEER GYNT *leise*: Mit den Wölfen, mit den lieben,
Muß man heulen, steht geschrieben.
Laut:
Freund, nach sicherem Gerüchte
Gibt es in Marokko Schlüchte
Noch voll Orang-Utan-Schwärmen,
Die sich ohne Sänger härmen.
Deren Mund spricht malebarisch!
Wie honett und exemplarisch
Wär's nun, dächten Sie (gleich andern
Standspersonen) auszuwandern –

HUHU: Dank, daß du gehört mein Flehen;
Wie du rätst, so soll's geschehen.
Mit einer großen Gebärde:
Hat der Osten mich zum besten, –
Orang-Utans hat der Westen!
Geht weiter.

BEGRIFFENFELDT:
Na, war er er selbst? Gar sehr, wenn's beliebt.
Von sich selbst ist er voll, lebt sich selber allein,
Gibt s i c h, was immer er von sich gibt,
Sich selber kraft seines Außer-sich-Sein.
Wohlan! Ein andres hier meiner Kinder; –
Seit gestern abend vernünftig nicht minder!
Zu einem Fellachen, der eine Mumie auf dem Rücken trägt:
König Apis, mein hoher Herre, wie geht es?

DER FELLACHE *wild zu Peer Gynt*:
Bin ich König Apis?

PEER GYNT *zieht sich hinter den Doktor zurück*:
Ja, leider steht es
Mit meinem Wissen hier äußerst peinlich,
Doch sind Sie, nach Ihrem Ton, wahrscheinlich –

DER FELLACHE: Jetzt lügst du auch!
BEGRIFFENFELDT: Eure Hoheit berichte,
Wie die Sachen stehn.
DER FELLACHE *wendet sich Peer Gynt zu*:
Hör meine Geschichte!
Wen trag ich hier wohl auf dem Rücken? –
Einen König, der Apis hieß!
Jetzt heißt er nur noch eine Mumie
Und ist ganz tot überdies.
Er baute die Pyramiden
Und haute die große Sphinx,
Und kriegte, wie der Doktor sich ausdrückt,
Mit dem Türken bald rechts und bald links.
Und darum hat auch Ägypten
Als Gott ihn preisen gelehrt
Und in seinen Tempeln ihn unter
Dem Bild eines Ochsen verehrt. –
Doch ich bin dieser Gott Apis,
Das ist wie die Sonne zu sehn;
Und wenn du es nicht verstehest,
So wirst du es bald verstehn.
Es schwang sich nämlich beim Jagen
Vom Pferd einst Apis, der Held,
Und ging einen Augenblick seitwärts
Auf meines Urgroßahns Feld.
Der Grund aber, den er da düngte,
Ernährte mich mit seinem Korn;
Und braucht es noch mehr der Beweise,
So hab ich ein unsichtbar Horn.
Und ist das nun nicht zum Verzweifeln,
Daß ganz ohne Herold ich bin!
Von Geburt bin ich Apis im Lande,
Doch Fellach in anderer Sinn.
Kannst einen Rat du mir geben,
So mache mich damit reich; –
Was soll ich tun, daß ich werde
König Apis dem Großen gleich?
PEER GYNT: Eure Hoheit bau Pyramiden,
Und hau eine große Sphinx,
Und krieg, wie der Doktor sich ausdrückt,
Mit dem Türken bald rechts und bald links!

DER FELLACHE: Ja, das ist mir eine Rede!
Ein Fellach! Eine hungrige Laus!
Bin froh, wenn ich meine Hütte
Reinhalt von Ratz und Maus.
Auf, Mann, – etwas Beßres erfunden,
Was groß macht und sicher vor Spott,
Und was mich obendrein gleichmacht
Auf meinem Rücken dem Gott!
PEER GYNT: Wie, wenn Eure Hoheit sich hängten,
Und darauf in der Erde Schoß,
In des Sarges natürlichen Grenzen,
Verhielten sich regungslos?
DER FELLACHE: Mein Leben für einen Strick denn!
An den Galgen mit Haut und Haar! –
Der Unterschied wird nicht sehr groß sein –
Und völlig verwischt übers Jahr.
Geht hin und macht Anstalten sich zu hängen.
BEGRIFFENFELDT: Das war auch eine Persönlichkeit, –
Ein Mann mit Methode, –
PEER GYNT: Ja, ja, soweit – –
Doch da hängt er sich wirklich? Gott soll uns bewahren!
Mir schwindelt; – ich fühl mich schon ganz zerfahren!
BEGRIFFENFELDT: Ein Übergangszustand; nur kurz von Frist.
PEER GYNT: Wozu –? Entschuldigen Sie, – mir ist –
BEGRIFFENFELDT *hält ihn fest*:
Sind Sie verrückt, Herr?
PEER GYNT: Noch nicht –! Ohne Bangen!
Alarm. Der Minister HUSSEIN *drängt sich durch den Schwarm.*
HUSSEIN: Man hat mir gemeldet, ein Kaiser sei hier.
Zu Peer Gynt:
Sind Sie es?
PEER GYNT *verzweifelt*: So sicher wie zwei mal zwei vier!
HUSSEIN: Gut. – Hier sind Noten, die Antwort verlangen.
PEER GYNT *rauft sich das Haar*:
Heißa! Recht so! So paßt es Peeren!
HUSSEIN: Wolln Sie mich mit einem Tunk beehren?
Verbeugt sich tief.
Ich bin eine Feder.
PEER GYNT *verbeugt sich noch tiefer*:
Und ich, wie Sie sehn,
Ein krimskramsig kaiserlich Pergamen.

HUSSEIN: Mein Schicksal, Herr Kaiser; hier kennt es ein jeder:
Ich gelt für ein Sandfaß und bin eine Feder.

PEER GYNT:
Mein Schicksal, Herr Feder, ist, wenn Sie belieben, –
Ich bin ein Papier und werd niemals beschrieben.

HUSSEIN: Für meinen Beruf geht keinem der Verstand auf;
Sie nehmen mich alle und streun mit mir Sand auf!

PEER GYNT:
Ich lag einst als Buch in eines Weibes Schoß; –
Tu recht oder schlecht, – 's ist ein Druckfehler bloß!

HUSSEIN: Stelln Sie sich vor, wie entsetzlich man leidet,
Als eine Feder, die nie jemand schneidet!

PEER GYNT *macht einen Sprung*:
Wissen Sie, was einen Renbock für Qual ankommt,
Der von oben herabspringt – und niemals im Tal ankommt?

HUSSEIN:
Ein Messer! Ich bin stumpf! Auf! Schneidet und schnitzt!
Die Welt geht unter, wenn niemand mich spitzt!

PEER GYNT:
's wär schad um die Welt, die, wie alles, was hausgemacht,
Den Herrgott bedünkte so wundervoll ausgedacht.

BEGRIFFENFELDT: Hier ist ein Messer!

HUSSEIN *ergreift es*: Ha, Tinte zu lecken!
Wollust, sich schneiden zu –!

Schneidet sich über den Hals.

BEGRIFFENFELDT *weicht zur Seite*: Nur keine Flecken!

PEER GYNT *in steigender Angst*:
Haltet ihn!

HUSSEIN: Haltet mich! Wort der Gnade!
Haltet die Feder! Papier aus der Lade!

Fällt um.

Ich bin abgenutzt. Nachschrift, – in Grabschriftstil:
Er lebt' und er starb als geführter Kiel!

PEER GYNT *taumelt*:
Was soll ich –! Was bin ich? Du großer –, halt fest!
Ich bin alles, was du willst, – ein Türk, ein Verbrecher, –
Ein Bergtroll –; nur hilf; – das gab mir den Rest –!

Schreit:

Ich weiß nicht mehr, wie du dich nennen läßt – –
Hilf mir, du, – aller Narren Fürsprecher!

Fällt in Ohnmacht.

BEGRIFFENFELDT *mit einem Strohkranz in der Hand, macht einen Sprung und setzt sich rittlings über ihn*:
Da ist er von sich selbst! Daß er
Im Staub die Krone denn empfange!
Drückt ihm den Kranz auf und ruft aus:
Der Selbstsucht Kaiser lebe lange!
SCHAFMANN *im Käfig*: Es lebe hoch der große Peer!

FÜNFTER AKT

An Bord eines Schiffes in der Nordsee an der norwegischen Küste. Sonnenuntergang. Stürmisches Wetter.

PEER GYNT, *ein kräftiger alter Mann mit eisgrauem Haar und Bart, steht hinten auf dem Hüttendeck. Er ist halb wie ein Seemann gekleidet, in Jacke und hohen Stiefeln. Sein Anzug ist etwas verschlissen und mitgenommen; er selbst wettergebräunt und mit einem härteren Gesichtsausdruck. Der* KAPITÄN *des Schiffes am Steuerrad beim Steuermannsmaat. Die* MANNSCHAFT *weiter vorn.*

PEER GYNT: Sieh da, der Halling in Wintertracht, –
Im Stolz seiner abendrotsamtenen Pracht!
Der Jökel dahinter, sein Bruder, greis,
Noch immer im Mantel von grünem Eis.
Der Folgefirn, der ist nun sonderlich fein, –
Liegt wie eine Jungfrau in schimmerndem Lein.
Laßt's lieber, Kinder, zu schabernacken,
Steht, wo ihr steht, ihr granitenen Wacken!
DER KAPITÄN *ruft nach vorn*:
Zwei Mann ans Rad; – und Laternen gesetzt!
PEER GYNT: 's kühlt steif.
DER KAPITÄN: Wir werden heut nacht noch gehetzt!
PEER GYNT: Kann man von hier aus den Ronden sehn?
DER KAPITÄN: Nein; – weil der Folgefirn vorgeschoben.
PEER GYNT: Oder dann Blåhö?
DER KAPITÄN *schüttelt den Kopf*: Vom Takelwerk droben
Sieht man, wenn's klar ist, den Galdhöppig stehn.
PEER GYNT: Wo liegt wohl der Hårtejg?

DER KAPITÄN *zeigt*: So dort in der Drehe.
PEER GYNT: Jawohl.
DER KAPITÄN: Sie sind hier bekannt, wie ich sehe.
PEER GYNT: Ich kam einst vorüber als junger Tropf:
Und der Satz, wie man sagt, bleibt am längsten im Topf.
Spuckt aus und starrt auf die Küste.
Dort also, wo's dämmert in Schlucht und Kluft, –
Das Gebirgstal gähnt, eine schwärzliche Gruft, –
Und drunter, den Fjord hinab, hinauf, –
Dort also halten sich Menschen auf.
Sieht den Kapitän an.
Sie bauen zerstreut hier zu Lande.
DER KAPITÄN: Ja, ja.
Das wohnt einander, weiß Gott, nicht nah.
PEER GYNT: Sind wir vor Tag drin?
DER KAPITÄN: So etwa, wenn's graut.
Wenn sich nicht zu viel zusammenbraut.
PEER GYNT: Im Westen umzieht sich's.
DER KAPITÄN: Das tut's.
PEER GYNT: Lieber Mann,
Erinnern Sie mich, wenn wir abrechnen, dran, –
Ich will, wie man sagt, etwas übriges tun
Für die Mannschaft –
DER KAPITÄN: Danke!
PEER GYNT: Kein Grund. Je nun, –
Ich war Goldgräber drüben und ward wieder arm; –
Fatum und ich, hm, wir stehn nicht sehr warm.
Sie wissen ja, was ich Sie aufheben hieß;
Das ist alles – was mir der Teufel noch ließ.
DER KAPITÄN: Damit können Sie noch eine Ziffer sein,
Bei Ihnen zu Hause.
PEER GYNT: Ich steh ganz allein.
Den reichen Ekel erwartet keine Katze. –
Na ja, so gibt's auch kein Abgeschmatze!
DER KAPITÄN: Da haben wir 's Wetter.
PEER GYNT: Ja, wie gesagt, –
Hat's einer der Leute wirklich nötig,
So bin ich gern mit etwas erbötig –
DER KAPITÄN: Das ist wacker! Die meisten sind recht geplagt;
Allen sind Weiber und Kinder zu nähren.
Mit der Heuer allein sind sie kärglich gestellt;

Doch bringen sie nun etwas extra Geld,
So gibt das ein Fest, dessen Folgen lang währen.
PEER GYNT: Was? Weib und Kinder haben sie? Sind
Verheiratet?
DER KAPITÄN: Alle verheiratet. Doch
Der, dem's am dürftigsten geht, ist der Koch!
Bei ihm ist der nackte Hunger lieb Kind.
PEER GYNT: Verheiratet? Werden erwartet zu Haus?
Erfreun durch ihr Kommen –? Wie?
DER KAPITÄN: Nun ja, –
Wenn's auch arm Volk ist.
PEER GYNT: Und sind sie dann da,
Was dann?
DER KAPITÄN: So setzt wohl die Alte zum Schmaus
Was Übriges auf –
PEER GYNT: Und Licht auf den Tisch?
DER KAPITÄN:
Auch zwei vielleicht; und einen Schnaps zum Fisch.
PEER GYNT: Und dann plaudert man traulich zur Ofenwärme?
Hat die Kinderchen um sich? Dieses Gelärme!
Kein einziges hört das andre zu Ende, –
So freuen sie sich –?
DER KAPITÄN: So wird's ja wohl sein.
Und drum wär es wacker, Herr, wenn Sie die Spende
Zur Tat machen wollten –
PEER GYNT *schlägt auf die Reling*:
Nein! Dreimal nein!
Bin ich ein Narr? Wie? Was hätt ich für Gründ,
Anderer Kindern mit Meinem zu frommen?
Hart genug bin ich so weit gekommen.
Niemand erwartet den alten Peer Gynt.
DER KAPITÄN: Nun ja; wie Sie wollen; Ihr Geld gehört Ihnen.
PEER GYNT: Stimmt! Mir selbst und sonst keinem, zu dienen.
Meine Rechnung, sobald es ankert, das Boot!
Kajüte von Panama hier herüber.
Sodann Branntwein der Mannschaft. Und sonst kein Stüber.
Geb ich mehr, Kapitän, so schlagt mich tot!
DER KAPITÄN:
Ich schuld Ihnen Quittung, mein Herr, nicht Schläge.
Doch verzeihn Sie; jetzt sind wir dem Sturm im Gehege.
Er geht aufs Vorderdeck. Es ist dunkel geworden; in der Kajüte wird

Licht angezündet. Der Seegang nimmt zu. Nebel und dichte Wolken.

PEER GYNT: Haben daheim einen Haufen Rangen; –
Geliebt in andrer Gemütern hangen; –
Andrer Gedanken Gegenstand sein – –!
Wann und wo denkt wohl irgendwer mein? –
Licht auf dem Tisch? Aus mit dem Funken!
Ich finde schon etwas –! Ich mach sie betrunken; –
Keiner der Teufel soll nüchtern an Land.
Voll solln sie kommen zu Kindern und Frauen!
Fluchen solln sie; auf den Tisch hauen;
Schrecken die Ihren von Sinn und Verstand!
Weib solln und Kinder von Hause laufen – –!
All ihr' Lust soll in Tränen ersaufen!

Das Schiff schlingert stark; er taumelt und hat Mühe sich zu halten.

Na, das nenn ich ein Überholen.
Das Meer arbeitet, als würd's ihm befohlen.
Es ist noch es selbst hier in nördlichen Breiten,
Querköpfig, wild noch und bös wie vor Zeiten – –

Horcht.

Was sind das für Rufe?

DIE WACHE *vorn*: Ein Wrack in Lee!

DER KAPITÄN *mittschiffs, kommandiert*:
Ruder hart Steuerbord! Dicht vorm Wind!

DER STEUERMANN: Sind Leut auf dem Wrack?

DIE WACHE: Nur drei, wie ich seh!

PEER GYNT: Laßt's Heckboot hinab.

DER KAPITÄN: Das sänk gar geschwind.

Geht nach vorne.

PEER GYNT: Wer denkt an so was?

Zu einigen von der Mannschaft:

Seid guten Muts!
Und wenn euch der Pelz auch naß wird, was tut's!

DER BOOTSMANN: Es ist unschaffbar bei solch einem Meer.

PEER GYNT: Da rufen sie wieder. Der Wind wird schralen –
Koch, übernimmst du's? Hurtig! Wir zahlen –

DER KOCH: Nicht um zwanzig Pfund Sterling, Herr –

PEER GYNT: Ihr Hunde! Ihr Memmen! Ihr könnt euch verstocken!
Die Leut haben Weiber und Kinder; die hocken
Daheim und warten –

DER BOOTSMANN: Warten hält munter.

DER KAPITÄN: Von der Sandbank abhalten!
DER STEUERMANN: Da ging's unter.
PEER GYNT: Wie still ward's mit eins –!
DER BOOTSMANN: Tat's verehlichte Leut ab,
So gibt's drei neubackne Witwen von heut ab.

Das Unwetter wächst. Peer Gynt geht auf dem Deck nach hinten.

PEER GYNT: Es gibt keinen Glauben mehr auf der Welt,
Kein Christentum mehr, wie's bezeugt und geschrieben steht; –
Man betet, tut Gutes, wie's einem gefällt,
Bis daß man mit Gott ganz nach seinem Belieben steht.
Doch in solch einer Nacht ist mit ihm nicht zu handeln.
Die Kerle sei'n auf der Hut; denn – gewißlich! –
Mit Elefanten zu spielen ist mißlich! – –
Und da wagen sie's dreist mit ihm anzubandeln!
Ich, ich bin schuldlos; der Opferteller,
Kann ich beweisen, empfing meinen Heller.
Doch was hab ich davon? – Es gibt zwar ein Wort:
Ein gut Gewissen ein sanft Ruhekissen.
Das hilft wohl auf trockenem Boden fort,
Doch taugt es auch nur einen Deut an Bord?
Da wird das Lamm mit den Böcken zerrissen.
Zur See kannst du niemals du selber sein,
Mußt mit den andern von Deck zu Freund Hein.
Schlägt die Stunde der Strafe für Bootsmann und Koch,
So heißt es fein mit in das naßkalte Loch; –
Als einzelner wird man da glatt übergangen,
Und – mitgefangen, heißt's, mitgehangen. –
Du warst zu fromm, Peter; das war dumm.
Jetzt lohnt dir Undank das ganze Wesen.
Weiß Gott, wär ich jünger, ich sattelt noch um,
Ging' hin und kehrte mit schärferem Besen.
Pah; noch ist es Zeit! Man soll von mir sagen:
Peer Gynt hat gelernt, den Kopf hoch zu tragen!
Den Hof will ich wieder, ob's biegt oder bricht; –
Ein Schloß soll draus werden, hochragend und licht.
Doch keinen will ich im Haus drinnen sehn!
Vorm Tor solln sie stehn und die Hüte drehn; –
Bitten und betteln, – das sei ihr Pläsier;
Doch keiner bekommt einen Schilling von mir; – –
Wenn mich das Schicksal immer bloß knechten kann,
So find wohl auch ich Leut, mit denen ich rechten kann – –

DER FREMDE PASSAGIER *steht im Dunkel an der Seite Peer Gynts und grüßt freundlich*: Guten Abend!

PEER GYNT: Guten Abend! – Was wollen Sie hier –?

DER PASSAGIER: Ich bin, zu dienen, Ihr Mitpassagier.

PEER GYNT: Ich dachte, daß ich der einzige sei.

DER PASSAGIER: Ein kleiner Irrtum, der nun vorbei.

PEER GYNT: Doch ist mir, wo Sie bis heute staken,
Ein Rätsel –

DER PASSAGIER: Ich bin dem Tag nicht gut.

PEER GYNT: Sie sind vielleicht krank? Sie sind weiß, wie ein Laken –

DER PASSAGIER: Nein, danke, – mir war nie wohler zumut.

PEER GYNT: Das stürmt heut!

DER PASSAGIER: Ja, ein gesegneter Sturm.

PEER GYNT: Gesegnet?

DER PASSAGIER: Die See geht hoch wie ein Turm.
Köstlich! Mir wässern schon, Freund, die Kiefern!
Wie viele Wracks wird diese Nacht liefern; –
Und wie viele Leichen für Fisch und Wurm.

PEER GYNT: Behüte!

DER PASSAGIER: Sahn Sie schon einen gehenkt –
Erstickt – ertrunken –?

PEER GYNT: Geschenkt! Geschenkt!

DER PASSAGIER: Die Leichen lachen. Doch nur gezwungen;
Und die meisten bissen sich gern in die Zungen.

PEER GYNT: Hören Sie auf –!

DER PASSAGIER: Eine Frage bloß.
Bekäme das Schiff nun zum Beispiel 'nen Stoß –
Und sänke –

PEER GYNT: Sie meinen, das könnt geschehn?

DER PASSAGIER: Wie soll ich Ihnen drauf Rede stehn?
Doch gesetzt nun, ich schwämme und Sie gingen drauf –

PEER GYNT: Ach, Unsinn –

DER PASSAGIER: Ich stell's nur als Möglichkeit auf.
Doch, ist sie, wie hier, nicht gar allzu fern,
So sperrt man sich wohl nicht mit milden Gaben –

PEER GYNT *greift in die Tasche*:
Ah, Geld!

DER PASSAGIER: Nein; – aber ich möchte gern
Ihren sehr geehrten Kadaver haben!

PEER GYNT: Jetzt wird mir's zu bunt!

DER PASSAGIER: Nur den Leichnam, verstehn Sie!

Es ist um der Wissenschaft willen –

PEER GYNT: Jetzt gehn Sie!

DER PASSAGIER: Ich bitte Sie, stelln Sie sich doch zum Entgelt vor:
Ich öffne Sie kunstvoll und leg Sie der Welt vor.
Ich gehe besonders dem Sitz der Träume nach, –
Und prüf Ihnen außerdem kritisch die Säume nach –

PEER GYNT: Vom Leib mir!

DER PASSAGIER: Freund, – ein ertrunken Gespenst –!

PEER GYNT: Lästrer! Sie reizen das Wetter! Das grenzt
Wahrlich an Tollheit! Wenn Sturmwind, Regen,
Seegang und was da noch kommen kann
Uns nun wirklich das Handwerk legen,
Ist Ihr Übermut schuld daran – –!

DER PASSAGIER: Sie sind nicht bei Laune zu weitrem Verhandeln;
Die Zeit wird vielleicht Ihren Sinn noch wandeln – –

Grüßt freundlich.

Wir sehn uns beim Sinken, wenn nicht zuvor!
Ich hoffe, Sie sind dann bei besserm Humor.

In die Kajüte ab.

PEER GYNT: Greuliches Volk, diese Wissenschaftskerle!
Solch ein Freidenkertum –

Zum BOOTSMANN, *der vorübergeht*:

He! Mein Mitpassagier, –
Freundchen, – was ist das für eine Perle?

DER BOOTSMANN: Ich weiß von keinem als Ihnen hier.

PEER GYNT: Von keinem –? Das wird immer unheimlicher.

Zum JUNGMANN, *der aus der Kajüte kommt*:

Wer ging durch die Tür dort?

DER JUNGMANN: Der Schiffshund, Herr!

Geht weiter.

DIE WACHE *ruft*: Land hart voraus!

PEER GYNT: Mein Koffer auf Deck!
Meine Kasse!

DER BOOTSMANN: Wir können jetzt nicht vom Fleck.

PEER GYNT: 's war nur Spaß, Kapitän! Eine bloße Nücke!
Ich helfe dem Koch; ich verdient ja den Stock –

DER KAPITÄN: Der Klüver sprang!

DER STEUERMANN: Und da strich das Fock!

DER BOOTSMANN *schreit von vorn*: Grund vorm Bug!

DER KAPITÄN: Sie geht in Stücke.

Das Schiff stößt auf. Lärm und Verwirrung.

Unter Land zwischen Klippen und Brandung. Das Schiff geht unter. Im Nebel erblickt man undeutlich die Jolle mit zwei Mann. Eine Sturzwelle füllt sie; sie kentert; man hört einen Schrei; es wird ganz still. Nach einer Weile sieht man das Boot, den Kiel oben, einhertreiben.

PEER GYNT *taucht in der Nähe des Bootes auf.*

PEER GYNT: Helft! Boot vom Land! Helft, eh's zu spät!
Herr, hilf mir, – wie geschrieben steht!
Klammert sich am Kiel des Bootes fest.
DER KOCH *taucht auf der andern Seite auf*:
Mir sind zu Hause Kind und Weib, –
Herr Gott, mach, daß ich leben bleib!
Hält sich am Kiel.
PEER GYNT: Weg!
DER KOCH: Weg!
PEER GYNT: Ich schlag!
DER KOCH: Ich auch, wenn's not!
PEER GYNT: Wenn du nicht gehst, ich tret dich tot!
Der Bootsbauch trägt nicht zwei! Laß los!
DER KOCH: Ich weiß. Fort!
PEER GYNT: Selbst fort!
DER KOCH: Komm du bloß!
Sie kämpfen miteinander; der Koch schlägt sich seine eine Hand lahm; er klammert sich mit der andern fest.
PEER GYNT: Hand weg!
DER KOCH: Ach, Liebster, – sei doch gut!
Bedenk, wie's einem Vater tut –
PEER GYNT: So wär's für mich noch größre Pein;
Denn ich soll erst noch Vater sein.
DER KOCH: Laß los! Du hast gelebt; ich nicht!
PEER GYNT: Marsch; pack dich; sink, – verwünscht Gewicht!
DER KOCH: In Gottes Namen, räum das Feld!
Dich mißt kein Mensch auf weiter Welt –
Schreit und läßt los.
Ich sink –!
PEER GYNT *packt ihn*:
Ich halt dich fest beim Schopf;
Bet flugs dein Vaterunser, Tropf!
DER KOCH: Ich weiß kein Wort mehr – mir wird nacht – –

PEER GYNT: Nur schnell die Hauptsach abgemacht –!
DER KOCH: Herr, gib uns –
PEER GYNT: Mach dir 's Herz nicht schwer;
Du kriegst, was nötig noch zur Zehr.
DER KOCH: Herr, gib uns unser –
PEER GYNT: Immer noch?
Man merkt's, du warst dein Lebtag Koch.
Läßt ihn fahren.
DER KOCH *versinkend*:
Uns unser täglich – *Geht unter.*
PEER GYNT: Amen, Mann!
Du warst und bliebst du selbst – Wohlan!
Schwingt sich auf den Bauch des Bootes hinauf.
Wo Leben ist, darf Hoffnung sein –
DER FREMDE PASSAGIER *legt die Hand aufs Boot*:
Gut Morgen!
PEER GYNT: Hui!
DER PASSAGIER: Ich hörte schrein; –
Es war doch hübsch, daß ich Sie fand.
Nun? Hatt ich vorhin recht erkannt?
PEER GYNT: Fort! Fort! Ich hab kaum Platz allein!
DER PASSAGIER: Ich rudre mit dem linken Bein.
Ich schwimme, wenn ich bloß die Spitze
Des Fingers halt hier in der Ritze.
Ich komm betreffs des Leichnams –
PEER GYNT: Still!
DER PASSAGIER: Da es nun doch zu End gehn will –
PEER GYNT: Mund halten!
DER PASSAGIER: Wie Sie wünschen, Herr.
Stillschweigen.
PEER GYNT: Nun, und –?
DER PASSAGIER: Ich schweig.
PEER GYNT: Entsetzlicher! –
Was wolln Sie?
DER PASSAGIER: Warten.
PEER GYNT *rauft sich das Haar*: Das ist doch –!
Was sind Sie, Herr?
DER PASSAGIER *nickt*: Ihr Freund!
PEER GYNT: Was noch?
DER PASSAGIER: Wie, Herr? Erinnr ich in der Tat an
Nichts Ähnliches?

PEER GYNT: Ich weiß, den Satan –
DER PASSAGIER *leise*: Hat er den Brauch, ein Licht zu zünden
Dicht an des Lebens finstern Gründen?
PEER GYNT: Am End wird alle Furcht zu nichts, –
Und Sie sind gar ein Geist des Lichts?
DER PASSAGIER: Freund, – hat im Halbjahr Sie bloß einmal
Gebrannt der Angst verzehrend Peinmal?
PEER GYNT: Furcht fühlt man wohl, wann Schrecken toben; –
Allein wie klingt Ihr Wort verschroben – –
DER PASSAGIER: Fiel Ihnen einmal bloß im Leben
Der Sieg zu, der in Angst gegeben?
PEER GYNT *blickt ihn an*: Wenn Sie mich retten wollten, nun,
So konnten Sie dies früher tun.
Kein Witz, zu wählen seine Stunde,
Wenn einem 's Meer steht bis zum Munde!
DER PASSAGIER: Sie glauben eher an ein Siegen,
Wann warm Sie hinterm Ofen liegen?
PEER GYNT: Gut, gut; – jedoch Sie trieben Possen.
Dadurch ward noch kein Herz erschlossen.
DER PASSAGIER: Wo ich her bin, in jenem Reich,
Gilt Pathos und Gelächter gleich.
PEER GYNT: Ein jegliches in seinem Falle;
Eins, heißt es, schickt sich nicht für alle.
DER PASSAGIER: Die schlafen in den Aschenurnen,
Gehn wochentags nicht auf Kothurnen.
PEER GYNT: Weich von mir, Scheusal! Weg die Hand!
Ich will nicht sterben! Will an Land!
DER PASSAGIER: Getrost, mein Freund! Ich habe Takt; –
Man stirbt nicht mitten im fünften Akt.
Gleitet hinweg.
PEER GYNT: Da kam's heraus, trotz aller List! –
Er war ein öder Moralist.

Ein Kirchhof in einem hochliegenden Gebirgssprengel.

Ein Leichenbegängnis. PFARRER *und* GEMEINDE. *Der letzte Vers des Liedes wird gesungen.* PEER GYNT *kommt des Wegs.*

PEER GYNT *an der Pforte*:
Hier legen sie wohl einen Landsmann hin.
Gott Lob und Dank, daß ich's nicht bin. *Tritt ein.*

DER PFARRER *spricht am Grabe*:

Und nun, da seine Seele lichtwärts fliegt
Und leer sein Leib gleich einer Hülse liegt, –
Nun, liebe Freunde, sei davon gehandelt,
Wie dieser Tote unter uns gewandelt.
Er war nicht reich, nicht sonderlich von Gaben,
Von Stimme schwach, unmännlich im Gehaben,
Sein Wort kam weich und ungewiß heraus,
Und schwerlich war er Herr im eignen Haus;
Ins Kirchlein sah man ihn verlegen treten,
Als wollt er bitten: Laßt auch mich hier beten.
Vom Gudbrandstal, ihr wißt, war er gekommen.
Er zog hier zu, beinahe noch ein Knab; –
Und ihr besinnt euch, daß er bis ans Grab
Die rechte Hand nicht aus dem Rock genommen.
Die rechte Hand im Rock, – dies Merkmal war es,
Das diesen Mann von andern unterschied,
Und dazu sein gedrücktes, sonderbares
Benehmen, wenn er uns einmal nicht mied.
Doch waren's stille Weg auch, die er wählte,
Und blieb er auch in unsrer Mitte fremd,
So hat's uns doch zu wissen nicht gehemmt,
Daß diese Hand nur vier der Finger zählte.
Ich weiß ihn noch, vor nun so manchem Jahr,
Den Morgen des Aushebungstags zu Lunde.
Es war zur Zeit des Kriegs. In aller Munde
Der Zukunft Fragen und des Lands Gefahr.
Ich war zugegen. Vor dem Tisch saß breit
Der Hauptmann zwischen Amtmann und Sergeanten;
Und Bursch auf Bursche ward nach dem bekannten
Gebrauch geprüft, gebucht und eingereiht.
Der Raum war voll, und draußen vor den Scheiben
Scholl lautes Lachen aus dem Jugendtreiben.
Da rief man einen Namen. Einer trat
Hervor, so bleich wie Schnee vom Gletschergrat.
Man winkte ihm; bis er zum Tisch sich tappte,
Die rechte Hand gewickelt in ein Tuch; –
Doch wie er auch nach Worten würgte, schnappte, –
Er fand nicht eines, trotz des Hauptmanns Fluch.
Bis er zuletzt, mit brennendem Gesichte,
Halb stammelt', halb hervorstieß die Geschichte

Von einer Sichel, die ihm sei entglitten –
Und ihm den Finger glatt hab abgeschnitten.
  Da ward es still – bis auf der Wanduhr Ticken.
Man kniff den Mund zu, sah sich ins Gesicht;
Man steinigte den Mann mit stummen Blicken.
Er fühlte hageln, doch er sah es nicht.
Da stand der Hauptmann auf, alt, grau, – ich seh
Ihn noch, – spie aus, wies fort und sagte: Geh!
  Er ging. Man wich ihm aus, wie einem Schatten,
Und ließ ihn Ruten laufen. Er gewann
Die Tür; da hub er blind zu rennen an; –
Und nun – hinauf durch Wälder, über Matten,
Hin über Halden, Hänge, Felsgeschütte – –.
Weit droben im Gebirg lag seine Hütte. –
  Ein Halbjahr später war's dann, daß er kam,
Mit Mutter, Braut und Kind, der unsre werden.
Er pachtete sich hier ein Streiflein Erden,
Ein Stückchen Brachmark, das sonst keiner nahm.
Er schloß, sobald es ging, den Ehebund,
Er schritt zum Hausbau, brach den harten Grund;
Und mit Erfolg, wie manches Fleckchen Land
Erzählte, das da gelb in Ähren stand.
Zur Kirche kam er nur, die Hand verborgen, –
Allein daheim, wo's keiner mochte sehn,
Da schafften die neun Finger wohl für zehn. –
Da kam der Bach an einem Frühlingsmorgen.
  Sein nacktes Leben rettete das Völkchen.
Er aber ging von neuem an sein Werk.
Es fiel das Laub, und wieder stiegen Wölkchen
Aus einer Hütte, dicht nun unterm Berg.
Vorm Bach geschützt, – doch auch vor Schneegeweh?
Zwei Jahre später lag sie unterm Schnee.
  Allein der Mann stritt weiter, unerschrocken.
Er hackte, karrte, schaufelte, grub aus, –
Und vor des nächsten Winters ersten Flocken
Stand da zum drittenmal sein schlichtes Haus.
  Drei Söhne hatte er, drei flinke Jungen;
Zur Schule sollten die, und das war weit; –
Der Anschluß an den Weg zudem, bedungen
Durch einen Felsenschacht, kaum mannesbreit.
Wie half er sich? Der ältste mußt sich placken,

So gut es ging, und wo der Steig zu steil,
Da nahm der Mann den Kletternden ans Seil;
Die andern trug er hin auf Arm und Nacken.
  So stritt er Jahr um Jahr; sie wurden groß.
Verschönte nun ihr Dank des Vaters Los?
Drei reiche Herren in der Welt, der neuen,
Vergaßen bald der Heimat und des Treuen.
  Er war von kurzem Blick. Was über seinen
Bezirk ging, – von dem allen sah er nichts.
Wie taube Schellen klang ihm, was für einen
Der Unsern dröhnt wie Glocken des Gerichts.
Volk, Vaterland, uraltgeheiligt Hehres,
Stand wie im Nebel vor ihm, – Blendwerk, leeres.
  Doch Demut, Demut war in diesem Mann;
Seit damals trug er schon an seinem Bann,
So wahr als Scham auf seiner Wange brannte
Und seine Finger in die Tasche bannte. –
Ein Brecher des Gesetzes? Mag es sein!
Doch etwas leuchtet über dem Gesetze,
Wie dort des Berghaupts starrend Felsgestein
Noch überkrönen lichte Wolkennetze.
Ein schlechter Bürger war er. Unfruchtbar
Für Staat und Kirche. Doch am Berg da droben,
Wo er im engsten Kreis sein Glück gewoben,
Dort war er groß, weil er er selber war; –
Weil der ihm eingeborne Klang nie schwieg:
Ein Klang, wie Geigen seufzen unterm Dämpfer.
Und darum Friede dir, du stiller Kämpfer,
Den schuf und brach des Bauern kleiner Krieg!
  Wir wollen Herz und Nieren nicht ergründen;
Gott ziemt's allein, das letzte Licht zu zünden; –
Doch dies ist meiner Hoffnung Stern und Kern:
Der Mann steht kaum als Krüppel vor dem Herrn!

Das Leichengefolge trennt sich voneinander und geht. Peer Gynt bleibt allein zurück.

PEER GYNT: Sieh da, das nenn ich noch Christentum!
Da war nichts, was einen peinlich berührte; –
Zumal dem: „Du selbst zu sein, sei dein Ruhm",
Zu dem am Schlusse die Predigt führte,
Auch an und für sich alles Lob gebührte.

Blickt in das offene Grab.

War's vielleicht er, der sich damals entstellte,
Als ich im Forst war und Bäume fällte?
Wer weiß es? Ständ ich nicht mit meinem Stab
Hier an dieses Geistesverwandten Grab,
So könnt ich denken, ich selbst läge dort
Und hörte des Geistlichen rühmend Wort.
Fürwahr, ein schöner christlicher Brauch,
Einen sogenannten Erinnerungsblick
Wohlwollend über ein Leben zu werfen;
Ich hörte gar gern einst auch mein Geschick
Jenen würdigen Hirten dem Volk einschärfen.
Ich tue ja wohl noch so manchen Hauch,
Bis auch mich einst schneidet des Winzers Messer, –
Doch, wie die Schrift sagt: Besser ist besser, –
Und desgleichen: Alles zu seiner Zeit, –
Und endlich: Sorg für ein ehrlich Begräbnis! –
Ja, die Kirche hat stets einen Trost bereit.
Ich schätzt sie zu wenig vor diesem Begebnis;
Nun aber fühlt ich denn doch, wie es tat,
Versichern zu hören von Männern, gelernten:
So wie du gesät hast, so wirst du ernten. –
Man selbst soll man sein und sich und dem Seinen
In allem nachgehn, im großen und im kleinen.
Will 's Glück sich nicht fügen, so bleibt doch die Ehre,
Daß einer sein Leben geführt nach der Lehre. –
Und nun heim! Steigt der Weg noch so schmal auch und steil,
Und gibt sich das Schicksal auch noch so gefährlich, –
Der alte Peer Gynt kennt sein Sträßlein zum Heil
Und bleibt, der er ist: arm aber ehrlich.

Ab.

Abhang mit dem ausgetrockneten Bett eines Baches. Eine zusammengestürzte Mühle am Bache. Der Grund aufgerissen; Zeichen der Zerstörung ringsum. Höher oben ein großer Bauernhof.

Oben vor dem Hofe wird eine Versteigerung abgehalten. Viel VOLK *ist versammelt. Zechen und Gelärm.* PEER GYNT *sitzt unten auf einem Schutthügel in der Nähe der Mühle.*

PEER GYNT: Hin und zurück, 's ist der gleiche Weg;
Hinaus und hinein, 's ist der gleiche Steg. –

Die Zeit, sie zehrt, und der Bach verdorrt.
Geh drum herum, sprach der Krumme. Wahr Wort!

EIN MANN IN TRAUER:
Jetzt preisen sie bloß noch Plunder an.
Erblickt Peer Gynt.
Auch Fremde sind hier? Gott zum Gruß, guter Mann!

PEER GYNT: Desgleichen! Hier ist heut ein lustiger Tag.
Ist hier Kindstauf heut oder Hochzeitsgelag?

DER MANN IN TRAUER:
Man weiht, möcht ich sagen, ein Haus heut ein; –
Die Braut liegt in einem Würmerschrein.

PEER GYNT: Und Würmer reißen sich um den Schmaus.

DER MANN IN TRAUER:
Das ist das End vom Lied; dann ist es aus.

PEER GYNT: Alle Lieder desselbigen Endes sind;
Und alle sind alt; ich kannt sie schon als Kind.

EIN ZWANZIGJÄHRIGER *mit einem Schmelzlöffel*:
Hier hab ich den Vogel abgeschossen!
In dem hat Peer Gynt seine Knöpfe gegossen!

EIN ANDERER:
Und mein Geldscheffel hier, für 'nen Schilling, 'nen ganzen?

EIN DRITTER: Und für fünftehalb hier der Hausiererranzen?

PEER GYNT: Peer Gynt? Wer war das?

DER MANN IN TRAUER: Mir ist nur das klar,
Daß er Schwager vom Tod und Schmied Aslak war.

EIN MANN IN GRAUER KLEIDUNG:
Du vergißt ja mich! Wie kommst du mir für?

DER MANN IN TRAUER:
Du vergißt auf Haegstad die Blockhaustür.

DER MANN IN GRAU:
Ja, ja; doch dir hat auch alles genügt.

DER MANN IN TRAUER:
Wenn sie nur jetzt nicht den Tod noch betrügt! –

DER MANN IN GRAU:
Schwager! Einen Schnaps auf der Schwagerschaft Wohl!

DER MANN IN TRAUER:
Der Teufel sei Schwager! Was ist das für Kohl –

DER MANN IN GRAU:
Laß gut sein; das Blut ist noch nicht so verdünnt, –
Man fühlt sich noch immer verwandt mit Peer Gynt.
Zieht mit ihm ab.

PEER GYNT *leise*: Man trifft noch Bekannte.

EIN BURSCHE *ruft dem Mann in Trauer nach*:

Gehst wieder zechen,
Kommt Mutter dir, Aslak, nach aus der Gruft!

PEER GYNT *erhebt sich*:

Hier kann man nun nicht mit dem Landwirt sprechen:
Je tiefer du gräbst, desto besser der Duft.

EIN BURSCHE *mit einem Bärenfell*:

Die Katze von Dovre! Da seht ihr Fell!
Die war's, die's zur Weihnacht den Trollen legte.

EIN ANDERER *mit einem Rentierschädel*:

Hier ist der Renbock, der wackre Gesell,
Der mit Peer Gynt einst den Gendin lang fegte.

EIN DRITTER *mit einem Hammer ruft dem Mann in Trauer zu*:

He, du dort, Aslak, kennst du den Hammer?
Hast du mit dem einst die Walnuß zerkracht?

EIN VIERTER *mit leeren Händen*:

Matz Moen, hier der Mantel, der unsichtbar macht!
In dem kam Peer Gynt einst zu Ingrid in die Kammer.

PEER GYNT: Branntwein, Jungens! Und nun laßt mich Alten
Auch noch Auktion von allerlei halten.

EIN BURSCHE: Was gibt's zu kaufen?

PEER GYNT: Ich hab ein Schloß;
Das liegt in Ronde; – aus gutem Stein!

DER BURSCHE: Ein Knopf ist geboten!

PEER GYNT: Schenk dir eins ein!
Drunter zu bieten, das war nicht fein.

EIN ANDERER: Er ist lustig, der Alte!

Ein Haufe schart sich um ihn.

PEER GYNT *ruft*: Grane, mein Roß; –
Wer bietet?

EINER IM HAUFEN: Wo steht es?

PEER GYNT: Wo wird es sein?
Im Westen! Gen Untergang! Das kann euch traben!
So schnell hat Peer Gynt nicht gelogen, ihr Knaben!

STIMMEN: Was hast du noch mehr?

PEER GYNT: So Perlen wie Schaum!
Ward mit Schaden gekauft! Wird was einbringen? Kaum.

EIN BURSCHE: Ruf aus!

PEER GYNT: Von einem Gesangbuch ein Traum!
Für einen Angelhaken zu haben.

DER BURSCHE: Zum Teufel die Träume!
PEER GYNT: Mein Kaisertum!
Ich werf's unter euch; ihr mögt raufen darum!
DER BURSCHE: Folgt die Krone mit?
PEER GYNT: Aus dem prächtigsten Stroh.
Setzt sie nur auf, sie paßt, so oder so.
Weiter! Ein Windei, noch wohlverwahrt!
Eines Toren Grauhaar! Ein Prophetenbart!
Alles sei dessen, – ich hinterleg es, –
Der mir den Weiser zeigt: Hier geht's des Weges!
DER AMTMANN *der hinzugekommen ist*:
Wenn du noch lang dich so gehenläßt,
Mein Mann, so führt dein Weg zum Arrest.
PEER GYNT *mit dem Hut in der Hand*:
Glaub's wohl. Doch sag mir, mein Freund, wer war
Peer Gynt?
DER AMTMANN: Du willst mich –
PEER GYNT: Warum nicht gar!
DER AMTMANN:
Was weiß ich; man sagt, ein greulicher Dichter –
PEER GYNT: Ein Dichter –?
DER AMTMANN: Ja, – was nur an Großem erdacht,
Das trug er so vor, als hätt er's gemacht.
Doch, Freund, schon zu viel von solchem Gelichter –
Geht.
PEER GYNT: Und wo ist er jetzt, dieser seltsame Fant?
EIN ÄLTERER MANN: Er fuhr übers Meer in ein fremdes Land;
Dort ging es ihm schlecht, wie vorauszusehn war; –
Jetzt ist er gehängt seit so manchem Jahr.
PEER GYNT: Gehängt? Ganz, wie ich's gedacht mir hab!
Der selige Gynt blieb sich treu bis zum Grab.
Grüßt:
Lebt wohl, – und Dank für so mancherlei heute!
Macht einige Schritte, bleibt aber wieder stehen.
Was meint ihr? Soll ich euch, wackre Leute,
Dafür ein Geschichtlein wiedererlegen?
MEHRERE: Ja, weißt du eines?
PEER GYNT: Steht nichts dagegen. –
Kommt näher; es gleitet etwas wie ein fremder Ausdruck über sein Gesicht.
In San Francisco grub ich nach Gold.

Da gab es euch Gaukler, so viel ihr wollt.
Dem war mit den Zehen zu geigen verliehen;
Der tanzte spanischen Halling auf den Knieen;
Ein dritter, erzählte man, Verse schrieb,
Indes man durchs Hirn einen Nagel ihm trieb. –
Kam auch der Teufel dazugestoben, –
Wollt, wie manch andrer, sein Glück erproben.
Seine Kunst bestand darin: Mit täuschendem Schein
Zu grunzen als wie ein leibhaftiges Schwein.
Die Persönlichkeit zog, war er gleich nicht bekannt.
Das Haus war voll, die Erwartung gespannt.
Vor trat er, in fliegendem Mantelkragen;
Man muß sich drapieren, wie die Deutschen sagen.
Doch unter dem Mantel, – von keinem gewußt, –
Verbarg sich ein Ferkel an seiner Brust.
Und so begann denn die Produktion.
Der Teufel kniff, und das Schwein gab den Ton.
Das Ganze gab sich als Phantasei
Übers schweinliche Dasein, gebunden und frei.
Ein Quieken zuletzt noch, wie unterm Stahl; –
Worauf sich der Künstler verbeugt' und empfahl.
Der Stoff ward von Fachleuten sorglich durchdacht;
Die Stimmung geschmäht oder lobend belacht;
Der Kehllaut klang doch zu dünn, meinte Kunz,
Und Hinz, daß der Todesschrei allzu studiert war; –
Doch alle warn eins, daß in puncto Gegrunz
Die Produktion denn doch äußerst outriert war. –
Seht, so ging's dem Teufel; denn er war dumm
Und berechnete nicht sein Publikum.

Er grüßt und geht. Es fällt ein unsicheres Schweigen über die Menge.

Pfingstabend. – Im Hochwald. In einiger Entfernung, auf einem Stück Rodeland, eine Hütte mit Rentiergehörn über der Tür.

PEER GYNT *kriecht im Gehölz umher und sammelt wilde Zwiebeln.*

PEER GYNT: Dies hier ist ein Standpunkt. Wie wohl gestaltet
Sich's weiter? – Prüft alles, und das Beste behaltet! –
So hab ich's gemacht, – hoch droben von Cäsar
Bis herunter zum Grasfresser Nebukadnezar.
So sollt ich nun doch durch die Bibel, zum Trutz! –

Der Graukopf sucht wieder an Mutters Brust Schutz. –
Von Erde, so heißt's ja auch, bist du kommen. –
Nur immer die Wampe recht voll genommen, –
Das ist's. Von Zwiebeln? Das wär kein Segen; –
Ich will lieber schlau sein und Schlingen legen.
Hier ist Wasser im Bach; ich werd nicht verschmachten;
Als Tier bin ich immer noch fürstlich zu achten.
Soll ich sterben einst, – und dem entrinn ich wohl kaum, –
So kriech ich unter 'nen windbrochnen Baum,
Und deck mich zu, wie ein Bär, mit Blättern
Und ritz in die Rinde mit riesigen Lettern:
Hier ruht Peter Gynt, des Landes Zier,
Kaiser von all dem andern Getier. –
Kaiser? *Lacht innerlich.*
Noch immer das alte Geliebel!
Du bist kein Kaiser; du bist eine Zwiebel.
Jetzt will ich dich einmal schälen, mein Peer!
Es hilft dir nichts, stöhnst du auch noch so sehr.
Nimmt eine Zwiebel und pflückt Haut um Haut ab.
Da liegt die äußre, zerfetzte Schicht; –
Der Gescheiterte, der um sein Leben ficht.
Die Passagierhaut hier, dünn wie ein Sieb, –
Hat doch im Geschmack von Peer Gynt einen Hieb.
Hier ist das Goldgräber-Ich; – fahr hin!
Der Saft ist weg, – war je einer drin.
Dies Dickfell hier, mit dem Zipfel für zwei, –
Ist der Pelzjäger an der Hudsonbai.
Dies gleicht einer Krone hier; – hat sich was –!
Dem geben wir ohne weitres den Paß.
Hier der Altertumsforscher, kurz aber kräftig,
Und hier der Prophete, frisch und vollsäftig.
Er stinkt von Lügen, wie's in der Schrift heißt;
Ein Duft, der ein ehrlich Mannsaug wie Gift beißt.
Dies Blatt hier, das weichlich am Finger klebt,
Ist der Herr, der herrlich und in Freuden gelebt.
Das nächste scheint krank. Es hat schwarze Schwielen; –
Schwarz kann auf Neger wie Pfaffen zielen.
Pflückt mehrere auf einmal ab.
Das hört ja nicht auf! Immer Schicht noch um Schicht!
Kommt denn der Kern nun nicht endlich ans Licht?!
Zerpflückt die ganze Zwiebel.

Bis zum innersten Innern, – da schau mir einer! –
Bloß Häute, – nur immer kleiner und kleiner. –
Die Natur ist witzig! *Wirft den Rest fort.*
Verdammtes Gegrübel!
Geht eins in Gedanken, gerät's ihm oft übel.
Na, ich kann ja nichts an Haltung verlieren;
Denn ich lieg ja grundfest auf allen vieren.
Kraut sich im Nacken.
Wunderlich kommt mir dies Welttreiben vor!
Das Leben, wie's heißt, hat 'nen Fuchs hinterm Ohr.
Doch greift einer zu, verzieht sich der Schuft,
Und man fängt etwas andres – oder leere Luft.

Er ist in die Nähe der Hütte gekommen, bemerkt sie und stutzt.

Diese Hütte? Im Kiefernwald –! Hm!
Reibt sich die Augen.
Mir ist just,
Als hätt ich einmal um dies Bauwerk gewußt. –
Der Rentierkopf, der von der Tür herab glänzt – –!
Ein Meerweib, vom Nabel an fischgeschwänzt –!
Lüge! Kein Meerweib! – Nägel, – Planken, –
Schloß wider tückische Koboldgedanken –!

SOLVEIG *singt in der Hütte*:

Nun ist hier zur Pfingstfeier alles bereit.
Lieber Junge mein, in der Ferne, –
Bist du noch weit?
Dein Werk, das harte,
Schaff's nur gemach; –
Ich warte, ich warte,
Wie ich dir's versprach.

PEER GYNT *erhebt sich still und totenbleich*:

Eine, die Treue hielt, – und einer, der vergaß.
Einer, der ein Leben verspielt, – und eine, die wartend saß.
O, Ernst! – Und nimmer kehrt sich das um!
O, Angst! – Hier war mein Kaisertum!
In den Wald hinein ab.

Nacht. – Kiefernwald. Ein Waldbrand hat gewütet. Verkohlte Baumstämme meilenweit. Weiße Nebel hier und dort über dem Waldboden.

PEER GYNT *kommt durch den Wald gehastet.*

PEER GYNT: Asche, Nebel, Wolken Staubes, –
Bauherr, schwing den Zauberstab!
Über Pesthauch faulen Laubes
Wölb ein übertünchtes Grab!
Dunst, Traum, totgeboren Wissen –
Damit sei der Grund umrissen,
Drüber sich der Turm der Lüge
Stein um Stein zusammenfüge.
Flucht vor Ernst und Scheu vor Buße
Prahl von ihm mit frechem Gruße
Allen Richtungen der Rose:
Dies schuf Peter Gynt, der Große!
Lauscht.
Welch ein Weinen – wie von Kindern –?
Welch ein neuer Spuk und Greuel –?
Und am Boden rollen Knäuel –!
Stößt mit dem Fuß danach.
Wollt ihr mich am Gehen hindern?
DIE KNÄUEL: Wir sind Gedanken;
Hast du gedacht uns,
Tanzen auf schlanken
Füßen gemacht uns?
PEER GYNT *geht um sie herum*:
Einer kam durch mich ans Licht; –
Ward ein schiefer, schieler Wicht!
DIE KNÄUEL: Wir hätten sollen
Wie Vögel ins Blaue, –
Statt hier zu rollen
Als Garnknäuel, graue.
PEER GYNT *stolpert*: Knäuel! Tropf! Was fällt dir ein!
Stellst dem eignen Vater Bein!
Flüchtet.
WELKE BLÄTTER *fliegen vor dem Winde*:
Wir sind eine Losung;
Hast du gesprochen uns? –

Des Staubs Liebkosung
Hat kläglich gebrochen uns.
Der Wurm zerfraß uns
Bis zu Skeletten;
Dein Geiz vergaß, uns
Um Früchte zu betten.

PEER GYNT: Kamt doch nicht umsonst zur Erden; –
Könnt noch bester Dünger werden.

SAUSEN IN DEN LÜFTEN: Wir sind Lieder;
Hast du gesungen uns? –
Tausendmal nieder
Hast du gezwungen uns.
In deiner Seele
Lagen und harrten wir; –
Nimmer nun warten wir.
Gift in deine Kehle!

PEER GYNT: Gift in dich, du dumm Gesing!
Hatt ich Zeit zu Versgekling?

Schlägt sich durch Gebüsch.

TAUTROPFEN *tropfen von den Zweigen*:
Wir sind Zähren; –
Hast du vergossen uns?
Winter zu wehren,
War einst erschlossen uns.
Dein Herz rief leise; –
Du bliebest achtlos.
Nun starrt's von Eise, –
Und wir sind machtlos.

PEER GYNT: Hab geflennt im Dovreschlosse, –
Flog zuletzt doch in die Gosse!

GEBROCHNE HALME: Wir sind Taten; –
Hast du bestellt uns?
Weh, nur verraten,
Geknickt und zerspellt uns!
Am Jüngsten Tage
Kommen wir allzusamt
Und führen Klage, –
So wirst du verdammt.

PEER GYNT: Mir auch noch, verwünschtes Treiben,
Was ich nicht tat, anzuschreiben!

Hastet davon.

AASES STIMME *aus der Ferne*: Pfui, so ein Hingejag!
Schön hast du umgekippt!
Schnee fiel den ganzen Tag; –
Arg wurd ich eingestippt. –
Falsch hast gefahren mich;
Sah nichts vom Schlosse;
Der Teufel hielt zum Narren dich
Mit der Hühnerstallsprosse!

PEER GYNT: 's Beste, sich von hier zu drücken!
Zu den Sünden, die dich plagen,
Auch noch die des Teufels tragen, –
's ist zu schwer für einen Rücken.
Eilig ab.

Eine andere Stelle im Wald.

PEER GYNT *singt*: Ein Totengräber! Wo seid ihr, Hunde?
Ein Lied aus blökendem Küstermunde!
Einen Flor, meinen Hutrand zu schatten!
Ich will meine Toten bestatten.

Der KNOPFGIESSER *mit Gerätkasten und einem großen Schmelzlöffel kommt auf einem Seitenweg daher.*

DER KNOPFGIESSER: Schön guten Abend!

PEER GYNT: Desgleichen dir!

DER KNOPFGIESSER: Man hat's eilig, wie? Wohin sollen wir?

PEER GYNT: Zum Kirchhof.

DER KNOPFGIESSER: Zum Kirchhof? Verzeihung, – da wär
– Ich seh nicht mehr gut – dein Nam' am End Peer?

PEER GYNT: Peer Gynt, wie man sagt.

DER KNOPFGIESSER: Das Glück ist mir hold!
Just er war's, den ich heut holen sollt.

PEER GYNT:
Das sollst du? – Was willst du?

DER KNOPFGIESSER *zeigt seinen Schmelzlöffel*: Was mag dies hier sein?
Eines Knopfgießers Löffel! Und du sollst hinein.

PEER GYNT: Wozu?

DER KNOPFGIESSER: Um umgeschmolzen zu werden.

PEER GYNT: Um umgeschmolzen zu –?

DER KNOPFGIESSER: Laß die Gebärden!
Dein Grab ist geschaufelt, dein Sarg bestellt,
Dein Leib den Würmern zur Beute fällt; –

Doch deine Seele, ward mir befohlen,
In meines Meisters Namen zu holen.
PEER GYNT: Unmöglich! So ohne vorheriges Zeichen –!
DER KNOPFGIESSER: Man pflegt bei Niederkünften und Leichen
In aller Stille den Festtag zu wählen
Und dem Ehrengast vorher kein Wort zu erzählen.
PEER GYNT: Ja, richtig. Vergib, ich bin ganz verstört.
Du bist also –?
DER KNOPFGIESSER: Knopfgießer; wie du gehört.
PEER GYNT: Verstehe! Lieb Kind hat mancherlei Namen.
Ei, sieh mir, Freund Peer, wohin wir da kamen!
Doch, Alter, du dünkst mich übel belehrt!
Ich weiß, ich bin mildre Behandlung wert; –
Ich bin nicht so arg, als ihr vielleicht denkt; –
Ich hab mancher Guttat das Dasein geschenkt; –
Im schlimmsten Falle bin ich ein Töffel, –
Doch nimmer ein Sünder für deinen Löffel.
DER KNOPFGIESSER: Da sprichst du's ja selber aus, kurzerhand;
Du bist kein Sünder im höhern Verstand.
Drum sparst du ja auch die Hölle, Geselle,
Und kommst, gleich andern, in meine Kelle.
PEER GYNT: Nenn's, wie du willst, – Kell oder Höll;
Steinschlag wie Bergsturz bleibt beides Geröll.
Hebe dich weg von mir!
DER KNOPFGIESSER: Kränkender Ruf!
Du meinst, ich trab auf 'nem Pferdehuf?
PEER GYNT: Auf Pferdehuf oder Fuchsklauen, Mann, –
Pack dich, und gib keine Torheiten an!
DER KNOPFGIESSER: Mein Lieber, du irrst dich über die Maßen.
Wir haben beide nicht Zeit zu spaßen; –
Und darum bündig der Sache Grund.
Ich hab es aus deinem eigenen Mund,
Du seist kein großer Sünder zu schelten,
Ja, kaum ein mittlerer –
PEER GYNT: Das mag gelten.
Das klingt schon besser –
DER KNOPFGIESSER: Laß dir nur Zeit; –
Doch dich tugendhaft schelten ginge zu weit –
PEER GYNT: Wer wollte denn auch gleich freien Paß!
DER KNOPFGIESSER: Du bist also etwas, – halb dies, halb das.
Einem Sünder vom wirklich großzügigen Schlage

Begegnet man heute nicht alle Tage;
Mit Waten im Schlamm ist wenig geschafft;
Eine Sünde will Ernst, eine Sünde will Kraft.
PEER GYNT: Ja, da hast du recht; Gott soll mich behüten;
Man soll wie ein alter Berserker wüten.
DER KNOPFGIESSER: Du aber triebst mit der Sünd nur Gebuhl.
PEER GYNT: Mir war sie nie mehr als ein schmutziger Fleck.
DER KNOPFGIESSER: So sind wir ja einig. Der Schwefelpfuhl
Ist nicht für euch, die ihr patschtet im Dreck –
PEER GYNT: Und folglich wird man verschont nun, Wertester?
DER KNOPFGIESSER: Nein, folglich umgeschmolzen, Verehrtester.
PEER GYNT: Was sind das für Kniffe, drauf ihr hier verfielt,
Derweil sich Peer Gynt von euch ferne hielt?
DER KNOPFGIESSER:
Ein Brauch, alt, wie die Erschaffung der Schlange; –
Damit, was ein Wert, auch zur Geltung gelange.
Du kennst ja das Handwerk, – weißt wohl, daß oft
Ein Guß mißraten kann, unverhofft.
Oft werden die Knöpfe ösenlos.
Was tätest du da?
PEER GYNT: Ich würf sie beiseite.
DER KNOPFGIESSER: Jawohl; Jon Gynt war im Wegwerfen groß,
Solang sich noch Geldsack an Geldsack reihte.
Der Meister aber faßt's anders an –
Und bleibt auch darum ein sicherer Mann.
Er wirft nichts weg, als schlechthin verächtlich,
Was irgendwie noch als Rohstoff beträchtlich.
Du warst nun gedacht als ein blinkender Knopf
Auf der Weste der Welt; doch die Öse mißlang.
So mußt du denn, Freund, in den Ausschußtopf –
Und nimmst wieder in die Masse den Gang.
PEER GYNT: Du planst doch nicht etwa aus mir, zum Schluß,
Samt Peter und Paul einen neuen Guß?
DER KNOPFGIESSER: Ei freilich rechn ich mit solchen Güssen.
Hat mehr als einer dran glauben müssen.
Zu Kongsberg ergeht es dem Geld nicht anders,
Das schlecht ward ob zu vielen Gewanders.
PEER GYNT: Aber das ist ja elende Knauserei!
Teuerster Freund, da gib mich nur frei; –
Ein Knopf ohne Öse, ein blinder Heller, –
Was ist das für d e i n e n Auftragsteller!

DER KNOPFGIESSER: Freund, ösenlos oder abgeschliffen, –
Dein Metallwert bleibt davon unangegriffen.
PEER GYNT: Nein, sag ich! Nein! Mit Zähnen und Klauen
Wehr ich mich. Alles andre; nur das nicht!
DER KNOPFGIESSER: Was denn für andres? Empor zum Blauen
Hast du nun einmal den Reisepaß nicht –
PEER GYNT: Ich bin zufrieden mit dem, was sich beut;
Von meinem Selbst aber laß ich keinen Deut.
Straft mich, wie's Brauch, mit gesetzlicher Buße!
Setzt mich zu dem mit dem Pferdefuße; –
Einhundert Jährlein, tut ihr's nicht billiger;
Seht, das ist etwas, – da zeig ich mich williger;
Die Pein ist schließlich doch nur moralisch,
Und also wohl nicht so pyramidalisch; –
Ein Übergang nur, wie geschrieben steht
Und wie der Fuchs sagte. Früh oder spät
Erfolgt dann ein Abschluß; man zieht sich zurück –
Und hofft – und versucht von neuem sein Glück.
Doch dieses andre, – dies wie ein Stück Lehm
Zerknetet werden zu weiß Gott wem, –
Diese Schmelzlöffelei, dies Enteignungsverfahren, –
Dagegen möcht ich mich gründlich verwahren.
DER KNOPFGIESSER: Aber, lieber Peer, was ist denn dabei?
Wegen solch einer Kleinigkeit solch ein Geschrei!
Ein Mann, der niemals er selbst gewesen; –
Und macht nun, zu sterben, solch Federlesen!
PEER GYNT: Was ist der Mann nicht gewesen –? Oho!
Peer Gynt ist was andres gewesen; so, so!
Nein, Knopfgießer, laß du das Spekulieren!
Könntst du durchforschen mir Herz und Nieren,
Du träfst bloß immer auf Peer und Peer
Und weiter nichts andres und sonst nichts mehr.
DER KNOPFGIESSER: Das ist nicht möglich. In meinem Befehle
Hier heißt es: Fordre Peer Gynt! Seine Seele
Bot ihrer Bestimmung Trotz, bis zum Schluß.
In den Löffel mit ihm als mißratenem Guß.
PEER GYNT: Dummes Zeug! Das gilt einer andern Person.
Steht da wirklich Peer? Nicht Rasmus oder Jon?
DER KNOPFGIESSER: Die hab ich seit langem schon umgegossen.
So komm denn im guten, und laß die Possen!
PEER GYNT: Narr, der ich wäre! Was soll dann geschehn,

Wenn sich morgen erweist, es war ein Versehn?
Du trügst die Verantwortung dann, guter Mann!
Erwäg, was alles draus folgen kann –

DER KNOPFGIESSER:
Ich hab es hier schriftlich –

PEER GYNT: So gönn mir doch Frist!

DER KNOPFGIESSER: Was willst du damit?

PEER GYNT: Beweisen, was ist.
Daß ich ich selbst war alle meine Tage.
Und dies war ja wohl unsre strittigste Frage.

DER KNOPFGIESSER: Beweisen?

PEER GYNT: Mit Zeugnissen und Attesten.

DER KNOPFGIESSER:
Ich fürchte, du hältst meinen Meister zum besten.

PEER GYNT: Nein, nein! Doch alles geh seinen Gang!
Lieber Mann, bitte, borg mich mir selbst so lang.
Nur ein Fristchen! Man wird nur einmal geboren –
Und möchte doch dann auch so weiter bestehn.
Wir sind also einig?

DER KNOPFGIESSER: Magst du denn gehn.
Doch am nächsten Kreuzweg bist du verloren.

Peer Gynt eilig ab.

Ein Stück weiter im Wald.

PEER GYNT *in voller Fahrt*: Zeit ist Geld, wie geschrieben steht.
Wo wohl der nächste Kreuzweg geht?
Kommt er noch lange nicht, kommt er bald?
Der Boden brennt mich wie glühnder Basalt.
Ein Zeuge! Ein Zeuge! Wo find ich einen?
Weh mir! Im Wald hier treff ich wohl keinen.
Die Welt ist Pfuschwerk! Die Einrichtung schlecht,
Will ein Mann beweisen sein sonnenklar Recht!

Ein gekrümmter ALTER, *einen Stab in der Hand und einen Sack auf dem Rücken, trottet vor ihm her.*

DER ALTE *bleibt stehen*: Liebwerter, – ein Obdachloser bittet –!

PEER GYNT: Entschuld'ge; ich hab kein Kleingeld bei mir –

DER ALTE: Prinz Peer! Herrje! Wir treffen uns hier –?

PEER GYNT: Wer bist du?

DER ALTE: Tu Er doch nicht so gesittet!

PEER GYNT: Du bist doch wohl nicht –?

DER ALTE: Der Dovre-Greis? Ja!
PEER GYNT: Der Dovre-Alte? Du, Alter, da?
DER DOVRE-ALTE:
Was, ich bin schön auf den Hund gekommen –!
PEER GYNT: Entthront?
DER DOVRE-ALTE: Ja, schenk mir dein Mitleid, ich brauch's.
Hier trab ich am Bettelstab, knurrenden Bauchs.
PEER GYNT: Hurra! Die Zeugenschaft dürfte mir frommen!
DER DOVRE-ALTE: Der Herr Prinz, wie er grau geworden ist!
PEER GYNT: Lieber Schwiegervater, die Jahre zehren.
Na; Schwamm über alle privaten Affären, –
Und, vor allem, keinen Familienzwist.
Ich war damals ein Tollkopf –
DER DOVRE-ALTE: Ach ja; ach ja; –
Der Prinz war halt jung. Und was macht man nicht da?
Aber klug war der Prinz, seine Braut zu verschmähn;
Jetzt braucht er dafür nicht sein Los zu verdammen!
Nicht lang, und sie war mit 'nem andern zu sehn –
PEER GYNT: Ei, ei!
DER DOVRE-ALTE: Immer mehr und mehr ließ sie sich gehn;
Und jetzt, – jetzt lebt sie mit Trond zusammen.
PEER GYNT:
Welchem Trond?
DER DOVRE-ALTE: Dem im Waldgebirg.
PEER GYNT: Dem ich einmal
Drei Säterinnen vorm Mund weg stahl!
DER DOVRE-ALTE: Mein Enkel ist groß geworden und fett;
Sein Nachwuchs sitzt allerorten im Lande –
PEER GYNT: Ja, klatsch mir nur alles von A bis Z; –
Was kümmert mich jetzt diese ganze Bande. –
Ich bin nämlich in eine Klemme geraten
Und wünsche ein Zeugnis oder Attest; –
Und ist Väterchens Kopf noch kapitelfest,
So springt ja wohl auch mal ein Viertelsdukaten –
DER DOVRE-ALTE:
Wär's möglich; ich könnte dem Prinzen was frommen?
Und dafür vielleicht selber ein Zeugnis bekommen?
PEER GYNT: Mit Freuden. Hab so kein Geld zu verklecken,
Muß knicken und sparen an allen Ecken.
Doch hört, was es gilt. Ihr erinnert Euch doch
An jenen Abend im Rondeschloß noch –

DER DOVRE-ALTE:
Ich werd nicht, Herr Prinz!
PEER GYNT: Das „Prinz" macht nichts besser.
Genug. Ihr wolltet damals, voll Groll,
Mich blenden, mit Eurem Glasermesser,
Und umschaffen mich aus Peer Gynt zum Troll.
Was tat ich da doch? Ich sagte: „Quod non!
Wenn Ihr mir so kommt, – auf und davon!
Was Liebe, was Ehre, was Macht, – ich bleibe
Ich selber – ich selber, sage und schreibe."
Diese Tatsache sollt Ihr vorm Richter beschwören –
DER DOVRE-ALTE:
Wie könnt ich das!
PEER GYNT: Wärt Ihr mir immer noch gram?
DER DOVRE-ALTE: Er will doch wohl nicht eine Lüge hören?
Er weiß doch noch, wie er die Trollhose nahm,
Und vom Metkrug schmeckte –?
PEER GYNT: Ihr wußtet zu locken; –
Doch vor dem Entscheidenden saht Ihr mich stocken.
Und justament daran erkennt man seinen Mann.
Das ist der Schlußvers, auf den kommt's an.
DER DOVRE-ALTE:
Recht gut, daß du mich auf den Schlußvers bringst!
PEER GYNT: Was heißt das?
DER DOVRE-ALTE: Als du von Ronde gingst,
Da schriebst du dir doch hinters Ohr mein Leitwort.
PEER GYNT: Welches?
DER DOVRE-ALTE: Das Wort, das mächtige Scheidwort!
PEER GYNT: Das Wort?
DER DOVRE-ALTE: Das uns scheidet vom Menschenzug, –
Das Wort: Troll, sei du selbst dir genug!
PEER GYNT *weicht einen Schritt zurück*:
Dir genug!
DER DOVRE-ALTE: Und wo du auch immer gewandelt,
Hast du doch seitdem danach gehandelt.
PEER GYNT: Ich! Peer Gynt!
DER DOVRE-ALTE *weinend*: So lohnt man's dem Alten!
Und wenn du's auch noch so geheim gehalten, –
Du lebtest als Troll. Mein Wort wies dich an;
Du wurdest durch mich ein gemachter Mann; –
Und jetzo, jetzt spielst du den Dünkelhaften

Wider mich und mein Wort, die dir alles verschafften.

PEER GYNT: Dir genug! Ein Bergtroll! Ein Egoist!
Hier stimmt etwas nicht; hier steckt eine List!

DER DOVRE-ALTE *zieht ein Bündel alter Zeitungen hervor*:
Du meinst, wir hätten nicht auch unsre Zeitung?
Hier, bitte; hier schwärmt von dir, rot auf schwarz,
Die „Blocksbergpost", – ein Blatt von Verbreitung, –
Und hier singen Nummern des „Heklawarts"
Dein Lob, seitdem du der unsrige bist.
Willst du es selbst lesen, Peer? Immer tu's!
Hier steht etwas, Unterschrift: „Pferdefuß".
Und hier: „Vom troll-nationalen Geiste".
Der Schreiber fördert die Wahrheit ans Licht:
Schwanz und Hörner, die machten's nicht; –
Die innre Verwandtschaft, die tät das meiste.
„Unser Sich-selbst-genug, – das macht den Troll aus!"
So schließt er, – und dann gibt er dich, Peer, für voll aus.

PEER GYNT: Ein Bergtroll? Ich!

DER DOVRE-ALTE: Ja, mein wackrer Genoß!

PEER GYNT: So konnt ich ja bleiben im Dovreschloß?
Was ließ ich dann Rondens behagliche Ruh?
Wandte Schweiß auf und Arbeit und manch ein Paar Schuh?
Peer Gynt – ein Troll! – Solch ein Quark! Solch ein Kohl!
Da, – kauf dir Tabak; and somit – leb wohl!

DER DOVRE-ALTE: Geneigter Prinz Peer!

PEER GYNT: Du bist nicht normal –
Oder kindisch. Geh in ein Hospital!

DER DOVRE-ALTE: Das hätt ich ja schon seit langem getan!
Doch meine Urenkel, leichten Geistes
Verleugnen sie ihren alten Ahn; –
Ich lebte nur noch in Büchern, heißt es.
Gott soll einen vor seinen Freunden bewahren,
Dies Wort spür ich Armer am eignen Gebein.
's ist hart, nur noch so sein Gespenst zu sein –

PEER GYNT: Lieber Mann, das haben schon mehr erfahren.

DER DOVRE-ALTE: Und wir selbst, wo hätten wir Armenkassen,
Wo Altersgroschen, wo ein Asyl? –
Das würde zu Ronde ja auch nicht passen –

PEER GYNT: Und zu Eurem selbst-genugsamen Stil!

DER DOVRE-ALTE:
Der Prinz kann dem Wort doch nur Ehre geben.

Und wenn er auf dem oder jenem Weg –

PEER GYNT:
Mein Freund, da trittst auf 'nen morschen Steg; –
Ich hab selbst, wie man sagt, kaum das nackte Leben –

DER DOVRE-ALTE:
Das wär –! Auch der Prinz hätt als Bettler geendet?

PEER GYNT: Jawohl. Mein prinzliches Ich liegt verpfändet.
Und wer ist dran schuld? Ihr, verdammte Brut!
Da sieht man, was schlechte Gesellschaft tut.

DER DOVRE-ALTE: Umsonst denn, daß ich die Hand ausstreckte!
So will ich zur Stadt mich zu fechten sehn.

PEER GYNT: Was willst du dort?

DER DOVRE-ALTE: Zur Komödie gehn.
Sie suchen im Blatt nationale Subjekte –

PEER GYNT: Glück auf die Reise; und grüß von mir.
Kann ich mich losreißen, halt ich's mit dir.
Ich schreib eine Farce, so tief wie heiter,
Des Titels: Sic transit usw. usw.

Eilt davon. Der Dovre-Alte ruft ihm vergebens nach.

Ein Kreuzweg.

PEER GYNT: Jetzt gilt es, Peer, galt es jemals im Leben!
Dies Dovrische Genug hat den Ausschlag gegeben.
Das Fahrzeug ward wrack; jetzt schwimm auf den Planken!
Alles andre – nur nicht als Brack abdanken!

DER KNOPFGIESSER *an der Wegscheide*:
Nun denn, Peer Gynt, das Attest, – wo ist es?

PEER GYNT: Schon wieder ein Kreuzweg? Du Nimmersatt!

DER KNOPFGIESSER: Ich blicke nur auf dein Gesicht, dein tristes,
Und weiß, was die Glocke geschlagen hat.

PEER GYNT: Ich bin des Gerenns müd; – man läuft nur irr –

DER KNOPFGIESSER: Und legt sich zudem umsonst ins Geschirr!

PEER GYNT: Bei Nacht, im Wald, – was ist da zu sagen.

DER KNOPFGIESSER: Dort humpelt ein Alter. Wolln wir ihn fragen?

PEER GYNT: Er ist betrunken. Laß ihn in Ruh!

DER KNOPFGIESSER:
Doch könnt er vielleicht –

PEER GYNT: Pst; laß ihn; – wozu!

DER KNOPFGIESSER: Ja, so sind wir so weit?

PEER GYNT: Eine Frage nur noch.

Was ist dieses „sei du du selbst" im Grunde?
DER KNOPFGIESSER: Eine seltsame Frage, zumal im Munde
Von einem, der jüngst erst –
PEER GYNT: So antworte doch!
DER KNOPFGIESSER: Du selbst sein heißt: dich selbst ertöten.
Doch du brauchst vielleicht noch ein deutlicher Bild? –
Des Meisters Willen so wie ein Schild
An seines Lebensschwerts Griff sich löten.
PEER GYNT: Doch wenn man nun niemals erfährt, was der Meister
Mit einem gewollt hat?
DER KNOPFGIESSER: Das soll man ahnen.
PEER GYNT: Doch wie oft mißleiten uns böse Geister, –
Und dann geht man ad undas mit fliegenden Fahnen.
DER KNOPFGIESSER: Der Teufel hat's nirgends leichter, zu angeln,
Als eben, wo solche Ahnungen mangeln.
PEER GYNT: Dies ist eine derart verzwickte Geschichte,
Daß ich auf mein „selbst sein" lieber verzichte.
Es fiel' am End schwer, den Beweis zu führen.
So will ich den Streitpunkt denn nicht mehr berühren.
Doch als ich vorhin so den Wald durchtrabte,
Da kam's, daß mich doch mein Gewissensschuh schabte;
Du bist doch ein Sünder, dacht ich im stillen –
DER KNOPFGIESSER: Da fängst du ja wieder von vorne an –
PEER GYNT: Ich meine, ein großer, mein guter Mann;
Nicht bloß in der Tat, auch in Wort und Willen:
Im Ausland war ich just kein Philister –
DER KNOPFGIESSER: Nun gut; so zeig mir dein Sündenregister!
PEER GYNT: Vergönn mir nur Frist, einen Priester zu suchen;
So beicht ich und laß ihn darüber buchen.
DER KNOPFGIESSER: Ja, brächtst du mir solch einen Zettel mit,
So wärst du der Schmelzlöffelsache wohl quitt.
Doch die Ordre, Peer –
PEER GYNT: Der vergilbte Wisch!
Der ist gewiß noch von älterem Datum; –
Da lebt ich einmal, weder Fleisch noch Fisch,
Und spielte Prophet und glaubt an ein Fatum – –
Na, gilt's denn die Probe?
DER KNOPFGIESSER: Ja – aber –!
PEER GYNT: Je nun, –
Was hast du denn, Bester, so viel zu tun!
Hier im Bezirk ist die Luft ja so lieb; –

Die Sterblichkeit wird immer kleiner und kleiner.
Bedenk, was der Pfarrer von Jostedal schrieb:
„In diesem Tale stirbt selten einer."

DER KNOPFGIESSER:
Am nächsten Kreuzweg denn; dann aber – Schluß.

PEER GYNT: Ein Priester! Ich muß einen finden! Ich muß!

Läuft den Weg weiter.

Hügel mit Heidekraut. Der Weg schlängelt sich den Höhenzug entlang.

PEER GYNT: Der nützt mir vielleicht noch zu allerhand,
Sagte Esben, als er einen Elsternflügel fand.
Wer hätte gedacht, daß, als nichts mehr verschlägt,
Seine Sündenschuld einem noch Früchte trägt?
Mir ist zwar auch so nicht sonderlich geheuer;
Denn im Grund führt der Weg nur von Asche zu Feuer; –
Doch es bleibt ja noch immer die Trosttür offen:
Solang einer lebt, solang mag er hoffen.

Eine MAGERE PERSON *in hoch aufgeschürztem Priesterrock und mit einem Vogelstellernetz auf der Schulter wandert eilig den Hügel entlang.*

PEER GYNT: Ein Prediger mit einem Vogelgarn!
Peter! An dir fraß das Glück einen Narrn.
Guten Abend, Herr Pastor! Holprige Straßen!

DER MAGERE: Was tut man nicht, eine Seele zu fassen?

PEER GYNT: Aha; soll eine gen Himmel –?

DER MAGERE: Nein;
Ich hoffe, sie schlägt einen andern Weg ein.

PEER GYNT:
Herr, würd ich ein Stückchen wohl mitgenommen –?

DER MAGERE: Recht gern; Gesellschaft ist immer willkommen.

PEER GYNT: Mich drückt ein Gesuch –

DER MAGERE: Vertraun Sie mir's an!

PEER GYNT: Herr Pastor, ich bin ein ehrlicher Mann.
Ich hielt mein Lebtag des Staats Gebot;
Ich saß niemalen bei Wasser und Brot; –
Doch kann man ja wohl mal den Halt verlieren
Und straucheln –

DER MAGERE: Das kann dem Besten passieren.

PEER GYNT: Nun denn; diese Mätzchen –

DER MAGERE: Nur Mätzchen?
PEER GYNT: Nur dies.
Nie, daß ich im Ernst wider etwas verstieß!
DER MAGERE: Dann sparen wir uns jeden weiteren Ton; –
Sie irren sich, scheint es, in meiner Person. – –
Sie sehn meine Hand an? Warum, wenn's genehm?
PEER GYNT: Welch stattlich entwickeltes Nägelsystem!
DER MAGERE: Was bietet mein Bein so Besonderes?
PEER GYNT *zeigt mit dem Finger*:
Ist der Huf dort echt?
DER MAGERE: Ich schmeichle mir des.
PEER GYNT *lüftet den Hut*:
Ich hätte doch auf Ihren Schwarzrock geschworen;
Und da sind es – Euer Hochwohlgeboren!
Na; steht 's Portal offen, – komm nicht von hinten;
Kannst du zum König, – geh nicht zum Bedienten.
DER MAGERE: Ihre Hand! Sie scheinen mir vorurteilsfrei.
Na, Lieber; was gilt's, – und was soll ich dabei?
Nur eins! Nicht um Macht oder Geld mich drängen!
Das kann ich nicht schaffen, und wenn Sie mich hängen.
Mit den Menschen ist heut nichts mehr anzufangen; –
Der Umsatz ist völlig zurückgegangen;
Kein Zuwachs an Seelen; nur dann und wann
Eine einzelne –
PEER GYNT: Hat sich die Welt so verbessert?
DER MAGERE: Im Gegenteil, Bester. Kläglich verwässert.
Die meisten holt sich der Schmelzlöffelmann.
PEER GYNT: Aha, – von dem Löffelmann hört ich schon was;
Er gab die Veranlassung eigentlich, daß –
DER MAGERE: Nur Mut!
PEER GYNT: Nun, – wär es nicht unbescheiden, –
So wünscht ich wohl –
DER MAGERE: Einen Zufluchtsort? Wie?
PEER GYNT: Sie raten's, noch eh ich ihm Worte lieh.
Sie sagten ja selbst, daß Sie Mangel leiden,
Und sind daher wohl um so eher willig –
DER MAGERE: Aber, Freund –
PEER GYNT: Meine Forderungen sind billig. –
Ein Taggeld beanspruch ich eigentlich nicht;
Nur Behandlung den Umständen angemessen.
DER MAGERE: Warmes Zimmer?

PEER GYNT: Nicht zu warm, – vor allem indessen
Erlaubnis davonzugehn, schlank und schlicht, –
Zurückzutreten, um's kurz zu sagen, –
Sobald sich ein Weg zeigt zu besseren Tagen.
DER MAGERE: Mein Freund, es tut mir wahrhaftig leid.
Doch Sie glauben mir nicht, welche Menge Suppliken
Ähnlicher Art mir die Leute schicken,
Wenn es sie abruft aus ihrer Zeit.
PEER GYNT: Doch denk ich an meinen verflossenen Wandel,
So dünkt mein Gesuch mich nicht allzu gewagt –
DER MAGERE:
Es warn doch nur Mätzchen –
PEER GYNT: Was man so sagt; –
Doch, da fällt mir ein, ich trieb Negerhandel –
DER MAGERE: Da handelten welche mit Willen und Sinnen –
Und mußten doch wieder, als Pfuscher, von hinnen.
PEER GYNT: Ich hab Brahmafiguren nach China verladen.
DER MAGERE: Sie Leichenbitter auf Sündenpfaden!
Sind welche, die laden ganz andre Figuren
In Reden ab, Künsten und Literaturen –
Und rühren mich doch nicht –
PEER GYNT: Es blieb nicht dabei; –
Ich lebt als „Prophet" eine tolle Legende –
DER MAGERE: Im Ausland? Der meisten Blauseherei
Ist Humbug und findet im Löffel ihr Ende.
Wenn Ihr Gesuch auf nichts weiter beruht,
So kann ich nicht dienen, so leid es mir tut.
PEER GYNT:
Doch, hörn Sie; ich kam auf 'nem Bootskiel getrieben, –
Der Ertrunkene greift nach dem Halm, steht geschrieben, –
Und: Du selbst bist dein Nächster, steht gleich daneben, –
Und da kam durch mich halbwegs ein Koch ums Leben.
DER MAGERE: Hätt lieber von einer Köchin vernommen,
Die durch Sie zugleich um was andres gekommen.
Was ist das hier für ein Halbwegs-Schnack,
Mit Respekt zu sagen? Wer möchte zu Zeiten,
Wie diesen, die Kosten der Feurung bestreiten,
Was denken Sie wohl, für solch stimmungslos Pack?
Ja, ja, Sie mein ich, mit Ihren Faxen;
Ich spreche, wie mir der Schnabel gewachsen.
Ich wünschte nur, daß der Herr Dilettant

Sich vor dem Löffel nicht länger grauste.
Was hülf's, und wenn ich Sie zehnmal behauste?
Mein Freund, Sie sind doch ein Mann von Verstand
Wie schon Ihr gutes Gedächtnis beweist; –
Doch die Aussicht übers durchwanderte Land
Erzeigt sich denn doch, so für Herz wie für Geist,
Als ein Ausblick auf, sagen wir, zu viel Sand.
Was haben Sie drüber zu lachen, zu weinen,
Was jubelnd zu bejahen, was verzweifelnd zu verneinen;
Was, das Sie heiß oder kalt überschreckt?
Sie ärgern sich, – das ist der ganze Effekt.

PEER GYNT: Es heißt, daß man schwer beurteilen kann,
Wo der Schuh drückt, hat man den Schuh nicht an.

DER MAGERE:
Das ist wahr; und – sei der und jener gepriesen –
Ich bin auf ein ungleich Paar Stiefel angewiesen.
Doch ein Glück, daß ich Stiefel sage, mein Bester,
Das erinnert mich dran, daß es eilen heißt,
Mir winkt ein Braten, der hoffentlich feist;
Und da schwatz ich hier wie eine Kaffeeschwester –

PEER GYNT: Und dürfte man fragen, welch Sündenkraut
Den Kerl gemästet hat?

DER MAGERE: Nach Verlaut
War er er selber bei Tag und bei Nacht;
Und das ist doch der Kernpunkt, im letzten Betracht.

PEER GYNT:
Er selber? Die Art kommt zu Ihnen ins Haus?

DER MAGERE: Wie's fällt; wir sperren sie keinesfalls aus.
Man kann man selbst sein in doppeltem Verstand,
Ein Rock sein, von außen oder von innen.
Sie wissen, wie jüngst in Paris man erfand,
Porträts mit Hilfe von Sonne zu gewinnen.
Da kann man nun richtige Bilder machen,
Oder Negative, die gleich viel wert sind,
Nur daß hier Licht und Schatten verkehrt sind, –
Und die Laien sie häßlich finden und lachen.
Doch die Ähnlichkeit schlummert auch hier verstohlen,
Es kommt nur drauf an, sie hervorzuholen.
Hat eine Seele nun in ihrem Leben
Sich also negativ photographiert,
So wird die Platte drum nicht kassiert, –

Man pflegt sie vielmehr an uns weiterzugeben.
Wir nehmen sie uns sodann vor zur Behandlung; –
Und geeignete Mittel vollziehn die Verwandlung.
Wir dämpfen, wir baden, wir putzen, wir hitzen,
Mit Säuregüssen und Schwefelblitzen,
So lang, bis sich unsrem geduldigen Auge
Das rechte Bild endlich, das Positiv, tischt.
Doch hat man, wie Sie, sich zur Hälfte verwischt, –
So nützt weder Schwefel noch Kalilauge.

PEER GYNT: Also nur wer als Rabe zu Ihnen kommt,
Kann als Schneehuhn gehn? Mit Verlaub, wem frommt
In seiner negativen Elendigkeit
Wohl diesmal Ihre Kunst und Behendigkeit?

DER MAGERE:
Einem Herrn Peter Gynt.

PEER GYNT: Peter Gynt? Ei, ei!
Ist Herr Gynt er selbst?

DER MAGERE: Er schwört, daß er's sei.

PEER GYNT: Na, glaubwürdig ist er, dieser Herr Peter.

DER MAGERE: Sie kennen ihn?

PEER GYNT: Was man so nennt, versteht Er; –
Man kennt ja so manchen.

DER MAGERE: Meine Zeit ist knapp.
Wo sahn Sie zuletzt ihn?

PEER GYNT: Drunten am Kap.

DER MAGERE: Di buona speranza!

PEER GYNT: Jawohl, doch sein Wort war,
Sein letztes, daß er die längste Zeit dort war.

DER MAGERE: So muß ich stehenden Fußes dorthin.
Doch geh ich, trüber Ahnungen schwanger.
Das Kapland, das Kapland wollt mir nie in den Sinn; –
Dort sind so ein paar schlimme Missionare von Stavanger.

Er fährt gen Süden.

PEER GYNT: Der Esel, der dumme! Da schiebt er ab,
Daß die Zung ihm heraushängt. Viel Glück zum Kap!
Den Hund hab ich naszuführen gewußt!
So ein Kerl macht sich kostbar und wirft sich in die Brust!
Er hat's wahrlich nötig, sich dick zu machen!
Sein Handwerk wirft ihm nicht viel in den Rachen.
Bald wird er eingehn an Fettverlust.
Hm, ich bin zwar auch kein Ritter ohne Tadel;

Ich bin ausgestoßen, kann man sagen, aus dem Selbsteigner-
Adel.

Eine Sternschnuppe fällt; er nickt ihr zu.

Grüß von Peer Gynt, Bruder Meteor!
Leuchten, erlöschen, verschwinden im Tor
Der Finsternis – –

Schaudert zusammen, wie von Angst gepackt, und geht tiefer hinein in die Nebel; nach einer Weile Schweigens schreit er auf:

Will mir denn niemand erstehn, –
Niemand im Abgrund, niemand im Reich des Lichts –!

Kommt weiter unten wieder hervor, wirft seinen Hut zu Boden und rauft sich das Haar. Allmählich wird er ruhiger.

So unsäglich arm kann ein Mensch also gehn
Zurück in die grauen Nebel des Nichts.
Du liebliche Erde, sei mir nicht gram,
Daß ich dein Gras trat, keinem zum Frommen.
Du liebliche Sonne, die leuchten kam
In ein Haus, drin keiner dich hieß willkommen!
Kein Mund sprach zu deiner Schönheit den Reim; –
Der Eigner, so sagt man, war niemals daheim.
Liebliche Sonne, liebliche Erde, –
Was barget ihr meine Mutter an eurem Herde!
Geist ist kein Marktgeschenk; Natur tritt mit Füßen . . .
Es ist hart, seine Geburt mit dem Leben zu büßen. –
Hinauf will ich, hoch, wo die Gipfel blauen,
Einmal die Sonne noch aufgehen schauen,
Starren mich müd aufs Gelobte Land,
In einem Schneesturz mein Ruhbett haben;
Man mag drüber schreiben: „Hier ist niemand begraben";
Und dann –! Ja, – das Dann hat noch keiner gekannt.

KIRCHGÄNGER *singen auf dem Waldweg:*

O Morgenstunde,
Da Zungen des Geistes
Wie Schwerter herniedergeflammt!
Aus Enkelmunde
Den Geist nun preist es
In Liedern, dem Himmel entstammt.

PEER GYNT *kriecht erschreckt in sich zusammen:*

Nicht dorthin schaun! Dort ist Nacht und Verderben. –

Ich fürcht, ich war tot lange vor meinem Sterben.

Will sich durchs Gebüsch davonstehlen, stößt jedoch auf den Kreuzweg.

DER KNOPFGIESSER:
Guten Morgen, Peer Gynt! Wo ist das Register?

PEER GYNT: Das Glück und ich, – wir sind Stiefgeschwister.
Was tat ich nicht!

DER KNOPFGIESSER: Ohne daß dich wer traf.

PEER GYNT: Hm, nur ein reisender Photograph.

DER KNOPFGIESSER: Ja, die Frist ist aus.

PEER GYNT: Alles ist aus.
Die Eule wittert uns. Hörst du sie wimmern?

DER KNOPFGIESSER:
Ich hör nur die Glocke –

PEER GYNT *zeigt*: Was mag dort schimmern?

DER KNOPFGIESSER:
Eine Hütte, nichts weiter.

PEER GYNT: Was klingt dort im Winde –?

DER KNOPFGIESSER:
Ein Weib singt, nichts weiter.

PEER GYNT: Ja, dort, – dort finde
Ich das Register –

DER KNOPFGIESSER *ergreift ihn beim Arm*: Bestell dein Haus!

Sie sind aus dem Gehölz herausgekommen und stehen vor der Hütte. Morgendämmerung.

PEER GYNT: Mein Haus bestellen? Dort ist's. Geh, Mann!
Pack dich, Mann! Mich und mein Schuldbuch berge
Kein Löffel, – und hättst du sie groß wie Särge!

DER KNOPFGIESSER:
Bis zum dritten Kreuzweg denn, Peer; aber dann –!

Biegt zur Seite ab und geht.

PEER GYNT *nähert sich dem Hause*:
Hin und zurück, 's ist der gleiche Weg;
Hinaus und hinein, 's ist der gleiche Steg.

Bleibt stehen.

Wilde, wilde, unendliche Klage;
So heimzukehren am End seiner Tage!

Macht einige Schritte, hält aber wieder inne.

Drum herum, sprach der Krumme!

Hört Gesang in der Hütte.

Nein, dieses Mal, Peer,

Mittendurch, – ob auch der Weg noch so schwer!

Er eilt auf das Haus zu; im selben Augenblick tritt SOLVEIG *aus der Tür, zum Kirchgang gekleidet und das Gesangbuch ins Tuch geschlagen, einen Stab in der Hand. Sie steht aufrecht da und gütig.*

PEER GYNT *wirft sich auf die Schwelle nieder*:
Hier ist ein Sünder! Dein Urteil, – sprich's aus!
SOLVEIG: Gott sei gelobt! Da kam er nach Haus!
Tastet nach ihm.
PEER GYNT: Klag aus das Übermaß meines Gerichts!
SOLVEIG: Mein einziger Junge, du sündigtest nichts!
Tastet wieder und findet ihn.
DER KNOPFGIESSER *hinter dem Hause*:
Das Register, Peer Gynt?
PEER GYNT: Schrei aus mein Verbrechen!
SOLVEIG *setzt sich nieder zu ihm*:
Durch dich ward mein Leben ein selig Lied.
Gesegnet seist du! Du hieltst dein Versprechen!
Gesegnet der Pfingstmorgen, der dich hier sieht!
PEER GYNT: Verloren!
SOLVEIG: Laß Ihn nur walten und raten!
PEER GYNT *lacht*: Verloren! Du könntest denn Rätsel raten!
SOLVEIG: Nenn sie.
PEER GYNT: Nenn sie! 's hat keine Gefahr –!
So sag, wo Peer Gynt all die Zeit über war?
SOLVEIG: Wo er war?
PEER GYNT: In der Brust der Bestimmung Keim –!
Wo er war, wie sein Gott ihn gewollt und verstanden!
Kannst du das sagen? Wenn nicht, muß ich heim –
Und untergehn in den nebligen Landen.
SOLVEIG *lächelt*: O, das Rätsel ist leicht.
PEER GYNT: So sag, was du weißt!
Wo war ich, in der Brust den göttlichen Geist,
Auf der Stirn den Namenszug, den Er geschrieben?
SOLVEIG:
In meinem Glauben, in meinem Hoffen, in meinem Lieben.
PEER GYNT *stutzt*:
Was sagst du –! Schweig! Mach 's Herz mir nicht schwer!
Eine Mutter hat in ihr Kind sich verliebt!
SOLVEIG: Eine Mutter; – doch wer ist sein Vater? Er,
Der ihm um der Mutter willen vergibt.

PEER GYNT, *ein Lichtstrahl überfliegt ihn, er ruft*:
Mutter, Weib; Magd ohne Schuld und Fehle! –
Birg mich denn in deiner Seele!

Er klammert sich an ihr fest und verbirgt das Gesicht in ihrem Schoß. Langes Schweigen. Die Sonne geht auf.

SOLVEIG *singt leise*: Schlaf denn, teuerster Junge mein!
Ich wiege dich und ich wache. –
Auf meinem Schoß hat mein Junge gescherzt,
Hat ihn seine Mutter sein Lebtag geherzt.
An Mutters Brust hat mein Junge geruht,
Sein Lebtag. Gott segne dich, mein einziges Gut!
An meinem Herzen zunächst war sein Platz,
Sein Lebtag. Jetzt ist er so müd, mein Schatz.
Schlaf denn, teuerster Junge mein!
Ich wiege dich und ich wache!

DES KNOPFGIESSERS STIMME *hinter dem Hause*:
Wir sehn uns am letzten Kreuzweg, Peer;
Und dann wird sich zeigen, – ich sage nicht mehr.

SOLVEIG *singt lauter im Tagesglanz*:
Ich wiege dich und ich wache; –
Schlaf und träum, lieber Junge mein!

DIE STÜTZEN DER GESELLSCHAFT

Schauspiel in vier Akten

Personen

Karsten Bernick, *Konsul*
Betty, *seine Frau*
Olaf, *ihr Sohn, dreizehn Jahre alt*
Martha Bernick, *des Konsuls Schwester*
Johann Tönnesen, *Frau Bernicks jüngerer Bruder*
Lona Hessel, *ihre ältere Halbschwester*
Hilmar Tönnesen, *Frau Bernicks Vetter*
Rörlund, *Adjunkt*
Rummel, *Großkaufmann*
Vigeland | *Kaufleute*
Sandstad |
Dina Dorf, *ein junges Mädchen im Hause Bernicks*
Krap, *Prokurist*
Aune, *Schiffsbaumeister*
Frau Rummel
Frau Holt, *Postmeistersgattin*
Frau Lynge, *Arztgattin*
Fräulein Rummel
Fräulein Holt
Bürger und andere Einwohner, ausländische Seeleute, Dampfschiffspassagiere usw.

Das Stück spielt in einer kleineren norwegischen Küstenstadt, und zwar im Bernickschen Haus.

[Sprich: Wigeland, Lünge]

ERSTER AKT

Ein geräumiges Gartenzimmer im Bernickschen Haus. Links im Vordergrund führt eine Tür in das Zimmer des Konsuls; weiter zurück, an derselben Wand, ist eine ähnliche Tür. In der Mitte der gegenüberliegenden Wand befindet sich eine größere Eingangstür. Die Wand im Hintergrund besteht fast ganz aus Spiegelglas; von ihr führt eine offene Tür zu einer breiten Terrasse, über die sich ein Zeltdach spannt. Ein Teil des Gartens wird unten vor der Treppe sichtbar, die von der Terrasse herabführt. Er ist von einem Gitter eingefriedigt, das eine kleine Pforte hat. Vor und längs dem Gitter draußen zieht sich eine Straße hin, die auf der gegenüberliegenden Seite mit kleinen, hell angestrichenen Blockhäusern bebaut ist. Es ist Sommer, die Sonne scheint. Einzelne Leute gehen auf der Straße vorüber; man bleibt stehen und unterhält sich; in einem Kramladen an der Ecke werden Käufer bedient usw.

Im Gartenzimmer sitzt um einen Tisch eine Gesellschaft von Damen. In der Mitte sitzt FRAU BERNICK, *zu ihrer Linken* FRAU HOLT *mit* TOCHTER; *neben ihnen* FRAU RUMMEL *und* FRÄULEIN RUMMEL. *Rechts von Frau Bernick sitzen* FRAU LYNGE, MARTHA *und* DINA. *Die Damen sind mit Handarbeiten beschäftigt. Auf dem Tisch liegen große Stöße halbfertiger und zugeschnittener Wäsche und Kleidungsstücke. Weiter zurück an einem kleinen Tisch, auf dem zwei Blumentöpfe und ein Glas Zuckerwasser stehen, sitzt* RÖRLUND *und liest aus einem Buch mit Goldschnitt vor, doch so, daß die Zuschauer nur einzelne Worte hören können. Draußen im Garten schießt* OLAF *mit einer Armbrust nach der Scheibe.*

Nach einer kleinen Weile kommt AUNE *sacht durch die Tür rechts. In der Vorlesung tritt eine kleine Störung ein; Frau Bernick nickt ihm zu und zeigt auf die Tür links. Aune geht leise zur Tür des Konsuls und klopft ein paarmal leise an.* KRAP, *den Hut in der Hand und Schriftstücke unter dem Arm, kommt aus dem Zimmer.*

KRAP: So, Sie haben geklopft?!

AUNE: Der Herr Konsul hat mich rufen lassen.

KRAP: Allerdings, kann Sie aber nicht empfangen – hat mir aufgetragen, –

AUNE: Ihnen? Ich möchte doch lieber –

KRAP: – mir aufgetragen, Ihnen dies zu sagen: Sie sollen die Vorträge einstellen, die Sie sonnabends für die Arbeiter halten.

AUNE: So? Ich dächte doch, meine freie Zeit, die könnt ich verwenden –

KRAP: Sie können Ihre freie Zeit nicht dazu verwenden, die Leute untauglich zu machen für die Arbeitszeit. Letzten Sonnabend sprachen Sie über den Schaden, den die Arbeiter durch unsere neuen Maschinen und durch die neue Arbeitspraxis auf der Werft haben würden. Warum das?

AUNE: Um die Gesellschaft zu stützen.

KRAP: Merkwürdig! Der Konsul sagt, es wirke auflösend auf die Gesellschaft.

AUNE: Meine Gesellschaft ist nicht die Gesellschaft des Herrn Konsul, Herr Krap! Als Obmann des Arbeitervereins muß ich –

KRAP: Sie sind vor allen Dingen Obmann auf der Bernickschen Werft. Sie haben vor allen Dingen Ihre Schuldigkeit zu tun für die Gesellschaft, die sich „Firma Bernick“ nennt; denn von ihr leben wir alle zusammen. – So, nun wissen Sie, was der Herr Konsul Ihnen zu sagen hatte.

AUNE: Der Herr Konsul würde es mir nicht auf die Art gesagt haben, Herr Prokurist. Aber ich weiß schon, wem ich das zu verdanken habe – dem verdammten Amerikaner, der hier auf Reparatur liegt. Die Leute wollen, daß hier so gearbeitet werden soll, wie sie's drüben gewohnt sind, und das –

KRAP: Schon gut! Auf weitere Erörterungen kann ich mich nicht einlassen. Sie kennen jetzt die Ansicht des Herrn Konsul und damit basta! Gehen Sie jetzt nur wieder auf die Werft, da sind Sie gewiß nötig; ich komme selbst bald hinunter. – Entschuldigen Sie, meine Damen!

Er grüßt und geht durch den Garten und die Straße hinunter. Aune geht still nach rechts ab. Rörlund, der während dieser mit gedämpfter Stimme geführten Unterredung die Lektüre fortgesetzt hat, ist gleich darauf mit dem Buch zu Ende und klappt es zu.

RÖRLUND: Und somit, meine lieben Zuhörerinnen, ist die Geschichte aus.

FRAU RUMMEL: Ach, was für eine lehrreiche Erzählung!

FRAU HOLT: Und so moralisch!

FRAU BERNICK: Ein solches Buch gibt wirklich viel zu denken.

RÖRLUND: O ja! Es bildet ein wohltuendes Gegenstück zu dem, was uns leider täglich Journale und Zeitschriften auftischen. Jene vergoldete und geschminkte Außenseite, die die große Gesellschaft zur Schau trägt, was steckt im Grunde dahinter? Hohlheit und Fäulnis, wenn ich so sagen darf. Kein moralisches Fundament, auf dem man stehen kann. Mit einem Wort, diese große Gesellschaft von heutzutage ist ein übertünchtes Grab.

FRAU HOLT: Nur allzu wahr.

FRAU RUMMEL: Wir brauchen uns nur die amerikanische Schiffsmannschaft anzusehen, die hier jetzt liegt.

RÖRLUND: Von solchem Auswurf der Menschheit will ich gar nicht reden. Aber selbst in den höheren Kreisen – wie steht es da? Überall Zweifel und Gärung; Unfriede in den Gemütern und Unsicherheit in allen Verhältnissen – und wie ist da draußen nicht das Familienleben untergraben! Wie wagen sich nicht freche Umsturzgelüste an die wertvollsten Wahrheiten heran!

DINA *ohne aufzusehen*: Doch geschehen nicht auch dort viele große Taten?

RÖRLUND: Große Taten –? Ich verstehe nicht –

FRAU HOLT *erstaunt*: Aber, mein Gott, Dina –!

FRAU RUMMEL *gleichzeitig*: Aber Dina! Wie kannst du nur –?

RÖRLUND: Ich würd es nicht für zuträglich halten, wenn solcherlei Taten Eingang bei uns fänden. Nein, da müssen wir doch Gott danken, daß wir's so haben, wie wir's haben. Wohl wächst leider auch hier Unkraut zwischen dem Weizen; aber wir sind doch redlich bestrebt, es nach Möglichkeit auszujäten. Es gilt, meine Damen, die Gesellschaft rein und die Verirrungen von ihr fernzuhalten, die eine fieberhafte Zeit uns aufdrängen will.

FRAU HOLT: Und davon gibt's hier leider mehr als genug.

FRAU RUMMEL: Ja, voriges Jahr hing es nur an einem Haar, und wir hätten nach unserer Stadt die Eisenbahn gekriegt.

FRAU BERNICK: Nun, das hat doch mein Karsten verhindert.

RÖRLUND: Die Vorsehung, Frau Bernick. Sie können überzeugt sein, daß Ihr Mann das Werkzeug einer höheren Macht war, als er's ablehnte, auf den Schwindel einzugehen.

FRAU BERNICK: Und dennoch mußt er sich in den Zeitungen so viel Häßliches sagen lassen. Aber wir vergessen ganz, Ihnen zu danken, Herr Adjunkt. Es ist wirklich mehr als freundlich von Ihnen, daß Sie uns so viel Zeit opfern.

RÖRLUND: Nicht der Rede wert! Jetzt in den Ferien –

FRAU BERNICK: Nun ja, – ein Opfer ist es doch, Herr Adjunkt.

RÖRLUND *rückt seinen Stuhl näher*: Bitte, – nichts mehr davon, verehrteste Frau! Bringen Sie nicht alle, eine wie die andere, ein Opfer um einer guten Sache willen? Und bringen Sie es nicht froh und freudig? Diese moralisch Verkommenen, für deren Besserung wir arbeiten, gleichen verwundeten Soldaten auf einem Schlachtfeld. Sie, meine Damen, Sie sind die Diakonissinnen, die barmherzigen Schwestern, die Scharpie zupfen für die unglücklichen Verstümmelten und den Verband sanft um ihre Wunden legen, sie heilen und wieder gesund machen –

FRAU BERNICK: Es muß eine Himmelsgabe sein, alles in so schönem Lichte sehen zu können.

RÖRLUND: Vieles ist in dieser Beziehung angeboren; aber vieles kann auch erworben werden. Es handelt sich nur darum, die Dinge im Lichte einer ernsten Lebensaufgabe zu sehen. Nun, was sagen Sie, Fräulein Bernick? Finden Sie nicht auch, daß Sie sozusagen einen festeren Boden unter Ihren Füßen fühlen, seitdem Sie Ihr Leben der Schule geweiht haben?

MARTHA: Ach, ich weiß nicht, was ich sagen soll. Oft, wenn ich da in der engen Schulstube stecke, wünsch ich mir, ich wäre weit draußen auf dem wilden Meer.

RÖRLUND: Ja, sehen Sie, liebes Fräulein, das sind Anfechtungen. Doch solch unruhigen Gästen gegenüber, da heißt es: Tür zu! Das wilde Meer – das meinen Sie natürlich nicht buchstäblich; Sie meinen die große, wogende Gesellschaft der Menschen, in der so viele zugrunde gehen. Und schätzen Sie denn wirklich das Leben so hoch, das Sie da draußen summen und brausen hören? Werfen Sie nur einen Blick auf die Straße! Da gehen die Menschen in der Sonnenglut und schwitzen und plagen sich ab mit ihren kleinen Angelegenheiten. Nein, da haben wir es wahrlich besser, die wir hier in der Kühle sitzen und der Welt den Rücken kehren, von der die Wirrungen kommen.

MARTHA: Gott, Sie haben ja gewiß vollkommen recht –

RÖRLUND: Und in einem Haus wie diesem, in einem guten, makellosen Hause, wo das Familienleben in seiner schönsten Gestalt in Erscheinung tritt – wo Friede und Eintracht herrschen – *Zu Frau Bernick*: Auf was horchen Sie, Frau Bernick?

FRAU BERNICK *wendet sich zur vordersten Tür links*: Wie laut sie da drin sprechen!

RÖRLUND: Ist da etwas Besonderes los?

FRAU BERNICK: Ich weiß nicht. Ich höre nur, daß jemand drin bei meinem Mann ist.

HILMAR TÖNNESEN, *die Zigarre im Mund, kommt durch die Tür rechts; er bleibt stehen, wie er die Damen sieht.*

HILMAR: O, bitte um Entschuldigung – *Er will sich zurückziehen.*

FRAU BERNICK: Hilmar, so tritt doch nur näher; du störst nicht. Wolltest du etwas?

HILMAR: Nein, ich wollte nur einen Blick ins Zimmer tun. – Guten Morgen, meine Damen! *Zu Frau Bernick*: Na, was ist denn nun geworden?

FRAU BERNICK: Womit?

HILMAR: Bernick hat ja 'ne Sitzung zusammengetrommelt.

FRAU BERNICK: So?! Was gibt es denn eigentlich?

HILMAR: Ach, es ist schon wieder der Schwindel mit der Eisenbahn.

FRAU RUMMEL: Ist wohl nicht möglich!

FRAU BERNICK: Der arme Karsten! Soll er noch mehr Unannehmlichkeiten haben?

RÖRLUND: Aber wie reimt sich das zusammen, Herr Tönnesen? Der Konsul Bernick hat doch voriges Jahr deutlich genug erklärt, daß er keine Eisenbahn haben wolle.

HILMAR: Ja, das mein ich auch; aber ich traf den Prokuristen Krap, und der erzählte mir, die Eisenbahnfrage sei wiederaufgenommen worden und Bernick habe eine Besprechung mit drei hiesigen Geldleuten.

FRAU RUMMEL: Es war mir doch auch so, als hört ich meines Mannes Stimme.

HILMAR: Natürlich ist Herr Rummel mit dabei, sodann der Kaufmann Sandstad vom Steinweg und Michel Vigeland – Sankt Michael, wie sie ihn nennen.

RÖRLUND: Hm!

HILMAR: Verzeihung, Herr Adjunkt!

FRAU BERNICK: Und es war hier doch so schön und friedlich.

HILMAR: Ich für mein Teil hätte nichts dagegen, wenn die Balgerei wieder losginge. Da gäbe es wenigstens eine Zerstreuung.

RÖRLUND: O, diese Art Zerstreuungen, mein ich, kann man entbehren.

HILMAR: Je nun, das kommt auf die Veranlagung an. Gewisse Naturen brauchen ab und zu aufrüttelnde Kämpfe. Doch so was hat das kleinstädtische Leben leider selten zu bieten, und nicht jedem ist's gegeben – *Blättert im Buch des Adjunkten.* „Die Frau als Dienerin der Gesellschaft." Was ist das für ein Zeug?

FRAU BERNICK: Aber, Hilmar! Das mußt du nicht sagen. Du hast sicher das Buch nicht gelesen.

HILMAR: Nein; ich habe auch nicht die Absicht.

FRAU BERNICK: Dir ist heut gewiß nicht wohl.

HILMAR: Allerdings nicht.

FRAU BERNICK: Hast vielleicht heut nacht schlecht geschlafen?

HILMAR: Sehr schlecht. Ich machte gestern abend einen kleinen Spaziergang meines Leidens wegen; dann ging ich ein bißchen in den Klub hinauf und las einen Reisebericht vom Nordpol. Es liegt etwas Stählendes darin, den Menschen in ihren Kampf mit den Elementen zu folgen.

FRAU RUMMEL: Und das bekam Ihnen wohl nicht gut, Herr Tönnesen?

HILMAR: Es bekam mir sehr schlecht; ich lag die ganze Nacht da und wälzte mich im Halbschlaf und träumte, ich würde von einem greulichen Walroß verfolgt.

OLAF *der die Gartentreppe heraufgekommen ist*: Du bist von einem Walroß verfolgt worden, Onkel?

HILMAR: Im Traum, du Schafskopf! Aber spielst du immer noch mit der albernen Armbrust?! Weshalb siehst du nicht zu, daß du ein richtiges Gewehr kriegst?

OLAF: Ich wollte schon gern, aber –

HILMAR: In solchem Gewehr, da liegt doch Sinn drin. Es hat immer einen besonderen Nervenreiz, wenn man Feuer gibt.

OLAF: Und dann könnt ich Bären schießen, Onkel. Aber Papa erlaubt's mir nicht.

FRAU BERNICK *zu Hilmar*: Setz ihm doch nicht solche Sachen in den Kopf, Hilmar.

HILMAR: Hm – ja, ja, eine schöne Generation, die da heutzutage heranwächst! Da redet man von sportlichen Übungen – aber, himmlischer Vater! – die ganze Geschichte ist nur Spielerei; kein ernstes Streben mehr nach jener Abhärtung, die ein Zusammenstoß mit der Gefahr uns verschafft. – Esel, richte doch nicht immer so die Armbrust auf mich! Sie kann losgehen.

OLAF: Aber Onkel, es ist ja kein Bolzen drin.

HILMAR: Das kannst du nicht wissen. Es könnte doch einer drin sein. – Tu sie weg, sag ich! Warum zum Kuckuck bist du nie mit einem von deines Vaters Schiffen nach Amerika rübergefahren? Da könntest du eine Büffeljagd oder einen Kampf mit den Rothäuten mitmachen.

FRAU BERNICK: Aber, Hilmar –

OLAF: Ei, das möcht ich gern, Onkel! Und dann säh ich am Ende auch Onkel Johann und Tante Lona.

HILMAR: Hm –; dummes Zeug!

FRAU BERNICK: Du kannst jetzt wieder in den Garten gehen, Olaf.

OLAF: Darf ich auch auf die Straße, Mutter?

FRAU BERNICK: Ja, aber ja nicht zu lange.

Olaf läuft hinaus durch das Gittertor.

RÖRLUND: Sie sollten dem Kind nicht solche Flausen in den Kopf setzen, Herr Tönnesen.

HILMAR: Natürlich; er soll hier sitzen und ein Stubenhocker werden wie so viele andere!

RÖRLUND: Aber warum reisen Sie nicht selbst hinüber?

HILMAR: Ich? Mit meinem Leiden? Na freilich, auf das nimmt hier in der Stadt keine Seele Rücksicht. Aber nichtsdestoweniger – man hat doch gewisse Verpflichtungen gegen die Gesellschaft, in der man lebt. Hier muß doch wenigstens ein Mensch sein, der die Fahne der Idee hochhält. Uh! da schreit er wieder.

DIE DAMEN: Wer?

HILMAR: Ach! Ich weiß nicht. Sie sind so laut da drin, das macht mich richtig nervös.

FRAU RUMMEL: Das wird mein Mann sein, Herr Tönnesen. Aber wissen Sie, er ist so gewohnt, in großen Versammlungen zu sprechen –

RÖRLUND: Die andern haben auch kein leises Organ, wie mir scheint.

HILMAR: Herrgott, ja – wenn es gilt, den Daumen auf den Geldbeutel zu halten, dann –. Hier geht ja alles auf in kleinlichen materiellen Interessen. Uh!

FRAU BERNICK: Es ist jedenfalls besser als früher, wo alles in Vergnügungen aufging.

FRAU LYNGE: War es früher wirklich so schlimm hier?

FRAU RUMMEL: Ja, das können Sie glauben, Frau Lynge. Sie können sich glücklich preisen, daß Sie damals noch nicht hier wohnten.

FRAU HOLT: Es hat sich freilich vieles geändert. Wenn ich an meine Mädchentage zurückdenke –

FRAU RUMMEL: Ach, denken Sie bloß so vierzehn, fünfzehn Jahre zurück! Gott steh mir bei, was für ein Leben war das hier! Damals bestanden noch der Ballverein und der Musikverein –

MARTHA: Und der dramatische Verein. An den kann ich mich noch gut erinnern.

FRAU RUMMEL *zu Hilmar*: Richtig, wo Ihr Stück aufgeführt wurde!

HILMAR *geht nach dem Hintergrund*: Ach was!

RÖRLUND: Ein Stück des Studiosus Tönnesen?

FRAU RUMMEL: Ja, das war lange bevor Sie hierher kamen, Herr Adjunkt. Es wurde übrigens nur einmal gegeben.

FRAU LYNGE *zu Frau Rummel*: Das war wohl das Stück, in dem Sie die Liebhaberin gespielt haben, wie Sie mir erzählten, Frau Rummel?

FRAU RUMMEL *schielt nach Rörlund*: Ich? Kann mich dessen wirklich nicht entsinnen, Frau Lynge. Aber ich entsinne mich noch recht gut dieser ganzen ausgelassenen Geselligkeit in den Familien.

FRAU HOLT: Ich kenne noch die Häuser, in denen es jede Woche zwei große Diners gab.

FRAU LYNGE: Und dann war ja hier auch eine umherziehende Schauspielertruppe, hab ich gehört?

FRAU RUMMEL: Ja, das war schon das Allerärgste!

FRAU HOLT *unruhig*: Hm, hm –

FRAU RUMMEL: Wie? Schauspieler? I, davon weiß ich ja gar nichts mehr.

FRAU LYNGE: Freilich, die Leute sollen ja so viele tolle Streiche gemacht haben. Was waren das eigentlich für Geschichten?

FRAU RUMMEL: O, es war im Grunde nichts, Frau Lynge.

FRAU HOLT: Liebste Dina, reich mir bitte die Leinwand her.

FRAU BERNICK *zu gleicher Zeit*: Dina, mein Herz, sieh doch mal nach, wo Kathrine mit dem Kaffee bleibt.

MARTHA: Ich komme mit, Dina.

Dina und Martha ab durch die oberste Tür links.

FRAU BERNICK *steht auf*: Und mich entschuldigen Sie wohl auch für einen Augenblick, meine Damen, – ich denke, wir trinken den Kaffee draußen.

Sie geht auf die Terrasse hinaus und deckt den Tisch. Der Adjunkt steht in der Tür und spricht mit ihr. Hilmar steht draußen und raucht.

FRAU RUMMEL *leise*: Gott, Frau Lynge, was haben Sie mir für einen Schreck eingejagt!

FRAU LYNGE: Ich?

FRAU HOLT: Ja, aber eigentlich haben Sie doch selbst angefangen, Frau Rummel.

FRAU RUMMEL: Ich? Nein, wie können Sie nur so was sagen, Frau Holt! Es kam ja kein Sterbenswörtchen über meine Lippen.

FRAU LYNGE: Aber was ist denn los?

FRAU RUMMEL: Wie Sie nur davon anfangen konnten! Sahen Sie denn nicht, daß Dina im Zimmer war?

FRAU LYNGE: Dina? Aber um Gottes willen, ist denn was vorgefallen mit –?

FRAU HOLT: Und noch dazu hier im Hause! Wissen Sie denn nicht, daß Frau Bernicks Bruder –!

FRAU LYNGE: Was ist mit ihm? – Ich weiß ja von gar nichts; ich bin ja ganz neu –

FRAU RUMMEL: Also Sie haben nicht gehört, daß –? Hm – *Zu ihrer Tochter*: Du Hilda, du kannst ein wenig in den Garten gehen.

FRAU HOLT: Du auch, Netta! Und seid recht artig gegen die arme Dina, wenn sie kommt.

Fräulein Holt und Fräulein Rummel ab in den Garten.

FRAU LYNGE: Also was war das mit Frau Bernicks Bruder?

FRAU RUMMEL: Wissen Sie nicht, daß mit ihm sich die häßliche Geschichte zugetragen hat?

FRAU LYNGE *auf Hilmar Tönnesen zeigend*: Hat Herr Tönnesen eine häßliche Geschichte gehabt?

FRAU RUMMEL: Aber nein doch! Hilmar ist ja ihr Vetter. Ich spreche vom Bruder –

FRAU HOLT: – von dem berüchtigten Tönnesen.

FRAU RUMMEL: Johann hieß er. Er ging nach Amerika.

FRAU HOLT: Mußte nach Amerika, verstehen Sie.

FRAU LYNGE: Und er hatte eine häßliche Geschichte?

FRAU RUMMEL: Ja, es war so was – wie soll ich's nur nennen? – Es war etwas mit Dinas Mutter. Ich erinnere mich dessen noch, als wär's gestern gewesen. Johann Tönnesen war im Geschäft der alten Frau Bernick; Karsten Bernick war eben von Paris heimgekommen, – war noch nicht verlobt –

FRAU LYNGE: Na, und die häßliche Geschichte?

FRAU RUMMEL: Ja, sehen Sie, den Winter war Möllers Schauspielertruppe hier –

FRAU HOLT: – und bei der Truppe waren Schauspieler Dorf und seine Frau. Die jungen Leute hier waren rein vernarrt in das Weib.

FRAU RUMMEL: Gott weiß, wie man die schön finden konnte. Da kommt nun Dorf eines schönen Abends spät heim –

FRAU HOLT: – ganz unerwartet –

FRAU RUMMEL: – und findet –; nein, es läßt sich wirklich nicht erzählen!

FRAU HOLT: Frau Rummel, er fand nichts; denn die Tür war von innen verschlossen.

FRAU RUMMEL: Das wollt ich ja gerade sagen; er fand die Tür verschlossen. Und denken Sie nur! Es ist einer drin, und der muß zum Fenster hinausspringen.

FRAU HOLT: Ganz hoch aus einem Giebelfenster!

FRAU LYNGE: Und das war Frau Bernicks Bruder?

FRAU RUMMEL: Allerdings!

FRAU LYNGE: Und darum ging er nach Amerika?

FRAU HOLT: Er mußte wohl. Das können Sie sich doch denken.

FRAU RUMMEL: Und hinterher wurde was entdeckt, das fast ebenso schlimm war. Denken Sie sich, er hatte sich an der Kasse vergriffen!

FRAU HOLT: Aber das weiß man ja nicht genau, Frau Rummel; vielleicht waren's nur Gerüchte.

FRAU RUMMEL: Ah, da muß ich doch bitten! War das nicht stadtbekannt? Hätte die alte Frau Bernick nicht um ein Haar dieser Geschichte wegen Bankrott gemacht? Das hab ich doch von Rummel selbst. Aber ich will nichts gesagt haben – Gott behüte!

FRAU HOLT: Doch zu Madam Dorf wanderte das Geld keinesfalls, denn sie –

FRAU LYNGE: Und wie wurde das Verhältnis zwischen Dinas Eltern später?

FRAU RUMMEL: Nun, Dorf zog seines Weges und ließ Frau und Kind zurück. Aber die Madam, die war, weiß Gott, so frech, noch ein ganzes Jahr hierzubleiben. Auf dem Theater durfte sie sich freilich nicht mehr zeigen; aber sie ernährte sich mit Waschen und Nähen –

FRAU HOLT: – und versuchte, Tanzunterricht zu geben.

FRAU RUMMEL: Das ging natürlich nicht. Welche Eltern hätten wohl ihre Kinder so einer anvertraut? – Aber es dauerte auch nicht mehr lange mit ihr; die feine Madam war doch nicht gewöhnt zu arbeiten. Sie bekam's auf der Brust und starb.

FRAU LYNGE: Herrje, das waren wirklich häßliche Geschichten.

FRAU RUMMEL: Sie können sich denken, wie schwer Bernicks daran trugen. Es ist der dunkle Fleck in der Sonne ihres Glücks, wie Rummel sich einmal ausdrückte. Sprechen Sie darum hier im Hause nie wieder von diesen Dingen, Frau Lynge.

FRAU HOLT: Und, um Gottes willen, ebensowenig von der Halbschwester!

FRAU LYNGE: So? Frau Bernick hat auch noch eine Halbschwester?

FRAU RUMMEL: Gehabt – glücklicherweise; denn jetzt ist's mit der Verwandtschaft zwischen den beiden aus. Ja, das war ein besonderes Pflänzchen! Denken Sie mal, die schnitt sich die Haare kurz und lief im Regenwetter mit Männerstiefeln herum.

FRAU HOLT: Und als der Halbbruder, das verlorne Subjekt, sich dünne gemacht hatte und natürlich die ganze Stadt über ihn aufgebracht war – wissen Sie, was sie da tat? Sie reiste ihm nach.

FRAU RUMMEL *zu Frau Holt*: Aber die skandalöse Geschichte, die sie vor ihrer Abreise hatte, Frau Holt!

FRAU HOLT: Pst! Nichts davon!

FRAU LYNGE: Wie? Die hatte auch eine skandalöse Geschichte?

FRAU RUMMEL: Hören Sie nur: Bernick hatte sich eben mit Betty Tönnesen verlobt, und wie er mit ihr am Arm zu ihrer Tante kommt, um es anzuzeigen –

FRAU HOLT: Tönnesens waren nämlich elternlos, wissen Sie –

FRAU RUMMEL: – da steht Lona Hessel von ihrem Stuhl auf und gibt dem feinen, gebildeten Karsten Bernick eine Ohrfeige, daß es nur so knallt.

FRAU LYNGE: Nein, hat man je –!

FRAU HOLT: Es ist die volle Wahrheit.

FRAU RUMMEL: Und dann packte sie ihren Koffer und fuhr nach Amerika.

FRAU LYNGE: So hatte sie's wohl selber auf ihn abgesehen?

FRAU RUMMEL: Ohne Zweifel. Sie bildete sich steif und fest ein, daß ein Paar aus ihnen würde, wenn er von Paris zurückkäme.

FRAU HOLT: Denken Sie mal an! Sich so was einzubilden! Bernick – der junge, elegante Weltmann, – der vollkommene Kavalier, – der Liebling aller Damen –

FRAU RUMMEL *zu Frau Holt*: – und trotzdem so anständig, Frau Holt, und so moralisch.

FRAU LYNGE: Aber was treibt denn dieses Fräulein Hessel in Amerika?

FRAU RUMMEL: Ja, sehen Sie, darüber liegt, wie Rummel sich einmal ausdrückte, ein Schleier, den man kaum lüften dürfte.

FRAU LYNGE: Wieso nicht?

FRAU RUMMEL: Sie steht, wie Sie begreifen werden, mit der Familie ja nicht mehr in Verbindung: aber so viel weiß doch die ganze Stadt, daß sie drüben für Geld in den Kneipen gesungen hat –

FRAU HOLT: – und Vorträge gehalten –

FRAU RUMMEL: – und ein ganz verrücktes Buch geschrieben hat.

FRAU LYNGE: Denk mal an!

FRAU RUMMEL: Ja, ja! Lona Hessel ist auch so ein Flecken in der Sonne des Bernickschen Glücks. So, jetzt wissen Sie Bescheid, liebe Frau Lynge. Ich habe, bei Gott, nur deshalb über diese Verhältnisse gesprochen, damit Sie sich in acht nehmen.

FRAU LYNGE: Da können Sie ganz ruhig sein. Doch die arme Dina Dorf! Es tut mir wirklich leid um sie.

FRAU RUMMEL: Na, für die war es ja ein reines Glück. Denken Sie nur, wenn sie in den Händen der Eltern geblieben wäre! Wir nahmen uns natürlich alle ihrer an und gaben ihr nach Kräften gute Lehren. Später setzte Fräulein Bernick es durch, daß sie hier ins Haus kam.

FRAU HOLT: Aber ein schwer zu behandelndes Kind ist sie immer gewesen. Sehr begreiflich – die schlechten Beispiele! Ein solches Kind ist ja nicht wie eins von unsren; man muß Nachsicht mit ihr haben, Frau Lynge.

FRAU RUMMEL: Still, da kommt sie! *Laut*: Ja, die Dina ist wirklich ein geschicktes Mädchen. Ei, bist du da, liebe Dina? Wir legen eben die Arbeit weg.

FRAU HOLT: Wie lieblich dein Kaffee duftet, liebste Dina! So ein Täßchen Kaffee am Vormittag –

FRAU BERNICK *auf der Terrasse*: Darf ich bitten, meine Damen!

Martha und Dina waren mittlerweile dem Dienstmädchen dabei behilflich, den Kaffee zu servieren.

Alle Damen nehmen draußen Platz und überbieten sich in Freundlichkeiten gegen Dina. Nach einer kleinen Weile kommt Dina ins Zimmer und sucht ihre Handarbeit.

FRAU BERNICK *draußen am Kaffeetisch*: Dina, willst du nicht auch –?

DINA: Nein, danke, – ich mag nicht.

Sie setzt sich an ihre Näharbeit. Frau Bernick und der Adjunkt wechseln einige Worte; gleich darauf kommt er ins Zimmer.

RÖRLUND *macht sich am Tische zu schaffen und sagt leise*: Dina!

DINA: Herr Rörlund.

RÖRLUND: Warum wollen Sie nicht mit draußen bleiben?

DINA: Als ich mit dem Kaffee hereinkam, merkte ich, daß man über mich gesprochen hatte.

RÖRLUND: Doch sahen Sie nicht auch, wie freundlich man Ihnen gegenüber war?

DINA: Aber das vertrag ich nicht!

RÖRLUND: Sie sind eigensinnig, Dina.

DINA: Ja.

RÖRLUND: Doch warum?

DINA: Ich bin nun einmal so.

RÖRLUND: Könnten Sie nicht versuchen, anders zu werden?

DINA: Nein.

RÖRLUND: Und weshalb nicht?

DINA *sieht ihn an*: Ich gehöre ja zu den Unmoralischen.

RÖRLUND: Pfui, Dina.

DINA: Meine Mutter gehörte auch zu ihnen.

RÖRLUND: Wer hat Ihnen so etwas gesagt?

DINA: Niemand; man sagt mir nichts. Warum tun sie das? Man faßt mich so behutsam an, als ob ich zerbrechen würde, wenn – O, wie ich diese ewige Gutherzigkeit hasse!

RÖRLUND: Liebe Dina, ich verstehe recht gut, daß Sie sich hier bedrückt fühlen; aber –

DINA: O könnt ich nur weg, weit weg! Ich würde mich schon selber durchbringen, wenn ich nur nicht unter Menschen lebte, die so – so –

RÖRLUND: So –?

DINA: – so anständig und so moralisch sind.

RÖRLUND: Aber Dina, das ist nicht Ihre Meinung.

DINA: O, Sie verstehen schon, wie ich das meine. Jeden Tag müssen Hilda und Netta her, damit ich sie mir zum Vorbild nehme. Ich kann nie so wohlanständig werden wie sie. Ich will nicht so werden. Ach, wär ich weit weg, ich wollte schon brav werden!

RÖRLUND: Sie sind ja brav, Dina.

DINA: Was hilft mir das hier?

RÖRLUND: Also fortgehen? – Denken Sie im Ernst daran?

DINA: Ich möchte nicht einen Tag länger hierbleiben, wenn Sie nicht wären.

RÖRLUND: Sagen Sie mir, Dina – warum sind Sie eigentlich so gern mit mir zusammen?

DINA: Weil Sie mich so viel Schönes lehren.

RÖRLUND: Schönes? Halten Sie das, was ich Sie lehren kann, für etwas Schönes?

DINA: Ja. Oder – eigentlich lehren Sie mich nichts; aber wenn ich Sie reden höre, dann kann ich so viel Schönes sehen.

RÖRLUND: Und was verstehen Sie denn unter schön?

DINA: Darüber hab ich nie nachgedacht.

RÖRLUND: So denken Sie jetzt darüber nach! Was verstehen Sie unter schön?

DINA: Schön ist etwas, das groß ist – und weit weg.

RÖRLUND: Hm! – Liebe Dina, ich mache mir Ihretwegen aufrichtige Sorgen.

DINA: Nur das!

RÖRLUND: Sie wissen doch recht gut, wie teuer Sie mir sind.

DINA: Wenn ich Hilda oder Netta wäre, so würden Sie sich nicht scheuen, es auch zu zeigen.

RÖRLUND: Ach, Dina, Sie können gar nicht beurteilen, was für unzählige Rücksichten man zu beachten hat –. Wenn man dazu berufen ist, der Gesellschaft, in der man lebt, eine moralische Stütze zu sein, so – so – man kann nicht vorsichtig genug sein. Wär ich nur sicher, daß meine Beweggründe nicht falsch gedeutet würden; – doch dem sei, wie ihm wolle: Ihnen muß und soll geholfen werden. Dina, versprechen Sie mir, daß, wenn ich komme, – wenn die Verhältnisse mir gestatten zu kommen – und ich sage: hier ist meine Hand – wollen Sie dann diese Hand ergreifen und meine Gattin werden? Versprechen Sie mir das, Dina?

DINA: Ja.

RÖRLUND: Dank, Dank! Denn auch für mich – O, Dina, ich bin Ihnen so gut! – Still! Man kommt, – Dina, um meinetwillen – gehen Sie hinaus zu den andern!

Sie geht hinaus an den Kaffeetisch. In diesem Augenblick kommen RUMMEL, SANDSTAD *und* VIGELAND *durch die Tür links, begleitet von* BERNICK, *der einen Stoß Papiere trägt.*

BERNICK: Die Sache ist also abgemacht?

VIGELAND: In Gottes Namen! Mag's denn sein.

RUMMEL: Abgemacht, Bernick! Du weißt, eines Norwegers Wort steht fest wie der Fels im Meer.

BERNICK: Und keiner wankt und keiner weicht, welchem Widerstand wir auch begegnen mögen?

RUMMEL: Wir stehen und fallen miteinander, Bernick!

HILMAR *in der Gartentür*: Fallen? Verzeihung! Die Eisenbahn, die soll doch fallen?

BERNICK: Im Gegenteil; sie soll fahren.

RUMMEL: – mit Dampf, Herr Tönnesen.

HILMAR *näher*: So?

RÖRLUND: Wie?

FRAU BERNICK *in der Gartentür*: Aber, lieber Karsten, wie steht die Sache eigentlich?

BERNICK: Ach, liebe Betty, das kann dich doch nicht interessieren! *Zu den drei Herren*: Doch nun müssen wir die Listen aufstellen; je eher, je besser. Es ist selbstverständlich, daß wir vier zuerst zeichnen. Die Stellung, die wir in der Gesellschaft einnehmen, macht es uns zur Pflicht, so weit wie möglich zu gehen.

SANDSTAD: Versteht sich, Herr Konsul.

RUMMEL: Wir setzen's durch, Bernick; geschworen sei's.

BERNICK: Um den Ausgang ist mir gar nicht bange. Jeder von uns muß im Kreise seiner Bekannten zu werben suchen; und können wir erst auf eine recht lebhafte Teilnahme in allen Gesellschaftsschichten hinweisen, so versteht es sich von selber, daß auch die Gemeinde das Ihrige beitragen muß.

FRAU BERNICK: Aber Karsten, so mach doch endlich und erzähl uns –

BERNICK: Liebe Betty! Das ist eine Sache, die Damen nur schwer beurteilen können.

HILMAR: Du willst also doch das Eisenbahnprojekt fördern?

BERNICK: Natürlich.

RÖRLUND: Aber voriges Jahr, Herr Konsul –?

BERNICK: Voriges Jahr war das eine ganz andere Sache. Damals war die Rede von einer Küstenlinie –

VIGELAND: – die ganz überflüssig gewesen wäre, Herr Rörlund; denn wir haben ja Dampfschiffe –

SANDSTAD: – und die so unsinnig kostspielig gewesen wäre –

RUMMEL: – ja, und die geradezu die Lebensinteressen der Stadt geschädigt hätte.

BERNICK: Die Hauptsache war, daß sie nicht einem weiteren Kreise zugute gekommen wäre. Deshalb war ich dagegen; und so wurde die Binnenlinie genehmigt.

HILMAR: Aber die berührt ja die Städte hier in der Umgegend nicht.

BERNICK: Sie wird künftig unsere Stadt berühren, mein lieber Hilmar; denn wir werden eine Zweigbahn bauen zu uns hin.

HILMAR: Aha! Also eine neue Idee?

RUMMEL: Ja, und eine köstliche Idee, was?

RÖRLUND: Hm –

VIGELAND: Es ist nicht zu leugnen, daß die Vorsehung sozusagen das Terrain für eine Zweigbahn geschaffen hat.

RÖRLUND: Ist das Ihr Ernst, Herr Vigeland?

BERNICK: Ja, auch ich betrachte es als eine Fügung des Schicksals, daß ich letztes Frühjahr landeinwärts in Geschäften zu reisen hatte und so zufälligerweise an eine Talstraße kam, wo ich früher nie gewesen war. Wie ein Blitz durchzuckte mich der Gedanke: hier müßten wir eine Zweigbahn bauen können zu uns herunter. Ich ließ einen Ingenieur die Strecke befahren; hier hab ich die vorläufigen Berechnungen und Kostenanschläge; dem Bau steht nichts im Wege.

FRAU BERNICK *kommt mit den übrigen Damen näher*: Aber Karsten, daß du dies alles vor uns verheimlicht hast.

BERNICK: Meine gute Betty, ihr hättet doch die tiefere Bedeutung nicht ermessen können. Übrigens hab ich bis zum heutigen Tage zu keiner Menschenseele davon gesprochen. Doch nun ist der entscheidende Augenblick gekommen; nun soll vor aller Augen und mit allen Kräften hier agitiert werden. Und sollt ich meine ganze Existenz an das Unternehmen setzen – ich werd es durchführen.

RUMMEL: Wir auch, Bernick; darauf kannst du dich verlassen.

RÖRLUND: Versprechen Sie sich wirklich so viel von diesem Unternehmen, meine Herren?

BERNICK: Das sollt ich meinen! Welchen Aufschwung wird da nicht unsere ganze Gesellschaft nehmen! Denken Sie nur an das große Waldland, das aufgeschlossen wird; denken Sie an die vielen reichhaltigen Erzlager, die ausgebeutet werden können; denken Sie an den Fluß mit den zahllosen Wasserfällen. Welch unschätzbarer Boden für die Industrie!

RÖRLUND: Und fürchten Sie nicht, daß der intensivere Verkehr mit einer verdorbenen Außenwelt –?

BERNICK: Machen Sie sich keine Sorgen, Herr Adjunkt! Unser kleiner, strebsamer Ort steht – Gott sei Dank – heut auf dem Grund und Boden einer gesunden Moralität. Wir haben ja alle geholfen, ihn zu drainieren, wenn ich so sagen darf: und das wollen wir auch in Zukunft tun, jeder auf seine Weise. Sie, Herr Adjunkt, setzen Ihre segensreiche Arbeit in Schule und Haus fort. Wir, die Männer der praktischen Arbeit, stützen die Gesellschaft, indem wir Wohlstand in möglichst weite Kreise tragen; – und unsere Frauen, – ja, treten Sie nur näher, meine Damen, Sie dürfen's schon hören; – unsere Frauen, sag ich, unsere Gattinen und Töchter – ja arbeiten Sie nur unermüdlich weiter im Dienste der Fürsorge, und im übrigen seien Sie Ihrer Familie eine Stütze und ein Trost, so wie meine liebe Betty und meine Martha es mir und Olaf – *Er sieht sich um.* Ja, wo steckt denn Olaf heut?

FRAU BERNICK: Ach, jetzt in den Ferien ist er einfach nicht zu Hause zu halten.

BERNICK: So ist er gewiß wieder hinunter ans Wasser! Du wirst sehen, es gibt noch ein Unglück.

HILMAR: Bah! – ein kleines Spiel mit den Naturkräften –

FRAU RUMMEL: Wie schön ist das von Ihnen, daß Sie so viel Familiensinn haben, Herr Konsul!

BERNICK: Die Familie ist ja doch der Kern der Gesellschaft. Ein gutes Heim, geachtete und treue Freunde, ein kleiner, geschlossener Kreis, in den keine störenden Elemente ihren Schatten werfen –

KRAP *kommt mit Briefen und Zeitungen von rechts.*

KRAP: Die ausländische Post, Herr Konsul – und ein Telegramm aus New York.

BERNICK *nimmt es*: Ah! von der Reederei – in Sachen der „Indian Girl".

RUMMEL: So? Die Post ist gekommen? Dann muß ich mich empfehlen.

VIGELAND: Auch ich.

SANDSTAD: Adieu, Herr Konsul!

BERNICK: Adieu, adieu, meine Herren! Vergessen Sie ja nicht, daß wir heute nachmittag fünf Uhr eine Sitzung haben.

DIE DREI HERREN: Bewahre, – gewiß nicht!

Sie gehen rechts ab.

BERNICK *der das Telegramm gelesen hat*: Nein, das ist wirklich echt amerikanisch! Geradezu empörend –

FRAU BERNICK: Gott, Karsten, was gibt es?

BERNICK: Herr Krap, da lesen Sie!

KRAP *liest*: „Möglichst wenig Reparatur; sendet ‚Indian Girl', sobald segelfertig; gute Jahreszeit; schwimmt im Notfall auf Ladung." Da muß ich denn doch sagen –

BERNICK: Schwimmt auf Ladung! Die Herren wissen recht gut, daß mit der Ladung das Schiff wie ein Stein sinkt, wenn ihm etwas zustößt.

RÖRLUND: Ja, da sieht man, wie es steht um diese hochgepriesene große Gesellschaft!

BERNICK: Da haben Sie recht! Selbst Menschenleben gelten nichts, sobald der Gewinn auf dem Spiele steht. *Zu Krap*: Kann die „Indian Girl" in vier, fünf Tagen seeklar sein?

KRAP: Ja, wenn Vigeland darauf eingeht, daß wir unterdessen die Arbeit am „Palmbaum" aussetzen.

BERNICK: Hm, das tut er nicht. Ach sehen Sie doch die Post durch. Olaf haben Sie wohl nicht an der Brücke getroffen?

KRAP: Nein, Herr Konsul. *Ab in das erste Zimmer links.*

BERNICK *blickt wieder in das Telegramm*: Diese Herren tragen keine Bedenken, achtzehn Menschenleben aufs Spiel zu setzen –

HILMAR: Na aber, es ist doch der Beruf des Seemanns, den Elementen zu trotzen; es muß einen besonderen Nervenreiz haben, so auf einer dünnen Planke über dem Abgrund zu schweben –

BERNICK: Ich möchte den Schiffsreeder sehen bei uns, der sich zu so etwas entschließen könnte! Nicht einer, nicht ein einziger – *Er wird Olaf gewahr.* Nun, Gott sei Dank, da ist er ja, und unversehrt.

OLAF, *mit einer Angelrute in der Hand, ist die Straße heraufgelaufen und kommt nun durch das Gartentor.*

OLAF *noch im Garten*: Onkel Hilmar, ich war unten und habe das Dampfschiff gesehen.

BERNICK: Warst du wieder auf der Brücke?

OLAF: Nein, ich war bloß draußen in einem Boot. Denk nur, Onkel Hilmar, es ist eine ganze Kunstreitertruppe mit Pferden und andern Tieren gelandet, und so viele Passagiere!

FRAU RUMMEL: Wirklich? Wir bekommen Kunstreiter zu sehen?!

RÖRLUND: Wir? Das will ich doch nicht annehmen.

FRAU RUMMEL: Wir natürlich nicht, aber –

DINA: Ich möchte gern mal Kunstreiter sehen!

OLAF: Ich auch.

HILMAR: Du bist ein Schafskopf. Ist denn daran was zu sehen? Lauter Dressur! Da ist's denn doch was andres, den Gaucho auf seinem schnaubenden Mustang über die Pampas jagen zu sehen! Aber, du lieber Himmel, in diesem Nest –

OLAF *zupft Martha am Kleid*: Tante Martha, schau, schau – da kommen sie!

FRAU HOLT: Bei Gott ja, da sind sie!

FRAU LYNGE: Was für häßliche Menschen!

Eine Menge Passagiere und ein ganzer Haufe von Leuten aus der Stadt kommen die Straße entlang.

FRAU RUMMEL: Ja, das ist mir schon die rechte Sorte Gaukler. Sehen Sie nur die in dem grauen Kleid, Frau Holt; sie trägt eine Reisetasche auf dem Rücken.

FRAU HOLT: Und sehen Sie mal, sie trägt sie am Schirmstock! Das ist natürlich die Frau Direktor.

FRAU RUMMEL: Und da ist der Direktor selbst; der mit dem Bart. Er sieht aufs Haar wie ein Räuber aus. Sieh weg, Hilda!

FRAU HOLT: Und du auch, Netta!

OLAF: Mutter! Der Direktor grüßt zu uns herauf!

BERNICK: Was soll das heißen?

FRAU BERNICK: Was sagst du, Kind?

FRAU RUMMEL: Wahrhaftiger Gott, da grüßt das Frauenzimmer auch!

BERNICK: Nein, – das ist denn doch zu stark!

MARTHA *ruft unwillkürlich aus*: Ah –!

FRAU BERNICK: Was ist, Martha?

MARTHA: O, nichts! Ich glaubte bloß –

OLAF *jauchzt vor Freude*: Seht, seht – da kommen die übrigen mit den Pferden und den andern Tieren! Und da sind auch die Amerikaner – alle Matrosen von der „Indian Girl"!

Man hört den „Yankee Doodle", begleitet von Klarinette und Trommel.

HILMAR *hält sich die Ohren zu*: Uh, uh, uh!

RÖRLUND: Ich meine, wir sollten uns so lange zurückziehen, meine Damen; das ist nichts für uns. Wir wollen wieder an unsere Arbeit.

FRAU BERNICK: Wir können ja die Vorhänge vorziehen?

RÖRLUND: Ganz meine Meinung.

Die Damen nehmen ihre Plätze am Tisch ein. Der Adjunkt schließt die Gartentür und läßt die Vorhänge an dieser sowie an den Fenstern herunter. Es wird halbdunkel im Saal.

OLAF *der hinausguckt*: Mutter! Da steht die Direktorsfrau am Brunnen und wäscht sich das Gesicht.

FRAU BERNICK: Was! Mitten auf dem Markt?

FRAU RUMMEL: Und das am hellichten Tage!

HILMAR: Nun, wenn ich mich auf einer Reise durch die Wüste befände und auf eine Zisterne stieße, so würd ich mich auch nicht genieren –. Uh, die scheußliche Klarinette!

RÖRLUND: Es täte wirklich not, daß die Polizei einschritte.

BERNICK: Ei was! Mit Ausländern muß man's nicht so genau nehmen. Die Leute haben ja nicht das angeborene Anstandsgefühl, das uns in den rechten Schranken hält. Laßt ihnen nur ihre Extravaganzen! – Was geht das uns an? Dieser ganze Unfug, der sich gegen Brauch und gute Sitte auflehnt, steht glücklicherweise in keinen verwandtschaftlichen Beziehungen zu unsrer Gesellschaft, wenn ich so sagen darf. – Was heißt denn das?

Die FREMDE *tritt rasch durch die Tür rechts ein.*

DIE FRAUEN *erschrocken, aber leise*: Die Kunstreiterin! Die Direktorsfrau!

FRAU BERNICK: Gott, was soll das bedeuten?

MARTHA *springt auf*: Ah –!

DIE FREMDE: Guten Tag, liebe Betty! Guten Tag, Martha! Guten Tag, Schwager!

FRAU BERNICK *schreit auf*: Lona!

BERNICK *taumelt einen Schritt zurück*: So wahr ich lebe –!

FRAU HOLT: Gott steh uns bei!

FRAU RUMMEL: Nicht möglich!

HILMAR: Na! Uh!

FRAU BERNICK: Lona –! Bist du's wirklich?

LONA HESSEL: Ob ich's bin? – Wahrhaftig, ja! Was das betrifft, so könnt ihr mir ruhig um den Hals fallen.

HILMAR: Uh! Uh!

FRAU BERNICK: Und jetzt kommst du hierher als –?

BERNICK: – und willst wirklich auftreten –?

LONA: Auftreten? Wieso auftreten?

BERNICK: Nun ja – mit den Kunstreitern –

LONA: Hahaha! Du bist wohl nicht bei Trost, Schwager? Glaubst du, ich gehöre zu den Kunstreitern? Nein! Zwar hab ich vielerlei Künste geübt und mich auf manche Art zum Narren gemacht –

FRAU RUMMEL: Hm –

LONA: – doch Kunststücke auf dem Pferderücken, die hab ich noch nicht gemacht.

BERNICK: Also doch nicht –

FRAU BERNICK: Gott sei Dank!

LONA: Nein, wir kommen wirklich wie andre anständige Leute – freilich als Zwischendeckpassagiere; doch daran sind wir gewöhnt.

FRAU BERNICK: Wir, sagst du?

BERNICK *einen Schritt näher*: Wer ist das – wir?

LONA: Ich und das Kind, – natürlich.

DIE DAMEN *ausrufend*: Das Kind!

HILMAR: Was!

RÖRLUND: Das ist wirklich stark.

FRAU BERNICK: Sag, was meinst du damit, Lona?

LONA: Ich meine natürlich John damit; hab ich doch kein andres Kind als John, soviel ich weiß – oder Johann, wie ihr ihn nanntet.

FRAU BERNICK: Johann –!

FRAU RUMMEL *leise zu Frau Lynge*: Der berüchtigte Bruder!

BERNICK *zögernd*: Johann ist mitgekommen?

LONA: Ja natürlich! Ohne ihn reise ich ja doch nicht. – Aber ihr seht so traurig aus und sitzt hier im Halbdunkel und näht Leinen. Ist etwa ein Todesfall in der Familie?

RÖRLUND: Mein Fräulein! Sie sind hier im „Verein für die moralisch Gefallenen"!

LONA *halblaut*: Was sagen Sie? Diese feinen, gesetzten Damen wären –

FRAU RUMMEL: Nein, – da hört doch alles auf –!

LONA: Ah! verstehe, verstehe! Aber Donnerwetter, das ist ja Frau Rummel! Und da sitzt ja auch Frau Holt. Nun, wir drei sind auch nicht jünger geworden, seit wir uns zuletzt sahen. Wißt ihr was, ihr guten Leute? Laßt jetzt die moralisch Gefallenen einen Tag warten; sie werden darum nicht schlechter. Ein freudiges Ereignis wie dieses –

RÖRLUND: Eine Heimkehr ist nicht immer eine freudiges Ereignis.

LONA: So? Wie Sie Ihre Bibel lesen, Herr Pastor!

RÖRLUND: Ich bin nicht Pastor.

LONA: Nun, dann werden Sie's gewiß noch. Aber pfui, pfui, pfui! Dieses moralische Leinenzeug riecht so verdorben – gerad wie ein Leichentuch. Ich bin die Luft der Prärien gewöhnt.

BERNICK *wischt sich die Stirn*: Ja, 's ist wirklich etwas dumpf hier im Zimmer.

LONA: Warte, warte! Aus der Totengruft da kommen wir schon noch heraus! *Sie zieht die Vorhänge auf.* Volles Tageslicht muß hier sein, wenn der Junge kommt! Da sollt ihr einen Burschen sehen, der sich gewaschen hat!

HILMAR: Uh!

LONA *öffnet Fenster und Türen*: – das heißt, wenn er sich gewaschen hat – oben im Hotel; denn auf dem Dampfschiff, da wurde er dreckig wie ein Schwein.

HILMAR: Uh! Uh!

LONA: Uh? Ja, wahrhaftig, ist das nicht –? *Sie zeigt auf Hilmar und fragt die übrigen*: Treibt der sich hier noch immer herum und sagt: Uh?

HILMAR: Ich treibe mich nicht herum – ich mache mir Bewegung wegen meines Leidens.

RÖRLUND: Hm, meine Damen, ich glaube nicht –

LONA, *die Olaf erblickt hat*: Ist das deiner, Betty? – Komm, gib mir die Pfote, Junge! Oder bist du am Ende bange vor deiner alten, häßlichen Tante?

RÖRLUND *indem er sein Buch unter den Arm nimmt*: Meine Damen, ich glaube nicht, daß wir in der Stimmung sind, heut weiterzuarbeiten. Aber morgen kommen wir doch wieder zusammen?

LONA *während die Damen aufstehen, um Abschied zu nehmen*: Ja, das wollen wir. Ich werde zur Stelle sein.

RÖRLUND: Sie? – Mit Verlaub, mein Fräulein, was wollen Sie in unserm Verein?

LONA: Ich will auslüften, Herr Pastor!

ZWEITER AKT

Das Gartenzimmer im Bernickschen Haus.

FRAU BERNICK *sitzt allein am Nähtisch bei ihrer Arbeit. Gleich darauf kommt* BERNICK, *den Hut auf, mit Stock und Handschuhen, von rechts herein.*

FRAU BERNICK: Du kommst schon nach Hause, Karsten?

BERNICK: Ja. Ich habe jemand herbestellt.

FRAU BERNICK *mit einem Seufzer*: Ach ja! Vermutlich kommt Johann wieder.

BERNICK: Jemand, sag ich. *Nimmt den Hut ab.* Wo sind denn heut die Damen alle?

FRAU BERNICK: Frau Rummel und Hilda hatten keine Zeit.

BERNICK: So? Haben sie abgesagt?

FRAU BERNICK: Ja! Sie hätten zu Haus so viel zu tun.

BERNICK: Versteht sich. Und die andern kommen natürlich auch nicht?

FRAU BERNICK: Nein; die haben auch keine Zeit.

BERNICK: Das hätt ich dir vorher sagen können. – Wo ist Olaf?

FRAU BERNICK: Ich hab ihn mit Dina ein bißchen an die Luft geschickt.

BERNICK: Hm; Dina, das leichtsinnige Mädchen! Daß sie sich gestern gleich so viel mit Johann abgeben mußte.

FRAU BERNICK: Aber, lieber Karsten, Dina weiß ja gar nicht –

BERNICK: Nun, dann hätte wenigstens Johann so viel Takt haben sollen, sie zu ignorieren. Ich sah recht gut, was für Augen Vigeland dazu machte.

FRAU BERNICK *legt das Nähzeug in den Schoß*: Karsten, weißt du, was sie hier wollen?

BERNICK: Hm; er hat eine Farm drüben, mit der es wohl nicht sonderlich gut bestellt ist; sie spielte ja gestern darauf an, daß sie Zwischendeck reisen mußten.

FRAU BERNICK: Ja, leider muß es wohl so etwas sein! – Aber daß sie mitkam! Sie! Nach der tödlichen Kränkung, die sie dir zugefügt –!

BERNICK: So denk doch nicht an diese alten Geschichten!

FRAU BERNICK: Wie kann ich unter diesen Umständen an andres denken? Er ist ja doch mein Bruder; – ja, es ist nicht seinetwegen; aber die vielen Unannehmlichkeiten, die dir das verursacht – Karsten, mir ist so entsetzlich bange, daß –

BERNICK: Wovor ist dir bange?

FRAU BERNICK: Können sie ihn nicht fassen und einstecken wegen des Geldes, das deiner Mutter entwendet wurde?

BERNICK: Unsinn! Wer kann beweisen, daß Geld entwendet wurde?

FRAU BERNICK: Ach Gott, das weiß ja leider die ganze Stadt; und du hast doch selbst gesagt –

BERNICK: Nichts hab ich gesagt. Die Stadt, was weiß die von der Sache! Alles war haltloses Gerede.

FRAU BERNICK: Wie hochherzig du bist, Karsten!

BERNICK: Verschone mich mit diesen Erinnerungen, sag ich! Du weißt nicht, wie du mich peinigst, wenn du diese Dinge wieder aufwärmst. *Er geht im Zimmer auf und ab; darauf schleudert er den Stock fort.* Daß sie auch gerade jetzt kommen mußten, – jetzt, wo ich in der Stadt wie in der Presse eine durch nichts getrübte Stimmung brauche! – Da wird man Korrespondenzen an die Zeitungen der Nachbarstädte schicken. Nehm ich die beiden gut, oder nehm ich sie schlecht auf, – das eine wird so gut diskutiert und bekrittelt wie das andere. Da werden die Leute diese ganzen alten Geschichten aufrühren – genauso wie du. In einer Gesellschaft wie der unsrigen – *Er wirft die Handschuhe auf den Tisch.* Und nicht einen Menschen hab ich, mit dem ich mich aussprechen könnte, an dem ich eine Stütze hätte.

FRAU BERNICK: Gar keinen, Karsten?

BERNICK: Wer sollte das sein? – Sie gerade jetzt auf dem Hals zu haben! Es ist gar kein Zweifel, daß sie auf die eine oder andre Art Skandal machen, besonders Lona. Ist's nicht ein Unglück, solche Menschen in der Familie zu haben!

FRAU BERNICK: Ich kann doch nichts dafür, daß –

BERNICK: Wofür kannst du nichts? Daß du mit ihnen verwandt bist? Sehr wahr!

FRAU BERNICK: Und ich habe sie auch nicht gebeten zurückzukehren.

BERNICK: Siehst du, da haben wir's! Ich habe sie nicht gebeten zurückzukehren, ich habe nicht deswegen an sie geschrieben; ich habe sie nicht an den Haaren herbeigezogen. O, die Litanei, die kann ich schon auswendig!

FRAU BERNICK *bricht in Tränen aus*: Du bist aber auch so lieblos –

BERNICK: So ist's recht! Weine nur noch, damit die Stadt auch darüber klatschen kann! Laß die Albernheiten, Betty! Setz dich draußen hin; es könnte jemand kommen. Soll man vielleicht die Frau des Konsuls Bernick mit verweinten Augen sehen? Das wäre herrlich, wenn es unter die Leute käme, daß – *Es klopft.* Herein!

Frau Bernick geht mit ihrem Nähzeug auf die Terrasse. AUNE *kommt von rechts.*

AUNE: Guten Tag, Herr Konsul!

BERNICK: Guten Tag! Nun, Sie ahnen wohl schon, was ich von Ihnen will?

AUNE: Der Herr Prokurist sagte mir gestern, daß Sie nicht mit mir zufrieden seien.

BERNICK: Ich bin mit der ganzen Wirtschaft auf der Werft unzufrieden, Aune. Sie kommen ja nicht vorwärts mit den Schiffsreparaturen. Der „Palmbaum" hätte schon längst unter Segel sein sollen. Herr Vigeland kommt jeden Tag her und drängt mich; den Mann zum Mitreeder zu haben, das ist kein Vergnügen.

AUNE: Der „Palmbaum" kann übermorgen in See gehen.

BERNICK: Na, endlich! Aber der Amerikaner, die „Indian Girl", die seit fünf Wochen hier liegt und –

AUNE: Der Amerikaner? Ich habe gemeint, wir sollten zuerst mit allen Kräften an Ihrem eigenen Schiff arbeiten.

BERNICK: Ich gab Ihnen keine Veranlassung, das anzunehmen; auch mit dem Amerikaner hätten Sie sich möglichst beeilen sollen; aber das geschieht nicht.

AUNE: Der Boden der Schute ist durch und durch morsch, Herr Konsul. Je mehr wir dran flicken, desto schlimmer wird's.

BERNICK: Das ist nicht der wahre Grund. Krap hat mir den wahren gesagt. Sie verstehen nicht mit den neuen Maschinen zu arbeiten – oder richtiger, Sie w o l l e n damit nicht arbeiten.

AUNE: Herr Konsul, ich bin nun schon hoch in den Fünfzigern und bin die alte Arbeitsweise von Kindheit an gewöhnt –

BERNICK: Die nützt uns heutzutage nichts mehr. Glauben Sie nur nicht, Aune, es sei mir um den Gewinn zu tun; das hab ich glücklicherweise nicht mehr nötig. Aber ich habe Rücksicht zu nehmen auf die Gesellschaft, in der ich lebe, und auf das Geschäft, dem ich vorstehe. Von m i r muß der Fortschritt kommen, oder er kommt gar nicht.

AUNE: Ich will auch den Fortschritt, Herr Konsul.

BERNICK: Ja, für Ihren engen Kreis, den Arbeiterstand. O, ich weiß recht gut um Ihre Agitationen. Sie halten Reden; Sie wiegeln die Leute auf; aber wenn sich ein handgreiflicher Fortschritt bietet, wie jetzt mit unsern Maschinen, dann wollen Sie nicht mitgehen, dann wird Ihnen angst.

AUNE: Ja, mir wird wirklich angst, Herr Konsul. Mir wird angst um die vielen, denen die Maschinen das Brot wegnehmen. Herr Konsul, Sie sprechen so oft davon, daß man Rücksicht auf die Gesellschaft nehmen müsse; aber die Gesellschaft, denk ich, hat doch wohl auch ihre Pflichten. Wie dürfen die Wissenschaft und das Kapital die neuen Erfindungen einführen, eh die Gesellschaft Menschen herangebildet hat, die den Erfindungen gewachsen sind?

BERNICK: Sie lesen und grübeln zu viel, Aune; daran tun Sie nicht gut; das eben macht Sie unzufrieden mit Ihrer Lage.

AUNE: Das ist's nicht, Herr Konsul; aber ich kann's nicht ertragen, einen braven Arbeiter nach dem andern verabschiedet zu sehen, brotlos gemacht wegen dieser Maschinen.

BERNICK: Hm, als die Buchdruckerkunst erfunden wurde, da wurden viele Schreiber brotlos.

AUNE: Und würden Sie, Herr Konsul, über diese Kunst so glücklich gewesen sein, wenn Sie damals Schreiber gewesen wären?

BERNICK: Ich habe Sie nicht herbeschieden, um zu disputieren. Ich habe Sie rufen lassen, um Ihnen zu sagen, daß die „Indian Girl" bis übermorgen repariert und seetüchtig sein muß.

AUNE: Aber, Herr Konsul –

BERNICK: Übermorgen, hören Sie! Zu gleicher Zeit mit unserm eignen Schiff; nicht eine Stunde später! Ich habe meine guten Gründe, die Sache zu beschleunigen. Haben Sie heut morgen die Zeitung gelesen? Na, dann wissen Sie auch, daß die Amerikaner wieder Unfug getrieben haben. Dies ruchlose Pack kehrt ja in der Stadt das Unterste zuoberst. Keine Nacht vergeht ohne Schlägereien in den Wirtshäusern oder auf der Straße, von allen andern Widerwärtigkeiten gar nicht zu reden.

AUNE: Das ist wahr, es ist ein arges Gesindel.

BERNICK: Und wem wird das Unwesen in die Schuhe geschoben? Mir! Ja, über mich, da geht's her. Diese Zeitungsschreiber schmähen in verblümter Weise, wir konzentrierten die ganze Arbeitskraft auf den „Palmbaum". Ich, der ich die Aufgabe habe, durch ein gutes Beispiel auf meine Mitbürger zu wirken, muß mir dergleichen unter die Nase reiben lassen. Das dulde ich nicht! Ich lasse mir's nicht gefallen, daß mein Name derart besudelt wird.

AUNE: O, der Name des Herrn Konsul ist so gut, daß er dies und noch mehr aushalten kann.

BERNICK: Nicht jetzt. In diesem Augenblick brauche ich mehr denn je die Achtung und das Wohlwollen meiner Mitbürger. Ich habe, wie Sie vielleicht gehört haben, ein großes Unternehmen vor; gelingt es aber diesen böswilligen Menschen, das unbedingte Vertrauen in meine Person zu erschüttern, so können mir daraus die größten Schwierigkeiten entstehen. Darum will ich um jeden Preis den boshaften und verleumderischen Zeitungsschreibereien aus dem Wege gehen, und darum hab ich den Termin auf übermorgen festgesetzt.

AUNE: Herr Konsul, Sie könnten ebensogut den Termin auf heut nachmittag festsetzen.

BERNICK: Sie meinen, ich verlange Unmögliches?

AUNE: Mit dem Stamm von Arbeitern, über den wir jetzt verfügen –

BERNICK: Gut, gut – so müssen wir uns anderweitig umsehen.

AUNE: Wollen Sie wirklich noch mehr von unsern alten Arbeitern entlassen?

BERNICK: Nein, das ist nicht meine Absicht.

AUNE: Es würde auch meines Erachtens böses Blut machen, wenn Sie das täten, in der Stadt – wie in den Zeitungen.

BERNICK: Wohl möglich; darum seh ich auch davon ab. Doch wenn die „Indian Girl" übermorgen nicht klar ist, so entlaß ich Sie.

AUNE *mit einem Ruck*: Mich? *Lacht.* Sie scherzen, Herr Konsul.

BERNICK: Darauf bauen Sie lieber nicht.

AUNE: Sie könnten die Absicht haben, mich zu entlassen? Mich, dessen Vater und Großvater schon ihr Leben lang auf der Werft gedient haben wie ich selbst –

BERNICK: Wer zwingt mich denn dazu?

AUNE: Sie verlangen Unmögliches, Herr Konsul.

BERNICK: Bei etwas gutem Willen ist nichts unmöglich. Ja oder nein? Antworten Sie mir bestimmt, oder Sie haben Ihre Entlassung auf der Stelle.

AUNE *einen Schritt näher*: Herr Konsul, haben Sie sich's auch überlegt, was es heißt, einem alten Arbeiter den Abschied geben? Sie meinen, er möge sich nur nach etwas anderem umtun? O ja, das kann er wohl! Aber ist es damit getan? – Sie sollten einmal im Haus solch eines entlassenen Arbeiters zugegen sein den Abend, wenn er heimkommt und sein Handwerkszeug an die Wand stellt.

BERNICK: Glauben Sie, ich entlasse Sie leichten Herzens? War ich Ihnen nicht stets ein wohlwollender Arbeitgeber?

AUNE: Um so schlimmer, Herr Konsul. Gerade darum werden sie bei mir zu Hause nicht Ihnen die Schuld geben; sagen werden sie mir nichts – denn das wagen sie nicht; aber sie werden mich ansehen, wenn ich's nicht merke, und denken: das wird wohl verdient sein. Schauen Sie, das – das kann ich nicht ertragen! Bin ich auch ein geringer Mann, so war ich doch stets gewohnt, unter den Meinen als der Erste zu gelten. Mein dürftiges Heim ist auch eine Gesellschaft im kleinen, Herr Konsul. Diese kleine Gesellschaft hab ich stützen und aufrechterhalten können, weil meine Frau an mich glaubte und weil meine Kinder an mich glaubten. Und nun soll das alles zusammenstürzen.

BERNICK: Ja, wenn's nun einmal nicht anders sein kann, so muß das Kleinere dem Größeren Platz machen; das einzelne muß in Gottes Namen dem Allgemeinen geopfert werden. Das ist alles, was ich Ihnen zu antworten habe – so geht's nun einmal in dieser Welt. Aber Sie sind ein halsstarriger Mann, Aune. Sie leisten mir Widerstand, nicht weil Sie nicht anders können, sondern weil Sie nicht wollen, daß die Maschinen die Handarbeit verdrängen.

AUNE: Und Sie sind so hartnäckig, Herr Konsul, weil Sie wissen, daß Sie der Presse wenigstens Ihren guten Willen gezeigt haben, wenn Sie mich wegjagen.

BERNICK: Und wenn dem nun so wäre? Sie hören ja, um was es sich für mich handelt – entweder die Presse auf dem Hals zu haben oder sie günstig für mich zu stimmen in einem Augenblick, wo ich für eine große Sache im Interesse des Gemeinwohls arbeite. Sagen Sie selbst! Kann ich denn anders handeln? Ich kann Ihnen sagen – die Frage ist: entweder das zu erhalten, was Sie Ihr Heim nennen, oder Hunderte von neuen Heimstätten unmöglich zu machen, die nie begründet werden können, auf denen nie ein Schornstein rauchen wird, wenn es mir mißlingt, das durchzusetzen, was ich vorhabe. Das ist der Grund, weshalb ich Sie vor die Wahl gestellt habe.

AUNE: Ja, wenn dem so ist, dann hab ich weiter nichts zu sagen.

BERNICK: Hm, – mein lieber Aune, es tut mir aufrichtig leid, daß wir uns trennen müssen.

AUNE: Wir trennen uns nicht, Herr Konsul.

BERNICK: Wie?

AUNE: Ein einfacher Mann hat auch etwas aufrechtzuerhalten hier in der Welt.

BERNICK: Jawohl, jawohl – und glauben Sie also, versprechen zu können –?

AUNE: Die „Indian Girl“ kann übermorgen auslaufen.

Er grüßt und geht rechts ab.

BERNICK: Aha! Dem Burschen hätt ich die Starrköpfigkeit ausgetrieben. Ich nehm's als ein gutes Zeichen –

HILMAR TÖNNESEN, *die Zigarre im Mund, kommt durch das Gartentor.*

HILMAR *auf der Treppe*: Guten Tag, Betty! Guten Tag, Bernick!

FRAU BERNICK: Guten Tag.

HILMAR: Du hast ja geweint, wie ich sehe. Du weißt es also?

FRAU BERNICK: Was soll ich wissen?

HILMAR: Daß der Skandal in vollem Gang ist. Uh!

BERNICK: Was soll das heißen?

HILMAR *kommt herein*: Na, die beiden Amerikaner gehen in den Straßen umher und zeigen sich in Begleitung von Dina Dorf.

FRAU BERNICK *folgt ihm auf dem Fuße*: Aber Hilmar, – das ist wohl nicht möglich –

HILMAR: Leider ja. Es ist die reine Wahrheit. Lona war sogar taktlos genug, mir nachzurufen; aber ich tat natürlich, als hört ich's nicht.

BERNICK: Und das alles ging wahrscheinlich nicht unbemerkt vor sich?

HILMAR: Nein, – das kannst du dir doch denken. Die Leute blieben stehen und sahen ihnen nach. Es war, als ob ein Lauffeuer durch die Stadt ginge – ungefähr wie ein Brand auf den Westlichen Prärien. In allen Häusern standen Leute an den Fenstern und warteten, bis der Zug vorbeikäme; Kopf an Kopf hinter den Gardinen – uh! Du mußt entschuldigen, Betty, ich sage uh, denn die Geschichte macht mich nervös; – geht das noch länger so weiter, dann seh ich mich genötigt, eine längere Reise in Erwägung zu ziehen.

FRAU BERNICK: Aber du hättest doch mit ihm reden und ihm vorstellen sollen –

HILMAR: Auf offener Straße? Nein, – da mußt du schon entschuldigen. Daß dieser Mensch es überhaupt wagt, sich auf der Straße zu zeigen! Nun, wir wollen sehen, ob ihm die Presse nicht einen Dämpfer aufsetzt. Entschuldige, Betty, aber –

BERNICK: Die Presse, sagst du? Hast du Andeutungen gehört, die das vermuten lassen?

HILMAR: Je nun, es steckt schon was dahinter. Als ich euch gestern verließ, da ging ich noch ein bißchen in den Klub hinauf meines Leidens wegen. Ich merkte gleich an der Stille, die eintrat, daß von den beiden Amerikanern die Rede gewesen. Da kommt der Redakteur Hammer, dieser unverschämte Kerl, herein und gratuliert mir ganz laut zur Rückkehr meines reichen Vetters.

BERNICK: Reichen –?

HILMAR: Ja, so drückte er sich aus. Ich maß ihn natürlich mit den Augen, wie er's verdiente, und gab ihm zu verstehen, daß mir von Johann Tönnesens Reichtum nichts bekannt sei. „So?" sagte er,

„das ist doch sonderbar. In Amerika pflegt man's doch zu was zu bringen, wenn man mit etwas Kapital anfängt, und Ihr Vetter fuhr ja nicht mit leeren Händen hinüber."

BERNICK: Hm, tu mir den einzigen Gefallen –

FRAU BERNICK *bekümmert*: Da siehst du, Karsten –

HILMAR: Na, jedenfalls hatt ich dieses Menschen wegen eine schlaflose Nacht. Und da spaziert er noch in den Straßen mit einem Gesicht, als wenn gar nichts passiert wäre. Warum ist er nicht für alle Zeit verduftet! Es ist doch kaum zu glauben, was manche Menschen für ein zähes Leben haben.

FRAU BERNICK: Gott, Hilmar, was sagst du da!

HILMAR: O, ich sage gar nichts. Aber da entkommt er mit heiler Haut den Eisenbahnunglücken, den Überfällen kalifornischer Bären und der Schwarzfuß-Indianer; nicht einmal skalpiert! – Uh, da ist er ja!

BERNICK *sieht die Straße hinunter*: Olaf ist auch dabei!

HILMAR: Natürlich! Sie wollen den Leuten demonstrieren, daß sie zur ersten Familie der Stadt gehören. Seht nur, seht! Wie die Tagediebe alle aus der Apotheke kommen und ihnen nachgaffen und ihre Glossen machen. Das ist wirklich nichts für m e i n e Nerven; wie ein Mann unter diesen Umständen die Fahne der Idee hochhalten soll, das –

BERNICK: Sie kommen hierher. Höre, Betty, es ist mein ausdrücklicher Wunsch, daß du zu ihnen so liebenswürdig wie nur möglich bist.

FRAU BERNICK: Das erlaubst du, Karsten –?

BERNICK: Gewiß, gewiß; und auch du, Hilmar. Sie bleiben hoffentlich nicht so lange hier. Und wenn wir unter uns sind – keine Anspielungen; wir dürfen sie durchaus nicht verletzen.

FRAU BERNICK: O, Karsten, wie hochherzig du bist!

BERNICK: Na, na, – laß nur gut sein!

FRAU BERNICK: Nein, laß mich dir danken und vergib, daß ich vorhin so heftig war! Du hattest ja alle Ursache –

BERNICK: Schon gut, schon gut, sag ich!

HILMAR: Uh!

JOHANN TÖNNESEN *und* DINA, *denen* LONA *und* OLAF *folgen, kommen durch den Garten.*

LONA: Guten Tag, guten Tag, ihr lieben Leute!

JOHANN: Wir sind ausgewesen, Karsten, und haben die alten Plätze wieder aufgesucht.

BERNICK: Ich höre. Große Veränderungen – nicht wahr?

LONA: Überall des Konsuls Bernick große und gute Taten. Wir waren oben in den Anlagen, die du der Stadt geschenkt –

BERNICK: So, d o r t?

LONA: „Karsten Bernicks Stiftung", wie über dem Eingang steht. Ja, du bist hier Hahn im Korbe.

JOHANN: Und prächtige Schiffe hast du auch. Ich traf den Kapitän des „Palmbaum", meinen alten Schulkameraden –

LONA: Und ein neues Schulhaus, das hast du ja auch gebaut; und auch die Gasanlage und die Wasserleitung verdankt man dir, wie ich höre.

BERNICK: Nun, man muß doch etwas tun für die Gesellschaft, in der man lebt.

LONA: Das ist brav, Schwager; aber es ist auch eine Freude zu sehen, wie stolz die Leute auf dich sind. Ich bin meines Wissens nicht eitel. Aber ich konnt es doch nicht unterlassen, den einen und andern, mit dem wir sprachen, darauf aufmerksam zu machen, daß wir mit zur Familie gehören.

HILMAR: Uh –!

LONA: Du sagst „uh" dazu?

HILMAR: Nein, ich sagte hm –

LONA: Das soll dir erlaubt sein, du armer Narr. Doch ihr seid ja heute ganz allein?

FRAU BERNICK: Ja, heute sind wir allein.

LONA: Herrje, wir trafen ein paar von den Moralischen oben auf dem Markt; sie schienen es sehr eilig zu haben. Aber wir haben uns ja noch gar nicht ordentlich ausgesprochen. Gestern waren ja erst diese drei Eisenbahngründer da, und dann hatten wir den Pastor –

HILMAR: Adjunkt.

LONA: Für m i c h ist er der Pastor. Aber was sagt ihr denn zu dem Werk, das i c h in diesen fünfzehn Jahren vollbracht habe? Ist er nicht ein prächtiger Junge! Wer erkennt den Wildfang wieder, der von Hause ausrückte?

HILMAR: Hm –!

JOHANN: Na, Lona, übertreibe doch nicht!

LONA: Nein, darauf tu ich mir wirklich was zugute. Herrgott! Das ist ja das einzige, was ich hier in der Welt geleistet habe. Aber das gibt mir auch gewissermaßen ein Recht aufs Dasein. Ja, Johann, wenn ich daran denke, wie wir zwei drüben begonnen haben mit unsern vier leeren Tatzen –

HILMAR: Händen.

LONA: Ich sage Tatzen, denn dreckig waren sie –

HILMAR: Uh!

LONA: – und leer waren sie auch.

HILMAR: Leer? Da muß ich aber doch sagen –!

LONA: Was mußt du sagen?

BERNICK: Hm!

HILMAR: Da muß ich doch sagen – uh!

Ab auf die Terrasse.

LONA: Was hat er denn?

BERNICK: Ach, laß ihn gehen; er ist augenblicklich etwas nervös. Doch willst du dich nicht ein bißchen im Garten umschauen? Da warst du ja noch gar nicht, und ich hab gerade ein Stündchen frei.

FRAU BERNICK: Du wirst sehen, da sind auch große Veränderungen vor sich gegangen.

Bernick, Frau Bernick und Lona ab in den Garten, wo sie während des Folgenden mal hier und mal dort sichtbar werden.

OLAF *in der Gartentür*: Onkel Hilmar, weißt du, was Onkel Johann mich gefragt hat? Er fragte, ob ich mit ihm nach Amerika will.

HILMAR: Du? So ein Schafskopf, der immer an Mutters Schürze hängt?

OLAF: Aber das will ich nicht länger. Du wirst sehen, wenn ich groß bin –

HILMAR: Ach, dummes Zeug! Du hast doch gar nicht den Willen nach Abhärtung, die –

Beide ab in den Garten.

JOHANN *zu Dina, die den Hut abgenommen hat, an der Tür rechts steht und den Staub von ihrem Kleid schüttelt*: Ihnen ist warm geworden von der Promenade.

DINA: Ja, es war ein schöner Spaziergang; einen so schönen hab ich noch nie gemacht.

JOHANN: Sie gehen wohl nicht oft vormittags aus?

DINA: O ja; aber nur mit Olaf.

JOHANN: Sie möchten vielleicht gern in den Garten, oder bleiben Sie lieber hier?

DINA: Ich bleibe lieber hier.

JOHANN: Ich auch. Also abgemacht: wir gehen jeden Morgen zusammen spazieren.

DINA: Nein, Herr Tönnesen, – das sollten Sie nicht tun.

JOHANN: Warum nicht? Sie haben's mir ja doch versprochen.

DINA: Allerdings! Doch wenn ich es mir recht überlege, dann –. Sie sollten nicht mit mir ausgehen.

JOHANN: Und warum nicht?

DINA: Sie sind fremd hier; Sie können das nicht verstehen; aber ich muß Ihnen sagen –

JOHANN: Nun?

DINA: Nein, ich will doch lieber nichts sagen.

JOHANN: Doch! Mir können Sie alles sagen.

DINA: So hören Sie denn: ich bin nicht wie die andern jungen Mädchen; es hat so eine – so eine eigene Bewandtnis mit mir. Deshalb sollen Sie nicht mit mir gehen.

JOHANN: Aber von alledem versteh ich ja kein Wort. Sie haben doch nichts verbrochen.

DINA: Nein, ich nicht, aber – nein, nichts mehr davon! Sie erfahren es schon noch durch die andern.

JOHANN: Hm.

DINA: Doch – ich möchte Sie gern etwas fragen.

JOHANN: Und das wäre?

DINA: Es soll ja so leicht sein, drüben in Amerika was Tüchtiges zu werden?

JOHANN: Nun, so leicht ist's gerade nicht immer; im Anfang muß man sich oft abrackern und hart arbeiten.

DINA: O, das möcht ich gerne –

JOHANN: Sie?

DINA: Arbeiten kann ich; ich bin stark und gesund, und Tante Martha hat mich viel gelehrt.

JOHANN: Alle Wetter! So kommen Sie und reisen Sie mit uns!

DINA: Ach, Sie scherzen ja nur! Das sagten Sie auch zu Olaf. Aber ich möchte bloß noch eins wissen, – ob die Menschen drüben auch so sehr – so sehr moralisch sind.

JOHANN: Moralisch?

DINA: Ja; ich meine, ob sie – so anständig und gesittet sind wie hier.

JOHANN: Nun, jedenfalls sind sie nicht so schlimm, wie man hier glaubt. Davor brauchen Sie keine Angst zu haben.

DINA: Sie verstehen mich nicht. Ich wünschte sie gerade *nicht* so sehr anständig und moralisch.

JOHANN: Nicht? Wie sollten sie denn sein?

DINA: Sie sollten natürlich sein.

JOHANN: Jawohl! Das sind sie vielleicht.

DINA: Dann wär es gut für mich, wenn ich hinüber käme.

JOHANN: Gewiß – und darum sollen Sie mit uns reisen.

DINA: Nein, nicht mit Ihnen möcht ich reisen; ich müßte allein reisen. O, ich wollt es schon zu etwas bringen; ich wollte schon fleißig sein!

BERNICK *unterhalb der Terrasse bei den beiden Damen*: Bleib, bleib, liebe Betty; ich hol ihn dir; du könntest dich erkälten.

Er kommt in das Zimmer und sucht Frau Bernicks Schal.

FRAU BERNICK *draußen im Garten*: Du mußt auch mitkommen, Johann; wir gehen in die Grotte.

BERNICK: Nein, Johann, der soll jetzt hierbleiben! Da, Dina! Bring meiner Frau den Schal und geh mit. Johann bleibt bei mir, liebe Betty. Ich muß doch etwas über die Verhältnisse drüben hören.

FRAU BERNICK: Gut! Aber komm bald nach; du weißt ja, wo wir zu finden sind.

Frau Bernick, Lona und Dina links ab durch den Garten.

BERNICK *sieht ihnen einen Augenblick nach, schließt darauf die obere Tür links; dann geht er auf Johann zu, faßt dessen beide Hände, schüttelt und drückt sie*: Johann, jetzt sind wir allein; jetzt laß mich dir danken.

JOHANN: Ach was!

BERNICK: Mein Haus und Heim, das Glück meiner Familie, meine ganze gesellschaftliche Stellung – das alles verdank ich dir!

JOHANN: Na, das freut mich, lieber Karsten. So ist doch noch was Gutes bei der tollen Geschichte herausgekommen.

BERNICK *schüttelt abermals Johanns Hände*: Dank, Dank nochmals. Nicht e i n e r unter Tausenden hätte getan, was du damals für mich tatest.

JOHANN: Nicht der Rede wert! Waren wir nicht alle beide jung und leichtlebig? Einer von uns mußte doch die Schuld auf sich nehmen –

BERNICK: Aber wem kam das eher zu als dem Schuldigen?

JOHANN: Stop! Damals kam es dem Unschuldigen eher zu. Ich war ja frank und frei, elternlos; es war ein reines Glück, aus dem Büro und den Plackereien da herauszukommen. Du hingegen hattest deine alte Mutter, und außerdem hattest du dich gerade heimlich mit Betty verlobt, die dir so gut war. Was hätte sie angefangen, wenn sie erfahren –

BERNICK: Gewiß; gewiß; gewiß, aber –

JOHANN: Hast du nicht gerade Betty zuliebe dies Techtelmechtel mit Frau Dorf aufgegeben? Um mit ihr zu brechen, hattest du sie doch an jenem Abend aufgesucht –

BERNICK: Ja, an dem unglückseligen Abend, wo der Mensch betrunken nach Hause kam! Ja, Johann, es geschah Betty zuliebe; immerhin – daß du so großmütig den Verdacht auf dich lenken und fortgehen konntest –

JOHANN: Keine Skrupel, lieber Karsten. Wir hatten uns ja dahin verständigt, daß es so sein sollte. Gerettet mußtest du doch werden, und du warst ja mein Freund. Wie stolz war ich auf diese Freundschaft! Hier ging ich armseliger Helot umher und plagte mich ab; und da kommst du, elegant und vornehm, von deiner großen Reise ins Ausland zurück – warst in London und Paris gewesen und erwählst mich zu deinem besten Freund, obgleich ich vier Jahre jünger war als du; – ja, das geschah, weil du Betty den Hof machtest; jetzt versteh ich's schon. Doch wie stolz war ich darauf! Und wer wär es nicht gewesen? Wer würde sich nicht gern für dich geopfert haben, zumal da es sich um nichts weiter handelte, als um einen vorübergehenden Stadtklatsch? Und dann konnt ich ja doch auch hinaus in die weite Welt.

BERNICK: Hm, mein lieber Johann! Aufrichtig gesagt, die Geschichte ist noch nicht so ganz vergessen.

JOHANN: Nicht? – Na, was kümmert das mich, wenn ich wieder drüben auf meiner Farm sitze –

BERNICK: Du gehst also zurück?

JOHANN: Versteht sich.

BERNICK: Aber doch nicht so bald, hoff ich?

JOHANN: So bald wie möglich. Ich kam ja nur mit herüber Lona zu Gefallen.

BERNICK: Lona –? Wieso?

JOHANN: Ja, siehst du, sie ist doch nicht mehr ganz jung; und in letzter Zeit bekam sie immer wieder große Sehnsucht nach der Heimat; aber sie wollt es nicht gestehen. *Lächelt.* Wie durfte sie wagen, mich leichtsinnigen Schlingel allein zurückzulassen, mich, der sich schon mit neunzehn Jahren abgegeben hatte mit –

BERNICK: Und –?

JOHANN: Ja, Karsten, nun komm ich mit einer Beichte, deren ich mich schäme.

BERNICK: Du hast Lona doch nicht etwa in die Geschichte eingeweiht?

JOHANN: Ja. Es war unrecht von mir; aber ich konnte nicht anders. Du machst dir keine Vorstellung davon, was Lona mir war. Du konntest sie nie ausstehen; aber mir ist sie eine Mutter gewesen. In den ersten Jahren, als es uns drüben so schlecht ging, wie hart hat sie da gearbeitet! Und als ich lange Zeit schwerkrank darniederlag und nichts verdiente und sie nicht daran hindern konnte, gab sie sich dazu her, in den Kaffeehäusern zu singen, – Vorträge zu halten, an denen die Leute ihren Spaß hatten; und dann schrieb sie ein Buch, über das sie später lachte und weinte, – nur um mich am Leben zu erhalten. Konnt ich's da mit ansehen, wie sie sich letzten Winter unausgesetzt verzehrte, – sie, die für mich gearbeitet und sich abgeplagt hatte? Nein, das konnt ich nicht, Karsten! Und so sagte ich zu ihr: „Reise nur, Lona; um mich braucht dir nicht bange zu sein; ich bin nicht so leichtsinnig, wie du denkst." Und da – da habe ich es ihr gesagt.

BERNICK: Und wie nahm sie's auf?

JOHANN: Nun, sie meinte ganz richtig, wenn ich mich unschuldig wüßte, so läge doch kein Grund vor, warum ich nicht eine Spritzfahrt mit hinüber machen dürfte. Aber du kannst ganz ruhig sein! Lona verrät nichts; und ich werde meine Zunge ein zweites Mal hüten.

BERNICK: Ja, – darauf verlaß ich mich.

JOHANN: Hier meine Hand! Und nun wollen wir nicht mehr von der alten Geschichte reden. Glücklicherweise ist das, soviel ich weiß, der einzige tolle Streich geblieben, den einer von uns verbrochen hat. Nun will ich die wenigen Tage, die ich hier bin, recht genießen. Du glaubst nicht, was das für ein prächtiger Spaziergang heut morgen war. Wer hätte geglaubt, der Knirps, der hier umherlief und die Engel auf dem Theater spielte –! Doch sag mir, du, – wie ging es denn später ihren Eltern?

BERNICK: Mein Lieber, ich weiß nicht mehr zu sagen, als was ich dir gleich nach deiner Abreise schrieb. Du hast doch die beiden Briefe bekommen?

JOHANN: Ja, ja – alle beide. Der Trunkenbold lief ihr ja wohl weg?

BERNICK: Und hat sich zu Tode getrunken.

JOHANN: Sie starb ja auch bald darauf? Aber du tatest gewiß so in aller Stille für sie, was du konntest?

BERNICK: Sie war stolz; sie verriet nichts, und sie wollte nichts annehmen.

JOHANN: Na, es war jedenfalls recht von dir, daß du Dina ins Haus nahmst.

BERNICK: Gewiß. Übrigens war es eigentlich Martha, die es durchsetzte.

JOHANN: So, Martha? Martha, es ist ja wahr, – wo steckt sie denn heut?

BERNICK: Ach, Martha – wenn sie nicht Unterricht gibt, so hat sie ihre Kranken.

JOHANN: Also Martha hat sich ihrer angenommen.

BERNICK: Ja, Martha hat ja von jeher eine gewisse Schwäche für das

Erziehungswesen gehabt. Darum hat sie auch eine Stelle an der Volksschule angenommen. Das war eine gewaltige Dummheit von ihr.

JOHANN: Ja, sie sah gestern wirklich sehr angegriffen aus; ich fürchte, daß sie nicht gesund genug ist für so etwas.

BERNICK: Ach, was ihre Gesundheit angeht, so könnte sie immerhin dabei bleiben. Aber es ist unangenehm für mich; es sieht so aus, als ob ich, ihr Bruder, nicht gesonnen sei, für ihren Unterhalt zu sorgen.

JOHANN: Unterhalt? Ich glaubte, sie hätte selbst so viel Vermögen, um –

BERNICK: Keinen Heller. Du entsinnst dich doch, in was für Verlegenheiten meine Mutter steckte, – damals, als du gingst. Sie machte noch eine Weile mit meiner Hilfe so weiter; doch damit konnte mir natürlich auf die Dauer nicht gedient sein. So ließ ich mich in die Firma aufnehmen; aber auf diese Weise ging's auch wieder nicht. Ich mußte also das Ganze übernehmen; und als wir Bilanz machten, da stellte sich's heraus, daß so gut wie nichts für Mutter übrigblieb. Und als Mutter bald darauf starb, saß natürlich auch Martha auf dem trocknen.

JOHANN: Die arme Martha!

BERNICK: Arm – wieso? Du glaubst doch nicht etwa, ich ließe sie irgend etwas entbehren? O nein, ich kann wohl sagen, daß ich ein guter Bruder bin. Sie wohnt selbstverständlich mit uns zusammen und speist an unserm Tisch; für ihr Lehrerinnengehalt kann sie sich sehr anständig kleiden, und ein alleinstehendes Frauenzimmer, – was braucht sie mehr?

JOHANN: Hm; so denken wir in Amerika nicht.

BERNICK: Das will ich glauben. In einer so revolutionierten Gesellschaft wie der amerikanischen. Doch hier in unserm kleinen Kreis, wo gottlob die Verderbnis, bis dato wenigstens, keinen Eingang gefunden, – hier begnügen sich die Frauen damit, eine angemessene, wenn auch bescheidene Stellung einzunehmen. Es ist übrigens Marthas eigne Schuld; sie hätte längst versorgt sein können, wenn sie nur gewollt hätte.

JOHANN: Du meinst, sie hätte sich verheiraten können?

BERNICK: Ja, sie hätte sogar sehr gut zu einem Mann kommen können. Es wurden ihr mehrere vorteilhafte Partien angeboten. Merkwürdig genug! Ein unbemitteltes Mädchen, nicht mehr jung und außerdem ganz unbedeutend –

JOHANN: Unbedeutend?

BERNICK: Nun, ich mach ihr ja keinen Vorwurf daraus. Ich wünsche sie überhaupt nicht anders. Weißt du, in einem großen Haus wie dem unsrigen, da ist es immer gut, so einen einfachen Menschen zu haben, den man zu allem verwenden kann.

JOHANN: Ja, aber sie –?

BERNICK: Sie? Was denn? – Nun ja, sie hat natürlich auch was, wofür sie sich interessiert; sie hat ja mich, und Betty, und Olaf, und mich. Die Menschen müssen nicht immer in erster Reihe an sich selber denken, und am allerwenigsten die Frauenzimmer. Wir haben ja doch alle eine mehr oder minder große Gesellschaft zu stützen und für sie zu wirken. Ich tu's jedenfalls. *Er weist auf* KRAP, *der von rechts kommt.* Hier hast du gleich den Beweis. Glaubst du, es seien meine eigenen Geschäfte, die mich da in Anspruch nehmen? Keineswegs. *Rasch zu Krap*: Nun?

KRAP *leise, indem er einen Stoß Papiere zeigt*: Alle Kaufverträge in Ordnung.

BERNICK: Herrlich! Vortrefflich! – Nun mußt du mich aber für eine Weile entschuldigen, Schwager. *Mit gedämpfter Stimme, indem er ihm die Hand drückt*: Dank, Dank, Johann; und sei überzeugt, daß ich dir jeden Dienst – na, du verstehst mich schon. – Kommen Sie, Herr Krap. *Ab in Bernicks Zimmer.*

JOHANN *sieht ihm eine Weile nach.* Hm –

Er will in den Garten gehen; in demselben Augenblick kommt MARTHA *mit einem kleinen Korb am Arm von rechts.*

JOHANN: Ei sieh! Martha!

MARTHA: Ah! Johann – du?

JOHANN: Auch schon so früh unterwegs?

MARTHA: Ja. Wart ein wenig; die andern müssen gleich kommen.

Sie will nach links abgehen.

JOHANN: Hör mal, Martha, hast du's immer so eilig?

MARTHA: Ich?

JOHANN: Gestern gingst du mir sichtlich aus dem Wege, so daß ich kein Wort mit dir sprechen konnte, und heut –

MARTHA: Aber –

JOHANN: Früher waren wir doch unzertrennlich – wir zwei alten Spielkameraden.

MARTHA: Ach, Johann, das ist lange, lange her.

JOHANN: Herrje, fünfzehn Jahre ist's her, auf den Kopf. Findest du etwa, ich hätte mich sehr verändert?

MARTHA: Du? O ja, du auch, – obgleich –

JOHANN: Nun, was –

MARTHA: O, nichts.

JOHANN: Du scheinst mir nicht gerade sehr erfreut, mich wiederzusehen.

MARTHA: Ich habe so lange gewartet, Johann – zu lange.

JOHANN: Gewartet, – daß ich kommen würde?

MARTHA: Ja.

JOHANN: Und warum meintest du, ich würde kommen?

MARTHA: Um zu sühnen, was du verbrochen.

JOHANN: Ich?

MARTHA: Hast du vergessen, daß eine Frau in Not und Schande starb deinetwegen? Hast du vergessen, daß deinetwegen die schönsten Jahre eines heranwachsenden Kindes verbittert wurden?

JOHANN: Und das muß ich von dir hören! Martha, so hat dein Bruder nie –?

MARTHA: Was –?

JOHANN: Hat er nie – nun ja, ich meine, hat er niemals auch nur ein Wort der Entschuldigung für mich gehabt?

MARTHA: Ach, Johann, du kennst doch Karstens strenge Grundsätze.

JOHANN: Hm – gewiß, gewiß; ich kenne die strengen Grundsätze meines alten Freundes Karsten sehr gut. Aber das ist doch –! Na! – Ich habe ihn eben gesprochen. Mich dünkt, er hat sich merklich verändert.

MARTHA: Wie kannst du das sagen? Karsten ist doch immer das Muster von einem Manne gewesen.

JOHANN: So war's nicht gerade gemeint; aber laß nur! – Hm, jetzt begreif ich erst, in welchem Licht du mich gesehen hast: auf die Heimkunft des verlornen Sohns hast du gewartet.

MARTHA: Johann, ich will dir sagen, in welchem Licht ich dich gesehen habe. *Sie zeigt in den Garten hinunter.* Siehst du sie, die dort unten im Gras mit Olaf spielt? Es ist Dina. Entsinnst du dich noch des verworrenen Briefes, den du mir geschrieben hast, als du weggingst? – Du schriebst mir, ich sollte an dich glauben. Ich hab an dich geglaubt, Johann. All die bösen Dinge, von denen man sich später hier erzählte, müssen in der Verwirrung, gedankenlos, ohne Überlegung geschehen sein –

JOHANN: Was für Dinge meinst du?

MARTHA: O, du verstehst mich recht gut; – nichts mehr davon! Aber du mußtest ja weg, von vorn beginnen – ein neues Leben. Siehst du, Johann, ich bin dein Stellvertreter hier in der Heimat gewesen, – ich, dein alter Spielkamerad. Die Pflichten, die du hier zu erfüllen verabsäumtest oder nicht erfüllen konntest, die hab ich für dich erfüllt. Ich sag dir das, damit du nicht auch dies noch dir vorzuwerfen hast. Dem armen, verlassenen Kinde bin ich eine Mutter gewesen; ich hab es erzogen, so gut ich konnte –

JOHANN: Und hast dein ganzes Leben damit vergeudet –

MARTHA: Es ist nicht vergeudet. Aber du kamst spät, Johann.

JOHANN: Martha – könnt ich dir nur sagen –! Nun, habe jedenfalls Dank für deine treue Freundschaft!

MARTHA *lächelt wehmütig*: Hm. – So, nun hätten wir uns ausgesprochen. Still, es kommt jemand. Adieu! Ich kann jetzt nicht –

Ab durch die hintere Tür links. LONA, *begleitet von* FRAU BERNICK, *kommt aus dem Garten.*

FRAU BERNICK *noch im Garten*: Um Gottes willen, Lona, was fällt dir ein!

LONA: Laß mich, sag ich! Ich will und muß mit ihm reden.

FRAU BERNICK: Aber das wäre ja der größte Skandal! Ah, Johann, du bist noch hier?

LONA: Hinaus mit dir, Junge! Hocke nicht immer in der Stube! Geh in den Garten und unterhalte dich mit Dina!

JOHANN: Das hatt ich eben vor.

FRAU BERNICK: Aber –

LONA: Hör mal, Johann, hast du dir Dina ordentlich angesehen?

JOHANN: Ich meine schon.

LONA: Du solltest sie dir recht genau ansehen, Junge! Das wär was für dich!

FRAU BERNICK: Aber Lona –!

JOHANN: Was für mich?

LONA: Ja, zum Ansehen, mein ich. Geh jetzt!

JOHANN: Ich gehe nur zu gern. *Ab in den Garten.*

FRAU BERNICK: Lona! Ich bin starr! Das kann doch unmöglich dein Ernst sein.

LONA: Mein voller Ernst! Ist sie nicht frisch und gesund und rechtschaffen? Das ist die richtige Frau für Johann; eine, wie er sie drüben braucht. Das ist was anderes als eine alte Stiefschwester!

FRAU BERNICK: Dina? Dina Dorf! So bedenke doch –!

LONA: Mein erster und einziger Gedanke ist das Glück des Jungen. Dazu muß ich ihm verhelfen; er selber hat kein Geschick zu dergleichen Sachen; für die Frauenzimmer hat er nie so recht ein Auge gehabt.

FRAU BERNICK: Er? Johann? Nun, mir scheint doch, wir hätten traurige Beweise –

LONA: Zum Henker mit der dummen Geschichte! Wo ist Bernick? Ich will mit ihm sprechen.

FRAU BERNICK: Lona, du wirst es nicht tun, sag ich.

LONA: Und doch. Mag der Junge sie leiden und sie ihn, so sollen sie sich auch kriegen! Bernick ist ja ein so kluger Mann; er muß einen Ausweg wissen –

FRAU BERNICK: Und du glaubst, daß man diese amerikanischen Unanständigkeiten hier dulden würde –

LONA: Dummes Zeug!

FRAU BERNICK: – daß ein Mann wie Karsten, bei seinen strengen moralischen Grundsätzen –

LONA: Ach was! Die sind wohl nicht so übertrieben streng!

FRAU BERNICK: Was unterstehst du dich?

LONA: Ich unterstehe mich zu behaupten, daß Bernick wohl auch nicht viel moralischer ist als andere Männer.

FRAU BERNICK: So tief also sitzt noch der Haß in dir! Aber was willst du denn hier, wenn du nie vergessen konntest, daß –? Ich begreife nicht, wie du ihm unter die Augen treten konntest nach der schmählichen Beleidigung, die du ihm damals zugefügt.

LONA: Ja, Betty, damals hab ich mich bös vergaloppiert.

FRAU BERNICK: Und wie hochherzig hat er dir vergeben und hatte doch nicht das geringste verbrochen! Denn er konnte doch nichts dafür, daß du dir Hoffnungen gemacht hattest. Aber seit der Zeit haßtest du auch mich. *Sie bricht in Tränen aus.* Du hast mir nie mein Glück gegönnt. Und nun kommst du und bringst mich in diese ganzen Widerwärtigkeiten – um der Stadt zu zeigen, in was für eine Familie Karsten durch mich gekommen ist. Ja, ich werd es auszubaden haben, – aber das willst du ja gerade. O, das ist abscheulich von dir!

Sie geht weinend ab durch die oberste Tür links.

LONA *ihr nachblickend*: Arme Betty!

BERNICK *noch in der Tür*: Ja, ja, es ist gut, Herr Krap, – ausgezeichnet. Schicken Sie vierhundert Kronen für die Speisung der Armen! *Wendet sich um.* Lona! *Näher.* Du bist allein? Ist Betty nicht da?

LONA: Nein. Soll ich sie vielleicht holen?

BERNICK: Nein, nein, nein, laß nur! O Lona, du weißt nicht, wie ich darauf gebrannt habe, offen mit dir zu reden, – um deine Verzeihung zu bitten!

LONA: Mein lieber Karsten, werden wir nicht sentimental; das steht uns schlecht.

BERNICK: Du mußt mich anhören, Lona! Ich weiß, wie der Schein gegen mich ist, nachdem du die Sache mit Dinas Mutter erfahren. Aber ich schwöre dir, es war nur eine kurze Verirrung; ich habe dich einst wirklich, wahrhaft und aufrichtig geliebt.

LONA: Warum, meinst du, bin ich zurückgekommen?

BERNICK: Was du auch vorhaben magst, ich flehe dich an, nichts zu unternehmen, eh ich mich gerechtfertigt habe. Ich kann es, Lona; zum mindesten kann ich mich entschuldigen.

LONA: Du hast jetzt Angst. – Du hast mich geliebt, sagst du. Ja, das hast du mir oft genug in deinen Briefen versichert; und vielleicht ist es auch wahr gewesen – in gewissem Sinne, solange du noch da draußen in einer großen und freigesinnten Welt lebtest, die dir den Mut gab, selbst frei und groß zu denken. Du fandst vielleicht bei mir ein bißchen mehr Charakter und Willen und Selbständigkeit als bei den meisten hier zu Lande. Und dann war es ja ein Geheimnis zwischen uns beiden; niemand konnte sich über deinen schlechten Geschmack lustig machen.

BERNICK: Lona, wie kannst du nur glauben –!

LONA: Aber als du nun zurückkehrtest, als du die spöttischen Glossen vernahmst, die auf mich niederhagelten, das Gelächter über das, was sie hier meine Verdrehtheiten nannten –

BERNICK: Du warst damals auch rücksichtslos.

LONA: Doch eigentlich nur, um diese Zieraffen in Hosen und Unterröcken zu ärgern, die in der Stadt herumwimmelten. – Und als du dann der jungen, verführerischen Schauspielerin begegnetest –

BERNICK: Das war ein Dummerjungenstreich – nichts weiter; ich schwör es dir; nicht der zehnte Teil der Gerüchte und Klatschereien, die damals umliefen, ist wahr gewesen.

LONA: Schon gut! Aber als nun Betty heimkam, schön, blühend, von allen vergöttert, – und als bekannt wurde, sie würde das ganze Vermögen der Tante erben, und ich bekäme nichts –

BERNICK: Ja, da sind wir bei der Sache, Lona; und nun sollst du alles ohne Umschweife hören. Ich liebte Betty nicht; ich brach mit dir nicht einer neuen Leidenschaft wegen. Offen gesagt, es war des Geldes wegen. Ich war dazu genötigt; ich brauchte das Geld.

LONA: Und das sagst du mir so gerade ins Gesicht?

BERNICK: Ja! Hör mich an, Lona –

LONA: Und doch schriebst du mir, eine unbezwingliche Liebe zu Betty hätte von dir Besitz genommen, riefst meine Großmut an, beschworst mich, um Bettys willen von dem zu schweigen, was zwischen uns bestanden –

BERNICK: Das mußte ich tun.

LONA: Nun, beim allmächtigen Gott, dann bereu ich heute nicht, was ich damals in der Leidenschaft getan!

BERNICK: Laß mich dir meine damalige Lage klipp und klar schildern. Meine Mutter war, wie du dich erinnerst, Chef des Hauses; aber sie hatte keine Spur von Geschäftssinn. Ich wurde eilig aus Paris zurückgerufen; die Zeiten waren kritisch; ich sollte das Geschäft wieder auf die Beine bringen. Was fand ich? Ich fand, was ich als tiefstes Geheimnis hüten mußte, ein so gut wie ruiniertes Haus. Ja, so gut wie ruiniert war es, dieses alte, angesehene Haus, das drei Generationen hindurch bestanden hatte. Was blieb mir, dem Sohne, dem einzigen Sohne, andres übrig, als mich nach einem Rettungsanker umzusehen?

LONA: Und so rettetest du das Haus Bernick auf Kosten einer Frau?

BERNICK: Du weißt recht gut, daß Betty mich liebte.

LONA: Und ich?

BERNICK: Glaube mir, Lona, du wärst nie glücklich mit mir geworden.

LONA: Geschah's aus Sorge um mein Glück, daß du mich preisgabst?

BERNICK: Glaubst du vielleicht, ich hätte aus Motiven des Eigennutzes so gehandelt, wie ich gehandelt habe? – Hätt ich damals allein gestanden, ich würde mit frischem Mut von vorn angefangen haben. Aber du kannst dir nicht vorstellen, wie ein Geschäftsmann, unter dem Druck einer maßlosen Verantwortung, mit dem Geschäft zusammenwächst, das er geerbt hat. Weißt du, daß das Wohl und Wehe Hunderter, ja Tausender von ihm abhängt? Bedenkst du nicht, daß diese ganze Gesellschaft, in der du wie ich von Jugend auf heimisch sind, den Sturz des Hauses Bernick sehr zu spüren bekommen hätte?

LONA: Also auch der Gesellschaft zu Gefallen hast du diese fünfzehn Jahre in der Lüge ausgehalten?

BERNICK: In der Lüge?

LONA: Wieviel weiß Betty von dem, was ihrer Verbindung mit dir zugrunde liegt und vorausgegangen ist?

BERNICK: Wozu ihr Dinge enthüllen, die sie, ohne zu nutzen, schmerzen würden?

LONA: Ohne Nutzen, sagst du? Ach, du bist Geschäftsmann; du mußt dich ja auf das Nützliche verstehen. – Doch, lieber Karsten, jetzt will auch ich klipp und klar mit dir reden. Sage mir – bist du nun auch wirklich glücklich?

BERNICK: Im Schoß meiner Familie, meinst du?

LONA: Ja.

BERNICK: Das bin ich, Lona. Du warst mir nicht vergebens eine aufopfernde Freundin! Ich darf wohl sagen, daß ich von Jahr zu Jahr glücklicher geworden bin. Betty ist gut und fügsam. Und wie sie im Laufe der Jahre gelernt hat, sich mir anzupassen –

LONA: Hm.

BERNICK: Früher hatte sie ja doch recht überspannte Vorstellungen von der Liebe; sie konnte sich nicht mit dem Gedanken befreunden, daß die Liebe nach und nach in eine milde Freundschaft übergehen müßte –

LONA: Aber jetzt hat sie sich in diesen Gedanken gefunden?

BERNICK: Vollständig. Du begreifst wohl, daß der tägliche Umgang mit mir nicht ohne ersprießlichen Einfluß auf sie gewesen ist. Die Menschen müssen lernen, gegenseitig ihre Ansprüche herabzustimmen, wenn sie in der Gesellschaft, der sie angehören, ihre Stelle ausfüllen wollen. Das hat auch Betty nach und nach einsehen gelernt, und darum ist unser Haus jetzt ein Vorbild für unsere Mitbürger.

LONA: Aber diese Mitbürger wissen nichts von der Lüge?

BERNICK: Von der Lüge?

LONA: Jawohl, – von der Lüge, in der du nun fünfzehn Jahre lang aushältst.

BERNICK: Und das nennst du –?

LONA: Die Lüge nenn ich's. Die dreifache Lüge. Erstlich die Lüge mir gegenüber; dann die Lüge Betty gegenüber; dann die Lüge Johann gegenüber.

BERNICK: Betty hat nie verlangt, daß ich sprechen solle.

LONA: Weil sie nichts wußte.

BERNICK: Und du wirst es nicht verlangen – aus Rücksicht auf sie.

LONA: I freilich; ich werde den Hohn und Spott schon zu ertragen wissen; ich hab 'nen breiten Rücken.

BERNICK: Und Johann wird es auch nicht verlangen, – das hat er mir versprochen.

LONA: Aber du selbst, Karsten? Ist nicht etwas in deinem Innern, das sich von der Lüge befreien möchte?

BERNICK: Ich sollte freiwillig das Glück meines Hauses und meine Stellung in der Gesellschaft opfern?

LONA: Welches Recht hast du auf diese deine Stellung?

BERNICK: In fünfzehn Jahren hab ich mir täglich ein Stückchen Recht erkauft – durch mein Leben und durch mein Wirken und durch den Erfolg.

LONA: Ja, du hast mit großem Erfolg gewirkt, – für dich selber und für andere. Du bist der reichste und mächtigste Mann der Stadt; keiner wagt es, sich deinem Willen zu widersetzen, weil du für makellos und unantastbar giltst; dein Haus gilt als mustergültig, dein Lebenswandel als vorbildlich. Doch diese ganze Herrlichkeit steht wie auf schwankendem Moorgrund, und du mit ihr. Ein Augenblick kann kommen, ein Wort kann fallen – und du gehst unter und die ganze Herrlichkeit mit, wenn du dich nicht beizeiten rettest.

BERNICK: Lona – was willst du hier?

LONA: Ich will dir festen Grund schaffen unter den Füßen.

BERNICK: Rache! Du willst dich rächen! Ich ahnt es schon. Doch das gelingt dir nicht! Hier ist nur einer, der von Rechts wegen sprechen kann, und der ist stumm.

LONA: Johann?

BERNICK: Jawohl, Johann. Will irgendein anderer mich anklagen, so leugne ich alles; will man mich zugrunde richten, so wehr ich mich auf Tod und Leben. Aber nie soll dir das gelingen, sag ich dir. Der Mann, der mich stürzen könnte, schweigt – und er reist wieder ab.

RUMMEL *und* VIGELAND *kommen von rechts.*

RUMMEL: Guten Tag, guten Tag, lieber Bernick! Du mußt mit uns in den Handelsverein. Du weißt doch, wir haben Sitzung in der Eisenbahnfrage.

BERNICK: Ich kann nicht – unmöglich in diesem Augenblick.

VIGELAND: Aber Sie müssen, Herr Konsul –

RUMMEL: Du mußt, Bernick! Da sind Leute, die dir entgegenarbeiten. Der Redakteur Hammer und die andern, die für die Küstenlinie waren, behaupten, es steckten Privatinteressen hinter dem neuen Projekt.

BERNICK: Nun, so macht ihnen doch klar –

VIGELAND: Wenn wir's ihnen klar machen, Herr Konsul, so hilft das nichts –

RUMMEL: Nein, nein, du mußt selber mit; dir wird natürlich keiner mit solch einem Verdacht zu kommen wagen.

LONA: Das sollte ich meinen!

BERNICK: Ich kann nicht, sag ich doch; ich bin unwohl –; oder – so wartet wenigstens, bis ich mich gesammelt habe.

RÖRLUND *kommt von rechts*: Verzeihen Sie, Herr Konsul; Sie sehen mich in der heftigsten Aufregung –

BERNICK: Ja – was fehlt Ihnen?

RÖRLUND: Ich muß eine Frage an Sie richten, Herr Konsul. Haben Sie Ihre Einwilligung dazu gegeben, daß das junge Mädchen, das unter Ihrem Dach ein Asyl gefunden, sich auf offener Straße in Gesellschaft eines Menschen zeigt, der –

LONA: Welches Menschen, Herr Pastor?

RÖRLUND: In Gesellschaft des Menschen, den sie am meisten von allen Menschen der Welt meiden sollte.

LONA: Oho!

RÖRLUND: Geschieht es mit Ihrer Einwilligung, Herr Konsul?

BERNICK *der Hut und Handschuhe sucht*: Ich weiß von nichts. Entschuldigen Sie, ich habe Eile; ich muß in den Handelsverein.

HILMAR TÖNNESEN *kommt aus dem Garten und geht zur oberen Tür links*: Betty, Betty, so hör doch mal!

FRAU BERNICK *in der Tür*: Was gibt's?

HILMAR: Du mußt in den Garten hinunter und der Liebelei ein Ende machen, die ein gewisses Subjekt mit dieser Dina Dorf treibt. Ich bin ganz nervös geworden vom bloßen Zuhören.

LONA: So? Was hat denn das Subjekt gesagt?

HILMAR: Er will, daß sie mit ihm nach Amerika geht – weiter nichts!

RÖRLUND: Ist so etwas möglich!

FRAU BERNICK: Was du sagst!

LONA: Aber das wäre ja herrlich!

BERNICK: Unmöglich! Du hast nicht recht gehört.

HILMAR: Frag ihn selbst! Da kommt das Pärchen. Aber laß mich aus dem Spiele.

BERNICK *zu Rummel und Vigeland*: Ich komme nach – im Augenblick –

Rummel und Vigeland ab nach rechts. JOHANN TÖNNESEN *und* DINA *kommen aus dem Garten.*

JOHANN: Hurra, Lona! Sie geht mit uns!

FRAU BERNICK: Aber Johann – du unbesonnener –!

RÖRLUND: Ist's möglich! Ein Skandal, wie er im Buche steht! Durch welche Verführungskünste ist es Ihnen gelungen –

JOHANN: Herr! Was nehmen Sie sich heraus?

RÖRLUND: Antworten Sie mir, Dina! – Ist das wirklich Ihre Absicht, – ist es Ihr eigener, freier Entschluß?

DINA: Ich muß weg von hier.

RÖRLUND: Aber mit ihm – mit ihm!

DINA: Nennen Sie mir einen andern, der den Mut hätte, mich mitzunehmen.

RÖRLUND: Nun, dann sollen Sie auch erfahren, wer er ist!

JOHANN: Schweigen Sie!

BERNICK: Kein Wort weiter!

RÖRLUND: Damit würde ich der Gesellschaft, über deren Moral und Sitten ich zu wachen habe, wahrhaftig einen schlechten Dienst leisten; und unverantwortlich würde ich gegen dieses junge Mädchen handeln, an deren Erziehung auch ich wesentlichen Anteil hatte und die mir –

JOHANN: Hüten Sie Ihre Zunge!

RÖRLUND: Sie soll es wissen! Dina, dies ist der Mann, der an dem ganzen Unglück und der Schande Ihrer Mutter schuld war.

BERNICK: Herr Rörlund –!

DINA: Er?! *Zu Johann*: Ist das wahr?

JOHANN: Karsten, antworte du!

BERNICK: Kein Wort weiter! Heute kein Wort weiter!

DINA: Also wahr!

RÖRLUND: Allerdings! Und mehr noch! Dieser Mensch, dem Sie Ihr Zutrauen schenken, brannte nicht mit leeren Händen durch; – die Kasse der Witwe Bernick – der Herr Konsul kann's bezeugen –!

LONA: Lügner!

BERNICK: Ah –!

FRAU BERNICK: O Gott, o Gott!

JOHANN *mit erhobenem Arm auf Rörlund zu*: Und das wagst du –!

LONA *abwehrend*: Johann! Nicht schlagen!

RÖRLUND: Ja, vergreifen Sie sich nur an mir! Doch die Wahrheit soll an den Tag; und dies ist die Wahrheit; der Konsul Bernick hat es selbst gesagt, und die ganze Stadt weiß es. – Jetzt, Dina, jetzt kennen Sie ihn.

Kurze Pause.

JOHANN *leise, indem er Bernick am Arm faßt*: Karsten, Karsten, was hast du getan!

FRAU BERNICK *leise und in Tränen*: O Karsten, daß ich diese Schande über dich bringen mußte!

SANDSTAD *kommt rasch von rechts und ruft, die Türklinke in der Hand*: Aber jetzt müssen Sie endlich kommen, Herr Konsul! Die ganze Eisenbahn hängt nur noch an einem Haar!

BERNICK *wie geistesabwesend*: Was ist –? Was soll ich –?

LONA *ernst und mit Nachdruck*: Du sollst hin, Schwager, und die Gesellschaft stützen.

SANDSTAD: Ja, kommen Sie, kommen Sie! Wir brauchen Ihre ganze moralische Überlegenheit!

JOHANN *dicht neben Bernick*: Bernick – wir beide sprechen uns morgen!

Ab durch den Garten; Bernick geht willenlos mit Sandstad rechts ab.

DRITTER AKT

Das Gartenzimmer im Bernickschen Haus.

BERNICK, *ein spanisches Rohr in der Hand, kommt in heftigem Zorn aus dem hinteren Zimmer links und läßt die Tür halb offen.*

BERNICK: So, nun hätt ich endlich mal Ernst gemacht! Die Schläge, denk ich, wird er sich merken! *In das Zimmer hinein rufend*: Was sagst du? – Und ich sage, du bist eine unvernünftige Mutter. Du entschuldigst ihn, beschönigst alle seine Jungenstreiche. – Keine Jungenstreiche? Wie nennst du's denn sonst? Sich nachts aus dem Hause schleichen, mit einem Fischerboot in die See hinausfahren, bis zum hellichten Tag wegbleiben und mich in tödliche Angst versetzen, – mich, der den Kopf so voll hat! Und da wagt der Bengel noch zu drohen, er werde davonlaufen! Er soll's nur probieren! – Du? Ja, das glaub ich gern. Du kümmerst dich viel um sein Wohl und Weh! Ich glaube, wenn's ihm selbst ans Leben ginge –! So? – Aber ich hab eine Aufgabe hier auf der Welt zu hinterlassen; mir ist's nicht gleichgültig, ob ich kinderlos bin oder nicht. – Keine Widerrede, Betty! Es bleibt bei dem, was ich gesagt habe – er hat Hausarrest. *Er horcht.* Pst! Laß niemanden etwas merken!

KRAP *kommt von rechts.*

KRAP: Haben Sie einen Augenblick Zeit, Herr Konsul?

BERNICK *wirft das spanische Rohr in die Ecke*: Gewiß, jawohl. Kommen Sie von der Werft?

KRAP: Geradewegs. Hm –

BERNICK: Nun? Ist etwa mit dem „Palmbaum" was los?

KRAP: Der „Palmbaum" kann morgen in See gehen; aber –

BERNICK: Die „Indian Girl" – also doch? Ahnt ich es nicht, daß der Dickkopf –!

KRAP: Die „Indian Girl" kann auch morgen in See gehen; aber – weit kommt sie gewiß nicht.

BERNICK: Was heißt das?

KRAP: Entschuldigen Sie, Herr Konsul; die Tür ist angelehnt, und ich glaube, es ist jemand da drin –

BERNICK *schließt die Tür*: So. – Also was ist es denn Schlimmes, das niemand hören soll?

KRAP: Nun denn – dieser Aune hat wahrscheinlich die Absicht, die „Indian Girl" mit Mann und Maus ersaufen zu lassen.

BERNICK: Um Gottes willen, wie können Sie nur glauben –?

KRAP: Kann mir's auf andere Weise nicht erklären, Herr Konsul.

BERNICK: Na, so sagen Sie mir doch in kurzen Worten –

KRAP: Soll geschehen. Sie wissen selbst, wie schlampig es auf der Werft zugeht, seit wir die neuen Maschinen und die neuen ungeübten Arbeiter haben.

BERNICK: Ja, ja.

KRAP: Aber heut früh, als ich hinunterkam, da merkt ich, daß die Reparatur des Amerikaners auffallend weit vorgeschritten war; das große Leck im Boden – Sie wissen, die faule Stelle –

BERNICK: Nun ja, – was ist damit?

KRAP: Vollständig repariert; das heißt: dem Anschein nach; verschalt; sah aus wie ganz neu. Hörte, daß Aune selbst die ganze Nacht bei Licht unten gearbeitet habe.

BERNICK: Ja, ja! Was weiter?

KRAP: Ging mir nicht aus dem Kopf; die Leute waren eben beim Frühstück, und so hatt ich Gelegenheit, unbemerkt mich umzusehen an der Außenseite wie im Innern des Schiffes. Hatte meine liebe Not, in der schwer beladenen Schute den Schiffsraum zu erreichen; bekam aber Gewißheit. Schuftigkeiten im Werke, Herr Konsul.

BERNICK: Ich kann's mir nicht denken, Herr Krap. Ich kann, ich will so etwas nicht von Aune glauben.

KRAP: Tut mir leid – ist aber die reine Wahrheit. Schuftigkeiten, sag ich! Kein neues Bauholz eingesetzt, soweit ich's beurteilen konnte. Nur verspundet und vernietet und verkleistert mit Latten und Teertuch, – was weiß ich! Die reinste Pfuscherei! Die „Indian Girl" erreicht New York im Leben nicht; sinkt wie ein lecker Bottich.

BERNICK: Das ist ja entsetzlich! Doch was, glauben Sie, mag er damit wohl beabsichtigen?

KRAP: Will wahrscheinlich die Maschinen in Mißkredit bringen; will sich rächen; will damit erreichen, daß der alte Stamm Arbeiter wieder in Gnaden aufgenommen werde.

BERNICK: Und so setzt er unbedenklich das Leben vieler aufs Spiel.

KRAP: Er sagte neulich: nicht Menschen sind an Bord der „Indian Girl" – nur Bestien.

BERNICK: Ja, ja, mag sein; aber das große Kapital, das verlorengeht, flößt ihm denn das nicht Respekt ein?

KRAP: Das große Kapital sieht Aune mit scheelem Auge an, Herr Konsul.

BERNICK: Sehr richtig; er ist ein Aufwiegler und Störenfried; doch eine so gewissenlose Handlungsweise –. Hören Sie, Herr Krap;

die Sache muß noch einmal untersucht werden. Doch strengstes Stillschweigen darüber! Unsere Werft ist blamiert, wenn die Leute so etwas erfahren.

KRAP: Versteht sich; aber –

BERNICK: Während der Mittagspause müssen Sie sehen, noch einmal hinunterzukommen; ich verlange volle Gewißheit.

KRAP: Sollen Sie haben, Herr Konsul; doch, mit Verlaub, was wollen Sie dann tun?

BERNICK: Die Sache anzeigen, natürlich. Wir können uns doch nicht zu Mitschuldigen machen an einem offenkundigen Verbrechen. Mein Gewissen muß rein sein. Außerdem wird es auf die Presse wie in der Öffentlichkeit überhaupt einen guten Eindruck machen, wenn man sieht, daß ich alle persönlichen Interessen hintansetze und der Gerechtigkeit freien Lauf lasse.

KRAP: Sehr richtig, Herr Konsul.

BERNICK: Doch vor allen Dingen Gewißheit. Und reinen Mund halten –

KRAP: Kein Sterbenswort, Herr Konsul; und Gewißheit, die sollen Sie haben. *Ab durch den Garten die Straße hinunter.*

BERNICK *halblaut*: Empörend! Doch nein! Es ist ja unmöglich, – undenkbar!

Indem er in sein Zimmer abgehen will, kommt HILMAR TÖNNESEN *von rechts.*

HILMAR: Guten Tag, Bernick! Na, ich gratuliere zum gestrigen Sieg im Handelsverein!

BERNICK: Danke schön.

HILMAR: Es war ja ein glänzender Sieg, wie ich höre; der Sieg bürgerlicher Intelligenz über Eigennutz und Vorurteil – ungefähr wie eine französische Razzia gegen die Kabylen. Merkwürdig, daß du nach dem unangenehmen Auftritt hier im Hause –

BERNICK: Schon gut – laß das!

HILMAR: Aber die Hauptschlacht ist doch noch nicht geschlagen.

BERNICK: In der Eisenbahnfrage, meinst du?

HILMAR: Ja. Aber weißt du denn schon, was der Redakteur Hammer zusammenbraut?

BERNICK: *gespannt*: Nein. Was denn?

HILMAR: Er klammert sich an ein Gerücht, das hier umgeht, und will es für einen Zeitungsartikel ausbeuten.

BERNICK: Was für ein Gerücht?

HILMAR: Natürlich von den großen Terrainkäufen längs der Zweigbahn.

BERNICK: Was du sagst! Wird hier ein solches Gerücht verbreitet?

HILMAR: Ja, in der ganzen Stadt. Ich hörte es gestern im Klub, wo ich kurz hereinschaute. Ein hiesiger Notar soll ganz in der Stille kommissionsweise alle Waldungen, alle Erzlager und alle Wasserfälle angekauft haben –

BERNICK: Und weiß man auch, für wen?

HILMAR: Im Klub meinte man, es müsse für ein auswärtiges Konsortium sein, das von deinem Vorhaben unterrichtet sei und sich beeilt habe, eh die Preise stiegen – ist das nicht niederträchtig – uh!

BERNICK: Niederträchtig?

HILMAR: Ja, daß Fremde sich so in unser Gebiet drängen und daß gar ein Notar aus unserer Stadt sich zu so etwas hergeben kann! Also Fremde werden jetzt die Beute davontragen.

BERNICK: Aber es ist ja nur ein unverbürgtes Gerücht.

HILMAR: Das einstweilen geglaubt wird, und morgen oder übermorgen wird Hammer es festnageln als ein Faktum. Im Klub herrschte schon allgemeine Entrüstung. Ich hörte verschiedene Leute sagen, wenn das Gerücht sich bestätige, so würden sie sich aus den Listen wieder streichen lassen.

BERNICK: Unmöglich!

HILMAR: So? Warum, glaubst du wohl, gingen diese Krämerseelen gleich so bereitwillig auf deine Vorschläge ein? Meinst du, sie hätten nicht selbst ihre Nase darauf gespitzt –

BERNICK: Unmöglich, sag ich! So viel Gemeinsinn ist doch noch hier in unserer kleinen Gesellschaft –

HILMAR: Hier? – Jawohl, du bist nun mal ein Optimist und beurteilst andere nach dir selbst. Aber ich, der ich ein ziemlich geübter Beobachter bin, – ich sage dir, hier ist nicht einer – wir natürlich ausgenommen – nicht einer, der die Fahne der Idee hochhält. *Er geht in den Hintergrund.* Uh! Da kommen sie.

BERNICK: Wer?

HILMAR: Die beiden Amerikaner. *Sieht rechts hinaus.* Und mit wem gehen sie? Herrgott, ist das nicht der Kapitän der „Indian Girl"? Uh!

BERNICK: Was können sie von dem wollen?

HILMAR: I, das ist 'ne Gesellschaft, die so recht zu ihnen paßt. Der Mann soll ja Sklavenhändler oder Seeräuber gewesen sein; und wer weiß, was die beiden andern in diesen fünfzehn Jahren getrieben haben!

BERNICK: Ich sage dir; es ist sehr unrecht, so von ihnen zu denken.

HILMAR: Du bist eben ein Optimist. Jetzt haben wir sie natürlich wieder auf dem Hals; ich will deswegen beizeiten –

Er geht nach der Tür links.

LONA *kommt von rechts*: Na, Hilmar! Ich vertreibe dich doch nicht?

HILMAR: Durchaus nicht. Ich hab's gerade eilig; ich muß ein paar Worte mit Betty reden. *Ab durch die hintere Tür links.*

BERNICK *nach kurzer Pause*: Nun, Lona?

LONA: Ja.

BERNICK: Wie steh ich heute vor dir?

LONA: Wie gestern. Eine Lüge mehr oder weniger –

BERNICK: Du sollst Klarheit haben. Wo ist Johann?

LONA: Er kommt nach; er hatte noch mit jemandem zu sprechen.

BERNICK: Nach dem, was du gestern gehört hast, wirst du begreifen, daß meine ganze Existenz vernichtet ist, wenn die Wahrheit an den Tag kommt.

LONA: Das begreif ich.

BERNICK: Es versteht sich wohl von selbst, daß ich mich des Verbrechens, von dem man hier munkelt, nicht schuldig gemacht habe.

LONA: Das versteht sich von selbst. Aber wer war der Dieb?

BERNICK: Es gab keinen Dieb; es wurde kein Geld gestohlen; nicht ein Pfennig kam abhanden.

LONA: Wie das –?

BERNICK: Nicht ein Pfennig.

LONA: Aber das Gerücht? Wie ist das niederträchtige Gerücht entstanden, daß Johann –?

BERNICK: Lona, dir gegenüber kann ich wohl so offen sein wie zu sonst niemandem; ich will vor dir nichts verschweigen. Ich bin mit schuld daran, daß jenes Gerücht sich verbreitete.

LONA: Du? Und das konntest du dem Manne antun, der dir zuliebe –

BERNICK: Du sollst nicht verurteilen, ohne zu bedenken, wie die Sachen damals standen. Ich erzählte es dir ja gestern. Ich kam nach Hause und fand meine Mutter verwickelt in eine ganze Reihe törichter Unternehmungen; Malheur der verschiedensten Art kam dazu; es war, als ob alles Böse es auf uns abgesehen habe; unser Haus stand knapp vor dem Ruin. Halb war ich leichtsinnig und halb verzweifelt. Lona, ich glaube, um meine Gedanken zu betäuben, – hauptsächlich darum ließ ich mich in jenes Verhältnis ein, das Johanns Abreise veranlaßte.

LONA: Hm –

BERNICK: Du kannst dir vorstellen, wie nach eurer Abreise allerlei Gerüchte in der Stadt herumschwirrten. Man sagte: das war nicht sein erster leichtsinniger Streich. Dann hieß es wieder, Dorf hätte eine große Summe Geldes von Johann bekommen, damit er schweige und seines Weges gehe; und andere behaupteten, die Frau hätte es bekommen. Zugleich blieb es nicht verborgen, daß unser Haus seinen Verpflichtungen nur schwer nachkommen konnte. Was war natürlicher, als daß die Klatschmäuler diese beiden Gerüchte miteinander in Verbindung brachten? Da die Frau hierblieb und in Armut lebte, so behauptete man, Johann habe das Geld nach Amerika mitgenommen, und das Gerücht nannte eine unaufhörlich wachsende Summe.

LONA: Und du, Karsten –?

BERNICK: Ich griff nach diesem Gerücht wie nach einem Rettungsanker.

LONA: Und hast es weiterverbreitet?

BERNICK: Ich widerlegte es nicht. Die Gläubiger fingen schon an, uns auf den Leib zu rücken; es galt, sie zu beruhigen. Unter keinen Umständen durfte man gegen die Solidität des Hauses Verdacht schöpfen; eine vorübergehende Verlegenheit habe uns betroffen; man solle nur nicht drängen, solle uns Zeit lassen; keiner werde was verlieren.

LONA: Und keiner verlor einen Pfennig?

BERNICK: Nein, Lona. Dies Gerücht hat unser Haus gerettet und mich zu dem Manne gemacht, der ich jetzt bin.

LONA: Eine Lüge hat dich also zu dem Manne gemacht, der du jetzt bist.

BERNICK: Wem hat sie damals geschadet? – Johanns Vorsatz war, nie wiederzukommen.

LONA: Du fragst, wem sie geschadet hat? Blick in dich selbst hinein und sage mir, ob nicht du Schaden genommen hast dadurch.

BERNICK: Bei jedem einzigen Mann, wer es auch sei, wirst du, wenn du ihm ins Herz schaust, wenigstens e i n e n dunklen Punkt entdecken, den er verbergen muß.

LONA: Und ihr nennt euch die Stützen der Gesellschaft!

BERNICK: Die Gesellschaft hat keine besseren.

LONA: Und was liegt daran, ob eine solche Gesellschaft gestützt wird oder nicht. Was hat denn Geltung hier? Schein und Lüge – und nichts anderes. Hier lebst du, der erste Mann der Stadt, in Herrlichkeit und Freuden, in Macht und Ehre, du, der einem Unschuldigen das Zeichen des Verbrechers aufgedrückt hat.

BERNICK: Glaubst du denn, ich empfände mein Unrecht nicht tief genug? Und glaubst du, ich sei nicht bereit, es wieder gutzumachen?

LONA: Wodurch? Durch ein Bekenntnis?

BERNICK: Und das könntest du fordern?

LONA: Wodurch sonst könnte ein solches Unrecht wieder gutgemacht werden?

BERNICK: Ich bin reich, Lona; Johann darf jede Forderung stellen –

LONA: Biet ihm nur Geld an, und du wirst hören, was er antwortet.

BERNICK: Weißt du, was seine Absichten sind?

LONA: Nein. Seit gestern ist er stumm. Es ist, als hätte dieser ganze Vorgang ihn mit einem Mal zum gereiften Mann gemacht.

BERNICK: Ich muß ihn sprechen.

LONA: Da ist er.

JOHANN TÖNNESEN *kommt von rechts.*

BERNICK *geht ihm entgegen*: Johann –

JOHANN *abwehrend*: Zuerst spreche ich. Gestern gab ich dir mein Wort zu schweigen.

BERNICK: Allerdings.

JOHANN: Aber da wußt ich noch nicht –

BERNICK: Johann, laß dir nur mit zwei Worten den Zusammenhang erklären –

JOHANN: Nicht nötig; ich verstehe den Zusammenhang sehr wohl. Das Haus war damals in einer schwierigen Lage; und weil ich fort war und du mit dem Ruf und dem Namen eines Wehrlosen schalten und walten konntest –. Nun, ich mache dir keinen so großen Vorwurf daraus; wir waren jung und leichtsinnig in jenen Tagen. Aber jetzt brauche ich die Wahrheit, und jetzt mußt du reden.

BERNICK: Und gerade jetzt brauche ich mein ganzes moralisches Ansehen, und darum kann ich jetzt nicht reden.

JOHANN: Ich mache mir nicht viel aus den Erfindungen, die du über mich in Umlauf gesetzt hast. Aber in der anderen Sache, da sollst du dich schuldig bekennen. Dina soll meine Frau werden, und hier, hier in der Stadt will ich mit ihr leben.

LONA: Also wirklich?

BERNICK: Mit Dina! Als deiner Frau? Hier in der Stadt?

JOHANN: Jawohl, just hier; ich will hierbleiben, um dieser Lügner- und Verleumderbande Trotz zu bieten. Aber damit Dina die Meine werden kann, ist es nötig, daß du mich rehabilitierst.

BERNICK: Hast du bedacht, daß ich mich zu dem einen nicht bekennen kann, ohne zugleich das andere einzugestehen? Du wirst einwenden, aus unseren Büchern könnt ich beweisen, daß keine Unregelmäßigkeiten vorgekommen sind. Aber das kann ich nicht. Unsere Bücher wurden damals nicht so genau geführt. Und selbst wenn ich's könnte – was wäre damit gewonnen? Würd ich nicht in jedem Falle als der Mann dastehen, der sich einst durch eine Unwahrheit gerettet und der fünfzehn Jahre lang auch nicht einen Schritt getan hat, um zu verhindern, daß diese Unwahrheit und ihre Folgen Wurzel faßten? Du kennst unsere Gesellschaft nicht mehr, sonst müßtest du wissen, daß dies meinen absoluten Untergang bedeuten würde.

JOHANN: Ich kann dir nur sagen, daß ich Frau Dorfs Tochter heiraten und hier mit ihr leben will.

BERNICK *wischt sich den Schweiß von der Stirn*: Laß dir sagen, Johann – und auch du, Lona! Es sind nicht die gewöhnlichen Verhältnisse, unter denen ich gerade in diesen Tagen lebe. Ich stehe so, daß ich vernichtet bin, wird ein solcher Schlag gegen mich geführt. Und nicht nur ich bin vernichtet, für immer ist auch die große, segensreiche Zukunft dieser Stadt dahin, die ja doch eure Vaterstadt ist.

JOHANN: Und führ ich den Schlag gegen dich nicht, so vernicht ich mein ganzes eigenes Zukunftsglück.

LONA: Sprich weiter, Karsten!

BERNICK: So hört denn! Alles hängt mit der Eisenbahnfrage zusammen, und denkt nicht, daß diese Frage so ganz bedeutungslos sei. Es ist euch gewiß bekannt, daß hier voriges Jahr eine Küstenlinie projektiert war. Sie hatte viele gewichtige Stimmen für sich, in der Stadt wie in der Umgegend, und namentlich in der Presse; aber ich wußte sie zu verhindern, weil sie der Küstenschiffahrt geschadet haben würde.

LONA: Bist du selbst beteiligt bei dieser Küstenschiffahrt?

BERNICK: Jawohl. Aber niemand wagte mich in dieser Hinsicht zu verdächtigen; mein geachteter Name deckte mich. Übrigens hätt ich den Verlust auch tragen können; doch die übrigen Beteiligten hätten ihn nicht tragen können. So wurde die Binnenlinie beschlossen. Nachdem dies geschehen war, vergewisserte ich mich insgeheim, ob sich eine Zweigbahn zur Stadt herunter legen ließe.

LONA: Warum insgeheim?

BERNICK: Habt ihr von den großen Ankäufen gehört an Waldungen, Gruben und Wasserfällen –?

JOHANN: Ja. Aber das ist doch ein auswärtiges Konsortium –?

BERNICK: So wie diese Terrains liegen, sind sie so gut wie wertlos als geteilter Besitz. Deshalb gingen sie verhältnismäßig billig ab. Hätte man gewartet, bis die Zweigbahn auf die Tagesordnung gekommen wäre, so würden die Eigentümer unverschämte Preise gefordert haben.

LONA: Gewiß, gewiß; aber was weiter?

BERNICK: Nun kommt das, was verschieden gedeutet werden kann – das, was ein Mann in unsern Kreisen nur dann bekennen darf, wenn er sich auf einen makellosen und geachteten Namen stützen kann.

LONA: Nun?

BERNICK: Ich habe alles das angekauft.

LONA: Du?

JOHANN: Auf eigene Rechnung?

BERNICK: Auf eigene Rechnung. Kommt die Zweigbahn zustande, so bin ich Millionär, wenn nicht – so bin ich ruiniert.

LONA: Welche Verwegenheit, Karsten!

BERNICK: Mein ganzes Vermögen hab ich drangesetzt.

LONA: Ich denke nicht ans Vermögen; doch wenn es an den Tag kommt, daß –

BERNICK: Ja, da sitzt der Knoten. Mit dem makellosen Namen, den ich bisher gehabt, kann ich die Sache auf mich nehmen, sie fortführen und zu meinen Mitbürgern sagen: „Seht, das hab ich gewagt zum Besten der Gesellschaft!"

LONA: Zum Besten der Gesellschaft?

BERNICK: Ja; und kein einziger wird meine Absichten in Zweifel ziehen.

LONA: Da gibt es hier doch Männer, die offener gehandelt hätten als du, ohne Hintergedanken, ohne Nebenzwecke.

BERNICK: Und die wären?!

LONA: Natürlich Rummel und Sandstad und Vigeland.

BERNICK: Um sie zu gewinnen, hab ich sie in die Sache einweihen müssen.

LONA: Und –?

BERNICK: Sie haben sich ein Fünftel Gewinnanteil ausbedungen.

LONA: O, diese Stützen der Gesellschaft!

BERNICK: Und zwingt uns nicht die Gesellschaft selbst, krumme Wege zu gehen? Was wäre hier geschehen, wenn ich nicht im geheimen gehandelt hätte? Alle würden sich auf das Unternehmen gestürzt haben, würden die ganze Geschichte geteilt, zersplittert und verdorben und verpfuscht haben. Hier in der Stadt ist außer mir nicht ein Mann, der ein so großes Geschäft zu leiten verstünde, wie dies zu werden verspricht. Hier zu Lande haben überhaupt nur die eingewanderten Familien Geist für Unternehmungen größeren Stils. Darum spricht mein Gewissen mich in diesem Punkte frei. Nur in meinen Händen kann dieser ganze Besitz den vielen zum dauernden Segen gereichen, denen er Brot schaffen wird.

LONA: Da magst du recht haben.

JOHANN: Aber ich kenne diese vielen nicht, und mein Lebensglück steht auf dem Spiele.

BERNICK: Das Wohl deiner Vaterstadt steht auch auf dem Spiele. Werden hier Dinge ruchbar, die auf meine früheren Unternehmen einen Schatten werfen, so werden alle meine Gegner mit vereinten Kräften über mich herfallen. Eine Jugendtorheit läßt sich in unsrer Gesellschaft nicht ungeschehen machen. Man wird mein ganzes dazwischenliegendes Leben durchgehen, tausend kleine Umstände hervorziehen und sie in dem Lichte dieser Enthüllungen betrachten und deuten; man wird mich unter der Wucht der Gerüchte und Verleumdungen zu erdrücken suchen. Von dem Eisenbahnunternehmen muß ich zurücktreten; und zieh ich meine Hand davon, so fällt es, und ich bin zugleich ruiniert und bürgerlich tot.

LONA: Johann! Nach dem, was du eben gehört hast, mußt du abreisen und schweigen.

BERNICK: Ja, ja, Johann, das mußt du!

JOHANN: Gut; ich werde reisen und schweigen; aber ich komme wieder, und dann rede ich.

BERNICK: Bleib drüben, Johann; schweige, und ich bin bereit, mit dir zu teilen –

JOHANN: Behalt dein Geld, aber gib mir meinen guten Ruf und guten Namen wieder.

BERNICK: Und meinen soll ich opfern?

JOHANN: Du magst samt deiner Gesellschaft zusehen, wie du aus der Geschichte herauskommst. Ich muß und kann und will Dina heiraten. Drum reise ich noch morgen mit der „Indian Girl“ –

BERNICK: Mit der „Indian Girl“?

JOHANN: Ja. Der Kapitän hat mir versprochen, mich mitzunehmen. Ich reise hinüber, verkaufe meine Farm und ordne meine Angelegenheiten. In zwei Monaten bin ich wieder da.

BERNICK: Und dann willst du sprechen?

JOHANN: Dann soll der Schuldige selbst sich zu der Schuld bekennen.

BERNICK: Vergißt du, daß ich mich damit auch zu dem bekenne, an dem ich unschuldig bin?

JOHANN: Wer war's, der vor fünfzehn Jahren sich das schamlose Gerücht zunutze gemacht hat?

BERNICK: Du treibst mich zur Verzweiflung! Sprichst du, so leugne ich alles! Ich sage, es sei ein Komplott gegen mich; ein Racheakt; du seist herübergekommen, Geld von mir zu erpressen.

LONA: Schäme dich, Karsten!

BERNICK: Ich bin ein Verzweifelter, sag ich; und ich kämpfe um mein Leben. – Ich leugne alles, alles!

JOHANN: Ich habe deine beiden Briefe. In meinem Koffer fand ich sie unter anderen Papieren. Heute früh hab ich sie durchgelesen; sie reden eine sehr deutliche Sprache.

BERNICK: Und diese Briefe willst du vorlegen?

JOHANN: Wenn's nötig sein sollte, – ja.

BERNICK: Und in zwei Monaten bist du wieder da?

JOHANN: Das hoff ich. Der Wind ist gut; in drei Wochen bin ich in New York – wenn die „Indian Girl" nicht untergeht.

BERNICK *stutzt*: Untergeht? Warum sollte die „Indian Girl" untergehen?

JOHANN: Das mein ich auch.

BERNICK *kaum hörbar*: Untergehen?

JOHANN: Bernick, jetzt weißt du, was kommen wird. Inzwischen geh mit dir selbst zu Rate. Adieu! Betty kannst du grüßen, obgleich sie sich zu mir nicht wie eine Schwester benommen hat. Aber Martha will ich doch noch sehen. Sie soll Dina sagen –; sie soll mir versprechen –

Ab durch die hintere Tür links.

BERNICK *vor sich hin*: „Indian Girl" –? *Rasch*: Lona! Das muß t du verhindern.

LONA: Du siehst doch selbst, Karsten – ich habe keine Macht mehr über ihn.

Sie folgt Johann in das Zimmer links.

BERNICK *in unruhigen Gedanken*: Untergehen –?

AUNE *kommt von rechts.*

AUNE: Ist's erlaubt, Herr Konsul, – komm ich ungelegen

BERNICK *wendet sich heftig um*: Was wollen Sie?

AUNE: Sie bitten, eine Frage an Sie richten zu dürfen, Herr Konsul.

BERNICK: Also, – machen Sie schnell! Was wollen Sie?

AUNE: Ich wollte fragen, ob es feststeht, – endgültig feststeht, – daß ich aus der Werft entlassen werde, wenn die „Indian Girl" morgen nicht unter Segel gehen kann.

BERNICK: Was ist das nun wieder? Das Schiff wird ja seeklar.

AUNE: Ja – allerdings; wenn es nun aber nicht seeklar würde – hätt ich dann meine Entlassung?

BERNICK: Wozu diese müßigen Fragen?

AUNE: Ich möcht es gern wissen, Herr Konsul. Bitte, antworten Sie mir: hätt ich dann meine Entlassung?

BERNICK: Pfleg ich mein Wort zu halten oder nicht?

AUNE: Ich hätte also morgen die Stellung nicht mehr, die ich in meinem Haus und bei meinen Angehörigen einnahm, meinen Einfluß auf die Arbeiter nicht mehr, hätte keine Gelegenheit mehr, Gutes zu stiften in den unteren Kreisen der menschlichen Gesellschaft?!

BERNICK: Aune! Dieser Punkt ist erledigt.

AUNE: Gut! So kann die „Indian Girl" segeln.

Kurze Pause.

BERNICK: Hören Sie, Aune! Ich kann meine Augen nicht überall haben, kann nicht für alles verantwortlich sein, – Sie können mir doch die Versicherung geben, daß die Reparatur untadelig ausgeführt ist?

AUNE: Sie haben mir eine knappe Frist gestellt, Herr Konsul.

BERNICK: Doch die Reparatur ist dauerhaft, sagen Sie?

AUNE: Wir haben ja gutes Wetter und Sommerzeit.

Wieder Pause.

BERNICK: Haben Sie mir sonst noch was zu sagen?

AUNE: Sonst wüßte ich nichts, Herr Konsul.

BERNICK: Also – die „Indian Girl" segelt –

AUNE: Morgen?

BERNICK: Ja.

AUNE: Gut. *Er grüßt und geht ab.*

Bernick steht einen Augenblick unentschlossen da; dann geht er rasch zur Ausgangstür, als ob er Aune zurückrufen wolle, bleibt aber voll Unruhe stehen, die Hand auf der Türklinke. In diesem Augenblick wird die Tür von außen geöffnet und KRAP *tritt ein.*

KRAP *mit gedämpfter Stimme*: Aha, er war hier? Hat er eingestanden?

BERNICK: Hm –; haben Sie was entdeckt?

KRAP: Wozu noch? Haben Sie nicht bemerkt, Herr Konsul, wie ihm das böse Gewissen aus den Augen sah?

BERNICK: Unsinn! So was kann man nicht sehen. Haben Sie was entdeckt, frag ich?

KRAP: Konnte nicht dazu kommen; war zu spät; sie holten das Schiff schon aus dem Dock. Aber gerade diese Eile beweist deutlich –

BERNICK: Nichts beweist sie. Die Besichtigung hat also stattgefunden?

KRAP: Versteht sich; aber –

BERNICK: Sehen Sie wohl! Und man hatte natürlich nichts zu beanstanden?

KRAP: Herr Konsul, Sie wissen recht gut, wie solche Besichtigungen vor sich gehen, zumal auf einer Werft, die einen so guten Ruf hat wie die unsrige.

BERNICK: Wenn auch. Wir sind also außer Verantwortung.

KRAP: Herr Konsul, ist Ihnen wirklich an Aune nicht aufgefallen, daß –

BERNICK: Aune hat mich vollständig beruhigt, sag ich Ihnen –

KRAP: Und ich sage, daß ich moralisch überzeugt bin, Aune will –

BERNICK: Was soll das heißen, Herr Krap? Ich merke schon, Sie haben einen Pik auf den Mann; aber wenn Sie Ihr Mütchen an ihm kühlen wollen, so müssen Sie sich eine andere Gelegenheit dazu aussuchen. Sie wissen, wie wichtig es mir – oder, richtiger gesagt, der Reederei – ist, wenn die „Indian Girl" morgen unter Segel geht.

KRAP: Nun gut, es mag geschehen; aber wenn wir von dem Schiff wieder was hören – hm!

VIGELAND *kommt von rechts.*

VIGELAND: Ergebenster Diener, Herr Konsul. Haben Sie einen Augenblick Zeit?

BERNICK: Zu dienen, Herr Vigeland.

VIGELAND: Ich wollte nur mal hören, ob Sie nicht auch dafür sind, daß der „Palmbaum" morgen segelt?

BERNICK: Gewiß! Das ist ja eine abgemachte Sache.

VIGELAND: Aber da kommt eben der Kapitän zu mir und meldet, daß Sturm signalisiert sei.

KRAP: Das Barometer ist seit heute früh stark gefallen.

BERNICK: So? Wir haben Sturm zu erwarten?

VIGELAND: Jedenfalls eine steife Brise – aber keinen widrigen Wind; im Gegenteil –

BERNICK: Hm; was sagen Sie dazu?

VIGELAND: Was ich schon zum Kapitän gesagt: daß der „Palmbaum" in der Hand der Vorsehung steht. Und außerdem passiert er ja fürs erste nur die Nordsee; und in England stehen ja die Frachten jetzt einigermaßen hoch, so daß –

BERNICK: Ja, es würde uns wahrscheinlich Verlust bringen, falls wir warteten.

VIGELAND: Das Schiff ist ja auch solid und überdies voll versichert. Da ist's wahrhaftig doch riskanter mit der „Indian Girl" –

BERNICK: Wie meinen Sie das?

VIGELAND: Die segelt ja morgen auch.

BERNICK: Ja, die Reederei hat so sehr gedrängt, und außerdem –

VIGELAND: Nun, wenn der alte Kasten sich hinauswagen kann, und obendrein mit solch einer Besatzung, so wär's eine Schande, wenn wir nicht –

BERNICK: Jawohl. Sie haben vermutlich die Schiffspapiere bei sich?

VIGELAND: Da sind sie.

BERNICK: Gut; gehen Sie nur bitte mit Herrn Krap hinein.

KRAP: Bitte schön; soll gleich besorgt werden.

VIGELAND: Danke sehr. – Und den Ausgang legen wir in die Hand des Allmächtigen, Herr Konsul.

Ab mit Krap in das vorderste Zimmer links. RÖRLUND *kommt durch den Garten.*

RÖRLUND: Ei, trifft man Sie um diese Tageszeit zu Hause, Herr Konsul?

BERNICK *in Gedanken*: Wie Sie sehen.

RÖRLUND: Eigentlich komme ich zu Ihrer Frau Gemahlin. Ich dachte mir, sie könnte ein Wort des Trostes brauchen.

BERNICK: Das kann sie gewiß. Aber ich hätte Sie auch gern einmal gesprochen.

RÖRLUND: Stehe zur Verfügung, Herr Konsul. Aber was fehlt Ihnen? Sie sehen ganz bleich und verstört aus.

BERNICK: So? Wirklich? Ja, wie kann das auch anders sein, – was ist in diesen Tagen nicht alles auf mich eingestürmt! Da ist mein großes Geschäft, – und dann die Eisenbahn –. Hören Sie mal, Herr Adjunkt, ich möchte eine Frage an Sie richten?

RÖRLUND: Bitte sehr, Herr Konsul.

BERNICK: Da ist mir ein Gedanke gekommen. Wenn man einem Unternehmen von solcher Tragweite gegenübersteht, das das Wohl von Tausenden zum Ziele hat – wie, wenn es nun ein einzelnes Opfer fordern sollte?

RÖRLUND: Wie meinen Sie das?

BERNICK: Zum Beispiel: Ein Mann will eine große Fabrik bauen. Er weiß mit Sicherheit – denn das hat die Erfahrung ihn gelehrt –, daß früher oder später im Betriebe dieser Fabrik Menschen zugrunde gehen.

RÖRLUND: Ja, so etwas ist nur allzu wahrscheinlich.

BERNICK: Oder es wirft sich einer auf den Bergbau. Er nimmt Familienväter sowie junge, lebenslustige Menschen in seinen Dienst.

Läßt sich nicht mit Gewißheit voraussagen, daß nicht alle diese Leute mit dem Leben davonkommen werden?

RÖRLUND: Das ist leider so.

BERNICK: Nun wohl. Ein solcher Mann weiß also im voraus, daß das Unternehmen, das er ins Werk setzen will, unzweifelhaft einmal Menschenleben kosten wird. Aber dieses Unternehmen ist ein gemeinnütziges; für jedes Menschenleben, das es kostet, wird es ebenso unzweifelhaft das Wohl von vielen Hunderten fördern.

RÖRLUND: Aha, Sie denken an die Eisenbahn, – an die gefährlichen Erdarbeiten und Sprengungen und all das –

BERNICK: Jawohl, ja, – ich denke an die Eisenbahn – und außerdem, – die Eisenbahn wird ja Fabriken und Bergwerksbetriebe ins Leben rufen. Aber meinen Sie nicht trotzdem –

RÖRLUND: Lieber Herr Konsul, Sie sind beinahe zu gewissenhaft. Ich meine, wenn Sie die Sache in die Hand der Vorsehung legen –

BERNICK: Ja gewiß, ja; die Vorsehung –

RÖRLUND: – so trifft Sie keine Verantwortung. Bauen Sie nur getrost Ihre Eisenbahn.

BERNICK: Ja, aber nun setz ich einen besonderen Fall. Also gesetzt den Fall, es müßte an einer gefährlichen Stelle gesprengt werden, und ohne diese Sprengung würde die Eisenbahn nicht zustande kommen. Gesetzt den Fall also, der Ingenieur weiß, daß es den Arbeiter, der die Mine zünden soll, das Leben kosten wird; aber gezündet muß sie werden; und es ist die Pflicht des Ingenieurs, einen Arbeiter hinzuschicken, der das tut.

RÖRLUND: Hm –

BERNICK: Ich weiß, was Sie sagen wollen. Es wäre groß, wenn der Ingenieur selbst die Lunte nähme und hinginge und die Sprengung vornähme. Doch so etwas tut man nicht. Er muß also einen Arbeiter opfern.

RÖRLUND: Das würde bei uns nie ein Ingenieur tun.

BERNICK: In den großen Ländern würde kein Ingenieur sich besinnen, dies zu tun.

RÖRLUND: In den großen Ländern? – Ja, das glaub ich wohl. In der verkommenen und gewissenlosen Gesellschaft da –

BERNICK: O, es ist manches recht gut an dieser Gesellschaft.

RÖRLUND: Und das sagen Sie, Sie, der selbst –?

BERNICK: In der großen Gesellschaft, da hat man doch Raum, ein nützliches Unternehmen zu fördern; da hat man den Mut, einer großen Sache ein Opfer zu bringen; aber hier wird man eingeengt von allerlei kleinlichen Rücksichten und Bedenken.

RÖRLUND: Ist ein Menschenleben eine kleinliche Rücksicht?

BERNICK: Wenn dies Menschenleben dem Wohle Tausender hindernd entgegensteht –

RÖRLUND: Aber, Herr Konsul, Sie stellen ja ganz undenkbare Fälle auf; ich verstehe Sie heute gar nicht. Und dann weisen Sie auf die große Gesellschaft hin. Ja, da draußen – was gilt da ein Menschenleben! Da rechnet man mit Menschenleben wie mit Kapital. Aber wir, sollt ich meinen, stehen doch auf einem ganz andern moralischen Standpunkt. Sehen Sie sich nur einmal den ehrenhaften Stand der Schiffsreeder bei uns an! Nennen Sie mir einen einzigen Reeder hier, der für schnöden Gewinn ein Menschenleben opfern würde! Und dann denken Sie an jene Schurken der großen Gesellschaft, die des Vorteils wegen ein seeuntüchtiges Schiff nach dem andern verfrachten –

BERNICK: Ich spreche nicht von seeuntüchtigen Schiffen.

RÖRLUND: Aber ich spreche davon, Herr Konsul.

BERNICK: Doch was hat das damit zu tun? Das gehört ja nicht zur Sache. – O diese kleinen, ängstlichen Rücksichten! Wenn bei uns ein General seine Soldaten ins Feuer und zum sichern Tode führen müßte, er hätte hinterher schlaflose Nächte. So ist es anderswo nicht. Sie sollten nur hören, was er da drin erzählt –

RÖRLUND: Er? Wer? Der Amerikaner?

BERNICK: Jawohl. Sie sollten nur hören, wie man in Amerika –

RÖRLUND: Er ist drin? Und das sagen Sie mir erst jetzt? Ich will gleich –

BERNICK: Es nützt Ihnen nichts. Mit dem werden Sie nicht fertig.

RÖRLUND: Das wollen wir sehen! Da ist er ja.

JOHANN TÖNNESEN *kommt aus dem Zimmer links.*

JOHANN *spricht zurück durch die offene Tür*: Ja, ja, Dina, es ist nun einmal so; aber ich lasse doch nicht von Ihnen. Ich komme wieder; und dann wird schon alles werden.

RÖRLUND: Bitte, was wollen Sie mit diesem Wort sagen? Was ist Ihre Absicht?

JOHANN: Meine Absicht ist, das junge Mädchen, bei dem Sie mich gestern verleumdeten, zu meiner Frau zu machen.

RÖRLUND: Ihrer –? Und Sie können glauben, daß –

JOHANN: Ich will, daß sie meine Frau wird.

RÖRLUND: Nun, so sollen Sie auch erfahren – *Er geht zu der halboffenen Tür*: Frau Bernick, Sie haben wohl die Güte, Zeuge zu sein. – Und Sie auch, Fräulein Martha! Und lassen Sie Dina kommen. *Zu Lona, die in der Tür erscheint*: Ah, Sie sind auch da?

LONA *in der Tür*: Soll ich auch kommen?

RÖRLUND: So viele, wie wollen; je mehr, desto besser.

BERNICK: Was haben Sie vor?

LONA, FRAU BERNICK, MARTHA, DINA *und* HILMAR TÖNNESEN *kommen aus dem Zimmer.*

FRAU BERNICK: Herr Adjunkt, ich hab ihn beim besten Willen nicht daran hindern können –

RÖRLUND: Ich werde ihn daran hindern, gnädige Frau. – Dina, Sie sind ein unbesonnenes Mädchen. Doch ich mache Ihnen keine allzu großen Vorwürfe. Sie haben hier zu lange ohne moralische Stütze gestanden, die Sie hätte aufrecht halten können; ich mache mir selbst Vorwürfe, daß ich Ihnen diese Stütze nicht schon früher gewährte.

DINA: Sie sollen jetzt nicht darüber sprechen.

FRAU BERNICK: Was soll denn das bedeuten?

RÖRLUND: Gerade jetzt muß ich darüber sprechen, Dina, obgleich Ihr Betragen gestern und heute es mir unendlich schwer gemacht hat. Doch wenn Ihre Rettung auf dem Spiele steht, müssen alle andern Rücksichten schweigen. Sie erinnern sich des Wortes, das ich Ihnen gab; Sie erinnern sich, was Sie mir zu antworten versprachen, wenn ich die Zeit für gekommen hielte. Jetzt darf ich mich nicht länger besinnen, und darum – *Zu Johann*: Dieses junge Mädchen, dem Sie nachstellen, ist meine Braut!

FRAU BERNICK: Was sagen Sie?

BERNICK: Dina!

HILMAR: Sie! Ihre –?

MARTHA: Nein, nein, Dina!

LONA: Lüge!

JOHANN: Dina, spricht der Mann die Wahrheit?

DINA *nach kurzer Pause*: Ja.

RÖRLUND: Und hiermit sind hoffentlich alle Verführungskünste zunichte geworden. Der Schritt, zu dem ich mich Dina zuliebe entschlossen habe, mag immerhin unsrer ganzen Gesellschaft verkündet werden. Ich hege die sichre Hoffnung, daß er nicht mißdeutet wird. – Doch nun, Frau Bernick, mein ich, ist es das beste, wir führen sie hinweg und versuchen, ihrer Seele die Ruhe und das Gleichgewicht wiederzugeben.

FRAU BERNICK: Ja, komm! O Dina, welch ein Glück für dich!

Sie führt Dina links hinaus; Rörlund folgt ihnen.

MARTHA: Leb wohl, Johann!

Ab durch die zweite Tür links.

HILMAR *in der Gartentür*: Hm, – da muß ich denn doch sagen –

LONA *die Dina mit den Augen gefolgt ist*: Nicht den Mut verlieren, mein Junge! Ich bleibe hier und sehe dem Pastor auf die Finger.

Ab nach rechts.

BERNICK: Johann, nun reist du nicht mit der „Indian Girl"!

JOHANN: Jetzt gerade.

BERNICK: Aber du kommst doch nicht wieder?

JOHANN: Ich komme wieder.

BERNICK: Nach dem, was geschehen ist? Was willst du noch hier?

JOHANN: Mich rächen an euch allen; von euch so viele zugrunde richten, wie ich nur kann! *Ab nach rechts.*

VIGELAND *und* KRAP *kommen aus Bernicks Zimmer.*

VIGELAND: So, nun sind die Papiere in Ordnung, Herr Konsul.

BERNICK: Gut, schon gut.

KRAP *mit gedämpfter Stimme*: Also es bleibt dabei, daß die „Indian Girl" morgen segelt?

BERNICK: Sie segelt.

Ab in sein Zimmer links. Vigeland und Krap ab nach rechts. Hilmar will ihnen folgen; aber in diesem Augenblick stekt OLAF *den Kopf vorsichtig durch die Tür links.*

OLAF: Onkel! Onkel Hilmar!

HILMAR: Uh! Bist du's? Warum bleibst du nicht oben? Du hast Stubenarrest.

OLAF *geht ein paar Schritte vor*: Pst! Onkel Hilmar, weißt du das Neueste?

HILMAR: Ja, ich weiß, daß du heut Prügel bekommen hast.

OLAF *sieht drohend nach dem Zimmer des Vaters*: Er soll mich nicht wieder schlagen! Aber weißt du, daß Onkel Johann morgen mit dem Amerikaner segelt?

HILMAR: Was geht das dich an? Mach, daß du wieder hinaufkommst!

OLAF: Ich gehe vielleicht auch noch einmal mit auf die Büffeljagd, Onkel!

HILMAR: Unsinn! So eine Memme wie du –

OLAF: Wart's nur ab! Morgen kriegst du schon was zu hören.

HILMAR: Schafskopf!

Ab durch den Garten. Olaf läuft wieder in das Zimmer und schließt die Tür, da er KRAP *von rechts kommen sieht.*

KRAP *geht nach Bernicks Tür und öffnet sie halb*: Entschuldigen Sie, daß ich noch mal komme, Herr Konsul, – aber ein mächtiges Unwetter zieht herauf. *Er wartet einen Augenblick. Keine Antwort.*

Soll die „Indian Girl" doch segeln? –

Nach einer kurzen Pause antwortet

BERNICK *im Zimmer drin*: Die „Indian Girl" segelt doch.

Krap schließt die Tür und geht wieder rechts hinaus.

VIERTER AKT

Das Gartenzimmer bei Bernicks. Der Arbeitstisch ist weggeräumt. Es ist ein stürmischer Nachmittag und schon Dämmerung, die während des Folgenden zunimmt.

Ein DIENER *steckt den Kronleuchter an; einige* DIENSTMÄDCHEN *bringen Blumentöpfe, Lampen und Lichter, die auf Tische und Wandgesimse gestellt werden.* RUMMEL *im Frack, mit Handschuhen und weißer Halsbinde, steht im Zimmer und trifft Anordnungen.*

RUMMEL *zum Diener*: Nur jede zweite Kerze, Jakob. Es darf nicht gar zu festlich aussehen; es soll ja eine Überraschung werden. Und die Blumen da –? Na, laßt sie nur stehen; man kann ja denken, sie ständen alle Tage da –

BERNICK *kommt aus seinem Zimmer.*

BERNICK *in der Tür*: Was soll das heißen?

RUMMEL: Au weh, au weh! Du bist da? *Zu den Dienstboten*: Na, jetzt könnt ihr einstweilen gehen.

Der Diener und die Mädchen ab durch die obere Tür links.

BERNICK *kommt näher*: Aber, Rummel, was soll das heißen?

RUMMEL: Es soll heißen, daß der stolzeste Augenblick deines Lebens gekommen ist. Die Stadt bringt ihrem ersten Mann heut abend einen Festzug!

BERNICK: Was sagst du?

RUMMEL: Einen Festzug mit Musik! Wir hätten auch gern Fackeln genommen; aber das durften wir bei diesem stürmischen Wetter nicht wagen. Na, illuminiert wird jedenfalls; und das klingt ja auch ganz gut, wenn es in den Zeitungen steht.

BERNICK: Hör mal, Rummel. Ich will das nicht.

RUMMEL: Ja, nun ist es zu spät; in einer halben Stunde sind sie da.

BERNICK: Aber warum hast du mir das nicht früher gesagt?

RUMMEL: Eben weil mir bange war, du würdest was dagegen haben. Und da steckt ich mich hinter deine Frau; sie erlaubte mir, so ein bißchen zu arrangieren, und wird auch für Erfrischungen sorgen.

BERNICK *horcht*: Was ist das? Kommen sie schon? Mir ist, als hörte ich Gesang.

RUMMEL *an der Gartentür*: Gesang? Ach, das sind bloß die Amerikaner; man holt die „Indian Girl" zur Tonne hinaus.

BERNICK: Die „Indian Girl"? – Ja –; ach, ich kann nicht heut abend; ich bin krank.

RUMMEL: Ja, du siehst in der Tat schlecht aus. Aber du mußt dich aufraffen. Zum Donnerwetter, du m u ß t dich aufraffen! Ich wie auch Sandstad und Vigeland legen das größte Gewicht auf das Zustandekommen dieser Veranstaltung. Unsere Gegner müssen unter dem Gewicht einer möglichst großartigen Demonstration zum Schweigen gebracht werden. Es bilden sich Gerüchte; mit der Mitteilung von den Terrainkäufen kann man nicht länger hinter dem Berge halten. Du mußt unter allen Umständen schon heut abend bei Gesang und Gläserklang und schönen Reden, kurz, unter dem Eindruck einer rauschenden Feststimmung verkünden, was du zum Besten der Gesellschaft riskiert hast. Unter dem Eindruck solch einer rauschenden Feststimmung, wie ich mich eben ausdrückte, läßt sich ungeheuer viel bei uns machen. Aber d i e muß vorhanden sein, – sonst geht's nicht.

BERNICK: Jawohl, ja –

RUMMEL: Und ganz besonders, wenn man mit einer so delikaten und kitzligen Sache herausrücken soll. Na, Bernick, du hast ja, Gott sei Dank, einen Namen, der einen Puff vertragen kann. Aber hör mal, wir sollten uns doch vorher ein wenig verständigen. Hilmar Tönnesen hat ein Lied auf dich gedichtet. Es beginnt sehr hübsch mit den Worten: „Hoch die Fahne der Idee!" Und Rörlund hat den Auftrag, die Festrede zu halten. Auf die mußt du natürlich antworten.

BERNICK: Ich kann heut nicht. Könntest du nicht –?

RUMMEL: Unmöglich, so gern ich auch wollte. Die Rede wird ja doch, wie du dir denken kannst, vor allem an dich gerichtet. Na, vielleicht werden auch für uns andere ein paar Worte abfallen. Ich habe mit Vigeland und Sandstad darüber gesprochen. Wir haben gedacht, du könntest mit einem Hoch auf das Gedeihen unsrer Gesellschaft antworten; Sandstad will einige Worte über die Eintracht der verschiedenen Gesellschaftsklassen sprechen; Vigeland wird dann auseinandersetzen, wie wünschenswert es sei, daß durch das neue Unternehmen die moralische Grundlage, auf der wir stehen, nicht erschüttert werde, und ich habe vor, in wenigen passenden Worten der Frauen zu gedenken, deren bescheideneres

Wirken auch nicht ohne Bedeutung für die Gesellschaft ist. Aber du hörst ja gar nicht –

BERNICK: O doch – gewiß. Aber sage mir, glaubst du wirklich, daß es auf hoher See jetzt so sehr schlimm ist?

RUMMEL: Aha, du fürchtest für den „Palmbaum". Der ist doch gut versichert.

BERNICK: Versichert ja; aber –

RUMMEL: Und in gutem Stand; und das ist die Hauptsache.

BERNICK: Hm –. Wenn einem Fahrzeug etwas zustößt, so ist ja damit noch nicht gesagt, daß Menschenleben zugrunde gehen müssen; doch können Schiff und Ladung zum Teufel gehen –; man kann Koffer und Papiere einbüßen –

RUMMEL: Zum Kuckuck! An Koffern und Papieren ist doch nicht viel gelegen.

BERNICK: Das nicht! – Nein, nein, ich meinte bloß –. Still, da singen sie wieder.

RUMMEL: Das ist am Bord des „Palmbaum".

VIGELAND *kommt von rechts.*

VIGELAND: Ja! Der „Palmbaum" geht gleich ab.

BERNICK: Und Sie, als seekundiger Mann, Sie bleiben nach wie vor dabei, daß –?

VIGELAND: Ich bleibe bei der Vorsehung, Herr Konsul. Überdies war ich selbst an Bord und habe etliche Traktätchen ausgeteilt, die hoffentlich Segen bringen werden.

SANDSTAD *und* KRAP *kommen von rechts.*

SANDSTAD *noch in der Tür*: Ja, wenn das gut geht, so geht alles gut. Sieh da! Guten Abend, guten Abend!

BERNICK: Ist was passiert, Herr Krap?

KRAP: Ich sage nichts, Herr Konsul.

SANDSTAD: Die ganze Besatzung auf der „Indian Girl" ist betrunken; ich will kein ehrlicher Mann sein, wenn die Bestien mit lebendigem Leibe davonkommen.

LONA *kommt von rechts.*

LONA *zu Bernick*: Ja, – so kann ich dich denn von ihm grüßen.

BERNICK: Schon an Bord?

LONA: Wenigstens bald. Wir trennten uns vor dem Hotel.

BERNICK: Und sein Vorsatz steht fest?

LONA: Felsenfest.

RUMMEL *im Hintergrund an den Fenstern*: Der Henker hole diese neumodischen Einrichtungen! Ich kriege die Vorhänge nicht herunter.

LONA: Sollen sie herunter? Ich dachte, im Gegenteil –

RUMMEL: Zuerst herunter, Fräulein. Sie wissen doch, was es geben wird?

LONA: Freilich. Lassen Sie mich helfen. *Ergreift die Schnur.* Ich lasse den Vorhang fallen vor den Augen meines Schwagers – und möchte ihn doch lieber aufziehen.

RUMMEL: Das können Sie auch, aber später. Wenn der Garten voll ist von der wogenden Menge, dann gehen die Vorhänge in die Höhe, und man sieht drinnen eine überraschte und frohe Familie; – das Haus eines Bürgers soll sein wie ein Glasschrank.

Bernick scheint etwas sagen zu wollen, wendet sich aber schnell um und geht in sein Zimmer.

RUMMEL: So, nun wollen wir die letzte Beratung halten. Kommen Sie mit, Herr Krap! Sie müssen uns mit ein paar aufschlußreichen Tatsachen unter die Arme greifen.

Alle Herren ab in das Zimmer Bernicks. Lona hat die Vorhänge an den Fenstern heruntergelassen und will dasselbe gerade mit dem Vorhang an der Glastüre tun, da springt OLAF *von oben die Gartentreppe herunter. Er hat ein Plaid über der Schulter und ein Bündel in der Hand.*

LONA: O! – Gott verzeih dir's, Junge, – hast du mich aber erschreckt!

OLAF *verbirgt das Bündel*: Pst, Tante!

LONA: Du springst zum Fenster hinaus! Wo willst du hin?

OLAF: Pst, sag nichts! Ich will zu Onkel Johann; – bloß zur Brücke runter, weißt du; – bloß ihm Adieu sagen. Gute Nacht, Tante! *Er läuft hinaus durch den Garten.*

LONA: Nein, – bleib! Olaf – Olaf!

JOHANN TÖNNESEN, *im Reiseanzug, mit einer Tasche über der Schulter, kommt vorsichtig durch die Tür rechts.*

JOHANN: Lona!

LONA *wendet sich um*: Was! Du kommst wieder?

JOHANN: Es sind noch ein paar Minuten Zeit. Ich muß s i e noch einmal sehen. Wir können nicht so voneinander scheiden.

MARTHA *und* DINA, *beide mit Mänteln, kommen durch die obere Tür links; letztere hat eine kleine Reisetasche in der Hand.*

DINA: Zu ihm, zu ihm!

MARTHA: Ja, du sollst zu ihm, Dina!

DINA: Da ist er!

JOHANN: Dina!

DINA: Nehmen Sie mich mit!

JOHANN: Was –!

LONA: Du willst?

DINA: Ja, nehmen Sie mich mit! Der andere hat mir geschrieben, – er hat gesagt, daß es heut abend noch alle Leute wissen sollen –

JOHANN: Dina – Sie lieben ihn nicht?

DINA: Ich hab ihn nie geliebt! Eher stürze ich mich in den Fjord, als daß ich seine Braut werde! O, wie er mich demütigte gestern mit seinen dünkelhaften Worten! Wie ließ er mich fühlen, daß er ein geringes Geschöpf zu sich emporhebe! Ich will nicht mehr, daß man mich geringachte! Ich will fort. Darf ich Sie begleiten?

JOHANN: Ja, ja – und tausendmal ja!

DINA: Ich werde Ihnen nicht lange zur Last fallen. Helfen Sie mir nur hinüber; helfen Sie mir im Anfang ein bißchen weiter.

JOHANN: Hurra, Dina! Das findet sich schon!

LONA *zeigt auf Bernicks Tür*: Pst! Leise, leise!

JOHANN: Dina, ich werde Sie auf Händen tragen!

DINA: Das sollen Sie nicht. Ich will mich selbst durchbringen; und drüben kann ich das schon. Nur fort von hier! O, diese Frauen – Sie wissen noch nicht –, die haben mir auch heute geschrieben. Sie haben mich ermahnt, mein Glück auch zu begreifen, haben mir vorgehalten, welche Großmut er bewiesen. Morgen und alle Tage wollen sie auf mich aufpassen, um zu sehen, ob ich mich all dessen auch würdig erweise. Wie mir graut vor dieser ganzen Sittsamkeit!

JOHANN: Sagen Sie mir, Dina, wollen Sie nur deshalb fort? Bin ich Ihnen nichts?

DINA: Doch, Johann, Sie sind mir mehr als alle andern Menschen.

JOHANN: Dina!

DINA: Alle sagen sie hier, ich müsse Sie hassen und verabscheuen; das sei meine Pflicht. Aber ich begreife nicht, warum das meine Pflicht sein soll, und werde es nie begreifen lernen.

LONA: Das sollst du auch nicht, mein Kind!

MARTHA: Nein, das sollst du nicht; und darum sollst du ihm auch folgen als seine Frau.

JOHANN: Ja, ja!

LONA: Wie? Laß dich küssen, Martha! Das hätt ich von dir nicht erwartet.

MARTHA: Glaub's wohl; ich hätt es selbst nicht erwartet. Aber einmal mußt es heraus aus mir. Ach, wie leiden wir hier unter dem Zwang der Konventionen und der Gewohnheiten! Lehn dich dagegen auf, Dina! Werde seine Frau. Tu etwas, das sich über diesen Anstand und das Herkömmliche einfach hinwegsetzt!

JOHANN: Was antworten Sie, Dina?

DINA: Ja, – ich will Ihre Frau werden.

JOHANN: Dina!

DINA: Doch erst will ich arbeiten, selber etwas werden – so wie Sie. Ich will nicht eine Sache sein, die man einfach an sich nimmt.

LONA: Recht so, – so soll es sein!

JOHANN: Gut denn; ich warte und hoffe –

LONA: – und gewinnst, mein Junge! Doch jetzt an Bord!

JOHANN: Jawohl, – an Bord! – Du, Lona, liebe Schwester, ein Wort noch! Hör mal –

Er führt sie in den Hintergrund und spricht auf sie ein.

MARTHA: Dina, du Glückliche, – laß mich dich anschauen, dich noch einmal küssen – das letzte Mal!

DINA: Nicht das letzte Mal; nein, teure, geliebte Tante, wir sehen uns wieder!

MARTHA: Niemals! Versprich mir, Dina, komm nie zurück! *Sie faßt Dinas Hände und blickt sie an*: Nun gehst du dem Glück entgegen, du geliebtes Kind – übers Meer! O, wie oft hab ich mich nicht aus meiner Schulstube dahin gesehnt! Draußen muß es schön sein: ein größerer Himmel; die Wolken ziehen höher als hier; eine freiere Luft weht.

DINA: O, Tante Martha, du folgst uns schon noch einmal.

MARTHA: Ich? Niemals, niemals! Hier hab ich meine kleine Lebensaufgabe; und nun glaub ich auch, daß ich ganz und ungeteilt das werden kann, was ich sein soll.

DINA: Von dir scheiden zu müssen – ich kann's nicht ausdenken!

MARTHA: Ach, der Mensch kann von vielem scheiden, Dina. *Küßt Dina.* Doch die Erfahrung soll dir erspart bleiben, mein Herzenskind. Versprich mir, ihn glücklich zu machen!

DINA: Ich will nichts versprechen; ich hasse Versprechungen. Alles komme, wie's kommen mag.

MARTHA: Jawohl, so soll es sein; du sollst nur bleiben, wie du bist – aufrichtig und dir selber treu.

DINA: Das will ich, Tante.

LONA *steckt einige Papiere in die Tasche, die Johann ihr gegeben hat*: Brav, brav, mein lieber Junge. Doch jetzt fort!

JOHANN: Ja, es ist keine Zeit mehr zu verlieren. Adieu, Lona! Dank für all deine Liebe! Adieu, Martha; hab auch du Dank für deine treue Freundschaft!

MARTHA: Adieu, Johann! Adieu, Dina! Und das Glück sei mit euch in allen Tagen!

Martha und Lona drängen die beiden der Tür im Hintergrunde zu. Johann und Dina gehen rasch ab durch den Garten. Lona schließt die Tür und zieht den Vorhang vor.

LONA: Nun sind wir allein, Martha. Du hast sie verloren und ich ihn.

MARTHA: Du – ihn?

LONA: Ach, halb hatt ich ihn schon drüben verloren. Der Junge sehnte sich unausgesetzt danach, auf eignen Füßen zu stehen. Darum redete ich ihm ein, ich hätte Heimweh.

MARTHA: Darum? Jetzt versteh ich auch, weshalb du gekommen bist. Doch er wird nach dir zurück verlangen, Lona.

LONA: Eine alte Stiefschwester – was soll er jetzt mit der? – Die Männer, die reißen sich von gar vielem los, um zu ihrem Glück zu gelangen.

MARTHA: Das kommt zuweilen vor.

LONA: Aber wir wollen zusammenhalten, Martha!

MARTHA: Kann ich dir etwas sein?

LONA: Wem denn mehr? Wir zwei Pflegemütter – haben wir nicht beide unsere Kinder verloren? Nun sind wir allein.

MARTHA: Allein. Und darum sollst du es auch wissen – ich hab ihn über alles in der Welt geliebt.

LONA: Martha! *Packt Martha am Arm.* Ist das wirklich wahr?

MARTHA: Der ganze Inhalt meines Lebens liegt in diesen Worten. Ich hab ihn geliebt und auf ihn gewartet. Jeden Sommer hab ich gewartet, daß er komme. Und er kam – aber er sah mich nicht.

LONA: Ihn geliebt! Und du selbst hast ihm das Glück zugeführt?

MARTHA: Sollt ich ihm das Glück nicht zuführen, wenn ich ihn liebte? Ja, ich hab ihn geliebt! Mein ganzes Leben ist ein Leben für ihn gewesen, von dem Augenblicke an, da er fortging. Welchen Grund hatte ich zu hoffen, meinst du? O, ich glaube doch, ich hatte einigen Grund dazu! Doch als er wiederkam – da war's, als ob alles in seiner Erinnerung ausgelöscht sei. Er sah mich nicht.

LONA: Dina war's, die dich in den Schatten gestellt hat, Martha.

MARTHA: Gut, daß es so gekommen ist! Als er fortging, da waren wir gleichaltrig; als ich ihn wiedersah – o, dieser entsetzliche Augenblick! – da fiel es mir aufs Herz, daß ich nun zehn Jahre älter war als er. Da hatte er draußen sich getummelt, hatte Jugend und Gesundheit mit jedem Atemzug eingesogen; und unterdessen saß ich hier und spann und spann –

LONA: – den Faden seines Glückes, Martha.

MARTHA: Ja, Gold war's, Lona, was ich spann – ohne Bitterkeit! Nicht wahr, Lona, wir waren ihm zwei gute Schwestern?

LONA *umarmt sie*: Martha!

BERNICK *kommt aus seinem Zimmer.*

BERNICK *zu den Herren drin*: Jawohl, meine Herren; machen Sie alles, wie Sie wollen. Wenn es Zeit ist, so werd ich schon – *Schließt die Tür.* Ah! Ihr seid da? Du, Martha, du mußt ein bißchen Toilette machen; und sage Betty, sie möge dasselbe tun. Ich wünsche nichts Elegantes, natürlich; nur ein nettes Hauskleid. Aber ihr müßt euch beeilen.

LONA: Und ein glückliches, zufriedenes Gesicht, Martha! Frohe Augen möchten wir sehen.

BERNICK: Olaf soll auch herunterkommen; ich will ihn an meiner Seite haben.

LONA: Hm; Olaf –

MARTHA: Ich werd's Betty ausrichten.

Ab durch die obere Tür links.

LONA: So ist er also da, der große feierliche Augenblick.

BERNICK *geht unruhig auf und ab*: Ja – freilich.

LONA: In einer solchen Stunde muß sich ein Mann stolz und glücklich fühlen, denk ich mir.

BERNICK *sieht sie an*: Hm!

LONA: Die ganze Stadt wird ja illuminieren, hör ich.

BERNICK: Ja, – so was Ähnliches haben sie vor.

LONA: Alle Vereine werden mit ihren Fahnen antreten. Dein Name wird in Flammenschrift leuchten. Heute nacht wird nach allen Richtungen telegraphiert werden: „Im Kreise seiner glücklichen Familie nahm der Konsul Bernick die Huldigung seiner Mitbürger entgegen als eine Stütze der Gesellschaft."

BERNICK: Wird wohl so sein; und draußen werden sie Hoch rufen, und die Menge wird so lange jubeln, bis ich mich zeige; und ich werde genötigt sein, mich zu verbeugen und zu danken.

LONA: Genötigt also –

BERNICK: Glaubst du, ich fühle mich glücklich in diesem Augenblick?

LONA: Ich glaube allerdings nicht, daß du dich so im Innersten glücklich fühlen kannst.

BERNICK: Lona, du verachtest mich!

LONA: Noch nicht.

BERNICK: Dazu hast du auch kein Recht. Nein, – kein Recht, mich zu verachten! – Lona, du kannst es nicht begreifen, wie unsagbar einsam ich hier stehe in dieser engherzigen, impotenten Gesellschaft, – wie ich Jahr für Jahr meine Ansprüche an eine mich ganz ausfüllende Lebensaufgabe herabstimmen mußte. Was hab ich zustande gebracht, so mannigfaltig es auch scheinen mag? Stückwerk, – Lappalien. Andres, Höheres wird hier ja nicht geduldet! Würde ich der Stimmung und Anschauung, die gerade den Tag beherrschen, nur um einen Schritt vorausgehen, so wär es aus mit meiner Macht. Weißt du, was wir sind, wir, die als Stützen der Gesellschaft gelten? Wir sind das Werkzeug der Gesellschaft, – nichts mehr und nichts weniger.

LONA: Warum siehst du das erst jetzt ein?

BERNICK: Weil ich in letzter Zeit viel darüber nachgedacht habe, – seit du wieder da bist, – und zumal am heutigen Abend. O, Lona, warum hab ich dich nicht wirklich gekannt damals – in den alten Tagen!

LONA: Was dann?

BERNICK: Dann hätt ich dich nie aufgegeben; und hätt ich dich neben mir gehabt, so stänð ich nicht da, wo ich jetzt stehe.

LONA: Und bedenkst du nicht, was sie dir hätte werden können, Betty, die du statt meiner wähltest?

BERNICK: Jedenfalls weiß ich, daß sie mir nicht das geworden ist, was ich brauchte.

LONA: Weil du nie die Aufgabe deines Lebens mit ihr geteilt, weil du ihr nie ein freies und wahres Verhältnis zu dir ermöglicht hast; weil du sie hinsiechen läßt in ihrem Gram über die Schande, die gerade du über ihre nächsten Verwandten gebracht hast.

BERNICK: Ja, ja, ja, das alles ist die Folge der Lüge und der ganzen Unwahrhaftigkeit.

LONA: Nun denn – warum brichst du nicht mit dieser Lüge?

BERNICK: Jetzt? – Jetzt ist es zu spät, Lona.

LONA: Sag mir, Karsten, welche Befriedigung gibt dir dieser falsche Schein und dieser Betrug?

BERNICK: Keine. Ich muß zugrunde gehen, wie diese ganze verlogene Gesellschaft. Aber eine Generation wächst nach uns heran: für meinen Sohn arbeite ich; für ihn schaff ich ein Lebenswerk. Es wird eine Zeit kommen, da Wahrheit das Leben der Gesellschaft bestimmen wird, und auf diese Wahrheit soll er ein glücklicheres Dasein gründen, als das seines Vaters war.

LONA: Mit einer Lüge als Fundament? Bedenke, welches Erbe du deinem Sohne damit gibst!

BERNICK *in unterdrückter Verzweiflung*: Ich geb ihm ein tausendmal schlimmeres Erbe, als du ahnst. Aber einmal muß der Fluch weichen. Und doch – trotzdem – *Leidenschaftlich*: Wie konntet ihr das alles über mich bringen! Doch jetzt ist's geschehen. Jetzt muß ich vorwärts. Mich zu verderben, das soll euch nicht gelingen!

HILMAR TÖNNESEN *mit einem offenen Billett in der Hand, kommt eilig und verstört von rechts*: Das ist ja –! Betty, Betty!

BERNICK: Was gibt's? Kommen sie schon?

HILMAR: Nein, nein; aber ich muß dringend mit jemandem sprechen – *Ab durch die oberste Tür links.*

LONA: Karsten, du redest so, als ob wir gekommen wären, dich zu vernichten. Laß dir denn sagen, aus welchem Erz er ist, dieser verlorne Sohn, den eure moralische Gesellschaft scheut wie einen Pestkranken. Er kann euch entbehren, denn jetzt ist er fort.

BERNICK: Aber er wollte wiederkommen –

LONA: Johann kommt niemals wieder. Er ist fort für immer, und Dina ist mit ihm.

BERNICK: Kommt niemals wieder? Und Dina ist mit ihm?

LONA: Jawohl, um seine Frau zu werden. So schlagen die beiden eurer tugendreichen Gesellschaft ins Gesicht – geradeso wie einst ich – na!

BERNICK: Fort – auch sie – mit der „Indian Girl" –!

LONA: Nein, ein so teures Gut durft er der ruchlosen Bande nicht anvertrauen. Johann und Dina sind mit dem „Palmbaum" gefahren.

BERNICK: Ha! – also – vergebens – *Er geht rasch nach seinem Zimmer, reißt die Tür auf und ruft hinein*: Krap, halten sie die „Indian Girl" auf; sie darf heut nicht in See!

KRAP *von drinnen*: Die „Indian Girl" ist schon auf See, Herr Konsul.

BERNICK *schließt die Tür und sagt matt*: Zu spät – und nutzlos –

LONA: Was meinst du?

BERNICK: Nichts, nichts! Laß mich –

LONA: Hm. Sieh her, Karsten! Johann läßt dir sagen, daß er den Ruf und den Namen in meine Hände legt, den er dir einmal geliehen, und auch den guten Namen, den du ihm genommen, als er fort war. Johann schweigt; und ich kann in der Sache tun und lassen, was ich will. Sieh her, da hab ich deine beiden Briefe in der Hand.

BERNICK: Du hast sie! Und nun – nun willst du – schon heut abend – vielleicht, wenn der Festzug –

LONA: Ich kam nicht herüber, um dich zu verraten, sondern um dich so aufzurütteln, daß du freiwillig sprechen müßtest. Das gelang mir nicht. So bleibe denn bei der Lüge! Sieh her, – ich zerreiße deine beiden Briefe. Nimm die Fetzen – da sind sie! Nun zeugt nichts mehr gegen dich, Karsten; nun bist du sicher; sei nun auch glücklich, – wenn du kannst!

BERNICK *erschüttert*: Lona, – warum hast du das nicht früher getan! Jetzt ist es zu spät; jetzt ist für mich das ganze Leben dahin! Ich kann nicht weiterleben.

LONA: Was ist geschehen?

BERNICK: Frag mich nicht. – Und doch muß ich leben! Ich will leben – um Olafs willen. Er soll alles wiedergutmachen, alles sühnen.

LONA: Karsten –!

HILMAR TÖNNESEN *kommt eilig zurück.*

HILMAR: Nirgends zu finden – fort! Und Betty auch nicht!

BERNICK: Was fehlt dir?

HILMAR: Ich wage nicht, es dir zu sagen.

BERNICK: Was ist? Du mußt und sollst mir's sagen!

HILMAR: Also denn – Olaf ist durchgebrannt, – mit der „Indian Girl".

BERNICK *taumelt zurück*: Olaf – mit der „Indian Girl"! Nein, nein!

LONA: Doch, – doch! Jetzt versteh ich –! Ich sah, wie er aus dem Fenster sprang.

BERNICK *in der Tür seines Zimmers, ruft verzweifelt*: Krap, halten Sie die „Indian Girl" auf – um jeden Preis!

KRAP *kommt heraus*: Unmöglich, Herr Konsul! Wie können Sie nur denken –?

BERNICK: Wir müssen das Schiff aufhalten – Olaf ist an Bord!

KRAP: Was sagen Sie?

RUMMEL *kommt heraus*: Olaf durchgebrannt? Nicht möglich!

SANDSTAD *kommt*: Er wird mit dem Lotsen zurückgeschickt werden, Herr Konsul.

HILMAR: Nein, nein! Er hat mir geschrieben. *Zeigt das Billett.* Er sagt, er will sich im Schiffsraum verbergen, bis sie auf hoher See sind.

BERNICK: Ich seh ihn nie wieder!

RUMMEL: Ach, Unsinn! Ein starkes, gutes Schiff, eben repariert –

VIGELAND *der gleichfalls herausgekommen ist*: – auf Ihrer eignen Werft, Herr Konsul!

BERNICK: Ich seh ihn nie wieder, sag ich euch! Ich hab ihn verloren, Lona, und – jetzt seh ich's ein – ich hab ihn nie besessen. *Horcht.* Was ist das?

RUMMEL: Musik. Der Festzug kommt jetzt.

BERNICK: Ich kann niemanden empfangen, ich will niemanden empfangen!

RUMMEL: Was fällt dir ein? Das ist unmöglich.

SANDSTAD: Unmöglich, Herr Konsul; bedenken Sie, was für Sie auf dem Spiele steht!

BERNICK: Das alles hat jetzt gar keinen Wert für mich! Wen hab ich nun, für den ich arbeite?

RUMMEL: Wie du nur so fragen kannst! Du hast doch uns und die Gesellschaft.

VIGELAND: Ein wahres Wort!

SANDSTAD: Sie vergessen doch wohl nicht, Herr Konsul, daß wir –

MARTHA *kommt durch die obere Tür links. Man hört die gedämpften Klänge der Musik, fern unten auf der Straße.*

MARTHA: Jetzt kommt der Zug; aber Betty ist nicht zu Haus. Ich versteh nicht, wo sie –

BERNICK: Nicht zu Haus! Da siehst du's, Lona; keine Stütze – nicht in Freud, nicht in Leid!

RUMMEL: Die Vorhänge weg! Kommen Sie und helfen Sie mir, Herr Krap! Sie auch, Herr Sandstad! Jammerschade, daß die Familie gerade jetzt so versprengt sein muß! Ganz gegen das Programm.

Die Vorhänge an Fenstern und Türe werden weggezogen. Man sieht die ganze Straße illuminiert. An dem Hause gerade gegenüber ist ein großes Transparent angebracht mit der Inschrift: „Es lebe der Konsul Bernick, die Stütze unserer Gesellschaft."

BERNICK *weicht scheu zurück*: Fort damit! Ich will nichts sehen! Auslöschen, auslöschen!

RUMMEL: Mit Verlaub; bist du nicht recht bei Trost?

MARTHA: Was fehlt ihm, Lona?

LONA: Pst! *Sie spricht leise mit ihr.*

BERNICK: Weg mit dieser höhnenden Inschrift, sag ich! Seht ihr nicht, daß alle Lichter uns die Zunge herausstrecken?

RUMMEL: Aber, da muß ich doch sagen –

BERNICK: Ach, was wißt ihr! Aber ich, ich –! Lichter im Totenzimmer sind das!

KRAP: Hm –

RUMMEL: Aber hör mal, – du nimmst dir's auch zu sehr zu Herzen.

SANDSTAD: Der Junge macht eine Spazierfahrt über den Atlantischen Ozean, und dann kriegen Sie ihn wieder.

VIGELAND: Vertrauen Sie nur auf die Hand des Allmächtigen, Herr Konsul!

RUMMEL: Und auf die Schute, Bernick; sie ist doch meines Wissens nicht dem Versinken nahe.

KRAP: Hm –

RUMMEL: Ja, wenn es so einer von den schwimmenden Särgen wäre, wie man sie da draußen im Ausland –

BERNICK: Ich fühle, wie mein Haar grau wird in dieser Stunde.

FRAU BERNICK, *einen großen Schal über dem Kopf, kommt durch die Gartentür.*

FRAU BERNICK: Karsten, Karsten, weißt du –?

BERNICK: Ja, ich weiß! Aber du, – du, die nichts sieht; du, die nicht wie eine Mutter ein Auge auf ihn hat –

FRAU BERNICK: So hör doch nur –

BERNICK: Warum hast du nicht auf ihn aufgepaßt? Jetzt hab ich ihn verloren. Gib ihn mir wieder, wenn du kannst!

FRAU BERNICK: Ja, ich kann es! Ich hab ihn!

BERNICK: Wie?

DIE HERREN: Ah!

HILMAR: Na, dacht ich's mir doch!

MARTHA: Karsten, du hast ihn wieder!

LONA: Und nun such ihn auch zu halten!

BERNICK: Du hast ihn! Sprichst du die Wahrheit? Wo ist er?

FRAU BERNICK: Das sage ich dir nicht, bevor du ihm verziehen hast.

BERNICK: O, sprich jetzt nicht von Verzeihung –! Aber wie hast du erfahren –?

FRAU BERNICK: Glaubst du, eine Mutter habe keine Augen? Ich war in Todesangst, du möchtest etwas erfahren. Einige Worte, die er gestern fallenließ, – und da sein Zimmer leer war und Ranzen und Kleider fort –

BERNICK: Nun, und –?

FRAU BERNICK: Ich lief, was ich konnte; holte mir Aune; wir fuhren in seinem Segelboot hinaus; der Amerikaner wollte gerade absegeln. Gottlob, wir kamen noch zu rechter Zeit, – gingen an Bord, – durchsuchten das Schiff, – fanden ihn! O, Karsten, du darfst ihn nicht bestrafen!

BERNICK: Betty!

FRAU BERNICK: Und den Aune ebensowenig!

BERNICK: Aune? Was weißt du von ihm? Ist die „Indian Girl" wieder unter Segel?

FRAU BERNICK: Nein; das ist es ja gerade –

BERNICK: Sprich, sprich!

FRAU BERNICK: Aune war ebenso erschüttert wie ich; die Durchsuchung kostete Zeit; die Dunkelheit trat ein, so daß der Lotse Schwierigkeiten machte; und da war Aune so eigenmächtig, – in deinem Namen –

BERNICK: Nun?

FRAU BERNICK: Das Schiff aufzuhalten – bis morgen.

KRAP: Hm –

BERNICK: Welch unermeßliches Glück!

FRAU BERNICK: Du bist nicht böse?

BERNICK: O Betty, dieses Übermaß von Glück!

RUMMEL: Du bist auch gar zu gewissenhaft.

HILMAR: Ja, wenn es mal einen kleinen Kampf mit den Elementen gilt, dann – uh!

KRAP *an einem der Fenster*: Jetzt kommt der Zug durchs Gartentor, Herr Konsul.

BERNICK: Ja, jetzt kann er kommen!

RUMMEL: Der ganze Garten ist angefüllt mit Menschen.

SANDSTAD: Die ganze Straße ist gepfropft voll.

RUMMEL: Die ganze Stadt ist auf den Beinen, Bernick! Wirklich, ein erhebender Augenblick!

VIGELAND: Lassen Sie es uns demütigen Sinnes hinnehmen, Herr Rummel!

RUMMEL: Alle Fahnen sind zur Stelle! Was für ein Zug! Da ist das Festkomitee mit Adjunkt Rörlund an der Spitze.

BERNICK: Laßt sie kommen, sag ich.

RUMMEL: Aber hör mal; in der erregten Gemütsverfassung, in der du bist –

BERNICK: Was ist denn?

RUMMEL: Ich wäre nicht abgeneigt, das Wort an deiner Stelle zu ergreifen.

BERNICK: Nein, danke schön! Heut sprech ich selbst.

RUMMEL: Aber weißt du auch, was du zu sagen hast?

BERNICK: Ja, sei unbesorgt; – jetzt weiß ich, was ich zu sagen habe.

Die Musik hat mittlerweile aufgehört. Die Gartentür öffnet sich. RÖRLUND, *an der Spitze des Festkomitees, tritt durch die Gartentür ein, begleitet von ein paar Lohndienern, die einen zugedeckten Korb tragen. Dann kommen Bürger der Stadt aus allen Gesellschaftsschichten, soviel der Saal faßt. Eine unübersehbare Menge mit Fahnen und Flaggen sieht man draußen im Garten und auf der Straße.*

RÖRLUND: Hochgeehrter Herr Konsul! Ich sehe an der Überraschung, die sich auf Ihren Zügen malt, daß wir als unerwartete Gäste eindringen – in den Kreis Ihrer glücklichen Familie, in Ihr friedliches Haus, wo Sie von ehrenwerten und tatkräftigen Freunden und Mitbürgern umgeben sind. Doch es war uns ein Herzensbedürfnis, Ihnen unsere Huldigung darzubringen. Nicht zum erstenmal geschieht es, aber zum erstenmal kommen wir in so großer Zahl. Schon öfter haben wir Ihnen unsern Dank dargebracht dafür, daß Sie sozusagen eine breite moralische Grundlage schufen für das Gebäude unsrer Gesellschaft. Diesmal aber huldigen wir Ihnen vornehmlich als dem einsichtsvollen, unermüdlichen, uneigennützigen, ja opferwilligen Mitbürger, der die Initiative zu einem Unternehmen ergriffen hat, das, nach der Meinung aller Sachverständigen, dem zeitlichen Wohl und Gedeihen dieser Gesellschaft einen mächtigen Aufschwung geben wird.

STIMMEN AUS DER MENGE: Bravo! Bravo!

RÖRLUND: Herr Konsul! Sie sind seit manchem Jahr unsrer Stadt mit leuchtendem Beispiel vorangegangen. Ich rede nicht von Ihrem mustergültigen Familienleben, noch von Ihrem makellosen moralischen Lebenswandel überhaupt. Solche Dinge gehören ins stille Kämmerlein und nicht in den Festsaal. Aber ich rede von Ihrer bürgerlichen Wirksamkeit, so wie sie vor aller Augen offen daliegt. Wohlausgerüstete Schiffe gehen aus Ihren Werften hervor und zeigen unsre Flagge auf den fernsten Meeren. Eine große und glückliche Arbeiterschaft sieht zu Ihnen auf wie zu einem Vater. Indem Sie neue Erwerbszweige ins Leben riefen, haben Sie den Wohlstand von vielen hundert Familien begründet. Mit andern Worten – Sie sind in hervorragendem Sinne der Grundpfeiler dieser Gesellschaft.

STIMMEN: Hört, hört! Bravo!

RÖRLUND: Und gerade diese Aura der Uneigennützigkeit, die Ihre ganze Tätigkeit umgibt, ist es, was so unendlich wohltuend wirkt, besonders in Zeiten wie diesen. Sie stehen jetzt im Begriff, uns eine – ja, ich trage keine Bedenken, das Wort ganz prosaisch und schmucklos auszusprechen – eine Eisenbahn zu schaffen.

VIELE STIMMEN: Bravo! Bravo!

RÖRLUND: Doch diese Unternehmung scheint auf Schwierigkeiten zu stoßen, wesentlich diktiert von engherzigen, egoistischen Rücksichten.

STIMMEN: Hört, hört!

RÖRLUND: Es ist nämlich nicht unbekannt geblieben, daß gewisse Individuen, die nicht unsrer Gesellschaft angehören, den strebsamen Bürgern dieser Stadt zuvorgekommen sind und sich in den Besitz gewisser Vorteile gesetzt haben, die rechtmäßigerweise unsrer eignen Stadt hätten zugute kommen sollen.

STIMMEN: Jawohl, ja, hört!

RÖRLUND: Diese beklagenswerte Tatsache ist natürlich auch zu Ihrer

Kenntnis gelangt, Herr Konsul. Aber nichtsdestoweniger verfolgen Sie unerschütterlich Ihr Ziel, sich dessen wohl bewußt, daß ein Staatsbürger nicht immer bloß seine eigene Gemeinde im Auge haben muß.

VERSCHIEDENE STIMMEN: Hm! Nein, nein! Ja, ja!

RÖRLUND: Es ist somit der Mensch und der Staatsbürger – der Mann, wie er sein soll und muß, dem wir in Ihrer Person an diesem Abend unsre Huldigung darbringen. Möge Ihr Unternehmen uns allen zu wahrem und dauerndem Glück gereichen! Die Eisenbahn kann gewiß ein Weg werden, der uns dem Eindringen fremder, verderblicher Elemente aussetzt, zugleich aber auch ein Weg, der uns rasch wieder von ihnen befreit. Und schlechte Elemente von draußen können wir ja sowieso auch jetzt uns nicht vom Leibe halten. Aber daß wir gerade an diesem festlichen Abend, wie man hört, glücklich und schneller, als wir erwarten konnten, von gewissen Elementen dieses Schlags erlöst worden sind –

STIMMEN: Pst! Pst!

RÖRLUND: – das betracht ich als ein gutes Zeichen für das Unternehmen. Wenn ich diesen Punkt hier berühre, so beweist das nur, daß wir in einem Hause uns befinden, wo die ethische Forderung mehr gilt als Familienbande.

STIMMEN: Hört! Bravo!

BERNICK *zu gleicher Zeit*: Erlauben Sie mir –

RÖRLUND: Nur noch wenige Worte, Herr Konsul. Was Sie für die Gemeinde getan, taten Sie gewiß nicht mit dem Hintergedanken, daß Ihnen irgendwelche handgreiflichen Vorteile daraus erwachsen würden. Aber ein geringes Zeichen der Anerkennung von seiten Ihrer dankbaren Mitbürger dürfen Sie doch nicht verschmähen, am allerwenigsten in einem so bedeutungsvollen Augenblick, da wir, nach der Versicherung von Männern der Praxis, am Vorabend einer neuen Zeit stehen.

VIELE STIMMEN: Bravo! Hört! Hört!

Rörlund gibt den Dienern einen Wink; sie bringen den Korb herbei. Mitglieder des Festkomitees nehmen während des Folgenden die Gegenstände heraus, von denen die Rede ist, und präsentieren sie.

RÖRLUND: So erlauben Sie uns denn, Ihnen, Herr Konsul, ein silbernes Kaffeeservice zu überreichen. Es schmücke Ihren Tisch, wenn wir in Zukunft, wie bisher so oft, die Freude haben, uns in diesem gastlichen Hause zu versammeln.

Und auch Sie, meine Herren, die so bereitwillig dem ersten Mann unsrer Gesellschaft beigestanden, bitten wir, eine kleine

Erinnerungsgabe anzunehmen. Dieser silberne Pokal ist für Sie bestimmt, Herr Rummel. Sie haben so oft in beredten Worten, beim Becherklang, die bürgerlichen Interessen dieser Gesellschaft verfochten; mögen Sie noch oft eine würdige Veranlassung finden, diesen Pokal zu erheben und ihn zu leeren. – Ihnen, Herr Sandstad, überreich ich dieses Album mit Photographien Ihrer Mitbürger. Ihrer bekannten und anerkannten Humanität verdanken Sie die Annehmlichkeit, Freunde in allen Schichten der Gesellschaft zu zählen. – Und Ihnen, Herr Vigeland, darf ich, zum Schmuck Ihres stillen Kämmerleins diese Hauspostille auf Velin und in Prachteinband anbieten. Unter dem reifenden Einfluß der Jahre sind Sie zu einer tiefernsten Lebensanschauung gelangt. Ihr Wirken in der Mühsal des Tages ward im Lauf der Jahre durch den Gedanken an ein Höheres und an das Jenseits mehr und mehr geläutert und geadelt. *Er wendet sich an die Menge*: Und somit, meine Freunde, ein Hoch dem Konsul Bernick und seinen Mitkämpfern! Ein Hoch den Stützen unsrer Gesellschaft!

DIE GANZE SCHAR: Hoch Konsul Bernick! Hoch die Stützen der Gesellschaft! Hoch, hoch, hurra!

LONA: Ich gratuliere, Schwager!

Erwartungsvolle Stille.

BERNICK *beginnt ernst und langsam*: Liebe Mitbürger, – Ihr Wortführer sprach den Gedanken aus, daß wir heut am Vorabend einer neuen Zeit stehen, – und ich hoffe, es wird der Fall sein. Doch damit diese Zeit anbreche, müssen wir uns der Wahrheit annehmen – der Wahrheit, die bis heut in dieser Gesellschaft immer und überall obdachlos gewesen ist. *Überraschung unter den Umstehenden.* Ich beginne damit, die Lobsprüche zurückzuweisen, mit denen Sie, Herr Adjunkt, wie bei solcherlei Anlässen Brauch und Sitte ist, mich überhäuft haben. Ich verdiene sie nicht; denn ich bin bis zum heutigen Tage kein uneigennütziger Mann gewesen. Hatte ich auch nicht immer pekuniäre Vorteile im Auge, so bin ich jedenfalls doch jetzt davon überzeugt, daß größtenteils das brennende Verlangen nach Macht, Einfluß und Ansehen die Triebfeder meiner Handlungen war.

RUMMEL *halblaut*: Was soll das heißen?

BERNICK: Meinen Mitbürgern gegenüber mach ich mir deswegen keine Vorwürfe; denn ich glaube noch immer, daß ich mich unter den Tüchtigen hier bei uns in die erste Reihe stellen darf.

VIELE STIMMEN: Jawohl! Ja! Jawohl!

BERNICK: Aber woraus ich mir selbst ein Gewissen mache, das ist die

Tatsache, daß ich so oft schwach genug war, krumme Wege zu gehen, weil ich die Neigung unsrer Gesellschaft kannte und fürchtete, hinter allem, was ein Mann unternimmt, unreine Beweggründe zu suchen. Und jetzt komm ich zu einem Punkt, der damit in Zusammenhang steht.

RUMMEL *unruhig*: Hm – hm!

BERNICK: Es gehen hier Gerüchte um von großen Terrainkäufen oben im Land. Diese Grundstücke hab ich gekauft, – alle, alle, und ich allein.

GEDÄMPFTE STIMMEN: Was sagt er? Der Herr Konsul? Der Konsul Bernick?

BERNICK: Sie sind vorläufig in meiner Hand. Natürlich hab ich mich meinen Mitarbeitern, den Herren Rummel, Vigeland und Sandstad, anvertraut, und wir haben beschlossen –

RUMMEL: Das ist nicht wahr! Beweise, – Beweise –!

VIGELAND: Wir haben gar nichts beschlossen!

SANDSTAD: Nein, da muß ich aber sagen –!

BERNICK: Ganz recht; noch haben wir keinen Beschluß gefaßt über das, was ich vorbringen wollte. Doch hoff ich bestimmt, die drei Herren werden mir zustimmen, wenn ich sage, ich habe heut abend bei mir selbst beschlossen, aus diesem Bodenbesitz eine öffentliche Gründung zu machen, an der durch Zeichnung von Aktien ein jeder sich beteiligen kann, der da will.

VIELE STIMMEN: Hurra! Der Konsul Bernick lebe hoch!

RUMMEL *leise zu Bernick*: Ein so schändlicher Verrat –!

SANDSTAD *ebenso*: Uns so zum besten zu haben –!

VIGELAND: Na, da hol mich aber der Teufel –! Herr Jesus, was sag ich da!

DIE MENGE *draußen*: Hoch! Hoch! Hoch!

BERNICK: Still, meine Herren. Ich habe keinen Anspruch auf diese Huldigung; denn was ich heut beschlossen habe, das war nicht meine ursprüngliche Absicht. Meine Absicht war, alles selbst zu behalten; und ich bin auch jetzt noch der Meinung, daß diese Grundstücke am rentabelsten werden, wenn sie in einer Hand verbleiben. Doch ich stelle die Wahl. Wünscht man es, so bin ich auch erbötig, sie nach bestem Ermessen zu verwalten.

STIMMEN: Jawohl! Ja! Jawohl!

BERNICK: Doch zuerst müssen meine Mitbürger mich von Grund aus kennenlernen. Dann mag ein jeder sich selbst prüfen, – und halten wir fest daran, daß wir mit dem heutigen Abend eine neue Zeit beginnen. Die alte Zeit mit ihrer Schminke und Hohlheit, mit ihrer Tugendheuchelei und ihren jämmerlichen Rücksichten soll vor uns dastehen als ein Museum – zugänglich denen, die sich belehren wollen. Und in dieses Museum stiften wir – nicht wahr, meine Herren? – Kaffeeservice und Pokal, Album und auch die Hauspostille auf Velin und in Prachteinband.

RUMMEL: Ja, natürlich.

VIGELAND *murmelt*: Da Sie alles andre genommen, so –

SANDSTAD: Bitte, bitte!

BERNICK: Doch nun die Hauptabrechnung mit meiner Gesellschaft. Es wurde gesagt, schlechte Elemente hätten uns heut abend verlassen. Ich kann hinzufügen, was man noch nicht weiß: der Mann, auf den diese Worte gemünzt waren, ist nicht allein fort; ihm folgte, um seine Frau zu werden –

LONA *laut*: Dina Dorf.

RÖRLUND: Was?!

FRAU BERNICK: Was sagst du!

Große Bewegung.

RÖRLUND: Geflohen? Davongerannt – mit ihm? Unmöglich!

BERNICK: Um seine Frau zu werden, Herr Adjunkt. Und mehr noch – *Leise*: Betty, fasse dich und ertrage, was jetzt kommt! *Laut*: Ich sage: Hut ab vor dem Mann! Denn er hat hochherzig die Schuld eines andern auf sich genommen. Liebe Mitbürger! Ich will heraus aus der Verlogenheit; es hat nicht viel gefehlt, und die Lüge hätte jeden Blutstropfen in mir vergiftet. Sie sollen alles wissen. Vor fünfzehn Jahren der Schuldige – war ich!

FRAU BERNICK *leise und bebend*: Karsten!

MARTHA *ebenso*: Ah, Johann –!

LONA: Jetzt hast du dich selbst wiedergefunden!

Maßloses Erstaunen unter den Anwesenden.

BERNICK: Ja, liebe Mitbürger, ich war der Schuldige, und er verließ das Land. Die bösen und erlogenen Gerüchte zu widerlegen, die sich nachher verbreiteten, – das steht jetzt nicht mehr in menschlicher Macht. Doch darüber darf ich mich nicht beklagen. Vor fünfzehn Jahren begann mein Weg nach oben aufgrund dieser Gerüchte; ob ich nun durch sie fallen soll, – darüber möge ein jeder mit sich selbst zu Rate gehen.

RÖRLUND: Welch ein Blitzschlag aus heiterm Himmel! Der erste Mann der Stadt! *Mit gedämpfter Stimme zu Frau Bernick*: O, wie ich Sie bedauere, gnädige Frau!

HILMAR: Ein solches Geständnis! Na, da muß ich aber sagen –!

BERNICK: Doch heut abend falle keine Entscheidung! Ich bitte jeden, nach Hause zu gehen, – sich zu sammeln, – in sich selbst zu blikken. Wenn die Gemüter sich beruhigt haben, dann wird sich zeigen, ob ich verloren oder gewonnen dadurch, daß ich offen gesprochen habe. Leben Sie wohl! Ich habe noch viel, viel zu bereuen. Doch das geht nur mein Gewissen an. Gute Nacht! Fort mit dem Festgepränge! Wir fühlen alle, daß so etwas hier nicht am Platz ist.

RÖRLUND: Allerdings nicht. *Mit gedämpfter Stimme zu Frau Bernick*: Davongerannt! Sie war also doch meiner ganz unwürdig! *Halblaut zum Festkomitee*: Ja, meine Herren, nach diesem Vorfall, denk ich, ist es das beste, wir entfernen uns in aller Stille.

HILMAR: Wie man künftig die Fahne der Idee hochhalten soll, das –. Uh!

Der Inhalt von Bernicks Rede ist inzwischen unter Flüstern von Mund zu Mund gegangen. Alle Teilnehmer des Festzuges entfernen sich durch den Garten. Rummel, Sandstad und Vigeland gehen ab in heftigem, doch mit gedämpfter Stimme geführtem Wortwechsel. Hilmar schleicht sich rechts hinaus. Bernick, Frau Bernick, Martha, Lona und Krap sind unter Stillschweigen im Saal zurückgeblieben.

BERNICK: Betty, kannst du mir vergeben?

FRAU BERNICK *sieht ihn lächelnd an*: Weißt du, Karsten, daß du mir in all den Jahren nicht eine so fröhliche Aussicht eröffnet hast wie jetzt?

BERNICK: Wieso?

FRAU BERNICK: All die Jahre hab ich geglaubt, ich hätte dich einmal besessen und wieder verloren. Nun weiß ich, daß ich dich nie besessen habe. Aber ich werde den Weg finden zu deinem Herzen.

BERNICK *umarmt sie*: O Betty, du h a s t ihn gefunden! Durch Lona hab ich dich recht eigentlich erst kennengelernt. Doch nun laß Olaf kommen!

FRAU BERNICK: Ja, jetzt sollst du ihn haben! – Herr Krap –!

Sie spricht im Hintergrund leise mit ihm. Er geht durch den Garten ab. Während des Folgenden werden nach und nach alle Transparente und die Lichter in den Häusern ausgelöscht.

BERNICK *mit gedämpfter Stimme*: Dank, Lona! Du hast das Beste gerettet in mir – und für mich.

LONA: Wollt ich etwas andres?

BERNICK: Nein – oder doch? Ich kann nicht klug aus dir werden.

LONA: Hm –

BERNICK: Also nicht Haß? Nicht Rache? Weshalb kamst du denn herüber?

LONA: Alte Liebe rostet nicht.

BERNICK: Lona!

LONA: Als mir Johann die Geschichte von der Lüge erzählte, da schwur ich bei mir selbst: der Held meiner Jugend soll frei dastehen, frei und rein!

BERNICK: O, wie wenig hab ich erbärmlicher Mensch das um dich verdient!

LONA: Ja, Karsten, wenn wir Frauen nach dem Verdienst fragen wollten –!

AUNE *kommt mit* OLAF *aus dem Garten.*

BERNICK *eilt ihnen entgegen*: Olaf!

OLAF: Vater, ich verspreche dir, ich werde nie mehr –

BERNICK: Davonlaufen?

OLAF: Ja, ja! Das versprech ich dir, Vater.

BERNICK: Und ich verspreche dir, du sollst niemals Grund dazu haben. Künftig sollst du aufwachsen dürfen nicht als Erbe meiner Lebensaufgabe, sondern als ein Mensch, der seine eigene Lebensaufgabe haben wird.

OLAF: Und darf ich auch werden, was ich will?

BERNICK: Das darfst du!

OLAF: Danke schön! Dann will ich keine Stütze der Gesellschaft werden.

BERNICK: So? Warum nicht?

OLAF: Ei, weil ich glaube, das muß recht langweilig sein.

BERNICK: Du sollst selber was werden, Olaf; mag's im übrigen gehen, wie's will. – Und Sie, Aune, –

AUNE: Ich weiß, Herr Konsul; ich habe meine Entlassung.

BERNICK: Wir bleiben zusammen, Aune! Und verzeihen Sie mir –

AUNE: Wie denn? Das Schiff geht ja doch heut nicht in See.

BERNICK: Und morgen auch nicht. Ich hab Ihnen eine zu kurze Frist gelassen. Es muß gründlicher ausgebessert werden.

AUNE: Soll geschehen, Herr Konsul, – und zwar mit den neuen Maschinen!

BERNICK: So sei's. Doch gründlich und ehrlich! Es braucht manches bei uns eine gründliche und ehrliche Reparatur. Na gute Nacht, Aune!

AUNE: Gute Nacht, Herr Konsul! Und Dank, Dank!

Ab nach rechts.

FRAU BERNICK: Nun sind sie alle fort.

BERNICK: Und wir sind allein. Mein Name leuchtet nicht mehr in Flammenschrift. Alle Lichter sind ausgelöscht in den Fenstern.

LONA: Wünschtest du, sie möchten wieder brennen?

BERNICK: Um keinen Preis der Welt! Wo bin ich gewesen? Ihr werdet euch entsetzen, wenn ihr es hört. Mir ist zumute, als sei ich nach einer Vergiftung wieder zur Besinnung und zu mir selbst gekommen. Aber ich fühl's – ich kann noch einmal jung und gesund werden. O, kommt näher, – ganz nahe zu mir heran. Komm, Betty! Komm, Olaf, mein Kind! Und du, Martha – mir ist, als hätt ich dich in all den Jahren nicht gesehen.

LONA: Das glaub ich gern. Eure Gesellschaft ist eine Gesellschaft von Hagestolzen; ihr seht die Frau nicht.

BERNICK: Es ist wahr! Und eben darum – ja, das steht nun mal fest, Lona – verläßt du Betty und mich nicht mehr!

FRAU BERNICK: Nein, Lona, du darfst nicht fort!

LONA: Wie könnt ich's denn auch verantworten, euch junge Leute zu verlassen, die erst anfangen, einen Herd zu gründen? Bin ich nicht Pflegemutter? Ich und du, Martha, wir beiden alten Tanten –. Wonach siehst du denn?

MARTHA: Wie der Himmel sich aufklärt! Wie es hell wird über dem Meer! Der „Palmbaum" ist ein Glücksschiff.

LONA: Und hat das Glück an Bord.

BERNICK: Und wir – wir haben einen langen, ernsten Arbeitstag vor uns, zumal ich. Doch mag er kommen! Steht ihr mir nur immer zur Seite, ihr Frauen, treu und wahrheitsliebend! Auch das hab ich in diesen Tagen gelernt: Ihr Frauen, ihr seid die Stützen der Gesellschaft.

LONA: Dann, Schwager, hast du eine recht anfällige Weisheit gelernt. *Legt die Hand auf seine Schulter.* Nein, du! Der Geist der Wahrheit und der Geist der Freiheit – das sind die Stützen der Gesellschaft!

NORA
ODER
EIN PUPPENHEIM

Schauspiel in drei Akten

PERSONEN

Helmer, *Rechtsanwalt*
Nora, *seine Frau*
Frau Linde
Doktor Rank
Krogstad
Die drei kleinen Kinder Helmers
Anne-Marie, *Kinderfrau* | *bei Helmers*
Ein Hausmädchen | *bei Helmers*
Ein Dienstmann

Das Stück spielt in Helmers Wohnung.

ERSTER AKT

Ein gemütlich und geschmackvoll, aber nicht luxuriös eingerichtetes Zimmer. Rechts im Hintergrund führt eine Tür in das Vorzimmer; eine zweite Tür links im Hintergrund führt in Helmers Arbeitszimmer. Zwischen diesen beiden Türen ein Klavier. Links in der Mitte der Wand eine Tür und weiter nach vorn ein Fenster. Nahe am Fenster ein runder Tisch mit Lehnstühlen und einem kleinen Sofa. Rechts an der Seitenwand weiter zurück eine Tür und an derselben Wand weiter nach vorn ein Kachelofen, vor dem ein paar Lehnstühle und ein Schaukelstuhl stehen. Zwischen Ofen und Seitentür ein kleiner Tisch. An den Wänden Kupferstiche. Eine Etagere mit Porzellan und anderen künstlerischen Nippessachen; ein kleiner Bücherschrank mit Büchern in Prachteinbänden; Teppich durchs ganze Zimmer. Im Ofen ein Feuer. Wintertag.

Im Vorzimmer klingelt es; gleich darauf hört man, wie geöffnet wird. NORA *tritt vergnügt trällernd ins Zimmer; sie hat den Hut auf und den Mantel an und trägt eine Menge Pakete, die sie rechts auf den Tisch niederlegt. Sie läßt die Tür zum Vorzimmer hinter sich offen, und man sieht draußen einen* DIENSTMANN, *der einen Tannenbaum und einen Korb trägt; er übergibt beides dem* HAUSMÄDCHEN, *das ihnen geöffnet hat.*

NORA: Tu den Tannenbaum gut weg, Helene. Die Kinder dürfen ihn keinesfalls vor heut abend sehen, wo er geputzt ist. *Zum Dienstmann, indem sie ihr Portemonnaie hervorzieht*: Wieviel –?

DIENSTMANN: Fünfzig Öre.

NORA: Da haben Sie eine Krone –. Nein – behalten Sie den Rest. *Der Dienstmann dankt und geht. Nora schließt die Tür. Sie lacht noch immer stillvergnügt vor sich hin, während sie Hut und Mantel ablegt. Sie zieht eine Tüte mit Makronen aus der Tasche und ißt ein paar; dann geht sie vorsichtig an die Tür ihres Mannes und lauscht.* Ja, er ist zu Hause. *Trällert wieder leise vor sich hin, indem sie rechts an den Tisch tritt.*

HELMER *in seinem Zimmer*: Zwitschert da draußen unsere Lerche?

NORA *während sie einige Pakete öffnet*: Jawohl!

HELMER: Poltert da unser Eichhörnchen herum?

NORA: Ja!

HELMER: Wann ist das Eichhörnchen nach Hause gekommen?

NORA: Diesen Augenblick. *Steckt die Makronentüte in die Tasche und wischt sich den Mund ab.* Komm, Torvald, und sieh dir mal meine Einkäufe an.

HELMER: Nicht stören! *Bald darauf öffnet er die Tür und sieht herein, mit der Feder in der Hand.* Einkäufe, sagst du? Diese vielen Sachen? Ist der kleine lockere Zeisig wieder ausgewesen und hat Geld verschwendet?

NORA: Aber Torvald, dies Jahr dürfen wir doch wirklich ein bißchen über die Stränge schlagen. Sind's doch die ersten Weihnachten, wo wir nicht zu sparen brauchen.

HELMER: Hör mal, du, Luxus dürfen wir auch nicht treiben.

NORA: Doch, Torvald, wir dürfen jetzt schon ein bißchen Luxus treiben. Nicht wahr? Nur ein ganz, ganz klein bißchen. Du bekommst ja nun ein großes Gehalt und wirst viel, viel Geld verdienen.

HELMER: Jawohl, von Neujahr ab. Aber dann vergeht noch ein ganzes Quartal, bis das Gehalt fällig ist.

NORA: Bah! Bis dahin können wir ja borgen.

HELMER: Nora! *Geht hin zu ihr und zupft sie scherzhaft am Ohr.* Geht schon wieder der Leichtsinn mit dir durch? Gesetzt den Fall, ich borgte mir heute tausend Kronen, und du brächtest sie in der Weihnachtswoche durch, und am Sylvesterabend fiele mir ein Ziegelstein auf den Kopf, und ich läg da –

NORA *hält ihm den Mund zu*: Pfui, laß die schrecklichen Reden!

HELMER: Ja, nimm mal an, daß so was passierte, – was dann?

NORA: Wenn so was Gräßliches passierte, dann wär mir's ganz gleichgültig, ob ich Schulden hätte oder nicht.

HELMER: Und meine Gläubiger?

NORA: Die? Wen gingen die was an? Das sind ja fremde Leute.

HELMER: Nora, Nora, du bist ein Weib! Doch im Ernst gesprochen, Nora, du weißt, wie ich in dieser Hinsicht denke. Keine Schulden machen! Niemals borgen! Es kommt etwas Unfreies und damit auch etwas Unschönes über ein Hauswesen, das auf eine Borgwirtschaft gegründet ist. Bis auf den heutigen Tag haben wir beide tapfer ausgehalten, und das wollen wir nun auch noch die kurze Zeit tun, wo es nötig ist.

NORA *geht zum Ofen hin*: Na ja; wie du willst, Torvald.

HELMER *geht hinter ihr her*: Ei, nun darf aber unsere kleine Lerche auch nicht die Flügel hängen lassen. Wie? Unser Eichhörnchen steht und mault? – *Zieht das Portemonnaie.* Nora, was mag ich da wohl haben?

NORA *wendet sich schnell um*: Geld!

HELMER: Da nimm! *Gibt ihr einige Banknoten.* Du lieber Gott, ich weiß, daß zu Weihnachten im Hause eine hübsche Summe draufgeht.

NORA *zählt*: Zehn, – zwanzig, – dreißig, – vierzig. Schönen Dank, Torvald, schönen Dank; damit komme ich lange aus.

HELMER: Das mußt du aber auch!

NORA: Freilich, das werd ich. Aber nun komm und laß dir alle meine Einkäufe zeigen. Und so wohlfeile Einkäufe. Schau her, – ein neuer Anzug für Ivar – und dazu ein Säbel. Hier ist ein Pferd und eine Trompete für Bob, und da eine Puppe und Puppenwiege für Emmy. Es ist freilich recht einfach, aber sie macht doch immer gleich alles kaputt. Und hier Kleiderstoff und Taschentücher für die Mädchen. Die alte Anne-Marie müßte eigentlich viel mehr haben!

HELMER: Und was ist in dem Paket da?

NORA *schreit*: Weg, Torvald! Das bekommst du erst am Abend zu sehen!

HELMER: Ach so! – Aber nun sag mir, du kleiner Verschwender, womit hast du denn dich selbst bedacht?

NORA: Ach geh, – ich mich? Ich wüßte wirklich nicht, was –

HELMER: Du sollst aber! Nenne mir was Praktisches, was dir ganz besondere Freude machen würde.

NORA: Ich wüßte wirklich nichts. – Doch, Torvald, hör –

HELMER: Nun?

NORA *spielt an seinen Knöpfen, ohne ihn anzusehen*: Wenn du mir ein Geschenk machen willst, so könntest du ja –; du könntest –

HELMER: Na also – heraus damit!

NORA *hastig*: Du könntest mir Geld schenken, Torvald. So viel nur, wie du meinst entbehren zu können. Ich kann mir dann gelegentlich etwas dafür kaufen.

HELMER: Aber Nora –

NORA: Ja, tu's, lieber Torvald, ich bitte dich recht sehr; ich wickle mir dann das Geld in schönes Goldpapier ein und hänge es an den Weihnachtsbaum. Wäre das nicht hübsch?

HELMER: Wie nennt man doch die Vögel, die alles Geld durchbringen?

NORA: Ja, ja, lockere Zeisige – ich weiß schon. Aber wenn du mir den Gefallen tust, Torvald, dann habe ich Zeit zu überlegen, was ich am notwendigsten brauche. Ist das nicht sehr vernünftig, Torvald, wie?

HELMER *lächelnd*: Ei freilich –, das heißt, wenn du das Geld, das ich dir gebe, wirklich festhalten und dir selbst etwas dafür kaufen könntest. So aber geht es im Haushalt und für allerhand unnütze Dinge drauf, und dann muß ich wieder herausrücken.

NORA: Ach bewahre – Torvald.

HELMER: Unleugbar, meine kleine liebe Nora! *Legt den Arm um ihre Taille.* Mein lockerer Zeisig ist entzückend, aber er braucht viel, viel Geld. Man sollt es nicht glauben, wie hoch einem Mann solch ein Vögelchen zu stehen kommt.

NORA: Aber nein! Wie kannst du nur so was sagen? – Ich spare doch, wo ich kann.

HELMER *lacht*: Ein wahres Wort! Wo du kannst. Aber du kannst absolut nicht.

NORA *trällert und lächelt stillvergnügt*: Hm! Du solltest nur wissen, wie viele Ausgaben wir Lerchen und Eichhörnchen haben, Torvald.

HELMER: Du bist ein seltsames kleines Ding. Ganz wie dein Vater. Auf jede Art bemühst du dich, Geld in die Hand zu kriegen, und sobald du es hast, verschwindet dir's zwischen den Fingern; du weißt nie, wo es geblieben ist. Na, aber man muß dich nehmen, wie du bist. Das liegt im Blut. Ja, ja, ja, Nora, so was vererbt sich.

NORA: Nun, ich wünschte, ich hätte viele von Papas Eigenschaften geerbt.

HELMER: Und ich möchte dich gar nicht anders haben, als du bist, meine liebe kleine singende Lerche. Doch – da fällt mir etwas ein. Du siehst heute so – so, – wie soll ich gleich sagen? – so verdächtig aus –

NORA: Ich?

HELMER: Allerdings. Sieh mir mal gerade in die Augen.

NORA *sieht ihn an*: Na?

HELMER *droht mit dem Finger*: Hat das Leckermäulchen etwa heut in der Stadt genascht?

NORA: Aber nein, wie kommst du darauf?

HELMER: Hat das Leckermäulchen ganz gewiß keinen Abstecher in die Konditorei gemacht?

NORA: Nein, Torvald, ich versichere –

HELMER: Nicht ein bißchen Eingemachtes geschleckt?

NORA: Nein, wirklich nicht!

HELMER: Auch nicht ein paar Makronen probiert?

NORA: Nein, Torvald, ich versichere –

HELMER: Nun, nun – es ist ja natürlich nur im Scherz gemeint.

NORA *geht rechts an den Tisch*: Es würde mir doch nie einfallen, gegen deinen Wunsch zu handeln.

HELMER: Davon bin ich überzeugt. – Und dann hast du mir ja auch dein Wort gegeben – *Geht zu ihr.* Behalt deine kleinen Weihnachtsüberraschungen nur für dich, mein Herz. Heut abend, wenn der Baum brennt, werden sie schon ans Licht kommen, das weiß ich sicher.

NORA: Hast du auch nicht vergessen, Doktor Rank einzuladen?

HELMER: Aber das ist doch gar nicht nötig. Es versteht sich von selbst, daß er mit uns speist. Übrigens werde ich ihn einladen, wenn er heut vormittag herkommt. Guten Wein hab ich schon bestellt. Nora, du glaubst gar nicht, wie ich mich auf den heutigen Abend freue.

NORA: Ich mich auch. Und wie die Kinder erst jubeln werden, Torvald!

HELMER: Es ist doch ein herrlicher Gedanke, eine feste, gesicherte Stellung, sein reichliches Auskommen zu haben. Nicht wahr! Der Gedanke ist ein Hochgenuß!

NORA: O, es ist wunderbar!

HELMER: Denkst du noch an vorige Weihnachten? Drei liebe lange Wochen vorher hast du dich Abend für Abend bis in die tiefe Nacht hinein eingeschlossen, um Blumen für den Baum und die vielen andern Herrlichkeiten anzufertigen, womit wir überrascht werden sollten. Das war die ödeste Zeit, die ich je erlebt habe.

NORA: Ich hab mich dabei gar nicht gelangweilt.

HELMER *lächelnd*: Aber das Ergebnis war doch recht dürftig, Nora!

NORA: Neckst du mich schon wieder damit! Was konnte ich dafür, daß die Katze kam und mir alles kaputtmachte.

HELMER: Nein, mein armes Norachen, dafür konntest du freilich nichts. Du hattest den besten Willen, uns alle zu beglücken, und das ist die Hauptsache. Aber gut ist es doch, daß die knappen Zeiten vorüber sind.

NORA: Ja, es ist wirklich wunderbar!

HELMER: Nun brauch ich hier nicht allein herumzusitzen und mich zu langweilen. Und du brauchst deine Augen und deine zarten Händchen nicht anzustrengen –

NORA *klatscht in die Hände*: Nein, nicht wahr, Torvald, das brauchen wir nun nicht mehr!? O, wie herrlich sich das anhört. *Nimmt seinen Arm.* Nun paß mal auf, Torvald, wie ich mir unsere künftige Einrichtung gedacht habe. Sobald Weihnachten vorbei ist – *Es läutet im Vorzimmer.* Da läutet es! *Räumt schnell ein wenig im Zimmer auf.* Es kommt gewiß jemand. Wie dumm!

HELMER: Für Besuche bin ich nicht zu Hause, vergiß das nicht.

HAUSMÄDCHEN *in der Vorzimmertür*: Gnädige Frau – eine fremde Dame – –

NORA: Ich bitte.

HAUSMÄDCHEN *zu Helmer*: Der Herr Doktor ist auch da.

HELMER: Er ist wohl gleich zu mir hineingegangen?

HAUSMÄDCHEN: Ja, das ist er.

Helmer ab in sein Zimmer; das Hausmädchen führt FRAU LINDE, *die im Reisekostüm ist, ins Zimmer und schließt dann die Tür hinter ihr.*

FRAU LINDE *zaghaft und ein wenig zögernd*: Guten Tag, Nora.

NORA *unsicher*: Guten Tag – – –

FRAU LINDE: Du kennst mich wohl nicht mehr –?

NORA: Nein, ich weiß nicht –, doch – ich glaube – *Aufjubelnd*: Wie – Christine! Bist du's wirklich?!

FRAU LINDE: Ja, ich bin's.

NORA: Christine! Und ich erkannte dich nicht wieder! Aber wie konnte ich auch –?! *Leiser*: Wie du dich verändert hast, Christine!

FRAU LINDE: Allerdings. In neun, zehn langen Jahren –.

NORA: So lange haben wir uns nicht gesehen? Wahrhaftig, ja! O, die letzten acht Jahre waren eine glückliche Zeit! – Das kannst du glauben. Und nun bist du in die Stadt zu uns gekommen? Hast mitten im Winter die weite Reise gemacht? Das ist lieb von dir!

FRAU LINDE: Ich bin heut früh mit dem Schiff angekommen.

NORA: Natürlich, um dir ein Weihnachtsvergnügen zu machen. Wie nett! Wir wollen auch recht vergnügt sein. Aber so leg doch deine Sachen ab. Du frierst doch nicht? *Hilft ihr.* So – jetzt setzen wir uns gemütlich an den Ofen. Nein, da in den Lehnstuhl! Ich setz mich in den Schaukelstuhl. *Ergreift ihre Hände.* Ja, das ist das alte, bekannte Gesicht; nur im ersten Augenblick – etwas bleicher bist du freilich geworden, Christine, – und vielleicht auch ein wenig magerer.

FRAU LINDE: Und viel, viel älter, Nora.

NORA: Nun ja, vielleicht ein bißchen älter; aber nur ganz, ganz wenig, nicht der Rede wert. *Hält plötzlich inne; ernst*: Wie gedankenlos! Da sitz ich und schwätze! Liebste, einzige Christine, kannst du mir verzeihen?

FRAU LINDE: Was denn, Nora?

NORA *leise*: Arme Christine, du bist doch Witwe geworden.

FRAU LINDE: Ja, schon vor drei Jahren.

NORA: Gott, ich wußte es ja; ich hab es ja in den Zeitungen gelesen. Ach, Christine, du kannst mir glauben, immer wollte ich dir schreiben damals; aber jedesmal schob ich's wieder auf; stets kam was dazwischen.

FRAU LINDE: Liebe Nora, das begreif ich wohl.

NORA: Nein, Christine, es war häßlich von mir! Du Ärmste, was mußt du nicht alles durchgemacht haben! – Und er hat dir nichts zum Leben hinterlassen?

FRAU LINDE: Nichts!

NORA: Auch keine Kinder?

FRAU LINDE: Nein!

NORA: Absolut nichts?

FRAU LINDE: Nicht einmal eine Sorge – oder ein Leid, von dem ich zehren könnte.

NORA *sieht sie ungläubig an*: Aber Christine, wie ist das möglich?

FRAU LINDE *lächelt schwermütig und streicht ihr über das Haar*: O, das kommt zuweilen vor, Nora.

NORA: So ganz allein! Wie furchtbar schwer das für dich sein muß! – Ich habe drei reizende Kinder. Augenblicklich kann ich sie dir nicht vorstellen, – sie sind mit der Kinderfrau aus. Aber nun mußt du mir alles erzählen!

FRAU LINDE: Ach nein! Erzähl du mir lieber!

NORA: Nein, du mußt anfangen. Heut will ich nicht egoistisch sein. Heut will ich nur an deine Angelegenheiten denken. Aber eines muß ich dir doch erzählen. Hast du schon davon gehört, welch großes Glück wir in diesen Tagen gehabt haben?

FRAU LINDE: Nein, was denn?

NORA: Denk dir, mein Mann ist Direktor der Aktienbank geworden.

FRAU LINDE: Dein Mann? O dieses Glück –!

NORA: Ja, ein riesiges Glück. Ein Rechtsanwalt hat ein so unsicheres Brot, besonders wenn er sich nur mit feinen und anständigen Geschäften befassen will. Und das hat Torvald natürlich immer gewollt; und darin bin ich auch ganz seiner Ansicht. Glaub mir, wir freuen uns! Schon zu Neujahr tritt er in die Bank ein, und dann kriegt er ein großes Gehalt und Prozente. Von jetzt an können wir ganz anders leben als bisher –, ganz, wie wir wollen. Ach, Christine, wie leicht und glücklich ich mich fühle! Es ist doch wunderschön, viel Geld und keine Sorgen zu haben. Nicht wahr?

FRAU LINDE: Jedenfalls muß es schön sein, das Notwendige zu haben.

NORA: Nein, nicht das Notwendige nur – sondern sehr, sehr viel Geld.

FRAU LINDE *lächelt*: Nora, Nora! Bist du noch immer nicht gescheit geworden? In der Schule warst du eine große Verschwenderin.

NORA *lächelt still*: Ja, das sagt Torvald heute noch. *Droht mit dem Finger.* Aber „Nora, Nora" ist nicht so dumm, wie ihr denkt. Uns ist es wahrhaftig nicht so ergangen, daß ich hätte verschwenden können. Wir haben beide arbeiten müssen.

FRAU LINDE: Du auch?

NORA: Ja, Kleinigkeiten –, Handarbeiten, Häkeleien, Stickereien und dergleichen, – *Leichthin*: – und auch noch andere Sachen. Du weißt doch, daß Torvald seine Staatsanstellung aufgab, als wir heirateten? In seinem Rayon war keine Aussicht auf Beförderung, und er mußte doch mehr Geld verdienen als früher. Aber schon im ersten Jahr überarbeitete er sich schrecklich. Er war begreiflicherweise auf allerhand Nebenverdienste angewiesen und hatte von früh bis spät zu tun. Das konnte er nicht durchhalten, und so wurde er todkrank. Die Ärzte hielten eine Reise nach dem Süden für notwendig.

FRAU LINDE: Ach ja, ihr wart ja ein ganzes Jahr in Italien.

NORA: Ja. Glaub mir, es war nicht leicht wegzukommen. Ivar war eben geboren. Doch weg mußten wir auf jeden Fall. O, es war eine so schöne Reise; und sie rettete Torvald das Leben. Aber sie hat sehr viel Geld gekostet, Christine.

FRAU LINDE: Das kann ich mir denken.

NORA: Zwölfhundert Taler hat sie gekostet. – Viertausendachthundert Kronen. Das ist viel Geld.

FRAU LINDE: Aber in solcher Lage ist es jedenfalls doch ein großes Glück, wenn man es hat.

NORA: Ich will dir was sagen, wir kriegten es von Papa.

FRAU LINDE: Ach so. Gerade um jene Zeit starb ja wohl dein Vater.

NORA: Ja, Christine, gerade damals. Und denk dir, ich konnte nicht zu ihm reisen und ihn pflegen. Ich erwartete ja täglich die Geburt meines kleinen Ivar. Und dann mußte ich ja auch meinen armen todkranken Torvald pflegen. Der liebe, gute Papa! Ich hab ihn nicht mehr wiedergesehen, Christine. Ach! das ist das Schwerste, was ich seit meiner Heirat erlebt habe.

FRAU LINDE: Ich weiß, du hattest ihn sehr lieb. Und dann reistet ihr nach Italien?

NORA: Ja – da hatten wir ja das Geld, und die Ärzte drangen darauf. Einen Monat später sind wir abgereist.

FRAU LINDE: Und dein Mann kam ganz geheilt zurück?

NORA: Munter wie ein Fisch im Wasser.

FRAU LINDE: Aber – der Doktor?

NORA: Was für ein Doktor?

FRAU LINDE: Ich glaubte das Mädchen so verstanden zu haben, der Herr, der zugleich mit mir eintrat, sei der Doktor.

NORA: Das war der Doktor Rank. Der kommt aber nicht als Arzt zu uns. Das ist unser bester Freund und läßt sich täglich wenigstens einmal sehen. Nein, Torvald ist auch noch nicht eine Stunde wieder krank gewesen. Und die Kinder sind munter und gesund, und ich auch. *Springt auf und klatscht in die Hände.* Mein Gott, Christine, es ist doch schön, zu leben und glücklich zu sein! – – Doch es ist abscheulich von mir –; ich spreche immer nur von meinen eigenen Angelegenheiten. *Setzt sich dicht neben sie auf einen Schemel und legt die Hände auf Frau Lindes Schoß.* O, sei mir nicht böse! – Sag mal, ist es wirklich wahr, daß du deinen Mann nicht geliebt hast? Weshalb hast du ihn denn eigentlich genommen?

FRAU LINDE: Meine Mutter lebte noch und war bettlägerig und ohne Mittel. Und auch für meine beiden jüngeren Brüder hatte ich zu sorgen. Es schien mir unverantwortlich, seinen Antrag zurückzuweisen.

NORA: Nein, nein, das ist ganz richtig. Er war also damals reich?

FRAU LINDE: Er war recht wohlhabend, glaub ich. Aber es waren unsichere Geschäfte, Nora. Als er starb, kam der Zusammenbruch, und nichts blieb übrig.

NORA: Und dann –?

FRAU LINDE: Dann mußte ich mich mit einem kleinen Kramladen und einer kleinen Schule und allem möglichen durchschlagen. Die letzten drei Jahre sind ein einziger langer, ruheloser Arbeitstag für mich gewesen. Jetzt ist er zu Ende, Nora. Meine arme Mutter braucht mich nicht mehr, – sie ist gestorben. Und die Jungen auch nicht, – sie haben jetzt Stellungen und können für sich selber sorgen.

NORA: Wie erleichtert du dich fühlen mußt –

FRAU LINDE: Nein, nur unsagbar leer. Niemand mehr, für den ich leben kann. *Steht unruhig auf.* Deshalb hielt ich es da in dem entlegenen Nest nicht mehr aus. Hier muß man doch leichter etwas finden können, das einen in Anspruch nimmt und die Gedanken beschäftigt. Wenn es mir nur gelänge, eine feste Stellung zu finden, ein wenig Büroarbeit –

NORA: Aber Christine, das ist ja entsetzlich anstrengend, du siehst ohnehin schon so angegriffen aus. Es wäre viel besser für dich, wenn du eine Badereise machen könntest!

FRAU LINDE *geht ans Fenster*: Ich habe keinen Vater, der mir das Geld dazu geben könnte, Nora.

NORA *steht auf*: O, sei mir nicht böse!

FRAU LINDE *geht zu ihr*: Meine liebe Nora, sei du mir nicht böse. Das ist das Schlimmste bei Verhältnissen wie den meinigen, daß sie so das Gemüt verbittern. Man hat für niemanden zu arbeiten, und doch muß man fortwährend tätig sein. Denn man muß doch leben, und so wird man Egoist. Als du mir von der glücklichen Veränderung in euren Verhältnissen erzähltest – wirst du mir's glauben, da freute ich mich nicht so sehr um deinet- wie um meinetwillen.

NORA: Wieso? Ach ja – ich verstehe dich. Du meinst, daß Torvald etwas für dich tun könnte.

FRAU LINDE: Ja, das dachte ich.

NORA: Das soll er auch, Christine. Überlaß das nur mir; ich werd's schon so fein einfädeln, so fein – etwas recht Liebenswürdiges aushecken, um ihn herumzukriegen. Ach, ich möchte dir so furchtbar gern helfen.

FRAU LINDE: Wie schön von dir, Nora, daß du dich meiner Sache annimmst – doppelt schön von dir, weil du selbst die Last und Mühsal des Lebens so gar nicht kennst.

NORA: Ich –? Ich kenne nicht –?

FRAU LINDE *lächelnd*: Du lieber Gott, das bißchen Handarbeit und dergleichen –. Du bist ein Kind, Nora.

NORA *wirft den Kopf zurück und geht durchs Zimmer*: Das solltest du nicht mit solcher Überlegenheit sagen.

FRAU LINDE: So?

NORA: Du bist wie die andern. Alle glaubt ihr, daß ich zu etwas wirklich Ernstem nicht tauge –

FRAU LINDE: Nun, nun – –

NORA: – daß ich nichts geleistet habe in diesem Leben.

FRAU LINDE: Liebe Nora, du hast mir ja eben all deine üblen Erfahrungen erzählt.

NORA: Ach was – die Bagatellen! – *Leise*: Das Große, das hab ich dir nicht erzählt.

FRAU LINDE: Das Große? Was meinst du damit?

NORA: Du unterschätzt mich durchaus, Christine; aber das solltest du nicht tun. Du bist stolz darauf, daß du so lange und so schwer für deine Mutter gearbeitet hast.

FRAU LINDE: Ich unterschätze gewiß niemanden. Aber eins ist wahr: ich bin stolz und glücklich in dem Gedanken, daß es mir vergönnt gewesen ist, meiner Mutter die letzten Lebenstage einigermaßen sorgenfrei zu gestalten.

NORA: Und du bist auch stolz in dem Gedanken, was du für deine Brüder getan hast.

FRAU LINDE: Ich glaube ein Recht dazu zu haben.

NORA: Allerdings. Aber nun sollst du etwas erfahren, Christine. Auch ich hab was, das mich stolz und glücklich macht.

FRAU LINDE: Daran zweifle ich nicht. Doch wie meinst du das?

NORA: Sprich leise. Bedenke, wenn Torvald es hörte! Um keinen Preis der Welt darf er –; niemand darf es erfahren, außer dir niemand, Christine.

FRAU LINDE: Was ist's denn?

NORA: Komm her. *Zieht sie neben sich auf das Sofa.* Ja, du, ich hab auch etwas, das mich stolz und glücklich macht: ich hab Torvald das Leben gerettet.

FRAU LINDE: Du –? Wieso gerettet?

NORA: Ich habe dir doch von der Reise nach Italien erzählt. Wenn Torvald nicht dorthin gekommen wäre, so wäre er gestorben.

FRAU LINDE: Na ja, dein Vater hat euch ja die nötigen Mittel gegeben –

NORA *lächelt*: Ja, das glaubt Torvald, und das glauben alle andern; aber –

FRAU LINDE: Aber?

NORA: Papa gab uns keinen Heller. Ich habe das Geld beschafft.

FRAU LINDE: Du? Die ganze große Summe?

NORA: Zwölfhundert Taler. Viertausendachthundert Kronen. Was sagst du nun?

FRAU LINDE: Ja aber, Nora, wie war dir das bloß möglich? Hattest du in der Lotterie gewonnen?

NORA *verächtlich*: In der Lotterie? *Geringschätzig*: Was wäre denn das für eine Kunst gewesen?

FRAU LINDE: Wo hast du es denn herbekommen?

NORA *trällert und lächelt geheimnisvoll*: Hm, tralalala!

FRAU LINDE: Borgen konntest du es dir doch nicht?

NORA: So –? Warum denn nicht?

FRAU LINDE: Nein, eine Frau kann ohne die Einwilligung ihres Gatten kein Darlehen aufnehmen.

NORA *wirft den Kopf zurück*: So –? Wenn es eine Frau ist, die einige Geschäftskenntnis hat –, eine Frau, die sich klug zu benehmen weiß, – dann –

FRAU LINDE: Aber, Nora, ich verstehe kein Wort –

NORA: Ist auch gar nicht nötig. Es ist ja gar nicht gesagt, daß ich mir das Geld geborgt habe. Ich kann es mir ja auf andere Weise verschafft haben. *Wirft sich im Sofa zurück.* Ich kann es ja von irgendeinem Verehrer bekommen haben. Wenn man leidlich hübsch aussieht, wie ich –

FRAU LINDE: Du bist eine Närrin.

NORA: Jetzt bist du gewiß grenzenlos neugierig, Christine.

FRAU LINDE: Hör mal, liebe Nora, – hast du auch keine Unbesonnenheit begangen?

NORA *richtet sich wieder auf*: Ist es eine Unbesonnenheit, seinem Mann das Leben zu retten?

FRAU LINDE: Mich dünkt, es war eine Unbesonnenheit, daß du ohne sein Wissen –

NORA: Aber er durfte ja doch nichts wissen! Herrgott, kannst du denn das nicht begreifen? Er durfte nicht einmal wissen, wie schlimm es um ihn stand. Zu mir kamen die Ärzte und sagten, es sei Gefahr für sein Leben, und nur ein Aufenthalt im Süden könne ihn retten. Meinst du denn, ich hätte nicht zunächst auf andere Weise versucht, aus der Verlegenheit zu kommen? Ich sprach mit ihm darüber, wie nett ich es finden würde, mal wie andere junge Frauen ins Ausland reisen zu können. Ich weinte und ich flehte; ich sagte ihm, er solle doch daran denken, in welchen Umständen ich mich befände, er solle doch gut sein und mir nachgeben, und dann schlug ich ihm vor, ein Darlehn aufzunehmen. Aber da wurde er beinahe böse, Christine. Er sagte, ich sei leichtsinnig, und es sei seine Pflicht als Ehemann, meinen Mucken und Launen – so nannte er es, glaub ich – nicht nachzugeben. Nun wohl, dacht ich bei mir, gerettet mußt du werden; und da verfiel ich auf diesen Ausweg –

FRAU LINDE: Hat dein Mann denn nicht von deinem Vater erfahren, daß das Geld nicht von ihm kam?

NORA: Nein, niemals. Papa starb gerade in jenen Tagen. Ich hatte vor, ihn in die Sache einzuweihen und ihn zu bitten, daß er nichts verrate. Weil er nun aber so krank darniederlag –. Leider war es nicht mehr nötig.

FRAU LINDE: Und später hast du dich deinem Mann nie anvertraut?

NORA: Nein, um Himmels willen, was fällt dir ein? Ihn, der in diesen Dingen so streng ist! Und außerdem – Torvald mit seinem männlichen Selbstgefühl – wie peinlich und demütigend wäre ihm das Bewußtsein, daß er mir etwas verdankt. Das würde unser gegenseitiges Verhältnis vollständig verändern. Unser schönes, glückliches Heim wäre nicht mehr, was es jetzt ist.

FRAU LINDE: Willst du's ihm niemals sagen?

NORA *nachdenklich, mit halbem Lächeln*: Doch, vielleicht später einmal; – nach vielen Jahren, wenn ich nicht mehr so hübsch wie jetzt bin. Du darfst darüber nicht lachen. Ich meine ja nur: wenn Torvald sich nicht mehr so viel aus mir macht wie jetzt; wenn es ihm keine Freude mehr macht, daß ich ihm etwas vortanze und mich verkleide und deklamiere. Dann ist es vielleicht gut, etwas in der Reserve zu haben. – *Abbrechend*: Ach Unsinn, Unsinn, Unsinn! Die Zeit kommt nie. – Na, aber was sagst du zu meinem großen Geheimnis, Christine? Taug ich nicht doch zu etwas? – Du darfst mir übrigens glauben, daß die Sache mir viel Kummer bereitet hat. Es ist mir wahrhaftig nicht leicht geworden, meinen Verpflichtungen immer zur rechten Zeit nachzukommen. Du mußt nämlich wissen, im Geschäftsleben gibt es etwas, was man Quartalszinsen nennt, und noch etwas, was Abzahlung heißt; und die Gelder sind immer so entsetzlich schwer zu beschaffen. Da hab ich denn an allen Ecken und Enden sparen müssen, wo ich nur konnte, siehst du. Vom Wirtschaftsgeld konnte ich so gut wie nichts beiseite legen, denn Torvald mußte ja gut leben. Die Kinder konnte ich doch auch nicht in schlechter Kleidung herumlaufen lassen; was ich für sie bekam, dacht ich, das müsse ich auch für sie verbrauchen. Die süßen Kleinen!

FRAU LINDE: Da mußten denn wohl deine eigenen Bedürfnisse herhalten, arme Nora?

NORA: Selbstverständlich! Mich ging die Sache ja vor allem an. Jedesmal, wenn Torvald mir Geld für neue Kleider und dergleichen gab, verwandte ich nie mehr als die Hälfte darauf; ich kaufte stets vom Billigsten und Einfachsten. Ein wahres Glück, daß mir alles so gut steht und Torvald also nichts merkte. Manchmal ist es mir aber recht schwer geworden, Christine, denn es ist doch herrlich, elegant gekleidet zu gehen. Nicht wahr?

FRAU LINDE: Ja. Natürlich.

NORA: Ja, und dann hatte ich auch noch andere Einnahmequellen. Im vorigen Winter hatt ich das Glück, eine Menge Schreibarbeit zu bekommen. Da schloß ich mich ein und schrieb jeden Abend bis tief in die Nacht hinein. Ach, manches Mal war ich so müde, so müde. Aber es war trotzdem sehr unterhaltend, so zu arbeiten und Geld zu verdienen. Ich kam mir beinahe wie ein Mann vor.

FRAU LINDE: Wieviel hast du denn nun auf diese Weise abzahlen können?

NORA: Ja, das kann ich nicht so genau sagen. Weißt du, es ist sehr schwierig, sich in solchen Geschäften zurechtzufinden. Ich weiß bloß, daß ich bezahlt habe, was ich nur zusammenkratzen konnte. Gar manches Mal hab ich mir keinen Rat gewußt. *Lächelt.* Dann saß ich da und stellte mir vor, daß sich ein reicher, alter Herr in mich verliebt hätte –

FRAU LINDE: Wie? Was für ein Herr?

NORA: Ach Unsinn! – und daß er stürbe, und als man sein Testament öffnete, stand mit großen Buchstaben darin: „Alle meine Gelder sollen der liebenswürdigen Frau Nora Helmer sofort bar ausbezahlt werden."

FRAU LINDE: Aber liebe Nora, – wer war der Herr?

NORA: Herrgott, begreifst du denn nicht? Der alte Herr existierte ja gar nicht; das hab ich mir ja nur vorphantasiert – immer und immer wieder, wenn ich nicht aus noch ein wußte, wie ich das Geld beschaffen sollte. Aber das ist nun alles vorbei; der alte langweilige Mensch mag bleiben, wo er ist; ich mache mir weder aus ihm noch aus seinem Testament was, denn jetzt hab ich keine Sorgen mehr. *Springt auf.* Ach Christine, es ist doch ein himmlischer Gedanke! Sorgenfrei! Sorgenfrei zu sein, ganz sorgenfrei; mit den Kindern spielen und sich tummeln zu können; es hübsch und nett im Hause zu haben, ganz so, wie Torvald es liebt! Und nun kommt bald der Frühling mit seinem weiten, blauen Himmel! Vielleicht können wir dann eine kleine Reise machen. Und ich darf vielleicht das Meer wiedersehen! Ach, ach! Wie wunderbar ist es, zu leben und glücklich zu sein!

Man hört die Glocke im Vorzimmer.

FRAU LINDE *steht auf*: Es klingelt; ich muß wohl aufbrechen.

NORA: Nein, bleib nur; zu mir kommt gewiß kein Besuch; es wird wohl jemand zu Torvald –

HAUSMÄDCHEN *in der Vorzimmertür*: Verzeihung, gnädige Frau; – da ist ein Herr, – der mit dem Herrn Rechtsanwalt –

NORA: – – dem Herrn Bankdirektor, meinst du wohl –

HAUSMÄDCHEN: Ja, mit dem Herrn Bankdirektor sprechen will; – ich wußte aber nicht recht, – weil doch der Herr Doktor drin ist –

NORA: Wer ist der Herr?

KROGSTAD *in der Vorzimmertür*: Ich bin's, gnädige Frau.

Frau Linde stutzt, fährt zusammen und wendet sich dem Fenster zu.

NORA *geht ihm einen Schritt entgegen, gespannt, mit halber Stimme*:

Sie? Was soll das heißen? Über was haben Sie mit meinem Mann zu reden?

KROGSTAD: Über Bankangelegenheiten; – sozusagen. Ich hab einen kleinen Posten an der Aktienbank, und wie ich höre, wird Ihr Mann jetzt unser Chef –

NORA: Es sind also –

KROGSTAD: – nur trockene Geschäfte, gnädige Frau; absolut nichts andres.

NORA: Dann haben Sie bitte die Güte, ins Büro zu gehen. *Grüßt gleichgültig, indem sie die Tür zum Vorzimmer schließt; darauf geht sie an den Ofen und sieht nach dem Feuer.*

FRAU LINDE: Nora, – wer war der Mann?

NORA: Ein gewisser Krogstad.

FRAU LINDE: Er war es also wirklich!

NORA: Kennst du den Menschen?

FRAU LINDE: Ich habe ihn gekannt; es ist sehr lange her. Er war eine Zeitlang Vertreter des Rechtsanwalts in unserer Gegend.

NORA: Ja, das stimmt.

FRAU LINDE: Wie er sich verändert hat.

NORA: Er ist gewiß sehr unglücklich verheiratet gewesen.

FRAU LINDE: Jetzt ist er ja Witwer.

NORA: Mit vielen Kindern. – So – nun brennt das Feuer. *Sie schließt die Ofentür und schiebt den Schaukelstuhl ein wenig beiseite.*

FRAU LINDE: Es heißt, er betreibe mancherlei Geschäfte?

NORA: So? Das kann schon sein! Ich weiß es wirklich nicht –. Aber laß uns nicht an Geschäfte denken. Das ist so langweilig.

DOKTOR RANK *kommt aus Helmers Zimmer.*

DOKTOR RANK *noch in der Tür*: Nein, nein, lieber Freund, ich will nicht stören; ich gehe inzwischen ein bißchen zu deiner Frau hinein. *Schließt die Tür hinter sich und bemerkt Frau Linde.* Ach! – Ich bitte um Vergebung; hier stör ich am Ende auch?

NORA: Durchaus nicht. *Stellt vor*: Doktor Rank – Frau Linde.

RANK: Ah! Ein Name, der hier im Hause oft genannt wird. Ich glaube, ich ging auf der Treppe an Ihnen vorbei, als ich kam.

FRAU LINDE: Ja, ich steige Treppen sehr langsam; ich kann es nicht gut vertragen.

RANK: Aha! Ein kleiner innerer Schaden?

FRAU LINDE: Eigentlich mehr eine Überanstrengung.

RANK: Sonst nichts? Dann sind Sie wohl in die Stadt gekommen, um sich bei den vielen Fêten ein wenig zu erholen?

FRAU LINDE: Ich bin gekommen, um Arbeit zu suchen.

RANK: Ist Arbeit ein probates Mittel gegen Überanstrengung?

FRAU LINDE: Man muß leben, Herr Doktor.

RANK: Jawohl, es ist eine weitverbreitete Ansicht, daß das notwendig sei.

NORA: Na, na, Doktor, – Sie wollen doch auch gern leben.

RANK: Allerdings will ich das. Bin ich auch elend dran, so möchte ich doch, daß die Qual noch möglichst lange daure. Meinen Patienten geht es allen ebenso. Und mit den sittlich Angekränkelten ist's nicht anders. In diesem Augenblick ist gerade solch ein moralischer Lazarus bei Helmer drin –

FRAU LINDE *mit gedämpfter Stimme*: Ah!

NORA: Wen meinen Sie?

RANK: Ach, es ist ein Winkeladvokat namens Krogstad, – Sie kennen den Menschen nicht. Bei dem sind die Wurzeln des Charakters faul, verehrte Frau. Aber selbst der begann davon zu schwätzen, wie von einer hochwichtigen Sache: daß er leben müsse.

NORA: So? – Was hatte er denn mit Torvald zu reden?

RANK: Ich weiß wahrhaftig nicht; ich hörte nur, daß es die Aktienbank betraf.

NORA: Ich wußte nicht, daß Krog –, daß dieser Herr Krogstad etwas mit der Aktienbank zu schaffen hat.

RANK: O freilich, – er hat dort so eine Art Anstellung. *Zu Frau Linde*: Ich weiß nicht, ob Sie in Ihrer Gegend auch solche Leute haben, die atemlos umherrennen, um moralische Fäulnis aufzuspüren und dann die Betreffenden für irgendeine vorteilhafte Stellung in Vorschlag zu bringen. Die Gesunden können sich dann hübsch darein finden, das Nachsehen zu haben.

FRAU LINDE: Na, aber eigentlich haben doch auch die Kranken das größte Anrecht darauf, sichergestellt zu werden.

RANK *zuckt die Achseln*: Na, da haben wir's. Gerade die Anschauung macht die menschliche Gesellschaft zu einem Krankenhaus.

Nora, die in ihre eigenen Gedanken versunken war, bricht in ein halblautes Gelächter aus und klatscht in die Hände.

RANK: Weshalb lachen Sie über so was? Wissen Sie denn überhaupt, was die Gesellschaft ist?

NORA: Was kümmert mich die dumme Gesellschaft?! Ich lache über ganz etwas andres, – etwas ungeheuer Komisches. – Sagen Sie mal, Doktor, – werden nun alle, die bei der Aktienbank angestellt sind, von Torvald abhängig?

RANK: Das finden Sie so ungeheuer komisch?

NORA *lächelt und trällert*: Lassen Sie mich nur, lassen Sie mich nur!

Spaziert im Zimmer auf und ab. Ach, der Gedanke, daß wir – daß Torvald so großen Einfluß auf so viele Menschen hat, ist wirklich über alle Maßen ergötzlich. *Zieht die Tüte aus der Tasche.* Doktor, ein Makrönchen gefällig?

RANK: Ei sieh mal, Makronen. Ich glaubte, das sei hier verboten.

NORA: Ja gewiß, – aber die hat mir Christine geschenkt.

FRAU LINDE: Wie? – Ich –?

NORA: Na, na, na; erschrick nur nicht. Du konntest ja nicht wissen, daß Torvald das verboten hat. Du mußt nämlich wissen, er hat Angst, daß ich schlechte Zähne davon kriege. Ach was! Einmal ist keinmal! – Nicht wahr, Doktor? Hier, bitte! *Steckt ihm eine Makrone in den Mund.* Und du auch, Christine. Und ich kriege auch eine; nur eine ganz kleine – oder höchstens zwei. *Geht wieder umher.* Jetzt bin ich wirklich über alle Maßen glücklich. Nun gibt es nur noch eins auf der Welt, wozu ich riesige Lust hätte.

RANK: Nun, und das wäre?

NORA: Ich möchte so schrecklich gern etwas sagen, und Torvald müßte es hören.

RANK: Und warum sagen Sie es denn nicht?

NORA: Nein, ich darf nicht; es ist gar so häßlich.

FRAU LINDE: Häßlich?

RANK: Dann ist es wohl nicht ratsam. Aber zu uns können Sie doch –. Nun, was möchten Sie denn so gern sagen, daß Torvald es hörte?

NORA: Ich möchte so riesig gern sagen: Himmelkreuzdonnerwetter!

RANK: Sind Sie nicht bei Trost?

FRAU LINDE: Aber, Nora –!

RANK: Sagen Sie's doch. Da ist er.

NORA *versteckt die Makronentüte*: Pst! Pst! Pst!

HELMER *kommt, den Überzieher über dem Arm und den Hut in der Hand, aus seinem Zimmer.*

NORA *geht ihm entgegen*: Na, liebster Torvald, bist du ihn los?

HELMER: Ja, er ist weg.

NORA: Darf ich dich vorstellen –: das ist Christine; sie ist heute angekommen.

HELMER: Christine –? Entschuldigen Sie, aber ich weiß nicht –

NORA: Frau Linde, guter Torvald, – Frau Christine Linde.

HELMER: Ah so. Vermutlich eine Jugendfreundin meiner Frau?

FRAU LINDE: Ja, wir kennen uns von früher.

NORA: Und denk nur, sie hat die weite Reise gemacht, um mit dir zu sprechen.

HELMER: Wieso –?

FRAU LINDE: Das gerade nicht –

NORA: Christine ist nämlich außerordentlich geschickt in Büroarbeiten. Und nun möchte sie so furchtbar gern unter die Leitung eines tüchtigen Mannes kommen und noch mehr lernen, als sie schon kann.

HELMER: Sehr vernünftig, Frau Linde.

NORA: Und als sie nun hörte, daß du Bankdirektor geworden bist – der Telegraph hatte es verkündet –, ist sie so schnell wie möglich hergereist und –. Nicht wahr, Torvald, mir zuliebe kannst du schon etwas für Christine tun? Ja?

HELMER: Nun, das wäre gar nicht so unmöglich. Sie sind Witwe?

FRAU LINDE: Ja.

HELMER: Und haben Sie Übung in Kontorarbeiten?

FRAU LINDE: Ja, so ziemlich.

HELMER: Nun, dann kann ich Ihnen sehr wahrscheinlich eine Anstellung verschaffen –

NORA *klatscht in die Hände*: Siehst du wohl, siehst du wohl?

HELMER: Sie haben gerade einen günstigen Augenblick getroffen, Frau Linde.

FRAU LINDE: Wie soll ich Ihnen danken?

HELMER: Ist durchaus nicht nötig. *Zieht den Überzieher an.* Für heute müssen Sie mich aber entschuldigen –

RANK: Warte, ich geh mit. *Holt seinen Pelz aus dem Vorzimmer und wärmt ihn am Ofen.*

NORA: Bleib nicht zu lange aus, lieber Torvald.

HELMER: Nur ein Stündchen, länger nicht.

NORA: Gehst du auch, Christine?

FRAU LINDE *zieht ihren Mantel an*: Ja, ich muß nun weg und mich nach einem Zimmer umsehen.

HELMER: Dann können wir vielleicht zusammen die Straße hinuntergehen.

NORA *hilft ihr*: Wie dumm, daß wir so beschränkt wohnen; es ist uns unmöglich, dir –

FRAU LINDE: Wo denkst du hin! Adieu, liebe Nora, und Dank für alles.

NORA: Auf Wiedersehen! Heut abend kommst du selbstverständlich. Und Sie auch, Doktor. Nicht? Wenn Ihnen wohl genug ist? Natürlich ist Ihnen wohl genug. Packen Sie sich nur recht gut ein.

Im allgemeinen Gespräch gehen sie in das Vorzimmer; auf der Treppe hört man Kinderstimmen.

NORA: Da sind sie, da sind sie! *Sie läuft hin und öffnet.*

ANNE-MARIE *kommt mit den* KINDERN.

NORA: Herein, nur herein! *Beugt sich nieder und küßt sie.* Ihr süßen, einzigen –! Sieh sie an, Christine! Sind sie nicht reizend?

RANK: Keine Unterhaltung hier in der Zugluft.

HELMER: Kommen Sie, Frau Linde. Nun ist's hier nicht mehr auszuhalten für Leute, die keine Mütter sind!

Rank, Helmer und Frau Linde gehen die Treppe hinunter, die Kinderfrau geht mit den Kindern ins Zimmer. Nora ebenfalls, indem sie die Tür zum Vorzimmer schließt.

NORA: Wie frisch und fröhlich ihr ausseht. Und die roten Backen, die ihr mitbringt. Wie Äpfel und Rosen. *Die Kinder sprechen während des Folgenden durcheinander mit ihr.* Habt ihr schön gespielt? Das ist ja herrlich. Ach – du hast Emmy und Bob auf dem Schlitten gefahren? – Du bist ein fixer Kerl, Ivar. Gib sie mir ein bißchen, Anne-Marie. Meine süße kleine Puppe! *Nimmt der Kinderfrau das Kleinste ab und tanzt mit ihm.* Nur still! Mama tanzt gleich auch mit Bob. Was? Ihr habt Schneebälle geworfen? Ach, da hätte ich mit dabeisein mögen! Laß nur, ich will sie selbst ausziehen, Anne-Marie. Laß mich doch; ich tu's so gerne. Geh solange ins Kinderzimmer. Du siehst so verfroren aus. In der Röhre steht heißer Kaffee für dich.

Die Kinderfrau geht in das Zimmer zur Linken. Nora nimmt den Kindern die Mäntel und Hüte ab und wirft alles umher; inzwischen reden sie durcheinander.

NORA: Ach so! Ein großer Hund ist euch nachgelaufen? Aber gebissen hat er euch nicht? Nein, Hunde beißen kleine Kinder nicht. Nicht in die Pakete gucken, Ivar! Was das ist? Ja, wenn ihr das wüßtet! Ach nein, nein, da ist etwas Häßliches drin. So? Spielen möchtet ihr? Was wollen wir spielen? Verstecken. Ja. Spielen wir Verstecken. Bob soll sich zuerst verstecken. Ich? Na ja, dann verstecke ich mich zuerst.

Sie und die Kinder spielen unter Jubel und Lachen im Zimmer und in dem anstoßenden Raum zur Rechten. Zuletzt versteckt Nora sich unter dem Tisch. Die Kinder stürmen herein, suchen, können sie aber nicht finden. Dann hören sie ihr unterdrücktes Lachen, stürzen an den Tisch, heben die Decke auf und sehen sie. Stürmischer Jubel. Sie kriecht hervor, als wolle sie sie schrecken. Neuer Jubel. Inzwischen hat es an der Eingangstür geklopft; niemand hat es beachtet. Jetzt wird die Tür halb geöffnet, und KROGSTAD *wird sichtbar. Er wartet ein wenig; das Spiel nimmt seinen Fortgang.*

KROGSTAD: Entschuldigen Sie, Frau Helmer –

NORA *mit einem unterdrückten Schrei, dreht sich um und springt halb in die Höhe*: Ah! Was wollen Sie?

KROGSTAD: Entschuldigen Sie; – die Treppentür war nur angelehnt; es muß jemand vergessen haben, sie zu schließen –

NORA *steht auf*: Mein Mann ist nicht zu Hause, Herr Krogstad.

KROGSTAD: Das weiß ich.

NORA: So – was wollen Sie denn hier?

KROGSTAD: Ein Wort mit Ihnen reden.

NORA: Mit – *Leise zu den Kindern*: Geht hinein zu Anne-Marie. Wie? Nein, der fremde Herr will Mama nichts zuleide tun. Wenn er fort ist, spielen wir weiter. *Sie führt die Kinder in das Zimmer links und schließt die Tür hinter ihnen.*

NORA *unruhig, gespannt*: Mit mir wollen Sie sprechen?

KROGSTAD: Allerdings.

NORA: Heut – aber es ist doch noch nicht der Erste?

KROGSTAD: Nein, heut ist Heiligabend. Von Ihnen selbst wird es abhängen, welche Bescherung Sie haben werden!

NORA: Was wollen Sie? Heut kann ich absolut nicht –

KROGSTAD: Davon reden wir vorläufig nicht. Es handelt sich um etwas andres. Sie haben doch einen Augenblick Zeit?

NORA: O ja, gewiß, Zeit hab ich wohl, obgleich –

KROGSTAD: Gut. Ich saß im Restaurant Olsen und sah Ihren Mann über die Straße gehen –

NORA: Allerdings.

KROGSTAD: – mit einer Dame.

NORA: Und was weiter?

KROGSTAD: Darf ich mir die Frage erlauben: war die Dame eine gewisse Frau Linde?

NORA: Jawohl.

KROGSTAD: Sie ist noch nicht lange hier?

NORA: Seit heute.

KROGSTAD: Sie ist wohl eine Freundin von Ihnen?

NORA: Ja, das ist sie; aber ich verstehe nicht – –

KROGSTAD: Ich war auch einmal mit ihr bekannt.

NORA: Das weiß ich.

KROGSTAD: So? Sie wissen also von der Sache? Dacht es mir wohl. Darf ich Sie also kurz und bündig fragen: wird Frau Linde bei der Aktienbank angestellt werden?

NORA: Herr Krogstad, wie können Sie sich erlauben, mich auszuforschen?! Sie, ein Untergebener meines Mannes? Aber da Sie einmal fragen, so sollen Sie es auch wissen: jawohl, Frau Linde wird angestellt werden. Und ich selbst habe mich ihrer Sache angenommen, Herr Krogstad. Nun wissen Sie Bescheid.

KROGSTAD: Meine Vermutung traf also zu.

NORA *geht im Zimmer auf und ab*: Mein Gott, man hat doch auch sein bißchen Einfluß! Weil man eine Frau ist, so ist damit noch lange nicht gesagt, daß –. Wenn man eine untergeordnete Stellung einnimmt, Herr Krogstad, so sollte man sich wirklich hüten, einen vor den Kopf zu stoßen, der – hm –

KROGSTAD: – der Einfluß hat?

NORA: Allerdings!

KROGSTAD *mit verändertem Ton*: Frau Helmer, wollen Sie die Güte haben, Ihren Einfluß zu meinen Gunsten geltend zu machen?

NORA: Wie? Was meinen Sie damit?

KROGSTAD: Wollen Sie gütigst dafür sorgen, daß ich meine untergeordnete Stellung bei der Bank behalte?

NORA: Was heißt das? Wer will Ihnen denn Ihre Stellung nehmen?

KROGSTAD: Ach, mir gegenüber brauchen Sie nicht die Ahnungslose zu spielen. Es leuchtet mir sehr wohl ein, daß es Ihrer Freundin nicht angenehm sein kann, sich einem Zusammentreffen mit mir auszusetzen, und ich begreife jetzt auch, wem ich's zu danken habe, daß man mich wegjagen will.

NORA: Aber ich versichere Ihnen –

KROGSTAD: Ja, ja, ja, – kurz und gut: noch ist es Zeit, und ich rate Ihnen, Ihren Einfluß aufzubieten, um das zu verhindern.

NORA: Aber, Herr Krogstad, ich h a b e gar keinen Einfluß.

KROGSTAD: Nicht? Ich glaubte doch eben aus Ihrem eigenen Munde zu hören –

NORA: Das war natürlich nicht so zu verstehen. I c h! Wie können Sie nur glauben, daß ich einen solchen Einfluß auf meinen Mann habe?!

KROGSTAD: Ach, ich kenne Ihren Mann noch aus der Studentenzeit. Ich halte den Herrn Bankdirektor für nicht fester als andere Ehemänner.

NORA: Wenn Sie mit Geringschätzung von meinem Mann reden, so weise ich Ihnen die Tür.

KROGSTAD: Sie sind mutig, gnädige Frau.

NORA: Ich habe vor Ihnen keine Angst mehr. Bald nach Neujahr werde ich aus der ganzen Geschichte heraus sein.

KROGSTAD *beherrscht sich wieder*: Hören Sie mich jetzt an, gnädige Frau. Im Notfall werde ich um meinen kleinen Posten auf Tod und Leben kämpfen.

NORA: Es sieht in der Tat so aus.

KROGSTAD: Nicht wegen des Einkommens allein! Darum ist mir am wenigsten zu tun. Es handelt sich um etwas andres. – Nun ja, – ich muß heraus mit der Sprache! Sehen Sie, – es ist folgendes. Ihnen ist's gewiß so wie aller Welt bekannt, daß ich mir vor etlichen Jahren habe eine Unbesonnenheit zuschulden kommen lassen.

NORA: Ich glaube, so etwas gehört zu haben.

KROGSTAD: Die Sache kam nicht vor Gericht. Aber von dem Augenblick an waren mir mit einem Male alle Wege versperrt. Nun warf ich mich auf die Geschäfte, die Sie ja kennen. Irgend etwas mußte ich doch beginnen, und ich darf wohl sagen, ich war keiner von den Schlimmsten. Jetzt aber muß ich der ganzen Sache ein Ende machen. Meine Söhne wachsen heran; um ihretwillen muß ich versuchen, mir so viel bürgerliche Achtung wie möglich wiederzuerringen. Der Posten bei der Bank war sozusagen die erste Stufe dazu. Und nun will Ihr Gatte mich mit einem Fußtritt von der Treppe wieder in die Gosse hinunterstoßen.

NORA: Um Gottes willen, Herr Krogstad, es liegt absolut nicht in meiner Macht, Ihnen zu helfen.

KROGSTAD: Weil Sie nicht den guten Willen haben. Ich habe aber die Mittel, Sie zu zwingen.

NORA: Sie wollen meinem Mann doch wohl nicht sagen, daß ich Ihnen Geld schulde?

KROGSTAD: Hm – und wenn ich es ihm nun sagte?

NORA: Das wäre schändlich von Ihnen. *Den Tränen nahe*: Dieses Geheimnis, das meine Freude und mein Stolz ist –, er sollte es auf so häßliche und plumpe Art erfahren? Von Ihnen es erfahren? Sie würden mich den schrecklichsten Unannehmlichkeiten aussetzen –

KROGSTAD: Bloß Unannehmlichkeiten?

NORA *heftig*: Aber tun Sie 's nur! Sie selbst werden den größten Schaden davon haben; dann wird mein Mann erst sehen, was für ein schlechter Mensch Sie sind. Und Sie werden Ihren Posten erst recht nicht behalten!

KROGSTAD: Ich fragte, ob Sie nur häusliche Unannehmlichkeiten befürchten?

NORA: Erfährt mein Mann davon, so wird er die Restsumme natürlich sofort bezahlen. Und dann haben wir nichts mehr mit Ihnen zu schaffen.

KROGSTAD *tritt einen Schritt näher*: Hören Sie, Frau Helmer, entweder haben Sie ein schwaches Gedächtnis, oder Sie verstehen absolut nichts von Geschäften. Ich muß Ihnen die Sache wohl etwas gründlicher auseinandersetzen.

NORA: Wie das?

KROGSTAD: Als Ihr Mann krank war, kamen Sie zu mir, um zwölfhundert Taler zu leihen.

NORA: Ich wußte sonst niemanden.

KROGSTAD: Ich versprach, Ihnen das Geld zu verschaffen –

NORA: Und Sie verschafften es mir auch.

KROGSTAD: Ich versprach, Ihnen die Summe unter gewissen Bedingungen zu verschaffen. Meines Wissens waren Sie damals von der Krankheit Ihres Mannes so in Anspruch genommen und so eifrig darauf aus, das Reisegeld zu bekommen, daß Sie für alle Nebenumstände gar keine Gedanken hatten. Es ist daher sehr angebracht, Sie daran zu erinnern. – Nun denn, – ich versprach, Ihnen das Geld gegen einen Schuldschein zu verschaffen, den ich aufsetzte.

NORA: Und den ich unterschrieb.

KROGSTAD: Gut. Aber dem fügte ich unten noch einige Zeilen hinzu, worin Ihr Vater die Bürgschaft für die Schuld übernahm. Diese Zeilen sollte Ihr Vater unterschreiben.

NORA: Sollte –? Er hat ja unterschrieben.

KROGSTAD: Ich hatte das Datum in blanco gelassen; das heißt, Ihr Vater selbst sollte den Tag angeben, an dem er das Papier unterschriebe. Erinnern Sie sich, gnädige Frau?

NORA: Ich glaube wohl –

KROGSTAD: Darauf übergab ich Ihnen den Schuldschein, damit Sie ihn per Post an Ihren Vater schickten. War dem nicht so?

NORA: Ja.

KROGSTAD: Und das taten Sie natürlich auch sofort, denn bereits nach fünf oder sechs Tagen brachten Sie mir das Papier mit Ihres Vaters Unterschrift zurück. Darauf bekamen Sie den Betrag ausgezahlt.

NORA: Nun ja. Habe ich denn nicht prompt abbezahlt?

KROGSTAD: So ziemlich. Aber – um auf das zurückzukommen, wovon wir sprachen – das war damals wohl eine schwere Zeit für Sie, gnädige Frau.

NORA: Wahrhaftig, ja.

KROGSTAD: Ihr Vater lag, glaube ich, sehr krank darnieder?

NORA: Er lag im Sterben.

KROGSTAD: Und er starb kurz darauf?

NORA: Ja.

KROGSTAD: Sagen Sie mir, Frau Helmer, wissen Sie zufällig noch den Todestag Ihres Vaters? Das Datum mein ich?

NORA: Papa starb am 29. September.

KROGSTAD: Ganz richtig. Ich habe mich danach erkundigt. Und deshalb kann ich mir einen sonderbaren Umstand – *Zieht ein Papier hervor.* – ganz und gar nicht erklären.

NORA: Was für einen sonderbaren Umstand? Ich weiß nicht –

KROGSTAD: Den sonderbaren Umstand, gnädige Frau, daß Ihr Vater diesen Schuldschein drei Tage nach seinem Tode unterschrieben hat.

NORA: Wie? Ich begreife nicht –

KROGSTAD: Ihr Vater starb am 29. September. Nun sehen Sie her, – hier datiert die Unterschrift Ihres Vaters vom 2. Oktober. Ist das nicht sonderbar, gnädige Frau?

NORA *schweigt.*

KROGSTAD: Können Sie mir das erklären?

NORA *schweigt noch immer.*

KROGSTAD: Auffallend ist auch, daß die Worte „2. Oktober" und die Jahreszahl nicht die Handschrift Ihres Vaters zeigen, vielmehr eine Handschrift, die mir bekannt vorkommt. Nun, das läßt sich ja erklären. Ihr Vater kann vergessen haben, seine Unterschrift zu datieren, und dann mag irgendein anderer das Datum aufs Geratewohl hingesetzt haben, bevor man noch von dem Todesfall wußte. Dabei ist auch nichts Schlimmes. Auf die Namensunterschrift kommt es an, und die ist doch echt, Frau Helmer? Ihr Vater hat doch in eigener Person seinen Namen hier hingeschrieben?

NORA *nach kurzer Pause, – wirft den Kopf zurück und sieht ihn trotzig an*: Nein, dem ist nicht so; ich habe Papas Namen geschrieben.

KROGSTAD: Ei, gnädige Frau – wissen Sie auch, daß das ein gefährliches Geständnis ist?

NORA: Weshalb? Sie werden Ihr Geld bald bekommen.

KROGSTAD: Erlauben Sie mir eine Frage – weshalb schickten Sie Ihrem Vater nicht den Schuldschein?

NORA: Es war unmöglich. Papa war todkrank. Wenn ich ihn um seine Unterschrift gebeten hätte, so hätte ich ihm auch sagen müssen, zu welchem Zwecke ich das Geld brauchte. Aber so einem Schwerkranken konnte ich doch nicht sagen, daß meines Mannes Leben in Gefahr sei! Das war ganz unmöglich.

KROGSTAD: Dann wäre es besser für Sie gewesen, Sie hätten die Reise aufgegeben.

NORA: Das war unmöglich. Die Reise sollte meinem Manne das Leben retten, – die konnt ich nicht aufgeben.

KROGSTAD: Aber bedachten Sie denn nicht, daß Sie mich damit betrogen?

NORA: Darauf konnte ich gar keine Rücksicht nehmen. Sie gingen mich absolut nichts an. Ich konnte Sie nicht ausstehen, weil Sie so herzlos waren und so viele Schwierigkeiten machten, obgleich Sie wußten, wie gefährlich es um meinen Mann stand.

KROGSTAD: Frau Helmer, wessen Sie sich eigentlich schuldig gemacht haben, davon haben Sie offenbar keine klare Vorstellung. Aber ich kann Ihnen sagen: das, was ich einst begangen habe und was meine ganze bürgerliche Stellung untergraben hat, ist nichts Größeres und nichts Schlimmeres gewesen.

NORA: Sie? Sie wollen mir einreden, daß Sie etwas Mutiges unternommen hätten, um Ihrer Frau das Leben zu retten?

KROGSTAD: Die Gesetze fragen nicht nach Beweggründen.

NORA: Dann müssen das sehr schlechte Gesetze sein.

KROGSTAD: Schlecht oder nicht, – wenn ich dies Stück Papier dem Gericht vorlege, so werden Sie nach den Gesetzen verurteilt.

NORA: Das glaub ich nun und nimmermehr! Eine Tochter sollte nicht das Recht haben, ihrem alten, todkranken Vater Angst und Kummer zu ersparen? Eine Frau sollte nicht das Recht haben, ihrem Mann das Leben zu retten? Ich kenne die Gesetze nicht so genau, aber ich bin überzeugt, irgendwo muß darin stehen, daß so etwas erlaubt ist. Und darüber wissen Sie nicht Bescheid, Sie, ein Anwalt? Sie müssen ein schlechter Jurist sein, Herr Krogstad.

KROGSTAD: Mag sein. Aber nicht wahr, auf Geschäfte, – auf solche Geschäfte, wie wir sie miteinander haben, auf die versteh ich mich doch wohl? Gut. Tun Sie jetzt, was Ihnen beliebt. Aber das sage ich Ihnen: werde ich zum zweiten Male ausgestoßen, so sollen Sie mir Gesellschaft leisten. *Er grüßt und geht durchs Vorzimmer ab.*

NORA *eine Weile nachdenklich, wirft dann den Kopf in den Nacken*: Ach was! Er will mir angst machen. So einfältig bin ich denn doch nicht. *Fängt an, die Mäntel der Kinder zusammenzulegen, hält bald damit inne.* Aber –? – – Nein, nein, aber das ist ja unmöglich! Ich hab es doch aus Liebe getan.

DIE KINDER *links in der Tür*: Mama, eben ging der fremde Herr aus dem Haus.

NORA: Ja, ja, ich weiß. Aber sagt keinem etwas von dem fremden Herrn. Hört ihr? Auch nicht Papa.

DIE KINDER: Nein, Mama. Willst du jetzt wieder mit uns spielen?

NORA: Nein, nein, jetzt nicht.

DIE KINDER: Aber Mama, du hast es doch versprochen!

NORA: Ja, aber ich kann jetzt nicht! Geht hinein, ich hab zuviel zu tun. Hinein, hinein mit euch, meine süßen Kinder. *Sie nötigt sie liebevoll in das anstoßende Zimmer, schließt die Tür hinter ihnen und setzt sich aufs Sofa; sie nimmt eine Stickerei und macht einige Stiche, hält jedoch bald wieder inne.* Nein! *Wirft die Stickerei hin, steht auf, geht an die Vorzimmertür und ruft hinaus*: Helene! Den Tannenbaum! *Geht links an den Tisch und öffnet die Schublade, hält wieder inne.* Nein, – aber das ist ja ganz unmöglich!

HAUSMÄDCHEN *mit dem Tannenbaum*: Wo soll er hin, gnädige Frau?

NORA: Dorthin, mitten ins Zimmer.

HAUSMÄDCHEN: Soll ich sonst noch was bringen?

NORA: Nein, danke, ich habe alles, was ich brauche. *Das Mädchen hat den Baum hingestellt und geht wieder hinaus. Nora beginnt den Baum zu putzen.* Hier kommen Lichter hin, – und da Blumen. Der abscheuliche Mensch! Unsinn! Unsinn! Unsinn! Es ist alles in Ordnung. – Der Weihnachtsbaum soll schön werden. Alles will ich tun, was dir Freude macht, Torvald; – ich will singen, will tanzen –

HELMER *kommt, einen Stoß Schriftstücke unterm Arm, von draußen.*

NORA: Ah! Kommst du schon wieder?

HELMER: Ja. Ist jemand hier gewesen?

NORA: Hier? Nein.

HELMER: Sonderbar! Ich sah Krogstad das Haus verlassen.

NORA: So –? Ach richtig, Krogstad – der war einen Augenblick hier.

HELMER: Nora, ich seh's dir an: er ist hier gewesen und hat dich gebeten, ein gutes Wort für ihn einzulegen.

NORA: Ja.

HELMER: Und das solltest du wie aus eigenem Antrieb tun. Du solltest mir verschweigen, daß er hier gewesen. Hat er dich nicht auch darum gebeten?

NORA: Ja, Torvald; aber –

HELMER: Nora, Nora, und darauf konntest du dich einlassen? Mit einem solchen Menschen eine Unterhaltung führen und ihm noch Versprechungen machen? Und mir obendrein eine Unwahrheit sagen!

NORA: Eine Unwahrheit –?

HELMER: Sagtest du nicht, daß niemand hier gewesen ist? *Droht mit dem Finger.* Das darf mein Singvögelchen nie wieder tun. Ein Singvogel darf nur mit reinem Schnäbelchen zwitschern, – keine falschen Töne! *Faßt sie um die Taille.* Muß es nicht so sein? Ja – ich wußt es wohl. *Läßt sie los.* Und nun nichts mehr davon. *Setzt sich vor den Ofen.* Ah, wie warm und gemütlich es hier ist. *Blättert in den Papieren.*

NORA *mit dem Tannenbaum beschäftigt, nach kurzer Pause*: Torvald!

HELMER: Ja?!

NORA: Ich freue mich riesig auf den Kostümball übermorgen bei Stenborgs.

HELMER: Und ich bin riesig neugierig, womit du mich überraschen wirst.

NORA: Ach, es ist zu dumm!

HELMER: Was?

NORA: Mir fällt gar nichts Ordentliches ein; es ist alles so albern, so nichtssagend.

HELMER: Ist Norachen zu der Erkenntnis gekommen?

NORA *hinter seinem Stuhl, die Arme auf der Stuhllehne*: Hast du sehr viel zu tun, Torvald?

HELMER: Ach –

NORA: Was sind das für Papiere?

HELMER: Bankangelegenheiten.

NORA: Schon?

HELMER: Ich habe mir von der abtretenden Direktion Vollmacht geben lassen, die nötigen Veränderungen im Personal und im Geschäftsplan vornehmen zu dürfen. Dazu muß ich die Weihnachtswoche benutzen. Ich will bis Neujahr alles in Ordnung haben.

NORA: Deshalb also war der arme Krogstad –

HELMER: Hm – –

NORA *lehnt sich noch immer auf die Stuhllehne, kraut ihn langsam im Nackenhaar*: Wenn du nicht so viel zu tun hättest, so würde ich dich um einen sehr großen Gefallen bitten, Torvald.

HELMER: Laß hören. Was sollte das sein?

NORA: Keiner hat ja einen so feinen Geschmack wie du. Nun möcht ich gern recht hübsch aussehen auf dem Kostümball. Torvald, kannst du mir nicht helfen und bestimmen, als was ich gehen und wie mein Kostüm gemacht sein soll?

HELMER: Aha, der kleine Eigensinn ist auf der Suche nach einem rettenden Engel?

NORA: Ja, Torvald, ohne deine Hilfe bring ich's nicht fertig.

HELMER: Na schön; ich werde mir die Sache überlegen; wir werden schon was ausfindig machen.

NORA: Ach, das ist lieb von dir. *Geht wieder an den Weihnachtsbaum; Pause.* Wie hübsch die roten Blumen sich machen. – Sag, ist das wirklich so schlimm, was dieser Krogstad verbrochen hat?

HELMER: Er hat Unterschriften gefälscht. Hast du einen Begriff davon, was das heißt?

NORA: Kann er's nicht aus Not getan haben?

HELMER: Ja, oder – wie so mancher andere – aus Leichtsinn. Ich bin nicht so herzlos, daß ich einen Menschen um einer solchen vereinzelten Handlung willen unbedingt verurteilen würde.

NORA: Nein, – nicht wahr, Torvald?

HELMER: Manch einer kann sich moralisch wieder aufrichten, wenn er sein Vergehen offen bekennt und seine Strafe abbüßt.

NORA: Strafe –?

HELMER: Den Weg jedoch betrat Krogstad nicht. Mit Kniffen und Schlichen schwindelte er sich durch; und eben das hat ihn moralisch ruiniert.

NORA: Glaubst du, daß –?

HELMER: Nun denke dir, wie solch ein schuldbewußter Mensch nach allen Seiten hin lügen und heucheln und sich verstellen muß; wie er vor seinen Nächsten, ja selbst vor seiner eigenen Frau und vor seinen eigenen Kindern eine Maske tragen muß. Vor den Kindern, Nora, das ist gerade das Entsetzlichste.

NORA: Weshalb?

HELMER: Weil ein solcher Dunstkreis von Lüge in die ganze Familie Ansteckungs- und Krankheitsstoff bringt. Jeder Atemzug, den die Kinder in einem solchen Hause tun, ist erfüllt von Keimen irgendeiner bösen Tat.

NORA *näher hinter ihm*: Bist du dessen sicher?

HELMER: Liebste, das hab ich als Advokat oft genug erfahren. Fast alle früh verdorbenen Menschen haben lügenhafte Mütter gehabt.

NORA: Warum gerade – Mütter –?

HELMER: Am häufigsten kommt es von der Mutter her. Aber vom Vater kann es sich natürlich ebenso vererben. Das weiß jeder Jurist. Und doch ist dieser Krogstad Jahre hindurch imstande gewesen, seine eigenen Kinder durch Lüge und Verstellung zu vergiften; und deshalb nenne ich ihn moralisch verkommen. *Streckt ihr die Hände entgegen.* Darum muß meine kleine Nora mir versprechen, nicht seine Partei zu ergreifen. Hand darauf? So. Abgemacht. Ich versichere dir, es wäre mir unmöglich, mit ihm zusammenzuarbeiten. Mich überkommt in der Nähe solcher Menschen buchstäblich ein körperliches Unbehagen.

NORA *entzieht ihm ihre Hand und geht an die andere Seite des Tannenbaums hinüber*: Wie heiß es hier ist. Und ich hab so viel zu tun.

HELMER *steht auf und nimmt seine Papiere zusammen*: Ich muß auch unter allen Umständen noch vor Tisch hiervon einiges erledigen. Und auch an dein Kostüm muß ich denken. Vielleicht habe ich sogar etwas auf Lager, das man in Goldpapier an den Weihnachtsbaum hängen könnte. *Legt die Hand auf ihren Kopf.* O, du mein geliebtes Singvögelchen! *Er geht in sein Zimmer und schließt die Tür hinter sich.*

NORA *leise, nach kurzer Pause*: Ach was! Es kann nicht sein. Es ist unmöglich. Es muß unmöglich sein.

KINDERFRAU *links in der Tür*: Die Kleinen bitten so schön, zur Mama herein zu dürfen.

NORA: Nein, nein, nein! Nicht zu mir herein! Bleib du bei ihnen, Anne-Marie.

KINDERFRAU: Gut, gnädige Frau. *Schließt die Tür.*

NORA *bleich vor Schrecken*: Ich meine Kinder verderben –! Unser Heim vergiften? *Kurze Pause; hebt den Kopf.* Das ist nicht wahr. Das ist in alle Ewigkeit nicht wahr!

ZWEITER AKT

Dasselbe Zimmer. Oben in der Ecke beim Klavier steht der Weihnachtsbaum, geplündert, zerzaust und mit herabgebrannten Lichtern; Noras Hut und Mantel liegen auf dem Sofa.

NORA *ist allein im Zimmer, sie geht unruhig auf und ab; schließlich bleibt sie am Sofa stehen und nimmt ihren Mantel.*

NORA *läßt den Mantel wieder zurückfallen*: Da ist jemand! *Geht an die Tür, lauscht.* Nein, – niemand. Selbstverständlich – heute am ersten Weihnachtsfeiertag kommt niemand, – und morgen auch nicht. – Aber vielleicht – *Öffnet die Tür und sieht hinaus.* Nein, nichts im Briefkasten. Ganz leer. *Geht durchs Zimmer.* Ach Unsinn! Er macht ja nicht Ernst! So etwas kann doch nicht geschehen. Es ist unmöglich. Ich hab ja drei kleine Kinder.

Die KINDERFRAU *kommt mit einer großen Pappschachtel aus dem Zimmer links.*

KINDERFRAU: Endlich hab ich die Schachtel mit dem Maskenanzug gefunden.

NORA: Schön. Stell sie auf den Tisch.

KINDERFRAU: Er ist aber arg in Unordnung.

NORA: Wenn ich ihn nur in hunderttausend Stücke zerreißen könnte!

KINDERFRAU: Aber nein! Man kann ihn sehr gut wieder herrichten; nur ein bißchen Geduld!

NORA: Ja, ich will hin und Frau Linde holen, daß sie mir hilft.

KINDERFRAU: Schon wieder aus? In dem häßlichen Wetter; Frau Nora – Sie werden sich erkälten – krank werden.

NORA: Das wär noch nicht das Schlimmste. – Was machen die Kinder?

KINDERFRAU: Die armen Würmchen spielen mit ihren Weihnachtsgeschenken. Aber –

NORA: Fragen sie oft nach mir?

KINDERFRAU: Sie sind ja so daran gewöhnt, immer um ihre Mama zu sein.

NORA: Liebe Anne-Marie, in Zukunft kann ich mich nicht mehr so viel mit ihnen beschäftigen wie bisher.

KINDERFRAU: Nun, kleine Kinder gewöhnen sich ja an alles.

NORA: Glaubst du? – Meinst du, sie würden ihre Mama vergessen, wenn ich ganz wegginge?

KINDERFRAU: Behüte –, ganz weg!

NORA: Sag mir, Anne-Marie –, ich habe so oft darüber nachgedacht, – wie hast du's übers Herz bringen können, dein Kind zu fremden Leuten zu geben?

KINDERFRAU: Aber das mußt ich ja, wenn ich die Amme der kleinen Nora werden wollte!

NORA: Daß du das aber wolltest –?

KINDERFRAU: Wenn ich doch eine so gute Stelle bekommen konnte. Ein armes Mädchen, das in solch ein Unglück geraten ist, muß doch noch froh sein. Denn der schlechte Kerl hat ja nichts für mich getan.

NORA: Aber deine Tochter hat dich doch gewiß vergessen?

KINDERFRAU: Ach nein, das hat sie nicht. Sie hat mir geschrieben, als sie konfirmiert wurde, und auch, als sie sich verheiratete.

NORA *umarmt sie*: Liebe alte Anne-Marie! Du bist mir eine so gute Mutter gewesen, als ich klein war!

KINDERFRAU: Die arme kleine Nora hatte ja keine andere Mutter als mich.

NORA: Und wenn meine Kleinen nun keine andere mehr hätten, – so weiß ich wohl, daß du auch ihnen – –. Unsinn, Unsinn, Unsinn! *Öffnet die Pappschachtel.* Geh hinein zu ihnen. Ich muß jetzt – du sollst sehen, wie schön ich mich morgen mache.

KINDERFRAU: Auf dem ganzen Ball wird gewiß keine so schön sein wie Frau Nora. *Links ab.*

NORA *beginnt die Schachtel auszupacken, wirft das Ganze aber bald wieder hin*: Dürft ich nur ausgehen! Wenn nur niemand kommt. Wenn hier zu Hause inzwischen nur nichts passiert. Ach Unsinn! Wer soll denn kommen?! Nur nicht daran denken. Jetzt wird der Muff abgebürstet. Schöne Handschuhe. Schöne Handschuhe. Nimm's leicht! Nimm's leicht! Eins – zwei – drei – vier – fünf – sechs – *Schreit auf*: Da kommt – *Will nach der Tür, bleibt unentschlossen stehen.*

FRAU LINDE *kommt aus dem Vorzimmer, wo sie Hut und Mantel abgelegt hat.*

NORA: Ah, du bist's, Christine. Sonst ist wohl niemand draußen? – Wie gut, daß du da bist.

FRAU LINDE: Ich hörte, du warst bei mir oben und hast nach mir gefragt.

NORA: Ja, ich ging gerade vorüber. Du mußt mir helfen. Setzen wir uns aufs Sofa. Also höre! Morgen ist oben beim Konsul Stenborg ein Kostümball, und da will Torvald, daß ich als neapolitanisches Fischermädchen gehen und die Tarantella tanzen soll; die hab ich auf Capri gelernt.

FRAU LINDE: Sieh mal an, du wirst also eine richtige Vorstellung geben?

NORA: Ja. Torvald meint, ich sollte es. Sieh, da ist das Kostüm. Torvald hat es mir in Italien machen lassen; aber jetzt ist alles so zerrissen, daß ich nicht weiß –

FRAU LINDE: Das wollen wir schon wieder in Ordnung bringen; der Besatz ist ja nur losgegangen an einigen Stellen. Hast du Nadel und Faden? So, – da ist ja alles, was wir brauchen.

NORA: Wie lieb das von dir ist.

FRAU LINDE *näht*: Also morgen wirst du das Kostüm tragen? Weißt du was, Nora – dann komme ich auf einen Augenblick her, um dich in deinem Staat zu sehen. Aber ich habe ja ganz vergessen, dir für den gemütlichen Abend gestern zu danken.

NORA *steht auf und geht im Zimmer auf und ab*: Ach, gestern fand ich es hier nicht so gemütlich wie sonst. – Du hättest früher in die Stadt kommen sollen, Christine. – Torvald versteht wirklich es nett und gemütlich zu machen.

FRAU LINDE: Und du nicht minder, sollt ich meinen. Umsonst bist du doch nicht die Tochter deines Vaters. Aber sag mir, ist der Herr Doktor Rank immer so verstimmt wie gestern?

NORA: Nein, – gestern war es sehr auffallend. Übrigens hat er eine sehr gefährliche Krankheit. Der Ärmste hat die Rückenmarkschwindsucht. Sein Vater war ein ganz widerwärtiger Mensch, mußt du wissen, der sich Weiber hielt, und so weiter –; und daher, verstehst du wohl, war der Sohn schon krank von Kindheit an.

FRAU LINDE *läßt die Näharbeit in den Schoß fallen*: Aber liebste, beste Nora, woher weißt du solche Sachen?

NORA *spaziert hin und her*: O, – wenn man drei Kinder hat, so bekommt man zuweilen Besuch von – Frauen, die so gewissermaßen halbe Doktoren sind; und die erzählen einem dies und das.

FRAU LINDE *näht wieder; kurze Pause*: Kommt Doktor Rank täglich zu euch ins Haus?

NORA: Jeden lieben Tag. Er ist ja Torvalds bester Jugendfreund. Und mein guter Freund ist er auch. Der Doktor gehört sozusagen zur Familie.

FRAU LINDE: Aber sag mir mal: ist der Mann ganz aufrichtig? Ich meine, sagt er den Leuten nicht gern Komplimente?

NORA: Ganz im Gegenteil. Wie kommst du darauf?

FRAU LINDE: Als du mich ihm gestern vorstelltest, versicherte er, daß er meinen Namen hier im Hause oft gehört habe. Doch später merkte ich, daß dein Mann keine Ahnung hatte, wer ich eigentlich sei. Wie konnte denn Herr Rank –?

NORA: Ja, das ist ganz richtig, Christine. Torvald liebt mich so sehr, daß er mich ganz allein für sich haben möchte, wie er sagt. In der ersten Zeit wurde er fast eifersüchtig, wenn ich meine Lieben zu Hause auch nur erwähnte. Da unterließ ich es natürlich. Aber mit dem Doktor spreche ich oft von all dem; denn siehst du, er hört das gern.

FRAU LINDE: Hör mal, Nora, in vielen Dingen bist du noch ein Kind. Ich bin ja manches Jahr älter als du und habe etwas mehr Erfahrung. Ich will dir etwas sagen: du solltest der Geschichte mit Doktor Rank ein Ende machen.

NORA: Ein Ende machen – mit welcher Geschichte?

FRAU LINDE: Na, überhaupt, mein ich. Gestern plappertest du von einem reichen Anbeter, der dir Geld verschaffen sollte –

NORA: Ja, von einem, der gar nicht existiert – leider. Was weiter?

FRAU LINDE: Hat der Doktor Rank Vermögen?

NORA: O ja.

FRAU LINDE: Und niemand, für den er zu sorgen hat?

NORA: Niemand. Aber –?

FRAU LINDE: Und er kommt täglich zu euch ins Haus?

NORA: Du hörst es ja.

FRAU LINDE: Wie kann dieser feine Mann nur so zudringlich sein?

NORA: Wahrhaftig, ich verstehe dich nicht.

FRAU LINDE: Verstell dich nicht, Nora. Glaubst du etwa, ich erriete nicht, von wem du die zwölfhundert Taler geborgt hast?

NORA: Bist du nicht bei Trost? Wie kannst du so etwas glauben? Ein Freund unsres Hauses, der uns täglich besucht. – Welch eine fürchterlich peinliche Lage wäre das!

FRAU LINDE: Also er ist es wirklich nicht?

NORA: Nein, das kann ich dir versichern. Auch nicht einen Augenblick ist mir der Gedanke gekommen –. Damals hatte er auch noch gar kein Geld zum Verleihen; er hat erst später geerbt.

FRAU LINDE: Nun, ich glaube, das war ein Glück für dich, meine liebe Nora.

NORA: Nein; den Doktor zu bitten, – das konnte mir doch nie im Leben einfallen –. Übrigens bin ich fest überzeugt, wenn ich ihn bäte, so –

FRAU LINDE: Das wirst du natürlich nicht tun.

NORA: Natürlich nicht. Ich kann nicht glauben, kann mir nicht denken, daß es nötig würde. Aber ich bin ganz sicher: wenn ich mit dem Doktor spräche, so –

FRAU LINDE: Hinter deines Mannes Rücken?

NORA: Ich muß heraus aus der andern Geschichte, – das geschieht auch hinter seinem Rücken. Ich muß heraus aus dieser Geschichte.

FRAU LINDE: Ja, ja, das sagte ich gestern schon; aber –

NORA *geht auf und ab*: Ein Mann kann dergleichen viel besser regeln als eine Frau –

FRAU LINDE: Der eigene Mann, allerdings.

NORA: Unsinn! *Bleibt plötzlich stehen.* Wenn man alles bezahlt, was man schuldig ist, so bekommt man doch seinen Schuldschein zurück?

FRAU LINDE: Selbstverständlich.

NORA: – und darf ihn in hunderttausend Stücke reißen und darf ihn verbrennen, – das ekelhafte, dreckige Papier!

FRAU LINDE *sieht sie fest an, legt das Nähzeug hin und steht langsam auf*: Nora, du verheimlichst mir etwas.

NORA: Kannst du mir das ansehen?

FRAU LINDE: Seit gestern morgen ist dir irgend etwas passiert. Nora, was ist es?

NORA *tritt zu ihr*: Christine! *Horcht.* Still! Da kommt Torvald nach Haus. Da – geh inzwischen zu den Kindern hinein. Torvald kann die Schneiderei nicht leiden. Laß dir von Anne-Marie helfen.

FRAU LINDE *sucht einen Teil der Sachen zusammen*: Ja, – doch ich gehe nicht weg von hier, bevor wir nicht offen miteinander geredet haben.

Sie geht links ab; in demselben Augenblick tritt HELMER *vom Vorzimmer herein.*

NORA *geht ihm entgegen*: Ach, wie hab ich dich erwartet, Torvald.

HELMER: War das die Schneiderin?

NORA: Nein, – es war Christine; sie hilft mir mein Kostüm aufarbeiten. Warte nur ab, wie hübsch ich aussehen werde.

HELMER: War das nicht ein glücklicher Einfall von mir?

NORA: Ein prächtiger Einfall! Doch es ist auch nett von mir, daß ich dir den Gefallen tue!

HELMER *faßt sie unters Kinn*: Nett, – weil du deinem Manne den Gefallen tust? Na, na, du kleiner Trotzkopf, ich weiß schon, du hast es nicht so gemeint. Aber ich will dich nicht stören; du wirst vermutlich anprobieren müssen.

NORA: Und du mußt wohl arbeiten?

HELMER: Ja. *Zeigt ihr einen Stoß Papiere.* Sieh mal her, ich war in der Bank. *Will in sein Zimmer gehen.*

NORA: Torvald!

HELMER *bleibt stehen*: Nun?

NORA: Wenn dein Eichhörnchen dich nun so recht zärtlich um etwas bäte –?

HELMER: Nun?

NORA: Würdest du es dann tun?

HELMER: Zuerst muß ich doch wissen, um was es sich handelt.

NORA: Das Eichhörnchen würde umherspringen und Kapriolen machen, wenn du lieb und nachgiebig wärst.

HELMER: Also heraus damit!

NORA: Die Lerche würde mal laut, mal leise durch alle Zimmer zwitschern –

HELMER: Ach was, das tut meine Lerche auch so.

NORA: Ich würde wie die Elfen im Mondschein vor dir tanzen, Torvald.

HELMER: Nora – es handelt sich doch wohl nicht um das, worauf du heut morgen schon anspieltest?

NORA *dringender*: Ja, Torvald, – ich bitte dich so herzlich!

HELMER: Du hast wirklich den Mut, noch einmal auf die Sache zurückzukommen?

NORA: Ja, ja, du m u ß t mir den Gefallen tun. Du m u ß t Krogstad seinen Posten an der Bank lassen.

HELMER: Meine liebe Nora, seine Stelle hab ich für Frau Linde bestimmt.

NORA: Das ist unendlich gut von dir. Aber du brauchst ja nur einen andern an Krogstads Stelle zu entlassen.

HELMER: Das ist mir doch ein unglaublicher Eigensinn! Weil du das leichtsinnige Versprechen gegeben hast, ein gutes Wort für ihn einzulegen, sollte ich –!

NORA: Nicht deshalb, Torvald. Um deiner selbst willen. Dieser Mensch schreibt ja für die schmutzigsten Zeitungen; du selber hast mir das gesagt. Er kann dir ungeheuer schaden. Ich hätte eine tödliche Angst vor ihm – –

HELMER: Aha, ich verstehe, – alte Erinnerungen schrecken dich.

NORA: Wie meinst du das?

HELMER: Du denkst natürlich an deinen Vater!

NORA: Ja, ja. Erinnere dich nur, wie boshaft die Leute über Papa in den Zeitungen geschrieben haben und wie schändlich sie ihn verleumdeten. Ich glaube, sie hätten es dahin gebracht, daß man ihn absetzte, wenn die Regierung dich nicht hingeschickt hätte, um die Sache zu untersuchen, und wenn du ihn nicht so wohlwollend und nachsichtig behandelt hättest.

HELMER: Meine kleine Nora, zwischen deinem Vater und mir ist ein bedeutender Unterschied. Dein Vater war als Beamter nicht unantastbar. Doch ich bin es. Und ich hoffe es auch zu bleiben, solange ich in meiner Stellung bin.

NORA: O, man kann niemals wissen, worauf böse Menschen verfallen. Jetzt könnten wir so ruhig und so glücklich in unserm friedlichen, sorgenfreien Heim leben, – du und ich und die Kinder, Torvald! Deshalb bitte ich dich –

HELMER: Und gerade durch deine Fürbitte machst du es mir unmöglich, ihn zu behalten. Es ist in der Bank bereits bekanntgeworden, daß ich Krogstad kündigen will. Wenn es nun hieße, daß der neue Direktor sich von seiner Frau habe umstimmen lassen –

NORA: Nun, was dann –?

HELMER: Na natürlich, – wenn mein kleiner Dickkopf nur seinen Willen bekommt –. Lächerlich würde ich mich machen, vor dem ganzen Personal, – würde die Leute auf den Gedanken bringen, daß ich von allen möglichen fremden Einflüssen abhängig sei. Glaub nur, ich würde die Folgen bald zu spüren bekommen! Und außerdem, – es gibt noch einen Umstand, der Krogstad ganz unmöglich bei der Bank macht, solange ich Direktor bin.

NORA: Und der wäre?

HELMER: Seine moralischen Mängel hätte ich im Notfall noch übersehen können –

NORA: Ja, nicht wahr, Torvald?

HELMER: Ich höre auch, daß er ganz brauchbar sein soll. Aber er ist ein Jugendbekannter von mir. Es ist eine jener übereilten Bekanntschaften, die einen später im Leben so oft genieren. Ich kann es dir ja gestehen: wir duzen uns. Und dieser taktlose Mensch macht durchaus kein Hehl daraus, wenn andere zugegen sind. Im Gegenteil, – er glaubt, daß ihn das zu einem familiären Ton mir gegenüber berechtige; und so spielt er jeden Augenblick seinen Trumpf aus, mit seinem: Du, du, Helmer. Ich versichere dir, das berührt mich im höchsten Grade peinlich. Es würde mir meine Stellung bei der Bank unerträglich machen.

NORA: Torvald, das alles kann nicht dein Ernst sein.

HELMER: So? Weshalb nicht?

NORA: Weil es nur kleinliche Rücksichten sind.

HELMER: Was sagst du da? Kleinliche Rücksichten? Du hältst mich für kleinlich?

NORA: Im Gegenteil, lieber Torvald. Und gerade deshalb –

HELMER: Gleichviel; du nennst meine Beweggründe kleinlich; dann muß ich wohl auch kleinlich sein. Kleinlich! Sieh mal an! Na wahrhaftig, dem soll ein Ende gemacht werden. *Geht an die Tür des Vorzimmers und ruft*: Helene!

NORA: Was willst du?

HELMER *sucht zwischen den Papieren*: Schluß will ich machen! *Das Hausmädchen tritt ein.* Da, nehmen Sie den Brief und gehen Sie gleich damit hinunter. Lassen Sie ihn durch einen Dienstmann besorgen. Aber schnell! Die Adresse steht drauf. Da ist Geld.

HAUSMÄDCHEN: Schön.

Mit dem Brief ab.

Helmer legt die Papiere zusammen.

HELMER: So, mein kleiner Trotzkopf.

NORA *atemlos*: Torvald, was war das für ein Brief?

HELMER: Krogstads Kündigung.

NORA: Nimm's zurück, Torvald! Noch ist es Zeit. Ach, Torvald, nimm's zurück, tu's mir zuliebe; – dir zuliebe, den Kindern zuliebe! Hörst du, Torvald, Tu es. Du weißt nicht, was diese Kündigung über uns alle bringen kann.

HELMER: Zu spät.

NORA: Ja, – zu spät.

HELMER: Liebe Nora, ich verzeih dir diese Angst, obgleich sie eigentlich eine Beleidigung für mich ist. Ja, das ist sie! Oder ist es vielleicht keine Beleidigung, wenn du glaubst, daß ich die Rache eines verkommenen Winkelschreibers zu fürchten hätte? Aber ich verzeihe dir trotzdem, weil du mir damit ein so schönes Zeugnis deiner großen Liebe gibst. *Schließt sie in seine Arme.* Es muß nun einmal sein, meine heißgeliebte Nora. Mag da geschehen, was will. Glaub mir, wenn's drauf ankommt, hab ich Mut und Kraft. Du sollst sehen, ich bin der Mann, der alles auf sich nimmt.

NORA *schreckensstarr*: Was meinst du damit?

HELMER: Alles, sag ich dir.

NORA *gefaßt*: Das sollst du nie und nimmer.

HELMER: Gut; dann teilen wir, Nora – als Mann und Frau. Es ist, wie es sein soll. *Liebkost sie.* Bist du jetzt zufrieden? So – so – so –; nicht diese erschrockenen Taubenaugen. Das alles ist ja nichts andres als leere Einbildung. – Du solltest jetzt die Tarantella noch einmal durchspielen und dich auf dem Tamburin üben. Ich setze mich in das zweite Büro und schließe die Mitteltür, dann höre ich nichts; du kannst so viel Lärm machen, wie du willst. *Dreht sich in der Tür um.* Und wenn Rank kommt, so sag ihm, wo ich zu finden bin. *Er nickt ihr zu, geht mit seinen Papieren in sein Zimmer und schließt die Tür hinter sich.*

NORA *verwirrt vor Angst, steht wie festgewurzelt und flüstert*: Er wär imstande, es zu tun. Er tut es. Er tut es, der ganzen Welt zum Trotz. – Nein, – das nicht – in alle Ewigkeit nicht! Rettung –! Ein Ausweg – *Es klingelt im Vorzimmer.* Der Doktor! – Alles, nur das nicht! Alles andere eher, – was es auch sei!

Sie streicht sich über das Gesicht, sucht sich zu fassen und öffnet die Tür zum Vorzimmer. Draußen steht DOKTOR RANK *und hängt seinen Pelz an den Haken. Während des Folgenden beginnt es zu dunkeln.*

NORA: Guten Tag, Doktor. Ich hab Sie am Klingeln erkannt. Aber gehen Sie noch nicht zu Torvald hinein; denn ich glaube, er ist beschäftigt.

RANK: Und Sie?

NORA *indem er ins Zimmer tritt und sie die Tür hinter ihm schließt*: O, Sie wissen ganz gut – für Sie habe ich immer etwas Zeit übrig.

RANK: Ich danke Ihnen. Ich werde davon Gebrauch machen, solange ich noch kann.

NORA: Was wollen Sie damit sagen? Solange Sie können?

RANK: Na ja, erschreckt Sie das?

NORA: Es ist ein so wunderlicher Ausdruck. Wird irgend etwas geschehen?

RANK: Es wird das geschehen, worauf ich lange vorbereitet bin. Ich glaubte nun allerdings nicht, daß es so bald kommen würde.

NORA *faßt seinen Arm*: Über was haben Sie Gewißheit erlangt? Doktor, Sie müssen es mir sagen.

RANK *setzt sich neben den Ofen*: Es geht bergab mit mir. Daran ist nichts zu ändern.

NORA *atmet erleichtert auf*: Sie reden von sich –

RANK: Von wem sonst? Wozu soll man sich selbst belügen? Ich bin der elendeste von allen meinen Patienten, Frau Helmer. In den letzten Tagen habe ich eine Generaluntersuchung vorgenommen. Bankrott! Noch einen Monat, und ich liege gewiß schon auf dem Kirchhof und modere.

NORA: Pfui, wie häßlich Sie reden.

RANK: Die Geschichte ist auch verflucht häßlich. Doch das Schlimmste ist, daß soviel andres Häßliches vorausgehen wird. Ich habe nur noch eine einzige Untersuchung vorzunehmen; wenn ich damit fertig bin, weiß ich ungefähr, wann die Auflösung beginnt. Ich möchte Ihnen etwas sagen. Helmer, mit seiner feinen Natur, hegt einen so ausgeprägten Widerwillen gegen alles, was häßlich ist. Ich will ihn nicht in meinem Krankenzimmer haben –

NORA: Aber Doktor –

RANK: Ich will ihn nicht da haben. Unter keiner Bedingung, ich verschließe ihm meine Tür. – Sobald ich volle Gewißheit über das Schlimmste habe, schick ich Ihnen meine Visitenkarte mit einem schwarzen Kreuz drauf, und dann wissen Sie, daß die Auflösung begonnen hat.

NORA: Nein, heut sind Sie aber wirklich abgeschmackt. Und ich hätte Sie doch so gern in guter Laune gesehen!

RANK: Mit dem Tod im Herzen? – Büßen zu müssen für die Schuld eines andern! Ist darin Gerechtigkeit? Doch über jeder Familie hängt in irgendeiner Form solch eine unerbittliche Vergeltung –

NORA *hält sich die Ohren zu*: Unsinn! Lustig, lustig!

RANK: Ja, die ganze Geschichte ist eigentlich auch nur zum Lachen. Mein armes unschuldiges Rückgrat muß für das lustige Leutnantsleben meines Vaters büßen.

NORA *links am Tisch*: Er soll ja auf Spargel und Gänseleberpastete so erpicht gewesen sein. War's nicht so?

RANK: Ja, auch auf Trüffeln.

NORA: Auch auf Trüffeln. Und auf Austern auch, wenn ich nicht irre.

RANK: Auf Austern, selbstverständlich auch auf Austern.

NORA: Und dazu der Portwein und Champagner. Es ist traurig, daß all diese leckern Sachen sich auf die Knochen schlagen.

RANK: Zumal wenn sie sich auf die unglücklichen Knochen schlagen, die nicht das mindeste davon gehabt haben.

NORA: Freilich, das ist das Allertraurigste.

RANK *sieht sie forschend an*: Hm – – –

NORA *gleich darauf*: Weshalb lächelten Sie?

RANK: Sie lachten ja.

NORA: Nein, Doktor, Sie lächelten!

RANK *steht auf*: Sie sind doch ein größerer Schelm, als ich dachte.

NORA: Ich bin heut so aufgelegt zu Schelmenstreichen.

RANK: Scheint mir auch so.

NORA *legt beide Hände auf seine Schultern*: Lieber, lieber Doktor, Sie dürfen Torvald und mir nicht wegsterben!

RANK: O, den Kummer würden Sie leicht verwinden. Die Abgeschiedenen werden schnell vergessen.

NORA *sieht ihn ängstlich an*: Glauben Sie das?

RANK: Man schließt neue Verbindungen, und dann –

NORA: Wer schließt neue Verbindungen?

RANK: Das werden Sie beide tun, wenn ich weg bin. Es scheint mir, Sie sind schon auf dem besten Wege dazu. Was sollte hier gestern abend diese Frau Linde?

NORA: Aha – Sie sind wohl gar eifersüchtig auf die arme Christine?

RANK: Gewiß bin ich das. Sie wird hier im Hause meine Nachfolgerin sein. Wenn ich abgetan bin, wird diese Frau vielleicht –

NORA: Pst – sprechen Sie nicht so laut. Sie ist da drin.

RANK: Heute schon wieder? Sehen Sie wohl!

NORA: Nur, um mein Kostüm zu nähen. Herrgott, wie abgeschmackt Sie sind. *Setzt sich aufs Sofa.* Seien Sie gut, Doktor. Morgen werden Sie auch sehen, wie hübsch ich tanze. Und dann müssen Sie sich vorstellen, daß ich es nur für Sie tue, – natürlich für Torvald auch – versteht sich. *Nimmt verschiedene Gegenstände aus dem Karton.* Doktor, kommen Sie, setzen Sie sich, – ich will Ihnen was zeigen.

RANK *setzt sich*: Was denn?

NORA: Schauen Sie mal her.

RANK: Seidene Strümpfe.

NORA: Fleischfarbene. Sind die nicht wunderschön? Jetzt ist's hier so dunkel. Aber morgen – nein, nein, nein, Sie dürfen nur das Fußblatt sehen. Na, Sie können meinetwegen auch den oberen Teil sehen.

RANK: Hm – –

NORA: Weshalb sehen Sie so kritisch drein? Glauben Sie vielleicht, daß sie nicht passen?

RANK: Darüber kann ich unmöglich eine begründete Ansicht haben.

NORA *sieht ihn einen Augenblick an*: Pfui, schämen Sie sich! *Schlägt ihn mit den Strümpfen leicht ums Ohr.* So, da haben Sie was dafür! *Packt sie wieder ein.*

RANK: Was krieg ich noch sonst für Herrlichkeiten zu sehen?

NORA: Gar nichts kriegen Sie mehr zu sehen, denn Sie sind ungezogen. *Trällert leise und kramt zwischen den Sachen.*

RANK *nach kurzer Pause*: Wenn ich hier so in aller Vertraulichkeit mit Ihnen sitze, begreif ich nicht – nein, ich faß es nicht, was aus mir geworden wäre, wenn ich Ihr Haus nie betreten hätte.

NORA *lächelt*: Im Grunde fühlen Sie sich, mein ich, auch ganz behaglich bei uns.

RANK *leiser, sieht vor sich hin*: Und das alles nun verlassen zu müssen –

NORA: Unsinn! Sie bleiben da!

RANK *wie zuvor*: – und nicht einmal ein armseliges Zeichen des Dankes hinterlassen zu können; kaum ein flüchtiges Vermissen – nur einen leeren Platz, den der erste beste ausfüllen kann.

NORA: Und wenn ich Sie nun bäte, um –? Nein –

RANK: Um was?

NORA: Um einen großen Freundschaftsbeweis –

RANK: Ja, ja!

NORA: Nein, ich meine – um einen riesig großen Dienst –

RANK: Also wollen Sie mich doch wenigstens ein einziges Mal glücklich machen?

NORA: Ach, Sie wissen ja noch gar nicht, um was es sich handelt.

RANK: Schön, so sagen Sie's.

NORA: Ich kann nicht, Doktor; es ist etwas so unerhört Großes – Rat – und Beistand und ein Dienst –

RANK: Je mehr, desto besser. Ich kann mir zwar nicht denken, was Sie meinen. Aber so sprechen Sie doch. Hab ich denn nicht Ihr Vertrauen?

NORA: Mehr als irgendein anderer. Sie sind mein treuester und bester Freund, das weiß ich wohl. Deshalb will ich's Ihnen auch sagen.

Also hören Sie: Sie müssen mir helfen, etwas zu verhindern. Sie wissen, wie warm, wie unbeschreiblich innig Torvald mich liebt; er würde sich nicht einen Augenblick bedenken, sein Leben für mich hinzugeben.

RANK *beugt sich zu ihr*: Nora – glauben Sie denn, er sei der einzige, der –?

NORA *zuckt leicht zusammen*: Der –?

RANK: – der sein Leben freudig für Sie hingeben würde.

NORA *traurig*: Ja so.

RANK: Ich hatte mir geschworen, Sie sollten es vor meinem Ende erfahren. Eine bessere Gelegenheit würde sich nie wieder finden. – Ja, Nora, nun wissen Sie es. Und nun wissen Sie also auch, daß Sie mir vertrauen können wie keinem andern.

NORA *steht auf, ruhig und einfach*: Lassen Sie mich durch.

RANK *macht ihr Platz, bleibt aber sitzen*: Nora –

NORA *in der Tür zum Vorzimmer*: Helene, die Lampe. *Geht an den Ofen.* Ach, lieber Doktor, das war wirklich abscheulich von Ihnen.

RANK *steht auf*: Daß ich Sie ebenso innig geliebt habe wie ein andrer? War das abscheulich?

NORA: Nein, aber daß Sie es mir sagen. Es war ja gar nicht nötig –

RANK: Was soll das heißen? Haben Sie denn gewußt –? *Das Hausmädchen kommt mit der Lampe, stellt sie auf den Tisch und geht wieder hinaus.* Nora, – Frau Helmer – ich frage Sie, haben Sie etwas gewußt?

NORA: Ach, was weiß ich, ob ich 's gewußt habe oder nicht? Ich kann es Ihnen wirklich nicht sagen –. Daß Sie nur so ungeschickt sein konnten, Doktor! Es war doch alles so schön!

RANK: Na, wenigstens haben Sie nun die Gewißheit, daß ich Ihnen mit Leib und Seele ergeben bin. Reden Sie jetzt.

NORA *sieht ihn an*: Jetzt noch?

RANK: Bitte, – darf ich erfahren, um was es sich handelt?

NORA: Nichts sollen Sie jetzt erfahren.

RANK: Doch, doch! So dürfen Sie mich nicht strafen. Verlangen Sie von mir, was in der Macht eines Menschen steht!

NORA: Ich kann jetzt nichts mehr von Ihnen verlangen. – Übrigens werde ich wohl keiner Hilfe bedürfen. Sie sollen sehen, es ist alles nur Einbildung. Ganz gewiß. Natürlich! *Setzt sich in den Schaukelstuhl, sieht ihn an und lacht.* Sie sind mir wirklich ein netter Herr, mein lieber Doktor! Nun schämen Sie sich wohl, wo die Lampe da ist?

RANK: Nein, eigentlich nicht! Aber ich soll wohl gehen, – für immer?

NORA: Nein, das dürfen Sie nicht! Sie kommen selbstverständlich nach wie vor zu uns. Sie wissen ja, daß Torvald Sie nicht entbehren kann.

RANK: Und Sie?

NORA: O, – ich finde, es wird erst immer recht unterhaltend hier, wenn Sie kommen.

RANK: Das gerade hat mich auf eine falsche Fährte gelockt. Sie sind mir ein Rätsel. Oftmals war es mir, als ob Sie ebenso gern mit mir zusammen wären wie mit Helmer.

NORA: Ja, sehen Sie, es gibt Menschen, die man über alles liebt, und Menschen, mit denen man am liebsten zusammen ist.

RANK: O ja, daran ist etwas.

NORA: Als ich noch zu Hause war, liebte ich natürlich Papa über alles. Doch fand ich es immer außerordentlich amüsant, wenn ich mich zu den Dienstboten hinunterstehlen konnte; denn die bevormundeten mich nie, und dann erzählten sie sich immer so vergnügliche Dinge.

RANK: Aha, die hab ich also abgelöst!

NORA *springt auf und geht zu ihm*: Liebster, bester Doktor, so hab ich das ja doch nicht gemeint. Aber sehen Sie, mit Torvald ist es geradeso wie mit Papa –

Das HAUSMÄDCHEN *kommt aus dem Vorzimmer.*

HAUSMÄDCHEN: Gnädige Frau! *Flüstert etwas; reicht ihr eine Karte.*

NORA *wirft einen Blick auf die Karte*: Ah! *Steckt sie in die Tasche.*

RANK: Etwas Unangenehmes?

NORA: Nein, nein, durchaus nicht; nur – mein neues Kostüm –

RANK: Wie? Das liegt ja da.

NORA: Ach ja! das! Aber es handelt sich um ein anderes; ich hab es bestellt, – Torvald darf nichts davon wissen.

RANK: Aha, das also ist das große Geheimnis!

NORA: Ja. Gehen Sie nur zu ihm hinein; er ist im mittleren Zimmer; halten Sie ihn solange auf –

RANK: Seien Sie unbesorgt; er soll mir nicht heraus. *Er geht in Helmers Zimmer.*

NORA *zum Mädchen*: Und er steht in der Küche und wartet?

HAUSMÄDCHEN: Ja, er ist die Hintertreppe heraufgekommen –

NORA: Aber hast du ihm denn nicht gesagt, daß niemand zu Hause ist?

HAUSMÄDCHEN: Ja, aber es half nichts.

NORA: Wollt er nicht wieder gehen?

HAUSMÄDCHEN: Nicht eher, als bis er mit der gnädigen Frau gesprochen habe.

NORA: So laß ihn herein, aber leise. Du darfst niemandem etwas davon sagen, Helene; es ist eine Überraschung für meinen Mann.

HAUSMÄDCHEN: Ja, ja, ich verstehe schon – *Ab.*

NORA: Das Entsetzliche geschieht. Es kommt trotz alledem. Nein, nein, nein, es kann nicht geschehen; es darf nicht geschehen!

Sie geht und schiebt an Helmers Tür den Riegel vor. Das HAUSMÄDCHEN *öffnet die Vorzimmertür, läßt* KROGSTAD *ein und schließt die Tür wieder hinter ihm. Er trägt Reisepelz, Pelzstiefel und Pelzmütze.*

NORA *geht auf ihn zu*: Sprechen Sie leise; mein Mann ist zu Hause.

KROGSTAD: Na, meinetwegen.

NORA: Was wollen Sie von mir?

KROGSTAD: Mir einen Bescheid holen.

NORA: Also schnell. Was gibt es?

KROGSTAD: Sie wissen wohl, daß ich meine Kündigung bekommen habe.

NORA: Ich konnte es nicht verhindern, Herr Krogstad. Ich habe für Ihre Sache bis zum Äußersten gekämpft. Es war umsonst.

KROGSTAD: Hat Ihr Mann so wenig Liebe zu Ihnen? Er weiß, welchen Dingen ich Sie aussetzen kann, und doch wagt er es – –

NORA: Wie können Sie glauben, daß er darum weiß!

KROGSTAD: Ja freilich, dacht's mir schon. Es sähe meinem guten Torvald Helmer auch nicht ähnlich, so viel Mannesmut zu zeigen –

NORA: Herr Krogstad, ich verlange Respekt vor meinem Mann.

KROGSTAD: O gewiß! Allen schuldigen Respekt. Da Sie aber die Sache so ängstlich geheimhalten, gnädige Frau, so darf ich wohl auch annehmen, daß Sie heut etwas besser als gestern über das unterrichtet sind, was Sie eigentlich getan haben?

NORA: Besser, als Sie's mich jemals lehren könnten!

KROGSTAD: Freilich, ein so schlechter Jurist wie ich –

NORA: Was wollen Sie also?

KROGSTAD: Nur sehen, wie es Ihnen geht, Frau Helmer. Ich hab den ganzen Tag an Sie gedacht. Ein Kassenbote, ein Winkelschreiber, ein – na, kurz und gut, so ein Mensch wie ich hat auch ein Herz sozusagen.

NORA: So beweisen Sie es; denken Sie an meine kleinen Kinder.

KROGSTAD: Haben Sie und Ihr Mann an meine Kinder gedacht? Doch das ist ja jetzt gleichgültig! Sie brauchen die Sache nicht zu ernst zu nehmen, – das nur wollte ich Ihnen sagen. Vorläufig werde ich meinerseits die Geschichte nicht zur Anzeige bringen.

NORA: Nicht wahr? Ich wußte es.

KROGSTAD: Die ganze Sache läßt sich in aller Güte ordnen; sie braucht gar nicht unter die Leute zu kommen; sie bleibt unter uns dreien.

NORA: Mein Mann darf nie etwas davon erfahren.

KROGSTAD: Wie wollen Sie das verhindern? Können Sie den Rest vielleicht bezahlen?

NORA: Nein, im Augenblick nicht.

KROGSTAD: Oder haben Sie ein Mittel, das Geld in den nächsten Tagen zu beschaffen?

NORA: Wenigstens keines, von dem ich Gebrauch machen will.

KROGSTAD: Es würde Ihnen auch nichts genützt haben. Und wenn Sie hier mit noch so viel Bargeld vor mir ständen, so würden Sie Ihren Schuldschein doch nicht zurückbekommen.

NORA: So erklären Sie, was Sie damit anfangen wollen.

KROGSTAD: Ich will ihn nur behalten, – ihn in Händen haben. Kein Unbeteiligter wird was davon erfahren. Wenn Sie sich also irgendwie mit einem verzweifelten Entschluß tragen sollten –

NORA: Das tu ich.

KROGSTAD: – wenn Sie beabsichtigen sollten, Haus und Familie zu verlassen –

NORA: Das tu ich.

KROGSTAD: – oder wenn Sie vielleicht noch etwas Schlimmeres vorhaben sollten –

NORA: Woher wissen Sie –?

KROGSTAD: – so lassen Sie den Gedanken fahren.

NORA: Woher wissen Sie, daß ich mich mit solchen Gedanken trage?

KROGSTAD: Unsereins trägt sich fast immer damit im Anfang –. Auch ich hab mich damit getragen. Aber ach du lieber Gott, ich hatte nicht den Mut –

NORA *tonlos*: Ich auch nicht.

KROGSTAD *erleichtert*: Nicht wahr? Sie haben nicht den Mut dazu, – Sie auch nicht!

NORA: Nein, nein – ich habe ihn nicht, ich hab ihn nicht.

KROGSTAD: Es wär auch 'ne große Dummheit. Wenn nur der erste häusliche Sturm vorüber ist! – Ich hab hier in der Tasche einen Brief an Ihren Mann –

NORA: In dem alles steht?

KROGSTAD: Im Ausdruck so schonend wie nur möglich.

NORA *schnell*: Der Brief darf nicht in seine Hände kommen! Zerreißen Sie ihn, ich werde nun doch Geld zu beschaffen suchen.

KROGSTAD: Entschuldigen Sie, gnädige Frau, aber ich glaube, ich hätte Ihnen soeben gesagt –

NORA: Ach, ich meine nicht das Geld, das ich Ihnen schulde. – Sagen Sie mir, welche Summe verlangen Sie von meinem Mann? Ich werde das Geld dann beschaffen.

KROGSTAD: Ich verlange kein Geld von Ihrem Mann.

NORA: Was verlangen Sie denn?

KROGSTAD: Das sollen Sie hören. Ich will wieder auf die Beine, gnädige Frau; – ich will empor; und dabei soll Ihr Gatte mir behilflich sein. Seit anderthalb Jahren hab ich mich keiner unehrenhaften Handlung schuldig gemacht. Während dieser Zeit hab ich mit den drückendsten Verhältnissen gekämpft; ich war zufrieden, mich Schritt für Schritt wieder heraufarbeiten zu können. Jetzt jagt man mich weg, und jetzt begnüge ich mich nicht damit, daß man mich wieder in Gnaden annimmt, ich will empor – sag ich Ihnen. Ich will wieder an die Bank – will in eine höhere Stellung; Ihr Mann soll einen Posten für mich schaffen –

NORA: Das tut er nun und nimmermehr.

KROGSTAD: Er wird es tun; ich kenn ihn. Er wagt nicht zu mucksen. Und wenn ich erst drin bin, mit ihm zusammen, – dann sollen Sie mal sehen! Noch ehe ein Jahr um ist, bin ich des Direktors rechte Hand. Dann wird Nils Krogstad die Aktienbank leiten, und nicht Torvald Helmer.

NORA: Das werden Sie nie erleben!

KROGSTAD: Wollen Sie vielleicht –?

NORA: Jetzt hab ich den Mut dazu.

KROGSTAD: O, – Sie machen mir keine Angst. Eine feine, verwöhnte Dame wie Sie –

NORA: Sie sollen sehen; Sie sollen sehen!

KROGSTAD: Unter das Eis vielleicht? Ins kalte pechschwarze Wasser? Um dann im Frühling ans Land zu treiben, häßlich, unkenntlich, mit ausgefallenem Haar –

NORA: Sie machen mir keine Angst!

KROGSTAD: Und Sie mir auch nicht. So was tut man nicht, Frau Helmer. Und überdies, was hätte es für einen Zweck? Ich habe ihn ja trotzdem in der Tasche.

NORA: Dann auch noch? Wenn ich nicht mehr –?

KROGSTAD: Vergessen Sie, daß selbst Ihr guter Name nach Ihrem Tode von mir abhängt?

NORA *steht sprachlos und sieht ihn an.*

KROGSTAD: So, nun wissen Sie, woran Sie sind. Machen Sie keine

Dummheiten. Auf meinen Brief erwarte ich von Helmer Nachricht. Und vergessen Sie nicht, daß Ihr Gatte selbst mich auf Wege dieser Art gedrängt hat. Das werde ich ihm niemals vergeben. Adieu, gnädige Frau! *Ab durch das Vorzimmer.*

NORA *eilt nach der Vorzimmertür, öffnet sie ein wenig, horcht*: Er geht. Gibt den Brief nicht ab. Ach nein, nein, es wär ja auch unmöglich. *Öffnet die Tür weiter.* Was ist das? Er bleibt draußen stehen. Geht nicht die Treppe hinunter. Bedenkt er sich? Sollte er –?

Es fällt ein Brief in den Briefkasten; darauf hört man Krogstads Schritte, die sich die Treppe hinunter verlieren. Mit einem unterdrückten Aufschrei läuft Nora durchs Zimmer bis an den Sofatisch; kurze Pause.

NORA: Im Briefkasten. *Schleicht sich scheu an die Vorzimmertür.* Da liegt er. – Torvald, Torvald, – jetzt sind wir rettungslos verloren!

FRAU LINDE *kommt mit dem Kostüm aus dem Zimmer links*: So, – weiter wüßt ich nichts daran zu ändern. Willst du es einmal anprobieren –?

NORA *heiser und leise*: Christine, komm her.

FRAU LINDE *wirft das Kostüm aufs Sofa*: Was ist dir? Du siehst ganz verstört aus.

NORA: Komm her. Siehst du den Brief? Da, – schau hin – durch die Briefkastenscheibe.

FRAU LINDE: Ja, ich seh ihn.

NORA: Der Brief ist von Krogstad –

FRAU LINDE: Nora, – Krogstad hat dir das Geld geborgt!

NORA: Ja; und nun wird Torvald alles erfahren.

FRAU LINDE: Ach glaube, Nora, das ist das beste für euch beide.

NORA: Du weißt noch nicht alles. Ich hab eine Unterschrift gefälscht.

FRAU LINDE: Gerechter Gott –

NORA: Eins will ich dir sagen, Christine: Du mußt mein Zeuge sein.

FRAU LINDE: Wieso Zeuge? Was soll ich –?

NORA: Wenn ich den Verstand verlieren sollte – und das könnte ja geschehen –

FRAU LINDE: Nora!

NORA: Oder wenn mir etwas andres zustoßen sollte, – derart, daß ich nicht hier zur Stelle sein könnte, wenn –

FRAU LINDE: Nora, Nora, du bist ja wie von Sinnen!

NORA: Wenn dann einer alles auf sich nehmen will, – die ganze Schuld – du verstehst –

FRAU LINDE: Ja, ja. Aber wie kannst du nur denken –?

NORA: Dann sollst du bezeugen, daß es nicht wahr ist, Christine. Ich bin gar nicht von Sinnen; ich habe noch meinen vollen Verstand, und ich sage dir: kein anderer hat darum gewußt; ich allein habe alles getan. Vergiß das nicht.

FRAU LINDE: Gewiß nicht. Aber ich verstehe das alles nicht.

NORA: Wie solltest du's auch verstehen können! Jetzt wird ja das Wunderbare geschehen!

FRAU LINDE: Das Wunderbare?

NORA: Ja, das Wunderbare. Aber es ist so furchtbar, Christine, – es darf nicht geschehen – um keinen Preis der Welt.

FRAU LINDE: Ich werde gleich zu Krogstad gehen und mit ihm reden.

NORA: Geh nicht zu ihm! Er wird dir etwas antun!

FRAU LINDE: Es gab einst eine Zeit, da er mir zuliebe gern alles getan hätte, was es auch sei.

NORA: Er?

FRAU LINDE: Wo wohnt er?

NORA: Ach, was weiß ich –? Doch – *Greift in die Tasche.* – hier ist seine Karte. Aber der Brief, der Brief –!

HELMER *in seinem Zimmer, klopft an die Tür*: Nora!

NORA *schreit voll Angst auf*: Was gibt's? Was willst du von mir?!

HELMER: Na, na – erschrick nur nicht. Wir kommen ja nicht hinein. Du hast die Tür verriegelt. Du probierst wohl an?

NORA: Ja, ja; ich probiere an. Hübsch werd ich ausschauen, Torvald.

FRAU LINDE *hat die Karte gelesen*: Er wohnt gleich um die Ecke.

NORA: Ja – aber es nützt doch nichts?! Wir sind rettungslos verloren. Der Brief liegt ja im Kasten.

FRAU LINDE: Und dein Mann hat den Schlüssel?

NORA: Ja, immer.

FRAU LINDE: Krogstad muß seinen Brief ungelesen zurückverlangen; er muß einen Vorwand finden.

NORA: Aber gerade um diese Zeit pflegt Torvald –

FRAU LINDE: Halt ihn hin. Geh solange zu ihm hinein. Ich bin gleich wieder da. *Geht schnell durch das Vorzimmer ab.*

NORA *geht an Helmers Tür und öffnet sie*: Torvald!

HELMER *im Hinterzimmer*: Na, darf man endlich wieder in sein eigenes Zimmer? Komm, Rank, jetzt wollen wir einmal sehen – *In der Tür*: Aber was ist das?

NORA: Was, liebster Torvald?

HELMER: Rank hat mich auf eine großartige Maskenszene vorbereitet.

RANK *in der Tür*: Ich hab es so verstanden, kann mich aber auch geirrt haben.

NORA: Erst morgen darf man mich in meiner Pracht bewundern.

HELMER: Aber, liebe Nora, wie angegriffen siehst du aus! Hast du zuviel geübt?

NORA: Nein, ich hab noch gar nicht geübt.

HELMER: Das wird aber doch nötig sein –

NORA: Ganz gewiß, Torvald. Aber ohne deine Hilfe kann ich nichts machen, – ich habe alles vergessen.

HELMER: O, das werden wir rasch wieder einstudieren!

NORA: Ja, Torvald, du mußt dich meiner annehmen. Willst du mir das versprechen? Ach, ich hab solche Angst. Die große Gesellschaft –. Heut abend mußt du dich ganz mir widmen. Nichts von Geschäften, – aber auch gar nichts. Keinen Federstrich! Nicht wahr, lieber Torvald?

HELMER: Das versprech ich dir. Heut abend steh ich ausschließlich zu deiner Verfügung – du kleines hilfloses Geschöpf du! Aber halt! Ich will doch erst – *Geht an die Vorzimmertür.*

NORA: Was willst du draußen?

HELMER: Ich will nur sehen, ob Briefe da sind.

NORA: Nein, nein, tu's nicht, Torvald!

HELMER: Was heißt das?

NORA: Torvald, ich bitte dich; – es sind keine da.

HELMER: Laß mich doch nachsehen. *Will hinaus.*

NORA *am Klavier, greift die ersten Takte der Tarantella.*

HELMER *an der Tür, bleibt stehen*: Aha!

NORA: Soll ich morgen tanzen, so muß ich vorher mit dir üben.

HELMER *geht zu ihr*: Hast du wirklich solche Angst, liebe Nora?

NORA: Ja, eine schreckliche Angst. Jetzt gleich laß uns üben. Vor Tisch ist noch Zeit. Setz dich ans Klavier und spiele, lieber Torvald, verbessere mich; dirigier mich, wie du's immer tust.

HELMER: Gern, sehr gern, wenn du es wünschst. *Setzt sich ans Klavier.*

NORA *nimmt das Tamburin aus dem Karton, ebenso einen langen, bunten Schal, mit dem sie sich hastig drapiert; darauf kommt sie mit einem Sprung in den Vordergrund und ruft*: Spiel! Jetzt will ich tanzen. *Helmer spielt und Nora tanzt. Rank steht hinter Helmer am Klavier und sieht zu.*

HELMER: Langsamer, – langsamer.

NORA: Ich kann nicht anders.

HELMER: Nicht so wild, Nora.

NORA: So gerade ist's recht.

HELMER *hört auf zu spielen*: Nein, nein, so geht es absolut nicht.

NORA *lacht und schwingt das Tamburin*: Hab ich's dir nicht gesagt?

RANK: Laß mich ans Klavier.

HELMER *steht auf*: Schön – dann kann ich sie bequemer korrigieren.

Rank setzt sich ans Klavier und spielt. Nora tanzt mit wachsender Erregtheit. Helmer hat sich an den Ofen gestellt und richtet während des Tanzes fortwährend verbessernde Bemerkungen an sie. Sie scheint es nicht zu hören, ihr Haar löst sich und fällt auf die Schultern herab; sie kehrt sich nicht daran, sondern fährt fort zu tanzen.

FRAU LINDE *tritt ein.*

FRAU LINDE *steht wie versteinert an der Tür*: Ah –!

NORA *während des Tanzens*: Hier geht's lustig her, Christine.

HELMER: Aber liebste, beste Nora, du tanzt ja, als ginge es dir ans Leben.

NORA: Das tut es auch.

HELMER: Rank, hör auf; das ist ja der reine Wahnsinn. Hör auf, sag ich dir! *Rank hört auf zu spielen und Nora hält plötzlich inne. Helmer geht zu ihr*: Das hätt ich doch nie für möglich gehalten; du hast ja alles vergessen, was ich dir beigebracht habe.

NORA *wirft das Tamburin von sich*: Da siehst du!

HELMER: Hier ist wirklich noch Unterricht nötig.

NORA: Nun siehst du, wie notwendig es ist. Du mußt noch bis zum letzten Augenblick mit mir üben. Versprichst du mir das, Torvald?

HELMER: Verlaß dich drauf.

NORA: Du darfst heute und morgen für nichts anderes Gedanken haben als für mich; du darfst keinen Brief öffnen –, nicht den Briefkasten aufmachen –

HELMER: Aha, das ist noch immer die Angst vor diesem Menschen –.

NORA: O ja, auch das!

HELMER: Nora, ich seh es dir an, es liegt schon ein Brief von ihm drin.

NORA: Ich weiß nicht; ich glaube; du darfst so was aber jetzt nicht lesen. Es darf nichts Häßliches zwischen uns treten, bevor alles vorüber ist.

RANK *leise zu Helmer*: Widersprich ihr nicht.

HELMER *legt den Arm um sie*: Das Kind soll seinen Willen haben. Aber morgen abend, wenn du getanzt hast –

NORA: Dann bist du frei –

HAUSMÄDCHEN *an der Tür rechts*: Gnädige Frau, es ist angerichtet.

NORA: Bring Champagner, Helene.

HAUSMÄDCHEN: Schön, gnädige Frau. *Ab.*

HELMER: Ei, ei – also ein großes Gelage?

NORA: Champagnergelage bis in den hellen Morgen. *Ruft hinaus:* Und auch Makronen, Helene, viele – nur dies eine Mal.

HELMER *faßt ihre Hände:* So – so – so – nicht diese ängstliche, wilde Leidenschaft! Sei nun wieder meine liebe kleine Lerche wie sonst!

NORA: Ach ja, das will ich auch. Aber geh nur hinein; Sie auch, Doktor. Christine, du mußt mir das Haar wieder aufstecken.

RANK *indem er und Helmer abgehen:* Da ist wohl etwas – etwas unterwegs?

HELMER: Kein Gedanke, lieber Freund; es ist nichts als diese kindische Furcht, von der ich dir erzählt habe. *Beide rechts ab.*

NORA: Nun?

FRAU LINDE: Verreist – über Land.

NORA: Ich hab es dir angesehen.

FRAU LINDE: Er kommt morgen abend zurück. Ich hab ihm einige Zeilen hinterlassen.

NORA: Das hättest du nicht tun sollen. Du sollst nichts verhindern. Im Grunde ist es doch eine Seligkeit, das Wunderbare zu erwarten.

FRAU LINDE: Was erwartest du?

NORA: Ach, das kannst du nicht verstehen. Geh hinein zu ihnen; ich komme gleich nach. *Frau Linde geht ins Speisezimmer. Nora steht einen Augenblick, wie um sich zu sammeln, dann sieht sie auf ihre Uhr:* Fünf Uhr. Sieben Stunden bis Mitternacht. Dann noch vierundzwanzig Stunden bis nächste Mitternacht. Dann ist die Tarantella aus. Vierundzwanzig und sieben? Noch einunddreißig Stunden zu leben.

HELMER *rechts in der Tür:* Aber wo bleibt denn meine kleine Lerche?

NORA *fliegt mit offenen Armen ihm entgegen:* Da ist die Lerche.

DRITTER AKT

Dasselbe Zimmer. Der Sofatisch mit den Stühlen ist mitten ins Zimmer gerückt. Auf dem Tisch brennt eine Lampe. Die Tür zum Vorzimmer steht offen. Aus der oberen Etage ertönt Musik.

FRAU LINDE *sitzt am Tisch und blättert zerstreut in einem Buche; sie versucht zu lesen, scheint ihre Gedanken jedoch nicht sammeln zu können; ein paarmal horcht sie gespannt in der Richtung der*

Treppentür. Sie sieht auf ihre Uhr: Noch immer nicht. Und es ist doch die höchste Zeit. Wenn er nur nicht – *Horcht wieder.* Ah! da ist er. *Sie geht ins Vorzimmer und öffnet vorsichtig die äußere Tür; man hört leise Schritte auf der Treppe; sie flüstert*: Herein. Es ist niemand da.

KROGSTAD *in der Tür*: Ich fand in meiner Wohnung einen Zettel von Ihnen. Was soll das bedeuten?

FRAU LINDE: Ich habe dringend mit Ihnen zu reden.

KROGSTAD: So? Und das muß gerade hier im Hause geschehen?

FRAU LINDE: Bei mir zu Hause war es unmöglich. Mein Zimmer hat keinen besondern Eingang. Treten Sie näher; wir sind ganz allein; das Mädchen schläft, und Helmers sind oben auf dem Ball.

KROGSTAD *tritt in das Zimmer*: Ei sieh mal an! Helmers tanzen heut abend? Wirklich?

FRAU LINDE: Ja, warum denn nicht?

KROGSTAD: Na ja, – warum auch nicht?

FRAU LINDE: Krogstad, – sprechen wir uns aus.

KROGSTAD: Wir zwei hätten noch etwas miteinander zu besprechen?

FRAU LINDE: Wir haben sehr viel zu besprechen.

KROGSTAD: Das hätt ich nicht geglaubt.

FRAU LINDE: Weil Sie mich nie so recht verstanden haben.

KROGSTAD: Was war denn da weiter zu verstehen? War's nicht die alte Geschichte? Eine herzlose Frau gibt einem Manne den Laufpaß, wenn sich etwas Vorteilhafteres bietet.

FRAU LINDE: Halten Sie mich für so ganz herzlos? Glauben Sie wirklich, ich hätte leichten Herzens mit Ihnen gebrochen?

KROGSTAD: Nicht?

FRAU LINDE: Krogstad, haben Sie das wirklich geglaubt?

KROGSTAD: Wenn das nicht so war, warum haben Sie denn damals in dieser Weise an mich geschrieben?

FRAU LINDE: Ich konnte ja nicht anders. In dem Augenblick, wo ich mit Ihnen brach, war es auch meine Pflicht, in Ihnen alles zu ersticken, was Sie für mich fühlten.

KROGSTAD *ballt die Hände*: Darum also! Und nur – nur des Geldes wegen.

FRAU LINDE: Sie dürfen nicht vergessen, ich hatte eine hilflose Mutter und zwei kleine Brüder. Wir konnten nicht auf Sie warten, Krogstad; um Ihre Aussichten war es damals doch schwach bestellt.

KROGSTAD: Mag sein; aber Sie hatten kein Recht, mich preiszugeben einem andern Menschen zuliebe.

FRAU LINDE: Ja, ich weiß nicht. Oft habe ich mich selbst gefragt, ob ich ein Recht dazu hatte.

KROGSTAD *leise*: Als ich Sie verlor, da war mir's, als wanke der feste Boden unter meinen Füßen. Sehen Sie mich an, jetzt bin ich ein Schiffbrüchiger auf seinem Wrack.

FRAU LINDE: Die Hilfe ist vielleicht nah.

KROGSTAD: Sie war nah. Aber da kamen Sie und stellten sich in den Weg.

FRAU LINDE: Ohne es zu wissen, Krogstad. Erst heute hab ich erfahren, daß ich Sie bei der Bank ablösen sollte.

KROGSTAD: Ich glaube Ihnen, wenn Sie es sagen. Aber nun, wo Sie es wissen, – da treten Sie doch zurück?

FRAU LINDE: Nein. Sie würden nicht den geringsten Nutzen davon haben.

KROGSTAD: Bah! Nutzen, Nutzen –; ich würd es trotzdem tun.

FRAU LINDE: Ich habe gelernt, vernünftig zu handeln. Das Leben und die harte, bittere Not haben es mich gelehrt.

KROGSTAD: Und mich hat das Leben gelehrt, nicht an Redensarten zu glauben.

FRAU LINDE: Dann hat es Sie etwas sehr Vernünftiges gelehrt. Aber an Taten glauben Sie doch?

KROGSTAD: Wie meinen Sie das?

FRAU LINDE: Sie sagten, Sie ständen da wie ein Schiffbrüchiger auf seinem Wrack.

KROGSTAD: Ich habe gewiß Grund, das zu sagen.

FRAU LINDE: Auch ich sitze da wie eine Schiffbrüchige auf ihrem Wrack. Habe keinen, um den und für den ich sorgen könnte.

KROGSTAD: Es war Ihre eigene Wahl.

FRAU LINDE: Eine andere hatte ich damals nicht.

KROGSTAD: Nun, und weiter?

FRAU LINDE: Krogstad, wenn wir beiden schiffbrüchigen Leute uns nun zusammentäten?!

KROGSTAD: Was sagen Sie da?

FRAU LINDE: Zwei auf einem Wrack sind doch besser dran als jeder auf dem seinen allein.

KROGSTAD: Christine!

FRAU LINDE: Was, glauben Sie wohl, hat mich in die Stadt geführt?

KROGSTAD: Doch wohl nicht der Gedanke an mich?

FRAU LINDE: Ich muß arbeiten, wenn ich das Dasein ertragen soll. Mein ganzes Leben hindurch, so weit ich zurückdenken kann, hab ich gearbeitet, und das war meine schönste, meine einzige Freude.

Aber jetzt steh ich ganz allein in der Welt, mit schrecklich leerer Seele und verlassen. Nur für sich selbst arbeiten zu müssen, das ist keine Freude. Krogstad, schaffen Sie mir einen –, schaffen Sie mir etwas, wofür ich arbeiten kann.

KROGSTAD: Daran glaube ich nicht. Es ist der Heroismus einer überspannten Frau, die sich selbst opfern will – nichts weiter!

FRAU LINDE: Haben Sie jemals beobachtet, daß ich überspannt war?

KROGSTAD: Sie könnten das wirklich? Sagen Sie mir – sind Sie auch in meine ganze Vergangenheit eingeweiht?

FRAU LINDE: Ja.

KROGSTAD: Und Sie wissen, wofür ich hier gelte?

FRAU LINDE: Aus Ihren Worten vorhin klang etwas wie die Überzeugung heraus, daß Sie mit mir ein anderer hätten werden können.

KROGSTAD: Ganz ohne Zweifel.

FRAU LINDE: Sollte das nicht jetzt noch geschehen können?

KROGSTAD: Christine, sprechen Sie mit voller Überlegung?! Ja, Sie tun es. Ich seh es Ihnen an. Sie haben also wirklich Mut –?

FRAU LINDE: Ich brauche Kinder um mich, denen ich eine Mutter sein kann; und Ihre Kinder brauchen eine Mutter. Wir beide brauchen einander. Krogstad, ich glaube an den guten Kern in Ihnen; – zusammen mit Ihnen wag ich alles.

KROGSTAD: Ich danke dir, Christine! – Jetzt werde ich mich schon in den Augen der andern wieder zu rehabilitieren wissen! – Doch ich vergaß –

FRAU LINDE *horcht*: Horch! Die Tarantella! Gehen Sie! Gehen Sie!

KROGSTAD: Weshalb? Was ist denn?

FRAU LINDE: Hören Sie den Tanz dort oben? Wenn der vorüber ist, können wir sie erwarten.

KROGSTAD: Jawohl! Ich gehe. Es ist ja alles vergebens. Sie wissen natürlich nicht, was für einen Schritt ich gegen Helmers unternommen habe.

FRAU LINDE: Doch, Krogstad, ich weiß.

KROGSTAD: Und trotzdem haben Sie den Mut –?

FRAU LINDE: Ich verstehe, wozu die Verzweiflung einen Mann wie Sie treiben kann.

KROGSTAD: O, wenn ich das ungeschehen machen könnte!

FRAU LINDE: Das können Sie wohl; denn Ihr Brief liegt noch im Kasten.

KROGSTAD: Wissen Sie das bestimmt?

FRAU LINDE: Ganz bestimmt; aber –

KROGSTAD *blickt sie forschend an*: Sollte es so zu verstehen sein? Sie wollen Ihre Freundin um jeden Preis retten. Sagen Sie es geradeheraus. Ist das so?

FRAU LINDE: Krogstad, wer sich um andrer willen schon einmal verkauft hat, der tut es nicht zum zweiten Male.

KROGSTAD: Ich werde meinen Brief zurückverlangen.

FRAU LINDE: Nein, nein.

KROGSTAD: Ja natürlich; ich warte hier, bis Helmer herunterkommt; ich sag ihm, daß er mir meinen Brief zurückgeben müsse, – daß dieser Brief nur von meiner Entlassung handle, – daß er ihn nicht lesen solle –

FRAU LINDE: Nein, Krogstad, Sie sollen den Brief nicht zurückverlangen.

KROGSTAD: Aber sagen Sie mir: Sie haben mich doch nur deswegen herbestellt?

FRAU LINDE: Ja, im ersten Schreck; aber dazwischen liegen jetzt vierundzwanzig Stunden, und seitdem bin ich hier im Hause Zeuge unglaublicher Dinge gewesen. Helmer m u ß alles erfahren; dieses unglückselige Geheimnis muß an den Tag, es muß zwischen den beiden zu einer offenen Auseinandersetzung kommen; es kann unmöglich so fortgehen mit den Vertuschungen und Ausflüchten!

KROGSTAD: Nun wohl; – wenn Sie es denn wagen –. Aber e i n s kann ich auf jeden Fall tun, und das soll sofort geschehen –

FRAU LINDE *lauscht*: Eilen Sie! Gehen Sie! Gehen Sie! Der Tanz ist aus; wir sind keinen Augenblick mehr sicher.

KROGSTAD: Ich warte unten auf Sie.

FRAU LINDE: Ja, tun Sie das; Sie dürfen mich bis an die Haustür begleiten.

KROGSTAD: So unsagbar glücklich bin ich nie gewesen. *Er geht durch die Treppentür ab; die Tür zwischen dem Zimmer und dem Vorzimmer bleibt offen.*

FRAU LINDE *räumt ein wenig auf und legt ihren Mantel und Hut zurecht*: Welch eine Wendung! Ja, welch eine Wendung! Menschen, für die ich arbeiten, – für die ich leben kann; ein Zuhause, in das ich Glück und Behaglichkeit bringen darf. Da heißt es allerdings fest anpacken. – Wenn sie nur bald kämen – *Horcht.* Ah, da sind sie schon. Wo sind meine Sachen!

Sie nimmt Hut und Mantel.

Draußen hört man HELMERS *und* NORAS *Stimmen, ein Schlüssel wird im Schloß umgedreht, und Helmer führt Nora fast mit Gewalt ins Vorzimmer. Sie trägt das italienische Kostüm mit einem großen, schwarzen Schal darüber; Helmer ist im Gesellschaftsanzug und trägt einen offenen schwarzen Domino darüber.*

NORA *noch in der Tür, widerstrebend*: Nein, nein, nein; nicht nach Haus! Ich will wieder hinauf. Ich mag noch nicht so früh weg.

HELMER: Aber liebste Nora –

NORA: Ach, ich bitte dich flehentlich, Torvald; ich bitte dich von ganzem Herzen, – nur eine Stunde noch.

HELMER: Nicht eine Minute länger, meine süße Nora. Du weißt, so war's verabredet! So – hinein ins Zimmer; du erkältest dich hier bloß. *Trotz ihres Widerstandes führt er sie sanft ins Zimmer.*

FRAU LINDE: Guten Abend.

NORA: Christine!

HELMER: Wie, Frau Linde, Sie noch so spät hier?

FRAU LINDE: Ja, verzeihen Sie, ich wollte Nora so gern in ihrem Staat sehen.

NORA: Hast du die ganze Zeit auf mich gewartet?

FRAU LINDE: Ja. Ich bin leider zu spät gekommen. Du warst schon oben, und da wollt ich nicht wieder weggehen, bevor ich dich gesehen habe.

HELMER *nimmt Nora den Schal ab*: Ja, schauen Sie sie nur ordentlich an. Ich meine, sie ist das Ansehen wert. Ist sie nicht reizend, Frau Linde?

FRAU LINDE: Ja, das muß ich sagen –

HELMER: Ist sie nicht ungewöhnlich reizend? Darüber gab es auch in der Gesellschaft nur eine Stimme. Aber entsetzlich eigensinnig ist sie – das süße kleine Ding. Was soll man machen? Wollen Sie wohl glauben: Ich mußte beinahe Gewalt brauchen, um sie wegzubringen.

NORA: Torvald, du wirst es noch bereuen, daß du mir nicht wenigstens noch eine halbe Stunde gegönnt hast.

HELMER: Da hören Sie's, Frau Linde. Sie tanzt ihre Tarantella – hat stürmischen Beifall, – der auch verdient war, obgleich der Vortrag vielleicht etwas zu naturalistisch war, ich meine – ein wenig naturalistischer, als es sich strenggenommen mit den Forderungen der Kunst verträgt. Gleichviel, die Hauptsache ist, – sie hat Beifall, stürmischen Beifall. Und danach hätte ich sie noch oben lassen sollen? Die Wirkung abschwächen sollen? Nein bewahre! Ich nahm mein reizendes kleines Mädchen von Capri – mein kapriziöses kleines Mädchen von Capri, sollt ich eigentlich sagen – unter den Arm; eine schnelle Runde durch den Saal, eine Verbeugung nach allen Seiten, und – wie es in der Romansprache heißt –

das schöne Bild ist verschwunden. Ein Abgang muß immer wirkungsvoll sein, Frau Linde. Aber es ist mir nicht möglich, Nora das begreiflich zu machen. Puh, wie heiß es hier ist! *Wirft den Domino auf einen Stuhl und öffnet die Tür zu seinem Zimmer.* Was? Da ist es ja dunkel! Ach ja, natürlich. Verzeihung – *Er geht hinein und zündet einige Kerzen an.*

NORA *flüstert schnell und atemlos*: Nun?!

FRAU LINDE *leise*: Ich hab mit ihm gesprochen.

NORA: Nun?

FRAU LINDE: Nora – du mußt deinem Mann alles sagen!

NORA *tonlos*: Ich wußt es.

FRAU LINDE: Von Krogstads Seite hast du nichts zu fürchten; aber reden m u ß t du.

NORA: Ich rede nicht.

FRAU LINDE: Dann redet der Brief.

NORA: Ich danke dir, Christine; jetzt weiß ich, was ich zu tun habe. Pst –! *Helmer tritt wieder ein.*

HELMER: Na, Frau Linde, haben Sie sie bewundert?

FRAU LINDE: Ja, und nun will ich mich verabschieden.

HELMER: Ach was, schon? – Gehört Ihnen das Strickzeug da?

FRAU LINDE *nimmt es*: Ja, danke schön. Beinahe hätt ich's vergessen.

HELMER: Also, Sie stricken?

FRAU LINDE: Ja freilich.

HELMER: Wissen Sie was, Sie sollten lieber sticken.

FRAU LINDE: So? Und weshalb?

HELMER: Weil es viel hübscher aussieht. Sehen Sie nur: man hält die Stickerei mit der linken Hand – so –, und mit der rechten führt man die Nadel – so – in leichtem, langgestrecktem Bogen; nicht wahr –?

FRAU LINDE: Ja, das mag schon sein –

HELMER: Das Stricken hingegen, das kann nur unschön sein. Sehen Sie her: die zusammengeklemmten Arme, – die Stricknadeln, die auf und ab fahren, – das hat so was Chinesisches an sich. – Es war wirklich ein köstlicher Champagner, den man uns aufgetischt hat.

FRAU LINDE: Gute Nacht, Nora, – und sei nicht mehr eigensinnig.

HELMER: Gut gesagt, Frau Linde.

FRAU LINDE: Gute Nacht, Herr Direktor!

Helmer begleitet sie zur Tür.

HELMER: Gute Nacht, gute Nacht; ich will nur hoffen, daß Sie gut nach Hause kommen. Ich würde sehr gern –; aber Sie haben ja nicht weit zu gehen. Gute Nacht, gute Nacht. *Frau Linde geht;*

er schließt die Tür hinter ihr ab und kommt zurück: Na endlich sind wir sie los. Eine furchtbar langweilige Person –!

NORA: Bist du nicht sehr müde, Torvald?

HELMER: Nein, nicht im geringsten.

NORA: Auch nicht schläfrig?

HELMER: Durchaus nicht; im Gegenteil, ich fühle mich außerordentlich frisch. Und du? Du siehst allerdings müde und schläfrig aus.

NORA: Ich bin sehr müde. Ich werde bald schlafen gehen.

HELMER: Siehst du, siehst du! Es war also sehr recht von mir, daß wir nicht länger geblieben sind.

NORA: Ach, alles was du tust, ist recht.

HELMER *küßt sie auf die Stirn*: Jetzt spricht meine Lerche wie ein vernünftiger Mensch. Sag mal: hast du bemerkt, wie lustig Rank heute abend war?

NORA: So? War er das? Ich habe gar nicht mit ihm gesprochen.

HELMER: Ich auch fast gar nicht; aber ich habe ihn schon lange nicht in so guter Laune gesehen. *Sieht sie einen Augenblick an; darauf tritt er näher zu ihr.* Hm, – es ist doch herrlich, wieder in seinen eigenen vier Wänden zu sein, – ganz allein mit dir. – O du bist so reizend, so verführerisch!

NORA: Sieh mich nicht so an, Torvald!

HELMER: Mein teuerstes Gut soll ich nicht ansehen? Die Schönheit nicht ansehen, die mir gehört, mir allein, mir ganz und ausschließlich.

NORA *geht an die andere Seite des Tisches*: Du sollst nicht so zu mir sprechen heut abend.

HELMER *folgt ihr*: Dir liegt noch die Tarantella im Blut, das merk ich. Und das macht dich nur noch verführerischer. Horch! Nun brechen die Gäste auf. *Leiser*: Nora, – bald ist es still im ganzen Hause.

NORA: Ja, das hoff ich.

HELMER: Nicht wahr, meine einzig geliebte Nora? Ach, weißt du – wenn ich so mit dir in Gesellschaft bin, – weißt du, weshalb ich dann so wenig mit dir spreche, dir fern bleibe, dir nur dann und wann einen verstohlenen Blick zuwerfe? – Weißt du, warum ich das tue? Weil ich mir dann einbilde, du seist meine heimliche Geliebte, meine heimliche junge Braut, und es ahne niemand, daß zwischen uns beiden ein Geheimnis ist.

NORA: Ja, ja; ich weiß, daß all deine Gedanken bei mir sind.

HELMER: Und wenn wir dann fort wollen und ich den Schal um deine zarten, jugendlichen Schultern lege – um diesen wunderbaren Nacken, – dann stelle ich mir vor, daß du mir soeben angetraut bist, daß wir gerad aus der Kirche kommen, daß ich dich zum erstenmal in meine Wohnung führe, – daß ich zum erstenmal mit dir allein bin, – ganz allein mit dir, du erbebende junge Schönheit! Den ganzen Abend hab ich mich nur nach dir gesehnt. Als ich dich die Tarantella so verführerisch tanzen sah, – da kochte mein Blut; ich hielt es nicht mehr aus – und deshalb führte ich dich so früh nach Haus –

NORA: Geh jetzt, Torvald. Du sollst mich in Ruhe lassen. Ich will das alles nicht.

HELMER: Was soll das heißen? Du hast mich wohl zum besten, Norachen? Du willst nicht, willst nicht? Bin ich nicht dein Mann –?

Es klopft an der Treppentür.

NORA *fährt zusammen*: Hörst du –?

HELMER *nach dem Vorzimmer gehend*: Wer ist da?

DOKTOR RANK *draußen*: Ich bin's. Darf ich einen Augenblick eintreten?

HELMER *leise, ärgerlich*: Was will denn der jetzt? *Laut*: Wart einen Augenblick. *Geht hin und schließt auf.* Na, das ist ja hübsch von dir, daß du nicht an unserer Tür vorübergehst.

RANK: Mir war, als hörte ich deine Stimme, und da wollte ich gern noch einen Blick hereintun. *Läßt das Auge flüchtig umherschweifen.* Ach ja, diese teuren, trauten Räume. Ihr habt es nett und behaglich, ihr beide.

HELMER: Du hast dich oben offenbar auch recht behaglich gefühlt.

RANK: Außerordentlich. Warum auch nicht? Weshalb soll man in dieser Welt nicht alles mitnehmen? Wenigstens, so viel man kann und so lange man es kann. Der Wein war vortrefflich –

HELMER: Besonders der Champagner.

RANK: Hast du das auch gefunden? Unglaublich, wieviel ich hinunterspülen konnte!

NORA: Torvald hat heut abend auch viel Champagner getrunken.

RANK: So?

NORA: Ja, und danach ist er immer so gut aufgelegt.

RANK: Weshalb soll man sich denn nicht auch einen vergnügten Abend machen nach einem gut ausgefüllten Tage?

HELMER: Gut ausgefüllter Tag! Dessen darf ich mich leider nicht rühmen.

RANK *schlägt ihm auf die Schulter*: Aber siehst du, ich darf das.

NORA: Sie haben heut gewiß eine wissenschaftliche Untersuchung vorgenommen, Doktor?

RANK: Ja, das hab ich.

HELMER: Ei, ei, unsere kleine Nora redet von wissenschaftlichen Untersuchungen!

NORA: Und darf man Ihnen Glück wünschen zu dem Resultat?

RANK: Das dürfen Sie getrost.

NORA: Das Resultat war also gut?

RANK: Das denkbar Beste für den Arzt wie für den Patienten, – Gewißheit.

NORA *schnell und forschend*: Gewißheit?

RANK: Volle Gewißheit. Konnte ich mir daraufhin nicht einen vergnügten Abend machen?

NORA: Ja, daran haben Sie recht getan, Doktor.

HELMER: Das sag ich auch; wenn du nur nicht morgen dafür büßen mußt.

RANK: Nun, umsonst bekommt man nichts auf der Welt.

NORA: Doktor, – Maskeraden machen Ihnen wohl großes Vergnügen?

RANK: Ja, wenn recht viel komische Masken da sind –

NORA: Hören Sie, als was wollen wir beide gehen auf der nächsten Maskerade?

HELMER: Du kleiner Leichtsinn – denkst du jetzt schon an die nächste?

RANK: Wir beide? Das will ich Ihnen sagen: Sie kommen als Glückskind –

HELMER: Ja, aber in einem recht charakteristischen Kostüm.

RANK: Laß deine Frau nur kommen, wie sie ist –

HELMER: Wirklich famos gesagt. Aber weißt du auch schon, was du selber vorstellen wirst?

RANK: Liebster Freund, darüber bin ich mir jetzt vollkommen im klaren.

HELMER: Nun?

RANK: Auf der nächsten Maskerade werd ich unsichtbar sein.

HELMER: Das ist ein ulkiger Einfall.

RANK: Es gibt eine große schwarze Kappe –; hast du noch nie von der Tarnkappe gehört? Die wird einem aufgesetzt, und dann wird man von keinem gesehen.

HELMER *mit unterdrücktem Lächeln*: Jawohl, – sehr richtig!

RANK: Aber ich vergesse ganz, weshalb ich gekommen bin. Helmer, gib mir eine Zigarre, eine von deinen dunklen Havannas.

HELMER: Mit dem größten Vergnügen. *Reicht ihm sein Zigarrenetui hin.*

RANK *nimmt eine und schneidet die Spitze ab*: Danke!

NORA *streicht ein Zündhölzchen an*: Ich will Ihnen Feuer geben.

RANK: Danke schön. *Sie hält das Zündholz hin, er raucht die Zigarre an.* Und nun adieu!

HELMER: Adieu, adieu, lieber Freund!

NORA: Schlafen Sie wohl, Doktor!

RANK: Besten Dank für diesen Wunsch.

NORA: Wünschen Sie mir dasselbe.

RANK: Ihnen? Nun ja, wenn Sie wollen –. Schlafen Sie wohl. Und Dank für das Feuer –. *Er nickt beiden zu und geht.*

HELMER *mit gedämpfter Stimme*: Er hat schwer getrunken.

NORA *wie geistesabwesend*: Mag sein. *Helmer nimmt sein Schlüsselbund aus der Tasche und geht ins Vorzimmer.* Torvald – was willst du da?

HELMER: Ich muß den Briefkasten leeren; er ist ganz voll; sonst ist morgen früh kein Platz für die Zeitungen.

NORA: Willst du heute nacht noch arbeiten?

HELMER: Nein, das weißt du ja schon. – Was ist das? Da ist einer am Schloß gewesen.

NORA: Am Schloß –?

HELMER: Allerdings. Was soll das heißen? Ich will doch nicht hoffen, daß die Mädchen –? Hier liegt eine abgebrochene Haarnadel. Nora, eine von deinen.

NORA *schnell*: Dann müssen es die Kinder gewesen sein –

HELMER: Das mußt du ihnen aber wirklich abgewöhnen. Hm, hm; – na, nun hab ich ihn doch noch aufbekommen. *Nimmt den Inhalt heraus und ruft in die Küche hinein*: Helene! – Helene, machen Sie die Lampe aus im Entree. *Kommt wieder ins Zimmer und schließt die Tür zum Vorzimmer.*

HELMER *mit den Briefen in der Hand*: Sieh her, sieh mal, wie sich das angesammelt hat. *Blättert darin.* Was ist das?

NORA *am Fenster*: Der Brief! – Nein, nein, Torvald!

HELMER: Zwei Visitenkarten – von Rank.

NORA: Vom Doktor?

HELMER *sieht sich die Karten an*: Doctor medicinae Rank. Sie lagen obenauf; er muß sie beim Weggehen hineingesteckt haben.

NORA: Steht was drauf?

HELMER: Über dem Namen steht ein schwarzes Kreuz. Sieh mal her. Das ist doch ein unheimlicher Einfall! Gerade als ob er seinen eigenen Tod anzeigte.

NORA: Das tut er auch.

HELMER: Wie? Weißt du was? Hat er dir was gesagt?

NORA: Ja. Mit diesen Karten hat er Abschied von uns genommen. Er will sich einschließen und sterben.

HELMER: Armer Freund! Ich wußte wohl, daß ich ihn nicht lange mehr haben würde. Aber so schnell –. Und nun verbirgt er sich wie ein verwundetes Tier.

NORA: Wenn es schon sein muß, dann ist es am besten, daß es ohne Worte geschieht. Nicht wahr, Torvald?

HELMER: Er war so mit uns verwachsen. Ich kann mir unser Leben gar nicht ohne ihn denken. Er, mit seinem Leiden und seiner Vereinsamung, gab gewissermaßen den wolkigen Hintergrund für unser sonnenhelles Glück. – *Bleibt stehen.* Und vielleicht auch für uns, Nora. Jetzt sind wir beide nur auf uns angewiesen. *Umarmt sie.* O du meine geliebte Frau; mir ist, als könnte ich dich nicht fest genug halten. Weißt du, Nora – manchmal wünsche ich, es möchte dir eine unmittelbare Gefahr drohen, auf daß ich Besitz und Leben und alles, alles für dich aufs Spiel setzen könnte.

NORA *reißt sich los und sagt fest und entschlossen*: Jetzt sollst du deine Briefe lesen, Torvald!

HELMER: Nein, nein, jetzt nicht mehr. Ich bleibe bei dir, meine geliebte Frau.

NORA: Mit dem Gedanken an den Tod deines Freundes?

HELMER: Du hast recht. Es hat uns beide erschüttert. Es ist etwas Unschönes zwischen uns getreten; der Gedanke an Tod und Auflösung. Wir müssen uns davon zu befreien suchen. Bis dahin –. Es gehe jeder in sein Zimmer.

NORA *an seinem Hals*: Torvald, – gute Nacht! Gute Nacht!

HELMER *küßt sie auf die Stirn*: Gute Nacht, mein Singvögelchen; schlaf wohl, Nora. Jetzt lese ich die Briefe. *Er geht mit der Korrespondenz in sein Zimmer und schließt die Tür hinter sich.*

NORA *mit irren Blicken, tastet umher, faßt Helmers Domino, wirft ihn sich um und flüstert schnell, heiser und abgerissen*: Ihn niemals wiedersehen. Niemals! Niemals! Niemals! *Wirft sich den Schal über den Kopf.* Und auch die Kinder nicht. Auch die nicht. Niemals, niemals! – O! Das eiskalte, schwarze Wasser. O die bodenlose Tiefe! Dies –. Wenn es nur erst vorüber wäre! – Jetzt hat er den Brief; jetzt liest er ihn. Nein, nein, noch nicht! Torvald, leb wohl – mit den Kindern! *Sie will durchs Vorzimmer hinausstürzen. In demselben Augenblick reißt Helmer seine Tür auf und steht mit dem offenen Briefe in der Hand da.*

HELMER: Nora!

NORA *schreit laut auf*: Ah –!

HELMER: Was ist das? Weißt du, was in diesem Briefe steht?
NORA: Ja, ich weiß es. Laß mich gehen! Laß mich hinaus!
HELMER *hält sie zurück*: Wo willst du hin?
NORA *versucht sich loszureißen*: Du darfst mich nicht retten, Torvald!
HELMER *taumelt zurück*: Wahr also –? Ist es wahr, was er schreibt? Entsetzlich! Nein, nein, es kann und kann nicht wahr sein!
NORA: Es ist wahr. Über alles in der Welt hab ich dich geliebt!
HELMER: Komm mir nicht mit elenden Ausflüchten!
NORA *macht einen Schritt auf ihn zu*: Torvald –!
HELMER: Du Unglückselige, – was hast du getan?!
NORA: Laß mich fort! Du sollst nicht für mich büßen. Du sollst es nicht auf dich nehmen.
HELMER: Keine Komödie. *Schließt das Vorzimmer ab.* Hier bleibst du und stehst mir Rede. Hast du einen Begriff davon, was du getan hast? Antworte mir! Hast du einen Begriff davon?
NORA *blickt ihn unverwandt an und spricht mit erstarrendem Ausdruck*: Ja, jetzt fang ich an, gründlich zu begreifen.
HELMER *geht im Zimmer umher*: O, welch ein furchtbares Erwachen. In diesen ganzen acht Jahren, – sie, die meine Lust und mein Stolz gewesen – eine Heuchlerin, eine Lügnerin, – Schlimmeres, noch Schlimmeres – eine Verbrecherin! – O, die bodenlose Abscheulichkeit, die aus all dem spricht! Pfui, pfui!
NORA *schweigt und sieht ihn immer noch unverwandt an.*
HELMER *bleibt vor ihr stehen*: Ich hätte auf so etwas vorher gefaßt sein müssen. Ich hätte es voraussehen müssen. All die leichtsinnigen Grundsätze deines Vaters –. Schweig! Die leichtsinnigen Grundsätze deines Vaters hast du geerbt. Keine Religion, keine Moral, kein Pflichtgefühl – o! Wie bin ich dafür bestraft, daß ich ihm durch die Finger sah. Um deinetwillen tat ich es. Und so dankst du mir dafür!
NORA: Ja – so.
HELMER: Mein ganzes Glück hast du zerstört. Meine ganze Zukunft hast du vernichtet. Ach, entsetzlich, nur daran zu denken. Ich bin in der Gewalt eines gewissenlosen Menschen; er kann mit mir machen, was er will; von mir verlangen, was ihm einfällt; über mich gebieten, mir befehlen nach seinem Belieben; – ich darf nicht mucksen. Und so tief muß ich sinken und so jämmerlich zugrunde gehen einer leichtsinnigen Frau wegen!
NORA: Wenn ich aus der Welt bin, so bist du frei.
HELMER: Laß die Possen! Solche Redensarten hatte dein Vater auch

immer bereit. Was würde mir das nützen, wenn du aus der Welt wärest, wie du sagst. Nicht das mindeste würde mir's nützen. Er kann die Sache trotzdem bekanntmachen; und tut er es, so wird man vielleicht den Verdacht hegen, daß ich um deine verbrecherische Tat gewußt habe. Man wird vielleicht glauben, ich hätte dahintergesteckt – ich hätte dich dazu verführt! Und das alles hab ich dir zu danken, dir, die ich während unserer ganzen Ehe auf Händen getragen. Begreifst du nun, was du mir angetan hast?

NORA *kalt und ruhig*: Ja.

HELMER: Es ist so unglaublich, daß ich es noch immer nicht fassen kann. Aber wir müssen sehen, wie wir da herauskommen! Den Schal herunter! Herunter, sag ich! Ich muß den Mann auf irgendeine Weise zu befriedigen suchen. Die Sache muß um jeden Preis vertuscht werden. – Und was dich und mich betrifft, so muß es aussehen, als sei alles zwischen uns wie bisher. Aber natürlich nur vor den Augen der Welt. Du bleibst also nach wie vor im Hause; das ist selbstverständlich. Aber die Kinder darfst du mir nicht erziehen; die wag ich dir nicht anzuvertrauen –. O! Das der Frau sagen zu müssen, der Frau, die ich so innig geliebt und die ich noch –! Nun, das muß ein Ende haben. Von heut ab handelt es sich nicht mehr ums Glück; es gilt nur noch die Trümmer zu retten, die Überbleibsel, den Schein – *Es läutet im Vorzimmer. Helmer schrickt zusammen.* Was ist das? So spät noch? Sollte das Entsetzlichste –! Sollte er –? Versteck dich, Nora! Sag, du seist krank. *Nora bleibt unbeweglich stehen. Helmer geht und öffnet die Tür zum Vorzimmer.*

DAS HAUSMÄDCHEN *halb angekleidet im Vorzimmer.* Ein Brief für die gnädige Frau.

HELMER: Geben Sie her. *Nimmt den Brief und schließt die Tür.* Ja, – von ihm. Du bekommst ihn nicht. Ich werde ihn selbst lesen.

NORA: So lies.

HELMER *an der Lampe*: Ich habe kaum den Mut dazu. Vielleicht sind wir beide verloren. Doch – ich m u ß es wissen. *Reißt den Brief auf, durchfliegt einige Zeilen, blickt auf ein beigelegtes Papier; ein Freudenschrei*: Nora!

NORA *sieht ihn fragend an.*

HELMER: Nora! – Nein! Ich muß es noch einmal lesen. – Doch, doch, es ist so. Ich bin gerettet. Nora, ich bin gerettet.

NORA: Und ich?

HELMER: Du auch – natürlich; wir sind beide gerettet; du wie ich. Sieh her. Er schickt dir deinen Schuldschein zurück. Er schreibt, daß er bedauert und bereut –; daß eine glückliche Wendung in seinem Leben –. Aber was er schreibt, das ist ja ganz gleichgültig. – Wir sind gerettet, Nora! Keiner kann dir was anhaben. O Nora, Nora –; doch zuerst weg mit den abscheulichen Sachen hier. Laß mich sehen – *Wirft einen Blick auf die Schuldverschreibung.* Nein, ich will es nicht sehen; die ganze Geschichte soll für mich nichts andres sein als ein Traum. *Reißt den Schein und beide Briefe in Stücke, wirft alles in den Ofen und sieht zu, wie es brennt.* So, nun existiert es nicht mehr. – Er schrieb, daß du seit dem Heiligen Abend –. O, das müssen drei furchtbare Tage für dich gewesen sein, Nora!

NORA: Ich habe in diesen drei Tagen einen harten Kampf gekämpft.

HELMER: Und du hast gelitten und keinen andern Ausweg gesehen als –. Doch wir wollen all die häßlichen Dinge begraben. Wir wollen nur jubeln und wiederholen: es ist vorbei, es ist vorbei. So hör mich doch an, Nora. Du scheinst es noch nicht zu fassen: es ist vorbei! Aber was ist das – diese starre Miene? Ach, meine arme, kleine Nora, ich verstehe schon, du willst noch nicht daran glauben, daß ich dir verziehen habe. Aber das hab ich. Nora, ich schwöre dir, ich hab dir alles verziehen. Ich weiß ja, was du getan hast, geschah aus Liebe zu mir.

NORA: Das ist wahr.

HELMER: Du hast mich geliebt, wie eine Frau ihren Mann lieben soll. Es fehlte dir nur an der nötigen Einsicht, die Mittel zu beurteilen. Aber glaubst du, daß du mir weniger teuer bist, weil du nicht auf eigene Faust zu handeln verstehst? Nein, nein, stütze dich nur auf mich, ich will dir Berater, will dir Führer sein. Ich müßte kein Mann sein, wenn nicht gerade diese weibliche Hilflosigkeit dich doppelt anziehend in meinen Augen machte. Vergiß die harten Worte, die ich im ersten Schrecken sprach, in einem Augenblick, da ich meinte, alles müsse über mir zusammenstürzen. Ich habe dir verziehen, Nora; ich schwöre dir, ich habe dir verziehen.

NORA: Ich danke dir für deine Verzeihung. *Geht rechts durch die Tür ab.*

HELMER: So bleib doch – *Sieht hinein.* Was willst du da im Alkoven?

NORA *drinnen*: Den Maskenkram heruntertun!

HELMER *an der offenen Tür*: Recht so, suche dich zu fassen und das Gleichgewicht deiner Seele wiederzuerlangen. Du mein kleines, verschüchtertes Singvögelchen! Ruh dich getrost aus, ich werde dich mit meinen starken Flügeln decken. *Geht in der Nähe der Tür umher.* O wie behaglich und schön unser Haus ist, Nora. Hier bist du geborgen; ich will dich halten wie eine verfolgte Taube, die ich den mörderischen Krallen des Habichts entrissen habe; ich werde dein armes, pochendes Herz schon beruhigen. Nach und nach, Nora – glaub mir das. Schon morgen wirst du alles mit ganz andern Augen ansehen; bald wird alles wieder beim alten sein. Ich werde dir nicht mehr oft zu wiederholen brauchen, daß ich dir verziehen habe; du selbst wirst es untrüglich fühlen. Wie bist du auf den Gedanken gekommen, ich könnte dich verstoßen oder dir auch nur einen Vorwurf machen? Wahrhaftig, Nora, du kennst das Herz des Mannes nicht. Für den Mann liegt etwas unbeschreiblich Süßes und Befriedigendes in dem Bewußtsein, seiner Frau vergeben zu haben – ihr aus vollem, aufrichtigem Herzen vergeben zu haben. Ist sie doch gewissermaßen in doppeltem Sinne dadurch sein eigen geworden; als hätt er sie zum zweitenmal in die Welt gesetzt. Sie ist sozusagen sein Weib und sein Kind zugleich geworden. Das sollst du mir fortan sein, du schwaches, hilfloses Wesen. Fürchte nichts, Nora; sei nur offen gegen mich, dann werd ich dein Wille und auch dein Gewissen sein. – Was soll das heißen? Du gehst nicht schlafen? Du hast dich umgekleidet?

NORA *in ihrem Alltagskleide*: Ja, Torvald, ich hab mich umgekleidet.

HELMER: Aber warum denn? Jetzt? So spät –?

NORA: Diese Nacht werd ich nicht schlafen.

HELMER: Aber liebe Nora –

NORA *sieht auf ihre Uhr*: Es ist noch nicht allzu spät. Nimm Platz, Torvald; wir zwei haben viel miteinander zu reden. *Setzt sich an die eine Seite des Tisches.*

HELMER: Nora, – was soll das heißen? Dieser starre Zug –

NORA: Setz dich, es dauert lange. Ich habe mit dir über vieles zu reden.

HELMER *setzt sich ihr gegenüber an den Tisch*: Du machst mir angst, Nora, und ich verstehe dich nicht.

NORA: Das ist es eben. Du verstehst mich nicht. Und ich habe dich ebenfalls nicht verstanden – bis zu dieser Stunde. Bitte, unterbrich mich nicht. Du sollst mich anhören. – Es ist eine Abrechnung, Torvald.

HELMER: Wie meinst du das?

NORA *nach kurzem Schweigen*: Wie wir so dasitzen, – fällt dir gar nichts daran auf?

HELMER: Was sollte das sein?

NORA: Wir sind jetzt acht Jahre verheiratet. Fällt es dir nicht auf, daß wir – du und ich, Mann und Frau – heute zum erstenmal eine ernste Unterhaltung führen?

HELMER: Eine ernste Unterhaltung – wie das?

NORA: Acht ganze Jahre – und länger noch – vom ersten Tage unserer Bekanntschaft an haben wir nie ein ernstes Wort über ernste Dinge gewechselt.

HELMER: Hätt ich dich etwa beständig einweihen sollen in Widerwärtigkeiten, die du doch nicht mit mir hättest teilen können?

NORA: Ich spreche nicht von Widerwärtigkeiten. Ich sage nur, daß wir niemals ernst beieinander gesessen haben, um etwas gründlich zu überlegen.

HELMER: Aber liebste Nora, das wäre doch nichts für dich gewesen.

NORA: Da sind wir bei der Sache. Du hast mich nie verstanden. – Ihr habt viel an mir gesündigt. Zuerst Papa, dann du.

HELMER: Was! Wir beide –? Wir beide, die dich über alles in der Welt geliebt haben?

NORA *schüttelt den Kopf*: Ihr habt mich nie geliebt. Euch machte es nur Spaß, in mich verliebt zu sein.

HELMER: Nora, was sind das für Worte!

NORA: Es ist so, Torvald. Als ich zu Hause bei Papa war, teilte er mir alle seine Ansichten mit, und so bekam ich dieselben Ansichten. War ich aber einmal anderer Meinung, so verheimlichte ich das; denn es wäre ihm nicht recht gewesen. Er nannte mich sein Puppenkind und spielte mit mir, wie ich mit meinen Puppen spielte. Dann kam ich zu dir ins Haus –

HELMER: Was für einen Ausdruck gebrauchst du da von unserer Ehe?

NORA *unbeirrt*: Ich meine, dann ging ich aus meines Vaters Händen in deine über. Du richtetest alles nach deinem Geschmack ein, und so bekam ich denselben Geschmack wie du; oder ich tat nur so: ich weiß es nicht mehr genau – vielleicht war es auch beides: bald so und bald so. Wenn ich jetzt zurückblicke, so ist mir, als hätt ich hier wie ein Bettler gelebt – nur von der Hand in den Mund. Ich lebte davon, daß ich dir Kunststücke vormachte, Torvald. Du wolltest es ja so haben. Du und Papa, ihr habt euch schwer an mir versündigt. Ihr seid schuld daran, daß nichts aus mir geworden ist.

HELMER: Wie lächerlich und wie undankbar! Bist du hier nicht glücklich gewesen?

NORA: Nein. Das bin ich nie gewesen. Ich hab's geglaubt, aber ich war es nie.

HELMER: Nicht – nicht glücklich?

NORA: Nein, – nur lustig. Und du warst immer so lieb zu mir. Aber unser Heim war nichts andres als eine Spielstube. Hier war ich deine Puppen*frau*, wie ich zu Hause Papas Puppen*kind* gewesen bin. Und unsere Kinder, die waren wiederum meine Puppen. Wenn du mit mir spieltest, so bereitete mir das gerade solchen Spaß, wie es den Kindern Spaß machte, wenn ich mit ihnen spielte. *Das* ist unsere Ehe gewesen, Torvald.

HELMER: Etwas Wahres liegt in deinen Worten, – so übertrieben und überspannt sie auch sind. Aber von jetzt an soll es anders werden. Die Tage des Spielens sind nun vorüber; jetzt kommt die Zeit der Erziehung.

NORA: Der Erziehung – für wen? Für die Kinder oder für mich?

HELMER: Sowohl für dich wie für die Kinder, geliebte Nora.

NORA: Ach, Torvald, du bist nicht der Mann, mich zu einer richtigen Frau für dich zu erziehen.

HELMER: Und das sagst du so?

NORA: Und ich – bin ich denn für die Aufgabe gerüstet, die Kinder zu erziehen?

HELMER: Nora!

NORA: Hast du vorhin nicht selbst gesagt, – du dürftest mir diese Aufgabe nicht anvertrauen?

HELMER: Im Moment der Erregung! Wie kannst du darauf etwas geben?

NORA: Doch. Du hattest sehr recht. Ich bin der Aufgabe nicht gewachsen. Zuvor muß ich eine andere Aufgabe lösen. Ich muß versuchen, mich selbst zu erziehen. Und du bist nicht der Mann, mir dabei zu helfen. Das muß ich allein vollbringen. Und darum verlaß ich dich jetzt.

HELMER *springt auf*: Was sagst du da?

NORA: Ich muß ganz allein stehen, wenn ich über mich selbst und die Umwelt Klarheit gewinnen soll. Deshalb kann ich nicht mehr bei dir bleiben.

HELMER: Nora! Nora!

NORA: Ich verlasse dich sofort, Christine wird mich für diese eine Nacht aufnehmen.

HELMER: Du bist von Sinnen! Das darfst du nicht! Ich verbiet es dir!

NORA: Es hat von jetzt an keinen Zweck mehr, mir etwas zu verbieten. Ich nehme mit, was mir gehört. Von dir will ich nichts haben, – nicht heut noch später.

HELMER: Welcher Wahnsinn!

NORA: Morgen reise ich nach Hause – das heißt: in meine alte Heimat. Dort wird es mir am leichtesten werden, irgendwas Nützliches zu beginnen.

HELMER: O du verblendetes, unerfahrenes Geschöpf!

NORA: Ich muß versuchen, mir Erfahrung zu erwerben, Torvald.

HELMER: Die Häuslichkeit, den Mann und die Kinder zu verlassen! Bedenke: was werden die Leute sagen!

NORA: Darauf kann ich keine Rücksicht nehmen. Ich weiß nur, daß es für mich notwendig ist.

HELMER: O, das ist empörend. So entziehst du dich deinen heiligsten Pflichten?

NORA: Was verstehst du unter meinen heiligsten Pflichten?

HELMER: Das muß ich dir erst sagen! Sind es nicht die Pflichten gegen deinen Mann und gegen deine Kinder?

NORA: Ich habe andere Pflichten, die ebenso heilig sind.

HELMER: Das hast du nicht. Was für Pflichten könnten das wohl sein?

NORA: Die Pflichten gegen mich selbst.

HELMER: Vor allem bist du Gattin und Mutter.

NORA: Das glaub ich nicht mehr. Ich glaube, daß ich vor allen Dingen Mensch bin, so gut wie du, – oder vielmehr, ich will versuchen, es zu werden. Ich weiß recht gut, daß die Welt dir recht geben wird, Torvald, und daß etwas Ähnliches in den Büchern steht. Aber was die Welt sagt und was in den Büchern steht, das kann nicht mehr maßgebend für mich sein. Ich muß selbst nachdenken, um in den Dingen Klarheit zu erlangen.

HELMER: Du solltest dir nicht klar sein über deine Stellung in der eigenen Familie? Hast du in solchen Sachen nicht einen untrüglichen Führer? Hast du nicht die Religion?

NORA: Ach, lieber Torvald, was Religion ist, das weiß ich ja gar nicht einmal genau.

HELMER: Was sagst du da?

NORA: Ich weiß nur, was Pastor Hansen sagte, als ich zur Konfirmationsstunde ging. Er trug vor, dies sei Religion und das. Wenn ich erst aus meinen gegenwärtigen Verhältnissen heraus und auf mich allein angewiesen bin, dann werd ich auch darüber nachdenken; ich will sehen, ob das, was Pastor Hansen gesagt hat, richtig war, oder vielmehr, ob es für mich richtig ist.

HELMER: Ah – das ist doch unerhört im Munde einer jungen Frau! Aber wenn die Religion dir eine Führerin nicht sein kann, so laß mich wenigstens dein Gewissen aufrütteln. Denn moralisches Gefühl, das hast du doch? Oder – antworte mir – auch das nicht?

NORA: Ja, Torvald, es ist nicht leicht, dir darauf zu antworten, Torvald. Ich weiß es absolut nicht. Ich bin gänzlich irre daran geworden. Ich weiß nur, daß ich von dergleichen eine durchaus andere Anschauung habe als du. Daß die Gesetze anders sind, als ich gedacht hatte, hör ich jetzt ja auch; daß sie aber richtig sind, – das will mir durchaus nicht in den Kopf. Eine Frau sollte also nicht das Recht haben, ihren alten, sterbenden Vater zu schonen oder das Leben ihres Mannes zu retten! Daran glaub ich nicht!

HELMER: Du sprichst wie ein Kind. Du verstehst die Gesellschaft nicht, in der du lebst.

NORA: Ich verstehe sie nicht – allerdings. Aber jetzt will ich sie mir näher ansehen. Ich muß herauskriegen, wer recht hat, die Gesellschaft oder ich.

HELMER: Du bist krank, Nora; du hast Fieber; du bist wohl gar von Sinnen.

NORA: Ich habe noch nie so klar und bestimmt empfunden wie diese Nacht.

HELMER: Und klar und bestimmt gehst du von deinem Gatten und deinen Kindern?

NORA: Ja, das tu ich.

HELMER: Dann ist nur noch eine Erklärung möglich.

NORA: Welche?

HELMER: Du liebst mich nicht mehr.

NORA: So ist es.

HELMER: Nora! – Und das sagst du so?!

NORA: Es tut mir bitter weh, Torvald; denn du bist immer so lieb zu mir gewesen. Aber was ist da zu machen?! Ich liebe dich nicht mehr!

HELMER *mit mühsam erkämpfter Fassung*: Ist das auch eine feste und bestimmte Überzeugung?

NORA: Ganz gewiß. Das ist der Grund, warum ich nicht länger hier bleiben will.

HELMER: Und kannst du mir auch erklären, wodurch ich deine Liebe verscherzt habe?

NORA: Das kann ich. Es war in d e r Stunde, als das Wunderbare nicht kam; und da sah ich, daß du nicht der Mann bist, für den ich dich gehalten hatte.

HELMER: Sei deutlicher; ich verstehe dich nicht.

NORA: Acht Jahre lang hab ich geduldig gewartet; denn, du lieber Gott, ich sah ja ein, daß das Wunderbare nicht wie ein Alltägliches kommen könne. Dann brach das Unglück über mich herein; und nun war ich unerschütterlich fest davon überzeugt: jetzt kommt das Wunderbare. Als Krogstads Brief draußen lag – da dacht ich auch nicht einen Augenblick, du werdest dich den Bedingungen dieses Menschen fügen. Ich war fest überzeugt, daß du ihm entgegnen würdest: tu es nur der ganzen Welt kund! Und wenn das geschehen –

HELMER: Nun, und –? Wenn ich meine eigene Frau dem Schimpf und der Schande preisgegeben –?

NORA: Wenn das geschehen wäre, so glaubte ich felsenfest – dann werdest du hervortreten und alles auf dich nehmen und sagen: ich bin der Schuldige.

HELMER: Nora –!

NORA: Du meinst, ich würde ein solches Opfer niemals von dir angenommen haben? Natürlich nicht. Aber was hätten meine Versicherungen gegenüber den deinen gegolten? – Das war das Wunderbare, worauf ich in Angst und Bangen gehofft habe. Und um das zu verhindern, hätt ich meinem Leben ein Ende gemacht.

HELMER: Mit Freuden würd ich Tag und Nacht für dich arbeiten, Nora, – für dich Kummer und Sorgen ertragen; doch es opfert keiner seine Ehre denen, die er liebt!

NORA: Das haben hunderttausend Frauen getan!

HELMER: Du sprichst und denkst wie ein unvernünftiges Kind.

NORA: Mag sein. Aber du, du denkst weder noch sprichst du wie der Mann, an den ich mich anschließen könnte. Als sie vorüber war, – deine Angst – nicht vor dem, was mir drohte, sondern vor dem, was dich selber treffen könnte, als alle Gefahr vorbei war – da tatest du, als ob nichts geschehen sei. Genauso wie sonst war ich wieder deine kleine Lerche, deine Puppe, die du nun doppelt vorsichtig auf Händen tragen wolltest, weil sie so schwach und zerbrechlich ist. *Steht auf.* Torvald, in diesem Augenblick kam ich zu der Erkenntnis, daß ich hier acht Jahre lang mit einem fremden Mann zusammen gehaust und daß ich drei Kinder mit ihm gehabt habe –. O, nicht daran denken darf ich! In tausend Stücke könnt ich mich zerreißen.

HELMER *schwermütig*: Ich sehe, ich sehe. In der Tat, – zwischen uns hat sich ein Abgrund aufgetan. – Aber, Nora, sollte er sich nicht überbrücken lassen?

NORA: So, wie ich jetzt bin, bin ich keine Frau für dich.

HELMER: Ich habe die Kraft, ein anderer zu werden.

NORA: Vielleicht, – wenn dir die Puppe genommen wird.

HELMER: Eine Trennung – eine Trennung von dir! Nein, Nora, – den Gedanken kann ich nicht fassen.

NORA *geht rechts hinein*: Um so entschiedener muß es geschehen. *Sie kommt mit Hut und Mantel zurück und trägt eine kleine Reisetasche, die sie auf den Stuhl am Tisch stellt.*

HELMER: Nora, Nora, nicht jetzt! Warte bis morgen.

NORA *nimmt den Mantel um*: Ich kann in der Wohnung eines fremden Mannes nicht die Nacht über bleiben.

HELMER: Aber könnten wir nicht hier leben wie Bruder und Schwester –?

NORA *setzt den Hut auf*: Du weißt ganz gut, daß das nicht von langer Dauer wäre –. *Hüllt sich in den Schal ein.* Leb wohl, Torvald; die Kleinen will ich nicht sehen. Ich weiß, sie sind in besseren Händen als bei mir. So, wie ich jetzt bin, kann ich ihnen nichts sein.

HELMER: Doch dereinst einmal, Nora, – dereinst?

NORA: Wie kann ich das wissen? Ich weiß ja gar nicht, was aus mir wird.

HELMER: Aber du bist meine Frau, jetzt und in Zukunft.

NORA: Hör zu, Torvald; – wenn eine Frau ihres Mannes Haus verläßt, wie ich jetzt tue, so entbindet ihn meines Wissens das Gesetz aller Verpflichtungen gegen sie. Wenigstens entbinde ich dich jedweder Verpflichtung. Du sollst durch nichts gebunden sein, ebensowenig wie ich es sein will. Auf beiden Seiten muß volle Freiheit herrschen. So, da hast du deinen Ring zurück. Gib mir meinen.

HELMER: Auch das noch?

NORA: Auch das.

HELMER: Hier ist er.

NORA: So, nun ist es also aus. Da lege ich die Schlüssel hin. Die Mädchen wissen in der Wirtschaft genau Bescheid – besser als ich. Morgen, wenn ich abgereist bin, wird Christine kommen, um die Sachen zusammenzupacken, die von Haus aus mein Eigentum sind. Sie sollen mir nachgeschickt werden.

HELMER: Aus?! Aus?! Nora, wirst du nie mehr an mich denken?

NORA: Ich werde gewiß oft an dich und die Kinder und dies Haus denken müssen.

HELMER: Darf ich dir schreiben, Nora?

NORA: Nein – niemals. Das verbiet ich dir.

HELMER: Aber schicken darf ich dir doch – –

NORA: Nichts, nichts.

HELMER: – – dir helfen, wenn du Hilfe brauchst.

NORA: Nein, sag ich. Ich nehme nichts von Fremden an.

HELMER: Nora – werd ich niemals dir wieder mehr als ein Fremder sein können?

NORA *nimmt die Reisetasche*: Ach, Torvald, dann müßte das Wunderbarste geschehen. –

HELMER: Nenn es mir, dieses Wunderbarste!

NORA: Dann müßte mit uns beiden, mit dir wie mit mir, eine solche Wandlung vorgehen, – daß – ach, Torvald, ich glaub an keine Wunder mehr.

HELMER: Aber ich will daran glauben. Sprich zu Ende. Eine solche Wandlung, daß –?

NORA: – daß unser Zusammenleben eine Ehe werden könnte. Leb wohl! *Geht durch das Vorzimmer ab.*

HELMER *sinkt auf einen Stuhl neben der Tür zusammen und verbirgt das Gesicht in den Händen*: Nora! Nora! *Sieht sich um und steht auf.* Leer. Sie ist fort! *Eine Hoffnung steigt in ihm auf.* Das Wunderbarste –?

Man hört, wie unten die Haustür dröhnend ins Schloß fällt.

GESPENSTER

Ein Familiendrama in drei Akten

Personen

Helene Alving, *Witwe des Hauptmanns und Kammerherrn Alving*
Osvald, *ihr Sohn, Maler*
Manders, *Pastor*
Engstrand, *Tischler*
Regine Engstrand, *im Hause der Frau Alving*

Das Stück spielt auf Frau Alvings Landgut an einem großen Fjord im westlichen Norwegen.

ERSTER AKT

Ein geräumiges Gartenzimmer mit einer Tür an der linken Seitenwand und zwei Türen an der Wand rechts. In der Mitte des Zimmers ein runder Tisch mit Stühlen ringsherum; auf dem Tische liegen Bücher, Zeitschriften und Zeitungen. Links im Vordergrund ein Fenster; daneben ein kleines Sofa, vor dem ein Nähtisch steht. Im Hintergrund läuft der Raum in ein offenes, etwas schmaleres Blumenzimmer aus, das nach außen durch Glaswände und große Glasscheiben abgeschlossen ist. An der rechten Seitenwand des Blumenzimmers ist eine Tür, die zum Garten hinunterführt. Durch die Glaswand sieht man die Umrisse einer düsteren, in gleichmäßigen Regen getauchten Fjordlandschaft.

ENGSTRAND *steht oben an der Gartentür. Sein linkes Bein ist etwas krumm; unter der Stiefelsohle hat er einen Holzklotz.* REGINE, *in der Hand eine leere Gießkanne, verwehrt ihm den Eintritt.*

REGINE *mit gedämpfter Stimme*: Was willst du denn? Rühr dich nicht vom Fleck. Du triefst ja vor Nässe.

ENGSTRAND: Das ist unseres Herrgotts Regen, mein Kind!

REGINE: I, – dem Teufel sein Regen ist's!

ENGSTRAND: Herrje, was sind das für Reden! *Hinkt ein paar Schritt ins Zimmer hinein.* Aber was ich sagen wollte –

REGINE: Trample nicht so mit dem Fuß auf! Der junge Herr schläft da oben.

ENGSTRAND: Schläft noch? So? Am hellichten Tage?

REGINE: Was geht das dich an!

ENGSTRAND: Gestern abend war ich auf 'nem Bummel –

REGINE: Das glaub ich gern.

ENGSTRAND: Ja, mein Kind, wir Menschen sind nun mal schwach –

REGINE: Allerdings!

ENGSTRAND: – und es gibt so viele Versuchungen auf dieser Welt, siehst du –; aber, weiß Gott, ich stand doch schon heut früh um halb sechs an der Arbeit.

REGINE: Na ja, – aber jetzt mach nur, daß du fortkommst. Ich will nicht hier stehen und ein Rendezvous mit dir haben.

ENGSTRAND: Was willst du nicht haben?

REGINE: Ich will nicht haben, daß dich hier jemand trifft. Na also, – nun geh deiner Wege.

ENGSTRAND *kommt einige Schritte näher*: I was, ich geh nicht eher, als bis ich mit dir geredet habe. Heut nachmittag werde ich mit meiner Arbeit unten im Schulhaus fertig, und dann mach ich gleich abends noch, daß ich mit dem Dampfer nach Hause komme.

REGINE *murmelt*: Glückliche Reise!

ENGSTRAND: Dank schön, mein Kind. Siehst du, morgen soll doch das Asyl eingeweiht werden, und da wird's hier wohl wieder hoch hergehen mit Getränken, siehst du. Na, und da soll keiner dem Jakob Engstrand nachsagen, daß er nicht fest bleiben kann, wenn die Versuchung kommt.

REGINE: Oho!

ENGSTRAND: Denn morgen kommen hier ja doch so viel feine Leute zusammen. Pastor Manders wird doch auch aus der Stadt erwartet.

REGINE: Er kommt schon heut.

ENGSTRAND: Siehst du wohl. Teufel auch – da will ich ihm doch nicht Grund zu Vorwürfen geben, weißt du.

REGINE: Aha! So steht's also!

ENGSTRAND: Was steht –?

REGINE *sieht ihn scharf an*: Mit was willst du nun schon wieder den Pastor Manders reinlegen?

ENGSTRAND: Pst! Pst! Du bist wohl nicht recht bei Trost! Ich den Pastor Manders reinlegen! Ach nee, dazu ist Pastor Manders viel zu nett gegen mich gewesen. Aber was ich dir sagen wollte – also, wie gesagt, heut reis ich wieder heim.

REGINE: Meinen Segen hast du.

ENGSTRAND: Ja, aber ich will dich mitnehmen, Regine.

REGINE *mit offenem Munde*: Mich mit –? Was sagst du da?

ENGSTRAND: Ich will dich mit nach Hause nehmen, sag ich.

REGINE *höhnisch*: Da kannst du lange warten, bis du mich mitkriegst.

ENGSTRAND: Das werden wir ja sehen.

REGINE: Ja, da kannst du sicher sein, daß du das sehen wirst. Ich, die ich bei der Frau Kammerherr Alving aufgewachsen bin –? Ich, die hier beinah bin wie Kind im Hause –? Ich soll zu dir? In ein solches Haus? Pfui Teufel!

ENGSTRAND: Donnerwetter, was soll das heißen? Du lehnst dich gegen deinen Vater auf, du Gans?

REGINE *murmelt, ohne ihn anzusehen*: Hast du nicht oft genug gesagt, ich ginge dich nichts an?

ENGSTRAND: Ach was, kehr dich doch daran nicht –

REGINE: Hast du mich nicht manches liebe Mal ausgeschimpft und gesagt, ich sei ein –? Fi donc!

ENGSTRAND: Nein, wahrhaftiger Gott, so 'n gemeines Wort hab ich nie gebraucht.

REGINE: O! ich weiß ganz gut, was für ein Wort du gebraucht hast.

ENGSTRAND: Ja, das war aber doch immer nur, wenn ich einen weghatte – hm. Es gibt so viele Versuchungen auf dieser Welt, Regine.

REGINE: Ah!

ENGSTRAND: Und dann doch auch immer bloß, wenn deine Mutter so vornehm tat. Irgendwas mußt ich doch haben, mein Kind, womit ich sie ärgerte. Zu allem war sie zu schade. *Ahmt nach*: „Laß mich, Engstrand! Laß mich in Ruh! Ich hab drei Jahre bei Kammerherrn Alving auf Rosenvold gedient, – das hab ich!" *Lacht.* Gott, o Gott, o Gott! Nie konnt sie vergessen, daß der Hauptmann Kammerherr wurde während ihrer Dienstzeit.

REGINE: Arme Mutter; – du hast sie früh genug zu Tode geärgert.

ENGSTRAND *richtet sich auf*: Ja, versteht sich; ich muß ja immer an allem schuld sein.

REGINE *wendet sich ab, halblaut*: Uh! Und dann das Bein!

ENGSTRAND: Was sagst du, mein Kind?

REGINE: Pied de mouton!

ENGSTRAND: Das ist wohl englisch?

REGINE: Ja.

ENGSTRAND: Freilich, gelernt hast du hier draußen was, und das kann uns jetzt zustatten kommen, Regine.

REGINE *nach kurzer Pause*: Was hast du eigentlich in der Stadt mit mir vor?

ENGSTRAND: Du kannst noch fragen, was ein Vater mit seinem einzigen Kind vorhat? Bin ich denn nicht ein einsamer und verlassener Witwer?

REGINE: Ach, komm mir bloß nicht mit solchem Quatsch. Warum soll ich in die Stadt?

ENGSTRAND: Na, ich will dir sagen, ich möchte mal was Neues anfangen.

REGINE *pfeift*: Das hast du schon oft getan, aber es ist immer schiefgegangen.

ENGSTRAND: Ja, aber diesmal sollst du sehen, Regine! – Der Teufel soll mich holen –

REGINE *stampft mit dem Fuß auf*: Laß die Flucherei!

ENGSTRAND: Na ja! Na ja! Da hast du nur zu recht, mein Kind! Aber was ich sagen wollte: – ich hab mir bei der Arbeit an dem neuen Asyl da 'n hübsches Sümmchen auf die hohe Kante gelegt.

REGINE: So? Na, da kannst du dich ja freuen.

ENGSTRAND: Wofür sollte man auch hier bei den Bauern seine paar Kröten ausgeben?

REGINE: Na, und nun?

ENGSTRAND: Ja, sieh mal, nun hab ich die Idee, das Geld in was Lohnendem anzulegen. Ich denk mir so 'ne Art Gasthaus für Seeleute –

REGINE: Ah?

ENGSTRAND: Ein pikfeines Gasthaus, weißt du, nicht solche Schweinebude für Matrosen. Himmeldonnerwetter ja, – du, es müßte 'ne Sache für Schiffskapitäne und Steuermänner und – und wirklich feine Kunden sein.

REGINE: Und da sollt ich –?

ENGSTRAND: Du müßtest mittun, jawohl. Nur so zum Schein, – das kannst du dir wohl denken. Verdammt, du sollst es nicht schwer haben, mein Kind. Du kriegst es akkurat so, wie du's haben willst.

REGINE: Ja – jawohl!

ENGSTRAND: Aber Frauenzimmer müssen im Haus sein – das ist klar wie der Tag. Denn abends muß es 'n bißchen vernügt hergehen bei Tanz und Gesang und so weiter. Vergiß nicht, es sind Seeleute, Reisende des Weltmeers. *Näher kommend*: Nu sei nicht dumm, Regine, und steh dir nicht selbst im Wege. Wie weit kannst du's denn hier draußen bringen? Was für einen Vorteil hast du davon, daß die gnädige Frau so viel an dich gewandt hat? Du sollst ja die Kinder im neuen Asyl beaufsichtigen, wie ich höre. Ist denn das was für dich? Bist du denn gar so versessen darauf, dich für die dreckigen Kinder totzuschuften?

REGINE: Nein, ging's nach meinem Wunsch, so –. Na, das kann ja noch kommen. Das kann ja noch kommen!

ENGSTRAND: Was kann noch kommen?

REGINE: Nichts, was dich anginge. – Ist das viel Geld, was du dir hier auf die Seite gelegt hast?

ENGSTRAND: Alles in allem mögen es wohl so an sieben-, achthundert Kronen sein.

REGINE: Gar nicht so übel.

ENGSTRAND: Für den Anfang reicht's, mein Kind.

REGINE: Ist dir nicht der Gedanke gekommen, mir von dem Gelde was abzugeben?

ENGSTRAND: Weiß Gott, nein, der Gedanke ist mir nicht gekommen.

REGINE: Nicht mal so viel wie 'nen armseligen Stoff zum Kleide willst du mir schenken?

ENGSTRAND: Komm nur mit in die Stadt und bleib bei mir, dann kriegst du Kleider, so viele du willst.

REGINE: Pah! das könnt ich auch auf eigene Faust tun, wenn ich Lust dazu hätte.

ENGSTRAND: Nein, Regine, an eines Vaters leitender Hand geht das besser. Ich kann jetzt ein nettes Haus in der Kleinen Hafengasse haben. Viel bares Geld gehört nicht dazu; und siehst du, das könnte 'ne Art Seemannsheim werden.

REGINE: Aber ich will nicht zu dir! Ich habe nichts mit dir zu schaffen. Schieb ab!

ENGSTRAND: Hol mich der Henker, du würdest nicht lange bei mir bleiben, mein Kind. Ach, leider nicht! Wenn du dich zu benehmen wüßtest. So 'n hübsches Frauenzimmer, wie du in den letzten Jahren geworden bist –

REGINE: Na –?

ENGSTRAND: Es würde gar nicht so lange dauern, und es käme ein Steuermann – vielleicht sogar ein Kapitän –

REGINE: So einen würde ich doch nicht heiraten. Die Seeleute haben kein savoir vivre.

ENGSTRAND: Was haben sie nicht?

REGINE: Ich kenne die Seeleute, mein ich. Das sind keine Leute, die man heiratet.

ENGSTRAND: Du brauchst sie ja nicht zu heiraten. Es kann sich ja auch so lohnen. *Vertraulicher*: Er – der Engländer – der mit der Lustjacht – der gab dreihundert Taler; – und sie, sie war nicht hübscher als du.

REGINE *auf ihn zu*: Hinaus!

ENGSTRAND: Na, na, du willst doch nicht etwa hauen, du.

REGINE: Jawohl! Wenn du so von Mutter sprichst, dann hau ich. Hinaus, sag ich! *Drängt ihn nach der Gartentür.* Und wirf die Tür nicht, der junge Herr –

ENGSTRAND: – schläft, jawohl. Merkwürdig, wie du um den jungen Herrn besorgt bist. – *Leiser*: Hoho! Der wird doch wohl nicht gar –?

REGINE: Hinaus! Und zwar schnell! Du bist ja toll, Mensch! Nein, nicht da lang. Da kommt Pastor Manders. Die Küchentreppe hinunter!

ENGSTRAND *nach rechts*: Ich geh ja schon, ja doch. Aber sprich mal mit dem Mann, der dort kommt. Der wird dir schon sagen, was ein Kind seinem Vater schuldig ist. Denn ich bin doch mal dein Vater, siehst du. Das kann ich aus dem Kirchenbuch beweisen.

Ab durch die zweite Tür, die Regine geöffnet hat und wieder hinter ihm schließt.

Regine blickt hastig in den Spiegel, fächelt sich mit dem Taschentuch und zupft ihren Kragen zurecht; darauf macht sie sich wieder an den Blumen zu schaffen.

MANDERS *im Paletot und mit Regenschirm; er trägt eine kleine Reisetasche an einem Riemen über der Schulter; tritt durch die Gartentür in das Blumenzimmer ein.*

MANDERS: Guten Tag, Jungfer Engstrand.

REGINE *dreht sich freudig überrascht um*: Ei sieh da, Herr Pastor! Guten Tag. Ist das Dampfschiff schon angekommen?

MANDERS: In diesem Augenblick. *Geht ins Gartenzimmer.* Das Regenwetter, das wir nun schon tagelang haben, ist doch scheußlich.

REGINE *folgt ihm*: Für den Landmann ist dies Wetter aber ein wahrer Segen, Herr Pastor.

MANDERS: Da haben Sie freilich recht. Daran denken wir Stadtleute so wenig. *Will den Paletot ausziehen.*

REGINE: Ach, darf ich helfen? – So – so! Nein, wie naß er ist! Ich will ihn gleich im Vorzimmer aufhängen. Und dann der Regenschirm –; den spanne ich auf, daß er trocknen kann.

Sie geht mit den Sachen durch die zweite Tür rechts ab. Manders nimmt die Reisetasche ab und legt sie und den Hut auf einen Stuhl. Inzwischen kommt Regine wieder herein.

MANDERS: Ah! Es tut ordentlich wohl, unter Dach und Fach zu kommen. Na, hier auf dem Hof ist doch alles wohlauf?

REGINE: Ja, danke sehr.

MANDERS: Aber tüchtig zu tun gibt's für den morgigen Tag, was?

REGINE: Ach ja, wir haben schon viel zu tun.

MANDERS: Und Frau Alving ist hoffentlich zu Hause?

REGINE: Ja natürlich; sie ist nur oben und besorgt die Schokolade für den jungen Herrn.

MANDERS: Ja, sagen Sie mal –, ich habe schon unten am Landungsplatz gehört, daß Osvald da ist.

REGINE: Er ist seit vorgestern da. Wir hatten ihn erst heut erwartet.

MANDERS: Und ich will hoffen, munter und gesund?

REGINE: Danke schön, das ist er wohl. Aber schrecklich müde von der Reise. Er ist in einer Tour von Paris hergereist –; ich meine, er hat die ganze Route in einem Zug gemacht. Ich glaube, er schläft jetzt ein wenig; wir müssen deshalb wohl ein klein bißchen leise sprechen.

MANDERS: Pst! Also seien wir ganz leise.

REGINE *indem sie einen Lehnstuhl am Tisch zurechtrückt*: So, nehmen Sie doch gütigst Platz, Herr Pastor, und machen Sie sich's recht bequem. *Er setzt sich; sie schiebt einen Schemel unter seine Füße.* So –! Sitzen Sie gut so, Herr Pastor?

MANDERS: Danke, danke, ich sitze ausgezeichnet. *Betrachtet sie.* Wissen Sie was, Jungfer Engstrand, – ich glaube wirklich, Sie sind gewachsen, seit ich Sie das letzte Mal sah.

REGINE: Finden Sie das, Herr Pastor? Die gnädige Frau sagt, ich sei auch voller geworden.

MANDERS: Voller geworden? Na ja, ein bißchen vielleicht; – so wie's sein muß. *Kurze Pause.*

REGINE: Soll ich vielleicht die gnädige Frau holen?

MANDERS: Danke, danke, das eilt ja nicht, mein liebes Kind. – Na, nun sagen Sie mir aber, meine gute Regine, wie geht es Ihrem Vater hier draußen?

REGINE: Danke, Herr Pastor, es geht ihm ja so leidlich.

MANDERS: Er hat mich aufgesucht, als er das letzte Mal in der Stadt war.

REGINE: Wirklich? Er freut sich immer so, wenn er mit dem Herrn Pastor reden kann.

MANDERS: Und Sie gehen jetzt wohl fleißig zu ihm hinunter?

REGINE: Ich? Ja, das tu ich wohl; sooft ich Zeit habe –

MANDERS: Als Mensch ist Ihr Vater nicht der stärkste, Jungfer Engstrand. Er braucht dringend eine führende Hand.

REGINE: Ach ja, das mag schon sein.

MANDERS: Er muß jemanden um sich haben, dem er zugetan ist, auf dessen Urteil er etwas geben kann. Er gestand das selbst so treuherzig ein, als er das letzte Mal bei mir war.

REGINE: Ja, er hat auch zu uns von so was geredet. Aber ich weiß nicht, ob Frau Alving mich entbehren kann – und gerade jetzt, wo wir das neue Asyl zu verwalten haben. Und dann möchte ich auch so schrecklich ungern von Frau Alving fort; denn sie ist doch immer so lieb zu mir gewesen.

MANDERS: Aber die Pflicht der Tochter, mein gutes Kind –. Natürlich müßten wir zuerst Frau Alvings Zustimmung einholen.

REGINE: Aber ich weiß nicht, ob es sich für mich schickt, in meinem Alter einer alleinstehenden Mannsperson die Wirtschaft zu führen.

MANDERS: Was? Aber liebe Jungfer Engstrand, von Ihrem eigenen Vater ist hier ja doch die Rede!

REGINE: Das mag wohl sein, und doch –. Ja, wenn es ein gutes Haus und bei einem reellen Herrn –

MANDERS: Aber meine liebe Regine –

REGINE: – einer, zu dem ich Zuneigung fassen, zu dem ich aufblicken könnte, dem ich wie eine Tochter wäre –

MANDERS: Ja, aber mein liebes, gutes Kind –

REGINE: – dann möchte ich ja ganz gern in die Stadt. Hier draußen ist es furchtbar einsam – und Sie wissen ja selbst, Herr Pastor, was es heißt, allein in der Welt zu stehen. Und ich darf wohl sagen, daß ich flink und willig bin. Wissen Sie nicht solch einen Platz für mich, Herr Pastor?

MANDERS: Ich? Wirklich nicht, – ich weiß keinen.

REGINE: Aber lieber, lieber Herr Pastor – denken Sie jedenfalls an mich, wenn mal –

MANDERS *steht auf*: Ja, das will ich wohl, Jungfer Engstrand.

REGINE: Denn wenn ich –

MANDERS: Wollen Sie jetzt nicht so freundlich sein und Frau Alving holen?

REGINE: Sie wird gleich hier sein, Herr Pastor. *Links ab.*

MANDERS *geht ein paarmal im Zimmer auf und ab, bleibt einen Augenblick, mit den Händen auf dem Rücken, im Hintergrund stehen und sieht in den Garten hinaus. Dann kommt er wieder in die Nähe des Tisches, nimmt ein Buch in die Hand und sieht das Titelblatt an; er stutzt und schaut dann noch weitere an*: Hm; – ja so!!

FRAU ALVING *kommt durch die Tür links. Regine folgt ihr und geht dann gleich durch die vorderste Tür rechts hinaus.*

FRAU ALVING *reicht Manders die Hand*: Willkommen, Herr Pastor.

MANDERS: Guten Tag, gnädige Frau. Da wär ich also, wie ich versprochen habe.

FRAU ALVING: Immer mit dem Glockenschlag.

MANDERS: Aber glauben Sie mir, es war gar nicht leicht abzukommen. Die vielen Kommissionen und Ämter, in denen ich sitze –

FRAU ALVING: Desto liebenswürdiger war es von Ihnen, daß Sie so zeitig gekommen sind. Da können wir unsere Geschäfte noch vor dem Mittagessen erledigen. Aber wo haben Sie denn Ihren Koffer?

MANDERS *schnell*: Meine Sachen sind unten beim Krämer. Dort übernachte ich.

FRAU ALVING *unterdrückt ein Lächeln*: Sind Sie wirklich auch diesmal nicht zu bewegen, bei mir zu übernachten?

MANDERS: Nein, nein, verehrte Frau; ich danke Ihnen übrigens recht herzlich; ich bleibe da unten, wie es meine Gewohnheit ist. Es ist so bequem für mich, wenn ich wieder an Bord muß.

FRAU ALVING: Na, ganz wie Sie wollen. Aber sonst mein ich doch, wir beiden alten Leute –

MANDERS: Gott behüte, wie Sie scherzen! Na heut sind Sie natürlich furchtbar vergnügt. Erstens der morgige Festtag, und dann haben Sie ja Ihren Osvald wieder.

FRAU ALVING: Nicht wahr, solch ein Glück! Über zwei Jahre ist's nun schon her, daß er das letzte Mal zu Hause war. Er hat aber auch versprochen, den ganzen Winter bei mir zu bleiben.

MANDERS: So? Wirklich? Das ist ja hübsch und kindlich von ihm. Denn es mag weit verführerischer sein, in Paris und Rom zu leben, denk ich mir.

FRAU ALVING: Aber hier hat er doch seine Mutter, sehen Sie. Mein lieber, prächtiger Junge, – er hat doch noch ein Herz für seine Mutter!

MANDERS: Es wäre doch auch sehr traurig, wenn Trennung und Beschäftigung mit Dingen wie Kunst imstande wären, so natürliche Gefühle abzustumpfen.

FRAU ALVING: Sehr richtig. Doch nein, bei ihm hat es da keine Not. Jetzt soll mich's aber wundern, ob Sie ihn wiedererkennen. Er kommt bald herunter; er liegt nur ein wenig auf dem Sofa oben und ruht sich aus. – Aber nehmen Sie doch Platz, mein lieber Herr Pastor.

MANDERS: Danke sehr. Es paßt Ihnen also –?

FRAU ALVING: Gewiß paßt es mir. *Setzt sich an den Tisch.*

MANDERS: Gut. Nun sollen Sie sehen – *Geht an den Stuhl, wo die Reisetasche liegt, entnimmt ihr ein Paket Papiere, setzt sich an die andere Seite des Tisches und macht einen Platz für seine Papiere frei.* Hier sind also zunächst – *Unterbricht sich.* Sagen Sie mal, Frau Alving, wie kommen die Bücher hierher?

FRAU ALVING: Die Bücher? Das sind Bücher, die ich lese.

MANDERS: Solche Schriften lesen Sie?

FRAU ALVING: Gewiß.

MANDERS: Fühlen Sie denn, daß Sie besser oder glücklicher werden durch solche Lektüre?

FRAU ALVING: Mir ist sozusagen, als ob ich ruhiger würde.

MANDERS: Merkwürdig. Inwiefern?

FRAU ALVING: Ich finde dort etwas wie eine Erklärung und Bestätigung für sehr vieles, worüber ich schon selbst nachgedacht habe. Das ist nämlich das Seltsame, Herr Pastor, – eigentlich steht gar nichts Neues in diesen Büchern; es steht nur das drin, was die Welt im allgemeinen denkt und glaubt. Nur, daß die Welt im allgemeinen sich nicht klar darüber wird oder es sich nicht gestehen will.

MANDERS: Aber du lieber Gott! Glauben Sie denn allen Ernstes, daß die Welt –?

FRAU ALVING: Das glaub ich allerdings.

MANDERS: Ja, aber doch wohl nicht hier zu Lande? Nicht hier bei uns?

FRAU ALVING: O freilich, auch hier bei uns.

MANDERS: Na, da muß ich aber doch sagen –!

FRAU ALVING: Übrigens, was haben Sie denn eigentlich gegen diese Bücher einzuwenden?

MANDERS: Einzuwenden? Sie glauben doch wohl nicht gar, daß ich mich mit der Prüfung solcher Erzeugnisse beschäftige?

FRAU ALVING: Mit andern Worten, Sie kennen das gar nicht, was Sie verdammen?

MANDERS: Ich habe genügend über diese Schriften gelesen, um sie zu mißbilligen.

FRAU ALVING: Ja, aber Ihre eigene Meinung –

MANDERS: Liebe Frau Alving, es gibt gar manche Fälle im Leben, wo man sich auf andere verlassen muß. Das ist nun einmal so auf der Welt, und das ist gut. Was sollte auch sonst wohl aus der menschlichen Gesellschaft werden?

FRAU ALVING: Ja, ja, – da mögen Sie recht haben.

MANDERS: Übrigens leugne ich gar nicht, daß in derlei Schriften manches Anziehende enthalten sein mag. Und ich kann es Ihnen ja auch gar nicht verdenken, daß Sie sich mit den geistigen Strömungen vertraut zu machen wünschen, die da draußen in der großen Welt, wie es heißt, bestehen – wo Sie Ihren Sohn so lange herumreisen ließen. Aber –

FRAU ALVING: Aber –?

MANDERS *senkt die Stimme*: Aber man spricht nicht davon, Frau Alving. Man hat doch wahrhaftig nicht nötig, jedem einzelnen Menschen Rechenschaft über das zu geben, was man liest und was man in seinen vier Wänden denkt.

FRAU ALVING: Natürlich nicht; der Meinung bin ich auch.

MANDERS: Bedenken Sie doch nur, welche Rücksichten Sie diesem Asyl schulden, das Sie zu einer Zeit zu errichten beschlossen, wo Ihre Ansichten über geistige Dinge noch stark abwichen von denen, die Sie heute haben; – soweit ich da urteilen kann.

FRAU ALVING: Jawohl, das geb ich ohne weiteres zu. – Aber wir wollten vom Asyl –

MANDERS: Wir wollten vom Asyl reden, jawohl. Also – vorsichtig, beste Frau! Gehen wir nun an unsere Geschäfte. *Öffnet den Umschlag und nimmt etliche Papiere heraus.* Sehen Sie das hier?

FRAU ALVING: Die Dokumente?

MANDERS: Alles in bester Ordnung. Glauben Sie nur, es hat schwergehalten, sie noch rechtzeitig zu bekommen. Ich mußte förmlich Pression üben. Die Behörden sind ja fast peinlich gewissenhaft, wenn es sich um Auflassungen handelt. Aber nun hätten wir alles. *Blättert in dem Bündel.* Sehen Sie, hier ist die ins Grundbuch eingetragene Abtretungsurkunde für den Gutsteil Solvik, zugehörig zum Herrenhof Rosenvold, mit den darauf befindlichen neuaufgeführten Gebäuden mit Wohnungen, Schulräumen, Lehrerwohnung und Kapelle. Und hier ist die Bestätigung des Legats und der Stiftungsstatuten. Sehen Sie, bitte – *Liest*: „Die Statuten des Kinderheims ‚Hauptmann Alving-Stiftung'."

FRAU ALVING *blickt lange auf das Dokument*: Da ist es also.

MANDERS: Ich habe den Titel Hauptmann und nicht Kammerherr gewählt. Hauptmann hört sich nicht so protzig an.

FRAU ALVING: Ja; ganz wie Sie denken.

MANDERS: Und hier haben Sie das Sparkassenbuch über das zu verzinsende Kapital, das ausgesetzt ist, um die Betriebskosten des Asyls zu decken.

FRAU ALVING: Danke schön; aber seien Sie so gut und behalten Sie es der Bequemlichkeit wegen.

MANDERS: Sehr gern. Ich denke, wir lassen das Geld vorläufig noch in der Sparkasse stehen. Der Zinsfuß ist allerdings nicht sehr verlockend; vier Prozent bei halbjähriger Kündigung. Wenn man später zu einer guten Pfandobligation kommen könnte, – es müßte selbstverständlich erste Priorität und ein Papier von zweifelloser Sicherheit sein, – dann ließe sich ja weiter darüber reden.

FRAU ALVING: Freilich, lieber Herr Pastor, das verstehen Sie alles besser.

MANDERS: Jedenfalls werde ich mich umsehen. – Aber nun noch eins, was ich Sie schon immer fragen wollte.

FRAU ALVING: Das wäre?

MANDERS: Sollen die Asylgebäude versichert werden oder nicht?

FRAU ALVING: Selbstverständlich müssen sie versichert werden.

MANDERS: Nur Geduld, gnädige Frau. Wir müssen uns die Sache näher ansehen.

FRAU ALVING: Bei mir ist alles versichert; Mobiliar und Gebäude, die Ernte wie das Inventar.

MANDERS: Selbstverständlich. Auf Ihren eigenen Besitzungen. Das tu ich ja auch, – natürlich. Aber hier, schauen Sie, liegt die Sache ganz anders. Das Asyl soll doch sozusagen einer höheren Lebensaufgabe geweiht sein.

FRAU ALVING: Ja, aber wenn –

MANDERS: Was mich persönlich betrifft, so würde ich wahrhaftig nicht den geringsten Anstoß daran nehmen, wenn wir uns für alle Möglichkeiten sicherten –

FRAU ALVING: Das mein ich doch auch.

MANDERS: – aber wie ist es hier in der Gegend mit der Stimmung der Leute? Die kennen Sie doch besser als ich.

FRAU ALVING: Hm, die Stimmung –

MANDERS: Gibt es hier eine beträchtliche Anzahl von Meinungsberechtigten, – von wirklich Meinungsberechtigten, die Anstoß daran nehmen könnten?

FRAU ALVING: Was verstehen Sie eigentlich unter wirklich Meinungsberechtigten?

MANDERS: Na, vor allen Dingen denk ich an Männer, die eine so unabhängige und einflußreiche Stellung haben, daß man nicht gut umhin kann, ihren Ansichten ein gewisses Gewicht beizulegen.

FRAU ALVING: Davon gibt es hier verschiedene, die es vielleicht doch anstößig finden könnten, wenn –

MANDERS: Na sehen Sie wohl! In der Stadt haben wir eine ganze Menge davon. Denken Sie nur an die vielen Anhänger meines Amtsbruders! Man könnte wirklich unschwer zu der Auffassung kommen, als ob weder Sie noch ich das rechte Vertrauen auf eine höhere Vorsehung hätten.

FRAU ALVING: Aber was Sie betrifft, lieber Herr Pastor, so wissen Sie doch, daß –

MANDERS: Ja, ich weiß, ich weiß, – ich habe meine gute innere Überzeugung, das ist wohl wahr. Trotzdem aber würden wir eine verkehrte und nachteilige Auslegung nicht verhindern können. Und eine solche könnte wiederum leicht einen hemmenden Einfluß auf die Aufgaben des Asyls selbst ausüben.

FRAU ALVING: Wenn das der Fall sein könnte, so –

MANDERS: Ich kann auch nicht ganz von der schwierigen, – ja, ich möchte fast sagen, peinlichen Stellung absehen, in die ich möglicherweise geraten würde. In den leitenden Kreisen der Stadt beschäftigt man sich sehr viel mit dieser Asylfrage. Teilweise ist das Asyl ja auch zugunsten der Stadt gegründet, und hoffentlich wird es in nicht geringem Grade dazu beitragen, unsere kommunalen Armenlasten zu erleichtern. Da ich nun aber Ihr Ratgeber gewesen bin und den geschäftlichen Teil der Sache besorgt habe, so muß ich befürchten, daß die Neider in erster Linie über mich herfallen würden –

FRAU ALVING: Ja, dem dürfen Sie sich nicht aussetzen.

MANDERS: Von den Angriffen gar nicht zu reden, die gewisse Blätter und Zeitschriften zweifellos gegen mich richten würden –

FRAU ALVING: Genug, lieber Pastor; diese Rücksicht ist durchaus entscheidend.

MANDERS: Sie wollen also nicht, daß versichert wird?

FRAU ALVING: Nein; lassen wir's.

MANDERS *lehnt sich im Stuhl zurück*: Aber wenn nun mal ein Unglück passierte? Man kann ja nie wissen –. Würden Sie den Schaden ersetzen können?

FRAU ALVING: Nein, das sag ich Ihnen offen, – das könnt ich auf keinen Fall.

MANDERS: Ja, aber wissen Sie, Frau Alving, dann übernehmen wir eigentlich eine bedenkliche Verantwortung.

FRAU ALVING: Meinen Sie denn, daß wir anders können?

MANDERS: Nein. Das ist es ja grade; wir können eigentlich nicht anders. Wir dürfen uns doch keiner schiefen Beurteilung aussetzen; und wir dürfen auch auf keinen Fall der Gemeinde ein Ärgernis geben.

FRAU ALVING: Sie als Pfarrer vor allen Dingen nicht.

MANDERS: Und ich meine auch wirklich, wir können doch die Zuversicht haben, mit einer solchen Anstalt werde das Glück im Bunde sein – ja, sie werde unter einem besonderen Schutze stehen.

FRAU ALVING: Hoffen wir's, Herr Pastor.

MANDERS: Wollen wir's also dabei bewenden lassen?

FRAU ALVING: Ja, gewiß.

MANDERS: Gut. Wie Sie wollen. *Notiert*: Also – nicht versichern.

FRAU ALVING: Übrigens – merkwürdig, wie Sie grade heut darauf zu sprechen kommen –

MANDERS: Ich habe Sie schon oft deswegen befragen wollen –

FRAU ALVING: – denn gestern hätten wir unten beinahe eine Feuersbrunst gehabt.

MANDERS: Was Sie sagen!

FRAU ALVING: Nun, es hatte weiter nichts auf sich. In der Tischlerwerkstatt hatten Hobelspäne Feuer gefangen.

MANDERS: Wo Engstrand arbeitet?

FRAU ALVING: Ja. Er soll, wie man sagt, oft sehr unvorsichtig mit den Zündhölzern umgehen.

MANDERS: Er hat so viele Dinge im Kopf, der Mann, – so mancherlei Anfechtungen. Gott sei Dank, er befleißigt sich ja jetzt eines tadellosen Lebenswandels, wie ich höre.

FRAU ALVING: So? Wer sagt das?

MANDERS: Das hat er mir selbst versichert. Und ein tüchtiger Arbeiter ist er doch auch.

FRAU ALVING: O ja, solange er nüchtern ist –

MANDERS: Ja, diese traurige Schwäche! Aber er ist manchmal seines kranken Beines wegen dazu gezwungen, sagt er. Als er das letzte Mal in der Stadt war, da hat er mich wirklich ganz weich gemacht. Er kam zu mir und wußte mir nicht genug zu danken dafür, daß ich ihm die Arbeit hier verschafft hatte und er nun doch mit Regine zusammen sein konnte.

FRAU ALVING: Er sieht sie aber nicht oft.

MANDERS: O doch; er spricht sie jeden Tag; das hat er mir selbst gesagt.

FRAU ALVING: Na ja, – kann sein.

MANDERS: Er fühlt sehr wohl, daß er jemanden braucht, der ihn zurückhalten kann, wenn die Versuchung kommt. Das ist das Liebenswürdige an Jakob Engstrand, daß er so ganz hilflos zu einem kommt und sich selbst anklagt und seine Schwäche bekennt. Als er das letzte Mal mich besuchte und mit mir sprach –. Hören Sie, Frau Alving, wenn es ihm ein Herzensbedürfnis wäre, Regine wieder bei sich zu haben –

FRAU ALVING *steht schnell auf*: Regine!

MANDERS: – dann dürfen Sie sich dem nicht widersetzen.

FRAU ALVING: Dem werde ich mich allerdings widersetzen. Und außerdem, – Regine bekommt eine Stellung im Asyl.

MANDERS: Aber bedenken Sie doch – er ist ihr Vater –

FRAU ALVING: Ach, ich weiß am besten, was für ein Vater er ihr gewesen ist. Nein, zu ihm wird sie mit meiner Einwilligung niemals zurückkehren.

MANDERS *steht auf*: Aber beste Frau, werden Sie doch nicht so heftig.

Es ist wirklich traurig, wie Sie Engstrand verkennen. Sie waren ja ordentlich erschrocken –

FRAU ALVING *ruhiger*: Ganz egal. Ich habe Regine zu mir genommen, und bei mir bleibt sie. *Horcht auf.* Still, lieber Pastor, – nichts mehr von diesem Thema. *Ihre Miene verklärt sich freudig.* Hören Sie nur. Da kommt Osvald die Treppe herunter. Jetzt wollen wir nur an ihn denken!

OSVALD, *in leichtem Paletot, den Hut in der Hand, kommt durch die Tür links; er raucht aus einer großen Meerschaumpfeife.*

OSVALD *bleibt in der Tür stehen*: Ach, pardon – ich glaubte, die Herrschaften seien im Kontor. *Kommt näher.* Guten Tag, Herr Pastor.

MANDERS *starrt ihn an*: Ah –! Das ist doch seltsam –

FRAU ALVING: Na – was sagen Sie zu dem da, Pastor.

MANDERS: Ich sage – ich sage –. Aber ist das auch wirklich –?

OSVALD: Jawohl! Es ist wirklich der verlorene Sohn, Herr Pastor.

MANDERS: Aber mein lieber junger Freund –

OSVALD: Na, also der heimgekehrte Sohn –

FRAU ALVING: Osvald denkt daran, wie Sie damals so sehr dagegen waren, daß er Maler wurde.

MANDERS: Dem Menschenauge mag ja mancher Schritt bedenklich erscheinen, der trotzdem später – *Schüttelt ihm die Hand.* Na, willkommen! willkommen! Mein lieber Osvald –. Ich darf Sie doch beim Vornamen nennen?

OSVALD: Wie wollten Sie mich denn sonst nennen?

MANDERS: Schön. Was ich also sagen wollte, mein lieber Osvald, – glauben Sie nur nicht von mir, daß ich den Künstlerstand unbedingt verdamme. Ich nehme an, daß es viele gibt, die sich auch in diesem Stande ihren inneren Menschen unverdorben zu bewahren vermögen.

OSVALD: Hoffentlich doch.

FRAU ALVING *vor Freude strahlend*: Ich kenne einen, der seinen inneren wie seinen äußeren Menschen unverdorben bewahrt hat. Sehen Sie ihn nur an, Herr Pastor.

OSVALD *spaziert durchs Zimmer*: Gewiß, liebe Mutter; laß gut sein.

MANDERS: Na, selbstverständlich – das läßt sich nicht leugnen. Sie haben sich ja auch nachgerade schon einen Namen gemacht. Die Zeitungen haben Sie oft erwähnt, und zwar in außerordentlich günstigem Sinne. Ja, das heißt – seit einiger Zeit habe ich den Eindruck, als ob es ein bißchen still würde.

OSVALD *steht bei den Blumen*: Ich habe in letzter Zeit nicht mehr soviel malen können.

FRAU ALVING: Ein Maler muß sich doch auch zwischendurch ausruhen.

MANDERS: Kann mir's denken. Man bereitet sich dann vor und sammelt Kräfte zu etwas Großem.

OSVALD: Jawohl –. Mutter, essen wir noch nicht bald?

FRAU ALVING: In einer kleinen halben Stunde. Appetit hat er ja, Gott sei Dank.

MANDERS: Und der Tabak schmeckt ihm auch.

OSVALD: Ich fand Papas Pfeife im Zimmer oben, und da –

MANDERS: Ah! Das war es also!

FRAU ALVING: Was?

MANDERS: Als Osvald ins Zimmer trat, die Pfeife im Munde, da war mir's doch, als sähe ich seinen Vater leibhaftig vor mir.

OSVALD: Wirklich?

FRAU ALVING: Wie können Sie so etwas sagen! Osvald schlägt doch ganz mir nach.

MANDERS: Mag sein; aber da ist ein Zug um die Mundwinkel, ein Etwas um die Lippen, das haarscharf an Alving erinnert – wenigstens jetzt, wo er raucht.

FRAU ALVING: Keineswegs. Osvald, mein ich, hat eher so etwas von einem Priester um den Mund.

MANDERS: O ja! O ja! Verschiedene meiner Amtsbrüder haben einen ähnlichen Zug.

FRAU ALVING: Aber nun tu die Pfeife weg, lieber Junge, ich mag hier drin keinen Rauch haben.

OSVALD *tut es*: Gern. Ich wollte sie nur probieren, denn als Kind hab ich einmal aus ihr geraucht.

FRAU ALVING: Du?

OSVALD: Ja. Ich war noch ganz klein. Aber ich weiß noch, eines Abends kam ich zu Papa ins Zimmer, und er war so lustig und ausgelassen.

FRAU ALVING: Ach, gar nichts mehr weißt du aus jenen Jahren.

OSVALD: Doch; ich weiß noch genau, daß er mich auf seinem Knie sitzen und mich aus der Pfeife rauchen ließ. „Rauch, Junge," sagte er – „rauch tüchtig, Junge!" Und ich rauchte, was ich konnte, bis ich merkte, wie ich blaß wurde und mir der Schweiß in großen Tropfen auf die Stirn trat. Und da lachte er aus Leibeskräften –

MANDERS: Das war doch höchst sonderbar –

FRAU ALVING: Lieber Freund, das hat Osvald nur geträumt.

OSVALD: Nein, Mutter, ich hab das absolut nicht geträumt. Denn da – hast du denn das vergessen – kamst du herein und trugst mich in das Kinderzimmer hinüber. Dort wurde mir übel, und ich sah, wie du weintest. – Trieb Papa oft solche Scherze?

MANDERS: In seiner Jugend war er ein ungewöhnlich lebensfroher Mensch –

OSVALD: Und hat doch so viel geschafft hier in der Welt. So viel Gutes und Nützliches; und dabei ist er gar nicht alt geworden.

MANDERS: Ja, Sie haben in der Tat den Namen eines tüchtigen und würdigen Mannes geerbt, mein lieber Osvald. Na, das wird Ihnen hoffentlich ein Ansporn sein –

OSVALD: Es sollte so sein, jawohl.

MANDERS: Jedenfalls war es schön von Ihnen, daß Sie zu seinem Ehrentage gekommen sind.

OSVALD: Weniger könnte ich doch für Papa nicht tun.

FRAU ALVING: Und daß ich ihn nun so lange hierbehalten darf; – das ist doch am allerschönsten von ihm.

MANDERS: Sie bleiben ja wohl den ganzen Winter über hier, wie ich höre.

OSVALD: Ich bleibe auf unbestimmte Zeit, Herr Pastor. – Ach, es ist doch herrlich, wieder bei Mutter zu sein!

FRAU ALVING *strahlend*: Ja, nicht wahr, du?

MANDERS *blickt ihn teilnahmsvoll an*: Sie sind früh in die Welt hinausgekommen, mein lieber Osvald.

OSVALD: Allerdings. Manchmal denk ich, ob es nicht z u früh gewesen ist.

FRAU ALVING: Durchaus nicht. Das kann einem gesunden Burschen nur guttun. Und besonders einem, der das einzige Kind ist. So einer soll nicht zu Hause bei Vater und Mutter hocken und sich verziehen lassen.

MANDERS: Das ist eine sehr bestreitbare Sache, Frau Alving. Das Vaterhaus ist und bleibt doch immer das Beste für ein Kind.

OSVALD: Da bin ich mit dem Herrn Pastor ganz einer Meinung.

MANDERS: Sehen Sie nur mal Ihren eigenen Sohn an. Ja, wir können in seiner Gegenwart ganz gut darüber reden. Was für Folgen hat es für ihn gehabt? Er ist sechs- oder siebenundzwanzig Jahre alt und hat noch nie Gelegenheit gehabt, ein ordentliches Heim kennenzulernen.

OSVALD: Entschuldigen Sie, Herr Pastor, – da sind Sie in einem großen Irrtum.

MANDERS: So? Ich glaubte, Sie hätten fast ausschließlich in Künstlerkreisen verkehrt.

OSVALD: Das hab ich auch.

MANDERS: Und meistens mit jüngeren Künstlern.

OSVALD: Nun ja.

MANDERS: Ich glaubte doch, diese Leute hätten größtenteils nicht die Mittel, eine Familie und Haus und Herd zu gründen.

OSVALD: Es sind manche unter ihnen, die nicht die Mittel haben, sich zu verheiraten, Herr Pastor.

MANDERS: Na, das mein ich ja gerade.

OSVALD: Deshalb können sie aber doch ein Heim haben. Und der eine oder andere hat es auch; und zwar ein sehr ordentliches und sehr gemütliches Heim.

Frau Alving folgt gespannt, nickt, sagt jedoch nichts.

MANDERS: Aber ich spreche ja nicht von einer Junggesellenwirtschaft. Unter einem Heim verstehe ich doch das Heim einer Familie, in dem der Mann mit seiner Frau und seinen Kindern lebt.

OSVALD: Jawohl; oder mit seinen Kindern und der Mutter seiner Kinder.

MANDERS *stutzt, schlägt die Hände zusammen*: Aber du barmherziger –

OSVALD: Nun?

MANDERS: Zusammenlebt mit – der Mutter seiner Kinder!

OSVALD: Ja, sähen Sie's denn lieber, er sollte die Mutter seiner Kinder verstoßen?

MANDERS: Also von ungesetzlichen Verhältnissen sprechen Sie! Von den sogenannten wilden Ehen!

OSVALD: Ich habe niemals etwas besonders Wildes in dem Zusammenleben dieser Leute wahrgenommen.

MANDERS: Aber wie ist es möglich, daß ein – ein nur leidlich gesitteter Mensch oder eine junge Frau sich zu einem derartigen Leben verstehen kann – so vor aller Leute Augen!

OSVALD: Aber was sollen sie denn tun? Ein armer, junger Künstler, – ein armes, junges Mädchen –. Heiraten kostet viel Geld. Was sollen sie also tun?

MANDERS: Was sie tun sollen? Nun, Herr Alving, ich will Ihnen sagen, was sie tun sollen. Von allem Anfang an hätten sie einander meiden sollen, – das hätten sie sollen!

OSVALD: Mit solchen Reden kommen Sie nicht weit bei jungen heißblütigen, verliebten Menschen.

FRAU ALVING: Nein, damit kommen Sie nicht weit!

MANDERS *fortfahrend*: Und daß die Behörden so was dulden! Daß so was vor aller Augen geschehen darf! *Zu Frau Alving gewendet*: Hatte ich nun nicht Grund, um Ihren Sohn aufrichtig besorgt zu sein? In Kreisen, wo die unverhüllte Unsittlichkeit im Schwang ist und gewissermaßen Wurzel gefaßt hat –

OSVALD: Ich will Ihnen etwas sagen, Herr Pastor. Ich bin ein ständiger Sonntagsgast in einigen dieser Familien gewesen –

MANDERS: Und das am Sonntag!

OSVALD: – aber nie habe ich dort ein anstößiges Wort gehört, und noch weniger bin ich jemals Zeuge dessen gewesen, was man unsittlich nennen könnte. Nein, wissen Sie, wann und wo ich die Unsittlichkeit in Künstlerkreisen gefunden habe?

MANDERS: Gott sei Dank, nein!

OSVALD: Na, dann bin ich so frei, es Ihnen zu sagen. Ich habe sie gefunden, wenn mal einer von unseren mustergültigen Ehemännern und Familienvätern nach Paris kam, um sich dort ein bißchen auf eigene Faust umzutun – und dann uns Künstlern die Ehre erwies, uns in unseren armseligen Kneipen aufzusuchen. Da konnten wir was lernen! Die Herren wußten uns über Orte und Dinge zu erzählen, von denen wir uns nie hatten träumen lassen.

MANDERS: Was?! Sie wollen behaupten, daß ehrenhafte Männer unseres Landes –

OSVALD: Haben Sie denn nie gehört, wie diese ehrenhaften Männer über zunehmende Unsittlichkeit im Ausland klagten, wenn sie wieder nach Hause kamen?

MANDERS: Ja, natürlich –

FRAU ALVING: Das hab ich auch gehört.

OSVALD: Man darf ihnen getrost aufs Wort glauben. Es sind sachkundige Leute unter ihnen. *Greift sich an den Kopf.* Ach! – das schöne, herrliche Freiheitsleben da draußen – daß es so besudelt werden muß!

FRAU ALVING: Du sollst dich nicht aufregen, Osvald, es tut dir nicht gut.

OSVALD: Du hast recht, Mutter. Es ist bestimmt ungesund für mich. Diese verdammte Müdigkeit, siehst du. Ich will vor Tisch noch ein bißchen laufen. Entschuldigen Sie, Herr Pastor; Sie können sich da nicht hineinversetzen; aber es kam mal wieder so über mich. *Ab durch die zweite Tür rechts.*

FRAU ALVING: Mein armer Junge –!

MANDERS: Ja, das dürfen Sie schon sagen. So weit ist es also mit ihm gekommen!

Frau Alving sieht ihn an und schweigt.

MANDERS *geht auf und ab*: Er nannte sich selbst den verlorenen Sohn. Ja, leider, – leider!

FRAU ALVING *sieht ihn unverwandt an.*

MANDERS: Und was sagen Sie zu alledem?

FRAU ALVING: Ich sage, daß Osvald Wort für Wort recht hatte.

MANDERS *bleibt stehen*: Recht? Recht! Mit solchen Grundsätzen!

FRAU ALVING: Hier in meiner Einsamkeit bin ich dahin gelangt, ebenso zu denken, Herr Pastor. Aber ich habe nie den Mut gehabt, daran zu rühren. Nun denn; mein Junge soll für mich reden.

MANDERS: Sie sind zu beklagen, Frau Alving. Aber jetzt will ich ein ernstes Wort mit Ihnen reden. Nicht mehr Ihr Geschäftsführer und Ratgeber, nicht Ihr und Ihres verstorbenen Mannes Jugendfreund steht jetzt vor Ihnen. Es ist der Priester – so, wie er vor Ihnen stand in der verirrungsvollsten Stunde Ihres Lebens.

FRAU ALVING: Und was hat der Priester mir zu sagen?

MANDERS: Vor allen Dingen will ich Ihr Gedächtnis aufrütteln, Frau Alving. Der Zeitpunkt ist gut gewählt. Morgen ist der zehnjährige Todestag Ihres Gatten; morgen wird dem Heimgegangenen das Ehrendenkmal enthüllt werden; morgen werde ich zu der ganzen Schar der Versammelten sprechen; – heute aber will ich zu Ihnen allein sprechen.

FRAU ALVING: Gut, Herr Pastor; sprechen Sie!

MANDERS: Erinnern Sie sich, daß Sie nach kaum einjähriger Ehe am äußersten Rande des Abgrunds standen? Daß Sie Haus und Hof verließen – daß Sie Ihrem Mann entflohen; – ja, Frau Alving, entflohen, entflohen, und daß Sie sich sträubten, zu ihm zurückzukehren, wie sehr er Sie auch darum bat und anflehte?

FRAU ALVING: Haben Sie vergessen, wie grenzenlos unglücklich ich mich in diesem ersten Jahr fühlte?

MANDERS: Gerade das ist der rechte Geist des Aufruhrs, das Glück zu fordern hier auf Erden. Was für ein Recht haben wir Menschen auf das Glück? Nein, wir sollen unsere Pflicht tun, werte Frau! Und Ihre Pflicht war es, bei dem Manne auszuhalten, den Sie einmal gewählt hatten und an den Sie durch heilige Bande geknüpft waren.

FRAU ALVING: Sie wissen ganz gut, was für ein Leben Alving damals führte; welcher Ausschweifungen er sich schuldig machte.

MANDERS: Ich weiß sehr wohl, was für Gerüchte über ihn umgingen; und ich bin gewiß der letzte, der seinen Lebenswandel während der Jugendjahre billigt, insoweit als die Gerüchte auf Wahrheit beruhen. Aber eine Ehefrau ist nicht zur Richterin ihres Mannes berufen. Ihre Schuldigkeit wäre es gewesen, in Demut das Kreuz zu tragen, das ein höherer Wille Ihnen bestimmt hatte. Statt dessen aber warfen Sie in Empörung das Kreuz von sich, verließen den Strauchelnden, den Sie hätten stützen sollen, setzten Ihren guten Namen und Ruf aufs Spiel und – hätten um ein Haar auch noch den Ruf anderer vernichtet.

FRAU ALVING: Anderer? Eines anderen, meinen Sie doch wohl.

MANDERS: Es war unerhört rücksichtslos von Ihnen, bei mir Zuflucht zu suchen.

FRAU ALVING: Bei unserem Pfarrer? Bei unserem Hausfreund?

MANDERS: Eben darum. – Ja, danken Sie Ihrem lieben Herrgott, daß ich die nötige Festigkeit besaß, – daß ich Ihnen Ihr überspanntes Vorhaben ausredete und daß es mir vergönnt war, Sie auf den Weg der Pflicht und in das Haus Ihres Gemahls zurückzuführen.

FRAU ALVING: Ja, Manders, wahrhaftig, das ist Ihr Werk gewesen.

MANDERS: Ich war nur ein schwaches Werkzeug in der Hand eines Höheren. Und ist nicht daraus, daß ich Sie der Pflicht und dem Gehorsam wieder unterstellte, – ist Ihnen daraus nicht für das ganze übrige Leben reicher Segen erwachsen? Kam es nicht, wie ich Ihnen vorausgesagt? Ließ Alving nicht von seinen Verirrungen, wie es sich für einen Mann geziemt? Lebte er nicht fortan in Liebe und ohne Tadel mit Ihnen bis an sein Lebensende? Wurde er nicht zum Wohltäter für die ganze Gegend, und hob er Sie nicht so zu sich empor, daß Sie allmählich seine Mitarbeiterin in allen Unternehmungen wurden? Und zwar eine tüchtige Mitarbeiterin; o, ich weiß das, Frau Alving; das Lob werde ich Ihnen auch lassen. – Aber nun komme ich zu dem zweiten großen Fehltritt Ihres Lebens.

FRAU ALVING: Was meinen Sie damit?

MANDERS: So wie Sie einst die Pflichten der Ehefrau verleugnet, so haben Sie später die Mutterpflicht verleugnet.

FRAU ALVING: Ah –!

MANDERS: Ein unheilvoller Geist des Eigenwillens hat Sie Ihr Leben lang beherrscht. Jeder Zwang, jede Fessel war Ihnen unerträglich. Was immer im Leben Ihnen lästig war, das haben Sie rücksichtslos und gewissenlos abgeworfen wie eine Bürde, mit der Sie machen konnten, was Sie wollten. Es paßte Ihnen nicht mehr, Gattin zu sein – und Sie verließen Ihren Mann. Es war Ihnen lästig, Mutter zu sein, und Sie gaben Ihr Kind zu fremden Menschen.

FRAU ALVING: Ja, das ist wahr; das hab ich getan.

MANDERS: Aber deshalb sind Sie für ihn nun auch eine Fremde geworden.

FRAU ALVING: Nein, nein, das bin ich nicht!

MANDERS: Sie sind es; Sie müssen es sein. Und wie haben Sie ihn zurückbekommen! Überlegen Sie wohl, Frau Alving. Gegen Ihren Gatten haben Sie schwer gefehlt; – das gestehen Sie ein, indem Sie ihm jenes Denkmal unten errichten. Nun erkennen Sie aber auch, wie Sie gegen Ihren Sohn gefehlt; es dürfte noch Zeit sein, ihn vom Pfade der Verirrung abzubringen. Kehren Sie selbst um; richten Sie auf in ihm, was vielleicht doch noch aufzurichten ist. Denn – *Mit erhobenem Zeigefinger*: – in Wahrheit, Frau Alving, sind Sie eine schuldbeladene Mutter! – Ihnen dies zu sagen, hielt ich für meine Pflicht. *Pause.*

FRAU ALVING *langsam und mit Selbstbeherrschung*: Sie haben nun gesprochen, Herr Pastor; und morgen werden Sie öffentlich zum Gedächtnis meines Mannes sprechen. Ich werde morgen nicht sprechen. Aber jetzt werd ich Ihnen einiges sagen, gerade so, wie Sie es getan haben.

MANDERS: Natürlich; Sie wollen Entschuldigungen vorbringen für Ihr Tun –

FRAU ALVING: Nein. Ich will nur erzählen.

MANDERS: Nun –?

FRAU ALVING: Was Sie hier eben von mir und meinem Manne und unserem Zusammenleben gesagt haben – nachdem Sie, wie Sie sich ausdrückten, mich auf den Pfad der Pflicht zurückgeführt –, das alles wissen Sie ja doch gar nicht aus eigener Beobachtung. Seit jener Stunde setzten Sie – unser täglicher Freund und Gast – Ihren Fuß nicht mehr in unser Haus.

MANDERS: Sie und Ihr Mann verließen ja gleich darauf die Stadt.

FRAU ALVING: Jawohl; und zu meines Mannes Lebzeiten sind Sie nie zu uns herausgekommen. Erst Geschäfte zwangen Sie, mich zu besuchen, als Sie nämlich mit der Asylfrage zu tun bekamen.

MANDERS *leise und unsicher*: Helene – soll das ein Vorwurf sein, so bitt ich Sie, zu überlegen –

FRAU ALVING: – welche Rücksichten Sie Ihrer Stellung schuldig waren – jawohl. Und ferner, daß ich eine davongelaufene Frau war. Solchen rücksichtslosen Frauenzimmern gegenüber kann man gar nicht zurückhaltend genug sein.

MANDERS: Liebe – Frau Alving, das ist eine so maßlose Übertreibung –

FRAU ALVING: Ja, ja, ja, – mag schon sein. Ich wollte auch nur sagen, daß Sie bei der Beurteilung meiner Ehe sich so ganz ohne weiteres auf die allgemein verbreitete Ansicht stützen.

MANDERS: Nun ja; und was weiter?

FRAU ALVING: Aber jetzt, Manders, jetzt will ich Ihnen die Wahrheit sagen. Ich habe mir geschworen, daß Sie sie einmal erfahren sollten. Und nur Sie!

MANDERS: Und was ist denn die Wahrheit?

FRAU ALVING: Die Wahrheit ist, daß mein Mann ebenso ruchlos starb, wie er immer gelebt hatte.

MANDERS *tastet nach einem Stuhl*: Was sagen Sie da?

FRAU ALVING: Nach neunzehnjähriger Ehe ebenso ruchlos – in seinen Begierden wenigstens –, wie er gewesen, bevor Sie uns trauten.

MANDERS: Und diese Jugendverirrungen, diese Unregelmäßigkeiten, – Ausschweifungen, wenn Sie wollen – nennen Sie ein ruchloses Leben!

FRAU ALVING: Unser Hausarzt gebrauchte den Ausdruck.

MANDERS: Jetzt versteh ich Sie nicht.

FRAU ALVING: Ist auch nicht nötig.

MANDERS: Mir wird ganz schwindelig. Ihre ganze Ehe, – dies ganze langjährige Zusammenleben mit Ihrem Mann sollte nichts anderes gewesen sein als ein verdeckter Abgrund!

FRAU ALVING: Gar nichts anderes. Nun wissen Sie's.

MANDERS: Darin – darin kann ich mich nur schwer zurechtfinden. Ich kann's nicht fassen! Wie war's denn möglich, daß –? Wie hat so was geheim bleiben können?

FRAU ALVING: Darum hab ich auch Tag für Tag unausgesetzt gekämpft. Als wir Osvald bekamen, da schien etwas wie eine Besserung in Alving vorzugehen. Aber das dauerte nicht lange. Und nun mußte ich ja doppelt kämpfen, kämpfen auf Leben und Tod, damit niemand erführe, was der Vater meines Kindes für ein Mensch war. Und Sie wissen ja auch, wie Alving die Herzen für sich einnahm. Kein Mensch traute ihm andres als Gutes zu. Er gehörte zu den Leuten, deren Ruf nicht unter ihrem Leben leidet. Aber nun, Manders, – auch das sollen Sie wissen – nun kam das Allerabscheulichste.

MANDERS: Noch Abscheulicheres!

FRAU ALVING: Ich hatte lange darüber hinweggesehen, obgleich ich sehr wohl wußte, was außerhalb des Hauses heimlich vorging. Als dann aber das Ärgernis in unseren eigenen vier Wänden sich einstellte –

MANDERS: Was sagen Sie! Hier!

FRAU ALVING: Ja, hier in unserem eigenen Hause. Da drin – *Zeigt auf die erste Tür rechts.* – im Speisezimmer hab ich zuerst davon erfahren. Ich hatte drinnen was zu tun, und die Tür war nur angelehnt. Da hörte ich, wie unser Stubenmädchen mit Wasser für die Blumen aus dem Garten heraufkam.

MANDERS: Nun, und –?

FRAU ALVING: Kurz darauf hörte ich auch Alving kommen. Ich hörte, wie er leise etwas zu ihr sagte. Und dann hörte ich – *Mit einem kurzen Lachen*: O, noch jetzt klingt es mir in den Ohren so entsetzlich und so lächerlich zugleich; – ich hörte, wie meine eigene Magd flüsterte: Lassen Sie mich, Herr Kammerherr! Lassen Sie mich in Ruh!

MANDERS: Was für ein unstatthafter Leichtsinn von ihm! Ach, denn mehr als Leichtsinn ist es nicht gewesen, Frau Alving. Glauben Sie mir.

FRAU ALVING: Ich erfuhr bald, was ich zu glauben hatte. Der Kammerherr setzte bei dem Mädchen seinen Willen durch – und dieses Verhältnis hatte Folgen, Herr Pastor.

MANDERS *wie versteinert*: Und das alles in diesem Hause! In diesem Hause!

FRAU ALVING: Ich hatte viel in diesem Hause erduldet. Um ihn ans Haus zu fesseln des Abends – und in der Nacht –, mußte ich mich oben auf seinem Zimmer zur Gesellschafterin seiner heimlichen Gelage machen. Da hab ich unter vier Augen mit ihm sitzen müssen, hab ich mit ihm anstoßen und trinken, sein schamloses, sinnloses Gerede mit anhören müssen, hab ich mit ihm kämpfen müssen, um ihn ins Bett zu kriegen –

MANDERS *erschüttert*: Und das alles haben Sie ertragen können?!

FRAU ALVING: Ich ertrug es ja doch für meinen kleinen Sohn. Als dann aber jene letzte Demütigung hinzukam, als mein eigenes Dienstmädchen –; da schwur ich mir: das muß ein Ende haben! Und da übernahm ich die Herrschaft im Hause – ganz und gar – über ihn, wie über alles andere. Denn jetzt hatt ich, sehen Sie, ja Waffen gegen ihn; er wagte nicht zu mucksen. Um diese Zeit war's, wo ich Osvald weggab. Er ging schon ins siebente Jahr und fing an zu beobachten und zu fragen, wie Kinder tun. Das konnt ich nicht ertragen, Manders. Mir war, als müßte schon die Luft, die es in diesem besudelten Hause einatmete, das Kind vergiften. Das war der Grund, weshalb ich ihn weggab. Und nun begreifen Sie auch, warum er nie wieder einen Fuß in das Haus hier setzen durfte, solange sein Vater lebte. Keine Menschenseele weiß, was mich das gekostet hat.

MANDERS: Sie haben in Wahrheit erfahren, was das Leben ist.

FRAU ALVING: Nie hätt ich es ausgehalten, wenn ich meine Arbeit nicht gehabt hätte. Ja, – denn ich darf wohl sagen, daß ich gearbeitet habe! Die Vermehrung unseres Grundbesitzes, alle Verbesserungen, die ganzen praktischen Einrichtungen, für die Alving Lob und Ruhm erntete, – glauben Sie etwa, er hätte dafür Energie gehabt? Er, der den ganzen Tag auf dem Sofa lag und in einem alten Staatskalender las! Nein; nun will ich Ihnen auch das noch sagen: ich war's, die ihn vorwärts trieb, wenn er mal seine lichteren Augenblicke hatte; ich war's, die die ganze Last schleppen mußte, wenn er dann wieder in seine Ausschweifungen verfiel oder elend zusammenbrach.

MANDERS: Und dem Andenken eines solchen Mannes errichten Sie ein Ehrenmal.

FRAU ALVING: Da sehen Sie die Macht des bösen Gewissens.

MANDERS: Des bösen –? Wie meinen Sie das?

FRAU ALVING: Ich meinte immer, die Wahrheit müßte notwendigerweise einmal an den Tag kommen und geglaubt werden. Deshalb sollte das Asyl gewissermaßen alle Gerüchte niederschlagen und jeden Zweifel beseitigen.

MANDERS: Und dieser Zweck ist gewiß nicht verfehlt worden, Frau Alving.

FRAU ALVING: Dann hatte ich aber auch noch einen anderen Grund. Ich wollte nicht, daß Osvald, mein lieber Junge, auch nur das geringste von seinem Vater erben sollte.

MANDERS: Also von Alvings Vermögen ist –?

FRAU ALVING: Ja. Die Beträge, die ich diesem Asyl jahraus, jahrein überwiesen habe, machen ungefähr die Summe aus – ich hab es genau ausgerechnet – die Summe, die den Leutnant Alving seinerzeit zu einer guten Partie machte.

MANDERS: Ich verstehe Sie –

FRAU ALVING: Das war die Kaufsumme –. Ich will nicht, daß von dem Geld etwas in Osvalds Hände übergeht. Mein Sohn soll alles von mir bekommen, – ja, das soll er.

OSVALD *kommt durch die zweite Tür rechts; Hut und Paletot hat er draußen abgelegt.*

FRAU ALVING *geht ihm entgegen*: Schon wieder da? Mein lieber, lieber Junge!

OSVALD: Ja. Was soll man draußen in diesem ewigen Regenwetter? Aber ich höre, daß wir zu Tisch gehen. Das ist ausgezeichnet!

REGINE *mit einem Paket aus dem Speisezimmer*: Hier ist ein Paket für die gnädige Frau. *Reicht es ihr.*

FRAU ALVING *mit einem Blick auf Manders*: Vermutlich die Lieder für morgen.

MANDERS: Hm – –

REGINE: Es ist auch angerichtet.

FRAU ALVING: Schön; wir kommen gleich; ich will nur – *Fängt an, das Paket zu öffnen.*

REGINE *zu Osvald*: Wünschen Herr Alving weißen oder roten Portwein?

OSVALD: Beides, Jungfer Engstrand.

REGINE: Bien –; sehr wohl, Herr Alving. *Ab in das Speisezimmer.*

OSVALD: Ich will ihr doch lieber beim Aufmachen helfen – *Ebenfalls ab in das Speisezimmer, dessen Tür sich hinter ihm wieder halb öffnet.*

FRAU ALVING *die das Paket geöffnet hat*: Richtig; es sind die Lieder, Herr Pastor.

MANDERS *mit gefalteten Händen*: Wie ich morgen meine Festrede halten soll, das –!

FRAU ALVING: Ach, Sie werden sich schon aus der Sache zu ziehen wissen.

MANDERS *leise, um im Speisezimmer nicht gehört zu werden*: Nun ja, Ärgernis dürfen wir ja schließlich nicht erregen.

FRAU ALVING *mit gedämpfter, aber fester Stimme*: Nein. Aber damit ist auch die lange, häßliche Komödie zu Ende. Von übermorgen an soll es für mich sein, als habe der Tote nie gelebt in diesem Hause. Niemand anders soll hier sein als mein Sohn und seine Mutter.

Aus dem Speisezimmer hört man das Geräusch von einem umfallenden Stuhl; zugleich hört man

REGINENS STIMME *scharf, aber flüsternd*: Aber Osvald! Bist du nicht bei Trost? Laß mich in Ruh!

FRAU ALVING *fährt entsetzt zusammen*: Ah –! *Sie starrt wie von Sinnen nach der halbgeöffneten Tür. Drinnen hört man Osvald husten und trällern. Eine Flasche wird aufgezogen.*

MANDERS *empört*: Was ist denn das? Was gibt es da, Frau Alving?

FRAU ALVING *heiser*: Gespenster! Das Paar aus dem Blumenzimmer – geht um!

MANDERS: Was sagen Sie! Regine –? Sie ist –?

FRAU ALVING: Ja. Kommen Sie. Kein Wort –! *Sie nimmt Pastor Manders' Arm und geht schwankend auf das Speisezimmer zu.*

ZWEITER AKT

Dasselbe Zimmer. Der Regennebel liegt noch immer schwer auf der Landschaft.

MANDERS *und* FRAU ALVING *kommen aus dem Speisezimmer.*

FRAU ALVING *noch in der Tür*: Mahlzeit, Herr Pastor. *Spricht ins Speisezimmer hinein*: Kommst du nicht mit, Osvald?

OSVALD *drinnen*: Danke, nein; ich möchte ein bißchen ausgehen.

FRAU ALVING: Ja, tu das; der Regen läßt grade ein wenig nach. *Schließt die Speisezimmertür, geht an die Tür des Vorzimmers und ruft*: Regine!

REGINE *draußen*: Gnädige Frau?

FRAU ALVING: Geh hinunter in das Bügelzimmer und hilf bei den Kränzen.

REGINE: Sehr wohl, gnädige Frau.

FRAU ALVING *vergewissert sich, ob Regine gegangen ist; dann schließt sie die Tür.*

MANDERS: Er kann doch da drin nichts hören?

FRAU ALVING: Wenn die Tür geschlossen ist, nicht. Außerdem geht er ja aus.

MANDERS: Ich bin noch wie vor den Kopf geschlagen. Ich begreife nicht, wie ich auch nur einen Bissen von dem guten Essen hinunterbringen konnte.

FRAU ALVING *geht auf und ab, indem sie ihre Unruhe zu beherrschen sucht*: Ich auch nicht. Doch was ist da zu tun?

MANDERS: Ja, was ist zu tun? Ich weiß es wahrhaftig auch nicht; solchen Situationen bin ich so gar nicht gewachsen.

FRAU ALVING: Ich bin davon überzeugt, daß noch kein Unglück geschehen ist.

MANDERS: Nein, das verhüte der Himmel! Ein unstatthaftes Verhältnis aber bleibt es dennoch.

FRAU ALVING: Die ganze Geschichte ist ein loser Einfall von Osvald; da können Sie sicher sein.

MANDERS: Ja, ich bin, wie ich schon sagte, in solchen Dingen nicht bewandert; aber ich glaube doch sicher –

FRAU ALVING: Aus dem Hause muß sie. Und das sofort. Das ist klar –

MANDERS: Ja, selbstverständlich.

FRAU ALVING: Wohin aber? Wir können es doch nicht verantworten, daß –

MANDERS: Wohin? Natürlich nach Hause zu ihrem Vater.

FRAU ALVING: Zu wem, sagen Sie?

MANDERS: Zu ihrem –. Aber nein, Engstrand ist ja gar nicht – Lieber Gott, beste Frau, wie ist das nur möglich? Am Ende irren Sie sich doch.

FRAU ALVING: Leider irre ich mich durchaus nicht. Johanna mußte sich mir gegenüber zu einer Beichte verstehen, – und Alving konnte nicht leugnen. Es blieb also nichts anderes übrig, als die Sache zu vertuschen.

MANDERS: Ja, das war wohl die einzige Möglichkeit.

FRAU ALVING: Das Mädchen wurde sofort entlassen und bekam eine recht ansehnliche Summe, damit sie nichts verlauten ließ. Für das übrige sorgte sie selbst, als sie in die Stadt kam. Sie erneuerte eine alte Bekanntschaft mit dem Tischler Engstrand, ließ wohl auch durchblicken, wieviel Geld sie habe, und redete ihm dann etwas ein von einem Ausländer, der hier den Sommer über mit seiner Jacht gelegen habe. Dann wurden sie und Engstrand Hals über Kopf getraut. Sie selbst trauten sie ja.

MANDERS: Wie soll ich mir aber nur erklären –? Ich entsinne mich noch deutlich, wie Engstrand kam, um die Trauung zu bestellen. Er war total gebrochen und klagte sich gar bitterlich wegen des Leichtsinns an, dessen er und seine Braut sich schuldig gemacht.

FRAU ALVING: Er mußte die Schuld ja doch auf sich nehmen.

MANDERS: Aber so eine Unaufrichtigkeit! Und das m i r gegenüber! Das hätte ich von Jakob Engstrand nie und nimmer erwartet. Na, ich werde ihn mir ganz gehörig vornehmen; darauf kann er sich nur gefaßt machen. – Und dann das Unsittliche einer solchen Verbindung! Nur des Geldes wegen –! Wie groß war die Summe, über die das Mädchen verfügte?

FRAU ALVING; Es waren dreihundert Taler.

MANDERS: Ja, nun denken Sie mal – sich für lumpige dreihundert Taler mit einem gefallenen Mädchen trauen zu lassen.

FRAU ALVING: Was sagen Sie denn von mir, die ich hinging und mich mit einem gefallenen Manne trauen ließ?

MANDERS: Aber um Gottes willen; – was sagen Sie da? Ein gefallener Mann!

FRAU ALVING: Glauben Sie vielleicht, Alving war, als ich mit ihm zum Altar ging, reiner als Johanna, da Engstrand sich mit ihr trauen ließ?

MANDERS: Ja, aber das sind doch himmelweit verschiedene Dinge –

FRAU ALVING: Ganz und gar nicht. Allerdings war der Unterschied im

Preis groß; – lumpige dreihundert Taler und ein ganzes Vermögen.

MANDERS: Aber daß Sie so was auch nur vergleichen können. Sie hatten sich ja doch mit Ihrem Herzen und Ihren Angehörigen beraten.

FRAU ALVING *ohne ihn anzusehen*: Ich sollte meinen, Sie wüßten, wohin das, was Sie mein Herz nennen, sich damals verirrt hatte.

MANDERS *fremd*: Hätt ich so etwas gewußt, so wäre ich nicht ein täglicher Gast im Hause Ihres Mannes gewesen.

FRAU ALVING: Nun, soviel steht wenigstens fest, daß ich mich mit mir selbst wahrlich nicht beraten hatte.

MANDERS: Dann aber doch mit Ihrer nächsten Familie; so wie es vorgeschrieben ist; mit Ihrer Mutter und Ihren beiden Tanten.

FRAU ALVING: Ja, das ist wahr. Die drei lösten die Rechenaufgabe für mich. Ach, man sollt es nicht glauben, wie klar sie herausbrachten, daß es der reine Wahnsinn wäre, einen solchen Antrag auszuschlagen. Könnte meine Mutter jetzt herabblicken und sehen, wohin die ganze Herrlichkeit geführt hat!

MANDERS: Für den Ausgang kann kein Mensch verantwortlich gemacht werden. Soviel steht jedenfalls fest, daß Ihre Ehe in völliger Übereinstimmung mit Gesetz und Ordnung geschlossen wurde.

FRAU ALVING *am Fenster*: O ja, Gesetz und Ordnung! Zuweilen mein ich, die stiften in der Welt alles Unheil an.

MANDERS: Frau Alving, da versündigen Sie sich.

FRAU ALVING: Mag sein; aber diese ganzen Fesseln und Rücksichten, das halt ich nicht länger aus. Ich kann es nicht. Ich muß mich zur Freiheit durchringen.

MANDERS: Wie meinen Sie das?

FRAU ALVING *trommelt auf den Fensterrahmen*: Ich hätte kein Geheimnis aus Alvings Lebenswandel machen sollen. Aber damals wagte ich so was nicht – auch um meiner selbst willen nicht. So feige war ich.

MANDERS: Feige?

FRAU ALVING: Hätten die Leute etwas erfahren, so hätte es geheißen: Der arme Mann! Ganz begreiflich, daß er ausschweifend lebt; er hat ja eine Frau, die ihm davonläuft.

MANDERS: Es hätte auch mit einer gewissen Berechtigung so heißen können.

FRAU ALVING *blickt ihn fest an*: Wäre ich die, die ich sein sollte, so würde ich mir Osvald vornehmen und sagen: Hör mich an, mein Sohn, dein Vater war ein lasterhafter Mensch –

MANDERS: Aber du barmherziger –

FRAU ALVING: – und dann würde ich ihm alles erzählen, was ich Ihnen erzählt habe – bis ins einzelne, alles.

MANDERS: Es fehlt nicht viel, und ich bin empört über Sie, Frau Alving.

FRAU ALVING: Das weiß ich. Ich weiß es ja! Ich bin selbst empört bei dem Gedanken. *Verläßt das Fenster.* So feige bin ich.

MANDERS: Und das nennen Sie Feigheit, wenn Sie einfach Ihre Pflicht und Schuldigkeit tun! Haben Sie vergessen, daß ein Kind Vater und Mutter achten und lieben soll?

FRAU ALVING: Lassen Sie uns das nicht so allgemein nehmen. Fragen wir lieber: Muß Osvald den Kammerherrn Alving achten und lieben?

MANDERS: Ist denn keine Stimme in Ihrem Mutterherzen, die Ihnen verbietet, die Ideale Ihres Sohnes zu zerstören?

FRAU ALVING: Und die Wahrheit?

MANDERS: Und die Ideale?

FRAU ALVING: Ach – Ideale, Ideale! Wäre ich nur nicht so feige, wie ich bin!

MANDERS: Verwerfen Sie die Ideale nicht, Frau Alving, – denn das rächt sich schwer. Und nun gar Osvald. Osvald hat wohl nicht so viele Ideale – leider! Aber soviel hab ich doch schon gemerkt, daß er seinen Vater als eine Art Ideal betrachtet.

FRAU ALVING: Da haben Sie recht.

MANDERS: Und diese seine Anschauungen haben Sie selbst durch Ihre Briefe in ihm geweckt und genährt.

FRAU ALVING: Jawohl; ich stand unter dem Zwang von Pflichten und Rücksichten; deshalb belog ich meinen Jungen jahraus, jahrein. O wie feige, – wie feige bin ich gewesen!

MANDERS: Sie haben Ihrem Sohn eine glückliche Illusion gegeben, Frau Alving, – und das dürfen Sie nicht gering anschlagen.

FRAU ALVING: Hm, wer weiß, ob das nun gerade so gut war. – Auf keinen Fall aber will ich von einem Techtelmechtel mit Regine wissen. Er soll das arme Mädchen nicht unglücklich machen.

MANDERS: Nein, du lieber Himmel, das wäre ja entsetzlich!

FRAU ALVING: Wenn ich wüßte, daß er es ernst meint und daß es zu seinem Glück sein würde –

MANDERS: Wie? Was dann?

FRAU ALVING: Aber das würd es nicht sein; denn Regine ist leider nicht danach.

MANDERS: Nun, und was dann? Was meinen Sie eigentlich?

FRAU ALVING: Wenn ich nicht so gottsjämmerlich feige wäre, wie ich bin, so würde ich zu ihm sagen: Heirate sie, oder richtet euch ein, wie ihr wollt; aber nur keine Lüge!

MANDERS: Aber du barmherziger –! Sogar noch eine gesetzliche Ehe! Etwas so Furchtbares –! Etwas so Unerhörtes!

FRAU ALVING: Jawohl. Sie sagen unerhört! Hand aufs Herz, Pastor Manders; glauben Sie nicht, daß es hier zu Lande nicht wenige Ehepaare gibt, die genauso nahe verwandt sind?

MANDERS: Ich verstehe Sie ganz und gar nicht.

FRAU ALVING: O, Sie verstehen mich ganz gut.

MANDERS: Nun ja, Sie denken an den möglichen Fall, daß –. Ja, leider ist das Familienleben gewiß nicht immer so rein, wie es sein sollte. Aber so etwas, wie Sie da im Auge haben, das kann man ja doch nie wissen, – wenigstens nicht mit Bestimmtheit. Hier dagegen –; daß Sie, eine Mutter, damit einverstanden sein könnten, daß ihr Sohn –!

FRAU ALVING: Aber ich will ja gar nicht. Ich würde um keinen Preis der Welt damit einverstanden sein können; das sag ich ja gerade.

MANDERS: Weil Sie feige sind, wie Sie sich ausdrücken. Wenn Sie aber nun nicht feige wären –! Du mein Gott, – eine so empörende Verbindung!

FRAU ALVING: Wir entstammen übrigens samt und sonders solcher Art Verbindungen, heißt es. Und wer hat es denn so auf der Welt eingerichtet, Herr Pastor?

MANDERS: Solche Fragen erörtere ich mit Ihnen nicht, Frau Alving; dazu haben Sie ganz und gar nicht die rechte Denkungsart. Aber daß Sie sich unterfangen zu sagen, es sei feige von Ihnen –!

FRAU ALVING: Hören Sie also, wie ich das meine. Ich bin furchtsam und scheu, weil etwas Gespensterhaftes in mir steckt, das ich nie so recht loswerden kann.

MANDERS: Wie nannten Sie das?

FRAU ALVING: Gespensterhaft. Als ich Regine und Osvald da drin hörte, war es, als säh ich Gespenster vor mir. Aber, Manders, ich glaube fast, wir alle sind Gespenster. Nicht nur das, was wir von Vater und Mutter geerbt haben, geht in uns um. Es sind alle erdenklichen alten, toten Ansichten und allerhand alter, toter Glaube und so weiter. Es lebt nicht in uns; aber es sitzt trotzdem in uns, und wir können es nicht loswerden. Wenn ich nur eine Zeitung in die Hand nehme und drin lese, so ist mir, als säh ich Gespenster zwischen den Zeilen schleichen. Es müssen im ganzen Lande Gespenster leben. Sie müssen so zahlreich sein, glaub ich, wie Sand am Meer. Und dann sind wir alle so gottsjämmerlich lichtscheu, einer wie der andere.

MANDERS: Aha! da hätten wir also das Ergebnis Ihrer Lektüre. Schöne Früchte, in der Tat! O diese abscheulichen, aufrührerischen, freigeistigen Schriften!

FRAU ALVING: Sie irren sich, lieber Pastor. Sie selbst sind es gewesen, der mich zum Denken angeregt hat; und dafür bin ich Ihnen dankbar!

MANDERS: Ich?

FRAU ALVING: Ja; als Sie mich in das hineinzwangen, was Sie Pflicht und Schuldigkeit nannten; als Sie das als recht und richtig priesen, wogegen sich meine ganze Seele auflehnte wie gegen etwas Entsetzliches. Damals machte ich mich daran, Ihre Lehren genau zu prüfen. Nur einen einzigen Knoten wollte ich aufmachen; als ich den aber gelöst hatte, da gab die ganze Geschichte nach. Und da merkte ich, daß es nur Maschinennäherei war.

MANDERS *leise, erschüttert*: Das sollte der Gewinn aus dem schwersten Kampf meines Lebens sein?

FRAU ALVING: Nennen Sie es lieber Ihre kläglichste Niederlage.

MANDERS: Es war der größte Sieg meines Lebens, Helene; der Sieg über mich selbst.

FRAU ALVING: Es war ein Verbrechen an uns beiden.

MANDERS: Daß ich Ihnen gebot, heimzugehen zu Ihrem rechtmäßigen Gatten, als Sie in Ihrer Verirrung zu mir kamen und riefen: Hier bin ich; nimm mich! – War das ein Verbrechen?

FRAU ALVING: Ja, ich halte es dafür.

MANDERS: Wir zwei verstehen uns nicht.

FRAU ALVING: Wenigstens jetzt nicht mehr.

MANDERS: Nie, – auch in meinen geheimsten Gedanken nicht, waren Sie für mich etwas anderes als die Frau eines andern.

FRAU ALVING: So – glauben Sie?

MANDERS: Helene –!

FRAU ALVING: Man kommt sich selbst so leicht aus dem Gedächtnis.

MANDERS: Ich nicht. Ich bin derselbe, der ich immer war.

FRAU ALVING *in verändertem Ton*: Ja, ja, ja, – sprechen wir nicht mehr von alten Zeiten. Sie sitzen jetzt bis über die Ohren in Ämtern und Verwaltungen, und ich laufe hier herum und kämpfe mit Gespenstern, innerlich wie äußerlich.

MANDERS: Mit den äußerlichen will ich Ihnen helfen fertig zu werden. Nach allem, was ich mit Entsetzen heut aus Ihrem Munde gehört habe, kann ich es vor meinem Gewissen nicht verantworten, ein junges haltloses Mädchen in Ihrem Hause zu lassen.

FRAU ALVING: Meinen Sie nicht auch, es wäre das beste, wir könnten sie gut versorgen? Ich denke dabei – an eine gute Heirat.

MANDERS: Zweifellos. Ich glaube, das wäre in jeder Hinsicht wünschenswert für sie. Regine ist ja nun in dem Alter, wo –; ja, ich verstehe mich zwar nicht so sonderlich darauf, aber –

FRAU ALVING: Regine war sehr früh erwachsen.

MANDERS: Ja, nicht wahr? Es schwebt mir so vor, als sei sie in körperlicher Beziehung schon auffallend entwickelt gewesen, als ich sie zur Konfirmation vorbereitete. Vorläufig muß sie aber auf jeden Fall nach Hause; unter die Aufsicht ihres Vaters –. Ach ja, Engstrand ist ja gar nicht –. Daß er – daß er mir so die Wahrheit verheimlichen konnte! *Es klopft an der Tür des Vorzimmers.*

FRAU ALVING: Wer kann das sein? Herein!

ENGSTRAND *sonntäglich gekleidet, in der Tür*: Bitte recht schön um Entschuldigung, aber –

MANDERS: Aha! Hm –

FRAU ALVING: Sie sind es, Engstrand?

ENGSTRAND: – es war keins von den Dienstmädchen da, und da war ich denn so dreist und so frei, gleich anzuklopfen.

FRAU ALVING: Na ja. Kommen Sie herein. Haben Sie mir etwas zu sagen?

ENGSTRAND *tritt ein*: Nein, danke ergebenst. Nur mit dem Herrn Pastor wollt ich ein paar Worte reden.

MANDERS *geht auf und ab*: Hm; so? Mit mir wollen Sie reden? Ach, wirklich?

ENGSTRAND: Ja, ich wollte so sehr gern –

MANDERS *bleibt vor ihm stehen*: Na, darf ich fragen, um was es sich handelt?

ENGSTRAND: Jawohl, Herr Pastor, es war nämlich dies: wir sind ja nun da unten mit allem fertig, und da mein ich, da wär es so hübsch und passend, wenn wir, die wir die ganze Zeit rechtschaffen zusammen gearbeitet haben – ich meine, wir sollten heut abend mit 'ner kleinen Andacht schließen.

MANDERS: Einer Andacht? Unten im Asyl?

ENGSTRAND: Ja, aber wenn der Herr Pastor es nicht passend finden, so –

MANDERS: Gewiß find ich das, aber – hm –

ENGSTRAND: Ich selbst habe gewöhnlich abends so 'ne kleine Andacht unten abgehalten –

FRAU ALVING: So?

ENGSTRAND: Ja, dann und wann; sozusagen 'ne kleine Erbauungsstunde. Aber ich bin ja ein kleiner geringer Mann, und habe, Gott helf mir, nicht recht die Gabe dazu, und da dachte ich denn, weil Herr Pastor Manders doch just hier sind, so –

MANDERS: Ja, sehen Sie, Engstrand, ich muß zuvor eine Frage an Sie richten. Sind Sie in der rechten Stimmung für eine solche Andacht? Ist Ihr Gewissen frei und leicht?

ENGSTRAND: Ach, du lieber Gott, ja, es verlohnt sich wohl nicht, vom Gewissen zu reden, Herr Pastor.

MANDERS: Doch, gerade davon wollen wir reden. Also antworten Sie!

ENGSTRAND: Ja, das Gewissen – das ist manchmal eine eklige Geschichte.

MANDERS: Na, das sehen Sie wenigstens ein. Aber wollen Sie mir jetzt kurz und bündig sagen, – was hat es mit Regine für eine Bewandtnis?

FRAU ALVING *hastig*: Herr Pastor!

MANDERS *beruhigt sie*: Lassen Sie mich –

ENGSTRAND: Mit Regine! Herrje, wie Sie mir angst machen! *Sieht Frau Alving an.* Es ist doch wohl nichts Schlimmes mit Regine passiert?

MANDERS: Das wollen wir nicht hoffen. Aber ich meine, wie hängt das mit Ihnen und Regine zusammen? Sie gelten ja für ihren Vater. Nun?

ENGSTRAND *unsicher*: Ja – hm – Herr Pastor wissen doch die Geschichte mit mir und der seligen Johanna.

MANDERS: Keine Verdrehung der Wahrheit mehr. Ihre verstorbene Frau hat Frau Alving mit dem wirklichen Hergang bekannt gemacht, ehe sie den Dienst verließ.

ENGSTRAND: Na, da soll aber doch gleich –! Das hat sie also doch getan?

MANDERS: Sie sind also entlarvt, Engstrand.

ENGSTRAND: Und sie schwur und fluchte doch so hoch und heilig, daß –

MANDERS: Fluchte!

ENGSTRAND: Nein, sie schwur bloß, aber so recht von Herzen.

MANDERS: Und in diesen ganzen Jahren haben Sie mir die Wahrheit verheimlicht. Verheimlicht m i r, der Ihnen unbedingt in allem und jedem vertraut hat.

ENGSTRAND: Ja, leider hab ich das.

MANDERS: Habe ich das um Sie verdient, Engstrand? Bin ich Ihnen nicht stets bereitwillig mit Rat und Tat behilflich gewesen, soweit es in meiner Macht stand? Antworten Sie mir! Bin ich das nicht?

ENGSTRAND: Es wäre manches Mal nicht gut um mich bestellt gewesen, wenn ich Herrn Pastor Manders nicht gehabt hätte.

MANDERS: Und da lohnen Sie es mir auf solche Art. Veranlassen mich, Unrichtigkeiten in das Kirchenbuch einzutragen, und enthalten mir dann noch jahrelang die Aufklärungen vor, die Sie mir und der Wahrheit schuldeten. Ihre Handlungsweise ist ganz unverantwortlich, Engstrand; und von heut ab sind wir geschiedene Leute.

ENGSTRAND *mit einem Seufzer*: Ja, das sind wir wohl, wie ich mir denken kann.

MANDERS: Wie wollten Sie sich denn auch wohl rechtfertigen?

ENGSTRAND: Hätte sie sich denn durch Weitertratschen noch mehr verschimpfieren sollen? Stellen der Herr Pastor sich nur mal vor, Herr Pastor wären in derselben Lage wie die selige Johanna –

MANDERS: Ich!

ENGSTRAND: Jesus, Jesus, ich meine ja nicht akkurat so. Ich meine man, wenn der Herr Pastor in den Augen der Leute sozusagen einen Schandfleck hätten. Wir Mannsleute sollten so 'n armes Frauenzimmer doch nicht so streng beurteilen, Herr Pastor.

MANDERS: Aber das tue ich ja gar nicht. Gegen Sie richten sich meine Vorwürfe.

ENGSTRAND: Dürft ich mir wohl 'ne ganz, ganz kleine Frage erlauben?

MANDERS: Na also, fragen Sie.

ENGSTRAND: Ist es nicht recht und billig von einem Manne, wenn er die Gefallene aufrichtet?

MANDERS: Selbstverständlich.

ENGSTRAND: Und ist es nicht einem Mann seine Schuldigkeit, sein ehrliches Wort zu halten?

MANDERS: Ja natürlich; aber –

ENGSTRAND: Damals, als die Johanna ins Unglück geraten war durch den Engländer – oder vielleicht war's ein Amerikaner oder ein Russer, wie man das nennt, – na, also da kam sie in die Stadt. Die arme Person, die hatte schon früher einmal oder zweimal mich abblitzen lassen, denn sie sah ja man bloß auf die Hübschigkeit; und ich hatte ja doch diesen Knacks mit dem Bein. Herr Pastor werden wohl noch wissen, ich hatte mich mal auf einen Tanzboden gewagt, wo betrunkene Matrosen sozusagen radauten. Und wie ich sie nun ermahnen wollte, ein neues Leben anzufangen –

FRAU ALVING *drüben am Fenster*: Hm –

MANDERS: Ich weiß, Engstrand; die rohen Menschen haben Sie die

Treppe hinuntergeworfen. Diese Geschichte haben Sie mir schon früher einmal erzählt. Sie tragen Ihr Gebrechen in Ehren.

ENGSTRAND: Ich prahle nicht damit, Herr Pastor. – Aber was ich sagen wollte – da kam sie also und vertraute sich mir unter Heulen und Zähneklappern an. Ich muß sagen, Herr Pastor, es tat mir bitterleid, das mit anzuhören.

MANDERS: Es tat Ihnen leid, Engstrand? Na, und dann?

ENGSTRAND: Na, und da sagt ich zu ihr: Der Amerikaner, der liegt auf dem Weltmeer. Und du, Johanna, sagt ich, du hast einen Sündenfall begangen und bist ein gefallenes Geschöpf. Aber Jakob Engstrand, sagt ich, ja der steht auf zwei reellen Beinen, – das meint ich nun sozusagen gleichnisweise, Herr Pastor.

MANDERS: Verstehe schon; fahren Sie nur fort.

ENGSTRAND: Na, und da richtete ich sie wieder auf und ließ mich ehrlich mit ihr trauen, damit die Leute nicht zu wissen kriegten, daß sie sich mit dem Fremden abgegeben hatte.

MANDERS: Das war eine sehr schöne Tat von Ihnen. Nur kann ich nicht billigen, daß Sie sich dazu verstehen konnten, Geld anzunehmen. –

ENGSTRAND: Geld? Ich? Nicht 'nen Groschen.

MANDERS *fragend zu Frau Alving*: Aber –!

ENGSTRAND: Ach ja, – warten Sie mal; nun fällt's mir ein. Johanna hatte doch wohl 'n paar Pfennige. Aber davon wollte ich nichts wissen. Pfui, sagt ich, Mammon, das ist Sündengeld; das erbärmliche Gold – oder Papiergeld, was es nun war –, das werfen wir dem Amerikaner wieder in den Hals, sagt ich. Aber er war weg und verschwunden, weit übers wilde Meer, Herr Pastor.

MANDERS: War er das, mein guter Engstrand?

ENGSTRAND: Jawohl. Und da beschlossen ich und Johanna, daß das Geld dazu gebraucht werden sollte, um das Kind zu erziehen; und so geschah es auch; und ich kann über jeden Pfennig Rechenschaft geben, wo er geblieben ist.

MANDERS: Das ändert die Sache allerdings ganz bedeutend.

ENGSTRAND: So verhält sich die Sache, Herr Pastor. Und ich kann wohl sagen, ich bin Regine ein ehrlicher Vater gewesen – soweit meine Kräfte reichten –, denn ich bin nur ein schwacher Mann, leider.

MANDERS: Na, na, mein lieber Engstrand –

ENGSTRAND: Aber ich kann wohl sagen, ich habe das Kind erzogen und mit der seligen Johanna in Liebe gelebt und Hauszucht geübt, wie geschrieben steht. Aber nie wär's mir doch eingefallen, zu

Herrn Pastor raufzukommen und zu prahlen und Aufhebens davon zu machen, daß ich auch mal 'n gutes Werk getan habe, ich auch. Nein, wenn Jakob Engstrand so was passiert, dann schweigt er stille. Leider kommt es wohl nicht gar zu oft vor, weiß wohl. Und wenn ich zu Herrn Pastor komme, dann hab ich ewig so viel zu reden über alles, was nicht in Ordnung ist. Denn ich sage, was ich vorhin schon sagte, – mit dem Gewissen ist das manchmal 'ne böse Sache.

MANDERS: Reichen Sie mir Ihre Hand, Jakob Engstrand.

ENGSTRAND: Jesus, Herr Pastor –

MANDERS: Keine Umstände. *Drückt ihm die Hand.* So!

ENGSTRAND: Und wenn ich den Herrn Pastor nun recht hübsch brav um Verzeihung bäte –

MANDERS: Sie mich? Nein, im Gegenteil, – ich muß Sie um Verzeihung bitten –

ENGSTRAND: I Gott behüte, nein!

MANDERS: Ja, unter allen Umständen. Und ich tu es von ganzem Herzen. Verzeihen Sie, daß ich Sie so verkennen konnte. Ich wünschte, ich könnte Ihnen irgendeinen Beweis meines aufrichtigen Bedauerns und meines Wohlwollens geben –

ENGSTRAND: Das wollten Herr Pastor wirklich?

MANDERS: Mit dem allergrößten Vergnügen –

ENGSTRAND: Ja, dazu wäre jetzt freilich 'ne Gelegenheit. Mit dem Gelde, das ich mir hier auf die Seite legen konnte, denk ich in der Stadt so 'ne Art Seemannsheim zu gründen.

FRAU ALVING: Sie?

ENGSTRAND: Ja, das sollte sozusagen 'ne Art Asyl werden. Es gibt so viele Versuchungen für den Seefahrer, wenn er auf dem Festlande ist. Aber in diesem meinem Haus könnt er gewissermaßen wie unter einer väterlichen Aufsicht sein, dacht ich.

MANDERS: Was sagen Sie dazu, Frau Alving!

ENGSTRAND: Ich hab ja, weiß Gott, nicht gar viel für den Anfang; wenn mir nur 'n Wohltäter hilfreich zur Hand ginge, so –

MANDERS: Na ja, wir wollen die Sache in nähere Erwägung ziehen. Ihr Unternehmen sagt mir ganz außerordentlich zu. Aber jetzt gehen Sie nur voraus und setzen Sie alles instand und stecken Sie Licht an, damit es ein bißchen feierlich aussieht. Dann werden wir eine Erbauungsstunde zusammen halten, mein lieber Engstrand; denn jetzt, glaub ich, sind Sie in der rechten Stimmung.

ENGSTRAND: Ja, das glaub ich auch. Und somit adieu, gnädige Frau, und Dank für alles. Passen Sie mir nur recht gut auf die Regine auf. *Wischt sich eine Träne aus dem Auge.* Das Kind von Johanna selig – hm – 's ist 'ne wunderliche Sache – aber es ist akkurat so, als wär sie mir ans Herze festgewachsen. Weiß Gott ja, es ist so.

Grüßt und geht durchs Vorzimmer ab.

MANDERS: Na, Frau Alving, was sagen Sie jetzt zu dem Mann! Das war eine ganz andere Erklärung, die wir da bekommen haben.

FRAU ALVING: Allerdings.

MANDERS: Da sehen Sie's, wie außerordentlich vorsichtig man damit sein muß, einen Mitmenschen zu verurteilen. Aber es ist doch auch eine Herzensfreude, sich davon zu überzeugen, daß man sich geirrt hat. Oder was meinen Sie?

FRAU ALVING: Ich meine, Sie sind und bleiben ein großes Kind, Manders.

MANDERS: Ich?

FRAU ALVING *legt ihm beide Hände auf die Schultern*: Und ich sage, ich hätte Lust, Ihnen um den Hals zu fallen.

MANDERS *entzieht sich ihr schnell*: Nein, nein, Gott schütze Sie –; solche Gelüste –

FRAU ALVING *mit leichtem Lächeln*: Haben Sie nur keine Angst vor mir.

MANDERS *am Tisch*: Sie haben manchmal eine so übertriebene Art und Weise, sich auszudrücken. Doch nun will ich zuerst die Dokumente zusammenpacken und in meine Tasche tun. *Tut es.* So. Und nun adieu so lange. Geben Sie acht, wenn Osvald zurückkommt! Ich spreche später noch einmal bei Ihnen vor. *Nimmt seinen Hut und geht durchs Vorzimmer ab.*

FRAU ALVING *seufzt, sieht einen Augenblick zum Fenster hinaus, räumt ein wenig im Zimmer auf, will in das Speisezimmer gehen, bleibt jedoch mit einem gedämpften Aufschrei in der Tür stehen*: Osvald, du sitzt noch bei Tische!

OSVALD *im Speisezimmer*: Ich rauche nur meine Zigarre zu Ende.

FRAU ALVING: Ich glaubte, du seist ein bißchen die Straße hinaufgegangen.

OSVALD: Bei solchem Wetter?

Ein Glas klirrt. Frau Alving läßt die Tür offenstehen und setzt sich mit ihrem Strickzeug auf das Sofa neben dem Fenster.

OSVALD *drinnen*: War das nicht Pastor Manders, der da eben fortging?

FRAU ALVING: Ja, er ist hinuntergegangen zum Asyl.

OSVALD: Hm.

Glas und Flasche klirren wieder.

FRAU ALVING *mit besorgtem Blick*: Lieber Osvald, mit dem Likör solltest du vorsichtig sein. Der ist stark.

OSVALD: Er ist gut bei dem feuchten Wetter.

FRAU ALVING: Willst du nicht lieber zu mir hereinkommen?

OSVALD: Da drin darf ich ja nicht rauchen.

FRAU ALVING: Eine Zigarre darfst du rauchen, das weißt du doch.

OSVALD: Na ja, dann komme ich. Nur noch ein kleines Tröpfchen. – So.

Kommt mit der Zigarre ins Zimmer und schließt die Tür hinter sich. Kurze Pause.

OSVALD: Wo ist der Pastor hin?

FRAU ALVING: Ich sagte dir ja schon, zum Asyl hinunter.

OSVALD: Ach ja!

FRAU ALVING: Du solltest nicht so lange bei Tische sitzen bleiben, Osvald.

OSVALD *mit der Zigarre hinter dem Rücken*: Aber Mutter, ich finde es so gemütlich. *Streichelt und liebkost sie.* Denk doch mal, was das für mich, der nun wieder zu Hause ist, heißt: an Mutters Tisch in Mutters Stube zu sitzen und von Mutters leckeren Speisen zu essen.

FRAU ALVING: Mein lieber, lieber Junge!

OSVALD *etwas ungeduldig, geht auf und ab und raucht*: Und was soll ich hier sonst auch tun? Ich kann nichts schaffen –

FRAU ALVING: Das kannst du nicht?

OSVALD: Bei so trübem Wetter? Wo den ganzen Tag kein Sonnenstrahl zu sehen ist? *Geht durchs Zimmer.* O! nicht arbeiten können –!

FRAU ALVING: Vielleicht war es doch etwas unüberlegt von dir, nach Hause zu kommen.

OSVALD: Nein, Mutter; es mußte sein.

FRAU ALVING: Zehnmal lieber wollt ich das Glück entbehren, dich bei mir zu haben, als daß du –

OSVALD *bleibt am Tisch stehen*: Sag mal, Mutter, – ist es denn wirklich ein so großes Glück für dich, mich wieder zu Hause zu haben?

FRAU ALVING: Ob das ein Glück für mich ist!

OSVALD *zerknittert eine Zeitung*: Mich dünkt, es müßte dir so gut wie gleichgültig sein, ob ich da bin oder nicht.

FRAU ALVING: Und du hast das Herz, deiner Mutter das zu sagen, Osvald?

OSVALD: Du hast doch früher so gut ohne mich leben können.

FRAU ALVING: Ja; ich habe ohne dich gelebt; – das ist wahr.

Pause. Die Dämmerung setzt langsam ein. Osvald geht im Zimmer auf und ab. Die Zigarre hat er weggelegt.

OSVALD *bleibt bei Frau Alving stehen*: Mutter, darf ich mich zu dir aufs Sofa setzen?

FRAU ALVING *macht ihm Platz*: Ja, komm, mein lieber Junge.

OSVALD *setzt sich*: Jetzt muß ich dir etwas sagen, Mutter.

FRAU ALVING *gespannt*: Nun?

OSVALD *starrt vor sich hin*: Denn ich kann es auf die Dauer nicht ertragen.

FRAU ALVING: Was denn? Was ist?

OSVALD *wie oben*: Ich hab es nicht gewagt, dir darüber zu schreiben; und seit ich wieder zu Hause bin –

FRAU ALVING *packt ihn am Arm*: Osvald, was ist?

OSVALD: Gestern und auch heute hab ich versucht, die Gedanken abzuschütteln, – mich von ihnen frei zu machen. Aber es geht nicht.

FRAU ALVING *steht auf*: Du sollst jetzt geradeheraus reden, Osvald!

OSVALD *zieht sie wieder aufs Sofa nieder*: Bleib sitzen, dann will ich versuchen, es dir zu sagen. – Ich habe über Müdigkeit infolge der Reise geklagt –

FRAU ALVING: Nun ja. Und –

OSVALD: Aber das ist es nicht, was mir fehlt; nicht eine gewöhnliche Müdigkeit –

FRAU ALVING *will aufspringen*: Du bist doch nicht krank, Osvald!

OSVALD *zieht sie wieder nieder*: Bleib sitzen, Mutter. Nimm es nur in Ruhe auf. Ich bin auch nicht so richtig krank; nicht, was man im allgemeinen krank nennt. *Schlägt die Hände über dem Kopf zusammen.* Mutter, ich bin geistig gebrochen, – vernichtet, – ich darf nie wieder ans Arbeiten denken! *Verbirgt hastig das Gesicht in den Händen, wirft sich in Frau Alvings Schoß und bricht in Schluchzen aus.*

FRAU ALVING *bleich und zitternd*: Osvald! Sieh mich mal an! Nein, nein, das ist nicht wahr.

OSVALD *sieht mit verzweifelten Blicken auf*: Nie mehr arbeiten können! Nie – nie mehr! Tot sein bei lebendigem Leibe! Mutter, kannst du dir etwas so Furchtbares denken?

FRAU ALVING: Mein unglücklicher Junge! Wie ist dies Furchtbare über dich gekommen?

OSVALD *setzt sich wieder aufrecht*: Ja, eben das kann ich absolut nicht fassen und begreifen. Ich habe niemals ein ausschweifendes Leben geführt. In gar keiner Beziehung. Das darfst du von mir nicht glauben, Mutter! Das hab ich nicht getan.

FRAU ALVING: Das glaub ich ja auch nicht, Osvald.

OSVALD: Und dennoch ist so etwas über mich gekommen! Dieses fürchterliche Unglück!

FRAU ALVING: Ach, das wird sich schon wieder geben, mein lieber Herzensjunge. Es ist nur Überanstrengung. Das kannst du mir glauben.

OSVALD *schwermütig*: Das glaubte ich im Anfang auch; aber es ist nicht so.

FRAU ALVING: Erzähl mir alles von Anfang an.

OSVALD: Das will ich auch.

FRAU ALVING: Wann hast du's zuerst gemerkt?

OSVALD: Gleich nachdem ich das letzte Mal hier gewesen und wieder nach Paris gekommen war. Es fing damit an, daß ich die wahnsinnigsten Kopfschmerzen bekam, – meistens im Hinterkopf, wie mir schien. Mir war, als würde mir ein enger Eisenring um den Nacken und nach oben hinauf geschraubt.

FRAU ALVING: Und weiter?

OSVALD: Zunächst glaubte ich, es sei nur der gewöhnliche Kopfschmerz, von dem ich in der Zeit meines Wachstums so sehr geplagt wurde.

FRAU ALVING: Ja, ja –

OSVALD: Aber das war es nicht; das merkt ich bald. Ich konnte nicht mehr arbeiten. Ich wollte ein neues großes Bild anfangen; aber es war, als ob die Kräfte mich verließen; meine ganze Energie war wie gelähmt; ich konnte mich nicht zu festen Vorstellungen sammeln; es schwindelte mir vor den Augen – alles drehte sich im Kreise. Ach, es war ein entsetzlicher Zustand! Schließlich schickte ich zum Arzt – und von ihm bekam ich Aufschluß.

FRAU ALVING: Wie meinst du das?

OSVALD: Es war einer der ersten Ärzte von Paris. Ich mußte ihm beschreiben, was und wie ich es fühlte; und da fing er denn an, mir eine ganze Reihe Fragen zu stellen, die mit der Sache scheinbar nichts zu tun hatten; ich begriff nicht, worauf der Mann hinauswollte –

FRAU ALVING: Nun?

OSVALD: Schließlich sagte er: Von Geburt an haben Sie etwas Wurmstichiges an sich gehabt; – er brauchte genau den Ausdruck: „vermoulu".

FRAU ALVING *gespannt*: Was meinte er damit?

OSVALD: Ich verstand es auch nicht und bat ihn um eine nähere Erklärung. Und da sagte der alte Zyniker – *Ballt die Faust.* O –

FRAU ALVING: Was sagte er?

OSVALD: Er sagte: Der Väter Sünden werden heimgesucht an den Kindern.

FRAU ALVING *steht langsam auf*: Der Väter Sünden –

OSVALD: Ich war versucht, ihm ins Gesicht zu schlagen –

FRAU ALVING *geht durchs Zimmer*: Der Väter Sünden –

OSVALD *lächelt schwermütig*: Ja, was meinst du dazu? Natürlich versicherte ich ihm, daß von so etwas gar nicht die Rede sein könne. Aber glaubst du, daß er sich davon abbringen ließ? Nein; er blieb dabei, und erst nachdem ich deine Briefe hervorgeholt und ihm alle die Stellen übersetzt hatte, die von Papa handelten –

FRAU ALVING: Da –?

OSVALD: Da mußte er selbstverständlich zugeben, daß er auf falscher Fährte gewesen; und dann erfuhr ich die Wahrheit. Die unerklärliche Wahrheit! Jenem seligen, glücklichen Jugendleben mit den Kameraden hätte ich mich fernhalten müssen. Es hätte meine Kräfte wesentlich überstiegen. Also selbstverschuldet!

FRAU ALVING: Osvald! Ach nein, glaub das nicht!

OSVALD: Eine andere Erklärung sei nicht möglich, sagte er. Das ist das Furchtbare. Rettungslos verloren fürs ganze Leben – durch meine eigene Unbesonnenheit. Was hätt ich nicht alles auf der Welt vollbringen können, – nicht mal mehr daran denken zu dürfen – nicht daran denken zu können. O, könnt ich nur ein neues Leben beginnen – könnt ich alles ungeschehen machen! *Wirft sich mit dem Gesicht aufs Sofa.*

Frau Alving ringt die Hände, geht in innerem Kampf auf und ab.

OSVALD *blickt nach einer Weile auf und bleibt, auf den Ellenbogen gestützt, halb liegen*: Wenn es doch nur wenigstens etwas Ererbtes wäre – etwas, woran man selbst unschuldig ist. Aber so! Auf so schändliche, gedankenlose, leichtsinnige Art sein ganzes Glück – seine ganze Gesundheit, alles, aber auch alles, – seine Zukunft, sein Leben verwirtschaftet zu haben –!

FRAU ALVING: Nein, nein, mein Herzensjunge; das ist unmöglich! *Beugt sich über ihn.* Es steht nicht so verzweifelt um dich, wie du glaubst.

OSVALD: Ach, du weißt nicht –. *Springt auf.* Und dann, Mutter –, daß ich dir diese Sorge machen muß! Manchmal habe ich fast gewünscht und gehofft, du möchtest mich weniger lieb haben.

FRAU ALVING: Ich! Osvald, mein einziger Junge! Das einzige, was ich auf Erden besitze und habe! Das einzige, was ich liebe.

OSVALD *ergreift ihre beiden Hände und küßt sie*: Freilich, ich seh es wohl. Wenn ich zu Hause bin, so seh ich es ja. Und das ist mit das Schwerste für mich. – Jetzt weißt du es also. Und nun wollen wir für heute nicht mehr davon reden. Ich kann es nicht vertragen, hintereinander so lange darüber nachzudenken. *Geht durchs Zimmer.* Gib mir was zu trinken, Mutter.

FRAU ALVING: Zu trinken? Was willst du jetzt trinken?

OSVALD: Ach, irgendwas. Du hast ja kalten Punsch im Hause.

FRAU ALVING: Ja, aber lieber Osvald –!

OSVALD: Du darfst nichts dagegen haben, Mutter. Sei doch nett! Ich muß was haben, womit ich diese ganzen quälenden Gedanken hinunterspüle. *Geht ins Blumenzimmer.* Und dann – wie dunkel es hier ist! *Frau Alving zieht rechts an einem Klingelzug.*

OSVALD: Und dies unaufhörliche Regenwetter. Wochenlang kann es so andauern; ganze Monate. Nie bekommt man einen Sonnenstrahl zu sehen. Sooft ich auch in der Heimat war, nie erinnere ich mich, Sonnenschein gesehen zu haben.

FRAU ALVING: Osvald, – du denkst daran, mich wieder zu verlassen!

OSVALD: Hm – *Atmet schwer.* Ich denk an gar nichts. Kann an nichts denken! *Leise*: Das laß ich hübsch bleiben.

REGINE *aus dem Speisezimmer*: Haben gnädige Frau geschellt?

FRAU ALVING: Ja, bring uns die Lampe.

REGINE: Gleich, gnädige Frau. Sie brennt schon. *Ab.*

FRAU ALVING *geht zu Osvald*: Osvald, verbirg mir nichts.

OSVALD: Das tu ich auch nicht, Mutter. *Geht an den Tisch.* Ich meine, ich hätte dir doch schon genug gesagt.

REGINE *bringt die Lampe, stellt sie auf den Tisch.*

FRAU ALVING: Du, Regine, du könntest uns eine halbe Flasche Champagner bringen.

REGINE: Sehr wohl, gnädige Frau. *Ab.*

OSVALD *faßt Frau Alvings Kopf mit beiden Händen*: Das ist schön von dir. Ich wußte doch, Mutter würde ihren Jungen nicht verdursten lassen.

FRAU ALVING: Mein armer, lieber Osvald; wie sollt ich dir jetzt etwas abschlagen können?

OSVALD *voll Leben*: Ist das wahr, Mutter? Ist das dein Ernst?

FRAU ALVING: Wie? Was?

OSVALD: Daß du mir nichts würdest abschlagen können?

FRAU ALVING: Aber lieber Osvald –

OSVALD: Pst!

REGINE *bringt auf einem Teebrett eine halbe Flasche Champagner und zwei Gläser, die sie auf den Tisch stellt*: Soll ich aufziehen –?

OSVALD: Danke schön, – das tu ich selbst.

Regine wieder ab.

FRAU ALVING *nimmt am Tisch Platz*: Was meintest du – was dürft ich dir nicht abschlagen?

OSVALD *mit dem Aufziehen der Flasche beschäftigt*: Zuerst ein Glas – oder zwei. *Der Pfropfen springt; er schenkt das eine Glas voll und will auch das andere füllen.*

FRAU ALVING *legt die Hand auf das Glas*: Danke, – für mich nicht.

OSVALD: Na, dann für mich! *Er leert das Glas, füllt es aufs neue und leert es noch einmal; dann setzt er sich an den Tisch.*

FRAU ALVING *gespannt*: Nun –?

OSVALD *ohne sie anzusehen*: Hör mal, du, – Pastor Manders und du, Ihr kamt mir so wunderlich – hm, so schweigsam bei Tische vor.

FRAU ALVING: Hast du das bemerkt?

OSVALD: Ja. Hm –. *Nach einer kurzen Pause.* Sag mal, – wie findest du Regine?

FRAU ALVING: Wie ich sie finde?

OSVALD: Ja, ist sie nicht prächtig?

FRAU ALVING: Lieber Osvald, du kennst sie nicht so genau wie ich –

OSVALD: Nun?

FRAU ALVING: Leider ist Regine zu lange bei ihrem Vater gewesen. Ich hätte sie früher zu mir nehmen sollen.

OSVALD: Ja, aber sieht sie nicht prächtig aus, Mutter? *Füllt sein Glas.*

FRAU ALVING: Regine hat viele und große Fehler –

OSVALD: Nun ja, aber was tut das? *Trinkt wieder.*

FRAU ALVING: Trotzdem aber mag ich sie leiden; und ich bin für sie verantwortlich. Um alles auf der Welt möchte ich nicht, daß ihr etwas zustieße.

OSVALD *springt auf*: Mutter, Regine ist meine einzige Rettung!

FRAU ALVING *steht auf*: Was meinst du damit?

OSVALD: Ich kann diese Seelenqualen auf die Dauer nicht allein ertragen.

FRAU ALVING: Hast du denn nicht deine Mutter, die sie dir ertragen hilft?

OSVALD: Das dachte ich ja auch, und deshalb kam ich auch zu dir zurück. Aber auf diese Art geht's nicht. Ich seh's; es geht nicht. Hier halte ich das Leben nicht aus!

FRAU ALVING: Osvald!

OSVALD: Ich muß anders leben, Mutter. Deshalb muß ich fort von dir. Ich will nicht haben, daß du es immer mit ansiehst.

FRAU ALVING: Mein unglücklicher Junge! Aber Osvald, solange du so krank bist wie jetzt –

OSVALD: Wär es die Krankheit allein, ich würde bei dir bleiben, Mutter. Denn ich habe auf der Welt keinen besseren Freund als dich.

FRAU ALVING: Ja, nicht wahr, Osvald? Das hast du nicht!

OSVALD *geht unruhig umher*: Aber es sind die Qualen alle – etwas – die Reue, – und dann die schreckliche tödliche Angst. O – diese entsetzliche Angst!

FRAU ALVING *ihm nachgehend*: Angst? Was für eine Angst? Wie meinst du das?

OSVALD: Ach, du darfst nicht weiter fragen. Ich weiß es nicht. Ich kann es nicht beschreiben.

FRAU ALVING *geht nach rechts und zieht die Glocke.*

OSVALD: Was willst du?

FRAU ALVING: Ich will meinen Jungen lustig sehen, – das will ich. Er soll nicht mehr herumsitzen und grübeln. *Zu Regine, die in der Tür erscheint*: Mehr Champagner. Eine ganze Flasche. *Regine ab.*

OSVALD: Mutter!

FRAU ALVING: Meinst du, wir verstünden hier auf dem Lande nicht auch zu leben?

OSVALD: Sieht sie nicht prächtig aus? Wie sie gebaut ist! Und so kerngesund.

FRAU ALVING *setzt sich an den Tisch*: Setz dich, Osvald, und laß uns ruhig miteinander reden.

OSVALD *setzt sich*: Du weißt wohl nicht, Mutter, daß ich an Regine ein Unrecht wieder gutzumachen habe.

FRAU ALVING: Du!

OSVALD: Oder doch eine kleine Unüberlegtheit – wenn du es so nennen willst. Sehr unschuldig übrigens. Als ich das letzte Mal hier war, –

FRAU ALVING: Ja?

OSVALD: – da fragte sie mich oft nach Paris, und ich erzählte ihr allerlei davon. So erinnere ich mich, daß ich sie eines Tages beiläufig fragte: Möchten Sie nicht selbst mal hin?

FRAU ALVING: Nun?

OSVALD: Ich sah, daß sie rot wie Feuer wurde, und dann sagte sie: Ja, das möcht ich furchtbar gern. – Na ja, erwiderte ich, das wird sich schon noch mal machen lassen – oder so etwas Ähnliches.

FRAU ALVING: Und weiter?

OSVALD: Natürlich hatte ich die ganze Sache vergessen; als ich sie vorgestern aber fragte, ob sie sich freue, daß ich nun so lange daheim bleiben würde –

FRAU ALVING: Da?

OSVALD: – da sah sie mich so merkwürdig an, und dann fragte sie: Was wird denn aber aus meiner Reise nach Paris?

FRAU ALVING: Ihrer Reise!

OSVALD: Und da kriegt ich denn aus ihr heraus, daß sie die Sache ernst genommen, daß sie in der ganzen Zeit unablässig an mich gedacht hatte und daß sie eifrig Französisch gelernt –

FRAU ALVING: Also darum –

OSVALD: Mutter, – als ich das prächtige, schöne, lebensfrohe Mädchen sah – früher hatte ich sie ja gar nicht weiter beachtet – aber jetzt, – wie sie sozusagen mit offenen Armen vor mir stand, bereit, mich zu empfangen –

FRAU ALVING: Osvald!

OSVALD: – da wurde mir klar, daß in ihr meine Rettung liegt; denn ich sah, in ihr ist Lebensfreude.

FRAU ALVING *stutzt*: Lebensfreude –? Kann d a r i n Rettung sein?

REGINE *aus dem Speisezimmer mit einer Flasche Champagner*: Ich bitte um Entschuldigung, daß es so lange gedauert hat, aber ich mußte in den Keller – *Stellt die Flasche auf den Tisch.*

OSVALD: Hol noch ein Glas.

REGINE *sieht ihn verwundert an*: Das Glas für die gnädige Frau steht da, Herr Alving.

OSVALD: Ja, aber du sollst noch eins für dich holen, Regine.

REGINE *fährt zusammen und wirft einen scheuen, blitzschnellen Seitenblick auf Frau Alving.*

OSVALD: Nun?

REGINE *leise und zögernd*: Erlaubt es die gnädige Frau –?

FRAU ALVING: Hol das Glas, Regine. *Regine ab ins Speisezimmer.*

OSVALD *sieht ihr nach*: Hast du bemerkt, wie sie geht? So sicher und unbefangen.

FRAU ALVING: Das geschieht nicht, Osvald!

OSVALD: Es ist beschlossene Sache. Das siehst du doch. Dagegen nützt kein Reden mehr.

REGINE *kommt mit einem leeren Glas, das sie in der Hand behält.*

OSVALD: Setz dich, Regine.

Regine sieht fragend Frau Alving an.

FRAU ALVING: Setz dich hin.

REGINE *setzt sich auf einen Stuhl neben der Tür zum Speisezimmer und behält das leere Glas in der Hand.*

FRAU ALVING: Osvald, – was hast du da eben von der Lebensfreude gesagt?

OSVALD: Ja, Mutter, die Lebensfreude, – von der wißt ihr hier zu Lande nicht viel. Ich spüre sie hier nie.

FRAU ALVING: Auch nicht, wenn du bei mir bist?

OSVALD: Wenn ich daheim bin, nicht. Aber das verstehst du nicht.

FRAU ALVING: O ja, ich glaube fast, ich verstehe es – jetzt.

OSVALD: Die Lebensfreude – und dann die Arbeitsfreude. Im Grunde ist das wohl dasselbe. Aber auch von der wißt ihr nichts.

FRAU ALVING: Da kannst du recht haben. Osvald, laß mich mehr davon hören.

OSVALD: Ich meine nur, daß den Leuten hier der Glaube eingebläut wird, die Arbeit sei ein Fluch und eine Sündenstrafe – und das Leben sei eine jämmerliche Sache, aus der man gar nicht schnell genug herauskommen könne.

FRAU ALVING: Ein Jammertal, ja. Und dazu machen wir's auch mit redlichem Bemühen.

OSVALD: Davon aber wollen in der Fremde draußen die Menschen nichts wissen. Da glaubt keine Seele mehr ernsthaft an solche Lehren. Da wird es schon als reine Glückseligkeit empfunden, nur auf der Welt zu sein. Mutter, ist es dir nicht aufgefallen, daß alles, was ich gemalt habe, sich um die Lebensfreude gedreht hat? Immer und immer um die Lebensfreude. Da ist Licht und Sonnenschein und Sonntagsluft – und heiter strahlende Gesichter. Deshalb habe ich Angst, hier zu Hause bei dir zu bleiben.

FRAU ALVING: Angst? Wovor hast du denn Angst hier bei mir?

OSVALD: Ich habe Angst, es könnte alles, was in mir lodert, hier in Häßlichkeit ausarten.

FRAU ALVING *sieht ihn fest an*: Das, meinst du, könnte geschehen?

OSVALD: Ich bin davon überzeugt. Selbst wenn du hier bei uns auch dasselbe Leben lebtest wie dort in der Fremde, so wär's doch nicht dasselbe.

FRAU ALVING *hat gespannt zugehört, steht jetzt mit großen, gedankenvollem Blick auf und sagt*: Nun seh ich den Zusammenhang.

OSVALD: Was siehst du?

FRAU ALVING: Jetzt seh ich ihn zum ersten Mal, nun kann ich reden.

OSVALD *steht auf*: Mutter, ich verstehe dich nicht.

REGINE *ist gleichfalls aufgestanden*: Soll ich vielleicht gehen?

FRAU ALVING: Nein, bleibe. Jetzt kann ich reden. Nun, mein Junge, sollst du alles erfahren. Und dann magst du wählen. Osvald! Regine!

OSVALD: Still. Der Pastor –

PASTOR MANDERS *kommt durch die Vorzimmertür*: So –, eine herzerquickende Stunde haben wir jetzt eben da unten gehabt.

OSVALD: Wir auch.

MANDERS: Engstrand muß mit seinem Seemannsheim geholfen werden. Regine wird mit ihm gehen und ihm behilflich sein –

REGINE: Nein, dafür dank ich, Herr Pastor.

MANDERS *bemerkt sie erst jetzt*: Wie –? Hier, – und ein Glas in der Hand!

REGINE *stellt das Glas rasch weg*: Pardon –!

OSVALD: Regine geht mit mir, Herr Pastor.

MANDERS: Geht –! Mit Ihnen!

OSVALD: Jawohl, als meine Frau, – wenn sie es verlangt.

MANDERS: Aber du barmherziger –!

REGINE: Ich kann nichts dafür, Herr Pastor.

OSVALD: Oder sie bleibt hier, wenn ich bleibe.

REGINE *unwillkürlich*: Hier?!

MANDERS: Ich bin starr über Sie, Frau Alving.

FRAU ALVING: Keins von beiden wird geschehen; denn jetzt darf ich frei reden.

MANDERS: Aber das werden Sie doch nicht! Nein, nein, nein!

FRAU ALVING: Jawohl, ich kann und ich will. Und doch sollen keine Ideale fallen.

OSVALD: Mutter, hier wird mir etwas verheimlicht!

REGINE *horcht auf*: Gnädige Frau! Hören Sie nur! Draußen schreien die Leute. *Geht ins Blumenzimmer und sieht hinaus.*

OSVALD *eilt ans Fenster links*: Was ist denn da los? Woher kommt der Feuerschein?

REGINE *ruft*: Es brennt im Asyl!

FRAU ALVING *ans Fenster stürzend*: Brennt?!

MANDERS: Brennt? Unmöglich. Ich war ja eben erst dort.

OSVALD: Wo ist mein Hut? Na, einerlei – Papas Asyl –! *Stürzt zur Gartentür hinaus.*

FRAU ALVING: Mein Tuch, Regine! Es brennt lichterloh!

MANDERS: Furchtbar! Frau Alving, das ist das Strafgericht für dieses Haus der Verirrung!

FRAU ALVING: Ja, ja, – gewiß. Komm, Regine. *Sie und Regine eilen durch das Vorzimmer ab.*

MANDERS *schlägt die Hände zusammen*: Und nichts versichert! *Denselben Weg ab.*

DRITTER AKT

Zimmer wie vorher. Alle Türen stehen offen. Die Lampe brennt noch immer auf dem Tisch. Draußen ist es dunkel. Nur ein schwacher Feuerschein links im Hintergrund.

FRAU ALVING, *ein großes Tuch über dem Kopf, steht hinten im Blumenzimmer und sieht hinaus.* REGINE, *die auch ein Tuch umhat, steht ein wenig hinter ihr.*

FRAU ALVING: Niedergebrannt, alles! Bis auf den Grund.

REGINE: Es brennt noch in den Kellern.

FRAU ALVING: Daß Osvald nicht kommt! Es ist ja nichts mehr zu retten.

REGINE: Soll ich ihm vielleicht den Hut hinunterbringen?

FRAU ALVING: Nicht einmal seinen Hut hat er auf?

REGINE *zeigt nach dem Vorzimmer*: Nein, da hängt er.

FRAU ALVING: So laß ihn hängen. Er muß doch gleich kommen. Ich werde selbst nachsehen. *Durch die Gartentür ab.*

MANDERS *kommt aus dem Vorzimmer*: Ist Frau Alving nicht hier?

REGINE: Sie ist eben hinunter in den Garten.

MANDERS: Das ist die entsetzlichste Nacht, die ich je erlebt habe.

REGINE: Ja, ist das nicht ein grauenhaftes Unglück, Herr Pastor?

MANDERS: Ach, sprechen Sie nicht davon! Ich darf nicht mal dran denken!

REGINE: Wie mag es nur passiert sein –?

MANDERS: Fragen Sie mich nicht, Jungfer Engstrand! Woher soll ich das wissen? Wollen Sie vielleicht auch –? Ist es noch nicht genug, wenn Ihr Vater –?

REGINE: Was ist mit ihm?

MANDERS: Er hat mich rein verdreht im Kopf gemacht.

ENGSTRAND *kommt durch das Vorzimmer*: Herr Pastor –!

MANDERS *wendet sich erschrocken um*: Sind Sie hier auch hinter mir her?

ENGSTRAND: Ja, Donnerwetter –! Herrjesus, nein! Aber das ist doch zu scheußlich, Herr Pastor!

MANDERS *geht auf und ab*: Leider, leider!

REGINE: Was ist denn?

ENGSTRAND: Ach, es kam von dieser Andacht her, siehst du. *Leise*: Jetzt haben wir ihn in der Falle, mein Kind! *Laut*: Und daß ich schuld dran sein muß, daß Herr Pastor Manders so was tut!

MANDERS: Aber ich versichere Ihnen, Engstrand –

ENGSTRAND: Es hat aber doch kein anderer als der Herr Pastor mit dem Licht rumgefuchtelt.

MANDERS: Ja, das behaupten Sie. Aber ich erinnere mich wahrhaftig nicht, ein Licht in der Hand gehabt zu haben.

ENGSTRAND: Aber ich habe doch ganz deutlich gesehen, daß Herr Pastor das Licht packten und es mit den Fingern schneuzten und die Schnuppe in die Hobelspäne warfen.

MANDERS: Und das haben Sie gesehen?

ENGSTRAND: Na gewiß doch.

MANDERS: Das ist mir ganz unbegreiflich. Es ist doch sonst meine Gewohnheit nicht, das Licht mit den Fingern zu putzen.

ENGSTRAND: Ja, es sah auch ruppig genug aus, – das tat es. Aber kann es denn wirklich den Kragen kosten, Herr Pastor?

MANDERS *geht unruhig auf und ab*: Ach! fragen Sie mich nicht!

ENGSTRAND *geht mit ihm*: Und versichert haben Herr Pastor auch nicht?

MANDERS *immer im Gehen*: Nein, nein, nein; Sie hören es ja.

ENGSTRAND *hinter ihm her*: Nicht versichert. Und sachte zu verduften und die ganze Pastete anzustecken. Herrje, Herrje, was für 'n Unglück!

MANDERS *trocknet sich den Schweiß von der Stirn*: Ja, Engstrand, das dürfen Sie schon sagen.

ENGSTRAND: Und daß so was mit 'ner wohltätigen Anstalt passieren muß, wo Stadt und Land ihren Vorteil von haben sollten, wie es heißt. Die Zeitungen werden den Herrn Pastor wohl nicht mit Glacéhandschuhen anfassen.

MANDERS: Darüber mach ich mir ja gerade Gedanken. Das ist beinah das Schlimmste bei der ganzen Sache. Die gehässigen Angriffe und Beschuldigungen –! Ach, es ist schrecklich, daran zu denken!

FRAU ALVING *kommt aus dem Garten*: Er ist nicht dazu zu bewegen, die Löscharbeiten aufzugeben.

MANDERS: Ah, da sind Sie, werte Frau!

FRAU ALVING: Nun sind Sie um Ihre Festrede doch herumgekommen, Herr Pastor.

MANDERS: Ach, ich hätte mit Freuden –

FRAU ALVING *mit gedämpfter Stimme*: Es ist wohl das beste, daß es so und nicht anders gekommen ist. Auf diesem Asyl hätte kein Segen gelegen.

MANDERS: Glauben Sie?

FRAU ALVING: Glauben Sie es nicht?

MANDERS: Aber ein ungeheuer großes Unglück war es doch.

FRAU ALVING: Sprechen wir kurz und sachlich davon wie von einer geschäftlichen Angelegenheit. – Warten Sie auf den Herrn Pastor, Engstrand?

ENGSTRAND *an der Vorzimmertür*: Ja, das tu ich.

FRAU ALVING: Dann setzen Sie sich so lange.

ENGSTRAND: Danke schön, ich kann auch stehen.

FRAU ALVING *zu Manders*: Sie fahren vermutlich mit dem nächsten Dampfschiff?

MANDERS: Ja. Es geht in einer Stunde.

FRAU ALVING: Dann haben Sie wohl die Güte, alle Dokumente wieder mitzunehmen. Ich will kein Wort mehr hören von dieser Sache. Ich habe jetzt andere Dinge im Kopf –

MANDERS: Frau Alving –

FRAU ALVING: Ich schicke Ihnen eine Vollmacht nach, alles nach Ihrem Belieben zu ordnen.

MANDERS: Das übernehme ich herzlich gern. Die ursprüngliche Bestimmung des Legats muß ja nun leider ganz geändert werden.

FRAU ALVING: Das versteht sich.

MANDERS: Ja, dann denk ich, ich ordne es vorläufig so, daß das Vorwerk Solvik an den Distrikt fällt. Den Grund und Boden kann man doch keineswegs für ganz wertlos erklären. Irgendeine nützliche Bestimmung wird sich doch wohl dafür finden lassen. Und die Zinsen des Barbestandes, der in der Sparkasse steht, könnte ich vielleicht sehr passend zur Unterstützung dieses oder jenes Unternehmens verwenden, das anerkanntermaßen der Stadt Vorteil bringt.

FRAU ALVING: Wie Sie wollen. Mir ist das alles jetzt ganz einerlei.

ENGSTRAND: Vergessen Sie mein Seemannsheim nicht, Herr Pastor!

MANDERS: Natürlich, – ganz recht, ja. Aber das will genau überlegt sein.

ENGSTRAND: Zum Teufel das Überlegen – Ach Herrjesus!

MANDERS *mit einem Seufzer*: Und leider weiß ich auch nicht, wie lange ich noch die Sachen unter mir haben werde. Ob nicht die öffentliche Meinung mich nötigen wird zurückzutreten. Das hängt doch alles von dem Ausgang der Branduntersuchung ab.

FRAU ALVING: Was sagen Sie da?

MANDERS: Und über den Ausgang läßt sich im voraus gar nichts sagen.

ENGSTRAND *tritt näher*: I, aber natürlich. Denn hier steht Jakob Engstrand, und ich –

MANDERS: Ja, ja, aber –?

ENGSTRAND *leiser*: Und Jakob Engstrand ist nicht der Mann, der einen würdigen Wohltäter in der Stunde der Not in der Patsche läßt, wie man zu sagen pflegt.

MANDERS: Aber, mein Lieber, – wie –?

ENGSTRAND: Jakob Engstrand ist sozusagen mit einem Rettungsengel zu vergleichen, Herr Pastor!

MANDERS: Nein, nein, das kann ich wirklich nicht annehmen.

ENGSTRAND: O, das müssen Sie nun doch schon. Ich kenne einen, der hat schon mal anderer Leute Schuld auf sich genommen – ja!

MANDERS: Jakob! *Drückt ihm die Hand.* Sie sind ein seltener Mensch. Na, Sie sollen aber auch Ihr Seemannsasyl kriegen, darauf können Sie sich verlassen.

ENGSTRAND *will danken, kann aber vor Rührung nicht.*

MANDERS *hängt die Reisetasche über die Schulter*: Und nun fort. Wir reisen zusammen.

ENGSTRAND *an der Tür des Speisezimmers, leise zu Regine*: Komm mit, Mädel! Du sollst es haben wie der Herrgott in Frankreich.

REGINE *wirft den Kopf in den Nacken*: Merci! *Geht ins Vorzimmer und holt das Reisegepäck des Pastors.*

MANDERS: Leben Sie wohl, Frau Alving! Und möge der Geist der Ordnung und der Gesetzlichkeit recht bald seinen Einzug in dieses Haus halten.

FRAU ALVING: Leben Sie wohl, Manders! *Sie geht auf das Blumenzimmer zu, während sie Osvald durch die Gartentür eintreten sieht.*

ENGSTRAND *indem er und Regine dem Pastor beim Anziehen des Paletots helfen*: Adjüs, mein Kind. Und wenn dir was passieren sollte, so weißt du ja, wo Jakob Engstrand zu finden ist. *Leise*: Kleine Hafengasse, hm –! *Zu Frau Alving und Osvald*: Und das Haus für die Seeleute, das soll heißen „Kammerherr Alvings Heim“. Und wenn ich das Haus nach meinem Kopf führen darf, dann kann ich wohl versprechen, daß es dem seligen Herrn Kammerherrn keine Unehre machen wird.

MANDERS *in der Tür*: Hm – hm! Kommen Sie nur, mein lieber Engstrand. Leben Sie wohl! Leben Sie wohl! *Er und Engstrand durch das Vorzimmer ab.*

OSVALD *geht an den Tisch*: Von was für einem Haus sprach er da?

FRAU ALVING: Von einer Art Asyl, das er zusammen mit dem Pastor Manders gründen will.

OSVALD: Das wird auch abbrennen, wie die ganze Geschichte hier.

FRAU ALVING: Wie kommst du darauf?

OSVALD: Alles wird abbrennen. Nichts bleibt übrig von dem, was an Papa erinnert. Ich verbrenne ja auch.

REGINE *sieht ihn betroffen an.*

FRAU ALVING: Osvald, mein armer Junge, du hättest nicht so lange da unten bleiben sollen.

OSVALD *setzt sich an den Tisch*: Ich glaube beinah, du hast recht.

FRAU ALVING: Laß dir das Gesicht abtrocknen, Osvald; du bist ganz naß. *Trocknet ihm das Gesicht mit ihrem Taschentuch.*

OSVALD *blickt gleichgültig vor sich hin*: Danke schön, Mutter.

FRAU ALVING: Bist du nicht müde, Osvald? Willst du vielleicht schlafen?

OSVALD *ängstlich*: Nein, nein – nicht schlafen! Ich schlafe nie; ich stelle mich nur so. *Schwermütig*: Das kommt noch früh genug.

FRAU ALVING *blickt ihn bekümmert an*: Ja, du bist wahrhaftig krank, mein Herzensjunge.

REGINE *gespannt*: Herr Alving ist krank?

OSVALD *ungeduldig*: Schließt alle Türen zu! Diese tödliche Angst –

FRAU ALVING: Mach sie zu, Regine.

Regine schließt zu und bleibt an der Vorzimmertür stehen, Frau Alving legt ihr Tuch ab; Regine ebenso.

FRAU ALVING *rückt einen Stuhl neben Osvald und setzt sich zu ihm*: So! Nun will ich mich zu dir setzen –

OSVALD: Ja, tu das. Regine soll auch hierbleiben. Regine soll immer um mich sein. Du wirst mir doch behilflich sein, Regine, – nicht wahr?

REGINE: Ich verstehe nicht –

FRAU ALVING: Behilflich sein?

OSVALD: Ja – wenn es nötig wird.

FRAU ALVING: Osvald, ist denn nicht deine Mutter da, dir zu helfen?

OSVALD: Du? *Lächelt.* Nein, Mutter, d i e s e Hilfe leistest du mir nicht. *Lächelt schwermütig.* Du! Haha! *Sieht sie ernst an.* Übrigens wärst du an sich die Nächste dazu. *Heftig*: Warum kannst du nicht du zu mir sagen, Regine? Warum nennst du mich nicht Osvald?

REGINE *leise*: Ich glaube nicht, daß die gnädige Frau damit einverstanden wäre.

FRAU ALVING: Noch ein wenig Geduld, und es ist dir erlaubt. Setz auch du dich hierher zu uns.

REGINE *setzt sich bescheiden und zögernd an die andere Seite des Tisches.*

FRAU ALVING: Und nun, mein armer, unglücklicher Junge, nun will ich dir die Last von der Seele nehmen –

OSVALD: Du, Mutter?

FRAU ALVING: – alles, was du Gewissensbisse und Reue und Vorwürfe nennst –

OSVALD: Und das glaubst du zu können?

FRAU ALVING: Ja, jetzt kann ich es, Osvald. Vorhin, wie du auf die Lebensfreude zu sprechen kamst, da war mir, als sähe ich auf einmal mein ganzes Leben in einem neuen Licht.

OSVALD *schüttelt den Kopf*: Davon versteh ich kein Wort.

FRAU ALVING: Du hättest deinen Vater kennen sollen, als er noch ein ganz junger Leutnant war. In ihm loderte die Lebensfreude!

OSVALD: Ja, das weiß ich.

FRAU ALVING: Welch eine unbändige Kraft, welche Vitalität war in ihm!

OSVALD: Und nun –?

FRAU ALVING: Und nun mußte so ein Kind der Lebensfreude – denn er war damals wie ein Kind – mußte er hier in einer Mittelstadt seine Tage verbringen, die nicht Freuden zu bieten hatte, sondern nur Zerstreuungen. Mußte sie hier verbringen, wo er keine Lebensaufgabe fand; er hatte bloß ein Amt. Wo war die Aufgabe, der er sich mit seiner ganzen Seele hätte widmen können? Er hatte nur Geschäfte. Auch nicht einen einzigen Kameraden zu haben, der fähig gewesen wäre zu empfinden, was Lebensfreude bedeutet; – nur Tagediebe und Zechbrüder –!

OSVALD: Mutter –!

FRAU ALVING: So kam es, wie es kommen mußte.

OSVALD: Und wie mußte es denn kommen?

FRAU ALVING: Du selbst hast vorhin gesagt, wie es dir ergehen würde, wenn du daheim bliebest.

OSVALD: Du willst damit sagen, daß Papa –?

FRAU ALVING: Deinem armen Vater fehlte jedes Ventil für die überströmende Lebenslust, die in ihm war. Auch ich brachte ihm keine Heiterkeit ins Haus.

OSVALD: Auch du nicht?

FRAU ALVING: Man hatte mich etwas gelehrt von Pflichten und dergleichen, und ich hatte lange und fest daran geglaubt. Alles lief da auf Pflichten hinaus, – auf meine Pflichten und auf seine Pflichten und –. Ich fürchte, Osvald, daß ich deinem armen Vater unser Zuhause unerträglich gemacht habe.

OSVALD: Warum hast du mir darüber nie etwas geschrieben?

FRAU ALVING: Bisher hab ich es nie in dem Licht gesehen, daß ich dir, seinem Sohn, gegenüber daran hätte rühren können.

OSVALD: Und wie hast du es denn gesehen?

FRAU ALVING *langsam*: Ich sah nur das eine, – daß dein Vater ein gebrochener Mann war, ehe du geboren wurdest.

OSVALD *mit gedämpfter Stimme*: Ah –! *Er steht auf und geht ans Fenster.*

FRAU ALVING: Und dann verfolgte mich tagaus, tagein nur immer der eine Gedanke, daß Regine im Grunde ebensogut in dieses Haus hier gehöre – wie mein eigenes Kind.

OSVALD *wendet sich schnell um*: Regine –!

REGINE *fährt auf und fragt mit gedämpfter Stimme*: Ich –!

FRAU ALVING: Ja, nun wißt ihr's beide.

OSVALD: Regine!

REGINE *vor sich hin*: Mutter war also so eine.

FRAU ALVING: Deine Mutter hatte viele gute Seiten, Regine.

REGINE: Ja, aber sie war doch so eine. Ich hab's mir schon manchmal gedacht; aber –. Ja, gnädige Frau, lassen Sie mich bitte gleich auf der Stelle fort.

FRAU ALVING: Ist das dein Ernst, Regine?

REGINE: Allerdings.

FRAU ALVING: Du hast natürlich deine Freiheit –, aber –

OSVALD *nähert sich Regine*: Fort? Jetzt? Du gehörst doch hierher.

REGINE: Merci, Herr Alving, – ja, nun darf ich doch schon Osvald sagen. Freilich nicht auf die Art, wie ich's mir vorgestellt hatte.

FRAU ALVING: Regine, ich bin dir gegenüber nicht offen gewesen –

REGINE: Ja, das war 'ne Sünde und Schande! Hätte ich gewußt, daß Osvald kränklich ist, so –. Und nun, wo es mit uns beiden doch nichts Rechtes werden kann –. Nein, ich kann wirklich nicht hier auf dem Lande sitzen und mich für kranke Leute abschinden.

OSVALD: Nicht einmal für einen, der dir so nahe steht?

REGINE: Nein wirklich, auch das nicht. Ein armes Mädchen muß seine Jugend ausnützen; denn sonst ist man auf dem Hund, eh man sich's versieht. Und ich hab auch Lebensfreude in mir, gnädige Frau!

FRAU ALVING: Ja, leider; aber wirf dich nur nicht weg, Regine.

REGINE: Na, wenn's so kommt, so soll's wohl so sein. Gerät Osvald seinem Vater nach, so gerat ich wohl meiner Mutter nach. – Darf ich fragen, gnädige Frau, ob Herr Pastor Manders um diese Geschichte mit mir weiß?

FRAU ALVING: Pastor Manders weiß alles.

REGINE *mit ihrem Tuch beschäftigt*: Ja, dann muß ich zusehen, so schnell wie möglich mit dem Dampfschiff wegzukommen. Mit dem Pastor wird man immer so nett fertig; und dann finde ich doch auch, daß ich geradesogut auf ein bißchen Geld Anspruch habe, wie er – der eklige Tischler.

FRAU ALVING: Das sei dir gegönnt, Regine.

REGINE *sieht sie fest an*: Gnädige Frau hätten mich schon auch erziehen können wie ein Kind von einer Standesperson; das hätte sich besser für mich gepaßt. *Wirft den Kopf in den Nacken.* Na ja, ist mir auch egal! *Mit einem höhnischen Seitenblick auf die zugekorkte Flasche*: Ich werde auch schon noch mal Gelegenheit haben, Champagner zu trinken mit Leuten von Stand.

FRAU ALVING: Und wenn du eine Heimat brauchst, Regine, so komm zu mir.

REGINE: Nein, danke schön, gnädige Frau. Pastor Manders, der nimmt sich meiner schon an. Und wenn's ganz schiefgehen sollte, so weiß ich ja ein Haus, wo ich hingehöre.

FRAU ALVING: Und das wäre?

REGINE: Kammerherr Alvings Asyl.

FRAU ALVING: Regine, – jetzt seh ich's – du gehst zugrunde!

REGINE: Ach was! Adieu. *Grüßt und geht durchs Vorzimmer ab.*

OSVALD *steht am Fenster und sieht hinaus*: Ist sie weg?

FRAU ALVING: Ja.

OSVALD *murmelt vor sich hin*: 'ne dumme Geschichte, das!

FRAU ALVING *tritt hinter ihn und legt ihre Hände auf seine Schultern*: Osvald, mein lieber Junge – hat es dich sehr erschüttert?

OSVALD *wendet ihr das Gesicht zu*: Die Sache mit Papa, meinst du?

FRAU ALVING: Ja, mit deinem unglücklichen Papa. Ich habe Angst, daß es zuviel für dich gewesen sein könnte.

OSVALD: Wie kommst du darauf?! Es kam mir allerdings höchst überraschend; aber im Grunde kann es mir doch ganz egal sein.

FRAU ALVING *zieht ihre Hände zurück*: Egal! Daß dein Vater so grenzenlos unglücklich war!

OSVALD: Natürlich empfinde ich Teilnahme für ihn, wie für jeden andern, aber –

FRAU ALVING: Sonst nichts? Für deinen eigenen Vater!

OSVALD *ungeduldig*: Ach, Vater – Vater. Ich habe Papa ja gar nicht gekannt. Nur das eine ist mir von ihm im Gedächtnis geblieben, daß er mir einmal eine Übelkeit verursacht hat.

FRAU ALVING: Entsetzlicher Gedanke! Sollte ein Kind nicht unter allen Umständen Liebe für seinen Vater fühlen?

OSVALD: Wenn ein Kind seinem Vater nichts zu verdanken hat? Ihn gar nicht gekannt hat? Hältst du denn wirklich noch fest an dem alten Aberglauben, du, die doch sonst so aufgeklärt ist?

FRAU ALVING: Und das sollte nur Aberglauben sein –!

OSVALD: Ja, das mußt du doch einsehen, Mutter. Das ist so eine von den Anschauungen, die auf der Welt gang und gäbe sind und –

FRAU ALVING *erschüttert*: Gespenster!

OSVALD *geht durchs Zimmer*: Ja, du kannst sie schon Gespenster nennen.

FRAU ALVING *leidenschaftlich*: Osvald, – dann liebst du mich auch nicht!

OSVALD: Dich kenne ich doch wenigstens –

FRAU ALVING: Ja, kennst mich – das ist aber auch alles!

OSVALD: Und ich weiß auch, wie lieb du mich hast; schon dafür muß ich dir dankbar sein. Und jetzt, wo ich krank bin, kannst du mir doch auch so sehr nützlich sein.

FRAU ALVING: Ja, nicht wahr, Osvald! O, fast möcht ich diese Krankheit segnen, weil sie dich nach Haus, zu mir getrieben hat. Denn ich sehe schon: ich habe dich nicht, ich muß dich gewinnen.

OSVALD *ungeduldig*: Ja, ja, ja; das sind alles solche Redensarten. Vergiß nicht, daß ich ein kranker Mensch bin, Mutter. Ich kann mich nicht so viel mit anderen beschäftigen; ich habe zu viel mit mir selbst zu tun.

FRAU ALVING *leise*: Ich will genügsam und geduldig sein.

OSVALD: Und auch fröhlich, Mutter!

FRAU ALVING: Ja, mein lieber Junge, da hast du recht. *Geht zu ihm*: Habe ich dich nun von allen Gewissensbissen und Selbstvorwürfen befreit?

OSVALD: Ja, das hast du. Aber wer befreit mich nun von der Angst?

FRAU ALVING: Angst?

OSVALD *geht durchs Zimmer*: Regine hätt's getan für ein gutes Wort.

FRAU ALVING: Ich verstehe dich nicht. Was ist mit der Angst – und mit Regine?

OSVALD: Ist es schon spät, Mutter?

FRAU ALVING: Es geht schon auf den Morgen zu. *Geht in das Blumenzimmer und sieht hinaus.* Der Tag fängt schon an zu grauen über den Bergen dort oben. Und das Wetter wird sich aufklären, Osvald! Bald wirst du die Sonne sehen.

OSVALD: Darauf freue ich mich. Ach, es gibt doch noch so manches, woran ich mich erfreuen, wofür ich leben kann –

FRAU ALVING: Das sollt ich meinen!

OSVALD: Wenn ich auch nicht arbeiten kann, so –

FRAU ALVING: Ach, du wirst gewiß schon bald wieder arbeiten können, mein lieber Junge. Jetzt brauchst du ja nicht mehr über diese quälenden, niederdrückenden Gedanken nachzugrübeln.

OSVALD: Nein, es war gut, daß du mir diese Einbildungen von der Seele genommen hast. Und wenn ich erst noch über das eine fort bin – *Setzt sich aufs Sofa.* Jetzt wollen wir plaudern, Mutter –

FRAU ALVING: Ja, tun wir das. *Sie schiebt einen Lehnstuhl an das Sofa und setzt sich ganz nahe zu ihm.*

OSVALD: – und inzwischen kommt die Sonne. Und dann wirst du's wissen. Und dann hab ich nicht mehr diese Angst.

FRAU ALVING: Was werd ich wissen?

OSVALD *ohne auf sie zu hören*: Mutter, hast du nicht vorhin gesagt, es gäbe nichts auf der Welt, was du nicht für mich tun würdest, wenn ich dich drum bäte?

FRAU ALVING: Freilich hab ich das gesagt!

OSVALD: Und du bist nach wie vor dazu bereit, Mutter?

FRAU ALVING: Darauf kannst du dich verlassen, mein lieber, einziger Junge. Ich lebe ja doch einzig und allein für dich.

OSVALD: Nun ja; so höre denn –. Ich weiß, Mutter, du hast eine starke, mutige Seele. Du mußt ganz ruhig bleiben, wenn du es vernimmst.

FRAU ALVING: Aber was ist es denn so Furchtbares –!

OSVALD: Du sollst nicht aufschreien, hörst du? Versprichst du mir's? Wir wollen sitzen bleiben und ganz ruhig drüber reden. Versprichst du mir das, Mutter?

FRAU ALVING: Ja, ja, ich versprech es dir; aber so rede doch!

OSVALD: So sollst du denn erfahren, daß der Zustand der Müdigkeit und die Unfähigkeit, an eine Arbeit zu denken, – daß das alles nicht die eigentliche Krankheit ist –

FRAU ALVING: Aber was ist denn die Krankheit?

OSVALD: Die Krankheit, die ich als Erbteil mitbekommen habe, die – *Zeigt auf die Stirn und fügt ganz leise hinzu*: die sitzt hier drin.

FRAU ALVING *fast sprachlos*: Osvald! Nein – nein!

OSVALD: Nicht schreien. Ich kann's nicht vertragen. Ja, du, die sitzt hier drin und lauert. Und sie kann jederzeit ausbrechen.

FRAU ALVING: O, wie entsetzlich –!

OSVALD: Nur ruhig! So steht es mit mir –

FRAU ALVING *springt auf*: Es ist nicht wahr, Osvald! Es ist nicht möglich! Es kann nicht sein!

OSVALD: In Paris hab ich einen ersten Anfall gehabt. Er ging bald vorüber. Aber als ich erfuhr, wie es um mich gestanden hatte, da überkam mich eine Angst, so rasend und so wild; und da reiste ich nach Haus zu dir, so schnell ich konnte.

FRAU ALVING: Das ist also die Angst –!

OSVALD: Ja, denn, siehst du, es ist unbeschreiblich ekelhaft. Wäre es nur eine gewöhnliche, tödliche Krankheit gewesen –. Denn vor dem Tode hab ich keine solche Furcht; wenn ich auch gern noch möglichst lange leben möchte.

FRAU ALVING: Ja, ja, Osvald, das sollst du!

OSVALD: Aber das da ist so entsetzlich ekelhaft. Gewissermaßen wieder zum Wickelkind zu werden; gefüttert zu werden und so weiter –. Ach, es ist unbeschreiblich!

FRAU ALVING: Das Kind hat die Mutter, die es pflegt.

OSVALD *springt auf*: Nie und nimmer! Gerade das will ich nicht! Ich kann den Gedanken nicht ertragen, daß ich vielleicht viele Jahre so daliegen muß – und alt und grau dabei werde. Und am Ende könntest du auch noch vor mir sterben. *Setzt sich in Frau Alvings Stuhl.* Denn es braucht nicht gleich tödlich zu enden, sagte der Arzt. Er nannte es Gehirnerweichung oder so ähnlich. *Lächelt schwermütig.* Ich finde, der Ausdruck klingt so schön. Ich muß dabei immer an Vorhänge von kirschrotem Seidensamt denken, – an etwas, woran sich's delikat herunterstreichen läßt.

FRAU ALVING *schreit auf*: Osvald!

OSVALD *springt wieder auf und geht durchs Zimmer*: Und nun hast du mir Regine genommen! Wenn ich wenigstens die gehabt hätte. Sie würde mir schon den Liebesdienst erwiesen haben.

FRAU ALVING *geht zu ihm hin*: Was meinst du damit, mein Herzensjunge? Gibt es auf der Welt denn irgendeinen Liebesdienst, den ich dir nicht erweisen würde?

OSVALD: Als ich mich in Paris von dem Anfall erholt hatte, da sagte der Arzt, wenn der Anfall wiederkäme, – und er kommt wieder –, so sei keine Hoffnung mehr.

FRAU ALVING: Und er war herzlos genug, dir das –

OSVALD: Ich forderte es von ihm. Ich sagte ihm, ich hätte Verfügungen zu treffen –. *Lächelt listig.* Und das hatte ich auch. *Zieht eine kleine Schachtel aus der inneren Brusttasche hervor.* Mutter, siehst du das hier?

FRAU ALVING: Was ist das?

OSVALD: Morphiumpulver.

FRAU ALVING *sieht ihn entsetzt an*: Osvald, – mein Junge?

OSVALD: Ich hab mir zwölf Kapseln zusammengespart –

FRAU ALVING *greift danach*: Gib mir die Schachtel, Osvald!

OSVALD: Noch nicht, Mutter. *Er steckt die Schachtel wieder in die Tasche.*

FRAU ALVING: Das überleb ich nicht!

OSVALD: Du wirst schon müssen. Hätt ich Regine jetzt hier gehabt, so hätte ich ihr gesagt, wie es um mich steht, – und hätte sie um den letzten Liebesdienst gebeten: sie hätte mir geholfen; das weiß ich bestimmt.

FRAU ALVING: Nimmermehr!

OSVALD: Wenn das Gräßliche über mich gekommen wäre, wenn sie mich hilflos hätte daliegen sehen, wie ein ganz kleines Kind, aufgegeben, verloren, hoffnungslos, – rettungslos –

FRAU ALVING: Um alles in der Welt nicht hätte Regine das getan!

OSVALD: Regine hätte es getan. Regine war so himmlisch unbefangen. Und sie hätte es auch bald satt gehabt, so einen Kranken wie mich zu pflegen.

FRAU ALVING: Dann sei dem Himmel Dank, daß Regine nicht da ist!

OSVALD: Ja, nun mußt du mir also diesen Liebesdienst erweisen, Mutter.

FRAU ALVING *schreit laut auf*: Ich!

OSVALD: Bist du nicht die Nächste dazu?

FRAU ALVING: Ich! Deine Mutter!

OSVALD: Gerade deshalb.

FRAU ALVING: Ich, die dir das Leben gegeben hat?

OSVALD: Ich hab dich nicht um das Leben gebeten. Und was für ein Leben hast du mir denn gegeben? Ich will's nicht länger! Du sollst es zurücknehmen!

FRAU ALVING: Zu Hilfe! Zu Hilfe! *Läuft hinaus ins Vorzimmer.*

OSVALD *ihr nach*: Laß mich nicht allein! Wo willst du hin?

FRAU ALVING *im Vorzimmer*: Dir einen Arzt holen, Osvald! Laß mich fort!

OSVALD *ebenfalls draußen*: Du kommst nicht fort. Und herein kommt keiner. *Ein Schlüssel wird im Schloß umgedreht.*

FRAU ALVING *kommt wieder herein*: Osvald, Osvald, – mein Kind!

OSVALD *folgt ihr*: Du willst mich wie eine Mutter lieben – und kannst mich leiden sehen in dieser namenlosen Angst?!

FRAU ALVING *nach kurzer Pause mit vollkommener Selbstbeherrschung*: Hier meine Hand darauf.

OSVALD: Du willst –?

FRAU ALVING: Wenn es nötig sein wird. Aber es wird nicht nötig sein. Nein, nein, niemals, niemals!

OSVALD: Hoffen wir's. Und laß uns zusammen leben, solange es geht. Ich danke dir, Mutter.

Er setzt sich in den Lehnstuhl, den Frau Alving ans Sofa geschoben hat. Der Tag bricht an; die Lampe auf dem Tisch brennt weiter.

FRAU ALVING *nähert sich behutsam*: Bist du nun beruhigt?

OSVALD: Ja.

FRAU ALVING *über ihn gebeugt*: Es ist eine grauenhafte Einbildung von dir gewesen, Osvald. Alles nur Einbildung. Du hast die vielen Aufregungen nicht vertragen können. Nun mußt du aber ausruhen. Daheim bei deiner Mutter, mein Herzensjunge. Auch deine leisesten Wünsche sollen dir erfüllt werden, – wie damals, als du noch ein kleines Kind warst. – So. Nun ist der Anfall vorüber. Siehst du, wie leicht es ging. Ach, ich wußt es wohl. – Und siehst du den herrlichen Tag da draußen, Osvald? Strahlender Sonnenschein. Jetzt kannst du die Heimat erst richtig sehen.

Sie geht an den Tisch und löscht die Lampe aus. Sonnenaufgang. Der Gletscher und die Bergspitzen im Hintergrund liegen im hellen Morgenlicht.

OSVALD *sitzt im Lehnstuhl mit dem Rücken zum Hintergrund, ohne sich zu rühren; plötzlich sagt er*: Mutter, gib mir die Sonne.

FRAU ALVING *am Tische, stutzt und sieht ihn an.* Was sagst du?

OSVALD *wiederholt dumpf und tonlos*: Die Sonne. Die Sonne.

FRAU ALVING *stürzt hin zu ihm*: Osvald, was ist dir?

OSVALD *scheint im Stuhl zusammenzuschrumpfen; alle Muskeln geben nach; das Gesicht ist ausdruckslos; die Augen stieren blöde vor sich hin.*

FRAU ALVING *bebend vor Entsetzen*: Was ist das! *Schreit laut auf*: Osvald! Was ist dir! *Wirft sich neben ihm auf die Knie und rüttelt ihn.* Osvald! Osvald! Sieh mich an! Kennst du mich nicht?

OSVALD *tonlos wie zuvor*: Die Sonne. – Die Sonne.

FRAU ALVING *springt verzweifelt auf, rauft sich mit beiden Händen das Haar und schreit*: Das ist nicht zu ertragen! *Flüstert wie erstarrt*: Das ist nicht zu ertragen. Nimmermehr! *Plötzlich*: Wo hat er sie nur? *Ihre Hand fährt pfeilschnell über seine Brust hin.* Hier! *Sie weicht ein paar Schritte zurück und schreit*: Nein; nein; nein! – Ja! – Nein; nein! *Sie steht ein paar Schritte von ihm entfernt, die Hände in das Haar vergraben, und starrt ihn in sprachlosem Entsetzen an.*

OSVALD *sitzt unbeweglich nach wie vor und sagt*: Die Sonne. – Die Sonne.

DIE WILDENTE

Schauspiel in fünf Akten

Personen

Werle, *Großkaufmann, Hüttenbesitzer usw.*
Gregers, *sein Sohn*
Der alte Ekdal
Hjalmar Ekdal, *dessen Sohn, Photograph*
Gina, *Hjalmars Frau*
Hedwig, *ihre Tochter, 14 Jahre alt*
Frau Sörby, *Haushälterin bei Werle*
Relling, *Arzt*
Molvik, *ehem. Theologe*
Gråberg, *Buchhalter*
Pettersen, *Diener bei Werle*
Jensen, *Lohndiener*

Ein beleibter Herr von bleicher Gesichtsfarbe Ein Herr mit einer Glatze Ein kurzsichtiger Herr Sechs andere Herren	*Gäste Werles*

Mehrere Lohndiener

Der erste Akt spielt in Werles Haus, die vier andern bei Hjalmar Ekdal.

[Sprich: Jalmar, Sörbih, Molwik, Groberg, Häudalswerk, Hoken]

ERSTER AKT

In Werles Haus. Reich und bequem eingerichtetes Arbeitszimmer; Bücherschränke und Polstermöbel; Schreibtisch mit Dokumenten und Protokollen mitten im Zimmer; brennende Lampen mit grünen Schirmen, so daß ein gedämpftes Licht im Zimmer herrscht. Offene Flügeltür mit zurückgeschlagener Portiere an der Hinterwand. Durch diese Tür blickt man in ein großes, elegantes Zimmer, das durch Lampen und Wandleuchter hell erleuchtet ist. Vorn rechts im Arbeitszimmer führt eine kleine Tapetentür in die Kontore. Vorn links ein Kamin, worin Kohlen glühen; weiter nach hinten eine Doppeltür, die in den Speisesaal führt.

PETTERSEN, *in Livree, und* JENSEN, *im Frack, machen im Arbeitszimmer Ordnung. In dem größeren Zimmer zwei, drei andere Lohndiener, sie räumen auf und machen noch mehr Licht. Aus dem Speisesaal tönt das Summen der Unterhaltung und vielstimmiges Lachen; man klopft mit einem Messer ans Glas; Ruhe tritt ein; ein Toast wird gehalten; Bravorufe, darauf wieder das Summen des Gesprächs.*

PETTERSEN *zündet eine Lampe auf dem Kamin an und setzt den Schirm darüber*: Sie, Jensen, hören Se man bloß mal; nu steht der Alte auf und redet 'nen länglichen Tomast auf Frau Sörby.

JENSEN *schiebt einen Lehnstuhl vor*: Sagen Sie mal – ist denn das wahr, was die Leute sagen, daß mit die beiden was los is?

PETTERSEN: Weiß der Deubel.

JENSEN: Er soll ja in frühere Jahre ein doller Bengel gewesen sein.

PETTERSEN: Das' woll möglich.

JENSEN: Das Diner, das gibt er ja woll für seinen Sohn.

PETTERSEN: Ja. Der Sohn ist seit gestern wieder da.

JENSEN: Ich hab gar nich mal gewußt, daß Herr Werle 'n Sohn hat.

PETTERSEN: Jawoll, – er hat 'n Sohn. Aber der kommt nie da oben vom Höjdalswerk weg. In die ganzen Jahre, wo ich hier diene, is er nie zu Haus gewesen.

EIN LOHNDIENER *in der Tür zum anderen Zimmer*: Sie, Pettersen, da is so'n alter Kunde, der –

PETTERSEN *brummend*: Zum Deubel, wer will denn jetzt hier rein?

Der alte EKDAL *wird im Zimmer rechts sichtbar. Er trägt einen fa-*

denscheinigen Radmantel mit hohem Kragen, wollene Fausthandschuhe; in der Hand hält er einen Stock und eine Pelzmütze; unter dem Arm ein Packet in Packpapier. Rotbraune, schmutzige Perücke, kleiner grauer Schnurrbart.

PETTERSEN *geht ihm entgegen*: Herrje! – Was wollen Sie denn hier?

EKDAL *in der Tür*: Muß dringend aufs Kontor, Pettersen.

PETTERSEN: Das Kontor ist schon 'ne Stunde zu, un –

EKDAL: Hab's schon unten gehört, Freundchen! Aber Gråberg ist noch drin. Seien Sie nett, Pettersen, und lassen Sie mich durch die Tür da rein. *Zeigt auf die Tapetentür.* Bin schon mal den Weg gegangen.

PETTERSEN: Na, meinswegen! *Öffnet ihm die Tür.* Aber passen Sie ja auf, daß Sie auch den richtigen Weg wieder runterkommen. Wir haben Gäste.

EKDAL: Weiß schon – hm! Danke, Pettersenchen! Alter guter Freund. Danke schön. *Brummt leise*: Schafskopf! *Ab ins Kontor, Pettersen schließt die Tür hinter ihm.*

JENSEN: Gehört der auch mit zu die Kontorleute?

PETTERSEN: Nee, das is man bloß so einer, der aus 'm Hause schreibt, wenn sie 'ne Aushilfe brauchen. Aber das war früher mal 'n verdammt feinen Kerl, der alte Ekdal.

JENSEN: Ja, er sah auch aus nach so was.

PETTERSEN: Na ja! Der is doch auch Leutnant gewesen!

JENSEN: Deubel auch, – Leutnant!

PETTERSEN: Jawoll ja. Dann schmiß er sich auf 'n Holzhandel oder was Ähnliches. Sie sagen, er hat Werle mal düchtig reingelegt. Die beiden hatten nämlich damals das Höjdalswerk zusammen, verstehn Sie. O, den alten Ekdal, den kenn ich gut. Wir trinken so manchen Bittern und manche Buddel Bayrisch zusammen – bei Mutter Eriksen.

JENSEN: Na, bei dem is es mit 'm Spendieren doch woll man bloß nur so so?

PETTERSEN: Herrje, Jensen, – Sie können sich doch woll denken, daß ich der Spendierer bin. Ich mein doch, man soll schangtil mit Leute sein, denen 's mal besser gegangen is.

JENSEN: Hat er denn Pleite gemacht?

PETTERSEN: Nee, die Sache war noch viel schlimmer. Er hat Festung gekriegt.

JENSEN: Festung!

PETTERSEN: Kann auch Zuchthaus gewesen sein. *Horcht.* Pst! Sie stehen von Tisch auf.

Die Tür des Speisesaals wird von innen durch zwei Diener geöffnet. FRAU SÖRBY, *im Gespräch mit einigen* HERREN, *tritt heraus. Ihr folgt die ganze Tischgesellschaft. Darunter* WERLE. *Zuletzt kommen* HJALMAR *und* GREGERS.

FRAU SÖRBY *im Vorübergehen zum Diener*: Pettersen, lassen Sie bitte den Kaffee im Musiksaal servieren.

PETTERSEN: Sehr wohl, Frau Sörby.

Sie und die zwei Herren treten in das große Zimmer und von dort aus rechts ab. Pettersen und Jensen ab auf demselben Wege.

EIN BELEIBTER *zu einem Glatzkopf*: Puh! – dies Diner! – das war ein hübsches Stück Arbeit!

DER GLATZKOPF: Ach, mit 'nem bißchen guten Willen kann man in drei Stunden enorm viel leisten.

DER BELEIBTE: Ja, aber nachher, nachher, mein lieber Kammerherr!

EIN DRITTER HERR: Ich höre, der Mokka und der Maraschino werden im Musiksaal gereicht.

DER BELEIBTE: Bravo! Dann spielt uns Frau Sörby vielleicht etwas vor.

DER GLATZKOPF *mit gedämpfter Stimme*: Wenn Frau Sörby uns nur nicht bald etwas pfeift.

DER BELEIBTE: Nein, Gott bewahre. Berta läßt ihre alten Freunde nicht sitzen.

Sie lachen und gehen ins Zimmer ab.

WERLE *leise und verstimmt*: Ich hoffe, es hat niemand etwas bemerkt, Gregers.

GREGERS *sieht ihn an*: Was?

WERLE: Hast du's auch nicht bemerkt?

GREGERS: Was sollt ich bemerkt haben?

WERLE: Wir waren dreizehn bei Tische.

GREGERS: So? Dreizehn?

WERLE *mit einem Blick auf Hjalmar Ekdal*: Wir sind sonst gewöhnlich nur zwölf. *Zu den übrigen*: Bitte, meine Herren!

Er und die Zurückgebliebenen, mit Ausnahme von Hjalmar und Gregers, gehen durch den Hintergrund rechts ab.

HJALMAR *der das Gespräch gehört hat*: Du hättest mich nicht einladen sollen, Gregers.

GREGERS: Was! Es heißt ja doch, die Gesellschaft sei mir zu Ehren gegeben. Und da hätt ich meinen einzigen und besten Freund nicht bitten sollen –

HJALMAR: Aber ich glaube, es ist deinem Vater nicht recht. Ich komme ja sonst nie hier ins Haus.

GREGERS: Ja, das hab ich gehört. Aber ich mußte dich doch sehen und sprechen; denn ich reise ja doch bald wieder ab. – Ja, du, wir zwei alten Schulkameraden, wir sind doch ziemlich auseinandergekommen. An die sechzehn, siebzehn Jahre haben wir uns nicht gesehen!

HJALMAR: So lange ist das her?

GREGERS: Allerdings. Na, wie geht's dir denn? Du siehst gut aus. Du bist recht stark geworden.

HJALMAR: Hm, stark kann man das wohl nicht nennen. Aber natürlich seh ich männlicher aus als damals.

GREGERS: Das stimmt. Dein Äußeres hat nicht gelitten.

HJALMAR *in düsterem Ton*: Aber das Innere! Da sieht es anders aus, das kannst du glauben! Du weißt doch, wie schrecklich es mit mir und den Meinen bergab gegangen ist, seit wir uns zum letzten Male sahen.

GREGERS *leiser*: Wie geht's denn deinem Vater jetzt?

HJALMAR *scheu*: Mein Lieber, darüber wollen wir lieber nicht reden. Mein armer, unglücklicher Vater lebt natürlich bei mir. Er hat ja auf der weiten Welt keine andere Zufluchtsstätte. Aber, siehst du, über diese Geschichte zu reden, das fällt mir unsagbar schwer. – Erzähl mir lieber, was du da oben auf dem Werk getrieben hast.

GREGERS: Herrlich einsam hab ich gelebt – hatte viel Muße, über dies und das nachzudenken. – Komm her, wir wollen's uns bequem machen. – *Er setzt sich in einen Lehnstuhl am Kamin und nötigt Hjalmar in einen danebenstehenden.*

HJALMAR *weich*: Jedenfalls danke ich dir dafür, Gregers, daß du mich an deines Vaters Tisch geladen hast; denn nun weiß ich doch, daß du nichts mehr gegen mich hast.

GREGERS *verwundert*: Wie kommst du auf die Idee, ich könnte was gegen dich haben?

HJALMAR: In den ersten Jahren war es doch der Fall.

GREGERS: In welchen ersten Jahren?

HJALMAR: Nachdem das große Unglück geschehen war. Und es war ja auch nur zu natürlich. Es hing ja doch nur an einem Haar, und dein Vater wäre mit in diese – o, in diese schrecklichen Geschichten hineingezogen worden!

GREGERS: Und deshalb sollt ich was gegen dich haben? Wer hat dir das eingeredet?

HJALMAR: Ich weiß, du hattest was gegen mich, Gregers; denn dein Vater selbst hat es mir gesagt.

GREGERS *stutzt*: Mein Vater! Ja so. Hm. – Und nur deshalb hast du nie wieder was von dir hören lassen? Kein Sterbenswörtchen?

HJALMAR: Ja.

GREGERS: Nicht mal in der Zeit, als du Photograph wurdest?

HJALMAR: Dein Vater sagte, es lohne sich der Mühe nicht, daß ich dir über dies und anderes schriebe.

GREGERS *sieht vor sich hin*: Nein, nein – kann sein, daß er recht hatte. Aber sag mir jetzt, Hjalmar – befriedigt dich deine Stellung einigermaßen?

HJALMAR *seufzt leicht*: Ach ja, weshalb nicht; ich kann eigentlich nicht klagen. Im Anfang kam es mir freilich ein bißchen seltsam vor, weißt du. Ich kam ja in so ganz andere Verhältnisse. Aber mein übriges Leben war ja auch so völlig verändert. Der große unglückselige Ruin meines Vaters, – die Schande und der Skandal –

GREGERS *bewegt*: Ja, ja. Gewiß.

HJALMAR: Meine Studien fortzusetzen, daran konnt ich doch nicht denken. Kein Pfennig war übriggeblieben; im Gegenteil, eher noch Schulden, – zumal bei deinem Vater, glaub ich –

GREGERS: Hm –

HJALMAR: Na also, da hielt ich's für das beste, – so mit einem Ruck, siehst du, – mich aus allen Verhältnissen und Bindungen herauszureißen. Ganz besonders dein Vater riet mir dazu; und da er sich meiner so hilfreich annahm –

GREGERS: So, tat mein Vater das?

HJALMAR: Ja; das weißt du ja doch! Wo hätt ich denn das Geld hernehmen sollen, um das Photographieren zu erlernen, mir ein Atelier einzurichten und mich zu etablieren? Ja, das kostet natürlich etwas!

GREGERS: Und für das alles trug mein Vater die Kosten?

HJALMAR: Jawohl, mein Lieber, das weißt du nicht? Ich verstand ihn so, als hätte er es dir geschrieben.

GREGERS: Kein Wort davon, daß er es war. Er muß es vergessen haben. Wir haben immer nur Geschäftsbriefe gewechselt. So, also mein Vater hat –!

HJALMAR: Ja freilich. Er wollte nur nicht, daß die Leute was davon erführen; aber er ist es gewesen. Und er war's auch, der mir das Heiraten ermöglichte. Oder – weißt du am Ende auch das nicht?

GREGERS: Nein, das wußt ich freilich nicht. – *Packt ihn bewegt am Arm.* Aber, mein lieber Hjalmar, ich kann dir nicht sagen, wie mich das alles freut – und mich quält. Vielleicht hab ich meinem Vater doch unrecht getan – in manchen Dingen. Denn, siehst du, diese Regung ist ja doch ein Zeichen von Gemüt –. So etwas wie Gewissen –

HJALMAR: Gewissen –?

GREGERS: Ja, ja, oder wie du es sonst nennen willst. Nein, ich finde gar keine Worte für meine Freude, so etwas über meinen Vater zu hören. – Also, du bist verheiratet, Hjalmar. So weit werd ich's nie bringen. Na, ich hoffe doch, du fühlst dich glücklich als Ehemann?

HJALMAR: O, natürlich. Sie ist eine so tüchtige und brave Frau, wie ein Mann sie sich nur wünschen kann. Und außerdem ist sie nicht ganz ohne Bildung.

GREGERS *ein wenig erstaunt*: Nein – das kann sie sicher auch nicht sein.

HJALMAR: Das Leben, sieh mal, erzieht. Der tägliche Umgang mit mir –; und dann kommen doch auch häufig ein paar begabte Leute zu uns. Ich versichere dir, du würdest Gina nicht wiedererkennen.

GREGERS: Gina?

HJALMAR: Ja, mein Lieber, hast du denn vergessen, daß sie Gina hieß?

GREGERS: Wer hieß Gina? Ich weiß ja gar nicht –

HJALMAR: Aber hast du denn vergessen, daß sie eine Zeitlang bei euch in Stellung war?

GREGERS *sieht ihn an*: Gina Hansen –?

HJALMAR: Ja, natürlich – Gina Hansen.

GREGERS: – die uns den Haushalt führte im letzten Jahr, als Mutter krank war?

HJALMAR: Ja, gewiß. Aber, lieber Freund, ich weiß doch ganz bestimmt, daß dein Vater dir von meiner Heirat geschrieben hat.

GREGERS *der aufgestanden ist*: Ja, das tat er freilich; aber nicht, daß – *Geht im Zimmer auf und ab.* Aber wart mal – vielleicht doch – wenn ich mich recht besinne. Aber Vater schreibt mir immer so kurz. *Setzt sich halb auf die Armlehne.* Du, Hjalmar, sag mir mal – die Sache ist komisch – wie ist das zugegangen, daß du mit Gina – mit deiner Frau bekannt wurdest?

HJALMAR: O, das war sehr einfach. Gina blieb doch nicht lange hier im Hause; denn hier ging's damals drunter und drüber; die Krankheit deiner Mutter – all das wurde Gina zu viel, und deshalb kündigte sie und ging. Das war ein Jahr vor dem Tode deiner Mutter – oder vielleicht war's auch im selben Jahr.

GREGERS: Es war im selben Jahr. Und ich war damals auf dem Werk oben. Aber was weiter?

HJALMAR: Ja, da zog Gina wieder zu ihrer Mutter, einer Frau Hansen, einer ungewöhnlich tüchtigen und strebsamen Frau, die eine kleine Gastwirtschaft betrieb. Sie hatte auch noch ein Zimmer zu vermieten; ein recht nettes, gemütliches Zimmer.

GREGERS: Und du warst so glücklich, es zu bekommen?

HJALMAR: Jawohl. Auch darauf hatte dein Vater mich aufmerksam gemacht. Und dort, – siehst du, – dort hab ich Gina recht eigentlich kennengelernt.

GREGERS: Und dann kam es zur Verlobung?

HJALMAR: Ja. Junge Leute verlieben sich so leicht ineinander –; hm –

GREGERS *steht auf und geht hin und her*: Sag mal – nachdem du dich verlobt hattest, d a erst ließ mein Vater dich –; ich meine, – da erst fingst du an, dich auf das Photographieren zu verlegen?

HJALMAR: Sehr richtig. Denn ich wollte gerne vorwärtskommen und mich niederlassen, je früher, desto besser. Und da fand denn dein Vater wie auch ich, daß es am leichtesten wär, wenn ich's mit dem Photographieren versuchte. Gina war derselben Meinung. Und außerdem, siehst du, gab es noch einen andern Grund. Es traf sich, daß Gina das Retuschieren erlernt hatte.

GREGERS: Das paßte ja ganz wunderbar.

HJALMAR *zufrieden, steht auf*: Ja, nicht wahr? Du findest auch, daß es ganz wunderbar paßte?

GREGERS: Ja, das muß ich gestehen. Mein Vater ist für dich so eine Art Vorsehung gewesen.

HJALMAR *bewegt*: Er verließ den Sohn seines alten Freundes nicht in den Tagen der Not, denn er hat Gemüt, siehst du.

FRAU SÖRBY *tritt ein, mit Werle am Arm*: Keine Widerrede, mein guter Herr Werle; Sie dürfen mir nicht länger da drin bleiben und in das grelle Licht starren. Es bekommt Ihnen nicht gut.

WERLE *läßt ihren Arm los und fährt mit der Hand über die Augen*: Schon möglich, daß Sie recht haben.

PETTERSEN *und* JENSEN *kommen mit Tabletts.*

FRAU SÖRBY *zu den Gästen im anderen Zimmer*: Bitte schön, meine Herren; wer ein Glas Punsch haben will, der muß sich hier herein bemühen.

DER BELEIBTE *tritt zu Frau Sörby*: Mein Gott, ist's wahr, daß Sie die herrliche Rauchfreiheit aufgehoben haben?

FRAU SÖRBY: Ja, hier in Herrn Werles Zimmer ist sie aufgehoben, Herr Kammerherr.

DER GLATZKOPF: Seit wann haben Sie denn diese verschärften Bestimmungen eingeführt, Frau Sörby?

FRAU SÖRBY: Nach dem letzten Diner, Herr Kammerherr; denn da haben sich gewisse Leute erlaubt, über die Stränge zu schlagen.

DER GLATZKOPF: Und das ist nicht erlaubt, ein klein bißchen über die Stränge zu schlagen, Frau Berta? Wirklich nicht?

FRAU SÖRBY: In gar keiner Beziehung, Herr Balle.

Die Mehrzahl der GÄSTE *hat sich im Arbeitszimmer versammelt. Die* DIENER *reichen Punsch herum.*

WERLE *zu Hjalmar, weiter vorn an einem Tisch*: Was studieren Sie denn da so eifrig, Ekdal?

HJALMAR: 's ist nur ein Album, Herr Werle.

DER GLATZKOPF *der umhergeht*: Ah, Photographien! Ja, das ist ja so was für Sie.

DER BELEIBTE *in einem Lehnstuhl*: Haben Sie nicht ein paar von Ihren eigenen mitgebracht?

HJALMAR: Nein, bedaure.

DER BELEIBTE: Das hätten Sie doch tun sollen; es ist gut für die Verdauung, so dazusitzen und Bilder anzuschauen.

DER GLATZKOPF: Und dann, sehen Sie, trägt es auch immer ein bißchen zur Unterhaltung mit bei.

EIN KURZSICHTIGER: Und jeder Beitrag wird dankbar entgegengenommen.

FRAU SÖRBY: Die Herren meinen, wenn man zum Diner eingeladen ist, so müsse man auch für das Essen etwas leisten, Herr Ekdal.

DER BELEIBTE: In einem Hause, wo gut gegessen wird, ist das ein wahres Vergnügen.

DER GLATZKOPF: Du lieber Gott, wenn es den Kampf ums Dasein gilt, so –

FRAU SÖRBY: Da haben Sie recht!

Sie setzen das Gespräch unter Lachen und Scherzen fort.

GREGERS *leise*: Du mußt mitreden, Hjalmar.

HJALMAR *unwillig*: Von was soll ich denn reden?!

DER BELEIBTE: Meinen Sie nicht auch, Herr Werle, daß man den Tokayer als ein verhältnismäßig gesundes Getränk für den Magen ansehen kann?

WERLE *am Kamin*: Für den Tokayer, den Sie heute bekommen haben, kann ich wenigstens garantieren: das ist einer von den aller-, allerbesten Jahrgängen. Nun, das haben Sie wohl auch selbst gemerkt.

DER BELEIBTE: Ja, er schmeckte außerordentlich delikat.

HJALMAR *unsicher*: Gibt es einen Unterschied zwischen den Jahrgängen?

DER BELEIBTE *lachend*: Nein, – Sie sind gut!

WERLE *lächelt*: Es lohnt sich wirklich nicht, Ihnen einen edlen Tropfen vorzusetzen.

DER GLATZKOPF: Es ist mit dem Tokayer wie mit den Photographien, Herr Ekdal. Es gehört Sonnenschein dazu. Oder ist es vielleicht nicht so?

HJALMAR: Ja, freilich. Das Licht ist wichtig.

FRAU SÖRBY: Aber dann ist es ja akkurat so wie mit den Kammerherren; denn die haben Sonnenschein auch furchtbar nötig, wie es heißt.

DER GLATZKOPF: Au! Au! Da haben Sie aber 'nen recht alten Witz gemacht!

DER KURZSICHTIGE: Gnädige Frau produzieren sich –

DER BELEIBTE: – und zwar auf unsere Kosten. *Droht*: Frau Berta! Frau Berta!

FRAU SÖRBY: Ja, aber das steht doch nun mal bombenfest, daß die Jahrgänge sehr verschieden sein können. Die alten Jahrgänge sind die besten.

DER KURZSICHTIGE: Rechnen Sie mich zu den alten?

FRAU SÖRBY: I, keine Spur.

DER GLATZKOPF: Sieh mal einer an! Aber ich, verehrteste Frau –?

DER BELEIBTE: Ja, und ich! Zu welchen Jahrgängen rechnen Sie uns?

FRAU SÖRBY: Sie rechne ich zu den süßen Jahrgängen, meine Herren.

Sie nippt an einem Glase Punsch; die Kammerherren lachen und scherzen mit ihr.

WERLE: Frau Sörby weiß sich immer aus der Affäre zu ziehen – wenn sie will. Aber Sie trinken ja gar nichts, meine Herren! – Pettersen, so passen Sie doch auf –! Gregers, ich denke, wir trinken ein Glas zusammen. *Gregers rührt sich nicht.* Wollen Sie nicht mithalten, Ekdal? Ich hatte keine Gelegenheit, bei Tisch mit Ihnen anzustoßen.

GRÅBERG *durch die Tapetentür ins Zimmer.*

GRÅBERG: Pardon, Herr Werle, aber ich kann nicht heraus.

WERLE: Man hat Sie da drin schon wieder eingeschlossen?

GRÅBERG: Jawohl, und Flakstad hat die Schlüssel mitgenommen –

WERLE: Na, dann gehen Sie nur hier durch.

GRÅBERG: Aber da ist noch jemand –

WERLE: Ja, kommt nur, kommt nur, ihr zwei beiden; geniert euch nicht.

Gråberg und der alte EKDAL *kommen aus dem Kontor.*

WERLE *unwillkürlich*: Nanu!

Lachen und Gespräch der Gäste verstummen. Hjalmar fährt beim Anblick seines Vaters zusammen, stellt sein Glas hin und wendet sich dem Kamin zu.

EKDAL *sieht nicht auf, macht aber während des Gehens kurze Verbeugungen nach allen Seiten und murmelt*: Bitte um Verzeihung. Bin den falschen Weg gekommen. War unten zu; – war unten zu. Bitte um Verzeihung.

Er und Gråberg durch den Hintergrund rechts ab.

WERLE *zwischen den Zähnen*: Der verdammte Gråberg!

GREGERS *starrt Hjalmar mit offenem Munde an*: Das war doch nicht –!

DER BELEIBTE: Was ist das? Wer war das?

GREGERS: O, das war weiter niemand. Nur der Buchhalter und noch einer.

DER KURZSICHTIGE *zu Hjalmar*: Kannten Sie den Mann?

HJALMAR: Ich weiß nicht –; ich hab nicht aufgepaßt –

DER BELEIBTE *steht auf*: Donnerwetter, was ist denn los? *Geht zu einigen anderen, die leise sprechen.*

FRAU SÖRBY *flüstert dem Diener zu*: Geben Sie ihm draußen was mit; was recht Gutes.

PETTERSEN *nickt*: Soll geschehen. *Ab.*

GREGERS *leise und bewegt zu Hjalmar*: Er war es also wirklich!

HJALMAR: Ja.

GREGERS: Und doch standst du da und verleugnetest ihn!

HJALMAR *flüstert heftig*: Aber konnt ich denn –!

GREGERS: – zu deinem Vater dich bekennen?

HJALMAR *schmerzlich*: O, wärest du nur an meiner Stelle –

Die Unterhaltung der Gäste, die bis jetzt mit leiser Stimme geführt worden, wird jetzt gezwungen laut.

DER GLATZKOPF *nähert sich Hjalmar und Gregers freundschaftlich*: Aha, da frischt man wohl alte Erinnerungen aus der Studentenzeit auf? Was? Rauchen Sie nicht, Herr Ekdal? Wünschen Sie Feuer? Ist ja wahr, wir dürfen nicht –

HJALMAR: Danke, ich rauche nicht – –

DER BELEIBTE: Wollen Sie uns nicht ein kleines nettes Gedicht vordeklamieren, Herr Ekdal? Früher konnten Sie das so hübsch.

HJALMAR: Ich kann leider keins mehr.

DER BELEIBTE: Ach, das ist aber schade. – Ja, was wollen wir denn jetzt machen, Balle?

Beide Herren gehen ab in den anderen Raum.

HJALMAR *düster*: Gregers – ich will fort! Wenn ein Mann auf seinem Haupt die schwere Hand des Schicksals gefühlt hat, siehst du –. Empfiehl mich deinem Vater.

GREGERS: Ja, ja. Gehst du gleich nach Haus?

HJALMAR: Ja. Weshalb fragst du?

GREGERS: Weil ich dann vielleicht später zu dir komme.

HJALMAR: Nein, das sollst du nicht. Nicht in meine Wohnung. Bei mir ist es trist, Gregers, – besonders nach einem so glänzenden Fest wie diesem hier. Wir können uns ja jederzeit irgendwo in der Stadt treffen.

FRAU SÖRBY *hat sich genähert; mit gedämpfter Stimme*: Wollen Sie fort, Ekdal?

HJALMAR: Ja.

FRAU SÖRBY: So grüßen Sie Gina.

HJALMAR: Danke.

FRAU SÖRBY: Und sagen Sie ihr, ich würde nächstens mal zu ihr kommen.

HJALMAR: Besten Dank. *Zu Gregers*: Bleib hier. Ich will mich unbemerkt entfernen. *Geht langsam durchs Zimmer, dann hinein in die andere Stube und schließlich rechts ab.*

FRAU SÖRBY *leise zum Diener, der zurückgekommen ist.* Na, hat der Alte was mitgekriegt?

PETTERSEN: Jawoll, ich hab ihm 'ne Flasche Kognak zugesteckt.

FRAU SÖRBY: Na, Sie hätten auch was Besseres aussuchen können.

PETTERSEN: Nee, Frau Sörby; was Besseres als wie Kognak, das kennt der nicht.

DER BELEIBTE *in der Tür, mit einem Notenheft in der Hand*: Wollen wir nicht zusammen was spielen, Frau Sörby?

FRAU SÖRBY: Ach ja, – tun wir das.

DIE GÄSTE: Bravo, bravo!

Sie und alle Gäste gehen durch das Zimmer rechts ab. Gregers bleibt am Kamin stehen. Werle sucht etwas auf dem Schreibtisch und scheint zu wünschen, Gregers möge gehen. Da dieser sich nicht rührt, geht Werle der Ausgangstür zu.

GREGERS: Vater, willst du nicht einen Augenblick bleiben?

WERLE *bleibt stehen*: Was ist?

GREGERS: Ich habe mit dir zu reden.

WERLE: Hat das nicht Zeit, bis wir allein sind?

GREGERS: Nein. Denn möglicherweise sind wir überhaupt nicht wieder allein.

WERLE *tritt näher*: Was soll denn das heißen?

Während des Folgenden ertönt gedämpftes Klavierspiel aus dem Musiksaal.

GREGERS: Wie konnte man diese Familie so jämmerlich verkommen lassen!

WERLE: Vermutlich meinst du die Ekdals.

GREGERS: Jawohl, ich meine die Ekdals. Der Leutnant Ekdal stand dir doch einmal so nahe.

WERLE: Ja, leider; er stand mir nur zu nahe. Das habe ich lange Jahre fühlen und büßen müssen. Ihm habe ich's zu danken, daß auch mein guter Name und Ruf so was wie einen Flecken mit abbekam.

GREGERS *leise*: War er wirklich der allein Schuldige?

WERLE: Wer denn sonst?

GREGERS: Ihr habt ja doch gemeinschaftlich den großen Ankauf von Waldungen gemacht –

WERLE: Aber war's nicht Ekdal, der die Karte von dem Terrain aufnahm – jene unzuverlässige Karte? Er war's, der die ungesetzliche Abholzung auf staatlichem Grund und Boden vornahm. Er war ja doch für den ganzen Betrieb da oben verantwortlich. Ich hatte keine Einsicht in das, was Leutnant Ekdal trieb.

GREGERS: Leutnant Ekdal hatte wohl selbst keine Einsicht in das, was er trieb.

WERLE: Mag sein. Aber Tatsache ist, daß er verurteilt und ich freigesprochen wurde.

GREGERS: Ja, ich weiß wohl, daß die Beweise fehlten.

WERLE: Freisprechung ist Freisprechung. Weshalb rührst du an diese alten, peinlichen Geschichten, die mein Haar vor der Zeit grau werden ließen. Hast du etwa darüber jahraus, jahrein da oben nachgegrübelt? Ich kann dir versichern, Gregers, – hier in der Stadt sind diese Geschichten lange vergessen – soweit sie mich betreffen.

GREGERS: Und die unglückliche Familie Ekdal –?

WERLE: Was hätt ich denn nach deiner Meinung eigentlich für die Leute tun sollen? Als Ekdal wieder freikam, da war er ein gebrochener, unrettbar verlorener Mann. Es gibt Leute, die ganz und gar untergehen auf dieser Welt, auch wenn sie nur ein paar Körner Schrot in den Pelz gekriegt haben, und die ihr Leben lang nicht wieder auf die Beine kommen. Du kannst mir auf mein Wort glauben, Gregers, ich bin so weit gegangen, wie ich konnte, wenn ich mich nicht selbst bloßstellen und allerhand Verdächtigungen und Redereien der Leute Nahrung geben wollte –

GREGERS: Verdächtigungen –? Na ja, ja.

WERLE: Ich habe Ekdal Schreibarbeiten fürs Kontor gegeben, und ich zahle ihm weit, weit mehr, als seine Arbeit wert ist –

GREGERS *ohne ihn anzusehen*: Hm, daran zweifle ich nicht.

WERLE: Du lachst? Glaubst du etwa, daß ich die Unwahrheit sage?

In meinen Büchern steht allerdings nichts davon; denn über solche Ausgaben führe ich niemals Buch.

GREGERS *lächelt kalt*: Allerdings, es gibt gewisse Ausgaben, über die man lieber nicht Buch führt.

WERLE *stutzt*: Was meinst du damit?

GREGERS *mit erkämpftem Mut*: Hast du über das Buch geführt, was dich Hjalmars photographische Studien gekostet haben?

WERLE: Ich? Inwiefern Buch geführt?

GREGERS: Ich weiß jetzt, daß du das bezahlt hast. Und jetzt weiß ich auch, daß du es gewesen bist, der ihm so freigebig zur Etablierung verholfen hat.

WERLE: Na – und da sagt man noch, ich hätte nichts für Ekdals getan! Ich kann dir versichern, die Leute haben mich genug gekostet.

GREGERS: Hast du über keine dieser Ausgaben Buch geführt?

WERLE: Weshalb fragst du?

GREGERS: O, das hat so seine Gründe. Sag mal – als du dich so warm interessiertest für den Sohn deines alten Jugendfreundes – das war doch gerade in der Zeit, als er heiraten wollte?

WERLE: Ja, zum Henker, wie kann ich nach so vielen Jahren noch –

GREGERS: Du schriebst mir damals einen Brief – einen Geschäftsbrief natürlich. Und in einer Nachschrift stand ganz kurz, Hjalmar Ekdal habe sich mit einem Fräulein Hansen verheiratet.

WERLE: Ja, ganz recht, so hieß sie.

GREGERS: Aber du schriebst nichts davon, daß dieses Fräulein Hansen Gina Hansen war – unsere frühere Wirtschafterin.

WERLE *lacht spöttisch, aber gezwungen*: Nein, denn ich konnte mir wirklich nicht denken, daß du dich so sehr für unsere frühere Wirtschafterin interessiertest.

GREGERS: Das tat ich auch nicht. Aber – *Senkt die Stimme*: – es waren hier im Hause andere Leute, die sich sehr für sie interessierten.

WERLE: Was soll das heißen? *Aufbrausend*: Du meinst damit doch wohl nicht gar mich?

GREGERS *leise, aber fest*: Jawohl, ich meine dich.

WERLE: Und das wagst du –! Das unterstehst du dich –! Wie kann dieser undankbare Mensch, dieser Photograph – wie kann er sich erdreisten, mit solchen Bezichtigungen zu kommen!

GREGERS: Hjalmar hat diese Dinge nicht mit einem Worte berührt. Ich glaube, er hat nicht einmal eine Ahnung davon.

WERLE: Aber woher hast du's denn? Wer hat dir so etwas sagen können?

GREGERS: Meine arme unglückliche Mutter hat es mir gesagt. Das letzte Mal, als ich sie sah.

WERLE: Deine Mutter! Hätt es mir auch denken können! Sie und du – ihr hieltet immer zusammen. Sie war es, die dich mir von Anfang an entfremdet hat.

GREGERS: Nein, – das haben die Leiden und Kränkungen getan, die sie hier ertragen mußte, bis sie zusammenbrach und so jämmerlich zugrunde ging.

WERLE: O, sie hatte keine Leiden und Kränkungen zu ertragen; wenigstens nicht mehr als so viele andere! Aber mit kränklichen, überspannten Menschen ist schwer auszukommen. Das habe ich nur zu sehr fühlen müssen. – Und nun kommst du mit solcher Verdächtigung daher – rührst allerhand alte Gerüchte wieder auf und Verleumdungen gegen deinen Vater. Lieber Gregers, ich meine, du in deinem Alter könntest dich wirklich mit etwas Nützlicherem beschäftigen.

GREGERS: Ja, Zeit dazu wäre es allerdings.

WERLE: Dann würd es dir wohl auch leichter ums Herz, als es jetzt der Fall zu sein scheint. Wohin soll es denn führen, daß du jahraus, jahrein auf dem Werk da oben wie ein einfacher Kontorist hockst und dich plagst und nicht einen Pfennig über den gewöhnlichen Monatslohn annehmen willst? Das ist ja der reine Wahnsinn von dir.

GREGERS: Ja, wenn ich das nur so sicher wüßte.

WERLE: Ich verstehe dich ganz gut. Du willst unabhängig sein, willst mir nichts verdanken. Aber gerade jetzt hast du eine Gelegenheit, dich unabhängig zu machen, – in jeder Beziehung dein eigener Herr zu werden.

GREGERS: So? Und auf welche Weise –?

WERLE: Als ich dir schrieb, du möchtest unverzüglich hierherkommen – hm –

GREGERS: Ja – was willst du denn eigentlich von mir? Den ganzen Tag wart ich schon darauf, es zu erfahren.

WERLE: Ich möchte dir vorschlagen, als Teilhaber in die Firma einzutreten.

GREGERS: Ich? In deine Firma? Als Kompagnon?

WERLE: Jawohl. Deshalb brauchten wir ja doch nicht ständig zusammen zu sein. Du könntest die Geschäfte hier in der Stadt übernehmen, und ich zöge aufs Werk hinauf.

GREGERS: Du?

WERLE: Ja, denn sieh mal, ich bin nicht mehr so arbeitsfähig wie früher. Ich bin gezwungen, meine Augen zu schonen, Gregers; denn sie werden jetzt schon etwas schwach.

GREGERS: Das sind sie ja immer gewesen.

WERLE: Nicht so wie jetzt. Und überdies – die Verhältnisse könnten es mir vielleicht wünschenswert erscheinen lassen, da oben zu wohnen – wenigstens eine Zeitlang.

GREGERS: An alles andere hätte ich eher gedacht als an so etwas.

WERLE: Nun hör mich mal an, Gregers. Es steht so vieles zwischen uns – gewiß. Aber wir sind doch nun mal Vater und Sohn. Ich meine, es müßte doch etwas wie eine Verständigung zwischen uns möglich sein.

GREGERS: Du meinst doch wohl: nach außen hin.

WERLE: Na, das wäre schon immerhin etwas. Überleg dir's, Gregers. Glaubst du nicht, es ließe sich machen? Was?

GREGERS *blickt ihn kalt an*: Dahinter steckt irgend etwas.

WERLE: Wieso?

GREGERS: Du hast mich gewiß zu etwas nötig.

WERLE: In einem so nahen Verhältnis, wie das, in dem wir zueinander stehen, hat der eine den andern wohl immer nötig.

GREGERS: Ja, so heißt es.

WERLE: Ich möchte dich jetzt gern einige Zeit bei mir haben. Ich bin ein einsamer Mann, Gregers, habe mich immer einsam gefühlt – mein ganzes Leben lang, aber besonders jetzt, wo das Alter sich bemerkbar macht. Ich muß jemanden um mich haben.

GREGERS: Du hast doch Frau Sörby.

WERLE: Ja, natürlich. Und sie ist mir nachgerade sozusagen unentbehrlich geworden. Sie ist munter; ist ohne Launen; sie bringt Leben ins Haus; – und das kann ich grade gut gebrauchen.

GREGERS: Na, dann hast du ja alles, was dein Herz begehrt.

WERLE: Ja, aber ich fürchte, das kann nicht so bleiben. Eine Frau in solcher Situation kommt der Welt gegenüber leicht in ein schiefes Licht. Ja, fast hätt ich gesagt, auch einem Mann ist damit nicht gedient.

GREGERS: O, wenn ein Mann solche Diners gibt wie du, so kann er gewiß manches riskieren.

WERLE: Ja, aber s i e, Gregers? Ich fürchte, sie wird sich auf die Dauer nicht darein finden. Und selbst wenn sie sich darein finden sollte – wenn sie sich aus Zuneigung für mich über den Klatsch und die Nachrede der Leute hinwegsetzen würde –? Meinst du denn, Gregers, du mit deinem stark ausgeprägten Gerechtigkeitssinn –

GREGERS *ihn unterbrechend*: Kurz und gut – sag mir eins: Hast du die Absicht, sie zu heiraten?

WERLE: Und wenn ich nun die Absicht hätte? Was dann?

GREGERS: Ja, das frag ich auch. Was dann?

WERLE: Würde dir das so durchaus gegen den Strich gehen?

GREGERS: Nein, gar nicht. Absolut nicht.

WERLE: Ich konnte ja doch nicht wissen, ob nicht vielleicht die Erinnerung an deine selige Mutter –

GREGERS: Ich bin nicht überspannt.

WERLE: Na, wie dem nun auch sei – jedenfalls hast du mir einen Stein vom Herzen genommen. Es ist mir außerordentlich lieb, daß ich in dieser Sache auf deine Zustimmung zählen darf.

GREGERS *blickt ihn unverwandt an*: Jetzt weiß ich, wozu du mich brauchen willst.

WERLE: Dich brauchen? Was ist denn das für ein Ausdruck!

GREGERS: Ach, seien wir nicht heikel in der Wahl der Worte; – wenigstens nicht unter vier Augen. *Lacht kurz.* Ja so! Donnerwetter, – deshalb mußt ich mich also in eigener Person hier einfinden. Frau Sörby zuliebe soll hier im Haus ein Familienleben inszeniert werden. Tableau zwischen Vater und Sohn! Das ist was Neues, ei ja!

WERLE: Wie kannst du es wagen, in solchem Ton zu reden!

GREGERS: Wann haben wir hier ein Familienleben gehabt? Niemals, solange ich denken kann. Aber j e t z t hat man Verwendung für so etwas. Denn ganz zweifellos wird es sich sehr gut ausnehmen, wenn man erzählen kann, daß der Sohn auf den Flügeln der Pietät zum Hochzeitsfest des alternden Vaters herbeigeeilt ist. Was bleibt dann von all den Gerüchten über die Leiden der Verstorbenen? Absolut nichts. Ihr Sohn entkräftet sie ja.

WERLE: Gregers, ich glaube, kein Mensch auf der Welt ist dir so zuwider wie ich.

GREGERS *leise*: Ich habe dich zu sehr aus der Nähe gesehen.

WERLE: Du hast mich mit den Augen deiner Mutter gesehen. *Senkt ein wenig die Stimme*: Aber du solltest nicht vergessen, daß ihr Blick – zuweilen getrübt war.

GREGERS *bebend*: Ich weiß, worauf du hinauswillst. Aber wer trägt die Schuld an der unglücklichen Schwäche meiner Mutter? Du und alle die –! Die letzte von ihnen war dieses Frauenzimmer, mit dem Hjalmar Ekdal verkuppelt wurde, als du nicht mehr – o!

WERLE *zuckt die Achseln*: Wort für Wort, – als ob ich deine Mutter hörte.

GREGERS *ohne auf ihn zu achten*: – und da sitzt er nun mit seinem großen arglosen Kindergemüte inmitten des Betrugs, – lebt unter einem Dach mit einer solchen –, und ahnt nicht, daß das, was er sein Heim nennt, auf eine Lüge gegründet ist! *Tritt einen Schritt näher.* Wenn ich auf dein Leben zurückblicke, so ist mir's, als säh ich ein Schlachtfeld voll hingemordeter Schicksale.

WERLE: Ich glaube nachgerade selbst, die Kluft zwischen uns ist zu groß.

GREGERS *verbeugt sich, mit Selbstbeherrschung*: Das ist mir nun auch klargeworden, und deshalb nehm ich auch meinen Hut und gehe.

WERLE: Du gehst? Aus dem Hause?

GREGERS: Ja. Denn jetzt sehe ich endlich eine Aufgabe, für die zu leben es sich lohnt.

WERLE: Was ist das für eine Aufgabe?

GREGERS: Du würdest ja doch nur lachen, wenn du's hörtest.

WERLE: Ein einsamer Mann lacht nicht so leicht, Gregers.

GREGERS *zeigt nach dem Hintergrund*: Sieh mal, Vater, da spielen die Kammerherren mit Frau Sörby Blindekuh. – Gute Nacht – Adieu!

Ab durch den Hintergrund rechts.

Man hört die Gesellschaft lachen und scherzen; sie wird in dem äußeren Zimmer sichtbar.

WERLE *murmelt höhnisch hinter Gregers her*: He –! Der Tropf, – und so einer behauptet, er sei nicht überspannt!

ZWEITER AKT

Hjalmar Ekdals Atelier. Eine ziemlich große Mansarde. Rechts eine schräge Wand mit großen Fensterscheiben, halb verdeckt von einem blauen Vorhang. Oben in der Ecke rechts die Eingangstür; vorn an derselben Seite eine Tür zum Wohnzimmer. An der Wand links sind ebenfalls zwei Türen und dazwischen ein eiserner Ofen. An der Rückwand ist eine breite zweiteilige Schiebetür. Das Atelier ist einfach, aber gemütlich eingerichtet. Zwischen den Türen rechts, ein wenig von der Wand entfernt, steht ein Sofa mit einem Tisch und einigen Stühlen; auf dem Tisch eine brennende Lampe mit Schirm; im Ofenwinkel ein alter Lehnstuhl. Verschiedene photographische Apparate und Instrumente sind hier und da im Zimmer aufgestellt. An der Rückwand links von der Schiebetür steht ein Regal mit einigen Büchern, Schachteln, Flaschen mit Chemikalien, verschiedenartigen Geräten, Werkzeugen und anderen Gegenständen. Photogra-

phien und Kleinigkeiten wie Pinsel, Papier und ähnliches liegen auf dem Tisch.

GINA *sitzt auf einem Stuhl am Tisch und näht.* HEDWIG *sitzt auf dem Sofa, die Hände über den Augen, die Daumen in den Ohren, und liest in einem Buch.*

GINA *blickt ein paarmal, wie in geheimer Sorge, Hedwig verstohlen an; dann sagt sie*: Hedwig!

HEDWIG *hört es nicht.*

GINA *lauter*: Hedwig.

HEDWIG *nimmt die Hände fort und blickt auf*: Ja, Mutter?

GINA: Hetechen, jetzt darfst du aber nicht länger lesen.

HEDWIG: Ach, Mutter, laß mich doch noch ein bißchen! Nur ein kleines bißchen!

GINA: Nein, nein, leg jetzt das Buch weg. Dein Vater mag das nicht; er liest des Abends auch nie.

HEDWIG *schlägt das Buch zu*: Nein, Vater, der macht sich aus dem Lesen nicht viel.

GINA *tut das Nähzeug weg und legt einen Bleistift und ein kleines Heft auf den Tisch*: Weißt du noch, wieviel wir heut für Butter bezahlt haben?

HEDWIG: Eine Krone und fünfundsechzig Öre.

GINA: Richtig. *Notiert.* Furchtbar, was hier im Haus für Butter ausgegeben wird. Und dann für Schlackwurst und Käse – laß mal sehen – *Notiert.* – und dann für Schinken – hm – *Zählt zusammen.* Das macht ja gleich –

HEDWIG: Das Bier kommt auch noch dazu.

GINA: Versteht sich. *Notiert.* Es geht ins Geld; aber es muß ja sein.

HEDWIG: Dafür haben wir beide doch auch kein warmes Mittagessen gebraucht, weil Vater nicht da war.

GINA: Ja; und das war gut. Na, und dann habe ich ja auch acht Kronen fünfzig für Photographien eingenommen.

HEDWIG: Denk mal, – so viel war das!

GINA: Genau acht Kronen fünfzig.

Pause. Gina nimmt ihr Nähzeug wieder zur Hand. Hedwig nimmt Papier und Bleistift und fängt an, etwas zu zeichnen, mit der linken Hand die Augen beschattend.

HEDWIG: Ist's nicht wunderschön, Vater auf einem großen Diner beim reichen Herrn Werle zu wissen?

GINA: Das kannst du doch nicht sagen, daß er beim reichen Herrn

Werle ist. Der Sohn hat ihn doch holen lassen. *Nach kurzer Pause*: Mit dem alten Werle haben wir doch nichts zu tun.

HEDWIG: Ich freue mich riesig drauf, wenn Vater nach Hause kommt. Denn er hat versprochen, er will Frau Sörby bitten, daß sie ihm etwas Gutes für mich gibt.

GINA: Ja, das kannst du mir glauben, bei Werles, da gibt's gute Sachen!

HEDWIG *noch immer zeichnend*: Ein bißchen hungrig bin ich nun auch.

Der alte EKDAL, *mit einem Stoß Papiere unter dem Arm und einem anderen Paket in der Rocktasche, tritt durch die Flurtür ein.*

GINA: Wie spät Sie heut nach Hause kommen, Großvater.

EKDAL: Das Kontor war zu. Mußte bei Gråberg warten. Und dann mußt ich durch die Wohnung – hm.

HEDWIG: Haben sie dir wieder was abzuschreiben gegeben, Großvater?

EKDAL: Den ganzen Stoß hier. Sieh bloß mal.

GINA: Das ist ja fein.

HEDWIG: Und in der Tasche hast du auch noch ein Paket.

EKDAL: So? Ach was! Das ist weiter nichts. *Stellt seinen Stock in die Ecke.* Das gibt wieder für 'ne ganze Zeit Arbeit, das da, Gina. *Zieht den einen Flügel der Tür hinten ein wenig zur Seite.* Pst! *Guckt einen Augenblick in den Raum und schiebt die Tür dann wieder vorsichtig zu.* He – he! Sie schlafen schon, alle miteinander. Und sie hat sich in den Korb gelegt. He – he!

HEDWIG: Bist du sicher, Großvater, daß sie im Korb nicht friert?

EKDAL: Wie kommst du darauf! Frieren! In all dem Stroh? *Geht nach der oberen Tür links.* Wo sind die Streichhölzer?

GINA: Die Streichhölzer stehen auf der Kommode.

Ekdal ab in sein Zimmer.

HEDWIG: Das ist wirklich gut, daß Großvater wieder soviel Schreibarbeit bekommen hat.

GINA: Ja, der arme alte Vater. So verdient er sich doch wenigstens ein bißchen Taschengeld.

HEDWIG: Und dann kann er nicht den ganzen Vormittag in der ekligen Mutter Eriksen ihrer Kneipe sitzen.

GINA: Das auch, jawohl.

Kurze Pause.

HEDWIG: Glaubst du, sie sind noch bei Tisch?

GINA: Das weiß der liebe Gott. Kann schon möglich sein.

HEDWIG: Denk bloß, das viele gute Essen, das Vater kriegt. Ich bin sicher, er ist froh und vergnügt, wenn er kommt. Meinst du nicht auch, Mutter?

GINA: Ja, ja aber, du, wenn wir ihm nun noch erzählen könnten, daß wir das Zimmer vermietet hätten.

HEDWIG: Aber das ist heut nicht nötig.

GINA: Ach du, das käm uns aber doch sehr gelegen. Wir brauchen das Zimmer doch nicht.

HEDWIG: Nein, ich meine, es ist nicht nötig, weil Vater heut sowieso gut aufgelegt ist. Es ist besser, die Sache mit dem Zimmer, die bleibt für ein andres Mal.

GINA *sieht hin zu ihr*: Du freust dich wohl, Vater was Gutes erzählen zu können, wenn er abends nach Hause kommt?

HEDWIG: Ja, – weil 's dann hier lustiger ist.

GINA *nachdenklich*: Ach ja! Ist auch wahr.

Der alte EKDAL *kommt wieder herein und will durch die vorderste Tür links hinausgehen.*

GINA *wendet sich auf dem Stuhl halb um*: Großvater, wollen Sie was in der Küche?

EKDAL: Ja. Aber bleib nur sitzen. *Ab.*

GINA: Er hantiert da draußen doch wohl nicht mit den glühenden Kohlen herum? *Wartet einen Augenblick.* Hedwig, sieh mal nach, was er da macht.

EKDAL *kommt wieder mit einem kleinen Henkelkrug voll dampfenden Wassers.*

HEDWIG: Du holst dir warmes Wasser, Großvater?

EKDAL: Jawohl – tu ich. Brauch's zu was. Ich muß schreiben, und nun ist die Tinte dick geworden wie Brei, – hm.

GINA: Aber, Großpapa, essen Sie doch erst Ihr Abendbrot. Ich hab's Ihnen ja hineingestellt.

EKDAL: Aus dem Abendbrot, da mach ich mir nichts, Gina. Hab enorm zu tun, sag ich dir. Ich will niemanden sehen in meiner Kammer. Keinen, – hm.

Ab in sein Zimmer. Gina und Hedwig wechseln Blicke.

GINA *leise*: Ahnst du, woher er das Geld hat?

HEDWIG: Gewiß von Gråberg.

GINA: Nein, bestimmt nicht. Gråberg schickt ja das Geld immer an mich.

HEDWIG: Dann muß er irgendwo eine Flasche auf Pump genommen haben.

GINA: Armer Großvater; ihm borgt doch keiner was.

HJALMAR *im Überzieher, mit grauem Filzhut, kommt von rechts.*

GINA *wirft das Nähzeug hin und steht auf*: Aber, Ekdal, du bist schon wieder da?

HEDWIG *gleichzeitig, springt auf*: Nein, daß du schon nach Haus kommst, Vater!

HJALMAR *legt den Hut weg*: Ja, es gingen die meisten.

HEDWIG: So zeitig?

HJALMAR: Es war ja ein Diner. *Will den Überrock ausziehen.*

GINA: Ich will dir helfen.

HEDWIG: Ich auch. *Sie ziehen ihm den Rock aus.*

Gina hängt ihn an der Rückwand auf.

HEDWIG: Waren viele Leute da, Vater?

HJALMAR: Ach, nein, nicht viele. Wir waren so etwa zwölf bis vierzehn Personen bei Tisch.

GINA: Und mit den allen hast du geredet?

HJALMAR: O ja, ein bißchen; hauptsächlich hatte mich aber Gregers in Beschlag genommen.

GINA: Ist Gregers noch immer so häßlich?

HJALMAR: Na, schön sieht er ja nicht gerade aus. – Ist der Alte schon zu Hause?

HEDWIG: Jawohl, Großvater sitzt drin und schreibt.

HJALMAR: Hat er was gesagt?

GINA: Nee, was hätt er denn sagen sollen?

HJALMAR: Hat er nicht erzählt, daß –? Ich glaube gehört zu haben, er sei bei Gråberg gewesen. Ich will ein bißchen zu ihm hineingehen.

GINA: Nee, nee, laß man –

HJALMAR: Wieso? Hat er gesagt, er will mich nicht drin haben?

GINA: Er will heut niemanden drin haben –

HEDWIG *macht ein Zeichen*: Hm – hm!

GINA *merkt es nicht*: – er ist hier gewesen und hat sich warmes Wasser geholt –

HJALMAR: Aha! nun sitzt er und –?

GINA: Wird schon so sein.

HJALMAR: Herrgott, – mein armer, alter Vater –! Ja, laßt ihn nur sitzen und sich recht ordentlich was zugute tun.

Der alte EKDAL *im Hausrock mit brennender Tabakspfeife kommt aus seinem Zimmer.*

EKDAL: Wieder da? 's war mir doch auch, als hört ich deine Stimme.

HJALMAR: Diesen Augenblick bin ich gekommen.

EKDAL: Du hast mich wohl nicht gesehen, du?

HJALMAR: Nein; aber es hieß, du seist durchs Zimmer gegangen –; und da bin ich dir nachgekommen.

EKDAL: Hm, nett von dir, Hjalmar. – Was waren denn das eigentlich alles für Leute?

HJALMAR: O, allerlei Leute. Da war der Kammerherr Flor und Kammerherr Balle und Kammerherr Kaspersen und Kammerherr Soundso; was weiß ich –

EKDAL *nickt*: Hast du gehört, Gina! Er ist mit lauter Kammerherren zusammen gewesen.

GINA: Ja, das geht jetzt sehr vornehm zu in dem Haus.

HEDWIG: Haben die Kammerherren gesungen, Vater? Oder was vorgelesen?

HJALMAR: Nein, sie quatschten bloß. Und dann verlangten sie von mir, ich solle ihnen was vordeklamieren; aber dazu kriegten sie mich nicht.

EKDAL: Kriegten dich nicht?

GINA: Das hättest du doch aber tun können.

HJALMAR: Nein; man braucht doch nicht gleich nach jedermanns Pfeife zu tanzen. *Spaziert im Zimmer umher.* Ich wenigstens tu's nicht.

EKDAL: Nein, Hjalmar, der ist nicht so ohne weiteres zu haben.

HJALMAR: Ich weiß nicht, warum gerade ich für die Unterhaltung sorgen soll, wenn ich mal unter Menschen gehe. Laß die andern sich doch anstrengen. Die Bande geht da von einer Futterstelle zur andern und frißt und säuft tagaus, tagein. So sollen sie sich auch hübsch nützlich machen für das viele gute Essen, das sie kriegen.

GINA: Das hast du doch wohl nicht gesagt?

HJALMAR *trällernd*: Hi – hi – hi –; sie haben so allerhand zu hören gekriegt.

EKDAL: Und das hast du den Kammerherren ins Gesicht gesagt!

HJALMAR: Wird schon so gewesen sein. *Hinwerfend*: Und später hatten wir 'nen kleinen Disput über Tokayer.

EKDAL: Tokayer? Du, das ist ein guter Wein!

HJALMAR *bleibt stehen*: Er kann gut sein. Aber ich will dir sagen, nicht alle Jahrgänge sind gleich gut; es kommt ganz darauf an, wieviel Sonne die Trauben bekommen haben.

GINA: Nein, du weißt aber auch alles, Ekdal.

EKDAL: Und darüber fingen sie zu disputieren an?

HJALMAR: Sie wollten's versuchen; aber dann wurde ihnen begreiflich gemacht, daß es mit den Kammerherren genau dasselbe sei. Von denen seien auch nicht alle Jahrgänge gleich fein – wurde gesagt!

GINA: Nein, auf was du nicht alles kommst!

EKDAL: He – he! Und das kriegten sie unter die Nase gerieben?

HJALMAR: Ins Gesicht kriegten sie's gesagt.

EKDAL: Du, Gina, er hat's den Kammerherren ins Gesicht gesagt.

GINA: Nein, denk mal an, ins Gesicht.

HJALMAR: Ja, aber ich wünsche nicht, daß darüber gesprochen wird. So was erzählt man nicht weiter. Die ganze Sache verlief ja auch natürlich in aller Freundschaft. Es waren ja doch nette, gemütliche Leute; weshalb sollt ich sie denn verletzen? Nein!

EKDAL: Aber, ins Gesicht –

HEDWIG *schmeichelnd*: Wie gut du im Frack aussiehst. Der Frack kleidet dich sehr gut, Vater.

HJALMAR: Ja, nicht wahr? Und der hier paßt mir wirklich ganz großartig. Er sitzt wie angegossen; – vielleicht 'ne Idee zu eng unterm Arm –; hilf mir, Hedwig. *Zieht den Frack aus.* Ich zieh lieber die Jacke an. Wo ist die Jacke, Gina?

GINA: Da ist sie. *Bringt die Jacke und hilft ihm.*

HJALMAR: So! Vergiß bloß nicht, daß Molvik den Frack morgen früh wiederkriegt.

GINA *legt den Frack hin*: Wird schon besorgt.

HJALMAR *reckt sich*: Ah, das ist doch viel gemütlicher. Und so eine lose und bequeme Hausjacke paßt auch besser zu meiner ganzen Figur. Meinst du nicht auch, Hedwig?

HEDWIG: Ja, Vater!

HJALMAR: Besonders, wenn ich die Krawatte so in zwei flatternde Enden schlinge –; sieh mal, so –! – Was?

HEDWIG: Ja, das paßt gut zu dem Knebelbart und dem dichten, krausen Haar.

HJALMAR: Kraus möcht ich's nicht eigentlich nennen, eher noch lokkig.

HEDWIG: Ja, denn es ist so langgekraust.

HJALMAR: Eigentlich gelockt.

HEDWIG *nach kurzer Pause, zupft ihn an der Jacke*: Vater!

HJALMAR: Was ist?

HEDWIG: O, das weißt du ganz gut.

HJALMAR: Ich weiß wirklich nicht; – nein.

HEDWIG *lachend und weinerlich*: O doch, Vater; du darfst mich jetzt nicht länger quälen!

HJALMAR: Aber was ist denn?

HEDWIG *rüttelt ihn*: Unsinn! Gib's nur jetzt her, Vater! Du weißt doch – das Gute, das du mir versprochen hast.

HJALMAR: Ach! Herrgott – daß ich das vergessen mußte!

HEDWIG: Vater, du willst mich nur necken. Schäm dich! Wo hast du's denn?

HJALMAR: Ich hab's wahrhaftig vergessen. Aber warte mal! Ich habe doch noch was für dich, Hedwig. *Geht und sucht in den Fracktaschen.*

HEDWIG *springt umher und klatscht in die Hände*: Ach, Mutter, Mutter!

GINA: Siehst du, wenn du nur Geduld hast, so –

HJALMAR *mit einem Papier*: Sieh – da ist er.

HEDWIG: Das da? Das ist ja bloß ein Stück Papier.

HJALMAR: Du, das ist der Speisezettel. Der ganze Speisezettel. Da steht „Menu"; das heißt Speisezettel.

HEDWIG: Sonst hast du nichts?

HJALMAR: Du hörst doch, das andere hab ich vergessen. Aber du kannst mir auf mein Wort glauben: die Leckereien, die sind nur ein armseliges Vergnügen. Setz dich jetzt nur an den Tisch und lies die Karte vor: dann werd ich dir beschreiben, wie die Gerichte schmecken. Da, – Hedwig.

HEDWIG *würgt die Tränen hinunter*: Danke schön. *Sie setzt sich, jedoch ohne zu lesen; Gina macht ihr Zeichen; Hjalmar merkt es.*

HJALMAR *geht im Zimmer umher*: Ein Familienvater soll aber auch an die unglaublichsten Dinge denken; und vergißt er nur mal die kleinste Kleinigkeit, gleich sieht er saure Mienen! Na, man gewöhnt sich auch an so etwas. *Bleibt neben dem Alten am Ofen stehen.* Hast du heut abend da hineingesehen, Vater?

EKDAL: Das kannst du dir doch wohl denken. Sie ist in den Korb gegangen.

HJALMAR: So? In den Korb? Sie fängt also an, sich dran zu gewöhnen.

EKDAL: Ja, freilich; das hab ich doch vorausgesagt. Da sind nun aber doch einige kleine Dinge –

HJALMAR: Etliche Verbesserungen, ja.

EKDAL: Die aber doch gemacht werden müssen.

HJALMAR: Ja, reden wir ein bißchen von den Verbesserungen, Vater. Komm her, setzen wir uns aufs Sofa.

EKDAL: Schön! Hm! – Will aber erst noch die Pfeife stopfen; – muß sie wohl auch reinigen. Hm.

Ab in sein Zimmer.

GINA *lächelt Hjalmar zu*: Die Pfeife reinigen, du!

HJALMAR: Na ja, ja, Gina, laß ihn nur –; den armen alten schiffbrüchigen Mann. – Ja, die Verbesserungen, – es ist das beste, wir machen sie gleich morgen.

GINA: Morgen wirst du wohl keine Zeit dazu haben, Ekdal.

HEDWIG *einfallend*: O doch, Mutter.

GINA: – denn vergiß nicht die Kopien, die retuschiert werden müssen. Die Leute haben schon so oft danach gefragt.

HJALMAR: So! Also wieder die Kopien! Die werden schon noch fertig. Sind vielleicht neue Bestellungen gekommen?

GINA: Leider nein; morgen hab ich bloß die beiden Porträts, wie du weißt.

HJALMAR: Sonst nichts? Natürlich, wenn man sich keine Mühe gibt, so –

GINA: Aber was soll ich denn tun? Ich meine, ich setz es doch soviel wie möglich in die Zeitungen.

HJALMAR: Ach, in die Zeitungen, in die Zeitungen! Du siehst ja, was das nützt. Und wegen des Zimmers, da war wohl auch keiner da?

GINA: Nein, noch nicht.

HJALMAR: Das war ja zu erwarten. Wenn man sich nicht umtut, so –. Man muß sich ordentlich zusammennehmen, Gina!

HEDWIG *geht zu ihm*: Soll ich dir nicht die Flöte holen, Vater?

HJALMAR: Nein; keine Flöte; ich brauche keine Freuden auf dieser Welt. *Geht umher.* Ja, morgen will ich arbeiten, daß es 'ne Art hat. Daran soll's nicht fehlen. Ich werde arbeiten, solang meine Kräfte reichen –

GINA: Aber liebster, bester Ekdal, so hab ich das ja gar nicht gemeint.

HEDWIG: Vater, soll ich nicht 'ne Flasche Bier hereinholen?

HJALMAR: Nein, auf keinen Fall. Ich hab nichts nötig. – – *Bleibt stehen.* Bier? – Sprachst du von Bier?

HEDWIG *lebhaft*: Ja, Vater; schönes, frisches Bier.

HJALMAR: Na, – wenn du durchaus willst, so hol meinetwegen 'ne Flasche herein.

GINA: Ja, tu das; dann werden wir's uns gemütlich machen.

Hedwig läuft auf die Küchentür zu.

HJALMAR *am Ofen, hält sie auf, sieht sie an, nimmt ihren Kopf in seine Hände und drückt sie an sich*: Hedwig! Hedwig!

HEDWIG *froh und in Tränen*: O, mein lieber Vater!

HJALMAR: Nenn mich nicht so! Da hab ich nun an dem Tische des reichen Mannes gesessen und zugegriffen, – hab gesessen und geschwelgt an dieser üppigen Tafel! – Und doch konnt ich –!

GINA *am Tisch sitzend*: Ach, Unsinn, Unsinn, Ekdal.

HJALMAR: Doch! Aber ihr dürft es nicht so genau mit mir nehmen. Ihr wißt ja, daß ich euch doch liebhabe.

HEDWIG *umarmt ihn*: Und wir haben dich so furchtbar lieb, Vater!

HJALMAR: Und wenn ich dann und wann mal ungemütlich sein sollte, so – Herrgott – so vergeßt nicht, daß ich ein Mann bin, der von einem Heer von Sorgen bestürmt wird. Na! *Trocknet die Augen.* Kein Bier in solchem Augenblick. Gib mir die Flöte.

Hedwig läuft an das Regal und holt sie.

HJALMAR: Danke schön! So ist's recht. Mit der Flöte in der Hand und mit euch beiden an meiner Seite – o!

Hedwig setzt sich zu Gina an den Tisch; Hjalmar geht auf und ab, setzt kräftig ein und spielt einen böhmischen Volkstanz, aber in langsamem, elegischem Tempo und mit gefühlvollem Vortrag.

HJALMAR *bricht ab im Spiel, reicht Gina die linke Hand und sagt bewegt*: Ist's auch eng und ärmlich unter unserem Dache, Gina – so ist es doch ein Zuhause. Und das sage ich euch: hier ist gut sein!

Beginnt wieder zu spielen; gleich darauf klopft es an der Flurtür.

GINA *steht auf*: Still, Ekdal, – ich glaube, es kommt jemand.

HJALMAR *legt die Flöte auf das Regal*: Was ist denn nun schon wieder!

Gina geht und öffnet die Tür.

GREGERS WERLE *draußen auf dem Flur*: Bitte um Verzeihung –

GINA *weicht ein wenig zurück*: O!

GREGERS: – wohnt hier nicht der Photograph Ekdal?

GINA: Ja.

HJALMAR *geht an die Tür*: Gregers? Du bist es doch? Nun, so komm nur herein.

GREGERS *tritt ein*: Ich sagte dir ja, daß ich dich besuchen wollte.

HJALMAR: Aber heut abend noch –? Du hast die Gesellschaft im Stich gelassen?

GREGERS: Die Gesellschaft ebenso wie mein väterliches Haus. – Guten Abend, Frau Ekdal. Ich weiß nicht, ob Sie mich noch kennen?

GINA: Ach ja, es ist nicht schwer, den jungen Herrn Werle zu erkennen.

GREGERS: Nein; ich sehe ja meiner Mutter ähnlich; und an sie werden Sie sich gewiß erinnern.

HJALMAR: Du hast das Haus verlassen, sagst du?

GREGERS: Ja, ich bin in ein Hotel gezogen.

HJALMAR: So. Na, da du nun mal da bist, so leg doch ab und nimm Platz.

GREGERS: Danke schön.

Legt den Überzieher ab. Er hat sich umgekleidet und trägt einen einfachen grauen Tuchanzug von ländlichem Schnitt.

HJALMAR: Komm her, aufs Sofa. Mach's dir bequem.

Gregers setzt sich aufs Sofa, Hjalmar auf einen Stuhl am Tisch.

GREGERS *sieht sich im Zimmer um*: Hier also haust du, Hjalmar. Hier wohnst du.

HJALMAR: Das hier ist das Atelier, wie du wohl siehst –

GINA: Aber hier ist mehr Platz, und deshalb halten wir uns am liebsten hier auf.

HJALMAR: Früher wohnten wir besser; aber diese Wohnung hat einen großen Vorzug: hier sind herrliche Nebenräume –

GINA: Und dann haben wir auf der andern Seite des Flurs ein Zimmer, das wir vermieten können.

GREGERS *zu Hjalmar*: So, so – du hast auch Untermieter?

HJALMAR: Nein, noch nicht. Das geht nicht so rasch; man muß sich umtun. *Zu Hedwig*: Aber, du, wo bleibt denn das Bier?

Hedwig nickt und geht in die Küche.

GREGERS: Das ist also deine Tochter?

HJALMAR: Ja, das ist Hedwig.

GREGERS: Und sie ist euer einziges Kind?

HJALMAR: Sie ist das einzige, jawohl. Sie ist unsere höchste Freude auf der Welt, und – *Senkt die Stimme*: – sie ist auch unser tiefster Kummer.

GREGERS: Was sagst du da!

HJALMAR: Ja, Gregers; denn es besteht die drohende Gefahr, daß sie das Augenlicht verlieren wird.

GREGERS: Blind wird!

HJALMAR: Ja. Bis jetzt sind nur die ersten Anzeichen zu spüren; und es kann ja auch noch eine ganze Weile gut gehen. Aber der Arzt hat uns gewarnt. Es ist unabwendbar.

GREGERS: Das ist ja ein furchtbares Unglück. Wie hat sie das bekommen?

HJALMAR *seufzt*: Wahrscheinlich durch Vererbung.

GREGERS *stutzt*: Vererbung?

GINA: Ekdals Mutter hatte auch schwache Augen.

HJALMAR: Ja, das sagt Vater; ich kann mich ja nicht an sie erinnern.

GREGERS: Armes Kind. Und wie trägt sie's?

HJALMAR: Ach, du kannst dir wohl denken, daß wir's nicht übers Herz bringen, ihr so etwas zu sagen. Sie ahnt die Gefahr nicht. Froh und sorglos und zwitschernd wie ein kleiner Vogel flattert sie hinein in die ewige Nacht des Lebens. *Überwältigt*: O, das ist so hart für mich, Gregers.

HEDWIG *bringt ein Tablett mit Bier und Gläsern und stellt es auf den Tisch.*

HJALMAR *ihr Haar streichelnd*: Danke, danke, Hedwig.

Hedwig schlingt den Arm um seinen Hals und flüstert ihm etwas ins Ohr.

HJALMAR: Nein. Butterbrot jetzt nicht. *Mit einem Blick auf Gregers.* Oder nimmst du vielleicht einen Bissen, Gregers?

GREGERS *ablehnend*: Nein, nein, danke.

HJALMAR *noch immer wehmütig*: Na, bring man doch 'n bißchen. Wenn du eine Kante hättest, so wär mir's lieb. Und spar nur ja die Butter nicht.

Hedwig nickt vergnügt und geht wieder in die Küche.

GREGERS, *der ihr mit den Blicken gefolgt ist*: Sonst sieht sie recht frisch und gesund aus, mein ich.

GINA: Sonst fehlt ihr ja auch, Gott sei Dank, gar nichts.

GREGERS: Sie wird Ihnen gewiß mit der Zeit ähnlich, Frau Ekdal. Wie alt ist sie jetzt eigentlich?

GINA: Hedwig ist nun fast vierzehn Jahre. Sie hat übermorgen Geburtstag.

GREGERS: Dann ist sie ziemlich groß für ihr Alter.

GINA: Ja, im letzten Jahr ist sie mächtig in die Höhe geschossen.

GREGERS: An denen, die heranwachsen, sieht man am besten, wie alt man selber wird. – Wie lange sind Sie nun schon verheiratet?

GINA: Verheiratet sind wir jetzt so an die –; ja, bald fünfzehn Jahre.

GREGERS: Denken Sie mal an, so lange schon!

GINA *wird aufmerksam; sieht ihn an*: Jawohl – allerdings.

HJALMAR: Gewiß. Es fehlen ein paar Monate an fünfzehn Jahren. *Geht darüber hinweg.* Dir muß die Zeit da oben auf dem Werk recht lang geworden sein, Gregers.

GREGERS: Ja, ja, – während ich sie durchlebte; – jetzt hinterher weiß ich kaum, wo sie geblieben ist.

Der alte EKDAL *kommt aus seinem Zimmer, ohne Pfeife, aber mit seiner alten Militärmütze auf dem Kopf; sein Gang ist ein wenig unsicher.*

EKDAL: So, Hjalmar, jetzt können wir uns setzen und über die Geschichte reden – hm. Was ist denn hier los?

HJALMAR *geht ihm entgegen*: Vater, es ist jemand da, Gregers Werle –. Ich weiß nicht, ob du dich an ihn noch erinnerst.

EKDAL *sieht Gregers an, der aufgestanden ist*: Werle? Ist das der Sohn? Was will er von mir?

HJALMAR: Nichts. Er besucht mich.

EKDAL: Na, dann ist also weiter nichts los?

HJALMAR: Kein Gedanke – nein.

EKDAL *schwingt die Arme*: Nicht deswegen, siehst du. Ich bin nicht bange, aber –

GREGERS *geht auf ihn zu*: Ich wollte Sie nur von den alten Jagdgründen grüßen, Herr Leutnant.

EKDAL: Jagdgründen?

GREGERS: Jawohl, beim Höjdalswerk da oben.

EKDAL: Ach so, da oben. Ja, da war ich gut bekannt dazumal.

GREGERS: Damals waren Sie ein großer Jäger.

EKDAL: Ja freilich. Wird wohl so sein. Sie sehen auf meine Uniform. Ich frage keinen um Erlaubnis, ob ich sie hier drin tragen darf. Wenn ich nur nicht damit auf die Straße gehe, so –

HEDWIG *bringt einen Teller mit Broten, den sie auf den Tisch stellt.*

HJALMAR: Nun setz dich, Vater, und nimm ein Glas Bier. Bediene dich, Gregers.

Ekdal murmelt etwas und stolpert zum Sofa. Gregers setzt sich auf den ihm zunächst stehenden Stuhl, Hjalmar an Gregers andere Seite. Gina sitzt ein wenig vom Tische entfernt und näht. Hedwig steht bei ihrem Vater.

GREGERS: Wissen Sie noch, Herr Leutnant, wie Hjalmar und ich da oben zu Ihnen zu Besuch kamen im Sommer und um die Weihnachtszeit?

EKDAL: So? Taten Sie das? Nein, nein, nein, – das weiß ich nicht mehr. Aber ich darf schon sagen, daß ich ein guter Jäger war. Habe auch Bären geschossen, an die neun Stück.

GREGERS *sieht ihn teilnehmend an*: Und nun gehen Sie gar nicht mehr auf die Jagd.

EKDAL: O, sagen Sie das nicht, mein Lieber. Jagen tu ich schon noch ab und zu mal. Freilich nicht auf die Art! Denn der Wald, sehen Sie, – der Wald, der Wald –! *Trinkt.* Steht er jetzt schön, der Wald?

GREGERS: Nicht so wie zu Ihrer Zeit. Er ist stark gelichtet.

EKDAL: Gelichtet? *Leiser, gleichsam ängstlich*: Das ist ein gefährliches Geschäft. Das bleibt nicht ohne Folgen. Der Wald, der kann sich rächen.

HJALMAR *füllt ihm das Glas*: Bitt schön, Vater; noch 'nen Schluck.

GREGERS: Wie kann ein Mann wie Sie – so ein Freiluftmensch – mitten in einer staubigen Stadt, zwischen vier engen Wänden leben?

EKDAL *kichert und zwinkert zu Hjalmar hinüber*: Ach, hier ist's so übel nicht. Gar nicht so übel.

GREGERS: Aber wo ist hier das zu finden, woran Ihr Herz hängt? Die frische, erquickende Luft, das freie Leben in Wald und Flur, unter Wild und Vögeln –

EKDAL *lacht*: Hjalmar, wollen wir's ihm zeigen?

HJALMAR *schnell und ein wenig verlegen*: Ach nein, Vater, nein; heut nicht.

GREGERS: Was will er mir zeigen?

HJALMAR: Ach, es ist weiter nichts –; du siehst es schon noch ein andres Mal.

GREGERS *fährt, zum Alten gewendet, fort*: Was ich eigentlich sagen wollte, Herr Leutnant: Sie sollten mit mir da hinauf kommen; denn ich reise schon bald wieder ab. Schreibarbeit gibt es dort oben auch, und hier haben Sie ja doch absolut nichts, was Sie trösten oder erheitern könnte.

EKDAL *starrt ihn erstaunt an*: Ich hab absolut nichts, was – –!

GREGERS: Na ja, Sie haben Hjalmar; aber der hat doch wieder seine Familie. Und ein Mann wie Sie, der sich immer hingezogen fühlte zu allem Freien und Urwüchsigen –

EKDAL *schlägt auf den Tisch*: Hjalmar, nun soll er's sehen!

HJALMAR: Vater, so laß doch – wozu denn? Es ist ja dunkel –

EKDAL: Unsinn! Es ist doch Mondschein. *Steht auf.* Er soll es sehen, sag ich. Laß mich durch. Komm, Hjalmar, und hilf mir!

HEDWIG: Ach ja, tu's, Vater!

HJALMAR *steht auf*: Na, meinetwegen.

GREGERS *zu Gina*: Was ist denn eigentlich?

GINA: Ach, glauben Sie nur nicht, daß es so was Besonderes ist.

Ekdal und Hjalmar sind zur Rückwand gegangen und schieben die Flügeltür zur Seite; Hedwig hilft dem Alten, Gregers bleibt am Sofa stehen, Gina näht unbekümmert weiter. Durch die Türöffnung wird ein großer, langgestreckter, unregelmäßiger Bodenraum mit Winkeln und ein paar freistehenden Schornsteinen sichtbar. Dachluken, durch die helles Mondlicht auf einzelne Teile des großen Raumes fällt; andere liegen in tiefem Schatten.

EKDAL *zu Gregers*: Sie dürfen schon näher treten!

GREGERS *geht zu ihnen*: Was ist denn das eigentlich?

EKDAL: Können ja selbst mal nachsehen! Hm!

HJALMAR *ein wenig verlegen*: Das gehört Vater, weißt du.

GREGERS *an der Tür, sieht in den Bodenraum*: Sie halten sich ja Hühner, Herr Leutnant!

EKDAL: Und ob wir Hühner halten! Sie sind jetzt aufgeflogen. Aber Sie sollten die Hühner nur mal bei Tage sehen!

HEDWIG: Und dann ist auch – –

EKDAL: Pst – pst! Noch nichts sagen.

GREGERS: Und Tauben, seh ich, haben Sie auch.

EKDAL: O ja! Werden schon auch Tauben haben! Die haben ihre Brutkästen da oben unter dem Dach; denn die Tauben, die wollen gern recht hoch sitzen, wissen Sie.

HJALMAR: Das ist auch nicht alles eine gewöhnliche Sorte Tauben.

EKDAL: Gewöhnliche Sorte! Meiner Treu, nein. Wir haben Tümmler; und ein paar Kropftauben haben wir auch. Aber kommen Sie nur rein! Sehen Sie den Kasten da hinten an der Wand?

GREGERS: Ja, wozu brauchen Sie den?

EKDAL: Da liegen die Kaninchen des Nachts, mein Lieber.

GREGERS: So? Kaninchen haben Sie auch?

EKDAL: Donnerwetter ja, das können Sie sich doch denken, daß wir Kaninchen haben. Du, Hjalmar, er fragt, ob wir Kaninchen haben! Hm! Aber nun kommt das Eigentliche, sehen Sie. Nun kommt es! Geh zur Seite, Hedwig. Stellen Sie sich hierher, so, ja, – und nun sehen Sie da drunter. – Sehen Sie da nicht einen Korb mit Stroh drin?

GREGERS: Ja. Und ich sehe, es liegt ein Vogel im Korb.

EKDAL: Hm! – „ein Vogel" –

GREGERS: Ist das nicht 'ne Ente?

EKDAL *verletzt*: Wird schon so sein.

HJALMAR: Aber was für 'ne Ente, glaubst du?

HEDWIG: Das ist keine gemeine Ente –

EKDAL: Pst!

GREGERS: Und 'ne türkische Ente ist's auch nicht.

EKDAL: Nein, Herr – Werle; das ist keine türkische Ente; denn das ist eine Wildente.

GREGERS: Wirklich? Eine wilde Ente?

EKDAL: Jaja, so ist's. Der Vogel, wie Sie sagten, – der ist 'ne Wildente. Unsere Wildente, mein Lieber.

HEDWIG: Meine Wildente. Denn mir gehört sie.

GREGERS: Und die kann hier oben auf dem Boden leben und sich wohlfühlen?

EKDAL: Natürlich hat sie 'nen Trog mit Wasser, wo sie drin planschen kann.

HJALMAR: Einen Tag um den anderen kriegt sie frisches Wasser.

GINA *wendet sich zu Hjalmar*: Aber, lieber Ekdal, es wird hier eiskalt.

EKDAL: Hm, dann wollen wir zumachen. Lohnt sich auch nicht, ihr die Nachtruhe zu stören. Faß an, Hedwig.

Hjalmar und Hedwig schieben die Bodentür zu.

EKDAL: Ein andres Mal können Sie sie sich in Ruhe ansehen. *Setzt sich in den Lehnstuhl am Ofen.* Ja, das können Sie mir glauben, die Wildenten, die sind was ganz Merkwürdiges.

GREGERS: Wie haben Sie sie denn nur gefangen, Herr Leutnant?

EKDAL: Hab sie gar nicht gefangen. Wir verdanken sie hier jemandem in der Stadt.

GREGERS *stutzt ein wenig*: Doch wohl nicht etwa meinen Vater?

EKDAL: Gewiß doch. Dem und keinem sonst. Hm.

HJALMAR: Es ist doch komisch, Gregers, wie du das geraten hast.

GREGERS: Du hast mir ja schon erzählt, daß du meinem Vater so mancherlei verdankst; und da dacht ich mir so –

GINA: Aber wir haben die Ente nicht von Herrn Werle selbst –

EKDAL: Deshalb verdanken wir sie Håken Werle doch, Gina. *Zu Gregers*: Er war mit seinem Boot draußen, wissen Sie, und da schoß er auf sie. Aber er hat doch man schwache Augen, Ihr Vater. Hm; und da wurde sie nur angeschossen.

GREGERS: Na ja; sie kriegte ein paar Schrotkörner ab.

HJALMAR: Ja, vielleicht drei oder vier Stück.

HEDWIG: Sie kriegte sie unter den Flügel, und da konnte sie nicht fliegen.

GREGERS: Und dann tauchte sie wohl in die Tiefe hinunter?

EKDAL *schläfrig, mit schwerer Zunge*: Ist doch natürlich. Machen die Wildenten immer. Sinken, – bis es nicht mehr weiter geht, mein Lieber; – beißen sich fest in Tang und Algen – und dem Teufelszeug, das sonst noch da unten ist. Und dann kommen sie nie wieder rauf.

GREGERS: Aber Ihre Wildente ist doch wieder heraufgekommen, Herr Leutnant.

EKDAL: Er hatte so 'nen fabelhaft scharfen Hund, Ihr Vater. – Und der Hund – der tauchte nach und holte die Ente wieder herauf.

GREGERS *zu Hjalmar gewendet*: Und da habt ihr sie gekriegt?

HJALMAR: Nicht gleich; erst kam sie zu deinem Vater ins Haus; aber da wollte sie sich nicht recht erholen. Und da bekam Pettersen die Anweisung, sie zu schlachten –

EKDAL *halb im Schlaf*: Hm – ja, Pettersen – der Schafskopf –

HJALMAR *spricht leiser*: Auf diesem Wege, siehst du, bekamen wir sie; denn Vater kennt Pettersen ein bißchen; und als er die Geschichte mit der Wildente hörte, da setzte er's durch, daß sie ihm überlassen wurde.

GREGERS: Und da drin auf dem Boden, da geht's ihr nun prächtig?

HJALMAR: Na, und ob! Sie ist fett geworden. Na, nun ist sie ja auch schon so lange da drin, daß sie das alte Leben in der Freiheit ganz vergessen hat. Und das ist ja doch die Hauptsache.

GREGERS: Da hast du ganz recht, Hjalmar. Laß sie nur nicht Himmel und Meer sehen –. Aber jetzt darf ich nicht länger bleiben; denn ich glaube, dein Vater schläft.

HJALMAR: Ach, deshalb –

GREGERS: Richtig, ja, – sagtest du nicht, du habest ein Zimmer zu vermieten, – ein unbewohntes Zimmer?

HJALMAR: Ja. Was ist damit? Weißt du vielleicht jemanden –?

GREGERS: Kann ich das Zimmer haben?

HJALMAR: Du?

GINA: Nicht doch –, Herr Werle –

GREGERS: Kann ich das Zimmer haben? Dann ziehe ich gleich morgen früh ein.

HJALMAR: Aber mit dem größten Vergnügen –

GINA: Nicht doch, Herr Werle, das ist gar kein Zimmer für Sie.

HJALMAR: Aber Gina, wie kannst du nur so etwas sagen?

GINA: Doch. Denn das Zimmer ist weder groß genug noch hell genug, und –

GREGERS: Das kommt nicht so genau drauf an, Frau Ekdal.

HJALMAR: Ich sollte doch meinen, es ist ein ganz hübsches Zimmer; und auch gar nicht so übel möbliert.

GINA: Aber vergiß nicht die beiden, die drunter wohnen.

GREGERS: Wer ist denn das?

GINA: Ach, einer, der Hauslehrer gewesen ist, –

HJALMAR: Ein gewisser Kandidat Molvik.

GINA: – und dann ein Doktor, der Relling heißt.

GREGERS: Relling? Den kenn ich nur flüchtig; er praktizierte eine Zeitlang oben auf Höjdal.

GINA: Das sind so ein paar rechte Mannsbilder. Abends gehen sie oft auf den Bummel, und wenn sie nachts sehr spät nach Haus kommen, dann sind sie nicht immer so –

GREGERS: Daran gewöhnt man sich bald. Ich hoffe, es geht mir wie der Wildente –

GINA: Hm, ich meine, Sie sollten 's erst noch eine Nacht überschlafen.

GREGERS: Sie nehmen mich wohl sehr ungern ins Haus, Frau Ekdal?

GINA: Aber nein, wie können Sie so etwas glauben?

HJALMAR: Ja, es ist wirklich sonderbar von dir, Gina. *Zu Gregers*: Doch sag mal, du gedenkst nun fürs erste in der Stadt zu bleiben?

GREGERS *zieht seinen Überzieher an*: Ja, ich gedenke hierzubleiben.

HJALMAR: Aber nicht im Hause deines Vaters? Was willst du denn anfangen?

GREGERS: Ja, du, wenn ich das nur wüßte – dann wär ich nicht so übel dran. Aber wenn man das Kreuz hat, Gregers zu heißen – Gregers – und auch noch Werle. Du, hast du schon mal einen so häßlichen Namen gehört?

HJALMAR: Ach, das find ich gar nicht.

GREGERS: Äh! Pfui! Ich hätte Lust, den Kerl anzuspucken, der so heißt. Aber wenn man nun mal das Kreuz hat, Gregers – Werle zu sein auf dieser Welt, wie ich es bin –

HJALMAR *lacht*: Haha, wenn du nicht Gregers Werle wärst, was möchtest du denn sonst sein?

GREGERS: Hätt ich die Wahl, so möcht ich am liebsten ein schneller Hund sein.

GINA: Ein Hund!

HEDWIG *unwillkürlich*: Ach nein?!

GREGERS: Ja, so ein recht flinker Hund; so einer, der untertaucht nach den Wildenten, wenn sie sinken und sich in Tang und Algen festbeißen unten im Morast.

HJALMAR: Weißt du was, Gregers, – davon verstehe ich keine Silbe.

GREGERS: Ach, einen besondern Sinn hat's auch nicht. Na, also morgen früh – zieh ich ein. *Zu Gina*: Viel Arbeit werden Sie mit mir nicht haben; ich mache alles selbst. *Zu Hjalmar*: Morgen reden wir weiter. – Gute Nacht, Frau Ekdal. *Nickt Hedwig zu*: Gute Nacht!

GINA: Gute Nacht, Herr Werle.

HEDWIG: Gute Nacht.

HJALMAR *der ein Licht angezündet hat*: Einen Augenblick, ich will dir leuchten; es ist gewiß dunkel auf der Treppe.

Gregers und Hjalmar ab durch die Flurtür.

GINA *sieht vor sich hin, das Nähzeug im Schoß*: War das nicht ein wunderliches Gerede, er möchte gern ein Hund sein?

HEDWIG: Ich will dir was sagen, Mutter, – ich glaube, er hat was andres damit gemeint.

GINA: Was sollte denn das gewesen sein?

HEDWIG: Das weiß ich nicht; aber es war, wie wenn er was anderes meinte, als was er sagte – die ganze Zeit.

GINA: Glaubst du? Ja, sonderbar war's.

HJALMAR *kommt zurück*: Die Lampe brannte noch. *Löscht das Licht aus und stellt es weg.* Na, endlich kann man einen Bissen zu sich nehmen. *Fängt an, ein Butterbrot zu essen.* Na, siehst du, Gina, – wenn man sich nur umtut, so –

GINA: Wieso umtut?

HJALMAR: Ja, ist es denn nicht ein Glück, daß wir das Zimmer endlich mal vermietet haben. Und denk nur, – an einen Menschen wie Gregers – an einen alten, guten Freund.

GINA: Ja, ich – ich weiß nicht, was ich dazu sagen soll.

HEDWIG: Ach Mutter, du sollst schon sehen, wie nett es wird!

HJALMAR: Du bist aber auch sonderbar. Zuerst warst du wie versessen drauf, das Zimmer zu vermieten; und nun ist's dir nicht recht.

GINA: Ja, Ekdal, – wenn's bloß ein andrer gewesen wäre, so –. Aber was, glaubst du, wird der alte Werle sagen?

HJALMAR: Der alte Werle? Was kümmert den das?!

GINA: Aber du kannst dir doch wohl denken, daß es zwischen denen wieder 'nen Krach gegeben hat, wenn der junge Werle das Haus verläßt. Du weißt ja, wie die beiden miteinander stehen.

HJALMAR: Ja, mag sein, aber –

GINA: Und nun glaubt am Ende der Alte, du steckst dahinter –

HJALMAR: So laß ihn glauben, was er will! Der alte Werle hat sehr viel für mich getan. Herrgott ja, das erkenn ich an. Aber deshalb kann ich mich doch nicht für ewige Zeiten von ihm abhängig machen.

GINA: Aber, bester Ekdal, vielleicht muß Großvater dran glauben; am Ende verliert er nun das kleine bißchen Verdienst, das er bei Gråberg hat.

HJALMAR: Fast hätt ich gesagt: wenn es doch so käme! Ist es nicht demütigend für einen Mann wie mich, seinen alten grauen Vater wie einen Ausgestoßenen herumlaufen zu sehen? Aber nun ist bald die Zeit gekommen, denk ich. *Nimmt ein frisches Butterbrot.* Da ich mal eine Aufgabe im Leben habe, so führ ich sie auch durch!

HEDWIG: Ach ja, Vater! Tu das!

GINA: Pst; weck ihn man nicht auf!

HJALMAR *leise*: Ich werde diese Aufgabe durchführen, sag ich. Es wird schon mal der Tag kommen, wo –. Und deshalb ist es gut, daß wir das Zimmer vermietet haben; denn so bin ich unabhängiger gestellt; und das muß der Mann sein, der eine Aufgabe im Leben hat. *Nach dem Lehnstuhl hin, bewegt*: Armer alter Vater. – Vertraue nur deinem Hjalmar. – Der hat breite Schultern; – kraftvolle Schultern jedenfalls. – Eines schönen Tages wirst du erwachen und – *Zu Gina*: Glaubst du's vielleicht nicht?

GINA *steht auf*: Ja, gewiß, doch; aber erst wollen wir sehen, wie wir ihn in die Klappe kriegen.

HJALMAR: Ja, das wollen wir.

Sie fassen den Alten vorsichtig an.

DRITTER AKT

Hjalmar Ekdals Atelier. Es ist Morgen; das Tageslicht fällt durch das große Fenster des Schrägdachs; der Vorhang ist zurückgezogen.

HJALMAR *sitzt am Tisch, mit dem Retuschieren einer Photographie beschäftigt; mehrere andere Bilder liegen vor ihm. Gleich darauf kommt* GINA *in Hut und Mantel durch die Flurtür; sie trägt einen Deckelkorb am Arm.*

HJALMAR: Bist du schon wieder da, Gina?

GINA: Ach ja, man muß sich sputen. *Stellt den Korb auf einen Stuhl und legt Hut und Mantel ab.*

HJALMAR: Warst du bei Gregers drin?

GINA: Ja, das war ich. Bei dem sieht's mal nett aus. Kaum ist er da, so hat er auch schon die schönsten Geschichten angerichtet.

HJALMAR: Wieso?

GINA: Er wollte doch selber alles machen, sagte er. Da wollt er nu auch einheizen; und da hat er die Ofenklappe zugemacht, so daß das ganze Zimmer voll Rauch ist. Herrje, das war ein Gestank, daß man –

HJALMAR: Ach nein!

GINA: Aber das Schönste kommt noch. Nu wollt er nämlich das Feuer löschen, und da goß er das Waschwasser in den Ofen, so daß der ganze Fußboden in Dreck schwimmt.

HJALMAR: Das ist aber doch ärgerlich.

GINA: Ich habe gleich die Portiersfrau raufgeholt, damit sie das Zimmer reine macht; aber vor heut nachmittag kann man dort drin nicht wieder sitzen.

HJALMAR: Was fängt er denn nun inzwischen mit sich an?

GINA: Er geht aus, sagte er.

HJALMAR: Ich war auch einen Augenblick bei ihm drin – nachdem du weggegangen warst.

GINA: Das hört ich. Du hast ihn ja zum Frühstück eingeladen.

HJALMAR: Nur so ein ganz kleiner Vormittagsimbiß, weißt du. Es ist ja der erste Tag –; wir können nicht gut umhin. Du hast ja doch immer was im Hause.

GINA: Ich muß zusehen, daß ich ein bißchen was finde.

HJALMAR: Aber daß es nur nicht zu knapp ist. Denn Relling und Molvik kommen auch rauf, glaub ich. Relling hab ich eben auf der Treppe getroffen, siehst du, und da mußt ich doch – –

GINA: Was? Kommen die beiden etwa auch noch?

HJALMAR: Herrgott – ein paar Leute mehr oder weniger, das macht den Kohl auch nicht fett.

EKDAL *öffnet seine Tür und sieht hinein*: Du, Hjalmar, hör mal – *Bemerkt Gina.* Ach so.

GINA: Wollen Sie was, Großvater?

EKDAL: Ach nein; ist nicht wichtig. Hm! *Geht wieder hinein.*

GINA *nimmt den Korb*: Paß nur gut auf ihn auf, daß er nicht ausgeht.

HJALMAR: Jawohl, ja – wird gemacht. – Du, Gina, ein bißchen Heringssalat wäre ganz famos; denn Relling und Molvik haben diese Nacht wieder einen Bummel gemacht.

GINA: Wenn sie mir nur nicht zu früh auf den Hals kommen –

HJALMAR: Nein, sicher nicht; laß dir nur Zeit.

GINA: Na ja; und inzwischen kannst du ja auch noch ein bißchen arbeiten.

HJALMAR: Ich sitze ja und arbeite! Ich arbeite ja, was das Zeug hält.

GINA: Dann bist du's ja doch los, sieh mal. *Geht mit dem Korb in die Küche.*

Hjalmar sitzt einige Augenblicke und pinselt auf der Photographie, doch träge und unlustig.

EKDAL *steckt den Kopf durch die Tür, sieht sich im Atelier um und sagt in gedämpftem Ton*: Du, hast du was zu tun?

HJALMAR: Ja, ich sitze hier und quäle mich mit den Bildern da ab –

EKDAL: Ja, ja, natürlich, – wenn du so viel zu tun hast, so – hm! *Geht wieder hinein; die Tür bleibt offen.*

HJALMAR *arbeitet schweigend eine Weile weiter; dann legt er den Pinsel hin und geht an die Tür*: Hast du zu tun, Vater?

EKDAL *brummt drinnen*: Wenn du zu tun hast, dann hab ich auch zu tun. Hm!

HJALMAR: Na ja, bitte. *Geht wieder an seine Arbeit.*

EKDAL *kommt bald darauf wieder an die Tür*: Hm; weißt du, Hjalmar, so sehr viel zu tun hab ich nun gerade nicht.

HJALMAR: Ich glaubte, du säßest und schriebest.

EKDAL: Donnerwetter, der Gråberg, kann der denn nicht noch einen Tag oder zwei warten? Das Leben hängt, soviel ich weiß, doch nicht davon ab.

HJALMAR: Nein, und du bist doch auch kein Sklave.

EKDAL: Und dann die andere Geschichte da drin –

HJALMAR: Natürlich, ja. Du möchtest wohl rein? Soll ich dir aufmachen?

EKDAL: Wär mir gar nicht so unangenehm.

HJALMAR *erhebt sich*: Dann wären wir die Sache auch los.

EKDAL: Ja freilich. Soll ja bis morgen früh fertig sein. Denn morgen ist es doch? Hm?

HJALMAR: Ja.

Hjalmar und Ekdal schieben jeder einen Türflügel zur Seite. Die Morgensonne scheint durch die Dachluken herein; einige Tauben fliegen hin und her, andere gurren auf den Stangen; weiter hinten auf dem Boden gackern dann und wann die Hühner.

HJALMAR: Na, nun geh man schon hinein, Vater.

EKDAL *geht hinein*: Kommst du nicht mit?

HJALMAR: Ja, sieh mal, – ich glaub schon – *Sieht Gina in der Küchentür.* Ich? Nein, ich hab keine Zeit; ich muß arbeiten. – Aber der Mechanismus, den –

Er zieht an einer Schnur; drinnen gleitet ein Vorhang herab, dessen unterer Teil aus einem Streifen alten Segeltuchs besteht; der obere Teil ist aus einem Fischernetz hergestellt. Auf diese Weise ist der Fußboden des Raums nicht mehr sichtbar.

HJALMAR *geht an den Tisch*: So; nun werd ich doch wohl einen Augenblick unbehelligt sitzen können.

GINA: Mußte er denn da wieder rein und dort herumhantieren?

HJALMAR: Hätte er wohl lieber zu Mutter Eriksen runter laufen sollen? *Setzt sich.* Willst du was? Du sagtest ja –

GINA: Ich wollt nur fragen, ob du meinst, daß wir den Frühstückstisch hier decken können?

HJALMAR: Ja, – für so früh hat sich doch wohl keiner angesagt?

GINA: Nein; ich erwarte nur die Brautleute, die sich zusammen photographieren lassen möchten.

HJALMAR: Donnerwetter, daß sie sich nicht einen andern Tag dazu aussuchen können!

GINA: Ich hab sie ja doch für heut nachmittag bestellt, Ekdalchen, wenn du schläfst.

HJALMAR: Na, dann ist's gut. Also wir essen hier.

GINA: Na ja, schön, aber es eilt noch nicht mit dem Decken; du kannst den Tisch gut und gern noch 'ne Weile benutzen.

HJALMAR: Ich meine, du siehst doch, daß ich hier sitze und den Tisch nach Möglichkeit benutze!!

GINA: Dann bist du nachher doch auch frei, sieh mal. *Wieder ab in die Küche.*

Kurze Pause.

EKDAL *in der Bodentür hinter dem Netz*: Hjalmar!

HJALMAR: Was?

EKDAL: Ich fürchte, wir müssen den Wassertrog doch noch rücken.

HJALMAR: Das hab ich doch immer gesagt.

EKDAL: Hm – hm – hm. *Verläßt die Tür wieder.*

Hjalmar arbeitet ein wenig, schielt zum Boden hin und steht halb auf. HEDWIG *kommt aus der Küche.*

HJALMAR *setzt sich schnell wieder hin*: Was willst du?

HEDWIG: Ich wollte bloß zu dir rein, Vater.

HJALMAR *nach kurzer Pause*: Ich glaube gar, du gehst hier herum und schnüffelst. Sollst du vielleicht aufpassen?

HEDWIG: Aber ganz und gar nicht.

HJALMAR: Was macht denn Mutter jetzt draußen?

HEDWIG: Ach, Mutter, die steht mitten im Heringssalat. *Geht an den Tisch.* Könnt ich dir nicht irgendwas helfen, Vater?

HJALMAR: I wo. Ich tu schon lieber alles allein – soweit die Kräfte reichen. Es hat keine Not, Hedwig; wenn nur dein Vater gesund bleibt, –

HEDWIG: Nicht doch, Vater! Du sollst nicht so häßlich daherreden.

Sie geht im Zimmer umher, bleibt in der Türöffnung stehen und sieht in den Boden hinein.

HJALMAR: Du – was macht er denn da?

HEDWIG: Wahrscheinlich 'nen neuen Weg zum Wassertrog.

HJALMAR: Das bringt er doch nie und nimmer allein zustande! Und da muß ich verurteilt sein, hier zu sitzen –!

HEDWIG *geht zu ihm*: Gib mir den Pinsel, Vater. Ich kann's schon.

HJALMAR: Ach was; du verdirbst dir nur die Augen.

HEDWIG: Ganz sicher nicht. So gib doch nur den Pinsel.

HJALMAR *steht auf*: Na, es dauert ja auch bloß ein oder zwei Minuten.

HEDWIG: Ach, was sollt denn das schaden? *Nimmt den Pinsel.* So –. *Setzt sich.* Und hier hab ich ja auch ein Bild als Vorlage.

HJALMAR: Aber verdirb dir die Augen nicht! Hörst du wohl? Ich will nicht die Verantwortung haben; du mußt selbst die Verantwortung tragen, – das sag ich dir.

HEDWIG *retuschiert*: Jawohl, das werd ich schon.

HJALMAR: Du bist aber wirklich sehr geschickt, Hedwig. Nur ein paar Minuten, verstehst du.

Er schlüpft zwischen Tür und Vorhang in den Bodenraum. Hedwig sitzt bei ihrer Arbeit. Man hört, wie Hjalmar und Ekdal drin diskutieren.

HJALMAR *erscheint hinter dem Netz*: Hedwig, ach gib mir mal die Zange, die auf dem Gesims liegt. Und den Hammer auch. *Wendet sich zurück.* Nun sollst du mal sehen, Vater. Bitte, ich möchte dir erst zeigen, wie ich's meine!

Hedwig hat das verlangte Werkzeug vom Regal geholt und gibt es ihm hinein.

HJALMAR: Danke schön. Ein wahres Glück, du, daß ich dazugekommen bin.

Verläßt die Türöffnung; sie tischlern und reden drinnen. Hedwig bleibt stehen und sieht ihnen zu. Bald darauf klopft es an der Flurtür. Sie bemerkt es nicht.

GREGERS WERLE *kommt barhäuptig und ohne Überzieher herein und bleibt eine Weile an der Tür stehen*: Hm –!

HEDWIG *wendet sich um und geht ihm entgegen*: Guten Morgen. Bitte, kommen Sie herein.

GREGERS: Danke schön. *Sieht nach dem Boden hinüber.* Es scheint, Sie haben Arbeiter im Hause.

HEDWIG: Nein, das sind bloß Vater und Großvater. Aber ich will ihnen sagen, daß –

GREGERS: Nein, – bitte nicht; ich warte lieber eine Weile. *Setzt sich aufs Sofa.*

HEDWIG: Hier ist es so unordentlich –

Will die Photographien wegräumen.

GREGERS: Ach, lassen Sie nur liegen. Die Bilder, die sollen wohl fertig werden?

HEDWIG: Ja, ich sollte Vater ein bißchen dabei helfen.

GREGERS: Lassen Sie sich nur durch mich nicht stören.

HEDWIG: O nein.

Sie schiebt die Sachen zu sich heran und setzt sich an die Arbeit. Indessen sieht Gregers ihr schweigend zu.

GREGERS: Hat die Wildente heut nacht gut geschlafen?

HEDWIG: Danke sehr, ich glaube schon.

GREGERS *zum Bodenraum gewendet*: Bei Tage sieht es ganz anders aus als gestern bei Mondschein.

HEDWIG: Ja, es kann wirklich sehr verschieden sein. Des Morgens sieht es anders aus als nachmittags; und wenn es regnet, sieht es anders aus als bei gutem Wetter.

GREGERS: Haben Sie das beobachtet?

HEDWIG: Ja, das sieht man doch.

GREGERS: Sind Sie auch gern da drin bei der Wildente?

HEDWIG: Ja, wenn es sich machen läßt, so –

GREGERS: Aber Sie haben wohl nicht soviel freie Zeit. Sie gehen ja doch zur Schule.

HEDWIG: Nein, jetzt nicht mehr. Denn Vater ist bange, ich verderbe mir die Augen.

GREGERS: So? Dann gibt er Ihnen wohl selbst Unterricht?

HEDWIG: Vater hat versprochen, mir welchen zu geben; aber er hat noch keine Zeit dazu gehabt.

GREGERS: Ist denn sonst keiner da, der sich Ihrer annimmt?

HEDWIG: Ja doch, der Kandidat Molvik; aber er ist nicht immer so – so ganz richtig –

GREGERS: Betrunken?

HEDWIG: Ja freilich.

GREGERS: Na, dann haben Sie ja doch eine Menge Zeit. Und da drin, das ist wohl so eine Welt für sich – wie?

HEDWIG: Ja, ganz und gar. Und dann sind da so viele merkwürdige Dinge.

GREGERS: So?

HEDWIG: Ja, da sind große Schränke mit Büchern, und in vielen Büchern sind Bilder.

GREGERS: Aha!

HEDWIG: Und dann ist da eine alte Schatulle mit Schubladen und Klappen und eine große Uhr mit Figuren, die herauskommen können. Aber die Uhr geht nicht mehr.

GREGERS: Die Zeit ist also stehengeblieben – da drin bei der Wildente.

HEDWIG: Ja. Und auch alte Farbenkästen sind da und dergleichen. Und die vielen Bücher.

GREGERS: Und in den Büchern, da lesen Sie wohl viel?

HEDWIG: O ja, wenn ich kann. Aber die meisten sind englisch, und das versteh ich nicht. Aber dann sehe ich mir die Bilder an. – Da ist ein mächtig großes Buch, das heißt „Harrysons History of London"; das ist wohl an die hundert Jahre alt; und dann sind so eine Menge Bilder drin. Vorn steht der Tod abgebildet mit einem Stundenglas und eine Jungfrau. Das find ich häßlich. Aber dann sind noch viele andere Bilder drin mit Kirchen und Schlössern und Straßen und großen Schiffen, die auf dem Meere segeln.

GREGERS: Sagen Sie mal, woher haben Sie all die seltenen Sachen?

HEDWIG: Ach, hier hat mal ein alter Schiffskapitän gewohnt, und der hat sie mitgebracht. Sie nannten ihn „den fliegenden Holländer". Und das ist komisch; denn er war gar kein Holländer.

GREGERS: So?

HEDWIG: Nein. Aber eines Tages war er weg. Und da sind die ganzen Sachen hier zurückgeblieben.

GREGERS: Nun sagen Sie mir mal, – wenn Sie nun so da drin sitzen und sich die Bilder anschauen, kriegen Sie da nicht Lust, hinauszukommen und die große, wirkliche Welt zu sehen?

HEDWIG: O nein! Ich will immer hier bleiben und Vater und Mutter helfen.

GREGERS: Und Photographien retuschieren?

HEDWIG: Nein, nicht das allein. Am liebsten möcht ich lernen, solche Bilder zu radieren, wie da in den englischen Büchern stehen.

GREGERS: Hm, – und was sagt Ihr Vater dazu?

HEDWIG: Vater, der sieht das, glaub ich, nicht gern; denn er ist so wunderlich in solchen Dingen. Denken Sie nur, er spricht davon, ich soll das Korbflechten und Strohflechten lernen! Aber ich meine, das kann doch nichts sein.

GREGERS: Das mein ich auch.

HEDWIG: Aber darin hat Vater ja recht: hätt ich das Korbflechten gelernt, so könnt ich jetzt den neuen Korb für die Wildente machen.

GREGERS: Allerdings, ja; und Sie wären auch die Nächste dazu.

HEDWIG: Ja; denn es ist meine Wildente.

GREGERS: Freilich.

HEDWIG: Jawohl, mir gehört sie. Aber an Vater und Großvater leihe ich sie aus, so oft sie wollen.

GREGERS: So? Wozu brauchen die sie denn?

HEDWIG: O, sie hegen sie und pflegen sie und bauen ihr was zurecht und so weiter.

GREGERS: Kann ich mir denken; denn die Wildente ist wohl von allen das vornehmste Tier da drin.

HEDWIG: Ja, das ist sie; denn sie ist doch ein wirklicher wilder Vogel. Und dann kann sie einem auch so leid tun. Sie hat keinen Anhang, die Arme.

GREGERS: Hat keine Familie wie die Kaninchen –

HEDWIG: Nein. Die Hühner haben doch auch so viele, mit denen zusammen sie Kücken gewesen sind; aber sie ist den Ihren entrissen worden. Und dann hat es ja doch auch so eine eigene Bewandtnis mit der Wildente. Keiner kennt sie; und keiner weiß, woher sie stammt.

GREGERS: Und dann ist sie auf dem Meeresgrund gewesen.

HEDWIG *sieht ihn flüchtig an, unterdrückt ein Lächeln und fragt*: Warum sagen Sie Meeresgrund?

GREGERS: Was sollt ich sonst sagen?

HEDWIG: Sie könnten sagen: Boden des Meeres – oder Meeresboden.

GREGERS: Kann ich nicht ebensogut Meeresgrund sagen?

HEDWIG: Ja, aber für mich klingt es immer so seltsam, wenn andere Leute Meeresgrund sagen.

GREGERS: Warum denn? Sagen Sie mir, warum?

HEDWIG: Nein, ich will nicht, es ist zu dumm.

GREGERS: Ach bewahre. Sagen Sie mir doch, warum Sie lächelten.

HEDWIG: Weil immer, wenn ich so auf einmal – so ganz plötzlich – an die ganze Geschichte da drin denke, – weil es mir dann vorkommt, als hieße der ganze Raum und alles andere auch „der Meeresgrund". – Aber das ist ja so dumm.

GREGERS: Sagen Sie das nur nicht.

HEDWIG: O doch; denn es ist doch bloß ein Boden.

GREGERS *sieht sie fest an*: Sind Sie da so sicher?

HEDWIG *erstaunt*: Daß es nur ein Boden ist?

GREGERS: Ja, wissen Sie das so genau?

Hedwig schweigt und sieht ihn mit offenem Munde an. GINA *kommt mit dem Tischzeug aus der Küche.*

GREGERS *steht auf*: Ich bin Ihnen gewiß zu früh gekommen?

GINA: Ach, irgendwo müssen Sie sich doch aufhalten; und jetzt bin ich auch bald fertig. Räum den Tisch ab, Hedwig.

Hedwig räumt ab; sie und Gina decken während des Folgenden. Gregers setzt sich in den Lehnstuhl und blättert in einem Album.

GREGERS: Ich höre, Sie können retuschieren, Frau Ekdal.

GINA *mit einem Seitenblick*: Ja freilich, das kann ich.

GREGERS: Das hat sich wirklich gut getroffen.

GINA: Wieso gut?

GREGERS: Weil doch Ekdal Photograph geworden ist, mein ich.

HEDWIG: Mutter kann auch photographieren.

GINA: O ja, die Kunst, die hab ich mir auch beigebracht.

GREGERS: Dann führen Sie wohl das Geschäft?

GINA: Ja, wenn Ekdal selbst nicht Zeit hat, –

GREGERS: Er ist gewiß von seinem alten Vater ganz in Anspruch genommen, denk ich mir.

GINA: Ja, und dann ist es doch auch nichts für einen Mann wie Ekdal, von Kräti und Präti Porträts zu machen.

GREGERS: Das mein ich auch; aber wenn er den Weg doch nun mal eingeschlagen hat, so –

GINA: Sie können sich doch wohl denken, Herr Werle, – Ekdal ist nicht einer von den gewöhnlichen Photographen.

GREGERS: Na ja, aber trotzdem –

Auf dem Boden fällt ein Schuß.

GREGERS *fährt auf*: Was ist denn das?!

GINA: Herrje, da schießen sie wieder!

GREGERS: Sie schießen auch?

HEDWIG: Sie gehen auf die Jagd.

GREGERS: Was?! *An der Bodentür*: Gehst du auf die Jagd, Hjalmar?

HJALMAR *hinter dem Netz*: Ach, du bist da? Davon wußt ich nichts; ich war so beschäftigt – *Zu Hedwig*: und du sagst uns nichts! *Kommt ins Atelier.*

GREGERS: Du gehst da auf dem Boden herum und schießt?

HJALMAR *zeigt eine doppelläufige Pistole*: Ach, bloß mit diesem Dings da.

GINA: Ja, du und Großvater – Ihr werdet schon noch mal ein Unglück mit der Pikstole da anrichten.

HJALMAR *ärgerlich*: Ich habe dir doch gesagt, daß so eine Schußwaffe eine Pistole heißt.

GINA: Ach, das ist auch nicht viel besser, mein ich.

GREGERS: Du bist also auch Jäger geworden, Hjalmar?

HJALMAR: Nur ab und zu eine kleine Kaninchenjagd. Eigentlich mehr Vater zuliebe, verstehst du.

GINA: Die Mannsleute, die sind doch zu komisch; sie müssen immer was haben, womit sie sich dividieren.

HJALMAR *ärgerlich*: Ja, ja; wir müssen immer was haben, womit wir uns divertieren.

GINA: Na, das sag ich doch gerade.

HJALMAR: Na; hm! *Zu Gregers*: Und siehst du, es trifft sich gut, daß der Boden so liegt, daß niemand es hören kann, wenn wir schießen. *Legt die Pistole auf das oberste Brett des Regals.* Rühr die Pistole nicht an, Hedwig! Der eine Lauf ist geladen; denk daran.

GREGERS *sieht hinein durch das Netz*: Ein Jagdgewehr hast du auch, wie ich sehe.

HJALMAR: Es ist Vaters altes Gewehr. Man kann nicht mehr damit schießen; denn am Schloß ist was nicht in Ordnung. Aber trotzdem ist's ganz nett, es zu haben; denn wir können es ab und zu auseinandernehmen, es mit Knochenfett einschmieren und es wieder zusammensetzen. – Besonders Vater pusselt gern an so was rum.

HEDWIG *neben Gregers*: Jetzt können Sie die Wildente richtig sehen.

GREGERS: Ich sehe sie mir grade an. Mir scheint, sie läßt den einen Flügel ein bißchen hängen.

HJALMAR: Na, das ist doch kein Wunder; sie ist ja angeschossen worden.

GREGERS: Und dann schleppt sie den einen Fuß ein bißchen nach. Nicht wahr?

HJALMAR: Vielleicht ein ganz klein wenig.

HEDWIG: In den Fuß, da hat der Hund sie gebissen.

HJALMAR: Sonst fehlt ihr aber nicht das geringste. Und das ist ein wahres Wunder, da sie doch eine Ladung Schrot abbekommen hat und zwischen den Zähnen eines Hundes gewesen ist –

GREGERS *mit einem Blick auf Hedwig*: – und auf dem Meeresgrund gewesen ist – so lange.

HEDWIG *lächelt*: Ja.

GINA *schafft auf dem Tisch Ordnung*: Die ewige Wildente, die! Der werden so viel Kumpelmente gemacht.

HJALMAR: Hm; – ist nun bald gedeckt?

GINA: Ja, gleich. Hedwig, jetzt komm und hilf mir.

Gina und Hedwig ab in die Küche.

HJALMAR *halb laut*: Ach du, laß das lieber und sieh Vater nicht zu; er mag das nicht.

Gregers verläßt die Bodentür.

HJALMAR: Es ist das gescheiteste, ich mache zu, eh die andern kommen. *Klatscht in die Hände.* Husch – husch; wollt ihr wohl da weg! *Indem er den Vorhang hinaufzieht und die Tür zusammenschiebt*: Diese Einrichtungen sind meine eigene Erfindung. Es ist wirklich recht amüsant, so was zu haben, womit man sich zu schaffen machen kann und das man wieder in Ordnung bringt, wenn's mal kaputt gegangen ist. Und dann, sieh mal, ist es auch sehr notwendig, weil doch Gina nicht gern die Kaninchen und Hühner im Atelier drin haben will.

GREGERS: Gewiß; und deine Frau, die besorgt hier wohl alles?

HJALMAR: Ich überlasse ihr im allgemeinen die laufenden Geschäfte; denn so kann ich mich inzwischen in das Wohnzimmer zurückziehen und über Dinge nachdenken, die wichtiger sind.

GREGERS: Du, Hjalmar, was für Dinge sind denn das eigentlich?

HJALMAR: Ich wundere mich nur, daß du danach nicht schon längst gefragt hast. Oder hast du etwa noch nichts von der Erfindung gehört?

GREGERS: Erfindung? Nein.

HJALMAR: So? Wirklich nicht? Natürlich, da oben in den Wäldern und in deiner Einöde –

GREGERS: Du hast also eine Erfindung gemacht!

HJALMAR: Noch nicht ganz; aber ich bin eben dabei. Du kannst dir doch wohl denken, daß ich mich nicht deshalb für die Photographiererei aufgeopfert habe, um etwa bloß alle möglichen Alltagsmenschen abzuporträtieren.

GREGERS: Gewiß nicht; das sagte auch deine Frau eben.

HJALMAR: Ich leistete einen Schwur: wenn ich schon meine Kräfte so einem Handwerk widmete, so müßte ich es so heben, daß es zu einer Kunst und auch zu einer Wissenschaft würde. Und so beschloß ich, die merkwürdige Erfindung zu machen.

GREGERS: Und worin besteht die Erfindung? Was bezweckt sie?

HJALMAR: Ja, mein Lieber, nach solchen Einzelheiten darfst du mich noch nicht fragen. Dazu, sieh mal, gehört Zeit. Und dann darfst du auch nicht glauben, daß Eitelkeit mich dazu treibt. Ich arbeite wahrhaftig nicht aus Eigennützigkeit, o nein, sondern für eine Lebensaufgabe, die ich Tag und Nacht vor Augen habe.

GREGERS: Was für eine Lebensaufgabe?

HJALMAR: Vergißt du den Greis im Silberhaar?

GREGERS: Dein armer Vater; ja, aber was kannst du denn eigentlich für ihn tun?

HJALMAR: Ich kann sein totes Selbstgefühl zu neuem Leben erwecken, indem ich den Namen Ekdal wieder zu Ehren und Ansehen bringe.

GREGERS: Das also ist deine Lebensaufgabe.

HJALMAR: Jawohl. Ich will den Schiffbrüchigen retten. Denn Schiffbruch erlitt er schon, als das Unwetter über ihn hereinbrach. Während der schrecklichen Zeit der Untersuchung, da war er schon nicht mehr er selbst. Die Pistole dort – die wir zur Kaninchenjagd gebrauchen – die hat eine Rolle gespielt in der Tragödie des Hauses Ekdal.

GREGERS: Die Pistole? So?

HJALMAR: Als das Urteil gefällt war und er eingesperrt werden sollte – da hielt er die Pistole in der Hand –

GREGERS: Wahrhaftig –?

HJALMAR: Ja, aber er hatte nicht den Mut. Er war feige. So herabgekommen, so krank war er schon damals an seiner Seele. O, verstehst du das? Ein Offizier – ein Mann, der neun Bären geschossen hatte – der abstammte von zwei Oberstleutnants – von einem nach dem andern natürlich –. Verstehst du das, Gregers?

GREGERS: O ja, ich verstehe es.

HJALMAR: Ich nicht. Und dann griff die Pistole zum zweiten Male in die Geschichte unseres Hauses ein. Als er den grauen Drillichanzug angezogen hatte und hinter Schloß und Riegel saß – o, das waren, glaube mir, entsetzliche Zeiten für mich. Ich hatte die Vorhänge an meinen beiden Fenstern heruntergelassen. Wenn ich hinausblickte, sah ich, daß die Sonne schien, wie gewöhnlich. Ich begriff es nicht. Ich sah die Menschen auf der Straße gehen und lachen und über die gleichgültigsten Dinge schwatzen. Ich begriff es nicht. Mir war, als müsse das ganze Dasein stillstehen, wie bei einer Sonnenfinsternis.

GREGERS: So war auch mir ums Herz, als meine Mutter starb.

HJALMAR: In einem solchen Augenblick hatte ich, Hjalmar Ekdal, die Pistole auf meine eigene Brust gerichtet.

GREGERS: Auch du wolltest –!

HJALMAR: Ja.

GREGERS: Aber du hast nicht losgedrückt?

HJALMAR: Nein. Im entscheidenden Augenblick siegte ich über mich selbst. Ich blieb leben. Aber glaube mir, es gehört Mut dazu, unter solchen Umständen das Leben zu wählen.

GREGERS: Ja – wie man's nimmt.

HJALMAR: Nein, du, – unbedingt. Aber es war das beste so; denn nun mach ich bald meine Erfindung; und dann – das glauben Doktor Relling und ich – bekommt Vater die Erlaubnis, wieder seine Uniform zu tragen. Ich will es fordern als meinen einzigen Lohn.

GREGERS: Also die Uniform ist es, die er –?

HJALMAR: Ja, nach ihr steht sein ganzes Sinnen und Trachten. Du kannst dir nicht vorstellen, wie mir das das Herz zerreißt um seinetwillen. Immer, wenn wir ein kleines Familienfest feiern – Ginas und meinen Hochzeitstag oder was es sonst sein mag –, dann erscheint der Alte hier, angetan mit der Leutnantsuniform aus den Tagen des Glücks. Aber klopft es nur an der Flurtür – du weißt ja, er wagt nicht, sich vor fremden Leuten zu zeigen –, dann stürzt er wieder in seine Kammer, so schnell ihn seine alten Beine tragen. Und siehst du, so was kann einem Sohn das Herz brechen.

GREGERS: Und wann ungefähr denkst du mit der Erfindung fertig zu sein?

HJALMAR: Herrgott, nach solchen Einzelheiten wie der Zeit darfst du mich nicht fragen! Eine Erfindung, das ist eine Sache, die man nicht selbst ganz in der Hand hat. Es kommt dabei zum guten Teil auf die Inspiration an, – auf eine Eingebung, – und es ist so gut wie unmöglich, im voraus zu berechnen, wann sie eintritt.

GREGERS: Aber vorwärts geht's doch wohl?

HJALMAR: Natürlich geht's vorwärts. Ich mache mich jeden lieben Tag an die Erfindung; sie nimmt mich ganz in Anspruch. Jeden Nachmittag, nach dem Essen, schließ ich mich im Wohnzimmer ein, wo ich in Ruhe nachdenken kann. Aber nur treiben soll man mich nicht; das nützt gar nichts; das sagt Relling auch.

GREGERS: Und meinst du nicht, daß die ganzen Geschichten da drin auf dem Boden dich zu sehr ablenken und zerstreuen?

HJALMAR: Ach bewahre, im Gegenteil. Das darfst du nicht sagen. Ich kann doch nicht immer und ewig hier denselben anstrengenden Gedanken nachhängen. Ich muß nebenher noch was haben, das die Wartezeit ausfüllt. Die Inspiration, die Eingebung, sieh mal, – wenn die kommen will – so kommt sie doch.

GREGERS: Mein lieber Hjalmar, ich glaube fast, du hast etwas von der Wildente.

HJALMAR: Von der Wildente? Wie meinst du das?

GREGERS: Du bist untergetaucht und hast dich da tief unten an den Algen festgebissen.

HJALMAR: Meinst du damit vielleicht den Schuß, der, um ein Haar tödlich, meinen Vater in den Flügel getroffen hat – und mich auch?

GREGERS: Nicht direkt das. Ich will nicht sagen, daß du angeschossen bist; aber du bist in einen giftigen Sumpf geraten, Hjalmar; du hast eine schleichende Krankheit in dir, und dann bist du untergegangen, um im Dunkeln zu sterben.

HJALMAR: Ich? Im Dunkeln sterben! – du, hör mal, Gregers, solch unsinniges Geschwätz solltest du wirklich lassen.

GREGERS: Sei nur ruhig; ich werde dich schon wieder auf die Beine bringen. Denn ich habe nun auch eine Lebensaufgabe; seit gestern.

HJALMAR: Schön, – aber laß mich nur in Frieden. Ich kann dir versichern: ich befinde mich – abgesehen von meiner leicht erklärlichen Melancholie natürlich – so wohl, wie sich's ein Mensch nur wünschen kann.

GREGERS: Daß das so ist, das kommt auch von dem Gift.

HJALMAR: Liebster, bester Gregers, jetzt rede mir nicht mehr von Krankheit und Gift; solche Gespräche bin ich nicht gewöhnt; in meinem Hause spricht man mir niemals von unangenehmen Sachen.

GREGERS: Ja, das glaub ich dir gern.

HJALMAR: Jawohl, denn es schadet mir nur. Und hier ist keine Sumpfluft, wie du dich ausdrückst. Das Haus des armen Photographen hat ein niedriges Dach – das weiß ich wohl –, und meine Verhältnisse sind beschränkt. Aber – ich bin ein Erfinder, – und ich bin zugleich Familienvater. Das erhebt mich über die engen Verhältnisse. – Ah, da ist das Frühstück!

GINA *und* HEDWIG *bringen Bierflaschen, die Branntweinkaraffe, Gläser usw. Zugleich erscheinen* RELLING *und* MOLVIK *vom Flur her; beide sind ohne Hut und Überrock; Molvik ist schwarz gekleidet.*

GINA *stellt die Sachen auf den Tisch*: Na, die beiden sind pünktlich da.

RELLING: Molvik redete sich ein, er wittere Heringssalat, und da war er nicht zu halten. – Nochmals guten Morgen, Ekdal.

HJALMAR: Gregers, darf ich dir Herrn Kandidaten Molvik vorstellen; Doktor – ach, Relling, den kennst du ja.

GREGERS: Ganz flüchtig.

RELLING: Ah, Herr Werle junior. Ja, wir haben uns da oben auf dem Höjdalswerk in den Haaren gelegen. Sie sind wohl eben eingezogen?

GREGERS: Heut früh.

RELLING: Und unter Ihnen wohnen Molvik und ich; Sie haben also nicht weit zum Doktor und zum Pastor, wenn Sie einen davon brauchen sollten.

GREGERS: Danke sehr. Das wäre schon möglich, denn gestern waren wir dreizehn bei Tisch.

HJALMAR: Ach, so laß doch diese ungemütliche Geschichte.

RELLING: Das braucht dich nicht anzufechten, Ekdal; denn dich trifft's weiß Gott nicht.

HJALMAR: Das will ich auch hoffen im Interesse meiner Familie. Aber nun wollen wir uns setzen und essen und trinken und fröhlich sein.

GREGERS: Wollen wir nicht auf deinen Vater warten?

HJALMAR: Nein, er will sein Essen später auf sein Zimmer haben. Also bitte!

Die Herren setzen sich an den Frühstückstisch, essen und trinken. Gina und Hedwig kommen und gehen und bedienen.

RELLING: Gestern hatte Molvik einen schönen Zustand.

GINA: So? Schon wieder?

RELLING: Hörten Sie ihn nicht, als ich nachts mit ihm nach Hause kam?

GINA: Nein, nicht daß ich wüßte.

RELLING: Das war sehr gut; denn Molvik war sehr eklig.

GINA: Ist das wahr, Molvik?

MOLVIK: Machen wir einen Strich unter die Ereignisse dieser Nacht. So was hängt ja nicht von meinem besseren Ich ab.

RELLING *zu Gregers*: Es kommt über ihn wie eine Eingebung, und dann muß ich mit ihm raus auf den Bummel. Denn, sehen Sie, unser Molvik ist dämonisch.

GREGERS: Dämonisch?

RELLING: Molvik ist dämonisch, jawohl.

GREGERS: Hm.

RELLING: Und dämonische Naturen sind nicht dazu gemacht, auf ihren Beinen gerade durch die Welt zu gehen; sie müssen ab und zu auf Abwege. – Na, und Sie halten's noch immer aus da oben auf dem scheußlichen, rußigen Werk?

GREGERS: Bis jetzt hab ich es ausgehalten.

RELLING: Und haben Sie inzwischen die Forderung einkassiert, mit der Sie herumgingen?

GREGERS: Forderung? *Versteht ihn.* Ach so.

HJALMAR: Du hast Forderungen einkassiert, Gregers?

GREGERS: Ach, Unsinn.

RELLING: Ja freilich hat er das; er ging von einer Arbeiterhütte zur andern und präsentierte etwas, das er „die ideale Forderung" nannte.

GREGERS: Ich war damals noch jung.

RELLING: Da haben Sie recht; Sie waren sehr jung. Und die ideale Forderung, – die wurde Ihnen nie honoriert, solange ich da war.

GREGERS: Nachher auch nicht.

RELLING: Na, und da sind Sie wohl so gescheit geworden, von der Höhe der Forderung ein bißchen abzulassen.

GREGERS: Niemals, wenn ich vor einem echten, wahrhaftigen Menschen stehe.

HJALMAR: Das find ich auch ganz vernünftig. – Etwas Butter, Gina.

RELLING: Und auch ein Stück Speck für Molvik.

MOLVIK: Äh! keinen Speck!

Es klopft an der Bodentür.

HJALMAR: Mach auf, Hedwig; Vater will raus.

Hedwig geht und öffnet ein Stückchen; der alte EKDAL *kommt herein mit einem frischen Kaninchenfell; sie schließt wieder hinter ihm.*

EKDAL: Guten Morgen, meine Herren! Hab heute 'ne gute Jagd gehabt. Hab eins von den Großen geschossen.

HJALMAR: Und du hast es abgezogen, eh ich kam –!

EKDAL: Hab's auch gesalzen. Es ist gutes mürbes Fleisch, das Kaninchenfleisch; und süß ist es auch; schmeckt wie Zucker. Mahlzeit, meine Herren! *Ab in sein Zimmer.*

MOLVIK *steht auf*: Entschuldigen Sie –; ich kann nicht –; ich muß runter so rasch wie möglich –

RELLING: Trink Sodawasser, Mensch!

MOLVIK *beeilt sich*: Äh – äh! *Durch die Flurtür ab.*

RELLING *zu Hjalmar*: Wir wollen einen Schnaps trinken auf den alten Weidmann.

HJALMAR *stößt mit ihm an*: Auf den Sportsmann am Rand des Grabes.

RELLING: Auf den Greis im – *Trinkt.* Ja, sag mal, – ist sein Haar eigentlich grau oder weiß?

HJALMAR: Es ist wohl so mittel; übrigens hat er gar nicht mehr so viel Haare auf dem Kopf.

RELLING: Na, mit falschen Haaren kommt man auch durch die Welt. Du, Ekdal, du bist im Grunde doch ein glücklicher Mensch; du hast deine schöne Lebensaufgabe, für die du dich ganz einsetzen kannst.

HJALMAR: Und ich setz mich auch ein – das kannst du glauben.

RELLING: Und dann hast du deine tüchtige Frau, die so flink in ihren Filzschuhen herumläuft und sich in den Hüften schaukelt und dich umhegt und bemuttert.

HJALMAR: Ja, Gina, – *Nickt ihr zu.* – du bist eine gute Gefährtin auf meinem Lebenswege – das bist du wirklich.

GINA: Ach, sitzt nicht da und ressensiert über mich.

RELLING: Und dann – Ekdal, deine Hedwig!

HJALMAR *bewegt*: Ja, das Kind! Das Kind an erster Stelle. Hedwig, komm mal her. *Streichelt ihr Haar.* Du, was ist morgen für ein Tag?

HEDWIG *zupft ihn am Rock*: Ach nein, Vater, du sollst nichts sagen!

HJALMAR: Mir ist, als kriegt ich einen Messerstich ins Herz bei dem Gedanken, daß es so wenig sein kann; bloß 'ne kleine festliche Veranstaltung drin auf dem Boden –

HEDWIG: Aber das wird ja doch gerade himmlisch!

RELLING: Nur Geduld, Hedwig, bis die merkwürdige Erfindung ans Licht kommt.

HJALMAR: Ja dann – dann sollst du sehen –! Hedwig, ich bin entschlossen, deine Zukunft zu sichern. Du sollst es gut haben, solange du lebst. Ich will etwas fordern für dich – irgend etwas. Das soll der einzige Lohn des armen Erfinders sein.

HEDWIG *schlingt den Arm um seinen Hals und flüstert ihm zu*: O du lieber, lieber Vater!

RELLING *zu Gregers*: Na, meinen Sie nicht auch, daß es 'ne ganz nette Sache ist, zur Veränderung mal an einem gut besetzten Tische zu sitzen im Kreise einer glücklichen Familie?

HJALMAR: Ja, diese Stunden bei Tisch, die weiß ich wirklich sehr zu schätzen.

GREGERS: Ich für mein Teil fühle mich nicht wohl in Sumpfluft.

RELLING: Sumpfluft?

HJALMAR: Ach du, komm doch nicht wieder mit dem Gefasel!

GINA: Hier ist weiß Gott keine Sumpfluft, Herr Werle, denn hier wird jeden Tag ausgelüftet.

GREGERS *steht vom Tisch auf*: Den Gestank, den ich meine, kriegen Sie sicher nicht raus.

HJALMAR: Gestank!

GINA: Was sagst du dazu, Ekdal!

RELLING: Pardon – aber sind Sie's am Ende nicht selbst, der den Gestank von den Gruben mitbringt?

GREGERS: Es sähe Ihnen ähnlich, das Gestank zu nennen, was ich hier ins Haus bringe.

RELLING *nähert sich ihm*: Hören Sie mal, Herr Werle junior, ich habe Sie stark im Verdacht, daß Sie „die ideale Forderung" noch immer ungekürzt hinten in Ihrer Rocktasche herumtragen.

GREGERS: In der Brust trag ich sie!

RELLING: Tragen Sie sie zum Donnerwetter, wo Sie wollen, – aber ich möchte Ihnen nicht raten, hier den Einkassierer zu spielen, solange ich da bin.

GREGERS: Und wenn ich es nun doch tue?

RELLING: Dann fliegen Sie kopfüber die Treppe hinunter, verstehen Sie mich!

HJALMAR *steht auf*: Aber Relling!

GREGERS: Ja, werfen Sie mich nur hinaus –

GINA *tritt zwischen sie*: Das dürfen Sie nicht, Relling. Aber ich muß Ihnen doch sagen, Herr Werle: wer, wie Sie, die Schweinerei in dem Ofen gemacht hat, der sollte nicht hier reinkommen und von Gestank reden.

HEDWIG: Mutter, es klopft.

HJALMAR: So – nun haben wir das auch noch!

GINA: Laß mich nur – *Geht, öffnet die Tür, stutzt, fährt zusammen und prallt zurück.* O! Jeh doch!

Der alte WERLE, *im Pelz, tritt einen Schritt vor.*

WERLE: Bitte um Entschuldigung – mein Sohn soll hier im Hause wohnen.

GINA *schnappt nach Luft*: Ja.

HJALMAR *geht näher*: Wollen Sie nicht so freundlich sein, Herr Werle –?

WERLE: Danke sehr; ich wünsche nur meinen Sohn zu sprechen.

GREGERS: Ja, was ist denn? Da bin ich.

WERLE: Ich wünsche dich auf deinem Zimmer zu sprechen.

GREGERS: Auf meinem Zimmer – na –. *Will gehen.*

GINA: Da sieht's doch weiß Gott nicht so aus, daß –

WERLE: Na also, dann draußen auf dem Flur; ich wünsche ein Gespräch unter vier Augen.

HJALMAR: Das können Sie hier haben, Herr Werle. Komm in das Wohnzimmer, Relling.

Hjalmar und Relling rechts ab; Gina nimmt Hedwig mit in die Küche.

GREGERS *nach kurzer Pause*: So, nun sind wir unter vier Augen.

WERLE: Du ließest gestern abend einige Äußerungen fallen –. Und da du dich jetzt bei Ekdals eingemietet hast, so muß ich fast vermuten, du führst irgend etwas gegen mich im Schilde.

GREGERS: Ich will Hjalmar Ekdal die Augen öffnen – das führ ich im Schilde. Er soll seine Situation sehen, so, wie sie ist; – das ist alles.

WERLE: Ist das die Lebensaufgabe, von der du gestern gesprochen hast?

GREGERS: Jawohl. Eine andere hast du mir nicht gelassen.

WERLE: Ich bin es also, der deinen inneren Menschen verpfuscht hat, Gregers.

GREGERS: Mein ganzes Leben hast du verpfuscht. Ich denke nicht an alle die Geschichten mit Mutter –. Aber dir verdank ich's, daß ich unter den Qualen eines schuldbeladenen Gewissens seufze.

WERLE: Ah! Mit dem Gewissen also ist es bös bestellt.

GREGERS: Ich hätte gegen dich auftreten sollen, damals, als dem Leutnant Ekdal die Falle gestellt wurde. Ich hätte ihn warnen sollen; denn ich ahnte wohl, wohin es führen würde.

WERLE: Ja, dann hättest du allerdings reden müssen.

GREGERS: Ich hatte nicht den Mut dazu; so feige und verschüchtert war ich. Ich hatte eine namenlose Angst vor dir – damals und auch noch lange nachher.

WERLE: Es scheint, die Angst ist jetzt überwunden.

GREGERS: Ja, glücklicherweise. Was am alten Ekdal gesündigt worden ist, durch mich und durch – andere, das kann nie wieder gutgemacht werden; aber Hjalmar, den kann ich noch aus den Fesseln der Lüge und der Täuschung lösen, die ihn an den Rand des Abgrunds gebracht haben.

WERLE: Meinst du, damit eine gute Tat zu tun?

GREGERS: Davon bin ich fest überzeugt.

WERLE: Du meinst wohl, daß dieser Ekdal der Mann ist, der dir für einen solchen Freundschaftsdienst danken würde?

GREGERS: Ja! Der Mann ist er.

WERLE: Hm, – wir werden ja sehen.

GREGERS: Und überdies – wenn ich weiterleben soll, so muß ich Genesung für mein krankes Gewissen suchen.

WERLE: Das wird nicht gesund. Dein Gewissen ist von deiner Kindheit an krank gewesen. Das ist ein Erbteil deiner Mutter, Gregers; – das einzige Erbe, das sie dir hinterlassen hat.

GREGERS *halb lächelnd, mit einem Anflug von Hohn*: Hast du noch immer nicht den Irrtum verschmerzt, daß sie dir kein Vermögen mitgebracht hat?

WERLE: Wir wollen nicht von Dingen sprechen, die nicht hierhergehören. – Du beharrst also fest auf deinem Vorsatz, Ekdal auf die Spur zu bringen, die du für die rechte hältst?

GREGERS: Ja, auf diesem Vorsatz beharre ich fest.

WERLE: Na, dann hätt ich mir ja den Gang hierherauf sparen können. Denn unter solchen Umständen hat es wohl keinen Zweck, dich zu fragen, ob du wieder zu mir nach Hause kommen willst?

GREGERS: Nein.

WERLE: Und in die Firma trittst du auch nicht ein?

GREGERS: Nein.

WERLE: Gut. Da ich nun aber beabsichtige, eine neue Ehe einzugehen, so muß das Vermögen zwischen uns geteilt werden.

GREGERS *hastig*: Nein, das wünsch ich nicht.

WERLE: Du wünschst es nicht?

GREGERS: Nein, ich darf es nicht um meines Gewissens willen.

WERLE *nach kurzer Pause*: Gehst du wieder hinauf aufs Werk?

GREGERS: Nein; ich betrachte mich als ausgeschieden aus deinen Diensten.

WERLE: Aber was willst du denn anfangen?

GREGERS: Nur meine Lebensaufgabe erfüllen – weiter nichts.

WERLE: Und dann? Wovon willst du denn leben?

GREGERS: Ich habe etwas erspart von meinem Gehalt.

WERLE: Ja, wie lange wird das vorhalten!

GREGERS: Ich denke, es hält so lange vor wie mein Leben.

WERLE: Was soll das heißen?

GREGERS: Darauf geb ich jetzt keine Antwort.

WERLE: Adieu denn, Gregers.

GREGERS: Adieu.

Werle ab.

HJALMAR *guckt ins Zimmer*: Er ist doch weg?

GREGERS: Ja.

HJALMAR *und* RELLING *treten ein.* GINA *und* HEDWIG *kommen ebenfalls aus der Küche.*

RELLING: Das Frühstück, das wäre also ins Wasser gefallen.

GREGERS: Zieh dich an, Hjalmar; du mußt einen weiten Spaziergang mit mir machen.

HJALMAR: Sehr gern. Was wollte dein Vater denn von dir? Betraf es meine Person?

GREGERS: Komm nur. Wir haben miteinander zu reden. Ich gehe nur runter und ziehe meinen Paletot an. *Ab durch die Flurtür.*

GINA: Du solltest nicht mit ihm gehen, Ekdal.

RELLING: Nein, tu's nicht; bleib zu Hause.

HJALMAR *nimmt Hut und Überzieher*: Was soll denn das! Wenn ein Jugendfreund das Bedürfnis fühlt, mir sein Herz unter vier Augen auszuschütten –!

RELLING: Aber Himmeldonnerwetter, – siehst du denn nicht, daß der Kunde verdreht, verrückt, übergeschnappt ist!

GINA: Da hörst du's. Seine Mutter hatte auch manchmal solche physische Raptusse.

HJALMAR: Desto nötiger hat er das wachsame Auge eines Freundes. *Zu Gina*: Daß mir das Mittagessen nur ja pünktlich fertig ist. Adieu inzwischen.

Ab durch die Flurtür.

RELLING: Es ist doch wahrhaftig ein Unglück, daß der Mensch nicht in einer von den Höjdalsgruben zum Teufel gegangen ist!

GINA: Jesses! Warum meinen Sie das?

RELLING *brummt*: Na ja – ich mach mir so meine Gedanken.

GINA: Meinen Sie wirklich, der junge Werle ist verrückt?

RELLING: Leider nein; er ist nicht verrückter als die Menschen im allgemeinen. Aber eine Krankheit steckt sicher in ihm.

GINA: Was fehlt ihm denn?

RELLING: Ja, das will ich Ihnen sagen, Frau Ekdal. Er leidet an einem akuten Rechtschaffenheitsfieber.

GINA: Rechtschaffenheitsfieber?

HEDWIG: Ist das 'ne Art Krankheit?

RELLING: Ja; es ist eine Nationalkrankheit; aber sie tritt nur sporadisch auf. *Nickt Gina zu.* Schönen Dank für das Frühstück!

Ab durch die Flurtür.

GINA *geht unruhig umher*: Herrje, – dieser Gregers, – das ist immer ein ekliger Hering gewesen.

HEDWIG *steht am Tisch und sieht sie forschend an*: Das kommt mir alles so seltsam vor.

VIERTER AKT

Ekdals Atelier. Eben ist eine photographische Aufnahme gemacht worden; ein Apparat mit einem Tuch drüber, ein Stativ, ein paar Stühle, eine Konsole und dergleichen stehen umher. Nachmittagsbeleuchtung; Sonnenuntergang. Es beginnt schon zu dunkeln.

GINA *steht in der offenen Flurtür, mit einem kleinen Kasten und einer nassen Glasplatte in der Hand, und spricht mit jemandem draußen.*

GINA: Ja, ganz bestimmt. Wenn ich was verspreche, dann halt ich's auch. Montag ist das erste Dutzend fertig. – Empfehle mich, empfehle mich!

Man hört jemand die Treppe hinuntergehen. Gina schließt die Tür, steckt die Platte in den Kasten und schiebt ihn in den verdeckten Apparat.

HEDWIG *kommt aus der Küche*: Sind sie weg?

GINA *räumt auf*: Ja, Gott sei Dank; nun bin ich sie endlich los.

HEDWIG: Aber verstehst du, warum Vater noch nicht zu Hause ist?

GINA: Bist du sicher, daß er nicht unten bei Relling ist?

HEDWIG: Nein, da ist er nicht; ich bin eben die Hintertreppe hinuntergelaufen und habe nachgefragt.

GINA: Und da steht nun sein Essen und wird kalt.

HEDWIG: Denk mal an, – Vater, der immer so pünktlich zum Essen nach Hause kommt!

GINA: Ach, jetzt kommt er gleich, das wirst du sehen.

HEDWIG: Ja, wär er nur erst da; er kommt mir jetzt so sonderbar vor.

GINA *ruft*: Da ist er!

HJALMAR *kommt durch die Flurtür.*

HEDWIG *ihm entgegen*: Vater! Was wir auf dich gewartet haben!

GINA *schielt zu ihm hinüber*: Du bist wirklich sehr lange weg gewesen, Ekdal.

HJALMAR *ohne sie anzusehen*: Ja, ich war etwas lange aus. *Legt den Überzieher ab; Gina und Hedwig wollen ihm helfen; er verwehrt es ihnen.*

GINA: Du hast wohl mit Werle gegessen?

HJALMAR *hängt den Rock an den Haken*: Nein.

GINA *geht an die Küchentür*: Dann werde ich dir das Essen reinbringen.

HJALMAR: Nein, laß nur sein. Ich esse jetzt nicht.

HEDWIG *kommt näher*: Ist dir nicht gut, Vater?

HJALMAR: Gut? Ach ja, so leidlich. Gregers und ich haben einen anstrengenden Spaziergang gemacht.

GINA: Das solltest du nicht tun, Ekdal; denn das bist du nicht gewöhnt.

HJALMAR: Hm! Es gibt gar manches auf dieser Welt, an das ein Mann sich gewöhnen muß. *Geht ein wenig umher.* War jemand da während meiner Abwesenheit?

GINA: Nur die beiden Brautleute.

HJALMAR: Keine neuen Bestellungen?

GINA: Heute nicht.

HEDWIG: Du sollst sehen, Vater, morgen wird schon einer kommen.

HJALMAR: Hoffen wir das Beste! Denn morgen denk ich ernsthaft zu arbeiten.

HEDWIG: Morgen! Aber hast du denn vergessen, was morgen für ein Tag ist?

HJALMAR: Ach, ist ja wahr –. Also dann übermorgen. Von jetzt an will ich alles selbst tun; ich will alle Arbeit ganz allein machen.

GINA: Aber wozu denn, Ekdal? Damit machst du dir ja bloß das Leben sauer. Die Photographiererei, die besorg ich schon. Kümmere du dich nur um deine Erfindung.

HEDWIG: Und auch um die Wildente, Vater – und um die Hühner und Kaninchen und –!

HJALMAR: Red mir nicht von dem Krempel! Von morgen ab setz ich keinen Fuß mehr auf den Boden.

HEDWIG: Aber Vater, du versprachst mir doch, morgen sollte eine Veranstaltung –

HJALMAR: Hm, ist ja wahr. Na, dann also von übermorgen ab. Der verdammten Wildente möcht ich am liebsten den Hals umdrehen!

HEDWIG *schreit*: Der Wildente!

GINA: Hat einer so was gehört!

HEDWIG *rüttelt ihn*: Aber, Vater, – es ist doch meine Wildente!

HJALMAR: Deshalb tue ich's ja auch nicht. Ich habe nicht das Herz dazu – nicht das Herz dazu, Hedwig, weil du's bist. Doch in meinem Innersten hab ich das Gefühl, daß ich's tun müßte. Ich dürfte unter meinem Dache keine Kreatur dulden, die in den Händen gewesen ist.

GINA: Herrgott nein, – weil Großvater sie von dem schoflen Pettersen gekriegt hat, so –

HJALMAR *geht umher*: Es gibt gewisse Ansprüche –. Wie soll ich sie nur nennen? Sagen wir: ideale Ansprüche – gewisse Forderungen, über die sich ein Mann nicht hinwegsetzen kann, ohne Schaden an seiner Seele zu nehmen.

HEDWIG *geht hinter ihm her*: Aber –, die Wildente, – die arme Wildente!

HJALMAR *bleibt stehen*: Du hörst ja, ich schone sie dir zuliebe. Ihr soll keine Feder gekrümmt werden – na, wie gesagt – ich schone sie. Es gibt ja auch größere Aufgaben, an die man sich machen kann. Aber jetzt sollst du deinen gewohnten Spaziergang machen, Hedwig. Es ist jetzt gerade so hübsch schummrig.

HEDWIG: Nein, ich mag jetzt nicht ausgehen.

HJALMAR: Tu's doch; mir kommt's vor, du zwinkerst so mit den Augen. Diese Dämpfe hier drin tun dir nicht gut. Unter dem Dach hier ist dumpfe Luft.

HEDWIG: Na ja; dann laufe ich die Hintertreppe hinunter und geh ein bißchen weg. Hut und Mantel –? Ach, die sind drin bei mir. Vater, – tust du der Wildente auch gewiß nichts zuleide, wenn ich weg bin?

HJALMAR: Kein Federchen soll ihr gekrümmt werden. *Drückt sie an sich.* Du und ich, Hedwig, – wir beide –! Na, jetzt geh nur.

Hedwig nickt den Eltern zu und geht durch die Küche ab.

HJALMAR *geht umher, ohne aufzublicken*: Gina.

GINA: Ja?

HJALMAR: Von morgen ab – oder sagen wir lieber von übermorgen ab – möcht ich gern das Wirtschaftsbuch selbst führen.

GINA: Das Wirtschaftsbuch willst du jetzt auch führen?

HJALMAR: Ja, oder doch wenigstens die Einnahmen eintragen.

GINA: Ach du lieber Himmel, das ist bald geschehen.

HJALMAR: Das ist kaum anzunehmen. Denn es kommt mir vor, als ob das Geld bei dir merkwürdig lange vorhält. *Bleibt stehen und sieht sie an.* Wie geht das zu?

GINA: Weil Hedwig und ich so gut wie nichts brauchen.

HJALMAR: Ist es wahr, daß Vater seine Schreibereien vom alten Werle so gut bezahlt kriegt?

GINA: Ich weiß nicht, ob das so gut bezahlt ist. Ich kenne nicht die Preise für so was.

HJALMAR: Nun, was kriegt er denn so ungefähr? Laß hören!

GINA: Das ist sehr verschieden; es wird wohl ungefähr das sein, was er uns kostet, und dann noch ein kleines Taschengeld.

HJALMAR: Was er uns kostet! Und das hast du mir nicht früher gesagt!

GINA: Nein, das konnt ich nicht; du warst doch so glücklich in dem Glauben, er kriege alles von dir.

HJALMAR: Und nun kriegt er's von diesem Werle!
GINA: Na ja, der alte Werle, der hat doch noch immer genug.
HJALMAR: Steck die Lampe an!
GINA *steckt sie an*: Und dann wissen wir doch auch nicht, ob's Werle selbst ist; es kann ja ebensogut Gråberg sein –
HJALMAR: Was soll diese Ausrede mit Gråberg?
GINA: Ich weiß nicht; ich meinte bloß –
HJALMAR: Hm!
GINA: Ich habe ja doch dem Alten nicht die Schreiberei verschafft. Das war Berta – als sie da ins Haus kam.
HJALMAR: Mir scheint, deine Stimme bebt.
GINA *setzt den Schirm auf die Lampe*: Meine Stimme?
HJALMAR: Und deine Hände zittern. Oder etwa nicht?
GINA *fest*: Sag's graderaus, Ekdal. Was hat er von mir gesagt?
HJALMAR: Ist es wahr, – kann es wahr sein, daß – daß zwischen dir und Werle eine Art Verhältnis bestand zu der Zeit, als du in seinem Hause dientest?
GINA: Das ist nicht wahr. Nicht damals – das nicht. Werle stieg mir nach; das tat er; und seine Frau glaubte, es sei was dran, und da machte sie 'n Hokuspokus und 'n großes Trara und schlug mich und zankte mich aus; ja, das tat sie; – und da ging ich aus dem Dienst.
HJALMAR: Nachher also!
GINA: Ja, da kam ich doch nach Hause. Und Mutter – die war nicht so reell, wie du glaubtest, Ekdal; sie redete und redete das Blaue vom Himmel runter; denn Werle, der war ja doch Witwer geworden.
HJALMAR: Nun, und dann?
GINA: Ja, es ist besser, ich sag es dir. Er ließ mir keine Ruhe, bis er seinen Willen hatte.
HJALMAR *schlägt die Hände zusammen*: Und das ist die Mutter meines Kindes! Wie konntest du mir so etwas verschweigen!
GINA: Ja, das war nicht recht von mir; ich hätte es dir schon lange sagen sollen.
HJALMAR: Sofort hättest du es mir sagen sollen; – dann hätte ich doch gewußt, was für eine du warst.
GINA: Aber hättest du mich dann trotzdem geheiratet?
HJALMAR: Wie kannst du so etwas denken!
GINA: Na also; und deshalb durft ich dir's damals nicht sagen. Denn ich hatte mich in dich doch schon so sehr vergafft, das weißt du

ja. Und ich konnte mich doch nicht selbst total unglücklich machen –

HJALMAR *geht umher*: Und das ist die Mutter meiner Hedwig! Und zu wissen, daß alles, was ich hier sehe – *Stößt mit dem Fuße nach einem Stuhl.* – mein ganzes Heim – alles danke ich einem begünstigten Vorgänger! O! Dieser Werle! Dieser Verführer!

GINA: Sind dir die vierzehn, fünfzehn Jahre, die wir zusammen gelebt haben, denn leid?

HJALMAR *stellt sich vor sie hin*: Sag mal! Hat dir nicht jeden Tag, jede Stunde das Gewissen geschlagen, weil du wie eine Spinne mich in ein Netz von Heimlichkeiten eingesponnen hast? Antworte mir! Hat es dich nicht zutiefst gereut und gequält?

GINA: Ach, bester Ekdal, ich habe mehr wie genug an den Haushalt zu denken gehabt und ans tägliche Geschäft –

HJALMAR: Du wirfst also niemals einen prüfenden Blick auf deine Vergangenheit!

GINA: Nee, ich hatte weiß Gott diese alten Geschichten schon beinahe vergessen.

HJALMAR: O, diese träge, gefühllose Ruhe! Sie hat für mich so etwas Empörendes. Man stelle sich das nur vor – nicht einmal Reue!

GINA: Aber sag mal, Ekdal, – was wär denn aus dir geworden, wenn du nicht so eine Frau wie mich gekriegt hättest?

HJALMAR: So eine –

GINA: Ja, denn ich bin doch immer sozusagen umsichtiger und schlauer gewesen als du. Na, das ist auch selbstverständlich, denn ich bin ja auch ein paar Jahre älter als du.

HJALMAR: Was aus mir geworden wäre!

GINA: Denn du warst doch auf allerlei Abwege geraten, damals, als du mich kennenlerntest; das kannst du doch nicht leugnen.

HJALMAR: Also das nennst du Abwege? Ach, du weißt nicht, wie einem Manne zumute ist, wenn er trauert, wenn er verzweifelt ist – besonders einem Mann von meinem feurigen Gemüt.

GINA: Nee, nee, kann schon sein. Und ich will ja auch gar nicht darauf zurückkommen, denn du bist ja so 'n herzensguter Mann geworden, als du Haus und Herd hattest. – Und nun war's grade so gemütlich und nett bei uns, und Hedwig und ich, wir wollten nun auch bald anfangen, uns ein bißchen was für Essen und Kleidung zu leisten.

HJALMAR: Im Sumpf der Heimlichkeiten, ja!

GINA: Pfui, dieser häßliche Mensch, daß der auch hier ins Haus kommen mußte!

HJALMAR: Auch ich fand, daß es sich in unserm Heim gut leben ließ. Es war ein Irrtum. Woher soll ich jetzt die nötige Spannkraft nehmen, um die Erfindung in die Welt der Wirklichkeit hinüberzubringen? Vielleicht stirbt sie mit mir. Und dann, Gina, ist es deine Vergangenheit, die sie gemordet hat.

GINA *dem Weinen nahe*: Nein, so was darfst du nicht sagen, Ekdal. Ich habe doch mein Lebtag immer nur dein Bestes gewollt!

HJALMAR: Ich frage – was wird jetzt aus dem Traum des Familienvaters? Wenn ich da drin auf dem Sofa lag und über die Erfindung nachgrübelte, da ahnte ich wohl, sie würde meine letzte Lebenskraft aufzehren. Ich fühlte, daß der Tag, wo ich das Patent in meinen Händen halten würde, – daß dieser Tag mein – Abschiedstag sein würde. Und mein Traum war's immer, du solltest dann als die wohlhabende Witwe des heimgegangenen Erfinders zurückbleiben.

GINA *trocknet ihre Tränen*: Nein, so darfst du nicht reden, Ekdal. Der liebe Gott soll mich nie den Tag erleben lassen, wo ich Witwe bin!

HJALMAR: Ach, ist ja egal. Denn nun ist ja doch alles vorbei. Alles!

GREGERS *öffnet behutsam die Flurtür und sieht herein.*

GREGERS: Darf ich eintreten?

HJALMAR: Ja, bitte.

GREGERS *tritt mit strahlendem, zufriedenem Gesicht ein und will beiden die Hände reichen*: Na, ihr lieben Menschen –! *Sieht sie abwechselnd an und flüstert Hjalmar zu*: Noch nicht geschehen?

HJALMAR *laut*: Es ist geschehen!

GREGERS: Wirklich?

HJALMAR: Ich habe die bitterste Stunde meines Lebens durchlebt.

GREGERS: Aber auch die erhebendste, denk ich.

HJALMAR: Na, fürs erste wären wir die Sache wenigstens los.

GINA: Gott verzeih Ihnen, Herr Werle.

GREGERS *sehr erstaunt*: Aber das versteh ich nicht.

HJALMAR: Was verstehst du nicht?

GREGERS: Eine so große Abrechnung, – ein Abschluß, auf den sich ein ganz neues Leben gründen soll – ein Leben, ein Zusammenleben auf Wahrheit und Aufrichtigkeit gegründet –

HJALMAR: Ich weiß schon; ich weiß es ganz gut.

GREGERS: Ich hatte bestimmt erwartet: wenn ich durch die Tür einträte, so würde mir vom Antlitz des Mannes wie der Frau das Licht der Verklärung entgegenstrahlen. Und jetzt erblick ich nur ein dumpfes, schweres, trauriges –

GINA: Ach so. *Nimmt den Schirm von der Lampe.*

GREGERS: Sie wollen mich nicht verstehen, Frau Ekdal. Na ja; Sie brauchen wohl auch Zeit –. Aber du, Hjalmar! Du hast doch wohl von der großen Abrechnung eine höhere Weihe empfangen.

HJALMAR: Ja natürlich. Das heißt – gewissermaßen.

GREGERS: Denn nichts auf der Welt ist doch wohl dem Glück zu vergleichen, Vergebung für eine Sünderin zu haben und sie in Liebe zu sich emporzuheben.

HJALMAR: Meinst du, ein Mann schluckt so leicht die bittere Pille, die mir eben gereicht worden ist?

GREGERS: Ein gewöhnlicher Mann nicht; das mag sein. Aber ein Mann wie du –!

HJALMAR: Herrgott ja, das weiß ich. Aber du darfst nicht drängen, Gregers. Sieh mal, es gehört Zeit dazu.

GREGERS: Du hast viel von der Wildente, Hjalmar.

RELLING *ist durch die Flurtür eingetreten.*

RELLING: So. Was ist denn schon wieder mit der Wildente los?

HJALMAR: Des alten Werle flügellahme Jagdbeute, ach ja!

RELLING: Des alten Werle –? Von ihm redet ihr?

HJALMAR: Von ihm und – uns.

RELLING *halblaut zu Gregers*: Der Teufel soll Sie holen!

HJALMAR: Was sagst du da?

RELLING: Ich gebe nur meinem Herzenswunsch Ausdruck, der Quacksalber möge sich nach Hause scheren. Bleibt er noch länger, so ist er imstande, euch beide noch völlig durcheinanderzubringen.

GREGERS: Die beiden bringt man nicht durcheinander, Herr Relling. Von Hjalmar will ich gar nicht reden. Ihn kennen wir. Aber auch sie hat zweifellos im Grunde ihres Wesens etwas Zuverlässiges, Vertrauenswürdiges –

GINA *weinerlich*: Dann hätten Sie mich doch nur so lassen sollen, wie ich war.

RELLING *zu Gregers*: Ist es unbescheiden, wenn ich frage, was Sie eigentlich hier im Hause wollen?

GREGERS: Ich will eine wahre Ehe stiften.

RELLING: Sie finden also, Ekdals Ehe sei so nicht gut?

GREGERS: Leider ist sie sicherlich ebenso gut wie viele andere Ehen. Aber eine wahre Ehe ist sie noch nicht!

HJALMAR: Du, Relling, du hast nie einen Blick gehabt für die ideale Forderung.

RELLING: Quatsch, mein Junge! – Pardon, Herr Werle; wie viele –

ich meine nur so ungefähr – wie viele wahre Ehen haben Sie denn schon in Ihrem Leben gesehen?

GREGERS: Ich glaube allerdings kaum, daß ich auch nur eine gesehen habe.

RELLING: Ich auch nicht.

GREGERS: Aber ich habe ungezählte Ehen der entgegengesetzten Art gesehen. Und ich habe Gelegenheit gehabt, aus der Nähe zu sehen, was eine solche Ehe in zwei Menschen alles zerstören kann.

HJALMAR: Die ganze moralische Grundlage unter den Füßen eines Mannes kann ins Wanken geraten; das ist das Schreckliche.

RELLING: Ich bin ja nie, was man so nennt, verheiratet gewesen; deshalb kann ich diese Dinge nicht beurteilen. Aber so viel weiß ich doch, daß bei einer Ehe das Kind auch mit dazu gehört. Und das Kind werdet ihr mir in Frieden lassen.

HJALMAR: Ach, – Hedwig! Meine arme Hedwig!

RELLING: Ja, die laßt mir gefälligst aus dem Spiel. Ihr seid zwei erwachsene Leute; euer eheliches Verhältnis, das verpfuscht in Gottes Namen, ganz wie ihr wollt. Aber mit Hedwig müßt ihr vorsichtig sein, das sag ich euch, sonst könnt ihr sie eines Tages unglücklich machen.

HJALMAR: Unglücklich!

RELLING: Ja, oder es kommt so weit, daß sie sich selbst unglücklich macht – und vielleicht andere mit.

GINA: Woher können Sie so was wissen, Relling?

HJALMAR: Es ist doch wohl keine akute Gefahr für die Augen?

RELLING: Das hat nichts mit den Augen zu tun. Aber Hedwig ist in einem schwierigen Alter. Sie kann auf alle möglichen dummen Geschichten verfallen.

GINA: Ja, denken Sie bloß – das tut sie auch! Sie fängt jetzt an, draußen in der Küche mit dem Feuer rumzuhantieren. Das nennt sie Feuersbrunst spielen. Ich bin manchmal richtig bange, daß sie das Haus ansteckt.

RELLING: Sehen Sie wohl; ich hab's gewußt.

GREGERS *zu Relling*: Aber wie erklären Sie sich das?

RELLING *mürrisch*: Sie ist im Stimmwechsel, mein Lieber.

HJALMAR: Solange das Kind m i c h hat –! Solange ich noch nicht unter dem grünen Rasen –!

Es klopft.

GINA: Pst, Ekdal; auf dem Flur sind Leute. *Ruft*: Herein!

FRAU SÖRBY *im Straßenkostüm tritt ein.*

FRAU SÖRBY: Guten Abend!

GINA *geht ihr entgegen*: Sieh einer an, du, Berta?

FRAU SÖRBY: Ja, ich bin's. Aber ich komm am Ende ungelegen?

HJALMAR: Nein bewahre! Eine Botschafterin aus dem Hause –

FRAU SÖRBY *zu Gina*: Offen gestanden, ich hatte nicht gedacht, deine Mannsleute um diese Zeit zu Hause zu treffen; und so kam ich rasch zu einer kleinen Plauderei zu dir herauf und zum Adieusagen.

GINA: So? Du verreist?

FRAU SÖRBY: Ja, morgen früh; – nach Höjdal. – Herr Werle ist heut nachmittag gereist. *Flüchtig zu Gregers*: Soll schönstens von ihm grüßen.

GINA: Denk mal an –!

HJALMAR: So? Herr Werle ist fort? Und Sie reisen ihm nach?

FRAU SÖRBY: Ja, was sagen Sie dazu, Ekdal?

HJALMAR: Nehmen Sie sich in acht, sag ich.

GREGERS: Ich will es dir erklären. Mein Vater heiratet Frau Sörby.

HJALMAR: Heiratet sie!

GINA: Ach, Berta, so kommt es endlich dazu!

RELLING *mit leise zitternder Stimme*: Das ist doch wohl nicht wahr?

FRAU SÖRBY: Ja, mein guter Relling, es ist wirklich wahr.

RELLING: Sie wollen sich wieder verheiraten?

FRAU SÖRBY: Ja, – wird wohl so kommen. Werle hat die Formalitäten erledigt; und nun feiern wir in aller Stille Hochzeit da oben auf dem Werk.

GREGERS: Als guter Stiefsohn muß ich Ihnen dann wohl Glück wünschen.

FRAU SÖRBY: Ich danke Ihnen, – wenn Sie's ernst meinen. Und ich hoffe auch, es wird zu Werles wie zu meinem Glücke sein.

RELLING: In der Hoffnung werden Sie sich nicht täuschen. Werle besäuft sich nie – soviel ich weiß; und er hat auch sicher nicht die Gewohnheit, seine Frauen krumm und lahm zu schlagen, wie's der selige Pferdedoktor tat.

FRAU SÖRBY: Ach, lassen Sie doch den Sörby in seinem Grabe ruhen. Er hatte doch auch seine guten Seiten.

RELLING: Aber Werle, der hat die besseren Seiten, – offenbar.

FRAU SÖRBY: Wenigstens hat er nicht sein Bestes vergeudet und vertan. Der Mann, der das tut, hat auch die Folgen zu tragen.

RELLING: Heute geh ich mit Molvik aus.

FRAU SÖRBY: Das sollten Sie nicht, Relling. Tun Sie's nicht; – mir zuliebe.

RELLING: Daran ist nun mal nichts zu ändern. *Zu Hjalmar*: Willst du mit, so komm.

GINA: Nein, danke schön. Ekdal macht solche Extratouren nicht mit.

HJALMAR *ärgerlich, halblaut*: Ach, so halt doch den Mund!

RELLING: Adieu, Frau – Werle.

Ab durch die Flurtür.

GREGERS *zu Frau Sörby*: Es scheint, Sie und Relling kennen sich ziemlich genau?

FRAU SÖRBY: Ja, wir kennen uns seit vielen Jahren. Es gab eine Zeit, wo's mit uns was hätte werden können.

GREGERS: Es war doch wohl gut für Sie, daß nichts daraus geworden ist.

FRAU SÖRBY: Ja, da haben Sie schon recht. Aber ich habe mich immer gehütet, nach Eingebungen zu handeln. Eine Frau darf sich doch auch nicht ganz wegwerfen.

GREGERS: Sind Sie gar nicht bange, ich könnte meinem Vater die Geschichte mit dieser alten Bekanntschaft hinterbringen?

FRAU SÖRBY: Sie können sich doch denken, daß ich's ihm selbst gesagt habe.

GREGERS: So?

FRAU SÖRBY: Ihr Vater weiß auch die kleinste Kleinigkeit, die die Leute mit einem Schein von Wahrheit über mich sagen könnten. So was habe ich ihm alles gesagt. Es war das erste, was ich tat, als er merken ließ, daß er Absichten habe.

GREGERS: Dann sind Sie ungewöhnlich aufrichtig, find ich.

FRAU SÖRBY: Aufrichtig bin ich immer gewesen. Damit kommen wir Frauen am weitesten.

HJALMAR: Was sagst du dazu, Gina?

GINA: Ach, wir Frauen sind nun mal sehr verschieden. Die eine macht's so, die andere so.

FRAU SÖRBY: Ja, Gina, ich halt es für das gescheiteste, es so zu machen, wie ich's getan habe. Auch Werle hat seinerseits aus nichts ein Hehl gemacht, was seine Person betrifft. Sieh, das hat uns gerade so fest verbunden. Jetzt kann er sitzen und mit mir reden so offen wie ein Kind. Das hat er früher nie gekonnt. Dieser gesunde, lebenskräftige Mann hat während seiner ganzen Jugend und seiner besten Jahre nichts anderes gehört als Strafpredigten. Und manches Mal drehten sich diese Strafpredigten nur um Hirngespinste von Vergehen – nach allem, was ich gehört habe.

GINA: Ja, so wie du's gehört hast, so ist's auch.

GREGERS: Wenn die Damen sich auf dies Gebiet begeben wollen, so empfehl ich mich lieber.

FRAU SÖRBY: Deswegen können Sie ganz ruhig hierbleiben. Ich werde kein Wort mehr darüber sagen. Ich wollte nur, Sie sollten wissen, daß ich weder mit Heimlichkeiten noch mit List zu Werke gegangen bin. Es sieht vielleicht so aus, als machte ich ein ungeheuer großes Glück; und in gewisser Beziehung ist es ja auch der Fall. Aber ich meine doch, daß ich nicht mehr nehme, als ich gebe. Ich werd ihn niemals im Stich lassen. Und ihm dienen und nützlich sein, das kann ich besser als jeder andere, jetzt, wo er bald hilflos sein wird.

HJALMAR: Hilflos?

GREGERS *zu Frau Sörby*: Nun ja, aber reden Sie hier nicht davon.

FRAU SÖRBY: Es nützt nichts, es länger zu verheimlichen, so gern er das auch möchte. Er wird blind.

HJALMAR *stutzt*: Er wird blind? Das ist doch sonderbar. Auch er wird blind?

GINA: Das werden ja so viele.

FRAU SÖRBY: Und man kann sich wohl vorstellen, was das für einen Geschäftsmann bedeutet. Na, ich will versuchen, meine Augen für ihn zu brauchen, so gut ich's kann. Aber nun darf ich nicht länger bleiben; ich hab jetzt alle Hände voll zu tun. – Ja, was ich Ihnen sagen sollte, Ekdal: wenn Werle Ihnen mit irgend etwas dienen kann, so sollten Sie sich nur an Gråberg wenden.

GREGERS: Für dieses Anerbieten wird Hjalmar Ekdal gewiß danken.

FRAU SÖRBY: Ja so! Aber ich meine doch, er hat früher – –

GINA: Ja, Berta, Ekdal braucht jetzt nichts mehr von Herrn Werle anzunehmen.

HJALMAR *langsam und mit Nachdruck*: Grüßen Sie bitte Ihren künftigen Mann von mir und sagen Sie ihm, ich beabsichtige in der nächsten Zeit zu Herrn Gråberg zu gehen –

GREGERS: Wie! Du wolltest –?

HJALMAR: – zu Herrn Gråberg zu gehen, sage ich, um einen Auszug über den Betrag zu verlangen, den ich seinem Prinzipal schulde. Ich will diese Ehrenschuld bezahlen –; hahaha, das muß man eine Ehrenschuld nennen! Aber genug. Ich werde alles mit fünf Prozent Zinsen zurückzahlen.

GINA: Aber, liebster Ekdal, dazu haben wir doch, weiß Gott, das Geld nicht.

HJALMAR: Sagen Sie bitte Ihrem Bräutigam, daß ich unablässig an meiner Erfindung arbeite. Sagen Sie ihm, bitte: was meine Geisteskräfte bei dieser anstrengenden Beschäftigung aufrechterhält, das sei der Wunsch, eine peinliche Schuldenlast loszuwerden. Deshalb mach ich die Erfindung. Den ganzen Ertrag werd ich dazu verwenden, mich der pekuniären Verpflichtungen gegen Ihren künftigen Ehegatten zu entledigen.

FRAU SÖRBY: Hier ist irgend etwas vorgefallen.

HJALMAR: Allerdings.

FRAU SÖRBY: Na, adieu also. Ich hätte gern noch ein bißchen mit dir geplaudert, Gina; na, auf ein andres Mal. Adieu.

Hjalmar und Gregers grüßen stumm; Gina begleitet Frau Sörby zur Tür.

HJALMAR: Nicht weiter als bis zur Schwelle, Gina!

Frau Sörby geht; Gina schließt die Tür hinter ihr.

HJALMAR: So, Gregers; nun bin ich diesen drückenden Schuldposten doch los.

GREGERS: Wenigstens bald.

HJALMAR: Ich glaube, man muß meine Haltung korrekt nennen.

GREGERS: Du bist der Mann, für den ich dich immer gehalten habe.

HJALMAR: In gewissen Fällen ist es unmöglich, sich über die idealen Verpflichtungen hinwegzusetzen. Als Familienvater kommt es mich ja sehr hart an. Denn du kannst mir glauben, es ist wahrhaftig kein Spaß für einen unbemittelten Mann, eine langjährige Schuldforderung einlösen zu sollen, auf die sich sozusagen bereits der Staub der Vergessenheit gelegt hatte. Aber das ist nun egal; der Mensch in mir verlangt auch sein Recht.

GREGERS *legt die Hand auf seine Schulter*: Lieber Hjalmar, – war's nun nicht gut, daß ich gekommen bin?

HJALMAR: Ja.

GREGERS: Daß du Klarheit bekamst über alle Verhältnisse, – war das nicht gut?

HJALMAR *etwas ungeduldig*: Gewiß war's gut. Aber eins empört meinen Gerechtigkeitssinn.

GREGERS: Und das wäre?

HJALMAR: Daß – ja, ich weiß nicht, ob ich mich so rückhaltlos über deinen Vater äußern darf.

GREGERS: Auf mich brauchst du gar keine Rücksicht zu nehmen.

HJALMAR: Na schön. Ja, siehst du, ich meine, der Gedanke hat etwas so Empörendes, daß nun nicht ich es bin, sondern daß er es ist, der die wahre Ehe verwirklicht.

GREGERS: Aber wie kannst du nur so etwas sagen!

HJALMAR: Gewiß ist es so. Dein Vater und Frau Sörby gehen doch jetzt eine Ehe ein, die auf volles Vertrauen gegründet ist, auf ganze und unbedingte Offenheit von beiden Seiten; sie bemänteln nichts voreinander; keinerlei Heimlichkeit steckt hinter dem Verhältnis; es hat zwischen ihnen – wenn ich mich so ausdrücken darf – eine gegenseitige Sündenvergebung stattgefunden.

GREGERS: Na ja, und weiter?

HJALMAR: Ja, aber so ist doch da alles, wie es sein soll. Nach dem, was du sagtest, gehörten ja doch diese ganzen Fatalitäten dazu, um die wahre Ehe zu verwirklichen.

GREGERS: Aber das ist doch ganz etwas andres, Hjalmar. Du wirst doch nicht dich und deine Frau mit den beiden da vergleichen wollen? – Na, du verstehst mich schon.

HJALMAR: Aber ich komme doch nicht darüber hinweg, daß bei dieser ganzen Geschichte etwas ist, das mein Rechtsgefühl verwundet und kränkt. Es sieht doch so aus, als gäb es überhaupt keine gerechte Weltordnung.

GINA: Pfui, Ekdal, so was darfst du doch wirklich nicht sagen.

GREGERS: Hm; lassen wir lieber diese Fragen ruhen.

HJALMAR: Andrerseits aber ist es doch wieder, als gäbe es die ausgleichende Hand des Schicksals. Er erblindet ja.

GINA: Ach, das ist doch noch nicht so sicher.

HJALMAR: Zweifellos. Wir dürfen daran wenigstens nicht zweifeln; denn grade in diesem Faktum liegt die gerechte Vergeltung. Er hat einst ein vertrauensseliges Geschöpf blind gemacht –

GREGERS: Leider, er hat viele blind gemacht.

HJALMAR: Und nun kommt ein Unerbittliches, Rätselhaftes und fordert Werles eigne Augen.

GINA: Nein, was für häßliche Reden du führst. Mir wird ganz bange.

HJALMAR: Es ist nützlich, sich dann und wann mal in die Nachtseiten des Daseins zu vertiefen.

HEDWIG, *mit Hut und Mantel, kommt fröhlich und außer Atem durch die Flurtür herein.*

GINA: Du bist schon wieder da?

HEDWIG: Ja, ich mochte nicht mehr spazierengehen. Und das war gut; denn nun habe ich jemanden in der Haustür getroffen.

HJALMAR: Das war wohl diese Frau Sörby.

HEDWIG: Ja.

HJALMAR *auf und ab gehend*: Ich will hoffen, du hast sie zum letzten Male gesehen.

Pause. Hedwig sieht verlegen bald den einen, bald den andern an, wie um die Stimmung zu erforschen.

HEDWIG *nähert sich einschmeichelnd*: Vater –

HJALMAR: Na, – was gibt's, Hedwig?

HEDWIG: Frau Sörby hat mir was mitgebracht.

HJALMAR *bleibt stehen*: Dir?

HEDWIG: Ja, – was für morgen.

GINA: Berta hat dir zu dem Tag immer 'ne Kleinigkeit gebracht.

HJALMAR: Was ist es denn?

HEDWIG: Das sollst du jetzt noch nicht wissen; denn Mutter soll es mir morgen früh aufs Bett legen.

HJALMAR: O, diese Heimlichkeiten hinter meinem Rücken!

HEDWIG *hastig*: Nein, du kannst es schon sehen. Es ist ein großer Brief. *Nimmt den Brief aus der Manteltasche.*

HJALMAR: Ein Brief auch?

HEDWIG: Ja, nur ein Brief. Das andere kommt wohl später. Denk mal – ein Brief! Ich hab noch nie einen Brief gekriegt. Und dann steht „Fräulein" auf dem Kuvert. *Liest*: „Fräulein Hedwig Ekdal". – Du, – das bin ich.

HJALMAR: Laß den Brief mal sehen.

HEDWIG *reicht ihm den Brief*: Da ist er.

HJALMAR: Das ist Werles Handschrift.

GINA: Weißt du das sicher, Ekdal?

HJALMAR: Da, sieh selbst.

GINA: Ach, meinst du, daß ich mich auf so was verstehe?

HJALMAR: Hedwig, darf ich den Brief öffnen – und ihn lesen?

HEDWIG: Ja, gerne, wenn du willst.

GINA: Nein, nicht jetzt, Ekdal; er ist ja doch für morgen.

HEDWIG *leise*: Ach, laß ihn doch lesen! Es ist gewiß was Gutes; und dann wird Vater vergnügt, und dann wird's hier wieder lustig.

HJALMAR: Ich darf ihn also öffnen?

HEDWIG: Ja, bitte, bitte, Vater. Es wäre nett, zu wissen, was drin steht!

HJALMAR: Gut. *Öffnet den Brief, nimmt ein Papier heraus, liest es durch und scheint verwirrt.* Was bedeutet das –?

GINA: Was steht drin?

HEDWIG: Ach ja, Vater – sag's!

HJALMAR: Sei still! *Liest es noch einmal durch; er ist bleich geworden, aber sagt mit Fassung*: Es ist eine Schenkungsurkunde, Hedwig.

HEDWIG: Denk mal an! Was krieg ich denn?

HJALMAR: Lies selbst.

Hedwig geht hin und liest einen Augenblick unter der Lampe.

HJALMAR *halblaut, ballt die Fäuste*: Die Augen! Die Augen! – und dazu der Brief!

HEDWIG *unterbricht das Lesen*: Ja, aber mir scheint es für Großvater bestimmt.

HJALMAR *nimmt ihr den Brief weg*: Du, Gina, – verstehst du das?

GINA: Ich weiß ja kein Sterbenswörtchen; so sprich doch!

HJALMAR: Werle schreibt an Hedwig, ihr alter Großvater brauche sich nicht mehr mit Schreibarbeiten zu befassen, er könne sich vielmehr von jetzt an hundert Kronen monatlich auf dem Kontor auszahlen lassen –

GREGERS: Aha!

HEDWIG: Hundert Kronen, Mutter! Das steht drin.

GINA: Das ist ja ein Glück für Großvater.

HJALMAR: – hundert Kronen, solange er's nötig hat, – das soll natürlich heißen, bis er seine Augen geschlossen hat.

GINA: Na, dann ist er ja versorgt, der arme Mensch.

HJALMAR: Aber jetzt kommt's. Das hast du wohl nicht gelesen, Hedwig. Später soll diese Schenkung auf dich übergehen.

HEDWIG: Auf mich? Alles zusammen?

HJALMAR: Dieselbe Summe sei dir für dein ganzes Leben gesichert, schreibt er. Hörst du's, Gina?

GINA: Ich höre schon.

HEDWIG: Denk mal an – das viele Geld, das ich bekomme! *Rüttelt ihn.* Vater, Vater, bist du denn nicht vergnügt?

HJALMAR *weicht ihr aus*: Vergnügt! *Geht umher.* Welche Aussicht, – welche Perspektiven öffnen sich meinen Augen! Hedwig ist es; s i e ist es, die er so reich bedenkt!

GINA: Na ja, Hedwig, die hat doch Geburtstag –

HEDWIG: Und du kriegst es ja doch, Vater! Du kannst dir doch wohl denken, daß ich dir und Mutter alles Geld gebe.

HJALMAR: Mutter – ja! Da haben wir's.

GREGERS: Hjalmar, das ist eine Falle, die dir gestellt wird.

HJALMAR: Meinst du, es sei schon wieder eine Falle?

GREGERS: Als er heute morgen hier war, da sagte er: Hjalmar Ekdal ist nicht der Mann, für den du ihn ansiehst.

HJALMAR: Nicht der Mann –!

GREGERS: Das wirst du sehen, sagte er.

HJALMAR: Du würdest sehen, daß ich mich mit Geld abspeisen ließe –!

HEDWIG: Aber Mutter, was hat denn das zu bedeuten?

GINA: Geh und zieh dein Zeug aus.

Hedwig geht, dem Weinen nahe, durch die Küchentür ab.

GREGERS: Hjalmar, – jetzt wird sich's zeigen, wer recht hat, er oder ich.

HJALMAR *reißt das Papier langsam mittendurch, legt beide Stücke auf den Tisch und sagt*: Das ist meine Antwort.

GREGERS: Das hab ich erwartet.

HJALMAR *geht zu Gina, die am Ofen sitzt, und sagt mit gedämpfter Stimme*: Und jetzt keine Heimlichkeiten mehr. Wenn das Verhältnis zwischen dir und ihm ganz zu Ende war, als du dich in mich schon so sehr vergafft hattest, wie du dich ausdrückst, – warum ermöglichte er's uns denn, daß wir uns heirateten?

GINA: Er dachte wohl, er könnte hier ein und aus gehen.

HJALMAR: Nur das? Fürchtete er nicht eine gewisse Möglichkeit?

GINA: Ich verstehe nicht, was du meinst.

HJALMAR: Ich will wissen, ob – dein Kind ein Recht hat, unter meinem Dach zu leben.

GINA *richtet sich hoch auf, ihre Augen blitzen*: Und das fragst du!

HJALMAR: Du sollst mir auf diese eine Frage antworten: Gehört Hedwig mir – oder –? Na!

GINA *sieht ihn mit kaltem Trotz an*: Ich weiß nicht.

HJALMAR *zittert leicht*: Du weißt es nicht!

GINA: Wie kann ich das wissen? So eine wie ich –

HJALMAR *still, kehrt ihr den Rücken*: Dann hab ich hier nichts weiter zu suchen.

GREGERS: Überleg dir's, Hjalmar!

HJALMAR *zieht seinen Überzieher an*: Hier ist nichts zu überlegen für einen Mann wie mich.

GREGERS: Doch; hier gibt es sehr viel zu überlegen. Ihr drei müßt zusammenbleiben, wenn du dich zu dem Opfermut des großen Verzeihens durchringen willst.

HJALMAR: Das will ich nicht. Nie, niemals! Meinen Hut! *Nimmt den Hut.* Mein Heim liegt rings um mich her in Trümmern. *Bricht in Tränen aus*: Gregers, ich habe kein Kind mehr!

HEDWIG *die die Küchentür geöffnet hat*: Was sagst du da! *Geht zu ihm.* Vater, Vater!

GINA: Na also!

HJALMAR: Komm mir nicht nahe, Hedwig! Geh weg, – weit weg. Ich ertrage deinen Anblick nicht. O, die Augen –! Adieu. *Will zur Tür.*

HEDWIG *hängt sich fest an ihn und schreit laut*: Nicht doch! Nicht doch! Bleib bei mir!

GINA *ruft*: Sieh das Kind an, Ekdal! Sieh das Kind an!

HJALMAR: Ich will nicht! Ich kann nicht! Ich muß fort! – heraus aus der ganzen Geschichte! *Reißt sich los von Hedwig und geht ab durch die Flurtür.*

HEDWIG *mit verzweifelten Blicken*: Er geht von uns, Mutter! Er geht von uns! Er kommt nie wieder!

GINA: Weine nur nicht, Hedwig. Vater kommt schon wieder.

HEDWIG *wirft sich schluchzend aufs Sofa*: Nein, nein, er kommt nie wieder zu uns zurück.

GREGERS: Glauben Sie mir, Frau Ekdal, ich wollte alles zum Guten wenden!

GINA: Mag wohl sein; aber trotzdem möge Ihnen Gott verzeihen.

HEDWIG *liegt auf dem Sofa*: Ach, ich glaube, ich muß sterben! Was hab ich ihm denn getan? Mutter, du mußt ihn wieder herholen!

GINA: Ja, ja. Beruhige dich nur, dann geh ich und suche ihn. *Zieht den Mantel an.* Vielleicht ist er zu Relling gegangen. Aber nun darfst du nicht mehr daliegen und heulen. Versprichst du mir das?

HEDWIG *krampfhaft weinend*: Ja, ich will's nicht mehr tun; wenn nur Vater wiederkommt.

GREGERS *zu Gina, die gehen will*: Wär's nicht doch besser, wenn Sie ihn seinen schweren Kampf erst zu Ende kämpfen ließen?

GINA: Ach was, das kann er nachher tun. Vor allen Dingen müssen wir jetzt sehen, wie wir das Kind beruhigen.

Ab durch die Flurtür.

HEDWIG *richtet sich auf und trocknet ihre Tränen*: Jetzt müssen Sie mir sagen, was das zu bedeuten hat. Weshalb will Vater nichts mehr von mir wissen?

GREGERS: Das dürfen Sie erst fragen, wenn Sie groß und erwachsen sind.

HEDWIG *schluchzt*: Aber ich kann doch nicht, bis ich groß und erwachsen bin, so entsetzlich traurig sein. – Ich weiß schon, was es ist. – Vielleicht bin ich nicht Vaters richtiges Kind.

GREGERS *unruhig*: Wie sollte das wohl zugehen?

HEDWIG: Mutter kann mich ja gefunden haben. Und nun hat's Vater vielleicht erfahren. Von solchen Sachen hab ich schon gelesen.

GREGERS: Nun, und wenn das so wäre –

HEDWIG: Ich meine, dann könnt er mich doch trotzdem genauso liebhaben. Ja, vielleicht noch lieber. Die Wildente, die haben wir ja auch geschenkt bekommen, und doch hab ich sie so furchtbar lieb.

GREGERS *ablenkend*: Ja, richtig! Die Wildente! Reden wir ein bißchen von der Wildente, Hedwig.

HEDWIG: Die arme Wildente! Die kann er auch nicht mehr anschauen. Denken Sie bloß, er möchte ihr am liebsten den Hals umdrehen!

GREGERS: Ach, das tut er doch sicher nicht.

HEDWIG: Nein, – aber er hat's gesagt. Und das find ich so häßlich von Vater, so etwas zu sagen. Denn jeden Abend bet ich für die Wildente und bitte Gott, daß sie vor dem Tode und allem Übel bewahrt bleibt.

GREGERS *sieht sie an*: Sagen Sie immer Ihr Abendgebet?

HEDWIG: Ja gewiß.

GREGERS: Wer hat Sie dazu angehalten?

HEDWIG: Ich mich selbst. Denn Vater war mal so krank und hatte Blutegel am Hals; und da sagte er, der Tod säße ihm im Nacken.

GREGERS: Und da –?

HEDWIG: Da hab ich für ihn gebetet abends im Bett. Und seitdem bin ich dabei geblieben.

GREGERS: Und jetzt beten Sie auch für die Wildente?

HEDWIG: Ich meinte, es wär das beste, die Wildente mit einzuschließen; denn sie war so kränklich im Anfang.

GREGERS: Sie sagen wohl auch Ihr Morgengebet?

HEDWIG: Nein, das tu ich nicht!

GREGERS: Weshalb denn nicht auch das Morgengebet?

HEDWIG: Morgens ist es ja doch hell; und da braucht man sich doch vor nichts weiter zu fürchten.

GREGERS: Und der Wildente, die Sie so furchtbar gern haben, der wollte Ihr Vater den Hals umdrehen?

HEDWIG: Nein, er sagte, es wär für ihn das beste, wenn er's täte. Aber mir zuliebe wollt er sie schonen. Und das war doch nett von Vater.

GREGERS *ein wenig näher*: Wenn Sie nun aber ihm zuliebe freiwillig die Wildente opferten?

HEDWIG *steht auf*: Die Wildente!

GREGERS: Wenn Sie nun opferbereit das Beste für ihn hingäben, was Sie haben und kennen auf der Welt?

HEDWIG: Glauben Sie, daß das helfen würde?

GREGERS: Versuchen Sie's, Hedwig.

HEDWIG *leise, mit leuchtenden Augen*: Ja, ich will's versuchen.

GREGERS: Und glauben Sie auch, daß Sie die Kraft dazu haben?

HEDWIG: Ich will Großvater bitten, für mich die Wildente totzuschießen.

GREGERS: Ja, tun Sie das. Aber kein Wort davon zu Ihrer Mutter!

HEDWIG: Warum nicht?

GREGERS: Sie versteht uns nicht.

HEDWIG: Die Wildente? Ich will's morgen früh versuchen!

Gina tritt durch die Flurtür ein.

HEDWIG *ihr entgegen*: Hast du ihn gefunden, Mutter?

GINA: Nein, aber ich hörte, daß er bei Relling drin gewesen ist und ihn mitgenommen hat.

GREGERS: Sind Sie dessen sicher?

GINA: Ja, die Portiersfrau hat mir's gesagt. Molvik war auch mit, sagte sie.

GREGERS: Und das in diesem Augenblick, wo seine Seele so sehr danach verlangt, einsam zu kämpfen –!

GINA *legt ihre Sachen ab*: Ja, die Mannsleute, die sind unterschiedlich. Gott mag wissen, wo Relling ihn hingeschleppt hat! Ich bin zu Mutter Eriksen hinübergelaufen; aber da waren sie nicht.

HEDWIG *kämpft mit den Tränen*: O, wenn er nun nie mehr nach Hause kommt!

GREGERS: Er kommt wieder nach Hause. Ich werd ihn morgen früh aufsuchen; und dann werden Sie sehen, wie er kommt. Deshalb können Sie ruhig schlafen, Hedwig. Gute Nacht.

Ab durch die Flurtür.

HEDWIG *wirft sich schluchzend Gina an die Brust*: Mutter, Mutter!

GINA *klopft sie auf den Rücken und seufzt*: Ach ja, Relling, der hatte recht. So geht's, wenn solche verrückten Menschen kommen und die ideale Forderung präsentieren.

FÜNFTER AKT

Hjalmar Ekdals Atelier. Ein kaltes, graues Morgenlicht fällt herein; nasser Schnee liegt auf den großen Scheiben des Dachfensters.

Gina, *in einer Schürze, kommt aus der Küche mit einem Staubbesen und einem Wischtuch und geht auf das Wohnzimmer zu. In diesem Augenblick kommt* Hedwig *schnell aus dem Flur herein.*

GINA *bleibt stehen*: Na?

HEDWIG: Ja, Mutter, ich glaube fast, er ist bei Relling unten –

GINA: Siehst du wohl!

HEDWIG: – denn die Portiersfrau sagte, sie hätte gehört, daß Relling zwei Leute mitgebracht hätte, als er nachts nach Hause kam.

GINA: Hab's mir doch gedacht.

HEDWIG: Aber das nützt ja doch nichts, wenn er nicht zu uns heraufkommen mag.

GINA: Dann will ich doch wenigstens hinuntergehen und mit ihm reden.

Der alte EKDAL, *in Schlafrock und Pantoffeln und mit brennender Pfeife, erscheint in der Tür seines Zimmers.*

EKDAL: Du, Hjalmar –. Ist Hjalmar nicht zu Haus?

GINA: Nein, er ist wohl ausgegangen.

EKDAL: So früh? Und bei so 'nem blödsinnigen Schneegestöber? Na, ja; bitte sehr; ich kann ja auch meine Morgenpromenade allein machen. *Er schiebt die Bodentür zur Seite; Hedwig hilft ihm; er geht hinein; sie schließt die Tür hinter ihm.*

HEDWIG *halblaut*: Du, Mutter, wenn nun der arme Großvater hört, daß Vater von uns weg will.

GINA: Ach, Quatsch; Großvater darf kein Wort davon hören. Ein wahres Glück, daß er gestern bei dem Skandal nicht zu Hause war.

HEDWIG: Ja, aber –

GREGERS *tritt durch die Flurtür ein.*

GREGERS: Na? Haben Sie ihn ausfindig gemacht?

GINA: Er soll unten bei Relling sein, heißt es.

GREGERS: Bei Relling! Ist er wirklich mit den beiden Menschen aus gewesen?

GINA: Wird schon so sein.

GREGERS: Ja, aber e r, der die Einsamkeit so nötig hatte und die ernsthafte Sammlung –

GINA: Sie haben gut reden.

RELLING *tritt vom Flur herein.*

HEDWIG *ihm entgegen*: Ist Vater bei Ihnen?

GINA *gleichzeitig*: Ist er da?

RELLING: Ja, freilich.

HEDWIG: Und Sie sagen uns nichts!

RELLING: Ja, ich bin ein Bie–iest! Aber erst hatt ich das andre Bie-iest im Zaum zu halten –, den Dämonischen natürlich; und dann schlief ich so fest ein, daß –

GINA: Was sagt Ekdal heute?

RELLING: Gar nichts sagt er.

HEDWIG: Spricht er gar nicht?

RELLING: Kein Sterbenswort.

GREGERS: Na ja; das ist sehr begreiflich.

GINA: Aber was macht er denn?

RELLING: Er liegt auf dem Sofa und schnarcht.

GINA: So? Ja, Ekdal kann fürchterlich schnarchen.

HEDWIG: Er schläft? Er kann schlafen?

RELLING: Ja, es hat ganz den Anschein.

GREGERS: Ist zu begreifen; nach dem Seelenkampf, der seine Kräfte erschöpft hat –

GINA: Und dann ist er es doch nicht gewöhnt, sich nachts herumzutreiben.

HEDWIG: Mutter, vielleicht ist das gut, daß er schlafen kann.

GINA: Das denk ich auch. Aber dann brauchen wir ihn ja auch nicht so früh munter zu machen. Ich danke Ihnen, Relling. Nun muß ich aber erst die Wohnung ein bißchen in Ordnung bringen, und dann –. Komm, hilf mir, Hedwig.

Gina und Hedwig ab ins Wohnzimmer.

GREGERS *wendet sich Relling zu*: Können Sie mir den geistigen Prozeß erklären, der jetzt in Hjalmar sich vollzieht?

RELLING: Ich hab wahrhaftig nichts davon bemerkt, daß sich ein geistiger Prozeß in ihm vollzieht.

GREGERS: Was! An einem solchen Wendepunkt, an dem sein ganzes Leben eine neue Grundlage erhält –? Wie können Sie denken, daß eine Persönlichkeit wie Hjalmar –?

RELLING: Ach, Persönlichkeit – der! Wenn er jemals Ansätze zu solchen Abnormitäten gehabt hat, die Sie Persönlichkeit nennen, so sind die Wurzeln mitsamt ihren Fasern schon in seinen Knabenjahren gründlich entfernt worden; das kann ich Ihnen versichern.

GREGERS: Das wäre doch merkwürdig – bei der liebevollen Erziehung, die er genossen hat.

RELLING: Bei den beiden verschrobenen, hysterischen altjüngferlichen Tanten, meinen Sie?

GREGERS: Ich kann Ihnen nur sagen, das waren Frauen, die die ideale Forderung sich immer vergegenwärtigten; ja, jetzt werden Sie wieder einen Witz machen.

RELLING: Nein, dazu bin ich nicht aufgelegt. Übrigens bin ich gut unterrichtet; denn er hat allerlei erzählt von diesen seinen „zween Seelenmüttern". Aber ich glaube nicht, daß er ihnen zu großem Dank verpflichtet ist. Ekdals Unglück ist, daß er in seinem Kreise immer für ein Licht gehalten wurde –

GREGERS: Und ist er das vielleicht nicht? In der Tiefe seines Wesens, mein ich?

RELLING: Ich habe nie etwas davon bemerkt. Daß sein Vater es glaubte –, das mag hingehen; denn der alte Leutnant ist ja zeit seines Lebens ein Rindvieh gewesen.

GREGERS: Er ist zeit seines Lebens ein Mann mit einem Kindergemüt gewesen; das begreifen Sie eben nicht.

RELLING: Na ja doch! Aber als nun der liebe, süße Hjalmar mit knapper Not Student geworden war, da galt er auch gleich unter seinen Kommilitonen wieder für das große Zukunftslicht. Hübsch war er ja, – das zog, – rot und weiß, – so wie die kleinen Mädchen die Burschen gerade gern haben; und weil er auch dies leicht gerührte Gemüt und das Herzgewinnende in der Stimme hatte und weil er's so schön verstand, die Verse und Gedanken anderer Leute zu deklamieren –

GREGERS *entrüstet*: Sprechen Sie von Hjalmar Ekdal?

RELLING: Mit Ihrer gütigen Erlaubnis – ja: denn so sieht es inwendig aus, das Götzenbild, vor dem Sie auf der Nase liegen.

GREGERS: Ich bin doch, mein ich, auch nicht so ganz blind.

RELLING: O doch; sehr weit sind Sie nicht davon entfernt. Denn sehen Sie, Sie sind eben auch ein kranker Mann.

GREGERS: Da haben Sie recht.

RELLING: Ja. Sie sind ein komplizierter Fall. Zuerst kommt, wie gesagt, das lästige Rechtschaffenheitsfieber; und dann, was schlimmer ist – taumeln Sie fortwährend in einem Vergötterungsdelirium herum, immer müssen Sie etwas zu bewundern haben außerhalb Ihrer eigenen Angelegenheiten.

GREGERS: Freilich muß ich das außerhalb meines eigenen Ich suchen.

RELLING: Aber Sie täuschen sich ganz gewaltig in den großen Wunderfliegen, die Sie um sich zu sehen und zu hören glauben. Sie sind wieder mal in ein ärmliches Haus mit ihrer idealen Forderung gekommen; hier wohnen keine solventen Leute.

GREGERS: Wenn Sie so gering denken von Hjalmar Ekdal, wie kann's Ihnen dann Spaß machen, stets und ständig mit ihm zusammenzusein?

RELLING: Herrgott, ich bin doch nun mal so etwas wie ein Doktor, zu meiner Schande sei's gesagt; und da muß ich mich wohl der armen Kranken annehmen, die hier mit im Hause wohnen.

GREGERS: So! Ist Hjalmar auch krank?

RELLING: Alle Menschen sind beinahe krank; leider.

GREGERS: Und welche Kur wenden Sie für Hjalmar an?

RELLING: Meine gewöhnliche. Ich sorge dafür, die Lebenslüge in ihm zu konservieren.

GREGERS: Die Lebens – lüge? Hab ich recht gehört –?

RELLING: Jawohl, ich sagte: die L e b e n s l ü g e. Denn sehen Sie, die Lebenslüge, die ist das stimulierende Prinzip.

GREGERS: Darf ich fragen, mit was für einer Lebenslüge Hjalmar behaftet ist?

RELLING: Da muß ich doch bitten. Solche Geheimnisse verrate ich Quacksalbern nicht. Sie wären imstande, ihn mir noch verdrehter zu machen. Aber die Methode ist probat. Ich habe sie auch bei Molvik angewandt. Den hab ich „dämonisch“ gemacht. Das ist die Fontanelle, die ich ihm in den Nacken setzen mußte.

GREGERS: Ist er denn nicht dämonisch?

RELLING: Was, zum Donnerwetter, heißt denn, dämonisch? Das ist doch bloß ein Unsinn, den ich erfunden habe, um den Mann am Leben zu erhalten. Hätt ich das nicht getan, so wäre das arme, gute Schwein schon vor manchem lieben Jahr in Selbstverachtung und Verzweiflung zugrunde gegangen. Und nun erst der alte Leutnant! Der hat freilich sich seine Kur selbst erfunden.

GREGERS: Leutnant Ekdal? Inwiefern?

RELLING: Ja, was meinen Sie wohl, warum dieser Bärenjäger da unter dem Dach herumläuft und Kaninchen jagt?! Auf der ganzen Welt gibt's keinen glücklicheren Schützen als diesen alten Knaben, wenn er sich da in der Rumpelkammer herumtummeln kann. Die vier oder fünf vertrockneten Weihnachtsbäume, die er sich aufgehoben hat, die sind für ihn dasselbe wie der ganze große frische Hochwald. Der Hahn und die Hühner sind Auerhähne und -hennen in den Föhrenwipfeln; und die Kaninchen, die auf dem Boden herumhoppeln, das sind die Bären, an die er sich heranpirscht, der kühne Freiluftgreis.

GREGERS: Ja, der unglückliche alte Leutnant; er hat viele von den Idealen seiner Jugend verlieren müssen.

RELLING: Eh ich's vergesse, Herr Werle junior, – gebrauchen Sie doch nicht das Fremdwort: Ideale. Wir haben ja das gute einheimische Wort: Lügen.

GREGERS: Meinen Sie, die beiden Dinge sind miteinander verwandt?

RELLING: Ja, ungefähr wie Typhus und Faulfieber.

GREGERS: Herr Doktor, ich ruhe nicht, bis ich Hjalmar Ihren Klauen entrissen habe.

RELLING: Das wäre für ihn das größte Unglück. Wenn Sie einem Durchschnittsmenschen seine Lebenslüge nehmen, so bringen Sie ihn gleichzeitig um sein Glück. *Zu* HEDWIG *die aus dem Wohnzimmer kommt*: Na, kleine Wildenten-Mutter, jetzt will ich runter und sehen, ob Vater noch daliegt und über der merkwürdigen Erfindung brütet.

Ab durch die Flurtür.

GREGERS *nähert sich Hedwig*: Ich seh Ihnen an, es ist noch nicht vollbracht.

HEDWIG: Was? – Ach, die Sache mit der Wildente. Nein.

GREGERS: Kann mir's denken – die Kraft ließ Sie im Stich, als es in die Tat umgesetzt werden sollte.

HEDWIG: Nein, das ist es gar nicht. Aber als ich heute früh aufwachte und an das dachte, worüber wir geredet hatten, da kam es mir so wunderlich vor.

GREGERS: Wunderlich?

HEDWIG: Ja, ich weiß nicht –. Gestern, im ersten Augenblick, da kam es mir so wunderschön vor; aber nachdem ich geschlafen hatte, und wie es mir wieder einfiel, da schien es mir nichts Besonderes mehr zu sein.

GREGERS: Na ja; wie hätten Sie hier denn auch aufwachsen können, ohne innerlich Schaden zu nehmen.

HEDWIG: Das ist mir alles gleich; wenn nur Vater heraufkommt –

GREGERS: Ach, hätten Sie nur ein Auge für das, was dem Leben seinen Wert gibt, – hätten Sie den echten Opfermut, dann würden Sie sehen, wie schnell er zu Ihnen heraufkäme. – Aber noch glaub ich an Sie, Hedwig. *Ab durch die Flurtür.*

Hedwig geht auf und ab; dann will sie hinaus in die Küche; in demselben Augenblick klopft es von innen an die Bodentür; Hedwig geht hin und öffnet ein wenig; der alte EKDAL *kommt heraus; sie schiebt die Tür wieder zu.*

EKDAL: Hm, 's ist nur ein mäßiger Genuß, so allein spazierenzugehen.

HEDWIG: Hättest du nicht Lust, auf die Jagd zu gehen, Großvater?

EKDAL: Ist kein Jagdwetter heut. Viel zu dunkel. Man kann kaum die Hand vor Augen sehen.

HEDWIG: Hast du nicht mal Lust, auf was andres als auf Kaninchen zu schießen?

EKDAL: Die Kaninchen, die sind wohl vielleicht nicht gut genug?

HEDWIG: Ja, aber erst die Wildente?

EKDAL: Ho – ho! Hast du Angst, daß ich deine Wildente schieße? In meinem Leben nicht, du. In meinem Leben nicht.

HEDWIG: Nein, du könntest es wohl auch nicht; denn es soll schwer sein, Wildenten zu schießen.

EKDAL: Könnt es nicht? Und ob ich's kann!

HEDWIG: Wie würdest du's denn anfangen, Großvater? – ich meine ja nicht bei m e i n e r Wildente, sondern bei anderen.

EKDAL: Würde sehen, sie unter die Brust zu treffen, verstehst du;

denn das ist das sicherste. Und dann muß man gegen das Gefieder schießen, siehst du – nicht mit dem Gefieder.

HEDWIG: Sterben sie dann, Großvater?

EKDAL: Natürlich sterben sie – wenn man richtig schießt. Na; muß wohl hinein und mich fein machen. Hm – weiß schon – hm.

Ab in sein Zimmer.

Hedwig wartet ein wenig, blickt verstohlen zur Tür, geht an das Regal, stellt sich auf die Zehen, nimmt die doppelläufige Pistole vom Brett und betrachtet sie.

GINA *mit Staubbesen und Wischtuch kommt aus dem Wohnzimmer. Hedwig legt die Pistole schnell und unbemerkt weg.*

GINA: Steh nicht da und kram in Vaters Sachen, Hedwig.

HEDWIG *geht vom Regal weg*: Ich wollte bloß ein bißchen aufräumen.

GINA: Geh lieber in die Küche und sieh nach, ob der Kaffie warm bleibt; ich will das Brett mitnehmen, wenn ich zu ihm hinuntergehe.

Hedwig ab. Gina beginnt im Atelier zu fegen.

Nach einer Weile wird die Flurtür zögernd geöffnet, und HJALMAR *sieht herein; er hat den Überzieher an, ist jedoch ohne Hut, ungewaschen, und sein Haar ist zerzaust und ungekämmt; die Augen sind blöde und matt.*

GINA *bleibt stehen, den Besen in der Hand, und sieht ihn an*: Herrje, Ekdal – kommst du doch?

HJALMAR *tritt ein und antwortet mit dumpfer Stimme*: Ich komme – um gleich wieder zu verschwinden.

GINA: Na ja; kann mir's wohl denken. Aber Herrgott, – wie siehst du denn aus!

HJALMAR: Wie ich aussehe?

GINA: Und nun erst dein feiner Winterüberzieher! Na, der hat schön was abgekriegt.

HEDWIG *in der Küchentür*: Mutter, soll ich –? *Sieht Hjalmar, schreit laut auf vor Freude, läuft zu ihm.* Ach Vater, Vater!

HJALMAR *wendet sich weg und wehrt mit der Hand ab*: Fort, fort, fort! *Zu Gina*: Schaff sie fort, sag ich!

GINA *halblaut*: Geh ins Wohnzimmer, Hedwig.

Hedwig geht still hinein.

HJALMAR *geschäftig, zieht die Tischschublade auf*: Ich muß meine Bücher mitnehmen. Wo sind meine Bücher?

GINA: Was für Bücher?

HJALMAR: Meine wissenschaftlichen Werke, natürlich – die technischen Zeitschriften, die ich für die Erfindung brauche.

GINA *sucht auf dem Bücherbrett*: Sind's die hier, wo kein Deckel drum ist?

HJALMAR: Ja, gewiß.

GINA *legt einen Stoß Hefte auf den Tisch*: Soll Hedwig sie dir nicht aufschneiden?

HJALMAR: Ist nicht nötig.

Kurze Pause.

GINA: Es bleibt also dabei, daß du von uns wegziehst, Ekdal?

HJALMAR *stöbert zwischen den Büchern*: Das versteht sich doch, mein ich, ganz von selbst.

GINA: Na ja.

HJALMAR *heftig*: Ich kann mir doch nicht jeden Tag, Stunde für Stunde, einen Stich ins Herz versetzen lassen!

GINA: Gott verzeih dir, daß du so was Abscheuliches von mir glauben kannst.

HJALMAR: Beweise mir –!

GINA: Mir scheint, du solltest beweisen.

HJALMAR: Bei einer Vergangenheit wie deiner? Es gibt gewisse Ansprüche – ich fühle mich versucht, sie ideale Ansprüche zu nennen –

GINA: Und Großvater? Was soll aus dem Armen werden?

HJALMAR: Ich kenne meine Pflicht; der arme Hilflose geht mit mir. Ich will in die Stadt und Anstalten treffen –. Hm. – *Zögernd*: Hat keiner meinen Hut auf der Treppe gefunden?

GINA: Nein. Hast du den Hut verloren?

HJALMAR: Ich hatte ihn natürlich auf, als ich nachts nach Hause kam, ganz zweifellos; aber heut konnt ich ihn nicht finden.

GINA: Herrje, wo bist du denn bloß gewesen mit den beiden Bummelfritzen?

HJALMAR: Ach, frag doch nicht nach so unwesentlichen Dingen. Glaubst du, ich bin in der Stimmung, mich an Einzelheiten zu erinnern?

GINA: Wenn du dich nur nicht erkältet hast, Ekdal!

Ab in die Küche.

HJALMAR *spricht halblaut und erbittert mit sich selbst, während er die Schublade leert*: Du bist ein Schurke, Relling! – Ein Spitzbube bist du! – Ah, niederträchtiger Verführer! – Wüßt ich doch nur jemanden, der dich umbrächte.

Er legt einige alte Briefe beiseite; findet das zerrissene Schriftstück vom vorhergehenden Tage, nimmt es und betrachtet die Stücke; legt sie hastig beiseite, als GINA *kommt.*

GINA *stellt ein vollbesetztes Kaffeebrett auf den Tisch*: Hier ist ein Schluck Warmes, wenn du Appetit hast. Und auch Butterstullen und ein Stückchen Pökelfleisch.

HJALMAR *blickt verstohlen auf das Kaffeebrett*: Pökelfleisch? Unter diesem Dache keinen Bissen mehr! Freilich hab ich seit fast vierundzwanzig Stunden keine konsistente Nahrung zu mir genommen; aber das ist egal. – Meine Aufzeichnungen! Meine angefangenen Lebenserinnerungen! Wo find ich mein Tagebuch und meine wichtigen Papiere? *Öffnet die Tür des Wohnzimmers, prallt aber zurück.* Da ist sie schon wieder!

GINA: Ja, du lieber Gott, irgendwo muß das Kind doch sein.

HJALMAR: Geh hinaus.

Er macht Platz. HEDWIG *kommt verschüchtert ins Atelier.*

HJALMAR *mit der Hand auf der Türklinke, sagt zu Gina*: In den letzten Augenblicken, die ich in meinem früheren Heim zubringe, wünsche ich von fremden Personen verschont zu bleiben –

Geht ins Wohnzimmer.

HEDWIG *mit einem Satz auf ihre Mutter zu, fragt leise und bebend*: Meint er mich?

GINA: Bleib in der Küche, Hedwig; oder nein, – geh lieber in dein eigenes Zimmer. *Spricht zu Hjalmar, während sie zu ihm hineingeht*: Wart mal, Ekdal; wühl nicht so in der Kommode herum; ich weiß, wo alles liegt.

HEDWIG *steht einen Augenblick unbeweglich in Angst und Ratlosigkeit; sie beißt die Lippen zusammen, um die Tränen hinunterzuwürgen, dann ballt sie krampfhaft die Hände und sagt leise*: Die Wildente!

Sie schleicht zum Regal und nimmt die Pistole herunter, öffnet die Bodentür ein wenig, schlüpft hinein und zieht die Tür hinter sich zu. HJALMAR *und* GINA *fangen im Wohnzimmer einen Wortwechsel an.*

HJALMAR *kommt mit Schreibheften und alten losen Papieren, die er auf den Tisch legt*: Wie soll denn die Reisetasche ausreichen! Ich muß ja doch tausenderlei Dinge mitschleppen!

GINA *kommt hinterher mit der Reisetasche*: Dann laß doch all das andere einstweilen liegen, und nimm bloß ein Hemd und ein paar Unterhosen mit.

HJALMAR: Puh, – diese anstrengenden Vorbereitungen –! *Legt den Überzieher ab und wirft ihn aufs Sofa.*

GINA: Und der Kaffie, der steht nun auch da und wird kalt.

HJALMAR: Hm –. *Trinkt unwillkürlich einen Schluck und dann noch einen.*

GINA *wischt die Stuhllehnen ab*: Das Schwerste wird wohl für dich sein, so einen großen Boden für die Kaninchen zu finden.

HJALMAR: Was? Die Kaninchen, die soll ich auch alle mitschleppen?

GINA: Ja, der Alte kann doch nicht ohne Kaninchen sein, mein ich.

HJALMAR: Daran wird er sich wohl gewöhnen müssen. Es sind höhere Lebensgüter als Kaninchen, auf die ich verzichten muß.

GINA *staubt das Regal ab*: Soll ich dir die Flöte in die Reisetasche stecken?

HJALMAR: Nein. Keine Flöte. Aber gib mir die Pistole.

GINA: Die Pikstole willst du mitnehmen?

HJALMAR: Ja. Meine geladene Pistole.

GINA *sucht sie*: Die ist weg. Er muß sie mit reingenommen haben.

HJALMAR: Ist er auf dem Boden?

GINA: Wahrscheinlich doch.

HJALMAR: Hm, – der einsame Alte.

Er nimmt ein Stück Butterbrot, ißt es und trinkt die Tasse aus.

GINA: Hätten wir nun die Stube nicht vermietet, so könntest du da einziehen.

HJALMAR: Ich sollte unter einem Dach wohnen bleiben mit –! Nie, niemals!

GINA: Aber könntest du denn nicht für einen Tag oder zwei in das Wohnzimmer ziehen? Da wärest du doch ganz für dich.

HJALMAR: Heraus aus diesen Mauern!

GINA: Na, wie wär's denn unten bei Relling und Molvik?

HJALMAR: Nenn mir nicht die Namen dieser Menschen! Mir vergeht der Appetit, wenn ich bloß an sie denke. – O nein, ich muß hinaus in Sturm und Schneegestöber, – muß von Haus zu Haus gehen und ein Obdach suchen für Vater und mich.

GINA: Aber du hast ja keinen Hut, Ekdal! Du hast den Hut ja verloren.

HJALMAR: O ihr Gauner, – ihr Lotterbuben. Ein Hut muß herbei. *Nimmt ein zweites Stück Butterbrot.* Es muß dafür gesorgt werden. Denn ich habe wirklich keine Lust, auch noch mein Leben dranzusetzen. *Sucht etwas auf dem Frühstücksbrett.*

GINA: Was suchst du denn?

HJALMAR: Butter.

GINA: Soll gleich da sein. *Geht in die Küche.*

HJALMAR *ruft ihr nach*: Ach, ist nicht nötig; ich kann das Brot auch trocken essen.

GINA *bringt eine Butterdose*: Sieh mal – frisch gebuttert!

Sie schenkt ihm eine frische Tasse Kaffee ein; er setzt sich aufs Sofa, streicht noch mehr Butter aufs Butterbrot, ißt und trinkt eine Weile schweigend.

HJALMAR: Könnt ich wohl, ohne von jemandem – wer es auch immer sei – behelligt zu werden, – einen Tag oder zwei da drin im Wohnzimmer wohnen?

GINA: Gewiß könntest du das, wenn du nur wolltest.

HJALMAR: Denn ich sehe gar keine Möglichkeit, wie ich Vaters ganze Sachen in solcher Eile mitbekommen sollte.

GINA: Und dann – du mußt ihm ja doch auch erst noch sagen, daß du nicht länger mit uns zusammenleben willst.

HJALMAR *schiebt die Kaffeetasse weg*: Auch das, jawohl; diese ganzen verwickelten Verhältnisse von neuem durchkauen zu müssen –. Ich muß mir's überlegen; ich muß erst verpusten; die ganze Last, die kann ich nicht an einem einzigen Tage tragen.

GINA: Nein, und noch dazu bei so 'nem Sauwetter wie diesem.

HJALMAR *nimmt Werles Brief*: Ich seh, das Papier, das treibt sich hier noch immer herum.

GINA: Ich hab's nicht angerührt.

HJALMAR: Mich geht der Lappen ja nichts an –

GINA: Na, ich hab wahrhaftig nicht die Absicht, davon zu profitieren.

HJALMAR: – aber es ist auch nicht grade nötig, daß er in den Müllkasten kommt; – in der Unordnung meines Umzugs könnt er leicht –

GINA: Ich werde schon aufpassen, Ekdal.

HJALMAR: Der Schenkungsbrief gehört doch in erster Linie Vater; und es ist seine Sache, ob er Gebrauch davon machen will.

GINA *seufzt*: Ja, der arme alte Vater –

HJALMAR: Der Sicherheit halber –. Wo find ich etwas Kleister?

GINA *geht ans Regal*: Da steht der Kleistertopf.

HJALMAR: Und einen Pinsel?

GINA: Hier ist auch der Pinsel. *Bringt ihm die Sachen.*

HJALMAR *nimmt eine Schere*: Nur einen Streifen Papier auf die Rückseite –. *Schneidet und kleistert*: Es sei ferne von mir, mich an fremdem Eigentum zu vergreifen, – und am allerwenigsten an dem eines hilflosen Greises. Na, und an dem – anderer auch nicht. – So. Laß es vorläufig da liegen. Und wenn es trocken ist, so tu's weg. Ich will das Aktenstück nicht mehr vor Augen haben. Nie mehr!

GREGERS *tritt vom Flur her ein.*

GREGERS *ein wenig verwundert*: Was, – du sitzt hier, Hjalmar?

HJALMAR *steht rasch auf*: Ich war vor Erschöpfung umgesunken.

GREGERS: Du hast doch gefrühstückt, wie ich sehe.

HJALMAR: Auch der Körper fordert zuweilen sein Recht.

GREGERS: Wozu bist du nun entschlossen?

HJALMAR: Für einen Mann wie mich gibt es nur einen Weg. Ich bin im Begriff, meine nötigsten Sachen zusammenzuraffen. Aber du wirst wohl begreifen, daß dazu etwas Zeit gehört.

GINA *etwas ungeduldig*: Soll ich dir nun das Zimmer in Ordnung bringen oder soll ich die Reisetasche packen?

HJALMAR *nach einem ärgerlichen Seitenblick auf Gregers*: Packe – und bring in Ordnung.

GINA *nimmt die Reisetasche*: Na ja; so tu ich also das Hemd und das andere hinein.

Geht in das Wohnzimmer und zieht die Tür hinter sich zu.

GREGERS *nach kurzer Pause*: Nie hätt ich gedacht, daß es so enden würde. Ist's denn wirklich nötig für dich, Haus und Herd zu verlassen?

HJALMAR *geht unruhig umher*: Was soll ich denn, nach deiner Meinung, tun? – Ich bin nicht dazu gemacht, unglücklich zu sein, Gregers. Um mich her muß alles schön, ruhig und friedlich sein.

GREGERS: Aber das kannst du ja doch auch hier haben! Versuch's nur mal. Mir scheint, hier ist jetzt fester Baugrund, – fange von vorn an. Und vergiß nicht, daß du ja doch auch für die Erfindung leben mußt.

HJALMAR: Ach sprich mir nicht von der Erfindung. Mit der hat's noch eine gute Weile Zeit.

GREGERS: So?

HJALMAR: Ja, du lieber Gott, was in aller Welt soll ich denn erfinden? Die anderen haben ja doch das meiste schon vorher erfunden. Es wird von Tag zu Tag schwerer –

GREGERS: Und du hast doch so viel Arbeit darauf verwendet!

HJALMAR: Dieser Liederjan, der Relling, war's, der mich dazu veranlaßt hat.

GREGERS: Relling?

HJALMAR: Ja, der war's, der mich zuerst auf mein Talent für irgendeine bedeutsame Erfindung in der Photographie aufmerksam machte.

GREGERS: Aha! – Das war Relling!

HJALMAR: Ach, ich bin ja so unsagbar glücklich darüber gewesen. Nicht so sehr wegen der Erfindung selbst, sondern deswegen, weil Hedwig daran glaubte, – daran glaubte mit der ganzen Kraft ihrer Kinderseele. – Ja, das heißt – ich Narr hab mir immer eingebildet, daß sie daran glaubte!

GREGERS: Kannst du wirklich annehmen, Hedwig sei falsch gegen dich gewesen?

HJALMAR: Jetzt glaube ich alles, was immer es sei! Hedwig steht mir im Wege. Sie wird noch mein ganzes Leben überschatten.

GREGERS: Hedwig! Hedwig meinst du? Wie sollte sie dein Leben verdunkeln können?

HJALMAR *ohne zu antworten*: Wie unsagbar lieb habe ich das Kind gehabt! Wie unsagbar glücklich fühlte ich mich jedesmal, wenn ich heimkehrte in meine ärmliche Stube und sie mir mit ihren süßen, ein wenig blinzelnden Augen entgegenflog. O ich argloser Tor! Ich liebte sie so namenlos; – und da dichtete und träumte ich mich in den Wahn hinein, daß auch sie mich namenlos wiederliebe.

GREGERS: Und du meinst, das sei nur ein Wahn gewesen!

HJALMAR: Wie kann ich das wissen? Aus Gina kann ich ja nichts herauskriegen. Und außerdem fehlt ihr ja doch jeder Sinn für die ideale Seite dieser Wirrungen. Aber ich fühle das Bedürfnis, mich dir anzuvertrauen, Gregers. Dieser furchtbare Zweifel – vielleicht hat Hedwig mich nie so recht von Herzen liebgehabt.

GREGERS: Dafür könntest du möglicherweise einen Beweis bekommen. *Horcht auf.* Was ist das? Ich glaube, die Wildente schreit.

HJALMAR: Die Wildente schnattert. Vater ist auf dem Boden.

GREGERS: So? *Strahlt vor Freude.* Ich sage, du könntest unter Umständen einen Beweis dafür erhalten, daß die arme, verkannte Hedwig dich liebhat!

HJALMAR: Ach, was für einen Beweis kann sie mir geben! Ich darf an keine Versicherung von dieser Seite glauben.

GREGERS: An Hedwig ist ganz gewiß nichts unaufrichtig.

HJALMAR: Ach, Gregers, gerade das ist nicht so sicher. Wer weiß, was Gina und diese Frau Sörby sich hier zuweilen ins Ohr gezischelt und getuschelt haben? Und Hedwig, die hat feine Ohren. Vielleicht ist diese Schenkung nicht mal so unerwartet gekommen. Ich glaube, so etwas bemerkt zu haben.

GREGERS: Was für ein Geist ist denn in dich gefahren!

HJALMAR: Mir sind die Augen aufgegangen. Paß nur auf; – du wirst sehen, die Schenkung ist nur der Anfang. Frau Sörby hat immer für Hedwig so viel übrig gehabt; und jetzt steht es ja in ihrer Macht, für das Kind alles Erdenkliche zu tun. Sie können sie mir zu jeder Zeit und Stunde nehmen, wenn sie Lust haben.

GREGERS: Hedwig verläßt dich niemals.

HJALMAR: Halte das nur nicht für ausgemacht. Wenn die dastehen und ihr mit vollen Händen winken –? Ach, und ich hab sie doch so unsagbar geliebt! Ich habe doch mein höchstes Glück darin gefunden, sie sorgsam an der Hand zu nehmen und sie zu führen, wie man ein Kind, das sich im Dunkeln fürchtet, durch einen großen, öden Raum führt! – Jetzt fühl ich's mit der Qual der Gewißheit, – der arme Photograph im Dachstübchen hat ihr niemals wirklich ernsthaft etwas bedeutet. Sie hat nur listig sich bemüht, so lange mit ihm auf gutem Fuße zu stehen, bis die Zeit gekommen wäre.

GREGERS: Das glaubst du ja selbst nicht, Hjalmar.

HJALMAR: Das ist ja eben das Gräßliche, daß ich nicht weiß, was ich glauben soll, – daß ich es nie wissen werde. Aber kannst du denn wirklich daran zweifeln, daß es so sein muß, wie ich sage? Haha! Du baust zu stark auf die ideale Forderung, mein guter Gregers! Wenn die anderen kämen – die mit den vollen Händen – und dem Kinde zuriefen: Verlaß ihn; bei uns erwartet dich ein Leben –

GREGERS *schnell*: Ja, und was dann –?

HJALMAR: Wenn ich sie dann fragte: Hedwig, bist du bereit, das Leben für mich zu lassen? *Lacht spöttisch.* Ja, prost Mahlzeit – du würdest schon hören, was für eine Antwort ich bekäme.

Man hört einen Schuß auf dem Boden fallen.

GREGERS *laut vor Freude*: Hjalmar!

HJALMAR: So; nun geht er auch noch auf die Jagd.

GINA *tritt ein*: Herrje, Hjalmar, ich glaube gar, der Alte donnert da allein auf dem Boden herum.

HJALMAR: Ich will doch gleich sehen –

GREGERS *lebhaft, ergriffen*: Einen Augenblick! Weißt du, was das war?

HJALMAR: Natürlich weiß ich's.

GREGERS: Nein, du weißt es nicht. Aber ich weiß es. Es war der Beweis!

HJALMAR: Was für ein Beweis?

GREGERS: Es war eine kindliche Opfertat. Sie hat deinen Vater bewogen, die Wildente zu schießen.

HJALMAR: Die Wildente zu schießen!

GINA: Denk einer an –!

HJALMAR: Zu welchem Zweck?

GREGERS: Sie wollte dir das Beste opfern, was sie auf der Welt hat; denn sie meinte, dann müßtest du sie wieder liebhaben.

HJALMAR *weich, bewegt*: Ach, das Kind!

GINA: Ja, auf was die nicht alles verfällt!

GREGERS: Sie wollte nur deine Liebe wiedergewinnen, Hjalmar; ohne die meinte sie nicht leben zu können.

GINA *kämpft mit den Tränen*: Nun siehst du's selbst, Ekdal.

HJALMAR: Gina, wo ist sie denn?

GINA *schluchzend*: Das arme Ding, – sie wird wohl draußen in der Küche sitzen.

HJALMAR *geht hin, reißt die Küchentür auf und sagt*: Hedwig, – komm! Komm rein zu mir. *Sieht sich um.* Nein, hier ist sie nicht.

GINA: Dann wird sie auf ihrem Kämmerchen sein.

HJALMAR *draußen*: Nein, da ist sie auch nicht. *Kommt herein.* Sie muß ausgegangen sein.

GINA: Ja, du wolltest sie ja nirgends im Hause dulden.

HJALMAR: Ach, käm sie doch nur bald nach Hause, – so daß ich's ihr richtig sagen kann. – Jetzt wird alles gut, Gregers; denn jetzt können wir, glaub ich, wirklich ein neues Leben beginnen.

GREGERS *leise*: Ich wußt es ja; durch das Kind würde die Erneuerung kommen.

Der alte EKDAL *tritt in die Tür seines Zimmers; er ist in voller Uniform und damit beschäftigt, seinen Säbel umzuschnallen.*

HJALMAR *erstaunt*: Vater! Du warst in deinem Zimmer?

GINA: Vater, haben Sie in Ihrem Zimmer geschossen?

EKDAL *entrüstet, tritt näher*: So, Hjalmar? Du, du gehst also allein auf die Jagd?

HJALMAR *gespannt, verwirrt*: Du warst's also nicht, der auf dem Boden geschossen hat?

EKDAL: Ich geschossen? Hm!

GREGERS *ruft Hjalmar zu*: Du! Sie hat die Wildente selbst geschossen!

HJALMAR: Was soll das heißen?! *Eilt an die Bodentür, reißt sie zur Seite, sieht hinein und schreit laut*: Hedwig!

GINA *läuft an die Tür*: Jesus! Was ist das?

HJALMAR *geht hinein*: Sie liegt auf der Erde!

GREGERS: Auf der Erde?! *Hinein zu Hjalmar.*

GINA *zugleich*: Hedwig! *Drin auf dem Boden*: Nein, nein, nein!

EKDAL: Hoho, – geht sie auch schon auf die Jagd?

Hjalmar, Gina und Gregers tragen Hedwig ins Atelier; in der herabhängenden Hand hält sie die Pistole.

HJALMAR *verstört*: Die Pistole ist losgegangen. Hedwig hat sich selbst getroffen. Ruft um Hilfe! – Hilfe!

GINA *läuft auf den Flur hinaus und ruft hinunter*: Relling! Relling! Herr Doktor Relling; machen Sie, kommen Sie rauf so rasch wie möglich!

Hjalmar und Gregers legen Hedwig aufs Sofa.

EKDAL *leise*: Der Wald rächt sich.

HJALMAR *neben ihr auf den Knien*: Nun kommt sie bald wieder zu sich. Nun kommt sie zu sich –; ja, ja, ja.

GINA *die wieder hereingekommen ist*: Wo hat sie sich denn getroffen? Ich kann gar nichts sehen – –

RELLING *kommt eilig und gleich nach ihm* MOLVIK; *letzterer ohne Weste und Halstuch, mit offenem Rock.*

RELLING: Was ist denn hier los?

GINA: Sie sagen, Hedwig hat auf sich geschossen.

HJALMAR: Komm und hilf!

RELLING: Auf sich geschossen! *Rückt den Tisch beiseite und beginnt sie zu untersuchen.*

HJALMAR *liegt noch immer auf den Knien und sieht angstvoll zu ihm auf*: Es kann doch nicht gefährlich sein? Wie, Relling? Sie blutet ja fast gar nicht. Es kann doch nicht gefährlich sein?

RELLING: Wie ist das passiert?

HJALMAR: Ach, was weiß ich –!

GINA: Sie wollte die Wildente schießen.

RELLING: Die Wildente?

HJALMAR: Die Pistole muß losgegangen sein.

RELLING: Hm. Ja so.

EKDAL: Der Wald rächt sich. Aber bange bin ich doch nicht. *Geht auf den Boden und schließt die Tür hinter sich.*

HJALMAR: Na, Relling, – warum sagst du nichts?

RELLING: Die Kugel ist in die Brust gegangen!

HJALMAR: Ja, aber Hedwig kommt doch zu sich?

RELLING: Du siehst doch, daß sie nicht mehr lebt.

GINA *bricht in Tränen aus*: O, das Kind! Das Kind!

GREGERS *mit heiserer Stimme*: Auf dem Meeresgrund –

HJALMAR *springt auf*: Doch, doch, sie m u ß leben! Ach, ich will's dir auf den Knien danken, Relling, – nur einen einzigen Augenblick – nur so lange, bis ich ihr gesagt habe, wie namenlos lieb ich sie in all den Jahren gehabt habe.

RELLING: Ins Herz getroffen. Innere Verblutung. Sie war sofort tot.

HJALMAR: Und ich, ich hab sie wie ein Tier von mir gestoßen! Und da kroch sie eingeschüchtert hinein auf den Boden und ging aus Liebe zu mir in den Tod. *Schluchzend*: Es nie wieder gutmachen zu können! Ihr nicht mehr sagen zu können –! *Ballt die Fäuste und schreit, den Blick nach oben gewendet*: O, du da oben –! – Wenn du da bist! Warum hast du mir das getan!

GINA: Nicht doch, nicht doch! Versündige dich nicht. Wir hatten wohl nicht das Recht, sie zu behalten, glaube ich.

MOLVIK: Das Kind ist nicht tot; es schläft.

RELLING: Unsinn!

HJALMAR *schweigt, geht an das Sofa und blickt mit gekreuzten Armen auf Hedwig*: Wie sie da liegt, starr und still!

RELLING *versucht, ihr die Pistole aus der Hand zu nehmen*: Sie sitzt so fest, so fest.

GINA: Nicht, nicht, Relling, – brechen Sie dem Kind nicht die Finger. Lassen Sie ihm die Pikstole.

HJALMAR: Sie soll sie mitnehmen.

GINA: Ja, laß sie ihr. Aber das Kind soll nicht hier liegen und paradieren. Sie soll auf ihr eigenes Zimmer; das soll sie. Faß an, Ekdal.

Gina und Hjalmar nehmen Hedwig zwischen sich.

HJALMAR *während sie tragen*: O Gina, Gina, kannst du das ertragen?!

GINA: Einer muß dem andern helfen. Denn jetzt gehört sie doch uns beiden, mein ich.

MOLVIK *streckt die Arme aus und murmelt*: Gelobt sei der Herr; zu Staub sollst du werden; zu Staub sollst du werden –

RELLING *flüstert*: Halt's Maul, Mensch; du bist ja besoffen.

Gina und Hjalmar tragen die Leiche durch die Küche hinaus. Relling macht hinter ihnen zu. Molvik schleicht sich auf den Flur hinaus.

RELLING *geht zu Gregers und sagt*: Das laß ich mir doch von keinem aufbinden, daß das ein zufälliger Schuß war.

GREGERS *der schreckensstarr gestanden, in krampfhaften Zuckungen*: Niemand kann sagen, wie das Entsetzliche geschehen ist.

RELLING: Die Ladung hat das Kleid versengt. Hedwig muß die Pistole direkt gegen die Brust gedrückt und dann abgedrückt haben.

GREGERS: Sie ist nicht vergebens gestorben. Haben Sie gesehen, wie der Schmerz das Große in ihm frei machte?

RELLING: Groß werden die meisten, wenn sie in Trauer vor einer Leiche stehen. Aber wie lange, glauben Sie, wird die Herrlichkeit bei ihm dauern?

GREGERS: Sollte sie nicht dauern und mit seinen Lebensjahren wachsen?

RELLING: Kein dreiviertel Jahr, und die kleine Hedwig ist für ihn nur noch ein schönes Deklamationsthema.

GREGERS: Und das unterstehen Sie sich von Hjalmar Ekdal zu sagen!

RELLING: Wir wollen uns wieder sprechen, wenn das erste Gras auf ihrem Grabe verdorrt ist. Dann können Sie ihn geschwollen reden hören „von dem Kinde, das dem Vaterherzen zu früh entrissen"; dann sollen Sie mal sehen, wie er sich einwickelt in Rührung und in Selbstbewunderung und in Mitleid mit sich selbst. Passen Sie nur auf!

GREGERS: Wenn Sie recht haben, und ich hab unrecht, dann ist das Leben nicht wert, gelebt zu werden.

RELLING: O, das Leben könnte doch noch ganz schön sein, wenn wir nur Ruhe hätten vor diesen großartigen Gläubigern, die uns armen Leuten das Haus einlaufen mit der idealen Forderung.

GREGERS *sieht vor sich hin*: Wenn das so ist, dann bin ich nur froh, daß ich nun mal meine Bestimmung habe.

RELLING: Pardon – was ist denn Ihre Bestimmung?

GREGERS *im Begriff zu gehen*: Der Dreizehnte bei Tisch zu sein.

RELLING: Ach, das glaub der Teufel.

DIE FRAU VOM MEER

Schauspiel in fünf Akten

Personen

Doktor Wangel, *Bezirksarzt*
Ellida, *seine zweite Frau*
Bolette | *seine Töchter aus erster Ehe*
Hilde |
Arnholm, *Oberlehrer*
Lyngstrand
Ballested
Ein fremder Mann
Junge Leute aus der Stadt, Touristen, Sommergäste

Das Stück spielt zur Sommerszeit in einer kleinen Fjordstadt des nördlichen Norwegen.

[Sprich: Lüngstrand, Skiwe, Scholdwiken]

ERSTER AKT

Doktor Wangels Haus, mit großer überbauter Veranda links. Garten vor dem Haus und um das Haus. Unterhalb der Veranda eine Fahnenstange. Rechts im Garten eine Laube mit Tisch und Stühlen. Heckenzaun mit einer kleinen Eingangstür im Hintergrund. Hinter dem Zaun ein Weg den Strand entlang. Baumreihen längs des Weges. Zwischen den Bäumen sieht man den Fjord und Gebirgszüge und Berggipfel in der Ferne. Es ist ein warmer und leuchtend klarer Sommermorgen.

BALLESTED, *ein Mann in mittleren Jahren, der eine alte Samtjacke und einen breitkrempigen Künstlerhut trägt, steht unten an der Fahnenstange und macht sich an der Leine zu schaffen. Die Fahne liegt auf der Erde. Ein wenig von ihm entfernt eine Staffelei mit aufgespannter Leinwand. Nebenan liegen auf einem Feldstuhl Pinsel, Palette und ein Malkasten.*

BOLETTE *tritt durch die offene Tür des Gartenzimmers auf die Veranda hinaus. Sie trägt eine große Vase mit Blumen, die sie auf den Tisch stellt.*

BOLETTE: Na, Ballested, – kriegen Sie's auch in Ordnung?
BALLESTED: Jawohl, Fräulein. Nichts leichter als das. – Mit Verlaub, – erwarten Sie heut Besuch?
BOLETTE: Ja, wir erwarten heute morgen den Oberlehrer Arnholm. Er ist vergangene Nacht in der Stadt angekommen.
BALLESTED: Arnholm? Warten Sie mal –. Arnholm? Hieß der nicht Arnholm, der vor Jahren hier Hauslehrer war?
BOLETTE: Ja. Der und kein andrer.
BALLESTED: Schau, schau! Kommt der auch mal wieder in diese Gegend.
BOLETTE: Deshalb möchten wir gern flaggen.
BALLESTED: Ja, das gehört sich wohl auch so.
Bolette geht wieder in das Gartenzimmer. Bald darauf kommt LYNGSTRAND *von rechts den Weg hinauf und bleibt interessiert stehen, wie er die Staffelei und die Malgeräte sieht. Er ist ein schmächti-*

ger junger Mann, bescheiden, aber ordentlich gekleidet, und von kränklichem Aussehen.

LYNGSTRAND *draußen an der Hecke*: Guten Morgen.

BALLESTED *dreht sich um*: Guten Morgen. *Hißt die Fahne.* So – nun steigt der Ballon. *Befestigt die Leine und macht sich an der Staffelei zu schaffen.* Guten Morgen, verehrter Herr. Ich hatte allerdings noch nicht das Vergnügen –

LYNGSTRAND: Sie sind gewiß Maler, wie?

BALLESTED: Ja, natürlich. Warum sollt ich nicht Maler sein?

LYNGSTRAND: Ja, ich seh's. – Darf ich mir die Freiheit nehmen, ein bißchen einzutreten?

BALLESTED: Wollen Sie vielleicht herein, um zuzusehen?

LYNGSTRAND: Ja, das möcht ich sehr gern.

BALLESTED: Ach, da ist noch nichts Besonderes zu sehen. Aber bitte schön. Treten Sie nur näher.

LYNGSTRAND: Besten Dank. *Er kommt zur Gartentür herein.*

BALLESTED *malt*: Gerade bin ich dabei, den Fjord dort hinten zwischen den Inseln zu malen.

LYNGSTRAND: Ich seh's, ja.

BALLESTED: Aber die Figur fehlt noch. Hier in der Stadt ist kein Modell aufzutreiben.

LYNGSTRAND: Soll auch eine Figur hinein?

BALLESTED: Ja, hier im Vordergrund an der Klippe, da soll eine halbtote Meerfrau liegen.

LYNGSTRAND: Warum muß sie denn halbtot sein?

BALLESTED: Sie hat sich vom Meere hereinverirrt und kann nicht wieder hinausfinden, und nun liegt sie da und kommt im Brackwasser um, verstehen Sie.

LYNGSTRAND: Ach so.

BALLESTED: Die Frau des Hauses hier, die hat mich auf den Gedanken gebracht, so etwas zu malen.

LYNGSTRAND: Wie wollen Sie das Bild nennen, wenn es fertig ist?

BALLESTED: Ich denke, es soll heißen: „Die sterbende Meerfrau".

LYNGSTRAND: Das paßt ausgezeichnet. – Aus dem Thema können Sie sicherlich etwas Schönes machen.

BALLESTED *sieht ihn an*: Ein Mann vom Fach vielleicht?

LYNGSTRAND: Sie meinen Maler?

BALLESTED: Ja.

LYNGSTRAND: Nein, das bin ich nicht. Aber ich will Bildhauer werden. Ich heiße Hans Lyngstrand.

BALLESTED: So, Sie wollen Bildhauer werden? Ja ja, die Bildhauerei ist auch 'ne nette, flotte Kunst. – Ich glaube, ich habe Sie einige Male auf der Straße gesehen. Halten Sie sich schon lange hier bei uns auf?

LYNGSTRAND: Nein, ich bin erst so etwa vierzehn Tage hier. Aber ich will sehen, ob ich nicht den Sommer über hierbleiben kann.

BALLESTED: Um die Annehmlichkeiten des Badelebens zu genießen? Was?

LYNGSTRAND: Ich muß versuchen, ein bißchen zu Kräften zu kommen.

BALLESTED: Doch wohl nicht kränklich?

LYNGSTRAND: Ja, ich bin wohl eigentlich ein bißchen kränklich von Natur. Aber es ist weiter nicht gefährlich. Es sind nur so eine Art Beklemmungen auf der Brust.

BALLESTED: Ah – eine Bagatelle! Übrigens sollten Sie doch mal mit einem erfahrenen Arzt sprechen.

LYNGSTRAND: Ich dachte, gelegentlich mal den Doktor Wangel zu fragen.

BALLESTED: Ja, tun Sie das nur. *Sieht links hinaus.* Da kommt wieder ein Dampfer. Ganz schwarz ist es an Bord von Passagieren. Das Reisen hat hier in den letzten Jahren einen beispiellosen Aufschwung genommen.

LYNGSTRAND: Ja, 's ist hier ein ganz gewaltiger Verkehr, das find ich auch.

BALLESTED: Und Sommerfrischler haben wir hier auch die Masse. Mir ist manchmal bange, unsere gute Stadt wird durch all die Fremden ihr Gepräge verlieren.

LYNGSTRAND: Sind Sie hier in der Stadt geboren?

BALLESTED: Nein, das nicht. Aber ich habe mich akkla – akklimatisiert. Ich fühle mich mit dem Ort verknüpft durch das Band der Zeit und der Gewohnheit.

LYNGSTRAND: Sie wohnen also schon lange hier?

BALLESTED: Na, so an die siebzehn, achtzehn Jahre. Ich bin mit Skives Theatergesellschaft hergekommen. Aber wir gerieten in finanzielle Schwierigkeiten. Und infolgedessen löste sich die Gesellschaft auf und zerstob in alle Winde.

LYNGSTRAND: Aber Sie selbst, Sie blieben hier?

BALLESTED: Ich bin geblieben. Und das ist mir auf die Dauer auch ganz gut bekommen. Ich war nämlich damals vorwiegend im Dekorationsfach beschäftigt, wissen Sie.

BOLETTE *kommt mit einem Schaukelstuhl heraus, den sie auf die Veranda stellt.*

BOLETTE *spricht in das Gartenzimmer hinein*: Hilde, – sieh mal nach, ob du den gestickten Fußschemel für Papa findest.

LYNGSTRAND *geht an den Fuß der Veranda und grüßt*: Guten Morgen, Fräulein Wangel!

BOLETTE *am Geländer*: Ei sieh da, – Sie sind's, Herr Lyngstrand? Guten Morgen. Entschuldigen Sie einen Augenblick, – ich will nur – *Geht in das Haus.*

BALLESTED: Kennen Sie die Familie?

LYNGSTRAND: Nicht näher. Ich habe die jungen Damen nur ab und zu bei anderen Leuten getroffen. Und dann hab ich flüchtig mit der gnädigen Frau gesprochen, – neulich beim Konzert auf der „Aussicht". Sie sagte, ich möchte sie doch mal besuchen.

BALLESTED: Na, wissen Sie, – diese Bekanntschaft sollten Sie kultivieren.

LYNGSTRAND: Ja, ich habe mir auch vorgenommen, einen Besuch zu machen. Was man so eine Visite nennt. Hätte ich nur erst einen Anlaß –

BALLESTED: Ach was, Anlaß. *Sieht links hinaus.* Himmeldonnerwetter! *Packt seine Sachen zusammen.* Das Dampfboot ist schon an der Brücke vorn. Ich muß zum Hotel. Vielleicht hat einer von den Neuangekommenen meine Dienste nötig. Ich bin nämlich auch als Haarschneider und Friseur tätig, wissen Sie.

LYNGSTRAND: Sie, Sie sind wohl außerordentlich vielseitig.

BALLESTED: An kleinen Orten muß man verstehen, sich in unterschiedlichen Fächern zu ak – akklimatisieren. Sollten Sie mal irgend etwas nötig haben in der Haarbranche, – etwas Pomade oder dergleichen, so fragen Sie nur nach dem Tanzlehrer Ballested.

LYNGSTRAND: Tanzlehrer –?

BALLESTED: Vorstand des „Bläserbunds", wenn Sie wollen. Heut abend haben wir ein Konzert auf der „Aussicht". Adieu, – adieu!

Er geht mit den Malgeräten durch die Stakettür und dann links ab.

HILDE *kommt heraus mit dem Schemel.* BOLETTE *bringt mehr Blumen. Lyngstrand grüßt Hilde vom Garten herauf.*

HILDE *am Geländer, ohne wiederzugrüßen*: Bolette sagt, Sie hätten sich heute hereingetraut.

LYNGSTRAND: Ja, ich bin so frei gewesen, auf einen Moment einzutreten.

HILDE: Sie haben wohl gerade einen Morgenspaziergang gemacht?

LYNGSTRAND: Ach nein, – aus dem Spaziergang ist heut nicht viel geworden.

HILDE: Sind Sie im Bad gewesen?

LYNGSTRAND: Ja, ich war kurze Zeit im Wasser. Ich hab da unten Ihre Frau Mama gesehen. Sie ging in ihre Badezelle.

HILDE: Wer ging da hinein?

LYNGSTRAND: Ihre Frau Mama.

HILDE: Ach so, so. *Sie stellt den Schemel vor den Schaukelstuhl.*

BOLETTE *als ob sie das Gespräch unterbrechen wollte*: Haben Sie Papas Boot gesehen auf dem Fjord draußen?

LYNGSTRAND: Ja, mir ist, als hätt ich ein Segelboot landwärts steuern sehen.

BOLETTE: Das ist gewiß Papa gewesen. Er war draußen auf den Inseln, um Patienten zu besuchen. *Sie macht sich, ordnend, am Tisch zu schaffen.*

LYNGSTRAND *tut einen Schritt vorwärts auf der Verandatreppe*: Nein, aber diese Blumenpracht hier!

BOLETTE: Ja, sieht das nicht gut aus?

LYNGSTRAND: O, es sieht himmlisch aus. Es sieht aus, als wär ein Festtag hier im Haus.

HILDE: Das stimmt.

LYNGSTRAND: Hab ich's mir doch fast gedacht. Es ist sicher heut der Geburtstag Ihres Herrn Papas?

BOLETTE *warnend zu Hilde*: Hm – hm!

HILDE *ohne sich darum zu kümmern*: Nein, es ist Mamas.

LYNGSTRAND: So, – der Geburtstag Ihrer Frau Mama.

BOLETTE *leise, ärgerlich*: Aber, Hilde –!

HILDE *ebenso*: Laß mich in Ruh! *Zu Lyngstrand*: Sie gehen wohl jetzt nach Hause, um zu frühstücken?

LYNGSTRAND *steigt von der Treppe hinunter*: Ja, ich müßte wohl bald ein bißchen zu mir nehmen.

HILDE: Sie sind wohl da im Hotel recht gut aufgehoben?

LYNGSTRAND: Ich wohne nicht mehr im Hotel. Es wurde mir zu teuer.

HILDE: Wo wohnen Sie denn jetzt?

LYNGSTRAND: Jetzt wohne ich oben bei Frau Jensen.

HILDE: Bei was für einer Frau Jensen?

LYNGSTRAND: Der Hebamme.

HILDE: Pardon, Herr Lyngstrand, – aber ich habe wirklich mehr zu tun, als –

LYNGSTRAND: Ach, ich hätte das gewiß nicht sagen sollen.

HILDE: Was denn?

LYNGSTRAND: Was ich eben gesagt habe.

HILDE *ungnädig; mißt ihn mit den Augen*: Ich verstehe Sie absolut nicht.

LYNGSTRAND: Nein, nein. Aber jetzt muß ich mich von den Damen bis auf weiteres verabschieden.

BOLETTE *geht an die Treppe heran*: Adieu, adieu, Herr Lyngstrand! Sie müssen uns für heute schon entschuldigen –. Aber später einmal, wenn Sie mal mehr Zeit haben – und wenn Sie Lust haben, – da kommen Sie nur zu uns und sagen Sie Papa guten Tag und – uns anderen.

LYNGSTRAND: Ja, danke sehr. Das will ich herzlich gern tun. *Er grüßt und geht durch die Gartentür ab. Indem er draußen auf dem Wege links vorbei geht, grüßt er noch einmal zur Veranda hinauf.*

HILDE *halblaut*: Adieu, Mosjö! Grüßen Sie Mutter Jensen recht schön von mir.

BOLETTE *leise, schüttelt sie am Arm*: Hilde –! Du ungezogenes Ding! Du bist wohl nicht recht bei Trost? Wie leicht hätt er dich hören können.

HILDE: Ach, glaubst du, daraus mach ich mir was!

BOLETTE *sieht rechts hinaus*: Da kommt Papa.

WANGEL, *im Reiseanzug und mit einer kleinen Reisetasche in der Hand, erscheint auf dem Fußpfad rechts.*

WANGEL: So, da bin ich wieder, Kinderchen! *Er tritt zur Stakettür herein.*

BOLETTE *geht ihm unten im Garten entgegen*: Ach, wie schön, daß du da bist.

HILDE *geht gleichfalls zu ihm hinunter*: Hast du dich jetzt für den ganzen Tag frei gemacht, Papa?

WANGEL: Ach nein, ich muß später noch einmal einen Augenblick zur Praxis hinunter. – Sagt mal, – wißt ihr, ob Arnholm angekommen ist?

BOLETTE: Ja, er ist vergangene Nacht angekommen. Er ist im Hotel.

WANGEL: Gesehen habt ihr ihn also noch nicht?

BOLETTE: Nein. Aber er wird sicher noch heute morgen herkommen.

WANGEL: Ja, das tut er ganz sicher.

HILDE *zupft ihn*: Papa, jetzt sieh dich mal um.

WANGEL *sieht zur Veranda hin*: Ja, ich sehe schon, Kind. – Es ist ja recht festlich hier.

BOLETTE: Ja, nicht wahr, das haben wir hübsch arrangiert?

WANGEL: Ja, das muß ich wirklich sagen. – Sind – sind wir allein zu Hause?

HILDE: Ja, sie ist aus, um –

BOLETTE *fällt rasch ein*: Mama ist im Bad.

WANGEL *sieht Bolette freundlich an und streichelt ihr den Kopf. Dar-*

auf sagt er ein wenig zaudernd: Nun hört mal, Kinder, – soll das den ganzen Tag so bleiben? Und auch die Fahne soll den ganzen Tag dort oben hängen?

HILDE: Das kannst du dir doch wohl denken, Papa!

WANGEL: Hm, – ja. Aber seht mal –

BOLETTE *blinzelt und nickt ihm zu*: Du kannst dir doch denken, daß wir das alles dem Oberlehrer Arnholm zuliebe gemacht haben. Wenn so ein guter Freund das erste Mal kommt, dich zu besuchen –

HILDE *lächelt und zupft ihn*: Denk doch mal, Papa, – Bolettes alter Lehrer!

WANGEL *mit einem halben Lächeln*: Ihr beide seid mir ein paar rechte Racker –. Na, mein Gott, – schließlich ist es doch auch ganz natürlich, daß wir uns ihrer erinnern, die nicht mehr unter uns ist. Aber trotzdem. Da, Hilde! *Gibt ihr die Reisetasche.* Sie sollte in die Praxis hinunter. – Nein, Kinder, – das gefällt mir nicht. Die Art und Weise nicht, wißt ihr. Daß wir so jedes Jahr –. Na, aber was soll man sagen! Es ist wohl nicht gut anders möglich!

HILDE *will mit der Reisetasche durch den Garten links gehen, bleibt aber stehen, dreht sich um und zeigt hinaus*: Sieh mal den Herrn, der da kommt. Das ist sicher der Oberlehrer.

BOLETTE *sieht hin*: Der da? *Lacht.* Nein, du bist aber gut! Glaubst du, der angejahrte Bursche, das ist Arnholm!

WANGEL: Wart mal, Kind. Ja wahrhaftig, ich glaube, das ist er! – Ja, gewiß, das ist er!

BOLETTE *heftet erstaunt die Augen auf ihn*: Ja, weiß Gott, ich glaube auch –!

ARNHOLM *in elegantem Morgenanzug mit goldener Brille und einem dünnen Stock erscheint draußen auf dem Wege links. Er sieht etwas überarbeitet aus. Er blickt in den Garten hinein, grüßt freundlich und tritt durch die Stakettür ein.*

WANGEL *geht ihm entgegen*: Willkommen, lieber Arnholm. Herzlich willkommen am altvertrauten Ort!

ARNHOLM: Danke sehr, danke sehr, lieber Herr Doktor. Danke tausendmal. *Sie schütteln einander die Hände und gehen zusammen durch den Garten.*

ARNHOLM: Und da sind auch die Kinder! *Reicht ihnen die Hand und sieht sie an.* Die beiden, die hätt ich kaum wiedererkannt.

WANGEL: Ja, das glaub ich schon.

ARNHOLM: Na doch, – Bolette vielleicht doch. – Ja, Bolette würd ich schon wiedererkannt haben.

WANGEL: Na, vielleicht doch nicht, glaub ich. Es ist doch jetzt auch schon acht, neun Jahre her, daß Sie sie zuletzt gesehen haben. Ach ja, hier hat sich wohl gar manches verändert in dieser Zeit.

ARNHOLM *sieht sich um*: Das kann ich eigentlich nicht finden. Abgesehen davon, daß die Bäume noch ein gutes Stück gewachsen sind – und dann, daß dort jetzt eine Laube steht –

WANGEL: Ach nein, äußerlich –

ARNHOLM *lächelnd*: Und dann natürlich: Sie haben jetzt zwei große heiratsfähige Töchter im Hause.

WANGEL: Na, heiratsfähig ist doch wohl nur die eine.

HILDE *halblaut*: Da hör mal einer den Papa!

WANGEL: Aber jetzt, denk ich, setzen wir uns auf die Veranda. Da ist es kühler als hier. Bitte schön.

ARNHOLM: Danke sehr, danke sehr, lieber Doktor. *Sie gehen hinauf. Wangel nötigt Arnholm, im Schaukelstuhl Platz zu nehmen.*

WANGEL: So, jetzt machen Sie sich's nur recht bequem und ruhen Sie sich aus. Mir scheint wirklich, daß die Reise Sie doch etwas angestrengt hat.

ARNHOLM: O, das hat weiter nichts zu sagen. In dieser Umgebung hier –

BOLETTE *zu Wangel*: Sollen wir nicht ein bißchen Sodawasser und Fruchtsaft ins Gartenzimmer bringen? Hier draußen wird es gewiß bald zu heiß werden.

WANGEL: Ja, tut das, Kinder. Bringt uns Sodawasser und Saft. Und auch vielleicht ein bißchen Kognak.

BOLETTE: Auch Kognak?

WANGEL: Nur ein bißchen. Falls jemand etwas davon möchte.

BOLETTE: Na ja. Hilde, bring du die Reisetasche zur Praxis hinunter.

Bolette geht in das Gartenzimmer und schließt die Tür hinter sich. Hilde nimmt die Reisetasche und geht durch den Garten hinter dem Hause links ab.

ARNHOLM *der Bolette mit den Augen gefolgt ist*: Das ist doch wirklich ein prächtiges –. Da sind Ihnen aber zwei prächtige Mädchen herangewachsen!

WANGEL *setzt sich*: Ja, finden Sie auch?

ARNHOLM: Ja, ich bin geradezu überrascht von Bolette. Und von Hilde auch. – Doch nun Sie selbst, lieber Doktor –. Wollen Sie denn Ihr ganzes Leben lang hier wohnen bleiben?

WANGEL: Ach, ja, so wird es wohl kommen. Hier bin ich geboren, hier hat meine Wiege gestanden. Hier hab ich so unendlich glücklich mit ihr gelebt, die uns so früh verlassen hat. Mit meiner ersten Frau, die Sie ja gekannt haben; Sie waren ja damals bei uns, Arnholm.

ARNHOLM: Ja – ja.

WANGEL: Und jetzt leb ich hier so glücklich mit meiner zweiten Frau. Ja, ich kann wohl sagen, im großen und ganzen ist das Schicksal mir gnädig gewesen.

ARNHOLM: Aber Kinder aus zweiter Ehe haben Sie nicht?

WANGEL: Wir haben vor zweieinhalb Jahren einen kleinen Jungen bekommen. Aber behalten haben wir ihn nicht lange. Er starb, als er kaum fünf Monat alt war.

ARNHOLM: Ist Ihre Frau heut nicht zu Hause?

ARNHOLM: Doch, sie muß nun bald kommen. Sie ist hinunter, um zu baden. Das tut sie jeden lieben Tag, die ganze Zeit. Bei jedem Wetter.

ARNHOLM: Fehlt ihr denn etwas?

WANGEL: So eigentlich fehlen tut ihr nichts. Obgleich sie allerdings merkwürdig nervös in den letzten paar Jahren gewesen ist. Das heißt, dann und wann. Ich kann nicht recht klug draus werden, was eigentlich mit ihr los ist. Aber ins Wasser zu gehen, sehen Sie, das ist so recht ihr Lebenselement.

ARNHOLM: Ich erinnere mich von früher her.

WANGEL *mit einem kaum merklichen Lächeln*: Ja, Sie kennen Ellida ja aus der Zeit, als Sie Lehrer waren in Skjoldviken draußen.

ARNHOLM: Natürlich. Sie kam oft ins Pfarrhaus zu Besuch. Und ich traf sie meistens auch, wenn ich im Leuchtturm war und ihren Vater dort besuchte.

WANGEL: Die Zeit da draußen, das können Sie mir glauben, hat tiefe Spuren in ihr zurückgelassen. Die Leute hier in der Stadt können das gar nicht begreifen. Sie nennen sie die „Frau vom Meer".

ARNHOLM: Was Sie sagen!

WANGEL: Ja. Und sehen Sie, deshalb – sprechen Sie doch mit ihr von den alten Zeiten, lieber Arnholm. Das wird ihr ungemein guttun.

ARNHOLM *sieht ihn zweifelnd an*: Haben Sie denn einen besonderen Grund, das anzunehmen?

WANGEL: Ja gewiß.

Ellidas Stimme wird im Garten rechts vernehmbar.

ELLIDA: Du bist es, Wangel?

WANGEL *steht auf*: Ja, meine Liebe.

ELLIDA, *mit einem großen, leichten Umschlagetuch und mit nassem, über die Schultern ausgebreitetem Haar, kommt zwischen den Bäumen an der Laube hervor. Arnholm steht auf.*

WANGEL *lächelt und streckt ihr die Hände entgegen*: Sieh – da ist ja die Meerfrau!

ELLIDA *geht eilig zur Veranda hinauf und ergreift seine Hände*: Gott sei Dank, daß du wieder da bist! Wann bist du gekommen?

WANGEL: Jetzt eben. Vor einer kleinen Weile. *Zeigt auf Arnholm.* Aber willst du nicht einen alten Bekannten begrüßen –?

ELLIDA *gibt Arnholm die Hand*: Da wären Sie also. Willkommen! Und entschuldigen Sie, daß ich nicht zu Haus war –

ARNHOLM: Aber ich bitte. Machen Sie nur keine Umstände –

WANGEL: War das Wasser schön frisch heute?

ELLIDA: Frisch! Ach Gott, hier ist das Wasser nie frisch. So lau und so abgestanden. Uh! Das Wasser ist krank hier in den Fjorden.

ARNHOLM: Krank?

ELLIDA: Ja, es ist krank. Und ich glaube, es macht einen auch krank.

WANGEL *lächelnd*: Na, du verstehst es aber, den Badeort zu empfehlen.

ARNHOLM: Ich glaube vielmehr, Frau Wangel, Sie stehen in einem besonderen Verhältnis zum Meer und zu allem, was vom Meer ist.

ELLIDA: Ach ja, mag sein. Ich möchte es beinah selbst glauben. – Aber sehen Sie nur die festlichen Arrangements, die die Mädchen Ihnen zu Ehren getroffen haben?

WANGEL *verlegen*: Hm –. *Sieht auf seine Uhr.* Jetzt muß ich aber bald –

ARNHOLM: Wirklich mir zu Ehren –?

ELLIDA: Na, das können Sie sich doch denken. Solchen Staat machen wir nicht alle Tage. – Ah, wie drückend heiß es hier unter dem Dach ist! *Geht in den Garten hinunter.* Kommen Sie hier herüber! Hier ist doch wenigstens etwas wie ein Luftzug. *Sie setzt sich in die Laube.*

ARNHOLM *geht dahin*: Ich finde, hier geht wirklich ein ganz frisches Lüftchen.

ELLIDA: Ja, wenn man an die drückende Luft in der Hauptstadt gewöhnt ist, wie Sie. Da soll es ja im Sommer ganz entsetzlich sein, hab ich gehört.

WANGEL *der gleichfalls in den Garten hinuntergegangen ist*: Hm, liebe Ellida, du mußt jetzt unsern lieben Freund ein Weilchen allein unterhalten.

ELLIDA: Hast du zu tun?

WANGEL: Ja, ich muß zur Praxis hinunter. Und dann muß ich doch auch wohl ein bißchen Toilette machen. Aber ich bleibe nicht lange –

ARNHOLM *setzt sich in die Laube*: Beeilen Sie sich nur ja nicht, lieber Doktor. Ihre Frau und ich werden uns schon die Zeit zu vertreiben wissen.

WANGEL *nickt*: O ja, – daran zweifle ich nicht. Na also denn – auf Wiedersehen! *Geht links durch den Garten ab.*

ELLIDA *nach einer kurzen Pause*: Finden Sie nicht, es sitzt sich gut hier?

ARNHOLM: Ich jedenfalls sitze gut.

ELLIDA: Die Laube ist meine Laube. Denn ich hab sie einrichten lassen. Oder vielmehr Wangel – mir zuliebe.

ARNHOLM: Und hier sitzen Sie also gewöhnlich?

ELLIDA: Ja, hier sitz ich den größten Teil des Tages.

ARNHOLM: Wohl mit den Mädchen?

ELLIDA: Nein, die Mädchen – die sind mehr auf der Veranda.

ARNHOLM: Und Wangel?

ELLIDA: Ach, Wangel geht so hin und her. Bald ist er hier bei mir und bald ist er drüben bei den Kindern.

ARNHOLM: Haben Sie das so haben wollen?

ELLIDA: Ich glaube, wir alle fühlen uns am wohlsten dabei. Wir können ja auch so miteinander sprechen – wenn wir finden, wir hätten uns etwas zu sagen.

ARNHOLM *ist eine Weile in Gedanken*: Als ich Ihnen zuletzt begegnete –. In Skjoldviken, mein ich –. Hm, – das ist nun schon lange her –.

ELLIDA: Es sind jetzt gut und gern zehn Jahre her, daß Sie bei uns da draußen waren.

ARNHOLM: Ja, so ungefähr. Aber wenn ich Sie mir da in dem Leuchtturm vorstelle –! Die Heidin, wie Sie der alte Pfarrer nannte, weil Ihr Vater Sie auf einen Schiffsnamen hatte taufen lassen, wie er sagte, und nicht auf den Namen eines Christenmenschen –

ELLIDA: Nun, und –?

ARNHOLM: Da hätt ich alles andere eher gedacht, als daß ich Sie hier als Frau Wangel wiedertreffen würde.

ELLIDA: Damals war Wangel ja auch noch nicht –. Damals lebte doch noch die erste Mutter der Kinder. Ihre richtige Mutter –

ARNHOLM: Ja. Ja. Aber wenn das auch nicht der Fall gewesen wäre. Wenn er auch frei gewesen wäre, – so hätt ich doch nie gedacht, daß es so kommen würde.

ELLIDA: Ich auch nicht. Nie und nimmer – damals.

ARNHOLM: Wangel ist ja so brav. So ehrenhaft. So herzensgut und freundlich gegen alle Menschen –

ELLIDA *warm und herzlich*: Ja, das ist er wirklich!

ARNHOLM: – aber er muß doch ganz und gar anders sein als Sie, mein ich.

ELLIDA: Da haben Sie recht. Das ist er auch.

ARNHOLM: Na, wie ist es denn aber gekommen? Wie ist es gekommen?

ELLIDA: Ach, lieber Arnholm, danach dürfen Sie mich nicht fragen. Das würd ich Ihnen doch nicht erklären können. Und selbst wenn ich's könnte, Sie wären doch niemals imstande, das mindeste davon zu fassen und zu verstehen.

ARNHOLM: Hm – *Etwas leiser*: Haben Sie je Ihrem Mann etwas über mich anvertraut? Ich meine natürlich von dem vergeblichen Schritte, – zu dem ich mich mal habe hinreißen lassen.

ELLIDA: Nein. Wie können Sie nur glauben! Nicht ein Wort hab ich ihm gesagt von – von dem, was Sie da andeuten.

ARNHOLM: Das freut mich. Denn ich fühlte mich etwas bedrückt bei dem Gedanken –

ELLIDA: Das brauchen Sie gar nicht. Ich hab ihm nur gesagt, was ja auch wahr ist, daß ich Sie s e h r gern hatte und daß Sie mein treuester und bester Freund waren, den ich da draußen hatte.

ARNHOLM: Ich danke Ihnen. Aber nun sagen Sie mir, – warum haben Sie mir nie geschrieben?

ELLIDA: Ich dachte, es würde Ihnen vielleicht weh tun, von einer zu hören, die – die Ihnen nicht in der Weise entgegenkommen konnte, wie Sie's gewünscht hatten. Ich meinte, ich würde damit doch nur wieder alte Wunden aufreißen.

ARNHOLM: Hm –. Ja, ja, da hatten Sie vielleicht recht.

ELLIDA: Aber warum haben S i e niemals geschrieben?

ARNHOLM *sieht sie an und lächelt mit leichtem Vorwurf*: Ich? Den Anfang machen? Vielleicht den Verdacht erwecken, ich würde mir neue Hoffnungen machen? Nach einer solchen Absage, wie ich sie bekommen hatte?

ELLIDA: Na ja, das versteh ich auch ganz gut. – Haben Sie später nie an eine andere Verbindung gedacht?

ARNHOLM: Niemals. Ich bin meinen Erinnerungen treu geblieben.

ELLIDA *halb im Scherz*: Ach was! Lassen Sie die alten tristen Erinnerungen ruhen. Ich finde, Sie sollten wirklich lieber daran denken, ein glücklicher Ehemann zu werden.

ARNHOLM: Das müßte dann aber bald geschehen, Frau Wangel. Vergessen Sie nicht: ich habe wahrhaftig – zu meiner Schande sei's gesagt – schon siebenunddreißig Jahre hinter mir.

ELLIDA: Na ja, um so mehr Grund, sich zu beeilen. *Schweigt ein Weilchen, dann sagt sie ernst und mit gedämpfter Stimme*: Nun hören Sie mal zu, lieber Arnholm, – jetzt will ich Ihnen etwas sagen, was ich damals nicht über die Lippen gebracht hätte, und wenn es mich das Leben gekostet hätte.

ARNHOLM: Was denn?

ELLIDA: Als Sie, wie Sie eben sagten, – den vergeblichen Schritt taten, – da k o n n t ich Ihnen nicht anders antworten, als ich getan.

ARNHOLM: Ich weiß. Sie hatten mir nichts anderes zu bieten als gute Freundschaft. Ich weiß das ja.

ELLIDA: Aber Sie wissen nicht, daß alle meine Gedanken damals auf etwas anderes gerichtet waren.

ARNHOLM: Damals!

ELLIDA: Ja doch.

ARNHOLM: Aber das ist ja unmöglich! Sie irren sich in der Zeit! Ich glaube, damals haben Sie Wangel kaum gekannt.

ELLIDA: Ich rede nicht von Wangel.

ARNHOLM: Nicht von Wangel? Aber zu der Zeit, – in Skjoldviken draußen –. Ich kann mich auch nicht eines Menschen da draußen erinnern, bei dem ich es für denkbar halten könnte, daß Sie ihm sich hätten versprechen mögen.

ELLIDA: Ja, ja, – das glaub ich schon. Es war ja auch alles so toll, – rein um den Verstand zu verlieren.

ARNHOLM: Aber so lassen Sie mich doch Näheres davon hören!

ELLIDA: Ach, es genügt ja, wenn Sie wissen, daß ich damals gebunden war. Und das wissen Sie ja nun.

ARNHOLM: Und wenn Sie nun damals nicht gebunden gewesen wären?

ELLIDA: Was dann?

ARNHOLM: Wäre Ihre Antwort auf meinen Brief dann anders ausgefallen?

ELLIDA: Wie kann ich das wissen? Als Wangel kam, da fiel die Antwort ja doch anders aus.

ARNHOLM: Was hat es dann für einen Zweck, daß Sie mir erzählen, Sie seien gebunden gewesen?

ELLIDA *steht auf in einer Art Angst und Unruhe*: Weil ich jemanden brauche, dem ich mich anvertrauen kann. Nein, nein, bleiben Sie nur sitzen.

ARNHOLM: Ihr Mann weiß also nichts von der Sache?

ELLIDA: Ich habe ihm gleich anfangs bekannt, daß meine Gedanken einmal einem anderen gegolten haben. Mehr verlangte er nicht zu wissen. Und wir haben das später nie wieder berührt. Es war ja auch im Grunde nichts andres als Wahnsinn. Und dann war es ja auch gleich wieder aus. Das heißt – in gewisser Beziehung.

ARNHOLM *steht auf*: Nur in gewisser Beziehung? Nicht ganz!

ELLIDA: Doch, doch, gewiß! Ach Gott, es ist gar nicht so, wie Sie denken, lieber Arnholm. Es ist etwas ganz Unbegreifliches. Ich weiß nicht, wie ich es erzählen soll. Sie würden nur glauben, ich sei krank gewesen. Oder ich sei ganz von Sinnen gewesen.

ARNHOLM: Aber beste Frau Wangel, – jetzt müssen und sollen Sie sich wirklich ganz aussprechen.

ELLIDA: Nun denn! Ich will's versuchen. Wie können Sie als vernünftiger Mann es sich erklären, daß – *Sieht hinaus und bricht ab.* Warten Sie bis nachher. Da kommt Besuch.

LYNGSTRAND *erscheint auf dem Wege links und tritt in den Garten. Er hat eine Blume im Knopfloch und trägt einen großen schönen Blumenstrauß, mit Papier und Seidenband umwickelt. Er bleibt ein wenig zögernd und unentschlossen an der Veranda stehen.*

ELLIDA *tritt aus der Laube hervor*: Sie suchen wohl die Mädchen, Herr Lyngstrand?

LYNGSTRAND *wendet sich um*: Ah, die gnädige Frau sind da. *Grüßt und tritt näher.* Nein, das nicht. Ich suche nicht die jungen Damen. Sie selbst suche ich, Frau Wangel. Sie haben mir doch gestattet, Sie zu besuchen –

ELLIDA: Ja, gewiß, Sie sind uns immer willkommen.

LYNGSTRAND: Vielen Dank. Und da es sich so glücklich trifft, daß heute gerade eine Festlichkeit hier im Hause ist –

ELLIDA: So, das wissen Sie?

LYNGSTRAND: O ja. Und darum möcht ich so frei sein, der gnädigen Frau das da zu überreichen – *Er verneigt sich und will den Strauß überreichen.*

ELLIDA *lächelt*: Aber, bester Herr Lyngstrand, wär es nicht richtiger, Sie übergäben Ihre schönen Blumen dem Herrn Oberlehrer Arnholm selbst? Denn eigentlich ist er es doch, der –

LYNGSTRAND *sieht die beiden unsicher an*: Verzeihen Sie, – aber ich kenne den Herrn Oberlehrer nicht. Es ist nur –. Ich komme aus Anlaß des Geburtstages, gnädige Frau.

ELLIDA: Des Geburtstages? Da haben Sie sich geirrt, Herr Lyngstrand. Es ist kein Geburtstag heut hier im Hause.

LYNGSTRAND *lächelt verschmitzt*: O, ich weiß schon. Aber ich habe nicht geglaubt, daß es geheim sein sollte.

ELLIDA: Was wissen Sie denn?

LYNGSTRAND: Daß heute Ihr Geburtstag ist, gnädige Frau.

ELLIDA: Meiner?

ARNHOLM *sieht sie fragend an*: Heute? Nein, sicher nicht, nein.

ELLIDA *zu Lyngstrand*: Wie sind Sie denn darauf gekommen?

LYNGSTRAND: Fräulein Hilde hat's verraten. Ich war vorhin schon ein Weilchen hier. Und da hab ich die jungen Damen gefragt, wozu dieser reiche Blumenschmuck und die Fahne –

ELLIDA: Nun ja, und –?

LYNGSTRAND: – und da antwortete Fräulein Hilde: es ist ja heute Mamas Geburtstag.

ELLIDA: Mamas –! Ach so.

ARNHOLM: Aha! *Er und Ellida blicken sich verständnisvoll an.* Ja, nachdem der junge Mann es also weiß, Frau Wangel –

ELLIDA *zu Lyngstrand*: Ja, da Sie es nun mal wissen, so –

LYNGSTRAND *reicht ihr wieder den Strauß*: Darf ich mir also erlauben, zu gratulieren –

ELLIDA *nimmt die Blumen*: Ich danke Ihnen recht schön. – Wollen Sie nicht einen Augenblick Platz nehmen, Herr Lyngstrand? *Ellida, Arnholm und Lyngstrand nehmen in der Laube Platz.* Die Sache – mit meinem Geburtstag – die hätte ein Geheimnis bleiben sollen, Herr Oberlehrer.

ARNHOLM: Ich verstehe schon. Es sollte nicht für uns Uneingeweihte sein.

ELLIDA *legt den Strauß auf den Tisch*: Ja, eben. Nur für die Eingeweihten.

LYNGSTRAND: Ich werd es ganz gewiß keiner Menschenseele erzählen.

ELLIDA: O, so ist es nun nicht gemeint. – Aber – wie geht es Ihnen denn? Ich finde, Sie sehen jetzt besser aus als früher.

LYNGSTRAND: Ja, es geht mir ganz leidlich, glaub ich. Und dann nächstes Jahr, wenn ich vielleicht nach dem Süden reisen kann –

ELLIDA: Und das werden Sie ja doch, wie die Mädchen sagen.

LYNGSTRAND: Ja, denn ich habe doch einen Wohltäter in Bergen, der mich protegiert. Und der hat mir versprochen, er wird mir nächstes Jahr helfen.

ELLIDA: Wie sind Sie denn zu dem gekommen?

LYNGSTRAND: Ach, das war ein außerordentlich glücklicher Zufall. Ich bin nämlich mal zur See gefahren mit einem von seinen Schiffen.

ELLIDA: So? Sie wollten also damals gern zur See?

LYNGSTRAND: Nein, ganz und gar nicht. Aber als Mutter gestorben war, da wollte Vater nicht, daß ich mich länger zu Hause herumtriebe. Und so schickte er mich auf See. Auf der Heimfahrt erlitten wir Schiffbruch im Kanal. Und das war ein Glück für mich.

ARNHOLM: Wieso meinen Sie?

LYNGSTRAND: Na, dabei bekam ich meinen Knacks. Diese Geschichte hier mit der Brust. Ich lag so lange in dem eiskalten Wasser, ehe sie kamen und mich bargen. Und da mußte ich doch die Seefahrt aufgeben. – Ja, das war wirklich ein großes Glück.

ARNHOLM: So? Finden Sie das?

LYNGSTRAND: Ja. Denn der Knacks ist ja weiter nicht gefährlich. Und nun kann ich doch Bildhauer werden, was ich mir von jeher so von Herzen gewünscht hatte. Denken Sie nur – in Ton zu modellieren, der sich so schön kneten läßt.

ELLIDA: Und was wollen Sie denn modellieren? Meermänner oder Meerfrauen? Oder gar alte Wikinger –?

LYNGSTRAND: Nein, so was wird's wohl nicht werden. Sobald ich kann, will ich versuchen, ein großes Werk zu machen. Eine Gruppe, wie man so sagt.

ELLIDA: Nun ja, – aber was soll denn die Gruppe vorstellen?

LYNGSTRAND: Ach, es sollte etwas sein, was ich selbst erlebt habe.

ARNHOLM: Ja, ja, – halten Sie sich nur ans Erlebte.

ELLIDA: Aber was soll es denn sein?

LYNGSTRAND: Ich hatte mir so gedacht, es sollte eine junge Seemannsfrau sein, die daliegt und merkwürdig unruhig schläft. Und träumen tut sie auch. Ich glaube wohl, daß ich es so herausbringen werde, daß man's ihr ansehen kann, wie sie träumt.

ARNHOLM: Soll das alles sein?

LYNGSTRAND: Es soll noch eine Figur mit dabei sein. Eine „Erscheinung", die ihren Mann darstellt, dem sie die Treue gebrochen hat, während er fort war. Er ist im Meer ertrunken.

ARNHOLM: Wie, sagen Sie –?

ELLIDA: Er ist ertrunken?

LYNGSTRAND: Ja. Er ist ertrunken auf der Seereise. Aber nun ist das Seltsame das, daß er gleichwohl heimgekommen ist. Bei Nacht. Und nun steht er da an ihrem Bett und sieht sie an. Er soll dastehen so vor Nässe triefend, wie einer, den man aus dem Wasser gezogen hat.

ELLIDA *lehnt sich im Stuhle zurück*: Was für eine wunderliche Sache! *Schließt die Augen.* O, ich kann es lebendig vor mir sehen.

ARNHOLM: Aber um alles in der Welt, Herr – Herr –! Sie sagten doch, es solle was sein, das Sie erlebt hätten.

LYNGSTRAND: Na ja, – das hab ich auch erlebt. Das heißt: in gewisser Beziehung.

ARNHOLM: Erlebt, daß ein Toter –?

LYNGSTRAND: Na ja, ich meine doch nicht: so unmittelbar erlebt. Nicht äußerlich erlebt, versteht sich. Aber doch so –

ELLIDA *lebhaft, gespannt*: Erzählen Sie mir alles. Ich muß alles ganz genau wissen.

ARNHOLM *lächelnd*: Ja, das muß so recht etwas für Sie sein. Diese Geschichte mit Meeresstimmung.

ELLIDA: Also wie war's, Herr Lyngstrand?

LYNGSTRAND: Ja, das war so. Damals, wie wir mit der Brigg nach Hause wollten, von einer Stadt, die Halifax heißt, da mußten wir den Bootsmann dort im Krankenhaus zurücklassen. Wir musterten dann für ihn einen Amerikaner an. Dieser neue Bootsmann –

ELLIDA: Der Amerikaner?

LYNGSTRAND: – ja; der lieh sich eines Tages vom Kapitän einen Stoß alter Zeitungen, und darin las er nun immerzu. Denn er wollte Norwegisch lernen, sagte er.

ELLIDA: Nun? Und –?

LYNGSTRAND: Es war eines Abends bei gewaltigem Sturm. Alle Mann waren auf Deck, ausgenommen der Bootsmann und ich. Er hatte sich nämlich den einen Fuß verstaucht, so daß er damit nicht auftreten konnte. Und ich war auch nicht so recht auf den Beinen und lag in der Koje. Na, da saß er nun da in der Back und las wieder in einer von den alten Zeitungen –

ELLIDA: Weiter! Weiter!

LYNGSTRAND: Aber wie er mitten im Lesen ist, stößt er auf einmal ein Gebrüll aus. Und wie ich ihn dann ansehe, da seh ich, daß er kreideweiß im Gesicht ist. Und da fängt er an, das Blatt zu zerknittern und zu zerknüllen und es in tausend kleine Fetzen zu zerreißen. Aber das tat er still, ganz still.

ELLIDA: Sagte er denn gar nichts? Sprach er nicht?

LYNGSTRAND: Nicht gleich. Aber nach einer Weile sagte er zu sich selbst: Verheiratet. Mit einem andern. Während ich weg war.

ELLIDA *schließt die Augen und sagt halb leise*: Sagte er das?

LYNGSTRAND: Ja. Und denken Sie bloß, – das sagte er auf gut norwegisch. Dem muß es sehr leicht gefallen sein, fremde Sprachen zu lernen, diesem Mann.

ELLIDA: Und was dann? Was geschah dann weiter?

LYNGSTRAND: Ja, nun kommt das Merkwürdige, was ich nie im Leben vergessen werde. Denn er setzte hinzu, – und auch das ganz leise: Aber mein ist sie und mein soll sie bleiben. Und mir soll sie folgen, und sollt ich auch heimkommen und sie holen als Ertrunkener aus der schwarzen See.

ELLIDA *gießt sich ein Glas Wasser ein; ihre Hand zittert*: Ah, – wie schwül es hier heut ist –

LYNGSTRAND: Und das sagte er mit einer solchen Willenskraft, daß ich mir dachte, er müßte imstande sein, es auch auszuführen.

ELLIDA: Wissen Sie nicht, – was aus dem Mann geworden ist?

LYNGSTRAND: Ach, gnädige Frau, er ist gewiß nicht mehr am Leben.

ELLIDA *schnell*: Warum glauben Sie das?

LYNGSTRAND: Weil wir ja doch danach Schiffbruch erlitten im Kanal. Ich hatte mich ins große Boot hinunter gerettet mit dem Kapitän und fünf anderen. Der Steuermann ging in die Heckjolle. Und darin waren auch der Amerikaner und noch ein Mann.

ELLIDA: Und von denen hat man später nichts mehr gehört?

LYNGSTRAND: Nein, gnädige Frau, absolut gar nichts. Mein Wohltäter hat es mir neulich noch in einem Brief geschrieben. Aber eben darum bekam ich so große Lust, ein Kunstwerk draus zu machen. Die treulose Seemannsfrau seh ich leibhaftig vor mir. Und dann den Rächer, der ertrunken ist und doch heimkehrt von der See. Ich sehe sie alle beide ganz deutlich vor mir.

ELLIDA: Ich auch. *Steht auf.* Kommen Sie – wir wollen hinein. Oder lieber hinunter zu Wangel! Ich finde es hier so schwül. *Sie verläßt die Laube.*

LYNGSTRAND *der ebenfalls aufgestanden ist*: Ich für mein Teil möchte Ihnen danken. Es sollte nur ein kurzer Besuch sein aus Anlaß des Geburtstags.

ELLIDA: Nun, wie Sie wollen. *Reicht ihm die Hand.* Adieu und schönen Dank für die Blumen.

Lyngstrand grüßt und geht durch die Stakettür links ab.

ARNHOLM *steht auf und geht zu Ellida*: Ich sehe schon, es ist Ihnen sehr zu Herzen gegangen, liebe Frau Wangel.

ELLIDA: Ach ja, da haben Sie schon recht, obgleich –

ARNHOLM: Aber im Grunde mußten Sie ja doch wohl darauf vorbereitet sein.

ELLIDA *sieht ihn, stutzig geworden, an*: Vorbereitet sein?

ARNHOLM: Ja, das find ich.

ELLIDA: Darauf vorbereitet, daß einer wiederkommen könnte –! Wiederkommen könnte auf solche Art?

ARNHOLM: Aber was in aller Welt –! Die Seemannsgeschichte des verdrehten Bildhauers ist's, die –?

ELLIDA: Ach, lieber Arnholm, er ist vielleicht doch nicht so verdreht.

ARNHOLM: Also die Geschichte von dem Ertrunkenen, die hat Sie so erschüttert? Und ich, ich glaubte –

ELLIDA: Was glaubten Sie?

ARNHOLM: Ich glaubte natürlich, es sei nur Komödie von Ihnen. Sie säßen da und litten Qualen, weil Sie dahintergekommen waren, daß hier im Hause hinter Ihrem Rücken ein Familienfest gefeiert wurde. Daß Ihr Mann und seine Kinder ein Leben der Erinnerung führten, an dem Sie nicht teilhaben.

ELLIDA: Ach nein, nein. Das mag sein, wie es will. Ich habe kein Recht, meinen Mann ganz und allein für mich zu beanspruchen.

ARNHOLM: Ich dächte doch, das hätten Sie.

ELLIDA: Ja. Aber ich hab's doch nicht. Das ist's ja eben. Ich selbst lebe ja auch in Erinnerungen, die den anderen verschlossen sind.

ARNHOLM: Sie! *Leiser*: Ist es so zu verstehen –? Sie – Sie lieben Ihren Mann eigentlich nicht?

ELLIDA: O doch, doch, von ganzem Herzen hab ich ihn liebgewonnen! Und eben darum ist es so entsetzlich, – so unerklärlich, so ganz undenkbar –!

ARNHOLM: Nun müssen Sie mir aber Ihre Sorgen ohne jeden Vorbehalt anvertrauen! Wollen Sie, Frau Wangel?

ELLIDA: Ich kann nicht, lieber Freund. Wenigstens jetzt nicht. Vielleicht später einmal.

BOLETTE *erscheint auf der Veranda und geht in den Garten herunter.*

BOLETTE: Jetzt kommt Papa aus der Praxis. Wollen wir uns da nicht alle zusammen ins Gartenzimmer setzen?

ELLIDA: Ja, das wollen wir.

WANGEL, *in anderm Anzuge, erscheint mit* HILDE *links hinter dem Hause.*

WANGEL: So! Da bin ich, – ein freier Mann. Nun wollen wir uns aber auch 'nen guten kühlen Trunk leisten, und der soll uns schmecken!

ELLIDA: Wart einmal. *Sie geht in die Laube hinein und holt den Blumenstrauß.*

HILDE: Ei sieh mal! Die wunderbaren Blumen! Wo hast du die her?

ELLIDA: Die habe ich von Bildhauer Lyngstrand, meine liebe Hilde.

HILDE *stutzt*: Von Lyngstrand?

BOLETTE *unruhig*: Ist Lyngstrand hier gewesen – schon wieder?

ELLIDA *mit einem halben Lächeln*: Ja. Er war da und hat das gebracht. Weil Geburtstag ist, weißt du.

BOLETTE *sieht Hilde verstohlen an*: O –!

HILDE *murmelnd*: Das Rindvieh!

WANGEL *in peinlicher Verlegenheit zu Ellida*: Hm –. Ja, sieh mal –. Ich muß dir sagen, meine liebe, gute, einzige Ellida –

ELLIDA *abbrechend*: So kommt, ihr Kinder! Wir wollen meine Blumen mit den andern zusammen ins Wasser stellen. *Sie geht zur Veranda hinauf.*

BOLETTE *leise zu Hilde*: Ach, im Grunde ist sie doch lieb!

HILDE *halblaut, mit bösem Ausdruck*: Affereien! Sie tut nur so, um Papa zu gefallen.

WANGEL *oben auf der Veranda, drückt Ellida die Hand*: Dank – Dank! Herzlichen Dank, Ellida!

ELLIDA *macht sich bei den Blumen zu schaffen*: Ach was, – sollt ich etwa nicht mittun, wenn man – Mamas Geburtstag feiert.

ARNHOLM: Hm –.

Er geht hinauf zu Wangel und Ellida. Bolette und Hilde bleiben unten im Garten.

ZWEITER AKT

Auf der „Aussicht", einer mit Gebüsch bestandenen Anhöhe hinter der Stadt. Etwas weiter hinten eine Warte und eine Wetterfahne. Große Steine, die sich zum Sitzen eignen, sind um die Warte herum und im Vordergrunde verteilt. Tief unten im Hintergrunde sieht man den äußeren Fjord mit Inseln und vorspringenden Landspitzen. Das offene Meer ist nicht sichtbar. Es ist eine helle Sommernacht. Ein gelblich-roter Schimmer in der Luft und über den Berggipfeln weit in der Ferne. Vom Fuß der Hügel unten rechts ertönt gedämpft der Gesang eines Quartetts.

JUNGE LEUTE AUS DER STADT, *Damen und Herren, kommen paarweise von rechts und gehen im vertraulichen Geplauder an der Warte vorüber und links ab. Nach einer Weile kommt* BALLESTED *als Führer einer Gesellschaft von ausländischen Touristen und deren Damen. Er ist mit Schals und Reisetaschen beladen.*

BALLESTED *zeigt hinauf mit dem Stock*: Voyez, messieurs et mesdames, – dort là-bas, est située encore une autre Anhöhe. Celle-là nous voulons auch monter et après descendre – *Er setzt das Gespräch englisch fort und führt die Gesellschaft links hinaus.*

HILDE *kommt schnell den Hang rechts herauf, bleibt stehen und blickt zurück; bald darauf kommt* BOLETTE *denselben Weg herauf.*

BOLETTE: Aber, Kind, warum müssen wir denn dem Lyngstrand weglaufen?

HILDE: Weil ich's nicht ausstehen kann, so langsam bergauf zu gehen. Sieh mal, – sieh, wie er raufkraxelt.

BOLETTE: Ach, du weißt doch, wie übel er dran ist.

HILDE: Meinst du wirklich, es ist gefährlich?

BOLETTE: Ja, allerdings.

HILDE: Er war ja heute nachmittag bei Papa. Ich möchte nur wissen, wie Papa das ansieht.

BOLETTE: Papa sagte mir, es sei eine Verhärtung in der Lunge, – oder so etwas Ähnliches. Er wird nicht alt, sagte Papa.

HILDE: Wirklich, hat er das gesagt! Denk mal, du – genau dasselbe hab ich auch vermutet.

BOLETTE: Aber, um Gottes willen, laß dir nichts anmerken.

HILDE: Ach, was fällt dir denn ein. *Halbleise*: Sieh mal, – jetzt ist Hans glücklich heraufgekraxelt. Hans –. Meinst du nicht auch, man kann es ihm am Gesicht ansehen, daß er Hans heißt?

BOLETTE *flüsternd*: Jetzt sei aber artig! Das rat ich dir.

LYNGSTRAND *kommt von rechts mit einem Sonnenschirm in der Hand.*

LYNGSTRAND: Ich muß die Damen um Entschuldigung bitten, daß ich nicht so rasch gehen konnte wie Sie.

HILDE: Auch einen Sonnenschirm haben Sie sich zugelegt?

LYNGSTRAND: Er gehört Ihrer Frau Mama. Sie sagt, ich sollt ihn nur als Stock gebrauchen. Denn ich hatte keinen bei mir.

BOLETTE: Sind sie noch da unten, Papa und die anderen?

LYNGSTRAND: Ja. Ihr Herr Papa ist einen Augenblick ins Restaurant gegangen. Und die anderen sitzen draußen und hören sich die Musik an. Aber später wollen sie heraufkommen, sagte Ihre Frau Mama.

HILDE *die dasteht und ihn ansieht*: Sie sind jetzt wohl sehr müde.

LYNGSTRAND: Ja, ich glaube fast, ich bin so was wie müde. Ich denke schon, ich muß mich einen Augenblick hinsetzen. *Er setzt sich auf einen Stein im Vordergrunde rechts.*

HILDE *steht vor ihm*: Wissen Sie, daß später unten beim Musikpavillon getanzt werden soll?

LYNGSTRAND: Ja, ich hörte, es war die Rede davon.

HILDE: Das Tanzen, das macht Ihnen wohl Vergnügen?

BOLETTE *die im Heidekraut nach kleinen Blumen sucht*: Ach, Hilde, – laß doch Herrn Lyngstrand sich erst einmal verschnaufen.

LYNGSTRAND *zu Hilde*: Ja, Fräulein, ich würde gern tanzen – wenn ich nur könnte.

HILDE: Ach so. Haben Sie's nie gelernt?

LYNGSTRAND: Nein, das auch nicht. Aber das meinte ich gar nicht. Ich meinte, ich kann nicht wegen meiner Brust.

HILDE: Weil Sie den Knacks, wie Sie sagen, haben.

LYNGSTRAND: Ja, – deswegen.

HILDE: Sind Sie sehr betrübt, daß Sie den Knacks haben?

LYNGSTRAND: Ach nein, das kann ich nicht einmal sagen. *Lächelt.* Denn gerade deswegen, find ich, sind alle Menschen so nett und so freundlich und so hilfsbereit mir gegenüber.

HILDE: Und dann ist es ja auch weiter nicht gefährlich.

LYNGSTRAND: Nein, nicht im mindesten gefährlich. So hab ich Ihren Herrn Vater auch verstanden.

HILDE: Und dann geht es ja vorüber, sobald Sie erst auf Reisen gehen können.

LYNGSTRAND: Ja. Dann geht's vorüber.

BOLETTE *mit Blumen*: Sehen Sie mal, Herr Lyngstrand, – die sollen Sie ins Knopfloch stecken.

LYNGSTRAND: Ach, tausend Dank, Fräulein! Das ist wirklich zu liebenswürdig von Ihnen.

HILDE *sieht rechts hinunter*: Da unten auf dem Weg kommen sie.

BOLETTE *sieht gleichfalls hinunter*: Wenn sie nur wissen, wo sie abbiegen müssen. Nein, jetzt gehen sie falsch.

LYNGSTRAND *steht auf*: Ich will da hinunter an die Ecke und ihnen zurufen.

HILDE: Da müssen Sie aber recht laut rufen.

BOLETTE: Nein, das ist es nicht wert. Da werden Sie nur wieder müde.

LYNGSTRAND: Ach, bergab geht's ganz flott. *Er geht rechts ab.*

HILDE: Bergab, ja. *Sieht ihm nach.* Jetzt hüpft er sogar! Und daran denkt er nicht, daß er wieder heraufsteigen muß.

BOLETTE: Der arme Mensch –.

HILDE: Wenn Lyngstrand um dich anhielte, würdest du ihn dann nehmen?

BOLETTE: Bist du verrückt geworden?

HILDE: Ach, ich meine natürlich, wenn er den Knacks nicht hätte. Und wenn er nicht so bald sterben müßte. Würdest du ihn dann nehmen?

BOLETTE: Ich finde, du solltest ihn nehmen.

HILDE: I, wo denkst du hin! Er hat ja nicht einen Pfennig. Er hat nicht mal so viel, um selbst zu leben.

BOLETTE: Warum gibst du dich denn immer so viel mit ihm ab?

HILDE: Ach, das tu ich ja nur seines Knackses wegen.

BOLETTE: Ich habe noch nichts davon gemerkt, daß du ihn deswegen bemitleidest.

HILDE: Nein, das tue ich auch gar nicht. Aber ich finde, es hat solchen Reiz.

BOLETTE: Was denn?

HILDE: Ihn anzusehen und ihn erzählen zu lassen, daß es nicht gefährlich ist. Und dann, daß er ins Ausland reisen und Künstler werden wird. Das alles glaubt er fest und ist so seelenvergnügt dabei. Und doch wird nichts draus werden. Nie und nimmer. Er lebt ja nicht mehr lange. Sich das vorzustellen, das find ich so spannend.

BOLETTE: Spannend!

HILDE: Ja, gerade das find ich spannend. Ich bin so frei.

BOLETTE: Pfui, Hilde, du bist richtig häßlich!

HILDE: Das will ich auch sein. Nun erst recht. *Sieht hinunter.* Na endlich! Arnholm, der mag wohl nicht gern so hoch steigen. *Wendet sich um.* Ach, übrigens, – weißt du, was ich heut mittag bei Arnholm bemerkt habe?

BOLETTE: Na?

HILDE: Denk mal du, – die Haare fangen an, ihm auszugehen – hier oben mitten auf dem Kopf.

BOLETTE: Ach, Unsinn! Das ist gewiß nicht wahr.

HILDE: Doch. Und dann hat er Runzeln hier an beiden Augen. Ach Gott, Bolette, daß du so in ihn verschossen sein konntest, wie er noch dein Lehrer war!

BOLETTE *lächelt*: Ja, verstehst du das? Ich weiß noch, ich weinte einmal bittere Tränen, weil er gesagt hatte, den Namen Bolette finde er häßlich.

HILDE: Ja, denk mal an! *Blickt wieder hinunter.* Du, sieh nur mal dorthin! Da geht die „Frau vom Meer" – im Gespräch mit ihm. Nicht mit Papa. – Es sollte mich nicht wundern, wenn die beiden ein Auge aufeinander hätten.

BOLETTE: Du solltest dich aber wirklich schämen, Hilde! Wie kannst du nur so etwas von ihr sagen? Unser Verhältnis war doch nun so gut geworden –

HILDE: Ja, – rede dir das nur ein, mein Kindchen! Ach nein, du, das Verhältnis zwischen uns und ihr wird nie im Leben gut. Denn sie paßt gar nicht zu uns. Und wir auch nicht zu ihr. Gott noch einmal, warum mußte Papa sie auch ins Haus bringen! – Ich würde mich nicht wundern, wenn sie eines schönen Tages vor unsern Augen überschnappte.

BOLETTE: Überschnappte! Wie kommst du denn darauf?

HILDE: Ja nun, das wäre gar nicht so merkwürdig. Ihre Mutter war ja auch nicht richtig. Sie war verrückt, als sie starb, das weiß ich.

BOLETTE: Ja, weiß der Himmel, wo du nicht überall deine Nase hast. Aber sag's gefälligst nicht weiter. Sei jetzt nett – Papa zuliebe. Hörst du wohl, Hilde?

WANGEL, ELLIDA, ARNHOLM *und* LYNGSTRAND *kommen von rechts herauf.*

ELLIDA *zeigt mit der Hand nach dem Hintergrund*: Da draußen liegt es!

ARNHOLM: Ja, richtig. In der Richtung muß es sein.

ELLIDA: Da draußen liegt das Meer.

BOLETTE *zu Arnholm*: Finden Sie nicht auch, daß es schön hier oben ist?

ARNHOLM: Großartig finde ich es hier. Prachtvolle Aussicht.

WANGEL: Sie sind wohl früher nie hier oben gewesen?

ARNHOLM: Nein, niemals. Zu meiner Zeit, glaub ich, war hier kaum durchzukommen. Nicht einmal einen Fußweg gab es.

WANGEL: Und auch keine Anlagen. Das haben wir alles in den letzten Jahren bekommen.

BOLETTE: Dort drüben auf der „Lotsenkuppe" ist die Fernsicht noch großartiger.

WANGEL: Wollen wir vielleicht dahin, Ellida?

ELLIDA *setzt sich auf einen Stein rechts*: Danke. Ich nicht. Aber geht ihr nur. Ich bleibe dann hier solange sitzen.

WANGEL: Gut, so will ich bei dir bleiben. Die Mädchen können ja Herrn Arnholm herumführen.

BOLETTE: Haben Sie Lust, mit uns zu gehen, Herr Arnholm?

ARNHOLM: O, sehr gern. Führt auch dort hinauf ein Weg?

BOLETTE: O ja. Da ist ein schöner, breiter Weg.

HILDE: Der Weg ist so breit, daß zwei Menschen bequem Arm in Arm gehen können.

ARNHOLM *scherzend*: Ist wohl nicht wahr, Sie kleines Fräulein? *Zu Bolette*: Wollen wir beide probieren, ob sie recht hat?

BOLETTE *unterdrückt ein Lächeln*: Schön. Probieren wir's.

Sie gehen Arm in Arm links ab.

HILDE *zu Lyngstrand*: Wollen wir auch –?

LYNGSTRAND: Arm in Arm –?

HILDE: Na, warum denn nicht? Meinetwegen gern.

LYNGSTRAND *nimmt ihren Arm und lacht zufrieden*: Das ist aber doch wirklich furchtbar komisch!

HILDE: Komisch –?

LYNGSTRAND: Ja, es sieht doch genau so aus, als wenn wir verlobt wären.

HILDE: Sie sind gewiß noch nie mit einer Dame am Arm spazierengegangen, Herr Lyngstrand. *Sie gehen links hinaus.*

WANGEL *der hinten an der Warte steht*: Liebe Ellida, jetzt haben wir ein Stündchen für uns –

ELLIDA: Ja, komm und setz dich hier neben mich.

WANGEL *setzt sich*: Hier ist's so frei und still. Nun wollen wir uns ein wenig unterhalten.

ELLIDA: Worüber?

WANGEL: Über dich. Und dann über unser Verhältnis zueinander, Ellida. Ich sehe wohl, so kann es nicht weitergehen.

ELLIDA: Was, meinst du, sollte denn an seine Stelle treten?

WANGEL: Volles Vertrauen, meine Liebe. Ein Zusammenleben – wie früher.

ELLIDA: Ach, wenn das sein könnte! Aber es ist so ganz unmöglich!

WANGEL: Ich glaube, ich verstehe dich. Aus gewissen Äußerungen, die du hie und da getan hast.

ELLIDA *heftig*: Das tust du nicht! Sage nicht, daß du mich verstehst –!

WANGEL: Doch. Du bist eine aufrichtige Natur, Ellida. Du bist ehrlich –

ELLIDA: Ja, das bin ich.

WANGEL: Ein Verhältnis, in dem du dich sicher und glücklich fühlen sollst, muß ein ganzes und ungeteiltes Verhältnis sein.

ELLIDA *sieht ihn gespannt an*: Nun, und –?

WANGEL: Du bist nicht dazu geschaffen, die zweite Frau eines Mannes zu sein.

ELLIDA: Wie kommst du auf einmal darauf?

WANGEL: Es ist mir oft etwas wie eine Ahnung durch den Kopf geschossen. Heute ist es mir zur Gewißheit geworden. Das Erinnerungsfest der Kinder –. Du sahst in mir eine Art Mitschuldigen –. Nun ja, – eines Mannes Erinnerungen lassen sich doch nicht auslöschen. Die meinen wenigstens nicht. Ich bin nicht so.

ELLIDA: Das weiß ich. Ach, das weiß ich so gut.

WANGEL: Aber dennoch irrst du dich. Du hast die Vorstellung, als sei die Mutter der Kinder sozusagen noch am Leben, als stünde sie unsichtbar zwischen uns. Du glaubst, mein Herz sei geteilt zwischen dir und ihr. Und dieser Gedanke ist es, der dich empört. Du siehst sozusagen etwas Unsittliches in unserem Verhältnis. Und eben darum kannst du – oder willst du nicht mehr mit mir leben als meine Frau.

ELLIDA *steht auf*: Das alles hast du gesehen, Wangel? Hast es wirklich durchschaut?

WANGEL: Ja, heute habe ich endlich begriffen, habe bis auf den Grund geblickt.

ELLIDA: Bis auf den Grund, sagst du. Ach, glaube nur das nicht.

WANGEL *steht auf*: Ich weiß sehr wohl, das da ist noch nicht alles, liebe Ellida.

ELLIDA *ängstlich*: Du weißt, es ist noch mehr?

WANGEL: Ja. Daß du die Umgebung hier nicht ertragen kannst. Die Berge bedrücken dich. Es ist hier nicht Licht genug für dich, der Himmel über dir nicht weit genug, nicht Kraft und Fülle genug im Wind.

ELLIDA: Da hast du wirklich recht. Tag und Nacht, Sommer und Winter ist es in mir – dieses Heimweh, das mich nach dem Meer hinzieht.

WANGEL: Das weiß ich wohl, liebe Ellida. *Legt die Hand auf ihren Kopf.* Und deshalb soll das arme, kranke Kind wieder dorthin, wo es zu Hause ist.

ELLIDA: Wie meinst du das?

WANGEL: Ganz einfach. Wir ziehen weg.

ELLIDA: Ziehen weg!

WANGEL: Ja. Hinaus an irgendeinen Platz am offenen Meer, – an einen Ort, wo du ein Zuhause ganz nach deinem Sinn finden kannst.

ELLIDA: Ach, mein Lieber, gib für immer diesen Gedanken auf! Das ist ganz unmöglich. Du kannst in der Welt nirgendwo anders glücklich leben als hier.

WANGEL: Das kommt jetzt gar nicht in Betracht. Und außerdem, – glaubst du, ich kann hier glücklich leben – ohne dich?

ELLIDA: Aber ich bin ja da. Und ich bleibe da. Du hast mich doch.

WANGEL: Hab ich dich, Ellida?

ELLIDA: Ach, sprich nicht davon. Hier hast du doch das alles, wofür du lebst. Deine ganze Lebensaufgabe liegt doch hier.

WANGEL: Das kommt jetzt hier gar nicht in Betracht, sag ich. Wir ziehen weg von hier. Ziehen irgendwo ans Meer. Das steht nun einmal unerschütterlich fest, liebe Ellida.

ELLIDA: Und was, glaubst du, würden wir dabei gewinnen?

WANGEL: Du würdest deine Gesundheit und deinen Seelenfrieden wiederfinden.

ELLIDA: Das wohl kaum. Und du selbst! Denk doch auch an dich. Was würdest du dabei gewinnen?

WANGEL: Ich würde dich wiederfinden, liebe Ellida.

ELLIDA: Aber das kannst du nicht! Nein, nein, das kannst du nicht, Wangel! Dieser Gedanke ist ja gerade so entsetzlich, – so zum Verzweifeln.

WANGEL: Es wird auf den Versuch ankommen. Gehst du hier mit solchen Gedanken herum, so gibt es in der Tat keine andere Rettung für dich, als – fort von hier! Und das je eher, desto besser. Die Sache steht nun einmal unerschütterlich fest, hörst du.

ELLIDA: Nein! So will ich denn in Gottes Namen dir lieber alles geradeheraus sagen! So, wie es ist.

WANGEL: Ja, ja, – tu das!

ELLIDA: Denn unglücklich sollst du dich nicht machen um meinetwillen. Vor allem, da es uns doch nichts nützen kann.

WANGEL: Ich habe jetzt dein Wort, daß du mir alles sagst, – so, wie es ist.

ELLIDA: Ich werd es dir sagen, so gut ich kann. Und so, wie ich's zu wissen glaube. – Komm, setz dich neben mich. *Sie setzen sich auf die Steine.*

WANGEL: Nun, Ellida? Also –?

ELLIDA: An dem Tage, als du kamst und mich fragtest, ob ich dir gehören könnte und wollte, – da hast du so offen und so ehrlich zu mir von deiner ersten Ehe gesprochen. Sie sei so glücklich gewesen, sagtest du.

WANGEL: Das war sie auch.

ELLIDA: Ja, ja, – ich glaub schon, mein Lieber. Nicht deswegen erwähne ich das jetzt. Ich will dich nur daran erinnern, daß auch ich aufrichtig gegen dich war. Denn ich sagte dir ohne jeden Vorbehalt, daß ich einmal in meinem Leben einen andern geliebt hatte. Daß es zwischen uns zu – zu einer Art Verlobung gekommen war.

WANGEL: Einer Art –?

ELLIDA: Ja, so etwas Ähnliches. Na, das dauerte ja nur ganz kurze Zeit. Er reiste ab. Und später machte ich dann der Sache ein Ende. Das habe ich dir alles gesagt.

WANGEL: Aber, liebe Ellida, warum rührst du denn diese Geschichten wieder auf? Im Grunde ging mich das ja gar nichts an. Und ich habe ja doch auch nicht einmal die Frage gestellt, wer er war.

ELLIDA: Nein, das hast du nicht. Du bist immer so rücksichtsvoll gegen mich.

WANGEL *lächelt*: Ach, in diesem Falle –. Ich konnte mir ja wohl ungefähr den Namen denken.

ELLIDA: Den Namen!

WANGEL: In Skjoldviken und in der Umgebung da draußen gab es ja nicht viele, die in Frage kommen konnten, oder, besser gesagt, es war wohl nur ein einziger –

ELLIDA: Du meinst gewiß, es war – Arnholm.

WANGEL: Ja, – etwa nicht –?

ELLIDA: Nein.

WANGEL: So? Nicht? Ja, dann weiß ich wahrhaftig nicht –

ELLIDA: Erinnerst du dich, es kam einmal im Spätherbst ein großes amerikanisches Schiff nach Skjoldviken, wegen Havarie –?

WANGEL: Ja, ich erinnere mich ganz gut. An Bord dieses Schiffes war's, wo man eines Morgens den Kapitän ermordet in seiner Kajüte fand. Ich war selbst draußen und obduzierte die Leiche.

ELLIDA: Ja, das warst du wohl.

WANGEL: Der zweite Steuermann war es ja wohl, der ihn ermordet hatte.

ELLIDA: Das kann niemand sagen! Denn es kam nie an den Tag.

WANGEL: Da ist doch kaum ein Zweifel möglich. Warum wär er denn sonst ins Wasser gegangen?

ELLIDA: Er ist nicht ins Wasser gegangen. Er fuhr hinaus mit einem Nordlandfahrer.

WANGEL *stutzt*: Woher weißt du das?

ELLIDA *mit Überwindung*: Ja, Wangel, – der zweite Steuermann: mit dem war ich ja eben – verlobt.

WANGEL *springt auf*: Was sagst du da! Kann das möglich sein!

ELLIDA: Ja, – so ist's. Er war es.

WANGEL: Aber um alles in der Welt, Ellida –! Wie konnte dir so etwas einfallen! Dich mit so einem zu verloben! Mit einem wildfremden Menschen! – Wie hieß er mit Namen?

ELLIDA: Damals nannte er sich Friman. Später, in seinen Briefen, unterschrieb er mit Alfred Johnston.

WANGEL: Und woher kam er?

ELLIDA: Von Finnmarken, sagte er. Geboren war er übrigens in Finnland. War wohl als Kind eingewandert – mit seinem Vater, glaub ich.

WANGEL: Also ein Kwäne.

ELLIDA: Ja, so heißen sie.

WANGEL: Was weißt du sonst von ihm?

ELLIDA: Nur, daß er früh zur See gegangen war. Und daß er weite Fahrten gemacht hatte.

WANGEL: Sonst gar nichts?

ELLIDA: Nein. Wir kamen nie dazu, darüber zu sprechen.

WANGEL: Wovon spracht ihr denn?

ELLIDA: Wir sprachen meist vom Meer.

WANGEL: Ah –! Vom Meer also?

ELLIDA: Von Sturm und von Stille. Von finsteren Nächten auf dem Meer. Vom Meer an glitzernden, sonnenhellen Tagen sprachen wir auch. Aber meist sprachen wir von Walfischen und Delphinen und von den Seehunden, die in der Mittagshitze gewöhnlich draußen auf den Schären liegen. Und dann sprachen wir von Möwen, von Adlern und all den anderen Seevögeln. – Denk mal, – ist es nicht seltsam, – wenn wir von solchen Dingen sprachen, da kam's mir vor, als wären sie alle, Seetiere und Seevögel, mit ihm verwandt.

WANGEL: Und du –?

ELLIDA: Ja, es schien mir fast, als wär auch ich mit ihnen allen verwandt geworden.

WANGEL: Ja, ja. – Und da also, da hast du dich mit ihm verlobt?

ELLIDA: Ja. Er sagte, ich sollt es tun.

WANGEL: Solltest? Hattest du denn keinen eigenen Willen?

ELLIDA: Nicht, wenn er in der Nähe war. Ach, – später kam mir das ganz unbegreiflich vor.

WANGEL: Bist du oft mit ihm zusammengekommen?

ELLIDA: Nein, nicht sehr oft. Eines Tages war er draußen bei uns und sah sich den Leuchtturm an. Dadurch wurde ich mit ihm bekannt. Und nachher trafen wir uns hin und wieder. Aber dann kam ja die Geschichte mit dem Kapitän dazwischen. Und da mußte er weg.

WANGEL: Ja, – erzähl mir doch noch mehr davon!

ELLIDA: Es war frühmorgens in der Dämmerung, – da bekam ich einen Zettel von ihm. Und darauf stand, ich sollte zu ihm hinauskommen nach Bratthammer, – du weißt, die Landspitze zwischen dem Leuchtturm und Skjoldviken.

WANGEL: Ja, ja – die kenn ich ganz gut.

ELLIDA: Dahinaus sollte ich gleich kommen, schrieb er, er habe mit mir zu reden.

WANGEL: Und du bist hingegangen?

ELLIDA: Ja. Ich konnte nicht anders. Na, und da erzählte er mir denn, daß er in der Nacht den Kapitän erstochen habe.

WANGEL: Das hat er also selbst gesagt! So ohne weiteres!

ELLIDA: Ja. Aber er sagte, er habe nur getan, was recht und billig war.

WANGEL: Recht und billig? Warum erstach er ihn denn?

ELLIDA: Er wollte nicht mit der Sprache heraus. Er sagte, das sei nichts für meine Ohren.

WANGEL: Und du glaubtest ihm auf sein bloßes Wort?

ELLIDA: Ja, was anderes kam mir gar nicht in den Sinn. Na, weg mußte er ja doch. Aber wie er mir nun Lebewohl sagen wollte –. Nein, das kannst du dir nicht vorstellen, auf was er da verfiel.

WANGEL: Nun? So erzähle doch!

ELLIDA: Er zog ein Schlüsselbund aus der Tasche und zog dann einen Ring vom Finger, den er immer trug. Mir zog er auch einen kleinen Ring ab, den ich am Finger hatte. Diese beiden steckte er zusammen an den des Schlüsselbunds. Und dann sagte er, nun müßten wir uns beide dem Meer vermählen.

WANGEL: Vermählen –?

ELLIDA: Ja, so sagte er. Und somit warf er die beiden Ringe mit aller Kraft ins Meer hinaus, so weit, wie er konnte.

WANGEL: Und du, Ellida? Du machtest das alles mit?

ELLIDA: Ja, es kam mir damals so vor, als müßte das alles so und nicht anders sein. – Aber, Gott sei Dank, – dann fuhr er fort!

WANGEL: Und wie er nun glücklich fortgereist war –?

ELLIDA: Ach, du kannst dir wohl denken, daß ich bald wieder zur Besinnung kam, daß mir klar wurde, wie verrückt und sinnlos das alles war.

WANGEL: Du sprachst vorhin von Briefen. Du hast also später doch noch von ihm gehört?

ELLIDA: Ja, ich habe von ihm gehört. Zuerst bekam ich ein paar kurze Zeilen aus Archangelsk. Er schrieb nur, er wolle hinüber nach Amerika. Und er gab an, wohin ich die Antwort senden könne.

WANGEL: Und du tatest das?

ELLIDA: Gleich. Ich schrieb natürlich, es müsse alles zwischen uns aus sein. Und daß er nicht mehr an mich denken sollte, wie ich nie mehr an ihn denken wollte.

WANGEL: Und trotzdem hat er doch wieder geschrieben?

ELLIDA: Ja, er hat wieder geschrieben.

WANGEL: Und was antwortete er auf das, was du ihm zu verstehen gegeben hattest?

ELLIDA: Auf das nicht mit einem Wort. Es war, als hätte ich überhaupt nicht mit ihm gebrochen. Er schrieb ganz besonnen und ruhig, ich sollte nur auf ihn warten. Sobald er mich zu sich nehmen könnte, wollte er mich's wissen lassen. Und dann sollte ich gleich kommen.

WANGEL: Er wollte dich also nicht freigeben?

ELLIDA: Nein. Dann hab ich wieder geschrieben. Fast Wort für Wort dasselbe wie das erste Mal. Oder noch entschiedener.

WANGEL: Und dann gab er doch nach?

ELLIDA: Ach nein, glaube das nur nicht. Er schrieb so ruhig wie vorher. Nicht e i n Wort davon, daß ich mit ihm gebrochen hatte. Da sah ich denn ein, daß es vergeblich sei. Und deshalb hab ich nie wieder an ihn geschrieben.

WANGEL: Und hast auch nichts von ihm gehört?

ELLIDA: Doch, ich habe später noch drei Briefe von ihm bekommen. Einmal schrieb er mir aus Kalifornien und ein anderes Mal aus China. Der letzte Brief, den ich von ihm bekam, war aus Australien. Da schrieb er, er wolle in die Goldminen gehen. Aber seit der Zeit hat er nichts mehr von sich hören lassen.

WANGEL: Dieser Mann hat eine ungewöhnliche Macht über dich gehabt, Ellida.

ELLIDA: Ach ja, ja. Der grauenvolle Mensch!

WANGEL: Aber daran darfst du nicht mehr denken. Nie mehr! Das mußt du mir versprechen, meine liebe, teure Ellida! Jetzt wollen wir eine andere Kur für dich versuchen. Eine frischere Luft als hier in den Fjorden. Die salzige, stärkende Seeluft! Wie? Was sagst du dazu?

ELLIDA: Ach, sprich davon nicht! Denk nicht an dergleichen! Damit ist mir nicht geholfen. Ich fühl es nur zu gut, – die Last werd ich auch da draußen nicht loswerden.

WANGEL: Was für eine Last, Liebste, – was meinst du damit?

ELLIDA: Das Grauenvolle, mein ich. Diese unbegreifliche Macht über die Seele –

WANGEL: Aber das bist du ja doch los. Schon lange. Seit du mit ihm gebrochen hast. Das ist ja nun doch längst vorbei.

ELLIDA *springt auf*: Nein, das ist es eben nicht!

WANGEL: Nicht vorbei!

ELLIDA: Nein, Wangel, – es ist nicht vorbei! Und ich fürchte, das wird nie vorbei sein. Nie im Leben!

WANGEL *mit erstickter Stimme*: Willst du damit sagen, du hast in deinem Innersten den Fremden nie vergessen können?

ELLIDA: Ich hatte ihn vergessen. Aber dann mit einem Mal war's, als käme er wieder.

WANGEL: Wie lange ist das her?

ELLIDA: Es ist jetzt ungefähr drei Jahre her. Oder ein wenig länger. – Zu der Zeit, als ich das Kind erwartete.

WANGEL: Ah! Zu der Zeit also? Ja, Ellida, – da fange ich an, mir über mancherlei klarzuwerden.

ELLIDA: Du irrst dich, mein Lieber! Was über mich gekommen ist, das –. Ach, ich glaube, man wird sich darüber niemals klarwerden.

WANGEL *blickt sie schmerzerfüllt an*: Sich das vorzustellen – drei ganze Jahre bist du da umhergegangen – im Herzen Liebe für einen andern. Für einen andern! Nicht für mich, – nein, für einen andern!

ELLIDA: O, da irrst du dich durchaus. Ich fühle für keinen andern Liebe als für dich.

WANGEL *mit gedämpfter Stimme*: Warum hast du denn diese ganze Zeit über nicht als meine Frau mit mir leben wollen?

ELLIDA: Wegen des Grauens, das von diesem fremden Mann ausgeht.

WANGEL: Grauen –?

ELLIDA: Ja, Grauen. Ein Entsetzen, so grauenvoll, wie es, glaub ich, nur das Meer haben kann. Denn nun, Wangel, sollst du hören –

DIE JUNGEN LEUTE AUS DER STADT *kommen von links zurück, grüßen und gehen rechts ab. Mit ihnen zusammen kommen* ARNHOLM, BOLETTE, HILDE *und* LYNGSTRAND.

BOLETTE *indem sie vorübergehen*: Was, ihr geht noch immer hier oben spazieren?

ELLIDA: Ja, es ist so kühl und schön hier auf der Höhe.

ARNHOLM: Was uns angeht, so wollen wir jetzt hinunter und tanzen.

WANGEL: Schön, schön. Wir kommen auch bald nach.

HILDE: Adieu also inzwischen.

ELLIDA: Herr Lyngstrand, – ach, warten Sie einen Augenblick.

Lyngstrand bleibt stehen. Arnholm, Bolette und Hilde rechts ab.

ELLIDA *zu Lyngstrand*: Wollen Sie auch tanzen?

LYNGSTRAND: Nein, gnädige Frau, ich glaube, ich darf nicht.

ELLIDA: Ja, es ist besser, Sie nehmen sich in acht. Die Sache mit der Brust –. Sie haben es doch immer noch nicht ganz überwunden.

LYNGSTRAND: So ganz noch nicht, – nein.

ELLIDA *etwas zögernd*: Wie lange mag es jetzt nun wohl her sein, daß Sie die Reise machten –?

LYNGSTRAND: Auf der ich den Knacks bekam?

ELLIDA: Ja, die Reise, von der Sie heute früh erzählten.

LYNGSTRAND: Ach, das ist nun wohl so an die –? Warten Sie mal. Ja, das ist nun wohl gut und gern drei Jahre her.

ELLIDA: Drei Jahre also.

LYNGSTRAND: Oder ein bißchen länger. Wir verließen Amerika im Februar. Und dann im März hatten wir den Schiffbruch. Es war die Tag- und Nachtgleiche, in deren Stürme wir reingekommen waren.

ELLIDA *sieht Wangel* an: Also um diese Zeit ist es gewesen –.

WANGEL: Aber, liebe Ellida –?

ELLIDA: Na, lassen Sie sich nicht aufhalten, Herr Lyngstrand. Gehen Sie nur. Aber nicht tanzen!

LYNGSTRAND: Nein, nur zusehen. *Er geht rechts ab.*

WANGEL: Liebe Ellida, – warum fragtest du ihn über die Reise aus?

ELLIDA: Johnston ist mit an Bord gewesen, da bin ich ganz sicher.

WANGEL: Woraus schließt du das?

ELLIDA *ohne ohne zu antworten*: Er hat an Bord erfahren, daß ich mich mit einem andern verheiratet hatte, während er fort war. Und dann – zu derselben Stunde kam es über mich!

WANGEL: Das – Grauen?

ELLIDA: Ja. Mit einem Mal kann ich ihn dann plötzlich leibhaftig vor mir stehen sehen. Oder eigentlich mehr neben mir. Er sieht mich niemals an. Er ist nur da.

WANGEL: Wie erscheint er dir denn?

ELLIDA: So, wie ich ihn das letzte Mal gesehen habe.

WANGEL: Vor zehn Jahren?

ELLIDA: Ja. Draußen auf Bratthammer. Am allerdeutlichsten sehe ich an seiner Brust die Nadel mit der großen blauweißen Perle. Die Perle gleicht dem Auge eines toten Fisches. Und das starrt mich so an!

WANGEL: Um Gottes willen –! Du bist kränker, als ich glaubte. Kränker, als du selbst weißt, Ellida.

ELLIDA: Ja, ja, – hilf mir, wenn du kannst! Ich fühle, wie sich's mehr und mehr um mich zusammenzieht.

WANGEL: Und in solch einem Zustand gehst du nun drei ganze Jahre hier umher. Trägst diese geheimen Leiden, ohne dich mir anzuvertrauen.

ELLIDA: Aber das konnt ich ja doch nicht! Bis zu diesem Augenblicke nicht, wo es nötig wurde – um deinetwillen. Hätt ich dir das alles anvertrauen sollen, – so hätt ich dir ja doch auch – das Unaussprechliche anvertrauen müssen.

WANGEL: Das Unaussprechliche –?

ELLIDA *abwehrend*: Nein, nein, nein! Frag nicht! Nur eins noch. Dann nichts mehr. – Wangel, – wie sollen wir es je ergründen – dieses Rätsel mit den Augen des Kindes –?

WANGEL: Liebste, beste Ellida, ich versichere dir, es war nur eine Einbildung von dir. Das Kind hatte genau solche Augen wie andere normale Kinder.

ELLIDA: Nein, das hatte es nicht! Daß du das nicht sehen konntest! Des Kindes Augen wechselten die Farbe wie die See. Lag der Fjord ruhig und blau im Sonnenlicht, so waren auch die Augen des Kindes blau, bei stürmischem Wetter veränderten sie sich. – Ach, ich sah es wohl, wenn du es auch nicht gesehen hast.

WANGEL *nachgebend*: Hm, – mag schon sein. Aber selbst wenn dem so wäre? Was dann?

ELLIDA *leise und näher*: Ich habe solche Augen schon einmal gesehen.

WANGEL: Wann? Und wo –?

ELLIDA: Draußen auf Bratthammer. Vor zehn Jahren.

WANGEL *weicht einen Schritt zurück*: Was soll das –?

ELLIDA *flüstert bebend*: Das Kind hatte die Augen des fremden Mannes.

WANGEL *schreit unwillkürlich auf*: Ellida –!

ELLIDA *schlägt in Verzweiflung die Hände über dem Kopf zusammen*: Nun wirst du verstehen, warum ich nicht mehr als deine Frau mit dir leben will, – nicht mehr leben darf. *Sie wendet sich schnell ab und flieht über die Anhöhen nach rechts hinab.*

WANGEL *eilt ihr nach und ruft*: Ellida, – Ellida! Meine arme unglückliche Ellida!

DRITTER AKT

Ein abseits gelegener Teil von Wangels Garten. Der Platz ist feucht, sumpfig und von großen alten Bäumen überschattet. Rechts sieht man den Rand eines modrigen Teiches. Ein niederer offener Zaun trennt den Garten von dem Fußweg und dem Fjord im Hintergrund. Ganz hinten die Gebirgskette und die Berggipfel jenseits des Fjords. Es ist später Nachmittag, beinahe Abend.

BOLETTE *sitzt nähend auf einer Steinbank links. Auf der Bank liegen ein paar Bücher und ein Nähkorb.* HILDE *und* LYNGSTRAND, *beide mit Fischereigeräten, gehen am Rand des Teiches entlang.*

HILDE *gibt Lyngstrand ein Zeichen*: Stehen Sie still! Da sehe ich einen großen.

LYNGSTRAND *sieht dahin*: Wo ist er denn?

HILDE *zeigt mit der Hand*: Sehen Sie nicht – da unten ist er. Und sehen Sie da! Donnerwetter ja, da ist noch einer! *Sieht zwischen den Bäumen hindurch.* Uh, – da kommt er und verscheucht sie uns!

BOLETTE *sieht auf*: Wer kommt?

HILDE: Dein Oberlehrer, Madam!

BOLETTE: Meiner –?

HILDE: Meiner ist er doch wahrhaftig nie gewesen.

ARNHOLM *erscheint rechts zwischen den Bäumen.*

ARNHOLM: Gibt es in diesem Teich denn jetzt Fische?

HILDE: Ja, es wimmeln ein paar mächtig alte Karauschen drin.

ARNHOLM: Sieh mal, die alten Karauschen sind noch am Leben?

HILDE: Ja die, die sind zäh. Nun wollen wir aber mal sehen, ob wir nicht ein paar davon erwischen.

ARNHOLM: Sie sollten's doch lieber draußen im Fjord versuchen.

LYNGSTRAND: Nein, der Teich – der ist sozusagen gewissermaßen geheimnisvoller.

HILDE: Ja, hier ist es spannender. – Kommen Sie vom Baden?

ARNHOLM: Soeben. Ich komme direkt aus der Badeanstalt.

HILDE: Sie sind wohl sicher nur im Flachen geblieben?

ARNHOLM: Ja, ich bin kein sonderlicher Schwimmer.

HILDE: Können Sie auf dem Rücken schwimmen?

ARNHOLM: Nein.

HILDE: Aber ich. *Zu Lyngstrand*: Wir wollen's da oben auf der andern Seite probieren. *Sie gehen den Teich entlang rechts ab.*

ARNHOLM *geht näher zu Bolette heran*: Sie sitzen so allein, Bolette?

BOLETTE: Ach ja, das tu ich gewöhnlich.

ARNHOLM: Ist Ihre Mutter nicht hier unten im Garten?

BOLETTE: Nein. Ich glaube, sie ist mit Papa spazierengegangen.

ARNHOLM: Wie geht's ihr denn heute nachmittag?

BOLETTE: Ich weiß nicht recht. Ich habe zu fragen vergessen.

ARNHOLM: Was sind das für Bücher, die Sie da haben?

BOLETTE: Ach, das eine ist so eine Pflanzenlehre und das andere eine Erdbeschreibung.

ARNHOLM: Lesen Sie gern solche Sachen?

BOLETTE: Ja, wenn ich Zeit dazu habe –. Doch zunächst und vor allen Dingen habe ich ja für die Wirtschaft zu sorgen.

ARNHOLM: Aber hilft denn nicht Ihre Mutter – Ihre Stiefmutter – hilft sie Ihnen nicht dabei?

BOLETTE: Nein, das ist meine Sache. Ich mußte in den zwei Jahren, als Papa allein war, den Haushalt führen. Und dann ist es nachher auch dabei geblieben.

ARNHOLM: Aber Sie haben nach wie vor die gleiche große Lust zum Lesen?

BOLETTE: Ja, ich lese, was ich auftreiben kann. Man will ja doch gern etwas von der Welt wissen. Hier leben wir doch so ganz abseits von allem, was vorgeht. Oder so gut wie abseits.

ARNHOLM: Aber, liebe Bolette, sagen Sie das doch nicht.

BOLETTE: Ja. Ich finde, wir leben nicht viel anders als die Karauschen im Teich da unten. Den Fjord haben sie unmittelbar in der Nähe, und da streichen die großen wilden Fischschwärme aus und ein. Aber davon erfahren die armen zahmen Hausfische nichts. Da dürfen sie nie mit dabeisein.

ARNHOLM: Ich glaube auch, es würde ihnen nicht besonders gut bekommen, wenn sie da hinausschlüpften.

BOLETTE: Ach, ich meine, so oder so, das wäre doch egal.

ARNHOLM: Übrigens können Sie doch nicht sagen, daß man hier so ganz abseits vom Leben sitzt. Jedenfalls nicht im Sommer. Hier ist doch gerade jetzt so etwas wie ein Treffpunkt der großen Welt. Beinah ein Knotenpunkt – jedenfalls vorübergehend.

BOLETTE *lächelt*: Ach ja, Sie, der Sie ja selbst nur so vorübergehend hier sind, Sie haben's wohl leicht, sich über uns lustig zu machen.

ARNHOLM: Ich mich lustig machen –? Wie kommen Sie darauf?

BOLETTE: Ja, diese ganze Geschichte mit dem Treffpunkt und dem Knotenpunkt der großen Welt, das haben Sie ja doch nur von den Leuten in der Stadt gehört. Die gebrauchen solche Ausdrücke.

ARNHOLM: Ja, aufrichtig gesagt, das hab ich bemerkt.

BOLETTE: Im Grunde genommen ist aber doch kein wahres Wort daran. Für uns nicht, die wir hier ständig leben. Was haben wir davon, daß die große fremde Welt hier vorbeikommt auf der Reise nach der Mitternachtssonne da oben? Wir selbst dürfen ja doch nicht mit dabeisein. Wir kriegen keine Mitternachtssonne zu sehen. Ach nein, – wir müssen hübsch artig unser Leben hier in unserm Karauschenteich verbringen.

ARNHOLM *setzt sich neben sie*: Sagen Sie mal, liebe Bolette, – ist's denn irgendwas, – ich meine etwas Bestimmtes, wonach Sie hier zu Hause sich so sehnen?

BOLETTE: Ach ja, das wär's schon.

ARNHOLM: Und was ist's denn eigentlich? Wonach sehnen Sie sich denn so?

BOLETTE: Fortzukommen – danach vor allem.

ARNHOLM: Danach also in erster Linie?

BOLETTE: Ja. Und dann möcht ich auch etwas mehr lernen. Recht gründlich über alles Bescheid wissen.

ARNHOLM: Damals, als ich Ihnen Unterricht gab, hat Ihr Vater oft gesagt, er würde Ihnen erlauben zu studieren.

BOLETTE: Ach ja, der arme Papa, – er sagt so vieles. Aber wenn es ernst werden soll, dann –. Es ist keine rechte Energie in Papa.

ARNHOLM: Nein, – da haben Sie leider recht. Die fehlt ihm recht eigentlich. Aber haben Sie denn jemals mit ihm von der Sache gesprochen? Wirklich ernsthaft und eindringlich?

BOLETTE: Nein, das hab ich eigentlich auch nicht getan.

ARNHOLM: Aber, wissen Sie, das sollten Sie doch wirklich tun, eh es zu spät wird, Bolette. Warum tun Sie das nicht?

BOLETTE: Nun, weil auch in mir keine rechte Energie ist, wie ich glaube. Das hab ich gewiß von Papa geerbt.

ARNHOLM: Hm, – ob Sie da wohl nicht gegen sich selbst ungerecht sind?

BOLETTE: Ach, leider nein. Und dann hat ja auch Papa so wenig Zeit, an mich und an meine Zukunft zu denken. Er hat auch wenig Lust dazu. So was schiebt er am liebsten von sich, wenn er irgend kann. Denn er ist doch so ganz von Ellida in Anspruch genommen –

ARNHOLM: Von wem –? Wie –?

BOLETTE: Ich meine, er und meine Stiefmutter –. *Abbrechend.* Papa und Mama haben genug mit sich selber zu tun, das können Sie sich doch wohl denken.

ARNHOLM: Na, dann wär's um so besser, Sie versuchten, von hier fortzukommen.

BOLETTE: Ja, aber ich glaube, dazu hab ich auch kein Recht. Ich kann Papa nicht verlassen.

ARNHOLM: Aber, liebe Bolette, einmal werden Sie ja das doch müssen. Darum mein ich, sollten Sie je eher, desto besser –

BOLETTE: Ja, es bleibt wohl nichts andres übrig. Ich muß ja doch auch an m i c h denken. Muß versuchen, irgendeine Stellung zu bekommen. Wenn Papa mal nicht mehr da ist, dann habe ich ja keinen, an den ich mich halten kann. – Doch der arme Papa, – mir ist bang davor, ihn zu verlassen.

ARNHOLM: Bang –?

BOLETTE: Ja, seinetwegen.

ARNHOLM: Herrgott, – und Ihre Stiefmutter? Sie bleibt doch bei ihm.

BOLETTE: Ja, allerdings. Aber sie hat so gar kein Geschick in all den Dingen, in denen meine Mutter eine so glückliche Hand hatte. Es gibt so mancherlei, was sie nicht s i e h t . Oder was sie vielleicht nicht sehen will, oder was ihr gleichgültig ist. Ich weiß nicht, was es eigentlich ist.

ARNHOLM: Hm, – ich glaube, ich verstehe schon, was Sie damit meinen.

BOLETTE: Der arme Papa, – er ist schwach in manchen Dingen. Sie haben das vielleicht selbst schon bemerkt. Zu tun hat er ja auch nicht genug, um die Zeit damit auszufüllen. Und dann, – daß sie so ganz außerstande ist, ihm eine Stütze zu sein. – Daran ist er übrigens wohl teilweise selber schuld.

ARNHOLM: Wieso meinen Sie?

BOLETTE: Ach, Papa möchte immer gern fröhliche Gesichter um sich sehen. Es muß Sonnenschein und Fröhlichkeit im Hause sein, sagt er. Deshalb fürcht ich, er gibt ihr manchmal eine Medizin, die ihr auf die Dauer gar nicht gut bekommt.

ARNHOLM: Glauben Sie das wirklich?

BOLETTE: Ja, ich kann den Gedanken nicht loswerden. Denn sie ist so seltsam zuweilen. *Heftig*: Aber ist's denn nicht wider Recht und Billigkeit, daß ich immer hier zu Hause hocken muß! Im Grunde hat Papa ja doch nicht den mindesten Nutzen davon. Und ich habe doch auch Pflichten gegen mich selbst, finde ich.

ARNHOLM: Wissen Sie, liebe Bolette, diese Dinge müssen wir beide eingehender besprechen.

BOLETTE: Ach, was kann das viel helfen! Ich denke, ich bin wohl dazu bestimmt, hier im Karauschenteich zu bleiben.

ARNHOLM: Kein Gedanke. Das kommt nur auf Sie an.

BOLETTE *lebhaft*: Meinen Sie?

ARNHOLM: Ja, glauben Sie mir. Das liegt ausschließlich in Ihrer Hand.

BOLETTE: O, könnt ich doch nur –! Wollen Sie vielleicht bei Papa ein gutes Wort für mich einlegen?

ARNHOLM: Das auch. Aber vor allen Dingen möcht ich offen und von der Leber weg mit Ihnen selbst reden, liebe Bolette. *Sieht nach links hinaus.* Still! Lassen Sie sich nichts anmerken. Wir kommen später darauf zurück.

ELLIDA *kommt von links. Sie ist ohne Hut und hat nur ein großes Tuch über Kopf und Schultern geworfen.*

ELLIDA *in unruhiger Lebhaftigkeit*: Hier ist's gut! Hier ist's herrlich!

ARNHOLM *steht auf*: Haben Sie einen Spaziergang gemacht?

ELLIDA: Ja, einen langen, langen, wundervollen Spaziergang über die Höhen – mit Wangel. Und jetzt wollen wir aufs Wasser hinaus mit dem Segelboot.

BOLETTE: Willst du dich nicht setzen?

ELLIDA: Nein, danke. Nicht sitzen.

BOLETTE *rückt auf der Bank zur Seite*: Hier ist ja Platz genug.

ELLIDA *geht umher*: Nein, nein, nein. Nicht sitzen. Nicht sitzen.

ARNHOLM: Der Spaziergang ist Ihnen ohne Zweifel gut bekommen. Sie sehen so erfrischt aus.

ELLIDA: O, ich fühle mich ach! so wohl, so wohl! Ich fühle mich unbeschreiblich glücklich! So sicher! So sicher –. *Sieht nach links hinaus.* Was ist das für ein großes Dampfschiff, das da kommt?

BOLETTE *steht auf und sieht hinaus*: Das muß der große englische Dampfer sein.

ARNHOLM: Er hält draußen an der Tonne. Legt er hier gewöhnlich an?

BOLETTE: Nur auf eine halbe Stunde etwa. Er fährt weiter den Fjord hinauf.

ELLIDA: Und dann wieder hinaus – morgen. Hinaus auf das große offene Meer. Weit übers Meer hin. Der Gedanke – da mit dabeizusein! Wer das könnte! Wer das nur könnte!

ARNHOLM: Haben Sie nie eine größere Seereise gemacht, Frau Wangel?

ELLIDA: Nie im Leben. Nur so kleine Fahrten hier in den Fjorden.

BOLETTE *mit einem Seufzer*: Ach ja, wir müssen schon mit dem Festlande vorliebnehmen.

ARNHOLM: Na, da sind wir ja auch eigentlich zu Hause.

ELLIDA: Nein, das glaub ich eben nicht.

ARNHOLM: Nicht auf dem Festland?

ELLIDA: Nein. Ich glaube das nicht. Ich glaube, wenn sich die Menschen nur von Anfang an gewöhnt hätten, ihr Leben auf dem Meere zu verbringen, – oder vielleicht im Meer, – so wären wir weit vollkommener, als wir jetzt sind. Nicht nur besser, auch glücklicher.

ARNHOLM: Glauben Sie wirklich?

ELLIDA: Ja, ich möchte wissen, ob wir das nicht wären. Ich habe schon oft mit Wangel darüber gesprochen –

ARNHOLM: Nun, und er –?

ELLIDA: Er meinte, es wäre wohl nicht unmöglich.

ARNHOLM *scherzend*: Na, meinetwegen. Aber geschehen ist geschehen. Wir haben also ein für allemal unsern Beruf verfehlt und sind Landtiere geworden statt Seetiere. Unter allen Umständen aber dürfte es jetzt zu spät sein, den Fehler wieder zu korrigieren.

ELLIDA: Ja, da sprechen Sie eine traurige Wahrheit aus. Und ich glaube, die Menschen ahnen selbst so etwas und tragen es mit sich herum wie eine geheime Reue und Kümmernis. Sie können mir glauben, – eben darin hat die Schwermut der Menschen ihren tiefsten Grund. Ja, – das können Sie mir glauben.

ARNHOLM: Aber, beste Frau Wangel, – ich habe nicht den Eindruck bekommen, daß die Menschen wirklich so schwermütig sind. Ich finde im Gegenteil: die Mehrzahl sieht das Leben leicht und heiter an – und mit einer großen, stillen, unbewußten Freude.

ELLIDA: Ach nein, das ist wohl nicht so. Diese Freude – die mag unserer Freude über den langen, lichten Sommertag gleichen. Über ihr hängt die Ahnung von den kommenden Zeiten der Dunkelheit. Und eben diese Ahnung, die wirft ihren Schatten auf die Freude der Menschen, – wie die treibende Wolke ihren Schatten wirft über den Fjord. So blank und blau lag er da. Und dann auf einmal –

BOLETTE: Du solltest dich jetzt nicht mit so traurigen Gedanken beschäftigen. Eben noch warst du so froh –

ELLIDA: Ja, ja, gewiß war ich das. Ach, das alles – das ist so dumm von mir. *Sieht sich unruhig um.* Wenn nur Wangel erst käme. Er hat es mir so fest versprochen. Und nun kommt er nicht. Er hat es gewiß vergessen. Ach, lieber Herr Arnholm, sehen Sie doch mal nach, ob Sie ihn nicht finden können.

ARNHOLM: Sehr gern.

ELLIDA: Sagen Sie ihm, er möchte doch ja gleich kommen. Denn jetzt kann ich ihn nicht sehen –

ARNHOLM: Ihn nicht sehen –?

ELLIDA: Ach, Sie verstehen mich nicht. Wenn er nicht da ist, kann ich mich manchmal nicht darauf besinnen, wie er aussieht. Und dann ist es, als hätt ich ihn ganz verloren. – Das ist ach! so qualvoll. Aber gehen Sie nur! *Sie geht am Rande des Teiches auf und ab.*

BOLETTE *zu Arnholm*: Ich gehe mit Ihnen. Sie wissen ja nicht Bescheid –

ARNHOLM: Ach – ich werde schon –

BOLETTE *halblaut*: Nein, nein, ich bin unruhig. Ich habe Angst, er ist an Bord des Dampfschiffes.

ARNHOLM: Angst?

BOLETTE: Ja, er sieht gewöhnlich nach, ob Bekannte mitgekommen sind. Und dann ist ja doch ein Restaurant an Bord –

ARNHOLM: Ach so! Dann kommen Sie nur.

Er und Bolette gehen links ab.

Ellida steht eine Weile und starrt in den Teich. Dann und wann spricht sie leise und abgebrochen mit sich selbst.

Draußen auf dem Fußpfad hinter dem Gartenzaun kommt von links EIN FREMDER MANN *in Reisekleidung. Haar und Bart sind buschig und von rötlicher Farbe. Er hat eine schottische Mütze auf dem Kopf und eine Reisetasche an einem Riemen über der Schulter.*

DER FREMDE *geht langsam den Zaun entlang und späht in den Garten hinein. Wie er Ellidas ansichtig wird, bleibt er stehen, sieht sie unverwandt und prüfend an und sagt mit gedämpfter Stimme*: Guten Abend, Ellida!

ELLIDA *wendet sich um und ruft*: Ach, mein Lieber, – bist du endlich da!

DER FREMDE: Ja, endlich.

ELLIDA *sieht ihn überrascht und ängstlich an*: Wer sind Sie? Suchen Sie jemanden?

DER FREMDE: Das kannst du dir doch denken.

ELLIDA *stutzt*: Was ist das! Wie reden Sie mich an! Zu wem wollen Sie?

DER FREMDE: Ich will doch wohl zu dir.

ELLIDA *zuckt zusammen*: Ah –! *Starrt ihn an, taumelt zurück, mit einem halb erstickten Aufschrei*: Die Augen! – Die Augen!

DER FREMDE: Na, – komm ich dir endlich wieder bekannt vor? Ich, – ich habe dich gleich erkannt, Ellida.

ELLIDA: Die Augen! Sehen Sie mich nicht so an! Ich rufe um Hilfe!

DER FREMDE: Pst, pst! Hab keine Angst. Ich tu dir ja nichts.

ELLIDA *hält die Hände vor die Augen*: Sehen Sie mich nicht so an, sag ich!

DER FREMDE *lehnt sich mit den Armen auf den Gartenzaun*: Ich bin mit dem englischen Dampfer gekommen.

ELLIDA *blickt scheu zu ihm hin*: Was wollen Sie von mir?

DER FREMDE: Ich versprach dir doch wiederzukommen, sobald ich könnte. –

ELLIDA: Reisen Sie ab! Reisen Sie wieder ab! Kommen Sie nie – nie wieder her! Ich hab Ihnen doch geschrieben, daß alles zwischen uns zu Ende sei! Alles, alles! Das wissen Sie doch!

DER FREMDE *unbeirrt, ohne darauf zu antworten*: Ich wäre gern früher zu dir gekommen. Aber ich konnte nicht. Nun endlich komm ich. Und da bin ich, Ellida.

ELLIDA: Was wollen Sie denn von mir? Was haben Sie vor? Aus welchem Grunde sind Sie gekommen?

DER FREMDE: Du kannst dir doch wohl denken, ich bin gekommen, um dich zu holen.

ELLIDA *weicht entsetzt zurück*: Mich zu holen! Sie wollen mich holen!

DER FREMDE: Ja, versteht sich.

ELLIDA: Aber Sie müssen doch wissen, daß ich verheiratet bin!

DER FREMDE: Ja, das weiß ich.

ELLIDA: Und trotzdem –! Trotzdem kommen Sie, um – um – mich zu holen!

DER FREMDE: Allerdings will ich das.

ELLIDA *faßt sich mit beiden Händen an den Kopf*: O, dies Entsetzliche –! O, dies Grauenvolle, Grauenvolle –!

DER FREMDE: Willst du vielleicht nicht?

ELLIDA *verstört*: Sehen Sie mich nicht so an!

DER FREMDE: Ich frage, ob du nicht willst?

ELLIDA: Nein, nein, nein! Ich will nicht! Nie und nimmer! Ich will nicht, sag ich! Ich kann nicht und will nicht! *Leiser*: Ich darf auch nicht.

DER FREMDE *steigt über den Zaun und kommt in den Garten hinein*: Nun denn, Ellida, – so laß mich dir nur eines sagen, eh ich gehe.

ELLIDA *will fliehen, kann aber nicht. Sie steht wie vor Schreck gelähmt und stützt sich auf einen Baumstamm am Teich*: Rühren Sie mich nicht an! Kommen Sie mir nicht nahe! Nicht näher! Rühren Sie mich nicht an, sag ich!

DER FREMDE *behutsam, ein paar Schritt näher*: Du brauchst nicht solche Angst vor mir zu haben, Ellida.

ELLIDA *bedeckt die Augen mit den Händen*: Sehen Sie mich nicht so an.

DER FREMDE: Nur nicht ängstlich. Nicht ängstlich.

WANGEL *kommt durch den Garten von links.*

WANGEL *noch auf halbem Wege zwischen den Bäumen*: Du hast wohl lange auf mich warten müssen?

ELLIDA *stürzt ihm entgegen, klammert sich fest an seinen Arm und ruft*: Ach, Wangel, – rette mich! Rette mich – wenn du kannst!

WANGEL: Ellida, – was um Gottes willen –!

ELLIDA: Rette mich, Wangel! Siehst du ihn denn nicht? Da hinten steht er ja!

WANGEL *sieht zu dem Fremden hinüber*: Der Mann da? *Tritt näher.* Darf ich fragen, – wer sind Sie? Und was haben Sie hier im Garten zu suchen?

DER FREMDE *deutet mit einer Kopfbewegung auf Ellida*: Ich habe mit der Frau da zu sprechen.

WANGEL: Ach so. Dann sind Sie es wohl gewesen, der –? *Zu Ellida*:

Ich höre, es ist ein Fremder an der Tür gewesen und hat nach dir gefragt.

DER FREMDE: Ja, das war ich.

WANGEL: Und was wollen Sie von meiner Frau? *Wendet sich um.* Kennst du den Mann, Ellida?

ELLIDA *leise, ringt die Hände*: Ach, ob ich ihn kenne! Ja, ja, ja!

WANGEL *schnell*: Nun –?

ELLIDA: Ach, Wangel! E r ist es ja. Er ist es selbst. Du weißt doch –!

WANGEL: Was! Was sagst du da! *Dreht sich um.* Sind Sie dieser Johnston, der mal –?

DER FREMDE: Nun, – nennen Sie mich Johnston. Meinetwegen. Übrigens heiß ich nicht so.

WANGEL: Nicht?

DER FREMDE: Nicht mehr, nein.

WANGEL: Und was wollen Sie eigentlich von meiner Frau? Es ist Ihnen doch wohl bekannt, daß die Tochter des Leuchtturmwärters schon lange verheiratet ist. Und mit wem sie verheiratet ist, das müssen Sie doch auch wissen.

DER FREMDE: Das weiß ich nun schon länger als drei Jahre.

ELLIDA *gespannt*: Wie haben Sie das erfahren?

DER FREMDE: Ich war auf dem Heimweg zu dir. Da fiel mir eine alte Zeitung in die Hand. Es war ein Blatt aus der Gegend. Und darin stand eine Notiz von der Vermählung.

ELLIDA *sieht vor sich hin*: Die Vermählung –. Also das war's –

DER FREMDE: Das packte mich so seltsam. Denn das mit den Ringen, – das war ja auch eine Vermählung, Ellida.

ELLIDA *vergräbt das Gesicht in den Händen*: O –!

WANGEL: Wie können Sie wagen –!

DER FREMDE: Hattest du das vergessen?

ELLIDA *fühlt seinen Blick*: Sehen Sie mich doch nicht so an!

WANGEL *stellt sich ihm entgegen*: An mich haben Sie sich zu wenden und nicht an meine Frau. Also, kurz und gut, – nun da Sie die Verhältnisse kennen, – was haben Sie denn eigentlich hier noch zu suchen? Warum kommen Sie her und behelligen meine Frau?

DER FREMDE: Ich hatte Ellida versprochen, zu ihr zu kommen, sobald ich könnte.

WANGEL: Ellida –! Schon wieder!

DER FREMDE: Und Ellida hat mir ganz fest versprochen, auf mich zu warten, bis ich käme.

WANGEL: Ich höre, Sie nennen meine Frau beim Vornamen. Solche Vertraulichkeit ist bei uns nicht üblich.

DER FREMDE: Ich weiß wohl. Aber da sie doch in erster Linie mir gehört –

WANGEL: Ihnen? Noch immer –!

ELLIDA *versteckt sich hinter Wangel*: O –! Er läßt mich nie mehr los.

WANGEL: Ihnen? Sie sagen, daß sie Ihnen gehört?

DER FREMDE: Hat sie Ihnen nicht von den zwei Ringen erzählt? Von unseren Ringen?

WANGEL: Ja. Aber was soll das? Sie hat es doch später wieder rückgängig gemacht. Sie haben doch ihre Briefe bekommen. Sie wissen's also doch selbst.

DER FREMDE: Ellida und ich, wir waren einig darin: die Sache mit den Ringen sollte die Gültigkeit einer Trauung haben.

ELLIDA: Aber ich will nicht, hören Sie! In meinem ganzen Leben will ich nichts mehr von Ihnen wissen! Sehen Sie mich nicht an! Ich will nicht, sag ich!

WANGEL: Sie müssen nicht bei Trost sein, Mann, wenn Sie glauben, Sie können hier irgendein Recht auf solchen Kindereien begründen.

DER FREMDE: Das ist wahr. Ein Recht, – in dem Sinne, wie Sie das auffassen, habe ich allerdings nicht.

WANGEL: Aber was wollen Sie denn noch? Sie bilden sich doch nicht etwa ein, Sie könnten sie mir mit Gewalt nehmen. Gegen ihren eigenen Willen!

DER FREMDE: Nein. Was sollte das auch wohl nützen? Will Ellida mit mir kommen, so muß sie es freiwillig tun.

ELLIDA *stutzt und sagt stürmisch*: Freiwillig –!

WANGEL: Und das könnten Sie denken –!

ELLIDA *vor sich hin*: Freiwillig –!

WANGEL: Sie müssen von Sinnen sein. Gehen Sie Ihres Wegs! Wir haben nichts mehr mit Ihnen zu schaffen.

DER FREMDE *sieht auf seine Uhr*: Bald ist es für mich Zeit, wieder an Bord zu gehen. *Einen Schritt näher.* Nun wohl, Ellida, – so hätte ich denn meine Schuldigkeit getan. *Wieder näher.* Ich habe mein Wort gehalten, das ich dir gegeben habe.

ELLIDA *flehend, weicht ihm aus*: Ach, rühren Sie mich nicht an!

DER FREMDE: So überlege dir's bis morgen abend –

WANGEL: Hier ist nichts zu überlegen. Machen Sie, daß Sie fortkommen!

DER FREMDE *noch immer zu Ellida*: Jetzt fahr ich mit dem Dampfer den Fjord hinauf. Morgen abend also komme ich wieder. Und dann komme ich zu dir. Du solltest im Garten hier auf mich warten. Denn ich möchte am liebsten die Sache mit dir allein abmachen, verstehst du?

ELLIDA *leise und bebend*: Hörst du, Wangel?

WANGEL: Sei nur ruhig. Den Besuch werden wir schon zu verhindern wissen.

DER FREMDE: Bis dahin lebe wohl, Ellida. Morgen abend also.

ELLIDA *flehentlich*: Ach nein, nein, – kommen Sie nicht! Kommen Sie nie wieder!

DER FREMDE: Und solltest du mir dann übers Meer folgen wollen –

ELLIDA: Ach, sehen Sie mich doch nicht so an!

DER FREMDE: Ich meine nur, dann mußt du dich reisefertig halten.

WANGEL: Geh ins Haus hinein, Ellida.

ELLIDA: Ich kann nicht. Ach, hilf mir! Rette mich, Wangel.

DER FREMDE: Denn das eine bedenke wohl; gehst du nicht morgen mit mir, dann ist alles aus.

ELLIDA *sieht ihn bebend an*: So ist alles aus? Ein für allemal –?

DER FREMDE *nickt mit dem Kopf*: Dann läßt sich nichts mehr ändern, Ellida. Ich komme nie mehr in dieses Land. Du wirst mich niemals wiedersehen. Auch nie mehr von mir hören. Dann bin ich für dich tot und für immer getrennt von dir.

ELLIDA *atmet unruhig*: O –!

DER FREMDE: Überlege dir also genau, was du tust. Leb wohl! *Geht und steigt über den Zaun, bleibt stehen und sagt*: Also, Ellida, – halte dich reisefertig morgen abend. Denn da komme ich und hole dich. *Er geht langsam und ruhig den Fußpfad entlang und rechts ab.*

ELLIDA *sieht ihm eine Weile nach*: Freiwillig, sagte er! Denk nur, – er sagt, ich solle freiwillig mit ihm gehen.

WANGEL: Fasse dich nur. Er ist ja fort jetzt. Und du wirst ihn nie wiedersehen.

ELLIDA: Ach, wie kannst du denn das sagen? Morgen kommt er ja doch wieder.

WANGEL: Laß ihn nur kommen. Dich soll er jedenfalls nicht finden.

ELLIDA *schüttelt den Kopf*: Ach, Wangel, glaub nur ja nicht, daß du ihn hindern kannst.

WANGEL: Doch, Liebste, – vertraue nur auf mich.

ELLIDA *grübelnd, ohne ihn anzuhören*: Wenn er nun hier gewesen ist – morgen –? Und wenn er dann mit dem Dampfschiff übers Meer gefahren ist –?

WANGEL: Ja, was dann?

ELLIDA: Ich möchte wissen, ob er dann nie – nie wiederkommt?

WANGEL: Nein, liebe Ellida, – da kannst du ganz sicher sein. Was hätte er dann auch wohl hier noch zu suchen? Jetzt hat er ja aus deinem eigenen Munde gehört, daß du gar nichts von ihm wissen willst. Damit ist die Sache erledigt.

ELLIDA *vor sich hin*: Morgen also. Oder nie.

WANGEL: Und sollt's ihm auch einfallen wieder herzukommen –

ELLIDA *gespannt*: Was dann –?

WANGEL: Dann steht es ja in unserer Macht, ihn unschädlich zu machen.

ELLIDA: Ach, glaub das nur nicht.

WANGEL: Es steht in unserer Macht, sag ich dir! Kannst du nicht auf andere Weise Ruhe vor ihm finden, dann soll er büßen für den Mord am Kapitän.

ELLIDA *heftig*: Nein, nein, nein! Nur das nicht! Wir wissen nichts von dem Mord am Kapitän! Ganz und gar nichts!

WANGEL: Wir wissen nichts?! Er hat es dir doch selbst gestanden!

ELLIDA: Nein, nichts davon! Sagst du was, so leugne ich es ab. Man soll ihn nicht einsperren! Er gehört hinaus aufs offene Meer. Da gehört er hin!

WANGEL *sieht sie an und sagt langsam*: Ach, Ellida, – Ellida!

ELLIDA *klammert sich ungestüm an ihn an*: Ach, du Lieber, Treuer, – rette mich vor diesem Mann!

WANGEL *macht sich sanft los*: Komm! Komm mit mir!

LYNGSTRAND *und* HILDE, *beide mit Fischereigeräten, kommen von rechts am Teich entlang.*

LYNGSTRAND *geht schnell auf Ellida zu*: Gnädige Frau, jetzt sollen Sie aber mal was Kurioses hören!

WANGEL: Was denn?

LYNGSTRAND: Denken Sie bloß, – wir haben den Amerikaner gesehen!

WANGEL: Den Amerikaner?

HILDE: Ja, ich hab ihn auch gesehen.

LYNGSTRAND: Er ging oben am Garten herum und dann an Bord des großen englischen Dampfers.

WANGEL: Woher kennen Sie den Mann?

LYNGSTRAND: Ich bin mal zur See mit ihm gefahren. Ich habe fest geglaubt, er sei ertrunken. Und nun ist er ganz lebendig.

WANGEL: Wissen Sie etwas Näheres von ihm?

LYNGSTRAND: Nein. Aber er ist sicher gekommen, um sich an seiner treulosen Seemannsbraut zu rächen.

WANGEL: Was sagen Sie da?

HILDE: Lyngstrand will ihn zu einem Kunstwerk benutzen, das er plant.

WANGEL: Ich verstehe kein Wort –

ELLIDA: Du sollst es später erfahren.

ARNHOLM *und* BOLETTE *kommen auf dem Fußpfad jenseits des Gartenzauns von links her.*

BOLETTE *zu denen im Garten*: Kommt her! Seht! Jetzt fährt der englische Dampfer den Fjord hinauf.

Ein großes Dampfschiff gleitet langsam vorbei in einiger Entfernung.

LYNGSTRAND *zu Hilde hinten am Gartenzaun*: Heute nacht kommt er gewiß über sie.

HILDE *nickt*: Über die treulose Seemannsbraut, – ja.

LYNGSTRAND: Denken Sie nur, – zu mitternächtlicher Stunde.

HILDE: Ich glaube, das muß spannend werden.

ELLIDA *sieht dem Schiffe nach*: Morgen also –

WANGEL: Und dann nie mehr.

ELLIDA *leise und bebend*: O, Wangel, – rette mich vor mir selbst!

WANGEL *sieht sie besorgt an*: Ellida! Ich ahne es, – es steckt etwas dahinter.

ELLIDA: Es ist etwas dahinter, das zieht und lockt.

WANGEL: Das zieht und lockt –?

ELLIDA: Der Mann ist wie das Meer.

Sie geht langsam und grübelnd durch den Garten links hinaus. Wangel geht unruhig neben ihr her und beobachtet sie forschend.

VIERTER AKT

Gartenzimmer bei Wangel. Türen rechts und links. Im Hintergrund zwischen beiden Fenstern eine offene Glastür nach der Veranda hinaus. Unter ihr ist ein Stück Garten sichtbar. Links ein Sofa mit Tisch. Rechts ein Klavier und weiter hinten ein großer Blumentisch. Mitten im Zimmer ein runder Tisch mit Stühlen, auf dem Tisch ein blühender Rosenstock, umgeben von anderen Topfpflanzen. – Es ist Vormittag.

Am Tisch links sitzt BOLETTE *auf dem Sofa, mit einer Stickerei beschäftigt.* LYNGSTRAND *sitzt auf einem Stuhl am oberen Ende des Tisches. Unten im Garten sitzt* BALLESTED *und malt.* HILDE *steht daneben und sieht ihm zu.*

LYNGSTRAND *die Arme auf dem Tisch, sitzt eine Weile schweigend da und sieht zu, wie Bolette arbeitet*: Das muß verteufelt schwer sein, so eine Borte zu nähen, Fräulein Wangel.

BOLETTE: Ach nein. Das ist nicht so schwer. Wenn man nur beim Zählen ordentlich aufpaßt –

LYNGSTRAND: Zählen? Müssen Sie auch zählen?

BOLETTE: Ja, die Stiche. Sehen Sie her.

LYNGSTRAND: Richtig, ja! Denken Sie mal! Das ist ja beinah eine Art Kunst. Können Sie auch zeichnen?

BOLETTE: O ja, wenn ich ein Muster vor mir habe.

LYNGSTRAND: Sonst nicht?

BOLETTE: Nein, sonst nicht.

LYNGSTRAND: Dann ist es aber doch keine richtige Kunst.

BOLETTE: Nein, zum größten Teil ist es doch bloß – Handfertigkeit.

LYNGSTRAND: Aber ich glaube schon, Sie könnten sie vielleicht lernen, die Kunst.

BOLETTE: Wenn ich keine Anlagen dazu habe?

LYNGSTRAND: Tut nichts. Wenn Sie immer mit einem richtigen, echten Künstler zusammen sein könnten –

BOLETTE: Glauben Sie, dann könnte ich von ihm lernen?

LYNGSTRAND: Nicht lernen so auf die gewöhnliche Art. Aber ich glaube, es würde über Sie kommen nach und nach. Durch etwas wie ein Wunder, Fräulein Wangel.

BOLETTE: Das wäre aber merkwürdig.

LYNGSTRAND *nach einer kleinen Pause*: Haben Sie schon einmal nachgedacht –? Ich meine – ob Sie schon gründlicher und ernsthaft über die Ehe nachgedacht haben, Fräulein Wangel?

BOLETTE *sieht ihn flüchtig an*: Über –? Nein.

LYNGSTRAND: Aber ich.

BOLETTE: So? Haben Sie das?

LYNGSTRAND: Ja, – ich denke sehr oft über solche Dinge nach. Ganz besonders über die Ehe. Und dann habe ich doch auch in verschiedenen Büchern darüber gelesen. Ich glaube, die Ehe, die muß man als eine Art Wunder betrachten. Daß die Frau sich allmählich verwandelt und ihrem Manne ähnlich wird.

BOLETTE: Sie meinen, daß sie seine Interessen teilt?

LYNGSTRAND: Ja, eben das mein ich!

BOLETTE: Nun, und seine Gaben? Und seine Anlagen und Fähigkeiten?

LYNGSTRAND: Hm ja, – wer weiß, ob nicht das alles auch –

BOLETTE: So glauben Sie vielleicht auch, daß das, was ein Mann durch

Lektüre – oder Gedankenarbeit – sich erworben hat, – das könnte wohl auch auf seine Frau übergehen?

LYNGSTRAND: Auch das, jawohl. Nach und nach. Wie durch ein Wunder. Aber ich weiß schon, so etwas kann nur in einer Ehe vorkommen, die treu und voll Liebe und so recht glücklich ist.

BOLETTE: Sind Sie nie auf den Gedanken gekommen, daß auch ein Mann vielleicht so zu seiner Frau hinübergezogen werden und mit ihr verwachsen könnte? Ihr ähnlich werden könnte, mein ich.

LYNGSTRAND: Ein Mann? Nein, – der Gedanke ist mir nie gekommen.

BOLETTE: Aber warum kann nicht das eine so gut wie das andere geschehen?

LYNGSTRAND: Weil ein Mann doch eine Aufgabe hat, für die er lebt. Und das eben macht einen Mann stark und fest, Fräulein Wangel. Ein Mann, der hat eine Lebensaufgabe.

BOLETTE: Jeder ohne Ausnahme?

LYNGSTRAND: O nein. Ich denke zunächst nur an den Künstler.

BOLETTE: Meinen Sie, ein Künstler tut recht daran, wenn er sich verheiratet?

LYNGSTRAND: Allerdings mein ich das. Wenn er nur eine finden kann, die er recht von Herzen liebhat, so –

BOLETTE: Und doch. Ich denke mir, er sollte vor allem nur für seine Kunst leben.

LYNGSTRAND: Gewiß soll er das. Aber das kann er doch ganz gut, auch wenn er sich verheiratet.

BOLETTE: Ja, aber sie?

LYNGSTRAND: Sie? Wieso –?

BOLETTE: Die Frau, die er heiratet. Wofür soll sie denn leben?

LYNGSTRAND: Sie soll auch für seine Kunst leben. Ich finde, eine Frau müßte sich dabei von Herzen glücklich fühlen.

BOLETTE: Hm, – ich weiß nicht recht –

LYNGSTRAND: Ja, Fräulein, das können Sie glauben. Nicht allein die Ehre und das Ansehen ist es, das sie durch ihn genießt –. Denn ich finde, darauf ist schließlich der geringste Wert zu legen. Vielmehr der Umstand, daß sie ihm bei seiner Arbeit helfen kann, – daß sie ihm die Arbeit erleichtern kann, indem sie um ihn ist und ihn hegt und pflegt und ihm das Leben recht angenehm macht. Das, mein ich, müßte geradezu herrlich für eine Frau sein.

BOLETTE: Ach, Sie wissen selbst nicht, wie egoistisch Sie sind!

LYNGSTRAND: Ich egoistisch! Du lieber Gott –! Ach, wenn Sie mich nur ein wenig besser kennen würden – *Neigt sich näher zu ihr hin.*

Fräulein Wangel, – wenn ich nun mal nicht mehr da bin – und das bin ich doch bald nicht mehr –

BOLETTE *sieht ihn teilnehmend an*: Fangen Sie wieder an? Glauben Sie doch nur so was Trauriges nicht.

LYNGSTRAND: Ich finde, im Grunde ist das doch gar nicht so traurig.

BOLETTE: Wie meinen Sie das denn?

LYNGSTRAND: Ich reise doch etwa in einem Monat. Zunächst von hier fort. Und später gehe ich doch nach dem Süden.

BOLETTE: Ach so. Ja.

LYNGSTRAND: Wollen Sie dann manchmal an mich denken, Fräulein Wangel?

BOLETTE: Ja, das will ich gern.

LYNGSTRAND *froh*: Das müssen Sie mir versprechen!

BOLETTE: Ja, das verspreche ich.

LYNGSTRAND: Hoch und heilig!

BOLETTE: Hoch und heilig. *Fällt in einen andern Ton*: Ach, aber was hat denn das eigentlich für einen Sinn! Das führt ja doch zu rein gar nichts.

LYNGSTRAND: Wie können Sie das nur sagen! Für mich wäre es ein so herrliches Bewußtsein, daß Sie hier an mich denken.

BOLETTE: Na, und was dann weiter?

LYNGSTRAND: Ja, was? – weiter weiß ich eigentlich nicht so recht –

BOLETTE: Ich auch nicht. Es steht so viel im Wege. Alles, find ich, steht im Wege.

LYNGSTRAND: O, es könnte doch irgendein Wunder geschehen. Eine glückliche Fügung des Schicksals – oder so was. Denn ich glaube nun mal, das Glück ist mit mir.

BOLETTE *lebhaft*: Nicht wahr! das glauben Sie doch!

LYNGSTRAND: Ja, daran glaube ich felsenfest. Und dann – nach einigen Jahren – wenn ich wieder heimkomme als namhafter Bildhauer und in guten Verhältnissen und bei allerbester Gesundheit –

BOLETTE: Ja, ja, gewiß. Das wollen wir hoffen.

LYNGSTRAND: Das können Sie getrost hoffen. Wenn Sie nur treu und warm an mich denken, während ich fern im Süden bin. Und darauf habe ich ja nun Ihr Wort.

BOLETTE: Das haben Sie. *Schüttelt den Kopf.* Aber es kommt doch sicher nichts dabei heraus.

LYNGSTRAND: Doch, Fräulein Bolette, – und wenn auch nur das dabei herauskäme, daß ich um so leichter und flotter an meinem Werk arbeiten könnte.

BOLETTE: Also das glauben Sie?

LYNGSTRAND: Ja, das fühle ich in meinem Innersten. Und dann mein ich, muß es doch auch für Sie erquickend sein, – hier in der Abgeschiedenheit – dieses Bewußtsein, daß Sie mir sozusagen bei meiner Arbeit geholfen haben.

BOLETTE *blickt ihn an*: Nun, – und Sie Ihrerseits?

LYNGSTRAND: Ich –?

BOLETTE *blickt in den Garten hinaus*: Still! Sprechen wir von etwas anderem. Da kommt Herr Arnholm.

ARNHOLM *erscheint unten im Garten links. Er bleibt stehen und spricht mit Ballested und Hilde.*

LYNGSTRAND: Haben Sie Ihren alten Lehrer gern, Fräulein Bolette?

BOLETTE: Ob ich ihn gern habe?

LYNGSTRAND: Ja, ich meine, ob Sie ihn leiden mögen?

BOLETTE: O freilich. Denn man hat an ihm einen so treuen Freund und Ratgeber. – Und dann ist er immer hilfsbereit, wo er nur kann.

LYNGSTRAND: Aber ist das nicht merkwürdig, daß er nicht geheiratet hat?

BOLETTE: Das finden Sie so merkwürdig?

LYNGSTRAND: Ja. Denn er soll doch ein wohlhabender Mann sein.

BOLETTE: Das soll er sein. Aber es ist für ihn wohl nicht so leicht gewesen, eine zu finden, die ihn haben wollte, denke ich mir.

LYNGSTRAND: Wieso denn das?

BOLETTE: Na, er ist doch der Lehrer von fast all den Mädchen gewesen, die er kennt. Das sagt er selbst.

LYNGSTRAND: Na, was tut denn das?

BOLETTE: Herrgott, man heiratet doch nicht einen Mann, den man zum Lehrer hatte!

LYNGSTRAND: Glauben Sie nicht, daß ein Mädchen ihren Lehrer lieben könnte?

BOLETTE: Wenn sie erst richtig erwachsen ist, nicht.

LYNGSTRAND: Nicht – denk mal an!

BOLETTE *warnend*: Na, na, na!

Ballested hat inzwischen seine Sachen zusammengepackt und trägt sie rechts in den Garten hinaus. Hilde hilft ihm. Arnholm geht auf die Veranda hinauf und kommt ins Zimmer.

ARNHOLM: Guten Morgen, meine liebe Bolette. Guten Morgen, – Herr – Herr – hm! *Er sieht mißvergnügt aus und nickt Lyngstrand kalt zu, der aufsteht und sich verbeugt.*

BOLETTE *steht auf und geht auf Arnholm zu*: Guten Morgen, Herr Oberlehrer.

ARNHOLM: Wie geht's heute?

BOLETTE: Danke, ganz gut.

ARNHOLM: Ist Ihre Stiefmutter am Ende auch heut unten am Strand?

BOLETTE: Nein, sie ist oben in ihrem Zimmer.

ARNHOLM: Nicht ganz munter?

BOLETTE: Ich weiß nicht. Sie hat sich eingeschlossen.

ARNHOLM: Hm, – so?

LYNGSTRAND: Frau Wangel hat sich wohl gestern sehr aufgeregt über den Amerikaner!

ARNHOLM: Was wissen S i e davon?

LYNGSTRAND: Ich habe der gnädigen Frau erzählt, ich hätte ihn leibhaftig hinten am Garten entlanggehen sehen.

ARNHOLM: Ach so.

BOLETTE *zu Arnholm*: Sie und Papa sind gewiß diese Nacht lange aufgeblieben.

ARNHOLM: Ja, ziemlich lange. Wir kamen auf ernste Dinge zu sprechen.

BOLETTE: Haben Sie auch ein wenig über mich und meine Angelegenheiten mit ihm sprechen können?

ARNHOLM: Nein, liebe Bolette. Ich bin nicht dazu gekommen. Denn er war von etwas ganz anderem so völlig eingenommen.

BOLETTE *seufzt*: Ach ja, – das ist er immer.

ARNHOLM *sieht sie bedeutungsvoll an*: Aber nachher wollen wir beide eingehender davon sprechen. – Wo ist Ihr Vater jetzt? Vielleicht nicht zu Hause?

BOLETTE: Doch. Er ist sicher unten in der Praxis. Ich will ihn gleich heraufholen.

ARNHOLM: Nein, danke. Tun Sie das nicht. Ich will lieber zu ihm hinuntergehen.

BOLETTE *horcht nach links*: Warten Sie mal, Herr Oberlehrer. Ich glaube, Papa ist schon auf der Treppe. Ja. Er ist wohl oben gewesen, um nach ihr zu sehen.

WANGEL *kommt durch die Tür links herein.*

WANGEL *reicht Arnholm die Hand*: So, lieber Freund, – sind Sie schon da? Es ist nett von Ihnen, daß Sie so früh kommen. Ich möchte gerne weiter mit Ihnen sprechen.

BOLETTE *zu Lyngstrand*: Wollen wir vielleicht einen Augenblick in den Garten hinuntergehen zu Hilde?

LYNGSTRAND: Ja, sehr gern, Fräulein Wangel.

Er und Bolette gehen in den Garten hinunter und zwischen den Bäumen im Hintergrunde ab.

ARNHOLM *der ihnen mit den Augen gefolgt ist, wendet sich zu Wangel*: Kennen Sie den jungen Mann näher?

WANGEL: Nein, durchaus nicht.

ARNHOLM: Halten Sie es denn aber für richtig, daß er sich so viel mit Ihren Töchtern beschäftigt?

WANGEL: Tut er das? Das hab ich nicht einmal bemerkt.

ARNHOLM: Auf so etwas, find ich, sollten Sie doch ein bißchen achten.

WANGEL: Ja, da haben Sie ganz recht. Aber, lieber Gott, was soll ich armer Mann tun? Die Kinder sind doch nun mal so dran gewöhnt, ihr eigener Herr zu sein. Sie lassen sich nichts sagen, nicht von mir und nicht von Ellida.

ARNHOLM: Auch nicht von ihr?

WANGEL: Nein. Und schließlich kann ich doch auch nicht verlangen, daß sie sich in so etwas hineinmischt. Das ist auch nichts für sie. *Abbrechend*: Aber nicht davon wollten wir sprechen. So sagen Sie mir denn, – haben Sie weiter über die Sache nachgedacht? Über alles das, was ich Ihnen erzählt habe?

ARNHOLM: Ich habe an nichts anderes gedacht, seit wir uns diese Nacht trennten.

WANGEL: Und was meinen Sie also, ist da zu tun?

ARNHOLM: Lieber Doktor, ich meine, Sie als Arzt müssen das besser wissen als ich.

WANGEL: Ach, wenn Sie wüßten, wie schwierig das ist für einen Arzt, ein richtiges Urteil zu gewinnen über einen Kranken, der ihm so nahesteht! Und das hier ist doch auch keine gewöhnliche Krankheit. Hier hilft kein gewöhnlicher Arzt – und keines der gewöhnlichen Mittel.

ARNHOLM: Wie geht es ihr heute?

WANGEL: Ich war jetzt eben bei ihr, und da kam sie mir ganz ruhig vor. Aber hinter allen ihren Stimmungen ist etwas verborgen, über das ich mir durchaus nicht klar werden kann. Und dann ist sie so unbeständig, – so unberechenbar, – es kann überraschend umschlagen.

ARNHOLM: Das ist wohl eine Folge ihres krankhaften Gemütszustandes.

WANGEL: Nicht ausschließlich. Im letzten Grunde ist ihr das angeboren. Ellida gehört zum Meervolk. Das ist die Sache.

ARNHOLM: Wie meinen Sie das eigentlich, lieber Doktor?

WANGEL: Haben Sie nicht bemerkt, wie die Menschen da draußen am offenen Meer gewissermaßen ein Volk für sich sind? Es ist beinah, als lebten sie des Meeres Leben mit. Es ist Wellengang – und auch Ebbe und Flut – in ihrem Denken wie in ihren Empfindungen.

Und dann lassen sie sich niemals verpflanzen. Ach, ich hätte das früher bedenken sollen. Es war geradezu eine Versündigung an Ellida, sie da wegzunehmen und hierherzubringen.

ARNHOLM: Zu der Ansicht sind Sie jetzt gekommen?

WANGEL: Ja, mehr und mehr. Aber ich hätte mir das von vornherein sagen sollen. Ach, im Grunde hab ich's ja auch gewußt. Aber ich ließ es in mir nicht zu Worte kommen. Denn ich hatte sie doch so lieb, sehen Sie! Darum dacht ich in erster Linie an mich selbst. So unverantwortlich egoistisch war ich damals!

ARNHOLM: Hm, – ein jeder Mann ist sicherlich ein bißchen egoistisch unter solchen Umständen. Übrigens habe ich diesen Fehler bei Ihnen nie bemerkt, Doktor.

WANGEL *geht unruhig im Zimmer auf und ab*: O doch! Und später bin ich es auch noch gewesen. Ich bin ja so viel, viel älter als sie. Ich hätte ihr ein Vater sein sollen – und zugleich ein Führer. Ich hätte mein möglichstes tun sollen, um ihr Gedankenleben zu entwickeln und zu klären. Aber leider ist daraus nie etwas geworden. Ich hab nicht die rechte Energie dazu gehabt, sehen Sie. Wollte ich sie doch am liebsten so haben, wie sie war. Aber dann wurde es schlimmer und schlimmer mit ihr. Und ich ging hier umher und wußte nicht, was ich machen sollte. *Leiser*: Darum hab ich an Sie geschrieben in meiner Not und Sie gebeten herzukommen.

ARNHOLM *sieht ihn erstaunt an*: Was heißt das! Darum haben Sie geschrieben?

WANGEL: Ja. Aber lassen Sie nichts merken.

ARNHOLM: Aber Herrgott noch einmal, lieber Doktor, – was für eine Hilfe haben Sie sich denn eigentlich von mir versprochen? Das versteh ich nicht.

WANGEL: Na, das ist doch jetzt ganz verständlich. Ich war auf der falschen Fährte. Ich glaubte, Ellida hätte einmal ihr Herz an Sie gehängt, und es hinge im stillen noch ein klein wenig an Ihnen. Es würde ihr am Ende guttun, dachte ich, Sie wiederzusehen und mit Ihnen zu reden von der Heimat und den alten Tagen.

ARNHOLM: Also Ihre Frau meinten Sie, als Sie schrieben, hier sei jemand, der auf mich wartete und sich vielleicht nach mir sehnte!

WANGEL: Ja, wen denn sonst?

ARNHOLM *schnell*: Nein, nein, Sie haben recht. – Aber ich hab es nicht verstanden.

WANGEL: Sehr natürlich, wie gesagt. Ich war doch auf ganz falscher Fährte.

ARNHOLM: Und Sie sagen von sich, Sie seien egoistisch!

WANGEL: Ach, ich hatte doch eine so große Schuld abzutragen. Ich meinte, ich dürfte kein Mittel unversucht lassen, das ihr die Seele vielleicht ein wenig erleichtern könnte.

ARNHOLM: Wie erklären Sie denn nun eigentlich die Macht, die dieser Fremde auf Ihre Frau ausübt?

WANGEL: Hm, lieber Freund, – die Sache dürfte Seiten haben, die sich nicht erklären lassen.

ARNHOLM: Etwas, was an und für sich unerklärlich ist, meinen Sie? Absolut unerklärlich?

WANGEL: Jedenfalls unerklärlich bis auf weiteres.

ARNHOLM: Glauben Sie denn an so etwas?

WANGEL: Ich glaube nicht, ich bestreite nicht. Ich weiß es eben nicht. Deshalb lasse ich es dahingestellt sein.

ARNHOLM: Ja, aber sagen Sie mir mal eins: Diese ihre seltsame, unheimliche Behauptung, daß die Augen des Kindes –?

WANGEL *eifrig*: An die Sache mit den Augen glaube ich ganz und gar nicht! Ich will an so etwas nicht glauben! Das muß reine Einbildung sein. Nichts andres.

ARNHOLM: Haben Sie auf die Augen des Mannes geachtet, als Sie ihn gestern sahen?

WANGEL: Gewiß habe ich das.

ARNHOLM: Und Sie haben keinerlei Ähnlichkeit gefunden?

WANGEL *ausweichend*: Hm, – Herrgott, was soll ich da antworten? Es war doch nicht mehr ganz hell, als ich ihn sah. Und dann hatte Ellida doch vorher so viel von dieser Ähnlichkeit gesprochen –. Ich weiß absolut nicht, ob ich imstande gewesen wäre, ihn ganz unbefangen anzusehen.

ARNHOLM: Ja, das mag sein. Aber nun das andere? Daß diese ganze Angst und Unruhe gerade zu der Zeit über sie gekommen ist, als dieser fremde Mensch allem Anschein nach auf der Heimreise war?

WANGEL: Ja, sehen Sie, – das ist auch etwas, in das sie sich seit vorgestern hineinphantasiert und hineingeträumt haben muß. Es ist gar nicht so plötzlich – so mit einem Mal – über sie gekommen, wie sie jetzt behauptet. Aber seit sie von dem jungen Lyngstrand gehört hat, daß Johnston – oder Friman – oder wie er nun heißen mag, – vor drei Jahren – im März – auf der Herreise gewesen ist, – da glaubt sie jetzt offenbar, die Unruhe hätte ihr Gemüt genau in eben demselben Monat ergriffen.

ARNHOLM: War das denn nicht der Fall?

WANGEL: Aber ganz und gar nicht! Es lassen sich Spuren und Anzeichen dafür lange vor der Zeit nachweisen. – Allerdings kam es – zufälligerweise – gerade im März vor drei Jahren zu einem ziemlich heftigen Ausbruch bei ihr –

ARNHOLM: Also doch –!

WANGEL: Ja, aber das läßt sich ganz einfach aus dem Zustande – den Umständen – erklären, in denen sie sich damals gerade befand.

ARNHOLM: Also Zeichen gegen Zeichen.

WANGEL *ballt die Hände*: Und ihr nicht helfen zu können! So ganz ratlos zu sein! So gar kein Mittel zu wissen!

ARNHOLM: Wenn Sie sich nun entschließen könnten, den Wohnort zu wechseln? Anderswohin zu ziehen? So daß sie in Verhältnissen leben könnte, in denen sie sich heimischer fühlte?

WANGEL: Ach, mein Lieber, – glauben Sie denn, ich habe ihr nicht auch das angeboten! Ich hab ihr vorgeschlagen, wir wollten nach Skjoldviken hinausziehen. Aber sie will nicht.

ARNHOLM: Auch das nicht?

WANGEL: Nein. Sie meint, das würde keinen Sinn haben. Und da hat sie vielleicht auch nicht so unrecht.

ARNHOLM: Hm, – meinen Sie?

WANGEL: Ja, und außerdem, – wenn ich mir's überlege, – so weiß ich wirklich nicht, wie ich das anstellen sollte. Denn ich glaub, ich kann es wirklich vor den Mädchen nicht verantworten, wenn ich in einen so entlegenen Winkel ziehe. Sie müssen ja doch an einem Ort leben, wo wenigstens ein bißchen Aussicht ist, sie einmal zu versorgen.

ARNHOLM: Versorgen? Denken Sie schon ernstlich d a r a n?

WANGEL: Ja, du lieber Gott, – ich muß doch auch d a r a n denken! Aber dann – andrerseits wieder – die Rücksicht auf meine arme kranke Ellida –! Ach, lieber Arnholm, – ich stehe wirklich – in vielen Beziehungen – zwischen Hammer und Amboß.

ARNHOLM: Wegen Bolette brauchen Sie sich vielleicht keine so große Sorge zu machen – *Abbrechend*: Ich möchte nur wissen, wo sie ist – wo sie hingegangen sind?

Er geht hin zur offenen Tür und sieht hinaus.

WANGEL *geht zum Klavier hinüber*: Ach, ich würde so gern j e d e s Opfer bringen, – für sie alle drei. – Wenn ich nur wüßte, wie.

ELLIDA *kommt durch die Tür links herein.*

ELLIDA *schnell zu Wangel*: Geh bitte nicht aus dem Haus heute morgen!

WANGEL: Nein, gewiß nicht. Ich bleibe hier bei dir. *Zeigt auf Arn-*

holm, der sich nähert: Aber willst du nicht unsern Freund begrüßen?

ELLIDA *wendet sich um*: Ah, Sie sind da, Herr Arnholm! *Gibt ihm die Hand.* Guten Morgen.

ARNHOLM: Guten Morgen, gnädige Frau. Na, heut waren Sie also nicht am Strand, wie sonst?

ELLIDA: Nein, nein, nein! Davon kann heute nicht die Rede sein. Aber vielleicht wollen Sie sich einen Augenblick setzen?

ARNHOLM: Nein, ich danke sehr, – jetzt nicht. *Sieht zu Wangel hinüber.* Ich habe den Mädchen versprochen, zu ihnen in den Garten hinunterzukommen.

ELLIDA: Gott weiß, ob Sie sie im Garten treffen. Ich weiß nie recht, wo sie sich herumtreiben.

WANGEL: O doch, sie halten sich gewiß unten am Teich auf.

ARNHOLM: Na, ich werde ihnen schon auf die Spur kommen.

Er nickt zum Gruß und geht über die Veranda rechts nach dem Garten hinaus.

ELLIDA: Wieviel Uhr ist es, Wangel?

WANGEL *sieht auf die Uhr*: Es ist eben elf vorbei.

ELLIDA: Elf vorbei. Und um elf – halb zwölf heut abend kommt das Dampfschiff. Ach, hätt ich's nur erst überstanden!

WANGEL *tritt näher an sie heran*: Liebe Ellida, – eins möcht ich dich gern noch fragen.

ELLIDA: Was denn?

WANGEL: Vorgestern abend – oben auf der „Aussicht" – da sagtest du, in den letzten drei Jahren hättest du ihn oft leibhaftig vor dir gesehen.

ELLIDA: Das hab ich auch. Das mußt du mir glauben.

WANGEL: Na, wie hast du ihn denn da gesehen?

ELLIDA: Wie ich ihn gesehen habe?

WANGEL: Ich meine, – wie sah er aus, wenn du ihn vor dir zu sehen glaubtest?

ELLIDA: Aber, lieber Wangel, – du weißt doch jetzt selbst, wie er aussieht.

WANGEL: Sah er auch so aus in deinen Vorstellungen?

ELLIDA: Ja, freilich.

WANGEL: Genau so, wie du ihn gestern abend in der Wirklichkeit gesehen hast?

ELLIDA: Ja, genau so.

WANGEL: Aber weshalb hast du ihn denn da nicht gleich wiedererkannt?

ELLIDA *stutzt*: Hab ich das nicht?

WANGEL: Nein. Du hast selbst nachher gesagt, zuerst wußtest du absolut nicht, wer der Fremde war.

ELLIDA *betroffen*: Ja, ich glaube wirklich, du hast recht! Findest du das nicht sonderbar, Wangel? Denk mal, – ich hab ihn nicht gleich erkannt!

WANGEL: Nur an den Augen, sagtest du –

ELLIDA: Ach ja, – die Augen! Die Augen!

WANGEL: Na, – aber auf der „Aussicht" oben hast du gesagt, er zeige sich dir immer so, wie er war, als ihr euch getrennt habt. Da draußen vor zehn Jahren.

ELLIDA: Hab ich das gesagt?

WANGEL: Ja.

ELLIDA: Dann hat er damals wohl ungefähr so ausgesehen wie jetzt.

WANGEL: Nein. Du hast vorgestern auf dem Heimweg eine ganz andere Schilderung von ihm gegeben. Vor zehn Jahren trug er keinen Bart, sagtest du. Ganz anders gekleidet war er auch. Und dann die Nadel mit der Perle –! Die hat der Mann doch gestern gar nicht gehabt.

ELLIDA: Nein, die hat er nicht gehabt.

WANGEL *sieht sie forschend an*: Denk also ein wenig nach, liebe Ellida. Oder – kannst du dich vielleicht nicht mehr darauf besinnen, wie er aussah, als er auf Bratthammer mit dir stand?

ELLIDA *nachdenklich, schließt die Augen eine Weile*: Nicht ganz deutlich. Nein, – heute kann ich es absolut nicht. Ist das nicht sonderbar?

WANGEL: So sonderbar durchaus nicht. Es ist dir jetzt ein neues Wirklichkeitsbild entgegengetreten. Und das beschattet das alte, – so daß du es nicht mehr sehen kannst.

ELLIDA: Glaubst du, Wangel?

WANGEL: Ja. Und es beschattet auch deine kranken Vorstellungen. Deshalb ist es gut, daß die Wirklichkeit gekommen ist.

ELLIDA: Gut! Das nennst du gut?

WANGEL: Ja. Daß sie gekommen ist, – das dürfte dir die Genesung bringen.

ELLIDA *setzt sich aufs Sofa*: Wangel, – komm und setz dich her zu mir. Ich muß dir alle meine Gedanken sagen.

WANGEL: Ja, tu das, liebe Ellida. *Er setzt sich auf einen Stuhl auf der andern Seite des Tisches.*

ELLIDA: Es war eigentlich ein großes Unglück – für uns beide, – daß grade wir zwei zusammenkommen mußten.

WANGEL *stutzt*: Was sagst du da!

ELLIDA: Ach ja. Das war es. Und das ist ja doch auch so natürlich. Es mußte ein Unglück werden. So, wie wir zwei zusammengekommen sind!

WANGEL: Was hat denn nicht gestimmt an der Art und Weise, wie wir zwei –!

ELLIDA: Hör mal, Wangel, – es hilft nichts, daß wir noch länger uns selbst belügen – und einander belügen!

WANGEL: Tun wir denn das? Wir belügen uns, sagst du!

ELLIDA: Ja, allerdings. Oder – wir verbergen jedenfalls die Wahrheit. Denn die Wahrheit – die klare, nackte Wahrheit – die ist doch, – daß du herauskamst zu uns und – und mich kauftest.

WANGEL: Kauftest –! – kauftest, sagst du?

ELLIDA: Ach, ich war ja doch nicht um ein Haar besser als du. Ich schlug ein. Ging hin und verkaufte mich an dich.

WANGEL *sieht sie schmerzvoll an*: Ellida, – bringst du's wirklich übers Herz, das so zu nennen?

ELLIDA: Aber gibt es denn einen andern Namen dafür! Du konntest nicht länger die Leere zu Hause ertragen. Du sahst dich um nach einer neuen Frau –

WANGEL: Und nach einer neuen Mutter für die Kinder, Ellida.

ELLIDA: Vielleicht auch das – so nebenbei. Obwohl – du wußtest ja gar nicht, ob ich mich dazu eignen würde. Du hattest mich ja doch nur gesehen – und ein paarmal flüchtig mit mir gesprochen. Dann bekamst du Lust auf mich, und dann –

WANGEL: Ja, nenn es nur ganz so, wie's dir gefällt.

ELLIDA: Und ich meinerseits –. Ich stand ja so ganz hilflos da und ratlos und so ganz allein. Es war ja so selbstverständlich, daß ich einschlug – als du kamst und mir anbotest, mich auf Lebenszeit zu versorgen.

WANGEL: Von meiner Seite war das sicher nicht als eine „Versorgung" gemeint, liebe Ellida. Ich fragte dich ehrlich, ganz aufrichtig, ob du mit mir und den Kindern das wenige teilen wolltest, was ich mein eigen nennen durfte.

ELLIDA: Ja, das hast du getan. Aber ich hätte es doch nicht annehmen sollen! Um keinen Preis der Welt hätt ich das annehmen sollen! Hätte mich nicht verkaufen sollen! Lieber die niedrigste Arbeit, – lieber das ärmste Los in – in Freiwilligkeit – und nach eigener Wahl!

WANGEL *steht auf*: Die fünf oder sechs Jahre, die wir miteinander verlebt haben, sind also so ganz ohne Wert für dich gewesen?

ELLIDA: Ach, glaub nur das nicht, Wangel! Ich hab es so gut hier bei dir gehabt, wie es sich ein Mensch nur wünschen mag. Aber ich kam nicht freiwillig in dein Haus. Das ist die Sache.

WANGEL *blickt sie an*: Nicht – freiwillig!

ELLIDA: Nein. Ich bin dir nicht freiwillig gefolgt.

WANGEL *mit gedämpfter Stimme*: Ah, – ich erinnere mich – das ist das Wort von gestern abend.

ELLIDA: In diesem Wort liegt alles beschlossen. Das hat mir die Augen geöffnet. Und darum seh ich es jetzt.

WANGEL: Was siehst du?

ELLIDA: Ich sehe, daß das Leben, das wir zwei miteinander führen, im Grunde keine Ehe ist.

WANGEL *bitter*: Da hast du ein wahres Wort gesprochen. Das Leben, das wir j e t z t führen, das ist keine Ehe.

ELLIDA: Auch früher nicht. Niemals. Von Anfang an nicht. *Sieht vor sich hin.* Die erste – die hätte eine ganze und reine Ehe werden können.

WANGEL: Die erste? Welche erste meinst du?

ELLIDA: Meine – mit ihm.

WANGEL *blickt sie verwundert an*: Ich verstehe kein Wort!

ELLIDA: Ach, lieber Wangel, – wir wollen uns nicht gegenseitig belügen. Und auch uns selbst nicht.

WANGEL: Nun ja? Aber was denn weiter?

ELLIDA: Ja, siehst du, – wir können nie darüber hinwegkommen – daß ein freiwilliges Gelübde ebenso bindend ist wie eine Trauung.

WANGEL: Aber da muß ich doch sagen –!

ELLIDA *erhebt sich mit Heftigkeit*: Willige ein, daß ich dich verlasse, Wangel!

WANGEL: Ellida –! Ellida –!

ELLIDA: Ja, ja, – willige nur ein! Du kannst mir glauben, – zu dem Ende führt es schließlich doch. So, wie wir beide nun mal zusammengekommen sind.

WANGEL *indem er seinen Schmerz beherrscht*: So weit mußte es also mit uns kommen.

ELLIDA: Es mußte so kommen. Es konnte nicht anders kommen.

WANGEL *sieht sie schwermütig an*: Also hätt ich dich auch nicht durch das Zusammenleben gewonnen. Dich nie – nie ganz besessen.

ELLIDA: Ach, Wangel, – wenn ich dich nur so lieben könnte, wie ich gern möchte! So recht von Herzen, wie du's verdienst! Aber ich fühl es wohl, – das kommt nie.

WANGEL: Eine Scheidung also? Was du verlangst, das ist eine Scheidung, – eine regelrechte, gesetzliche Scheidung?

ELLIDA: Mein Lieber, du verstehst mich so wenig. Die Form, die ist mir ganz gleichgültig. Auf solche Äußerlichkeiten, denk ich, kommt es doch nicht an. Ich will nur, daß wir beide freiwillig uns dahin einigen, auseinanderzugehen.

WANGEL *bitter, nickt langsam*: Den Handel rückgängig zu machen, – ja.

ELLIDA *lebhaft*: Ja eben! Den Handel rückgängig zu machen!

WANGEL: Und dann, Ellida? Nachher? Hast du dir überlegt, was wir beide dann zu erwarten haben? Wie sich ferner das Leben für dich und für mich gestalten wird?

ELLIDA: Das ist gleichgültig. Es mag sich gestalten, wie es will. Was ich flehentlich von dir erbitte, Wangel, – das ist ja doch das Wichtigste! Gib mich frei! Gib mir meine volle Freiheit wieder!

WANGEL: Ellida, – du stellst da eine furchtbare Forderung an mich. Gib mir doch wenigstens Zeit, mich zu sammeln und zu einem Entschluß zu kommen. Wir wollen das eingehender besprechen. Und nimm auch du dir Zeit zu überlegen, was du tust!

ELLIDA: Aber wir haben doch keine Zeit zu verlieren! Ich muß doch noch heute meine Freiheit wiederhaben!

WANGEL: Warum denn das?

ELLIDA: Er kommt ja doch heut abend.

WANGEL *fährt zusammen*: Kommt! Er! Was hat der fremde Mann mit dieser Sache zu tun?

ELLIDA: Ich will ihm in voller Freiheit gegenüberstehen.

WANGEL: Und was – was gedenkst du dann weiter zu tun?

ELLIDA: Ich will nicht die Ausrede gebrauchen, ich sei die Frau eines andern. Nicht die Ausrede gebrauchen, ich hätte keine Wahl. Denn sonst wäre es keine Entscheidung.

WANGEL: Du sprichst von Wahl! Wahl, Ellida! Wahl in solcher Sache!

ELLIDA: Ja, die Wahl muß ich haben. Die Wahl nach beiden Seiten hin. Muß die Möglichkeit haben, ihn allein ziehen zu lassen – oder auch – ihm zu folgen.

WANGEL: Weißt du denn auch, was du da sagst? Ihm folgen! Dein ganzes Schicksal in seine Hände geben!

ELLIDA: Aber hab ich denn nicht mein ganzes Schicksal in d e i n e Hände gegeben! Und zwar – so ganz ohne weiteres.

WANGEL: Mag sein. Aber er! Er! Ein Wildfremder! Ein Mensch, den du kaum kennst!

ELLIDA: Aber dich kannte ich ja doch vielleicht noch weniger. Und trotzdem bin ich dir gefolgt.

WANGEL: Damals wußtest du doch wenigstens ungefähr, was für einem Leben du entgegengingst. Aber hier? Hier? So überlege doch! Was weißt du hier? Nicht das geringste weißt du. Nicht einmal, wer er ist – oder was er ist.

ELLIDA *sieht vor sich hin*: Das ist wahr. Aber d a s ist ja gerade das Grauenvolle.

WANGEL: Jawohl, grauenvoll ist es –.

ELLIDA: Darum ist mir auch, als ob ich da hinein müsse.

WANGEL *sieht sie an*: Weil es dir vor Augen steht als etwas Grauenvolles?

ELLIDA: Ja. Eben darum.

WANGEL *näher*: Hör einmal, Ellida, – was verstehst du denn eigentlich unter dem Grauenvollen?

ELLIDA *denkt nach*: Das Grauenvolle ist das – was abschreckt und anzieht.

WANGEL: Anzieht auch?

ELLIDA: Vor allem anzieht, – glaub ich.

WANGEL *langsam*: Du bist dem Meer verwandt.

ELLIDA: Das Meer ist auch das Grauenvolle.

WANGEL: Und das Grauenvolle wiederum ist dir verwandt. In dir ist etwas, was abschreckt und anzieht zugleich.

ELLIDA: Meinst du, Wangel?

WANGEL: Ich habe dich doch wohl noch nicht so recht gekannt. Noch nicht ganz bis auf den Grund. Das wird mir jetzt nach und nach klar.

ELLIDA: Darum sollst du mich auch freigeben! Mich entlassen aus jeglicher Bindung zu dir und zu dem, was dir gehört. Ich bin nicht die, für die du mich gehalten hast. Nun siehst du's ja doch selbst. Nun können wir uns trennen in Güte und aus freiem Entschluß.

WANGEL *dumpf*: Es wäre vielleicht das beste für uns beide – wenn wir uns trennen würden. – Und dennoch, – ich k a n n nicht! – D u bist für mich das Grauenvolle, Ellida. Das, was anzieht, – das ist das Stärkere in dir.

ELLIDA: Meinst du?

WANGEL: Wir wollen sehen, mit klarer Überlegung über diesen Tag hinwegzukommen. Mit voller Ruhe des Gemütes. Ich darf dich heute weder freigeben noch fortlassen. Dazu habe ich nicht das Recht. Nicht das Recht, um deiner selbst willen, Ellida. Ich mache mein Recht geltend und meine Pflicht, dich zu beschützen.

ELLIDA: Beschützen? Wogegen willst du mich schützen? Es droht mir ja keinerlei Gefahr von außen her. Das Grauenvolle liegt tiefer,

Wangel! Das Grauenvolle, – das ist jene lockende Stimme in meiner eigenen Brust. Und was kannst du wohl dagegen tun?

WANGEL: Ich kann dich stärken, dich widerstandsfähiger dagegen machen.

ELLIDA: Ja, – für den Fall, daß ich Widerstand leisten wollte.

WANGEL: Willst du denn das nicht?

ELLIDA: Ach, gerade das weiß ich ja selbst nicht!

WANGEL: Heute entscheidet sich alles, liebe Ellida –

ELLIDA *ungestüm*: Ja. Die Entscheidung ist so nahe! Die Entscheidung fürs ganze Leben!

WANGEL: – und morgen –

ELLIDA: Ja, morgen! Vielleicht ist dann meine Zukunft verloren!

WANGEL: Deine Zukunft –?

ELLIDA: Ein Leben in Freiheit, dahin, – dahin für mich! Und vielleicht – auch für ihn.

WANGEL *leiser, faßt sie am Handgelenk*: Ellida, – liebst du diesen fremden Mann?

ELLIDA: Ob ich –? Ach, was weiß ich! Ich weiß nur, daß mir vor ihm graut und daß –

WANGEL: – und daß –?

ELLIDA *reißt sich los*: – und daß mir ist, als gehöre ich zu ihm.

WANGEL *senkt den Kopf*: Nun fang ich an, mehr und mehr zu verstehen.

ELLIDA: Und was für ein Mittel hast du denn dagegen? Und weißt du einen Rat für mich?

WANGEL *blickt sie schwermütig an*: Morgen, – da ist er also fort. Dann ist das Unglück von dir abgewendet. Und dann bin ich bereit, dich freizugeben und ziehen zu lassen. Wir machen den Handel wieder rückgängig, Ellida.

ELLIDA: Ach, Wangel –! Morgen – dann ist es ja doch zu spät –!

WANGEL *sieht in den Garten hinaus*: Die Kinder! Die Kinder –! Die wollen wir doch wenigstens schonen – vorläufig.

ARNHOLM, BOLETTE, HILDE *und* LYNGSTRAND *werden im Garten sichtbar. Lyngstrand verabschiedet sich unten und geht links ab. Die übrigen kommen in das Zimmer hinein.*

ARNHOLM: Ja, glauben Sie nur, wir haben da eben Pläne geschmiedet –

HILDE: Wir wollen heut abend auf den Fjord hinaus und –

BOLETTE: Nein, nichts sagen!

WANGEL: Auch wir beide haben hier Pläne geschmiedet.

ARNHOLM: Ah, – wirklich?

WANGEL: Morgen geht Ellida nach Skjoldviken – für einige Zeit.

BOLETTE: Geht –?

ARNHOLM: Sehen Sie, das ist sehr vernünftig, Frau Wangel.

WANGEL: Ellida will wieder heim. Heim zum Meer.

HILDE *mit einem Sprung auf Ellida zu*: Du gehst fort! Gehst von uns fort?

ELLIDA *erschrocken*: Aber Hilde! Was hast du denn?

HILDE *faßt sich*: Ach, nichts weiter. *Halblaut, wendet sich von ihr ab.* Geh nur!

BOLETTE *angstvoll*: Papa, – ich seh's dir an, – du gehst mit – nach Skjoldviken!

WANGEL: Gewiß nicht, nein! Vielleicht seh ich da draußen hin und wieder einmal nach.

BOLETTE: Und hier bei uns –?

WANGEL: Da schau ich auch –

BOLETTE: – so hin und wieder, ja!

WANGEL: Liebes Kind, es muß so sein. *Er geht durch das Zimmer.*

ARNHOLM *flüstert*: Wir reden später weiter, Bolette.

Er geht zu Wangel hin. Sie sprechen leise zusammen hinten an der Tür.

ELLIDA *halblaut zu Bolette*: Was war das mit Hilde? Sie sah ja ganz verstört aus!

BOLETTE: Hast du's nicht gemerkt, wonach Hilde sich hier tagein, tagaus gesehnt hat?

ELLIDA: Gesehnt?

BOLETTE: Von dem Augenblick an, als du ins Haus gekommen bist.

ELLIDA: Nein, nein, – wonach denn?

BOLETTE: Nach einem einzigen zärtlichen Wort von dir.

ELLIDA: Ah –! Sollte h i e r eine Aufgabe für mich sein!

Sie faßt sich mit den Händen an den Kopf und sieht unbeweglich vor sich hin, als ob widerstreitende Gedanken und Stimmungen sie durchkreuzten.

Wangel und Arnholm kommen im flüsternden Gespräch durchs Zimmer nach vorn. Bolette geht nach rechts und sieht in das Seitenzimmer hinein. Dann macht sie die Tür auf.

BOLETTE: Lieber Papa, – es ist angerichtet – falls du –

WANGEL *mit erzwungener Fassung*: So, mein Kind? Das ist ja nett. Bitte schön, Arnholm! Wir wollen jetzt hinein und einen Abschiedstrunk zusammen nehmen – mit der „Frau vom Meer".

Sie gehen auf die Tür rechts zu.

FÜNFTER AKT

Der abgelegene Teil von Wangels Garten am Karauschenteich. Zunehmende Dämmerung einer Sommernacht.

ARNHOLM, BOLETTE, LYNGSTRAND *und* HILDE *in einem Boot; sie stoßen sich mit dem Ruder vorwärts, links am Ufer entlang.*

HILDE: Sehen Sie, hier können wir ganz bequem an Land springen!
ARNHOLM: Nein, nein, tun Sie das nicht!
LYNGSTRAND: Ich kann nicht springen, Fräulein Hilde.
HILDE: Und sie, Arnholm, können Sie auch nicht springen?
ARNHOLM: Das möcht ich lieber bleibenlassen.
BOLETTE: Dann wollen wir da hinten anlegen an der Treppe vom Badehaus.

Sie stoßen sich mit dem Ruder nach rechts hinaus. Im selben Augenblick erscheint BALLESTED *rechts auf dem Fußpfad. Er trägt Notenhefte und ein Waldhorn. Er begrüßt die Insassen des Boots, wendet sich um und spricht mit ihnen. Man hört ihre Antworten aus immer größerer Entfernung von draußen.*

BALLESTED: Was sagen Sie? – Ja, freilich ist es wegen des englischen Dampfers. Denn es ist dies Jahr das letzte Mal, daß er kommt. Aber wenn Sie noch was von der Musik haben wollen, dann dürfen Sie nicht zu lange warten. *Ruft*: Was? *Schüttelt mit dem Kopf.* Verstehe nicht, was Sie sagen!

ELLIDA, *den Schal über dem Kopf, tritt, von* WANGEL *begleitet, links auf.*

WANGEL: Aber, liebe Ellida, – ich versichere dir, – es ist noch reichlich Zeit.
ELLIDA: Nein, nein – das ist es nicht! Er kann jeden Augenblick kommen.
BALLESTED *draußen am Gartenzaun*: Ah, guten Abend, Herr Doktor! Guten Abend, gnädige Frau!
WANGEL: Ach, Sie sind's? Ist heut abend hier noch Musik?
BALLESTED: Jawohl. Der Bläserbund will etwas zum besten geben. An festlichen Anlässen haben wir um diese Zeit keinen Mangel. Heut soll's dem Engländer zu Ehren sein.
ELLIDA: Dem Engländer! Ist er schon in Sicht?
BALLESTED: Noch nicht. Aber er kommt ja zwischen den Inseln durch. Eh man sich's versieht, ist er da.

ELLIDA: Ja, – so ist es.

WANGEL *halb zu Ellida gewendet*: Heute ist seine letzte Fahrt. Dann kommt er nicht mehr.

BALLESTED: Ein trauriger Gedanke, Herr Doktor. Aber darum wollen wir auch, wie gesagt, ihm diese Ehre antun. Ach ja, ach ja! Nun geht bald die schöne Sommerszeit zu Ende, „bald sind sie zu, die Sunde all", wie es in dem Trauerspiel heißt.

ELLIDA: Sind sie zu, die Sunde all, – ja.

BALLESTED: Ein trostloser Gedanke. Nun sind wir seit Wochen und Monaten des Sommers frohe Kinder gewesen. Es fällt schwer, sich mit den Tagen der Dunkelheit auszusöhnen. Wenigstens im Anfang, find ich. Denn die Menschen können sich alki – akklimatisieren, Frau Wangel. Ja, freilich können sie das. *Er grüßt und geht links hinaus.*

ELLIDA *blickt auf den Fjord hinaus*: Ach, diese qualvolle Spannung! Diese beklemmende letzte halbe Stunde vor der Entscheidung.

WANGEL: Es steht also fest, du willst selbst mit ihm sprechen?

ELLIDA: Ich m u ß selbst mit ihm sprechen. Denn ich muß ja doch meine Wahl treffen, mich frei entscheiden.

WANGEL: Du hast keine Wahl, Ellida. Du d a r f s t nicht wählen. Du darfst es nicht – um meinetwillen.

ELLIDA: Die Wahl kannst du nicht verhindern. Weder du noch sonst jemand. Du kannst mir verbieten, mit ihm zu gehen, – ihm zu folgen, – für den Fall, daß ich das wähle. Du kannst mich hier mit Gewalt zurückhalten. Gegen meinen Willen. Das kannst du. Aber daß ich wähle, – im Innersten meines Herzens wähle, – ihn wähle und nicht dich, – wenn ich so wählen will und muß, – das kannst du nicht verhindern.

WANGEL: Nein, da hast du recht. Das kann ich nicht verhindern.

ELLIDA: Und woher sollte ich denn auch die Kraft des Widerstandes nehmen! An dieses Haus hier fesselt und knüpft mich auch nicht das allergeringste. Ich habe ja doch so gar nicht Wurzel geschlagen in deinem Hause, Wangel. Die Kinder gehören mir nicht. Ihre Herzen gehören mir nicht, meine ich. Nie hat mir das gehört. – Wenn ich fortgehe, – das heißt, für den Fall, daß ich fortgehe, – entweder heut mit ihm – oder morgen nach Skjoldviken, so hab ich auch nicht einen Schlüssel abzugeben, – nicht eine Verfügung zu treffen, auch nicht die allerkleinste. So gar nicht habe ich Wurzel geschlagen in deinem Hause. So ganz ausgeschlossen von allem habe ich hier gelebt, vom ersten Augenblick an.

WANGEL: Du hast es selbst so gewollt.

ELLIDA: Nein, das hab ich nicht. Ich hab es weder gewollt, noch hab ich es nicht gewollt. Ich habe ganz einfach nur alles so gelassen, wie ich's vorfand an dem Tage, als ich kam. Du – und kein anderer – hat es so gewollt.

WANGEL: Ich glaubte, es wäre so zu deinem Besten.

ELLIDA: Ach ja, Wangel, das weiß ich ja ganz gut. Aber es liegt etwas darin, etwas, das sich jetzt rächt. Denn jetzt sehe ich mich hier vergeblich nach einer Kraft um, die mich bindet, – nach einer Stütze, – nach einer Hilfe, – nach einem Gefühl, das mich verbindet mit alledem, was unser gemeinsamer innerster Besitz hätte sein sollen.

WANGEL: Das begreife ich ja durchaus, Ellida. Und deshalb sollst du auch von morgen an deine Freiheit wiederhaben. Du sollst von nun an dein eigenes Leben führen dürfen.

ELLIDA: Und das nennst du mein eigenes Leben! Ach nein, mein eigenes, wahres Leben, das geriet aus der Bahn, als ich mich auf ein Zusammenleben mit dir einließ. *Ballt die Hände in Angst und Unruhe.* Und nun – heut abend – in einer halben Stunde – kommt er, den ich im Stich gelassen habe, – der Mann, an dem ich unverbrüchlich hätte festhalten sollen, so wie er an mir festgehalten hat! Nun kommt er und bietet mir – zum letzten und einzigen Male – an, das Leben von neuem zu leben, – mein eigenes, richtiges Leben, – das Leben, das mich schreckt und mich anzieht – und dem ich mich nicht entziehen k a n n. Nicht freiwillig!

WANGEL: Eben darum ist es nötig, daß dein Mann – der ja zugleich dein Arzt ist – dir die Entscheidung abnimmt und in deinem Namen handelt.

ELLIDA: Ja, Wangel, ich verstehe das ganz gut. Ach, glaube nur nicht, daß es nicht auch manchmal Augenblicke gibt, wo mir ist, als gäbe es Frieden und Rettung für mich, wenn ich bei dir Zuflucht suchte, – wenn ich versuchte, all den Mächten zu trotzen, die mich anziehen und schrecken. Aber ich kann auch das nicht. Nein, nein, – ich kann es nicht!

WANGEL: Komm, Ellida, – wir wollen zusammen ein wenig auf und ab gehen.

ELLIDA: Ich möchte so gern. Aber ich wage es nicht. Er sagte doch, ich sollte hier auf ihn warten.

WANGEL: Komm nur. Du hast noch Zeit genug.

ELLIDA: Glaubst du?

WANGEL: Noch reichlich Zeit, sag ich dir.

ELLIDA: Gut, dann wollen wir gehen.

Sie gehen im Vordergrunde rechts hinaus. In diesem Augenblick erscheinen ARNHOLM *und* BOLETTE *an dem oberen Ufer des Teiches.*

BOLETTE *bemerkt die Fortgehenden*: Sehen Sie doch –!

ARNHOLM *leise*: Pst, – lassen Sie sie gehen.

BOLETTE: Können Sie begreifen, was sie seit den letzten Tagen miteinander haben?

ARNHOLM: Haben Sie etwas bemerkt?

BOLETTE: Und ob!

ARNHOLM: Etwas Außergewöhnliches?

BOLETTE: O ja. So mancherlei. Sie nicht?

ARNHOLM: Ach, ich weiß nicht so recht –

BOLETTE: Doch, doch! Aber Sie wollen bloß nicht mit der Sprache heraus.

ARNHOLM: Ich glaube, Ihrer Stiefmutter wird die kleine Reise, die sie macht, guttun.

BOLETTE: Meinen Sie?

ARNHOLM: Ja, ich sollte meinen, es wäre für alle Teile gut, wenn sie hin und wieder ein bißchen verreiste.

BOLETTE: Wenn sie morgen in ihre alte Heimat, nach Skjoldviken geht, dann kommt sie sicherlich nie mehr zu uns zurück.

ARNHOLM: Aber, liebe Bolette, wie kommen Sie denn darauf?

BOLETTE: Ja, das glaub ich steif und fest. Warten Sie nur ab! Sie sollen sehen, sie kommt nicht wieder. Wenigstens nicht, solange ich und Hilde hier im Hause sind.

ARNHOLM: Auch Hilde?

BOLETTE: Na, mit Hilde würde es am Ende noch gehen. Denn sie ist ja doch schließlich noch ein Kind. Und dann glaub ich auch, daß sie Ellida im Grunde verehrt. Aber mit mir ist das was andres, sehen Sie. Eine Stiefmutter, die gar nicht so sehr viel älter ist als man selbst –

ARNHOLM: Liebe Bolette, – was Sie betrifft, so ist der Augenblick vielleicht nicht zu fern, wo Sie fortgehen dürfen.

BOLETTE *lebhaft*: So? Meinen Sie! Sie haben also mit Papa darüber gesprochen?

ARNHOLM: Das hab ich auch getan, ja.

BOLETTE: Na, – und was hat er denn gesagt?

ARNHOLM: Hm, – Ihren Vater beschäftigten ja doch andere Gedanken so lebhaft in diesen Tagen –

BOLETTE: Ja, ja, dasselbe hab ich doch schon früher gesagt.

ARNHOLM: Aber so viel bekam ich doch aus ihm heraus, daß Sie von seiner Seite auf Beistand kaum zu rechnen haben.

BOLETTE: Nicht –?

ARNHOLM: Er setzte mir seine Verhältnisse so überzeugend auseinander – meinte, so etwas sei für ihn geradezu ein Ding der Unmöglichkeit.

BOLETTE *vorwurfsvoll*: Und da konnten Sie's übers Herz bringen, mich hier zum besten zu haben.

ARNHOLM: Das hab ich ganz gewiß nicht getan, liebe Bolette. Es hängt einzig und allein von Ihnen ab – ob Sie hier herauskommen wollen oder nicht.

BOLETTE: Was hängt, sagen Sie, von mir ab?

ARNHOLM: Ob Sie in die Welt hinauskommen, ob Sie das alles lernen wollen, wozu Sie Neigung haben, an alldem teilnehmen wollen, wonach Sie sich hier immer und immer wieder sehnen. In freundlicheren Verhältnissen leben wollen, Bolette. Was meinen Sie dazu?

BOLETTE *schlägt die Hände zusammen*: Ach, du großer Gott –! Das ist ja doch aber alles ganz unmöglich. Wenn Papa nicht will und nicht kann, so –. Denn ich wüßte doch sonst keine Menschenseele, an die ich mich wenden könnte.

ARNHOLM: Und wenn Ihnen nun Ihr alt – Ihr früherer Lehrer die Hand zur Hilfe böte – würden Sie sich entschließen können, sie zu ergreifen?

BOLETTE: Sie, Herr Arnholm! Sie wollten –?

ARNHOLM: Ihnen beistehen? Ja, von Herzen gern. Mit Rat und mit Tat. Das dürfen Sie glauben. – Sie schlagen also ein? Ja? Einverstanden?

BOLETTE: Ob ich einverstanden bin! Hier herauszukommen, – die Welt zu sehen, – etwas Ordentliches zu lernen! All das, was mir so unerfüllbar vor Augen stand –!

ARNHOLM: Ja, das kann jetzt alles Wirklichkeit werden, wenn Sie nur wollen.

BOLETTE: Und zu diesem unerhörten Glück wollen Sie mir verhelfen! Ach, – aber sagen Sie mir, – kann ich ein solches Opfer von einem fremden Menschen annehmen?

ARNHOLM: Von mir können Sie es schon annehmen, Bolette. Von mir können Sie annehmen, was es auch sei.

BOLETTE *faßt seine Hände*: Ja, ich möchte beinah auch glauben, ich kann es! Ich weiß nicht, wieso; aber – *Impulsiv*: O, ich könnte lachen und weinen zugleich vor Freude! Vor Glückseligkeit! Ach, – so soll ich also doch noch leben dürfen, wirklich leben! Ich hatte schon Angst, auf das Leben verzichten zu müssen.

ARNHOLM: Deswegen brauchen Sie keine Angst zu haben, liebe Bolette. Aber nun müssen Sie mir auch ganz aufrichtig sagen, ob etwas, irgend etwas Sie hier festhält?

BOLETTE: Mich festhält? Nein, gar nichts.

ARNHOLM: Wirklich gar nichts?

BOLETTE: Nein. Das heißt, – Papa hält mich ja gewissermaßen fest. Und Hilde auch. Aber –

ARNHOLM: Na, Ihren Vater müssen Sie früher oder später ja doch verlassen. Und Hilde wird ja auch einmal im Leben ihren eigenen Weg gehen. Das ist also nur eine Frage der Zeit, nichts weiter. Und sonst also gibt es nichts, was Sie zurückhält, Bolette?

BOLETTE: Nein, absolut nichts. Was das betrifft, so kann ich schon reisen, wohin es auch sei.

ARNHOLM: Ja, wenn dem so ist, liebe Bolette, – so sollen Sie auch mit mir reisen.

BOLETTE *klatscht in die Hände*: Ach Gott im Himmel, welch ein Glück, sich das vorzustellen!

ARNHOLM: Denn ich hoffe doch, daß Sie volles Vertrauen zu mir haben?

BOLETTE: Ja, das hab ich wirklich!

ARNHOLM: Und Sie zögern also nicht, sich und Ihre Zukunft getrost und zuversichtlich in meine Hände zu legen, Bolette? Nicht wahr? Sie zögern doch nicht?

BOLETTE: Ach, gewiß nicht! Wie sollt ich auch? Wie können Sie nur denken! Sie sind doch mein alter Lehrer – mein Lehrer aus alten Tagen, mein ich.

ARNHOLM: Nicht deshalb nur. Diese Seite der Sache will ich weiter nicht betonen. Aber –, nun, Sie sind also frei, Bolette. Es gibt nichts, das Sie zurückhält. Und so möchte ich Sie denn fragen – ob Sie bereit wären, meine Frau zu werden?

BOLETTE *tritt erschrocken zurück*: Ach, – was sagen Sie da!

ARNHOLM: Fürs ganze Leben, Bolette. Ob Sie meine Frau werden wollen.

BOLETTE *halb zu sich selbst*: Nein, nein, nein! Das ist unmöglich! Ganz unmöglich!

ARNHOLM: Sollte es Ihnen wirklich so ganz unmöglich sein, zu –?

BOLETTE: Aber, was Sie da sagen, das können Sie doch nicht ernst meinen, Herr Arnholm! *Sieht ihn an.* Oder – doch –. Haben Sie es so gemeint, – als Sie sich erboten, so viel für mich zu tun?

ARNHOLM: Nun hören Sie mich an, Bolette. Es scheint, ich habe Sie sehr überrascht.

BOLETTE: O, wie sollte mich so etwas nicht – von Ihnen –. Das m u ß t e mich doch überraschen!

ARNHOLM: Da mögen Sie recht haben. Sie wußten ja doch nicht, – konnten nicht wissen, daß ich Ihretwegen die Reise hierher gemacht habe.

BOLETTE: Sie sind gekommen – meinetwegen?

ARNHOLM: Ja, das bin ich, Bolette. Im Frühjahr erhielt ich einen Brief von Ihrem Vater. Und darin kommt eine Wendung vor, die mich auf den Gedanken brachte – hm –, daß Sie Ihrem früheren Lehrer eine – mehr als freundschaftliche Erinnerung bewahrt hätten.

BOLETTE: Wie konnte Papa so etwas schreiben!

ARNHOLM: So hatte er es ja auch gar nicht gemeint. Aber ich lebte mich doch nun einmal in die Einbildung hinein, hier wäre ein junges Mädchen, das meine Wiederkehr sehnsüchtig erwartete. – Nein, Sie dürfen mich jetzt nicht unterbrechen, liebe Bolette! Und, – sehen Sie wohl, – wenn man wie ich die eigentlichen Jugendjahre hinter sich hat, dann übt ein solcher Glaube – oder solche Vorstellung – eine überaus nachhaltige Wirkung aus. Es entstand in mir eine lebhafte, eine dankbare Zuneigung zu Ihnen. Mir war's, als müßt ich herkommen, müßte Sie wiedersehen, Ihnen sagen, daß ich die Gefühle teile, die Sie für mich hegten, wie ich mir einredete.

BOLETTE: Wenn Sie aber nun wissen, daß das nicht der Fall war! Daß es ein Irrtum gewesen ist!

ARNHOLM: Hilft nichts, Bolette. Ihr Bild, so wie ich's in mir trage, ist für immer geprägt durch die Stimmung, in die der Irrtum mich versetzt hat. Sie können das vielleicht nicht verstehen. Aber so ist es.

BOLETTE: Nie hätte ich es für möglich gehalten, daß so etwas daraus werden würde!

ARNHOLM: Wenn es sich nun aber zeigt, daß es doch so ist? Was sagen Sie dann, Bolette? Könnten Sie sich dann nicht entschließen, meine – ja, meine Frau zu werden?

BOLETTE: Aber ich finde, es ist ein Ding der Unmöglichkeit, Herr Arnholm. Sie sind ja doch mein Lehrer gewesen! Ich kann mir nicht vorstellen, wie ich je in einem anderen Verhältnis zu Ihnen stehen könnte.

ARNHOLM: Nun, – wenn Sie wirklich meinen, Sie könnten nicht –. Dann bleiben also unsere Beziehungen unverändert, liebe Bolette.

BOLETTE: Wie meinen Sie?

ARNHOLM: Ich halte natürlich trotzdem mein Wort. Ich werde dafür sorgen, daß Sie wegkommen und sich in der Welt umsehen können, etwas lernen können, wozu Sie wirklich Lust haben, in sicheren und unabhängigen Verhältnissen leben können. Ihre spätere Zukunft werde ich schon sichern, Bolette. Denn in mir werden Sie immer einen guten, treuen, zuverlässigen Freund haben. Das können Sie mir glauben!

BOLETTE: Ach Gott, – Herr Arnholm, – das ist jetzt doch aber alles ganz und gar unmöglich geworden?

ARNHOLM: Auch das ist unmöglich?

BOLETTE: Das können Sie sich doch wohl denken! Nach dem, was Sie mir eben gesagt haben, und nach der Antwort, die ich Ihnen gegeben habe. Ach, Sie müssen doch selbst einsehen, daß ich nun unter keinen Umständen mehr so unermeßlich viel von Ihnen annehmen kann! Nicht das allergeringste kann ich von Ihnen annehmen. Nie mehr!

ARNHOLM: Sie wollen also lieber nach wie vor hier zu Hause hocken und das Leben Leben sein lassen?

BOLETTE: Ach, der Gedanke daran ist eine furchtbare Qual!

ARNHOLM: Sie wollen darauf verzichten, von der Welt draußen etwas zu sehen? Darauf verzichten, an alledem teilzunehmen, wonach Sie sich hier so lebhaft sehnen, wie Sie selbst sagen? Zu wissen, daß es in der Welt so unendlich vieles gibt, – und doch von gar nichts je so eine rechte Anschauung zu bekommen?! Überlegen Sie sich das gut, Bolette.

BOLETTE: Ja, ja, – Sie haben ja völlig recht, Herr Arnholm.

ARNHOLM: Um dann, – wenn Ihr Vater mal nicht mehr ist, – am Ende hilflos und allein in der Welt dazustehen. Oder auch sich an einen andren Mann zu binden, – für den Sie – möglicherweise – auch keine Zuneigung empfinden können.

BOLETTE: Ach ja, ich sehe wohl, wie wahr das alles ist, was Sie sagen. Aber trotzdem –! – Oder vielleicht doch –?

ARNHOLM *schnell*: Nun?

BOLETTE *sieht ihn voll Zweifel an*: Am Ende wär's doch so unmöglich nicht –.

ARNHOLM: Was, Bolette?

BOLETTE: Auf das einzugehen, – was Sie mir vorgeschlagen haben.

ARNHOLM: Meinen Sie, Sie wären vielleicht doch nicht abgeneigt –? Sie könnten auf jeden Fall mir die Freude gönnen, Ihnen als ein treuer Freund zur Seite zu stehen?

BOLETTE: Nein, nein, nein! Das niemals! Das wäre ja jetzt ganz und gar unmöglich. – Nein, Herr Arnholm, – dann nehmen Sie mich lieber.

ARNHOLM: Bolette! Sie wollen also doch!

BOLETTE: Ja, – ich glaube – ich will.

ARNHOLM: Sie wollen also doch meine Frau werden!

BOLETTE: Ja. Wenn Sie noch glauben, daß – daß Sie mich nehmen können.

ARNHOLM: Ob ich das glaube –? *Ergreift ihre Hand.* Dank, – Dank, Bolette! Was Sie sonst noch sagten, – Ihre Zweifel vorhin, – das schreckt mich nicht ab. Habe ich auch jetzt nicht Ihr ganzes Herz, so werde ich's mir schon noch erobern! Ach, Bolette, ich werde Sie auf Händen tragen!

BOLETTE: Und dann darf ich mich in der Welt umsehen. Darf mitten im Leben stehen. Das haben Sie mir versprochen.

ARNHOLM: Und das halte ich.

BOLETTE: Und ich darf alles lernen, wozu ich Lust habe.

ARNHOLM: Ich will selbst Ihr Lehrer sein. Wie früher, Bolette. Denken Sie an das letzte Schuljahr –.

BOLETTE *still und in sich vertieft*: Der Gedanke, – sich frei zu wissen – und in die Fremde hinaus zu können. Und sich auch nicht mehr um die Zukunft ängstigen zu müssen. Nicht immer um das dumme Auskommen besorgt zu sein –.

ARNHOLM: Nein, alledem brauchen Sie nicht einen Gedanken mehr zu opfern. Und – nicht wahr, meine liebe Bolette, – d a s ist doch auch eine ganz schöne Sache? Was?

BOLETTE: Ja. Das ist es freilich. Das ist es wahrhaftig.

ARNHOLM *nimmt sie in seine Arme*: Ach, Sie werden schon sehen, wie gemütlich und behaglich wir uns einrichten werden! Und wie gut und friedlich und einträchtig wir zwei miteinander auskommen werden, Bolette!

BOLETTE: Ja, ich fange auch an zu –. Ich glaube im Grunde – es wird schon gehen. *Sieht nach rechts hinaus und macht sich schnell los.* Ah! Sagen Sie bitte nichts!

ARNHOLM: Was ist denn, Liebste?

BOLETTE: Ach, es ist der arme –. *Zeigt hinaus.* Sehen Sie da hinten.

ARNHOLM: Ist das Ihr Vater –?

BOLETTE: Nein, es ist der junge Bildhauer. Er kommt da hinten mit Hilde.

ARNHOLM: So, Lyngstrand. Was ist denn mit ihm los?

BOLETTE: Ach, Sie wissen doch, wie schwach und kränklich er ist.

ARNHOLM: Wenn es nur nicht Einbildung ist.

BOLETTE: Ach nein, es ist schon wahr. Er macht's gewiß nicht lange mehr. Aber für ihn ist das vielleicht das beste.

ARNHOLM: Meine Liebe, wieso das beste?

BOLETTE: Ja, weil – weil doch aus seiner Kunst gewiß nichts Ordentliches wird. – Wir wollen gehen, ehe sie da sind.

ARNHOLM: Herzlich gern, meine liebe Bolette.

HILDE *und* LYNGSTRAND *werden am Teich sichtbar.*

HILDE: Ei, ei! Wollen die Herrschaften nicht auf uns warten?

ARNHOLM: Bolette und ich wollen lieber ein paar Schritt vorausgehen.

Er und Bolette gehen links hinaus.

LYNGSTRAND *lacht still*: Es ist wirklich sehr vergnüglich hier jetzt. Alle Leute gehen paarweis. Immer zwei und zwei zusammen.

HILDE *sieht ihnen nach*: Ich möchte drauf schwören, er geht auf Freiersfüßen.

LYNGSTRAND: So? Haben Sie so etwas bemerkt?

HILDE: O ja. Das ist doch nicht schwer, – wenn man die Augen offen hat.

LYNGSTRAND: Aber Fräulein Bolette nimmt ihn nicht. Da bin ich sicher.

HILDE: Nein. Sie findet, er hat ein so eklig altes Aussehen gekriegt. Und dann meint sie, wird er auch bald eine Glatze haben.

LYNGSTRAND: Na, deswegen ist's nicht allein. Sie würde ihn doch nicht nehmen.

HILDE: Woher können Sie denn das wissen?

LYNGSTRAND: Doch – es ist eben jemand anders da, an den zu denken sie versprochen hat.

HILDE: Bloß zu denken?

LYNGSTRAND: Ja, während er fort ist.

HILDE: Ach, dann sind Sie's wohl selbst, an den sie denken soll!

LYNGSTRAND: Das könnte schon sein.

HILDE: Hat sie Ihnen das versprochen?

LYNGSTRAND: Ja, denken Sie nur, das hat sie mir versprochen! Aber Sie dürfen ihr ja nicht sagen, daß Sie das wissen.

HILDE: O, Gott behüte meine Zunge. Ich bin verschwiegen wie das Grab.

LYNGSTRAND: Ich finde das nun zu lieb von ihr.

HILDE: Und wenn Sie nun wieder hierher zurückkommen, – wollen Sie sich dann mit ihr verloben? Und sie heiraten?

LYNGSTRAND: Nein, das wird sich nicht gut machen lassen. Denn ich darf doch die ersten Jahre an so etwas nicht denken. Und wenn ich mal soweit bin, dann wird sie wohl schon ein bißchen zu alt für mich sein, glaub ich.

HILDE: Aber doch wollen Sie, daß sie immer an Sie denken soll?

LYNGSTRAND: Ja, weil das für mich so nützlich ist. Für mich als Künstler, verstehen Sie. Und sie kann's doch leicht tun, weil sie selber keine rechte Lebensaufgabe hat. – Aber lieb ist es trotzdem von ihr.

HILDE: Meinen Sie, Sie würden flotter an Ihrem Werk arbeiten können, wenn Sie wissen, daß Bolette hier an Sie denkt?

LYNGSTRAND: Ja, ich stelle mir das vor. Sehen Sie, – da irgendwo in der Welt ein junges, feines und verschwiegenes Mädchen zu wissen, das so Tag und Nacht still von einem träumt –. Ich meine, das muß so was – was –. Ich weiß nicht recht, wie ich's nennen soll.

HILDE: Meinen Sie vielleicht – etwas Spannendes?

LYNGSTRAND: Spannendes? Ja richtig. Spannendes, – das mein ich. Oder so etwas Ähnliches. *Sieht sie eine Weile an.* Sie, Fräulein Hilde, Sie sind so klug. Ganz ungeheuer klug sind Sie. Wenn ich wieder nach Hause komme, dann sind Sie ungefähr so alt wie jetzt Ihre Schwester. Vielleicht sehen Sie dann auch so aus, wie Ihre Schwester jetzt aussieht. Und vielleicht denken und fühlen Sie dann ebenso wie jetzt Ihre Schwester. So daß Sie vielleicht dann Sie und Ihre Schwester – in e i n e r Person sind sozusagen.

HILDE: Würden Sie das wünschen?

LYNGSTRAND: Ich weiß nicht recht. Ja, ich glaube fast. Aber jetzt – für diesen Sommer – wär mir's lieber, Sie blieben Sie selbst. Und ganz genau so, wie Sie sind.

HILDE: Mögen Sie mich so am besten leiden?

LYNGSTRAND: Ja, so mag ich Sie gar zu gut leiden.

HILDE: Hm, – sagen Sie mir mal, als Künstler, – finden Sie's hübsch, daß ich immer helle Sommerkleider trage?

LYNGSTRAND: Ja, freilich find ich das hübsch.

HILDE: Finden Sie, daß mir die hellen Farben stehen?

LYNGSTRAND: Ja, hell steht Ihnen wunderbar, für meinen Geschmack.

HILDE: Aber sagen Sie mir mal, als Künstler, – wie, glauben Sie, würde mir Schwarz stehen?

LYNGSTRAND: Schwarz, Fräulein Hilde?

HILDE: Ja, schwarz von oben bis unten. Glauben Sie, daß mir das gut stehen würde?

LYNGSTRAND: Schwarz ist zwar eigentlich nichts für die Sommerzeit. Übrigens würde Ihnen gewiß auch Schwarz ausgezeichnet stehen. Gerade Ihnen bei Ihrem Aussehen.

HILDE *sieht vor sich hin*: Ganz schwarz bis an den Hals. – Schwarze Halskrause. – Schwarze Handschuhe. – Und ein langer schwarzer Schleier hinten runter.

LYNGSTRAND: Wenn Sie sich so anzögen, Fräulein Hilde, dann würde ich wünschen, ich wäre ein Maler – und müßte eine junge schöne, trauernde Witwe malen.

HILDE: Oder eine junge trauernde Braut.

LYNGSTRAND: Ja, das würde noch besser zu Ihnen passen. Aber sich so kleiden zu müssen, das möchten Sie doch wohl nicht.

HILDE: Ich weiß nicht recht. Aber ich find, es ist spannend.

LYNGSTRAND: Spannend?

HILDE: Spannend, sich das vorzustellen, ja. *Zeigt plötzlich nach links hinaus.* Sehen Sie mal da!

LYNGSTRAND *sieht dahin*: Der große englische Dampfer! Und ganz vorn an der Brücke!

WANGEL *und* ELLIDA *kommen vom Teich heran.*

WANGEL: Aber ich versichere dir, liebe Ellida, – du irrst! *Sieht die anderen.* So, seid ihr beiden da? Nicht wahr, Herr Lyngstrand, – er ist noch nicht in Sicht?

LYNGSTRAND: Der große Engländer?

WANGEL: Ja!

LYNGSTRAND *zeigt hin*: Da liegt er schon, Herr Doktor.

ELLIDA: Ah –! Ich wußt es doch.

WANGEL: Gekommen!

LYNGSTRAND: Gekommen wie ein Dieb in der Nacht, kann man schon sagen. Ganz unauffällig und lautlos –

WANGEL: Gehen Sie nur mit Hilde zur Brücke hin. Machen Sie schnell! Sie will gewiß die Musik hören.

LYNGSTRAND: Ja, wir waren eben im Begriff zu gehen, Herr Doktor.

WANGEL: Wir anderen kommen vielleicht nach. In ein paar Minuten kommen wir.

HILDE *flüstert Lyngstrand zu*: Die beiden gehen auch paarweis.

Sie und Lyngstrand gehen durch den Garten links ab. Während des Folgenden hört man weit draußen auf dem Fjord Blasmusik.

ELLIDA: Gekommen! Er ist da! Ja, ja, – ich fühl's.

WANGEL: Du solltest lieber hineingehen, Ellida. Laß mich allein mit ihm reden.

ELLIDA: Ach, – das ist unmöglich! Unmöglich, sag ich! *Stößt einen Schrei aus.* Ah, – siehst du ihn, Wangel!

DER FREMDE MANN *kommt von links und bleibt auf dem Fußweg jenseits des Gartenzauns stehen.*

DER FREMDE *grüßt*: Guten Abend. Da wär ich also wieder, Ellida.

ELLIDA: Ja, ja, ja, – nun ist die Stunde gekommen.

DER FREMDE: Also bist du reisefertig? Oder bist du's nicht?

WANGEL: Sie sehen doch selbst, daß sie's nicht ist.

DER FREMDE: Nicht den Reiseanzug mein ich oder dergleichen. Auch nicht gepackte Koffer. Was sie auf der Reise braucht, das hab ich alles bei mir an Bord. Eine Kajüte hab ich auch schon für sie besorgt. *Zu Ellida*: Ich frage dich also, bist du bereit, mir zu folgen, – freiwillig mir zu folgen?

ELLIDA *flehend*: Ach, fragen Sie mich nicht! Versuchen Sie mich nicht!

Man hört eine Schiffsglocke in gewisser Entfernung.

DER FREMDE: Jetzt läutet's an Bord das erste Mal. Jetzt mußt du ja oder nein sagen.

ELLIDA *händeringend*: Entscheidung! Entscheidung fürs ganze Leben! Es nie mehr ändern können!

DER FREMDE: Nie mehr. In einer halben Stunde ist es zu spät.

ELLIDA *sieht ihn scheu und forschend an*: Warum halten Sie eigentlich so unerschütterlich an mir fest?

DER FREMDE: Fühlst du nicht mit mir, daß wir zwei zusammengehören?

ELLIDA: Meinen Sie des Gelübdes wegen?

DER FREMDE: Gelübde binden niemanden. Weder Frau noch Mann. Wenn ich so unerschütterlich an dir festhalte, so geschieht es, weil ich nicht anders kann.

ELLIDA *leise und bebend*: Warum sind Sie nicht früher gekommen?

WANGEL: Ellida!

ELLIDA *ungestüm*: Ach, – wie's mich zieht und lockt – ins Unbekannte hinein! Die ganze Macht des Meeres drängt sich darin zusammen.

Der Fremde steigt über den Gartenzaun.

ELLIDA *flüchtet hinter Wangel*: Was ist das? Was wollen Sie?

DER FREMDE: Ich seh es, – ich höre es, Ellida, – mich wählst du schließlich doch.

WANGEL *tritt ihm entgegen*: Meine Frau hat hier nicht zu wählen. Ich bin da für sie zu wählen – und sie zu schützen! Jawohl zu schützen! Wenn Sie nicht von hier verschwinden, außer Landes gehen, – auf Nimmerwiedersehen – wissen Sie, was Sie dann zu erwarten haben?

ELLIDA: Nein, nein, Wangel! Nicht doch!

DER FREMDE: Was können Sie mir tun?

WANGEL: Ich kann Sie festnehmen lassen – als einen Verbrecher! Auf der Stelle! Noch ehe Sie wieder an Bord sind! Denn ich bin ganz genau unterrichtet über den Mord in Skjoldviken.

ELLIDA: Ach Wangel, – wie kannst du –!

DER FREMDE: Darauf war ich vorbereitet. Und deswegen – *Nimmt einen Revolver aus der Brusttasche.* – deswegen hab ich mich auch mit dem hier versehen.

ELLIDA *wirft sich zwischen beide*: Nein, nein, – töten Sie ihn nicht! Töten Sie lieber mich!

DER FREMDE: Weder dich noch ihn. Sei unbesorgt. Der da ist zu eigenem Gebrauch. Denn ich will leben und sterben als ein freier Mann.

ELLIDA *in zunehmender Erregung*: Wangel! Laß mich dir sagen, – sagen, daß er's hört! Wohl kannst du mich hier zurückhalten! Dazu hast du Macht und Mittel! Und das willst du ja doch auch tun! Aber meine Seele, – meine Gedanken, – mein Sehnen und Begehren – das kannst du nicht in Fesseln schlagen! Das wird hinausstreben ins Unbekannte, für das ich geschaffen war, – und das du mir verschlossen hast!

WANGEL *in stillem Schmerz*: Ich sehe wohl, Ellida! Schritt für Schritt entgleitest du mir. Das Verlangen nach dem Grenzenlosen, Endlosen, nach dem Unerreichbaren, das treibt deinen Geist zuletzt noch ganz ins nächtige Dunkel hinein.

ELLIDA: Ja, ja, – ich fühle es über mir – wie schwarze, lautlose Schwingen!

WANGEL: Dahin soll es nicht kommen. Eine andere Rettung ist nicht möglich für dich. Ich sehe wenigstens keine. Und darum – darum mach ich – den Handel jetzt auf der Stelle rückgängig. – Nun magst du also deinen Weg wählen – in voller – voller Freiheit.

ELLIDA *starrt ihn eine Weile an, als hätte sie die Sprache verloren*: Ist es wahr, – wahr, – was du sagst! Meinst du es wirklich so, kommt es dir aus innerstem Herzen?

WANGEL: Ja, – aus innerstem, qualvollem Herzen.

ELLIDA: Und kannst du es auch ertragen? Kannst du es geschehen lassen?

WANGEL: Ja, das kann ich. Ich kann es – weil ich dich liebe.

ELLIDA *leise und bebend*: So nahe also stände ich dir – so nahe deinem Herzen.

WANGEL: Das haben die Jahre und das Zusammenleben bewirkt.

ELLIDA *schlägt die Hände zusammen*: Und ich, – ich habe das so gar nicht gesehen!

WANGEL: Deine Gedanken gingen andere Wege. Aber nun, – nun bist du frei, ohne jede Bindung an mich und an das, was mir gehört, und auch an die Meinen. Nun kann dein eigenes, dein wahres Leben seinen eigenen Weg gehen. Jetzt kannst du in Freiheit wählen und in eigener Verantwortung, Ellida.

ELLIDA *faßt sich an den Kopf und starrt vor sich hin, dann sieht sie Wangel an*: In Freiheit und – und in eigener Verantwortung! In eigener Verantwortung auch? Das ändert alles.

Die Schiffsglocke läutet zum zweiten Male.

DER FREMDE: Hörst du, Ellida! – Da läuten sie zum letzten Mal. Also komm!

ELLIDA *wendet sich ihm zu, blickt ihn fest an und sagt mit ruhiger Stimme*: Nie und nimmer geh ich mit Ihnen, nach dieser Stunde.

DER FREMDE: Du gehst nicht!

ELLIDA *klammert sich an Wangel*: O, – niemals verlaß ich dich von dieser Stunde an!

WANGEL: Ellida, – Ellida!

DER FREMDE: Es ist also aus?

ELLIDA: Ja! Aus für alle Zeiten!

DER FREMDE: Ich sehe wohl. Hier ist etwas, das stärker ist als mein Wille.

ELLIDA: Ihr Wille hat nicht die geringste Macht mehr über mich! Für mich sind Sie ein toter Mann, – der vom Meer heimgekehrt ist und dahin wieder zurückkehrt. Aber mir graut nicht mehr vor Ihnen. Und nichts lockt und zieht mich mehr.

DER FREMDE: Leben Sie wohl, Ellida! *Er schwingt sich über den Gartenzaun.* Von diesem Augenblick an sind Sie in meinem Leben nur noch – ein überstandener Schiffbruch. *Er geht links ab.*

WANGEL *sieht sie eine Weile an*: Ellida, deine Seele ist wie das Meer. Sie hat Ebbe und Flut. Wie kam es zu dieser plötzlichen Wandlung?

ELLIDA: Ach, begreifst du denn nicht, daß die Wandlung gekommen ist, – daß die Wandlung kommen mußte – in dem Augenblick, da ich in Freiheit wählen durfte?

WANGEL: Und das Unbekannte, – das lockt und zieht dich nicht mehr?

ELLIDA: Es zieht mich weder an noch schreckt es mich. Ich hätte ins Unbekannte hineinschauen – hätte hineingehen können, – wenn ich selbst nur gewollt hätte. Ich hätt es ja doch wählen können, und darum konnt ich auch darauf verzichten.

WANGEL: Ich fange an, dich zu verstehen – ganz allmählich. Du denkst und empfindest in Bildern – und in sichtbaren Vorstellungen. Deine Sehnsucht nach dem Meer, – jenes Etwas, das dich lockte und zu ihm hinzog, zu diesem fremden Mann, das war der Ausdruck für den Freiheitstrieb, der in dir erwacht und gewachsen war. Nichts andres.

ELLIDA: Ach, ich weiß nicht, was ich dazu sagen soll. Aber du bist mir ein guter Arzt gewesen. Das rechte Mittel, das hast du nicht nur gefunden, du hast auch gewagt, es zu gebrauchen, – das einzige, das mir helfen konnte.

WANGEL: Ja, – in der äußersten Not und Gefahr wagen wir Ärzte viel. – Aber jetzt kommst du doch wieder zu mir zurück, Ellida?

ELLIDA: Ja, liebster, teuerster Wangel, – nun komm ich zu dir zurück. Nun kann ich es. Denn nun komme ich zu dir in Freiheit, – freiwillig – und in eigener Verantwortung.

WANGEL *blickt sie innig an*: Ellida, Ellida! Ach, – der Gedanke, daß wir beide jetzt ganz füreinander leben können –

ELLIDA: – und mit gemeinsamen Erinnerungen. Mit deinen – so wie mit meinen.

WANGEL: Ja, nicht wahr, Liebste!

ELLIDA: – und für unsere beiden Kinder, Wangel.

WANGEL: Unsere, sagst du!

ELLIDA: Die mir noch nicht gehören, – aber die ich schon für mich gewinnen werde.

WANGEL: Unsere –! *Küßt froh und eilig ihre Hände.* Dank, – meinen tiefsten Dank für dieses Wort!

HILDE, BALLESTED, LYNGSTRAND, ARNHOLM *und* BOLETTE *erscheinen im Garten von links. Gleichzeitig viele junge Leute aus der Stadt und Sommerfrischler auf dem Fußweg draußen.*

HILDE *halblaut zu Lyngstrand*: Sehen Sie nur mal – die beiden schauen aus wie verlobt.

BALLESTED *der es gehört hat*: Es ist Sommerzeit, Fräuleinchen!

ARNHOLM *sieht Wangel und Ellida an*: Da fährt der Engländer.

BOLETTE *geht an den Zaun*: Von hier aus kann man ihn am besten sehen.

LYNGSTRAND: Die letzte Fahrt in diesem Jahr.

BALLESTED: „Bald sind sie zu, die Sunde all", wie der Dichter sagt. Das ist traurig, Frau Wangel! Und jetzt verlieren wir auch Sie für einige Zeit. Morgen ziehen Sie ja doch nach Skjoldviken hinaus, wie ich höre.

WANGEL: Nein, – daraus wird nichts. Wir beide haben uns heut abend anders entschlossen.

ARNHOLM *sieht sie abwechselnd an*: Ah, – wirklich!

BOLETTE *kommt nach vorn*: Papa, – ist's wahr?

HILDE *geht auf Ellida zu*: Du bleibst d o c h bei uns?!

ELLIDA: Ja, liebe Hilde, – wenn du mich haben willst.

HILDE *kämpfend zwischen Weinen und Lachen*: O, – und du fragst noch – ob ich will –!

ARNHOLM *zu Ellida*: Das kommt aber in der Tat überraschend –!

ELLIDA *lächelt; ernst*: Na, sehen Sie wohl, Herr Arnholm –. Erinnern Sie sich, – wir haben gestern davon gesprochen! Wenn man mal ein Festlandsbewohner geworden ist, – dann findet man nicht mehr den Weg zurück – zum Meer. Und auch nicht zum Meeresleben.

BALLESTED: Aber das ist ja ganz genauso wie mit meiner Meerfrau!

ELLIDA: Ungefähr so, – ja.

BALLESTED: Nur mit dem Unterschied: die Meerfrau – die stirbt daran. Die Menschen dagegen – die können sich akklam – akkli–matisieren. Ja, ja, – ich versichere Ihnen, Frau Wangel, die k ö n n e n sich ak–kli–matisieren!

ELLIDA: Ja, in Freiheit, da können sie's, Herr Ballested.

WANGEL: Und in eigener Verantwortung, liebe Ellida.

ELLIDA *rasch, reicht ihm die Hand*: D a s ist es.

Das große Dampfschiff gleitet lautlos über den Fjord weg. Die Musik ertönt näher am Ufer.

HEDDA GABLER

Schauspiel in vier Akten

Personen

Jörgen Tesman, *Kulturhistoriker*
Hedda, *seine Frau*
Fräulein Juliane Tesman, *seine Tante*
Frau Elvsted
Assessor Brack
Ejlert Lövborg
Berte, *Dienstmädchen bei Tesmans*

Das Stück spielt in Tesmans Villa; westliche Stadtgegend.

[Sprich: Elwsted, Eilert Löwborg, Rüsing]

ERSTER AKT

Ein geräumiges, fein und geschmackvoll eingerichtetes Gesellschaftszimmer, in dunkeln Farben gehalten. An der Rückwand eine breite Türöffnung mit zurückgeschlagenen Portieren, durch die man in ein kleineres Zimmer, das im gleichen Stil gehalten ist wie das Gesellschaftszimmer, gelangt. An der rechten Wand des Gesellschaftszimmers eine Flügeltür, durch die man ins Vorzimmer kommt. Gegenüber, zur Linken, eine Glastür, gleichfalls mit zurückgeschlagenem Vorhang. Durch die Scheiben sieht man einen Teil der draußen liegenden, gedeckten Veranda und herbstlich gefärbte Laubbäume. Im Vordergrund steht ein ovaler Tisch mit Decke, der von Stühlen umgeben ist. Vor der rechten Wand ein breiter, dunkler Kachelofen, ein Lehnstuhl mit hohem Rücken, ein Fußschemel mit Kissen und zwei Hocker. Hinten im Winkel rechts ein Ecksofa und ein kleiner runder Tisch. Vorn links, etwas von der Wand entfernt, ein Sofa. An der Glastür ein Klavier. Zu beiden Seiten der Türöffnung im Hintergrund stehen Etageren mit Terrakotta- und Majolika-Gegenständen. – An der Rückwand des dahinterliegenden Zimmers sieht man ein Sofa, einen Tisch und ein paar Stühle. Über diesem Sofa hängt das Porträt eines schönen älteren Mannes in Generalsuniform. Über dem Tisch eine Hängelampe mit einer Glocke aus Milchglas. – Im Gesellschaftszimmer viele Blumensträuße in Vasen und Gläsern, weitere liegen auf dem Tisch. Beide Zimmer sind mit dicken Teppichen belegt. – Vormittag. Die Sonne scheint durch die Glastür.

JULIANE TESMAN, *mit Hut und Sonnenschirm, kommt durch das Vorzimmer;* BERTE, *die ein mit Papier umwickeltes Bukett trägt, folgt ihr. Fräulein Tesman ist eine Dame von angenehmem und gutmütigem Aussehen; sie ist ungefähr fünfundsechzig Jahre. Einfach, doch sorgfältig gekleidet; graues Straßenkostüm. Berte ist ein älteres Dienstmädchen von schlichtem, etwas ländlichem Äußeren.*

FRÄULEIN TESMAN *bleibt in der Tür stehen, horcht und sagt mit gedämpfter Stimme:* Aber nein –! Ich glaube wirklich, sie sind noch nicht auf den Beinen!

BERTE *gleichfalls mit gedämpfter Stimme:* Das hab ich doch gesagt,

Fräulein. Denken Sie doch bloß, wie spät in der Nacht das Dampfschiff angekommen ist! Und dann nachher! Herrje, – was die junge Frau nicht alles noch auszupacken hatte, bis sie zu Bett kam!

FRÄULEIN TESMAN: Ja, ja – mögen sie sich nur recht ausschlafen! Aber frische Morgenluft, die sollen sie doch hier im Zimmer haben, wenn sie kommen. *Sie geht zur Glastür und macht sie weit auf.*

BERTE *am Tisch, ratlos, das Bukett in der Hand*: Du lieber Gott ja, – ob hier wohl noch ein anständiger Platz ist! – Ich meine, ich setz es da hin, Fräulein! *Stellt das Bukett aufs Klavier.*

FRÄULEIN TESMAN: Na, jetzt hast du also eine neue Herrschaft, meine gute Berte. Der Himmel weiß, wie furchtbar schwer es mir geworden ist, mich von dir zu trennen.

BERTE *weinerlich*: Und mir erst, Fräulein! Was soll i c h erst sagen? Ich war doch nun schon so manches liebe Jahr bei dem gnädigen Fräulein in Diensten!

FRÄULEIN TESMAN: Wir müssen uns drein schicken, Berte. Es bleibt uns weiß Gott nichts anderes übrig. Sieh mal, Jörgen m u ß dich in der Wirtschaft haben. Das m u ß er. Von Kindesbeinen an ist er ja doch gewöhnt, daß du für ihn sorgst.

BERTE: Ja, aber sie, die zu Hause liegt, die geht mir doch gar nicht aus dem Sinn. Die Arme, die so ganz hilflos ist! Und nun gar das neue Mädchen! In ihrem ganzen Leben lernt d i e nicht, es der Ärmsten recht zu machen.

FRÄULEIN TESMAN: Ach, ich werde sie schon noch richtig anlernen. Und die Hauptsache nehm ich selbst auf mich, verstehst du. Meiner armen Schwester wegen brauchst du dir keine Sorge zu machen, meine liebe Berte.

BERTE: Aber es ist da auch noch was andres, Fräulein. Ich bin nämlich richtig bange, ich mache es der jungen Frau nicht recht.

FRÄULEIN TESMAN: Na, lieber Gott, – im Anfang kann vielleicht wohl dies oder das –

BERTE: Ach, sie ist gewiß sehr eigen.

FRÄULEIN TESMAN: Da kannst du vielleicht recht haben. Die Tochter des Generals Gabler. Freilich, so wie sie's immer gewohnt war, solange der General noch lebte! Weißt du noch, wenn sie mit ihrem Vater ausgeritten ist? In dem langen schwarzen Reitkleid? Und mit Federn auf dem Hut?

BERTE: Ach ja – das sollt ich meinen! – Nein, du liebe Zeit, wer hätte damals gedacht, daß aus ihr und dem Herrn Kandidaten ein Paar werden sollte!

FRÄULEIN TESMAN: Ich hätt's auch nicht gedacht. Aber es ist ja wahr –

du, Berte, eh ich's vergesse: Du darfst Jörgen nicht mehr Kandidat nennen. Du mußt Herr Doktor zu ihm sagen.

BERTE: Das hat die junge Frau auch gesagt – diese Nacht, – gleich, wie sie zur Tür hereinkamen. Ist's wahr, Fräulein?

FRÄULEIN TESMAN: Ja, freilich. Denk nur, sie haben ihn zum Doktor gemacht, im Ausland. Jetzt, auf der Reise, verstehst du. Ich habe kein Sterbenswörtchen davon gewußt, bis er mir's unten auf der Landungsbrücke erzählt hat.

BERTE: Ach ja, aus dem kann noch alles mögliche werden. So tüchtig, wie der ist. Aber das hätt ich doch nun und nimmer gedacht, daß er sich damit abgeben würde, die Leute zu kurieren.

FRÄULEIN TESMAN: Nein, solch ein Doktor ist er nicht geworden. *Nickt bedeutungsvoll.* Übrigens ist es vielleicht bald so weit, daß du ihn mit einem noch stattlicheren Titel anreden kannst.

BERTE: Was Sie sagen! Und wie denn, Fräulein?

FRÄULEIN TESMAN *lächelt*: Hm, – ja, das möchtest du wohl wissen! *Bewegt*: Ach, lieber Gott ja, – wenn der selige Jochum aus seinem Grabe aufstehen und schauen könnte, was aus seinem kleinen Jungen geworden ist! *Sieht sich um.* Aber hör mal, Berte, warum hast du das getan und die Überzüge von allen Möbeln genommen.

BERTE: Die junge Frau wollte es so haben. Sie kann keine Überzüge auf den Stühlen leiden, sagte sie.

FRÄULEIN TESMAN: Also wollen sie sich hier drin aufhalten so für alle Tage?

BERTE: Ja, so scheint es. Wenigstens die junge Frau. Denn er – der Herr Doktor, – der sagte nichts.

TESMAN *kommt trällernd von der rechten Seite des Hinterzimmers, einen offenen leeren Koffer in der Hand. Er ist ein mittelgroßer Mann von jugendlichem Aussehen, dreiunddreißig Jahre alt, etwas korpulent, mit einem offenen, runden, vergnügten Gesicht, blondem Haar und Bart. Er trägt eine Brille und hat einen bequemen, etwas saloppen Hausanzug an.*

FRÄULEIN TESMAN: Guten Morgen, guten Morgen, Jörgen!

TESMAN *in der Tür*: Tante Julle! Liebe Tante Julle! *Geht auf sie zu und schüttelt ihr die Hand.* Den weiten Weg hier heraus – und so früh am Tage! Was?

FRÄULEIN TESMAN: Du kannst dir doch denken, ich mußte nach euch sehen.

TESMAN: Und dabei hast du noch nicht einmal deine ordentliche Nachtruhe gehabt!

FRÄULEIN TESMAN: Ach, das macht mir gar nichts!

TESMAN: Du bist doch gut nach Haus gekommen von der Landungsbrücke? Was?

FRÄULEIN TESMAN: Ja natürlich – Gott sei Dank! Der Herr Assessor war so freundlich, mich bis an die Haustür zu begleiten.

TESMAN: Es hat uns leid getan, daß wir dich nicht im Wagen mitnehmen konnten. Aber, du hast ja selbst gesehen –. Hedda hatte so viele Sachen, die wir mitnehmen mußten.

FRÄULEIN TESMAN: Ja, sie hatte wirklich sehr viele Sachen dabei.

BERTE *zu Tesman*: Soll ich vielleicht hineingehen und die gnädige Frau fragen, ob ich ihr helfen kann?

TESMAN: Nein, – danke, Berte, – laß das lieber sein. Sie sagte, sie wird schon klingeln, wenn sie etwas von dir will.

BERTE *geht nach rechts*: Na ja, also.

TESMAN: Da schau mal, Berte, – nimm den Koffer da mit!

BERTE *nimmt ihn*: Ich bring ihn auf den Boden.

Sie geht durch die Vorzimmertür hinaus.

TESMAN: Du, Tante, denk mal an, – den ganzen Koffer hatte ich gestopft voll nur mit Abschriften. Du, es ist geradezu unglaublich, was ich da alles in den Archiven gesammelt habe. Alte, merkwürdige Sachen, mit denen kein Mensch etwas anzufangen wußte –

FRÄULEIN TESMAN: Ja, ja, du hast deine Zeit auf der Hochzeitsreise nicht verschwendet, Jörgen.

TESMAN: Ja, das darf ich wohl sagen. Aber so nimm doch deinen Hut ab, Tante! So! Komm, ich will dir die Schleife aufbinden. Was?

FRÄULEIN TESMAN *während er es tut*: Ach, lieber Gott, – das ist ja gerade so, als ob du noch bei uns zu Hause wärst.

TESMAN *dreht und wendet den Hut in der Hand*: Aber, was du dir für einen schönen, eleganten Hut zugelegt hast!

FRÄULEIN TESMAN: Den hab ich mir Heddas wegen gekauft.

TESMAN: Heddas wegen? Was?

FRÄULEIN TESMAN: Ja, damit Hedda sich meiner nicht zu schämen braucht, wenn wir zusammen auf der Straße gehen.

TESMAN *klopft ihr auf die Wange*: Du denkst aber auch an alles, du gute Tante Julle! *Legt den Hut auf einen Stuhl beim Tisch.* Und nun, – siehst du, – nun lassen wir uns auf dem Sofa hier gemütlich nieder – und schwatzen ein bißchen, bis Hedda kommt.

Sie setzen sich, Fräulein Tesman stellt ihren Sonnenschirm in die Sofaecke.

FRÄULEIN TESMAN *ergreift Tesmans Hände und sieht ihn an*: Ach, wie wohl das tut, dich wieder hier zu sehen, Jörgen! O, du – unseres seligen Jochum geliebter Junge.

TESMAN: Und mir erst! Dich wiederzusehen, Tante Julle! Dich, die du an mir Vater- und Mutterstelle vertreten hast.

FRÄULEIN TESMAN: Ja, ich weiß, du wirst deine alten Tanten immer liebhaben.

TESMAN: Und mit Tante Rina geht's also noch gar nicht besser? Was?

FRÄULEIN TESMAN: Ach nein, – für die Ärmste ist keine Besserung zu erwarten. Sie liegt noch immer da, wie sie all die Jahre dagelegen hat. Aber der Himmel gebe, daß ich sie noch eine Zeit behalte! Denn sonst weiß ich wirklich nicht, was ich mit dem Leben anfangen soll. Besonders jetzt, sieh mal, wo ich nicht mehr für dich zu sorgen habe.

TESMAN *klopft ihr auf den Rücken*: Na, na, na, –!

FRÄULEIN TESMAN *fällt unversehens in einen andern Ton*: Nein, wenn man bedenkt, daß du jetzt verheiratet bist, Jörgen! Und daß von allen du Hedda Gabler heimgeführt hast. Man denke! Die reizende Hedda Gabler, – die so viele Kavaliere hatte!

TESMAN *trällert leicht und lächelt zufrieden*: Ja, ich glaube schon, hier in der Stadt laufen nicht wenige gute Freunde von mir herum und beneiden mich. Was?

FRÄULEIN TESMAN: Und daß du eine so lange Hochzeitsreise machen konntest! Über fünf – fast sechs Monate –

TESMAN: Na, – für mich ist es ja doch auch so etwas wie eine Studienreise gewesen. Wie viele Archive mußte ich nicht durchstöbern –! Und die vielen Bücher, die ich lesen mußte!

FRÄULEIN TESMAN: Ja freilich, ja. *Vertraulicher und mit etwas gedämpfter Stimme*: Aber hör mal, Jörgen – hast du mir nicht was – etwas Besonderes zu erzählen?

TESMAN: Von der Reise?

FRÄULEIN TESMAN: Ja.

TESMAN: Mehr als das, was ich dir schon in meinen Briefen mitgeteilt habe, weiß ich nicht. Daß ich den Doktor gemacht habe da unten, das hab ich dir doch gestern erzählt.

FRÄULEIN TESMAN: Das schon. Aber ich meine, – ob du nicht – nicht – Aussichten hast –?

TESMAN: Aussichten?

FRÄULEIN TESMAN: Mein Gott, Jörgen, – ich bin doch deine alte Tante!

TESMAN: Freilich hab ich Aussichten, ja – ja.

FRÄULEIN TESMAN: Na also!

TESMAN: Ich hab sogar die allerbesten Aussichten, in nächster Zeit Professor zu werden.

FRÄULEIN TESMAN: Ja, Professor, ja –

TESMAN: Oder, – ich darf schon sagen, ich habe die Gewißheit, daß ich's werde. Aber, beste Tante Julle, das weißt du doch selbst.

FRÄULEIN TESMAN *schmunzelnd*: Ja, allerdings. Da hast du recht. *Wechselt den Ton.* Aber wir wollten ja von der Reise sprechen. – Sie hat dich wohl sehr viel Geld gekostet, Jörgen?

TESMAN: Na, lieber Gott, – das große Stipendium hat ja doch ein schönes Stück weitergeholfen.

FRÄULEIN TESMAN: Ich verstehe nur nicht, wie du's angefangen hast, daß es für zwei reichte.

TESMAN: Ja, ja, das ist auch nicht so ohne weiteres zu verstehen. Was?

FRÄULEIN TESMAN: Und noch dazu, wenn man mit einer Dame reist. Das soll schrecklich viel teurer kommen, hab ich mir sagen lassen.

TESMAN: Versteht sich – ja, ein bißchen teurer kommt es natürlich. Aber Hedda mußte die Reise unbedingt haben, Tante! Das mußte sie wirklich. Anders wär's gar nicht gegangen.

FRÄULEIN TESMAN: Nein, nein, das wär's wohl nicht. Denn eine Hochzeitsreise gehört ja heutzutage mit dazu. – Doch, sag mal, hast du dich hier bei dir zu Haus auch schon richtig umgesehen?

TESMAN: Das will ich meinen! Ich bin schon vom frühen Morgen an auf den Beinen.

FRÄULEIN TESMAN: Und wie findest du alles?

TESMAN: Ausgezeichnet! Ganz ausgezeichnet! Nur das eine ist mir unklar, was wir mit den zwei leeren Zimmern machen sollen, die zwischen dem hinteren und Heddas Schlafzimmer liegen.

FRÄULEIN TESMAN *lächelt*: Ach, mein lieber Jörgen, dafür wird sich schon Verwendung finden – so mit der Zeit.

TESMAN: Da hast du wirklich recht, Tante! Jawohl! Für den Fall, daß ich so allmählich meine Bibliothek vergrößere –. Was?

FRÄULEIN TESMAN: Ja eben, mein lieber Junge! An die Bibliothek, an die hab ich gedacht.

TESMAN: Am meisten freu ich mich aber für Hedda. Bevor wir uns verlobten, sagte sie doch so oft: sie möchte nirgends anders wohnen als in der Villa der Staatsrätin Falk.

FRÄULEIN TESMAN: Ja, nicht wahr, – und da mußte sich's so treffen, daß die Villa zu verkaufen war. Als ihr eben abgereist wart.

TESMAN: Wir hatten wirklich Glück, Tante Julle. Was?

FRÄULEIN TESMAN: Aber teuer, mein lieber Jörgen, teuer wird es dich kommen, – die ganze Geschichte.

TESMAN *sieht sie ein wenig verzagt an*: Ja, das wird es am Ende, Tante.

FRÄULEIN TESMAN: Ja, du lieber Gott!

TESMAN: Wieviel, was glaubst du? So ungefähr? Was?

FRÄULEIN TESMAN: Das kann ich unmöglich wissen, bevor alle Rechnungen da sind.

TESMAN: Na, glücklicherweise hat Assessor Brack so erträgliche Bedingungen für mich ausgemacht. Das hat er selbst an Hedda geschrieben.

FRÄULEIN TESMAN: Ja, mach dir deswegen nur keine Sorgen, mein Junge! – Für die Möbel und Teppiche hab ich außerdem Sicherheit gegeben.

TESMAN: Sicherheit? Du? Liebe Tante Julle, – was für eine Sicherheit konntest d u denn geben?

FRÄULEIN TESMAN: Ich habe die Renten verpfändet.

TESMAN: Was? Deine – und Tante Rinas Renten?

FRÄULEIN TESMAN: Ja, sieh mal, ich wußte doch keinen andern Ausweg.

TESMAN *stellt sich vor sie hin*: Aber, Tante, bist du denn ganz von Sinnen! Die Renten – das ist ja doch das einzige, wovon ihr lebt.

FRÄULEIN TESMAN: Na, na, – reg dich nur deswegen nicht so auf! Das Ganze ist doch eine bloße Formsache, verstehst du. Das hat Assessor Brack auch gesagt. Denn er war es, der so liebenswürdig war, die ganze Sache für mich zu ordnen. Eine bloße Formsache, sagte er.

TESMAN: Ja, mag sein. Trotzdem aber –

FRÄULEIN TESMAN: Und jetzt bekommst du ja dein eigenes Gehalt, womit du abbezahlen kannst. Herrgott, und wenn wir wirklich ein bißchen was herausrücken müssen –? Nur so ein ganz kleines bißchen im Anfang –? Das würde ja für uns sozusagen nur ein Glück sein.

TESMAN: Ach, Tante, – du wirst doch nie müde, dich für mich aufzuopfern!

FRÄULEIN TESMAN *steht auf und legt die Hände auf seine Schultern*: Hab ich denn sonst eine Freude auf dieser Welt, als dir den Weg zu ebnen, mein lieber Junge? Du hast doch weder Vater noch Mutter gehabt, an die du dich hättest halten können. Und jetzt stehen wir am Ziel, Jörgen! So manches Mal freilich sah es etwas düster aus. Aber, gottlob, jetzt bist du schön heraus, Jörgen!

TESMAN: Ja, es ist im Grunde merkwürdig, wie alles sich gefügt hat.

FRÄULEIN TESMAN: Ja, – und alle, die sich dir entgegenstellten und dir den Weg versperren wollten, siehst du, die sind nun unterlegen. Die sind gestürzt, Jörgen. Und der, der dir am gefährlichsten war, der tat den tiefsten Sturz. Jetzt liegt er, wie er sich selbst gebettet hat, – der arme irregeführte Mensch.

TESMAN: Hast du was von Ejlert gehört? Seit meiner Abreise, mein ich.

FRÄULEIN TESMAN: Nur, daß er ein neues Buch herausgegeben haben soll.

TESMAN: Was sagst du? Ejlert Lövborg? Erst kürzlich? Was?

FRÄULEIN TESMAN: Ja, so heißt es. Ach Gott, da kann doch nicht viel dran sein, du! Aber wenn d e i n neues Buch erst erscheint, – das wird eine andere Sache sein, Jörgen! Wovon wird es denn handeln?

TESMAN: Von der Brabanter Heimindustrie im Mittelalter.

FRÄULEIN TESMAN: Denk mal an! Daß du auch über so was schreiben kannst!

TESMAN: Übrigens kann es noch eine Weile mit dem Buch dauern. Ich muß ja doch zuerst einmal dieses vielschichtige Material ordnen.

FRÄULEIN TESMAN: Jawohl, zu ordnen und zu sammeln – das verstehst du. Du bist nicht umsonst der Sohn meines seligen Bruders.

TESMAN: Ich freue mich auch richtig darauf, an die Arbeit zu gehen. Besonders jetzt, da ich mein eigenes gemütliches Zuhause habe, wo ich arbeiten kann.

FRÄULEIN TESMAN: Und vor allen Dingen, – da du sie nun hast, die dein Herz begehrte, lieber Jörgen.

TESMAN *umarmt sie*: Ach ja, ja, Tante Julle! Hedda – ist doch das Allerallerschönste! *Nach der Türöffnung sehend*: Ich glaube, da kommt sie. Was?

HEDDA *kommt von der linken Seite durch das Hinterzimmer. Sie ist eine Dame von neunundzwanzig Jahren. Gesicht und Gestalt edel und vornehm. Der Teint von zarter Blässe. Die Augen sind stahlgrau und haben den Ausdruck einer kalten, klaren Ruhe. Das Haar hat eine schöne mittelbraune Farbe, ist aber nicht sonderlich stark. Sie trägt ein geschmackvolles, etwas lose sitzendes Vormittagskleid.*

FRÄULEIN TESMAN *geht Hedda entgegen*: Guten Morgen, liebe Hedda! Einen schönen guten Morgen!

HEDDA *reicht ihr die Hand*: Guten Morgen, liebes Fräulein Tesman! Ein so früher Besuch? Wie freundlich von Ihnen.

FRÄULEIN TESMAN *scheint etwas verlegen*: Na, – wie hat denn die junge Frau in ihrem neuen Heim geschlafen?

HEDDA: Ach, danke! So leidlich.

TESMAN *lacht*: Leidlich! Du bist aber gut, Hedda! Du hast ja wie ein Murmeltier geschlafen, als ich aufstand.

HEDDA: Glücklicherweise. Übrigens muß man sich an alles Neue ja doch erst gewöhnen, Fräulein Tesman. So ganz allmählich. *Sieht nach links.* Uh, – da hat das Mädchen die Verandatür aufgemacht. Hier drin ist ja ein ganzes Meer von Sonne.

FRÄULEIN TESMAN *geht nach der Tür*: Na, so werden wir die Tür schließen.

HEDDA: Nein, nein, das nicht! Lieber Tesman, zieh doch die Vorhänge zusammen. Das gibt ein milderes Licht.

TESMAN *an der Tür*: Jawohl, – jawohl. – So, Hedda, – jetzt hast du Schatten und zugleich frische Luft.

HEDDA: Frische Luft, die kann man hier wirklich brauchen. Dieser Blumensegen –. Aber meine Liebe, – wollen Sie nicht Platz nehmen, Fräulein Tesman?

FRÄULEIN TESMAN: Nein, ich danke vielmals. Jetzt weiß ich ja, daß es hier gut geht, – gottlob! Ich muß nun auch sehen, daß ich wieder nach Hause komme – zu der Ärmsten, die daliegt und so sehnsüchtig auf mich wartet!

TESMAN: Du, grüße sie bitte viele, viele Male von mir! Und sag ihr, ich komme nachher und besuche sie.

FRÄULEIN TESMAN: Ja, das will ich tun. Ach richtig, Jörgen – *Greift suchend in ihre Tasche.* – das hätt ich fast vergessen. Hier hab ich etwas für dich.

TESMAN: Was ist denn das, Tante? Was?

FRÄULEIN TESMAN *zieht ein flaches Päckchen in Zeitungspapier hervor und reicht es ihm*: Da, mein lieber Junge.

TESMAN *öffnet*: Herrje, nein, – die hast du für mich aufgehoben, Tante Julle! Hedda! Du, das ist wirklich rührend. Was?

HEDDA *bei den Etageren rechts*: Was ist's denn, mein Lieber?

TESMAN: Meine alten Morgenschuhe! Die Pantoffeln, du!

HEDDA: Ach so! Ja, ich erinnere mich, du hast auf der Reise oft von ihnen gesprochen.

TESMAN: Ich habe sie auch sehr vermißt. *Geht zu ihr hin.* Sieh mal, Hedda!

HEDDA *geht zum Ofen*: Ach laß nur! Das interessiert mich wirklich nicht.

TESMAN *folgt ihr*: Du, denk mal an, – die hat Tante Rina für mich gestickt – auf ihrem schweren Krankenlager. Ach, du glaubst nicht, wie viele Erinnerungen sich für mich an diese Pantoffeln knüpfen.

HEDDA *am Tisch*: Für mich aber kaum.

FRÄULEIN TESMAN: Da hat Hedda nicht so unrecht, Jörgen.

TESMAN: Ja, aber ich meine, jetzt, wo sie zur Familie gehört –

HEDDA *abbrechend*: Mit dem Mädchen wird sicher nicht gut auszukommen sein, Tesman!

FRÄULEIN TESMAN: Nicht auskommen, mit Berte?

TESMAN: Mein Schatz, – wie kommst du denn darauf? Was?

HEDDA *zeigt hin*: Sieh mal! Da hat sie ihren alten Hut auf dem Stuhl liegenlassen.

TESMAN *erschrocken, läßt die Schuhe zu Boden fallen*: Aber Hedda –!

HEDDA: Denk bloß, – wenn einer käme und das sähe.

TESMAN: Aber Hedda, – das ist ja Tante Julles Hut!

HEDDA: So?

FRÄULEIN TESMAN *nimmt den Hut*: Ja freilich ist es meiner. Und alt ist er übrigens gar nicht, liebe Hedda.

HEDDA: Ich hab ihn wirklich nicht so genau angesehen, Fräulein Tesman.

FRÄULEIN TESMAN *setzt den Hut auf und bindet die Hutbänder zu*: Es ist sogar das erste Mal, daß ich ihn aufhabe. Ja, weiß der liebe Gott, das ist es.

TESMAN: Und elegant ist er auch. Ganz prachtvoll!

FRÄULEIN TESMAN: Ach, das geht so, mein lieber Jörgen. *Sieht sich um.* Mein Sonnenschirm –? So, hier! *Nimmt ihn.* Denn das ist auch meiner. *Murmelt*: Und nicht Bertes.

TESMAN: Einen neuen Hut und einen neuen Sonnenschirm! Denk mal an, Hedda!

HEDDA: Sehr hübsch – sehr reizend.

TESMAN: Ja, nicht wahr? Was? – Aber Tante, sieh dir doch Hedda einmal richtig an, bevor du gehst. Sieh nur, wie hübsch und reizend sie ist!

FRÄULEIN TESMAN: Ach, mein Junge, das ist doch nichts Neues. Hedda war ja von jeher reizend. *Sie nickt und geht nach rechts.*

TESMAN *folgt ihr*: Hast du auch bemerkt, wie voll und üppig sie geworden ist? Daß sie zugenommen hat auf der Reise?

HEDDA *geht auf und ab*: Ach, laß doch das –!

FRÄULEIN TESMAN *ist stehengeblieben und wendet sich um*: Zugenommen?

TESMAN: Ja, Tante Julle, du kannst das nicht so recht sehen, wenn sie das Kleid da anhat. Aber ich, der Gelegenheit hat –

HEDDA *an der Glastür, ungeduldig*: Ach, zu gar nichts hast du Gelegenheit!

TESMAN: Es muß wohl die Gebirgsluft dort unten in Tirol gewesen sein –

HEDDA *kurz, abbrechend*: Ich bin noch ganz dieselbe wie vor der Reise.

TESMAN: Ja, das behauptest du! Aber ob du's auch wirklich bist?! Was meinst d u , Tante?

FRÄULEIN TESMAN *hat die Hände gefaltet und starrt Hedda an*: Reizend – reizend – reizend ist Hedda. *Geht auf sie zu, beugt mit beiden Händen Heddas Kopf herab und küßt sie aufs Haar.* Gott segne und behüte Hedda Tesman! Um Jörgens willen.

HEDDA *macht sich sanft los*: Ach –! Bitte!

FRÄULEIN TESMAN *in stiller Bewegung*: Kinder, jeden Tag, den Gott werden läßt, komm ich zu euch beiden.

TESMAN: Ja, Tante, das mußt du tun! Was?

FRÄULEIN TESMAN: Adieu, – adieu!

Sie geht durch die Vorzimmertür ab. Tesman begleitet sie hinaus. Die Tür bleibt halb offen. Man hört, wie Tesman seine Grüße an Tante Rina und seinen Dank für die Morgenschuhe wiederholt. Gleichzeitig geht Hedda im Zimmer auf und ab, hebt die Arme empor und ballt die Hände wie in Wut. Dann schlägt sie die Vorhänge von der Glastür zurück, bleibt stehen und sieht hinaus.

Nach einer Weile kommt Tesman zurück und schließt die Tür hinter sich.

TESMAN *hebt die Schuhe vom Boden auf*: Was siehst du denn da, Hedda?

HEDDA *wieder ruhig und sich beherrschend*: Ich sehe mir nur das Laub an. Es ist so gelb. Und so welk.

TESMAN *packt die Schuhe ein und legt sie auf den Tisch*: Wir sind ja doch auch schon weit im September.

HEDDA *wieder unruhig*: Freilich ja, – jetzt sind wir schon im – im September.

TESMAN: Sag mal, kam Tante Julle dir nicht merkwürdig vor? Beinah feierlich? Begreifst du, was mit ihr los war? Was?

HEDDA: Ich kenne sie doch kaum. Pflegt sie nicht öfters so zu sein?

TESMAN: Nein, nicht so wie heute.

HEDDA *entfernt sich von der Glastür*: Meinst du, sie hat die Geschichte mit dem Hut übelgenommen?

TESMAN: Ach, nicht sonderlich. Vielleicht ein klein bißchen im ersten Augenblick –

HEDDA: Was ist das aber auch für eine Manier, den Hut im Salon abzulegen. Das tut man doch nicht.

TESMAN: Na, du kannst überzeugt sein, Tante Julle tut's nicht wieder.

HEDDA: Übrigens will ich's schon wieder gutmachen.

TESMAN: Ach liebe, beste Hedda, wenn du das tun wolltest!

HEDDA: Wenn du nachher hingehst, so kannst du sie ja für den Abend einladen.

TESMAN: Ja, das will ich wirklich tun! Und dann weiß ich noch etwas, womit du ihr eine riesige Freude machen könntest.

HEDDA: Na?

TESMAN: Wenn du's über dich bringen könntest, du zu ihr zu sagen. Mir zuliebe, Hedda! Was?

HEDDA: Nein, nein, Tesman, – das mußt du wirklich nicht von mir verlangen. Ich hab es dir schon einmal gesagt. Ich will versuchen, sie Tante zu nennen. Und damit mag es gut sein.

TESMAN: Na ja denn. Ich meine nur, jetzt, wo du doch zur Familie gehörst –

HEDDA: Hm, – ich weiß nun freilich nicht – *Sie geht zur Türöffnung im Hintergrund.*

TESMAN *folgt ihr ein paar Schritte*: Ist dir etwas, Hedda? Was?

HEDDA: Ich sehe mir nur mein altes Klavier an. Das paßt nicht so recht zu den übrigen Sachen.

TESMAN: Wenn ich mein erstes Gehalt bekomme, dann wollen wir's umtauschen.

HEDDA: Nein, nein, – nicht umtauschen! Ich will es nicht hergeben. Wir wollen es lieber ins Hinterzimmer stellen. Und hier für den Salon, da können wir uns ja ein neues anschaffen. Bei Gelegenheit, mein ich.

TESMAN *etwas verzagt*: Ja, – das können wir ja auch tun.

HEDDA *nimmt das auf dem Klavier stehende Bukett in die Hand*: Diese Blumen standen gestern bei unserer Ankunft nicht hier.

TESMAN: Die hat dir gewiß Tante Julle mitgebracht.

HEDDA *sieht ins Bukett*: Eine Visitenkarte. *Nimmt sie und liest*: „Kommt im Laufe des Tages wieder." Errätst du, von wem das ist?

TESMAN: Nein. Von wem denn? Was?

HEDDA: Da steht: „Frau Landrat Elvsted".

TESMAN: Ist's möglich! Frau Elvsted! Fräulein Rysing, wie sie früher hieß.

HEDDA: Allerdings. Die herumlief und Aufsehen erregte mit einem Haar, das einen nervös machen konnte. Deine alte Flamme, wie ich mir habe sagen lassen.

TESMAN *lacht*: Na, das war bald wieder aus. Und dann war's doch auch, bevor ich d i c h kannte, Hedda. Aber denk mal an – s i e ist hier in der Stadt!

HEDDA: Merkwürdig, daß sie uns einen Besuch machen will. Ich kenne sie ja doch nicht weiter als vom Institut her.

TESMAN: Ich hab sie auch nicht mehr gesehen – Gott weiß wie lange. Daß sie's da oben aushält in solch einem abgelegenen Nest. Was?

HEDDA *überlegt und sagt plötzlich*: Sag mal, Tesman, – hält e r sich nicht da oben irgendwo auf, – er – der Ejlert Lövborg?

TESMAN: Ja freilich, genau da oben in der Gegend muß er sein.

BERTE *erscheint in der Vorzimmertür.*

BERTE: Gnädige Frau, jetzt ist sie wieder da, – die Dame, die vor einer Weile hier war und die Blumen abgegeben hat. *Zeigt hin.* Die gnädige Frau da in der Hand haben.

HEDDA: So, so? Lassen Sie sie nur eintreten.

Berte öffnet FRAU ELVSTED *die Tür und geht selbst hinaus. – Frau Elvsted ist eine zarte Erscheinung mit schönen, weichen Gesichtszügen. Die Augen sind hellblau, groß und rund, treten etwas hervor und haben einen verschüchtert fragenden Ausdruck. Das Haar ist auffallend hell, fast weißlich-blond, und ungewöhnlich reich und wellig. Sie ist ein paar Jahre jünger als Hedda. Sie trägt ein dunkles Kostüm, das geschmackvoll, aber nicht ganz nach der neuesten Mode ist.*

HEDDA *geht ihr freundlich entgegen*: Guten Tag, beste Frau Elvsted. Das ist ja reizend, daß Sie sich wieder einmal sehen lassen.

FRAU ELVSTED *nervös, sucht sich zu beherrschen*: Ja, es ist furchtbar lange her, daß wir uns nicht gesehen haben.

TESMAN *reicht ihr die Hand*: Und wir beide auch. Was?

HEDDA: Schönen Dank für Ihre herrlichen Blumen –

FRAU ELVSTED: Ach bitte –. Ich wollte gleich gestern nachmittag kommen. Aber ich hörte, Sie seien noch nicht von der Reise zurück –

TESMAN: Sie sind wohl noch nicht lange in der Stadt? Was?

FRAU ELVSTED: Ich bin gestern gegen Mittag angekommen. Ach, ich war sehr verzweifelt, als ich hörte, daß Sie nicht da seien.

HEDDA: Verzweifelt! Warum denn?

TESMAN: Meine liebste, beste Frau Rysing – Frau Elvsted wollt ich sagen –

HEDDA: Es ist doch wohl nichts Schlimmes?

FRAU ELVSTED: Ja, doch! Und ich weiß sonst keine Menschenseele hier, an die ich mich wenden könnte.

HEDDA *legt das Bukett auf den Tisch*: Kommen Sie, wir wollen uns aufs Sofa setzen –

FRAU ELVSTED: Ach, ich habe zum Sitzen weder Rast noch Ruh.

HEDDA: Ach, das müssen Sie haben. Kommen Sie nur.

Sie nötigt Frau Elvsted aufs Sofa und setzt sich neben sie.

TESMAN: Na? Also, gnädige Frau –?

HEDDA: Ist etwas da oben bei Ihnen passiert?

FRAU ELVSTED: Ja – und auch wieder nicht. Ach – ich wünschte von Herzen, Sie möchten mich nicht mißverstehen –

HEDDA: Aber dann wär es wirklich das beste, Sie sprächen frei heraus, Frau Elvsted.

TESMAN: Denn deswegen sind Sie doch wohl gekommen. Was?

FRAU ELVSTED: Ja, ja, – freilich. Und so will ich Ihnen denn sagen – wenn Sie es nicht schon wissen, – Ejlert Lövborg ist auch in der Stadt.

HEDDA: Lövborg –!

TESMAN: Was? Ejlert Lövborg ist wieder da? Denk mal an, Hedda!

HEDDA: Mein Gott, ich hör es ja.

FRAU ELVSTED: Er ist schon seit einer ganzen Woche hier. Der Gedanke – eine ganze Woche! In dieser gefährlichen Stadt. Allein! Wo es hier so viele schlechte Gesellschaft gibt.

HEDDA: Aber beste Frau Elvsted, – was geht Lövborg Sie denn eigentlich an?

FRAU ELVSTED *sieht sie verschüchtert an und sagt schnell*: Er ist der Lehrer der Kinder gewesen.

HEDDA: Ihrer Kinder?

FRAU ELVSTED: Der Kinder meines Mannes. Ich habe keine.

HEDDA: Also Ihrer Stiefkinder.

FRAU ELVSTED: Ja.

TESMAN *nach dem rechten Ausdruck suchend*: War er denn so weit – ich weiß nicht, wie ich mich ausdrücken soll, – so weit – regelmäßig in seinem Lebenswandel, daß man ihm s o etwas anvertrauen konnte? Was?

FRAU ELVSTED: In den letzten paar Jahren war nichts an ihm auszusetzen.

TESMAN: Wirklich nicht? Denk mal, Hedda!

HEDDA: Ich hör es.

FRAU ELVSTED: Nicht das geringste, das versichere ich Ihnen! In jeder Hinsicht. Trotzdem aber –. Jetzt, da ich ihn hier weiß – in der großen Stadt –. Und das viele Geld in Händen. Jetzt hab ich eine Todesangst um ihn.

TESMAN: Aber warum ist er dann nicht lieber da geblieben, wo er war? Bei Ihnen und Ihrem Mann? Was?

FRAU ELVSTED: Als das Buch herausgekommen war, da hatte er bei uns keinen Augenblick Ruhe mehr.

TESMAN: Ja, 's ist ja wahr – Tante Julle sagte, er hätte ein neues Buch veröffentlicht.

FRAU ELVSTED: Ja, ein großes neues Werk, das von der Entwicklung der Kultur handelt – so im allgemeinen. Es ist so etwa vierzehn Tage her. Und als es nun so viel gekauft und gelesen wurde – und so ungewöhnliches Aufsehen erregte –

TESMAN: So, das tat es also? Dann muß es wohl was gewesen sein, was er noch aus seinen guten Tagen liegen hatte.

FRAU ELVSTED: Von früher her, meinen Sie?

TESMAN: Ja.

FRAU ELVSTED: Nein, er hat es von A bis Z oben bei uns geschrieben. Jetzt – in dem letzten Jahr.

TESMAN: Das ist ja erfreulich zu hören, Hedda! Denk mal an, du!

FRAU ELVSTED: Ach ja, wenn es nur von Dauer sein möchte!

HEDDA: Haben Sie ihn hier schon gesehen?

FRAU ELVSTED: Nein, noch nicht. Ich hatte so große Mühe damit, seine Adresse zu ermitteln. Aber heut morgen hab ich sie dann endlich bekommen.

HEDDA *sieht sie prüfend an*: Eigentlich find ich es ein bißchen merkwürdig von Ihrem Mann – hm –

FRAU ELVSTED *zuckt nervös zusammen*: Von meinem Mann? Was denn?

HEDDA: Daß er Sie mit solchem Auftrag in die Stadt schickt. Daß er nicht selbst herkommt und seinen Freund aufsucht.

FRAU ELVSTED: Ach nein, nein, – mein Mann hat dazu keine Zeit. Und dann hatte ich – auch einige Einkäufe zu machen.

HEDDA *lächelt flüchtig*: Na, das ist ja dann etwas anderes.

FRAU ELVSTED *steht rasch und in Unruhe auf*: Und nun bitt ich Sie inständig, Herr Tesman, – nehmen Sie Lövborg freundlich auf, wenn er zu Ihnen kommt! Und das tut er sicher. Mein Gott – Sie sind ja früher so gute Freunde gewesen. Und überdies treiben Sie ja beide ganz dieselben Studien. Dieselbe Wissenschaft – soweit ich das beurteilen kann.

TESMAN: Na, früher war das wenigstens der Fall.

FRAU ELVSTED: Ja, und deshalb bitt ich Sie inständig, daß auch Sie ein wachsames Auge auf ihn haben möchten. Nicht wahr, Herr Tesman, – das versprechen Sie mir?

TESMAN: Ja, von Herzen gern, Frau Rysing –

HEDDA: Elvsted.

TESMAN: Ich will gern für Ejlert alles tun, was in meiner Macht steht. Darauf können Sie sich verlassen.

FRAU ELVSTED: Ach, wie lieb und gut das von Ihnen ist! *Drückt seine Hände.* Ich danke Ihnen, danke Ihnen sehr! *Erschrocken*: Mein Mann hält nämlich doch so furchtbar viel von ihm.

HEDDA *steht auf*: Du solltest ihm schreiben, Tesman. Denn vielleicht kommt er nicht von selbst zu dir.

TESMAN: Ja, das wäre wohl das richtigste, Hedda? Was?

HEDDA: Und je früher du es tust, desto besser. Am besten gleich auf der Stelle.

FRAU ELVSTED *bittend*: Ach ja, wenn Sie das tun wollten!

TESMAN: Ich schreibe ihm auf der Stelle. Haben Sie seine Adresse, Frau – Frau Elvsted?

FRAU ELVSTED: Ja. *Reicht ihm einen kleinen Zettel, den sie aus der Tasche zieht.* Da ist sie.

TESMAN: Gut, gut. Ich geh in mein – *Sieht sich um.* Ja so, die Pantoffeln? Ah, dort. *Nimmt das Päckchen und will gehen.*

HEDDA: Schreib ihm nur recht warm und freundschaftlich. Und auch recht ausführlich.

TESMAN: Ja, das will ich.

FRAU ELVSTED: Aber bitte, bitte, kein Wort davon, daß ich für ihn gebeten habe!

TESMAN: Nein, das versteht sich doch von selbst. Was?

Er geht durch das Hinterzimmer rechts ab.

HEDDA *geht auf Frau Elvsted zu, lächelt und sagt mit gedämpfter Stimme*: So! Da haben wir zwei Fliegen mit einer Klappe geschlagen.

FRAU ELVSTED: Wie meinen Sie das?

HEDDA: Haben Sie nicht begriffen, daß ich ihn fortgeschickt habe?

FRAU ELVSTED: Ja, damit er den Brief schreibt –

HEDDA: Und auch, damit ich mit Ihnen allein sprechen kann.

FRAU ELVSTED *verwirrt*: Über diese Sache?

HEDDA: Ja, eben darüber.

FRAU ELVSTED *angstvoll*: Aber da ist ja weiter nichts zu erzählen, Frau Tesman. Wirklich nichts.

HEDDA: O, freilich da ist noch mehr zu sagen – noch sehr viel mehr. So viel versteh ich denn doch davon. Kommen Sie, – wir wollen uns hierher setzen. *Sie nötigt Frau Elvsted in den Lehnstuhl am Ofen und setzt sich auf einen der Hocker.*

FRAU ELVSTED *ängstlich, sieht auf ihre Uhr*: Aber meine liebe, gute Frau Tesman –. Ich hatte eigentlich vor, jetzt zu gehen.

HEDDA: Ach, das eilt doch nicht so sehr. – Nicht? Nun erzählen Sie mir doch mal, wie's bei Ihnen zu Hause geht.

FRAU ELVSTED: Ach, gerade darüber möcht ich am allerwenigsten sprechen.

HEDDA: Aber mir gegenüber doch, meine Liebe –? Mein Gott, wir sind doch zusammen in die Schule gegangen.

FRAU ELVSTED: Aber Sie waren eine Klasse über mir. Ach, was für eine Angst hatte ich damals vor Ihnen!

HEDDA: Angst – vor mir?

FRAU ELVSTED: Ja. Eine schreckliche Angst. Denn wenn Sie mir auf der Treppe begegneten, dann zogen Sie mich immer an den Haaren.

HEDDA: Wirklich? Das hab ich getan?

FRAU ELVSTED: Ja, und einmal sagten Sie sogar, Sie würden es mir absengen.

HEDDA: Ach, das war doch bloß so dahergeredet, wissen Sie.

FRAU ELVSTED: Ja, aber ich war damals noch so dumm. – Und seitdem jedenfalls – sind wir so weit – weit auseinandergekommen. Die Kreise, in denen wir lebten, waren doch so ganz verschieden.

HEDDA: Na, so wollen wir versuchen, einander wieder näherzukommen. Nun hören Sie mal, in der Schule sagten wir doch du zueinander. Und dann nannten wir uns beim Vornamen –

FRAU ELVSTED: Nein, da irren Sie sich gewiß.

HEDDA: Nein, durchaus nicht. Ich erinnere mich noch ganz genau. Und darum wollen wir auch jetzt befreundet sein, wie in alten Tagen. *Rückt mit dem Hocker näher heran.* So! *Küßt sie auf die Wange.* Jetzt sagst du du zu mir und nennst mich Hedda.

FRAU ELVSTED *drückt und streichelt ihr die Hände*: Ach, soviel Güte und Freundlichkeit –! An so etwas bin ich gar nicht gewöhnt.

HEDDA: So, so, so! Und ich sage du zu dir, geradeso wie früher, und nenne dich meine liebe Thora.

FRAU ELVSTED: Thea heiß ich.

HEDDA: Ja, richtig. Natürlich. Thea wollt ich sagen. *Sieht sie teilnehmend an.* So, – du bist so wenig an Güte und Freundlichkeit gewöhnt, Thea? Und bei dir zu Hause?

FRAU ELVSTED: Ach, wenn ich nur ein Zuhause hätte! Aber ich habe keins. Hab nie eins gehabt.

HEDDA *blickt sie an*: Ich habe es geahnt, daß es so etwas sein müßte.

FRAU ELVSTED *starrt hilflos vor sich hin*: Ja, – ja, – ja.

HEDDA: Ich kann mich nicht mehr so genau entsinnen – bist du nicht ursprünglich als Haushälterin zu Elvsted gekommen?

FRAU ELVSTED: Eigentlich war ich als Gouvernante angestellt worden. Aber seine Frau, – die damalige Frau, – war kränklich – und meistens bettlägerig. So mußte ich mich auch der Wirtschaft annehmen.

HEDDA: Aber dann – zuletzt – wurdest du die Frau des Hauses.

FRAU ELVSTED *gedrückt*: Ja, dann wurde ich es.

HEDDA: Laß mich nachdenken – wie lange ist das nun ungefähr her?

FRAU ELVSTED: Daß ich verheiratet bin?

HEDDA: Ja.

FRAU ELVSTED: Das ist nun fünf Jahre her.

HEDDA: Ja, richtig; so lange muß es sein.

FRAU ELVSTED: Ach diese fünf Jahre –! Oder eigentlich die zwei – drei letzten! Ach, wenn Sie sich vorstellen könnten –

HEDDA *klopft ihr leicht auf die Hand*: S i e ? Schändlich, Thea!

FRAU ELVSTED: Nein, nein, ich will's probieren. – Ja, wenn – wenn du nur ahnen und verstehen könntest –

HEDDA *leichthin*: Ejlert Lövborg ist ja auch so an die drei Jahre, glaub ich, da oben gewesen.

FRAU ELVSTED *sieht sie unsicher an*: Ejlert Lövborg? Ja – das ist er.

HEDDA: Hast du ihn schon von der Stadt her gekannt?

FRAU ELVSTED: So gut wie gar nicht. Das heißt, – dem Namen nach, natürlich.

HEDDA: Aber da oben – da kam er also ins Haus zu euch?

FRAU ELVSTED: Ja, er kam jeden Tag zu uns herüber. Er hatte ja die Kinder zu unterrichten. Denn ich allein konnte auf die Dauer nicht alles bewältigen.

HEDDA: Das ist begreiflich. – Und dein Mann –? Der ist wahrscheinlich oft auf Reisen?

FRAU ELVSTED: Ja, Sie – du kannst dir wohl denken, er muß als Landrat häufig im Bezirk umherreisen.

HEDDA *lehnt sich an den Stuhlrücken*: Thea, – arme liebe Thea, – nun mußt du mir aber alles erzählen, – so wie es ist.

FRAU ELVSTED: Ja, dann mußt du fragen.

HEDDA: Ja, wie ist denn eigentlich dein Mann, Thea? Ich meine, – so – im Umgang. Ist er gut zu dir?

FRAU ELVSTED *ausweichend*: Er hat gewiß die besten Absichten bei allem, was er tut.

HEDDA: Ich glaube nur, er muß viel zu alt für dich sein. Gewiß über zwanzig Jahre älter?

FRAU ELVSTED *irritiert*: Das auch. Eins kommt zum andern. Alles ist mir an ihm zuwider. Wir haben nicht e i n e n Gedanken gemeinsam. Aber auch absolut gar nichts – er und ich.

HEDDA: Aber hat er dich nicht trotzdem gern? So auf s e i n e Art.

FRAU ELVSTED: Ach, was weiß ich. Er sieht in mir sicher nur etwas, das ihm nützlich ist. Und dann kostet es nicht viel, mich zu halten. Ich bin billig.

HEDDA: Das ist dumm von dir.

FRAU ELVSTED *schüttelt den Kopf*: Das ist nun einmal nicht anders. Mit ihm nicht. So recht lieb hat er gewiß nur sich selbst. Und vielleicht die Kinder ein bißchen.

HEDDA: Und Ejlert Lövborg auch, Thea.

FRAU ELVSTED *sieht sie an*: Ejlert Lövborg! Wie kommst du darauf?

HEDDA: Aber, meine Liebe, – ich meine doch, wenn dein Mann dich seinetwegen so weit reisen läßt – bis hierher – *Lächelt fast unmerklich.* Und außerdem hast du selbst es doch zu Tesman gesagt.

FRAU ELVSTED *mit nervösem Zucken*: Ach so! Ja, das mag wohl sein. *Sagt mit innerer Erregung, doch in gedämpftem Ton*: Nein, – ich kann es dir ebensogut auch gleich sagen! Denn es kommt ja sowieso ans Tageslicht.

HEDDA: Aber, meine liebe Thea –?

FRAU ELVSTED: Na, kurz und gut! Mein Mann hat gar nichts von meiner Abreise gewußt.

HEDDA: Was ist das! Dein Mann hat nichts davon gewußt!

FRAU ELVSTED: Natürlich nicht. Er war außerdem nicht zu Hause. War verreist, – er auch. Ach, ich konnt es nicht länger aushalten, Hedda! Es war ganz und gar unmöglich! So allein, wie ich jetzt da oben gewesen wäre.

HEDDA: Nun? Und?

FRAU ELVSTED: Und da habe ich meine Sachen zusammengepackt, weißt du, nur das Notwendigste. In aller Stille. Und dann habe ich das Haus verlassen.

HEDDA: So ohne weiteres?

FRAU ELVSTED: Ja. Und bin mit der Bahn direkt hierher gefahren.

HEDDA: Aber, meine liebe, gute Thea, – daß du das gewagt hast!

FRAU ELVSTED *steht auf und geht durchs Zimmer*: Ja, was in aller Welt hätt ich denn sonst tun sollen!

HEDDA: Und was glaubst du, was dein Mann sagen wird, wenn du wieder nach Hause kommst?

FRAU ELVSTED *am Tische, sieht sie an*: Da hinauf zu i h m ?

HEDDA: Ja, – ja?

FRAU ELVSTED: Zu ihm geh ich nie wieder zurück.

HEDDA *steht auf und nähert sich ihr*: Du bist also – allen Ernstes – auf und davon gegangen?

FRAU ELVSTED: Ja. Was anderes, glaub ich, blieb mir nicht übrig.

HEDDA: Und – daß du so vor den Augen aller Welt davongegangen bist.

FRAU ELVSTED: Ach, so etwas läßt sich ja doch nicht verheimlichen.

HEDDA: Und was glaubst du denn, werden die Leute von dir sagen, Thea?

FRAU ELVSTED: Die mögen in Gottes Namen sagen, was sie wollen! *Läßt sich müde und bedrückt aufs Sofa nieder.* Denn ich habe nichts anderes getan, als was ich tun m u ß t e .

HEDDA *nach kurzer Pause*: Was gedenkst du nun anzufangen? Was hast du vor?

FRAU ELVSTED: Das weiß ich noch nicht. Ich weiß nur, ich muß da leben, wo Ejlert Lövborg lebt. – Wenn ich überhaupt leben soll.

HEDDA *schiebt einen Stuhl vom Tisch heran, setzt sich neben sie und streichelt ihr die Hände*: Thea, – wie ist dieses – dieses Freundschaftsverhältnis – zwischen dir und Ejlert Lövborg entstanden?

FRAU ELVSTED: Ach, so ganz allmählich. Ich gewann so etwas wie Macht über ihn.

HEDDA: So?

FRAU ELVSTED: Er ließ von seinen alten Gewohnheiten. Nicht, weil ich ihn darum bat. Denn das wagte ich nie. Aber er merkte wohl, daß mir so etwas zuwider war. Und so ließ er's.

HEDDA *verbirgt ein unwillkürliches Hohnlächeln*: Du hast ihn also, wie man so sagt, wiederaufgerichtet – du, die kleine Thea!

FRAU ELVSTED: So sagt er selbst wenigstens. Und er, – seinerseits, – er hat sozusagen einen wirklichen Menschen aus mir gemacht. Mich denken gelehrt – und allerlei verstehen.

HEDDA: Hat er d i r vielleicht auch Unterricht gegeben?

FRAU ELVSTED: Nein, nicht gerade Unterricht. Aber er sprach mit mir. Sprach über so unendlich vieles und verschiedenes. Und dann kam die schöne, glückliche Zeit, in der ich an seiner Arbeit teilnehmen durfte! Als ich ihm helfen durfte.

HEDDA: So, das durftest du?

FRAU ELVSTED: Ja! Wenn er etwas schrieb, so war ich immer dabei.

HEDDA: Wie zwei gute Kameraden also.

FRAU ELVSTED *lebhaft*: Kameraden! Ja, denk nur, Hedda, – so nannte er's auch! – Ach, ich sollte mich ja wirklich glücklich fühlen. Aber das kann ich auch nicht. Denn ich weiß ja nicht, ob's von Dauer sein wird.

HEDDA: Bist du denn seiner nicht sicher?

FRAU ELVSTED *gedrückt*: Der Schatten einer Frau steht zwischen Lövborg und mir.

HEDDA *sieht sie gespannt an*: Wer kann das sein?

FRAU ELVSTED: Weiß nicht. Irgendeine aus – aus seiner Vergangenheit. Eine, die er gewiß nie so recht hat vergessen können.

HEDDA: Hat er darüber etwas gesagt?

FRAU ELVSTED: Er hat nur ein einziges Mal – so nebenbei – darauf hingedeutet.

HEDDA: Nun? Und was hat er gesagt?

FRAU ELVSTED: Er hat gesagt, als sie sich trennten, wollte sie ihn mit einer Pistole erschießen.

HEDDA *kalt, sich beherrschend*: Ach was! So was pflegt man doch hier nicht zu tun.

FRAU ELVSTED: Nein. Und darum glaub ich, es muß die rothaarige Sängerin gewesen sein, die er eine Zeitlang –

HEDDA: Ja, das kann wohl sein.

FRAU ELVSTED: Denn ich erinnere mich, es hieß von ihr, sie hätte immer eine Schußwaffe bei sich.

HEDDA: Na – dann war sie es natürlich.

FRAU ELVSTED *ringt die Hände*: Ja aber denk dir bloß, Hedda, – ich höre, die Sängerin, – die ist wieder in der Stadt! – Ach, ich bin der Verzweiflung nahe!

HEDDA *blickt verstohlen nach dem Hinterzimmer*: Pst! Da kommt Tesman. *Steht auf und flüstert*: Thea, – alles das muß zwischen dir und mir bleiben.

FRAU ELVSTED *springt auf*: Ach ja, – ja! Um Gottes willen –

TESMAN, *mit einem Brief in der Hand, kommt von rechts durch das Hinterzimmer.*

TESMAN: So, – nun ist die Epistel fix und fertig.

HEDDA: Das ist ja schön. Aber Frau Elvsted will jetzt gehen, glaub ich. Warte ein wenig! Ich begleite sie bis ans Gartentor.

TESMAN: Du, Hedda, – könnte vielleicht Berte das da besorgen?

HEDDA *nimmt den Brief*: Ich will's ihr sagen.

BERTE *kommt vom Vorzimmer.*

BERTE: Der Herr Assessor Brack ist da und sagt, er möchte die Herrschaften gern begrüßen.

HEDDA: Bitten Sie den Herrn Assessor einzutreten. Und dann, – hören Sie, – bringen Sie diesen Brief zum Kasten.

BERTE *nimmt den Brief*: Jawohl, gnädige Frau.

Sie öffnet ASSESSOR BRACK *die Tür und geht ab. Der Assessor ist ein Herr von fünfundvierzig Jahren. Untersetzt, doch von feiner Gestalt; elastische Bewegungen. Ein rundliches Gesicht mit edlem Profil. Das Haar kurz geschnitten, noch fast schwarz und sorgfältig frisiert. Die Augen lebhaft, beweglich. Die Augenbrauen stark, ebenso der Knebelbart, mit gestutzten Spitzen. Er trägt einen eleganten Straßenanzug, der aber für sein Alter etwas zu jugendlich ist. Hat einen Kneifer auf, den er hin und wieder fallen läßt.*

BRACK, *den Hut in der Hand, grüßt*: Darf man so früh am Tage kommen?

HEDDA: Freilich darf man das.

TESMAN: Sie sind stets willkommen! *Vorstellend*: Herr Assessor Brack – Fräulein Rysing.

HEDDA: Oh –!

BRACK *verbeugt sich*: Ah – freut mich sehr –

HEDDA *sieht ihn an und lacht*: Es ist wirklich amüsant, Sie einmal bei Tageslicht in Augenschein nehmen zu können, lieber Assessor.

BRACK: Verändert – finden Sie vielleicht?

HEDDA: Ja, etwas jünger, glaub ich.

BRACK: Danke verbindlichst.

TESMAN: Aber was sagen Sie zu Hedda! Was? Sieht sie nicht blühend aus? Sie ist förmlich –

HEDDA: Ach, so laß mich doch aus dem Spiel! Danke lieber dem Herrn Assessor für die viele Mühe, die er gehabt hat –

BRACK: Ach was, – das war mir nur ein Vergnügen –

HEDDA: Ja, Sie sind eine treue Seele. Aber meine Freundin steht da und brennt darauf, wegzukommen. Auf Wiedersehen, Herr Assessor! Ich bin gleich wieder da.

Gegenseitige Verabschiedung. Frau Elvsted und Hedda gehen durch die Vorzimmertür hinaus.

BRACK: Na – ist Ihre Frau einigermaßen zufrieden –?

TESMAN: Ja, wir können Ihnen nicht dankbar genug sein. Das heißt, – eine kleine Umstellung, hör ich, ist hier und da noch nötig. Und es fehlt auch noch das eine oder andere. Wir werden uns wohl noch ein paar Kleinigkeiten anschaffen müssen.

BRACK: So? Wirklich?

TESMAN: Aber damit sollen Sie nicht behelligt werden. Hedda sagte, sie will es selbst besorgen, was noch fehlt. – Wollen wir uns nicht setzen? Was?

BRACK: Danke sehr; einen kleinen Augenblick. *Setzt sich an den Tisch.* Ich möchte mit Ihnen gern etwas besprechen, lieber Tesman.

TESMAN: So? Ah, verstehe! *Setzt sich.* Jetzt kommt vermutlich der e r n s t e Teil des Festes an die Reihe? Was?

BRACK: Ach, mit den Geldangelegenheiten eilt es nicht so sehr. Übrigens hätt ich allerdings gewünscht, wir hätten uns ein bißchen einfacher eingerichtet.

TESMAN: Aber das wäre doch absolut nicht gegangen. Vergessen Sie doch Hedda nicht, mein Lieber! Sie kennen sie doch gut –. Ich konnte ihr doch nicht einen so ganz kleinbürgerlichen Rahmen bieten.

BRACK: Nein, nein, – da liegt der Hase im Pfeffer.

TESMAN: Und dann – glücklicherweise – kann es ja auch nicht mehr lange dauern, bis ich meine Ernennung bekomme.

BRACK: Ach, wissen Sie, – so etwas kann sich oft sehr in die Länge ziehen.

TESMAN: Haben Sie am Ende etwas Näheres gehört? Was?

BRACK: Nichts ganz Bestimmtes –. *Abbrechend.* Doch, stimmt – eine Neuigkeit kann ich Ihnen erzählen.

TESMAN: Na?

BRACK: Ihr alter Freund, Ejlert Lövborg, ist wieder in der Stadt.

TESMAN: Das weiß ich schon.

BRACK: So? Woher haben Sie's denn erfahren?

TESMAN: Die Dame hat es erzählt, die eben mit Hedda hinausging.

BRACK: So – so! Wie hieß sie doch? Ich hab den Namen nicht richtig verstanden –

TESMAN: Frau Elvsted.

BRACK: Aha – so, die Frau des Landrats. Ja, – bei denen da oben hat er sich ja aufgehalten.

TESMAN: Und denken Sie mal, – da hör ich zu meiner größten Freude, daß er wieder ein ganz ordentlicher Mensch geworden ist!

BRACK: Ja, das behauptet man ja.

TESMAN: Und er soll ja ein neues Buch herausgegeben haben. Was?

BRACK: O ja, das hat er.

TESMAN: Und Aufsehen hat es ja wohl auch erregt!

BRACK: Ganz ungewöhnliches Aufsehen hat es erregt.

TESMAN: Denken Sie mal! – Ist es nicht eine Freude, so etwas zu hören? Er, mit seinen ungewöhnlichen Fähigkeiten –. Ich war schon, zu meinem Bedauern, davon überzeugt, daß er endgültig gescheitert sei.

BRACK: Das war auch die allgemeine Ansicht.

TESMAN: Ich begreife nur nicht, was er jetzt anfangen wird. Wovon in aller Welt will er denn leben? Was?

HEDDA *ist während der letzten Worte wieder durch die Vorzimmertür eingetreten.*

HEDDA *zu Brack, etwas höhnisch lächelnd:* Den lieben langen

Tag macht sich Tesman darüber Sorgen, wovon man leben soll.

TESMAN: Mein Gott, – wir reden ja doch von dem armen Ejlert Lövborg.

HEDDA *sieht ihn rasch an*: Ach so? *Setzt sich in den Lehnstuhl und fragt gleichgültig*: Was ist denn mit ihm los?

TESMAN: Na, – sein Erbteil hat er gewiß schon längst durchgebracht. Und ein neues Buch kann er wohl auch nicht jedes Jahr schreiben. Was? Na, – da frag ich mich wirklich, was aus ihm werden soll.

BRACK: Darüber könnte ich Ihnen vielleicht etwas erzählen.

TESMAN: Na!

BRACK: Sie dürfen nicht vergessen, er hat Verwandte, die nicht wenig Einfluß haben.

TESMAN: Ach – die Verwandten, – die haben ihn ja leider ganz fallenlassen.

BRACK: Früher nannten sie ihn doch die Hoffnung der Familie.

TESMAN: Ja, früher! Aber das hat er sich doch selbst verscherzt.

HEDDA: Wer weiß? *Lächelt leicht.* Oben bei Elvsteds hat man ihn ja wiederaufgerichtet –

BRACK: Und dazu das Buch, das herausgekommen –

TESMAN: Ja, ja, Gott gebe, man könnte ihm wirklich auf irgendeine Weise helfen. Ich habe eben an ihn geschrieben. Du, Hedda, ich habe ihn eingeladen, heut abend zu uns zu kommen.

BRACK: Aber, mein Bester, Sie wollten doch heute zu meinem Junggesellenabend kommen. Das haben Sie mir doch gestern auf der Landungsbrücke versprochen.

HEDDA: Hattest du das vergessen, Tesman?

TESMAN: Weiß der liebe Gott, ja!

BRACK: Übrigens können Sie ganz ruhig sein, – er kommt nicht.

TESMAN: Wieso glauben Sie? Was?

BRACK *etwas zögernd, steht auf und stützt die Hände auf die Stuhllehne*: Lieber Tesman –. Und auch Sie, Frau Tesman –. Ich kann es nicht verantworten, Sie in Unkenntnis zu lassen über eine Sache, die – die –

TESMAN: Die Ejlert betrifft –?

BRACK: Sie u n d ihn.

TESMAN: Aber, lieber Assessor, so sprechen Sie doch!

BRACK: Sie müssen darauf vorbereitet sein, daß Ihre Ernennung vielleicht nicht so rasch erfolgt, wie Sie es wünschen und erwarten.

TESMAN *springt unruhig auf*: Ist irgendwas passiert? Was?

BRACK: Die Besetzung der Stelle dürfte vielleicht abhängig gemacht werden von einer Konkurrenz –

TESMAN: Konkurrenz! Denk mal an, Hedda!
HEDDA *lehnt sich weiter zurück in den Stuhl*: Ah, schau, – schau!
TESMAN: Aber mit wem denn! Doch wohl nie und nimmer mit –?
BRACK: Allerdings. Mit Ejlert Lövborg.
TESMAN *schlägt die Hände zusammen*: Nein, nein, – das ist ja ganz undenkbar! Ein Ding der Unmöglichkeit! Was?
BRACK: Hm, – wir können's vielleicht d o c h erleben.
TESMAN: Aber, mein lieber Assessor, – das wäre ja doch die unglaublichste Rücksichtslosigkeit gegen mich! *Fuchtelt mit den Armen.* Denn – denken Sie doch, – ich bin ja ein verheirateter Mann! Wir haben ja doch auf diese Aussicht hin geheiratet, Hedda und ich. Sind hingegangen und haben eine Menge Schulden gemacht. Und auch von Tante Julle Geld geliehen. Herrgott, – ich hatte ja doch die Anstellung so gut wie in der Tasche. Was?
BRACK: Na, na, na, – die Anstellung bekommen Sie wahrscheinlich auch. Aber erst nach einem Wettbewerb.
HEDDA *unbeweglich im Lehnstuhl*: Du, Tesman, denk mal – das wird beinah eine Art Sport.
TESMAN: Aber liebste Hedda, wie kannst du das nur so gleichgültig aufnehmen!
HEDDA *wie oben*: Das tu ich gar nicht. Ich bin wirklich gespannt auf den Ausgang.
BRACK: In jedem Fall, Frau Tesman, ist es gut, daß Sie jetzt wissen, wie die Dinge stehen. Ich meine, – bevor Sie damit beginnen, die kleinen Einkäufe zu machen, mit denen Sie drohen, wie ich höre.
HEDDA: Das kann daran nichts ändern.
BRACK: Ach so? Das ist etwas anderes. Adieu! *Zu Tesman*: Wenn ich meinen Nachmittagsspaziergang mache, komm ich vorbei und hole Sie ab.
TESMAN: Ach ja ja, –, – ich weiß weder aus noch ein.
HEDDA *zurückgelehnt, streckt die Hand aus*: Adieu, lieber Assessor! Und auf baldiges Wiedersehen.
BRACK: Besten Dank. Adieu, adieu!
TESMAN *begleitet ihn bis zur Tür*: Adieu, lieber Assessor! Sie müssen mich schon entschuldigen –

Brack geht durch die Vorzimmertür hinaus.

TESMAN *geht durchs Zimmer*: Ach Hedda, – man sollte sich doch wirklich nicht hineinwagen ins Land der Abenteuer. Was?
HEDDA *sieht ihn an und lächelt*: Tust du das denn?
TESMAN: Ja, hör mal – es läßt sich nicht leugnen, – es w a r abenteu-

erlich, hinzugehen und zu heiraten und Haus und Herd zu gründen auf lauter leere Aussichten hin.

HEDDA: Da hast du am Ende recht.

TESMAN: Na, unser gemütliches Heim, das haben wir jedenfalls, Hedda! Denk mal an, – das Heim, das wir beide uns immer erträumt haben. Wofür wir geschwärmt haben, möcht ich fast sagen. Was?

HEDDA *steht auf, langsam und müde*: Es war doch abgemacht, daß wir gesellig leben – ein großes Haus führen wollten.

TESMAN: Herrgott, ja, – und wie hatte ich mich darauf gefreut! Denk mal an, – dich als Frau des Hauses zu sehen, – in einem auserwählten Kreis! Was? – Ja, ja, ja, – vorläufig müssen wir beide also allein und einsam hier leben, Hedda. Dürfen höchstens Tante Julle zwischendurch mal bei uns sehen. – Ach, und wie ganz – ganz anders hättest du es doch haben sollen –!

HEDDA: Den Diener in Livree bekomm ich natürlich nun fürs erste nicht.

TESMAN: Ach nein – leider. Einen Bedienten halten, – davon, sieh mal, kann doch jetzt unmöglich die Rede sein.

HEDDA: Und das Reitpferd, das ich haben sollte –

TESMAN *erschrocken*: Das Reitpferd?

HEDDA: – an das darf ich jetzt wohl nicht mal denken.

TESMAN: Gott bewahre, nein – das versteht sich doch von selbst.

HEDDA *geht im Zimmer auf und ab*: Na, – e t w a s hab ich doch jedenfalls, um mich inzwischen aufzuheitern.

TESMAN *freudestrahlend*: Ach, Gott sei Lob und Dank! Und was ist denn das, Hedda? Was?

HEDDA *an der Türöffnung, sieht ihn mit unterdrücktem Hohn an*: Meine Pistolen, – Jörgen.

TESMAN *in Angst*: Die Pistolen!

HEDDA *mit kalten Augen*: General Gablers Pistolen.

Sie geht durch das Hinterzimmer nach links ab.

TESMAN *läuft zur Türöffnung und ruft ihr nach*: Aber um Gottes willen, liebste Hedda, – laß die Hände von den gefährlichen Dingern! Mir zuliebe, Hedda! Was?

ZWEITER AKT

Das Gesellschaftszimmer bei Tesmans, wie im ersten Akt; dort, wo das Klavier gestanden hatte, steht jetzt ein eleganter kleiner Schreibtisch mit Bücherfach. An das Sofa links ist ein kleiner Tisch gestellt. Die meisten Blumen sind verschwunden. Frau Elvsteds Bukett steht auf dem größeren Tisch im Vordergrunde. – Es ist Nachmittag.

HEDDA, *im eleganten Nachmittagskleid, ist allein im Zimmer. Sie steht an der offenen Glastür und lädt einen Revolver. Ein zweiter liegt in einem offenen Pistolenkasten auf dem Schreibtisch.*

HEDDA *sieht in den Garten hinunter und ruft*: Zum zweiten Mal heute guten Tag, Herr Assessor!

BRACK *noch nicht zu sehen, aus einiger Entfernung*: Gleichfalls, Frau Tesman.

HEDDA *erhebt die Pistole und zielt*: Jetzt erschieße ich Sie, Herr Assessor.

BRACK *ruft unten*: Nein – nein – nein! Zielen Sie doch nicht so direkt auf mich!

HEDDA: Das kommt davon, wenn man versteckte Wege geht!

Sie schießt.

BRACK *näher*: Sind Sie denn ganz verrückt –!

HEDDA: Herrgott, – hab ich Sie vielleicht getroffen?

BRACK *immer noch draußen*: Lassen Sie doch bitte die Dummheiten!

HEDDA: So kommen Sie herein, Assessor!

BRACK, *gekleidet wie zu einer Herrengesellschaft, einen Sommerüberzieher über dem Arm, kommt durch die Glastür.*

BRACK: Donnerwetter – treiben Sie den Sport noch immer? Wonach schießen Sie denn eigentlich?

HEDDA: O, ich schieße nur so in die blaue Luft hinein.

BRACK *nimmt ihr sanft die Pistole aus der Hand*: Erlauben Sie, gnädige Frau. *Betrachtet die Pistole.* Ah, d i e – die kenn ich gut. *Sieht sich um.* Wo haben wir denn den Kasten? So, hier. *Legt die Pistole hinein und macht den Deckel zu.* Für heut ist's nun genug des grausamen Spiels.

HEDDA: Mein Gott, – was, glauben Sie denn, sollte ich sonst anfangen?

BRACK: Haben Sie keinen Besuch gehabt?

HEDDA *schließt die Glastür*: Keinen. Alle meine Freunde sind wohl noch auf dem Lande.

BRACK: Und Tesman ist am Ende auch nicht zu Hause?

HEDDA *am Schreibtisch, schließt den Pistolenkasten in die Schublade ein*: Nein. Kaum hatte er gegessen, da lief er gleich zu seinen Tanten. Denn er erwartete Sie nicht so früh.

BRACK: Hm, – hätt's mir auch denken können. Das war dumm von mir.

HEDDA *wendet den Kopf und sieht ihn an*: Wieso dumm?

BRACK: Ach, sonst wär ich noch ein bißchen – früher gekommen.

HEDDA *geht durch das Zimmer*: Da hätten Sie aber erst recht niemanden angetroffen. Denn ich war nach Tisch in meinem Zimmer und habe mich umgekleidet.

BRACK: Und gibt's da nicht so einen ganz kleinen Türspalt, durch den man hätte verhandeln können?

HEDDA: Sie haben ja vergessen, so was anbringen zu lassen.

BRACK: Das war w i e d e r dumm von mir.

HEDDA: Na, dann wollen wir uns also hier gemütlich niederlassen – und warten. Denn Tesman kommt gewiß so bald nicht wieder.

BRACK: Ja – ja, mein Gott, ich werde die Geduld nicht verlieren.

Hedda setzt sich in die Sofaecke. Brack legt seinen Paletot über den Rücken des nächststehenden Stuhles und setzt sich, behält aber den Hut in der Hand. Kurze Pause. Sie sehen einander an.

HEDDA: Nun?

BRACK *in gleichem Ton*: Nun?

HEDDA: I c h habe zuerst gefragt.

BRACK *beugt sich etwas vornüber*: Na, dann wollen wir ein bißchen miteinander plaudern, Frau Hedda!

HEDDA *lehnt sich weiter zurück ins Sofa*: Kommt es Ihnen nicht wie eine ganze Ewigkeit vor, seit wir uns zuletzt gesprochen haben? – Denn die paar Worte gestern abend und heut früh – die rechne ich nicht mit.

BRACK: So – allein? Unter vier Augen?

HEDDA: Ja. So ungefähr.

BRACK: Jeden lieben Tag habe ich gewünscht, Sie möchten nur erst wieder glücklich zu Hause sein.

HEDDA: Und ich habe wirklich die ganze Zeit nur denselben Wunsch gehabt.

BRACK: Sie? Wahrhaftig, Frau Hedda? Und ich glaubte doch, Sie hätten sich ausgezeichnet auf der Reise amüsiert!

HEDDA: Ja, glauben Sie das nur!

BRACK: Aber Tesman hat das doch ständig geschrieben.

HEDDA: Ja, e r! Denn er weiß nun mal nichts Schöneres auf der Welt, als in Bibliotheken herumzustöbern und sich hinzusetzen und alte Pergamentblätter abzuschreiben – oder sonst dergleichen.

BRACK *etwas boshaft*: Na, das ist doch sein Beruf hier auf Erden. Zum Teil wenigstens.

HEDDA: Ja, das ist wahr. Und da kann man freilich –. Aber ich! Ach nein, lieber Assessor – ich habe mich entsetzlich gelangweilt!

BRACK *teilnahmsvoll*: Meinen Sie das wirklich – in vollem Ernst?

HEDDA: Ja, das können Sie sich doch selber sagen –! So ganze sechs Monate keinem Menschen zu begegnen, der sich in unseren Kreisen ein bißchen auskennt und mit dem man über die eigenen Angelegenheiten reden kann.

BRACK: Ja, ja, – das würde auch ich sehr vermissen.

HEDDA: Und dann das Alleralleruneträglichste –

BRACK: Nun?

HEDDA: – immer und ewig zusammenzusein mit – mit ein und demselben.

BRACK *nickt beifällig*: Von früh bis spät – ja zu jeder Zeit.

HEDDA: Ich sagte: immer und ewig.

BRACK: Na schön. Aber mir scheint doch, mit unserm biedern Tesman, da müßte man –

HEDDA: Tesman ist – ein Spezialist in seinem Fach, mein Lieber.

BRACK: Unstreitig.

HEDDA: Und mit einem Spezialisten zu reisen ist durchaus kein Vergnügen. Wenigstens nicht auf die Dauer.

BRACK: Nicht einmal – wenn man ihn l i e b t ?

HEDDA: O, – benutzen Sie doch nicht dieses schale Wort.

BRACK *betroffen*: Wie denn, Frau Hedda?

HEDDA *halb lachend, halb ärgerlich*: Ja, Sie sollten's nur mal versuchen! Von Kulturgeschichte reden zu hören von früh bis spät –

BRACK: Immer und ewig –

HEDDA: Ja – ja – ja! Und dazu die Sache mit der Heimindustrie im Mittelalter –! Das ist das Unerträglichste.

BRACK *sieht sie prüfend an*: Aber, sagen Sie nur, – wie soll ich mir denn das eigentlich erklären, daß –? Hm –

HEDDA: Daß aus Jörgen Tesman und mir ein Paar wurde, meinen Sie?

BRACK: Na ja, wir wollen uns einmal so ausdrücken.

HEDDA: Mein Gott, scheint Ihnen denn das so merkwürdig?

BRACK: Ja und nein, – Frau Hedda.

HEDDA: Ich hatte mich wirklich müde getanzt, lieber Assessor. Meine Zeit war um – *Schrickt leicht zusammen.* Ach nein, – das möcht ich denn doch nicht sagen. Auch nicht denken!

BRACK: Dazu haben Sie auch ganz gewiß keinen Grund.

HEDDA: O, – Grund –. *Sieht ihn an wie auf der Lauer.* Und Jörgen Tesman, – da muß man doch sagen, das ist ein in jeder Beziehung korrekter Mensch.

BRACK: Korrekt wie solide. Das ist wahr.

HEDDA: Und etwas eigentlich Komisches kann ich nicht an ihm finden. – Oder finden Sie?

BRACK: Komisches? Nei–n, – das will ich nicht grade sagen –

HEDDA: Na also. Aber ein außerordentlich fleißiger Sammler ist er doch jedenfalls! – Da ist es doch nicht unmöglich, daß er es mit der Zeit noch einmal weit bringt.

BRACK *sieht sie etwas unsicher an*: Ich glaubte, Sie waren wie alle anderen der Meinung, es würde ein ganz hervorragender Mann aus ihm werden.

HEDDA *mit einem müden Ausdruck*: Ja, das war ich auch. – Und da er nun durchaus darauf bestand, mich versorgen zu dürfen –. Ich weiß nicht, warum ich es nicht hätte annehmen sollen?

BRACK: Ja-ja. Von dieser Seite betrachtet –

HEDDA: Es war doch wirklich mehr als das, wozu meine anderen Verehrer bereit waren, lieber Assessor.

BRACK *lacht*: Ja, ich kann selbstverständlich nicht für alle die anderen einstehen. Was aber mich selbst betrifft, so wissen Sie doch, ich hatte immer einen – einen gewissen Respekt vor der ehelichen Bindung. So im allgemeinen, Frau Hedda.

HEDDA *scherzend*: Ach, auf Sie habe ich mir wahrhaftig keine Hoffnungen gemacht.

BRACK: Alles, was ich begehre, das ist ein kleiner Kreis von guten Bekannten, denen ich mit Rat und Tat behilflich sein kann und bei denen ich ein und aus gehen darf wie – wie ein bewährter Freund –

HEDDA: Ein Freund des Hausherrn, meinen Sie?

BRACK *verbeugt sich*: Offen gestanden, – lieber der Frau des Hauses. Aber zugleich auch des Mannes, versteht sich. Wissen Sie, – ein solches – ein solches, sagen wir, Dreiecksverhältnis – das ist im Grunde eine große Annehmlichkeit für alle Teile.

HEDDA: Ja, ich habe manches liebe Mal auf der Reise den dritten vermißt. Hm – immer so unter vier Augen im Coupé zu sitzen –

BRACK: Zum Glück ist die Hochzeitsreise ja nun überstanden –

HEDDA *schüttelt den Kopf*: Die Reise dürfte noch lange, – lange dauern. Ich bin auf der Fahrt erst bei Station eins angelangt.

BRACK: Na, so hüpft man heraus. Und macht sich ein bißchen Bewegung, Frau Hedda.

HEDDA: Ich hüpfe nie heraus.

BRACK: Wirklich nicht?

HEDDA: Nein, denn es ist immer jemand da, der –

BRACK *lachend*: – der einem auf die Beine sieht, meinen Sie?

HEDDA: Ja, eben.

BRACK: Na aber, lieber Gott –

HEDDA *mit abwehrender Handbewegung*: Ich mag das nicht. – Da bleib ich lieber sitzen, – wo ich nun mal bin. Unter vier Augen.

BRACK: Na, so steigt eben ein dritter Mann bei dem Paar ein.

HEDDA: Ja, sehn Sie, – d a s ist etwas ganz anderes!

BRACK: Ein bewährter, verständnisvoller Freund –

HEDDA: – unterhaltend auf allen möglichen Gebieten, vielleicht etwas ausgelassen –

BRACK: – und nicht die Spur von einem Fachgelehrten!

HEDDA *mit einem hörbaren Atemzug*: Ja, das ist freilich eine Erleichterung.

BRACK *hört, wie die Eingangstür geöffnet wird und blickt verstohlen hin*: Das Dreieck ist geschlossen –

HEDDA *halblaut*: Und der Zug fährt weiter.

TESMAN, *in grauem Straßenanzug und mit weichem Filzhut, kommt herein durchs Vorzimmer. Er hat einen ganzen Stoß uneingebundener Bücher unter dem Arm und in den Taschen.*

TESMAN *geht an den Tisch beim Ecksofa*: Puh, – diesen ganzen Berg da zu schleppen, – dabei konnte einem wirklich heiß werden. *Legt die Bücher hin.* Ich schwitze förmlich, Hedda. Ei, sieh da, sieh da, – sind Sie schon da, lieber Assessor? Was? Davon hat Berte nichts gesagt.

BRACK *steht auf*: Ich bin durch den Garten gekommen.

HEDDA: Was sind das für Bücher, die du da anschleppst?

TESMAN *steht und blättert darin*: Es sind ein paar neue Fachschriften, die ich notwendig brauche.

HEDDA: Fachschriften?

BRACK: Aha, es sind Fachschriften, Frau Tesman.

Brack und Hedda wechseln ein verständnisvolles Lächeln.

HEDDA: Brauchst du noch mehr Fachschriften?

TESMAN: Ja, liebe Hedda, davon kann man nie genug haben. Man muß doch das verfolgen, was geschrieben und gedruckt wird.

HEDDA: Ja, das muß man wohl.

TESMAN *sucht in den Büchern herum*: Sieh mal her, – da hab ich auch Lövborgs neues Buch aufgetrieben. *Reicht es ihr.* Hast du vielleicht Lust hineinzusehen, Hedda? Was?

HEDDA: Nein, danke. Oder – doch, vielleicht später.
TESMAN: Ich habe unterwegs ein bißchen drin geblättert.
BRACK: Na, und was sagen Sie – als Fachmann?
TESMAN: Ich sage, es ist merkwürdig, wie maßvoll es gehalten ist. So hat er früher nicht geschrieben. *Rafft die Bücher zusammen.* Aber jetzt will ich die ganze Geschichte da hineintragen. Das Aufschneiden, das wird eine wahre Lust sein –! Und dann muß ich ein bißchen Toilette machen. *Zu Brack*: Wir brauchen doch wohl nicht gleich auf der Stelle zu gehen? Was?
BRACK: Nein bewahre, – es eilt noch gar nicht.
TESMAN: Na, so laß ich mir also Zeit. *Geht mit den Büchern ab, bleibt aber in der Tür stehen und wendet sich um*: Ja so, Hedda, – Tante Julle kommt heut abend nicht zu dir.
HEDDA: Nicht? Ist vielleicht die Geschichte mit dem Hut schuld daran?
TESMAN: Ach keine Spur. Wie kannst du nur so was von Tante Julle glauben! Aber Tante Rina geht's schlecht, weißt du.
HEDDA: So geht es ihr doch immer.
TESMAN: Ja, aber gerade heut ist es ganz besonders schlimm, die Arme.
HEDDA: Nun, dann ist es selbstverständlich, daß die andre bei ihr bleibt. Ich werde mich schon damit abfinden.
TESMAN: Aber du kannst dir gar nicht vorstellen, wie vergnügt Tante Julle trotz alldem war, – weil du dich so herausgemacht hast auf der Reise.
HEDDA *steht auf, halblaut*: Ach, – diese ewigen Tanten!
TESMAN: Was?
HEDDA *geht zur Glastür*: Nichts.
TESMAN: Na also denn.

Er geht durch das Hinterzimmer hinaus nach rechts.

BRACK: Was war das für ein Hut, von dem Sie gesprochen haben?
HEDDA: Ach, das war eine Geschichte mit Fräulein Tesman heut früh. Sie hatte ihren Hut abgenommen und da auf den Stuhl gelegt. *Sieht ihn an und lächelt.* Und da tat ich, als ob ich ihn für den Hut des Dienstmädchens hielt.
BRACK *schüttelt den Kopf*: Aber, beste Frau Hedda, wie konnten Sie ihr das nur antun, der liebenswürdigen alten Dame!
HEDDA *nervös, geht durchs Zimmer*: Ja, sehen Sie – so was kommt über mich, eh ich mich dessen versehe. Und dann k a n n ich nicht widerstehen. *Wirft sich in den Lehnstuhl beim Ofen.* Ach, ich weiß selbst nicht, wie ich's mir erklären soll.

BRACK *hinter dem Lehnstuhl*: Sie sind nicht so recht glücklich, – das ist die Sache.

HEDDA *sieht vor sich hin*: Ich wüßte auch nicht, warum ich – glücklich sein sollte. Oder können Sie mir's vielleicht sagen?

BRACK: Ja, – unter anderm deshalb, weil Sie doch nun genau d a s Haus haben, das Sie sich gewünscht hatten.

HEDDA *sieht ihn an und lacht*: Glauben Sie auch an die Wunschgeschichte?

BRACK: Ist denn nichts daran?

HEDDA: Ja doch – etwas ist dran.

BRACK: Na?

HEDDA: Ich ließ mich doch im vorigen Sommer von Tesman aus den Abendgesellschaften nach Haus begleiten –

BRACK: Leider, – ich hatte einen ganz andern Weg.

HEDDA: Das ist wahr. Sie gingen freilich andere Wege vorigen Sommer.

BRACK *lacht*: Schämen Sie sich, Frau Hedda! – Na – also was war mit Ihnen und Tesman –?

HEDDA: Ja, also wir kamen hier eines Abends vorbei. Und Tesman, der arme Kerl, wußte sich vor Verlegenheit nicht zu lassen. Es fiel ihm nämlich kein Gesprächsthema ein. Da hatt ich Mitleid mit ihm, diesem gelehrten Menschen –

BRACK *lächelt zweifelnd*: S i e ? Wirklich? Hm –

HEDDA: Ja, wirklich. Und da – um ihm aus der Verlegenheit zu helfen – da sagt ich aus purem Leichtsinn, ich hätte wohl Lust, hier in dieser Villa zu wohnen.

BRACK: Mehr nicht?

HEDDA: An diesem Abend nicht.

BRACK: Aber später?

HEDDA: Ja. Mein Leichtsinn hatte Folgen, lieber Assessor.

BRACK: Leider, – unsere Leichtsinnigkeiten haben das nur allzu oft, Frau Hedda.

HEDDA: Danke sehr! In der Schwärmerei für die Falksche Villa also, sehen Sie, trafen sich Jörgen Tesman und ich! Das führte zu Verlobung und Heirat und Hochzeitsreise und zu was weiß ich. Ja, ja, lieber Assessor, – wie man sich bettet, so liegt man, – hätt ich fast gesagt.

BRACK: Das ist köstlich! Und im Grunde machten Sie sich vielleicht aus der ganzen Geschichte hier nicht das allergeringste?

HEDDA: Nein, weiß Gott nicht.

BRACK: Ja, aber was nun? Wo wir doch alles so hübsch gemütlich für Sie eingerichtet haben?

HEDDA: Hm, – mir ist, als röch es hier in allen Zimmern nach Lavendel und getrockneten Rosen. – Aber den Geruch hat vielleicht Tante Julle mitgebracht.

BRACK *lacht*: Nein, da glaub ich eher, der ist noch von der seligen Staatsrätin.

HEDDA: Ja, etwas Totes ist dabei. Es erinnert an Ballblumen – den Tag drauf. *Faltet die Hände hinter dem Nacken, lehnt sich in den Stuhl zurück und sieht ihn an.* Ach, lieber Assessor, – Sie können sich nicht vorstellen, wie schauderhaft ich mich hier draußen langweilen werde.

BRACK: Sollte Ihnen denn das Leben nicht irgendeine Aufgabe zu bieten haben, Frau Hedda!

HEDDA: Eine Aufgabe, – die etwas Verlockendes haben könnte?

BRACK: Eine solche am liebsten, natürlich.

HEDDA: Gott weiß, was das für eine Aufgabe sein sollte. Manchmal denk ich daran – *Abbrechend.* Aber das geht gewiß auch nicht.

BRACK: Wer weiß? Lassen Sie hören.

HEDDA: Wenn ich nun Tesman bewegen könnte, sich auf die Politik zu werfen?

BRACK *lacht*: Tesman! Nein, hören Sie mal, – so was wie Politik, das liegt ihm gar nicht – aber ganz und gar nicht.

HEDDA: Ja, das will ich gern glauben. – Aber wenn ich ihn nun trotzdem dahin bringen könnte?

BRACK: Ja, – was für eine Befriedigung würde Ihnen das gewähren? Wenn er nun doch nicht dazu taugt. Warum wollen Sie ihn denn dazu bewegen?

HEDDA: Weil ich mich langweile, hören Sie doch. *Nach einer kleinen Pause*: Sie halten es also für ganz unmöglich, daß Tesman mal Minister werden könnte?

BRACK: Hm, – sehen Sie, liebe Frau Hedda, – um das zu werden, müßte er zunächst einmal ein einigermaßen wohlhabender Mann sein.

HEDDA *steht ungeduldig auf*: Da haben wir's! Es sind diese dürftigen Verhältnisse, in die ich hineingeraten bin –! *Geht durchs Zimmer.* Und die eben machen das Leben so erbärmlich, – so geradezu lächerlich! – Denn d a s ist es.

BRACK: Ich glaube, die Schuld liegt woanders.

HEDDA: Wo denn?

BRACK: Sie haben noch nie etwas Aufrüttelndes erlebt.

HEDDA: Etwas Ernstes, meinen Sie?

BRACK: Ja, so könnte man es auch gut nennen. Doch das könnte vielleicht jetzt kommen.

HEDDA *wirft den Kopf zurück*: Ach, Sie denken an die Widerwärtigkeiten mit dieser dummen Professur! Aber das mag Tesmans Sache sein. Dem opfere ich wahrhaftig auch nicht einen Gedanken.

BRACK: Jaja, also sehen wir davon ab. Doch wenn nun das, – was man so – im höhern Sinn – ernste und – verantwortungsvolle Pflichten nennt, an Sie heranträte? *Lächelt.* Neue Pflichten, Frau Hedda.

HEDDA *böse*: Schweigen Sie! So etwas werden Sie nie erleben!

BRACK *behutsam*: Wir sprechen uns wieder in Jahresfrist – allerhöchstens.

HEDDA *kurz*: Ich habe keine Begabung dazu, Herr Assessor. Nur nicht so etwas wie Ansprüche an mich!

BRACK: Sollten Sie nicht, wie die meisten andern Frauen, Anlage haben zu einem Beruf, der –?

HEDDA *an der Glastür*: Ach, bitte, schweigen Sie doch! – Manchmal glaub ich, ich bin nur für eines begabt auf der Welt.

BRACK *tritt näher*: Und das ist, wenn ich fragen darf?

HEDDA *blickt hinaus*: Mich zu Tode zu langweilen. Nun wissen Sie's. *Wendet sich um, sieht nach dem Hinterzimmer und lacht*: Ah, richtig, da ist ja der Herr Professor.

BRACK *leise warnend*: Aber, aber Frau Hedda!

TESMAN *im Gesellschaftsanzug, Hut und Handschuhe in der Hand, kommt von der rechten Seite durchs Hinterzimmer.*

TESMAN: Hedda, – ist von Ejlert Lövborg keine Absage gekommen? Was?

HEDDA: Nein.

TESMAN: Na, dann, wirst du sehen, ist er gleich da.

BRACK: Glauben Sie wirklich, er kommt?

TESMAN: Ja, ich bin davon überzeugt. Denn das sind ja doch bloß lauter leere Gerüchte, was Sie heut früh erzählt haben.

BRACK: So?

TESMAN: Ja, wenigstens Tante Julle hat gesagt, sie glaubt im Leben nicht, daß er sich mir künftig in den Weg stellen würde. Denken Sie mal!

BRACK: Na, dann ist ja alles schön und gut.

TESMAN *legt Hut und Handschuhe auf einen Stuhl zur Rechten*: Aber Sie müssen schon gestatten, daß ich hier noch so lange wie möglich auf ihn warte.

BRACK: Dazu haben wir noch reichlich Zeit. Zu mir kommt keiner vor sieben, halb acht.

TESMAN: Na, dann können wir ja Hedda so lange Gesellschaft leisten und abwarten. Was?

HEDDA *trägt Bracks Überzieher und Hut aufs Ecksofa*: Und schlimmstenfalls kann ja auch Herr Lövborg hier bei mir bleiben.

BRACK *will die Sachen selbst nehmen*: Aber ich bitte, gnädige Frau! – Was verstehen Sie unter schlimmstenfalls?

HEDDA: Wenn er nicht Lust hat, mit Ihnen und Tesman zu gehen.

TESMAN *sieht sie unschlüssig an*: Aber liebe Hedda, – meinst du, es geht, daß er hier bei dir bleibt? Was? Vergiß nicht, Tante Julle kann nicht kommen.

HEDDA: Nein, aber Frau Elvsted kommt. Und dann trinken wir drei zusammen den Tee.

TESMAN: Ja, sieh mal, d a n n geht's!

BRACK *lächelt*: Und das dürfte vielleicht auch das Gesündere für ihn sein.

HEDDA: Wieso?

BRACK: Herrje, gnädige Frau, Sie haben sich doch schon oft genug über meine kleinen Junggesellenabende mokiert. Die eigneten sich ausschließlich für Mannsleute mit wirklich festen Grundsätzen, meinten Sie.

HEDDA: Aber Herr Lövborg hat doch jetzt feste Grundsätze in hinreichendem Maße. Ein bekehrter Sünder –

BERTE *kommt durch die Vorzimmertür.*

BERTE: Gnädige Frau, da ist ein Herr, der Sie gern –

HEDDA: Lassen Sie ihn eintreten.

TESMAN *leise*: Ich bin sicher, er ist's. Denk mal an!

EJLERT LÖVBORG *kommt durch das Vorzimmer. Er ist schlank, etwas mager; im gleichen Alter wie Tesman, sieht aber älter und etwas verlebt aus. Haar und Bart sind dunkelbraun, das Gesicht ist länglich und bleich und hat nur auf den Backenknochen ein paar rötliche Flecken. Er trägt einen eleganten schwarzen Abendanzug, dunkle Handschuhe und einen Zylinder in der Hand. In der Nähe der Tür bleibt er stehen und verbeugt sich hastig. Scheint etwas verlegen.*

TESMAN *geht ihm entgegen und schüttelt ihm die Hand*: Lieber Ejlert, – so sehen wir uns doch endlich mal wieder!

LÖVBORG *spricht mit leiser Stimme*: Ich danke dir sehr für deinen Brief! *Nähert sich Hedda.* Darf ich auch Ihnen die Hand geben, Frau Tesman?

HEDDA *ergreift die dargereichte Hand*: Willkommen, Herr Lövborg.

Mit einer Handbewegung: Ich weiß nicht, ob die beiden Herren –?

LÖVBORG *verbeugt sich leicht*: Herr Assessor Brack, wenn ich nicht irre.

BRACK *ebenso*: Habe die Ehre. Vor mehreren Jahren –

TESMAN *zu Lövborg, legt ihm die Hände auf die Schultern*: Und nun tu so, als ob du zu Hause wärst, Ejlert! Nicht wahr, Hedda? – Du willst dich wieder in der Stadt niederlassen, hör ich? Was?

LÖVBORG: Das will ich.

TESMAN: Na, das ist auch vernünftig. Du, hör mal, – ich hab mir dein neues Buch besorgt. Aber ich habe noch keine Zeit gefunden, es zu lesen.

LÖVBORG: Die Mühe kannst du dir auch sparen.

TESMAN: Wieso meinst du?

LÖVBORG: Weil weiter nichts dran ist.

TESMAN: Nein – was du nicht sagst!

BRACK: Aber es wird doch so gelobt, wie ich höre.

LÖVBORG: Grade das wollte ich ja. Und ich schrieb das Buch so, daß es allen etwas geben könnte.

BRACK: Sehr vernünftig.

TESMAN: Ja aber, lieber Ejlert –!

LÖVBORG: Denn nun will ich versuchen, mir wieder eine Stellung zu schaffen – von vorn zu beginnen.

TESMAN *etwas verlegen*: Ja, das kann ich verstehen! Was?

LÖVBORG *lächelt, legt den Hut hin und zieht ein in Papier eingeschlagenes Paket aus der Rocktasche*: Aber wenn das da herauskommt, Jörgen Tesman – das sollst du lesen. Denn das ist erst das Wahre, das, worin etwas von mir selbst steckt.

TESMAN: So? Und was ist es denn eigentlich?

LÖVBORG: Es ist die Fortsetzung.

TESMAN: Die Fortsetzung? Wovon?

LÖVBORG: Von meinem Buch.

TESMAN: Von dem neuen?

LÖVBORG: Versteht sich.

TESMAN: Aber lieber Ejlert, – das reicht doch schon bis in unsere Zeit!

LÖVBORG: Allerdings. Und das hier handelt von der Zukunft.

TESMAN: Von der Zukunft! Herrje, aber von der wissen wir doch gar nichts!

LÖVBORG: Nein. Aber es läßt sich immerhin schon dieses und jenes von ihr sagen. *Öffnet das Paket.* Da sieh mal –

TESMAN: Das ist aber nicht deine Handschrift.

LÖVBORG: Ich hab's diktiert. *Blättert in den Papieren.* Es ist in zwei Abschnitte eingeteilt. Der erste handelt von den Kulturmächten der Zukunft. Und hier der andere – *Blättert weiter hinten.* – der handelt von der Kulturentwicklung der Zukunft.

TESMAN: Merkwürdig! Über so was zu schreiben, das könnte mir nie einfallen.

HEDDA *an der Glastür, trommelt an die Scheiben*: Hm –. Nein – nein.

LÖVBORG *steckt die Schriftstücke in den Umschlag und legt das Paket auf den Tisch*: Ich hab es mitgebracht, weil ich dir heut abend ein wenig draus vorlesen wollte.

TESMAN: Ja, du, das wäre wirklich sehr nett von dir. Aber heut abend –? *Sieht zu Brack hin.* Ich weiß nicht recht, wie sich das machen ließe –

LÖVBORG: Na, also dann ein anderes Mal. Es eilt ja nicht.

BRACK: Ich will Ihnen sagen, Herr Lövborg, – heut abend ist eine kleine Fête bei mir. In erster Linie für Tesman, Sie verstehen –

LÖVBORG *sieht nach seinem Hut*: Ah, – dann will ich nicht länger –

BRACK: Aber so hören Sie doch. Möchten Sie mir nicht das Vergnügen machen, uns zu begleiten?

LÖVBORG *kurz und bestimmt*: Nein, das kann ich nicht. Ich danke Ihnen vielmals.

BRACK: Ach was! Tun Sie's doch! Wir sind ein kleiner Kreis von Freunden. Und Sie dürfen glauben, es wird ausgelassen, wie Frau Hed –, wie Frau Tesman sagt.

LÖVBORG: Daran zweifle ich nicht. Trotzdem –

BRACK: Dann könnten Sie Ihr Manuskript mitnehmen und Tesman bei m i r daraus vorlesen. Denn ich habe genug Räume.

TESMAN: Ja, denk mal an, Ejlert, – das könntest du doch! Was?

HEDDA *tritt dazwischen*: Aber, mein Lieber, wenn Herr Lövborg doch nun mal nicht w i l l ! Ich bin überzeugt Herr Lövborg hat weit mehr Lust, hierzubleiben und mit mir zu Abend zu essen.

LÖVBORG *sieht sie an*: Mit Ihnen, gnädige Frau!

HEDDA: Und mit Frau Elvsted.

LÖVBORG: Ah – *Leichthin*: Ihr bin ich heut mittag flüchtig begegnet.

HEDDA: So? Ja, sie kommt her. Und darum ist es beinah unumgänglich, daß Sie bleiben, Herr Lövborg. Denn sonst hat sie keinen, der sie nach Haus begleitet.

LÖVBORG: Das ist wahr. Besten Dank, gnädige Frau, – ja, dann bleib ich also.

HEDDA: So will ich nur dem Mädchen noch einen kleinen Auftrag geben.

Sie geht zur Vorzimmertür und klingelt. BERTE *tritt ein. Hedda spricht leise mit ihr und zeigt auf das Hinterzimmer. Berte nickt und geht wieder hinaus.*

TESMAN *gleichzeitig zu Lövborg*: Du, Ejlert, – die Sache hier über die Zukunft, – das ist wohl das neue Thema, – worüber du Vorträge halten willst?

LÖVBORG: Ja.

TESMAN: Denn beim Buchhändler hörte ich, du wolltest im Herbst hier eine Reihe von Vorträgen halten.

LÖVBORG: Das will ich. Du darfst es mir nicht verdenken, Tesman.

TESMAN: Nein, Gott bewahre! Aber –?

LÖVBORG: Ich verstehe ja, daß es dir nicht sehr angenehm sein kann.

TESMAN *verzagt*: Ach, ich kann doch nicht verlangen, daß du um meinetwillen –

LÖVBORG: Aber ich warte, bis du deine Ernennung hast.

TESMAN: Du wartest? Ja aber, – aber – willst du dich denn nicht als Konkurrent bewerben? Was?

LÖVBORG: Nein. Ich will nur über dich siegen. In der Meinung der Öffentlichkeit.

TESMAN: Herrje – aber dann hatte Tante Julle doch recht! Ach ja, – das hab ich ja gewußt! Hedda! Denk mal an, – Ejlert hat gar nicht die Absicht, uns in den Weg zu treten!

HEDDA *kurz*: Uns? Laß mich doch aus dem Spiel!

Sie geht ins Hinterzimmer, wo BERTE *steht und ein Servierbrett mit Karaffen und Gläsern auf den Tisch stellt. Hedda nickt beifällig und kommt wieder nach vorn. Berte geht hinaus.*

TESMAN *gleichzeitig*: Aber Sie, Assessor, – was sagen denn Sie dazu? Was?

BRACK: Na, ich sage, – Ehre und Sieg, – hm, – das mag ja was Wunderschönes sein –

TESMAN: Ja, allerdings. Aber trotzdem –

HEDDA *sieht Tesman mit kaltem Lächeln an*: Ich finde, du siehst aus wie vom Blitz getroffen.

TESMAN: Ja, – ungefähr so, – glaub ich fast –

BRACK: Aber es war doch auch ein Gewitter, was über uns hingezogen ist, Frau Tesman.

HEDDA *zeigt nach dem Hinterzimmer*: Wollen die Herren nicht hineingehen und ein Glas kalten Punsch trinken?

BRACK *sieht auf seine Uhr*: Ein Abschiedsgläschen? Ja, das wär gar nicht so übel.

TESMAN: Ausgezeichnet, Hedda! Ganz ausgezeichnet! In so freier, leichter Stimmung, wie ich jetzt bin –

HEDDA: Bitte schön, auch Sie, Herr Lövborg.

LÖVBORG *abwehrend*: Ich danke sehr. Für mich nicht.

BRACK: Herrgott, – aber kalter Punsch ist doch kein Gift, soviel ich weiß.

LÖVBORG: Für manchen vielleicht doch.

HEDDA: Ich werde schon Herrn Lövborg solange Gesellschaft leisten.

TESMAN: Jaja, liebe Hedda, tu das nur.

Er und Brack gehen ins Hinterzimmer, setzen sich, trinken Punsch, rauchen Zigaretten und unterhalten sich lebhaft während des Folgenden. Lövborg bleibt am Ofen stehen. Hedda geht zum Schreibtisch.

HEDDA *mit etwas erhobener Stimme*: Da will ich ihnen einige Photographien zeigen, wenn's Ihnen recht ist. Tesman und ich – wir haben nämlich auf der Heimreise einen kleinen Abstecher nach Tirol gemacht.

Sie kommt mit einem Album, das sie auf den Tisch beim Sofa legt, und setzt sich in die obere Sofaecke. Lövborg tritt näher, bleibt stehen und sieht sie an. Dann nimmt er einen Stuhl und setzt sich an ihre linke Seite, mit dem Rücken gegen das Hinterzimmer.

HEDDA *schlägt das Album auf*: Sehen Sie die Gebirgsgruppe da, Herr Lövborg! Das ist der Ortler. Tesman hat es drunter geschrieben. Hier steht's: Die Ortlergruppe bei Meran.

LÖVBORG *der sie unverwandt betrachtet hat, sagt leis und langsam*: Hedda – Gabler.

HEDDA *wirft ihm schnell einen verstohlenen Blick zu*: Na! Pst!

LÖVBORG *wiederholt leise*: Hedda Gabler!

HEDDA *sieht ins Album*: Ja, so hieß ich früher. Zu der Zeit – als wir beiden miteinander bekannt waren.

LÖVBORG: Und von nun an – und fürs ganze Leben – muß ich mir also abgewöhnen zu sagen: Hedda Gabler.

HEDDA *blättert weiter*: Ja, das müssen Sie. Und ich meine, Sie sollten sich beizeiten üben. Je früher, desto besser, scheint mir.

LÖVBORG *mit zornerfüllter Stimme*: Hedda Gabler verheiratet? Und noch dazu mit – Jörgen Tesman.

HEDDA: Ja, so geht's.

LÖVBORG: Ach, Hedda, Hedda, – wie konntest du dich so wegwerfen!

HEDDA *blickt ihn unwirsch an*: Na? Nichts davon!

LÖVBORG: Wovon, meinst du?

TESMAN *kommt herein und geht aufs Sofa zu.*

HEDDA *hört ihn kommen und sagt gleichgültig*: Und das hier, Herr Lövborg, das ist aus dem Ampezzotal unten. Sehen Sie nur die Bergspitzen! *Sieht freundlich auf zu Tesman.* Sag mal, wie heißen sie doch, diese seltsamen Bergspitzen?

TESMAN: Laß mal sehen. Ach, das sind ja die Dolomiten.

HEDDA: Richtig, ja! – das sind die Dolomiten, Herr Lövborg.

TESMAN: Du, Hedda, – ich wollte bloß fragen, ob wir nicht doch ein bißchen Punsch hereinstellen sollen. Wenigstens für dich. Was?

HEDDA: Sehr freundlich. Ja. Und vielleicht auch etwas Gebäck.

TESMAN: Keine Zigaretten?

HEDDA: Nein.

TESMAN: Schön.

Er geht ins Hinterzimmer und ab nach rechts. Brack sitzt drinnen und beobachtet Hedda und Lövborg von Zeit zu Zeit.

LÖVBORG *mit gedämpfter Stimme, wie oben*: So antworte mir doch, Hedda, – wie konntest du das nur tun?

HEDDA *anscheinend ins Album vertieft*: Wenn Sie fortfahren, du zu mir zu sagen, dann red ich mit Ihnen nicht mehr.

LÖVBORG: Darf ich auch nicht du sagen, wenn wir allein sind?

HEDDA: Nein. Sie können es meinetwegen denken. Aber sagen dürfen Sie's nicht.

LÖVBORG: Ah, ich verstehe. Das verletzt Ihre Liebe – zu Jörgen Tesman.

HEDDA *blickt verstohlen zu ihm hin und lächelt*: Liebe? Sie sind wirklich gut!

LÖVBORG: Also nicht Liebe?

HEDDA: Aber auch nicht so was wie Untreue! Davon will ich nichts wissen.

LÖVBORG: Hedda, – beantworten Sie mir nur das eine –

HEDDA: Pst!

TESMAN, *mit einem Tablett, kommt aus dem Hinterzimmer.*

TESMAN: So! Da kommen die guten Sachen.

Er stellt das Brett auf den Tisch.

HEDDA: Warum kommst du selbst und servierst?

TESMAN *füllt die Gläser*: Weil es mir so großen Spaß macht, dich zu bedienen, Hedda.

HEDDA: Aber du hast ja beide Gläser gefüllt. Herr Lövborg will ja doch nichts haben –

TESMAN: Ist ja wahr, – aber Frau Elvsted kommt wohl gleich.

HEDDA: Richtig, ja, – Frau Elvsted –

TESMAN: Hattest du sie vergessen? Was?

HEDDA: Wir sitzen hier so in die Bilder vertieft. *Zeigt ihm ein Bild.* Erinnerst du dich noch an dieses kleine Städtchen?

TESMAN: Ach, der Ort am Fuß des Brenner? Da war's ja, wo wir übernachtet haben –

HEDDA: – und die vielen lustigen Sommerfrischler getroffen haben.

TESMAN: Gewiß – freilich. Denk mal an, – wenn du hättest bei uns sein können, Ejlert! Was?

Er geht wieder hinein und setzt sich zu Brack.

LÖVBORG: Beantworten Sie mir nur die eine Frage, Hedda –

HEDDA: Nun?

LÖVBORG: War in Ihrem Verhältnis zu mir auch keine Liebe? Auch darin nicht eine Spur, – nicht ein Schimmer von Liebe?

HEDDA: Ja, wer kann das wohl sagen? Mir kommt es vor, als wären wir wie zwei gute Kameraden gewesen. Zwei so richtig gute Freunde. *Lächelt.* Sie besonders waren äußerst offenherzig.

LÖVBORG: Sie wollten das doch so haben.

HEDDA: Wenn ich dran zurückdenke, so scheint mir, daß doch etwas Schönes, Verlockendes, – etwas Kühnes über – über dieser heimlichen Vertraulichkeit – dieser Kameradschaft lag, von der keine Menschenseele eine Ahnung hatte.

LÖVBORG: Ja, nicht wahr, Hedda! Das mein ich auch. – Wenn ich hinaufkam zu Ihrem Vater, so in den Nachmittagsstunden –. Und der General saß hinten am Fenster und las Zeitungen, – den Rücken uns zugewandt –

HEDDA: Und wir beide auf dem Ecksofa –

LÖVBORG: Immer in dasselbe illustrierte Blatt vertieft –

HEDDA: In Ermanglung eines Albums, ja.

LÖVBORG: Ja, Hedda, – und wenn ich Ihnen dann beichtete –! Ihnen von mir erzählte, was kein andrer damals wußte. Dasaß und gestand, daß ich ganze Tage und Nächte durchrast hatte. Durchrast Stunde um Stunde – ohne Unterlaß. Ach, Hedda, – was für eine Macht war doch in Ihnen, die mich zwang, so etwas zu gestehen.

HEDDA: Glauben Sie, es war eine Macht in mir?

LÖVBORG: Ja, wie soll ich mir's denn sonst erklären? Und all diese – diese verhüllten Fragen, die Sie an mich richteten –

HEDDA: Und die Sie so großartig verstanden haben –

LÖVBORG: Daß Sie solche Fragen stellen konnten! Ganz unbefangen!

HEDDA: Verhüllt, wenn ich bitten darf.

LÖVBORG: Ja, aber doch unbefangen. Daß Sie mich ausfragen konnten über – über solche Dinge!

HEDDA: Und daß Sie antworten konnten, Herr Lövborg.

LÖVBORG: Ja, das ist's ja eben, was ich nicht begreife – jetzt hinterher. Aber sagen Sie mir doch, Hedda, – war auf dem Grunde dieses Verhältnisses nicht doch Liebe? War's nicht auf Ihrer Seite etwas wie das Streben, mich reinzuwaschen, – wenn ich mich zu Ihnen flüchtete mit meinem Bekenntnis? War's das nicht?

HEDDA: Nein, nicht ganz.

LÖVBORG: Was trieb Sie denn?

HEDDA: Finden Sie das so ganz unerklärlich, daß ein junges Mädchen, – wenn es Gelegenheit hat – in aller Heimlichkeit –

LÖVBORG: Na?

HEDDA: Daß man dann gern ein bißchen hineinschauen möchte in eine Welt, von der –

LÖVBORG: Von der –?

HEDDA: – von der man nichts wissen darf?

LÖVBORG: Das war's also?

HEDDA: Das auch. Das auch, – glaub ich fast.

LÖVBORG: Kameradschaft aus Lebenshunger. Aber warum hätte sie nicht wenigstens Dauer haben können?

HEDDA: Daran sind Sie selbst schuld.

LÖVBORG: Sie haben doch mit mir gebrochen.

HEDDA: Ja, als die Gefahr drohte, es könnte so etwas wie Realität in unser Verhältnis kommen. Schämen Sie sich, Lövborg, wie konnten Sie sich vergreifen – an – an Ihrem unbefangenen Kameraden!

LÖVBORG *preßt die Hände zusammen*: Ach, warum haben Sie nicht Ernst gemacht! Warum haben Sie mich nicht niedergeschossen, wie Sie mir gedroht hatten.

HEDDA: So große Angst hab ich vor dem Skandal.

LÖVBORG: Ja, Hedda, im Grunde sind Sie feige.

HEDDA: Entsetzlich feige. *Ablenkend*: Aber das war ja doch ein Glück für Sie. Und nun haben Sie sich so hübsch getröstet oben bei Elvsteds.

LÖVBORG: Ich weiß, was Thea Ihnen anvertraut hat.

HEDDA: Und Sie haben ihr vielleicht etwas anvertraut von uns beiden.

LÖVBORG: Kein Wort. Um so etwas zu verstehen, dazu ist sie zu dumm.

HEDDA: Dumm?

LÖVBORG: In derlei Dingen ist sie dumm.

HEDDA: Und ich bin feige. *Beugt sich näher zu ihm hin, ohne ihm in die Augen zu sehen, und sagt leiser*: Doch jetzt will ich Ihnen etwas anvertrauen.

LÖVBERG *gespannt*: Nun?

HEDDA: Wenn ich nicht den Mut hatte, Sie niederzuschießen –

LÖVBORG: Ja?!

HEDDA: – so war das nicht meine ärgste Feigheit – an jenem Abend.

LÖVBORG *sieht sie einen Augenblick an, begreift und flüstert leidenschaftlich*: Ach, Hedda! Hedda Gabler! Jetzt seh ich einen verborgenen Grund hinter der Kameradschaft! Du und ich –! Es war d o c h der Lebenstrieb in dir –

HEDDA *leise mit einem wütenden Blick*: Nehmen Sie sich in acht! Glauben Sie so was nicht!

Es hat zu dunkeln begonnen. BERTE *öffnet die Vorzimmertür von außen.*

HEDDA *klappt das Album zu und ruft lächelnd*: Na endlich! Liebste Thea, – so komm doch herein!

FRAU ELVSTED *kommt vom Vorzimmer. Sie ist gut gekleidet. Die Tür wird hinter ihr geschlossen.*

HEDDA *ins Sofa gelehnt, streckt ihr die Arme entgegen*: Süße Thea, – du kannst dir nicht denken, wie ich auf dich gewartet habe!

Frau Elvsted wechselt im Vorübergehen einen leichten Gruß mit den Herren im Hinterzimmer, geht dann hin zum Tisch und reicht Hedda die Hand. Lövborg hat sich erhoben. Er und Frau Elvsted begrüßen einander mit stummem Kopfnicken.

FRAU ELVSTED: Ich sollte doch vielleicht hineingehen und ein paar Worte mit deinem Mann wechseln.

HEDDA: Ach, nein. Laß die zwei nur sitzen. Die gehen ohnehin bald.

FRAU ELVSTED: Sie gehen?

HEDDA: Ja, sie wollen zu einer Kneiperei.

FRAU ELVSTED *schnell zu Lövborg*: Aber S i e doch nicht?

LÖVBORG: Nein.

HEDDA: Herr Lövborg – der bleibt hier bei uns.

FRAU ELVSTED *nimmt einen Stuhl und will sich neben ihn setzen*: Ach, wie schön ist es hier!

HEDDA: Halt, meine kleine Thea! Nicht d a ! Du kommst hübsch hier zu mir herüber. Ich will in der Mitte sitzen.

FRAU ELVSTED: Ganz wie du willst.

Sie geht um den Tisch herum und setzt sich aufs Sofa rechts von Hedda. Lövborg setzt sich wieder auf den Stuhl.

LÖVBORG *nach kurzer Pause, zu Hedda*: Ist sie nicht reizend anzusehen?

HEDDA *streicht ihr leicht übers Haar*: Bloß anzusehen?

LÖVBORG: Ja. Denn w i r beide, – sie und ich, – wir sind zwei richtige Kameraden. Wir glauben unbedingt aneinander. Und deshalb können wir dasitzen und so unbefangen zusammen reden –

HEDDA: Unverhüllt, Herr Lövborg?

LÖVBORG: Nun –

FRAU ELVSTED *leise, schmiegt sich an Hedda*: Ach, wie glücklich ich bin, Hedda! Denk nur, – er sagt, ich hätte ihn inspiriert.

HEDDA *sieht sie mit einem Lächeln an*: So, sagt er das, mein Kind?

LÖVBORG: Und dann den Mut zur Tat, den sie hat, Frau Tesman!

FRAU ELVSTED: Ach Gott, – i c h Mut?

LÖVBORG: Unbegrenzten Mut, – wenn es sich um den Kameraden handelt.

HEDDA: Ja, Mut, – ja! Wer den hätte!

LÖVBORG: Und was dann – meinen Sie?

HEDDA: Dann vermöchte man vielleicht doch das Leben zu leben. *Lenkt plötzlich ab.* Aber jetzt, meine beste Thea, jetzt mußt du wirklich ein Glas schönen kalten Punsch trinken.

FRAU ELVSTED: Ich danke sehr, – ich trinke nie so was.

HEDDA: Aber Sie doch, Herr Lövborg.

LÖVBORG: Danke, ich auch nicht.

FRAU ELVSTED: Nein, er auch nicht!

HEDDA *sieht ihn fest an*: Auch nicht, wenn ich es möchte?

LÖVBORG: Hilft nichts.

HEDDA *lacht*: Ich hab also gar keine Macht über Sie, ich Arme?

LÖVBORG: Nicht in d i e s e m Punkt.

HEDDA: Im Ernst gesprochen, ich meine, Sie sollten es doch tun. Um Ihrer selbst willen.

FRAU ELVSTED: Aber Hedda –!

LÖVBORG: Wieso?

HEDDA: Oder, besser gesagt, der Leute wegen.

LÖVBORG: So?

HEDDA: Die Leute könnten ja sonst leicht auf den Gedanken kommen, Sie fühlten sich – im Grunde – nicht so recht unbefangen – Ihrer selbst nicht so sicher.

FRAU ELVSTED *leise*: Aber nicht doch, Hedda –!

LÖVBORG: Die Leute können meinetwegen glauben, was sie wollen, – vorläufig.

FRAU ELVSTED *froh*: Ja, nicht wahr!

HEDDA: Ich sah's dem Assessor Brack vorhin ganz deutlich an.

LÖVBORG: Was denn?

HEDDA: Er lächelte so höhnisch, als Sie sich nicht trauten, sich drin mit an den Tisch zu setzen.

LÖVBORG: Mich nicht traute! Ich wollte natürlich lieber hier bleiben und mich mit Ihnen unterhalten.

FRAU ELVSTED: Das war doch ganz natürlich, Hedda!

HEDDA: Aber das konnte doch der Assessor nicht ahnen. Und ich sah auch, daß er den Mund verzog und mit Tesman einen verstohlenen Blick wechselte, als Sie sich nicht trauten, in die kleine harmlose Gesellschaft mitzugehen.

LÖVBORG: Traute! Sie sagen, ich traute mich nicht?

HEDDA: Ich habe das nicht gesagt. Aber der Assessor hat es so aufgefaßt.

LÖVBORG: Meinetwegen.

HEDDA: Sie gehen also nicht mit?

LÖVBORG: Ich bleibe hier bei Ihnen und Thea.

FRAU ELVSTED: Ja, Hedda, – das kannst du dir doch denken!

HEDDA *lächelt und nickt Lövborg beifällig zu*: Also Grundsätze – fundamentale Grundsätze – für alle Zeit. Ja, so soll ein Mann sein! *Wendet sich zu Frau Elvsted und tätschelt sie.* Na, hab ich's dir nicht gesagt, als du heut morgen so ganz verstört hier hereinkamst –

LÖVBORG *betroffen*: Verstört!

FRAU ELVSTED *in Angst*: Hedda, – Hedda –!

HEDDA: Nun siehst du's selbst! Es ist ganz unnötig, daß du in dieser Todesangst umherläufst – *Abbrechend.* So! Jetzt wollen wir alle drei recht ausgelassen sein!

LÖVBORG *ist zusammengefahren*: Ah, – was soll das heißen, Frau Tesman!

FRAU ELVSTED: Ach Gott, ach Gott, Hedda! Was sagst du da! Was tust du da!

HEDDA: So sei doch still! Der eklige Assessor sitzt drin und beobachtet dich.

LÖVBORG: In Todesangst also. Um mich.

FRAU ELVSTED *leise jammernd*: Ach Hedda, – wie unglücklich hast du mich nun gemacht!

LÖVBORG *sieht sie eine Weile unverwandt an. Sein Gesicht ist verzerrt*: Das also war des Kameraden unbefangener Glaube an mich.

FRAU ELVSTED *flehend*: Ach, liebster Freund, – so hör doch nur erst –!

LÖVBORG *nimmt das eine gefüllte Punschglas, hebt es hoch und sagt leise mit heiserer Stimme*: Auf dein Wohl, Thea!

Er leert das Glas, stellt es hin und nimmt das andere.

FRAU ELVSTED *leise*: Ach Hedda, Hedda, – daß das deine Absicht sein konnte!

HEDDA: Absicht? Meine Absicht? Bist du nicht bei Trost?

LÖVBORG: Und auch auf Ihr Wohl, Frau Tesman! Schönen Dank für die Wahrheit! Sie lebe!

Er trinkt aus und will das Glas wieder füllen.

HEDDA *legt die Hand auf seinen Arm*: So, – jetzt nicht mehr. Vergessen Sie nicht, daß Sie in Gesellschaft gehen sollen.

FRAU ELVSTED: Nein, nein, nein!

HEDDA: Pst! Sie sitzen drin und wenden kein Auge von dir.

LÖVBORG *stellt das Glas hin*: Du, Thea, – nun sei aber bitte aufrichtig –

FRAU ELVSTED: Ja!

LÖVBORG: Wußte Elvsted davon, daß du mir nachgereist bist?

FRAU ELVSTED *ringt die Hände*: Ach, Hedda, – hörst du, was er fragt?

LÖVBORG: War's eine Verabredung zwischen dir und ihm, daß du zur Stadt fahren und auf mich aufpassen solltest? Hat vielleicht Elvsted selbst dich dazu veranlaßt? Aha! So! – Er brauchte mich wohl wieder in seiner Kanzlei. Oder hat er mich am Spieltisch vermißt?

FRAU ELVSTED *leise, in Qual*: Ach, Lövborg, Lövborg –!

LÖVBORG *ergreift ein Glas und will es füllen*: Der alte Landrat – auch er soll leben!

HEDDA *abwehrend*: Lassen Sie das jetzt. Vergessen Sie nicht, Sie sollen noch ausgehen und Tesman vorlesen.

LÖVBORG *stellt das Glas hin, ruhig*: Das – das war eine Dummheit von mir, Thea. Es so aufzunehmen, mein ich. Sei mir drum nicht böse, mein lieber, lieber Kamerad. Du sollst sehn, – du und auch die anderen, – wenn ich auch einmal versagt habe, so habe ich mich doch jetzt wieder aufgerafft! Mit deiner Hilfe, Thea.

FRAU ELVSTED *freudestrahlend*: Ach, Gott sei Lob und Dank –!

Brack hat unterdessen auf seine Uhr gesehen. Er und Tesman stehen auf und kommen in den Salon.

BRACK *nimmt seinen Hut und Überzieher*: Frau Tesman, nun hat unsere Stunde geschlagen!

HEDDA: Ja, das hat sie wohl.

LÖVBORG *steht auf*: Meine auch, Herr Assessor!

FRAU ELVSTED *leise und bittend*: Ach Lövborg, – tu's nicht!

HEDDA *kneift sie in den Arm*: Sie hören dich!

FRAU ELVSTED *schreit schwach auf*: Au!

LÖVBORG *zu Brack*: Sie waren so freundlich, mich einzuladen.

BRACK: Na, Sie kommen also doch mit?

LÖVBORG: Ja, ich bin so frei.

BRACK: Freut mich außerordentlich –

LÖVBORG *steckt das Paket im Umschlag zu sich und sagt zu Tesman*: Ich möchte dir nämlich gern noch einiges zeigen, bevor ich's abliefere.

TESMAN: Denk mal an, – das wird nett! – Aber, liebe Hedda, wer bringt denn nun Frau Elvsted nach Hause? Was?

HEDDA: Ach, das wird sich schon finden.

LÖVBORG *sieht zu den Damen hin*: Frau Elvsted? Ich komme natürlich wieder und hole sie ab. *Näher*: So gegen zehn Uhr, Frau Tesman? Ist es Ihnen recht?

HEDDA: Gewiß. Das paßt ausgezeichnet.

TESMAN: Na, dann ist ja alles in schönster Ordnung. Aber mich darfst du so zeitig nicht erwarten, Hedda.

HEDDA: Ach, mein Lieber, bleib du nur so lange – so lange du willst.

FRAU ELVSTED *in verhaltener Angst*: Herr Lövborg, – ich warte also hier, bis Sie kommen.

LÖVBORG *mit dem Hut in der Hand*: Selbstverständlich, Frau Elvsted.

BRACK: So! Nun geht der Vergnügungszug ab, meine Herren! Ich hoffe, es wird ausgelassen werden, wie eine gewisse schöne Frau einmal sagte.

HEDDA: Ach, könnte doch diese schöne Frau unsichtbar zugegen sein –!

BRACK: Warum unsichtbar?

HEDDA: Um etwas von Ihren unverfälschten Ausgelassenheiten zu hören, Herr Assessor.

BRACK *lacht*: Das möchte ich der schönen Frau denn doch nicht geraten haben.

TESMAN *lacht auch*: Nein, du bist aber gut, Hedda. Denk mal an!

BRACK: Also adieu, adieu, meine Damen!

LÖVBORG *verbeugt sich zum Abschied*: Also gegen zehn Uhr.

Brack, Lövborg und Tesman gehen hinaus durch die Vorzimmertür. Gleichzeitig kommt BERTE *aus dem Hinterzimmer mit einer brennenden Lampe, die sie auf den Salontisch stellt; dann geht sie auf dem gleichen Weg wieder hinaus.*

FRAU ELVSTED *ist aufgestanden und geht unruhig durch das Zimmer*: Hedda, – Hedda, – was soll aus alledem werden!

HEDDA: Um zehn – dann kommt er also. Ich seh ihn vor mir. Mit Weinlaub im Haar. Glühend und voll Freude –

FRAU ELVSTED: Ja, wenn's doch nur so wäre!

HEDDA: Und, sieh mal, dann – dann hat er sich selbst wieder in der Hand. Dann ist er ein freier Mann für sein ganzes Leben.

FRAU ELVSTED: Ach Gott, ja, – wenn er nur so kommen möchte, wie du ihn dir vorstellst.

HEDDA: So und nicht anders kommt er! *Steht auf und nähert sich ihr*: Zweifle du an ihm, so viel du willst. Ich glaube an ihn. Und nun werden wir mal sehen –

FRAU ELVSTED: Du führst was im Schilde, Hedda!

HEDDA: Allerdings. Ich will ein einziges Mal in meinem Leben die Herrschaft haben über ein Menschenschicksal.

FRAU ELVSTED: Hast du das denn nicht?

HEDDA: Ich hab es nicht – und hab es nie gehabt.

FRAU ELVSTED: Aber doch über deinen Mann?

HEDDA: Wäre d a s wohl der Mühe wert! Ach, könntest du nur begreifen, wie arm ich bin. Und d i r soll's vergönnt sein, so reich zu sein! *Umarmt sie leidenschaftlich*: Ich glaube, ich senge dir doch noch das Haar ab!

FRAU ELVSTED: Laß mich! Laß mich los! Ich fürchte mich vor dir, Hedda!

BERTE *in der Türöffnung*: Der Teetisch ist gedeckt drin im Speisezimmer, gnädige Frau.

HEDDA: Schön. Wir kommen.

FRAU ELVSTED: Nein, nein, nein! Lieber will ich allein nach Haus gehen! Jetzt auf der Stelle!

HEDDA: Unsinn! Erst sollst du Tee trinken, du Schäfchen. Und dann, – um zehn, – kommt Ejlert Lövborg – mit Weinlaub im Haar.

Sie zieht Frau Elvsted fast mit Gewalt zur Türöffnung.

DRITTER AKT

Dasselbe Zimmer bei Tesmans. Die Vorhänge vor der Türöffnung sind zusammengezogen. Ebenso vor der Glastür. Die Lampe, mit einem Schirm drüber, brennt, halb heruntergeschraubt, auf dem Tisch. Im Ofen, dessen Tür offensteht, war Feuer, das nun fast erloschen ist.

FRAU ELVSTED, *in ein großes Umschlagtuch gehüllt und die Füße auf einem Schemel, sitzt dicht am Ofen, in den Lehnstuhl zurückgesunken.* HEDDA *liegt angekleidet auf dem Sofa und schläft unter einer Decke.*

FRAU ELVSTED, *nach einer Pause, richtet sich rasch im Stuhl auf und lauscht gespannt. Dann sinkt sie zurück und jammert leise*: Noch nicht! – Ach Gott, – ach Gott, – noch nicht!

BERTE *kommt, behutsam auftretend, durch die Vorzimmertür. Sie hat einen Brief in der Hand.*

FRAU ELVSTED *dreht sich um und flüstert gespannt*: Na, – ist jemand dagewesen?

BERTE *leise*: Ja, eben war ein Mädchen da mit dem Brief.

FRAU ELVSTED *schnell, streckt die Hand aus*: Ein Brief! Geben Sie her!

BERTE: Nein, der ist für den Herrn Doktor, gnädige Frau.

FRAU ELVSTED: Ach so.

BERTE: Es war Fräulein Tesman ihr Mädchen, die ihn gebracht hat. Ich leg ihn da auf den Tisch hin.

FRAU ELVSTED: Ja, tun Sie das.

BERTE *legt den Brief hin*: Es ist gewiß besser, ich mach die Lampe aus. Denn sie blakt.

FRAU ELVSTED: Machen Sie sie nur aus. Es ist wohl nun bald Tag.

BERTE *die Lampe löschend*: Es ist schon Tag, gnädige Frau.

FRAU ELVSTED: Ja, hellichter Tag! Und noch nicht zu Haus –!

BERTE: Ach herrje, – hab mir's doch gleich gedacht, daß es so kommt.

FRAU ELVSTED: Sie haben sich's gedacht?

BERTE: Ja, wie ich sah, daß ein gewisses Mannsbild nach der Stadt zurückgekommen – und mit den andern abgeschoben ist. Denn von d e m Herrn hat unsereins ja früher gerade genug gehört.

FRAU ELVSTED: Sprechen Sie nicht so laut. Sie wecken die gnädige Frau.

BERTE *sieht zum Sofa hin und seufzt*: Ach Gott, – lassen wir sie nur schlafen, die arme Seele. – Soll ich noch im Ofen was nachlegen?

FRAU ELVSTED: Danke, meinetwegen nicht.

BERTE: Na ja.

Sie geht leise hinaus durch die Vorzimmertür.

HEDDA *erwacht vom Schließen der Tür*: Was ist –!

FRAU ELVSTED: Es war nur das Mädchen –

HEDDA *sieht sich um*: Ah, hier drin –! Ja, jetzt weiß ich ja – *Richtet sich auf dem Sofa sitzend auf, dehnt sich und reibt sich die Augen*: Wie spät ist es, Thea?

FRAU ELVSTED *sieht auf ihre Uhr*: Es ist sieben vorbei.

HEDDA: Wann ist Tesman gekommen?

FRAU ELVSTED: Er ist noch nicht zu Hause.

HEDDA: Noch nicht zu Hause?

FRAU ELVSTED *steht auf*: Es ist noch gar keiner da.

HEDDA: Und da haben wir gewacht und aufgesessen und gewartet unausgesetzt bis vier Uhr –

FRAU ELVSTED *ringt die Hände*: Und w i e hab ich auf ihn gewartet!

HEDDA *gähnt und sagt, die Hand vor dem Mund*: Ach ja, – das hätten wir uns auch sparen können.

FRAU ELVSTED: Hast du noch ein bißchen geschlafen?

HEDDA: O ja. Ich glaube, ich habe ganz gut geschlafen. Du nicht?

FRAU ELVSTED: Nicht einen Augenblick. Ich konnte nicht, Hedda! Es war mir einfach nicht möglich.

HEDDA *steht auf und geht zu ihr hin*: Na, na, na! Da ist doch gar kein Grund zur Angst. Ich kann mir schon denken, wie das zusammenhängt.

FRAU ELVSTED: Was glaubst du denn? Kannst du mir das sagen!

HEDDA: Na, die Geschichte beim Assessor hat sich natürlich gräßlich in die Länge gezogen –

FRAU ELVSTED: Ach Gott ja, – das war gewiß der Fall. Trotzdem aber –

HEDDA: Und dann, sieh mal, dann hat Tesman nicht nach Haus kommen und Lärm machen und läuten wollen mitten in der Nacht. *Lacht.* Vielleicht hat er sich auch nicht gern sehen lassen wollen – so unmittelbar nach einer lustigen Kneiperei.

FRAU ELVSTED: Aber meine Liebe, – wo sollt er denn sonst hingegangen sein?

HEDDA: Er ist natürlich hinauf zu den Tanten gegangen und hat sich da schlafen gelegt. Sie haben ja sein altes Zimmer noch leer stehen.

FRAU ELVSTED: Nein, dort kann er nicht sein. Denn eben ist ein Brief an ihn gekommen von Fräulein Tesman. Da liegt er.

HEDDA: So? *Betrachtet die Aufschrift.* Ja, er ist wahrhaftig von Tante Julles eigener Hand. Na, dann ist Tesman eben beim Assessor geblieben. Und Lövborg, der sitzt – mit Weinlaub im Haar – und liest vor.

FRAU ELVSTED: Ach Hedda, du redest doch etwas, was du selbst nicht glaubst.

HEDDA: Du bist wirklich ein kleines Schäfchen, Thea.

FRAU ELVSTED: Ach leider, ja, das bin ich wohl

HEDDA: Und wie todmüde du aussiehst.

FRAU ELVSTED: Ja, ich bin auch todmüde.

HEDDA: Na, drum wirst du tun, was ich dir sage. Geh in mein Zimmer und leg dich ein bißchen aufs Bett.

FRAU ELVSTED: O nein, nein, – ich werde jetzt doch nicht schlafen können.

HEDDA: Gewiß wirst du das.

FRAU ELVSTED: Aber dein Mann muß doch jetzt jeden Augenblick nach Hause kommen. Und da muß ich gleich hören –

HEDDA: Ich werd es dir schon sagen, wenn er kommt.

FRAU ELVSTED: Versprichst du mir das, Hedda?

HEDDA: Ja, du kannst dich darauf verlassen. Jetzt geh und schlaf solange.

FRAU ELVSTED: Danke sehr. So will ich versuchen, ob's geht.

Sie geht durchs Hinterzimmer hinaus.

Hedda geht zur Glastür und zieht die Vorhänge zurück. Das volle Tageslicht fällt ins Zimmer. Danach nimmt sie vom Schreibtisch einen kleinen Handspiegel, blickt hinein und ordnet ihr Haar. Dann geht sie zur Vorzimmertür und drückt auf den Knopf der Klingel.

BERTE *erscheint nach einer kleinen Pause in der Tür.*

BERTE: Wünschen gnädige Frau etwas?

HEDDA: Ja, legen Sie im Ofen nach. Mich friert hier.

BERTE: Herrje, – gleich wird's hier warm sein.

Sie scharrt die Kohlen zusammen und legt ein Holzscheit nach.

BERTE *hält inne und lauscht:* Da hat's eben an der Haustür geschellt, gnädige Frau.

HEDDA: So gehen Sie hinaus und machen Sie auf. Den Ofen will ich schon selbst besorgen.

BERTE: Das Feuer muß gleich brennen.

Sie geht hinaus durch die Vorzimmertür.

Hedda kniet auf dem Fußschemel und legt mehrere Scheite in den Ofen.

TESMAN *kommt gleich darauf vom Vorzimmer herein. Er sieht müde und etwas ernst aus. Schleicht sich auf den Zehen hin zur Türöffnung und will zwischen den Portieren hindurchschlüpfen.*

HEDDA *beim Ofen, ohne aufzusehen*: Guten Morgen.

TESMAN *dreht sich um*: Hedda! *Kommt näher.* Aber um alles in der Welt – du bist schon so früh auf! Was?

HEDDA: Ja, ich bin heute ziemlich früh wach geworden.

TESMAN: Und ich war so fest überzeugt, du lägst noch im Bett und schliefest! Denk mal an, Hedda!

HEDDA: Sprich doch bitte nicht so laut. Frau Elvsted liegt in meinem Zimmer.

TESMAN: Ist Frau Elvsted die ganze Nacht dageblieben?

HEDDA: Freilich, es kam doch keiner, sie abzuholen.

TESMAN: Ach ja, das ist schon richtig.

HEDDA *macht die Ofentür zu und steht auf*: Na, war's amüsant beim Assessor?

TESMAN: Warst du meinetwegen besorgt? Was?

HEDDA: Nein, das könnte mir doch nie einfallen. Aber ich habe gefragt, ob du dich amüsiert hast.

TESMAN: O ja, freilich. Ein Mal ist ja doch kein Mal –. Ganz besonders im Anfang – muß ich sagen. Denn da hat mir Ejlert vorgelesen. Wir sind nämlich über eine Stunde zu früh gekommen, – denk mal an! Und Brack hatte ja noch mancherlei zu besorgen. Und inzwischen las Ejlert vor.

HEDDA *setzt sich rechts an den Tisch*: Na! So laß doch hören –

TESMAN *setzt sich auf einen Hocker beim Ofen*: Nein, Hedda, du kannst dir gar nicht vorstellen, was für ein Werk das wird! Es gehört ohne Zweifel zum Merkwürdigsten, was geschrieben worden ist. Denk mal an!

HEDDA: Ja, ja, das interessiert mich nicht –

TESMAN: Ich will dir was gestehen, Hedda. Nachdem er gelesen hatte, – da überkam mich etwas Häßliches.

HEDDA: Etwas Häßliches?

TESMAN: Ich saß da und beneidete Ejlert, daß er so etwas hatte schreiben können. Denk mal an, Hedda!

HEDDA: Ja, ja, ich denke ja schon!

TESMAN: Und dann zu wissen, daß er, – bei s e i n e n Fähigkeiten, – doch wohl leider ganz unverbesserlich ist.

HEDDA: Du meinst wohl, er hat mehr Lebensmut als die anderen?

TESMAN: Herrgott, nein, – sieh mal, er kann eben gar nicht maßhalten im Genuß.

HEDDA: Und wie entwickelte sich's denn – zuletzt?

TESMAN: Ja, ich hatte die Empfindung, man konnte es direkt ein Bacchanal nennen, Hedda.

HEDDA: Hatte er Weinlaub im Haar?

TESMAN: Weinlaub? Nein, davon hab ich nichts gesehen. Aber er hielt eine lange konfuse Rede auf ein weibliches Wesen, das ihn bei der Arbeit inspiriert habe. Ja, so drückte er sich aus.

HEDDA: Nannte er ihren Namen?

TESMAN: Nein, das tat er nicht. Aber ich kann mir's nicht anders denken, es muß Frau Elvsted sein. Paß nur auf!

HEDDA: Na, – und wo hast du dich von ihm getrennt?

TESMAN: Auf dem Heimwege. Wir brachen gleichzeitig auf, – als Nachzügler. Und Brack ging auch mit, um ein bißchen frische Luft zu schöpfen. Und da, siehst du, da entschlossen wir uns, Ejlert nach Haus zu begleiten. Denn weißt du, er hatte wirklich des Guten zuviel getan.

HEDDA: Das mag wohl sein.

TESMAN: Aber nun kommt das Merkwürdigste, Hedda! Oder besser gesagt: das Traurige. Ach, – ich schäme mich fast – für Ejlert – es zu erzählen –

HEDDA: Na, was ist denn –?

TESMAN: Während wir so unsern Weg gingen, weißt du, blieb ich zufällig etwas zurück. Nur so ein paar Minuten, – denk mal an!

HEDDA: Ja, ja, mein Gott, und –?

TESMAN: Und wie ich die andern schnell einholen will, – weißt du, was ich da auf dem Wege finde? Was?

HEDDA: Wie kann ich denn das wissen!

TESMAN: Sag aber bloß keinem Menschen was, Hedda. Hörst du! Versprich mir das, Ejlerts wegen. *Zieht ein mit Papier umwickeltes Paket aus der Rocktasche.* Denk mal an, – das da hab ich gefunden.

HEDDA: Ist das nicht das Paket, das er gestern abend hier bei sich hatte?

TESMAN: Ja freilich, das ist sein ganzes kostbares, unersetzliches Manuskript! Und das hatte er auf dem Wege verloren – ohne es zu merken. Denk dir nur, Hedda! Wie traurig –

HEDDA: Warum hast du ihm denn das Paket nicht gleich wiedergegeben?

TESMAN: Nein, das durfte ich doch nicht – in der Verfassung, in der er war –

HEDDA: Hast du einem andern etwas davon gesagt, daß du es gefunden hattest?

TESMAN: Nein bewahre! Das wollt ich doch nicht, Ejlerts wegen, verstehst du.

HEDDA: Es weiß also kein Mensch, daß du Lövborgs Schrift hast?

TESMAN: Nein. Und es darf auch kein Mensch wissen.

HEDDA: Worüber hast du denn nachher mit ihm gesprochen?

TESMAN: Ich kam gar nicht mehr dazu, mit ihm zu sprechen, weißt du. Denn wie wir in die Stadt kamen, da riß er uns mit zwei – drei andern aus. Denk mal an!

HEDDA: So? Die haben ihn dann wohl nach Hause gebracht.

TESMAN: Das haben sie wohl, dem Anschein nach. Und Brack ging auch seiner Wege.

HEDDA: Und wo hast du dich danach umhergetrieben?

TESMAN: Ich und noch ein paar andere, wir gingen mit einem von den lustigen Kumpanen auf seine Bude und tranken da unsern Morgenkaffee. Oder es muß wohl eher Nachtkaffee heißen. Was? Aber wenn ich nur erst ein bißchen ausgeruht habe – und annehmen kann, daß Ejlert, der arme Junge, ausgeschlafen hat, so will ich gleich zu ihm hin und ihm das da bringen.

HEDDA *greift nach dem Paket*: Nein, – gib das nicht weg! Nicht gleich, mein ich. Laß mich's erst lesen.

TESMAN: Nein, liebste Hedda, das darf ich bei Gott nicht.

HEDDA: Du darfst nicht?

TESMAN: Nein, – denn du kannst dir doch wohl denken, wie er außer sich geraten muß, wenn er aufwacht und das Manuskript nicht hat. Du mußt nämlich wissen, er hat keine Abschrift davon. Das hat er selbst gesagt.

HEDDA *sieht ihn gewissermaßen prüfend an*: Kann man denn so etwas nicht noch mal schreiben? Ein zweites Mal?

TESMAN: Nein, das halt ich für absolut unmöglich. Denn die Begeisterung, – sieh mal –

HEDDA: Ja, ja, – daran mag's wohl liegen – *Leichthin*: Ach richtig, – da ist ein Brief für dich.

TESMAN: Denk mal an –!

HEDDA *reicht ihm den Brief*: Er ist heut in aller Frühe gekommen.

TESMAN: Von Tante Julle, du! Was mag das sein? *Legt das Paket auf den anderen Hocker, öffnet den Brief, überfliegt ihn und springt auf.* Ach Hedda, – sie schreibt, mit der armen Tante Rina geht's zu Ende!

HEDDA: Das war doch zu erwarten.

TESMAN: Und wenn ich sie noch einmal sehen wolle, so müsse ich mich beeilen. Ich will gleich hinüberspringen.

HEDDA *unterdrückt ein Lächeln*: Springen willst du auch noch?

TESMAN: Ach liebste Hedda, – wenn du's über dich bringen könntest mitzugehen. Denk mal an!

HEDDA *steht auf und sagt müde und abweisend*: Nein, nein, verlang so etwas nicht von mir. Ich will nichts sehen von Krankheit und Tod. Verschone mich mit allem, was häßlich ist.

TESMAN: Na Gott –! *Läuft umher.* Mein Hut –? Mein Überzieher –? Ja so, im Vorzimmer –. Ich will zu Gott hoffen, daß ich nicht zu spät komme, Hedda? Was?

HEDDA: So spring nur –

BERTE *erscheint in der Vorzimmertür.*

BERTE: Herr Assessor Brack ist draußen und läßt fragen, ob er eintreten darf.

TESMAN: Zu dieser Zeit! Nein, jetzt kann ich ihn unmöglich empfangen.

HEDDA: Aber ich. *Zu Berte*: Bitten Sie den Herrn Assessor einzutreten.

Berte geht.

HEDDA *rasch, flüsternd*: Das Paket, Tesman!

Sie nimmt es vom Hocker.

TESMAN: Ja, gib es mir!

HEDDA: Nein, nein, ich heb es dir solange auf.

Sie geht zum Schreibtisch und steckt es ins Bücherfach. Tesman kann in der Eile die Handschuhe nicht anbekommen.

ASSESSOR BRACK *kommt herein vom Vorzimmer.*

HEDDA *nickt ihm zu*: Na, Sie sind mir ein rechter Morgenvogel.

BRACK: Ja, nicht wahr? *Zu Tesman*: Wollen Sie sich auch schon wieder auf die Beine machen?

TESMAN: Ja, ich muß unbedingt zu den Tanten. Denken Sie bloß an, – die arme Kranke, sie liegt im Sterben.

BRACK: Ach du lieber Gott, wirklich? Aber dann lassen Sie sich von mir nur nicht aufhalten. In einem so ernsten Augenblick –

TESMAN: Ja, ich muß wirklich machen, daß ich wegkomme. – Adieu! Adieu!

Er eilt hinaus durch die Vorzimmertür.

HEDDA *kommt näher*: Es war wohl mehr als ausgelassen bei Ihnen heut nacht, Herr Assessor.

BRACK: Ich bin tatsächlich nicht aus den Kleidern gekommen, Frau Hedda.

HEDDA: Sie auch nicht?

BRACK: Nein, wie Sie sehen. Aber was hat denn Tesman erzählt von den Erlebnissen dieser Nacht?

HEDDA: Ach, nur langweiliges Zeug. Bloß, daß sie bei irgendeinem oben waren und da Kaffee getrunken haben.

BRACK: Von dieser Kaffeekneiperei hab ich schon gehört. Ejlert Lövborg war wohl nicht dabei, soviel ich weiß?

HEDDA: Nein, den hatten sie vorher nach Hause gebracht.

BRACK: Tesman auch?

HEDDA: Nein, ein paar andere, sagte er.

BRACK *lächelt*: Jörgen Tesman ist wirklich eine arglose Seele, Frau Hedda.

HEDDA: Das weiß der liebe Gott. Aber stimmt denn da etwas nicht?

BRACK: Ja, die Sache ist nicht so ganz ohne.

HEDDA: Na, so wollen wir uns setzen, lieber Assessor. Dann können Sie besser erzählen.

Sie setzt sich an die linke Seite des Tisches. Brack an die Längsseite in ihre Nähe.

HEDDA: Nun? Also?

BRACK: Ich hatte triftige Gründe, den Wegen meiner Gäste – oder, richtiger gesagt, eines Teils meiner Gäste, diese Nacht nachzuspüren.

HEDDA: Und unter ihnen war wohl auch Ejlert Lövborg?

BRACK: Ich muß gestehen – er war darunter.

HEDDA: Jetzt machen Sie mich aber wirklich neugierig –

BRACK: Wissen Sie, wo er und ein paar von den anderen den Rest der Nacht zugebracht haben, Frau Hedda?

HEDDA: Wenn es sich erzählen läßt, so tun Sie's.

BRACK: Ja freilich, erzählen läßt es sich schon. Also, sie besuchten eine sehr animierte Soirée.

HEDDA: Eine von der ausgelassenen Sorte?

BRACK: Von der allerausgelassensten.

HEDDA: Erzählen Sie bitte mehr, Herr Assessor –

BRACK: Auch Lövborg war schon im voraus dazu eingeladen. Ich war ganz genau davon unterrichtet. Erst hatte er abgelehnt zu kommen. Denn jetzt ist er doch sozusagen ein neuer Mensch, wie Sie wissen.

HEDDA: Oben bei Elvsteds, jawohl. Aber gegangen ist er also doch?

BRACK: Ja, sehen Sie, Frau Hedda, – da muß unglückseligerweise bei mir gestern abend der Geist über ihn kommen –

HEDDA: Ja, da wurde er ja in Begeisterung versetzt, wie ich höre.

BRACK: In einen recht hohen Grad von Begeisterung. Na, er war also wohl andern Sinns geworden, wie ich mir denke. Denn wir Männer sind leider nicht immer so fest in unsern Grundsätzen, wie wir sein sollten.

HEDDA: Ach, Sie bilden doch gewiß eine Ausnahme, lieber Assessor. Also Lövborg –?

BRACK: Na, kurz und gut, – das Ende war, er landete in Fräulein Dianas Salons.

HEDDA: Fräulein Dianas –?

BRACK: Es war ein Fräulein Diana, das die Soirée gab. Für einen auserwählten Kreis von Freundinnen und Verehrern.

HEDDA: Ist das eine Person mit roten Haaren?

BRACK: Stimmt.

HEDDA: So etwas wie eine – Sängerin?

BRACK: Na ja, – das auch. Und dazu eine gewaltige Jägerin – vor den Herren, – Frau Hedda. Sie haben gewiß schon von ihr gehört. Ejlert Lövborg war einer ihrer wärmsten Beschützer – in seinen großen Tagen.

HEDDA: Und wie endete die Geschichte?

BRACK: Weniger freundschaftlich, scheint es. Fräulein Diana soll vom zärtlichsten Empfang zu Handgreiflichkeiten übergegangen sein. –

HEDDA: Lövborg gegenüber?

BRACK: Ja. Er beschuldigte sie oder ihre Freundinnen, ihn bestohlen zu haben. Er behauptete, seine Brieftasche sei ihm abhanden gekommen. Und andere Sachen mit. Kurzum, er soll einen Mordsspektakel gemacht haben.

HEDDA: Und was war die Folge?

BRACK: Die Folge war – was soll ich Ihnen sagen – eine allgemeine Keilerei zwischen Damen und Herren. Zum Glück ist schließlich die Polizei gekommen.

HEDDA: Die Polizei ist auch gekommen?

BRACK: Ja. Aber der Spaß wird Lövborg wohl teuer zu stehen kommen, dem verrückten Kerl.

HEDDA: So!

BRACK: Er soll Widerstand geleistet haben gegen die Staatsgewalt. Er soll einem Schutzmann eine Ohrfeige versetzt und ihm den Rock kaputtgerissen haben. So mußte er auch noch mit auf die Polizeiwache.

HEDDA: Woher wissen Sie denn das alles?

BRACK: Von der Polizei selbst.

HEDDA *sieht vor sich hin*: So ist's also verlaufen. Da hat er nicht Weinlaub im Haar gehabt.

BRACK: Weinlaub, Frau Hedda?

HEDDA *wechselt den Ton*: Aber nun sagen Sie mir mal, Herr Assessor, – warum tun Sie das eigentlich und spionieren Ejlert Lövborg nach?

BRACK: Zunächst einmal kann mir's doch nicht so ganz gleichgültig sein, wenn sich beim Verhör herausstellt, daß er unmittelbar von mir gekommen ist.

HEDDA: Zum Verhör wird's also auch kommen?

BRACK: Versteht sich. Aber das mag im übrigen nun sein, wie es will. Doch mir scheint, als Freund des Hauses bin ich verpflichtet, Ihnen und Tesman volle Klarheit zu schaffen über Lövborgs nächtliches Tun und Treiben.

HEDDA: Wieso denn d a s , Herr Assessor?

BRACK: Weil ich den lebhaften Verdacht habe, er will Sie sozusagen als spanische Wand gebrauchen.

HEDDA: Aber wie kommen Sie nur auf diesen Gedanken?

BRACK: Na mein Gott, – wir sind doch nicht blind, Frau Hedda. Passen Sie nur auf! Diese Frau Elvsted, die verläßt sicherlich die Stadt nicht so bald wieder.

HEDDA: Na, wenn zwischen den beiden was sein sollte, so gibt's doch wohl noch genug andere Orte, wo sie sich treffen können.

BRACK: Aber kein geordnetes Heim. Jedes anständige Haus wird von jetzt an Lövborg wieder verschlossen sein.

HEDDA: Und mein Haus müßte das auch sein, meinen Sie?

BRACK: Ja. Ich gestehe, es würde mir mehr als peinlich sein, wenn dieser Herr hier fernerhin ein und aus gehen dürfte. Wenn er, als ein Überflüssiger – und Unbefugter – sich eindrängen sollte in –

HEDDA: – in das Dreieck?

BRACK: Ja eben. Das würde für mich gleichbedeutend sein mit heimatlos werden.

HEDDA *sieht ihn lächelnd an*: Also, – einziger Hahn im Korb, – das ist Ihr Ziel?

BRACK *nickt langsam und senkt die Stimme*: Ja, das ist mein Ziel. Und für dieses Ziel werde ich kämpfen – mit allen Mitteln, die mir zu Gebote stehen.

HEDDA *indem das Lächeln sich verflüchtigt*: Sie sind sicher ein gefährlicher Mensch, – wenn's drauf ankommt.

BRACK: Glauben Sie?

HEDDA: Ja, ich fange an, es zu glauben. Und man kann herzlich froh sein – solange man nur Ihnen nicht mit Haut und Haar ausgeliefert ist.

BRACK *lacht zweideutig*: Jaja, Frau Hedda, – da haben Sie vielleicht nicht so unrecht. Wer weiß, ob ich in diesem Fall nicht imstande wäre, so allerlei auszuhecken.

HEDDA: Nun hören Sie aber mal, Herr Assessor! Das klingt ja fast wie eine Drohung.

BRACK *steht auf*: Nein, keine Spur! Das Dreieck, – sehen Sie, das befestigt und verteidigt man am besten, wenn man es freiwillig tut.

HEDDA: Das ist auch meine Ansicht.

BRACK: So, nun hab ich gesagt, was ich zu sagen hatte. Und jetzt muß ich machen, daß ich nach Hause komme. Adieu, Frau Hedda!

Er geht auf die Glastür zu.

HEDDA *steht auf*: Sie gehen durch den Garten?

BRACK: Ja, da kürze ich den Weg ab.

HEDDA: Freilich, und dann ist ja auch ein versteckter Weg da.

BRACK: Sehr richtig. Ich habe durchaus nichts gegen versteckte Wege. Zuzeiten können sie recht pikant sein.

HEDDA: Wenn scharf geschossen wird, meinen Sie?

BRACK *in der Tür, lacht ihr zu*: Ach, man schießt doch wohl nicht auf seine zahmen Hähne!

HEDDA *lacht gleichfalls*: Bewahre, – vor allem nicht, wenn man nicht mehr als den e i n e n hat –

Sie nicken sich, unter Lachen, zum Abschied zu. Er geht. Hedda schließt die Tür hinter ihm. Sie steht eine Weile ernst da und sieht hinaus. Danach geht sie nach hinten und sieht durch die Portieren ins Zimmer. Geht dann zum Schreibtisch, nimmt Lövborgs Paket aus dem Bücherfach und will in der Schrift blättern. Bertes Stimme ertönt laut draußen im Vorzimmer. Hedda wendet sich um und horcht. Schließt dann rasch das Paket in die Schublade ein und legt den Schlüssel aufs Schreibzeug.

LÖVBORG, *im Überzieher und den Hut in der Hand, reißt die Tür auf. Er sieht etwas verstört aus, ist erregt.*

LÖVBORG *gegen das Vorzimmer gewandt*: Und ich sage Ihnen, ich will und muß hinein! So!

Er schließt die Tür, dreht sich um, sieht Hedda, beherrscht sich augenblicklich und begrüßt sie.

HEDDA *am Schreibtisch*: Na, Herr Lövborg, Sie kommen ja hübsch spät zu Thea, um sie abzuholen.

LÖVBORG: Oder ich komme hübsch f r ü h zu Ihnen. Ich bitte um Entschuldigung.

HEDDA: Woher wissen Sie, daß sie noch bei mir ist?

LÖVBORG: In ihrer Wohnung hieß es, sie sei die ganze Nacht fort gewesen.

HEDDA *geht zum Salontisch*: Konnten Sie den Leuten etwas anmerken, als man Ihnen das sagte?

LÖVBORG *sieht sie fragend an*: Was anmerken?

HEDDA: Ich meine, klang es so, als ob man sich allerlei dabei dächte?

LÖVBORG *begreift plötzlich*: Ach ja, ist ja auch wahr! Ich ziehe sie hinab mit mir! Übrigens hab ich nichts gemerkt. – Tesman ist wohl noch nicht auf?

HEDDA: Nein, – ich glaube nicht –

LÖVBORG: Wann ist er nach Hause gekommen?

HEDDA: Auffallend spät.

LÖVBORG: Hat er Ihnen etwas erzählt?

HEDDA: Ja, ich habe gehört, es war recht hübsch ausgelassen beim Assessor.

LÖVBORG: Sonst nichts?

HEDDA: Nein, ich glaube nicht. Übrigens war ich so entsetzlich schläfrig –

FRAU ELVSTED *kommt herein durch die Portiere des Hinterzimmers.*

FRAU ELVSTED *ihm engegen*: Ach, Lövborg! Endlich!

LÖVBORG: Ja, endlich. Und zu spät.

FRAU ELVSTED *sieht ihn voll Angst an*: Zu spät – in welcher Beziehung?

LÖVBORG: In jeder Beziehung. Mit mir ist es aus.

FRAU ELVSTED: Ach, nein, nein, – sag das doch nicht!

LÖVBORG: Du wirst dasselbe sagen, wenn du hörst –

FRAU ELVSTED: Ich will nichts hören!

HEDDA: Sie wünschen vielleicht lieber mit ihr allein zu sprechen? Ich gehe dann.

LÖVBORG: Nein, bleiben Sie – bleiben Sie auch. Ich bitte Sie darum.

FRAU ELVSTED: Aber ich will nichts hören, sag ich.

LÖVBORG: Nicht von den Abenteuern dieser Nacht will ich sprechen.

FRAU ELVSTED: Wovon denn –?

LÖVBORG: Davon, daß unsere Wege sich jetzt trennen müssen.

FRAU ELVSTED: Trennen müssen!

HEDDA *unwillkürlich*: Ich hab es gewußt.

LÖVBORG: Denn ich kann dich nicht mehr brauchen, Thea.

FRAU ELVSTED: Und das sagst du mir ins Gesicht! Mich nicht mehr brauchen! Ich werde dir doch wohl helfen können nach wie vor? Wir werden doch fortfahren, gemeinsam zu arbeiten?

LÖVBORG: Ich gedenke von jetzt an nicht mehr zu arbeiten.

FRAU ELVSTED *gleichsam sich selber aufgebend*: Wozu ist mein Leben dann noch nütze?

LÖVBORG: Du mußt versuchen, so weiterzuleben, als ob du mich nie gekannt hättest.

FRAU ELVSTED: Aber das kann ich doch nicht!

LÖVBORG: Versuche nur, ob du es kannst, Thea. Du mußt wieder nach Hause –

FRAU ELVSTED *in großer Erregung*: Um keinen Preis der Welt! Wo du bist, da will auch ich sein! Ich lasse mich nicht auf solche Art wegjagen! Ich will dabeisein – mit dir zusammen sein, wenn das Buch erscheint.

HEDDA *halblaut, in Spannung*: Ah, das Buch – ja!

LÖVBORG *sieht sie an*: Mein Buch und Theas. Denn d a s ist es.

FRAU ELVSTED: Ja, ich fühle, daß es das ist. Und darum hab ich auch das Recht, bei dir zu sein, wenn es erscheint! Ich will's miterleben, wie dir wieder Achtung und Ehre in reichem Maße zuteil wird. Und die Freude, – die Freude, die will ich mit dir teilen.

LÖVBORG: Thea, – unser Buch erscheint nie.

HEDDA: Ah!

FRAU ELVSTED: Es erscheint nicht!

LÖVBORG: Kann nie erscheinen.

FRAU ELVSTED *in banger Ahnung*: Lövborg, – was hast du mit dem Manuskript getan!

HEDDA *sieht ihn gespannt an*: Das Manuskript, ja –

FRAU ELVSTED: Wo hast du es?

LÖVBORG: Ach Thea, – frag mich danach lieber nicht.

FRAU ELVSTED: Doch, doch, ich will es wissen. Ich habe ein Recht, es auf der Stelle zu erfahren.

LÖVBORG: Das Manuskript –. Nun denn, – ich hab es in tausend Stücke gerissen.

FRAU ELVSTED *schreit auf*: Ach nein, nein –!

HEDDA *unwillkürlich*: Aber das ist ja gar nicht –!

LÖVBORG *sieht sie an*: – wahr, meinen Sie?

HEDDA *faßt sich*: Natürlich. Wenn Sie selbst es sagen. Aber es klang so unwahrscheinlich –

LÖVBORG: Und doch ist es wahr.

FRAU ELVSTED *ringt die Hände*: O Gott, – o Gott, Hedda – sein eignes Werk zerrissen!

LÖVBORG: Ich habe mein eignes Leben in Stücke gerissen. Da konnt ich doch wohl auch mein Lebenswerk zerreißen –

FRAU ELVSTED: Und das hast du also getan diese Nacht!

LÖVBORG: Du hörst es ja. In tausend Stücke. Und sie hinausgestreut in den Fjord. Weit hinaus. Da ist jedenfalls frisches Seewasser. Darin mögen sie treiben. Treiben vor Sturm und Wind. Und nach einer Weile – da sinken sie. Tiefer und tiefer. Wie ich, Thea.

FRAU ELVSTED: Weißt du, Lövborg, diese Sache mit dem Buch –. Zeit meines Lebens werd ich die Vorstellung haben, als habest du ein kleines Kind gemordet.

LÖVBORG: Da hast du recht. Es ist so etwas wie ein Mord an einem Kinde.

FRAU ELVSTED: Aber wie konntest du dann –! Mir gehörte es doch auch, dieses Kind.

HEDDA *fast lautlos*: Ah, ihr Kind –

FRAU ELVSTED *atmet schwer*: Also aus. Ja, ja, dann geh ich nun, Hedda.

HEDDA: Aber du reist doch wohl nicht ab?

FRAU ELVSTED: Ach, ich weiß selbst nicht, was ich tue. Wohin ich blicke – alles düster.

Sie geht durchs Vorzimmer hinaus.

HEDDA *steht einen Augenblick stumm*: Sie wollen sie also nicht nach Haus begleiten, Herr Lövborg?

LÖVBORG: Ich? Durch die Straßen? Sollen die Leute vielleicht sehen, daß sie mit mir zusammen geht?

HEDDA: Ich weiß ja nicht, was sonst diese Nacht noch passiert ist. Aber läßt es sich denn gar nicht wieder gutmachen?

LÖVBORG: Bei dieser Nacht allein hat es nicht sein Bewenden. Das weiß ich ganz bestimmt. Und dann ist die Sache die, daß ich ein solches Leben auch nicht länger führen möchte. Nicht wieder von neuem. Den Lebensmut und den Lebenstrotz, den hat sie in mir gebrochen.

HEDDA *sieht vor sich hin*: Der süße kleine Dummkopf hat seine Finger in einem Menschenschicksal gehabt. *Sieht ihn an.* Aber daß Sie trotz alledem so herzlos gegen sie sein konnten!

LÖVBORG: Ach, sagen Sie nicht, es war herzlos!

HEDDA: Hingehen und vernichten, was ihr ganzes Leben erfüllt hat lange, lange Zeit hindurch! Das nennen Sie nicht herzlos?

LÖVBORG: Ihnen kann ich die Wahrheit sagen, Hedda.

HEDDA: Die Wahrheit?

LÖVBORG: Aber vorher versprechen Sie mir, – geben Sie mir Ihr Wort darauf, daß Thea nie etwas von dem erfährt, was ich Ihnen jetzt anvertraue.

HEDDA: Darauf haben Sie mein Wort.

LÖVBORG: Gut. So will ich Ihnen denn sagen, es ist nicht wahr, was ich eben hier erzählt habe.

HEDDA: Das vom Manuskript?

LÖVBORG: Ja. Ich habe es nicht in Stücke gerissen. Und es auch nicht in den Fjord geworfen.

HEDDA: Ja, ja –. Aber – wo ist es denn?

LÖVBORG: Ich habe es trotzdem vernichtet, endgültig vernichtet, Hedda!

HEDDA: Das versteh ich nicht.

LÖVBORG: Thea hat gesagt, was ich getan habe, das käme ihr vor wie der Mord an einem Kinde.

HEDDA: Ja, – das sagte sie.

LÖVBORG: Aber sein Kind umbringen, – das ist nicht das Schlimmste, was ein Vater ihm antun kann.

HEDDA: Nicht das Schlimmste –?

LÖVBORG: Nein. Das Schlimmste hören zu müssen, das eben wollt ich Thea ersparen.

HEDDA: Und was ist denn das Schlimmste?

LÖVBORG: Gesetzt, Hedda, ein Mann käme – so gegen die Morgenstunde – nach einer wild durchschwärmten Nacht heim zur Mutter seines Kindes und sagte: Du, höre, – ich bin da und da gewesen. An den und den Orten. Und ich habe unser Kind bei mir gehabt. An den und den Orten. Das Kind ist mir abhanden gekommen. Es ist spurlos verschwunden. Weiß der Henker, in was für Hände es geraten ist. Wer alles seine Finger daran gehabt hat.

HEDDA: Aber, – in Wahrheit – handelt es sich doch nur um ein Buch –

LÖVBORG: Theas reine Seele war in diesem Buch.

HEDDA: Ja, das versteh ich.

LÖVBORG: Dann verstehen Sie wohl auch, daß unser gegenseitiges Verhältnis keine Zukunft mehr hat.

HEDDA: Und welchen Weg wollen Sie denn nun gehen?

LÖVBORG: Keinen. Nur sehen, wie ich der ganzen Geschichte ein Ende mache. Je früher, desto besser.

HEDDA *einen Schritt näher*: Lövborg, – hören Sie – könnten Sie nicht alles tun, daß – daß es in Schönheit geschieht?

LÖVBORG: In Schönheit? *Lächelt.* Mit Weinlaub im Haar, wie Sie einst es sich vorstellten –

HEDDA: Ach nein. An das Weinlaub, – daran glaub' ich nun nicht mehr.

Aber doch in Schönheit! Ein Mal nur! – Leben Sie wohl! Gehen Sie jetzt, und kommen Sie nicht mehr wieder.

LÖVBORG: Leben Sie wohl, gnädige Frau. Und grüßen Sie Jörgen Tesman von mir. *Er will gehen.*

HEDDA: Nein, warten Sie! Ein Andenken sollen Sie doch von mir mitnehmen.

Sie geht zum Schreibtisch und öffnet die Schublade und den Pistolenkasten.

Kommt dann zurück zu Lövborg mit der einen Pistole.

LÖVBORG *sieht sie an*: Das da? D a s ist das Andenken?

HEDDA *nickt langsam*: Erkennen Sie die Pistole wieder? Sie war einmal gegen Sie gerichtet.

LÖVBORG: Hätten Sie nur damals Gebrauch davon gemacht.

HEDDA: Da! Machen S i e jetzt davon Gebrauch.

LÖVBORG *steckt die Pistole in die Brusttasche*: Ich danke ihnen!

HEDDA: Und – in Schönheit, Ejlert Lövborg. Versprechen Sie mir das!

LÖVBORG: Leb wohl, Hedda Gabler.

Er geht hinaus durchs Vorzimmer.

Hedda lauscht eine Weile an der Tür. Dann geht sie hin an den Schreibtisch und holt das Paket mit dem Manuskript hervor, schaut ein bißchen in den Umschlag, zieht ein paar Blätter halb heraus und liest ein wenig. Dann nimmt sie das Ganze, geht damit zum Lehnstuhl am Ofen und setzt sich. Das Paket hat sie auf dem Schoß. Kurz darauf öffnet sie die Ofentür.

HEDDA *wirft einige Blätter ins Feuer und flüstert vor sich hin*: Nun verbrenn ich dein Kind, Thea! – Du Lockenkopf, du! *Wirft noch ein paar Blätter in den Ofen.* Dein und Ejlert Lövborgs Kind. *Wirft den Rest hinein.* Jetzt verbrenne, – jetzt verbrenne ich das Kind.

VIERTER AKT

Dieselben Zimmer bei Tesmans. Es ist Abend. Das Gesellschaftszimmer liegt im Dunkel. Das Hinterzimmer ist von einer Hängelampe erleuchtet, die über dem Tisch hängt. Die Vorhänge vor der Glastür sind zugezogen.

HEDDA, *schwarz gekleidet, geht in dem dunklen Zimmer auf und ab. Geht dann ins Hinterzimmer und hinüber nach links. Man hört ein paar Akkorde vom Klavier. Dann erscheint sie wieder und geht zurück ins Gesellschaftszimmer.* BERTE *kommt von rechts durch das Hinterzimmer mit einer brennenden Lampe, die sie auf den Tisch vor dem Ecksofa des Salons stellt. Ihre Augen sehen verweint aus, und sie hat schwarze Bänder am Häubchen. Geht still und behutsam hinaus nach rechts. Hedda geht zur Glastür, zieht den Vorhang etwas zur Seite und sieht ins Dunkel hinaus. Bald darauf kommt* FRÄULEIN TESMAN *im Trauerkleid, mit Hut und Schleier, herein vom Vorzimmer. Hedda geht ihr entgegen und reicht ihr die Hand.*

FRÄULEIN TESMAN: Ja, Hedda, da komm ich in den Farben der Trauer. Denn nun hat meine arme Schwester endlich ausgelitten.

HEDDA: Ich weiß es schon, wie Sie wohl sehen. Tesman hat mich durch eine Karte verständigt.

FRÄULEIN TESMAN: Ja, das hatte er mir versprochen. Aber ich meinte, ich müßte doch hierher zu Hedda, – in das Haus des Lebens, – und den Tod selbst melden.

HEDDA: Das war sehr freundlich von Ihnen.

FRÄULEIN TESMAN: Ach, Rina hätte nur grade j e t z t nicht aus der Welt gehen sollen. Heddas Haus sollte von Trauer verschont bleiben in dieser Zeit.

HEDDA *ablenkend*: Sie ist ja doch so ruhig gestorben, – nicht, Fräulein Tesman?

FRÄULEIN TESMAN: Ach, so schön, – so friedlich war ihr Abschied. Und dazu das unsägliche Glück, daß sie Jörgen noch einmal sehen durfte. Und richtigen Abschied von ihm nehmen konnte. – Er ist am Ende noch nicht zu Haus?

HEDDA: Nein. Er hat geschrieben, ich solle ihn nicht so bald erwarten. Aber setzen Sie sich doch.

FRÄULEIN TESMAN: Nein, danke, liebe – teure Hedda. Ich möchte gern, aber ich habe so wenig Zeit. Jetzt soll sie aufgebahrt werden und hergerichtet, so gut ich's vermag. So richtig schön soll sie in ihr Grab kommen.

HEDDA: Kann ich nicht irgendwie helfen?

FRÄULEIN TESMAN: Wo denken Sie nur hin! Bei so etwas darf Hedda Tesman nicht behilflich sein. Nicht einmal in Gedanken darf sie sich damit beschäftigen. In dieser Zeit nicht, – bewahre!

HEDDA: Ach, die Gedanken, – die lassen sich nicht so meistern –

FRÄULEIN TESMAN *fortfahrend*: Ja, du lieber Gott, so geht's in der Welt. Bei mir zu Haus, da müssen wir nun das Leinenzeug nähen für Rina. Und hier wird's wohl auch bald was zu nähen geben, wie ich mir denken kann. Aber d a s wird freilich von anderer Art sein, – gottlob!

TESMAN *kommt durch die Vorzimmertür herein.*

HEDDA: Na, es ist gut, daß du endlich kommst.

TESMAN: Du bist da, Tante Julle? Bei Hedda? Denk mal an!

FRÄULEIN TESMAN: Ich war eben im Begriff, wieder zu gehen. Na, hast du nun alles besorgt, was du mir versprochen hast?

TESMAN: Nein, du, ich bin wirklich besorgt, daß ich die Hälfte davon vergessen habe. Ich komme morgen wieder zu dir. Denn heut ist mir ganz wirr im Kopf. Ich kann die Gedanken nicht zusammenhalten.

FRÄULEIN TESMAN: Aber, mein guter Jörgen, so mußt du's nicht nehmen.

TESMAN: So? Wie denn sonst, meinst du?

FRÄULEIN TESMAN: Du sollst froh sein in der Trauer. Froh über das, was geschehen ist. Ebenso wie ich es bin.

TESMAN: Ach ja, ja, du denkst an Tante Rina.

HEDDA: Jetzt wird es einsam für Sie werden, Fräulein Tesman.

FRÄULEIN TESMAN: In den ersten Tagen, ja. Aber es wird wohl nicht so lange dauern, will ich hoffen. Das Stübchen der seligen Rina darf doch nicht leer stehn, meine ich.

TESMAN: So? Wen willst du denn da hinein haben? Was?

FRÄULEIN TESMAN: Ach, es findet sich schon noch immer irgendein Geschöpf, das Hilfe und Pflege braucht, – leider.

HEDDA: Wollen Sie wirklich solch ein Kreuz wieder auf sich nehmen?

FRÄULEIN TESMAN: Kreuz! Gott verzeih Ihnen, mein Kind, – das ist doch kein Kreuz für mich gewesen.

HEDDA: Aber wenn da nun ein ganz wildfremder Mensch kommt, so –

FRÄULEIN TESMAN: Ach, mit Kranken wird man bald gut Freund. Und ich, ich brauche ja doch auch so notwendig jemanden, für den ich leben kann. Na, Gott sei Lob und Dank, – hier im Hause wird's wohl auch für eine alte Tante immer was zu tun geben.

HEDDA: Ach, sprechen Sie doch nicht von uns.

TESMAN: Ja, denk mal an, wie schön wir drei es zusammen haben könnten, wenn –

HEDDA: Wenn –?

TESMAN *unruhig*: Ach, nichts. Es wird schon noch in Ordnung kommen. Wir wollen's hoffen. Was?

FRÄULEIN TESMAN: Ja, ja. Ihr zwei habt wohl was miteinander zu besprechen, denk ich mir. *Lächelt.* Und Hedda hat vielleicht dir auch was zu erzählen, Jörgen. Adieu! Jetzt muß ich nach Haus zu Rina. *Wendet sich an der Tür um*: Herrgott, wie seltsam ist's doch, sich das vorzustellen! Jetzt ist Rina bei mir und zugleich auch beim seligen Jochum.

TESMAN: Ja, denk mal an, Tante Julle! Was?

Fräulein Tesman geht durch die Vorzimmertür hinaus.

HEDDA *folgt Tesman kalt und forschend mit den Augen*: Ich glaube fast, der Todesfall geht dir mehr zu Herzen als ihr.

TESMAN: Ach, es handelt sich nicht um den Todesfall allein. Ejlerts wegen bin ich in so großer Unruhe.

HEDDA *rasch*: Ist wieder was mit ihm los?

TESMAN: Ich wollte schnell zu ihm hin heut nachmittag und ihm sagen, daß das Manuskript gut aufgehoben ist.

HEDDA: Na? Und du hast ihn nicht getroffen?

TESMAN: Nein. Er war nicht zu Hause. Aber nachher bin ich Frau Elvsted begegnet, und die hat mir erzählt, er sei heute früh hier gewesen.

HEDDA: Ja; du warst gerade weggegangen.

TESMAN: Und er soll ja gesagt haben, er habe das Manuskript zerrissen. Was?

HEDDA: Ja, das hat er behauptet.

TESMAN: Aber mein Gott, dann war er doch ganz von Sinnen. Und da hast du vermutlich auch nicht gewagt, es ihm zurückzugeben, Hedda?

HEDDA: Nein, er hat es nicht bekommen.

TESMAN: Aber du hast ihm doch wohl gesagt, daß wir es hätten?

HEDDA: Nein. *Rasch*: Hast du es vielleicht Frau Elvsted gesagt?

TESMAN: Nein, das wollte ich nicht. Aber ihm selbst hättest du's sagen müssen. Denk mal an, wenn er nun in seiner Verzweiflung hingeht und sich ein Leid antut! Gib mir das Manuskript, Hedda. Ich will auf der Stelle damit zu ihm hinüber. Wo hast du das Paket?

HEDDA *kalt und unbeweglich, auf den Lehnstuhl gestützt*: Ich hab es nicht mehr.

TESMAN: Du hast es nicht! Um alles in der Welt – was meinst du damit!

HEDDA: Ich hab es verbrannt – von A bis Z!

TESMAN *entsetzt*: Verbrannt? Ejlerts Manuskript verbrannt!

HEDDA: Schrei nicht so! Das Dienstmädchen könnte dich hören.

TESMAN: Verbrannt! Aber du großer Gott –! Nein, nein, nein, – das ist ganz unmöglich!

HEDDA: Und doch ist es so.

TESMAN: Aber weißt du denn auch, was du da getan hast, Hedda? Das ist ja eine gesetzwidrige Behandlung von Fundsachen! Denk mal an! Ja, frag nur den Assessor, – da wirst du's schon hören.

HEDDA: Es ist gewiß das ratsamste, du sprichst nicht darüber, – weder zum Assessor noch zu irgendwem sonst.

TESMAN: Aber wie konntest du denn nur so was Unerhörtes tun! Wie bist du nur auf diesen Gedanken verfallen? Wie konnte so etwas über dich kommen? Antworte mir! Was?

HEDDA *unterdrückt ein kaum merkbares Lächeln*: Ich tat es dir zuliebe, Jörgen.

TESMAN: Mir zuliebe!

HEDDA: Als du heute früh nach Hause kamst und erzähltest, er habe dir vorgelesen –

TESMAN: Nun – und?

HEDDA: Da hast du gestanden, du beneidetest ihn um dieses Werk.

TESMAN: Herrgott, das war doch nicht so buchstäblich gemeint.

HEDDA: Gleichviel. Ich konnte den Gedanken nicht ertragen, daß ein anderer dich in den Schatten stellen sollte.

TESMAN *ungestüm, zwischen Zweifel und Freude schwankend*: Hedda, – ist es wahr, was du da sagst? – Ja aber, – aber – auf solche Art und Weise hast du deine Liebe zu mir früher nie gezeigt. Denk mal an!

HEDDA: Na, so ist es besser, du erfährst, – daß eben jetzt – *Heftig abbrechend*: Nein, nein, du kannst dich bei Tante Julle erkundigen. Sie wird es dir schon erklären.

TESMAN: Ach, ich glaube fast, ich verstehe dich, Hedda! *Schlägt die Hände zusammen.* Nein, mein Gott, du, – sollte d a s möglich sein! Was?

HEDDA: Schrei doch nicht so. Das Mädchen hört dich sonst.

TESMAN *lachend, in übermäßiger Freude*: Das Mädchen! Nein, du bist wirklich gut, Hedda! Das Mädchen, – das ist doch B e r t e! Ich will selber hinaus und es Berte erzählen.

HEDDA *preßt die Hände zusammen wie in Verzweiflung*: Ach, ich komme um, – ich komme um in alledem!

TESMAN: In was denn, Hedda? Was?

HEDDA *kalt, sich beherrschend*: In all dem – Komischen, Jörgen.

TESMAN: Komisch? Ist es komisch, daß ich so vergnügt bin? Immerhin –. Vielleicht sollte man Berte noch nichts sagen.

HEDDA: O doch, – warum nicht das auch noch?

TESMAN: Nein, nein, noch nicht. Aber Tante Julle muß es unter allen Umständen erfahren. Und dann auch das, daß du anfängst, mich Jörgen zu nennen! Denk mal an! Ach, wie wird sich Tante Julle freuen, – wie wird sie sich freuen!

HEDDA: Wenn sie hört, daß ich Ejlert Lövborgs Schrift verbrannt habe – dir zuliebe?

TESMAN: Nein, das ist wahr! Die Geschichte mit der Handschrift, die darf natürlich kein Mensch erfahren. Aber daß du aus Liebe zu mir etwas verbrennst, Hedda, – das muß ich wahrhaftig Tante Julle mitteilen. Übrigens hätt ich gern gewußt, ob das bei jungen Frauen allgemein so ist, du? Was?

HEDDA: Du kannst dich ja bei Tante Julle auch danach erkundigen.

TESMAN: Ja, das will ich bei Gelegenheit wirklich tun. *Sieht wieder beunruhigt und nachdenklich aus*: Nein, aber, – aber das Manuskript! Herrgott, wie schrecklich, – wenn man denkt – für den armen Ejlert! Trotz allem.

FRAU ELVSTED, *ebenso gekleidet wie bei ihrem ersten Besuch, mit Hut und Mantel, kommt herein durch die Vorzimmertür.*

FRAU ELVSTED *grüßt eilig und sagt in großer Erregung*: Ach, liebe Hedda, sei mir nicht böse, wenn ich wiederkomme.

HEDDA: Was ist denn geschehen, Thea?

TESMAN: Ist mit Lövborg wieder etwas los? Was?

FRAU ELVSTED: Ach ja, – ich hab so entsetzliche Angst, daß ihm ein Unglück zugestoßen sein könnte.

HEDDA *faßt sie am Arm*: Ah – glaubst du das!

TESMAN: Herrgott, aber nein – wie können Sie auf solchen Gedanken kommen, Frau Elvsted!

FRAU ELVSTED: Ich hörte ja doch, wie sie über ihn sprachen in der Pension, – gerade als ich eintrat. Ach, es gehen ja heut in der Stadt die unglaublichsten Gerüchte über ihn um.

TESMAN: Ja, denken Sie bloß, das hab ich auch gehört! Und dabei kann ich bezeugen, daß er direkt nach Haus gegangen ist und sich schlafen gelegt hat. Denken Sie mal an!

HEDDA: Ja, – und was hat man denn in der Pension gesagt?

FRAU ELVSTED: Ach, ich bekam über nichts Auskunft. Ob sie nun selber nichts Näheres wußten oder –. Sie hüllten sich in Schweigen, als sie mich sahen. Und zu fragen, das wagte ich nicht.

TESMAN *geht unruhig auf und ab*: Wir wollen hoffen, – wir wollen hoffen, Sie haben sich verhört, Frau Elvsted!

FRAU ELVSTED: Nein, nein, ich bin fest davon überzeugt, daß von ihm die Rede war. Und dann hab ich gehört, daß man von so was wie Krankenhaus sprach oder –

TESMAN: Krankenhaus!

HEDDA: Nein, – das ist doch wohl unmöglich!

FRAU ELVSTED: Ach, ich bekam eine solche Todesangst seinetwegen. Und dann bin ich hinauf in seine Wohnung gegangen und habe dort nach ihm gefragt.

HEDDA: Und dazu hast du dich verstehen können, Thea!

FRAU ELVSTED: Ja, was hätt ich denn sonst tun sollen? Denn diese Ungewißheit konnte ich nicht länger ertragen.

TESMAN: Aber Sie haben ihn wohl auch nicht getroffen? Was?

FRAU ELVSTED: Nein. Und die Leute konnten mir über ihn weiter keine Auskunft geben. Er sei nicht mehr nach Haus gekommen seit gestern nachmittag, sagten sie.

TESMAN: Gestern! Denken Sie bloß, daß die Leute so etwas sagen konnten!

FRAU ELVSTED: Ach, es muß etwas Schlimmes mit ihm passiert sein, – anders kann ich mir's gar nicht denken.

TESMAN: Du, Hedda, – wie wär's, wenn ich in die Stadt ginge und mich so an verschiedenen Stellen erkundigte –?

HEDDA: Nein, nein, – misch du dich nur nicht da hinein.

BRACK, *den Hut in der Hand, kommt durch die Vorzimmertür herein, die* BERTE *öffnet und hinter ihm schließt. Er sieht ernst aus und grüßt stumm.*

TESMAN: Ach, Sie sind es, lieber Assessor? Was?

BRACK: Ja, ich mußte unbedingt noch heute zu Ihnen heraus.

TESMAN: Ich seh's Ihnen an, Sie haben die Nachricht bekommen von Tante Julle.

BRACK: Das auch, ja.

TESMAN: Sie! Ist das nicht traurig? Was?

BRACK: Na, lieber Tesman, wie man's eben nimmt.

TESMAN *sieht ihn unsicher an*: Ist vielleicht sonst noch etwas passiert?

BRACK: Allerdings.

HEDDA *gespannt*: Etwas Trauriges, Herr Assessor?

BRACK: Auch, – wie man's eben nimmt, Frau Tesman.

FRAU ELVSTED *in unwillkürlicher Erregtheit*: Ach, es ist etwas mit Ejlert Lövborg!

BRACK *sieht sie obenhin an*: Wie kommen Sie darauf, gnädige Frau? Wissen Sie vielleicht schon etwas –?

FRAU ELVSTED *verwirrt*: Nein, nein, nichts, gar nichts; aber –

TESMAN: Aber, um Gottes willen, so sagen Sie's doch!

BRACK *zuckt die Achseln*: Na denn, – leider, – man hat Ejlert Lövborg ins Krankenhaus gebracht. Er liegt wohl schon im Sterben.

FRAU ELVSTED *schreit auf*: Ach Gott, ach Gott –!

TESMAN: Ins Krankenhaus! Und auch schon im Sterben!

HEDDA *unwillkürlich*: So schnell also –!

FRAU ELVSTED *jammernd*: Und wir mußten ohne Versöhnung scheiden, Hedda!

HEDDA *flüstert*: Aber Thea, – Thea!

FRAU ELVSTED *ohne auf sie zu achten*: Ich muß hin zu ihm! Muß ihn sehen, solange er noch am Leben ist!

BRACK: Das wäre vergeblich, gnädige Frau. Es darf niemand zu ihm hinein.

FRAU ELVSTED: Ach, so sagen Sie mir doch nur, was ihm zugestoßen ist! Was ist es denn?

TESMAN: Er hat doch wohl nicht gar selbst –! Was?

HEDDA: Ja, das hat er, – davon bin ich überzeugt.

TESMAN: Hedda, – wie kannst du denn –!

BRACK *der sie ständig beobachtet*: Sie haben es leider erraten, Frau Tesman.

FRAU ELVSTED: Ach, wie entsetzlich!

TESMAN: Selber also! Denk mal an!

HEDDA: Sich erschossen!

BRACK: Auch erraten, Frau Tesman.

FRAU ELVSTED *sucht sich zu fassen*: Wann ist es geschehen, Herr Assessor?

BRACK: Heut nachmittag. Zwischen drei und vier.

TESMAN: Aber, mein Gott, – wo hat er's denn getan? Was?

BRACK *etwas unsicher*: Wo? Ja, mein Lieber, – er hat es wohl in seiner Wohnung getan.

FRAU ELVSTED: Nein, das kann nicht sein. Denn ich war ja oben zwischen sechs und sieben.

BRACK: Na, dann also anderswo. Das weiß ich nicht so genau. Ich weiß nur, man hat ihn aufgefunden –. Er hatte sich durch – die Brust geschossen.

FRAU ELVSTED: Ach, was für ein grauenhafter Gedanke! Daß er auf solche Weise enden mußte!

HEDDA *zu Brack*: Durch die Brust?

BRACK: Ja, – wie ich sage.

HEDDA: Also nicht durch die Schläfe?

BRACK: Durch die Brust, Frau Tesman.

HEDDA: Ja, ja, – die Brust ist auch gut.

BRACK: Wie, gnädige Frau?

HEDDA *abweisend*: Ach, – nichts, nichts.

TESMAN: Und die Wunde ist lebensgefährlich, sagen Sie? Was?

BRACK: Die Wunde ist absolut tödlich. Wahrscheinlich ist es schon mit ihm zu Ende.

FRAU ELVSTED: Ja, ja, ich ahne es! Es ist zu Ende! Aus! Ach, Hedda –!

TESMAN: Aber sagen Sie mir doch, – woher wissen Sie denn eigentlich das alles?

BRACK *kurz*: Durch einen von der Polizei; ich hatte mit ihm zu sprechen.

HEDDA *mit lauter Stimme*: Endlich einmal eine Tat.

TESMAN *erschrocken*: Um Gottes willen, – was sagst du, Hedda!

HEDDA: Ich sage, daß darin Schönheit ist.

BRACK: Hm, Frau Tesman –

TESMAN: Schönheit! Denk mal an!

FRAU ELVSTED: Ach, Hedda, wie kannst du hier nur von Schönheit sprechen!

HEDDA: Ejlert Lövborg hat die Rechnung mit sich selbst beglichen. Er hat den Mut gehabt, das zu tun, was – was getan werden mußte.

FRAU ELVSTED: Nein, glaub doch nur nicht, daß es so zugegangen ist! Was er getan hat, das hat er im Wahnsinn getan!

TESMAN: In Verzweiflung hat er's getan!

HEDDA: Das hat er nicht. Davon bin ich überzeugt.

FRAU ELVSTED: Doch, das hat er! Im Wahnsinn! Genauso wie da, als er unser Manuskript in Stücke riß.

BRACK *betroffen*: Das Manuskript? Das Manuskript meinen Sie? Das hat er zerrissen?

FRAU ELVSTED: Ja, das hat er diese Nacht getan.

TESMAN *flüstert leise*: Ach Hedda, darüber kommen wir nie hinweg!

BRACK: Hm, das ist doch sonderbar.

TESMAN *geht durchs Zimmer*: Man denke sich, so muß Ejlert aus der Welt gehen! Und nicht einmal das läßt er zurück, was seinem Namen Dauer verliehen hätte –

FRAU ELVSTED: Ach, könnte man's doch wieder zusammenstellen!

TESMAN: Ja, denken Sie, wenn man das könnte! Ich weiß nicht, was ich drum gäbe –

FRAU ELVSTED: Am Ende ginge es doch, Herr Tesman.

TESMAN: Was meinen Sie?

FRAU ELVSTED *sucht in ihrer Tasche*: Da, sehen Sie mal. Ich habe die losen Zettel aufbewahrt, die er dabei hatte, wenn er diktierte.

HEDDA *einen Schritt näher*: Ah –!

TESMAN: Die haben Sie aufbewahrt, Frau Elvsted! Was?

FRAU ELVSTED: Ja, da sind sie. Ich hab sie mitgenommen, als ich abreiste. Und so sind sie noch in der Tasche.

TESMAN: Ach, lassen Sie mich doch mal sehen!

FRAU ELVSTED *reicht ihm einen Stoß kleiner Zettel*: Aber es ist ein solches Durcheinander. Wie Kraut und Rüben.

TESMAN: Denken Sie mal, wenn wir uns dennoch durchfinden könnten! Vielleicht, wenn wir einander helfen.

FRAU ELVSTED: Ach ja, wir wollen's jedenfalls versuchen.

TESMAN: Es wird gehen! Es muß gehen! Ich setze mein Leben daran!

HEDDA: Du, Jörgen? Dein Leben?

TESMAN: Ja, oder richtiger gesagt, die ganze Zeit, die ich zur Verfügung habe. Meine eignen Sammlungen müssen so lange zurückstehen. Hedda, – du verstehst mich? Was? Das ist eine Sache, die ich Ejlerts Andenken schuldig bin.

HEDDA: Mag sein.

TESMAN: Und nun, liebe Frau Elvsted, nun wollen wir uns zusammennehmen. Herrgott, es nützt doch nichts, dem nachzugrübeln, was nun einmal geschehen ist. Was? Wir wollen versuchen, die Ruhe unserer Seele so weit wieder zu erlangen, um –

FRAU ELVSTED: Ja, ja, Herr Tesman, ich will mein möglichstes versuchen.

TESMAN: Na, so kommen Sie. Wir wollen gleich mal die Notizen durchsehen. Wohin sollen wir uns setzen? Hierher? Nein, lieber ins Zimmer nebenan! Entschuldigen Sie, lieber Assessor! Kommen Sie nur, Frau Elvsted.

FRAU ELVSTED: Ach, Gott, – wenn wir's doch nur zustande brächten!

Tesman und Frau Elvsted gehen ins Hinterzimmer. Sie legt Hut und Mantel ab. Beide setzen sich an den Tisch unter die Hängelampe und vertiefen sich eifrig in die Untersuchung der Papiere. Hedda geht zum Ofen und setzt sich in den Lehnstuhl. Unmittelbar darauf geht Brack zu ihr.

HEDDA *halblaut*: Ach, Assessor, – was für eine Befreiung liegt doch in dem, was sich mit Ejlert Lövborg zugetragen hat!

BRACK: Befreiung, Frau Hedda? Ja, für ihn ist es allerdings eine Befreiung –

HEDDA: Ich meine, für mich. Eine Befreiung, zu wissen, daß doch noch eine freiwillige Tat des Muts in dieser Welt geschehen kann. Eine Tat, auf die ein Schimmer von Schönheit fällt.

BRACK *lächelt*: Hm, – liebe Frau Hedda –

HEDDA: Ach, ich weiß schon, was Sie sagen wollen. Denn Sie sind doch auch eine Art Spezialist, Sie genau wie – na!

BRACK *sieht sie fest an*: Ejlert Lövborg ist Ihnen mehr gewesen, als Sie vielleicht vor sich selber eingestehen wollen. Oder sollt ich mich darin irren?

HEDDA: Auf diese Frage geb ich Ihnen keine Antwort. Ich weiß nur, daß Ejlert Lövborg den Mut gehabt hat, das Leben nach seinem eignen Kopf zu leben. Und dann jetzt – das Große! Eine Tat, auf der Schönheit liegt. Daß er die Kraft und den Willen hatte, vom Fest des Lebens aufzubrechen – so früh.

BRACK: Es tut mir leid, Frau Hedda, – aber ich bin genötigt, Sie aus einem schönen Wahn herauszureißen.

HEDDA: Einem Wahn?

BRACK: Aus dem man Sie übrigens ohnedies bald herausgerissen hätte.

HEDDA: Nun – und was ist?

BRACK: Er hat sich nicht – freiwillig erschossen.

HEDDA: Nicht freiwillig?

BRACK: Nein. Die Sache mit Ejlert Lövborg verhält sich nicht ganz so, wie ich sie dargestellt habe.

HEDDA *in Spannung*: Haben Sie etwas verschwiegen? Was denn?

BRACK: Der armen Frau Elvsted wegen hab ich mir ein paar kleine Umschreibungen erlaubt.

HEDDA: Und welche?

BRACK: Erstens, daß er wirklich schon gestorben ist.

HEDDA: Im Krankenhaus?

BRACK: Ja. Und ohne das Bewußtsein wiedererlangt zu haben.

HEDDA: Was haben Sie noch verschwiegen?

BRACK: Daß der Vorgang sich nicht in seinem Zimmer abgespielt hat.

HEDDA: Na, das kann ja auch beinahe gleichgültig sein.

BRACK: Nicht so ganz. Ich muß Ihnen nämlich sagen, – Lövborg wurde erschossen aufgefunden in – in Fräulein Dianas Boudoir.

HEDDA *will aufspringen, sinkt aber zurück*: Das ist unmöglich, Herr Assessor! Da kann er heut nicht schon wieder gewesen sein!

BRACK: Er war heut nachmittag da. Er kam, um etwas zurückzufordern, was man ihm genommen hätte, wie er sagte. Sprach verworrenes Zeug von einem Kind, das verschwunden sei –

HEDDA: Ah, – darum also –

BRACK: Ich dachte mir, es könnte vielleicht sein Manuskript gewesen sein. Aber das hat er doch selber vernichtet, wie ich höre. Dann muß es also wohl die Brieftasche gewesen sein.

HEDDA: Das wird es wohl. – Und da – da wurde er also gefunden.

BRACK: Allerdings. In der Brusttasche eine abgefeuerte Pistole. Der Schuß hatte ihn tödlich getroffen.

HEDDA: In die Brust, – ja.

BRACK: Nein, – er traf ihn in den Unterleib.

HEDDA *sieht zu ihm auf mit einem Ausdruck von Ekel*: Auch das noch! Ach, das Lächerliche und Gemeine, es legt sich wie ein Fluch auf alles, was ich nur anrühre.

BRACK: Es kommt noch etwas hinzu, Frau Hedda. Was auch ins Gebiet des Gemeinen gehört.

HEDDA: Und das ist?

BRACK: Die Pistole, die er bei sich hatte –

HEDDA *atemlos*: Nun! Was ist mit der!

BRACK: Die muß er gestohlen haben.

HEDDA *springt auf*: Gestohlen! Das ist nicht wahr! Das hat er nicht!

BRACK: Es ist anders unmöglich. Er muß sie gestohlen haben –. Pst!

TESMAN *und* FRAU ELVSTED *sind vom Tisch im Hinterzimmer aufgestanden und kommen in den Salon.*

TESMAN *mit den Papieren in den Händen*: Du, Hedda, – es ist mir fast ein Ding der Unmöglichkeit, da drin unter der Hängelampe etwas zu sehen. Denk mal an!

HEDDA: Ja, ich denke.

TESMAN: Können wir uns vielleicht ein bißchen an deinen Schreibtisch setzen? Was?

HEDDA: Meinetwegen gern. *Schnell.* Nein, warte! Laß mich erst abräumen.

TESMAN: Ach, das brauchst du gar nicht, Hedda. Es ist Platz genug da.

HEDDA: Nein, nein. Ich will erst abräumen – und das hier aufs Klavier legen. So!

Sie hat einen Gegenstand, mit Notenblättern bedeckt, unter dem Bücherfach hervorgezogen, legt noch ein paar andere Blätter darüber und trägt alles hinein ins Hinterzimmer links. Tesman legt die Zettel auf den Schreibtisch und holt die Lampe vom Tisch an der Ecke. Tesman und Frau Elvsted setzen sich und nehmen die Arbeit wieder auf. Hedda kommt zurück.

HEDDA *hinter Frau Elvsteds Stuhl, fährt ihr leicht übers Haar*: Na, Thea, mein Liebling, – wie steht's mit Ejlert Lövborgs Denkmal?

FRAU ELVSTED *blickt entmutigt zu ihr auf*: Ach, Gott, – es wird gewiß ungeheuer schwer sein, sich darin zurechtzufinden.

TESMAN: Es muß gehen. Unter allen Umständen. Ordnung in die Papiere anderer zu bringen, das ist so recht eine Sache nach meinem Geschmack.

Hedda geht hin zum Ofen und setzt sich auf einen der Hocker. Brack steht über sie gebeugt, wobei er sich auf den Lehnstuhl stützt.

HEDDA *flüstert*: Was haben Sie da von der Pistole gesagt?

BRACK *leise*: Daß er sie gestohlen haben muß.

HEDDA: Warum gerade gestohlen?

BRACK: Weil jede andere Erklärung ausgeschlossen sein muß, Frau Hedda.

HEDDA: Wirklich?

BRACK *blickt sie leicht an*: Lövborg ist natürlich heut früh hier gewesen. Nicht wahr?

HEDDA: Ja.

BRACK: Waren Sie mit ihm allein?

HEDDA: Ja, eine Weile.

BRACK: Haben Sie das Zimmer während seiner Anwesenheit nicht verlassen?

HEDDA: Nein.

BRACK: Denken Sie nach. Waren Sie auch nicht einen Augenblick draußen?

HEDDA: Ja, vielleicht einen kleinen Augenblick – im Vorzimmer draußen.

BRACK: Und wo hatten Sie Ihren Pistolenkasten?

HEDDA: Den hatte ich unten in –

BRACK: Nun, Frau Hedda?

HEDDA: Der Kasten stand da hinten auf dem Schreibtisch.

BRACK: Haben Sie seitdem nachgesehen, ob beide Pistolen drin sind?

HEDDA: Nein.

BRACK: Ist auch nicht nötig. Ich habe die Pistole gesehen, die Lövborg bei sich hatte. Ich habe sie sofort wiedererkannt von gestern. Und von früher auch.

HEDDA: Haben Sie sie vielleicht?

BRACK: Nein, die Polizei hat sie.

HEDDA: Wozu braucht die Polizei die Pistole?

BRACK: Um dem Besitzer auf die Spur zu kommen.

HEDDA: Meinen Sie, er kann gefunden werden?

BRACK *beugt sich hinunter zu ihr und flüstert*: Nein, Hedda Gabler; solange ich schweige – nicht.

HEDDA *sieht ihn scheu an*: Und wenn Sie nicht schweigen, – was dann?

BRACK *zuckt die Achseln*: Es bleibt ja immer noch der Ausweg, daß die Pistole gestohlen ist.

HEDDA *fest*: Lieber sterben!

BRACK *lächelt*: So was sagt man. Aber man tut es nicht.

HEDDA *ohne zu antworten*: Und wenn nun die Pistole nicht gestohlen ist. Und der Besitzer wird gefunden – was kommt dann?

BRACK: Ja, Hedda, – dann kommt der Skandal.

HEDDA: Der Skandal?

BRACK: Ja, der Skandal, – wovor Sie eine solche mörderische Angst haben. Sie müssen natürlich aufs Gericht. Sie und auch Fräulein Diana. Sie muß ja doch über den Sachverhalt aussagen. Ob's ein Fehlschuß war oder Tötung. Hat er die Pistole aus der Tasche ziehen wollen, um ihr zu drohen? Und ist der Schuß dann losgegangen? Oder hat sie ihm die Pistole aus der Hand gerissen, ihn erschossen und die Pistole wieder in seine Tasche gesteckt? Das könnte ihr schon ähnlich sehen. Denn sie ist ein handfestes Weibsbild, dieses Fräulein Diana.

HEDDA: Aber diese ganzen Widerwärtigkeiten gehen doch mich nichts an.

BRACK: Nein. Aber Sie haben zu antworten auf die Frage: Warum haben Sie Ejlert Lövborg die Pistole gegeben? Und welche Schlüsse wird man ziehen aus der Tatsache, daß Sie sie ihm gegeben haben?

HEDDA *senkt den Kopf*: Das ist wahr. Daran hab ich nicht gedacht.

BRACK: Na, glücklicherweise ist keine Gefahr, solange ich schweige.

HEDDA *sieht auf zu ihm*: Ich bin also in Ihrer Hand, Herr Assessor. Von nun an bin ich in Ihrer Gewalt.

BRACK *noch leiser flüsternd*: Liebste Hedda, – glauben Sie mir, – ich werde die Situation nicht mißbrauchen.

HEDDA: Aber doch in Ihrer Gewalt. Abhängig von Ihrem Wunsch und Willen. Unfrei. Unfrei also! *Springt auf.* Nein, – den Gedanken ertrag ich nicht! Nie und nimmer.

BRACK *sieht sie halb spöttisch an*: Man pflegt sich doch sonst ins Unvermeidliche zu fügen.

HEDDA *erwidert den Blick*: Ja, mag sein. *Sie geht hinüber zum Schreibtisch. Sie unterdrückt ein unwillkürliches Lächeln und ahmt Tesmans Tonfall nach*: Na? Will's gelingen, Jörgen? Was?

TESMAN: Ach, weiß der liebe Himmel. Jedenfalls wird die Geschichte eine Arbeit auf Monate werden.

HEDDA *wie oben*: Denk mal an! *Fährt leicht mit den Händen durch Frau Elvsteds Haar*. Kommt dir das nicht merkwürdig vor, Thea? Jetzt sitzt du hier zusammen mit Tesman, – ebenso wie du früher mit Ejlert Lövborg zusammengesessen hast.

FRAU ELVSTED: Ach Gott, wenn ich deinen Mann nur auch inspirieren könnte.

HEDDA: Ach, das kommt schon – mit der Zeit.

TESMAN: Ja, weißt du, Hedda, – mir scheint wirklich, als verspürte ich schon so etwas. Aber setz du dich nur wieder zum Assessor.

HEDDA: Könnt Ihr zwei mich hier zu gar nichts brauchen?

TESMAN: Nein, absolut nicht. *Wendet den Kopf.* Künftig müssen wirklich Sie so liebenswürdig sein und Hedda Gesellschaft leisten, bester Assessor!

BRACK *mit einem Blick auf Hedda*: Wird mir ein ganz außerordentliches Vergnügen sein.

HEDDA: Danke sehr. Aber heut abend bin ich müde. Ich will mich da drin ein bißchen aufs Sofa legen.

TESMAN: Ja, tu das, mein Schatz. Was?

Hedda geht ins Hinterzimmer und zieht die Portieren hinter sich zu. Kurze Pause. Plötzlich hört man, wie sie einen wilden Tanz auf dem Klavier spielt.

FRAU ELVSTED *fährt vom Stuhl auf*: Oh, – was ist das!

TESMAN *läuft zur Türöffnung*: Aber, liebste Hedda, – spiel doch heut keine Tänze! Denk doch an Tante Rina! Und auch an Ejlert!

HEDDA *steckt den Kopf durch die Portieren*: Und an Tante Julle. Und an die ganze Gesellschaft. – Gleich werd ich still sein.

Sie schließt die Vorhänge wieder hinter sich.

TESMAN *am Schreibtisch*: Es ist gewiß nicht gut für Hedda, uns bei dieser traurigen Arbeit zu sehen. Wissen Sie was, – Frau Elvsted, – Sie sollten zu Tante Julle ziehen. Dann komm ich abends hinauf. Und dann können wir uns da an die Arbeit setzen. Was?

FRAU ELVSTED: Ja, das wäre vielleicht das beste –

HEDDA *aus dem Hinterzimmer*: Ich höre recht wohl, was du sagst, Tesman. Aber wie soll ich mir denn hier draußen die Abende vertreiben?

TESMAN *blättert in den Papieren*: Ach, der Herr Assessor ist gewiß so liebenswürdig und besucht dich dann.

BRACK *im Lehnstuhl, ruft munter*: Gern, Frau Tesman, – jeden Abend! Wir zwei werden uns hier schon ganz gut amüsieren!

HEDDA *hell und laut*: Ja, die Hoffnung haben Sie wohl, Herr Assessor? Als einziger Hahn im Korb –

Ein Schuß fällt drinnen. Tesman, Frau Elvsted und Brack fahren in die Höhe.

TESMAN: Ach, da hantiert sie wieder mit den Pistolen herum!

Er schlägt die Portieren zur Seite und läuft hinein. Frau Elvsted gleichfalls. Hedda liegt leblos ausgestreckt auf dem Sofa. Verwirrung und Schreien. BERTE *kommt verstört von rechts.*

TESMAN *schreit Brack zu*: Sich erschossen! In die Schläfe geschossen! Denken Sie bloß an!

BRACK *halb ohnmächtig im Lehnstuhl*: Aber, barmherziger Gott, – so was tut man doch nicht!

WENN WIR TOTEN ERWACHEN

Ein dramatischer Epilog in drei Akten

Personen

Professor Arnold Rubek, *Bildhauer*
Frau Maja Rubek
Der Badeinspektor
Gutsbesitzer Ulfheim
Irene
Eine Diakonissin
Bediente, Badegäste und Kinder

Der erste Akt spielt in einem Badeort an der Küste; der zweite wie der dritte Akt in der Nähe eines Sanatoriums im Hochgebirge.

ERSTER AKT

Vor dem Badehotel, dessen Hauptgebäude teilweise zur Rechten sichtbar ist. Offener parkähnlicher Platz mit Springbrunnen, Gruppen von großen, alten Bäumen und Buschwerk. Links ein kleiner, mit Grün und wildem Wein fast bedeckter Pavillon. Tisch und Stuhl davor. Im Hintergrund der ins offene Meer übergehende Fjord mit Landzungen und kleinen Inseln in der Ferne. Es ist ein stiller, sonnig warmer Sommervormittag.

PROFESSOR RUBEK *und* FRAU MAJA *sitzen in Korbstühlen an einem gedeckten Tisch auf dem Rasenplatz vor dem Hotel und haben soeben ihr Frühstück eingenommen. Jetzt trinken sie Champagner mit Selters, und jeder hat eine Zeitung in der Hand. Der Professor ist ein älterer, distinguierter Herr in schwarzem Samtjackett, und im übrigen sommerlich gekleidet. Frau Maja ist sehr viel jünger; sie hat lebhafte Züge und muntere Augen voll Laune, über denen jedoch eine gewisse Müdigkeit liegt. Sie trägt ein elegantes Reisekostüm.*

FRAU MAJA *sitzt eine Weile wie in Erwartung, daß der Professor etwas sagen soll. Dann läßt sie das Blatt sinken und seufzt*: Ach ja, ja –!

PROFESSOR RUBEK *blickt von seiner Zeitung auf*: Na, Maja? Was hast du denn?

FRAU MAJA: Hör nur, wie still es hier ist.

PROFESSOR RUBEK *überlegen lächelnd*: Und das kannst du hören?

FRAU MAJA: Was?

PROFESSOR RUBEK: Die Stille?

FRAU MAJA: Freilich kann ich das.

PROFESSOR RUBEK: Du hast am Ende nicht so unrecht, mein Kind. Man kann wirklich die Stille hören.

FRAU MAJA: Weiß Gott, das kann man. Wenn sie einen so ganz erdrückt – wie hier –

PROFESSOR RUBEK: – hier im Bad, meinst du?

FRAU MAJA: Überall hier in der Heimat, mein ich. In der Stadt drinnen war ja Lärm und Unruhe genug. Und doch – für mich hat auch in diesem Lärm und dieser Unruhe etwas Totes gelegen.

PROFESSOR RUBEK *mit forschendem Blick*: Macht's dir keine rechte Freude, wieder zu Hause zu sein, Maja?

FRAU MAJA *ihn anblickend*: Macht's dir Freude?

PROFESSOR RUBEK *ausweichend*: Mir –?

FRAU MAJA: Ja, dir. Du bist doch so viel, viel länger weg gewesen als ich. Macht's dir wirklich Freude, wieder zu Hause zu sein?

PROFESSOR RUBEK: Nein – offen und aufrichtig – so rechte Freude nicht –

FRAU MAJA *lebhaft*: Siehst du! Das hab ich doch gewußt!

PROFESSOR RUBEK: Ich bin vielleicht zu lange weg gewesen. Bin all dem hier ganz fremd geworden, – diesen Verhältnissen hier zu Lande.

FRAU MAJA *rückt mit ihrem Stuhl näher zu ihm; eifrig*: Siehst du, Rubek. Laß uns doch einfach wieder abreisen! So bald wie möglich.

PROFESSOR RUBEK *ein wenig ungeduldig*: Gewiß, das ist ja auch unsere Absicht, liebe Maja. Das weißt du doch.

FRAU MAJA: Aber warum nicht gleich? Stell dir doch nur vor, – wie könnten wir's nett und gemütlich haben in unserm neuen schönen Haus –

PROFESSOR RUBEK *gutmütig lächelnd*: Eigentlich sollten wir wohl sagen: in unserm neuen schönen Heim.

FRAU MAJA *kurz*: Ich sage lieber Haus. Bleiben wir dabei.

PROFESSOR RUBEK *läßt seinen Blick auf ihr ruhen*: Du bist im Grund ein wunderliches kleines Persönchen.

FRAU MAJA: Bin ich so wunderlich?

PROFESSOR RUBEK: Ja, wirklich.

FRAU MAJA: Aber warum denn? Etwa, weil ich nicht gerade so übermäßig Lust dazu habe, hier oben die Zeit totzuschlagen –?

PROFESSOR RUBEK: Wer wollte denn für sein Leben gern diesen Sommer nach dem Norden reisen?

FRAU MAJA: Na ja, ich.

PROFESSOR RUBEK: Ja, – ich wahrhaftig nicht.

FRAU MAJA: Aber Gott, – wer hätte auch ahnen können, daß sich hier bei uns alles so sehr verändert hat! Noch dazu in so kurzer Zeit! Wenn man bedenkt, daß es noch nicht viel mehr als vier Jahre her ist, seit ich von hier fortging –

PROFESSOR RUBEK: – als verheiratete Frau, ja.

FRAU MAJA: – verheiratete Frau? Was sollte das damit zu tun haben?

PROFESSOR RUBEK *fortfahrend*: – und seit du Frau Professor wurdest und ein prächtiges Heim bekamst – Verzeihung – ein herrschaftliches Haus, so muß ich mich wohl ausdrücken. Und eine Villa am Taunitzer See, wo ja nun alles aufs feinste hergerichtet ist –. Ja, zu elegant und prächtig, Maja, das darf ich wohl sagen. Und Platz ist auch. Wir brauchen einander nicht immer sozusagen auf die Füße zu treten.

FRAU MAJA *gleichgültig*: Nein, nein, nein, – Platz im Haus und so weiter – daran fehlt's ja durchaus nicht –

PROFESSOR RUBEK: Und dann auch, daß du in bessere und größere Verhältnisse überhaupt gekommen bist. In gebildeteren Verkehr, als du zu Hause gewohnt warst.

FRAU MAJA *ihn anblickend*: Na ja, also nach deiner Ansicht habe ich mich verändert?

PROFESSOR RUBEK: In der Tat, Maja.

FRAU MAJA: Nur ich? Und die Leute hier nicht?

PROFESSOR RUBEK: O ja, die auch, – so ein bißchen. Liebenswürdiger sind sie nicht gerade geworden. Das will ich nicht leugnen.

FRAU MAJA: Das glaub ich auch.

PROFESSOR RUBEK *schlägt einen andern Ton an*: Weißt du, in welche Stimmung ich komme, wenn ich hier das Leben der Leute um mich her betrachte?

FRAU MAJA: Nein. Sag.

PROFESSOR RUBEK: Da kommt mir die Nacht in den Sinn, als wir mit der Eisenbahn hier herauf fuhren –

FRAU MAJA: Du hast doch im Coupé geschlafen.

PROFESSOR RUBEK: Nicht fest. Ich merkte, wie still es auf einmal wurde an den vielen kleinen Haltestellen –. Ich hörte die Stille, – wie du, Maja –.

FRAU MAJA: Hm, – wie ich, ja.

PROFESSOR RUBEK: Und ich begriff, daß wir nun über die Grenze gekommen waren. Jetzt waren wir richtig zu Hause. Denn an all diesen kleinen Haltestellen hielt der Zug, – obwohl von Verkehr keine Rede war.

FRAU MAJA: Aber warum hielt er dann? Wenn nichts los war?

PROFESSOR RUBEK: Weiß nicht. Kein Reisender stieg aus, und keiner stieg ein. Aber der Zug, der hielt trotzdem eine lange, endlose Zeit. Und auf jeder Station hörte ich zwei Männer auf dem Perron hin und her gehen, – der eine hatte eine Laterne in der Hand, und sie sprachen miteinander, gedämpft, klanglos, nichtssagend in die Nacht.

FRAU MAJA: Ganz recht. Immer gehen da so ein paar Männer hin und her und sprechen zusammen –

PROFESSOR RUBEK: – von nichts. *In lebhafterem Ton*: Aber warte nur bis morgen. Da haben wir den großen bequemen Dampfer hier im

Hafen. Dann gehen wir an Bord und fahren die Küste entlang, immer weiter nach Norden, – bis zum Eismeer hinauf.

FRAU MAJA: Aber dann bekommst du ja nichts vom Land zu sehen – und vom Leben. Und das wolltest du doch gerade.

PROFESSOR RUBEK *kurz, unwillig*: Ich hab mehr als genug gesehen.

FRAU MAJA: Würdest du eine Seereise vorziehen?

PROFESSOR RUBEK: Es ist jedenfalls mal eine Abwechslung.

FRAU MAJA: Jawohl; wenn es dir nur guttut –

PROFESSOR RUBEK: Mir? Gut? Mir fehlt doch weiß Gott nichts.

FRAU MAJA *steht auf und tritt zu ihm*: Doch, dir fehlt etwas, Rubek. Das mußt du doch selbst fühlen.

PROFESSOR RUBEK: Aber, liebste Maja, – was denn?

FRAU MAJA *hinter ihm, beugt sich über die Stuhllehne vor*: Ja, das mußt du mir sagen. Du gehst seit einiger Zeit umher ohne Rast und Ruh. Nirgends hält's dich fest. Zu Hause nicht und nicht draußen. Ganz menschenscheu bist du mit der Zeit geworden.

PROFESSOR RUBEK *etwas spöttisch*: Nein, – daß du das bemerkt hast?

FRAU MAJA: Das kann doch keinem entgehen, der dich kennt. Und dann find ich es so traurig, daß du die Lust zum Arbeiten verloren hast.

PROFESSOR RUBEK: Hab ich das auch?

FRAU MAJA: Wenn man bedenkt, wie du früher so unermüdlich arbeiten konntest, – vom Morgen bis zum Abend.

PROFESSOR RUBEK *verdüstert*: Ja früher –.

FRAU MAJA: Aber seit dir dein großes Meisterwerk glücklich gelungen war –

PROFESSOR RUBEK *nickt nachdenklich*: Der „Auferstehungstag" –

FRAU MAJA: – und um die ganze Welt gegangen ist und dich so berühmt gemacht hat –

PROFESSOR RUBEK: Das ist vielleicht das Unglück dabei, Maja.

FRAU MAJA: Wieso?

PROFESSOR RUBEK: Als ich dies mein Meisterwerk geschaffen hatte – *Mit einer heftigen Handbewegung*: – denn der „Auferstehungstag" ist ein Meisterwerk! Oder war es doch zunächst. Nein, ist es noch. Soll, muß ein Meisterwerk sein.

FRAU MAJA *blickt ihn verwundert an*: Rubek, – das weiß ja doch die ganze Welt.

PROFESSOR RUBEK *kurz und abweisend*: Nichts weiß die ganze Welt. Nichts versteht sie.

FRAU MAJA: Nun, so ahnen sie doch zum mindesten etwas –

PROFESSOR RUBEK: – was gar nicht da ist, ja. Was mir nie im Sinn gelegen hat. Siehst du, darüber fallen sie in Verzückungen. *Brummt vor sich hin*: Es ist nicht der Mühe wert, sich so ständig abzunutzen für den Mob und die Masse – und die „ganze Welt".

FRAU MAJA: Hältst du es für besser – oder, sagen wir, deiner würdiger, hier und da nur so im Vorübergehen eine Porträtbüste zu machen?

PROFESSOR RUBEK *lächelt launig*: Ich sage dir, es sind trotzdem keine richtigen Porträtbüsten, was ich da mache, Maja.

FRAU MAJA: Aber, was denn sonst? Weiß der liebe Himmel, – in den letzten zwei, drei Jahren – seit deine große Gruppe fertig und aus dem Hause war –

PROFESSOR RUBEK: Es sind trotzdem eigentlich keine richtigen Porträtbüsten, sag ich dir.

FRAU MAJA: Was denn sonst?

PROFESSOR RUBEK: Es liegt etwas Verdächtiges, etwas Verstecktes in und hinter diesen Büsten, – etwas Heimliches, was die Leute nicht sehen können –

FRAU MAJA: So?

PROFESSOR RUBEK *überlegen*: Nur ich kann es sehen. Und das macht mir innerlich solch ein Vergnügen. – Von außen zeigen sie jene „frappante Ähnlichkeit", wie man es nennt, und wovor die Leute mit offenem Munde dastehen und staunen, – *Läßt die Stimme sinken.* – aber in ihrem tiefsten Grund sind es ehrenwerte, rechtschaffene Pferdefratzen und störrische Eselsschnuten und hängeohrige, niedrigstirnige Hundeschädel und gemästete Schweinsköpfe, – und blöde, brutale Ochsenkonterfeis sind auch drunter –

FRAU MAJA *gleichgültig*: – all unsere lieben Haustiere also.

PROFESSOR RUBEK: Sehr richtig, Maja. Diese lieben Tiere, die der Mensch nach seinem Bilde verpfuscht hat. Und die den Menschen ihrerseits wieder verpfuscht haben. *Leert sein Champagnerglas und lacht.* Und diese hinterlistigen Kunstwerke bestellen nun die biederen, zahlungsfähigen Leute bei mir. Und kaufen sie in gutem Glauben – und zu hohen Preisen. Wiegen sie schier mit Gold auf, wie man so sagt.

FRAU MAJA *schenkt ihm ein*: Pfui, Rubek! Komm, trink und sei vergnügt.

PROFESSOR RUBEK *streicht sich ein paarmal über die Stirn und lehnt sich im Stuhl zurück*: Ich bin vergnügt, Maja. Wirklich vergnügt. In gewisser Hinsicht wenigstens. *Schweigt einen Augenblick.* Denn es ist doch immerhin ein Glück, sich nach allen Seiten hin frei und unabhängig zu fühlen. Alles zu haben, was man sich nur wünschen mag. Äußerlich. Findest du das nicht auch, Maja?

FRAU MAJA: O ja, gewiß. Das ist allerdings schon sehr viel. *Blickt ihn an.* Aber hast du vergessen, was du mir an dem Tage versprochen hast, da wir einig wurden in – in dieser schwierigen Angelegenheit –

PROFESSOR RUBEK *nickt*: – unsere Heirat, meinst du. Er wurde dir ja etwas schwer, dieser Schritt, Maja.

FRAU MAJA *unbeirrt fortfahrend*: – und daß ich mit dir ins Ausland reisen sollte und immer dort wohnen – und es gut haben. – Weißt du noch, was du mir damals versprochen hast?

PROFESSOR RUBEK *schüttelt den Kopf*: Nein, ich weiß es wirklich nicht mehr. Na, was hab ich dir denn versprochen?

FRAU MAJA: Du sagtest, du wolltest mich mitnehmen auf einen hohen Berg und mir alle Herrlichkeit der Welt zeigen.

PROFESSOR RUBEK *stutzig*: Wirklich? Das hab ich d i r auch versprochen?

FRAU MAJA *blickt ihn an*: M i r auch? Wem denn sonst noch?

PROFESSOR RUBEK *gleichgültig*: Nein, nein, ich meine nur, versprach ich dir das –?

FRAU MAJA: – alle Herrlichkeit der Welt versprachst du mir zu zeigen. Und all diese Herrlichkeit, sagtest du, sollte mir und dir gehören.

PROFESSOR RUBEK: Das war eine Redensart, die ich früher so im Munde führte.

FRAU MAJA: Bloß eine Redensart?

PROFESSOR RUBEK: Ja, noch eine aus der Schulzeit her. So eine, mit der ich die Nachbarskinder lockte, wenn ich sie mit mir zum Spielen hinaus auf den Berg und in den Wald haben wollte.

FRAU MAJA *blickt ihn fest an*: Wolltest du vielleicht auch mich bloß so hinauslocken, um dann mit mir zu spielen?

PROFESSOR RUBEK *schlägt einen scherzhaften Ton an*: Na, hast du dich denn nicht trotzdem ganz gut amüsiert bei dem Spiel, Maja?

FRAU MAJA *kalt*: Ich ging nicht mit dir, bloß um zu spielen.

PROFESSOR RUBEK: Nein, nein, das glaub ich schon.

FRAU MAJA: Und du nahmst mich auch nie mit dir auf einen hohen Berg und zeigtest mir –

PROFESSOR RUBEK *gereizt*: – alle Herrlichkeit der Welt? Nein, allerdings nicht. Denn ich will dir etwas verraten: Du bist nicht eigentlich zum Bergsteigen geschaffen, kleine Maja.

FRAU MAJA *sucht sich zu beherrschen*: Du schienst es doch einmal zu glauben.

PROFESSOR RUBEK: So vor vier, fünf Jahren, ja. *Streckt sich im Stuhl.* Vier, fünf Jahre, – das ist eine lange, lange Zeit, Maja.

FRAU MAJA *blickt ihn mit bitterem Ausdruck an*: Ist die Zeit dir so furchtbar lang geworden, Rubek?

PROFESSOR RUBEK: Sie wird es mir so allmählich. *Gähnt.* Manchmal.

FRAU MAJA *geht wieder an ihren Platz hinüber*: Ich werde dich nicht mehr langweilen.

Sie setzt sich in ihren Stuhl, nimmt die Zeitung und blättert darin. Schweigen.

PROFESSOR RUBEK *lehnt sich, mit den Ellbogen auf dem Tisch, zu ihr hinüber und fixiert sie leicht lächelnd*: Fühlen Frau Professor sich gekränkt?

FRAU MAJA *kalt, ohne aufzublicken*: Nein, durchaus nicht.

BADEGÄSTE, *meist Damen, kommen einzeln und in Gruppen von rechts und links durch den Park promeniert.* KELLNER *bringen Erfrischungen vom Hotel und verschwinden damit hinter dem Pavillon.* DER BADEINSPEKTOR, *Stock und Handschuhe in der Hand, kommt von seinem Rundgang im Park, grüßt verbindlich die ihm begegnenden Gäste und wechselt mit einzelnen einige Worte.*

DER INSPEKTOR *tritt an Professor Rubeks Tisch und zieht höflich den Hut*: Meinen ehrerbietigsten guten Morgen, Frau Professor. – Guten Morgen, Herr Professor.

PROFESSOR RUBEK: Guten Morgen, guten Morgen, Herr Inspektor.

DER INSPEKTOR *zu Frau Maja*: Darf man fragen, ob die Herrschaften angenehm geruht haben?

FRAU MAJA: Danke sehr; ganz ausgezeichnet – ich jedenfalls. Ich schlafe nachts immer wie ein Stein.

DER INSPEKTOR: Freut mich außerordentlich. Die erste Nacht am fremden Ort hat oft ihre Unbequemlichkeiten. – Und Sie, Herr Professor –?

PROFESSOR RUBEK: Ach, mit meinem Schlaf ist es nicht weit her. Besonders in der letzten Zeit.

DER INSPEKTOR *nimmt eine teilnehmende Miene an*: O – das tut mir leid. Aber seien Sie nur erst ein paar Wochen hier im Bad – und es gibt sich.

PROFESSOR RUBEK *blickt zu ihm auf*: Sagen Sie, Herr Inspektor, – haben Sie unter Ihren Patienten einen, der nachts badet?

DER INSPEKTOR *verwundert*: Nachts? Davon ist mir nichts bekannt.

PROFESSOR RUBEK: Nicht?

DER INSPEKTOR: Meines Wissens ist niemand hier so krank, daß er das nötig hätte.

PROFESSOR RUBEK: Na, dann ist aber wenigstens jemand bei Ihnen hier, der nachts im Park spazierengeht?

DER INSPEKTOR *lächelt und schüttelt den Kopf*: Nein, Herr Professor – das wäre gegen die Vorschriften.

FRAU MAJA *ungeduldig werdend*: Mein Gott, Rubek, – wie ich dir heute morgen schon gesagt habe, – du hast geträumt.

PROFESSOR RUBEK *trocken*: So? Wirklich? Geträumt? *Zum Inspektor*: Ich stand nämlich heute nacht auf, da ich nicht einschlafen konnte, und wollte nachsehen, was das Wetter macht –

DER INSPEKTOR *aufmerksam*: Jawohl, Herr Professor. Na, und –?

PROFESSOR RUBEK: Und da schaue ich aus dem Fenster – und sehe eine helle Gestalt draußen unter den Bäumen wandeln.

FRAU MAJA *lächelnd zum Inspektor*: Und ferner will Rubek gesehen haben, daß die Gestalt im Badekostüm war.

PROFESSOR RUBEK: – oder in so etwas Ähnlichem. Ich konnt's so genau nicht unterscheiden. Aber was Weißes war es jedenfalls.

DER INSPEKTOR: Sehr merkwürdig. War es ein Herr oder eine Dame?

PROFESSOR RUBEK: Ich hatte die bestimmte Vorstellung, daß es eine Dame sein müsse. Danach aber kam noch eine andere Gestalt. Und die war ganz dunkel. Wie ein Schatten –

DER INSPEKTOR *stutzig*: Dunkel? Am Ende schwarz?

PROFESSOR RUBEK: Ja, mir kam es fast so vor.

DER INSPEKTOR *als ob ihm ein Licht aufginge*: Und hinter der Weißen? Unmittelbar hinter ihr –?

PROFESSOR RUBEK: Ja. In einigem Abstand.

DER INSPEKTOR: Aha! Dafür kann ich Ihnen vielleicht eine Erklärung geben, Herr Professor.

PROFESSOR RUBEK: Nun, also was war es denn?

FRAU MAJA *gleichzeitig*: Sollte Rubek wirklich nicht geträumt haben?

DER INSPEKTOR *plötzlich im Flüsterton, indem er nach dem Hintergrund rechts deutet*: Pst, meine Herrschaften! Sehen Sie dorthin. – Sprechen Sie jetzt bitte nicht laut von diesem Thema.

Eine schlanke DAME, *im cremefarbenen Kaschmirkleid, kommt, begleitet von einer* DIAKONISSIN, *die schwarz angezogen ist und auf der Brust ein silbernes Kreuz an einer Kette trägt, hinter der Ecke des Hotels hervor und geht durch den Park nach dem Pavillon links im Vordergrund hinüber. Ihr Gesicht ist bleich, die Züge sind wie erstarrt; die Augenlider gesenkt, die Augen scheinbar ohne Sehkraft. Ihr Gewand fällt lang herab und umschließt in geraden Längsfalten ihren Körper. Über Kopf, Nacken, Brust, Schultern und Armen trägt sie einen großen weißen Kreppschal. Unbewegliche Haltung. Steife, abgemessene Schritte. Die Haltung der Diakonissin ist ebenfalls gemessen und wie die einer Dienerin. Sie folgt der Dame unver-*

wandt mit ihren braunen stechenden Augen. Kellner, mit der Serviette auf dem Arm, zeigen sich in den Türen des Hotels und sehen neugierig den beiden Fremden nach. Diese achten auf nichts und verschwinden, ohne den Blick zur Seite zu wenden, in dem Pavillon.

PROFESSOR RUBEK *hat sich unwillkürlich langsam von seinem Stuhl erhoben und starrt auf die geschlossene Tür des Pavillons*: Wer war die Dame?

DER INSPEKTOR: Eine Fremde, die den kleinen Pavillon da gemietet hat.

PROFESSOR RUBEK: Eine Ausländerin?

DER INSPEKTOR: Es scheint so. Beide sind jedenfalls vom Ausland zugereist. Vor einer Woche etwa. Sie sind bisher noch nicht hier gewesen.

PROFESSOR RUBEK *ihn anblickend, bestimmt*: Die und keine andere hab ich heut nacht im Park gesehen.

DER INSPEKTOR: Das war es ganz sicher. Ich habe mir's gleich gedacht.

PROFESSOR RUBEK: Wie heißt die Dame, Herr Inspektor?

DER INSPEKTOR: Sie hat sich eingetragen als Madame de Satow mit Gesellschafterin. Mehr wissen wir nicht.

PROFESSOR RUBEK *denkt nach*: Satow? Satow –?

FRAU MAJA *lacht spöttisch*: Kennst du jemanden, der so heißt, Rubek? Wie?

PROFESSOR RUBEK *schüttelt den Kopf*: Nicht daß ich wüßte. – Satow? Das klingt russisch. Oder jedenfalls slawisch. *Zum Inspektor*: Was spricht sie für eine Sprache?

DER INSPEKTOR: Wenn die beiden Damen miteinander sprechen, so reden sie eine Sprache, aus der ich nicht klug werden kann. Aber sonst spricht sie ein unverfälschtes Norwegisch.

PROFESSOR RUBEK *erstaunt*: Norwegisch? Irren Sie sich da auch nicht?

DER INSPEKTOR: Nein, das ist ganz ausgeschlossen.

PROFESSOR RUBEK *blickt ihn gespannt an*: Sie haben es selbst gehört?!

DER INSPEKTOR: Ja. Ich habe selbst mit ihr gesprochen. Ein paarmal. Übrigens nur ein Halbdutzend Worte. Denn sie ist sehr wortkarg. Aber –

PROFESSOR RUBEK: Norwegisch war es?

DER INSPEKTOR: Reines, gutes Norwegisch. Sagen wir, mit einem ganz leichten Stich ins Nordnorwegische.

PROFESSOR RUBEK *starrt betroffen vor sich hin, flüsternd*: Auch das.

FRAU MAJA *etwas pikiert und unangenehm berührt*: Vielleicht hat dir die Dame einmal Modell gestanden, Rubek? Denk mal nach.

PROFESSOR RUBEK *blickt sie durchdringend an*: Modell!

FRAU MAJA *mit einem herausfordernden Lächeln*: Nun ja, in deinen jüngeren Jahren. Du sollst doch so unzählig viele Modelle gehabt haben. Dazumal natürlich.

PROFESSOR RUBEK *im selben Ton*: Ach nein, meine kleine Frau Maja. Ich hab im Grunde immer nur ein einziges Modell gehabt. Ein einziges – für alles, was ich geschaffen habe.

DER INSPEKTOR *der sich abgewendet und nach links hinüber gesehen hat*: Ja, jetzt werde ich mich wohl leider empfehlen müssen. Denn eine Begegnung mit dem Herrn, den ich da sehe, gehört nicht gerade zu den besondern Annehmlichkeiten. Besonders nicht in Gegenwart von Damen.

PROFESSOR RUBEK *blickt ebenfalls nach links*: Sie meinen den Jäger, der da kommt? Wer ist das?

DER INSPEKTOR: Gutsbesitzer Ulfheim –

PROFESSOR RUBEK: So, Gutsbesitzer Ulfheim.

DER INSPEKTOR: – der Bärentöter, wie er heißt.

PROFESSOR RUBEK: Den kenn ich.

DER INSPEKTOR: Ja, wer kennt den nicht?

PROFESSOR RUBEK: Nur ganz flüchtig übrigens. Ist der jetzt auch Ihr Patient – endlich?

DER INSPEKTOR: Nein, merkwürdigerweise noch immer nicht. Er kehrt nur einmal im Jahr hier ein, – wenn er auf die Jagd in die Berge geht. *Will ins Hotel ab.*

ULFHEIMS STIMME *von außen*: So warten Sie doch 'n bißchen! Warten Sie doch, zum Teufel noch einmal! Warum rennen Sie denn immer vor mir weg?

DER INSPEKTOR *bleibt stehen*: Ich renne ja gar nicht weg, Herr Gutsbesitzer.

GUTSBESITZER ULFHEIM *kommt von links herein, begleitet von einem* DIENER, *der eine Koppel Jagdhunde führt. Ulfheim trägt einen Jagdanzug, Schaftstiefel und einen Filzhut mit Feder. Er ist eine magere, lange, sehnige Erscheinung, mit wirrem Haar und Bart, lauter Stimme, und, seinem Aussehen nach, von unbestimmbarem Alter, doch nicht mehr jung.*

ULFHEIM *fährt auf den Inspektor los*: Ist das eine Art, Fremde zu empfangen, wie? Sie kneifen ja aus, den Schwanz zwischen den Hinterbeinen, – als ob der Teufel Sie ritte.

DER INSPEKTOR *ruhig, ohne ihm darauf zu antworten*: Sind der Herr Gutsbesitzer mit dem Dampfer gekommen?

ULFHEIM *brummend*: Hatte nicht die Ehre, einen Dampfer zu sehen. *Die Hände in den Seiten*: Wissen Sie nicht, daß ich auf meinem eigenen Kutter fahre? *Zu seinem Diener*: Sorg gut für deine Mitgeschöpfe, Lars. Aber paß auf, daß sie mir trotzdem noch hungrig bleiben. Frische Knochen, doch mit nicht zu viel Fleisch dran, verstanden. Und roh muß es sein und noch rauchend blutig! Und dann schlag dir auch selber was in den Wanst. *Mit einem Tritt nach ihm hin*: So, – und nun zur Hölle mit dir.

DER INSPEKTOR: Wollen nicht der Herr Gutsbesitzer solange in den Speisesaal treten?

ULFHEIM: Da zu diesen halbtoten Fliegen und Menschen hinein? Nein, dafür muß ich allerschönstens danken, Herr Inspektor.

DER INSPEKTOR: Nun, ganz wie Sie wollen.

ULFHEIM: Aber lassen Sie die Jungfer den Proviant für mich zurechtmachen, wie gewöhnlich. Reichlich vor allem, daß man was zu beißen hat. Und tüchtig Branntwein! Sagen Sie ihr nur, daß ich oder der Lars ihr ein Donnerwetter machen würde, wenn sie nicht –

DER INSPEKTOR *unterbricht ihn*: Wir wissen von früher Bescheid. *Sich nach der andern Seite wendend*: Soll ich dem Kellner irgend etwas bestellen, Herr Professor? Oder vielleicht für die gnädige Frau?

PROFESSOR RUBEK: Nein, danke sehr – für mich nicht.

FRAU MAJA: Für mich auch nicht.

Der Inspektor ab ins Hotel.

ULFHEIM *fixiert die beiden einen Augenblick; dann zieht er den Hut*: Kreuzbombenelement! Hier hat sich wohl ein Bauernköter in piekfeine Gesellschaft verirrt?

PROFESSOR RUBEK *blickt auf*: Was meinen der Herr Gutsbesitzer damit?

ULFHEIM *zahmer und mehr manierlich*: Ich scheine da Herrn Bildhauer Rubek höchstpersönlich begegnet zu sein.

PROFESSOR RUBEK *nickt*: Wir haben uns ein paarmal in Gesellschaften getroffen. In dem Herbst, als ich hier oben zum letztenmal war.

ULFHEIM: Ja, vor langen Jahren. Und damals war Ihr Name auch noch nicht so bekannt wie jetzt. Denn damals durfte sogar ein ruppiger Bärenjäger sich in Ihre Nähe wagen.

PROFESSOR RUBEK *lächelt*: Ich beiße auch jetzt noch nicht.

FRAU MAJA *blickt Ulfheim interessiert an*: Sie sind wirklich ein richtiger Bärenjäger?

ULFHEIM *setzt sich an den Nebentisch, der dem Hotel etwas näher steht*: Am liebsten geh ich auf Bärenjagd. Sonst aber nehm ich auch mit jeder Art von Wild vorlieb, das mir vor die Flinte kommt. Ob's nun Adler sind oder Wölfe oder Weibsleute oder Elche oder

Rentiere. – Nur frisch müssen sie sein und saftig und vollblütig. *Trinkt aus der Jagdflasche.*

FRAU MAJA *betrachtet ihn unverwandt*: Am liebsten aber gehen Sie auf Bären?

ULFHEIM: Ja, das am liebsten. Denn da kann man so schön sein Messer brauchen, wenn man in die Klemme kommt – *Lächelt leicht.* – Wir arbeiten in einem harten Material, wir beide, Gnädigste, – ich und Ihr Mann. Er wird sich wohl mit dem Marmor abschinden müssen. Und ich schinde mich ab mit krampfhaft zitternden Bärensehnen. Und beide kriegen wir denn das Material schließlich unter. Machen uns zum Herrn und Meister darüber. Geben nicht nach, bis wir den hartnäckig widerstrebenden Stoff überwunden haben.

PROFESSOR RUBEK *nachdenklich vor sich hin*: Das ist gar nicht so unrichtig, was Sie da sagen.

ULFHEIM: Nun ja, denn der Stein wird wohl auch wissen, warum er widerstrebt. Er ist tot und will sich mit aller Gewalt nicht lebendig hämmern lassen. Genau wie der Bär, wenn ihn in seinem Lager jemand aufstört.

FRAU MAJA: Wollen Sie jetzt hinauf in die Wälder und jagen?

ULFHEIM: Ganz hoch hinauf in die Berge will ich. – Sie sind wohl nie im Hochgebirge gewesen, Gnädige?

FRAU MAJA: Nein, nein.

ULFHEIM: Donnerwetter, dann sehen Sie zu, daß Sie jetzt im Sommer hinaufkommen! Sie können sich mir anschließen. Sie wie Ihr Herr Gemahl, – das geht ausgezeichnet.

FRAU MAJA: Sehr freundlich. Aber Rubek möchte eine Seereise machen.

PROFESSOR RUBEK: Eine Küstenfahrt innerhalb der Schären.

ULFHEIM: Pfui Teufel, – was wollen Sie denn in dem verdammten, stinkigen Wasser! Wollen Sie Ihre Zeit totschlagen im Brackwasser? Brechwasser sollte man besser sagen.

FRAU MAJA: Da hörst du's, Rubek.

ULFHEIM: Ach, kommen Sie doch lieber mit ins Gebirge. Da ist's menschenleer. Sie glauben gar nicht, was das für mich heißt. Freilich, so ein kleines Frauchen – *Hält inne.*

DIE DIAKONISSIN *kommt aus dem Pavillon und geht ins Hotel.*

ULFHEIM *folgt ihr mit den Augen*: Sehn Sie mal die! Den schwarzen Vogel! – Wer soll denn begraben werden?

PROFESSOR RUBEK: Nicht, daß ich wüßte.

ULFHEIM: Na, dann liegt hier irgend jemand im Winkel und krepiert.

Diese Kranken und Siechen, die sollten sich doch gefälligst begraben lassen – und das je eher, desto besser.

FRAU MAJA: Sind *Sie* niemals krank gewesen, Herr Gutsbesitzer?

ULFHEIM: Nie. Sonst ständ ich nicht hier –. Aber meine besten Freunde – die sind oft krank gewesen, die armen Schlucker.

FRAU MAJA: Und was haben Sie in diesem Fall mit ihnen gemacht?

ULFHEIM: Erschossen hab ich sie, natürlich.

PROFESSOR RUBEK *blickt ihn an*: Erschossen?

FRAU MAJA *rückt ihren Stuhl zurück*: Totgeschossen?

ULFHEIM *nickt*: Ich schieße nie vorbei, meine Gnädigste.

FRAU MAJA: Aber wie können Sie denn nur Menschen totschießen?

ULFHEIM: Ich rede ja nicht von Menschen –

FRAU MAJA: Ihre besten Freunde, sagten Sie doch –

ULFHEIM: Meine besten Freunde, das sind doch wohl meine Hunde.

FRAU MAJA: Ihre Hunde –?

ULFHEIM: Ich hab keine besseren, – als diese meine ehrlichen, treuen, grundbraven Jagdkameraden –. Wenn einer von ihnen krank wird und schwach, dann – puff! Und expediert ist der Freund – ins Jenseits.

Die DIAKONISSIN *kommt aus dem Hotel mit einem Tablett mit Milch und Brot und stellt es auf den Tisch vor dem Pavillon, in dem sie wiederum verschwindet.*

ULFHEIM *verächtlich*: Das da, – das soll nun Speise für Menschen darstellen! Wäßrige Milch und weiches, klitschiges Brot. Nein, Sie sollten mal meine Freunde fressen sehen! Haben Sie Lust dazu?

FRAU MAJA *lächelt ihrem Manne zu und steht auf*: Ja, warum nicht.

ULFHEIM *steht auch auf*: Sie scheinen wirklich eine mutige Dame zu sein, meine Gnädigste. Also, kommen Sie. Große dicke Knochen schlingen die Kerle ganz hinunter. Würgen sie wieder heraus und schlingen sie abermals. Ich sag Ihnen, das ist eine Wonne zu sehen. Und dann wollen wir auch über die Gebirgstour noch ein Wörtchen reden –. *Ab um die Ecke des Hotels. Frau Maja folgt ihm.*

Fast im gleichen Augenblick tritt die fremde Dame aus dem Pavillon heraus und setzt sich an den Tisch.

DIE DAME *führt ihr Glas zum Munde, um zu trinken, hält aber inne und blickt mit leeren, ausdruckslosen Augen auf Rubek.*

PROFESSOR RUBEK *bleibt an seinem Tisch sitzen und starrt sie ernst und unverwandt an. Endlich steht er auf, macht ein paar Schritte auf sie zu, bleibt stehen und sagt leise*: Ich erkenne dich genau, Irene.

DIE DAME *mit klangloser Stimme, während sie das Glas hinstellt*: Kannst du mich wiedererkennen, Arnold?

PROFESSOR RUBEK *einer Antwort ausweichend*: Du erkennst mich also auch?

DIE DAME: Mit dir ist das eine ganz andere Sache.

PROFESSOR RUBEK: Weshalb, – mit mir?

DIE DAME: Weil du noch am Leben bist.

PROFESSOR RUBEK *sie nicht begreifend*: Am Leben –?

DIE DAME *fast gleichzeitig*: Wer war die andere? Die du bei dir hattest – da am Tisch?

PROFESSOR RUBEK *ein wenig zögernd*: Die? Das war meine – meine Frau.

DIE DAME *nickt langsam*: So. Gut, Arnold. Also eine, die mich nichts angeht –

PROFESSOR RUBEK *unsicher*: Nein, versteht sich –

DIE DAME: – also eine, der du dich erst nach meinem Tode zugewandt hast.

PROFESSOR RUBEK *sieht sie plötzlich starr an*: Nach deinem –? Wie meinst du das, Irene?

IRENE *einer Antwort ausweichend*: Und das Kind? Dem geht's ja auch gut. Unser Kind, das überlebt mich. In Herrlichkeit und Ehren.

PROFESSOR RUBEK *lächelt wie in einer fernen Erinnerung*: Unser Kind, – ja, so nannten wir's ja wohl – damals.

IRENE: Zu meinen Lebzeiten, ja.

PROFESSOR RUBEK *sucht einen munteren Ton anzuschlagen*: Ja, ja. Irene, – jetzt ist „unser Kind" in der ganzen weiten Welt berühmt. Du hast doch gewiß davon gelesen, nicht –?

IRENE *nickt*: Und hat auch seinen Vater berühmt gemacht. – Das war dein Traum.

PROFESSOR RUBEK *leise, bewegt*: Dir allein schulde ich alles, alles, Irene. Hab Dank dafür.

IRENE *grübelt nach*: Wenn ich damals mein gutes Recht geübt hätte, Arnold –

PROFESSOR RUBEK: Nun? Was dann?

IRENE: – so hätt ich das Kind getötet.

PROFESSOR RUBEK: Getötet?

IRENE *flüsternd*: Getötet, – bevor ich dich verließ. Zerschlagen. Zu Staub zertrümmert.

PROFESSOR RUBEK *schüttelt vorwurfsvoll den Kopf*: Das hättest du nicht gekonnt, Irene. Das hättest du nicht übers Herz gebracht.

IRENE: Nein, damals hatte ich nicht das Herz, so etwas zu tun.

PROFESSOR RUBEK: Aber später? Hinterher?

IRENE: Hinterher hab ich es unzählige Male getötet. Am hellerlichten Tage und im Dunkel der Nacht. Getötet in Haß – und Rache – und Qual.

PROFESSOR RUBEK *tritt ganz an den Tisch heran und fragt leise*: Irene, – nun sag mir endlich einmal – nach so vielen Jahren, – warum du mich damals verlassen hast und so heimlich davonliefst und nicht mehr zu finden warst –?

IRENE *schüttelt langsam den Kopf*: Ach, Arnold, – wozu dir das sagen – nun, da ich hinüber bin.

PROFESSOR RUBEK: Warst du vielleicht in einen andern verliebt?

IRENE: Nur in einen, und der brauchte meine Liebe nicht. Der brauchte mein Leben nicht mehr.

PROFESSOR RUBEK *ablenkend*: Hm, – lassen wir die Vergangenheit ruhen –

IRENE: Ja, ja, nur ruhen lassen, was jenseits liegt. Was für mich jetzt jenseits heißt.

PROFESSOR RUBEK: Wo hast du nur gesteckt, Irene? So viel ich nach dir auch forschte, – du warst wie von der Erde verschluckt.

IRENE: Ich ging ins Dunkel – als das Kind im Lichte der Verklärung stand.

PROFESSOR RUBEK: Bist du viel in der Welt herumgekommen?

IRENE: Ja. In vielen Ländern.

PROFESSOR RUBEK *blickt sie teilnehmend an*: Und was hast du getrieben, Irene?

IRENE *richtet die Augen auf ihn*: Wart einmal; laß mich nachdenken. – Ja, jetzt hab ich's. In Varietés hab ich mich zur Schau gestellt – als nackte Statue gestanden in lebenden Bildern. Und viel Geld eingestrichen. Das war ich bei dir nicht gewohnt – du hattest keins. – Und dann bin ich zusammen gewesen mit Mannsleuten, denen ich den Kopf verdrehen konnte. – Das war ich bei dir auch nicht gewohnt. Arnold. Du bist standhafter gewesen.

PROFESSOR RUBEK *das Thema wechselnd*: Und dann hast du dich verheiratet?

IRENE: Ja; mit einem von ihnen.

PROFESSOR RUBEK: Was ist dein Mann?

IRENE: Er war Südamerikaner. Ein hoher Diplomat. *Blickt mit einem versteinerten Lächeln ins Leere.* Den machte ich schließlich ganz verrückt, ganz toll, – wahnsinnig, unheilbar toll. Du, – das war höchst komisch in den Anfangsstadien. Ich hätte immerfort lachen mögen, innerlich. – Wenn ich da drinnen noch etwas gehabt hätte.

PROFESSOR RUBEK: Und wo ist er jetzt?

IRENE: Irgendwo da unten auf einem Kirchhof. Über sich ein hohes, stattliches Monument. Und in seiner Hirnschale eine klappernde Bleikugel.

PROFESSOR RUBEK: Hat er sich selbst getötet?

IRENE: Es beliebte ihm, mir zuvorzukommen.

PROFESSOR RUBEK: Trauerst du nicht um ihn, Irene?

IRENE *verständnislos*: Um wen?

PROFESSOR RUBEK: Nun, um Herrn von Satow.

IRENE: Er hieß nicht Satow.

PROFESSOR RUBEK: Nicht?

IRENE: Mein zweiter Mann heißt Satow. Er ist Russe. –

PROFESSOR RUBEK: Und wo steckt er?

IRENE: Weit von hier, im Ural. Bei seinen Goldminen.

PROFESSOR RUBEK: Da lebt er also?

IRENE *zuckt die Achseln*: Lebt? Lebt? Eigentlich habe ich ihn getötet.

PROFESSOR RUBEK *fährt zusammen*: Getötet –!

IRENE: Jawohl, mit einem kleinen spitzen Dolch, den ich immer bei mir im Bett habe. –

PROFESSOR RUBEK *leidenschaftlich*: Ich glaube dir nicht, Irene!

IRENE *lächelt sanft*: Du kannst es ruhig glauben, Arnold.

PROFESSOR RUBEK *blickt sie teilnehmend an*: Hast du nie Kinder gehabt?

IRENE: O ja, viele.

PROFESSOR RUBEK: Und wo sind sie jetzt?

IRENE: Ich hab sie getötet.

PROFESSOR RUBEK *streng*: Jetzt lügst du wieder.

IRENE: Ich hab sie getötet. Wenn ich's dir sage! So recht mit Inbrunst gemordet. Sobald sie zur Welt gekommen waren. Oder schon früher, viel früher. Eins nach dem andern.

PROFESSOR RUBEK *gepreßt, ernst*: Es liegt ein verborgener Sinn in allem, was du sprichst.

IRENE: Was kann ich dafür? Jedes Wort, das ich dir sage, wird mir ins Ohr geflüstert.

PROFESSOR RUBEK: Ich glaube, ich bin der einzige, der den Sinn ahnt.

IRENE: Der wirst du wohl sein.

PROFESSOR RUBEK *stützt sich mit den Händen auf den Tisch und blickt ihr tief in die Augen*: Etwas in dir ist zersprungen, Irene.

IRENE *weich*: Das ist wohl immer so, wenn ein junges Mädchen stirbt.

PROFESSOR RUBEK: Aber, Irene, mach dich doch frei von diesen verworrenen Vorstellungen –! Du lebst ja! Du lebst – lebst!

IRENE *erhebt sich langsam und sagt bebend*: Ich war tot, jahrelang. Sie kamen und banden mich. Sie schnürten mir die Arme auf dem Rücken zusammen. – Und dann senkten sie mich hinab in eine Gruft. Die war mit Eisenstangen vergittert und hatte gepolsterte Wände, – so daß oben auf Erden niemand den Schrei der Begrabenen hören konnte. – Doch jetzt fang ich allmählich wieder an, von den Toten aufzuerstehen. *Setzt sich wieder.*

PROFESSOR RUBEK *nach kurzer Pause*: Hältst du mich für den Schuldigen?

IRENE: Ja.

PROFESSOR RUBEK: Für schuld an dem, – was du deinen Tod nennst?

IRENE: Für schuld daran, daß ich sterben mußte. *Schlägt einen gleichgültigen Ton an.* Warum nimmst du nicht Platz, Arnold?

PROFESSOR RUBEK: Darf ich?

IRENE: Tu's nur. – Du wirst nicht erfrieren – hab keine Angst. Denn so richtig zu Eis geworden, glaub ich, bin ich noch immer nicht.

PROFESSOR RUBEK *rückt einen Stuhl an den Tisch und setzt sich*: So, Irene. Jetzt sitzen wir zwei wieder beieinander wie in alten Tagen.

IRENE: Und in einem gewissen Abstand voneinander. Auch wie in alten Tagen.

PROFESSOR RUBEK *rückt näher*: Das mußte damals so sein.

IRENE: Es mußte?

PROFESSOR RUBEK *in entschiedenem Ton*: Ja, es mußte ein gewisser Abstand zwischen uns sein.

IRENE: So, wirklich, Arnold?

PROFESSOR RUBEK *fährt fort*: Weißt du noch, was du mir für eine Antwort gabst auf meine Frage, ob du mir hinaus in die Ferne folgen wolltest?

IRENE: Ich hob meine Hand und gelobte, daß ich dir folgen wollte bis ans Ende der Welt und bis ans Ende des Lebens. Und dir dienen in allen Dingen. –

PROFESSOR RUBEK: Als Modell für mein Kunstwerk –

IRENE: – in freier, hüllenloser Nacktheit –

PROFESSOR RUBEK *bewegt*: Und wie dientest du mir, Irene, – wie mutig, – wie freudig und ohne Vorbehalt!

IRENE: Ja, mit dem pochenden Herzblut meiner Jugend diente ich dir –

PROFESSOR RUBEK *nickend und mit einem dankbaren Blick*: Das darfst du mit gutem Recht sagen.

IRENE: – und fiel nieder zu deinen Füßen und diente dir, Arnold. *Ballt die Hand gegen ihn.* Aber du, du, – du –!

PROFESSOR RUBEK *abwehrend*: Ich versündigte mich nie an dir! Niemals, Irene.

IRENE: Doch, du tatest es! Du vergingst dich an meiner innersten Natur.

PROFESSOR RUBEK *rückt auf seinem Stuhl zurück*: Ich –?

IRENE: Ja, du! Ich stellte mich dir zur Schau, wie man sich nur zur Schau stellen kann –. *Leise*: Und nicht ein einziges Mal hast du mich berührt.

PROFESSOR RUBEK: Irene, begreifst du denn nicht, daß ich manchen Tag von all deiner Schönheit wie von Sinnen war?

IRENE *fährt unbeirrt fort*: Und doch, – wenn du mich berührt hättest, ich glaube, ich hätte dich auf der Stelle getötet. Ich hatte eine spitze Nadel bei mir – im Haar verborgen – *Streicht sich grübelnd über die Stirn.* Nein, aber dennoch – dennoch – daß du es konntest –

PROFESSOR RUBEK *blickt sie fest an*: Ich war Künstler, Irene.

IRENE: Eben darum.

PROFESSOR RUBEK: Zuerst und vor allem Künstler. Wie ein Kranker ging ich umher und wollte das große Werk meines Lebens schaffen. *Verliert sich in Erinnerung.* „Auferstehungstag" sollte es heißen. Und die Auferstehung sollte verkörpert werden in dem Bilde einer jungen Frau, die aus dem Schlummer des Todes erwacht –

IRENE: Unser Kind, ja –

PROFESSOR RUBEK *fortfahrend*: Sie sollte das edelste, reinste, idealste Weib der Erde sein, die Erwachende. Da fand ich dich. Du warst die Verkörperung dessen. Und du, du warst gern bereit, ließest Familie und Heimat – und folgtest mir.

IRENE: Das wurde die Wiederauferstehung meiner Kindheit, daß ich dir folgte.

PROFESSOR RUBEK: Gerade darum konnte ich dich wie keine andere brauchen. Du wurdest mir zu einem hochheiligen Werk der Schöpfung, an das nur in anbetenden Gedanken gerührt werden durfte. Ich war ja doch damals noch jung, Irene. Und mich erfüllte jener Aberglaube: wenn ich dich berührte, wenn ich dich in Sinnlichkeit begehrte, so würden meine Gedanken unheilig werden, und ich würde nicht zu Ende schaffen können, was ich so sehnsüchtig schaffen wollte. – Und ich glaube noch heute, es lag etwas Wahres darin.

IRENE *nickt mit einem Anflug von Hohn*: Zuerst das Kunstwerk – dann der Mensch.

PROFESSOR RUBEK: Du magst das beurteilen, wie du willst. Ich jedenfalls stand damals ganz und gar im Bann meiner Aufgabe. Und fühlte mich dabei so voll jubelnden Glücks.

IRENE: Und du hast deine Aufgabe gelöst, Arnold.

PROFESSOR RUBEK: Mit deiner Hilfe habe ich sie gelöst. Das reine Weib sollte aus meiner Hand hervorgehen, wie ich es mir bei seinem Erwachen am Auferstehungstag vorstellte. Ohne Verwunderung über irgend etwas Neues oder Unbekanntes oder Ungeahntes. Aber voll heiliger Freude darüber, sich selbst unverändert wiederzufinden, – sich, das Weib der Erde, – in den höheren, freieren, froheren Regionen – nach dem langen traumlosen Schlummer des Todes. *Leiser werdend*: So schuf ich es. – Nach deinem Bilde schuf ich es, Irene.

IRENE *legt die Hände flach auf den Tisch und lehnt sich im Stuhl zurück*: Und dann warst du mit mir fertig –

PROFESSOR RUBEK *vorwurfsvoll*: Irene!

IRENE: – und hattest mich nicht länger nötig –

PROFESSOR RUBEK: Wie kannst du nur so sprechen!

IRENE: – sahst dich allmählich nach andern Idealen um –

PROFESSOR RUBEK: Ich fand keines, keines mehr nach dir.

IRENE: Auch keine andern Modelle, Arnold?

PROFESSOR RUBEK: Du warst kein Modell für mich. Du warst der Quell meines Schaffens.

IRENE *schweigt einen Augenblick*: Was hast du seitdem gedichtet? In Marmor, mein ich. Seit jenem Tage, da ich von dir ging?

PROFESSOR RUBEK: Nichts mehr hab ich gedichtet seit jenem Tag. Bloß so herummodelliert hab ich.

IRENE: Und die Frau, mit der du nun zusammen lebst –?

PROFESSOR RUBEK *fällt ihr heftig ins Wort*: Sprich jetzt nicht von ihr. Das raubt mir den Atem.

IRENE: Wohin denkst du mit ihr zu reisen?

PROFESSOR RUBEK *müde und abgespannt*: Ich werde wohl eine lange und langweilige Küstenfahrt nach dem Norden machen müssen.

IRENE *blickt ihn an, lächelt fast unmerklich und flüstert*: Geh lieber hinauf ins Gebirge. So hoch du kannst: höher – immer höher, Arnold.

PROFESSOR RUBEK *in gespannter Erwartung*: Willst du da hinauf?

IRENE: Hättest du den Mut, noch einmal mit mir zusammen zu sein?

PROFESSOR RUBEK *unsicher, mit sich kämpfend*: Wenn wir das könnten, – das könnten –!

IRENE: Warum sollten wir nicht können, was wir wollen? *Sieht ihn an und flüstert bittend, die Hände gefaltet*: Komm, komm, Arnold! Komm hinauf zu mir –!

FRAU MAJA *erscheint, heiter, mit glühenden Wangen, hinter der Ecke des Hotels und eilt auf den Tisch zu, wo sie vorhin gesessen hat.*

FRAU MAJA *noch an der Ecke, ohne sich umzusehen*: Du magst sagen, was du willst, Rubek, aber – *Bleibt stehen, als sie Irene sieht.* O, entschuldige, – du hast eine Bekanntschaft gemacht, wie ich sehe.

PROFESSOR RUBEK *kurz*: Eine Bekanntschaft erneuert. *Steht auf.* Was willst du denn von mir?

FRAU MAJA: Ich wollte dir nur sagen, – daß du tun kannst, was du willst, – aber ich fahr nicht mit auf diesem ekligen Dampfschiff.

PROFESSOR RUBEK: Warum nicht?

FRAU MAJA: Weil ich ins Gebirge hinauf will und in die Wälder, – ja, will. *Einschmeichelnd*: Ach, du mußt mir's erlauben, Rubek! – Ich will auch nachher so lieb, so lieb zu dir sein!

PROFESSOR RUBEK: Wer hat dich auf diesen Gedanken gebracht?

FRAU MAJA: Dieser greuliche Bärentöter. Nein, du kannst dir gar nicht vorstellen, was der einem alles für wunderliches Zeug vom Gebirge erzählt, vom Leben da droben! Häßlich, greulich, unglaublich widerwärtig ist das meiste, was er da zusammenlügt –. Fast glaub ich, es muß tatsächlich erlogen sein. Aber bei alledem ist's doch so wunderbar verführerisch. Darf ich ihn nicht begleiten? Nur daß ich sehen kann, ob's wahr ist, was er sagt, weißt du. Darf ich, Rubek?

PROFESSOR RUBEK: Meinetwegen ja. Geh du nur ins Gebirge – so weit hinauf und so lang du willst. Ich mache vielleicht denselben Weg wie du.

FRAU MAJA *rasch*: Nein, nein, nein, das brauchst du wirklich nicht! Nicht meinetwegen!

PROFESSOR RUBEK: Ich will in die Berge. Ich hab mir's überlegt.

FRAU MAJA: O vielen Dank! Darf ich das gleich dem Bärentöter erzählen?

PROFESSOR RUBEK: Erzähl du dem Bärentöter, so viel du Lust hast.

FRAU MAJA: O vielen, vielen Dank! *Will seine Hand ergreifen, er wehrt es ab.* Bist du aber heut nett und lieb, Rubek!

Eilig ins Hotel ab. Zugleich öffnet sich die Pavillontür einen Spalt, sacht und lautlos. Die DIAKONISSIN *steht hinter der Tür, spähend und wachsam. Niemand sieht sie.*

PROFESSOR RUBEK *bestimmt zu Irene*: Wir treffen uns also oben?

IRENE *erhebt sich langsam*: Bestimmt. – Ich habe dich so lange gesucht.

PROFESSOR RUBEK: Wann fingst du an, dich wieder nach mir umzusehen, Irene?

IRENE *mit einem bittern Zug*: Seit es mir klar wurde, Arnold, daß ich dir etwas ganz Unersetzliches gegeben hatte. Ein Gut, von dem man sich nie trennen sollte.

PROFESSOR RUBEK *beugt das Haupt*: Ja, das ist eine schmerzliche Wahrheit. Du gabst mir drei, vier Jahre deiner Jugend.

IRENE: Mehr, viel mehr als das. Ich Verschwenderin, die ich damals war.

PROFESSOR RUBEK: Ja, verschwenderisch warst du, Irene. Du gabst mir deine ganze nackte Schönheit –

IRENE: – zur Betrachtung –

PROFESSOR RUBEK: – und zur Verherrlichung.

IRENE: Ja, zur Verherrlichung deiner selbst und des Kindes.

PROFESSOR RUBEK: Auch zu deiner Verherrlichung, Irene.

IRENE: Aber das größte Geschenk, das hast du vergessen.

PROFESSOR RUBEK: Das größte –? Und welches?

IRENE: Ich gab dir meine junge lebendige Seele, – und stand da mit leerer Brust; seelenlos. *Blickt ihn starren Auges an.* Daran bin ich gestorben, Arnold.

Die Diakonissin öffnet die Tür ganz und macht ihr Platz. Sie geht in den Pavillon.

PROFESSOR RUBEK *sieht ihr bestürzt nach; dann flüstert er*: Irene!

ZWEITER AKT

Gegend bei einem Hochgebirgs-Sanatorium. Die Landschaft erstreckt sich als ein unermeßliches, baumloses Kammplateau auf einen langen Bergsee zu. Auf der andern Seite des Wassers steigt eine Reihe Hochgebirgskuppen, bläulichen Schnee in den Mulden, empor. Im Vordergrund links rieselt ein Bach in geteilten Streifen eine schroffe Felswand hernieder und fließt von da in ebenem Lauf nach rechts über das Plateau. Buschgestrüpp, Pflanzen und Steine längs des Bachlaufes. Im Vordergrund rechts eine Anhöhe mit einer Steinbank auf ihrem Gipfel. Es ist ein Sommernachmittag kurz vor Sonnenuntergang.

In einiger Entfernung auf dem Plateau jenseits des Baches spielt, tanzt und singt eine Kinderschar, teils in städtischen Kleidern, teils in Volkstracht. Frohes Lachen ist während des Folgenden gedämpft zu hören. PROFESSOR RUBEK *sitzt oben auf der Bank, ein Plaid über den Schultern, und sieht dem Spiel der Kinder zu. Bald darauf taucht* FRAU MAJA *zwischen Büschen auf dem Plateau links im Mittelgrund auf und blickt, die Augen mit der Hand beschattend, umher. Sie trägt eine flache Touristenmütze, einen aufgesteckten Rock, der bis zur Mitte der Wade reicht, und hohe solide Schnürstiefel. In der Hand hat sie einen langen Bergstock.*

FRAU MAJA *entdeckt endlich Rubek und ruft*: Hallohoi!

Sie kommt über das Plateau nach vorn, springt mit Hilfe des Bergstockes über den Bach und ersteigt die Anhöhe.

FRAU MAJA *pustend*: Ach, was ich herumgelaufen bin und dich gesucht habe!

PROFESSOR RUBEK *nickt gleichgültig und fragt*: Kommst du vom Sanatorium herauf?

FRAU MAJA: Ja, gerad aus dem Fliegenschrank.

PROFESSOR RUBEK *blickt sie flüchtig an*: Du warst nicht bei Tisch, wie ich bemerkte.

FRAU MAJA: Wir hielten unser Mittagsmahl unter freiem Himmel ab, wir beide.

PROFESSOR RUBEK: „Wir beide"? Wer ist das?

FRAU MAJA: Ich – und der greuliche Bärentöter. Wer sonst?

PROFESSOR RUBEK: Ach so, der.

FRAU MAJA: Ja, und morgen früh wollen wir wieder hinaus.

PROFESSOR RUBEK: Auf die Bärenjagd?

FRAU MAJA: Freilich, und dem Meister Petz das Fell gerben.

PROFESSOR RUBEK: Seid ihr einem auf die Spur gekommen?

FRAU MAJA *in überlegenem Ton*: Ich bitte dich, hier oben auf dem nackten Kamm gibt's doch keine Bären.

PROFESSOR RUBEK: Wo denn?

FRAU MAJA: Tief unten. An den Berghalden; da, wo der Wald am dichtesten ist und gewöhnliche Stadtleute überhaupt nicht mehr durchkommen.

PROFESSOR RUBEK: Und da wollt ihr morgen hinunter?

FRAU MAJA *wirft sich in die Heide*: So haben wir verabredet. Vielleicht brechen wir aber auch schon heut abend auf, – wenn du nichts dagegen hast?

PROFESSOR RUBEK: Ich? Kein Gedanke –

FRAU MAJA *rasch*: Übrigens, der Lars begleitet uns natürlich, – mit der Koppel.

PROFESSOR RUBEK: Ich habe mich gar nicht erkundigt nach dem Herrn Lars und seiner Koppel. *Abbrechend*: Aber willst du dich nicht lieber ordentlich hier auf die Bank setzen?

FRAU MAJA *müde*: Nein, danke. Ich lieg so schön in der weichen Heide.

PROFESSOR RUBEK: Du bist müde, seh ich.

FRAU MAJA *atmet tief*: Ich glaube fast, ich werde es allmählich.

PROFESSOR RUBEK: Das kommt erst hinterher – wenn die Spannung vorüber ist.

FRAU MAJA *in schläfrigem Ton*: Ja. Ich will nur die Augen ein bißchen zumachen.

Kurze Pause.

FRAU MAJA *plötzlich ungeduldig*: Nein, Rubek, – daß du das aushalten kannst, immerfort das Gejohle der Kinder mit anzuhören! Und diesen Bocksprüngen zuzusehen, die sie machen.

PROFESSOR RUBEK: Es liegt manchmal etwas Harmonisches – eine Art Musik – in ihren Bewegungen. Bei aller Ungeschicklichkeit. Und auf diese seltenen Augenblicke zu warten, das macht mir Vergnügen.

FRAU MAJA *lacht ein wenig verächtlich*: Ja freilich, du bist immer und ewig Künstler.

PROFESSOR RUBEK: Und möcht es auch immer bleiben.

FRAU MAJA *dreht sich auf die Seite, so daß sie ihm den Rücken kehrt*: Er hat keine Spur von einem Künstler.

PROFESSOR RUBEK *aufmerksam*: Wer ist kein Künstler?

FRAU MAJA *wieder in schläfrigem Ton*: Nun – der andre.

PROFESSOR RUBEK: Der Bärenschütze, meinst du?

FRAU MAJA: Ja. Der hat keine Spur von einem Künstler. Keine Spur.

PROFESSOR RUBEK *lächelt*: Nein, weiß der Himmel, da hast du recht.

FRAU MAJA *heftig, ohne sich zu rühren*: Und wie häßlich er ist. *Rauft ein Büschel Heidekraut aus und wirft es wieder von sich*. So häßlich, so häßlich! Uh!

PROFESSOR RUBEK: Und doch treibst du dich so gern mit ihm draußen herum – auf der Jagd.

FRAU MAJA *kurz*: Was weiß ich. *Wendet sich ihm zu.* Du bist auch häßlich, Rubek.

PROFESSOR RUBEK: Entdeckst du das jetzt erst?

FRAU MAJA: Nein, das hab ich schon lange gesehen.

PROFESSOR RUBEK *zuckt die Achseln*: Man wird älter, Frau Maja. Man wird älter.

FRAU MAJA: So mein ich's gar nicht. Aber dein Blick hat etwas so

Müdes, Resigniertes bekommen –. Wenn du zuweilen geruhst, mich so von der Seite anzusehen –.

PROFESSOR RUBEK: Ist dir das aufgefallen?

FRAU MAJA *nickt*: Mehr und mehr haben deine Augen diesen Ausdruck angenommen. Als ob du etwas gegen mich im Schilde führtest.

PROFESSOR RUBEK: So? *Freundlich, aber ernst*: Komm und setz dich zu mir, Maja. Wir wollen ein bißchen miteinander plaudern.

FRAU MAJA *richtet sich halb auf*: Darf ich auf deinen Knien sitzen? Wie in den ersten Jahren?

PROFESSOR RUBEK: Nein, das geht nicht. Man kann uns vom Hotel unten sehen. *Rückt ein Stückchen.* Aber hier auf der Bank kannst du sitzen – neben mir.

FRAU MAJA: Nein, danke; dann bleib ich lieber liegen. Ich hör auch hier sehr gut. *Blickt ihn fragend an*: Na, also wovon wolltest du reden?

PROFESSOR RUBEK *beginnt langsam*: Warum, meinst du, hab ich mich wohl zu dieser Sommerreise entschlossen?

FRAU MAJA: Je nun, – du hast zwar unter anderm behauptet, sie würde m i r so außerordentlich guttun. Aber –

PROFESSOR RUBEK: Aber –?

FRAU MAJA: Aber jetzt glaub ich weiß Gott nicht mehr, daß das der Grund war –

PROFESSOR RUBEK: Sondern –?

FRAU MAJA: Jetzt glaub ich, es geschah jener bleichen Dame zuliebe.

PROFESSOR RUBEK: Frau von Satow –?!

FRAU MAJA: Ja, dieser Frau wegen, die uns auf den Fersen sitzt. Gestern abend ist sie ja auch hier aufgetaucht.

PROFESSOR RUBEK: Aber was in aller Welt –!

FRAU MAJA: Na, du hast sie doch so sehr gut gekannt. Lange bevor du m i c h kennenlerntest.

PROFESSOR RUBEK: Und hatte sie auch wieder vergessen – lange bevor ich dich kennenlernte.

FRAU MAJA *setzt sich aufrecht*: Kannst du so leicht vergessen, Rubek?

PROFESSOR RUBEK *kurz*: Außerordentlich leicht. *Fügt brüsk hinzu*: Wenn ich vergessen w i l l.

FRAU MAJA: Auch eine Frau, die dir Modell gestanden hat?

PROFESSOR RUBEK *abweisend*: Wenn ich sie nicht länger nötig habe –

FRAU MAJA: Auch wenn sie sich ganz vor dir entkleidet hat?

PROFESSOR RUBEK: Das will nichts heißen. Wenigstens nichts für uns

Künstler. *Schlägt einen andern Ton an*: Und – wenn ich fragen darf – wie hätte ich denn ahnen sollen, daß sie hier im Lande ist?

FRAU MAJA: O, du hättest ihren Namen ja in einer Badeliste lesen können. In irgendeiner Zeitung.

PROFESSOR RUBEK: Aber ich kannte ja gar nicht den Namen, den sie jetzt trägt. Hatte in meinem Leben von keinem Herrn von Satow gehört.

FRAU MAJA *stellt sich müde*: Na, du lieber Gott, so wolltest du eben aus einem andern triftigen Grunde reisen.

PROFESSOR RUBEK *ernst*: Ja, Maja, – es geschah aus einem andern Grund, einem ganz andern Grund. Und darüber müssen wir uns endlich einmal aussprechen.

FRAU MAJA *unterdrückt einen Lachanfall*: Herrje, wie feierlich du aussiehst!

PROFESSOR RUBEK *indem er sie mißtrauisch zu ergründen sucht*: Ja, vielleicht feierlicher als nötig.

FRAU MAJA: Wie –?

PROFESSOR RUBEK: Und nötig dürfte es für uns beide sein.

FRAU MAJA: Du fängst an, mich neugierig zu machen, Rubek.

PROFESSOR RUBEK: Bloß neugierig? Gar nicht ein bißchen unruhig?

FRAU MAJA *schüttelt den Kopf*: Keine Spur.

PROFESSOR RUBEK: Gut. So höre denn. – Du sagtest vor kurzem, ich wäre dir in letzter Zeit so nervös vorgekommen –

FRAU MAJA: Ja, das warst du auch.

PROFESSOR RUBEK: Und was hältst du wohl für die Ursache?

FRAU MAJA: Wie kann ich wissen –? *Rasch*: Du hast vielleicht das ewige Zusammenleben mit mir satt gekriegt?

PROFESSOR RUBEK: Ewige –? Sag doch gleich: immer und ewige.

FRAU MAJA: Also sagen wir: tägliches Zusammenleben. Wir sind doch nun volle vier, beinah fünf Jahre nebeneinander her gegangen und kaum eine Sekunde getrennt gewesen. – Immer waren wir zwei ganz allein für uns.

PROFESSOR RUBEK *interessiert*: Nun, und –?

FRAU MAJA *etwas gedrückt*: Du bist eben kein Gesellschaftsmensch, Rubek. Du gehst am liebsten deinen Weg für dich und beschäftigst dich mit deinen eigenen Interessen. Und ich kann nun einmal von deinen Sachen nicht ordentlich mit dir reden, – von diesen Kunstfragen und so weiter. *Macht eine wegwerfende Handbewegung.* Und das interessiert mich, weiß Gott, auch gar nicht.

PROFESSOR RUBEK: Na eben; darum sitzen wir ja auch meistens am Kamin und schwatzen von deinen Dingen.

FRAU MAJA: Ach, du lieber Gott, – was sollten denn das für Dinge sein!

PROFESSOR RUBEK: Und wenn es auch nur Kleinigkeiten sind. Aber die Zeit vergeht uns jedenfalls auch so, Maja.

FRAU MAJA: Ja, da hast du recht. Die vergeht. Sie schickt sich an, von dir Abschied zu nehmen, Rubek. – Und das ist es wohl auch, was dich so unruhig macht –

PROFESSOR RUBEK *nickt heftig*: Und so unstet. *Windet sich auf der Bank.* Ich halte dieses armselige Leben bald nicht mehr aus!

FRAU MAJA *steht auf und blickt ihn eine Weile an*: Willst du mich los sein, so sag's nur offen.

PROFESSOR RUBEK: Was sind das wieder für Ausdrücke? Dich los sein?

FRAU MAJA: Wenn du frei sein willst, so sollst du das ganz offen sagen. Ich schnür sofort mein Bündel.

PROFESSOR RUBEK *lächelt fast unmerklich*: Das klingt ja wie eine Drohung, Maja?

FRAU MAJA: Für dich kann das doch gewiß keine Drohung sein.

PROFESSOR RUBEK *erhebt sich*: Nein, eigentlich nicht. *Fügt nach einer Weile hinzu*: Wir beide können unmöglich so weiter zusammen leben –

FRAU MAJA: Na also –!

PROFESSOR RUBEK: Bitte kein Also. *Mit Nachdruck*: Können wir beide nicht mehr allein zusammen leben, – so brauchen wir uns ja deshalb noch nicht scheiden zu lassen.

FRAU MAJA *lächelt verächtlich*: Nur ein bißchen getrennt zu leben, was?

PROFESSOR RUBEK: Auch nicht einmal.

FRAU MAJA: Na, so rück heraus damit, – was hast du denn mit mir vor?

PROFESSOR RUBEK *etwas unsicher*: Was ich jetzt so lebhaft und so schmerzlich vermisse, das ist ein Mensch, der mir wirklich innerlich nahesteht –

FRAU MAJA *unterbricht ihn gespannt*: Tu ich das nicht, Rubek?

PROFESSOR RUBEK *abweisend*: Versteh mich nicht falsch. Ich müßte mit jemandem zusammen leben, der mich gleichsam ausfüllte, – ergänzte, – eins wäre mit mir in all meinem Tun und Schaffen.

FRAU MAJA *langsam*: Ja, so hohen Ansprüchen würde ich freilich nicht genügen können.

PROFESSOR RUBEK: Das würde dir auch wohl lästig werden, Maja.

FRAU MAJA *heftig*: Und ich hätte, weiß Gott, auch gar keine Lust dazu.

PROFESSOR RUBEK: Das weiß ich nur zu gut. – Und ich dachte ja auch gar nicht an eine solche Hilfe, als ich dein Schicksal an meines knüpfte.

FRAU MAJA *ihn beobachtend*: Ich kann in deinem Gesicht lesen, daß du jetzt an eine andere denkst.

PROFESSOR RUBEK: So? Als Gedankenleserin hab ich dich noch nicht gekannt. Das siehst du also?

FRAU MAJA: Ob ich's sehe. O, ich kenne dich so gut, Rubek, so gut!

PROFESSOR RUBEK: So weißt du am Ende auch, an wen ich denke?

FRAU MAJA: Ja, allerdings.

PROFESSOR RUBEK: Nun? Bitte –?

FRAU MAJA: Du denkst an dies – an dies Modell, das du einmal gehabt hast – – *Verliert plötzlich den Faden.* Weißt du, daß die Leute im Hotel unten sie für verrückt halten?

PROFESSOR RUBEK: So? Und was mögen wohl die Leute im Hotel von dir und dem Bärentöter denken?

FRAU MAJA: Das gehört nicht hierher. *Fährt fort, wo sie abbrach*: Aber an die besagte bleiche Dame hast du jedenfalls gedacht.

PROFESSOR RUBEK *fest*: An sie und keine andere. – Als ich sie nicht mehr nötig hatte, – und sie mich außerdem verließ – und spurlos verschwand –

FRAU MAJA: Da hast du mich als eine Art Notbehelf genommen, wie?

PROFESSOR RUBEK *rücksichtsloser*: Offen gestanden, so war es ungefähr, meine kleine Maja. Ich war da ein Jahr oder anderthalb einsam grübelnd umhergegangen und hatte die letzte – die allerletzte Hand an mein Werk gelegt. Der „Auferstehungstag" ging in die Welt und brachte mir Ruhm – und all die anderen Herrlichkeiten. *Wärmer*: Aber ich liebte mein eigenes Werk nicht mehr. Und vor den Kränzen und dem Weihrauch der Menschen wär ich am liebsten, angewidert und verzweifelnd, in die finstersten Wälder geflohen. *Blickt sie an.* Na, du bist ja Gedankenleserin, – kannst du raten, auf was ich da verfiel?

FRAU MAJA *wegwerfend*: Jawohl, – Porträtbüsten von Herren und Damen zu machen.

PROFESSOR RUBEK *nickt*: Auf Bestellung, ja. Mit Tierfratzen hinter den Masken. Die bekamen sie gratis; als Zugabe, verstehst du. *Lächelnd*: Aber das war's nun eigentlich nicht, was ich zunächst meinte.

FRAU MAJA: Sondern?

PROFESSOR RUBEK *ernst*: Dieser ganze Künstlerberuf und diese ganze künstlerische Tätigkeit – und alles, was damit zusammenhängt, –

fing an, mir so von Grund aus leer und hohl und nichtig vorzukommen.

FRAU MAJA: Was wolltest du denn statt dessen?

PROFESSOR RUBEK: Leben, Maja.

FRAU MAJA: Leben?

PROFESSOR RUBEK: Ja, ist es denn nicht unvergleichlich wertvoller, ein Leben in Sonnenschein und Schönheit zu führen, als sich bis ans Ende seiner Tage in einer naßkalten Höhle mit Tonklumpen und Steinblöcken zu Tode zu plagen?

FRAU MAJA *mit einem kleinen Seufzer*: Ganz meine Meinung.

PROFESSOR RUBEK: Und dann war ich ja nun auch reich genug geworden, um in Überfluß zu leben, in der Sonne. Ich konnte mir die Villa am Taunitzer See bauen und das Palais in der Hauptstadt. Vom übrigen zu schweigen.

FRAU MAJA *im Ton ihres Mannes*: Und zu guter Letzt hast du auch noch die Mittel gehabt, dir mich zuzulegen, und hast all deine Schätze mit mir geteilt.

PROFESSOR RUBEK *scherzhaft ablenkend*: Wollt ich dich nicht mit mir auf einen hohen Berg nehmen und dir alle Herrlichkeit der Welt zeigen?

FRAU MAJA *mit einem sanftmütigen Ausdruck*: Es mag ja ein recht hoher Berg gewesen sein, auf den du mich mitgenommen hast, Rubek, – aber alle Herrlichkeit der Welt hast du mir nicht gezeigt.

PROFESSOR RUBEK *lacht gereizt*: Du bist unzufrieden, Maja! So unzufrieden! *Heftig*: Aber weißt du, was das Traurigste ist? Hast du davon eine Ahnung?

FRAU MAJA *in stillem Trotz*: Daß du mich fürs ganze Leben mitgenommen hast, – das wird's wohl sein.

PROFESSOR RUBEK: Ich würde mich nicht so herzlos ausgedrückt haben.

FRAU MAJA: Aber der Sinn wäre gewiß ebenso herzlos gewesen.

PROFESSOR RUBEK: Du hast keinen rechten Begriff davon, wie es in einer Künstlernatur aussieht.

FRAU MAJA *lächelt und schüttelt den Kopf*: Du lieber Gott, ich hab ja nicht einmal einen Begriff davon, wie's in mir selber aussieht.

PROFESSOR RUBEK *unbeirrt*: Ich lebe so schnell, Maja. Das ist nun einmal bei uns Künstlern so. Ich für mein Teil habe in den paar Jahren, die wir uns kennen, ein ganzes Leben durchlebt. Menschen wie ich finden kein Glück in müßigem Genuß; das hab ich allmählich eingesehen. So einfach ist das Leben nicht für mich und meinesgleichen. Ich muß ununterbrochen arbeiten – Werk schaffen auf Werk – bis zu meinem letzten Tag. *Mit Überwindung*: Darum kann ich nicht länger mit dir auskommen, Maja. – Wenigstens nicht mit dir allein.

FRAU MAJA *ruhig*: Soll das mit andern Worten heißen, daß du meiner überdrüssig bist?

PROFESSOR RUBEK *aufbrausend*: Ja! Überdrüssig dieses Zusammenlebens mit dir, unaussprechlich müd und überdrüssig! Nun weißt du's. *Beherrscht sich.* Harte, häßliche Worte sag ich dir da. Das fühl ich selbst nur zu gut. Und du kannst nichts dafür, – das erkenne ich gern an. Ich, und nur ich habe eine Umwandlung erlebt – *Halb vor sich hin*: – und ein Wiedererwachen zu meinem eigentlichen Leben.

FRAU MAJA *faltet unwillkürlich die Hände*: Aber warum in aller Welt können wir dann nicht unserer Wege gehen?

PROFESSOR RUBEK *blickt sie überrascht an*: – Du wolltest –?

FRAU MAJA *zuckt die Achseln*: Ja, wenn es sein muß –

PROFESSOR RUBEK *eifrig*: Es muß aber nicht sein. Es gibt einen Ausweg –

FRAU MAJA *hebt den Finger*: Jetzt denkst du wieder an die bleiche Dame!

PROFESSOR RUBEK: Ja, ehrlich gesprochen, ich muß unablässig an sie denken. Von dem Augenblick an, da ich sie wiedersah. *Einen Schritt näher.* Denn jetzt will ich dir etwas anvertrauen, Maja.

FRAU MAJA: Nun?

PROFESSOR RUBEK *schlägt sich an die Brust*: Siehst du, hier drinnen, – hier hab ich einen winzig kleines, verschlossenes Kästchen. Und in diesem Kästchen liegen all meine Künstlerträume verwahrt. Als sie nun aber spurlos verschwand, da fiel der Deckel ins Schloß. Und sie hatte den Schlüssel – und nahm ihn mit. – Du, meine kleine Maja, hattest keinen Schlüssel. Deshalb liegt alles unbenutzt darin. – Und die Jahre vergehen! Und ich komme und komme nicht an den Schatz heran.

FRAU MAJA *ein listiges Lächeln unterdrückend*: So laß dir von ihr wieder aufschließen –

PROFESSOR RUBEK *nicht gleich verstehend*: Maja –?

FRAU MAJA: Sie ist doch jetzt hier. Und wird wohl auch wegen dieses Kästchens gekommen sein.

PROFESSOR RUBEK: Mit keinem Wort hab ich ihr gegenüber diese Dinge berührt.

FRAU MAJA *sieht ihn naiv an*: Aber, lieber Rubek, – ist denn eine so einfache Sache wie diese so viel Redens und Aufhebens wert?

PROFESSOR RUBEK: Findest du sie so einfach?

FRAU MAJA: Allerdings. Leb nur mit dem Menschen zusammen, den du am nötigsten brauchst. *Nickt ihm zu.* Ich werd wohl immer noch meinen Platz finden.

PROFESSOR RUBEK: Und wo?

FRAU MAJA *sorglos, ausweichend*: Na, ich brauch ja bloß in die Villa zu ziehen, falls es nötig ist. Aber das wird gar nicht nötig sein. Denn in der Stadt, – in unserm großen Haus wird wohl – bei einigem guten Willen – Platz für drei sein.

PROFESSOR RUBEK *unsicher*: Und glaubst du, daß es so auf die Dauer gehen könnte?

FRAU MAJA *in leichtem Ton*: Lieber Gott, – geht's nicht, so geht's nicht. Darüber wollen wir uns jetzt nicht den Kopf zerbrechen.

PROFESSOR RUBEK: Und wenn es nun nicht geht, Maja, – was dann?

FRAU MAJA *unbekümmert*: So gehen wir einander einfach aus dem Weg. Ganz aus dem Weg. Ich finde immer noch meinen Platz in der Welt. Wo ich frei bin, frei, frei! – Damit hat's keine Not, Herr Professor. *Zeigt plötzlich nach rechts.* Da! Da ist sie ja.

PROFESSOR RUBEK *wendet den Kopf*: Wo?

FRAU MAJA: Dort drüben. Wie eine Marmorstatue schreitet sie einher. Sie kommt hierher.

PROFESSOR RUBEK *starrt hinaus, die Hand über den Augen*: Ist sie nicht die verkörperte Auferstehung? *Vor sich hin*: Und sie konnt ich zurücksetzen – in den Schatten stellen – umschaffen –. O, ich Tor!

FRAU MAJA: Worauf spielst du da an?

PROFESSOR RUBEK *abwehrend*: Auf nichts. Wenigstens nicht auf etwas, was du verstehen könntest.

IRENE *kommt von rechts über das Plateau. Die spielenden Kinder haben sie schon vorher kommen sehen und sind ihr entgegengelaufen. Jetzt ist sie von ihnen umringt; einige scheinen beherzt und zutraulich, andere scheu und ängstlich. Sie spricht leise mit ihnen, indem sie ihnen bedeutet, nach dem Sanatorium hinunterzugehen; sie selbst wolle sich am Bach ein wenig ausruhen. Die Kinder laufen links im Mittelgrund die Böschung hinunter. Irene geht auf die Bergwand zu und läßt sich die kühlenden Wasserstrahlen über die Hände rieseln.*

FRAU MAJA *mit gedämpfter Stimme*: Geh hin zu ihr und sprich mit ihr unter vier Augen, Rubek.

PROFESSOR RUBEK: Und wo gehst du inzwischen hin?

FRAU MAJA *blickt ihn bedeutsam an*: Ich gehe von heut an meine eigenen Wege. *Sie geht die Anhöhe hinab und springt mit Hilfe des Bergstocks über den Bach. Bei Irene bleibt sie stehen.*

FRAU MAJA: Rubek erwartet Sie oben, gnädige Frau.

IRENE: Was will er?

FRAU MAJA: Sie sollen ihm bei einem Kästchen helfen, dessen Deckel ihm ins Schloß gefallen ist.

IRENE: Kann ich das?

FRAU MAJA: Er meint, Sie seien die einzige, die das könne.

IRENE: So will ich's versuchen –

FRAU MAJA: Ja, das müssen Sie, gnädige Frau.

Sie geht den Weg nach dem Sanatorium hinab.

Bald darauf kommt Professor Rubek zu Irene herabgestiegen, doch so, daß der Bach zwischen ihnen bleibt.

IRENE *nach einer kurzen Pause*: Die andere sagte, du hättest auf mich gewartet?

PROFESSOR RUBEK: Ich habe Jahr um Jahr auf dich gewartet – ohne es selbst zu wissen.

IRENE: Ich konnte nicht zu dir kommen, Arnold. Ich lag ja und schlief den langen, tiefen, träumeschweren Schlaf.

PROFESSOR RUBEK: Aber jetzt bist du erwacht, Irene!

IRENE *schüttelt den Kopf*: Ich habe jenen schweren, tiefen Schlaf noch immer in den Augen.

PROFESSOR RUBEK: Du wirst sehen, es wird für uns beide tagen.

IRENE: Glaub das nicht.

PROFESSOR RUBEK *eindringlich*: Das glaub ich! Und das weiß ich! Jetzt, da ich dich wiedergefunden habe –

IRENE: – auferstanden –

PROFESSOR RUBEK: – und verklärt!

IRENE: Nur auferstanden, Arnold. Nicht verklärt.

Er balanciert auf den Steinen unterhalb des Wasserfalls zu ihr hinüber.

PROFESSOR RUBEK: Wo bist du den ganzen Tag gewesen, Irene?

IRENE *zeigt in die Ferne*: Weit draußen auf den großen Gefilden des Todes –

PROFESSOR RUBEK *ablenkend*: Du hast deine – deine Freundin heute nicht bei dir, wie ich sehe.

IRENE *lächelt*: Meine Freundin behält mich trotzdem im Auge.

PROFESSOR RUBEK: Kann sie das?

IRENE *sieht sich scheu um*: Davon sei überzeugt. Wo ich auch bin, nie verliert sie mich aus dem Auge, – *Flüstert*: – bis ich sie eines schönen Morgens ermorde.

PROFESSOR RUBEK: Das möchtest du?

IRENE: Von ganzem Herzen. Wenn ich nur eine Gelegenheit fände.

PROFESSOR RUBEK: Weshalb denn?

IRENE: Weil sie eine Hexe ist. *Geheimnisvoll*: Denk dir, Arnold, – sie hat sich in meinen Schatten verwandelt.

PROFESSOR RUBEK *sucht sie zu beruhigen*: Nun, nun – einen Schatten müssen wir doch alle haben.

IRENE: Ich bin mein eigener Schatten. *Heftig*: Verstehst du mich denn nicht!

PROFESSOR RUBEK *gepreßt*: O doch, Irene, ich verstehe dich.

Er setzt sich auf einen Stein am Bach. Sie steht hinter ihm, an die Felswand gelehnt.

IRENE *nach einer Pause*: Was sitzt du da und wendest deine Augen von mir ab?

PROFESSOR RUBEK *leise, schüttelt den Kopf*: Ich darf dich nicht – darf dich nicht ansehen.

IRENE: Warum auf einmal nicht mehr?

PROFESSOR RUBEK: Dich quält ein Schatten. Und mich meine nagende Reue.

IRENE *mit einem Freudenschrei und erleichtert*: Endlich!

PROFESSOR RUBEK *springt auf*: Irene – was hast du?

IRENE *abwehrend*: Nur ruhig, ruhig, ruhig! *Atmet tief und sagt, wie von einer Last befreit*: So. Nun haben sie mich freigelassen, für diesmal. – Jetzt können wir uns setzen und uns unterhalten wie früher – im Leben.

PROFESSOR RUBEK: O, wenn wir das wirklich wieder könnten.

IRENE: Setz dich auf deinen alten Platz. So setze ich mich hier zu dir.

Er setzt sich wieder auf den Stein, sie auf einen andern in der Nähe.

IRENE *nach kurzem Schweigen*: Nun bin ich zu dir zurückgekehrt aus dem fernsten Land, Arnold.

PROFESSOR RUBEK: Ja, von einer Reise, die endlos lang war.

IRENE: Zurück zu meinem Herrn und Gebieter –

PROFESSOR RUBEK: Nach Hause – wo wir zu Hause sind, Irene.

IRENE: Hast du tagaus, tagein auf mich gewartet?

PROFESSOR RUBEK: Wie konnt ich das?

IRENE *mit einem Seitenblick*: Nein, – wie konntest du das? Du hast ja nichts gewußt.

PROFESSOR RUBEK: Bist du damals wirklich nicht eines andern wegen fortgegangen?

IRENE: Konnte es nicht auch d e i n e t wegen gewesen sein, Arnold?

PROFESSOR RUBEK *sieht sie unsicher an*: Ich verstehe dich nicht –?

IRENE: Als ich dir mit Leib und Seele gedient hatte – und die Statue fertig dastand, – unser Kind, wie du sie nanntest, – da hab ich dir mein größtes Opfer zu Füßen gelegt und mich selbst für alle Zeit ausgelöscht.

PROFESSOR RUBEK *mit gesenktem kopf*: Und hast damit mein Leben brachgelegt.

IRENE *plötzlich aufbrausend*: Genau das habe ich gewollt! Dir sollte nichts mehr gelingen, nichts mehr, – nachdem du unser einziges Kind geschaffen hattest.

PROFESSOR RUBEK: War es Eifersucht?

IRENE *kalt*: Eher Haß.

PROFESSOR RUBEK: Haß? Gegen mich?

IRENE *wieder heftig*: Ja, gegen dich, – gegen den Künstler, der so ganz unbekümmert und sorglos einem jungen Menschen die Seele stahl, – um ein Kunstwerk draus zu machen.

PROFESSOR RUBEK: Und das muß ich von dir hören –? Hast du nicht glühend vor Eifer und Lust meine Arbeit geteilt? Diese Arbeit, vor der wir uns jeden Morgen sammelten wie zu einer Andacht.

IRENE *kalt, wie vorher*: Ich will dir etwas sagen, Arnold.

PROFESSOR RUBEK: Nun?

IRENE: Nie hab ich deine Kunst geliebt, bevor ich dich kennengelernt hatte. – Und auch dann nicht.

PROFESSOR RUBEK: Aber den Künstler, Irene.

IRENE: Den Künstler hasse ich.

PROFESSOR RUBEK: Auch den Künstler in mir?

IRENE: Genau den. Wenn ich so ganz entkleidet vor dir stand, da hab ich dich gehaßt, Arnold –

PROFESSOR RUBEK *heftig*: Nein, Irene! Das ist nicht wahr!

IRENE: Ich haßte dich, weil du so unberührt bleiben konntest –

PROFESSOR RUBEK *lacht*: Unberührt? Meinst du?

IRENE: – oder wenigstens so voll Selbstbeherrschung. Und weil du Künstler warst, nur Künstler – nicht Mann! *Schlägt einen warmen, herzlichen Ton an*: Aber die Statue im nassen, lebendigen Ton, die liebte ich, – wie sie so aus dieser rohen, unförmigen Masse emporstieg, ein beseelter Mensch, – denn das war unser Geschöpf, unser Kind. Meins und deins.

PROFESSOR RUBEK *bedrückt*: Das war es im Geist und in der Wahrheit.

IRENE: Sieh, Arnold, dieses Kindes wegen hab ich die lange Pilgerfahrt unternommen.

PROFESSOR RUBEK *plötzlich aufmerksam*: Des Marmorbildes wegen –?

IRENE: Nenne es, wie du magst. Ich nenne es unser Kind.

PROFESSOR RUBEK *unruhig*: Und nun willst du es sehen? Fertig? Im

„kalten“ Marmor, wie du immer sagtest? *Eifrig*: Weißt du denn nicht, daß es in einem großen Museum steht?

IRENE: Vom Hörensagen.

PROFESSOR RUBEK: Und Museen waren dir doch stets ein Greuel. Du nanntest sie immer Gräber –

IRENE: Ich will eine Wallfahrt zu dem Orte machen, wo meine Seele begraben liegt.

PROFESSOR RUBEK *unruhig und beängstigt*: Du darfst das Werk nie wieder sehen! Hörst du, Irene. Ich flehe dich an –! Nie wieder, nie wieder!

IRENE: Glaubst du vielleicht, ich würde ein zweites Mal sterben?

PROFESSOR RUBEK *ringt die Hände*: Ich weiß selbst nicht, was ich glaube. – Aber wie hätte ich mir auch denken können, daß du dich so unlöslich mit diesem Bilde verknüpft fühlen würdest? Da du mich verließest – bevor es ganz vollendet war?

IRENE: Es war vollendet. Deshalb konnte ich ruhig gehen – und dich allein lassen.

PROFESSOR RUBEK *die Ellbogen auf den Knien, wiegt den Kopf, die Hände vor den Augen*: Es war noch nicht das, was es später wurde.

IRENE *zieht unhörbar und blitzschnell ein dünnes, spitzes Messer halb aus dem Kleide oben an der Brust und fragt, heiser flüsternd*: Arnold, – hast du unserem Kind etwas zuleide getan?

PROFESSOR RUBEK *ausweichend*: Zuleide? – Wie soll ich so genau entscheiden, was du darunter verstehst?

IRENE *atemlos*: Sag mir augenblicklich, was du mit unserem Kinde gemacht hast.

PROFESSOR RUBEK: Ich werd es, wenn du dich ruhig setzen und mir zuhören willst.

IRENE *verbirgt das Messer*: Das will ich, – so ruhig zuhören, wie es eine Mutter kann, wenn –

PROFESSOR RUBEK *sie unterbrechend*: Und dann sieh mich nicht an, wenn ich erzähle.

IRENE *setzt sich auf einen Stein hinter seinem Rücken*: Hier setz ich mich hinter dich. – Und nun fang an.

PROFESSOR RUBEK *nimmt die Hände von den Augen und blickt vor sich hin*: Als ich dich gefunden hatte, war mir auch im selben Augenblick klar, daß aus dir mein Lebenswerk erstehen sollte.

IRENE: „Auferstehungstag“ nanntest du dein Lebenswerk. – Ich nenne es „unser Kind“.

PROFESSOR RUBEK: Ich war damals noch jung und ohne alle Lebenserfahrung. Die Auferstehung, dacht ich mir, müßte am schönsten und lieblichsten darzustellen sein als eine junge, unberührte Frau, die, frei von irdischen Erlebnissen und dunklen Erfahrungen, zum Licht der Ewigkeit erwacht.

IRENE *rasch*: Ja, – und so steh ich doch in unserem Werke da?

PROFESSOR RUBEK *zögernd*: Eigentlich nicht ganz so, Irene.

IRENE *in wachsender Spannung*: Nicht ganz –? Nicht so, wie ich vor dir stand?

PROFESSOR RUBEK *einer Antwort ausweichend*: Ich wurde weltklug in den Jahren, die folgten, Irene. Der „Auferstehungstag" wurde in meiner Vorstellung etwas Umfassenderes – etwas Vielfältigeres. Der kleine runde Sockel, auf dem dein Bild schlank und einsam stand, – der bot nicht mehr Raum für alles, was ich nun noch hinzudichten wollte –

IRENE *tastet nach dem Messer, läßt es aber wieder sein*: Was hast du noch hinzugedichtet? Sag!

PROFESSOR RUBEK: Was ich rings um mich in der Welt mit meinen Augen sah. Ich mußte das mit im Bilde haben. Ich konnte nicht anders, Irene. Ich erweiterte den Sockel, – so daß er groß und geräumig wurde. Und legte darauf ein Stück der gewölbten, berstenden Erde. Und aus den Furchen, da wimmelt's nun herauf von Menschen mit heimlichen Tiergesichtern, – Männern und Frauen, – wie ich sie aus dem Leben kannte.

IRENE *in atemloser Spannung*: Aber mitten unter ihnen steht die junge Frau in lichter Verklärung? Nicht, Arnold?

PROFESSOR RUBEK *ausweichend*: Nicht ganz in der Mitte. Ich mußte leider die Statue etwas nach hinten rücken, – der Gesamtwirkung wegen, weißt du. Sie hätte sonst zu sehr dominiert.

IRENE: Aber der Schimmer verklärter Freude liegt doch noch immer auf meinem Gesicht?

PROFESSOR RUBEK: Freilich, Irene. In gewissem Sinne wenigstens. Vielleicht ein bißchen gedämpft. Wie's meine neue Idee erforderlich machte.

IRENE *steht lautlos auf*: Dies Bild drückt das Leben aus, so, wie du es jetzt siehst, Arnold.

PROFESSOR RUBEK: Ja, das mag wohl sein.

IRENE: Und in diesem Bilde hast du mich – ein wenig verblaßt – als eine Hintergrundfigur – in eine Gruppe gestellt. *Zieht das Messer hervor.*

PROFESSOR RUBEK: Nicht in den Hintergrund – sagen wir in den Mittelgrund – oder so etwa.

IRENE *flüstert heiser*: Jetzt hast du dir selbst das Urteil gesprochen. *Will zustoßen.*

PROFESSOR RUBEK *wendet sich um und blickt sie an*: Mein Urteil?

IRENE *verbirgt rasch das Messer und sagt dumpf wie in Qual*: Meine ganze Seele, – du und ich, – wir, wir, wir und unser Kind waren in dieser einsamen Gestalt.

PROFESSOR RUBEK *eifrig, nimmt den Hut vom Kopf und trocknet sich die Schweißperlen von der Stirn*: Aber nun höre auch, wie ich mich selbst in der Gruppe dargestellt habe. Vorn an einer Quelle, wie hier, sitzt ein schuldbeladener Mann, der von der Erdrinde nicht ganz loszukommen vermag. Ich nenne ihn die Reue über ein verlorenes Leben. Er taucht seine Finger in das rieselnde Wasser – um sie rein zu waschen – und krümmt sich und leidet bei dem Gedanken, daß es ihm nie gelingen wird. In alle Ewigkeit wird er nicht frei werden, leben und auferstehen. Immer und ewig bleibt er in seiner Hölle sitzen.

IRENE *hart und kalt*: Dichter!

PROFESSOR RUBEK: Warum Dichter?

IRENE: Weil du ohne Kraft und Willen bist und voll Absolution für all deine Handlungen und Gedanken. Zuerst hast du meine Seele gemordet – und dann modellierst du dich selbst in Reue und Buße und Selbstanklage – *Lächelt.* – und damit, meinst du dann, ist dein Konto beglichen.

PROFESSOR RUBEK *trotzig*: Ich bin Künstler, Irene, – und schäme mich nicht der Schwäche, die mir anhaften mag. Denn ich bin zum Künstler geboren, siehst du. Und werde auch nie etwas andres als Künstler sein.

IRENE *blickt ihn mit einem versteckten, bösen Lächeln an und sagt weich und sanft*: Dichter bist du, Arnold. *Streicht ihm leis übers Haar.* Daß du liebes, großes, alterndes Kind das nicht sehen kannst!

PROFESSOR RUBEK *verstimmt*: Warum nennst du mich so beharrlich einen Dichter?

IRENE *mit lauernden Augen*: Weil in diesem Wort eine Entschuldigung liegt, mein Freund. Eine Absolution, – die einen Mantel über alle Schwächen breitet. *Plötzlich in anderem Ton*: Aber ich war damals ein Mensch! Und ich hatte auch ein Leben zu leben – und ein Menschenschicksal zu erfüllen. Sieh, all das ließ ich liegen, warf es hin, um dir zu dienen. – O, das war ein Selbstmord; eine Todsünde gegen mich selbst. *Halb flüsternd*: Und diese Todsünde kann ich nie wieder gutmachen. *Sie setzt sich in seine Nähe an den*

Bach, verfolgt ihn unbemerkt mit den Augen und pflückt wie geistesabwesend Blüten von den Büschen ringsum. Scheinbar gefaßt: Ich hätte Kinder zur Welt bringen sollen, viele Kinder. Richtige Kinder. Nicht solche, die in Gräbern verwahrt werden. Das wäre mein Beruf gewesen. Nie hätt ich dir dienen sollen – du Dichter.

PROFESSOR RUBEK *in Erinnerung verloren*: Es waren doch schöne Zeiten, Irene. Wunderschöne Zeiten, – wenn ich zurückdenke –

IRENE *blickt ihn mit weichem Ausdruck an*: Weißt du noch, was für ein Wort du brauchtest, – als du fertig warst – fertig mit mir und unserm Kinde? *Nickt ihm zu.* Denkst du noch an das kleine Wort, Arnold?

PROFESSOR RUBEK *blickt sie fragend an*: Sagt ich damals so ein Wort, das du im Gedächtnis behalten hast?

IRENE: Ja. Weißt du's nicht mehr?

PROFESSOR RUBEK *schüttelt den Kopf*: Nein, wahrhaftig nicht. Jedenfalls nicht im Augenblick.

IRENE: Du nahmst meine beiden Hände und drücktest sie warm. Und ich stand vor dir in atemloser Erwartung. Und dann sagtest du: Ich danke dir von ganzem Herzen, Irene. Dies ist eine segensreiche Episode für mich gewesen.

PROFESSOR RUBEK *zweifelnd*: Sagte ich Episode? Ich gebrauche dies Wort sonst nicht.

IRENE: Du sagtest Episode.

PROFESSOR RUBEK *mit angenommener Unbefangenheit*: Na ja, – und im Grunde war's ja auch eine Episode.

IRENE *kurz*: Auf dieses Wort hin hab ich dich verlassen.

PROFESSOR RUBEK: Du nimmst alles so schmerzlich schwer, Irene.

IRENE *streicht sich über die Stirn*: Vielleicht hast du recht. Schütteln wir alles Trübe und Schwere von uns ab! *Pflückt Blätter von einer Bergrose und streut sie in den Bach.* Sieh hin, Arnold! Da schwimmen unsere Vögel.

PROFESSOR RUBEK: Was für Vögel?

IRENE: Flamingos – siehst du denn nicht? Rosenrote Flamingos.

PROFESSOR RUBEK: Flamingos schwimmen nicht. Die waten nur.

IRENE: So sind es keine Flamingos, sondern Möwen.

PROFESSOR RUBEK: Möwen mit roten Schnäbeln, ja, – das schon eher. *Pflückt breite grüne Blätter und wirft sie in den Bach.* Nun schicke ich ihnen meine Schiffe nach.

IRENE: Aber Jäger dürfen nicht an Bord sein.

PROFESSOR RUBEK: Nein, Jäger nicht. *Lächelt ihr zu.* Erinnerst du dich noch an den Sommer, als wir so vor dem Bauernhäuschen am Taunitzer See saßen?

IRENE *nickt*: Samstagabends, – wenn wir mit unserm Wochenpensum fertig waren –

PROFESSOR RUBEK: – und mit der Bahn hinausfuhren – und den Sonntag über draußen blieben –

IRENE *mit haßerfüllten Augen*: Es war eine Episode, Arnold.

PROFESSOR RUBEK *als ob er nicht höre*: Da ließest du auch Vögel im Bache schwimmen. Wasserlilien.

IRENE: Weiße Schwäne waren's.

PROFESSOR RUBEK: Schwäne, ja, das meinte ich auch. Und ich weiß noch, wie ich ein großes, rauhes Blatt an einem solchen Schwan befestigte. Es war ein Sauerampferblatt. –

IRENE: So ward es Lohengrins Boot – mit dem Schwan davor.

PROFESSOR RUBEK: Wie gern du so spieltest, Irene.

IRENE: Wir haben oft so gespielt.

PROFESSOR RUBEK: Jeden Samstag, glaub ich; – den ganzen Sommer über.

IRENE: Du sagtest, ich sei der Schwan, der dein Boot zöge.

PROFESSOR RUBEK: So? Ja, ja. *Mit dem Spiel beschäftigt.* Sieh nur, wie die Möwen den Fluß hinunterschwimmen!

IRENE *lacht*: Und deine Schiffe stranden alle.

PROFESSOR RUBEK *wirft mehr Laub in den Bach*: Ich habe noch Schiffe in Vorrat. *Verfolgt das Laub mit den Augen, macht einige Blätter wieder frei und sagt nach einer kleinen Pause*: Du, Irene –, das Bauernhäuschen am Taunitzer See, das habe ich gekauft.

IRENE: So? Hast du das jetzt gekauft? Du sagtest oft, du würdest es kaufen, sobald du die Mittel dazu hättest.

PROFESSOR RUBEK: Später hatte ich sie reichlich dazu. Und da habe ich es gekauft.

IRENE *schielt nach ihm*: Wohnst du nun da – in unserem alten Haus?

PROFESSOR RUBEK: Nein, das hab ich längst niederreißen lassen. Und hab mir eine große, prächtige, bequeme Villa hingebaut – mit einem Park ringsum. Dort sind wir gewöhnlich – *Hält inne und verbessert sich*: – dort bin ich gewöhnlich im Sommer. –

IRENE *bezwingt sich*: So, du und – die andere, ihr seid jetzt immer da draußen?

PROFESSOR RUBEK *etwas trotzig*: Ja. Wenn meine Frau und ich nicht – wie dies Jahr – auf Reisen sind.

IRENE *verlorenen Blicks*: Schön, schön war das Leben am Taunitzer See.

PROFESSOR RUBEK *als ob er in sich selbst hineinblickte*: Und doch, Irene –

IRENE *ergänzt ihn*: – und doch ließen wir beide dieses ganze schöne Leben im Stich –

PROFESSOR RUBEK *leise, eindringlich*: Kommt die Reue zu spät?

IRENE *antwortet nicht, sondern sitzt eine Weile still; dann blickt sie über den Kamm in die Ferne*: Sieh, Arnold. Nun geht die Sonne hinter den Gipfeln unter. Sieh nur, wie rot ihre letzten Strahlen dort die Heide überall färben.

PROFESSOR RUBEK *blickt auch dorthin*: Das ist lange her, daß ich einen Sonnenuntergang im Gebirge gesehen habe.

IRENE: Auch einen Sonnenaufgang?

PROFESSOR RUBEK: Einen Sonnenaufgang, glaub ich, hab ich noch nie gesehen.

IRENE *lächelt, wie in Erinnerung verloren*: Ich habe einmal einen wundervollen Sonnenaufgang erlebt.

PROFESSOR RUBEK: So? Wo denn?

IRENE: Hoch, hoch oben auf schwindelndem Grat. Du locktest mich hinauf und versprachst mir alle Herrlichkeit der Welt, wenn ich – *Sie bricht jäh ab.*

PROFESSOR RUBEK: Wenn du –? Nun?

IRENE: Ich folgte deinen Worten – und dir auf die Höhe. Und da fiel ich auf meine Knie – und betete dich an – und diente dir. *Schweigt einen Augenblick, dann sagt sie leise*: Da sah ich die Sonne aufgehen.

PROFESSOR RUBEK *ablenkend*: Hättest du nicht Lust, uns zu begleiten und in der Villa bei uns zu wohnen?

IRENE *blickt ihn verächtlich an*: Zusammen mit dir – und der andern?

PROFESSOR RUBEK *eindringlich*: Zusammen mit mir – wie in den alten Tagen des Schaffens. Um alle die Tore aufzuschließen, die in meinem Innern zugefallen sind. Möchtest du nicht, Irene?

IRENE *schüttelt den Kopf*: Den Schlüssel zu deinem Innern, den hab ich nicht mehr, Arnold.

PROFESSOR RUBEK: Du hast den Schlüssel! Nur du! *Bittend und betelnd*: Hilf mir, – das Leben noch einmal zu leben!

IRENE *unbeweglich wie vorher*: Leere Träume. Müßige – tote Träume. Unserem Zusammenleben folgt keine Auferstehung mehr.

PROFESSOR RUBEK *kurz abbrechend*: So laß uns wenigstens weiterspielen.

IRENE: Ja, spielen, spielen, – nur spielen.

Sie sitzen und streuen Laub und Blumenblätter in den Bach und lassen sie davonschwimmen.

Über den Abhang im Hintergrund links kommen GUTSBESITZER ULFHEIM *und* FRAU MAJA *in Jagdausrüstung. Hinter ihnen der* DIENER *mit der Koppel, die er nach rechts abführt.*

PROFESSOR RUBEK *bemerkt sie*: Ei, da zieht ja die kleine Maja mit dem Bärenschützen aus.

IRENE: Deine Maja.

PROFESSOR RUBEK: Oder seine.

FRAU MAJA *blickt im Gehen herüber, sieht die beiden am Bach sitzen und ruft*: Gute Nacht, Rubek. Träume von mir. Jetzt geht's hinaus ins Abenteuer!

PROFESSOR RUBEK *ruft zurück*: Aber worauf soll das Abenteuer hinausgehen?

FRAU MAJA *näher kommend*: Ich will an die Stelle von allem andern das Leben setzen.

PROFESSOR RUBEK *spöttisch*: So, du auch, kleine Maja?

FRAU MAJA: Ja! Und dann hab ich noch einen Vers gemacht, der heißt so:

Singt: Ich bin frei! Ich bin frei! Ich bin frei!
Der Gefangenschaft Zeit ist vorbei!
Ich bin frei wie ein Vogel! Bin frei!

Ja! Denn ich glaub, jetzt bin ich endlich erwacht.

PROFESSOR RUBEK: Es scheint so.

FRAU MAJA *atmet auf*: Ah, – wie herrlich leicht macht solch ein Erwachen!

PROFESSOR RUBEK: Gute Nacht, Frau Maja – und viel Glück –

ULFHEIM *ruft abwehrend*: Wollen Sie wohl –! Zum Teufel mit Ihren Wünschen! Wollen Sie uns Pech anhexen! Sehen Sie nicht, daß wir auf die Jagd wollen –

PROFESSOR RUBEK: Was bringst du mir von der Jagd mit, Maja?

FRAU MAJA: Du sollst einen Raubvogel kriegen, zum Modellieren. Ich werde ihm in die Schwingen schießen.

PROFESSOR RUBEK *lacht voll bitteren Spotts*: Ja, einem in die Schwingen schießen – so aus Versehen – das ist immer was für dich gewesen.

FRAU MAJA *wirft den Kopf zurück*: Ah, überlaß du mich künftig nur mir selbst –! *Nickt und lacht schelmisch.* Leb wohl! – und eine gute, ruhige Sommernacht!

PROFESSOR RUBEK *lustig*: Danke! Und alles Unglück der Welt über euch und eure Jagd!

ULFHEIM *lacht drohend*: Bravo, das ist ein Wunsch, wie er sein soll.

FRAU MAJA *lachend*: Vielen Dank, Rubek, vielen Dank!

Sie haben beide den sichtbaren Teil des Plateaus durchquert und gehen durch das Gebüsch rechts ab.

PROFESSOR RUBEK *nach kurzer Pause*: Sommernacht in den Bergen. Ja, das wäre das Leben gewesen.

IRENE *plötzlich, mit einem wilden Ausdruck in den Augen*: Willst du eine solche Sommernacht – mit mir?

PROFESSOR RUBEK *breitet die Arme aus*: Ja! Ja! – Komm!

IRENE: Mein geliebter Herr und Gebieter!

PROFESSOR RUBEK: O, Irene!

IRENE *lächelt und tastet nach der Brust. Heiser*: Es wird nur eine Episode – *Rasch, flüsternd*: Still! Sieh dich nicht um, Arnold!

PROFESSOR RUBEK *ebenso leise*: Was gibt's?

IRENE: Ein Gesicht starrt mich unverwandt an.

PROFESSOR RUBEK *wendet sich unwillkürlich um*: Wo? *Fährt zusammen.* Ah!

Der Kopf der DIAKONISSIN *ist zwischen dem Gebüsch links am Abhang erschienen. Ihre Augen sind unverwandt auf Irene gerichtet.*

IRENE *erhebt sich und sagt mit gedämpfter Stimme*: Wir müssen uns trennen. Nein, du sollst sitzen bleiben, hörst du, – du darfst mich nicht begleiten. *Beugt sich über ihn und flüstert*: Auf Wiedersehen heut nacht, hier draußen.

PROFESSOR RUBEK: Und du kommst, Irene?

IRENE: Ich komme bestimmt. Erwarte mich hier.

PROFESSOR RUBEK *wiederholt wie im Traum*: Sommernacht in den Bergen. Mit dir. Mit dir. *Seine Augen begegnen den ihrigen.* O, Irene, – das hätte das Leben sein können. Und das haben wir verscherzt – alle beide.

IRENE: Was unwiederbringlich ist, sehen wir erst, wenn – *Bricht kurz ab.*

PROFESSOR RUBEK *sieht sie fragend an*: Wenn –?

IRENE: Wenn wir Toten erwachen.

PROFESSOR RUBEK *schüttelt schwermütig den Kopf*: Ja, – was sehen wir da eigentlich?

IRENE: Wir sehen, daß wir niemals gelebt haben.

Sie geht den Weg nach dem Sanatorium hinunter. Die Diakonissin macht ihr Platz und folgt ihr. Professor Rubek bleibt unbeweglich am Bache sitzen. Man hört Frau Maja von dem Felsen droben her jubeln und singen.

FRAU MAJA: Ich bin frei! Ich bin frei! Ich bin frei!
Der Gefangenschaft Zeit ist vorbei!
Ich bin frei wie ein Vogel! Bin frei!

DRITTER AKT

Wild zerklüftetes Hochgebirge mit steil abfallenden Abgründen im Hintergrund. Schneebedeckte Berggipfel erheben sich rechts und verlieren sich hoch oben in treibenden Nebeln. Links in einer Geröllhalde liegt eine alte, halb verfallene Hütte. Es ist früher Morgen. Der Tag graut; die Sonne ist noch nicht aufgegangen.

FRAU MAJA RUBEK *kommt rot und erhitzt die Halde links herunter.* GUTSBESITZER ULFHEIM *folgt ihr halb zornig, halb lachend und hält sie am Arm fest.*

FRAU MAJA *versucht sich loszumachen*: Lassen Sie mich los! Lassen Sie mich los, sag ich!

ULFHEIM: Na, na, – das fehlte gerad noch, daß Sie beißen. Sie sind ja ungebärdig wie ein Marder.

FRAU MAJA *schlägt ihn auf die Hand*: Sie sollen mich loslassen, hab ich gesagt! Und mich in Ruhe lassen.

ULFHEIM: Da sollte mich doch –

FRAU MAJA: Dann geh ich keinen Schritt weiter mit Ihnen! Hören Sie – auch nicht einen Schritt –!

ULFHEIM: Hoho, – wo wollen Sie in dieser Felsenwildnis ohne mich hin?

FRAU MAJA: Ich laufe einfach die Wand dort hinunter, wenn's sein muß.

ULFHEIM: Um zermalmt und zerschmettert dazuliegen – als leckeres, blutiges Hundefressen. *Läßt sie los.* Bitte schön. Laufen Sie nun die Wand hinab, wenn Sie Lust haben. Sie ist schwindelnd steil. Nur ein schmaler Steig führt hinunter, und der ist fast nicht zu begehen.

FRAU MAJA *säubert ihr Kleid mit der Hand und sieht ihn mit zornigen Augen an*: Mit so einem Menschen muß man auf die Jagd gehen!

ULFHEIM: Sagen Sie lieber: Sport treiben.

FRAU MAJA: Ach so, Sie nennen das: Sport?

ULFHEIM: Ich nehme mir die Freiheit. Diese Art Sport hab ich am liebsten.

FRAU MAJA *wirft den Kopf zurück*: Na – da muß ich aber sagen –!

Nach einer kleinen Pause; blickt ihn forschend an: Warum haben Sie droben die Hunde losgelassen?

ULFHEIM *blinzelt und lächelt*: Um ihnen auch ein kleines Jagdvergnügen zu machen, wissen Sie.

FRAU MAJA: Das ist einfach nicht wahr! Deshalb haben Sie die Hunde nicht losgelassen.

ULFHEIM *lächelt noch immer*: Na, weshalb denn sonst? Lassen Sie hören –?

FRAU MAJA: Weil Sie den Lars weghaben wollten. Er sollte den Hunden nach und sie wieder einfangen. Und inzwischen –. Sie sind mir ein Feiner!

ULFHEIM: – und inzwischen –?

FRAU MAJA *kurz abbrechend*: Schon gut.

ULFHEIM *in vertraulichem Ton*: Lars findet sie nicht so bald, darauf können Sie Gift nehmen. Der kommt nicht vor der Zeit zurück.

FRAU MAJA *blickt ihn zornig an*: Das kann ich mir denken.

ULFHEIM *greift nach ihrem Arm*: Denn sehen Sie, Lars – der kennt meine Sportgewohnheiten.

FRAU MAJA *weicht ihm aus und mißt ihn mit den Augen*: Wissen Sie, wie Sie aussehen, Herr Ulfheim?

ULFHEIM: Doch wohl wie ich selbst.

FRAU MAJA: Aufs Haar getroffen. Wie ein leibhaftiger Faun.

ULFHEIM: Ein Faun –?

FRAU MAJA: Ja, gerade wie ein Faun.

ULFHEIM: Ein Faun – das ist so 'ne Art Untier, was? Oder so'n Waldteufel, nicht?

FRAU MAJA: Ja, gerad wie Sie einer sind! Mit Bocksbart und Beinen wie ein Ziegenbock. Und Hörner hat der Faun auch!

ULFHEIM: Ei, ei, – der auch?

FRAU MAJA: Ein paar greuliche Hörner wie Sie, jaja.

ULFHEIM: Sie können die Hörnerchen sehen, die ich habe?

FRAU MAJA: Ja, mir ist, ich kann sie ganz deutlich sehen.

ULFHEIM *zieht die Hundeleine aus der Tasche*: So werd ich Sie wohl binden müssen.

FRAU MAJA: Sind Sie verrückt geworden?! Binden wollen Sie mich –?

ULFHEIM: Wenn ich schon Teufel sein soll, so lassen Sie mich's auch ganz sein. Sieh mal an! Sie können also die Hörner sehen?

FRAU MAJA *beruhigend*: Na, – nun seien Sie hübsch artig, Herr Ulfheim. *Unterbricht sich*: Aber wo ist denn eigentlich Ihr Jagdschloß, von dem Sie mir lang und breit erzählt haben? Das sollte ja hier liegen?

ULFHEIM *zeigt auf die Hütte*: Hier haben Sie's unmittelbar vor Augen.

FRAU MAJA *blickt ihn an*: Der alte Schweinekofen da?

ULFHEIM *lacht sich in den Bart*: Der hat schon mehr als eine Königstochter beherbergt.

FRAU MAJA: Und dort, sagen Sie, hätte der eklige Kerl die Königstochter in Bärengestalt besucht?

ULFHEIM: Jawohl, Frau Jagdkamerad, – genau hier. *Mit einladender Handbewegung*: Wenn Sie bitte eintreten wollen –

FRAU MAJA: Brr! Keinen Fuß setz ich da hinein –! Brr!

ULFHEIM: O, so eine Sommernacht kann da ein Pärchen ganz gut verschlafen. Sogar einen ganzen Sommer – wenn's sein muß.

FRAU MAJA: Danke schön! Dazu gehört besonderer Appetit. *Ungeduldig*: Aber jetzt hab ich Sie und Ihre Jagdpartie satt. Ich will ins Hotel – bevor die Leute aufstehen.

ULFHEIM: Wie denken Sie sich denn den Abstieg von hier?

FRAU MAJA: Das ist Ihre Sache. Irgendwo wird sich doch wohl ein Weg finden.

ULFHEIM *zeigt nach dem Abgrund*: Ja natürlich; eine Art Weg gibt es schon – über die Wand da hinunter –

FRAU MAJA: Na, also –. Mit ein bißchen gutem Willen –

ULFHEIM: – aber versuchen Sie's nur, diesen Weg zu gehen.

FRAU MAJA *besorgt*: Sie halten es nicht für möglich?

ULFHEIM: Nie und nimmer. Wenn ich Ihnen nicht helfe.

FRAU MAJA *unruhig*: Na, so kommen Sie und helfen Sie mir! Wozu sind Sie sonst da?

ULFHEIM: Soll ich Sie auf den Rücken nehmen –

FRAU MAJA: Unsinn!

ULFHEIM: – oder lieber auf die Arme?

FRAU MAJA: Kommen Sie jetzt nicht wieder mit diesen Dummheiten.

ULFHEIM *mit verbissenem Grimm*: Ich hab einmal ein junges Ding von der Straße aufgelesen und sie auf meine Arme genommen. Auf Händen hab ich sie getragen. Und wollte sie so durchs ganze Leben tragen, – auf daß ihr Fuß nicht an einen Stein stoße. Denn sie hatte damals recht ausgetretene Schuhe, als ich sie fand –

FRAU MAJA: Und doch haben Sie sie aufgehoben und auf Händen getragen?

ULFHEIM: Ich zog sie aus dem Schmutz und trug sie hoch über dem Boden – so vorsichtig ich nur konnte. *Mit einem brummigen Lachen*: Und wissen Sie, was ich zum Dank dafür bekam?

FRAU MAJA: Nein. Was denn?

ULFHEIM *blickt sie an und nickt lächelnd*: Hörner bekam ich. Die Hörner, die Sie deutlich sehen können. – Ist das nicht eine putzige Geschichte, Frau Bärentöter?

FRAU MAJA: O ja, ganz putzig. Aber ich weiß eine noch viel putzigere.

ULFHEIM: Und wie ist die?

FRAU MAJA: Sie geht so. Es war einmal ein dummes Mädelchen, das lebte bei Vater und Mutter – aber in ziemlich dürftigen Verhältnissen. Da platzte ein großmächtiger Herr in diese Ärmlichkeit hinein und nahm das Mädchen auf seine Arme – wie Sie – und fuhr weit, weit fort mit ihm –

ULFHEIM: Wollte sie so gerne bei ihm sein?

FRAU MAJA: Ja; denn, sehen Sie, sie war dumm.

ULFHEIM: Und er war wohl, was man so ein hübsches Mannsbild nennt?

FRAU MAJA: Ach nein, er war gar nicht besonders hübsch. Aber er wußte ihr einzureden, er würde sie auf einen Gott weiß wie hohen Berg führen, in Licht und Sonnenschein.

ULFHEIM: Er war wohl Bergsteiger, der Mann?

FRAU MAJA: Ja, auf seine Weise.

ULFHEIM: Und so hat er das Mädel mit hinaufgenommen –?

FRAU MAJA *wirft den Kopf zurück*: Ja, wahrhaftig wunderschön hat er sie mit hinaufgenommen –. Ach nein, er hat sie in einen kalten, engen Käfig gelockt, wo weder Sonne noch frische Luft war – wenigstens ihrer Meinung nach – sondern nur alles vergoldet und große versteinerte Gespenster ringsum an den Wänden.

ULFHEIM: Hol mich der Teufel, das war so das Richtige für sie.

FRAU MAJA: Aber finden Sie die Geschichte nicht doch ganz putzig?

ULFHEIM *blickt sie eine Weile an*: Hören Sie mal, lieber Jagdkamerad, –

FRAU MAJA: Na? Was gibt's denn nun wieder?

ULFHEIM: Könnten wir zwei unsere lumpigen Existenzen nicht zusammenwerfen?

FRAU MAJA: Haben Herr Gutsbesitzer Lust, Flickschneider zu werden?

ULFHEIM: Ja, warum nicht. Könnten wir zwei nicht versuchen, die Fetzen da und dort zusammenzuflicken, – so daß schließlich doch noch so was wie ein Menschenleben herauskäme?

FRAU MAJA: Und wenn die Jammerlappen nun ganz zerschlissen sind – was dann?

ULFHEIM *mit einer energischen Handbewegung*: Dann stehen wir da, stolz und frei, – als wir selbst.

FRAU MAJA *lacht*: Sie mit Ihren Bocksbeinen, ja!

ULFHEIM: Und Sie mit Ihren –. Na, lassen wir das.

FRAU MAJA: Ja, kommen Sie – lassen Sie uns gehen.

ULFHEIM: Halt! Wohin, Kamerad?

FRAU MAJA: Ins Hotel, natürlich.

ULFHEIM: Und hinterher?

FRAU MAJA: Dann sagen wir einander hübsch Lebewohl und Dank für die Begleitung.

ULFHEIM: Können wir uns trennen, wir beiden? Glauben Sie, wir können es?

FRAU MAJA: Ja, gebunden haben Sie mich meines Wissens doch nicht.

ULFHEIM: Ich hab ein Schloß für Sie –

FRAU MAJA *zeigt auf die Hütte*: Eins wie dieses hier?

ULFHEIM: Nein, es ist noch in besserer Verfassung.

FRAU MAJA: Und am Ende auch alle Herrlichkeit der Welt?

ULFHEIM: Ein Schloß, sag ich –

FRAU MAJA: Danke! Ich hab gerad genug von Schlössern.

ULFHEIM: – mit wirklich prächtigen Jagdgründen, viele Meilen im Umkreis.

FRAU MAJA: Gibt's auch Kunstwerke in dem Schloß?

ULFHEIM *langsam*: Nein, – Kunstwerke allerdings nicht, aber –

FRAU MAJA *erleichtert*: Na, Gott sei Dank.

ULFHEIM: Also, wollen Sie mit mir gehen, – so lange und so weit ich will?

FRAU MAJA: Wenn es nicht einen zahmen Raubvogel gäbe, der mich bewachte!

ULFHEIM *wild*: Dem schießen wir in die Schwingen, Maja!

FRAU MAJA *sieht ihn einen Augenblick an und sagt entschlossen*: So kommen Sie und tragen Sie mich hinunter.

ULFHEIM *schlingt den Arm um sie*: Es ist höchste Zeit! Der Nebel ist über uns –!

FRAU MAJA: Der Weg hinunter ist wohl furchtbar gefährlich?

ULFHEIM: Der Bergnebel ist noch gefährlicher.

Sie macht sich los, tritt an den Rand des Abgrunds und sieht hinunter, fährt aber rasch zurück.

ULFHEIM *geht lachend auf sie zu*: Es wird Ihnen wohl etwas schwindlig?

FRAU MAJA *matt*: Das auch. Aber sehen Sie selbst mal hinunter, wer da kommt –

ULFHEIM *tritt an den Abgrund und beugt sich über den Rand*: Das ist ja nur Ihr Raubvogel – und seine fremde Dame.

FRAU MAJA: Können wir nicht an ihnen vorbei, – ohne daß sie uns sehen?

ULFHEIM: Unmöglich. Der Weg ist zu schmal. Und einen anderen Weg hinunter gibt es nicht.

FRAU MAJA *ermannt sich*: Gut denn, – so wollen wir ihnen hier Trotz bieten.

ULFHEIM: Das war gesprochen wie ein echter Bärentöter, Kamerad!

PROFESSOR RUBEK *und* IRENE *erscheinen am Rande der Tiefe. Er hat sein Plaid über den Schultern, sie trägt einen Pelzmantel lose über ihr weißes Gewand geworfen und eine Kapuze aus Schwanenflaum.*

PROFESSOR RUBEK *erst zur Hälfte über der Felsenkante sichtbar*: Wie, Maja! Wir beide begegnen uns noch einmal?

FRAU MAJA *mit angenommener Sicherheit*: Zu dienen. Bitte, komm näher.

Professor Rubek steigt ganz herauf und reicht Irene, die ebenfalls ganz nach oben kommt, die Hand.

PROFESSOR RUBEK *kalt zu Frau Maja*: Du bist also auch die ganze Nacht in den Bergen gewesen – wie wir?

FRAU MAJA: Auf der Jagd bin ich gewesen, ja. Du hast mir ja Urlaub gegeben.

ULFHEIM *zeigt nach dem Abgrund*: Sind Sie den Weg da heraufgekommen?

PROFESSOR RUBEK: Das haben Sie ja gesehen.

ULFHEIM: Und die Dame auch?

PROFESSOR RUBEK: Natürlich. *Blickt Frau Maja an.* Diese Dame und ich, wir gedenken künftig nicht mehr getrennte Wege zu gehen.

ULFHEIM: Wissen Sie, daß der Weg, den Sie gegangen sind, Sie das Leben hätte kosten können –?

PROFESSOR RUBEK: Wir haben ihn trotzdem versucht. Denn im Anfang sah er gar nicht so schlimm aus.

ULFHEIM: Nein, im Anfang ist nichts schlimm. Aber auf einmal kommt man an eine Stelle, wo man weder vor noch zurück kann. Und dann sitzt man fest, Herr Professor! Bergfest, wie wir Jäger sagen.

PROFESSOR RUBEK *blickt ihn lächelnd an*: Wollen Sie mir weise Lehren geben, Herr Gutsbesitzer?

ULFHEIM: Soll mich der Himmel behüten! *Eindringlich, zeigt in die Höhe*: Aber sehen Sie nicht, daß das Unwetter über unsern Köpfen ist? Hören Sie nicht die Windstöße?

PROFESSOR RUBEK *horcht*: Es klingt wie das Vorspiel zum Auferstehungstag.

ULFHEIM: Das ist Sturmwind von den Gipfeln, Mann! Sehen Sie nur, wie die Wolken sich über uns wälzen und senken! Bald umhüllen sie uns wie ein Leichentuch.

IRENE *fährt zusammen*: Ich kenn es, dieses Tuch.

FRAU MAJA *will Ulfheim fortziehen*: Machen wir, daß wir hinunterkommen.

ULFHEIM *zu Professor Rubek*: Mehr als einem kann ich nicht helfen. Bleiben Sie, solange das Unwetter tobt, in der Hütte dort. Ich schicke dann Leute und lasse Sie beide holen.

IRENE: Holen! Nein! Nein –!

ULFHEIM *brüsk*: Die Leute werden nötigenfalls Gewalt brauchen. Denn es gilt Tod und Leben. Jetzt wissen Sie's. *Zu Frau Maja*: Kommen Sie – und vertrauen Sie sich getrost Ihrem Kameraden an.

FRAU MAJA *klammert sich an ihn*: Wie ich singen und jubeln will, wenn ich mit heiler Haut hinunterkomme!

ULFHEIM *beginnt abzusteigen und ruft den andern zu*: Warten Sie also in der Jagdhütte drin, bis die Männer mit Seilen kommen und Sie holen. *Gutsbesitzer Ulfheim, Frau Maja in den Armen, klettert eilig, aber vorsichtig in den Abgrund hinunter.*

IRENE *blickt eine Weile mit schreckensstarren Augen auf Rubek*: Hast du gehört, Arnold? – Es werden Männer kommen und mich holen! Viele Männer –

PROFESSOR RUBEK: Nur ruhig, Irene!

IRENE *in wachsendem Entsetzen*: Und sie, die Schwarze, – die wird auch kommen. Denn sie muß mich längst vermißt haben. Und dann wird sie mich packen, Arnold! Und mir die Zwangsjacke anlegen! Jawohl – denn die hat sie bei sich im Koffer. Ich hab es selbst gesehen –

PROFESSOR RUBEK: Kein Mensch soll dich anrühren!

IRENE *mit irrem Lächeln*: O nein, – dagegen hab ich auch selbst noch ein Mittel.

IRENE *zieht das Messer hervor*: Dies hier!

PROFESSOR RUBEK *greift danach*: Ein Messer hast du bei dir –!

IRENE: Immer. Tag und Nacht. Auch im Bett.

PROFESSOR RUBEK: Gib mir das Messer, Irene!

IRENE *verbirgt es wieder*: Du bekommst es nicht. Das kann ich selbst brauchen.

PROFESSOR RUBEK: Zu was brauchst du's denn hier?

IRENE *blickt ihn fest an*: Es war für dich bestimmt, Arnold.

PROFESSOR RUBEK: Für mich?

IRENE: Eines Abends, als wir am Taunitzer See saßen –

PROFESSOR RUBEK: Am Taunitzer See –?

IRENE: – vor dem Bauernhäuschen – und mit Schwänen und Wasserlilien spielten –

PROFESSOR RUBEK: Nun, und –?

IRENE: – und als ich dich so eisig sagen hörte – ich sei nur eine Episode in deinem Leben gewesen –

PROFESSOR RUBEK: Das hast du gesagt, Irene! Nicht ich.

IRENE *fährt fort*: – da griff ich nach dem Messer und wollte es dir in den Rücken stoßen.

PROFESSOR RUBEK *düster*: Warum hast du nicht zugestoßen?

IRENE: Weil mir zur schrecklichen Gewißheit wurde, daß du schon tot warst – schon lange tot.

PROFESSOR RUBEK: Tot?

IRENE: Tot! Du wie ich. Da saßen wir am See, wir zwei erstarrte Leichen, – und spielten miteinander.

PROFESSOR RUBEK: Ich nenne das nicht tot. Doch du verstehst mich nicht.

IRENE: Wo ist sie, deine Leidenschaft für mich, diese flammende Leidenschaft, mit der du rangst und kämpftest, als ich frei vor dir stand als die Auferstandene?

PROFESSOR RUBEK: Unsere Liebe ist gewiß nicht tot, Irene.

IRENE: Die Liebe, – die von dieser Welt ist – von dieser köstlichen, wundersamen, dieser rätselvollen Welt – diese Liebe ist tot in uns beiden.

PROFESSOR RUBEK *leidenschaftlich*: O du, – gerade diese Liebe, – die brennt und loht in mir so heiß wie je.

IRENE: Und ich? Hast du vergessen, wer ich jetzt bin?

PROFESSOR RUBEK: Sei meinetwegen, wer und was du willst! Für mich bist du die Frau, wie ich sie in meinen Träumen sah.

IRENE: Ich habe auf dem Podest gestanden – nackt – und habe mich nach dir den Augen vieler Hundert Männer preisgegeben.

PROFESSOR RUBEK: Wer anders als ich trieb dich da hinauf? Verblendet, wie ich damals war, – stellt ich das Gebilde aus leblosem Ton über das Glück des Lebens – das Glück der Liebe.

IRENE *blickt zu Boden*: Zu spät! Zu spät!

PROFESSOR RUBEK: Was auch immer dazwischen liegt, – nicht um Haaresbreite hat sich dein Wert in meinen Augen verringert.

IRENE *mit erhobenem Kopf*: Auch in den meinen nicht.

PROFESSOR RUBEK: Nun also! Dann sind wir ja frei. Und noch ist es Zeit für uns, zu l e b e n, Irene.

IRENE *blickt ihn schwermütig an*: Der Lebenstrieb ist tot in mir, Arnold. Jetzt bin ich auferstanden. Und suche nach dir. Und finde dich. Und da seh ich, – du und das Leben, ihr seid Leichname – wie ich einer gewesen bin.

PROFESSOR RUBEK: O, wie du dich irrst! Das Leben in uns und um uns, das gärt und braust wie zuvor.

IRENE *lächelt und schüttelt den Kopf*: Dein junges, auferstandenes Weib sieht das ganze Leben auf der Totenbahre liegen.

PROFESSOR RUBEK *nimmt sie ungestüm in seine Arme*: So wollen wir beiden Toten ein einziges Mal das Leben bis zur Neige kosten – bevor wir in unsere Gräber zurückkehren.

IRENE *mit einem Freudenschrei*: Arnold!

PROFESSOR RUBEK: Aber nicht hier im Halbdunkel. Nicht hier, wo uns das nasse, häßliche Laken umflattert –

IRENE *von Leidenschaft hingerissen*: Nein, nein, – empor zum Licht und zu all der strahlenden Herrlichkeit – auf den Berg der Verheißung.

PROFESSOR RUBEK: Dort oben wollen wir unser Hochzeitsfest feiern, Irene, – Geliebte!

IRENE *stolz*: Die Sonne darf uns sehen, Arnold.

PROFESSOR RUBEK: Mögen alle Mächte des Lichts auf uns herabsehen. Und alle Mächte der Finsternis auch. *Ergreift ihre Hand.* So willst du mir folgen, du meine begnadete Braut?

IRENE *wie verklärt*: Ich folge willig und gern meinem Herrn und Gebieter.

PROFESSOR RUBEK *zieht sie mit sich fort*: Durch die Nebel müssen wir erst, Irene, und dann –

IRENE: Ja, – durch die Nebel. Und dann auf den höchsten Gipfel, der da leuchtet im Sonnenaufgang.

Die Nebelwolken senken sich dichter auf die Landschaft. Rubek und Irene steigen Hand in Hand über das Schneefeld rechts und verschwinden in den niedrig ziehenden Wolken. Jähe Sturmstöße jagen und pfeifen durch die Luft.

Die DIAKONISSIN *erscheint in der Geröllhalde links. Sie bleibt stehen und sieht sich stumm und suchend um.*

Frau Maja singt in der Tiefe.

FRAU MAJA: Ich bin frei! Ich bin frei! Ich bin frei!
Der Gefangenschaft Zeit ist vorbei!
Ich bin frei wie ein Vogel! Bin frei!

Plötzlich hört man ein donnerähnliches Getöse vom oberen Teil des Schneefeldes her. Eine Lawine gleitet und wirbelt mit rasender

Schnelligkeit talwärts. Man sieht undeutlich, wie Rubek und Irene von den Schneemassen mitgerissen und begraben werden.

DIE DIAKONISSIN *schreit auf, streckt die Arme nach den Fallenden aus und ruft:* Irene! *Steht eine Weile stumm; dann schlägt sie ein Kreuz vor sich in die Luft und sagt:* Pax vobiscum!

Frau Majas Gesang und Jubel hallt noch weiter entfernt aus der Tiefe.